吕长春诗词盛典系列丛书

诗词盛典 Ⅰ

吕长春格律诗词六万八千首（全四册）

第六卷～第十二卷

吕长春 著

中国书籍出版社
China Book Press

图书在版编目（CIP）数据

诗词盛典：吕长春格律诗词六万八千首 / 吕长春著. — 北京：中国书籍出版社, 2017.10

ISBN 978-7-5068-6024-6

Ⅰ. ①诗… Ⅱ. ①吕… Ⅲ. ①诗词—作品集—中国—当代 Ⅳ. ①I227

中国版本图书馆CIP数据核字（2017）第245282号

诗词盛典：吕长春格律诗词六万八千首

吕长春　著

责任编辑	吴化强
责任印制	孙马飞　马　芝
封面设计	东方美迪
出版发行	中国书籍出版社
地　　址	北京市丰台区三路居路 97 号（邮编：100073）
电　　话	（010）52257143（总编室）　（010）52257140（发行部）
电子邮箱	eo@chinabp.com.cn
经　　销	全国新华书店
印　　刷	三河市顺兴印务有限公司
开　　本	787毫米×1092毫米　1/16
字　　数	4000千字
印　　张	504
版　　次	2017 年 10 月第 1 版　2017 年 10 月第 1 次印刷
书　　号	ISBN 978-7-5068-6024-6
定　　价	1286.00（全四册）

目录

一、大唐气象

第六卷

唐五十家诗集

二、词韵风流

第七卷
格律词

第八卷
唐宋词

三、名画品读

第九卷
中国名画赏读

四、古今杂陈

第十卷
中国历代状元诗读后

第十一卷

标点本二十五史读后（一）

第十二卷

标点本二十五史读后（二）

五牛图

唐·韩滉

第六卷

唐五十家诗集

一、唐太宗皇帝集

唐太宗李世民撰　明代善本

唐太宗皇帝集卷上

1感应赋（并序）

东都应物半苍穹，洛邑闻声一世弓。
日月成心南北顾，风云所故问英雄。
凌烟阁上观兵将，玄武门前尉迟恭。
怅望郊廛京畿色，登临可解帝王风。

之二

芒田挟弹一风烟，代谢临迁半季传。
污乐平原天地上，濯龙电举六合前。
虹阳凤踌回雕戈，故垒残墙壮自然。
日月生辉成俯仰，山川信都扩余年。

2临层台赋

碧玉入烟楼，斜光作郁愁。
临层台上望，启阁月中游。
北狄生天水，南云付水流。
三秦行日月，九陌作春秋。

之二

御宇覆三秦，阿房可九巡。
甘泉荒磊石，玉帛帝王邻。
广被穷荒北，情思太液珍。
庐门可启闭，万物共收银。

3小池赋

咫尺渭泾塘，千章碧玉芳。
同心莲绿叶，共色榭红妆。
润泽凝池岸，波摇碎月光。
菱花三两竟，曲意暮朝荒。

4赋秋日悬清光赐房玄龄

玄龄处世微，玉露映朝晖。
日影随云尽，天空任彩飞。
转轮火阙曜，落叶志倾闱。
定日相依见，江山自去归。

5赋得白日半西山

白日半西山，红去一醉颜。
溪光随影逐，暮叶玉门关。

6辽城望月

望月一辽城，澄辉半士情。
去光园桂影，玉树隔方明。
九睹山河岸，三川镜彩生。
临呼千万岁，行观是纵横。

7咏雨

晓雾一朝烟，红尘半露西。
花沾鲜细雨，归涧随云泉。
跬步江山评，晨光日月悬。
雁语飞人字，九陌作方圆。

8望雪

三秦玉树花，五津暗山涯。
晓色凝光满，晴霜入万家。
清新随吐纳，朗气任粉华。
破彩三千木，迎风一半斜。

9初晴落景

落景半初晴，行云一雨声。
三春多不定，九陌自枯荣。

10咏风

太古鸟分声，林花晓色明。
逍遥多少路，影散绿波生。

11首春

腊月生寒山，山河任古今。
梅花呼节律，晓雪玉妆成。

12月晦

晦魄律凝暄，朝云欲简繁。
山观新玉宇，鸟树商工言。

13初夏

隔夜一苗新，随云半雨邻。
阴阳深浅叶，晓暮去来陈。

14赋得夏首启节

夏首继三春，池明净半身。
黄莺鸣不住，碧叶色重津。
应物荷风响，经心化翠秦。

花开花落去，玉立玉红尘。

15度秋

年年一度秋，载载半思谋。
令箭三军逐，朝天万马休。
幽岩风息落，谷壑水沉浮。
洛邑黄花色，洞庭桂白舟。

16秋日二首

秋风问桂林，爽气正知音。
岫日高低影，兰沼入古今。

17

枯荷玉露圆，去雁一长天。
岭叶飞声响，林蝉退翼眠。
成都河不尽，洛邑雨桑田。
夏雨难留住，民情似可全。

18秋夜翠微宫

一夜翠微宫，三更御书童。
春秋鸿影过，日月有无中。

19守岁

守岁叙芳宫，华年问大同。
寒梅冬雪色，夜半丽烛红。

20除夜

献节启新芳，冬寒夜渐长。
冰消梅雪色，领袖玉壶香。

21望终南山

渭水碧山田，南山素顶烟。
扶冠天日近，贮岭雪云泉。
子夜松林曲，岩关俯仰前。
千思天下望，万虑恐难全。

22入潼关

潼关半帝京，峭报一险城。
古道临襟带，冰河绕玉生。
参差寒窗影，曲折读书声。
远近知天意，高低向九鸣。

23经破薛举战地

壮气少年成，雄心老旧生。
霜峰天色近，举戈士人惊。
暮落长河去，去横俯碎营。
驻目千年问，行程万里情。

24重幸武功

马上英雄幸武功，朝中驭事帝王风。
书同白水祥烟色，庆畅长安瑞气红。

25过温汤

温汤水暖一华清，玉色芙蓉半雨晴。
雾重烟轻浮紫气，回轮曲影续新声。

26春日望海

一日望春潮，三生意难清。
风云惊海阔，聚积水天遥。
有岸连南北，无形度量标。
洪涛天地外，碣石纵横桥。

27洛水

洛水万千波，黄河半九歌。
风流天下去，日月影中梭。
绵树临秦谷，纷荫化少多。
秋云分草木，岁夜可婆娑。

28宴中山

白马下辽阳，京师问故乡。
三军伐帅部，六阵破奴妆。
桂染芳云里，冰浮碎玉光。
长天知跬步，碧海入扶桑。

29春日玄武门宴群臣

一宴历求贤，三朝问地天。
韶光开序令，淑气正华年。
驻跸书林侧，行文客涌泉。
朱弦余万国，曲韵柏梁前。

30执契静三边

执契静三边，行军向九泉。
千年同日月，万姓共婵娟。
不可争成败，何须刻地天。
幽幽知玉宇，息息自方圆。

五言杂诗

31元日

暖色入高轩，春情化草繁。
朝光飞彩旆，翠幌曜明垣。
四极垂衣驭，八荒列戟幡。
丹阶丝竹韵，度济此江沅。

32秋日即目

瞩目一秋宫，浮霜半御桐。
袍轻何不重，目上暖朝风，
草露珠圆色，芳菲问落鸿，
猿啼飞莫远，月照满帘栊。

33初秋夜坐

夜坐欲闻秋，灯明向日流。
归鸿栖未稳，结露客还求。
菊色黄花艳，寒宫玉女羞。
含情长叹独，节令以心忧。

34辽东山夜临秋

下里一猿吟，辽东半古今。
烟生天上月，鸟落岭中林。

35秋暮言志

何以问辽东，英雄一世风，
朝光浮远近，暮色满霜空。
岭约丛林碧，旗分四野红。
白山曾俯仰，黑水溢熏衷。

36咏雨

细雨顺枝流，轻云落叶休。
池沤分两色，日月入三秋。

37喜雪

一树满梨花，三冬素万家。
冰凝霜色柳，玉结谷山涯。
月照峰边树，风流磊石华。
飞扬成约隐，跬步忆桑麻。

38咏雪

扬扬郁郁色依稀，洁洁晖晖素玉肌。
忽忽毛毛随自落，潇潇洒洒任藏衣。

39登三台言志

三台问未央，半楚到阿房。
一汉刘邦去，千年忆霸王。
朝伦裁日宇，旧砌剪雕梁。
曙露光炫玉，秋云四海荒。

40过旧宅二首

新丰半故家，洛邑一枝花。
驻地三军帐，荒垣九陌斜。
朝辞消旧水，暮入话桑麻。
草蔓千村路，金荫十地华。

41

玉辇落新丰，金波入情衷。
池明天地树，叶铺去来风。
纽佩兰凋径，色减老梧桐。
八表文同轨，三朝日月东。

42仪鸾殿早秋

仪鸾展上秋，霜桂月中游。
日上菊花色，人来问九州。

43初春登楼即目观作述怀

当轩一目余，任意半心居。
翠路千亭外，红芳万里虚。

44春日登陕州城楼俯眺原野回舟碧缀烟霞密翠班红芳菲花柳即目川岫聊以命篇

花花草草半城楼，暮暮朝朝一陕州。
密翠疏红厚竟展，芳菲岸柳渭泾舟。
寒宫桂影寻旧念，晓露殊圆见玉羞。
六国十川东取问，隋炀一水向南流。

45过慈恩寺

千寻古寺深，百仞入禅林。
曳曲幡红展，从珠应物心。

46正日临朝

正日自临朝，条风猷漏消。
三宿天地外，八表去来萧。
六律成朝暮，千章向近遥。
周公相与就，舜老作春桥。

47帝京篇十首

秦川一帝居，渭邑半王余。
汉地多云雨，潼关日月虚。

48

坟典启龙图，崇文化渭都。
经编方序就，帙卷玉人奴。

49

词林一步移，武宴半东西。
雁落弓刀旧，天高月半低。

50

笳鸣乐馆东，韵曲白云风。
郑已音声近，芳林始不终。

51

芳霞满苑池，凤鸟宿春枝。
曲水流觞去，环宫玉信迟。
参差花草木，隐映肆清姿。
汉上烟云重，秦中五万诗。

52

汾河不独流，翟渚任孤舟。
桂戟横洲屿，中川振边楼。

53

落日一黄昏，长烟半岭恩。
牛羊天地上，牧曲云来村。

54

处世云难逢，寻人见足踪。
知音求日月，玉酒醉芙蓉。

55

文华一建章，三八半堂皇。
正扇摇宫羽，昭阳溢展芳。

56

悠悠一独心，怅怅半成林。
试想江山客，还当日月荫。
朝朝知览卷，夜夜问知音。
易仰三非是，民思十古今。

57三层阁上置音声

秦楼一玉声，隔展增阶明。
紫阁宵烟色，宫尘邑学清。

58琵琶

半月影无双，三更读十邦。
商宫弦自语，管曲韵分窗。
四面埋伏促，千军万马庞。
鸿沟闻楚汉，虞姬袖东江。

59于北平作

庐龙半北平，冀赵一征程。
翠野闻山谷，燕山色遥城。
万仞峰云满，千家日月清。
凭轩衣带水，纳海百重情。

60望送魏征葬

河桥送魏征，旧步以何凭。
谏镜全安照，沉云几何兴。
哀笳鸣不止，玉辇九泉灯。
莫遣三朝共，闾阖半断层。

61咏桃

禁苑半明芳，桃溪一色长。
红颜深浅问，独秀去来妆。

62采芙蓉

色秀一方塘，船移半水乡。
波纹分细浪，翠叶玉莲房。

63残菊

兰凝日着霜，玉结半辰光。
影碎珠圆露，凋残持复香。

64春池柳

隋堤一曲回，渭水半天开。
带色芙蓉采，春风落早梅。

65赋得樱桃春字韵

樱桃一韵春，洛邑半寻人。
翠色环新秀，乔柯转鸟勤。
朱颜含碧玉，映日纳红尘。
少女如相问，低枝向晋秦。

66赋得李

桃桃李李一溪成，玉玉衡衡半路情。
叶叶枝枝随日月，莺莺鹭鹭任阴晴。
芳流隐密寻啼去，夕作黄昏问旧声。
暂顾晖章天下问，轻霞漫彩落山萌。

67芳兰

淑景玉芳兰，春唱禁苑开。
风传轻影月，水照曲栏杆。

68咏鸟代陈师道

鸟道上林啼，师城下马西。
栖枝难主意，落日已东移。

69饮马

白马吸长鲸，龙波纳种情。
天池泉色涌，骏骨向天行。

70五言秋日言志一首

庚信一丹青，兰亭半筝铭。
风花生雪月，浦渚岸汀宁。
桂影摇书案，珠寒落晓星。
栖鸣突跃起，落雁以浮萍。

二、虞世南集　许敬宗集　王勃集

虞世南 著　浙江古籍出版社；许敬宗 著　王勃 著　山西古籍出版社

虞世南集

1琵琶赋

琵琶赋外一蝉鸣，玉辂斯中半客生。
格律音声天地上，文章字句去来城。
秦宫楚汉天沟间，汉女阴山帝子情。
画像难言知彼此，青冢只向塞边荣。

2

弦丝扣桃逐音声，素女酥手窃汝情。
定质凝姿神采玉，归心域志任枯荣。
盘根错节成嘉木，独立临穹九陌鸣。
柱列军行成垒壁，宫深洞响似天城。

3

一室千音半始终，三军万马九州鸣。
丝丝切切和和语，缓缓急急处处声。
楚汉鸿沟分不易，周秦六国各纵横。
幽幽洞洞余回荡，寂寂深宫独树生。

4

远肠一音平，姿身半欲倾。
婀娜情未止，玉彩以言轻。
楚馆巫云雨，巴山客月明。
芙蓉金谷色，白马驭经鸣。

5

音余一柏梁，木振半衷肠。
羽却天山北，弦横汴水塘。
琵琶当此夜，域宴向黄杨。
洛邑闻天地，秦楼寄客乡。

6 狮子赋

雄狮一两声，草木万千横。
地角余音远，天涯振竹情。
京中何不见，域外向天倾。
瑞历江河永，祥时日月明。
玄风驱玉宇，白马向天城。

7

廷上却红妆，车中嫁玉娘。
胡姬羞不语，驯兽向狮王。
历美行藏处，施姿艳色昌。
幽躯猜继续，奋武一声扬。

8

百兽不同堂，群芳各自香。
山林依旧界，旷野向田桑。
野性从如是，行心任取长。
宫深天地远，域外有圆方。

五言杂诗

9春和月夜观星应令

应令夜观星，寻朝过渭泾。
秋明分日月，叶扫作浮萍。
北斗文魁曲，财山武举铭。
云生天地色，露净去来灵。

10奉和幸江都应诏

江都半水荣，洛邑一君情。
应制江苏泊，行诏日月明。
龙旗吴沐道，护美越人平。
远厚雕虞泽，无庸润琴声。

11奉和长春宫应令

瑶山雅乐风，楚馆雨梧桐。
务逸含文鹤，长春感故宫。
本休金石律，六合践回雄。
羽洽千觞仰，琳琅一曲衷。

12结客少年场行

博望少年行，洞庭五岳明。
吴江三世界，冀赵老人情。
结意轻言去，长驱诺遣荣。
交河分日色，越市付纵横。

13门有车马客

门前客马多，月下影银河。
不可知三界，须闻唱九歌。

14从军行二首

涂山一鹫飞，节度半回归。
晓月三军帐，龙城十地微。
兵家临阵早，日蔽绝春晖。
塞雁何时见，楼兰几是非。

15

绝阵一云倾，行营半令明。
金微烽火道，武器守孤城。
侠客沙尘望，飞将哕马名。
晴川千万里，垒月玉门情。

16出塞

雕弓塞外寒，槊戟帐中观。
彼此三谋略，王侯九命坛。
山西多勇气，陇客少悬冠。
雪暗天山路，霜明大漠宽。

17咏日午

阴阳一半城，草木两三横。
日月分南北，春秋问旧荣。
苍天高净宇，古树俯低鸣。
翠盖何知色，山烟几近萌。

18侍宴应诏得前字

芬芳禁苑前，影像御池悬。
草碧云烟起，花红水无田。
横空飞鸟度，曲榭化方圆。
侣雁寻栖树，沧洲自可眠。

19侍宴归雁堂

一雁不归塘，三秋半壁光。
阴阳分一半，日月各炎凉。

20奉和出颍至淮应制

解缆入淮浔，随流问古今。
潜鳞波涌跃，水鸟唤江阴。

21奉和献岁宴宫臣

献岁一年今，燕官半世文。
金喧城阙望，润柳色衣裙。

22发营逢雨应诏

行云一泽田，布雨半心泉。
胜地花光色，发营麦稻烟。
农家多日月，织女少养妍。
润里三春草，情中一尺绢。

23凌晨早朝

凌晨上早朝，曙色柳杨条。
雾收千花竟，辉扬一玉霄。

24赋得临池竹

临池竹公青，献展草花屏。
质彩含风影，龙鳞凤谷廷。

25幽山雨后应令

幽山雨后红，肃镇木前风。
翠浴新芳草，云浮上苑宫。
排虚鸣鸟竟，野渡问色空。
石涧流虹水，泉林应物虫。

26追从銮与夕顿戏下应令

云来紫气遥，雨云上林桥。
萼竹惊身湿，莲花带色潮。
瑶山多少路，禁苑暮朝昭。
晓转天涯问，成留地角辽。

27拟饮马长城窟

饮马长城窟，行思渭水都。
千流东不语，万岭北山图。
栈道危峦险，楼兰两水胡。
动方寻古道，持报大江苏。

28怨歌行

紫展一秋风，红妆半色空。
香宫含玉草，曲织怨鸣虫。
落日惊天角，长门淡粉逢。
云停来去问，雨歇有无中。

29咏秋萤

历历一秋萤，流流半不声。
飞飞天下路，落落以身轻。

30

三声半世空，一响九惊风。
任远天涯路，居高海角东。

31虞世南集终

虞生一世南，远响半高岚。
自远文轩展，流清任泽潭。

许敬宗集

1

阴晴许敬宗，日月不尘封。
草木知天理，枯荣问地恭。

2麦秋赋应制

三伏一麦收，四气半春秋。
五土分时令，千家付苦求。
梅风知润歧，谷雨向潜酬。
首节韫苗果，生情泽九州。

3

高吟一柏梁，俯就半文章。
偶穗三更雨，曦含五谷香。
潜生苗露麦，隶起果衷肠。
展上千年祝，畴中万岁觞。

4掖庭山赋应诏

英华籍典掖庭山，致远睢阳应辅颜。
宇盖斯文成来去，周藩鲁表问昭颁。
商丘允武诚明道，洛水春秋驿史关。
细雨行田成泽润，浮云寄志近天班。

5

百卉敷荣六合清，千华蔽日一情明。
三山五岳临川日，九陌殊荣十地生。
独峙逢天接玉宇，孤峰秀丽润流平。
参差草木芳菲碧，彼此泉溪自在晴。

6

洛汭一流声，长安半夜明。
葑茸三扇羽，冒渚十阴晴。
笔藻承辞雅，冠侯问佩情。

云霓虹彩照，石镜谢光荣。

7小池赋应诏

胥宇一都京，通泾半渭明。
凭由行史见，鉴止自枯荣。
叶碧千门监，池平万户情。
清洌寻石砥，潋滟对人生。

8

潜龙自驭风，列宿各枯荣。
石镜昭天地，游鳞数影情。
千门听竹节，万户任阴晴。
耳目更新处，心神向帝生。

9欹器赋

人灵贵损导无盈，四序三精味象成。
守约贪夫明利驾，垂流蔽履吉贞倾。
秦山克让亏虚悟，养正扶中待楚萌。
小器活平天下度，身根草卷俱飞英。

10

根深本正一精英，戒溢盈冲半固生。
轨范流源峰麓量，斯文保养度方平。

11竹赋

劲节修身伟圣贤，山精御览仰苍天。
环中独秀梁园色，禁苑山阳谅色田。
叶碧根移从处处，清高卫国志孤悬。
登虹晚望檀峦东，晓旭经风化卉年。

12

一节一新声，半枝半独萌。
修修成独木，立立作枯荣。
叶碧遮天地，根移树复成。
凭空多少问，任意去来情。

五言杂诗

13安德山池宴集

山池一宴珍，俯望半红尘。
杜叶春台曲，庭芳美人亲。
风花萦少女，枫暮懒姿峰。
至谈高阳晚，归途不知津。

14奉和执契静三边应诏

执契静三边，朱光待九天。
轩台临紫气，昧谷渡王年。
塞隔春秋度，烟从日月田。
寰区西陆树，阡陌北方圆。

15

开关纳细流，振玉立春秋。
不备商山皓，还呈锦沚洲。
璇枢昆云略，袂静息诛求。
石缀何低控，罗玄注高侯。

16奉和宴中山应制

八骏一长空，三边半御风。
中山千碧叶，德济五牛雄。

17奉和春日望海

望海不余长，寻舟渡天荒。
扶桑云水尽，日月济波梁。
鳌降涛声至，峰移玉驽屯。

18奉和入潼关

驭继入潼关，星陈问御颜。
临河天子岸，度马凯歌还。
节岁时机早，璇枢地轴班。
瑞鼎秦川色，盛转列南山。

19奉和元日应制

一日复重轮，三冬怯万春。
双岁连灯竹，半夜始分津。
万土天开处，千门地户新。
玄钧澄于宇，已象俱庭秦。

20奉和秋日即目应制

一叶一天舟，半尘半九州。
昆明池水淡，度岛上红楼。
秀水杨澄色，孤凫独自游。
归鸿何远去，志立自由求。

21奉和秋暮言志应制

秋深桂影明，叶尽一枝倾。
月英生朝暮，心随帝子情。

22奉和喜雪应制

嵊州一素城，闼竹半青明。
洛水分明暗，天津付白倾。

23奉和过旧宅应制

云飞紫气城，叶落表畿京。
自以天涯客，难从故岛萌。
丹青成瑞举，进士作枯荣。
雀贺闻天地，黄衣力凤鸣。

24奉和仪鸾早秋应制

仪鸾展上明，丽粉壁中清。
素艳朱楼色，凝香曲广城。
临轩南北望，应物去来萌。
大造追嘉永，还缆日月行。

25奉和初春登楼即目应诏

登楼即目情，卷极向春生。
一鸟冲天去，三山向旧萌。
风积云雨细，日丽去来荣。
景焕烟霏满，璇玑象瑞平。

26奉和登陕州城应制

绿浥陕州城，朱宫丽影生。
雕虹成玉宇，嫩盖解衣明。
聚锦娃妍色，辰旗学羽情。
南风熏草木，眷秀载天荣。

27奉和过慈恩寺应制

一寸半慈恩，三生十地根。
千年天地上，万里去来村。
凤阙王侯许，金台帝子魂。
青春多努力，志少共黄昏。

28奉和行经破薛举战地应制

黄花战地生，玉宇剑鸿名。
虏场何男女，平藩几世平。
行径干戈路，易篆帝王城。
临望知天地，临舟渡水情。

29奉和咏雨应诏

宫商付雨声，俯仰问阴晴。
巷里荣枯见，田家日月萌。

瑶池倾一滴，渭洛泽九生。
洒浇济阡陌，凝旒惠泱倾。

30赋得归

老去忆回归，当年独自飞。
青云何远近，白日误春晖。

31清都观寻沈道士

术士一心声，幽人半道明。
蓬瀛连泰斗，露雨付阴晴。
九穗情游云，三英色付倾。
余杭芒趣酒，董畅问京城。

32九日至微山亭

乡心几度开，梦忆去还来。
九日微山上，三生付雪梅。

33送刘散员同赋得山树郁苍苍

苍苍郁树梁，济济蔽天荒。
积翠成天地，开荫化碧冈。
风来闻子叶，雨云付山光。
夏日炎凉许，冬梅暗自香。

34奉和圣制送来济应诏

半书日月半书香，一路长亭一路扬。
醉酒当歌天地上，行程跬步足踪尝。
同良济应流声近，共奔壶宫歧道觞。
情思已注知日月，沃化深留是宇藏。

王勃集卷上

1

少小文章两世名，青春日月九州荣。
王勃一序滕王阁，自此三江半不声。

2

春思处处见新荣，岁序重重付故明。
陇北殷殷生紫气，河东树树已扬情。
云风举目平天地，耿介怀心日月萌。
应物寻途千万里，臧人俗世去来城。

3

九域韶光四散明，三泰碧玉半花倾。
千山异色冈云雅，万水方明共两声。
玉宇苍穹空旷许，长河节物阔时生。
风烟起处梅花落，雪化妍流蜀客情。

4

巴山万里荷，蜀水一流明。
玉宇排云岸，苍穹逐西生。
东风多不住，序令早枯荣。
洛抱江山间，泾怀日月城。

5

秦川百里明，渭水一朝清。
万户齐声色，千门异步荣。
春沧来去就，远道暮朝生。
禁苑林花艳，宫晖迈庆情。

6

金关满翠微，凤阙半春晖。
杏叶含芳露，桑蚕入旧闱。
长安斜路巷，八水正东扉。
白马藏经卷，难言只是非。

7

青牛远近一章台，老子幽关半去来，
狭路长亭千万里，芳春尚早两三梅。
花开色度昭阳间，妇少情肠不语猜。
玉缕丝丝相曲绕，银鞍处处着心裁。

8

相思昨处春，草木自相亲。
妾女何难约，兰闺几度尘。
花明成世界，草碧作评纶。
玉琢耕耘子，幽燕易水秦。

9

龙城一柳杨，渭水半流长。
十里塞风巷，三边地角荒。
男儿多志短，少女自情伤。

10

射虎一幽州，闻军半度侯。
形成三帐勇，不作望夫楼。
武子山川间，乡音日月流。
宫城依旧色，白首已当愁。

11

羽落一秋声，云浮半日晴。
三达南北逐，藕是女儿情。
寸带丝丝解，春衣处处萌。
古姬姿色艳，玉女守平生。

12

江边少妇情，日下老翁生。
水色随山老，洲头草木荣。
金陵朝暮望，渭水去来明。
长信三千步，临邛一半声。

13

八水一春潮，千云半雨消。
相思朝暮色，度望柳杨条。
岁岁如时礼，年年似招摇。
男儿和淑女，隐隐亦昭昭。

14七夕赋

干灵一鹊桥，地载半云霄。
织女分心与，牛郎付柳条。
天河南北岸，七夕去来遥。
念念思思云，云云水水朝。

15

玄丘一凤毛，桂影半寒刀。
受历三心寄，芒罗两意高。
兰宫分玉禁，洽南付葡萄。
七夕闻天乞，千家制巧袍。

16

风花一望遥，雪月半心消。
帝子光华寄，君王意罢朝。
三灵元气与，九陌紫云霄。
阁毕青韩许，冰绡意弱寥。

17

寒凝半玉霜，草结一芳塘。
织女临流沐，牛郎未去藏。
天庭何不与，世俗以情长。
渚岸原相配，云云两两乡。

18

七夕渐生凉，三衡正道光。
千肠成日月，百度自孤香。
碧宇天街近，苍穹玉佩扬。
河停波浪色，雾许女儿肠。

19

喜鹊一桥梁，人间半故乡。
银台天地间，乞巧女儿藏。
织女穿梭去，王母待目方。
同心新密与，共话是牛郎。

20

灵妃玉佩光，七夕渡天堂。
碧宇虚空尽，苍穹覆盖梁。
良媒男女嫁，蕙貌去来香。
世上多知己，人间自柳杨。

21九成宫东台山池赋

地旷九成宫，天高一水雄。
松风千浪卷，桂谷万峰同。
玉石人机取，东台雁郁红。
源流泉不止，日照始无终。

22

天台妙镜前，玉署客身眠。
晓色催清水，丹池化露泉。
墟余飞道去，逸石落孤烟。
黛壑山楹仰，虹峤赏济田。

23

垒献散余烟，龙盘聚宪泉。
神宫浮芥屿，玉树挂云船。
岫寄千嶂壁，蕴藏万谷仙。
虹惊飞鸟问，漏景曲声悬。

24

鹤立一峰林，梅开半岁心。
神宫藏紫瑞，水镜寄知音。
结佩莲服色，虚江雾借梁。
萦屿无独木，壑岸有鸣禽。

25

同归一曲溪，共得半春泥。
液露倾津肆，湖江叶水艇。

26寒梧栖凤赋

灵萧昔文节，物凄清风鸣。
梧桐自独鸣，月色孤风传桂影，
秦楼昼夜不暇声。

27

夜月一孤江，清辉半韵幢。
寒宫寻桂影，玉兔不成双。

28

秀岭峄骄阳，危峦树凤凰。
珍禽鸣日暖，百鸟宿高梁。
契吕右音阔，灵萧问世昌。
山深孤独木，地厚悟红娘。

29曲江孤凫赋

孤凫一曲江，数步半栖双。
宇宙客人处，华池正国邦。

30

深潭有阔游，木秀自春秋。
造化飞鹏问，云烟暮鸟休。
厚沉江汉处，绝虑楚人楼。
稻谷成阡陌，清泉可受求。

31驯鸢赋

云中一海潮，塞外半山遥。
宇宙终无极，金笼始有消。
秋风千万里，目涸逸天骄。
丽质丹丘谢，青田古道辽。

32

近顾一园庭，遥招半玉屏。
心回千曲路，意转万池萍。
足迹江湖水，人行日月铭。
拜金台上望，楚汉座中丁。

33十五夜观灯

十五夜观灯，三千月色凝。
长安多少客，玉树去来兴。
闹市方喧住，星辰已结冰。
楼空人不静，桂影半禅僧。

34

十五月初圆，三更色艳鲜。
婵娟偷眼望，玉树影斜悬。
别有千金带，依情九脉泉。
留声何照映，不可作心田。

35七言古诗

古诗从来咏七言，新声自故着千繁。
音平律仄隋唐韵，草木阴晴作水源。

36长安古意

长安八水陌阡田，进士三更草木眠。
玉辇无惊娇凤鸟，龙街宝盖月流连。
天都百丈苏霞落，巷道千分纳露泉。
兽树丞芳群草色，高堂漏断客九年。

37

秦楼不尽一霄烟，紫气东来半玉田。
画栋雕梁千巷色，衣冠肃穆万婵娟。
侯门雀跃音声旺，幕府生闻进士传。
渭水桥西行客早，慈恩寺北曲江船。

38怀仙引

人间自古一神仙，世上从来半不全。
曲驾青虬求雨露，白鹿心愿欲望悬。
蓬莱石磊瑶池水，玉树昆仑草木年。
故道流川成谷壑，新春复种旧时田。

39行路难

君不见长安八月绕桑田，古木三春问陌阡。
蜀道秦川连日月，龙门剑阁暮朝烟。
何不闻嘉陵日夜东流水，下里巴人岁月船。
处处推波来去见，声声玉宇共婵娟。
川川谷木齐天地，磊磊峰峦化杜鹃。
峡峡江涛澜巨浪，山山壁壁汉家年。
三千道路由人选，十二峰前任子眠。
不与公侯争草木，须知春秋作旧缘。
粗茶淡饭寻常度，布履巾衣可自穿。
岭上纵横分水向，林中远近作冷泉。

平生莫解平生问，留取子女作方圆。
力敏耕耘换颗粒，形成未误向神仙。
但愿长城息会战，谋出汴水以心怜。
古往今来曾可住，朝花昔拾和坤干，
自此沧海又桑田。

40失群雁（并序）

千肠一雁丘，万色半汾流。
猎手寻孤叹，书生问不休。
三秋南北问，万里共优游。
获岸同栖守，衡阳自莫愁。

41陇头水

三秦一春秋，八水半陇头。
不望乡家社，无容岁月休。
千年由自去，万户各商周。
九月重阳问，霜枫色正留。

42巫山高

白帝一江云，巫山半向君。
猿啼三峡雨，树暗孤峰文。
女问何朝暮，涛惊九脉裙。
商唐思远客，宋王待难分。

43芳树

玉树积芬芳，华溪散柳杨。
花红千色艳，叶碧万川梁。
日度三光染，风闻九脉藏。
参差繁简著，自在卷舒妆。

44入秦川界

过界入秦川，分流化岭泉。
山巷中石碎，路断陇头烟。
野雾连陌碧，峰峦故客田。
群芳争寸许，独树一人前。

45文翁讲堂

讲读一文翁，形成半雀虫。
庭堂梁壁树，楚汉锦淹空。

46石镜寺

芙蓉石镜开，古寺拜金台。
宝月重圆照，钟声去复来。

47雨雪曲

云中雨雪生，岸上露霜明。
汉界胡沙净，黄河楚客行。

48昭君怨

一怨半昭君，三宫两地裙。
青冢胡客尽，蜀雁不归文。

49折杨柳

杨树柳叶稀，渭水长安衣。
岁隔三春夜，年来两帝畿。

50

灞水桥头一折杨，啼莺树上半红妆。
春光只寄风花月，叶露凝芳不久藏。

51梅花落

寒心一度开，舞袖半云来。
二月梅花落，三春莫香猜。

52辛司法宅观伎

半国一佳人，三生十地亲。
长裙藏雪玉，短袖露青春。
凤管姿身曲，云光媚态真。
客愁金谷早，月落去来尘。

53春晚山庄率题二首

鸟寂夜山中，林喧谷壑风。
三春心不止，四顾问鸣虫。
水月池边树，芳花碧玉同。
余情归入梦，未醒乱衣红。

54

田园半四邻，独客十三亲。
不坐风花处，孤身西月珍。
山庄丝竹曲，酒色误人春。
已蜀听流水，何须再见人。

55江中望月

江中望风光，镜上向明堂。
影里钩弦注，波前日月忙。

56明日引

曲舞大唐春，耕耘洛邑尘。
风光三物色，草木四邻新。

57

澄澄一月光，净净半波扬。
沏沏江流远，浮浮练石梁。
寒宫藏玉影，桂树隐红妆。
只向风前送，痴人可断肠。

58

一步半红尘，三春大地新。
婵娟明月色，草木碧天津。
渭水船家晚，长安客夜邻。
寻归何日月，应物几书人。

59益州城西张超亭观伎

红楼一半春，落日两三人。
曲尽庭前树，音余暮后秦。
姿舒非已已，态就是何亲。
短袖先藏露，长巾满客身。

60还京赠别

一望蜀城遥，三江月色潮。
长安阡陌巷，渭邑柳杨条。
杜宇声中去，慈恩意上消。
千云浮紫气，入水绕都桥。

61至陈仓晓晴望京邑

一栈渡陈仓，三秦满曙光。
飞扬天下色，收敛晓中香。
八水东都岸，十家白玉堂。
龙门朝暮望，进士去来乡。

62晚渡滹沱敬赠魏大

卷曲去来云，风扬上下芬。
浮沱朝暮望，魏大岁年曛。
谷壑冰川久，巅峰草木勤。
沙澄同携手，月影共思君。

63相如琴台

蜀客一琴台，相如半赋开。
知音非草木，自可玉人来。

64酬杨比部员外暮宿琴堂朝跻书阁率尔见赠之作

一叶落琴堂，三明部宿光。
千灯呈古色，万卷复天庄。
汉社秦官日，桃源玉水梁。
清溪流去远，隐树向云藏。

五言排律

65西使燕送孟学士南游

天山弱水东，蜀道峡陵虫。
万里金沙岸，千流碧玉穹。
南游知学士，北上见秋鸿。
耿耿风尘外，舒舒济世雄。

66送郑司仓入蜀

半入锦城东，三朝别意穷。
千川流水色，万里一夜鸣。

67绵州官池赠别

官池玉草班，国佩客灵关。
野径随人少，绵州古树湾。
鸣道飞难进，浮云不可攀。
天暮花色好，谷壑列荒蛮。

68还赴蜀中贻示京邑游好

关山一暮霏，蜀道半云闱。
紫禁章台外，旗悬御苑晖。
长安阡陌巷，渭水去来衣。
北渡龙门阔，南临落翠微。

69和夏日幽庄

夏日入幽庄，清风落草堂。
云烟难散遣，钓渚意方长。

70山庄休沐

一节水山庄，三声日不扬。
风流成紫气，临天下界梁。
玉井沉金柱，栖龙化钱塘。
川摇波影宿，谷谢奏田浆。

71山林休日田家

山林日日一田家，草径幽幽半石崖。
露水明明珠玉滴，疏机处处见桑麻。
耕耘反朴归真话，稻谷锄犁问豆瓜。
涧北初霜含菊色，篱东井架牵牛花。

72宴梓州南亭得池字

南亭一贵池，岫阁半春枝。
曲水绕北岸，楼台向晚迟。
云烟浮碧色，古蔓落红时。
水鸟啼新叶，王孙彼若斯。

73酬长少府东

少府东临一汉川，檀溪跃马半云天。
瑶山曲调珍珠落，白首青衣万亩田。
不卧林泉常自警，攀峰望远叹荒年。
毫端笔架江河岸，共谓文章是故研。

74过东山谷口

东山谷口过皇州，桂林桃源任旧流。
足迹苔藓依井路，浮鸥傍水取温柔。
鸣禽不语神仙客，宿鸟还争树上头。
仰鹿无闻先后去，清溪有序赤松游。

75送幽州陈参军赴任寄呈乡曲父老

西关二十年，夏日半百天。
毕业幽州去，书生进士研。
江南才子岸，剑北树林泉。
故土知钢铁，京城学院前。

76晚渡渭桥寄示京邑游好

晚渡渭桥头，徘徊御水舟。
孤身南北望，独立去来秋。
马放西山远，人横钓浦栖。
无须闻风寂，不可曲江留。

77赠许左丞从驾万年宫

一道北南开，三声日月来。
中枢移七斗，汉时问瑶台。
寂寂风云尽，幽幽御架裁。
皇州多少夜，搁笔暮朝回。

78哭金部韦郎中

金霄受拜堂，玉殿皆含香。
始见翻云碧，终书未勉郎。
幽幽居未尽，事事已心伤。
阁主何不语，平生自渺茫。

79哭明堂裴簿

一曲半明堂，三声两地荒。
十年冈此去，万古共苍茫。

80同崔录事哭郑员外

文章一远天，日月半疏年。
草木随天地，阴晴任井泉。
同门书笔墨，共勉暮朝田。
白马西京驻，青松自在眠。

五言绝句

81登玉清

沧海一桑田，孤峰半地天。
千年同日月，万里共云烟。

82曲池荷

一色曲池荷，三生醉九歌。
田罗多少问，楚士已蹉跎。

83浴浪鸟

身轻逐浪飞，比翼几何归。
独奋风云上，长驱一石微。

84临阶竹

阶竹半封霜，临阶一砌凉。
招摇天下雨，饮露纳青黄。

85含风蝉

落落一秋声，情高半独鸣。
危冠凭意远，只响正阴晴。

86葭川独泛

独立一舟横，行吟半古声。
春江知日月，石岸白云生。

87送二兄入蜀

关山送二兄，客子间三盟。
只顾相分手，无言作弟声。

88宿玄武

晓色一方池，晴晖万里思。
方圆成远近，日月问时迟。

89九陇津集

澄华九陇津，水碧一川秦。
玉树飞禽宿，烟云俯仰勤。

90游昌化山精舍

书山一汉高，宝卷半心劳。
化己成天地，沉香带衣袍。

91

龙亭北海潮，景瑞柳杨条。
院落归鸿影，仲秋五弟遥。

92杂言骚体

人中五谷收，世上半徘徊。
日月相承续，乾坤去不回。
才华今古见，著作草堂限。
草木江山色，书生醒醉催。

93卢照邻集卷下终

半在皇州月照邻，一生辨士日陈真。
飞鸿万里苍山小，教道千章御柳新。
云缈缈，雨津津。天光草影每相亲。
翻翻覆覆藏文教，古古今今作法人。

94

春来问古今，暮去白头吟。
雨色成天地，云光化脾心。
衣冠禽兽客，日月木成林。
道路三阡陌，黄粱一梦深。

三、卢照邻集 骆宾王集 李峤集

卢照邻 著 中华书局；骆宾王 著 浙江古籍出版社；李峤 著 浙江古籍出版社

骆宾王集卷上

1萤火赋

半夜一流萤，三更两线明。
千纤毛不语，百度色相生。
闪闪何由主，幽幽自在行。
周身惊白首，杰务似伻荣。

2

宋树龙蹲伐质殊，吴晋会异类石余。
鸣声造化昆虫比，物昧身形器况如。
感念由心生事绪，惊情顺遂竞仕初。
逢时宠幸同则异，处事临流不可书。

3

夏日阴阴一气生，潜寒暑夜半不成。
秋凉未养玄功鸟，次钯霄流云物轻。
上莫方行阳未许，知来忘去不思赢。
招摇属动今身影，隐显无成作不鸣。

4

自照一流明，阴阳半夜轻。
蝉蜩相俗陋，品异共如倾。
高低非已许，左右定当荣。
闪闪熠熠耀，觊道感秋晴。

5荡子从军赋

浪子十夫名，胡兵百万声。
三千军阵鼓，五帐令霜轻。
隐隐沙场暗，迢迢白马明。
笳声连草野，指点左贤城。

6

蒲海雨成霜，宣城雪易肠。
三边连紫气，九陌属天光。
凛凛青云路，遥遥淑女房。
含笑归不语，独立去来当。

7

一地半沙鸣，三更五帐倾。
军中无戏语，浪子有征名。
白马争先去，弓袍怯战轻。
闺房当有梦，尽是属君荣。

五言杂诗

8夏日游德州赠高四

梁山曲阜一光阴，易水黄河半古今。
赵俯燕荣星象近，齐才鲁士举兽禽。
吴门水带波涛与，越隐丛林草木深。
四面皇州云雨至，千川日月共人心。

9

梁鸣不饮一轻茶，五具羊皮半弃家。
隐若人间潘兵质，招摇肆市酒人斜。
廉颇请罪相如路，吴起惊心怯赵沙。
贱贵林泉何草木，声名利禄几春花。

10

南山五色一东陵，渭水千波半玉冰。
赵府金兰多少客，吴津素野碧香凝。
韩王紫禁图南北，越剑临风意气兴。
抚循时时成宇宙，芳非处处若人承。

11在江南赠宋五之问

井络易源塘，粼波向光扬。
连州船别岛，宋五剑浮梁。
浦泽承天地，潮流问芷藏。
风烟之问简，水月逐潇湘。
积碛萍花少，潭涵草木香。
蝉鸣京洛客，气吞士风扬。

12

苑露带珠明，塘荷向玉清。
姑苏同里间，浦口镇江晴。
赵步邯郸见，吴涛木渎瀛。
川畿之问客，玉佩紫烟生。

13

隋炀水调一钱塘，蜀道歌头半柳杨。
沈约余音平水韵，黄天荡里化苏杭。
唐宗台梨秦王客，宋祖临安不可亡。
莫如诗词成五万，人情愈老愈张狂。

14秋日山行简梁大官

出行半入天，虎阜一出川。
晓木封高直，云层挂翠烟。
飞流悬壁磊，落叶逐清泉。
独木成林早，孤身化雨田。
秋风寻径扫，暮色客峰莲。
臻远灵心永，玄音弃止然。
潭含千碧玉，露纳万沧涟。
四皓何思汉，三公已自眠。

15晚泊江镇

四律阴阳至，三光早晚游。
荷香消夏暑，菊色望中秋。
暮泊江村镇，船娘夜宿愁。
波涛清又浊，守雁望芦洲。
塞外风霜月，衡阳草木浮。
潇湘斑竹泪，但寄二妃眸。

16晚渡黄河

晚渡黄河去，梦归一叶秋。
平原千万里，日月两三楼。

宿枕黄粱见，九门草木休。
风惊流水逝，桂影逐春秋。
鼓伐随波响，渔声向壑流。
无闻烽火事，有意风江楼。

17晚憩田家

劳心从远牧，苦力任田家。
水色三千折，山光五百花。
江流波自语，木立叶孤华。
雾满沉浮见，心思古径斜。
浮萍成岛屿，岸渚积蒹葭。
日月多天意，阴晴付豆瓜。
龙章何表越，世俗自桑麻。
但见风云雨，倾天见女娲。

18宿山庄

金陵一宿舟，玉镯半无求。
虎踞龙盘地，江东霸主州。
秦淮非是水，帝业紫金休。
燕子矶前望，长江锁石头。
山庄藏淑气，古月问春秋。
汉室萧何见，周公伐纠留。
空山何不止，夜梦大江流。

19出石门

峰岩接远天，绝顶挂云烟。
化类蓬莱石，行明九叠泉。
松低多曲阜，柏叶少针全。
小草三风细，春榆一树钱。

20至分陕

一岭半分秦，三山五岳春。
田畴丌胖Ⅲ，晋祠衣泉邻。
剪曳雎鸠彩，降周十易钧。
何巢维雀鹊，独向牧人频。

21寓居洛滨封雪忆谢二

心思一去回，十易半天开。
物象分仪对，肘空合际裁。
秦川千八百，渭水九徘徊。
瑞雪昆仑色，曛风洛邑恢。
琴台流水去，汉口楚山梅。
羽翼飞黄鹤，知音不可催。

22月夜有怀简诸同病 自述

闲庭百步城，夜月五湖生。
水净东城树，云清北国明。
飞鸿初落渚，鹊鸟复栖鸣。
可叹高楼上，宵中一梦清。

23叙寄员半千

一路三河问，千山半远烟。
如弦惊晓月，若历抵桑田。
隐迹思鸿翼，从容向海边。
弯弓知射虎，翰墨已玄研。

24咏怀古意上襄侍郎

二十二潘安，三千一里宽。
秦川多养马，渭水自波澜。
汉月长城北，边霜易客寒。
捐躯成励志，跬步上云端。

25寒夜独坐游子多怀简知己

独坐一宵寒，离忧半积端。
知人知己去，十易十难安。
富贵天涯近，贫穷海角宽。
重阳重九日，客坐客三丹。

26送宋五之问得凉字

宋五一池凉，宾王半故乡。
成全辞泗水，化解二流漳。
以此寻之问，从言过去梁。
秋云沉落久，莫以布衣昂。

七言古诗

27帝京篇

八水分流一帝京，三台御驾半天城。
南宫复道簪缨色，北阙纳陈剑履声。
百二重关秦寨守，千门万巷渭都荣。
交衢朱雀承天路，顺义景风问驾声。
安上含光王步履，纵横安确广运平。
门前延喜中书省，御后司农左右卿。
紫禁皇家明德去，东西市井大明生。
金光已满春明道，启夏通化上苑情。
宝盖雕鞍金络马，亭台楼阁去来英。
分金陆贾王孙客，绀献青牛赵李盟。
侠士珠玑陈凤瑟，罗敷启唇自芳行。
金陵女弟双飞燕，霍卫宫中独自衡。
羽翼风生成大漠，青牛老子双阴晴。
潼关一镇长安镇，七彩芙蓉尽啼莺。

28畴昔篇

少小青春到白头，英雄使气问春秋。
三条弱岁香车路，五霸臣冠逐鹿游。
潘陆词锋从六郡，张曹翰苑十三州。
平原坐上阳关见，鼎甲心中日月忧。
蜀道蚕丛何所以，陈仓暗道几人求。
公孙跃马轻称帝，白帝托孤欲难留。
妇女军城占卜祝，武丁帐令取兵酬。
英灵自有英灵志，侠义何须侠义休。
腊月梅花寒色雪，春香素影满枝头。
东风化雨云烟里，紫气东来御客谋。
解袂知音流水去，高山犹在伯牙休。
黄河曲水东营见，金谷青云对地愁。
逐客丞相先不论，李斯二世后千忧。

29行军军中行路难

金坛授律行，玉玺将分兵。
飑日成群战，长驱北固营。
拥旌宣庙略，举剑势弓城。
背水惊前鼓，轻裘向帐鸣。
秋霜浮雪色，铠甲落冰瑛。
月色寒盟近，黄河自吞声。
川原青海见，北户客倾生。
谷口多毒雾，坡前磊石城。
苍山交趾问，大漠木难耕。
肃北沙鸣响，瓜洲野鹿迎。
胡杨枯柳立，磊壁玉门城。
旧忆成新宇，家乡继续征。

30行路难

长亭君不见，古道自难行。
虏寇分朝暮，山河日月明。
风尘天子问，草木御王瑛。

渭水交河色，阴山汉帝情。
阳关惊险漠，海市化余荣。
马首山前去，瓜州陆上声。
营连芳七尺，百日逐秋平。
晦结宣功迹，相思对阵倾。
沙鸣飞鸟道，落暮月牙城。
武命承天运，龙纹贯马生。
兰州河岸上，红柳马连缨。
朔北男儿尽，安西少女菁。
同心明月下，共意蜀道荆。
彼此长城间，江山汴水泓。
天华山峡口，雨瀑四川倾。
绝境单于汉，寒霜讵妇婴。
枯荣多不见，日月几无名。

31艳情代郭氏答卢照邻

莫问卢家一莫愁，湘潇竹泪半无休。
三川守玉芝田望，四水行云洛邑秋。
楚楚平江分两岸，迢迢驿道过千楼。
浮云比翼风帆去，锦字回文欲白头。
柳絮杨花春已尽，梨园杏李尽风流。
空城冷时幽纱影，独女成都故色留。
楚水长江波不上，吴门未断望夫舟。
绿珠落日平金名，旧酒升平故地忧。
蜀道难行修栈木，蚕丛执意杜鹃洲。
雎鸠此唱知君子，舞蝶双飞向石榴。
孔雀东南枝上影，牛郎喜鹊小桥浮。
天河织女年年渡，石镜重圆月月眸。

32代女道士王灵妃赠道士李荣

玄都五府一风尘，道士灵妃半客邻。
万木三山桃李树，千川闭谷暮朝邻。
仙城草碧桑田远，玉女云扬蜀雨濒。
紫栓参差长短见，芝兰彼此色相新。
箫声凤史秦楼在，弄玉清音几度亲。
阙下南宫何不问，风光未与穆公巾。
玄幽绰约妖妍色，启驾瑶池老母真。
月窥人间容易得，丹心佩带素袍巾。
浊水清尘何似比，行行止止路分钧。
梅花腊月寒心动，雪柳东风雨日春。

骆宾王集卷下

五言律诗

在狱咏蝉（并序）

平生半古今，历治一人心。
物象千世界，文章万水浔。
高枝客易响，湿露羽清深。
自待晴阴见，甘棠寄远音。

33于紫云观赠道士并序

道士一玄门，昆仑半树根。
三清成世界，九脉问王孙。
羽盖天冠重，阴藏地府村。
瑶池应不远，日晓客黄昏。

34渡瓜步泒

明堂下贵州，奉檄上心忧。
七尺以无主，三公夺志留。
黄沙黄不止，处世处难求。
月将寒宫色，云浮客滞愁。

35途中有怀

楚秦一在山，鳞惊半涸湾。
三川何向背，九鼎铸玉关。
坠羽虚心处，童翁客地闲。
无言明月下，有见素朱颜。

36至汾水戌

苦役一离忧，汾波半浊流。
随川成逐客，溅石作回舟。
湍浪荒烟色，丛林结晦幽。
苍口霸铁甲，莽莽月含秋。

37望乡夕泛

一路望乡桓，三生问六安。
桑田禾稻米，日月赋天寒。
此泛临山远，余波逐鹿澜。
南冠从所欲，北任炼心丹。

38久客临海有怀

天涯一日观，海角半波澜。
一阔苍茫水，三江纳九漫。
鄱阳云梦泽，岳麓洞庭滩。
大小姑山问，乾坤玉石盘。

39游兖部逢孔君自卫来欣然相遇若旧

君游一卫还，客寄半昆山。
玉叶繁花见，淮波简日潜。
欣欣相遇旧，楚楚付河湾。
腊月梅香色，金兰竹菊颜。

40西京守岁

守岁一香云，间天半夜分。
五更新日立，子夜旧月闻。
列宿方春色，严冬已落裙。
无须鸣灯竹，只以旭阳云。

41白云抱幽石

白石一云留，悬泉半涧秋。
新花分色照，羽木付苍流。
锦绣仙衣著，莲花玉影浮。
幽幽连淑气，旷旷逐神舟。

42春云处处生

春云处处生，细雨润乡荣。
四望飞鸿见，三声问阴晴。
江南乡土气，塞北檄天盟。
瑞叶重光色，吴都岁岁明。

43同辛簿简仰酬思玄上人林泉

思玄一上人，简籍半辛因。
六隔纵横见，春秋日月均。
林泉招隐去，汉客武陵濒。
积岁芳洲色，牛羊草木亲。
啼莺声不止，舞蝶影无珍。
涧潇常年碧，花光始岁中。
风尘同雪月，杜曲共经纶。
抱石浮云净，从流客寄身。
相思何所以，楚水作吴津。

44秋日送陈文林陆道士

玉桂问飞鸿，吴门付楚宫。
青年一岳云，赤马向苍空。

蚁撼咸阳树，云浮渭水东。
玄虚成世界，共话与君同。

45送郑少府入辽

少府一辽东，榆关半晓红。
桑干燕赵水，易水魏秦雄。
月汇变弓射，星流箭的中。
苍烟烽火色，落照驭台风。

46送费六还蜀

一月挂吴门，三江玉树根。
星河分两岸，蜀道合千痕。
雪影含川雨，风花纳古村。
壶中藏老酒，独对月黄昏。

47秋日送侯四

一曲对君弹，三鸣向日安。
分襟鹏博去，豹隐客心丹。
落日秋山满，苍流暮色寒。
思归归不得，问道问盘桓。

48秋日送奶大赴京

不忍问桑田，樵渔向酒泉。
桃源花色见，竹叶碧云烟。
别路京都步，何长一曲天。
山幽千岭木，水阔万里川。

49秋夜送阎五

月夜一江圆，轻舟半远天。
通庄成旧里，滞露结秋烟。
积水留津碛，浮云付渡边。
清风何远近，小叶入心田。

50送王明府上京参选

紫府正衣冠，青田振甲寒。
虚心孤影见，曲背独心安。
妙曲繁弦奏，知音简不弹。
闻天从自己，向北任金銮。

51秋日送别

寂寂一心流，寥寥半叶秋。
同观船水落，共问去来由。
独影山形照，孤情古月舟。
东陵留草木，胜似帝王州。

52别李峤

芳尊别李峤，客怨楚天遥。
月半弦明暗，船平雨露消。
京都听玉漏，渭水夜江潮。
灞上听壶口，人中任竹箫。

53在兖州饯宋五之问

宋五半汶阳，淮尼四水乡。
寒雕之问客，绿蚁骆宾王。
一别相思曲，三声驿道肠。
千途依旧问，万里各低昂。

54游云公观

灵公胜境观，府枕涧川寒。
玉殿临江汉，金堂坐久安。
青门峰有路，竹水月无澜。
但以瑶琴付，琴音入杏坛。

55夏日游山家同夏少府

夏日一山家，层岭半经斜。
幽曲千里外，玉石百溪沙。
少府松林客，樊笼涧谷花。
如今成自由，但挂旧乌纱。

56初秋登司马楼宴

展骥宴初居，登堂拜故余。
三清承满座，六义积潭虚。
野晦阴晴至，空山已读书。
行章常不问，鼓案索纠如。

57初于六宅宴

一契问风云，三朝向檄文。
唐周唐不尽，李武李难分。
意尽深交所，灵神俗累勤。
清流含带梨，木若纳芳芬。

58冬日宴

一百杖头残，三千弟子宣。
袁公长乐第，谢女吟雪边。
促膝鸾觞满，当炉兽炭燃。
何言樊桂树，以此酒泉田。

59馁鸡子

二日到清明，三春问客声。
泉流各曲岸，石阻万山横。
历练空余月，群芳待夜平。
谁知怀玉者，莫道付含卿。

60咏云酒

一酒半含云，三清两界分。
泉浮千里水，地厚万川氲。
蜀气临江色，吴英守日曛。
中山元复赏，玉洽有僧耘。

61 咏美人在天津桥

天津一小桥，碧玉半云霄。
美女东邻色，色香过柳条。
红颜客不已，素手弄新潮。
子建凌波问，洛神弄玉萧。

62宪台出絷寒夜有怀

明宫一夜寒，独桂半清残。
有色同光尽，无情共未安。
南冠求所望，北客问晴峦。
岁序兰芝晓，年成蕙芷丹。

63送郭少府

少府一仙舟，开行半九州。
龙门流箭水，贝阙守歌楼。
曲尽阳关道，青牛意不休。
潼关知己已，老子问千秋。

64饯骆四二首

平生不可求，历世有君忧。
曲尽相逢酒，情余共九州。
居心同日月，别绪几何留。
十里长亭外，千山落叶休。
川流成名壑，石磊作荒丘。
甲千良宵夜，龙龙马马牛。
星河霜零济，北斗启明流。
秉烛驱寒夜，清吟向莫愁。

65冬日过故人任处士书斋

知音一古今，道路半三心。

下里巴人唱，阳春白雪深。
书香多少卷，墨迹暮朝临。
独上琴台问，谁弹对月浔。

66尘灰

湿雾浥尘灰，川流日月催。
望歌情未了，雁韵始终回。
落羽三清见，成寒九腊梅。
冰霜风雪色，律象两仪恢。

67秋晨同淄州毛司马秋九咏

紫陌九州秋，晴文半白头。
青苹三步履，白雪一霜洲。
弱水行南北，昆山问去留。
纤纤儿女见，泛泛玉莲舟。

68秋云

远远一云浮，高高半玉游。
飘飘何欲止，色色彩光攸。
淡淡随天意，层层顺九州。
明明依木树，处处对江流。

69秋蝉

一响上高枝，三声问去时。
暗鸣知世界，宿隐问秋云。
谏楚分形色，清音化羽知。
行当由自己，告退任何迟。

70秋露

一露示千秋，三光四十州。
金塘清已彻，玉树净身羞。
点滴成霜气，层岑石磊浮。
园晖行欲止，淑静可无流。

71秋月

一月作婵娟，三宫入酒泉。
知音寻桂子，问色向秋图。
后羿当无悔，嫦娥可共天。
江山同不语，彼此作方圆。

72秋水

一水本无形，三江有逝声。
寒光光此付，静影以天明。
暮落红霞满，朝来晓气平。
已纳千川流，还含日月清。

73秋萤

月色半留藏，轻风一远扬。
含温霜已近，纳火散炎凉。
闪闪行无定，杨杨柳柳长。
流明天下暗，读夜领余光。

74秋菊

江山野菊香，十尺二仪量。
社稷何相似，乾坤收放乡。
东风先草木，落叶后冰霜。
日月阴晴至，帮秋彼此黄。

75秋雁

排空一字飞，领月半人归。
玉塞衡阳岸，黄河日月晖。
年年南北问，处处去来闱。
但以汾晋水，荒丘纪二妃。

76咏水

点点一天辉，明明半日闱。
形形形不止，色色色无非。
积纳千川逐，流容万谷微。
姿成天地岸，态作翼鸿飞。

77咏雁

苍梧一远芳，塞上半寒塘。
岁岁春秋度，年年日月光。
东风湘水岸，落叶碛冰霜。
去去来来见，南南北北量。

78咏雪

含辉玉宇光，吐雾洁冰霜。
纳积新花素，从客故树扬。
龙飞因弃甲，虎跃隐山梁。
东风何不语，细雨作春塘。

79王昭君

汉月上阴山，单于问女颜。
龙鳞飞不尽，碧玉落回还。
古镜菱花色，琵琶柳叶弯。
清笳和独韵，胜似过阳关。

80乐大夫挽词

一路到泉台，三生自己裁。
浮名成界外，利禄作偷才。
草苍荒凉去，松门岁草偕。
穷泉流不止，反照暮光来。
薤露原陵旧，梅笳苦未回。
知音何不见，鹤影自徘徊。
白日还相处，辰光已不开。
丰年终万度，十载五千杯。
莫以呈嗟见，王城里路催。
当春光积翠，一旦作英梅。
唤得群芳色，留荣豹尾猜。

81丹阳刺史挽词

丹阳刺史名，百岁付流清。
桂子寒宫落，云霄浊浪晴。
山河依旧见，日月去来荣。
恻恻心田上，怆怆落日情。
寒烟朝夕至，草木岁年生。
羽盖阡城许，泉台陌巷城。
何年桥上望，故国月中荣。
白日开郊色，黄昏作太平。

五言排律

82浮槎

浮槎一谷空，若木半临风。
历录江流语，盘根磊石崇。
扶疏龙积水，吐纳乾坤洪。
大小承天意，高低顺地融。
岩廊姿抱曲，宇雷态形中。
积雪封霜色，凌水结碧垅。
其扬长岸屿，俯仰短枝丛。
万岁天河水，千年日月蒙。
宣父知朽质，赑屃论其功。
盛夏晴晴寄，严冬冽冽隆。
声声成尺寸，郁郁化苍穹。
问道经纶见，知音作始终。

83春霖早行

早律一年华，芳晨半露花。
千门知晓望，万户问红霞。
太液春问水，天街御柳斜。
平津听宝瑟，妾妇玉人家。
拙计因心自，疲秦对故衙。
玄图何不守，岁月浪淘沙。

84晚度天山有怀京邑

步步天山路，欣欣白首人。
平生耘日月，处事各秋春。
上苑乌裘暖，中书月下秦。
交河浮落日，弱水逐平津。
塞北长城见，江南汴水邻。
胡笳多少曲，牧帐去来频。
四顾流沙去，三呼旅客尘。
千声应不止，万里弃冠中。

85晚泊河曲

黄河九曲流，渭邑一归舟。
贝阙浮桥影，金銮玉俩鎏。
潮连天水岸，雾济两云楼。
宿浪兰堤泊，惊涛问白头。

86晚泊蒲类

万里一归心，千年半古今。
河原何不语，汉国已知音。

87早发淮口望盱眙

三荆一水平，四读半无声。
岸昏含元气，潮波纳雨行。
悬旌千里色，捧檄万家荣。
隐路明天下，劳生贝志城。
寻流长不止，积滞久光明。
百虑应谋断，端居寄海晴。
星楼常曲致，客社未先盟。
逐鹿红缨系，封侯自不惊。

88远使海曲春夜多怀

海曲一春楼，笙歌半夜流。
三秋谁扫叶，四读汉人羞。
戌月边沙近，安城驻地留。
虞行何所以，足迹苦天舟。

89早发诸暨

征夫一路求，处士半心忧。
绝巘王城远，封侯渭水洲。
长安清八水，禹穴异千流。
入曙蓬心晚，行程跬步酬。

90过张乎子墓

不以慕鱼心，无言切鲁禽。
音同吴越女，月共婵娥襟。
独步天街岸，行闻渭水深。
云浮成雨落，士进古鸣今。

91海曲书情

海曲一书情，苍生产故城。
游燕春水阔，上汉肯虎荣。
百岁苍生问，千年古道桥。
青山应积翠，八水可含情。
渭邑龙门客，长安上苑明。
南山终不老，魏阙始阴晴。
风光依旧问，但向曲江平。

92边城落日

边城落日红，进士曲江东。
八水长安色，三台治国公。
黄图临渭邑，紫塞处沙风。
万重听鸣久，千年任故宫。
楼兰丘未了，古月色寒虫。
俎豆江山近，寻源日月中。
红尘应不断，岁月可由衷。
积石山峰立，含春草木隆。
行身十世界，论剑一雌雄。

93蓬莱镇

一意半蓬莱，三鸣九鼎台。
边城凝海气，虏地结霜梅。
野旷天高树，江流月色开。
承冠南北客，授绶暮朝才。
弱羽浮云翼，强弓牧马回。
英雄当彼此，进退丈夫来。

94宿温城望军营

宿月入军营，闻声问甲兵。
温城多少夜，帝阙去来鸣。
仗策求飞将，行符作剑声。
龙文呈帐令，白羽结红缨。
楚练青山外，胡笳动地平。
云烟烽火道，顾想故人情。
草卷阴山色，沙扬紫塞更。
功勋名不就，雪耻汉身名。

95四月八日题七级

香灵化紫烟，鸟蝶逐龙川。
阁俯浮图壁，书铭一觉禅。
丹青从晋代，仗略画梁年。
二帝曾相见，三卿作旧传。
悠悠阡陌里，界界暮朝田。
淡二贤良问，疏疏彼此泉。
侵侵黄道日，偶偶对苍天。
但以清明许，精诚戒语悬。

96早秋出塞寄东台详政学士

东台学士言，北阁天街轩。
八水长安外，三秋落叶萱。
当驱分斗报，促驾解胡垣。
扬州见山川，尘沙故五原。
蓬莱今古问，宇宙话方圆。
笔墨南阁敛，浮荣杏李繁。

97郑安阳入蜀

安阳入蜀天，井络接千川。
凤野求凰色，龙媒遣岁年。
鸣琴台上见，汉水伯身怜。
百里长亭路，三巴下里田。
君途知日月，别路问前边。
剑阁天门外，陈仓札汉烟。

98在军中赠先还知己

不到玉门关，楼兰进士班。
知人知自己，问道问有山。
霍卫英雄客，昆明献凯还。
封侯云未定，落雁草滩湾。
剑锷霜风历，弓刀进士蛮。

相思边塞北，跬步可登攀。

99和李明府

一笑洛阳城，三呼履弟兄。
红霞疑织锦，旭彩似编缨。
古道长亭榭，临流驿色横。
津门层掖渡，范府匣中鸣。
斗气浮云对，尘虚坠小平。
潘江清澈水，岁月不倾情。

100望月有所思

碎影半波业，园光一色开。
玉砌风花见，珠明雪镜台。
南天应不晚，北陆可徘徊。
此绪寻同望，由心寄楚才。
分离多少问，明翼暮朝回。
战乱人心尽，和平岁度恢。

101送吴七游蜀

吴人蜀地楼，别路楚途忧。
日照桃花岸，风扬小杏羞。
秋霜明付木，竹影叶无休。
翠色分山岭，烟消化扁舟。
听泉听所绪，跬步跬何求。
独立金鸡去，千川合百流。

102西行别东台详正学士

一曲御城春，三秦别故人。
关河形束水，日月放天津。
学士东台望，寻源作汉臣。
梅花先上苍，塞北柳杨新。

103春晚从李长史游开道林故山

小径石荒台，中峰古色开。
幽泉幽不已，野旷野人来。
步碎溪流色，呼声日色回。
山光何约束，一醉有余杯。

104和王记室从赵王春日游陀山寺

春莺满树来，小杏色先开。
鹫岭祥明坐，三空广不回。
重轮龙不语，惠日木林苔。
妙辩玄津雕，河东故事催。

105冬日野望

冬梅一夜香，腊月半冰霜。
絮雪飞去积，梨花素色扬。
寒潮初去定，乳白淡红妆。
野籁江山厚，清流以暗藏。
芳凝灵性动，浦口木含梁。
渭水秦川望，长安上苑光。

106 夕次旧吴

楚水半东吴，荆门一丈夫。
浮云天际外，细雨地江苏。
霸主乌骓纪，英灵赤壁孤。
周郎音不误，诸葛以如荼。
馆宇山川外，风尘日月都。
樵渔怀伯隐，谏秦买臣奴。

107 过故宋

故宋一千年，荒城半旧天。
云浮朝市隐，晓气对流泉。
古迹随烟色，丰池任女妍。
从花知已见，翠草向人宣。
但向吴台望，寒七歙束烟。
梁园非隐止，独慰过秦川。

108伤祝阿王明府

宣尼旧馆陈，孟营故台邻。
断陆鸿飞问，春秋万绪频。
桂魄销轮色，荷思毁目秦。
从容风月去，列寄雨云春。
继武前英子，含章政惠珍。
东都三界事，易水一天津。
长安朝暮见，独立帝王臣。
契与良贤问，生涯紫气茵。
翔凫尤赛履，阨陌可成滨。
八水京都雾，千川洛客巾。

109咏怀

少小不知难，翁童各自宽。
刘琨长啸咏，阮籍独思欢。
一诺图穷匕，三生只报韩。
关山当跬步，岁月可机悬。
守拙房谋策，寻行杜断安。

虚心社稷问，论剑江河澜。
但见浮槎干，何人几度弹。

110边夜有怀

一字见南鸿，人声半北风。
衡阳终始问，岁月去来穷。
沅水三湘浦，阴山百里雄。
枯荣春草色，日月暮朝红。
碣石孤临海，渔阳独易洋。
辽河分两岸，塞上合千隆。
莫以凭天见，长城汴水空。
钱塘商贾地，白骨战争功。
飞将应天水，山河寄以翁。
封缨以剑诺，解甲作鸣虫。

111久戍边城有怀京邑

共度人间路，同行日月途。
三边千世界，九脉一河图。
汴水长城见，和平战役殊。
胡笳中外响，羯鼓帝王都。
远近琵琶曲，阴晴日月无。
风尘名利客，草木自扶苏。
棘寺清真地，蓬山造化儒。
书生知老子，世界向江湖。
投笔楼兰问，行心勾践呼。
江南知汉武，塞北得单于。
养马秦川名，纵横六国驱。
中原何逐鹿，宝剑几雕弧。
可见胡旋舞，梨园一念奴。
霓裳红羽翼，玉笛白袍孤。
但以王维客，相思豆色吴。
公孙扬剑器，筚篥始终胡。
受降城中月，交河落日辜。
楼船南北岸，铁柞暮朝符。
大埋云飞尽，西蕃牧主隅。
江山天水问，社稷几中枢。
大漠沙鸣去，晴川汉口虞。
金针分液漏，玉女量繁壶。
四象风霜寄，二仪大夫夫。
凤阙千门永，皇城万户姑。
海市蜃楼影，阳关渭水衢。

长安多少客，子弟曲江濡。
但向龙门跃，何从望海纡。
乾坤应定择，积聚可珍珠。
此去三千道，还行万里躯。
情闻南北见，历练废兴趋。
昆明水戎兵，殿壁不吹竽。
芙亭寻弱水，铠甲解秋鲈。
可以天堂色，应乎战役隅。
丝绸西域志，举案七发趺。
得已葡萄酒，飞鸿几玉凫。
阴阳中国比，今古凤凰雏。
唯唯天地事，默默水山区。

五言绝句

112在军登城楼

地载一千川，天含五百年。
军明三帐令，沧海九桑田。

113于易水送人

易水一燕丹，荆轲半冲冠。
图穷何所以，击筑作秦寒。

114咏照

一月到昭陵，三光问魏征。
千波泾渭色，万里草木兴。

115挑灯杖

挑灯五寸高，汉帝一葡萄。
小苑楼船去，云南日云霄。

116咏尘

水涓一风尘，风扫半路秦。
长城终不止，亦客始天津。

117玩初月

楚楚玉丝弦，幽幽客色泉。
寒宫流桂景，独梦以钩连。
七言绝句

118忆蜀地佳人

蜀地佳人一片云，东吴碧玉小桥台。
关山燕字排空问，一一人人几度君。
水调歌头洛邑楼，初唐四杰玉人羞。
隋音格律成今古，沈约三光韵仄优。
泾渭色，柳枝头。余情已过老苏州。
王维太白知章志，杜甫昌龄唱莫愁。

李峤集

1楚望赋

登高自赋十三州，感物当端一半浮。
日月阴阳成世界，两仪四象帝王侯。
心明目望杼无放，楚水吴流积聚收。
社稷兴亡书史记，乾坤十渡是春秋。

2

远近高低一触眸，山河草木半春秋。
峰临绝顶冰霜雪，水逝波涛逐易流。
揽物之情思不尽，由情而问对滩休。
行藏岁月甘泉顾，沧海桑田大禹浮。

3

江流自古问江楼，日月何光见日头。
楚望吴门寻楚水，潇湘竹泪浇潇愁。
岧尧六郡乡县俱，负禹河山九鼎丘。
地阔天高分八面，云雨洒落化三秋。

4

茫茫一致而兴扬，目目千端感物章。
朔漠关河何镇锁，云平野阔几兴亡。
天街步步扶摇问，地表重重厚泽塘。
路驿长亭千万里，河桥渡口两三乡。
邯郸学步成形水，晋耳商山介子粱。
自此清明寒食节，人间乞火作书香。
高吧四望轩辕駰，俯仰三明日月光。
世界分疆秦汉间，鸿沟两岸共炎凉。
桃源洞口先生云，五柳村前后付芳。
妇织云霞成彩锦，郎耕日月误还乡。
骚人楚望潇湘尽，但以纵横作曲肠。
文章莫以玄黄著，武勇当先苦胆尝。
徘徊世上知何达，曲折人间自萦强。
社稷耕耘田亩色，江山日月李桃姜。

五言古诗

5秋山望月酬李骑曹

秋山望月酬，色带满江流。
玉露凝香滴，含光逐放收。
婵娟同彼此，桂影共沉浮。
一叶悠叶落，千波静静游。
萤虫飞不止，大雁守栖洲。
独寄君杯里，离分不尽愁。

6

首夏待春愁。重阳酒色酬。
东风无湿气，草木有生忧。
玉殿深虑短，咸亨早晚谋。
炎威阳积恐，稻谷气蒸休。
涸甸分沟裂，渴枯井巷牛。
甘泉何足饮，土地籽难收。
卜易求天意，庶民待毙留。
穷图知变数，九月乃终收。
岁岁桑田望，年年祝九州。

7奉教追赴九成宫途中口号

奉赴九成宫，途程雅颂风。
梁游非背客，委质第西东。
短见田桑色，长驱是故鸿。
云行天下润，雨积谷秋丰。

8和同府李祭酒休沐田居

所欲所难同，簪缨各始终。
官居天下隐，位列世中空。
筑室临流水，开扉待雨风。
春秋相似处，日月自无穷。

9扈从还洛呈侍从群官

六合一群官，三台半玉澜。
风平周汉室，浪静渭泾宽。
秩帐天行色，前驱鼓角銮。
笳声留驻骅，戒律上云端。
帐悲长安路，遥寻灞水滩。
阳春桃李下，白矩驾时丹。
邙巩咸秦外，旌门禁令安。
登原从草木，岳理待王冠。

德泽申歌舞，恩施束紫鸳。
龙书几道路，选谬衢樽丹。
导辅氤氲气，勾心斗角难。
成全构厦建，立世帝王坛。

10奉使筑朔方六州城率尔而作

三台筑朔方，一宰向炎凉。
五岭天水岸，千门世界疆。
崇墉凌顾眄，汉苑豫文章。
寞高昆仑北，行身大漠荒。
沙鸣成顾司，月落问家乡。
北海皇家域，南宸帝子王。
陈门中夏土，制迹上云堂。
策贻兴亡道，谋酬日月光。

11早发苦竹馆

苦竹馆中溪，流泉月下低。
明前先哺岸，逐后已云齐。
陌上樵人少，山扉路客迷。
啼禽何不止，木屋鸟栖栖。
野旷星稀见，林深水石堤。
天门含旭日，跬步度芳霓。

12安辑岭表事平罢归

云端一帝京，海路半都城。
六月飞鹏去，三年瑞鸡鸣。
天涯铜柱在，地角石门平。
白简承朝治，未方抚表情。
兵符龙虎斗，将略老大声。
紫陌长安色，清江渭邑明。
长川归已冠，宝剑向红缨。

七言古诗

13宝剑篇

越水黄山一古溪，三金五玉半云霓。
丹炉淬火氛氲紫，千将莫邪彩色齐。
断铁摧丝龟甲匣，又犀利骏任高低。
青粗晋帝龙鸣去，武备王城虎啸啼。
夜度风霜明月色，朝阳旭日彩霞犀。
参差白宇藏天地，斩雨裁风送箭荑。
此剑方扬魂已觉，浑然不觉已东西。
英雄已了生前事，化尽干戈作玉泥。

14汾阴行

娘子关前一女流，唐家四月半千秋。
汾阴已是西京盛，武氏从客付大周。
鼓响钟鸣尊主霸，灵服宿寝柏梁楼。
三河夹道花客貌，四叶雄英五驾侯。
秦关渺渺云浮云，渭水波波逐自流。
玉辇金銮分别尽，南山玉石已春秋。
东风带雨咸阳色，利禄声名自独休。
帐羽珠帘随月桂，山河易改付神州。

15拟古东飞百劳西飞燕

东飞是百劳，青鸟信书高。
五马千金去，西飞小燕操。
窈窕知淑女，国俩翠裙袍。
巫山朝暮望，渭邑有葡萄。
班固修文史，琵琶作蜀旄。

16日

扶桑一旭新，若木半云春。
五色霞光满，三光紫禁秦。
苍龙东陆绪，赤羽北天鳞。
厚土阴阳易，高天草木茵。

17月

年年上下弦，月月去来天。
彼此方圆问，阴晴独自眠。
同辉知日晚，共色付流烟。
只有书生见，玲珑皎洁田。

18星

灵槎蜀郡明，宝气胄都清。
北塞丰城色，南宸七丰名。
三台宁辅阙，五老故臣荣。
一曲耕耘客，三声日月鸣。

19风

一叶任飘扬，三江半水乡。
鳞鳞波不定，来来弄去乡。
风语丝丝住，龙吟处处长。
兰台宫殿响，社稷久低昂。

20

一扫半云天，三江九脉田。
禾苗茁壮见，日月空净悬。
四季无同语，千年有共泉。
人间当此变，世界未了宣。

21 云

落落一梁台，浮浮半世埃。
层层天未满，楚楚神州开。
郁郁忧人许，明明处事裁。
轻轻多不语，物物感时回。

22 烟

迷迷半雨村，久久一无根。
色色朝霞彩，蒙蒙草木恩。
沉浮何远近，日月几新吞。
塞北干戈乱，江南玉石门。

23露

一滴一珠圆，千流十地宣。
光明同世界，色彩共长天。
点点成天下，生生化地川。
平平臣笏日，漏漏御液年。

24雾

楚泽一曹公，平城半汉宫。
山光凝紫气，日色落天空。
似雨还云注，如烟未水蒙。
轻轻去豹涿，去去时客风。

25雨

九土一新生，千山半玉明。
灵光多润泽，淑气几枯荣。
赋予桑田色，寻来草木情。
江山四海水，社稷三光城。

26雪

一色作天光，千山素被凉。
江流深暗窄，草木复冰霜。
似雾如去落，飞鳞解甲装。
周殷仙女乱，玉鸟舞荒塘。

27山

屹石一青天，横云半谷川。
峰高凌绝顶，古壁秀声泉。
翠羽云封路，晴光化色田。
灵木长远近，碣立秦人仙。

28石

铺路筑桥边，河流岸积田。
山峰多磊立，大海碣临篇。
饮羽军威正，维城草木宣。
英雄君子道，世呈陌中阡。

29原

遥遥一陌阡，远远半天边。
处处桑麻事，平平饮雨泉。
纵横天下色，左右世中田。
委甸生新绿，成春作雪烟。

30野

一望半云烟，十川九脉田。
天高候鸟翼，地阔任流原。
蜀楚齐吴越，中原客主怜。
幽幽元气在，郁郁向杜鹃。

31田

贡禹不安贫，张衡动地身。
苍梧班尔泪，粮米可生亲。
济世嘉禾稻，行程作裕仁。
江山和社稷，日月泽龙鳞。

32道

此去一长亭，何须半渭泾。
潼关须解里，塞北可丹青。
巩洛铜驼身，临邛剑阁屏。
乾坤多日月，玉宇数零丁。

33海

海纳一千川，云浮半旧年。
波涛相似处，日月易桑田。
羽坎潜龙望，阳干化雨泉。
含珠成异界，逐露作方圆。

34江

十川一取流，百汇半春秋。
湿地源泉水，含云纳积洲。
西东成禹贡，曲折北南畴。
白马飞天去，隋炀遇九州。

35河

同原一叶秋，共汇半神州。
不解千川逐，东营九曲流。
谁言天水岸，青海百泉游。
竹箭龙宫射，昆仑是马牛。

36洛

河图一半书，物象万千渠。
八水长安外，长安帝子居。
陈王凰凤许，浦日逐云舒。
白马凌波去，神龟客主余。

37兰

天台一色明，越女半纱荣。
淑气从天去，浮馨任市倾。
婷婷凭自立，处处已先生。
擢秀河汾岸，余香雪雨平。

38菊

九月一重阳，三光半秀香。
黄花明满地，楚楚纳寒霜。
玉律春秋见，天街晓旭扬。
丰茸冬雪客，日立作春芳。

39竹

寞寞楚江云，斑斑玉泪纷。
兰亭湘水岸，节杖佘塞文。
曙气寒霜降，云光翠碧裙。
婷婷凭自立，直直向天寻。

40藤

一叶半斯文，三生两客君。
丝丝相互绕，树树暮朝寻。
以色含云雨，凭心纳日曛。
行中缠绕望，架上自辛勤。

41萱

处处一丛生，欣欣半木荣。
黄英常养性，绿色击倾城。
少女依芳度，东风雨色轻。
文雄香不语，结集对天盟。

42茅

楚罗一丈茅，吴门半老巢。
衡阳玉日色，禹帝茨殷交。
野望通天志，青旋落地爻。
方期诚可供，此举客栈抛。

43荷

婷婷一小荷，色色半怜波。
洞洞蓬莲子，深深曲苍多。
鸳鸯求水暖，采女度天河。
夏日芙蓉岸，藏清露叶多。

44萍

二月半初生，三春一碧荣。
游移浮动色，欲止欲濒明。
水岸相邻见，池塘事雨情。
枯荣连远近，日月静和平。

45菱

两角一心中，三秋半色同。
潭花波不起，浦月叶翠空。
欲采疑无实，还寻废世虫。
何迟天地水，只去五湖东。

46瓜

一味满东陵，丁香名玉冰。
青门疑五色，碧叶筑丝缯。
墨迹方圆外，文心日月承。
金花呈六子，谒蒂山香凝。

47松

郁郁一林成，森森半树英。
垂垂枝叶少，直直向天晴。
百亩含云润，三冬纳雪荣。
寒中君子见，日上国风鸣。

48桂

桂影共春秋，寒宫度九流。
枝生明角岭，叶作度仙舟。
白兔花间去，红颜后羿愁。
婵娟天下问，但愿作淹留。

49槐

一叶晚来扬，千枝夏去香。
花花成晓蜜，处处度炎凉。
烈士陵前木，鸿儒业后梁。
苍苍天地久，郁郁暮朝长。

50柳

郁郁一氤氲，遥遥半似云。
条条君子折，叶叶客成裙。
列宿分在有，芳池作凤文。
茵茵先一色，处处自殷勤。

51桐

浮槎一古今，独秀半河浔。
处世含天色，临流纳地音。
春秋冬夏继，日月西风侵。
玉井龙门入，平生作易琴。

52桃

下至已成蹊，浓芳各不齐。
华光争艳色，玉影各高低。
隐士寻源去，仙人作范蠡。
金銮嘉紫气，凤辇色东西。

53李

东风一日来，晓旭百花开。
井陌芳香木，中华草木台。
春莺鸣不止，秀色暗无猜。
不以桃花妒，群茵竟互催。

54梨

玄光白雪花，色海玉人家。
象郡婵娟影，新丰紫气华。
潘安争早艳，宋玉守奇葩。
大谷红若令，瑶池碧榭纱。

55梅

腊月一香扬，寒心半纳光。
含情三世界，共雪万家芳。
大庾先颜色，新丰已画梁。
长安妆已艳，上液祝琼浆。

56橘

经冬小绿林，腊月半春荫。
岸北心中苦，江南色上寻。
风云成就客，水土异相琛。
日月衡阳见，排空一字音。

57凤

百鸟自朝阳，千门独暗香。
三台灵瑞颂，五色雅文章。
玉辇凭来西，江山一半梁。
秦楼听弄玉，曲尽穆公堂。

58鹤

汉口一南楼，琴台半莫愁。
从来先自舞，此去向江流。
崔颂先鹦鹉，翩翩李白游。
凤凰台上见，不得几春秋。

59乌

月落一清啼，霜明半寺西。
寒山南北客，拾得向东西。
白首何年改，青衣几度齐。
灵台如一寄，渭水似昌黎。

60鹊

荆山一度飞，石印半无归。
织女凭心问，牛郎任夕微。
天桥从此筑，岁岁以情扉。
七夕多儿女，年年致喜晖。

61雁

排空一字飞，逐天半回归。
朔方衡阳路，南江北陆晖。
春秋分两度，日月数千微。
妇唱夫随去，风霜草木绯。

62凫

飞扬一片云，逐落半乡群。
汉水知音客，长安向日曛。
天天翔集去，日日起浮勤。
帝国成天意，王城作蔚君。

63鹭

关关一处鸣，睆睆半风情。
晓色红光艳，幽溪碧玉清。
高天翔集见，锦水去来声。
上苑花先放，中经岁太平。

64雉

比肩独含情，低飞自在鸣。
天光依旧是，地表客先荣。
楚风陈鹏翼，湘鸿展落平。
英雄相似处，子弟互成名。

65燕

小翼与春来，玄衣独自开。
中梁巢复筑，沐西集天台。
上下参差舞，阴晴左右催。
情深知彼此，意意共徘徊。

66雀

不爱凤凰游，何须日月愁。
春秋依旧度，草木自无求。
集聚呈天意，疏离现九流。
江城分早晚，宿止作翔留。

67龙

卜易一河图，乾坤半玉奴。
含章潜海底，纳古向蛇躯。
带火移星陆，翔云动日居。
西秦泾渭水，圣鼎洛书儒。

68麟

汉乞一祥云，天忙半老君。
昆仑天水岸，铠甲自纷纷。
古树松林节，凤凰百鸟群。
宫落钟若祝，帝阁一书文。

69象

丛林一巨才，百草半心开。
千丈分开下，三军画地哀。
维扬凭泰国，列郡独吴台。
致远孤行止，高居自去来。

70马

经天一驭空，踏燕半飞鸿。
量地风云逐，戍军日月中。
人知千里见，兽问万家翁。
已得秦川水，周王赐穆公。

71牛

耕耘日月中，早晚去来同。
晓暮殷勤力，阴晴苦作工。
桑田沧海见，草木腹心空。
武丁千军阵，三台妇好雄。

72豹

管豹一宗周，车法半虎丘。
来蕴公妾质，列位帝王侯。
草木山中势，乾坤日月浮。
终南多隐逸，渭水几波流。

73熊

山边一白熊，地上半飞鸿。
走兽三侯白，鲲鹏九脉风。
兴师旋紫气，列射逐神功。
别望天涯路，独立海角东。

74鹿

海角欲回头，天涯苦作舟。
中原何逐鹿，道士几仙求。
角角山何见，飞蹄草木洲。
逢程分四骏，抗首付江流。

75羊

行程绝壁生，独角对天平。
足跬双蹄替，攀登跻骨倾。
含天无俯仰，立地有枯荣。
但向前途去，高低各自明。

76兔

寒宫隐半归，桂影色三绯。
上蔡初寻路，平冈逐布飞。
梁园长短见，汉月去来扉。
彼此同行止，婵娟作三妃。

77城

四塞一方圆，三台六郡载。
风云多少变，日月去来言。
百巷朝天阙，千门对旭源。
金銮明草碧，玉辇月花繁。

78门

门当半旭阳，户对一辉煌。
紫禁阿房树，宫明汉未央。
阊阖三世界，律吕九重光。
广纳东方朔，群含北豫章。

79市

旗亭一酒泉，井巷半桑田。
举案凭刀鼓，直钩渭水边。
当垆夫妇唱，对月共婵娟。
后羿寻何日，秦中自问天。

80井

铜台一魏君，底府半蛙闻。
水映穷边树，声鸣独不群。
三呼无宝玉，四壁有龙鳞。
纳日成天地，含泉作饮勤。

81宅

蓬莱一半井，玉树两三梅。
竹影千姿色，琴音九弄来。
甘罗西望去，孟母北邻才。
面壁群书满，行吟独楚才。

82池

太液一群鱼，清觞四壁书。
习家诗对月，净影卷波舒。
由岸云烟色，流霞日月余。
龙形鳞甲照，只近暮朝居。

83楼

弄玉半箫声，绿珠一堕城。
千寻天望尽，百尺问纵横。
日月沉浮对，江河左右明。
吴门音韵在，越女馆娃鸣。

84桥

同里过三桥，吴门任半潮。
钱塘凭一线，越国柳千条。
喜鹊银河驾，黄公以途遥。
秦王分晋渡，塞雁逐云霄。

85舟

渡口一红娘，中流半色扬。
张帆随水去，望岸竹枝乡。
浪里云烟雨，风中舵棹粱。
巫山听女问，滟滪望夫樯。

86车

一路半轮回，三生五味来。
千门羊不止，万巷鹊桥开。
玉辇金銮驾，秦皇汉武台。
王城栖止处，帐饰九云裁。

87床

辰来一四方，暮云半三张。
叠叠重重色，南南北北王。
双双情里梦，独独各黄粱。
七宝悬中帐，千云入雨乡。

88席

共坐一黄粱，同鸣半草乡。
心中编织客，月下自清凉。
戴子重筵贵，宣父避意光。
回风扬白雪，伫色故低昂。

89帷

一闭半长开，三童五色裁。
高低舒卷帐，左右展蓬莱。
太守罗绮挂，琴台司马才。
清风明月在，腊晨宿寒梅。

90帘

纤纤一玉钩，色色半红楼。
串串连玑子，珠珠线挂酬。
清风时不入，紫殿可春秋。
阁暖藏养处，情心待莫愁。

91屏

云前一壁屏，雨后半丹青。
锦色璃琉玉，明霞草木莛。
修身分彼此，立势作心灵。
竭节含春意，才华座右铭。

92被

萼蕊半含芳，芝兰一纳凉。
鸳鸯分两翼，比目客双扬。
桂友寻东阁，春梅对月香。
声声何不问，夜夜此梦乡。

93鉴

含情对魏台，比目拭尘埃。
冰痗流日色，玉彩故人来。
俯就乾坤在，高呈草木莱。
逝水平波见，磨铜自在台。

94扇

贝叶自传情，流芳客月清。
罗纱多折曲，半展以风行。
含章藏玉有，纳色吐新荣。
闭目寻春夏，闲开寂寞生。

95烛

独立一光明，孤身半自清。
盘龙当此坐，玉月夜空城。
隐隐天街照，荒荒凤辇行。
依依贤客至，处处士英情。

96酒

一醉到天边，三江半醉泉。
陈筵凭不醒，孔坐任良田。
柱子寒宫落，旗亭玉女悬。
无知非是是，有道共婵娟。

李峤集卷中

97经

鸿儒一杏坛，义理半青丹。
道情书中教，群英世上安。
三千年过去，五百载来观。
曾曾齐齐易，成成败败难。

98史

纪历半天官，河图一杏坛。
洛书三界牧，地理五湖丸。
各述前朝旧，分呈已见澜。
知人知所以，处事处北千。

99诗

远远一情思，幽幽半意知。
苍苍天地见，落落朝朝时。
汉武瑶池去，梁王驷马迟。
长沙何所赋，楚客九歌斯。

100赋

一比半兴明，三呼九脉情。
思思成继续，逐逐作天平。
句句相承序，言言济合盟。
枚乘扬七子，宋王郊巫情。

101书

竹简一龙文，阴阳半鼎分。
王城凭此纪，世界作纷纭。
洛水方圆见，河图八卦群。
春秋秦汉继，日月去来闻。

102檄

羽本一宣明，张仪半去声。
纵横分彼此，玉律各阴晴。
令帐酬谋策，曹营举槊平。
文章凭汉界，草木始知名。

103纸

竹帛一烟消，书香半笺遥。
丹青凭虎跃，水墨任汉桥。
古俾风云雨，纱绮色彩条。
幽幽共紫气，落落上天潮。

104笔

直立一正中，真卿半国风。
人心知尺寸，塞羽向征鸿。
掌管扶苏笔，行毫御史忠。
南楼鹦鹉赋，絢句墨寒宫。

105砚

左传国家开，春秋日月裁。
三江临一色，五寸以身恢。
锦带琼池照，方圆任饮台。
阴晴成饮满，浅重以笔来。

106墨

龙门二寸云，玉笔半瀚芬。
石上研磨尽，书中主仆君。
松烟形彩照，沐日画氛氲。
学步邯郸市，从生字句文。

107剑

莫邪一匣名，干将半倾生。
蜀阁陈仓道，荆州古郡城。
芙蓉星锷旧，白雪郸城倾。
易水图穷见，红云紫气平。

108刀

列嬖一丝遥，英雄半玉消。
鸣鸾惊血液，带月碧心潮。
九脉千峰断，三边万柳条。
含光凝紫气，纳炼逐天桥。

109箭

收羽矢正中，弯弓射虎风。
阴山飞将在，汉甸帝王宫。
解甲鸣金去，星飞画玉空。
尧沉晖日处，夏列不归红。

110弹

一鸟过三江，千弓向半圆。
山河金石见，日月暮朝田。
侠客吴王谏，姑苏楚水船。
星流飞投的，不忘向辽泉。

111弩

力挺一弓弦，从心半塞天。
齐鸣天下矢，玉彩本轩前。
远雉惊魂近，申威落鸟悬。
苏秦凭此阵，坐待逐韩田。

112旗

千军一帜扬，万马半无结。
帐列凭挥令，鸣金指挥光。
虹辉承大漠，日薄虎经藏。
举手扬天下，行营作帝乡。

113旌

千善一康庄，求贤半帝粱。
拥麾分彩雉，仗节持君王。
北海寒冰雪，单于牧马羊。
天朝苏武在，子女李陵尝。

114戈

富父一立巅，殷辛半杵年。
宫门朝殿镇，玉寨守关坚。
凤辇金銮侧，三军百阵前。
云中凭此列，帐下任君贤。

115鼓

舜日已天惊，尧年未倾城。
衡时天下梦，静切世中情。
大漠风烟起，京都守太平。
晨钟长响去，暮色久思明。

116弓

似月射如弦，桃文器质宣。
声声空亦语，角角对云天。
直立屈身致，弯拉纵力泉。
辕门排异已，吕布问才贤。

117琴

汉口一知音，南楼半古今。
高山流水去，莫问了期心。
隐士何凭此，英声几度寻。
高台余旧响，不见有鸣禽。

118瑟

湘妃一寸心，竹泪半衣襟。
舜帝从此去，苍梧已古今。
伏羲初制法，素女弄鸣音。
凤舞凰吟曲，传情作水浔。

119琵琶

朱丝十八弦，玉柱两三缘。
有域分区设，无藏化意田。
单于惊汉画，蜀女弃乡烟。
以此思家故，阴山近酒泉。

120筝

蒙恬一军弹，扶苏半杏坛。
浮槎河岸木，六律御官冠。
魏晋三才曲，秦川八百滩。
何言千马骏，已到万云端。

121钟

南陵一世声，古刹半云平。
晓布天涯岸，春秋日月明。
金言呈彼此，比里待阴晴。
律历何知以，余音可自清。

122箫

舜帝一余声，穆公半载情。
秦楼琴不语，弄玉凤凰鸣。
世上鸣咽此，人间比目行。
含心何未止，雅颂客风荣。

123笛

七孔五音全，空心玉手天。
牛羊朝暮曲，日月去来田。
陌里梅花落，阡中下里年。
阳关杨柳岸，渔火对愁眠。

124笙

悬匏右右行，内外手音生。
鸟兽闻声舞，鱼龙侧附城。
汶阳形隅色，曲沃娱人荣。
比里虞沧浪，民间待人鸣。

125歌

汉帝半临汾，周公一客君。
阳关天下云，白雪世中闻。
一曲扬头唱，三声十万军。
行云贤自助，扣角御耕耘。

126舞

自古一佳人，花红半入春。
青楼金谷女，白玉绿珠身。
短视丰田羽，裙长雪后新。
腰轻姿素细，雅颂国风沦。

127珠

玲珑一玉生，合浦半倾城。
子夜清光彻，秋明彩气荣。
灵光天下水，隐色世中情。
舞凤随身闪，龙吟欲纳荣。

128玉

朝臣一佩边，举笏半驱前。
魏阙兰田始，周公到酒泉。
秦川千百里，渭水两三贤。
方圆由此见，日月照君宣。

129金

一色四知名，三公半治声。
王城先后致，市井去来营。
贡举天封铸，京都镇守倾。
中书门下谏，少府制枯荣。

130银

妇见一屏晖，夫知半翠微。
长河星汉鹊，烛影素心扉。
月照床头色，音平布步闱。
珠光连宝气，佩带玉壶归。

131钱

汉帝五殊营，姬年九府生。
天坍明宝地，白马列京城。
日数千年本，春榆一树荣。
金门应上论，玉井可人平。

132锦

天河一半开，织锦玉人来。
上下纵横见，阴晴日月裁。
牛郎何不问，木渎馆娃台。
浣女溪纱色，春江白雪回。

133罗

情姿一薄纱，妙舞半娇娃。
挂帐三千尽，营闱百十花。
荷莲风雪月，殿榭女儿空。
羽翼飞红色，衫裙齐甲华。

134绫

绮罗一越裙，殿阙西宫分。
雨雾连云气，重花逐碧君。
河图南北致，梅竹葡萄芬。
系带潇湘夜，金缕著日曛。

135素

一女弄云烟，三春淑玉田。
纤纤腰细楚，落落客婵娟。
洛浦凌波步，巫云暮雨泉。
鲛人鱼彩艳，月桂色机悬。

136布

经纬一织机，左右半楼旗。
彼此曾相互，纵横绪序依。
田桑蚕茧束，织绩暮朝扬。
四面千丝取，三相伫断肠。

137寒食清明早赴王门率成

乞火一京城，羽香半草生。
高台无似有，远旷色清明。
楚晓吴辰喻，梁园魏阙营。
商山知介子，令节何儒成。

138侍宴甘露殿

玉宇一人家，长安二月花。
丹青甘露殿，禁苑自中华。
蜀客何无语，尚香几度嘉。
周郎江水色，人得旧吴纱。

139奉和春日游苍喜雨应制

一雨半春生，三花九草荣。
云烟含宿润，露水纳天情。
豫象呈天意，光华律令平。
三山重紫气，五岳满精英。

140奉和七夕两仪殿会宴应制

一殿两仪开，千门半玉台。
三秋初鹊会，七夕月无猜。
渡口天河岸，仙桥织女来。
停梭同不语，切莫苦徘徊。

141立春日侍宴内殿出剪彩花应制

剪彩四时花，回春五色家。
年新三界雨，幸学半天涯。
箧里藏红色，香中秀玉华。
奇心成日月，巧智作窗纱。

142春日侍宴幸芙蓉园应制

芙蓉一水闱，玉树半山川。
竹影千重碧，瑶池万叠泉。
虹桥飞蝶舞，画舫落秋千。
小杏逾墙色，娇情似雾烟。

143中宗降诞日辰定公主满月侍宴

潜龙象日前，宿凤玉珠田。
满月长公主，荣明定永全。
花香天地界，草碧暮朝泉。
色色宫廷宴，生生殿辇旋。

144奉骊山高顶寓目应制

共步一山巅，同寻半海边。
云浮平远近，日照问天年。
寓目臣心祝，形昂壮士前。
龙乡天下望，帝子好耕田。

145和周记室从驾晓发合璧宫

春龙合璧宫，玉凤佐天红。
记室周郎御，朝云暮雨丰。
旗舒未野气，驾取收花丛。
步履瑶池岸，金言宇律风。

146奉和春日游苑喜雨应制

园楼一日春，上苑半新秦。
密雨纤纤细，舒云敕敕濒。
芳菲藏不住，草木露珠珍。
润泽千门色，胭膏万户醇。

147奉和人日清跸阁宴群臣遇雪应制

三阳缀彩人，七日向天津。
白雪青楼色，灵光满故臣。
传芳偏胜节，苛意对冠巾。
但取梨花问，何须对月春。

148侍宴长宁公主东庄应制

一晏半东庄，千门五味香。
长宁公主制，别业紫霞扬。
纳西天街道，含云帝子乡。
南山咸已醉，魏阙积余芳。

149闰九月九日幸总持登浮图应制

重阳一大知，九九半熏弦。
闰节茱萸色，浮屠日月泉。
黄花成满色，旷宇对流年。
俯仰莲花坐，如来净土禅。

150幸白鹿观应制

一幸白鹿观，三天玉杏坛。
溪清流日月，地厚载坤干。
洞府丹炉石，金方四壁宽。
瑶台池上客，紫气对云端。

151送李邕

落日满荒郊，行程未近巢。
三心寻驿晚，百鸟入栖茅。
起止长亭路，阴晴古道爻。
人生何不已，逝水已鱼鲛。

152又送别

路路难寻觅，心心隔道遥。
离离多别去，郁郁柳扬条。
渭水凌波问，长安月下桥。
人生回首处，弄玉穆公箫。

153游禁苑互临渭亭遇灵应制

大雪满云烟，中云化雨田。
梅花枝上色，玉秀女儿妍。
禁苑芙蓉树，红楼素粉田。
千门呈紫气，万户一半年。

五言排律

154奉和幸长安故夺未央宫应制

十里未央宫，三贤志不穷。
池清深浅映，草茂自由衷。
故殿楼台去，新成雅颂风。
丞相谁逐客，赵构作鸣虫。
指鹿何非马，江山二世空。
秦川天下望，渭水去朝东。
岁月王城外，兴亡井巷中。
桑田明主仆，圣制自丰隆。

155奉和天枢成宴夷夏群僚应制

万里一皇年，千门半紫烟。
天枢夷夏晏，地表道经宣。
灼灼临吉兆，迢迢遇琼筵。
龙潭深泽润，固业悔成田。
北国燕山色，南江粤水泉。
云浮成细雨，日映伦秦川。
四顾唐虞曲，三台渭水弦。
功勋多日月，盖世见耕贤。

156奉和拜洛应制

拜洛辇銮开，诏书上奏台。
图文龟背付，玉佩凤衔来。
上苹风云色，千门日月裁。
三神亨紫禁，六国荐人才。
端检周旗正，殷明律令恢。
辙迹铭西弃，勋庸话纪魁。
陈钧清舜语，曲舞祝尧回。

157奉和幸群嗣立山庄侍宴应制

山庄一日书，洛契半樵渔。
眷冕幽情近，东岩谷壑疏。
峒山恩树色，灞水漱心余。
磊石松门路，云浮幄盖虚。
琴音初练浅，紫气未深居。
百丈深潭顾，三光武侯锄。
千年齐木劲，十里自云舒。
玉树藏经处，池风待自如。

158奉和幸三会寺应制

故邑一心扬，泉居半色香。
音平仓颉里，字数豫文章。
岁月开金铸，年华鸟迹藏。
龙吟三会寺，刹立五湖梁。
点墨丹青笔，留书日月堂。
天光余圣草，地表寄芬芳。
竹影甘霖翠，春官玉寨杨。
长安闻夏口，渭水曲江郎。

159刘侍读见和山邸篇什重申此赠

织女瑶池岸，牛郎玉树旁。
天河云雨见，桂影去来光。
素女秦楼曲，仙宫御邸荒。
分岑多掩翠，取岭可扬长。
川流林木谷，日照壑泉光。
胜境龙岩壁，高湖野气凉。
天街凭此近，齿䶩任簪藏。
宿志贤臣与，明心矿柏梁。
风云成日月，土木可雕梁。

160夏晚九成宫呈同僚

同僚九成宫，共赋一国风。
碣馆分襄野，天台合宇空。
泉流天水岸，木秀地缘东。
臣鸟朝云翼，三峰对雨红。
龙池明玉液，桂酒渡群雄。
六著胥钟鼓，十声曲舞衷。
清词枚羽寄，汉阙相如弓。
格律良欢结，西园雅颂中。

161王屋山第之侧杂构小亭暇日与群公同游

群公一小亭，桂巘半丹青。
水练溪光色，贤臣取渭泾。
芒兰无渚泽，凤羽有天屏。
野树云低雾，晴沙岸汀宁。
山高曾仰止，岭阔几繁莲。
不钓樵渔处，霓虹日月灵。

七言律诗

162奉和初春幸太平公主南庄应制

三春主第一太平，二月南风半花明。
玉宇云开天子路，旌旗阔展上人声。
参差草木峰霞色，树木高低露雾城。
羽驾箫声遥不尽，楼台付定瑟琴荣。

163太平公主山亭侍宴

瑞榜山亭已太平，黄金白玉自无声。
天街紫舆青岑树，淑气朱楼各纵横。
碧水龙舟天子岸，晴光凤屿御风轻。
挥戈弄玉箫音起，但得穆公是此情。

164中秋月二首

缺缺勇勇是，来来去去弦。
如今天下问，不可地中宣。

165

万里共婵娟，千山几缺圆。
人生何不见，似是有非泉。

七言绝句

166侍宴桃花园咏桃花应制

二月东风二月霞，五湖草木五湖纱。
桃花宴里桃花色，帝子天中帝子家。

167奉和圣制幸韦嗣立山庄应制

一半清明一半花，两三谷雨两三家。
山庄淑气山庄月，上掖云中上掖华。

168游苑遇雪

漫漫散散一天来，郁郁扬扬半地开。
甲甲鳞鳞梅李色，纷纷絮絮杏梨栽。

杜审言集

杜审言集卷上

必简一襄阳，吉州半户光。

房清牧远摭，刻枣致传昌。
紫蔓牵丝宰，童衣鹤子章。
儒云雷雨下，草秀自花香。
百鸟群朝凤，千峰独白霜。
玄遇观佛道，易变问炎凉。
大雪弓刀塞，阴晴井市堂。
天街呈紫气，世宇纳吉祥。

一、五言古诗

1南海乱石山作

乱石海南疆，言传业实长。
星河闻涨落，雾雨付潮扬。
岛屿沉浮岸，穹崇日月光。
猿惊姑先至，鹤异且家乡。

2送和西蕃使

西蕃一使和，北陆半朝歌。
上策非兵战，京师息干戈。
疏戎封定远，雁颂国风多。
拜佩关山月，摇心对几何。

二、五言律诗

3经行岚州

北国向岚州，南春向九流。
边城三界定，古脉一王侯。
大雪和春雨，书生向国忧。
梨花满此色，远驿莫知愁。

4望春亭侍游应诏

春亭一望余，帝子半荷锄。
太液明光展，桑蚕小叶居。
三光天地明，五色舜尧书。
万寿无为至，千年有自如。

5宿羽亭侍宴应制

千门向心亭，二月付丹青。
柳色分黄绿，风光化渭泾。
花开新色艳，草碧翠浮萍。
晚醉何知醒，灯明照玉屏。

6大酺

细雨一春新，轻风半晋秦。
皇明杨柳色，御历紫微辰。
淑气垂膏露，开心广旷茵。
芜分朝暮客，尽是去来人。

7秋夜宴临津郑明府宅

招寻一曼分，令止半章文。
欲醉心胸好，方扬尺寸君。
浮云身外去，累日客中闻。
晓漏惊冠冕，进士不离群。

8和康五望月有怀

月色日中来，寒宫久不开。
嫦娥知后羿，桂子嘱天台。
缺缺圆圆见，弦弦半半裁。
离离还别别，去去复回回。

9登襄阳城

但作三秋客，高城四望开。
襄阳垂泪去，黄鹤砚山台。
汉水知音响，龟蛇锁岳摧。
还寻鹦鹉草，不见故人来。

10旅寓安南

正月野花香，冬山水果黄。
安南交址客，四季不分张。
枳雨纵横注，丛林日月光。
山河凭自在，草木任低昂。

11春日怀归

梦里一乡山，行兰半步闲。
心中何不问，眠下玉门关。
少小楼兰去，童翁易水颜。
秦川天下路，渭水久无湾。

12代张侍御伤美人

二八一心扉，三千半二妃。
潇湘云雨岸，竹泪去来微。
淑气江山润，姿情日月归。
婵娟圆缺见，曲尽念奴讳。

13送高郎中北使

北狄举和亲，东都罢战臣。
郎中边雪色，御使异方尘。
降辱言成败，光荣作苦辛。
歌钟家国在，甲子忆花新。

14都尉山亭

无心带月归，桂子色初肥。
古道梦藤挂，秋池映柴扉。
山亭多少榭，刺利见蔷薇。
坐此婵娟问，何情欲掩闱。

15和韦承庆过义阳公主山池五首

山池日月明，物象去来情。
契约乾坤燕，兴平草木英。
情悬朱绂望，意念世个情。
楚楚巫山近，幽幽比目行。

16

遥遥一小桥，处处半云霄。
落落溪涟色，悠悠石径昭。
峰高临四壁，雪顶立千雕。
碧玉循流问，草木试比娇。

17

琴横一石台，淑女半心开。
下里巴人唱，秦楼弄玉来。
芒兰听不得，杜若舞徘徊。
野渡船娘见，莲花不可催。

18

磊石过清溪，逢桥作玉堤。
香花沉水岸，染色化香泥。
鹤立承天意，云浮各碧栖。
田园因酒醉，几处有东西。

19

俯首见高深，昂头望木林。
瑶池桃李下，拜月八仙寻。
渭水应无远，长安可近荫。
何须三界去，但寄一人心。

20夏日过郑七山斋

荷塘一月明，淑气半莲清。
纳露三千界，含云五百层。
波光摇永定，滴水映阴晴。
夏日方圆见，秋风草木轻。

21送崔融

秋风一北平，落叶半东京。
祖帐君王纪，旌旗帝子行。
关河呈紫禁，逆漠向精英。
剑取烟尘阵，文征塞外声。

22和晋陵陆丞早春游望

独有客游人，偏惊物象新。
云浮天地界，雨落暮朝茵。
柳叶分黄绿，杨枝采折频。
归思何不问，隔日易东邻。

23蓬莱三殿侍宴奉勅咏终南山应制

北斗挂南山，浮云落凤环。
蓬莱三殿色，紫气玉门关。
比寿君王见，行明帝子颜。
臣微知上下，致事尽躬弯。

24七夕侍宴应制

长生殿上寻，子竿谷中荫。
七夕银河鹊，三生子女心。
牛郎年岁望，织女去来音。
两岸千波远，瑶池一水深。

25重九日江阴

促织两三声，匠炎五白情。
重阳青女见，九日自枯荣。
沽酒江阴客，闻歌醒醉鸣。
龙沙船岸色，共坐一晴明。

26除夜有怀

子夜半分年，新裁一两天。
当辰辞旧岁，对烛话无眠。
北斗星河冷，南天帝子船。
心思何不止，饮露是源泉。

27庆夜安乐公主满月侍宴应制

天杯满月城，凤舆内精英。
契乱朱朱掌，朝元日月倾。
陈章文甲颂，宝物去来荣。
岁夜多安乐，新生上国荣。

28晦日宴游

莫荚月沉浮，春弦夜半楼。
弓弯先上下，色满后神州。
日晦花千树，园明草万丘。
风轻金谷问，水涨石崇舟。

29赋得妾薄命

夏扇自知秋，长门不是楼。
昭阳何奉帚，金屋莫藏羞。
草碧连天色，花明逐九州。
年年由日日，岁岁苦春秋。

30七夕

白露含霜月，青云纳鹊桥。
人间飞鸟尽，七襄女儿娇。
阁道机杼别，绮罗彩色遥。
天街应此寄，世上寄清宵。

三、五言排律

31和李大人夫嗣真奉使存抚河东

六位乾坤易，三晖历数迁。
天高含万物，地厚纳山泉。
甲子开时月，祯符十纪年。
宸星河岸列，宝禄暮朝田。
洛水文书背，河图日月边。
江山龙马在，社稷鸟虫传。
谷雨东风暖，秋分落叶悬。
黄河壶口瀑，渭邑曲江贤。
小燕知巢筑，飞鸿各翼宣。
衡阳南北序，塞朔去来弦。
主宰生平路，何须受命先。
高高人字见，一一共云烟。
四海沧桑问，千流草木川。
东西由禹凿，阻逆任舜怜。
鲁郡耕耘早，齐都处世船。
周公知奉与，营国近神仙。
指鹿当然马，李斯著篆研。
秦皇明磊石，汉武逐楼船。
直谏弓刀笔，工臣力积坚。
城中阡陌巷，月下自当然。
举笏忧天下，酬谋祝君前。
三台同万载，御史共方圆。
姑射中书令，平阳别仰权。
天街多雨润，上掖故人骞。
玉漏声辰起，中堂鼓杜鹃。
江南蚕茧赋，塞北稻粱芊。
晋陕长安路，吴松汴水缘。
钱塘同里道，霸业属民拳。
问俗农夫见，中径弟子虔。
军中无戏语，殿上御巾连。
外府争端息，乡京可静眠。
单于和为贵，牧帐误扬鞭。
井邑平明色，朱楼曲舞旋。
高山流水见，汉口伯牙前。
未了寻黄鹤，当初对玉颠。
风流多不止，太白凤凰篇。
俊策龙泉剑，纵横九鼎穿。
兴亡秦汉尽，成败去来阗。
渡口如来问，人生自主牵。
飞天三百岁，探马五千莲。

32扈从出长安应制

六御驾长安，三台肃百官。
千门呈紫气，八水待仁宽。
物列旌旗色，天明洛道冠。
尧樽丰谷收，禹酒客云端。
历代皇情盛，经年厚地盘。
樵渔当自己，日月度桑干。

33春日江津游望

江津一望游，四顾半春忧。
社稷山河色，人间满马牛。
举笏辛勤牧，躬耕日月留。
王朝多少路，士子去来修。
浊水同明见，清溪共白头。
冠巾常濯沐，手足已贤求。

34泛舟送郑卿入京

蓬莱一叶舟，社稷半春秋。
六郡三台治，千门玉叶楼。
红尘分列土，净土象江流。
浊酒凭风醉，别意向君留。

35度石门山

步度石门山，遥空碧玉关。
天桥连绝壁，古木对猿攀。
日气残虹落，江声骤雨还。
高深惊俯仰，险峡去来艰。
白露风寒早，朱明律列班。
含云先不见，纳雾后潜湾。
不见川流处，应疑五百蛮。

36赠崔融二十二韵　三品二付语

十载近天官，三生客半寒。
千书明古道，万里入云端。
少小辽东水，中南海岸宽。
书生三品付，载晨九州澜。
溪步幽燕士，鞍山士业坛。
重回京道见，四顾著巾冠。
苦苦辛辛夜，耕耕泽泽难，
分分求秒秒，岁岁著青丹。
系统工程学，江山改革安。
农村多富力，电站少闲滩。
但向酸盟去，狂风发电观。
新疆同日月，岁月尽邯郸。
经理文章客，阴晴书绘兰。
沈阳分付市，法国使金銮。
紫禁骄阳晚，燕京玉坐盘。
从客寻大马，属目作天干。
大道潼关主，衷心致简繁。
诗词今古纪，日月去来桓。

37赠苏味道

别易见时难，黄河十八滩。
思君苏味道，驻马作青丹。
十载长城下，三生渭邑兰。
灵芝天地色，稚节付桑干。
宠辱无惊止，耕耘十八盘。

38

北地一霜明，南庭半水清。
边秋山五色，朔漠叶千城。
雨雪冰封路，风云草木荣。
琵琶连夜响，蜀女汉家声。
羽翼飞天去，胡姬曲舞情。
单于拥帐立，塞马竞斯鸣。
羌笛多杨柳，春晖弄玉荣。
亦畿相互问，笔力苦耕耘。

四、七言律诗

39大酺

昆陵震泽九州明，万国三光一宇生。
鼓伐钟鸣天下路，金言玉律地中情。
春新岭上梅花色，雨细长安秀草萌。
雪色梨园云淑气，去路三光问故人。

40春日京中有怀

今年二月已先春，去路三光问故人。
桃花未放含蕾色，秀草鸣莺纳晋秦。
细柳浮云烟处处，南桥小叶碧茵茵。
东风上苑群芳见，紫陌中庭妇姑频。

41守岁侍宴应制

守岁年年一夜分，闻风处睡半人君。
王孙帝子三更问，灯竹焰花换旧裙。
醒醉云中还醒醉，熏云烛下又熏云。
雪花未了梅花色，岁月上接岁月寻。

五、七言绝句

42赠苏绾书记

一诺从戎到朔边，三生力士问桑田。
燕支射虎英雄在，已纪渔隅半度年。

43渡湘江

自语

燕山一路过榆关，日月三光问读颜。
觉悟心中知慧智，如来自在牧千山。

四、沈佺期集　陈子昂集

沈佺期 著　中华书局；陈子昂 著　中华书局

沈佺期集

1峡山寺赋

端州峡口自连山，古刹清溪去不还。

红泉碧岭分飞渡，寺殿香烟俯仰班。具叶兮，天闲僧禅兮闭关。虎涧兮，云龙枕石闻狮豹，莲花兮，鹤语如来浦岸间。日月天光兮，银涵透杖锋朝矢，乾坤土木兮，竹菊梅兰世界潜。世界，时空，人寰，抑抑扬扬易兮，成成败败兴亡界，荣荣辱辱难兮，去去来来十八湾，吁唏，朝堂四野阴晴久，木槿南洋日月颜。莫莫朝朝临草木，冠冠冕冕以心闲。

2蝴蝶赋

四翼绵绵一望天，三生处处半甘田。

花花草草心中见，去去来来色里泉。

缕谢云游玄百态，芬芳采集妾蛇缘。

阳和气暖群香界，二角光华六足年。

3霹雳引

七月兮，岁火一生金，商宫半羽音。门人霹雳曲，鼓瑟七弦琴。跃跃兮，龙城雨气深魏阙，淑霖涔会骑驱干制，长马京动地吟。郁郁兮，角化千山雪，云成力谷浔。征来源水州，觅得入春葫。感江山之日月，赋草木之鸣禽。社稷之稼穑，乾坤之古今。

五言古诗

4有所思

苦役一君行，空芳半岁倾。

佳人何必问，万里误人声。

秀草连天地，荒山接古城，

红颜思木槿，长夏待园明。

5临高台

暮色满高台，飞鸿落暗梅。

衡阳栖苜冷，广陌集云来。

远望河流去，周围草木衰。

荒原多落叶，翠鸟去还来。

6黄鹤

弄影到三山，飞翔寻五关。

丹炉清世界，独帜付天班。

7凤笙曲

世界本无穷，云游四方空。

挥扬王子晋，雅颂国家风。

8古别离

一别问春秋，三生苦去留。

圆圆何缺缺，觅觅付愁愁。

9同工部李侍郎适访司马子微

童颜半紫微，蕙意一心扉。

大壑临阳寄，高峰对早晖。

天君华顶事，世务郡应非。

阔涧凭桥渡，浮云云志挥。

开机恩怵惕，造次共甘霖。

探讨长生道，崎岖四皓归。

10自昌乐郡溯流至白石岭下行入郴州

隔岸共闻天，同流合十泉。

含云成世界，纳雨积山田。

乳窦淋漓水，苔藓玉叶圆。

群峰孤壁立，古树独明川。

鹤舞虹霞远，猿鸣玉露延。

郴州行不止，白石岭中宣。

11过蜀龙门　和上平一冬八韵

蜀地龙门客，巴山四望穷。

蚕丛凭此力，禹凿半天功。

诡怪南西壁，江流万里风。

崎岖争曲折，日月苦无穷。

石瀑临空落，飞泉聚彩虹。

潭光波滟滪，竹影色山东。

草木生机盛，蛟龙吐纳空。

三清丹玉炼，万壑自由衷。

12和杜麟台元志春情

一志杜麟台，三春草木开。

中园呈紫璃，秀色化云来。

鼓琵弹端柱，抚琴不泛裁。

弦微情未尽，五柳意难才。

太息沉思梦，氛氲若忆猜。

何须君匿镜，但醉玉人杯。

13入卫作

入卫一如何，天闻半楚歌。

纷纷花木色，未歇泛明波。

皓旷荆洲路，悠然蜀道河。

英风流日月，彼此共穿梭。

14饯远

远远一亭遥，心心半雨桥。

情情何意念，近近以梦消。

任子殷勤忆，襟风日月潮。

相思礼不止，寄望柳杨条。

15枉系二首

之一

一子半曾家，三光二月花。

吴姬凭色舞，弄女任箫斜。

凤凤凰凰去，音音曲曲遮。
霏霏云雨至，处处去来霞。

之二

鸟语一知音，南山半古今。
鱼虫言语达，公冶问鸣禽。
独绝无书理，何须白日寻。
明经兄弟意，感觉共衣襟。

16别侍御严凝

七泽云梦水，三湘草木津。
孤山姑女色，岳麓月宫春。
别去江流岸，严凝日月陈。
芝兰芳不止，侍御满红尘。

17送乔随州侃

送别一随州，寻情半九流。
心交天地岸，友结去来留。
万里浮云满，千年故雨酬。
江南荷月巷，塞北雪花秋。

18被弹

弹声半劾人，处世一迷津。
隔岸何虫鸟，书房字句珍。
功名千载逐，利禄万年秦。
正义邪淫恶，光明暗界尘。
耕耘多日月，历籍苦秋春。
定虱悬梁发，排空一字新。
行程无远近，断粥共钩陈。
渭渭泾泾见，朝朝暮暮亲。
歪心礼不见，匪欲可无真。
直道非群解，童翁自易纯。
何当方自守，山河一洁人。

19伤王学士

目绝一毫翰，平生半不安。
楼兰儿女见，易水去来寒。
结友鸣呼唱，交朋几比干。
家贫常倦道，济世可云端。
法治由人制，天成以士观。
河山沧海变，日月自王銮。

20夜泊越州逢北使

夜泊不归舟，心平雨云浮。
船娘儿女问，少小去来求。
待月东西去，翻书彼此愁。
金华吴越使，愚域水无流。
举目相濡见，四身互得忧。
打尽齐人客，秦川满故楼。

21绍隆寺

一寺半云端，三心十地坛。
香烟随日月，净土任人安。
木秀西天岸，无生度涅盘。
寻途知诸品，探道释迦丹。

22神龙初废逐南荒途出郴口望苏耽山

苏耽百里山，故木半仙颜。
耆老三清客，孤峰一独关。
云烟封洞口，露滴化泉湾。
壁树红花附，流溪羽迹还。

23辛岁十月上幸长安时扈从出西岳作

十月幸长安，三秋见叶寒。
灵君西岳去，庙社北云端。
历载光明道，年承凤辇冠。
丰镐微末见，八水暮朝滩。

24初达驩州

不达洛阳田，穹崇灞水泉。
天高云不尽，路远雨舟眠。
陆国山河水，瑶台日月圆。
南荒何不醒，北晋几秦川。

七言古诗

25入少密溪

半入桃源少密溪，三清洞口老林齐。
遥遥汉社香风近，处处秦衣避杏梨。
水隔人家依旧岸，云浮浦口泽新泥。
荷塘始觉多云雨，淑气终成彩色霓。
碧玉花丛随渚荻，含烟草畦任池堤。
儒夫伐木丁丁响，小子樵樵暮日西。

26凤萧曲

秦楼八月一箫声，弄玉千声半月明。
利禄功名何所见，荣华富贵几心平。
阡阡陌陌群芳色，雨雨云云碧草荣。
败败成成兴废尽，儿儿女女穆公情。

27古歌

清歌一曲断君肠，醉舞千姿纵酒觞。
弄玉箫声公穆客，飞燕卸粉易轻妆。
芙蓉帐下是河岸，织女云霄问洞房。
北斗群星开口问，人间几处有炎凉。

沈佺期集卷第二
五言律诗

28铜雀台

魏槊分云立，周郎赤壁开。
雄图分鼎处，十八拍中来。
遗令和铜雀，丝罗共舞回。
漳河流不尽，草木没陵台。

29长门怨

长门半晓红，奉帚一深宫。
露水凝明色，飞燕宿未终。
流尘常不定，翠叶各西东。
步履徘徊见，秋风羽扇空。

30巫山高

巫山十二峰，神女一千容。
峡口羽云客，职台雾雨踪。
襄王何所问，宋玉几苍龙。
白帝夔门锁，长江赤壁封。

31出塞

年年大漠东，处处似刀弓。
已是长城北，何当汴水红。
钱塘朝月见，塞雪玉苍穹。
汉马秦川外，荣枯是始终。

32幸白鹿观应制

班龙白鹿观，紫凤上人坛。

羽化灵芝色，天流宇宙宽。
瑶池王母问，圣藻玉桃兰。
露水花浮碧，仙杯盛日安。

33九日侍宴应制

九日一空房，重阳半故乡。
书生长久望，士子客爹娘。
汉武茱萸赐，飞鸿北一行。
衡阳何不止，岁岁北南量。

34乐城白鹤寺

碧海一龙藏，青云半故乡。
飞鸿南北去，白鹤寺钟堂。
殿后香烟树，山前古木王。
清清明月色，静静磬音长。

35游少林寺

长歌一少林，宝刹半人心。
石径通幽处，山蝉祝古今。
龙池藏岁月，塔院筑僧荫。
殿上阴阳树，云中日月寻。

36岳馆

洞壑仙人馆，山峰玉女台。
遥遥天水岸，路路岳宫梅。
草草先生去，幽幽古色来。
三清知已处，五色向云开。

37早发平昌岛

解缆下平昌，和烟问旭阳。
阳鸟藏树下，宿雁宿芳塘。
浦口船家渡，川流玉石扬。
秦人何不见，魏阙已苍黄。

38夜宿七盘岭

天河入户来，夜宿七盘台。
织女停梭织，婵娟去又回。
春芳虫鸟静，月色自徘徊。
梦里循声去，云中雨里猜。

39岭表寒食

岭外逢寒食，江中日月来。
云前连雨色，乞火赐书台。
甲子清明早，青春草木开。
京城多少色，旷野暮朝回。

40三日禁园侍宴

上巳禊堂开，兰亭曲水台。
秦川明日月，越色逐情来。
上苑龙池树，皇城草木猜。
笙歌应不止，御酒已千杯。

41仙萼亭初成侍宴应制

东南一白河，西北半仙歌。
辇路临泉水，山池色翠多。
峰前仙萼榭，圃里从香娥。
涧谷川流望，风光彼此和。

42陇头水

秋波半陇头，日色一东流。
羽雁南飞去，秦川叶落休。
西天何郡守，北寨几戎楼。
但向苍空问，谁心已莫愁。

43关山月

汉将去无回，楼兰马上催。
交河圆日落，已尽玉壶杯。
白马关山月，青云帝阙恢。
含霜天下路，晓角几徘徊。

44折杨柳

长条忆不多，短日向天河。
织女停梭问，牛郎望鹊歌。
春风何不止，细雨结情波。
但问西王母，移心汉武娥。

45紫骝马

举首一长鸣，轻吟万里行。
骄情天下路，步影论输赢。
魏晋千年尽，桑干五百英。
燕山关内外，五女日纵横。

46上之回

苍山隐汉宫，八水绕西东。
牧治天街路，从客玉阙同。
飞鸿见海内，雁泠问天空。
远近凭高望，山峰任旭红。

47和常州崔使君寒食夜

一二日清明，三千弟子声。
书生寒食夜，乞火问阴晴。
皇家分烛赐，凤阙尚初荣。
草色连天地，梅花雪色轻。

48岁夜安乐公主满月侍宴

腊月一梅花，春风十万家。
天回安乐女，岁夜子星斜。
凤阙浮云色，金銮挂玉纱。
琴箫声不断，淑气到天涯。

49奉和洛阳玩雪应制

周公甲子桐，汉后清阳宫。
浩气天光色，梨花玉宇空。
惊春梅已去，问雨小桃红。
一脉纷纷下，千山处处丰。

50幸梨园亭观打球应制

俯仰半朝天，纵横一马先。
驱驰南北见，收放自方圆。
接武琼楼外，正宗御足年。
时时观变化，处处可耕田。

51送金城公主适西番应制

两岸一银河，千朝半九歌。
金城公主去，世界战还和。
玉女公孙客，珠辞士少多。
西戎非汉界，北陆是天梭。

52洛阳道

香尘一路遥，秀色半云霄。
晓上寻泾渭，河桥折柳条。
稚子礼保问，佳人可玉萧。
长亭从此去，洛邑雨芭蕉。

53骢马

汉马五花骢，秦川一腔中。
中华千里足，白日万家虹。
玉眼飞天望，轻蹄逐远风。
三鸣应不止，九脉月明宫。

54答审虔州书

何分一渭泾，世俗半丹青。
少引天空在，人中玉宇屏。
青云浮不定，白日固零丁。
六翅明君羽，三朝客百听。

55十三四时常从巫峡过他日偶然有思

少小度巫山，中年去不返。
襄王神女在，宋玉赋红颜。
老得高台问，童翁鹳雀湾。
峰班是栈道，已过玉门关。

56初远驩州

一日问南泉，三呼向地天。
千山多草木，万水少清渊。
昔去寻铜柱，今来觅旧年。
思君应止泪，但作去来怜。

57夭官崔侍郎夫从卢氏挽歌

世上一夫人，心中半命怜。
香尘生旧梦，阅色化青春。
缺镜逢圆问，潘鱼待自亲。
天街原不远，归道朱相邻。

58章怀太子靖妃挽词

镜隐一春秋，明中半九流。
青宫留花影，凤阙帝王楼。
太子留情在，飞萤送意忧。
云前烟不见，曙色旭东州。

59和洛州司士曹庭芝望月有怀

一月半西楼，三光四十州。
云含天地色，木纳去来秋。
淑气寒宫冷，明情桂子愁。
班姬张尹眉，日上箧中钩。

60和崔正谏秋日早朝

心中玉漏流，笏后作春秋。
紫禁天街道，昭阳奉帚游。
瑶池呈白露，上液向春头。
万岁朝东问，千年色不休。

61则天门赦改年

赦改则天门，幽国六甲恩。
三光黄气陛，八水育儿孙。
玉帛千秋客，金泥万古村。
唐明何李武，正道是乾坤。

62览镜

览镜一方圆，凭心半寸田。
由情多少问，问道去来川。
壮志凭年见，红颜任岁全。
耕耘田亩上，日月对流泉。

63杂诗四首

帐令三军阵，金戈一将先。
楼兰天水问，上国曲江圆。
白骨长城外，苏杭汴水泉。
英雄当此见，降胜似云烟。

64

半妇一心愁，三秋十地休。
风霜刀上冷，朔雪夜梦忧。
砧杵婵娟见，寒宫桂子游。
孤灯明月里，独晓早入秋。

65

一鸟对窗啼，三光各高低。
千梦何不止，万里夜东西。
渭北秋风至，辽阳大雁齐。
潇湘多雨水，此去可栖栖。

66

一诺到龙城，三生半甲营。
金戈挥铁马，月色满旗旌。
少妇方圆梦，男儿日月征。
青春谁不解，镇守属丁兵。

67咸阳览古

咸阳一望秦，赵构半斯臣。
指鹿朝廷上，坛光二世邻。
春秋吕氏著，日月各分钧。
篆字今尤在，书坑故古陈。

68和中书侍郎扬再思春夜宿直

紫禁一中书，青春半自余。
龙城南省直，玉漏待荷锄。
五夜星河岸，三更北丰疏。
钟声由远近，秦折任君舒。

69少游荆湘因有是题　自感

岘雨泪先垂，巴云客后悲。
襄川天下问，楚水去来规。
少小青中步，童翁跬足为。
七十三年见，耕耘旧月迟。

70送陆侍御北使　自感法兰西

北使法兰西，南宫御国堤。
三边多少路，九鼎几高低。
委节莱茵水，辽东五女啼。
天安门上客，白日作春泥。

71洛州萧司兵谒凡还赴洛成礼

白日一光辉，青云半是非。
江山多少望，草木自菲菲。

72饯高唐州询　古今诗问道诺贝尔

汉阙一高唐，中和半柳杨。
潇湘南北见，易水去来茫。
岁守初分岳，年成即润乡。
生涯由此望，策著问红娘。

73饯康中洛阳令

一宰半心修，三台十国忧。
辞郎留雉羽，映景侍阳游。
晓理从传法，弦歌任白头。
芝兰颜色淡，品位十三州。

74安乐公主移入新宅

安安乐去来，主主仆臣开。
锦帐闻衡汉，琼筵列阵台。
祥云浮日起，凤辇取京催。
此路天街近，仙槎上掖回。

75李舍人山园送庞邵

同园一舍人，驻吏半城春。
借水清缨色，怜山映草津。

高低成所见，左右作心邻。
小路通天处，长安处处新。

76同狱者叹狱中无燕

一世半人才，三江九脉来。
英雄无觅处，草莽有寻开。

77驩州南亭夜望　自叹古今诗

一望夜星余，三生谈洛书。
河图应试笔，子女不同居。
已觉孤身事，还求独立初。
诗词朝暮见，日月古今如。

78题椰子树

目尽净风尘，天涯以海邻。
南洋椰子树，玉木入云彬。
叶首随天地，深根任独申。
槟榔珠果串，不及此香津。

79古今诗

一岁十年久，三江九鼎留。
人世知岁月，草木向春秋。
谷暖川流水，峰高日月愁。
诗成朝暮者，但以古今修。

沈佺期集卷第三

80酬苏员外味玄夏晚寓直省中见赠

并步天街路，同行笏佩儒。
朝衣苏味道，共日帝王都。
直者中正见，通宵玉漏珠，
文章由此润，月露任轩吴。
上液瑶池水，星河望念呶，
金銮呈紫气，汉柱立浮屠。

81同韦舍人早朝

阊阖一早朝，紫气半云霄。
晓露珍珠润，严廊细柳条。
龙城长乐殿，洛水去来潮。
五字神仙奏，三章札客昭。
英才金不换，汉德自遥迢。
奉勒同君去，秦楼共玉箫。

82 白莲花亭侍宴应制

九日白莲花，三秋紫菊斜。
千霜曾染色，万态可人家。
绿水依然映，青芩照旧葩。
浔深藏旷宇，岸石隐窗纱。
野果凭时令，亭禽鹳雀奢。
瑶琴应不语，以此共天涯。

83 仙萼池亭侍宴应制

各转一猿鸣，川长半草萋。
风扬南北岸，日照暮朝梨。
鸟尽云泉石，云沉透户低。
蔷薇花争艳，紫萼色朝齐。
狭经通幽处，丛林迂曲霓。
仙池红竹影，献寿海龟犀。

84 奉和晦日幸昆明池

法驾一春来，亭池半日末。
昆明池上色，洛水魏宫台。
月隐龙城但，琴涨凤阙才。
云南边境定，寨北守军回。
晦日龙泉剑，楼船逐玉杯。
横汾思逸事，尺寸帝王裁。

85 奉和圣制幸礼部尚书窦希玠宅

比阙垂旒冕，南官落腊梅。
天临祥凤辇，地就豫章才。
富士成同里，吴城木渎开。
云瞧兰气盛，雨润玉芝台。
柳叶闭庭步，榴花竹影来。
含芳珍露滴，积翠久徘徊。

86夏日都门送司马员外逸客孙员外佺北征

都门一北征，夏日半南荣。
九鼎中原立，三边守帐营。
行军千万里，仗策不须兵。
和平多不解，铠甲少疏盟。
降虏江山外，纵横社稷城。
辕门连省橐，日色逐声名。

87奉和幸韦嗣立山庄侍宴应制

孤潭玉树林，别业彩霞浔。
石径随溪远，琴音逐古今。
金銮方外结，凤辇色中荫。
帝幸山河在，王城日月饮。
三章悬圣藻，九脉御云深。
汉柏千年久，秦川万里临。

88昆明池侍宴应制

汉帝一楼船，秦皇六国天。
昆明池上水，六郡日中年。
黩武高堂政，斯文教酒泉。
英雄飞将问，牧洛虎丘田。

89望瀛洲南楼寄远

日丽望南楼，风和对莫愁。
重霄天下道，独树一瀛洲。
鹳雀黄河间，秦川渭水流。
层城何纪历，磊石筑边忧。
百拱风云切，千山草木猷。
东风燕赵客，易水作春秋。

90塞北

一日共三边，东西各半天。
长城峰火道，汴水渡商船。
六郡文书见，千关武子田。
英雄朝暮问，士子帝王前。
境界沙疆外，思图洛水泉。
飞人排雁字，塞北自经年。

91自考功员外授给事中

拙谢子云微，东曹拜琐闱。
中书门下客，曲省御中晖。
校牍朋僚隔，三台目是非。
名荣天地上，士达曲江归。
万户龙门望，千门紫气扉。
先机忧对问，省任待君徽。

92初冬从幸汉故青门应制

汉幸一青门，原芒半古村。
芳芜三界外，草色九江蕰。
八水长安绕，京都渭邑恩。

初冬梅已动，雪色玉香温。

93度安海入龙编

六郡半南洋，三边一故乡。
江山交址外，社稷海龙扬。
四气无分辩，千林有异竿。
群花生老树，百鸟凤求凰。
满将曾无至，华文亦不梁。
芙蓉儿女木，独立从根王。

94从崇山向越常

崇山至越常，合水向溪光。
九真图上见，千峰四十昂。
西从金谷树，北坐竹岑梁。
桂叶藏金屿，藤花绕高唐。
林天相映色，石迹各留芳。
造化仙阴外，偏功岂异常。

95哭苏眉州崔司业二公

给事过眉州，苏公问去留。
佺期知味道，凤阁牧春秋。
追守移官见，荷提过溪游。
斯文通鹤语，旧礼使君忧。
涣汁伶傻令，长沙太守舟。
黄泉流放后，陇树逐天楼。
比肩郎裴古，铭旌弱邙丘。
江帆悬日月，蜀道逐湘流。
涕泗衡风短，中途尺寸休。
天经玄鬓色，一别刻千愁。

96哭道士刘无得

玄都一客清，古刹半阴晴。
道士刘无得，蓬莱小叹明。
桃花何不见，白日逐芳情。
翠鸟飞鸣去，琴笙独不荣。

97和元舍人万顷临池玩月戏为新体

了了一尘灰，幽幽半自来。
层层云影暗，处处水鲜苔。
玉树封纤体，婵娟去不回。
云浮平积草，水静月明开。
夜露含光满，星河纳色裁。
珍珠藏不住，玉兔隐徘徊。

98酬杨给事谦见赠省中

给事马云居，分曹客读书。
中正南北省，八舍去来余。
三更听玉漏，六郡任云舒。
上液天街路，幺台佩笏虚。
平生郎署道，解袂不樵渔。
社稷耕耘在，江山日月初。

99扈从出长安应制

太史占星空，春官春日同。
旌门长乐殿，汉驾未央宫。
渭水金銮色，长安节帐红。
京都多古道，御路自新丰。
野旷天街近，云荒日照中。
呈明多赐帛，洽望老人衷。

100送卢管记先客北伐

羽檄一北飞，云鸿半南归。
交河圆日落，铁甲映天晖。
伐虏征人战，金征受降围。
英雄常自比，壮士已心扉。
肃肃昆仑雪，萧萧草木微。
阴山朱泪落，不向李降非。

101钓竿篇

旭日一红烟，云霞半钓船。
垂竿钩取直，鱼坐镜中悬。
绿水山川影，河湾日月田。
先贤先后见，后主古今传。

102和户部岑尚书参迹枢揆

六合一君晖，三台半帝微。
天机从日晓，国策任枢围。
九鼎昭阳色，千门晓气菲。
和臣呈泰秦，大业自功成。
细柳东风雨，高杨日月挥。
鲲鹏行万里，蜀道自人归。

103同李舍人冬日集安乐公主山池

安安乐乐歇，天子御人何。
天液山池岸，泉桥鸟雀多。
楼高连玉宇，水练接横波。
故榭新图彩，青嶂满玉娥。
香烟浮日色，雪覆素光梦。
只以梅花里，无须对镜磨。

104送友人任括州

青春一括州，老少半仙游。
欧粤千亭路，京都百日愁。
天含云雨济，地载暮朝求。
只有书生见，江山是去舟。
茫茫南北问，处处去来秋。
草草归行色，扬扬过九州。

105夏日梁王席送张歧州

夏昌荷塘色，梁王晏女齐。
歧州周土地，别路凤凰栖。
七豹家传久，千云客寓西。
龙城多紫禁，北陆少虫啼。
一麦秦川满，三江渭水霓。
观流知远近，问世有高低。

106李员外秦援宅观伎

盈盈粉署郎，处处晏春光。
客客文章豫，微微玉夕堂。
宫商徵角羽，羽袖知齐娘。
合态千姿舞，含情百艳芳。
闻声迟日月，纳故早炎凉。

107移禁司刑

一赦百年殊，三生半世奴。
我儒知白首，任直缺沉亮。
弱羽飞天路，高冠吊影图。
恶水黄枢独，朱纱白简辜。
烦心三省尽，御史半乡虞。
白首相驱迹，孤平自克苏。
初心无旧欲，埋剑有江湖。
止喝何闻鸠，行程自丈夫。
英雄凭此悟，草木已荣枯。

108入黑门关

出入鬼门关，阴阳两界颜。
英雄何不在，日月去来还。
土地无人老，天空有志攀。
楼兰应可取，渭水忆成湾。
此去昆仑问，何须一万山。
步上前途见，孤身不可弯。

109九真山静居寺谒无碍上人

无碍上人坛，天竺化日南。
分身天地外，彼此问伽蓝。
古剑竿烟杳，钟音向海涵。
九真山里雨，一木百根含。
谷石流溪浅，猿鸣挂壁岚。
成三知弟子，不二法门庵。

110从驩州廨宅移住山间水亭赠苏使君

山间一水亭，世上半渭泾。
坎坷三界路，阴晴九脉星。
朝移年贷老，宿夜岁零丁。
弃置当何见，枯苛两打萍。
龙蛇何可见，虎豹已丹青。
万事休栖止，千情注目停。
平生遭误解，换客任心宁。
伯玉逢苏幸，幽溪对苦图。

111赦到不得归题江上石

江流一石横，日色半邻情。
万里京都远，靠山草木城。
讴歌贤圣赦，苦解旧途生。
鹤路因慈尽，斑苗以十荣。
金鸡鸣不止，百卉色难明。
地尽天低见，人遥士不成。
苍苍无定性，郁郁有思情。
莫要文章里，佺期味道平。
乡家何所寄，自在乡今嬴。

112答魑魅代书寄家人

代寄一家人，龙城半帝津。
南荒天地色，北阙暮朝春。
力步榆关里，三生故乡邻。
书儒辛苦读，日月去来新。
揽镜知年岁，耕耘见晋秦。
黄河流不住，紫禁正冠中。

113塞北

虏阵天骄子，长城地脉人。
三军锋刃色，五将帐门春。
汉漫风云落，旌旗日月频。
边庭多岁月，百战少周秦。
易水桑干北，功勋渭水滨。
春秋兵马去，石碛苦沙尘。
十里传烽火，千鸣问戎巾。
燕山飞将在，不必读经纶。

114送韦商州弼

会府一文昌，商山半柳杨。
闻君都史御，暂罢尚书郎。
镇守行营外，形成日月堂。
经心以四海，郡意共残塘。
谷雨东风至，清明乞火忙。
书生寒食后，草木自芬芳。
献纳关河略，河风黑积祥。
江山随紫气，社稷任鱼梁。

沈佺期集卷第三
（一）七言律诗

115古意呈补阙乔知之

知之补阙一中堂，少妇初秋半戎装。
草木枯黄人色老，寒风古月满辽阳。
白水黑山河北望，霜浮雪降塞边扬。
年年领事黄河水，处处明心问栋梁。

116龙池篇

龙门上下两龙池，凤阙阴晴半凤知。
虎豹驱行飞虎跃，龟蛇锁镇玉兔迟。
楼台馆所分黄道，紫禁天街演易时。
雁字排空人一见，乾坤落定著诗词。

117兴庆池侍宴应制

兴兴庆庆一池红，水水天天半碧空。
雨雨云云由上掖，朝朝暮暮曲江风。
秦秦晋晋合为贵，谷谷川川逐日工。
暮暮朝朝先后事，成成败败久英雄。

118侍宴安乐公主新宅应制

安安乐乐主公天，凤凤凰凰日月年。
别业神仙云汉岭，山庄著宅近龙川。
妆新彩照春风早，翠羽丹田舞阁泉。
日幌层明悬淑气，流觞曲水共婵娟。

119奉和春初幸太平公主南庄应制

幺幺主主一南庄，太太平平半柳杨。
翠翠微微风雨泽，山山水水客心肠。
溪溪石石流无止，竹竹花花任自芳。
色色颜颜红亦绿，歌歌舞舞始终长。

120奉和眷日幸望春宫应制

幸望春宫一日晴，芳郊野碧半恩声。
云烟雨露昆明水，酒气风光满洛城。
翠鸟飞天南北顾，元相入定各心情。
荣林自得山河色，醒醉相如草木倾。

121奉和立春游苑迎春

八百秦川一日春，三知弟子半儒人，
东郊柳叶先成色，北阙梅花后落津。
欲解黄河冰积岸，还封渭邑曲江滨。
松风已自东方来，浐雨何须问旧尘。

122从幸香山寺应制

香山寺里一春秋，渭水去中半九州。
北阙关前连翠岭，终南月下映天楼。
瑶池舆度听鹦鹉，上液龙鳞任月游。
袅袅丹炉烟渐起，毛毛竹影色清悠。

123红楼苑应制

红楼一片白毫光，古刹二钟玉树扬。
福祉宸居支难客，禅音普渡上人房。
心经自在慈悲咒，泛海观音指导航。
殿院深深怜积慧，鱼池处处放生塘。

124再入道场纪事应制

直步人生道场中，天工世界地天同。
浮槎岸口梧桐独，一贡黄河定位东。
五七琴弦周易演，文王八卦西仪丰。
香烟袅袅谁方丈，法驾声声圣彩虹。

125嵩山石淙侍宴应制

江山旦上一河图，社稷云中半洛苏。
渭水东瀛天下势，嵩山北语度僧无。
京衢彩殿临咸水，洛色华光对玉壶。
伎女千姿里百态，金銮凤辇到江都。

126遥同杜员外审言过岭

地阔天高杜审言，江流水逐自泉源。
离家去国崇山路，洛浦京都木简繁。
海涨南浮何北望，云归鹤里度轩辕。
江山万里从君去，十地风云对月圆。

127和上巳连寒食有怀京洛

东风上巳两三天，洛玛天津五百年。
自古情明寒食近，商山晋耳问人边。
歌歌舞舞升平尽，曲曲弦弦日月悬。
乞人皇城应未了，梅花落里可思怜。

128人日重宴大明官赐彩缕人胜应制

君君子子大明宫，去去来来客不同。
彩缕天凭人日见，鸡鸣旦以任新丰。
千官黼帐杯前祝，百福香衣草十功。
鸟怯闻声天地对，云归没报有无中。

（二）五言绝句

129寒食

二日过清明，三心见草萌。
茵茵方起色，处处未青荣。

130狱中燕

羽翼自生成，飞翔未宇名。
形成天下去，远近以心明。

三、七言绝句

131上巳日祓禊渭滨

东风祓禊曲江滨，碧玉红桃渭水粼。
尚见垂竿钩直曲，无须上巳问东邻。

132奉和幸韦嗣立山庄应制

嗣立山庄日翠屏，东山碧玉色丹青。
晴空彩仗天文曜，今夜三台动百馨。

133邙山

一望半邙山，千秋十地关。
英雄应不尽，列祖对鬓班。

134夜宴安乐公主宅

龙门上下主人亲，别业阴晴客坐邻。
甲夜金杯应醒醉，秦楼弄玉穆公春。

135饯康郎中洛阳令

郎中令下洛阳春，主宰神名水色均。
但以凌波呈宓妾，陈王白马取珠珍。

136狱中闻驾幸长安二首

但问长安一旨寒，何须正气半情宽。
由来不可违心事，大漠风沙朔雪残。

137

事事人人一气乎，年年岁岁半名声。
蜘蛛上下成网构，意意心经自在行。

138苑中遇雪应制

北阙云中一苑红，南山雪上半东风。
梨花有色分南北，玉树无声六合东。

陈子昂集卷上

1尘尾赋

浩浩云云物象生，茫茫旷旷野天明。
虫虫兽兽林田里，米米粮粮共度城，
利禄同方何委代，声名各异处无成。
朝营果网成囚锁，暮结金盘筑食荣。
默默成强曾比主，微微就弱可当英。
金銮犹在皇王去，太子当家宰纵横。
此宴楼台丰盛见，龙鳞受戳已无行。
林栖谷走吉凶尽，存继亡终谅不盟。
叹道君雕何俎卒，应声醢害智方倾。
思谋未了知非智，圣慧胡羞已觉营。
尾尾尘尘呈坐下，回回顾顾待重平。
人人事事相通似，后后先先类咸衡。

2感遇诗三十首

寒宫玉气凝，玉树叶枝升。
素色清明久，冷光似白绫。

太极生天地，三元始亥兴。
方正三五问，北海不成冰。

3

芝兰一处生，杜若半枯荣。
草草成天地，花花作进荣。
芊芊何秀秀，色色透清明。
紫紫红红见，青青白白萌。

4

苍苍一塞孤，路路半通吴。
古古江湖问，今今日月都。
荒荒晴漠北，隐隐月牙壶。
色满万千道，沙鸣作五图。

5

父父子子情，老老童童生。
去去来来问，朝朝暮暮行。

6

造化自无穷，童蒙以有风。
何知人巧智，只待老梧桐。
曲岸浮槎古，黄河只向东。
声音从此去，但作自由衷。

7

易道一阳精，天行半道明。
龙城龙不语，凤阙凤难荣。
盛悟从心起，思谋任意迷。
山河应自在，日月可长明。

8

白日自东西，青阳可彩霓。
苍苍天地外，郁郁可高低。
独卧相思久，昂观鸟雀啼。
长空明玉宇，厚土造昌黎。

9

生生死死明，去去来来清。
老子应微妙，仲尼太极精。
中山相属国，魏将子殉情。
寂寂扬扬市，终终始始城。

10

秘命一元人，嵩公半自新。
长城分内外，白骨合秋春。
汴水流无语，钱塘玉色濒。
苏杭天下见，富甲世中珍。

11

深居一日观，俯仰半巾冠。
子弟昆仑问，天山草木寒。
枯荣成世界，上下作山峦。
彼此同心在，乾坤共杏坛。

12

清溪无垢土，鬼谷子当闻。
世道经纶在，浮沉日月分。
椎方龙虎斗，宇宙暮朝云。
缺缺盈盈见，林林木木群。

13

南山一鹿鸣，涧谷半枯荣。
旷野多花草，崇幽主客城。
樵渔何不见，日月自阴晴。
鸟雀飞天地，龙蛇落水生。

14

林林一木城，森森半阴晴。
独独山峰屹，孤孤士子情。
思思观物化，淡淡问苍生。
念念凭所以，悠悠任太平。

15

世道一休长，人生半逐光。
殷王求子玉，宝鼎落周昌。
昔日瑶台近，今明故国梁。
西山近不举，北陆遗陵黄。

16

舍人不问乡，得意误黄粱。
舞曲何须尽，姿身莫比昂。
明珠千百色，玉佩两三光。
女妾由心去，吴姬著枕厢。

17

贤贤一圣人，处处半清身。
遗组邯郸去，连鲁齐爵亲。
分忧君子道，积玉帝王春。
势力千爻顶，桑田土木臣。

18

幽居大运观，问道上人坛。
古代群芳社，今才没杜冠。
秦嬴闻二世，晋虏问千端。
昧象知尧舜，东流禹凿难。

19

何闻雅颂风，势道国邦雄。
背异成天下，相客作始终。

20

圣者利人前，忧心处国年。
元元非是始，致致自耕田。

21

寂寂一玄天，悠悠半亩田。
群群三界许，路路五湖烟。
议谒昭陵问，芝兰不酒泉。
荒沙鸣未了，大漠没尘年。

22

螳螂欲捕蝉，黄雀未当先。
患患天壤别，飞飞羽国悬。
山东齐鲁士，洛水鼎灰烟。
指鹿秦人客，丞相篆字宣。

23

微霜一度成，岁斧半瀛倾。
浩露金天尽，群英独木荣。
登高寻日旭，步履驻山城。
宇宙方圆问，江山草木萌。

24

翡翠国南名，雌雄树木生。
炎州如意色，碧海客家情。
委羽阴阳闭，旖旎日月明。
珍禽寻自得，彩锦注心荣。

25

不可笑时人，当知吴晋秦。
青春仿古见，世俗去来新。
上下远中月，阴阳色下珍。
乾坤多草木，宇宙自秋春。

26

玄蝉白露分，落日客黄云。
逶迤山河路，蹉跎日月君。
群英青鸟寄，独剑阁中文。
岁物昆仑色，人贤紫气曛。

27

弄玉对长空，箫声问穆公。
瑶台分碧羽，怨旷凤凰宫。
闭目人间问，飞天去日同。
罗帷桃李见，只与委无终。

28

巫山栈道边，峡口襄王眠。
宋玉多云雨，神女少源泉。
高唐应是楚，楚客已同天。
立望江流去，行心似归年。

29

荆门一日章，汉口半琴扬。
翠羽华音颂，旌旗仆射光。
雄图曾不尽，盖世可高唐。
感忆先王在，兴朝后付亡。

30

两山募甲兵，北魏问边城。
齐戟单于战，寻访牧草荣。
红缨应自取，羽檄可声明。
藉藉风云谷，重重日月平。

31

白玉透新红，佳人玉腕来。
青春华夏舞，老少各西东。
感念何荣辱，从容几度空。
雕伤思不得，不恨客心同。

32

势力各无同，川流自有风。
江楼何所以，徒见一西东。
弃道分秦岭，寻门合魏宫。
源泉天水汇，万里聚合融。

33

楚蜀一江开，湘吴半日来。
烟花云雨路，草木玉金台。

34

一岁一芳菲，半生增去归。
经纶经日月，处世处徘徊。

35

白首不封侯，黄云已不休。
辽东千里问，大漠一春秋。

36

平生一楚才，独立半高台。
报国丁零道，成荫日月开。

37

悠悠一白云，浩浩半江裙。
楚楚三湘色，吴吴十地分。

38

一郡半云中，三军十塞弓。
单于台上望，魏阙宇天空。
朔气连沙漠，秦川润古风。
天骄谁养好，独立自英雄。

39

仲尼一士优，举士半春秋。
万物知先后，千川各自流。
纷纷元化物，独独宰皇猷。
寂寂巫山雨，悠悠自莫愁。

40观荆玉篇（并序）

仙人掌上闻，张掖以沙云。
白羽乔公食，甘心智慧分。
察明循目睛，体味口知芬。
采玉荆州愚，无为作古君。

41鸳鸯篇

静水有鸳鸯，成双比翼塘。
音容相眷恋，羽融互红妆。
岸渚同游戏，寒池共暖凉。
交颈栖木叶，吻影映湖光。
大雁飞人字，南南北北翔。
春来问朔漠，秋去向衡阳。
佳人何拾取，世界自芬芳。

42修竹篇（并序）

秦皇一篆行，逐客半文明。
汉武共天赋，东方共七城。
齐梁风雅彩，晋宋不传英。
浮槎何萘古，正始可争鸣。
骨气孤桐朗，知音竹节盈。
春秋金石响，日月去来荣。
白露哀宫羽，嬴台舞赤城。
仙灵千变化，魏咏万家声。
独玉玲珑色，睢蒙翡翠觥。
商微从宇宙，弄玉以箫平。
但与三君子，华章十地盟。

43奉和皇帝丘礼抚事述怀应制

轩宫一大君，玉帛半天云。
万水临川去，千山屹草裙。
深仁雷雨动，厚泽洞庭雯。
上掖中堂教，瑶池白日熏。

44西还至散关答乔补阙知之

凤唳一西还，乔君半散关。
江河呈逝水，补阙化天山。
玉佩中堂色，平生右左班。
秦川杨柳岸，独立蜀门闲。

45还至张掖古城闻东军告捷赠韦五

东军过古城，捷报向都京。
虏道悬边月，秋归日月英。
胡姬歌舞色，汉将曲词精。
虎士青龙阵，丞相北海旌。
河图天下界，按节洛书情。
白露楼兰色，长安久太平。

46度峡口山赠乔补阙知之王二无竞

知之大漠声，裤阙故人征。
界石关河见，山川自请缨。
昆仑天下路，峡口问平生。
牧帐凭胡马，单于任士兵。
英雄张掖外，得意玉门情。
将帅思无战，和平世界明。

47题居延古城赠乔十二知之

居延一古城，十二半军行。
补阙三金令，东山十不声。
沧洲今不改，白日古边横。
暮坐黄云里，晨鸣将帅营。
边疆多草木，旷牧少无明。
汉仗思谋远，胡姬自土情。
芳原千万里，晚蕙两三层。
谤战阴山木，平生作世英。
芝兰丛界草，九脉共阴晴。

48蓟丘览古赠卢居士藏用六首（并序）

霸迹到终南，燕山问古潭。
蓟丘居士寄，易水旧曾谙。
废昧荒芜久，群贤毕竟涵。
登楼何不见，四顾尚同耽。

49轩辕台

北上蓟丘楼，南从渭水流。
轩辕留霸迹，草木自春秋。
牧帐长城外，云沉八达州。
黄尘风雨后，十地去来忧。

50燕昭王

南寻碣石休，北载海河流。
只见昭王尽，还闻旧帐愁。
黄金台上望，万里十三州。
赵鲁应无可，燕齐寄所求。

51乐生

贪兵问乐生，仗义下齐城。
战国纵横见，雄图日月明。
阿衡何所叹，经纶几度荣。

中天当此道，补遗视群生。

52燕太子

太子一倾城，秦王半故声。
江山流水去，日月有无明。
怨道成丹客，形身报国荣。
韩人何所以，尽在对枯荣。

53田光先生

田光一报韩，义士半心丹。
举剑成天下，行诚作弊端。
人生何不惧，世界以虚宽。
感叹从容去，无须向后观。

54邹子

邹子半微山，池湖一旧颜。
兴亡何不见，大运几人还。

55郭隗

独贵自逢时，孤身对古知。
黄金台上客，历代史中迟。

56赠赵六贞固十首

入塞戍三边，追捕向半天。
回中焰火起，不必望狼烟。
朔气京都少，南山望酒泉。

之二

琅琊子玉然，旷鲁舜耕田。
折水江河去，留山日月悬。
朝朝连暮暮，岁岁付年年。
宇宙蓬蒿见，清风朗月眠。

57答韩使同在边

负剑意良图，匈奴牧武苏。
本是同天下，应来共地都。
如何分彼此，御史问东胡。

58东征至淇门答宋参军之问

南星大火中，北斗半开空。
渭水东征客，淇门旭日红。

59答洛阳主人

白日一沉浮，连城半九州。
平生沧海志，负剑着春秋。
举首云中子，扬程海上鸥。
平津侯已许，跬步市良酬。

60酬晖上人秋夜山亭有赠

皎皎一红流，晖晖半月秋。
微微天地色，落落去来筹。
感物禅居坐，应机易变修。
泉溪何不止，草木共羊牛。

61酬李参军崇嗣旅馆见赠

昨夜问银河，孙膑舞剑戈。
星文图范汉，紫气上人歌。
白璧仙人色，荒沙北地多。
龙城何自守，岁月久蹉跎。

62酬晖上人夏日林泉

夏日上人泉，云居草木边。
青莲香暗满，玉宇对千年。
古道山阴去，芝兰释子田。
松林明月色，一步上云烟。

63同宋参军之问梦赵六赠卢陈二子之作

五岳一嵩山，青云半足颜。
参军之问梦，赵六玉门关。
二子虚陈去，三边净可还。
嬴台琴曲致，上掖曲江湾。
紫绶巢夷慕，苍生独善班。
终南高节立，塞北鼎铭颁。
渭邑思征客，辽阳戍梦间。

64送别出塞

十剑百夫雄，三生一始终。
青云天上去，白马自由衷。
塞外飞鸿落，军中戟角弓。
单于应此诺，胜作古头翁。

65登蓟丘楼送贾兵曹入都

燕山一蓟楼，盛涕半霜秋。
举剑南音断，辜负北士忧。
征程非所愿，雪野是何求。
白日西沉落，平生几去留。

66别李参军崇嗣

金台久不平，宝界玉无声。
变化明荣绶，玄黄宠辱情。
窈窕君子鉴，咫尺地天城。
独别山河道，驱驰日月横。

67秋园时病呈晖上人

呈晖一上人，旷日半古仁。
滞念三千月，求思五百春。
高寻天水岸，俯就虎溪洵。
寂瑟余音在，幽心断续亲。

陈子昂集卷下

（一）五言律诗

68度荆门望楚

望楚渡荆门，琵琶向蜀村。
章台巴国问，古木玉人恩。
峡口知云雨，巫山客日昏。
苍茫何岁月，寂寞小儿孙。

69挽次乐乡县

晚次乐乡县，明辰旧国边。
孤征心不已，独宿客良贤。
野戎狼烟起，川原古木田。
胡笳声不远，疑是玉人眠。

70酬晖上人秋夜独坐山亭有赠一首

独坐上人亭，孤寻草木青。
钟声依旧呼，玉石作浮萍。
水月连荷叶，香林立碧屏。
成心寻岸渚，故道作禅铭。

71东征答朝廷相送

一世逐英雄，三生作古风。
东征行吾志，北上作边穹。
此去从戎路，弓弦谢御公。
乡谣留日月，塞外问飞鸿。

72咏主人壁上画鹤寄乔主簿崔著作

一鹤问天津，三声向晋秦。
群芳春日暖，独舞客芳尘。
玉璧丹青色，文章草木濒。

黄云相伴侣，淑立白冠巾。

73居延海树闻莺同作

居延海树莺，渭水曲江平。
蔡女单于嫁，明妃汉画名。
胡风应可度，塞上玉禽鸣。
有意天街路，何须守戍声。

74李三书斋

江山一墨烟，日月半池田。
灼灼青春志，悠悠古道边。
书书千万卷，读读两三泉。
处处风云里，云云度岁年。

75送魏大从军

魏大一从军，匈奴半甲文。
帐令三河路，金鸣十地分。
千山由此镇，六郡以人闻。
北塞接云处，江南付日曛。

76送殷大入蜀

入蜀故乡情，行身客地荣。
居心居未定，浦日色光明。
坐看风云里，回眸雨雾萌。
蚕丛凫鸟道，处处与山莺。

77落乘西还别刘祭酒高明府

落第一书生，分周六郡平。
归骖京汉地，洛水曲江横。
羽翼高飞近，行程俯就轻。
扬鸣函谷去，广贱晋川名。

78落第西还别魏四懔

西还一蜀乡，落第半书扬。
羽翼惊风云，离亭注北凉。
耕耘非彼此，读释是渔梁。
别馆天街远，凭心作柳杨。

79送客

扬帆一洞庭，故水半丹青。
送客孤山见，江天梦涌萍。
烟浮金酒醉，桂树玉人伶。
绿芷含荣处，平生对可馨。

80春夜别友人

春风送友人，月夜客天津。
瑟瑟琴琴语，情情意意嚬。
葡萄先不醉，醒后未知秦。
月隐山川路，河明草木亲。

81

一纸大臣书，三军紫塞誉。
青春明月对，夜宿岁年余。
铁甲随霜冷，弓刀任帝居。
山河分界域，日月似当初。

82遂州南江别乡里故人

举首对家人，平生问魏秦。
南江乡里别，故土客情珍。
楚水曾来蜀，湘流几润津。
悠悠何不见，尽是丈夫新。

83送东莱王学士无竞

宝剑一千金，平生半古今。
诗词逾七万，日月百年荫。
学士东莱客，孤云暮色深。
红方天际阔，远照白头吟。

84送梁李二明府

芳樽别故人，白日问秋春。
取策贤良客，金台牧治秦。
丞相留小篆，指鹿去迷津。
二世山东乱，谁思五马尘。

85送魏兵曹使巂州得登字

雾雨一阳山，人言半达攀。
思酬多少路，付取去来艰。
爱憎由明主，诚忠任客关。
英雄当不问，日月几回还。

86送别崔著作东征

壮士一东征，英雄半纵横。
金天方肃宇，白露始倾明。
气吞天边路，云浮望甲兵。
王师非乐战，此去祝和平。

87送陶七

扬帆楚越行，就路蜀吴情。
夏浦芙蓉泽，相思水月生。
知音黄鹤近，鹦鹉草洲平。
北望庐龙寨，南闻渭邑城。

88遇崔司议泰之冀侍御珪二使

谢意半南山，吟情一去颜。
知春多草木，问道几回还。
宝瑟由声取，桐琴任弦闲。
凭轩留一醉，乘月客三斑。

89送崔著作融

著作一崔融，苏楼半国风。
燕山飞将令，仗剑对英雄。
口外寒光照，心中玉寨穷。
昂天声不止，可以问归鸿。

90月夜有怀

赵瑟美人边，胡笳玉指弦。
西轩情不尽，北陆客云烟。
厚意婵娟色，殷勤共度怜。
青光明夜月，隔壁自方圆。

91夏日游晖上人房

夏日上人房，丹炉玉石香。
琴摇山水色，瑟鼓暮朝堂。
竹影禅音近，池深弄月庄。
泉澄精舍里，户对古今梁。

92春日登金华观

白玉一仙台，丹血半石开。
山川云雨度，日月独徘徊。
鹤舞千年路，虹飞十地来。
三江明紫气，百尺肃寒梅。

93群公集毕氏亭

遗士问金门，和邦待雨村。
群公谁以此，魏阙逐秦昏。
北子渔樵见，幽庭日月昆。
韩安何国语，滴水是乾坤。

94宴胡楚真禁所

人生一命天，历史产坟园。
白璧为人隐，幽庭草木宣。
公平公有欲，欲止欲无嗔。

95魏氏园亭

魏客日园亭，春来草木青。
庭台荒久色，命道玉墀宁。
绿藻含新碧，鲜花纳立屏。
云宵多少晏，日月各心灵。

96洛城观酺应制

垂衣受册封，洛水有龙踪。
五日神功在，三清酺祭客。
瑶台桃李下，玉帛自中庸。

97白城帝怀古

深山见禹功，故土问飞鸿。
碧水东流去，苍川逐日风。
云帆应不尽，古木有雕虫。

98入东阳峡与李明府舟前后不相及

不可一舟横，川流半水清。
无寻头尾顾，险象瞬时生。
白日长年见，阴晴不守衡。

99岘山怀古

怀才上古都，野甸卧龙图。
堕泪碑前望，楚邑草中无。
碣断分湘蜀，山川半入吴。
苍烟含老树，万里纳屠苏。
千午何不见，儿脉一流孤。
暮色津楼晚，吟情向玉奴。

100入峭峡

百岁一蓬丘，三生半欲求。
交连天地树，废止去来愁。
雾雨争流响，烟云渡去舟。
晴沙浮渚色，岸草落滩洲。
桂子兰台上，岩潭杜若羞。
猿啼清峡口，谷密向心忧。

101宿空舲峡青树村浦

远远一猿啼，明明半月西。
心心常不止，处处有高低。
影影山前落，思思水玉堤。
流流从不止，浦浦草花齐。
主主昭昭见，从从路路迷。
山山相比拟，水水作春泥。

102宿让河驿浦

浦驿让河流，南乡土木楼。
回塘多渚芷，结缆宿沿州。
听猿鸣月色，问俗客心愁。
坐断飞鸿影，闻声峡口舟。
星河南北岸，乌鹊去来游。
七夕何时到，移情已不休。

103万州晓发放舟乘涨还寄蜀中亲朋

亲朋一蜀中，老友半童翁。
晓色朦胧早，波涛涨落虹。
苍茫云水去，络驿大江东。
晓日帆边住，朝霞浪里红。
相信今古问，彼此共书雄。
但玄耕耘志，囊锥日月中。

104赠严仓曹乞推命录

重去一愿违，十易半心扉。
阔学纵横术，游栖日月归。
青霆长委命，万象两仪围。
墨翟闻空滞，龙川付星非。
武丁知妇好，小乙向商微。
推录千年尽，轮回几度辉。

105酬逸人游岩见寻不遇题隐居里壁

何人一隐居，未可半樵渔。
日月知天地，河图对洛书。
灵台常不遇，里檗久知舒。
易道迎仙友，经纶任子虚。
徘徊芳草地，跬步楚才初。
卖十青囊表，思明玉石如。

106合州津口别舍弟至东阳峡步趁不及眷然有忆作以示之

别易一亲人，寻情半合津。
江潭同作客，故土共心邻。
积日童言志，书余洛水秦。
云峰流雨壁，古木注天见。
寂寂山川外，遥遥彼此珍。
年年相见约，处处定言频。

107和陆明府赠将军重出塞

一将楼兰去，三边仗策营。
金戈扬铁甲，白羽令精英。
朔漠胡杨柳，旌旗帐寨明。
交河凭画角，洛邑以君情。
月照男儿志，星明秀女声。
红妆相守舍，祝以是书生。

108同旻上人伤寿安傅少府

一曲上人邻，三生付客巾。
长思成上掖，有契自轻尘。
太息神仙在，金兰谒紫宸。
寂寂逢尧日，重重度苦辛。
衣冠凭耳目，玉树任新春。
隔岸风光尽，弹琴旧馆因。

109江上暂别萧四刘三旋欣接遇

沧江日夜流，两岸暮朝舟。
不泊红霞晚，波潭碧玉楼。
衔杯停莫望，结绶武陵洲。
紫碧丹青落，云鸡玉石酬。
神仙应不语，野客可秦楼。
羽扇谁来得，山川已自秋。

110遇荆州崔兵曹使

凤使过荆州，辖轩向酒楼。
江湖曾相许，日色对江流。
释道安林故，崔亭伯玉休。
天光先后泽，雨露暮朝浮。
玉树西厢外，芝兰自莫愁。
瑶琴何不响，未能对君忧。

111南山家园林木交映盛夏五月幽然清凉独坐思远率作十韵 古今诗

百岁木成林，十年一古今。
诗词明日月，草木筑木荫。
十载三千日，千天万首吟。
童翁应不弃，朝暮老人心。
夜夜辽东望，时时颂雅音。
风云多变化，社稷有甘霖。
枣树生红果，京都向水深。
天机应自取，万象索英钦。
二月梅花色，三清淑气寻。
平生多少路，跬步作鸣禽。

112卧病家园

世上本无名，人间可自生。
年年由日数，岁岁自天平。
古古今今问，诗诗赋赋明。
来来还去去，子子付莺莺。
百载玄机短，千流水色晴。
山河川谷迹，跬步度精英。
白首应安定，童心自在荣。

113于长史山池三日曲水

曲水半兰亭，流觞一草馨。
山池三日色，赵瑟九州听。
祓坐箴蕤见，秦筝玉柱伶。
新芳花已许，古榭晏回宁。
雨露随天意，云烟取伏苓。
东风呈日暖，旷野化丹青。

114登泽州城北楼宴

一望白头翁，千年赵将雄。
秦兵营垒见，汉马步天穹。
共坐闻歌舞，同音问飞鸿。
平生又化路，苍然就曛风。
不见武岁子，长春驻日东。
玄云从翠羽，碧玉取雕虫。

（二）五言绝句

115题祀山烽树赠乔十二侍御

汉将巧边功，凌烟壮志雄。
人间何不见，李广酒泉东。

116初入峡苦风寄故乡亲友

帆扬一日风，水路半无穷。
蜀道巴山近，家乡夜梦中。

117题田洗马游严桔

商山何不见，望苑几人空。
逐客丞相问，秦王指鹿终。

118古意题著作令壁

苍梧一白云，竹泪半氛氲。
禹凿舜耕去，尧辛日月分。

119赠别冀侍御崔司议

天机一白云，祖国半红氛。
岁月轻风在，年光古日曛。

词韵风流

秋山琳宇图

北宋·燕文贵

第七卷

格律词

一、词综（上）

朱彝尊　汪森　编　　魏中林　王景霓　译　　上海古籍出版社
1996年9月第1版　1996年9月第1次印刷

1读昭宗皇帝　巫山一段云

题宝鸡驿壁

巫山一段云，唐教坊名曲。
后蜀毛文锡始撰此调。“两霁巫山上，云轻远碧天”，用本意以名。有四体。
岁岁知冬夏，年年春又秋。
枯荣荣枯忘宫楼，难见大江流。
东向岱山泰岳，西拾玉门王珏，
承前启后不知由，江河日日忧。

2菩萨蛮　登华州城楼

唐教坊曲名，“大中初，女蛮过入贡，危髻金冠。缨络被体，号菩萨蛮队”，女弟子舞队名，有九体。
长安处处春秋雨，西风雁塔心中鼓。
叶落满城楼，行人千里愁。中原唐国土，
西陆菊花圃，泾渭向东流，谁寻三两州。

3读李白　菩萨蛮

江山日月寻心晚，春去冬来斜阳返。
何处问青莲，道儒佛里天。
长安天地远，人去西东婉。
杜甫不知缘，敬亭山上年。

4忆秦娥

元高拭词注商调，以李白此调而名，又名秦楼月，十四体。
寻李白，长安城里长安客。长安客，
翰林供奉，纵横阡陌。渭泾水色诗人泽，
唐家天下。文龙柏，文龙柏，春秋秦汉，
玉凝丝帛。

5桂殿秋

桂殿里，秋寒宫，来里夜雨远去鸿。
玉笙曲尽双城去，鼓声钟声一宿空。
一夜雨，三天晴，不过雁丘满旧情。
有心留下潇湘路，云明山明草木明。

6又

一夜雨，三天晴，不过雁丘满就情。
有心留下潇湘路，云明山明草木明。

7张志和　渔歌子

字子同，金华人。擢明经，肃宗命待诏翰林，坐贬，不复仕，自称烟波钓徒，每垂钓不设饵，志不在鱼也。
渔歌子，唐教坊名，名出张志和。
桃色花明柳色烟，江南春水半心田。
晴一日，雨三天。苏杭处处客家船。

8又

八月扬澄一味鲜，横行八脚半边田。
秋夜下，背朝天，湖中酒醉谁人眠。

9韦应物　调笑

白居易曰：“调笑”抛打曲名也。
河岸，河岸，织女牛郎不见。
人间喜鹊相知，七夕乞巧观时。
难断，难断，一分一合一乱。

10戴叔伦　转应词

冬雪，春雪，天下扬落梅雪。
人间左右心情，灯火乡里灭明。
明灭，明灭，难眠家圆缺。

11王建　调笑

字仲初，颍州人。大历十年进士。
春草，春草，风里雨中自早。
色青颜黄分明，村里天下性情。
情性，情性，原上纵纵横横。

12又

梅雨，梅雨，心在寒中成熟。
落花香波袭人，天下循入新春。
启发四时竹兰。兰竹，兰竹，
清气悠悠润菊。

13韩翃　章台柳　春

唐韩翃寄柳姬词首句为名。

章台柳，章台柳，去来依依山水友。
身在云中向梅边，一色先得七八九。

14白居易　花非花

云是云，雨是雨，五更钟，无更鼓。
来时风轻月花明，去时心中情水盎。

15忆江南

江湖上，肝胆一客船。同里运河吴富土，
苏杭流水两三天，碧色已千年。

16又

运河水，碧玉半苏杭。雪月风花桥不断，
莺鸣柳浪楼外楼。拙政园中忧。

17又

寻吴越，上下向虎丘，一半剑池问勾践，
一半夫差觅霸侯，尽是古今囚。

18长相思

唐教坊名，古怨思二十五曲之一，
梁张率始端。

汴水流，越水流，不到杭州不到头，
吴江自然流。
吴山愁，越山愁，楚鄂潇湘夜雨羞，
久离别去舟。

19刘禹锡　春去也

字孟德，中山人。贞元中进士，仕为太子宾客，会昌中，检校礼部尚书。

春去也，花落城里人。杨柳曲终余音生，
阳关路上半无尘，一半泪沾巾。

20潇湘神

潇水流，湘水流，竹泪点点两行愁。
斑斑丁丁群玉向，云云雨雨三峡流。

21温庭筠　菩萨蛮

六二年困难，自耕在家，忆家乡人张恩媛助大学高考。

风风雨雨书生院，丁丁点点秀才倦。
恩媛是同班，燕山菩萨蛮。
落花寻不见，六二芳草甸。
辛苦玉门关，乡音明月还。

22更漏子

十体，始于温庭筠“秋思词中咏更漏”。

一人心，千里路，朝暮暮朝朝暮。三剑客，
半江湖，不知寻有无。
十里雾，云中澍，抑抑扬扬春雨。湘水重，
楚山孤，吴越满玉壶。

23归国谣

唐教坊曲名，三体，又作归平遥，归国谣。
温庭筠为正体。

西岭，草色捕风寻月影。窗前池塘心领，
黄昏独自省。寺庵外，胭脂井，谢娘心
忡憬。半夜有约脱颍，是刘郎玉屏。

24酒泉子

唐教坊曲名，又“花间”，二十五体。
云雨湘潇，花间曲尽啼鸟。

楚客来，水色淼，玉心消。斑竹流泪两
行娇，群玉诗窈窕，问阳台，问悄悄，
意遥遥。

25南歌子

隋唐以来曲名，多称子，凡五体。

斑竹千行泪，潇湘万里塘，群玉问师娘。
不如三峡去，尽红妆。

26河渎神

唐教坊曲名，唐词多缘题所赋，之咏词庙，亦其一也。

寺外草心知，庙里春风来迟，雨云天气
两三枝，桃李花开入池。明暗不均冷暖处，
杨柳浮沉飞絮。自由自来自去，水流形
影倩茹。

27女冠子

唐薛昭蕴始撰此调，七体，
小令始于温庭筠。

百鸟朝凤，也有一帘春梦。问风声，
素玉甘霖露，人间处处情。雪胭银镜外，
草木向阳生，梦见寒宫里，只孤明。

28玉蝴蝶

十一体，小令始于温庭筠。

愁肠三五长亭，十里一零丁。
水色自渭泾，朝来暮去青。
金陵桃叶渡，秦淮雨多萍。
移步问春伶，夜悬南斗星。

29清平乐

盖古有三调：清调，平调，侧调，
侧调作瑟调，三调乃调房中乐之遗声。
明皇令白清平两调词。

人间纵横，隋帝秦皇病，天下宫廷均苛政，
如是宫娥倩敬。隋河万里长城，分明不
是分明，塞北江南何比，富贫枯枯荣荣。

30遐方怨

唐教坊曲名，二体。

千万里，一秋春。水色江湖，
月明舟舱回梦津。谁知鸣雁问归人，
云雨天不尽，自家身。

31诉衷情

唐教坊曲名，九体。

人性，人行，万叮咛。一心情，金石磬，
禅定，玉宫明。渡口月无声，天晴，
浮云杨柳城。一春荣。

32思帝乡

唐教坊曲名，三体，一名万斯年曲。

回家，云中天下华。万里十年恩怨，
浪淘沙。月缺月圆处处，此来彼去涯。
心上下，刘郎问，是桃花。

33梦江南

词律词典无此调。

酥玉手，独见行人愁。只有薛涛梦不尽，
江楼不住问江流，心上十三州。

34河传

唐曲，始于隋，今存者二，一属南吕宫，
一属无射宫，即怨王孙曲。

江汉，湘岸，满塘莲，河上河下采船。

芙蓉出水向西边，雨烟，叶中流玉泉。
红颜若水白明翰，色一半，杨柳藏轻唤。
浦南湾，浦北湾，小蛮，留心迟不还。

35蕃女怨

五湖香雪梅满岸，一树银冠。玉疏枝，
云色乱，落华难断。洞庭山里尽芳烟，
可心怜。

36荷叶杯

唐教坊曲名，有单双调，三体。
采女有情心上，不藏，卸红妆。
水前流去暗中唱，情荡，问桃僵。

37皇甫松　天仙子

字子奇，湜之子。
唐教坊曲名，本名万斯年。
龟兹午曲，五体。
不锁夔门三峡暮，蜀国流来长江雾。
云云雨雨一阳台，两岸潞，满山树。
十二峰前飞白鹭。

38摘得新

唐教坊曲名，一体。
雨色新，洞庭半入春，五湖船去远，
不归人。吴江月里碧，处处草茵茵。

39梦江南

桃叶渡，一夜月明桥。秦淮乌衣王谢去，
后庭玉树雨芭蕉，燕子向云霄。

40郑符　闲中好

闲中好，染尽江南绿。草木心自知，
人间一歌曲。

41段成式　闲中好

字柯古，文昌子。会昌中，官太常少卿。
闲中好，天下一人心。日月知中正，
江山循古今。

42司空图　酒泉子

唐教坊曲名，二十五体，又“花间”
“阳春”诸集。
处处杏花，自由心中寻天下。
色明墙外向人华，问天涯。
半明碧叶半成家，不得东风情不嫁，
三春慢慢入窗纱，醉人斜。

43韩偓　生查子

字致尧，一作致光，万年人，龙纪中进士。
唐教坊曲名，七体。
疏梅向芝兰，言下寻青竹，四时一水田，
瑟瑟天黄菊。樵渔半亩心，子弟寻粱菽。
来去自人中，古今慎中独。

44张曙　浣溪沙

唐教坊曲名，八体。
一半江湖一半家，洞庭山上上人华，
姑苏处处自桑麻。不问运河流何处，
长城锁住两天涯。梅花开落是桃花。

45吕岩　梧桐影景德寺僧房

自洞宾，关右人。咸通中，举进士不第，
携家隐终南。
大梁景德寺，峨嵋院壁间，有吕岩题词之。
景德寺，梧桐影。人约约人忘一更，
月弦余明辞西岭。

46又

山水形，云峰影，来去去来心不明，
钟钟鼓鼓人中省。

47柳氏　杨柳枝　答韩员外

韩翃宠姬
唐舞曲，白居易改作。三体，本词体外。
问马牛，望圆缺，白在家中数豪杰。
白首回头见江流，往事纵横何话别。

48王丽真女郎　字字双

池中鸳鸯双成双，楼上形影窗含窗。
心里君子人中人，天下不尽江流江。

49无名氏　后庭宴

宋宣和中掘地得石刻唐词名后庭宴。

一体

乡下柳杨，一年先绿，色清明不拘无束。
岭前村后两三川，桃花梨杏绡香玉。
心中暖尽阳春，枝上下迎朝旭。四方津水，
有七情六欲，万紫嫣红，低声吟訾曲。

读五代十国词

50后唐庄宗皇帝　一叶落

后唐庄宗皇帝自度曲。
一叶帛，千家客，来去匆匆不安陌。
月明入井天，无流情无泽。黄云白，
往事难名册。

51蜀主王衍　醉妆词

蜀主王衍尝裹小巾，尖如锥，
宫人皆衣道服，簪莲花冠。
施胭脂夹脸，号醉妆，因作醉妆词。
里三步，外三步，只是难行路。外三步，
里三步，谁问醉妆苦。

52蜀主孟昶　玉楼春

五体，仄起者，玉楼春，平起者，木兰花。
紫气东来宫石院，落尽夕阳思外媛。
花光明月向人心，国色天香君子变。
寂寞多情声下恋，两手空空窗半扇。
醉妆未去满春秋，芳草四时寻不见。

53南唐中宗李璟　山花子

李璟　初名景通，字伯玉，徐州人，
南唐列祖李升的长子，称南唐中主，
在位十九年。后割江北地与后周，
去帝号称臣，抑郁而死。
荷碧香风十九年，江东徐水一流船。
寻剑江湖客心在，向地天。
烟雨洞庭寻渡岸，小家碧玉夜无眠。
南唐有珠泪不尽，满前川。

54后主李煜　相见欢

字重光，李璟第六子，史称南唐后主。
在位十五年，降宋太祖，俘汴京，封为
命侯。因写《虞美人》一词，被毒死。
唐教坊曲名，南唐李煜词，因“无言独
上西楼，月如钩”，别名秋月夜。

55又

江楼不问江流，一清秋。

十五年间宫院何时忧，有曲舞，

有圆缺，有王侯，有酒有醉虞美人尽头。

56虞美人

花开花落一春少，处处半啼鸟。

小桥流水已无桥，笛管歌舞夜里入碧霄。

江山不在人犹在，草木天无改。

一心一事一家楼，只见违命侯后亡国侯。

57和凝　春光好

明皇尤爱羌鼓玉笛，二月初，柳杏将吐。

上旋命临轩纵击一曲，名曰“春光好”

柳杏发坼　，九体。

千柳暗，万花明，过墙声。

桃李门中杏有情，向人行。

流下香泥香水，东风有雨有晴。

出水芙蓉塘下早，笛音轻。

58韦庄　应天长

令词始于韦光，慢词始于柳咏，十二体。

天里梅花天外雪，寸寸心思无处结。

暗香凝，风两别，小楼人情春水洁。

细回想，凭影说，只怨梦中更缺。

东来意时时切，抱枕问不绝。

59薛昭蕴　相见欢

唐教坊曲名，南唐李煜词，五体。

一塘清水浮红，两心中，云雨丝丝如注，

入东风。轻舟客，孤岛陌，半人雄。

六欲七情上下，尽空空。

60谒金门

庵寺院，草满云浮雨线。

曾是春花香暗卷，江南来去燕。

开闭寒窗半扇，涌入斜阳千片。

留下相思都，不断，任是梦里见。`

61牛峤　感恩多

字松卿，一字延峰，陇西人，

干符五年进士。

只多引人泪，无处寻旧意。寒中两三枝，

入春眉。柳下莺歌燕舞，梅花飞，

雪花飞，留下春心，有情郎未归。

62江城子

唐词单调以韦庄主，六体。

玉资身影雪胸香，半红妆，

一情郎。隔岸不问，云雨在高唐。

十二峰中山水碧，明镜里，细思量。

63毛文锡　纱窗恨

字平，唐进士。

三三两两踏青草，一春心。

小窗半开东风寻。女人音，

柳絮杨花云中雨，片片情，

水下鸣禽，不尽鸳鸯曲，有君临。

64巫山一段云

十二峰云雨，巫山半客船。

岸边渡头一心连，夜夜侍郎眠。

不得梦太远，难寻守时园。

来来去去问江缘，种子在心田。

65牛希济　生查子

峤兄子。

唐教坊曲名，七体。

江山千万里，天下浔阳阁。

风下九江流，檐上三家雀。

问王勃，霞东落。非是公明错，

水浒英雄泊。

66欧阳炯　南乡子

唐教坊曲名，词有单调双调，七体，始自欧阳炯。

一半云烟，石头城外二三天。

十里长亭雨里路，朝朝暮，

草碧花红心不妒。

67又

水上楼船，琴声一半带情眠。

色细人轻秦淮女，落飞絮，

云雨湖中归不去。

68又

隔岸声鸣，落霞浮舟晚来情。

芦苇丛中藏暮色，来去，拾得心中情脉脉。

69顾敻　醉公子

六体。唐教坊曲名。一名“四换头”，

四十字者昉自唐人。百六字者昉自宋人。

此词咏醉公子之人物，贬义，或称“轻薄儿”，“天上郎”与“田舍儿”相对。

上下四句三平韵。

风雨寻窗帘，朝暮知门槛。十里问亭前，

五湖夜无眠。天下多罗纬，过客去难归。

醉则从人醉，何故一是非。

70诉衷情

唐教坊曲名，毛文锡词有“桃花流水漾纵横”一句，又名“桃花水，九体。

夜半人情何处去？一琴音。天下静，风影，

问春心。云里雾中吟，阵阵。只听窗外寻，

解衣襟。

71杨柳枝

唐舞曲，白居易改作，三体。

春夜心怀相思潮，问辽寥。

鸳鸯池中过天桥，小人娇。

碧玉水流巫山路，来云雨。

芭蕉窗外，作歌谣，一情消。

72鹿虔扆　临江仙

唐教坊曲名。“花庵词选”云：“唐词多缘题所赋”。十五体。柳咏词注“仙吕调”，之言水仙。

叶落江湖高堂客，故宫年事空空。

风云变化问飞鸿，后庭歌断，

夜半树丹枫。明月入清闻李闯　，

剑戟来自心中。长城秦汉各西东，

运河河运，霜露暗梅红。

73阎选　浣溪沙

唐教坊曲名，八体。

都是五湖来去人，梅花不尽落香尘，

西施娃馆半家春。月下姑苏肌玉客，

嫦娥不住问天津，小桥流水入心邻。

74魏承班 生查子

唐教坊曲名，元高拭词注南吕宫，七体。

天下半阴晴，朝夕千年更。难断旧时尘，

无心燕声萌。人情一光明，世上三人行。

十国废兴频，五蕴还纵横。

75尹鹗 菩萨蛮

天下都是江湖客，村中不尽行阡陌。

今古一书生，千年千枯荣。

山荒寻白石，世事人心隔。

谁问去时名，沧桑多不平。

76毛熙震 后庭花

唐教坊曲名，张先词名“玉树后庭花”，

陈后主撰，四体。

春心倩影寻芳甸，薄衣香茜。

玉树后庭花西殿，一心三眷。

年青得助张思媛，后生人面。

秀才进士多书见，北京钢院。

77李珣 河传

梓州人，蜀秀才。

唐曲，始于隋，词出温庭筠。三十体，

古今诗话曰为“隋炀帝开汴河所制劳歌”。

何处，何处，春流花絮。薄雾云轻，

溪风柳岸。惊蛰谷雨清明，半阴晴。

愁中日月多无助，身边女，夜半三两语。

明月上下高楼，一江流。

78南乡子

唐教坊曲名。九体。

春叫客，雨云乡，开花花落荠蚕娘。

绕来绕去丝无绪，有心女，夕暮心中何

处许。

79又

一夕照，半斜塘，水烟烟水两茫茫。

客船客心常问客，知阡陌，荷叶丛中莲

色泽。

80孙光宪 河渎神

字孟文，陵州人。

唐教坊曲名，二体。

清明水无声，阴晴还是阴晴。

柳莺飞出一惊鸣，祠里庙前伤情。

一世一生三界度，人前人后两路。

除非心中如雾，花开天下苗圃。

81风流子

唐教坊曲名，单调者，唐词一体，复九体。

屋北屋南斑竹，舍后舍前黄菊。

冬夏短，尽梅兰，静气平心天竺。

西陆，西陆，万里路禅心目。

82张泌 酒泉子

字子澄，江南人 仕南唐，为内史舍人。

唐教坊曲名，二十五体。

半杨柳半，天下等五六九。

路边河岸小桥中，待花红。

一来一去一东风。雨水先人先绿首，

心中草木问飞鸿，月朦胧。

83冯延巳 罗敷艳歌

字正中，其先彭城人，唐末徙家新安。

事南唐，为左射同平章事。

细风杨柳江南岸，心意绵绵。

三两船边，曲尽笙歌半云天。

金陵秦难寻落日，古巷花田。

户对前缘，楼台春香梦里悬。

84芳草渡

五体。令词出自欧阳修。慢词始自司邦彦。

双调五十五字，上阕二十八字，八句四

平韵，下二十七字，五仄韵二平韵。

三江水，一春秋，风云落，枯荣流。

山河千里马羊牛。阡陌柳，多少路，

在前头。肯回首，凭万友，往事烟华是否。

心如归，社如筹。长亭酒，黄昏后，上高楼。

85抛球乐

唐教坊曲名，酒宴中抛球为令，所唱之词。

十体。

雨色春山处处红，酒楼人醉玉壶中。

胡姬相劝胡颜重，一曲一声一色空。

半杯云天月，不在凉州在故宫。

86三台令

唐教坊曲名。三台名声甚多，源远流长。

湖泽，湖泽，不尽淞江去客。

小舟千里明白，只令三台九州。

脉脉，脉脉，纵横千里阡陌。

87又

浦口，浦口，满是金陵杨柳。

水明月暗花淡，谁不知千杯愁。

愁否，愁否，行乐直须回首。

88成幼文 谒金门

江南人，仕南唐，官大理卿。

闻玉笛，响彻大江赤壁。

谁问玄宗无政绩，已是梨园寂。

曲足庭中妃皙，只向音情寻觅。

日日奉君知如嫡，起舞羽裳霓。

89耿玉真女郎 菩萨蛮

人情如梦人情作，人情如梦人情落。

人世五千年，世人多缺圆。人中知善恶，

人外江湖漠。人去玉真怜，人来真玉田。

90徽宗皇帝 燕山亭见杏花作

徽宗赵佶，是北宋晚期的皇帝，

统治二十四年，国运日衰，无所作为。

后被金兵所俘。艺术上倒颇有造诣，

尤擅书画。

一体，王字道词名“燕山亭”。

内外燕山，榆关上下，天上如来朝暮。

秋客客秋，枯枯荣荣，何处不知归路。

孤主零丁，自南北，含辛茹苦。三步，

一步一回头，人间风雨。凭只举世茫茫，

去来前后事，难难回顾。边塞寒露，

岁月悄悄，风流谁知无妒。归雁排空，

向万里，江山依故。天数，见得河流寻

江得渡渎。

91高宗皇帝　渔父词

唐教坊曲名，开元天宝间作，咏渔父生活，一体，四句四平韵，本词变体，取三句之断引。

山里渔父一有无，江村故客二仰呼。
三草木，半江湖。不向朝廷不问吴。

92又

山外青山楼外楼，云中细雨雨中秋。
江流不尽向江流，九州声名是九州。

93徐昌图　临江仙

莆阳人。

唐教坊曲名，唐词多缘题所赋，十五体。之言水仙，李煜名“谢新恩”，柳咏注“仙吕调”。

天下心中大小，人生有影无踪。
春花秋月尽重重，雁归飞万里，
故土自相逢。洛水洛神洛赋，
陈王意切情浓。瑶池云雨醉芙蓉。
身前三世鼓，梦里五更钟。

94潘阆　酒泉子

自逍遥，大名人。

柳条柳条，自在东西阡陌，过大千，
天下客，雨中摇。村前村后多疏泽，
春风情脉脉。一岸边，一水隔，问浮桥。

95又

上下江湖，进退心中知碧柳。
水边田外尽逍遥，色满十里桥。
左右前后，风水不断四时反。
烟烟雨雨问姑苏，路中万千株。

96夏竦　喜迁莺令

字子乔，德安人，举贤良方正。

“喜迁莺”一名“鹤冲天”，皆取唐韦庄词中语，夏竦称“喜迁莺令”，晏几道称“燕归来”，有小令长调二十四体。

半南北，一西东，楚汉未央宫。
霸王不住问沛公，天下易群雄。
帝王名，江山灭，留下一时豪杰。
项庄难舞尽情名，古今论败成。

97寇准　江南春

字平仲，下邽人，太平兴国中进士。

集贤殿大学士。

唐为声诗，七言四句，寇准令词别名“秋风情”，二体。

烟淡淡，雨霏霏，江村云色翠，香水入心扉。洞庭山外五湖水，碧螺三春人不归。

98王禹偁　点绛唇

采江淹诗“明珠点绛唇”以为名，五体。

春雨惊春，杨花柳絮知多少？谁问啼鸟，
水色湖光淼。乱了东风，池影云中藐。
江南月，草明珠沼，点绛归时晓。

99钱惟演　玉楼春

字希圣，吴越王俶之子。

八体，李煜词名“惜春客”。

“月照玉楼春漏促”缘是名。

烟雨玉楼情不断，喜鹊又来河两岸。
春心多意到枕边，织女牛郎云未散。
待语无声心先乱，一半红妆寻一半。
天长夜短问三更，怯怯慵慵余涣散。

100晏殊　破阵子

字同叔，临川人，景德二年同进士出身，庆历间拜集贤殿学士，同中书门下平章事，兼枢密使。

唐教坊曲名，一名“十柏子”，唐破阵乐属龟兹乐，秦王制，舞用二千余人皆衣甲旗饰　，唐破阵乐是七绝。

露水和田润，江村草木申。暖气分明暗怀瑾，已是花香一半春，入心是女人。
有约黄昏无尽，斜阳返照相亲。杨柳河边寻不见，唯有东风日日新，过墙问杏邻。

101清商怨

三体。古乐府又清商曲辞，其音多哀怨故名。周邦彦又名“关河令”是因晏殊词关河愁思望处而得。贺铸名“东阳叹”，又名“望西飞”等。双调四十三字，上下各四句三仄韵。

禅音无断一普渡，不尽千里路。南北西东，黄昏向高树。谁向朝朝暮暮，曾多见，是红尘误。雪月风花，人生留不住。

102贾昌朝　玉楼春　木兰花令

字子明，获鹿人。天禧中进士。

唐教坊曲名，“花间集”载“木兰花”“玉楼春”两调，共七字八句者为玉楼春，余为韦词毛词魏词三体，为“木兰花”别无涉。词谱作“木兰花令”。双调五十六字，上下各二十八字。四句三仄韵。

江南杨柳春风絮，暮落淞江三两鹭。
不归孤鸟望东西，待去小舟肠断处。
长亭十里斜阳雨，唯有难铭离去苦。
君心一诺问刘郎，无限山河千万路。

103王琪　望江南

字君玉，华阳人，举进士，以吏部侍郎致仕。

江南岸，风云挂前川，大半黄昏柳色近，
红云香霄碧云天，腊月入新年。
三峡水，今古月难圆，心去东吴人已晚，
高唐不锁蜀江船，行客一千山。

104林逋　霜天晓角　梅

字君复，钱塘人，结庐孤山二十年，足不及城市，仁宗赐谥和靖先生。

宋淳熙初，伎陶师儿与浪子王生狎甚，为姥所间，相抱入西湖死，人作长桥月歌之，别名霜天晓角，十体。

梅花香雪，梅鹤孤山杰。惊起玉龙八百，苏堤上，断桥灭。一绝，千万绝，唯得月不缺。但有人心永驻，请莫问，西湖别。

105李遵勖　滴滴金

字公武，崇矩孙。第进士。

五体。“菊谱”：菊有由花梢露滴入土，却生根而出，故名“滴滴金”。双调五十字，上下阕各四句四仄韵。

江湖去去来来客，对长亭，问阡陌。
两鬓相知半天白，怅春秋难泽。心中脚

下无铭策，谁人行，向衣帛。明月千心一船隔，不忍回头莫。

106叶清臣　贺圣朝

字道卿，长洲人。天圣初进士。

六体。唐教坊曲名。“花间集”有欧阳炯词，本名贺圣朝。双调四十九字。上阕二十四字，四句三仄韵下二十五字，五句三仄韵。

难留落叶秋风苦，暮尽三分雨。愁肠五里一长亭，足下千山路。无边花草，杨柳倾诉。夕阳黄昏树。来来去去问江湖，是何故何故？

107聂冠卿　多丽

字长孺，新安人。举进士，庆历中入翰林为学士，判昭文馆，兼侍读学士。

十一体。一名“鸭头绿”。有平韵仄韵两调。牛真人词名“跨金銮”。“多丽”张均伎，名多丽，善琵琶。词采以名。

江湖上，一船一雨一帆。向风云，来来去去，草木日月年年。问心中，曲终曲断，暮朝朝暮月燕园，何处分关，望流日下，有缘难得见人田。鼓钟踢，恩恩怨怨，四面自无边。春秋在，前前后后，千古相传。

自天天，司空见惯，寺声初是尘烟。故西山，状元故里，月明明月半婵娟。善感多愁，刘郎桃岸，官场自古客家船。落叶多，斜阳古道，天地五音弦。知春里，芳华玉露，出水青莲。

108李师中　菩萨蛮

梧桐声里天天雨，草从风外家家暮。人在半江湖，梦残一玉奴。小桥流水渡，暗影梅花妒。上下问姑苏，去来知丈夫。

109韩琦　点绛唇

字稚圭，安阳人。天圣中进士，嘉祐初，同中书门下平章事、集贤殿大学士，迁昭文馆大学士。

五体。采江淹诗“明珠点绛唇”为名。宋瑀名“点樱桃”，王十朋名“十八香”，又有“南浦月”“沙头雨”“寻瑶草”名。

日月春秋，江湖人去，风云处，杨花柳絮，草木空无助。玉竹心中，芳甸年年恕。东西曙，一船人语，朝夕知吴楚。

110范仲淹　苏幕遮

字希文，吴县人。大中祥符八年进士，仕至枢密副使，参知政事，卒，赠兵部尚书，楚国公，谥文正。

唐教坊曲名，唐书“比见都邑坊市，相率为浑脱队骏马戎服，名苏幕遮”。五体。

依斜阳，飞白鹭，远上天山，近在云烟雾。阁下洞庭湘水渡，一去无心，只有归舟暮。锁香风，情似雨，如果年年，尽是孤人步。楼上声音都不妒，倒入玉壶，梦里多相顾。

111渔家傲

五体。自晏殊，因“神仙一曲渔家傲”得名。范希文守边关，作渔家傲数首。皆以“塞下秋来风景异”为首句。欧阳公呼为“穷塞主”之词。又名“荆溪咏”，“渔父咏”等名。

叶落心中孤客异，秋虫夕暮长亭计。何处家乡霜满地，回梦里，江湖不尽船留意。天地悠悠难苦思，归情自得终无弃，已是天下来时迟。应编织，千山万里围城避。

112宋祁　好事近

字子京，安州安陆人，天圣中进士，累官翰林学士承旨。

又明钓鱼船，倚秋千，二体。

上下九江风，暮色里登高阁，云在江东犹暖，洞庭一叶落。心中一半黄菊色，谁问人情薄，何必年年如此，小舟寻岸泊。

113浪淘沙

唐教坊曲名，四体。始自民间徒歌，后入乐，与竹枝同，五代有杂言体。本体五十四字，十句，双调。

叶落一千山，问玉门关。长沙万里月无颜。不尽秋风南北去，毕驳斑斑。暮色半河湾，待何时还。心中明未知闲。拾得楼兰骚客曲，回首犹艰。

114郑獬　好事近

暮色问平生，依然万头千绪，浊酒醉江湖雨，去来风云数。刘郎寻得一桃花，司马空人语。荣枯枯荣门户，沉浮春秋许。

115韩缜　芳草

字玉汝，雍丘人。第进士。

五体。韩缜有爱姬能词，奉使时作“蝶恋花”送之，韩作风萧吟咏芳草以别离，后人以芳草为词名，失原唱之意。双调百字，上四十九字，十句四平韵，下五十一字，十句五平韵。

接烟云，连天无际，原上野草流芳。离亭情意远，朝夕风雨多，自成长。年年荣枯里，半春秋，抑抑扬扬。荒水泽，江湖日月，碧色红妆。青黄，晴空三万里，孤川岸，柳柳杨杨。恁纤纤素素，任花开叶落，十地清霜。得来天下心，向岁岁，又是无疆。倚绿绛，回归自在，李代桃姜。

116张升　离亭燕

自杲卿，韩城人，第进士，以太子师致仕。调始张先，取名离亭晏，黄庭坚词名离庭燕，三体，上下阕各三十六字，末句四仄韵。

岁岁春秋冬夏，去来去来天下。曾见乌衣桥岸狭。不问巷口王谢。北上一燕山，遍地雨村庄稼。山野野山飞罢，人间听来婚嫁。沉沉浮浮云舒卷，万里年年茅舍，只有向东西，归来还辞潇洒。

117谢绛　夜行船

字希深，富阳人。举进士，历官兵部员外郎，擢知制书。

十一体。黄公绍词“明月棹孤舟”，张先词名“夜厌厌”，双调五十八字，上二十八字，下三十字，各五句三仄韵。
曲水云天秋半作，一池塘，影垂初落。
荒僻涟涟，暮明鱼跃，黄昏里人离索。
去去来来衣半薄，问孤亭，一约还约。
岁岁年年，柳岸小桥流水，无奈是洲头泊。

118欧阳修　采桑子

字永叔，庐陵人，第进士，以太子少师致仕。
唐教坊曲名，有“杨下采桑”名，与李煜词名“丑奴儿令”，八体。
斜阳半入西村里，暗暗明明，似有人情，一处春心一处荣。采桑树下云烟外，叶重人轻，时有莺鸣，不忍归回不忍行。

119浪淘沙

万里浪淘沙，不尽天涯。风风雨雨一人家。只问三江源草地，青海云华。吴楚满桑麻，越语生花。小船碧玉透窗纱。暮暮朝朝流水色，日月西斜。

120浣溪沙

唐教坊曲名，张泌名“小庭花”，韩虎名“满院春”“东风寒”“清和风”，又有“杨柳陌”，“山花子”等。唐声诗收七言六句作单调。
不尽年年草木天，来来去去客家船，
荣荣枯枯半人缘。但见江湖云雨多，
东西南北不耕田，高楼日月在君前。

121越溪春

一体。六一居士词“春色遍天涯”为名，盖赋越溪春色也。双调七十五字，上阕三十八字，七句三平韵，下三十七字，六句四平韵。
杨柳李桃梅雨色，春碧半天涯。
浣溪水榭情芳芷，秀草生，露满香车。
云素红衣，前前后后，寻遍流花。
风轻色重年华。忘了浪淘沙。
五湖山里斑斑点点，洞庭大小人家。
忘了馆娃吴越尽，忘了日西斜。

122青玉案

十七体。汉，张衡诗“仅以报之青玉案”而名。韩虎词“提上西湖路”而名，西湖路，贺铸词“凌波不苏公，过横七唐路”而名，又名“一年春”。双调六十六字，上下三十三字，六句四仄韵。
寒食春雨江南岸，弱草碧，池塘畔。
梦尽相思心里乱。欲行还止，五湖烟柳，踯躅踟蹰叹。忽惊山里梅花断，忍不住，清明半。拾得谁留桃李漫，色香恁在，朝朝暮暮，无锁寻娃馆。

123梅尧臣　苏幕遮

字圣俞，宣城人，赐进士出身，为国子监直讲。
一人天，三界间，何处禅音，万里飞来雁。湖岸洞庭渡口慢，杨柳桑柘，城外桃花绽。满黄花，峰岭涧，拾得寒山，谁尽私人晏，半百官商寻国办，不问江湖，不问冠衣绾。

124石延年　燕归梁

字曼卿，宋州人。十体，又名“悟黄粱”，“醉红妆”。珠玉词有“双燕归飞绕画堂，似留恋虹梁”而名。双调五十字，上阕二十五字，四句四平韵，下阕二十五字，四句三平韵。
十里江湖十里塘，一枕梦黄粱。
天涯无处不芬芳，一帆舟，半扬长。
语心日月江山外，天下呈雄强。
归来三界五蕴肠，出东流，问西厢。

125司马光　阮郎归

字君实，夏县人，元宝初中进士甲科，赠太师温国公。
五体，一名醉桃园，一名碧桃春。
人人梦断半神仙，谁忘人复年。
汉秦王帝客人船，有人瑜海天。
人不尽，向人缘，不得人不全。
一生之命过人前，人心无缺圆。

126王安石　伤春怨　梦中作

字介甫，临川人，举进士，封舒国公，加司空。
一体，王安石梦中作。
谁向洞庭渡，草碧江湖云雾，木渎半姑苏，日月千年如故。小桥寒山暮，十八湾中路，越女向东吴，万里色，千家雨。
注：苏州至无锡，沿太湖省十八湾

127桂枝香

八体。又名“桂枝香慢”疏廉淡月。双调百零一字。上阕四十九字，下阕五十二字，各十句五仄韵。
金陵故步，六朝云烟消，江岸初渡，万里河山似旧，晚江南路。轻舟来去江楼外，满斜阳，不问朝暮。水山山水，秦淮巷口，谁人回顾，朱雀妒，乌衣细雨，玉门拾琴韵，遗恨无数。自古倾心不尽，忘人间苦。如烟往事寻流水，不明天下聪人误。东西南北，春花秋月，问人间雨。

128范纯仁　鹧鸪天

字尧夫，仲淹子。第进士，累官尚书右仆射，兼中书侍郎。
一体。又名“半死桐”，“避少年”，“第一花”“洞中天”剪朝霞“禁烟”“锦瑞香”“骊歌一叠”“千叶莲”“拾菜娘”“思佳客”“思越人”“云鬓乱”“于中好”“鹧鸪引”“醉梅花”。采郑嵎诗“春游鸡鹿塞，家在鹧鸪天”名。双调五十五字，上阕二十八字四句三平韵，下阕二十七字，五句三平韵。
去去来来万事空，人心只在醉时同。
琴声韵满鼓楼外，香彻花颜草木风。
两厢月，小城东，相思咫尺雨濛濛。
有约竟自江湖上，唯恐梦中未由衷。

宋词

129晏几道　浪淘沙

字叔原，殊幼子。
唐教坊曲名，始民间徒歌，与“柳枝”同，非宋人之令及慢，借旧曲，倚新腔，四体。本词系宋人浪淘沙令，双调五十四字，各五句四平韵。有李煜词。

半窗半袖红，一面楼东。人心只在七弦中，雨里应知船家客，处处春风。往事已空空，笑梦难逢。小桥流水雾蒙蒙，三月桃花香不尽，月锁寒宫。

130清商怨

三体。又名“东阳叹”“关河令”“尔汝歌”“伤情怨”“要消凝”。双调四十二字，上阕二十，下阕二十二字，各四句三仄韵。

姑苏三月碧色剪，水下寻寒暖。暮暮朝朝，江南泪人眼。烟云依旧长短，雨淡淡，梦近人远。万里飞鸿，天涯闻玉管。

131生查子

七体。唐教坊曲名。朱淑贞词“遥望楚云深”名“楚云深”韩虎词“山意入春晴，都是梅和柳”名“梅和柳”，“烟蕊梅溪渡”，名梅溪渡，贺铸“处处愁风月”名愁风月。双调四十字各四句二仄韵。

暗香宿鸟飞，疏影梅花睡。江南一半云，都是情人泪。东山西山春，碧草洞庭被。细雨问梧桐，相思如君醉。

132采桑子

八体。唐教坊曲名，有“杨下采桑”而名。李煜名“丑奴儿令”，冯延巳名“罗敷艳歌”，贺铸名“半登临”“忍泪吟”“醉梦迷”，梁以前另有“采桑渡”，仍是蚕女情歌。双调四十四字，各四句三平韵。

采桑陌上寻杨柳，一半心愁。一半心愁。为采相思锁玉楼。春蚕到死丝无尽，自缚难休。自缚难休，只见春心茧里头。

133玉楼春

八体。“月照玉楼春漏促”而名。双调五十六字，各二十八字，四句三仄韵。

唯见洞庭舟去晚，沉浮浮沉云天远。
一波三折自离情，烟雨连湖无处返。
月半姑苏寻旧苑，前前后后思心婉。
寒光千尺退思园，朝夕可怜芳草短。

134破阵子

三体。唐教坊曲名。一名“十拍子”，唐破阵乐属龟兹乐，秦王制。舞用二千人，皆画衣甲，帆旗旌。贺铸词有“琼枝半醉醒”名“醉琼枝”。双调六十二字。各五句三平韵。

天下三间茅舍，人间一半方圆。只见江湖风雨岸，自古书生论语田，洞庭去来船。荒草外朝暮色，长空里日生烟。拾得春秋千万变，易道阴阳处处禅，知时月半弦。

135张先 画堂春

字子野，吴兴人。

东风不尽入淞江，江湖云水荒茫。
雨烟烟雨雾苍塘，月半照苏杭。
尤见运河流花去，有心难问隋炀。
小舟碧玉小舟忙，花月月花香。

136木兰花

六体。唐教坊曲名。平韵者，“玉楼春”，仄韵者，“木兰花”七言八句六仄韵，五十六字。

风云烟雨洞庭雾，碧色江南船半渡。
暗香桃李杏花飞，谢女刘郎心不暮。
朝朝夕夕相思苦，开尽芳华寻有数。
天天地地是来人，清月君心三两步。

137忆秦娥

十四体。李白首制。词有“秦娥梦断秦楼月”而名，更名“秦楼月”，苏轼名“双荷叶”，又名“蓬莱阁”“碧云深”“花楼”“灞桥雪”“曲江花”贺铸名“子夜歌”“中秋月”。双调三十七字，上阙十六字，下二十一字，各四句，二仄韵，二平韵。

一勃，击碎江湖月。三波，已去春光莫奈何。来来去去从头越，不得风云歇。蹉跎，何必人间半少多。

138惜琼花

一体。张先为吴兴守时所赋。双调六十字。上阙三十字，七句五仄韵，下阕三十字，七句四仄韵。

洞庭岸，汴水断，柳杨杨柳碧，天下汗漫。去来来去皇家冠。同里吴江，玉水千川。任舸流，凭兴叹，见荣荣枯枯，玉帝轻换。五千年里江湖畔，重上河山，无数波澜。

139醉垂鞭 钱塘

一体，词见“张先集”。双调四十字，上下阕各二十一字，五句三平韵，二仄韵。

朝夕一阳花，江湖上，千年浪。万里客家乡，三秋半钱塘。盐仓风月涨，无思量，自扬长。蔽日满朝光，十三州外望。

140又

日月一秋春，年年问，天天分。草木半天津，婵娟女儿身。相思知远近，梦中闻，月前珍。已是入红尘，依心寻可亲。

141青门引

二体。调见“乐府雅词”。双调五十二字。上阙二十七字五句三仄韵，下阕四句三仄韵。

叶落天清静，风雨又来施竞。横时纵里纵时横，残残落落，唯恐已三更。朝朝暮暮临愁镜，入夜梦中盟。那厢可恨明月，去来都是无人性。

142生查子

春心无两边，浊酒寻人性。一日一黄昏，半月如钩行。去年寻旧病，暮落闻清净。知道玉心惊，难尽相思命。

143柳永 八声甘州

初名三变，字耆卿，崇安人。景佑元年进士，官至屯田员外郎。

唐乐曲名，因柳永“对潇潇暮雨洒江天”更名“潇潇雨”，为正体。

玉门关外谁向阳关，八声出甘州。
有鸣沙不尽，荒原万里，一日两秋。
处处风云未减，海市入蜃楼。唯姓天山客，是谓名流。只望天高云淡，湿地红绿色，三江源头。见江湖人去，问何去何留。

也有心，红妆长袖，玉笛姬，游子不知愁。夕阳下，融金落日，碧下云浮。

144斗百花

六体。晁補之词“夏州”。唐天宝时斗花以奇者胜，词取以名。仲殊词名“斗百花尽拍”，马钰词名“斗休门”。

双调八十一字，上四十五字八句五仄韵，下三十九字，七句三仄韵。

暮色江湖寻觅，天下人间玉笛。
杨柳枝叶云烟，雾重云轻珠滴。
草困池塘，花红影暗连天，冷落春心半壁。高树依朱霓，缠缠绵绵，淑女心中寂寂。明月少有，旧约如今难历。已是无语，何处情人，声声又是声声，雨淅淅沥沥。

145女冠子

七体。唐薛照蕴云“求仙去也，翠钿金篦尽舍”以词咏女故名。小令始于温庭筠，长调始于柳永，一名“女冠子慢”。双调卧三字，十二句七仄韵，下阕五十九字，十一句五仄韵。

寺边云树，故庵堂，生人渡。一天下，闲娃庭步，婵娟如水，萧郎忘却，相思无数。来来去去何故，前前后后人间苦。经年日月，山河草木，心中自许。月满春风，墙外梅花处处，暗愁不到千花妒。色香依旧，问人人，一身一度，儿女情长何误。家家户户难赋，多情自己多回顾。晨钟夕鼓，无端惹起，朝花暮雨。

146倾杯乐

十三体。置教坊，凡四都。每春秋圣节三大宴，其第一，皇帝升坐，赐群臣酒，皆就坐，宰相饮作“倾杯乐”，唐太宗宴，长孙无忌作“倾杯曲”，唐宣宗善芦管自制“倾杯乐”，柳永一名“古倾杯”。百零八字。上阕五十五字，十句四仄韵，下阕五十三字，十一句五仄韵。

十三州外，一江湖，去去来来逐。望不断千年目。秋山上，落叶难寻，枯树凋零，风声草木。尽无序，天际问舟帆，云里归鸿，乡梦知潇湘路，黄昏荒菊。斑竹烟消，仲秋，声声难诉，自古何人觅鹿。可问中原回朴。留下身后三寸祝。一半生名，一半含辛，禅言天竺。

147雪梅香

三体。王喆词名“雪梅春”。双调九十四字。上阕四十六字九句四平韵，下阕四十八字十句五平韵。

半天下，江山万里一清秋。
月明淞江岸，洞庭五湖舟。
寻得钱塘涌潮上，老盐沧浪四荒流。
凭辽阔，暗淡斜阳，凝往云楼。无休，吴越地，此去何留。五霸千年，风雨过十三州。上下心中已是萧萧，沉浮去，言下君子不回头。运河岸，玉带桥边，去水难求。

148河传

三十体。唐曲。始于隋，词成温庭筠，韦庄词名“怨王孙”后人多承之。

张先名“庆词天”，徐昌图“秋光满目”旧迹系，隋炀帝开汴河所制牢歌，举重劝力歌，双调五十一字，上二十五字六句四仄韵，下二十六字五句五仄韵。

帆落云上，一收一放，曲终无望。
江河日下，山水纵荡。年年天地唱。
苦心不断烟云傍，多愁怅，日月何俯仰。
半壁风雨在望，千年知将相。

149木兰花慢　金陵

十七体，以柳永押短韵为正体，压长韵以陆文圭，减字木兰花慢为正体，上阕十句七平韵，下阕七平韵。

问台城碧柳，一朝暮，半寒宫。玄武莫愁湖，往事空空。云中六朝去尽，石头秦淮水自西东。不见清明之宗，乌衣巷曲人红。
草青，春在金陵。鸡鸣素，扫叶僧。自古今，虎踞龙盘玉树，残卷孤灯心兴，有桃花扇，八艳情下意气香凝，依旧江流日日，山河处处听凭。

150苏轼　醉翁操　琴曲

字子瞻，眉山人，嘉佑初试礼部第一，历官翰林学士。

琴曲，属正宫，一体。

五弦，天弦，地弦。尽人烟，情缘，人间皆是冈缺圆。角羽宫商徽田，天下全。今古过前川，问“谁心在此先贤”！七音一咏，万雨千泉。阳春白雪，流出横波涓涓。流水高山峰莲，下里巴人坤干。周公秦汉去，千年人成仙。来去帝喾颛上七音和七弦。

注：五弦者文王一天六弦，武王加一地弦而七弦者。

151水龙吟

三十一体。《填词名解》卷三：“水龙吟”越调曲也。采李白诗“笛奏水龙吟”。秦观词“小楼连苑横空”名“小楼连苑”，张伯驹名“海天洞处”，又名“水龙吟尘”。双调百零一字，上阕五十二字，十一句四仄韵，下四十九字九句四仄韵。

水云云水江湖，雾中不见人间苦。
梅花谢了洞庭，天下风光晚渡。
船上听闻，丈夫无语，黄昏高树。
月挂山里叶，层林尽放，春花色，山河路。
千里潇潇处处，过来人，不难如故。
空空旷旷，鸿鹄飞落，朝朝暮暮，
求得心无语，中原逐，谁知倾诉，
只留情不住，扬扬洒洒晴时雨。

152浣溪沙

唐教坊曲名，八体，张泌名“小庭花”，韩滤名“满院春”。

雨满黄山二百溪，梅花落尽半香泥。
烟云沉重锁莺啼。寺里清泉流不尽，
禅音处处磬者低，钟声南北一东西。

153江城子

六体，唐词单调以韦庄词为主。

庵里桃花一刘郎，半孤芳，两朝堂。

长安千里，日月待微茫。来去十年常不问，客心守，锁兰房。

154念奴娇 赤壁怀古

一名百字全，一名湘月，一名壶中天。念奴，天宝名倡。善歌，每岁楼下酺宴，万众喧溢，明皇遣高力士大呼奉诏。

沉浮荣枯一今古，天下风光朝暮。一水三江，源百江，青海天天不渡。草地千年，泥沙万里。日月飞鸥鹭，高山冰雪，满川云雨如注。南水东去北人妒，引长江汉水，重修途路。北上燕山，和汴水，吴越运河回顾。两岸桑田，江湖来去客。一鸣高树，世家家世无数。

155昭君怨

汉王昭君作怨诗，入琴操。有“王明君”。石崇教绿珠，陈隋沿此曲，六体。

一半琴中“三弄”，两相尽心无顾。往事忆千年，何怨天。谁去谁来谁问，单于在阴山郡。山外寄青冢，一苍穹。

156点绛唇 重九

九九天高，浮浮沉沉云飞断。聚难还散，暮暮朝朝乱。船去吴江，叶落洞庭岸。山河冠，近了秋霜畔。

157采桑子

五湖风雨洞庭岸，万里河山，万里河山，一去淞江不见还。云烟色里阴晴月，问尽乡关，问尽乡关，半是人生半是颜。

158黄庭坚 减字木兰花 七夕

字鲁直，分宁人，举进士，迁集贤校理，擢起居舍人。

仙侣调，三体。

春秋千叹，只见银河云不断。喜鹊无来，七夕乞巧天台。年年江岸，一半聚得一半散。留下人生，作不明时问问不明。

159虞美人 宜州见梅作

九体。唐教坊曲名。“只恐怕寒难尽玉壶冰”而名“玉壶冰”，李煜词“恰似一江春水向东流”名“一江春水”，敦煌词名“鱼美人”，吕本中词名“宣州竹”，姜夔词名“巫山十二峰”，《填词名解》卷一曰“虞美人”，项羽有美人名虞，汉围，钦帐中歌曰“虞兮虞兮奈若何？”虞亦答歌，而名之。

楚河汉界美人去，项羽刘邦处。一人天下一人生，草木千年朝夕枯还荣。大江东去江湖路，不尽风云雨。半身前后半身名，日月缺圆来去自阴晴。

160秦观 浣溪沙

字少游，高邮人，登第后，苏轼荐于朝，除太学博士，迁正字。

长江第一湾，虎跳峡

一半江湖一半秋，两山无雨三江流，源来青海十三州。虎跳飞涧千丈峡，长江回头一湾舟。千言万语上高楼。

161满庭芳

七体。采唐吴融诗“满庭芳草易黄昏”名，又柳宗元诗“满庭芳草积”，一名“锁阳台”，中吕调。有平仄两体。平韵者周邦彦词名锁阳台，又名“满庭霜”，“话桐乡”，“潇湘雨”等，双调九十三字，上阕四十七字，十句四平韵，下四十六字，十一句五平韵。

只向冬春，寒心茹苦，野梅处处芬芳。草低云落，天下自炎凉。雨雪飘飘洒洒，松竹郁郁苍苍。江湖岸，洞庭两岸，带满红妆。清扬。消万里，前前后后，桃李扬长。暗春泥，百花身在家乡。故色归来日月，唤予草木无疆，风声里，悠悠淡淡，留下四时香。

162望海潮

三体，“鹤林玉露”曰“孙何帅钱塘，柳老白卿作”望海潮词赠之，此词流播，金主亮闻歌，欣然有慕于三秋桂子，十里荷花，遂起投鞭渡江之志。双调百零七字，上阕五十三字，十一句五平韵，下五十四字十一句六平韵。

古今天下，江山风雨，运河流向千家。同里月明，姑苏碧玉，杭州十万繁华。不尽浪淘沙。六和塔上望，何处天涯。杨柳三秋，半是桂子半荷花。三潭印月窗纱，断桥西子色，十里晴娃。灵隐寺含，钱塘暮下，嘻嘻笑笑西斜。路上落归霞。回头湖岸影，有约无奢。只见烟云岸水，曲曲入桑麻。

163忆秦娥

词出李白，名出“秦娥梦断秦楼月”，十四体。

客人杰，坝桥杨柳春风别。春风别，阳关楼兰，玉门圆缺。终南山上天云雪，交河落日残阳血。残阳血，丝绸古道，隋唐宫阙。

164阮郎归

青海，三江源

江源云雨十三州，长江今古流，一年冬夏一春秋，曲终鹦鹉洲。黄鹤在，故人楼。汉阳飞去舟。龟蛇无锁一城求，有名心不休。

165好事近 梦中作

万里问归心，回首拾来千绪。驿社一生朝暮，看长亭风雨，江湖寻遍少年狂，知书不知路。花落尽春秋故，叹烟云无数。

166画堂春

七体。调见淮海集，咏画堂春色，取为名。沈谦词万峰攒翠句名“万峰攒翠”。双调四十六字，各二十三字，上四句四平韵，下四句三平韵。

西风两陆问西阳，沙鸣秋月荒。玉门关外待愁肠，天色苍黄。日月楼兰尽，落霞何处高昌。

故人人故一炎凉，思量无疆。

167八六子

六体。少游八六子词“片片飞花弄晚，濛濛残雨篴晴，正销凝黄鹂又啼数声”，名人推激。词谱二十二卷，秦观词有“黄鹂又啼数声”名“感黄鹂”。双调八十八字，上阕三十字，六句三平韵，下五十八字，十一句五平韵。

入三春，柳杨花絮，声声响遍行人。十里五里亭前路，尽山河草茵茵。清风自珍。离情来处天津。年少少年一度，五湖月下无邻。意气半轻生。纵横天下，玉门关外，天山南北，楼台锁日交河落照，东风唤雨衣巾。遗金银，人生去来一身。

168金明池　南柯子　赠陶心儿

十一体。隋唐以来曲名多以子，一名南歌子，唐教坊曲名，有单双调，单调始温庭筠，名“春宵恨”，双调有平韵仄韵二体。

单调二十三字，五句三平韵。

碧色西湖水，三潭印月光，声里凤求凰，一声声不住，夜来香。

169双调五十一字，上二十六字，下二十五字，各四句三平韵。

烟雨重，洞庭江湖草木荒。

雕花楼上半红妆，从何处，

云里问萧娘。千年寻旧迹，

万里和清霜，黄天荡里一栋梁。

春秋闻肃韵，满斜塘。

170双调五十而字，上下各二十六字，四句三平韵。

无端长安恨，桃花半短肠，天涯风雨问刘郎。一日司空见惯，半衣香。月上红楼女，堂中杏过墙。夜来信步问闺房，只得有情无力，似轻狂。

171晁补之　满江红

字无咎，巨野人，举进士。

唐曲名，“上江虹”易名“满江红”，有仄韵平韵两体，十六体式。

玉树后庭，一南北，三百生鸣。

朝野去，江山上下，留得人情。

亡国侯相亡国去，曲终人尽古今城。

米雀桥，草木有风声，寻纵横。

三山洗，两水荣，半秦淮，半阴晴。

十里金陵地，又是清明，草色青青云雨里，杏花墙外艳根生。月色中，桃叶渡船行。心不平。

172永遇乐　东皋寓居

八体。有平仄韵两体。《填词名解》卷三，“永遇乐”

岁岁年年，月明天下，花开邻家。

女貌多情，男才少色，心里芳草涯。

声声辞断，酥香来去，却忘玉影西斜。

卿卿我我，几回素姿娇娃。云烟细雨，

窗前屋后，小楼香彻无嘉。不顾逾墙，

瓜田李下，天下人语沙。春心情绪，

惜分难舍，永遇乐曲成华。三吟过，

私心自下，谁闻杜嗟。

173摸鱼儿

问人人，天下何故。一生朝暮相许。

春秋日月沧桑尽，草木有心风雨。

千里路，千里雾，四望处处长亭暮。

年年旧步。叹万里风云，江山壑谷，

尽含辛茹苦。江湖路，谁问朝堂钟鼓，

凭心凭自无误。儒冠楚汉中原逐，

禅寺里何时渡。天也顾，地也顾。

174忆少年

三体。

江南杨柳，天山云雨，去来过客。

人心万里隔，故乡横阡陌。自有三江九脉，

五湖上，少年方策。清明近寒食，

智者禅音泽。

175下水船

四体。唐教坊名曲。唐王定宝“摭言”裴庭裕，乾宁中在内庭，文书敏捷，“下水船”，调名取此。双调七十六字，上阕三十六字七句六仄韵，下阕四十字八句六仄韵。

一峡巫山雨，情得朝朝暮暮。赤甲夔门，年锁流去注。两岸客，日月风光天下，来去无数。楚人曰，寻遍高唐梦，留下人间情千路。曲曲声声，匆匆过往如渡。剑春雾，桃李流花不妒，空作回头自顾。

176古阳关

一体。寇准“阳关引”，本概括王维阳关曲而作，故名。既于王维词中加减字而成。三阕百零三字。上三十六字，四平韵二叠韵，中二十九字，五句四仄韵，下三十八字，七句一平韵一叠韵一仄韵。

渭城朝雨，万里浥轻尘。灞水岸，客舍青青，雨香凝，天外柳色新。啸啸叹，玉门海市蜃楼影，沙云一半。谁说自古英雄女儿身，上下衣上下巾。啸啸叹，劝君更进一杯酒，有道是，西去楼兰，不还如约，回头寻故人。

177惜奴娇

七体。按高丽史乐志。宋赐大晟乐，内有“惜奴娇曲破”，择其雅者，亦为类列。巫山云雨有“惜奴娇”大曲九首，王丹贵词名“姹莺娇”，侯善渊词名“惜嬰娇”。双调七十二字，上下各三十六字，七句五仄韵。

岁岁年年，月半下，瑶池水钱。女儿心，谁闻谁谴？看人间，问牛郎，云半卷。半卷，浮沉中，与共与勉。何处人间，少离去，多繁衍，自前边，马牛路犬。缕缕炊烟，问天空，神情缅。情缅，直教得，青光又转。

178斗百花

草草花花寞寞，洒洒婷婷落落。银汉岸边低语，以解人情飞鹤。天上人间，春心处处情伤，依旧向君一诺，刻意多求索。独见飞鸿，排云天上跃。何致雀雀，纤纤与人楼阁。暗暗明明，朝朝暮暮朝朝，思尽更难忘却。

179张耒 少年游

字文潜，淮阴人，第进士，历官起居舍人。十五体，因名“长似少年时”。韩滮词“明窗玉蜡梅枝好”改名“玉蜡梅枝”。双调五十字各三平韵。

少年心里玉人多，梦里入娇娥。书窗树影，砚池云雨，处处有田螺。斜阳两下随燕舞，上下满莺歌。多情杨柳问横波，半暮色，一春河。

180风流子

九体。唐教坊名曲。单调者唐词一体。双调者宋词三体。双调百八字，上阕五十八字，十二句五平韵，下阕五十字，十一字五平韵。

何事最难忘？江湖上，万里自扬长。
两岸沉浮，客船云影，韶华天下，
梦出黄粱。一成败，半生多问询，
尽草碧花香。顾得有闻，玉门关外，
交河落日，渡口红妆。难满少时肠。
千年万年尽，回首爷娘。无道是风流子，
来去家乡。寄语辽东，姑苏雨色，
断桥桥北，越水吴霜。别馆闭庭羞月，
三界刘郎。

181秋蕊香

二体。有两体。四十八字者如于晏殊，九十七字者始于赵以夫。两词迥别。双调四十八字，上阕二十五字，下阕二十三字，各四句四仄韵。

一阵秋风不断，千里万川云散。
枯荣处处都望断，叶落黄河两岸。
寒霜日日闻宵汗，忧天半，月明白石故池畔，留下人间兴叹。

182陈师道 减字木兰花

仙侣调，三体，李子正名“减兰”，高丽志名“天下乐令”，上下阕各二十二字，二平韵，两仄韵。

多多少少，天下人中闻大小。沉沉浮浮，柳絮杨花上玉楼。官商不了，人在江湖听啼鸟。何是情羞，云雨心中处处忧。

183李荐 虞美人

字方叔，华山人。

唐教坊曲名，旧曲三，一中侣调，二中吕官，近世黄钟官。九体。

风花雪月春关客，大理云南陌。
女儿国里玉人多，香甸丽江天下，满田禾。
人人篝火人人帛，笛李红颜脉。
一江山水满滕罗，雨雨云云社社，问嫦娥。

茶

洞庭云雨碧螺春，天下江湖玉色人。
女儿心中人上草，东风木上一天津。

184李之仪 卜算子

字端叔，无棣（山东庆云县）人。历枢密院编修官。

十六体。

上下梅花开，来去梅花落。
朝朝暮暮腊月寒，只用心中博。
玉影暗香多，化作春泥约。
只要年年唤百花，日月里，相思索。

185贺铸 忆秦娥

字方回，卫州人，孝惠皇后族孙。

草青青，五湖烟雾云洞庭。云洞庭，
衣巾船水，风满吴汀。姑苏三月雨霖铃。
杏花落尽浮荷萍。浮荷萍，心中有子，
只向秋屏。

186薄幸

三体。调出“东山乐府”。双阕百八字。上阕五十三字，九句五仄韵，下阕五十五字，十句五仄韵。

向东风面，细雨里，桃花草甸。
碧色重，红妆成艳，远近群芳一片。
女儿心，夕照无限，风花雪月情如练。
不忍问塘边，鸳鸯成对，羞得吟吟音颤。
和谐后，双形影，波水乱，尽相思羡。
丁香意浓，去来但得人间恋。一时巨燕。
沉浮云水静，前前后后无聊倦，恹恹赖赖，
犹有流光满院。

187青玉案

青莲池外横塘路，碧叶里，红花妒。
夕照苍烟千万树。岸边芳草，疏落，
一半江南暮。细心想问芙蓉数。玉色里，
珍珠雨。不染出泥人心渡。四时风月，
亭亭立立，留下相思步。

188毛滂 忆秦娥 春夜松轩

字泽民，江山人。

草草，岁月江湖老。花花，一人风光一人家。水流处处河山柳，不尽青莲酒。
心心，一寸春风一寸金。

189浣溪沙

月满中庭一半花，隔墙红杏两人家。
相思不尽过天涯。忽有琴声惊世界，
书中玉色映心华，怨中失落影西斜。

190惜分飞

六体。东坡守杭，毛滂为法扬，常眷一伎，秩满岁辞。留恋当别，赠以“惜分飞”词。明日，东坡宴客，伎歌辞，东坡问事谁作。伎愀然曰毛法曹，东坡语曰：“郡寮有词人而不及知，某之过也。折柬追迎。为之延誉，滂以此得名。贺铸词名“惜双双”曹冠词“惜芳菲”，万树词名“蝶纷飞”。双调五十字，上下各二十五字，四句四仄韵。

日暮千山高岭树，来去人生朝暮。
拾得江南渡，曲直曲折长亭路。
云烟细细淡雨，枯枯荣荣无数，
自有心思在，五湖不尽洞庭雾。

191踏莎行

三体。

秋色江南，钱塘翠竹，小家碧玉香屋。
状元村里一洞庭，天门半掩风云逐。
细雨濛濛，幽情寂寂，啸啸不尽天涯目，
淞江寥落五湖舟，回首还问神州牧。

192烛影摇红　松窗午梦处觉

四体。又名“归去曲”，秋色横空，“忆故人”，玉耳坠金环。王都尉“忆故人”词，徽宗喜其词意，乃令大晟乐府别撰腔，周邦彦益其词以首句为各曰“烛影摇红”，双调九十六字，上下各四十八字，九句五仄韵。

半亩清明，五湖云雨烟中凝。洞庭草木色茵茵，日月倾心听。小舟扬帆寻兴，纵横纵，相思难宁。如今何凭，夜里心情，窗临幽径。烛影摇红，高堂入梦知难醒，慵慵懒懒问春风。谁以闻馨莹，无力回头自顾，碧纱帘，鸟啼中庭。李开桃晴，燕子已来，万言相赠。

193最高楼

十七体。又名醉高楼，醉高春，醉庭楼。双调七十九字，上阕三十七字，七句四平韵，下阕四十二字，六句四平韵。

高楼楼上，天下半芳香，倩影待炎凉，只见倾国倾城色，韶华珠玉有衷肠。问扬州才子，寺里红娘。一扁舟，半船折桂，念奴醉，曲尽杨柳，千万里，客家乡。江湖见得天堂见，入春云雨李桃姜，落红流水梦外黄粱。

194七娘子　舟中早秋

三体。又名“鸳鸯语”。因贺铸“奈玉壶难叩鸳鸯语”而名。双调六十字，上下各三十字，五句四仄韵。

千年碧色千年柳，半壁亭，情满红酥手。烟雨烟雨，云中有酒，放翁未得家人口。隔楼曲尽人知否？这心情，日日知无守。十里长亭，沈园顿首，最难将息黄昏后。

195夜行船

天下五湖纵横，暮云轻，色如明镜。
小舟来去汴水流，一半云，越吴好行。
问明日，江南雨性，寻杨柳岸边奉迎。
玉人生事待船停，客心重，亦萍亦盟。

196王仲　烛影摇红

字与善。吴虎臣云元祐间人。

细雨洞庭，隔岸来去秋千影。
春风不尽问梧桐，玉树鸳鸯屏。
同里吴江处处，小桥边，花开脱颖。
人人相告，草碧桃明，出墙红杏。

197杜安世　折红梅

字寿域，京兆人。有词一卷。

三体，词谱收词二首，俱是杜世安作。双调百八字。上阕五十四字，十句四仄韵，下阕五十四字，十句六仄韵。

雪飞梅花月，芳香渐入，心中消息。
暗袭人，岁岁守寒，严冬自是无力。
洞庭水色，疏影立，江湖相忆。一天一地，桃李相承，笑面向东风，只与伎饰。
时时刻刻，为寻碧叶来，春光先得。
落红去，怀情儿女妆点成山河域。
入泥留香，报信得，孤高自匿。唤出百草，四处茵茵，素心向三界，沉浮扬抑。

198李元膺　思佳客

一半书生一半天，二三日月二三年。
春花秋月时令早，不入云峰不入田。
寻旧路，问新甸，杨柳河山满故川。
有情有意天下去，有水江湖皆有缘。

199孙洙　菩萨蛮

字巨源，广陵人。举进士，元丰中官翰林学士。

洞庭山下江湖暮，舟帆来去无数。
天下问长安，草荒寻枯荣。苏杭烟雨路，同里凭心住。鹧鸪一声声，江南三世情。

200朱服　渔家傲　东阳郡斋作

字行中，乌程人，熙宁中进士甲科，起居舍人。

此调始自晏殊，因其“神仙一曲渔家傲”而名，五体。

朝朝暮暮何时了，江山岁月知多少。
日月风和云缈缈，影窈窕。越女溪纱芙蓉沼。尤见天平山上娆，馆娃宫中知春晓。色月香花天天娇，烟袅袅，洞庭处处闻啼鸟。

201章质夫　水龙吟　杨花

字介夫，浦城人。以荫为孟州司户参军，试礼部第一，以平夏州功累擢密直学士龙图阁端名殿学士。

人生处处人生，朝堂拾得江湖行。
一蓑风雨，半船水露，中流大晟。
山里东风，庭中花落，孔家寻孟。
读书书中玉，千年万里，寒窗外，长安咏。
青海三江清净，下云南，天涯明镜，
名微利薄，齐眉尤在，天高人清。
不锁山村，春汪魏巷，东城纵横。自多情，草木荣荣枯枯，方知人性。

202舒亶　散天花

字信道，慈溪人。试礼部第一。

唐教坊曲名，一体，凭吊毛泽东。

南北江山一叶秋，黄河东万里，半荒流。
西风难断问红楼。衡阳湘竹泪，满株洲。
多少人情入国忧，韶山千古润，十三州。
中游砥柱一飞舟，尽千年百岁，问何求？

203李清臣　谒金门

字邦直，魏人，举进士，历官知制书，翰林学士。

唐教坊曲名，商调，韦庄名“空相忆”，张辑名“花自落”，“垂杨碧”，李清臣名“杨花落”等数十名，五体。

天下客，天下万千阡陌。朝堂江湖入九脉，尽江青石白。战里和中向戟帛。是何人泽，跃上龙门惊虞伯，见渔樵杖策。

204王诜　撼庭竹

字晋卿，太原人，徙开封，尚英宗女魏国大长公主。

二体，此调有平韵仄韵两体。

双调七十二字，上三十六，六句五平韵，下三十六字六句四平韵一叶韵。

天上江楼寻落梅，洞庭素影开。
雪花明月不知回，唤寻桃李继时来。

草木碧依伴，山水入阳台。
只见落霞作为媒，相约故心催。
吴中却道西施栽，越色姑苏自徘徊。
呼出百花艳，留下万人猜。

205赵令畤 乌夜啼

字德麟，燕懿王玄孙。
唐教坊曲名，南吕宫，欧阳修名“圣无忧”，赵令畤名“锦堂春”，清商曲“乌夜啼”，始于李煜，别名“相见欢”，四体。
桓仁春夏秋冬不尽，山村里一人家。
东西南北中上下，乾坤自桑麻。
谁问年年月月，人生天天风华。
春关不锁江青路，云雨满天涯。

206王安礼 点绛唇

字和甫，王安石弟，累官尚书左丞。
一世云烟，来来去去朝朝暮。不知何故，荣枯知无数。万里江湖，天下人生路。
人生路，柳杨情绪，自得经风雨。

207王安国 清平乐

字平甫，王安石弟，举进士。
唐教坊曲名，李白作清平乐四章，张翥名“醉东风”，古乐有三调，清调、平调、侧调。明皇令李白作词，得清平乐。
春来柳岸，雪色梅花乱。山里碧螺才一半，女儿入心花冠。江南飞雁云天，五湖雨色如烟。谁问清明几日，春情只入春怜。

208曾肇 好事近 青冢

字子开，南丰人，举进士，累官翰林学士兼侍读。
张辑名“钓船笛”，韩淲名“翠园枝”，少游谪归梦中作“好事近”，二体。
塞外问阴山，愁怨不同辛苦。
见不到长安雨，曲终胡人树。
琵琶弦外玉门关，心上有甘露。
花草暮朝朝暮，梦中原无数。

209晁冲之 传言玉女 前题

字叔用，一字用道，巨野人。
天上瑶池，曾疑是邻家女。一言七夕，只传王母信，墉宫映玉，道尽人间情绪。清音和煦，晋秦吴楚。鹊去银汉，岸边两半语。月钩织锦，有牛郎为侣。
多暗少明，只得弦中相处。长空无限，以心相许。

210秦观 黄金缕

字少章，观弟。
一线钱塘江上雾，潮来潮去，只向天涯渡。
慌雷翻浪天上雨，回头海水乾坤怒。
半舞云龙半吞吐，不问朝暮，雪满三千树。
两岸山峰顷水注，杨长风雨生苦露。

211王观 生查子

字通叟，官翰林学士，赋应制词。
唐教坊曲名，朱希名“楚云深”，韩淲名“梅和柳”。“生查子”，左槎钢，取海客事，七体。
明清知不明，谁道寻唐宋。出自一诗词，曲里三朝用。草草花花重，前后后前综。今古是声名，人在还纵横。

212孔平仲 千秋岁

字毅父，新喻人。第进士，官秘书丞集贤校理。
十一体。又名“千秋节”，秦少游谪左藤，过衡阳作“千秋岁”，词有“镜里朱颜改”句。郡守孔毅甫惊其悲怆以为殆不久于世，未几果卒。双调七十一字，上三十五下三十六字，各八句五仄韵。
问人生暮，谁尽千年路，有李陵，史公赋。汉家天下去，都是云烟渡口。只明，兴兴废废知何故？回首西湖顾，两岸船帆误。处处客，长亭步。已黄粱梦断，万里斜阳煦。朝夕见，红霞漫漫离山树。

213米芾 满庭芳

字符章，吴人，历官太常博士，知无为军，召为书画学博士，擢礼部员外郎，出知淮阳军。
此调有平韵仄韵，周邦彦名“锁阳台”，平韵。名采唐吴融诗“满庭芳草易黄昏”，又柳宗元“满庭芳草积”，七体。
秋月春花，地长天老，一人心一方圆。五湖山水，天下雨云烟。
寻觅洞庭草木，小村外，来去帆船清泉，清白吴江在，姑苏行短，唯有运河船。
年年，浮沉里，书生自渡，修得青莲。岁月儒芳里，多少鸣蝉。知道寒山拾得，只凭是，处处姻缘，荒塘积，湾湾泽泽，邻巷问蝉娟。

214滕宗谅 临江仙

字子京，河南人，举进士，历官天章阁待制，徙庆州，再知虢州，复徙岳州，终知苏州。
天下岳阳楼上见，巴陵万水千山。湖光云梦玉门关。湘灵常鼓瑟，玉色洞庭湾。
谁问范公忧不尽，心中只有君颜。忧民忧国去忧还。春秋流日月，杨柳问人寰。

215郑仅 调笑 武陵

字彦能，彭城人。及第进士，累官吏部侍郎，知徐州。
芳甸，武陵燕，飞去又来遥不见。
桃花落下，红庭院。秦汉时春如见，
桥边船渡难遍，源内外人情恶。

216黄裳 雨霖铃

字勉仲，延平人。历官端名殿学士，赠少傅。
六体。唐教坊名曲。
上亭天下雨霏霏，斜谷陈仓一曲微。
皇得梓潼县客驿，付淋玲夜问人归。

217张景修 选冠子 咏柳

字敏叔，常州人。
十五体。一名“选官子”“苏武慢”。双调百九字，上五十三字，下五十六字，各三十字四仄韵。
出水芙蓉，亭亭玉立，碧色人波处。
香菱白藕，孔落心中，节节里丝丝去。
舟横余波未尽，岸草藏羞，牛郎织女。

半云半雨半塘西，渡口只隔，小倩采莲语。只怜香玉，人静湖明，珠落叶浮难驭。尤得荷声，影摇彼此，点点情心片片。只无旧暮色，莫惊起，鸳鸯多虑。

218孙觌　菩萨蛮　落梅

字济师。

一声不尽阳关雪，三年未忘楼兰别。

落日满交河，云浮天下歌。山河多玉杰，日月经明灭。夜夜待嫦娥，年年寻若何。

219程过　谒金门

字观过。

千里路，燕子去来无数。

一半人间朝又暮。拾得寒山渡。

扬帆江湖两岸树，都不尽行人苦，

天下归心风里雨，枯荣寻不住。

220解昉　永遇乐

字方叔。

柳柳杨杨，五湖云雨，舟行帆扬。

越色吴江，隋河两岸，梅沉桃李芳。

姑苏同里，杭州虎跑，一天下，一炎凉。

寻吴越，朝朝暮暮，几回问尽苏杭。

小桥流水，小家碧玉，传承儿女情肠。

柔草青青，婵娟淡淡，依镜贴花黄。

三春心绪，落花时节，日斜满照红妆。

羞颜里，行行又止，谁成伴娘。

221陈亚　生查子

字亚之，扬州人。尝知润州，仕任司封郎中。

灞水长安客，折柳行人曲。天下未知无，世上书中玉。日月时时新，草木年年绿。驻步待孤灯，回首问红烛。

222张舜民　卖花声　题岳阳楼下遇胡姬

字芸叟，别号浮休居士。

秋叶上孤山，空色云寰。一分藻酒纵红颜，十里别亭心不尽，原是胡蛮。翠竹流泪斑，楼闭门关。夕阳不锁去来还。朝暮暮朝寻处处，只唱阳关。

223王雱　眼儿媚

字符泽，安石子，举进士，累官天章阁待制兼侍讲，迁龙图阁直学士。

三体，左誉名“小阑干”，韩淲名“东风寒”，陆游名“秋波媚”

半山江色半山秋，一水一荒流。螃蟹脚痒，鲈鱼归海，不止无休。五湖水草洞庭下，难入水城楼。江河犹在，千川南下，不寻归舟。

224蔡挺　喜迁莺

字子政，一作子正，宋城人。及第进士。熙宁中拜枢密副使。

二十四体，一名“鹤冲天”，皆取自唐韦庄词。又名“万年枝”“春光好”“燕归来”“早梅芳”皆出自词。双调百三字，上阕五十一字，下阕五十二字，各十一句五仄韵。

雁鸣南岭，一路风云啸，晋丘汾影。

浦泽寒烟，玉门沙日，不向楼兰天冷。

交河落霞如被，瑜关故放重省。元好问，留下情难老，任自憧憬。衡阳湘水镜。

此刻此情此性。忽然洞庭雨色，飞下波浪万顷。回首处，客里半阴晴，不睡不醒。

225汪辅之　行香子

字正夫，宣州人。

落尽残红，碧满荷风，问桃花，来去匆匆。春泥几许，千里晴空。有知刘郎，一天下，半云虹。远拾无穷，近得清宫。自芳香，无止无终。十年相约，一代由衷。枯荣相承，问春雨，任秋虫。

226赵鼎臣　念奴娇

字承之，卫城人。

江南湖岸，问琼花三月，云雨扬州。

二十四桥明月夜，西子船上风流。

一处笛声，千人倾诉，情满玉人楼。

人间去来，半江山半春秋。天香妖艳亭丹，怨鸯多形影，今古销愁。碧碧红红丛里客，船上心下人求。色尽烟华，举杯相约，何必向王侯，十声长啸，一生无止无休。

227苏庠　临江仙　荷花

字养直，丹阳人。

一亩荒塘三亩碧，芙蓉出水知羞。

半身玉露半身浮。云光明溪水，掠影上西楼。色满黄昏寻日月，江河不尽东流。花花草草问春秋。人心无止境，天下十三州。

228刘泾　清平乐　吊李煜

字巨济，简州人。举进士，元符末官职方郎中。

五体。张辑词“忆箸故山萝月”名“忆萝月”。张翥词“明朝来醉东风”名“醉东风”。唐教坊曲名，属越调，古乐有三调，清调，平调，侧调。明皇令的前二调制词故清平调。一名“忆萝月”词各亦取自“绿萝秋夜月，相忆在鸣琴”。双调四十六字，上阕二十二字四句四仄韵，下二十四字四句三平韵。

路国都断，满目冲霄汉。

飞落梅花香水岸，留得望凉兴叹。

地寒霜雪天寒，不平心里朝冠。

换了人间日月，无端上写人坛。

229潘元质　倦寻芳

金华人。

二体。又名“倦寻芳慢”。双调九十六字。上阕四十七字，十一句四仄韵，下阕四十九字，十句五仄韵。

暮云落下，河雨池塘，水榭清秀。

上上下下，唯有人情难守。一波三连，三声叠，桃花流水黄昏后。照清姿，此生寻觅见，芳华时候。问乳燕，听凭上下，句句声里，知女豆寇。只将心思，反复著眉新绣。回首高堂还依旧，去年今岁种瓜豆。向春秋，对情怀，只怕清瘦。

230苏过　点绛唇

字叔党，轼第三子。

一半禅音，三千世界心心印，不言古今，渡口人人亲。一半江湖，万里山川润。山川润，客帆风顺，尽是春风信。

231秦湛　谒金门

字处度，观子。官宣教郎。

五体。双调四十六字，上二十一字，下二十五字，各四句四仄韵。

花落去，依旧江南春暮。水水山山千里路，尽是云烟处。轻舟扬帆人情渡，夕照上楼何故？天下江湖晴里雨，少年留不住。

232葛胜仲　鹧鸪天　问

字鲁卿，丹阳人。绍圣四年进士。

一半春秋一半霜，两三日月两三塘。

千年草木寻枯荣，万里江湖问客乡。

非所以，似黄粱。斜阳西落远山光。

移山心力知多少，为他人缝旧嫁妆。

233李冠　蝶恋花

字世英，山东人。

妾本钱塘江山住，小小无妖，司马栖心处。庙后黄金缕曲去，天涯芳草归路。蛱蝶恋花苏小墓，逾岁舟渔，司马佳人故。鱼水同欢云里雨，多情不尽相思苦。

234张表臣　蓦山溪　游甘露寺

官承议郎，通判常州。

十七体。又名“上阳春”，贺铸词“弄珠英，因风委坠”名“弄珠英”，王喆改名“心月照云溪”。双调八十三字，上下各四十一字，九句三仄韵。

镇江北固，万里长江暮，一半入金山，何土著，烟云处处。逐波倾浪，轻掠日舟浮，任凭顾，江山旧，自古多回顾。当年三国，不尽江东路。曾有尚香台，临妆镜，蜀吴步步。周瑜诸葛，赤壁小乔夫，青云里，向人间，一济风和雨。

235周紫芝　朝中措

字少隐，宣城人，举进士，为疏密编修，守兴国。

宋史：属黄钟宫，李祁名“照江梅”，韩淲名“芙蓉曲”“梅月园”，欧阳修名“醉偎香”，五体。

章台梁柳雨潇潇，天下入春宵。竹影石头城外，云光朱雀芭蕉。园中听人语，前前后后，路路迢迢。秦淮夜长江水，江湖岸玉带桥。

236谢逸　如梦令

字无逸，临川人，再举进士不第。

八体。此曲唐庄宗制。因掘得断碑三十二字令乐工入律听曲。名“忆仙姿”，谦名改为“如梦令”因有“如梦，如梦”句而名。

百鸟入林朝凤，杨柳阳关难送。

何处小舟横，拾得梅花三弄。三弄，三弄，曲尽人生如梦。

237燕归梁

因词有“双燕归飞蛮梁学”而名，正平调，一名“醉红妆”

月满江湖一色烟，半是故人缘。旧情留下去归船，心上下，一人田。玉宫寒润，凝香不见，圆缺问婵娟。姑苏残雨洒云天，余树露，半流泉。

238 谢邁　醉蓬莱　中秋有怀无逸兄并示何之忱诸友

字幼槃，逸从弟，布衣。

三体。韩词“雨作山前，冰为水际，几多风月”。双调九十七字，上阕四十七字，下五十字，各十一句四仄韵。

自中秋月锁，还得重阳，一人天上。后羿婵娟，过应多思量。天下牛郎，还知情里，便着羞衣藏。玉作山中，冰化雪月，只桂花傍。万里清霜，素然相对，八月炎凉。一人寒旷。茱萸丛中，存得斜霞放。自古人情自古，雾非雾，济时难忘。错错寞寞，只因无奈，向天空望。

239周邦彦　少年游

字美成，钱塘人，历官秘书监，进徽猷阁待制。

千山万水，风华正茂，年少不知愁。

只道阳关，沙鸣还在，西去不回头。

楼兰落日交河晚，城塞任三秋。

湖外吴淞，心中荣枯，凭意大江流。

240南柯子　咏心

南歌子，隋唐曲名。张衡“坐南歌兮起郑舞”，有五体，唐刘采春“竿蜡为红烛”。唐教坊曲名，有单双调，单名始自温庭筠，名“春宵曲”，又有“望秦川”“风蝶令”等。

上下人心里，东西南北天。

长安城外望秦川，万里长城汉塞已无全。

草没边关路，人寻五百年。

运河流去向方圆，富富贫贫尤种七分田。

241西河　金陵怀古

七体。又名“西河慢”，“西湖”。

三片百零五字，上三十三字，六句四仄韵，中三十六字，七句四仄韵，下三十六字，五句五仄韵。

今古事，金陵故国如此。长江秦淮六朝浍，去来而已。杨柳总是问台城，梁唐晋汉无止。春种子，秋收子，三朝元老一千士。唯闻堂上尽升平，勿言胡矢。镜湖御赐自还乡，江湖中谁人比。三山旁落碧二水，问长安，浮沉披靡。自有梅花桃李。小人家，只要寻常，鸡鸭猪马牛羊，乡村里。

242一落索

九体。贺铸词“初见碧纱窗下绣”欧阳修名“洛阳春”，张先词名“玉连环”。双调四十八字，上下各二十四字，四句二仄韵。

杨柳晴长荒甸，不约长安见。

五湖云雨杏花院，处处是，三春面。

碧玉小家心倦，尽芳华寻倩。

月明一半夜阑香，只将与，姑苏恋。

243垂丝钓

四体。双调六十七字，上阕三十四字，八句七仄韵，下阕三十三字，七句六仄韵。

江山左右，鼓刀于市相守。洛水望钓，只作渔秀。是时候，上下何去留。是依旧，暮色情里绶。思前顾后，来来去去行走。闻鸡系首，不得寒窗谬。自立昆仑胄。天下无宥，见谁人成就。

244晁端礼　满庭芳

字次膺，熙宁六年进士。

高山流水，梅花三弄，声声唱出阳关。渔舟歌晚，雁字一千山。下里巴人云雨，胡姬酒醉忘红颜。黄河岸，长城内外，秦汉一沙湾。未央宫里柳，荣荣枯枯，半壁难闲。任无耐芳名玉鬓云鬟。遗恨平明奉帚，青冢怨，有去无还。年年去，年年不去，不尽是人寰。

245曹组　望月婆罗门引

字符宠，颍昌人，宣和三年进士，有旨换武阶，兼阁职，仍给事殿中，官止副使。

春风杨柳，东风只入半清明。青青草色杨迎。万里河山不尽，烟雨江湖盟，见舒舒卷卷，枯枯荣荣。一阴一晴，半不是，有鸟鸣。娃馆天平故垒，沧浪闻声。唯亭处处，隋堤杏苞只待燕情。闻乞火，十载书生。

246万俟雅言　昭君怨　立夏

自号词隐，崇宁中充大晟府制撰。

过了清明谷雨，荷水荒塘云雾。草色一湖天，半前川。拾得是人缘，过江船。

247陈克　临江仙

字子高，临海人，侨寓金陵。

同里采桑小桥村1号

水色江湖停夜雨，烟云正满元恩。采桑日日入黄昏。清明前后叶，留下半年根。束缚丝丝朝暮里，一蚕一茧乾坤。江南织女出吴门。清风隋堤柳，明月小桥村。

248李祁　凤蝶令

字萧远，官至尚书郎。

一去九江水，还来万里声。岳阳楼上无阴晴。风雨洞庭风雨处处鸣。雾露入云梦，波涛向天明。潇湘斑竹是人情，岭木孤山江色满声名。

249朝中措

洞庭山上探春来，九瓣一心梅。万里太湖杨柳，舟帆玉色花开。风华雪片，素姿形影，都是惜回。化作香泥留下，烟云依旧楼台。

250满路花　旧约

东风春日短，腊月一心寒。
问梅花待放，五湖冠。
舟横十里，有约误青年。
何必寻何必，处处方圆。
天下共婵娟。玉门关里，
吴江水上眠。小姑船。
洞庭草木，碧色入青烟。
云云雨雨故，人间人缘，
应勿回首孤怜。

251祝英台近

九体。辛弃疾词“宝钗分，桃叶渡”名“宝钗分”张辑词“趁月底，重修萧谱”名“月底修萧谱”韩淲词“燕莺语，溪岸点点飞绵”名“燕莺语”又“却又在，他乡寒食”名“寒食词”。宁波府志载：东晋越有梁山伯，祝英台，堂冈学，祝先归梁，后访，方知祝女许马氏子，梁疾故，次年祝适马氏，过梁冢，祝投而死，事闻丞相，谢安清封为义妇。今吴中化蝶而见之。双调七十七字，上阕三十七字，八句三仄韵，下阕四十字，八句四仄韵。

祝英台，梁山伯，天下越中改。男女书生，一双蝴蝶彩。云雨三月江南，清道山下，人情在，有天主宰。怎等待，道是秋月春花，也烂石枯海。已是千年，人间人心在。谢安按请封夫妇，一男一女，依约定，共生同殆。

252吕渭老　小重山

一作滨老，字圣求，秀州人，宣和末进士。双调六体，李邴词名“小冲山”，姜夔词名“小重山令”，韩淲名“柳色新”，张先名“感皇恩”。

雨色吴门春草生，露华珍珠落，入清明。五湖山水满人情，云烟重，不问一阴晴。流水小桥横，红袖香气泽，向精英。船家碧玉采花城，私心里，轻叹两三声。

253一落索　西阳问东风

归来已是斜阳晚，空怀余暖。春风千里待婵娟，共日月，同心远。已过春关上苑，江湖委婉。霞光天下满昆仑，左左右右，非长短。

254赵企　感皇恩　入京

七体。唐教坊曲名。党怀英词名“叠萝花”，贺铸词名“人南渡”，赵企“满怀离恨”付于“落花啼鸟”人多称道之。双调六十七字，上三十四字，下三十三字，各七句四仄韵。

月色满江湖，春梅窈窕。玉人东风寒食早。新情旧晓，四处从从啼鸟。洞庭云雨多，相思少。万里斜阳，长亭古藐，回首姑苏碧杳杳。一心离绪，都是乾坤难老。何非何是也，了不了。

255李持正　明月逐人来　中秋

一体。李持正自撰谱。因词“皎月随人近远”句。故名，名出唐苏味道“暗自随马去，明月逐人来”。双调六十二字，上三十字六句五仄韵，下三十二字六句四仄韵。

淡淡明月，深深庭院，中秋对，桂花香佃。拾来桂子，惊泉流银练。半隙寒光玉倩。天外西风，落下清辉一片。人心在，云中有缘。吴刚问媛，非是十年倦，只望宫中如面。

256韩驹　昭君怨

字子苍，陵阳仙井（四川仁寿）人。政和初进士，历迁中书舍人。

六体。汉王昭君作怨诗入琴操。晋石崇拟其意作之以教绿珠。又名“王昭君”，“昭君叹”，又名“一痕沙”。双调四十字，上下各二十字，四句两仄韵两平韵。

自古秦秦汉汉，今古隋唐无断。叶落玉门关，女儿颜。塞外多兴叹，一战一和难断，风雨望京还，问河湾。

257徐积　渔夫乐

字仲车，楚州山阳人，中进士第，除扬州司户参军，楚州教授。

十八湾里一半花，五湖洞庭两生涯。

帆自落，是船家，邻呼沽酒夕阳斜。

258宋齐愈　眼儿媚　镜湖

字退翁，宣和间为大学官。

霏霏晴雨半莺鸣，林里二三声。

小桥流水，偏舟来去，碧玉深情。

人间只有春秋在，玉笛镜湖城。

乡音不改，三生过客，何处声名。

259李甲　过秦楼

字景元，华亭人。

李甲作，因词中“曾过秦楼”句以名，一体。

隋水长城，西东同里，乱花飞絮秦楼。

一水流东去，一石向西成，是何原由。

何是国家忧？未央宫，尽是消愁。

玉姿芙蓉娥，妍妍娇媚，情意横流。

曲尽红袖影，巫山上，有云云不雨，

凭任还流。留得江河在，见船帆逐日，

曲上人游。城外满荒沙。二千年，夜鸣沙洲。向人前请问，燕雁来时，何是春秋。

260沈会宗　清商怨

字文伯。

古乐府有清商曲怨，其音多哀怨，故其名。周邦彦更名为“关河令”，晋有“清商曲”，至唐舞曲“清商伎”。

冢外黄河两岸，叶落燕飞断。怨尽阴山，千年寻胡汉。朝暮长吁短叹，天下事，缺缺圆圆半。玉影琵琶，重回明月晏。

261陈瓘　满庭芳

字莹中，延平人。中甲科，建中靖国初为右司谏，尝移书责曾布及言蔡京蔡卞之奸，章疏十上。

高在朝堂，江湖之远，满庭夜雨潇湘。古今今古，邪正一时扬。责葵延平卧虎，长亭十里清霜。春秋尽，风云万里，拾得自炎凉。黄粱天下事，前前后后，千代寻芳。宋家庄，谁忠由见奸妄，故国朝朝暮暮，成成败败无伤，休留下，金陵一旧梦，夕照满钱塘。

262王安中　一落索

字履道，阳曲人，进士及第，宣和中累官翰林学士承旨，尚书左丞。

九体，欧阳修名“洛阳春”，张先词“玉连环”，辛弃疾词“一落索”

落花流，飞莺燕，满湖芳甸。洞庭水色碧螺春，月上席家院。有女如云香茜，人心心倦。江青草暗五更天，一步步，牛郎缘。

263方乔　生查子

乐至人。

唐教坊曲名，朱希“遥望楚云深”名楚云深，韩滤名“梅和柳”“梅溪渡”，又有“陌上郎”“美少年”。

月明一眠船，水色三江晚。洞庭两岸山，风去江湖远。柳毅井中寻，羞入人情婉。东海有心名，莺鸣上西苑。

264谢克家　忆君王　徽宗北行，作此

字任伯，官参政。

章台宫柳不知梁，山水金陵秦淮荒。

六朝风云依旧忙。一兴亡，土地人心知暖凉。

265向子湮　南歌子

字伯恭，临江人，敏中玄孙。

洞庭山下客，江湖水上舟，望晴云水望晴楼，千年往事乾坤一春秋。三洲云碧色，二月梅花流。东风来去满九州。芳香桃色近，欲何求。

266如梦令

冬尽梅花三弄，天下百鸟朝凤。

万里一书生，不留人间由衷。

如梦，如梦，十里长亭相送。

267生查子

斜阳天色远，照满千山树。

人问一声鸿，叶落归心路。

相思半缺圆，离别三江暮。

只得五湖月，不减心中苦。

之二

烟浮玉色莲，云沉花心雨。

却惜一生名，总把千情误。

巫山十二峰，赤甲高堂渡。

身外白盐情，碧水舟帆雾。

268蔡伸　南乡子

字伸道，莆田人，蔡襄之孙。

唐教坊曲名，单调始欧阳炯，双调始于冯延己。丘处机名“好离乡”，王喆词“莫思乡”，有名“仙乡子”，“蕉叶怨”。

夜夜尽思乡，天下书生入客忙。来去父母心上养，清唱，进士状元问将相。少小梦黄粱，锁住清明杏过墙。只望得成江湖上，断肠，回首如来两茫茫。

269飞雪满群山

三体。因词有“长记得扁舟寻旧约”更名“扁舟寻旧约”，“飞雪满堆山”。双调百七字，上阕五十三字，十一句四平韵，下阕五十四字，十句四平韵。

月上楼兰，交河寻旧，满寒霜玉门关。阳关三叠，千秋雁韵，数声人讨不还。叹昆仑碧草，枯荣里，风云般般。一心孤傲，江湖难得，飞雪满群山。长记取，潇湘依旧约。不尽长沙雨，一半云烟，排空直上，云中自顾，有心能在清闲。又来相思处，问斑竹，衡阳蒲芷，一年一约，朝朝暮暮寻故颜。

270七娘子

长安不见江湖去，洞庭未尽姑山絮。
只有胸怀，春繁秋疏。年年月月相知处。
江河日下风云住，乡村杨柳多情助。
碧水红桥，越人吴语，如今便是云峰驭。

271苍梧谣

船，万里江湖待客眠。山河在，
颐养自天年。

又

田，一寸耕凿一方圆。人心里，上下半
坤乾。

272王庭珪 点绛唇

一马南山，悬泉碧水云中雨。
暮朝朝暮，天下凭心渡。
万里江湖，都是人生路。
千年误，古今今古，自在随船去。

273叶梦得　菩萨蛮　湖光庭晚景

字少蕴，吴县人，少圣四年进士，累迁翰林学士兼侍读，除户部尚书，以崇信军节度使致仕，赠检校少保。

洞庭山上风云树，吴淞水里隋炀注。
浮沉一江湖，去来三界殊。天光千里路，
雨色千家雾。有志玉声呼，无心非丈夫。

274水调歌头　九月望日　黄昏曲

一生一古今，九月九重阳。千年故客，
万里朝夕问清肠。半是书生月下，半是
京城官夜，半是忆家乡。念父母兄弟，
何必梦黄粱。台城柳，长安路，已四方。
少年年老，春秋天下自炎凉。腊月寒心
茹苦，唤出百芳娇艳，不尽字芬芳。雪
月玉姿影，留下是红妆。

275王之道　如梦令

一半依依由衷，一半十八相送。
月下风求凰，如雨入云如梦。
如梦，如梦。雨雨云云还重。

276向镐　如梦令

三春桃李杏墙，东风叶碧花香。
湖岸柳杨处，小心一半红妆。
芬芳，芬芳，步步拾得情肠。

277沈瀛　念奴娇　井冈忆朱毛

字子寿，吴兴人。

十三体。一名“百字令”一名“湘月”念奴，天宝明倡。善歌，每岁楼下设宴，万众喧益。念奴每执校当席，声出朝霞之上。调本仄韵，叶少蕴中秋词独用平韵又名“大江东去”又名“酹江月”，平调双调百字。上四十九字，下五十一字，各十句四平韵。

江南郡冷，九江南昌夜，水色三秋。
一石井冈山上客，来问天下东流。
万里河山，千年故事，共产共缘由。
成成败败，蒋宋朱毛还休。回首半顾神州，
江湖朝野，时日舟相酬。九曲黄河流不
尽，宝塔湘月秦楼。相约依人，来来去去，
五百载回头。楚河汉界，何处君子多忧。

278李炳　汉宫春

字汉老，任城人。崇宁五年进士第。

十二体。有平仄两调。双调九十六字，上阕四十七字，下四十九字，各九句四平韵。

叶落三秋，韵向江南去，九月重阳。
声声昨日归雁，行汨潇湘。长安泾渭，
大井石，弟子炎黄。常道问，朱毛去后，
苍烟旧照栋梁。何日重寻原部，踏遍金
戈马，贺子珍藏。无端聚聚散散，一暖
还凉。风流天地，心难老，井冈茫茫。
山岭上，当年旧步，只重五年光。

279刘惜　双双令　井冈山忆旧

字伟明，庐陵人，登元丰进士第。

春日东风秋日露，夕照黄昏岭树。
望断庐山雾，半天不向潇湘渡。
井冈山上王佐故，谁道一朝一暮。
回首江湖路，古今天下京城住。

280汪藻　小重山

字彦章，婺源人，进士第，
历官中书舍人兼直学士院，擢给事中，
迁兵部侍郎兼侍讲，拜翰林学士。

雨过洞庭草青青，山中十里路，一唯亭。
隋堤汴水数流萤，苏杭在，秦汉始零丁。
流渭也流泾，长城残塞外，谁无听。
吴姬劝酒绕花翎，千年去，天下尽浮萍。

281曾纡　菩萨蛮　黄昏

字公衮，南丰人，布之子。

斜阳远去山头树，黄昏万里春秋暮。
落照满萍洲，彩霞江上流。人间多自度，
天下行云雨。世外钓鱼舟，无心何所求。

282徐俯　卜算子

字师川，分宁人。

十里流春水，三寸相思处。
八面杨柳天下青，半不问，
东风絮。上下江湖路，远近家乡去。朝
暮人心欲所求，得失里，多少虑。

283赵师侠　谒金门

一作师使，字介之，汴人。燕王德昭七世孙，举进士。

云雨少，天下柳杨花絮。一日春，晴里
处处。女儿心上去。山色湖光不忍住，
草青桃誉。欲问人间无力助，约来同积虑。

284刘一止　夜行船

字形简，归安人，宣和三年进士。

十一体。

去去来来千载客，香雪海里花阡陌。
淡淡疏疏，春泥郁郁，芳雅只留人泽。
腊月岁心寒里动，情中事，一年九脉。
回首江湖，洞庭山上，粉色也重多白。

285赵长卿　浪淘沙

自号仙源居士，南丰宗室。

商调，一名“万花声”，一名“过龙门”，唐乐府有“浪淘沙”词，八体。

天下一人心，处处春深。江青草木一森林。客里只寻山河水，拾得乡音。夜梦自追寻，窗外弦琴，来来去去问晴阴，天上人间花百万，古古今今。

286画堂春　长新亭

名出咏画堂春色，七体。

五湖漠漠一水平，洞庭雨里阴晴。
运河流去半无声，只有莺鸣。
四围桃花处处，三光草木分明。
江南客舍问身名，人道人情。

287梦姑苏

春风带我下江南，草色青青雨色甘。
处处烟云晴日少，洞庭上下一花篮。

288王灼　长相思

字晦叔，遂宁人。

古怨思二十五曲之一。古诗"上言长相思，下言久别离"，又"著以长相思，缘以结不解"致缠绵意。九体。

梁张率始以词，李白仿之，林逋名"吴山青"，梁陈乐府名"双红豆""忆多娇"。

来难成，去难成，来去匆匆人满情。
平生知枯荣。春花荣，夏花荣，春夏秋冬春满城。秋冬多自横。

289赵鼎　蝶恋花

字元稹，闻喜人。崇宁初进士。

人在江湖天外路，上下洞庭，一见西山暮。五月杨梅千万树，来来去去多回顾。
犹有寒山钟鼓渡，行人间，拾得禅音悟。
十里长亭吴越雨，唯闻鹧鸪声声苦。

290岳飞　小重山

字鹏举，汤阴人，累官少保，疏密副使，封国公。

六体，韩淲名"柳色新"，贺铸名"群玉轩"，张光名"感皇恩"。

四海天下一功名，杭州家外去，月光明。
此去此来此难行。皇家令，云外半身鸣。
万里到长城，千年沙漠远，谁心情。
人生自古向精英，知音向，应是自纵横。

291李弥逊　菩萨蛮

字似之，吴县人。大观初登第。

江湖万里英豪杰，离分背井长亭别。
自古一扬长，去来千古芳。西风多雨雪，月色寻明减。梦里有黄粱，心中无旧肠。

292朱昱　点绛唇　梅

字新仲，龙舒人。政和中进士，历官中书待制。

上了人间，香云雪雨梅花冠。色平霄汉，满了江湖畔。只问东风，留下芳菲乱。
洞庭岸，一声轻唤，拾得心中见。

293张元干　怨王孙

字仲宗，长乐人，绍兴中，坐送胡铨机寄李纲词除名。

二体，王质名"怨春郎"与"怨春郎"本调无关。与"忆王孙"别名"怨王孙"迥异。

大浪淘沙，江湖人家。风雨洞庭，
水性杨花。楼下夕照西斜，到天涯。
相思树色寻女嫁，窗前后，红豆枝低桠。
云烟细雨，暮重悠悠纤纤，满珠帘。

294吕本中　南歌子

字居仁，公着曾孙，好问子，授承务朗，绍兴六年赐进士，累迁中书舍人，兼权直学士院。

隋唐以来曲名，多称"子"，唐人饮筵行令间所用，配合短歌，小舞。北宋称"可柯子"，慢二急三拍。

碧玉船家岸，莲河雨水村。几声音韵山吴门，九月重阳千里入黄昏。天下江湖柳，心中枕被温。晚晴无数入山林，万里风云横纵一乾坤。

295邓肃　长相思

字志宏，延平人，高宗朝官左正言。

一山泉，两山泉，泉落三迭碧四川，黄山草木天，半云烟。十里长亭五里怜，红豆入心田。

296朱敦儒　朝中措

字希真，一作希直，洛阳人。

属黄钟宫，李祁词"初见照江梅"名"照江梅"，韩淲名"芙蓉曲"，"香动梅梢圆月"名"梅月圆"。五体。

洞庭百里满梅花，香色万人家。
化作春泥芳醉，东风几度天涯。
江湖过客，云中太守，村里桑麻。
烟雨江南处处，百妍日日光华。

297相见欢

东楼还是西楼，曲中愁。石头城中秦淮两江流。桃叶渡，桃花扇，状元求。玉树后庭花流过扬州。

298康与之　诉衷情令　长安怀古

字伯可，渡江初，以词受知高宗，官郎中。

九体。唐教坊曲名，毛文锡"桃花流水漾纵横"名"桃花水"，四十四字体者又名诉衷情令。又名"一丝风"。

千言万语两苍茫，一梦入黄粱。
河山秋冬春夏，天下自炎凉。三界外，十华章，半扬长。人生随去，上下江湖，村野朝堂。

299吴亿　南乡子

字大年，南渡时人。

落日满西桥，万里云光色未消。
照入天山高岭树，遥遥。远近扬长碧柳条。
流水上春潮，一半黄昏一半辽。
来去江青游上下，迢迢。草木芳华玉色娇，

300曾觌　金人捧露盘

六体。一名"铜人捧露盘"，程垓词名"上平西"，张元干词名"上西平"，又名"西平曲"，刘昂名"上平南"，金词注越调，贺铸词名"无宁乐"王喆词名"上丹霄"。双调七十八字，上阕三十七字，八句五平韵，下四十一字，九句四平韵。

一春风，千水色，见归鸿。半云雨，多少西东。杨花柳絮，杏花寻得过墙红。有情行客，无心谁拟空空。芳香故，梅花玉，寻桃李，月朦胧。但闻九夏尽芙蓉。清风袅袅，黄昏依旧约相逢。一朝先后，似秋千，飞过寒宫。

301阎苍舒　水龙吟

蜀人，官至侍郎，尝北使汴京。

千年万里云天涯，智慧心中如玉。
禅音远近，寺门钟鼓，道家神曲。
声在阿喇，四方天主，东西基督。
尽是贫苦难，生死卜半，沉浮里，生命欲。世界红红绿绿，有人心，有情荣辱。海天阔处，高山流水，秋来春续，日月高堂，石头城外，六朝何录？念年年草木，荣荣枯枯，江湖如旭。

302左誉　眼儿媚

字与言，天台人。历仕后，去为浮屠。

寺门空对一心香，智慧半情肠。千年落日，万山云雨，梦里黄粱。盈盈秋水淡淡柳，晓月烛红妆。钱塘旧约，西湖荷碧，回首刘郎。

303陆凝之　念奴娇　观潮

字永仲，号石室，余杭人。布衣，高宗召见，不赴。

钱塘潮上，一线推，远近天涯倾漾。
忽然飞起千层浪，江府石平无藏。
一色惊人，一声上下，两岸杨花放。
盐仓突变，江湖今古豪壮。扫尽万里长空，铺平天街巷，从思量。四野扬长，秋八月，涌出海心涛涨。一半秋风，回头山上望，势如屏障，沉浮浮沉，江山如雪狂荡。

304杨无咎　甘草子

字补之，清江人。

三体。金马玉词有“悟彻本无亲，天道堪凭信”句名“天道天亲”双调四十七字，上阕二十一字五句四仄韵，下阕二十六字，四句四仄韵。

云雨，柳杨无力，心向佛门渡。寺外禅音悟，来去千家路。桃李百花不相误，半草木，轻烟舆付。春夏秋冬四时务，不得情中误。

305侯置　风入松

字彦周，东武人。

古琴曲，八体。韩淲词“小楼春映远山横”故名“远山横”。汉吴叔文善琴，隐居石壁山，多松，尝盛夏，抚琴松下，遂名之。

桃花门里杏花墙，天下满芬芳。朝朝暮暮江湖上，韦娘苏小花黄。来去山远水润，小家碧玉荒塘。年年月月现红妆，酒肆吴堂。龙井茶里清明雨，碧螺春，李代桃僵。云里洞庭细雨，分明国色天香。

注：杜韦娘，本唐歌伎。唐教坊记有杜韦娘曲，宋人借旧曲词名另翻慢词。此处借指钱塘歌伎。苏小，即南朝钱塘名伎苏小小。

306曾惇　点绛唇

字谷父，有词一卷。

万里河山，江湖不尽人间路。一朝朝暮，何似心平数。草木千秋，依得年年雾。年年雾，雨轻轻雨，淡淡风云住。

307朱雍　好事近

绍兴中，乞召试贤良。

天下一黄昏，桃李杏梨淞沪。乍暖还冷心上，处处梅花雨。洞庭两岸山光主，姿色扬眉吐。香彻风流雪月，不尽千今古。

308姚进道　青玉案

华亭人。

秋荷碧尽横塘暮，但玉立，莲心住。
五色芳华天下度。楼台水榭，浮光如雾，叶下悄悄步。相思但上长亭路，十里风云十回顾。读尽窗寒曾几误？牛羊下括，鸳鸯相妒，不堪黄昏苦。

309刘之翰　水调歌头

少小寻天下，不顾自家人。江湖来去常客，朝野半人华。一面隆中自对，只道三分天下，换得旧乌纱。呼原来归晋，三国夕阳斜。空城计，闻司马，浪淘沙。原来退兵时是试你我英华。彼此俱荣俱枯，何必相倾城下，各自问天涯。久有凌云志，五百载桑麻。

310辛弃疾　破阵子　为陈同甫赋壮诗以寄之

字幼安，历城人。

三体。唐教坊曲名，一名“十拍子”，秦王制舞二千人。

来去朝朝暮暮，春秋枯枯荣荣。天下人间前后事，四野朝廷多少情，江湖人不成。草碧田中珠泪，明月也到天明。沉沉浮浮今古去，只道阴晴日日平，揣摩寻玉英。

311沁园春　带湖新居

取汉沁水公主园以名调，一名“洞庭春色”，一名“大圣乐”，一名“寿星明”，一名“东仙”，中吕调，十四体。一百十四字，苏轼为正体。

烟雨江南，草木洞庭，水色吴东。湖上春秋月，山前娃馆，虎丘勾践尝胆心中。谁问西施，夫差情意，孰道知无穷有穷。听苏小，曲尽人不语，钱塘遗风。一朝夕一英雄。

312水调歌头　舟次扬州，和杨济翁、周显先韵。

天下三江水，今古一人情。年年岁岁荣枯，只道向东流。日月风云草木，上下阴晴圆缺，何事问江楼？常见江湖客，万里荡飞舟。平生事，三千载，半春秋。兴兴废废成败，何处问君侯？谁道人生智慧，自在心中如谋，自在向心求。恒见随心欲，永得过心州。

313太常引　建康中秋夜为吕潜叔赋

仙吕官，五体，一名“太清引”，韩淲词有“小春时候腊前梅”句名“腊前梅”。

汉周泽为太常，恒斋，其妻窥内问之，泽大怒，以为干斋，收逆入狱，故有“居世不谐，为太常妻”之语，后人取其事词名导引之曲也。

霄中明月半银波，朝夕度金梭。夜色问嫦娥，天下去，云多雨多？江南塞北，杨花柳絮，不尽玉门歌。织女织云罗，乞巧日，牛郎渡河。

314鹧鸪天　鹅湖归，病起作

正平调，一体，仙吕引子。赵令畤名“思越人”，宋金词作“思远人”。平调也，采郑嵎诗“春游鸡鹿塞，家在鹧鸪天”而名之。又名“于中好”，丘处机名“拾菜娘”，因“烟禁荒荒雨湿云”而名“禁烟”，李煜词“云鬟乱晚妆残”而名“云鬟乱”。

一朝一夕一鼓钟，半心半意半云龙。

寒山石得寺门月，西子灵隐客舍松。枫桥岸，飞来峰，夏风夏雨醉芙蓉。瓜洲渡口长江去，来去人生去是踪。

315汉宫春　立春

高丽史名汉宫春慢，有平韵仄韵之分，十二体，无名氏名“庆千秋”，李光词名“琼台”。

雨雨云云，只向东风里，三月晴阴。暗香浮动，梅得杨柳人心。春泥五寸，一梦泽，里外甘霖。涿里水雾里月，清明乞火鸣音。桃李入门身影，前前后后，露上衣襟。洞庭色江湖碧，船岸浮沉。渔歌唱晚，问枫桥，古古今今。来去见，寒山钟鼓，寻天下有千金。

316新荷叶

四体，赵抃词“画桡稳泛兰舟”名“泛兰舟”，但与仄韵“泛兰舟”调迥别。

堤外孤山，西湖柳浪闻莺。一月三潭，雨云总是阴晴。岸边苏小，梅鹤亭，来去声名。人间留下，天下枯枯荣荣，小宋朝廷，丹青笔下输赢，南下临安，不知谁是精英。飞鸿万里，鹊雀鸣，如是公卿。古今今古，九州唐宋元明。

317定风波　暮春漫兴

唐教坊曲名，十五体。李珣名“定风流”，古今词谱曰“商调曲也”始于欧阳炯。

万里江波万里风，三朝元老两朝雄。

十载读书三五更，孔孟，春关一路一空空。南去北来寻上下，东奔西走问，无终。碧玉小家多倩靓，铜镜，小桥流水照飞鸿。

318范成大　眼儿媚　萍乡道中

字致能，吴郡人，绍兴中进士，累官吏部尚书参知政事。

三体。坐誉有“斜月小阑干”句名“小阑干”，韩淲名“东风拂槛露犹寒”句名“东风寒”，陆游名“秋多媚”。

洞庭山上满江烟，天下一心田。滩头落日，融金沉水，荷里藏船。五湖采女情难禁，暮色半浮莲。芙蓉出水，露珠还在，何日重圆。

319谒金门

宜春道中野塘春水可喜，有怀旧隐。

唐教坊曲名，商调，五体。韦庄词名“空相忆”。张辑词“无风花自落”，名“花自落”，“垂杨碧”，又名“醉花春”，“春早湖山”等。

三尺竹，村外路千家目，自古姑苏知木渎，留下江湖逐。梦里云光向天竺，柳水岸秋黄菊，田里耕凿寻稻菽，四时收五谷。

320霜天晓角　长桥月

空心玉藕，尤见莲心酒。西子净慈禅寺，师儿山，千生千。人生三春柳。谁人知谁否？自古古今来去，俱往矣，情难朽。

321黄公度　好事近

字师宪，莆阳人。绍兴八年进士第一。

天下一平生，雨色云林长啸。楚汉高山流水，有心长空笑。庙堂处处有江湖，诸事问年少。累月常年相积，回首斜阳照。

322葛立方　卜算子

字常之，丹阳人，胜仲子。绍兴八年进士。

今古一生平，来去三江口。谁问人间草木秋，心下春杨柳，日月自经空，草木知情否？天高海阔言，御街书香友。

323张孝祥　六州歌头

字安国，乌江人，绍兴二十四年廷试第一，累迁中书舍人，直学士院。

鼓吹曲也，六州者，皆唐西边州名，伊、梁、甘、石、渭、氐也。王维之“伊州歌”，张仲素之“渭州词”，王之涣之“梁州歌”，符载之“甘州歌”，无名氏“梁州歌”，皆商调，乃声诗。

中流砥柱，海阔半天空。千岛石，万林木，一关公。问年华，上下五湖侠气，乾坤里，鸣今古，有进退，有去客，有西东。落日浮云无定，运河去，古越身中。不寻长城去，宁愿自飘蓬，上苑长安，满西风。阴山秋叶，单于汉。琵琶尽，向青冢。正邪说，书画论，孰时穷水山山水在，贫富差，望飞鸿。回头鹿，三亚湾，有无中。有有无无白鬓；万千年，细雨濛濛。见中华故国，复得七弦桐，和谐苍穹。

324姚宽　踏莎行

字令威，剡川人。

腊月寒心，东风细雨，红衣脱尽芳心苦。落花流水化泥香，百妍烂漫洞庭暮。华约三光，离情如数，袭人尘色入园圃。问春哪得及时妆，晴明阴淡年年仆。

325程垓　愁倚栏

字正伯，眉山人。按：正伯与子瞻为中表兄弟，故其词有相乱者。

风乍起，未先芽，见梅花。杨柳变黄绿色近，入人家。一池天地日斜，五湖细雨上山崖，半夜洞庭春梦睡，乱纱窗。

326酷相思

一体。调出“书舟雅词”。双调六十六字，上下各三十三字，五句四仄韵一叠韵。

一半相思伴侣，客门外，行人处。离离心只与。去也去，留无绪，往也往，情相许。十里长亭杨柳阳，隔岸问，荒烟渚。小舟上，江湖冬夏煮。多少路，孤独族。来也许，予家女。

327韩元吉　六州歌头

字无咎，号南涧，许昌人。

东去黄河万里余，千年金陵六朝疏。

不寻齐鲁伊梁石，谓氏甘州尤寄书。

328薄幸

五湖湖畔，见杨柳，荒唐两岸。尽草木，残红初尽，碧色春花一半。日月下，多少人情，洞庭水阔声声叹。同里退思园，吴江越语，天下西施梦断。朝暮问，声名事。利禄欲心还乱。古今多少事，兴亡荣枯，成败弹指风云散。水流山在，去来长亭怨，无心有意朝夕换。相思处处，还上高楼顶看。

329周必大　点绛唇

字子充，一字宏道，庐陵人。绍兴二十一年进士。

曲尽余声，寻寻觅觅伶三更。几多人性，只有相思行。月下心情，一半明星倩。西施咏，越吴天命，范蠡推舟行。

330京镗　雨中花令　重阳

十四体。"雨中花"易与"夜行船"混。宋人多误。两结句五字者"雨中花"，两结句六七字者"夜行船"。贺铸词有"问何意，歌颦易皱"名"问歌颦"。双调五十一字，上阕二十四字，下阕二十七字，各四句三仄韵。

字仲远，豫章人。登绍兴二十七年进士第。

春末种瓜种豆，秋末满园锦绣。楼上重阳望不断，一半黄昏昼。少小芳华寻豆蔻，初云雨，月明红袖。可叹息百年回首问，尽在相思后。

331仲并　水调歌头　养春堂

月下三秋夜，天上半心平。五湖万里荣枯，忆旧一精英。来去朝朝暮暮，今古前前后后，啸啸自声声。望断天涯路，有意向纵横。中流柱，无穷雨，不谋名。养春堂上斜照处处有阴晴。回首年年草木，上下庭间池水，不慕钓鱼情。拾得婵娟色，识得后人生。

332朱熹　水调歌头

字元晦，又字仲晦，婺源人，第进士，赠宝谟阁，直学士，追封徽国公等，谥为"文公"。

九体，中吕调，毛滂名"元会曲"，张榘名"凯歌"。始隋炀帝凿汴河制此歌《水调》，明皇欲掌蜀，闻"唯有年年秋雁飞"句，潸然叹，峤真才子；南唐元宗留心内宠，击鞠无虚日，乐工杨花飞奏水调词"南朝天子好风流"一句数回以为讽谏。

谁人问秦汉，隋唐半云烟。运河河水还在，今古万千船，进退江湖上下，日月江南草木，三步一桥连。难尽人心水，天下满花莲。渔火暗，柳杨曲，潮平川。小家碧玉临处，罗袜入心田。难得吴门门下，不余吴岳吴音，斜雨翠千年。步步姑苏月，清影舞婵娟。

333真德秀　蝶恋花　红梅

百里红梅花满目。一半西山，一半东山逐。碧野洞庭南北牧，暗香疏影斜阳淑。

色漫江湖天下复，桃李三春，芳倩寻天竺。化作流红还沉香复，年年腊月寒心沐。

334赵汝愚　柳梢青　玉门

字子直，汉王元佐七世孙，饶州余干人。举进士第一，累官光禄大夫，右丞相，赠太师。

万里晴沙，千年明，一半西斜。今古呜咽，风云天下，无尽无涯。何人何处人家，玉门外，阳关故华。西陆萧萧，蜃楼海市，梦里春花。

335洪适　虞美人

字景伯，皓子。

霸王不问刘邦乱，只有虞姬叹。英雄帐下向江东，故国十年回首，楚歌中。江山不断心难断，只得朱颜看。项梁天下见飞鸿。一半春秋不尽，百年空。

336吴儆　浣溪沙

字益恭，休宁人。

万里江湖万里沙，一心天下一人家。

天涯不尽问天涯。三月春光三月水，十年论语十年花，九州处处九桑麻。

337杨万里　好事近

字廷秀，吉水人。绍兴中进士，宝谟阁直学士。

二体。胡邦衡赋好事近句"欲驾巾车归去，有豺狼当辙"，秦桧益怒，移送吉阳军编管，衡与其骨肉，徒步涉瘴疠，路人莫不怜之。

忆渝城

一路一人生，辛苦万头千绪。不应问邻家女，沈园心无许。洞庭山上问江湖，云雨半云雨。三峡水流川楚，只听长江语。

338菩萨蛮

中春处处飞来雁，山花草草溪流涧。

云雨客家船，玉人三寸田。月中千百幻，心上年年盼，小女常思伶，不知何不眠。

339崔与之　水调歌头

字子正，广州人。绍熙四年进士，累官广东经略安抚使兼知广州，拜参知政事右丞相，皆力辞，以观文殿大学士致仕，封南海郡公。

地上三江水，天下五羊城。年年岁岁荣枯，日月有阴晴。一半庙堂朝野，一半忧思进退，一半古难明。上下江湖远，远近客心横。寻官驿，乡心梦，问孤灯。人生功业名就，万里去难行。回首浔阳楼上，忠义堂中聚义，一字一平生。谁道知今古，不却旧时情。

340刘克庄　长相思

字潜夫，莆田人。

汴水流，运河流，流过吴江到越州。年年不尽头，范蠡愁，西施愁，勾践夫差万里侯，古今何必求？

341楼锷　浣溪沙　金陵

字巨山，淳熙中知江阴军。

一半金陵一半愁，三山秦淮二江流。江流未尽问江楼。不得明清已尽，人心自古向天求。春秋八艳是春秋。

342赵彦端　豆叶黄

字德庄，乾道、淳熙年间，以直宝文阁知建宁府。

秦观制“忆王孙”，仙吕宫，吕渭志词名“豆叶黄”，与豆叶黄正调迥异。陆游名“画娥眉”。

洞庭山下忆王孙，上下江湖不入门，风雨潇潇满水村。半黄昏，半问浮萍半问根。

343魏子敬　生查子

黄昏天下晴，朝暮人间雾。上下五千年，前后三江雨。古今兴废寻，成败如何数。儒道一禅音，智慧心中渡。

344李石　渔家傲

字知几，资阳人。

前后三千寻暮晓，风光一半寻啼鸟。万里鼓钟声未了，天下小。黄昏曲尽人心老。上下江湖云渺渺，枯荣沉浮林木少。换来人间疏窈窕。乡烟袅，春花秋月知多少？

345张镃　鹊桥仙　七夕

字功甫，号约斋，先世成纪（甘肃天水）人。

云云雨雨，芙蓉出水，自有梨园前后。情人玉露不相思，长生殿，妃环左右。海棠汤暖，香烟多梦，无力明皇相守。如今七夕只相寻，天宝尽，鹊桥时候。

346满庭芳

天下风云，五湖江上，肃声万里清秋。千年旧事，来去帝王州。秦汉隋唐前后，宋元明清满交流。霜天里，荣荣枯枯，成败半高楼。朝堂谁客乎？一呼而起，夜雨酬谋。鸿门宴舞，刘邦一时愁。尽是仁君庶子，长安逐，楚汉难休。从士女，年年除夕，常记不回头。

347刘凝　诉衷情

一云名仙抡，字叔凝，庐陵人。

年年不问过客情，阴里雨里晴。一夕一朝春暮，云落沉浮荣。天涢涢，水淡淡，是精英，风清珍宝，人去西东，身立纵横。

348姜夔　玲珑四犯　越中岁暮

字尧章，鄱阳人，流寓吴兴。

此调自周邦彦，九体，又名“夜来花”。

古刹寺庵，孤灯残卷，年年如此钟鼓。磬音禅意在，去去来来苦。梅边柳边草圃。忆当年，百花妍，向君香吐，暮暮朝朝，身前身后，情有千万缕。风风雨风风雨，问巫山峡水，尽楚人舞。蜀川流雾下，梦里多无主。江声犹在人心在，都难说，云中穹宇。南北浦，春情重，东风仰俯。

349暗香

二体。姜夔词序云：“辛亥之东，予载雪诣石湖。止即月，授简索句，且徵新声，作此两曲，使工伎隶习之，音节谐婉”乃名之曰“暗香”“疏影”。词出林逋《山园小梅》“疏影横斜水清浅，暗香浮动月黄昏。”双调九十七字，上阕四十九字九句五仄韵，下阕四十八字十句七仄韵。

九冬时候，腊月寒心动，春情依旧。一半惊天，一半清怜暗香授。草木渐青渐碧，东风里，袅人红袖。只拾得，百里芳菲，暗暗启豆蔻。作秀，自回首。雪海色情重，夜半相守。易浮易留，化作春泥万花绣。残红无言流去，玉姿影，粉妆皇后。只约得，杨柳来，痴人不走。

350疏影　前提

双调，百十字，上阕五十四字，十二句五仄韵，下阕五十六字，十二句四仄韵。

东风色乱，四野云淡淡，香彻湖岸。一半云烟，一半洞庭，东山西山霄汉。家家处处梅花院，百十里，雪花飞断。梨中杏，桃李开门，芳满五湖天翰。年岁荣荣枯枯。九冬腊月见，寒树心焕。一半行春，一半知情，天下女儿头冠。四时草木谁辞怨，日月尽，去来难判。问玉龙，沉沉浮浮，春里入泥还叹。

351淡黄柳

三体。姜夔自度曲。双调六十五字，上阕二十九字，五句五仄韵，下阕三十六字，七句五仄韵。

江南旧地，男女多相思。纵使五湖行舟识，不尽烟云雨织，依旧浓浓玉姿恣。寸心里，清明半寒食，杨柳绿，小桥笥，问梅花，杏李桃花迟。乳燕双飞，问人何去，寻碧东风无已。

352陆游　南乡子　沈园

字务观，山阴人，以荫补登侍郎，隆兴初赐进士出身，范成大帅蜀，为参议官。人讥其颓废，因自号放翁。

唐教坊曲名，九体。

天下雨清明，园里东风吹又生。红玉颜丰春水重阴晴。一半心田一半情。芳草问同盟，柳色宫墙柳色轻。去了还来，寻枯枯荣荣。不入难平不入城。

353极相思

仁庙时，皇宗中太尉夫人，一日入内，再拜高帝曰，臣妾有夫，不幸为婢妾，帝怒，流婢于千里，夫人亦得罪。居瑶华宫，太尉罚俸而不得朝。经岁，为春暮，夫人为词曲，名极相思。逐主名此词。

云云雨雨烟烟，百里杏花天。清明细雨，风花雪月一人年。瑶华宫中苦恨处，谁问得已去旧缘。一夜思邻，东君无水，草色青莲。

354沁园春　三荣横溪阁小宴

十四体。调名源于汉朝窦宪倚势变相强

夺沁水公主田园以名。又名“洞庭春色”，一名“大圣乐”“寿星名”“东仙”以百十四字为正格。贺铸词“离群，官宦漳滨”名“念离群”。双调。上阕五十六字，十三句四平韵，下五十八字十二句五平韵。

百里洞庭，两岸姑山，沁水园春。不尽潇湘色，东风处处，雨云绵绵，草木茵茵，来去巫山，秦唐楚汉，尽是川流来去人。古今事，佛道儒智慧，知道天津。少年客去长安，春光上，江湖半岸滨。挂帆舟万里，长沙故客，法山有生，义礼彬彬。一望河山，书华正茂，不见风花雪月珍。回首问，唯长江此去，半润衣巾。

355陈亮　虞美人

字同父，永康人，至光宗策进士，擢第一。唐教坊曲名，九体。名出项羽有美人名虞，被汉围，饮帐中歌曰“虞兮虞兮奈若何？”虞亦答亦舞，故名。又雅州名山县，出虞美人草，唱虞美人曲，草应拍而舞。周紫芝词“只恐怕寒难尽，玉壶冰”名“玉壶冰”，姜夔名“巫山十二峰”，虞美人，吴声也。

春秋不尽春秋雨，过客多辛苦。东风已尽隔西风，枯枯荣荣难续，万年中。霸王奈何声声虞，扬弃乌骓驽。楚河汉界谁人忧，古往今来江水，自东流。

356刘过　唐多令　重过南京

字改之，襄阳人，一云太和人。

越调，三体。唐多令，仙宫曲也。高平调，一名塘多令。周密因刘过词“二十年重过南楼”句名南楼令。张　词“花下钿箜篌”名“箜篌曲”。

扬抑过瓜州，金陵枕石头。二十年，只问江流。柳下系船情自在，秦淮水，状元楼。风断岳阳楼，雨狂黄鹤楼，九江来，上下三楼。客去巴陵都是问，只得到，一生忧。

357行香子　山水扇面

门当户对，柳陌花前，玉人云雨月低悬。小桥流水，碧漪涟涟。半清风，一草岸，满春烟。烛火渔船，池色江天，主时心醉客时眠。一梦难断，来去匆匆，好时分，好情怀，好人缘。

358杨炎正　鹊桥仙　书生一生书生病

号济翁，庐陵人。

前前后后，兴兴废废，败败成成纵横。一人不定一心性。俱往矣！方方正正。高堂上下，江湖远近，尽是人间百姓。十年未尽十年病，削足矣，息息宁宁。

359张辑　山渐青　寓《长相思》

字宗瑞，鄱阳人。

山青青，水青青。杨柳春风杨柳亭，江湖浮草萍。不行行，还行行。晴雨江南晴雨伶，人生知自铭。

360阑干万里心　寓《忆王孙》

小楼柳色已春深，园月梦情云雨心。峰碧江青人不问。一古今，九曲黄河十八喑。

361谢懋　忆少年　寒食

字勉仲。有《静寄居士乐章》二卷

三体。万俟咏词：“上陇首，凝目天四阔”名“陇首山”，朱敦儒名“十二时”，元刘秉忠词“恨桃花流水”，更名“桃花曲”唐人绝句，有此曲名。双调四十六字，上阕二十二字二叠韵，下二十四字，四句三仄韵。

江河朝暮，山川朝暮。一人朝暮。平生问天下，去来寻心苦。西陆长安天水渡，一春关，仕途风雨。江山半无止，柳杨千年路。

362黄机　丑奴儿

字几仲，一云字几叔，东阳人。

二体，与采桑子之别名“丑奴儿”不同。上下阕各三十一字，五句三平韵。

363刘镇　汉宫春　郑贺守席上怀旧

字叔安，南海人。嘉泰二年进士，自号隋如。

十二体，亦名“庆千秋”，李光词名“琼台”。

五女夕照斜，高丽去，山里人家。浑江不问今日水。朝鲜道里道外，已然是浪淘沙。四周种田麻。只知道，春籽秋华。草木日月岁岁在，去来来去乡里，有春秋向窗沙

一月元春，只入梅心里，未暖犹寒。雪花衣素，依是闻百花残。悠悠漠漠，四野乱，上下云端。夜里木里水里，东风暗入香澜。疏影玉枝花雨，天天日日，满了人观。春来胜似归去，山里云冠。花花草草，向江湖，玉女姗姗。天地里，时光杨柳，江青绿了山峦。

364危稹　渔家傲

字逢吉，临川人，淳熙进士。

草木枯荣天下度，黄昏日下江湖暮，今古风云千里雾。长亭雨，平生来去相思苦。天下梅花留不住，人间儿女还相误。雪月金花寻步步，须回顾，事事心中春秋故。

365吴礼之　霜天晓角

字子和，钱塘人。

洞庭关阕，秋风西陆歇。雁去衡阳荒浦，半楚蜀，半吴越。梅发。腊末雪。寒心疏影灭。天下芳香万里，长亭月，短庭月。

366刘光祖　昭君怨

字德修，简州人。登进士第。

只见阴山云雨，尤问单于心苦。天下汉家城，女儿英。不尽楼兰暮，难得粉黛相妒。月色古今名，一平生。

367闾丘次杲　朝中措　浮远堂

暗香浮动半红妆，一半桃花乡。春色细杨垂柳，梦中几度黄粱。寒心腊月，淡

云疏雨，姿影修长。枯枯荣荣故友，年年月月芬芳。

368马庄父 朝中措 竹

字子殿，建安人。

有心向天王姿扬，英气御家庄。寺里桃红柳绿，去来谁问刘郎。十年一日，古今浮沉，半是黄粱。草木枯荣日月，高风亮节青妆。

369李洪 浪淘沙 李氏花萼集

字子大，庐陵人。与弟漳、泳、泾，共著《李氏花萼集》五卷，其侄直伦为之序。

自古浪淘沙，子大人家。弟兄叔侄半文华。李氏花萼诗五卷，隔代桑麻。一字到天涯，上苑乌纱。明光宫殿忆年嘉。晚来江湖寻处处，万里西斜。

370李漳 多丽

字子清，一作子申，洪弟。

十一体。一名"鸭头绿"。有平韵，有仄韵。牛真人名"跨金鸾""多丽"，张均伎，名多丽，善琵琶，词采人名，是唐教坊曲名。

一阴晴，一年一度一清明。半东风，出家散入情城。草青青，半心半梦，左采顾右寻奂。一半洞庭，湖山云雾，一船山水半江荣。小荷出，沉浮浮沉，萍里已纵横。但凝处，芳香入微，天下人生。岸边水，鱼游密爱，杏花下水莺鸣。隔邻家，柳杨处处，问栖鸿，回曲声声。望天云，香霄玉宇，露出零丁已三更。淑肠里，临川情索，丝带染雾名。沉吟里，热衷树影。喜得人声

371黄铢 江神子 晚泊分水

字子厚，建安人。有《穀城集》。

六体。唐词单调以韦庄为主。宋人始作双调，晁补之改名"江神子"。韩淲"腊后春前村意远"更名"村意远"，欧阳炯词"如西子镜，照江城"调名或取于此。此调七十字，上下各三十五字，七句五平韵。

台城一半柳思杨，自荒唐，问红妆。万里江湖，天下向炎凉，去去来来知是客，东风里，杏花香。吴门音韵越人乡。小桥藏，隐萧郎。草木春秋，唯有好时光。秦淮明清君子在，云雨夜，凤求凰。

372严仁 鹧鸪天

字次山，邵武人，与同族严羽严参，时称邵武三严。

一曲阳关一断肠，十年上苑十年粱。寻寻觅觅江湖月，去去来来天下乡。草春碧，叶秋黄。雁声斑竹下潇湘。江楼常问江流水，只有人心无短长。

373易祓 蓦山溪

字彦祥，一作彦章，长沙人。一云宁乡人。宁宗朝赐进士第一，累官礼部尚书。有《山斋集》。

黄昏时候，天下春秋守。
云雨半高楼，小舟轻，千山明秀。
五湖平水，深处不知宙。何去留，
何夜昼，都是还依旧。吴姬劝酒，
同里汴河溜，落日满苏州，小曲尽，
四顾左右。一波三折，与谁坐同求。
萍水里，曾追究，独受江湖瘦。

374赵善扛 贺新郎

字文鼎，宗室，号解林居士。

十四体。宋苏轼作，守钱塘，有官伎秀兰，善应对，湖中宴会，群友毕至，秀兰至独晚，苏轼问："发结沐浴便困睡，闻台理妆，故迟至耳"府倅嗔不已，秀兰取榴花一枝藉手清倅，倅愈怒，子瞻作"贺新凉"以解之，词曰"乳燕飞华屋，悄无人槐荫转午，晚凉新浴"故名"贺新凉"后误为郎。又名"乳燕飞""金缕衣""雪月江山"双调百五十字，上阕五十七字，下五十八字各十句六仄韵。

落叶寻西陆，肆无人，风声鹤唳，晚凉秋菊。万里晴沙万鸣去，溯漠丘沙追逐。满眼里，何言天竺。山外青山人外听，一年年，不尽天下目。梦中是，江南竹。蜃楼海市阳光沐。一冬三夏四时苦，雁知肃肃。君子玉门细问取，歌罢新疆小屋，九月里，葡萄相熟。若得去来吐鲁番，胡姬劝酒不忍独。舞姿影，向李煜。

375洪咨夔 眼儿媚

字舜俞，于潜人。嘉定二年进士，拜翰林学士，知制书。

平沙落雁杏花春，尽是去来人。三心二意，小舟细雨，淡淡天津。野芳色翠千池水，碧玉小家邻。去年今日，一朝一暮，绿草茵茵。

376赵汝迕 清平乐

字叔午，乐清人。嘉定中登第。

朝朝暮暮，云落江湖雨。都是人间天下去，何必高堂一路。杨杨柳柳梅花，小桥流水人家。碧玉阳春白雪，无心无欲无涯。

377张颖 小重山

字茂献，临江军人。第进士。

四海云雨一春深，千年来去半知今。
梅花三弄客家音。阳关曲，楚楚半衣襟。
人数艾美琳，法中风光，只得君临。
父母姐妹自人心。天下在，淑女有鸣琴。

378卢祖皋 西江月

字申之，永嘉人，一云邛州人。庆元中登第。

八体。唐教坊曲名。注中吕宫。又名"白苹香""江月令"，苏轼词名"壶天晓"。卫万诗"只今唯有西江月，曾照吴王宫里人"词取以名。双调五十字，上下各二十五字四句二平韵一叶韵。

灵隐飞来峰下，钱塘色碧西湖。
人情自古有时无，一片春心珠玉。
处处杨花柳絮，东风万里屠苏。
鸟啼雨落问晓窗，尤见韵华红烛。

379乌夜啼

四体。又名"锦堂春""圣无忧""乌啼月"。唐教坊曲名。双调四十八字，

上下各二十四字，四句二平韵。

南北和风细雨，东西月色黄昏，年年春关寒窗锁，草色半明门。一日清明乞火，三朝两处乾坤。心上天下长相问，都是旧时村。

380高观国　御街行

字宾王，山阴人。有《竹屋痴语》一卷。

八体。古今词话："听孤雁声嘹唤"又名"御街行"双调七十六字，上下各三十八字，七句四仄韵。

江天辽阔声声唤，日月寻霄汉。一年来去一春秋，留下雁丘难断。东风渐暖，梅花先半，已到洞庭岸。草霜初上薄明翰，西陆菊香换。母仪天下是君颜，回首汾河故冠。音客俱在，痴情何物，直教生灵看。

381解连环　柳

三体。又名"望海"，"杏粱燕"。庄子曰今日适越，而昔来连环可鲜也。周美成"闺情"词"信妙手能解连环"而名。双调百六字，上下各五十字，十句五仄韵。

运河杨柳，江湖连日月，汴隋唐守。草木中，谁问长城，只战战和和，古今无友。岁岁江南，应记得，隋炀前后。拾人心，一留一去，废兴旧瓶新酒。千年天长地久，于运河两岸，千万杨柳。绿尤在，馆驿长亭，停停走走，应寻思，古今事迹，一人之手。

382少年游　芙蓉

芙蓉玉立一荷塘，十里半清香。半壁云雨，一家日月，天下满浮光。年年拾得莲心子，谁人问炎凉。小舟归去，斜阳尽地，又似一朝阳。

383史达祖　过龙门

字邦卿，汴人

一度南三楼，一度春秋。去来云雨夜人休。杨柳岸边水草色，寻见归舟。万里问江流，此去难收。一波三折自天忧，只向江东楚客去，轩辕神州。

384夜合花

五体，夜合花，合欢树也。唐韦应物诗"夜合花开香满庭"，故名。

万紫千红，一桥三步，半春光半花黄。前前后后，李花树杏花墙。出门入门忙。小家倩倩换薄妆。夕阳多暖烟云袅袅，落入心房。青青草色茫茫，向荒塘，是扬长是情肠。东风不尽，春流处处芳香。不忘来年望，凤吟凤鸣凤求凰。月明星淡。纱窗挂雨，只入梦乡。

385汪莘　杏花天

三体。辛弃疾，又名"杏花风"。名取自李白诗。双调五十四字，上下各二十七字，四句四仄韵。

梅花开落桃花雨，隔墙问，杏花处处。原来都是人心苦，尽尽朝朝暮暮。何必是，长亭一路，千万里，江湖云雾。一时都是三时误，不及相思步步。

386吴潜　青玉案

字毅夫，宁国人。嘉定十年进士第一，淳祐中参知政事，拜右丞相，兼枢密使，进左丞相，封庆国公，改封许国公。

洞庭山下濛濛雨，日月里，江湖路。千里风云千里雾，小舟来去，小桥流水，不尽朝朝暮。一心难尽人情雨，是自在，知回顾，都是无缘人间度。古今今古，荣荣枯枯，元计相分付。

387李昂英　兰陵王

七体。唐教坊曲名。北齐书"齐文襄王长子长恭封兰陵王，与周师战，性胆勇，貌似妇，尝假面对敌，击周师金墉城下，勇冠三军，武士共歌谣之曰兰陵王入阵曲。"三阕百三十字，上阕四十八字，十一句七仄韵，中阕四十二字，八句五仄韵，下阕四十字十句六仄韵。

金墉地，貌似妇人子赐。长恭面，兰陵君王，勇冠浑邙山治。周师忘却置。儿戏，心直其器。皇家路，一战一和，败败成成交何意。知天也知己。此齐下隋唐，阵上旗帜。严冬未尽春风迟。天下诺去，江湖万里，高堂遥遥谁致仕，故人在单骑。幼稚，一朝嗣，问九曲黄河，荒泽盐渍。千年旧事风云比。见前前后后，萧萧落落，兴兴废废，似梦里，终不弃。

388史隽之　望海潮　浮远堂

绍定初知江阴军。

运河云雨，西湖草木，吴越自古风流。杨柳碧烟梅花织锦，亦桃李春秋。尤记十三州。寺门含潮雪，灵隐无求。同里渡桥，浣溪沙尽馆娃忧。吴越越吴，晴晴阴阴，客临谁必王侯。同乘一帆舟。见五湖落日，西子还收。百万难知远近，上下月如钩。

389赵以夫　孤鸾　梅

字用父，长乐人。端平中知漳州。有《虚斋乐府》二卷。

六体。又名"丹凤吟"。填词各解卷三："昔剡宾国王结罝于峻崎之山，获一鸾鸟，甚欲其鸣，而不能致，夫人曰"。鸟见类则鸣，可悬镜以映之，"鸾睹形。感泣悲鸣，哀响中宵，一奋而绝。"词其事而名。双调八十九字，上阕四十七字，九句五仄韵，下阕四十二字，八句四仄韵。

孤鸾孤影，睹形独相省，峻岐山岭。感悲鸣。一镜哀响天井，惊呼玉龙百万，自冰姿绝音余憧。上下云霄左右，只得空云冷。也似人间去，有心清静。便梦断瑶台，春秋三荇。那堪雁丘寻自，一声声，曲孤难永。留下相思尽，唯占情中秉。

390方岳　水调歌头

字巨山，祁门人。

无见三江水，不尽九州秋，明云落叶天下，处处满高楼。还问重阳旧日，鹦鹉洲头声歇，三国付东流。何必千年里，上下一人忧。枯荣里今古事，自相囚。武昌黄鹤楼上凭望半扬州。来去烟花三月，沉沉浮浮日月，草木不知愁。拾得人间地，无止亦无休。

391方千里　丑奴儿

三衢人。

清江流水烟如雨，色满横溏。云女红妆，留下刘郎问萧娘。洞庭山外江湖上，处处芳香，杏李花墙，不如春中作柳杨。

392迎春乐

八体。贺铸词“底环午按迎春遍”名“午迎春”。又“都付与弦声”。又名“碎寒金”。双调五十六字，上下各二十八字，七句六仄韵。

一二处，千万处，迎春处处东风处。五里处，十里处，长亭处处，太湖云雨处。这里絮，那里絮，柳杨絮絮桃花絮。树上絮，树下絮，谁家絮絮，总是迎春絮。

393尹焕　唐多令

字惟晓，山阴人。官左司。有《梅津集》。

云雨十三州，浮花半翠楼，客心难不愁。西子柳杨堆锦绣，湖色里，锁春舟。娃馆玉人留，无音霸主休。问江山，何者是王侯？山外是山流水去，寻几日，又中秋。

394黄升　鹊桥仙

一作，字叔祐，号玉林。有《散花庵词》一卷。

一春草木，三秋日月，岁岁年年社社。东风无力满江南，碧万里，山山野野，踏青木得，上下洞庭来者，五湖光影一舟横，水色翠，温温雅雅。

395王以宁　水调歌头

字周士，长沙人。

夕照千山里，峰上夕阳红，朝朝暮暮寻遍，九日半秋翁。古古今今天下，去去来来情里，尽在有无中。拾得随心处，自在向东西。江山旧，重阳望，一英雄。千年万里朝野何事问寒宫，几是婵娟月下，几是人间客影，几是叹归鸿。复见裴相国，主从一心峰。

二、词综（下）

朱彝尊　汪森　编　　魏中林　王景霓　译　　上海古籍出版社
1996年9月第1版　1996年9月第1次印刷

宋词

1吴文英　忆旧游　别黄澹翁

字君特，四明人。

六体，取顾况诗“身忆旧游”名。

半生寻客舍，一晃三年，苦渡苏州。
上下洞庭月，五湖香水多，风住云流。
尝胆卧薪明气，勾践出虎丘。
剑池试锋芒，吴台落日，两地春秋。
千年，越吴越，进退沉浮尽，谁问吴钩。
天平山中子，转战南北地，处处分忧。
运河长城同里，素娥满西楼。
塞外向江南，日日月月闻不休。

2高阳台　落梅

三体，商调，刘镇词名“庆春泽漫”，王沂孙词名“庆春泽”。

柳绿桃红，东风西雨，江村故客人家。去去来来，夕阳无语自斜。分明几滴相思泪，一点点，半上流花。近了春情，远了山崖。长亭十里香尘旧，林中芳草路，不见泥沙。草木扉扉，峰光五色扬华。隔岸青竹修篁断，入野兰，还余梅花。问闲云，孤鹤长空，片片新芽。

3倦寻芳

二体。

四方独影，三界孤芳，今古无主。枯枯荣荣，自有春风秋树。一声声，韶华里，梅花落尽胭脂雨。五湖舟，去来寻柳色，吴姬临户。见桃李，小桥碧玉，上下洞庭，美景阳煦。一半人间，都是这相思苦。红烛清灯闻更鼓，曲高和寡难相取。拾疏狂，对东流，只有心腑。

4唐多令

柳色满芳洲，阳明半客楼。一春秋，今古难求。一半洞庭千万里，荣又枯，沉还浮。天下大江流，人间来去舟。月如钩，谁问王侯？一败一成归一尽，楚汉界，孰君愁？

5声声慢

飞飞落落，沉沉浮浮，江湖处处秋声。岁子归根，上下不尽寒声。洞庭一花一草，也潇潇，雨细烟声。夕阳里，渐远，廖有雁声。不待炎凉旧舍，尽来来去去，阔谈人声。都是匆匆，九日重得鸣声，高楼纵情又寄，半天涯，不尽风声。拾朝暮，唤如今，年月有声。

6蒋捷　梅花引

字胜欲，义兴人。

笛曲名。唐诗中“羌笛梅花引”而名。高宪词“须信在家贫也乐”句名“贫也乐”。贺铸名“小梅花”。七体。

白云无语落归舟，一江流，一江楼，楼在江流，自古不尽头。千年万里寻沧海，有波折，湖峰青，无所求。何求，何求何不求？楼外楼，洲里洲。柳岸岸柳，系客梦，锁十三州。淡淡清风，草木向春秋。月月年年寻自己，香雪海，化香泥，暗香浮。

7行香子　居同里小桥村一号

九体，王喆词名“爇心香”。

同里桥村，梅入香门。吴江水，上下乾坤。一人一步，曲尽黄昏。玉带桥中，寒山寺，问云根。乔知窈娘，天下新恩。杜秋娘，日月寒温。泰娘刘郎，十里游魂。退思园外，寻杨柳，话王孙。

8柳梢青　游女

十二体，宋韩淲词“云溃秋空”名，“雨洗云霄”名，“玉水明沙”名，“陇头月”句等。

柳岸平沙。运河自去，玉影堤斜。谁问吴王，西施何在，何处天涯。长城塞北人家。离离草，荒原寸莎。汉外青冢，云中太守，听取鸣笳。

9霜天晓角　居同里小桥村一号

云落窗纱，折取桑叶芽。只见蚕茧自缚，一层层，作小家。心中三月花，有情无色华。巢里怀胎丝不尽，女儿裙，意天涯。

10陈允平　绛都春

字君衡，号西麓，明州人。

九体，黄钟宫，有平韵仄韵，平韵者唯陈允平一词。

吴江同里，月明玉带桥，一拾八湾。雨阴雨晴，江湖岸雾鬓云鬟。梅花落尽桃花渡，已春风玉门关。落华香沉，春泥不语，日日芳颜。重入沧浪故步，退思园外去，上下天山。燕子去来，苏锡常雨水知潜。音琴不住春云树，一声难尽曲无还。有渔舟晚，轻歌日月不闲。

11八宝妆

二体，仇远词名“八宝玉交枝”与“新雁过妆楼”别名“八宝妆”者不同。

春平八宝妆，色变一秋娘。
同里桥桥水，吴江淡淡香。

12恋绣衾

七体，韩淲词“泪珠弹，犹带粉香”句名“恋绣衾”。

刘郎声声问泰娘，司马离宫半断肠。
何处去来人在，唯桃花庵半换妆。
十年日月还如此，司空见惯客满堂。
曲曲尽，丝丝长，荒唐心里草故乡。

13周密 南楼曲

字公谨，济南人，侨居吴兴，自号弁阳啸翁，又号萧斋。

一体，自度曲。

天下一西东，人间半色空。满衣巾，柳绿花红。隔岸有人吴韵出，琴三弄，守云中。湖上望飞鸿，人前寻故宫。问清明，明去清终。自古谁知兴废事，心不尽，是苍穹。

14鹧鸪天 清明

一日清明一日寒，三天乞火半春关。
年年草木光阳色，雨细书香淡淡烟。
同里水，运河船。有情有意梅花落，
桃李心中十寸田。

15夜行船 齐鲁

十一体。又名“明月棹孤舟”“夜厌厌”。双调五十六字，上下各二十八字五句三仄韵。

多少风云多少慨，那边水，这边岳岱。
雨雨晴晴，一齐一鲁，万里天涯粉黛。
小桥纵横凭玉带，扬州去，黄河大碍。
万里疏疏，千年处处，书香孔孟，自古张冠李戴。

16甘州

一体，“唐声诗”记甘州为大曲仙吕，夷则羽，“教坊曲”记“甘州子”。唐五代宋各不同。

斑竹洞庭水，江湖楚汉云。日中寻五色，天下入三分。

注：王谠《唐语林·文学》所载白居易与元稹“每以竹筒，盛诗往来”事。

17王沂孙 庆清朝

字圣与，号碧山，又号中仙，会稽人。

五体，一作“庆清朝慢”。

草木洞庭，江湖玉露，雨中处处春云。疏疏淡淡丝丝，长住东君。昨夜流花过后，入泥凝紫色香醺。天天里，向风向月沾染衣裙。两家邻，墙外柳，枯枯荣荣演，细雨纷纷。出城有女，人心上两三分。夜半回思朝暮，柳杨杨柳有波纹。寻流水，清许许，任子耕耘。

18扫花游 楚吴

三体。又名“扫地游”“扫地花”。清真词“占地持杯，扫花寻路”为名。双调九十五字，上阕四十八字，十一句六仄韵，下阕四十七字，十句七仄韵。

风云日月，草木满人间，古今思想。一峰俯仰，高山流水曲，知音难赏。下里巴人，白雪阳春自昶。有烟雨，有小舟纵横，有倡无枉。万里尽莽莽，朝野各尽江湖，缘经慨慷。问心坦荡。又渔舟唱晚，乘雄豪爽。淡淡江南，古道来来往往。只留下，小桥中，问黄天荡。

19张炎 渡江云

字叔夏，循王俊裔，居临安，自号乐笑翁。

五体，周密词名“三犯渡江云”

清明寒食雨，姑苏处处，都是醉人家。见书生寻柳，城外青衣，玉女采桑麻。烟云天下，满人间。豌豆田瓜。莺语鸣，一花芳名，香遍故山崖。江华，东吴风雨，日日阴晴，暮色落彩霞。半月明，心中梨杏，门里桃花。春关乞火长安应，泾渭色。金紫乌纱。忧上下，朝朝暮暮天涯。

20忆旧游 自著古今律

六体。取顾况诗“终身忆旧游”而名。双调百二字，上下各五十一字，十句四平韵。

问新人故友，只去来，心中旧时游。尽尝江湖水，枯荣天下路，云落云浮。一朝一暮寻觅，啸啸玉门外，系马向鸣沙，何是秋收。此生彼彼生此，凭自十三州。但得古今诗，回头百岁归国忧。

21瑶台聚八仙

风雨年年。人方远，云沉客家船。五湖湖水，洞庭岸柳杨边。烟露濛濛千里色，隔花宿草满前川。养青莲，一曲唱晚，三渡方圆。寒山拾得落叶，夜半钟自在，苦渡清禅。草木书生，啸啸日月经天。十年论语万里，古今事，多向抱瓮泉。樵渔问，何处是何处，只得心田。

22南楼 曲

一体。清徐木便有自度曲。双调六十字，上下各三十字，五句四平韵。

天下问南楼，人间几度秋？自西东，有一江流。半地半天苍莽莽，留不住，古今忧。天下十三州，人间一半愁。有相思，无止还休。又去又来刘郎事，桃李下，又春秋。

23浪淘沙

一半浪淘沙，夕照西斜。黄昏远近到天涯。万里天山留客晚，四事人家。八月问桑麻，四壁秋笔。村乡处处野菊花。陌陌阡阡南北去，豌豆甜瓜。

24石孝友 清平乐 重阳

字次仲。

重阳问柳，谁是西风友？处处黄花三六九，塞外长城如否？夕阳西下流沙，难寻万里人家。犹记楼兰去后，交河落日残霞。

25临江仙 秋

不见洞庭杨柳月，巴陵水岳阳楼。春秋难尽一春秋。十年知论语，百岁问民忧。

沉沉浮浮天下叶，风中西去东流。朝堂进退枯荣愁。潇湘寻斑竹，过客逐轻舟。

26西地锦

四体。黄钟官。双调四十六字，上下各二十三字，五句三仄韵。

三夏春关上苑，十里蝉声晚。年年月月，朝朝暮暮，如何东苑？已是黄昏渐远，万家斜阳返。和和睦睦，甜甜美美，人心情婉。

27眼儿媚

重阳江上半秋波，天下一先河。高楼曲尽，人心未了，不得如何？长亭常问相思处，风雨半蹉跎。一行秋雁，两情相悦，欲尽还多。

28孙惟信　风流子

字季蕃，号花翁。有词一卷。

九体。又名“内家娇”。唐教坊名曲，单调。唐词一体。双调宋词三体。双调百八字，上阕五十八字，十二句五平韵。下阕五十字，十一句五平韵。

云雨自风流，江湖上，万里一飞舟。水色度金，岸边芳草豪情，暮色高楼。纵横见，问洞庭落日，曲尽十三州。兰竹伴梅，与君同坐，闭花垂月，谁得春秋？扬州少年头。春关漫寒怨，不事王侯。天下去来无己，三国孙刘。塞北胡姬，拍拍十八，不绝曹魏，司马相谋。好在中原桃李，雨落云浮。

29刘褒　满庭芳　留别

千里江山，夕阳西下，一流满是黄昏。芳分处处，牛马半归门。儿女一先还后，独占得，子子孙孙，人家好，春秋日月。情重问寒温。官场朝野尽，万载无垠。江湖草木，荣枯满乾坤。唯有圆圆缺缺，离合后，觉悟无恩。朝朝暮暮，年年月月，常记五蕴树。

30康仲伯　忆珍妃

云边一半天河，问晴波。不得人间寒宫望青娥。三界外，两心里，此情多。朝暮有心家中有田螺。

31楼扶　菩萨蛮

字叔茂。

出墙红杏秋千影，流花桃李东三省。天下一阴晴，人间三界荣。江湖千万倾，朝野零丁颖。八九十精英，沉浮无敌名。

32丁羲叟　渔家傲

五体，此调始于晏殊“神仙一曲渔家傲”而名。范希文守边日作数首，皆以“塞下秋来风景异”为首句，诉边镇之苦，欧阳公呼为“穷塞主”。

高山流水知多少，梅花三弄问天老。下里巴人闻啼鸟。云缈缈，五百年里神仙草。杨柳声声天下去，渔舟唱晚江湖小。白雪阳春梅月葆。逐窈窕，人间曲曲凭心晓。

33赵君举　眼儿媚

字子发。

江湖雨露入春心，三月一半金。一半阴晴，细声轻语，流水出情音。杨花柳絮清明月，风落水云深。玉色窗纱，客亭灯影，隔岸有鸣琴。

34江开　浣溪沙

字开之，号月湖。

唐教坊曲名。八体，张泌有“浓露香溪小庭花”句名“小庭花”，贺铸名“减字浣溪沙”。韩淲词“芍药酴醾满院春”名“满院春”，敦煌曲子词名“涣沙溪”，唐声诗收七言六句之“浣溪沙”。

十日清明十日春，一江渔火一江津。五湖处处是新人。同里三桥情多少，运河半水古今洵。桃花落下满衣襟。

35文天祥

字宋瑞，又字履善，吉水人，举进士第一。零丁洋里叹零丁，志士心中志士铭。三界去来三界在，浮萍天下半浮萍。

36邓剡　卖花声　赵佶

字光荐，庐陵人，宋亡后以节行称。

寻觅问临安，沉霜枫丹。钱塘江岸一秋寒。十里长亭都是客，风雨叶残。已过十八滩，汴水波澜。八百罗汉一千宫。瘦金体轻君王尽，天在云端。

37刘辰翁　宝鼎现　丁酉元夕

八体。吴中记闻“范周少负不羁之才，不求显达，安贫乐道，胜季文作守时，颇漫视。于元宵作“宝鼎现”投之，蒙嘉奖，遗酒五十壶，词播于天下。每灯夕，群都皆歌之。”三阕百五十八字，上五十三字九句五仄韵，中五十五字八句六仄韵，下五十字八句五仄韵。

一波三折，九曲回荡，天山来止。东又去，蓬莱仙岛，玉宇琼楼无彼此。飘渺望，一流千年里。生得中原妹姊，更雪月，三边肃静，人道易赵曾有秦皇匕，筑长城，日月宫垒。寻海外，徐福所以。万岁千年杨柳比，草木客，有无闻谁主，两岸黄河故纪。只七家，珠帘半卷，隐约浮云海市。秦汉唐宋元明，五百载中清人旨。尽非风云去，天在春秋蒲芷。水色碧，斗星还驰。拾得清风起，流逐在，波浪淘淘，只道黄昏独诂倚。

38黄公绍　青玉案

邵武人。咸淳进士。

朝朝暮暮朝朝暮，日月里，江湖渡。草木千年荣枯路，风波楼上，不堪回顾，留得东君住。云云雨雨云云雨。夜色下，相思许。多少春秋雪月误，孤灯残照，沉香倾注，独自心茹苦。

39李彭老　浣溪沙

字商隐，号篔房。

一夜春风一色空，半山玉露半湖红。梅花香气满江东。拙政园前寻处处，虎丘山后雾蒙蒙。莺歌燕舞有无中。

40一萼红　寄弁阳啸翁

五体，因词有“未教一萼，红开艳蕊”句而名。有平韵和仄韵体。太真初妆，宫女进白牡丹，妃稔之，手指未洗，造染其瓣。次年花开，俱降其一瓣，明皇为制“一稔红”曲。词名沿之曰“一萼红”。双调一〇八字，上下阕分别五平韵、四平韵，各五十四字。平声韵为正体。

苏州秘书孙阳澄

过洞庭，水水山山路，百里半江湖。十里湖州，苏州六十，三十无锡东吴，波光滟潋，十八湾，荣枯一姑苏。四围云烟，三江汇雨，同里莼鲈。南北东西上下，左右中前后，必不雄孤。古古今今，千年万里，天地里有通途，只须是，高山明志，象杨柳，自然一丈丈。春夏秋冬时时，一名三呼。

41王易简　天香　横塘

字理得，山阴人。

九体。又名“伴云来”“楼下柳”。法苑珠林云：“天童子，天香甚香”，宋之问词“天香云外飘”，贺铸词“楼下看细柳”。双调九十六字，上阕五十一字十句四仄韵，下四十五字，八句六仄韵。

碧叶红莲，芙蓉出水，横塘日暖香透。玉女婷婷，含情芳影，窈窕淑华孤守，左寻右觅，一步步，心田锦绣。凭池梳妆暮色，斜阳滟颜衣袖。东邻客人依旧，有禅音，有心时候。欲顾不难开口，又开豆蔻。回见浮光半亩，便似折，烟华突然，风烟雨骤。

42吕同老　齐天乐　禅

字和甫。

十一体，周邦彦词“绿叶凋尽台城路”名“台城路”。张辑名“如此江山”，赵师律名“齐天乐”。

钟山风雨金陵渡，秦淮水台城雾。绿柳茵茵，莫愁玄武，十里云烟如雨。一行一素，夕阳落霞光，人心多暮。尽是深情，江湖一半天山路。六朝兴废过往，镇江江门锁，蜀吴甘露。借来荆州，还去三国，英雄何在，留得千年句句。余心良苦。向齐姬清高，后庭回顾。曲曲声声，不忘亡国妒。

注：齐姬，蝉的别名。

43唐珏　摸鱼儿

字玉潜，号菊山，越州人。

复古

半是江湖半草洲，一生天下一生忧。
读书不复问江流。利禄功名何不尽，
英雄自古向春秋。人人处处始知羞。

44蟹

八月西风半断肠，五湖日月一秋光。
阳澄湖上清名蟹，巴解将军脱甲装。

45陈后主　玉树后庭花

唐教坊舞曲，一体，陈乐入唐犹传。太宗佐证。至盛唐入法曲。陈后主于清乐中造“黄鹂留”及“玉树后庭花”“金钗两臂垂”等曲。与幸臣等制歌辞，倚艳相高，极其轻薄，男女唱和，其音甚哀。人曰亡国之音。太宗曰：“悲欢之情在于人心，非由乐也。将亡之政，其民必苦，然苦心所感，故闻之则悲耳。何有乐声哀怨，能使乐者悲乎？今‘玉树’‘伴侣’之曲，其声犹存，朕当为公奏之，知公必不悲矣。”陈后主词曰“玉树后庭花，花开不复久。”“妖姬脸似花含露，玉树流光照后庭。”

46又

宫中多玉树，月下后庭花。
国尽陈后主，音悲张丽华。

47寇寺丞　点绛唇　平生

日月年年，朝朝暮暮知何步。
驿风云雨，不尽长亭路。
一半人生，一半禅音渡。
斜阳住，客心如故，一半多回顾。

48杜郎中　玉楼春

八体。又名“呈纤手”，“东邻妙”，“归朝欢令”，“梦相亲”，“木兰花令”，“上楼春”，“惜春客”，“西湖曲”，“续渔歌”。唐顾敻诗“月照玉楼春漏促”而名。双调五十六字，上下各二十八字，四句三仄韵。

千里湖光千里路，三界枯荣三界故。
春花秋月一春秋，落尽梅花桃李雨。曲尽青楼情有数，山外淞江流不住。五湖万户半黄昏，十地斜阳禅寺度。

49无名氏　琴调相思引

一客上下一客村，半生玉冠半云门。
枕边寒温，相见十年恩。一夜东风一夜雨，半桥喜鹊半人魂。日深黄昏，月色满乾坤。

50捣练子　见《天机余锦》

五体，冯延己词“深院静”及“数声和月到帘栊”名为“深院月”。后主词言捣练者故名。李煜秋闺词“断续寒砧断续风”之句名此。另名“杵声齐”“望书归”。

平韵体。半岭木，一长亭，十里山光草青青。客驿月下寻自己，数梦不醒像浮萍。

仄韵体。

一相思，半离别，天山寒露天山雪。
月轻心重枕边泪，寻寻觅觅灯明灭。

51风光好　陶穀

二体。南唐近事云，元陶穀学士奉使，辞色毅然不可犯，韩熙载命伎秦弱兰作为驿卒女，每日扫，陶悦之，与狎，赠“风光好”，明日，后主设宴，陶辞色不可犯，乃命若兰歌此词，陶大泪，即日北归。双调三十六字，上阕十六字四句三平韵一叠韵，下阕二十字，四句二仄韵二平韵。

半无缘，一无缘，不得孤灯一夜眠，问心田。朝朝暮暮相思乱，知人难。曲尽江南塞北弦，问婵娟？

52僧挥　南柯子

字仲殊。安州进士。姓张氏，弃家为僧，居杭州吴山宝月寺。有词七卷。

十里江青晚，千峰浮沉斜。清清霞水照船家。一半芳香，一半玉人花。影摇洞庭树，心明四月华。五湖云雨自天涯。但得时时有约近窗纱。

53柳梢青　柳

日月江湖洞庭草木，柳色姑苏。

自古隋炀，运河汴水，春满东吴。

温柔乡里娇奴，曲不尽，江南小姑。

十里荷花，三秋桂子，一半儒夫。

54僧祖可　小冲山

字正平，丹阳人，苏伯固之子，住庐山，与陈师道、徐俯、谢逸结江西诗社。

四海天下十三州，千山今古问江流。

书生君子向云忧。黄鹤去，楚汉谁王侯？

来去一春秋。殿前中堂，将相仲谋。

只呼万岁不知愁。桃李下，暮鼓满高楼。

55释惠洪　青玉案

字觉范。有《石门文字禅》。许彦周云："上人善作小词，情思婉约，似秦少游，仲殊、参廖皆不能及。"

人间不尽人间路，寺里鼓钟相渡。暮暮朝朝终暮暮，一人何去，二人何去，万百人何去？进进退退多回顾，去去来来少知误，唯有禅音心自许。薄衾孤枕，梦回情误，谁问潇潇雨？

56于真人　行香子

九体，"中原音韵""太平乐府"俱注双调，入中吕引子。王喆词名"爇心香"。双调六十六字体。

柳色村庄，水色荒塘，问江南，前后风光。小家碧玉，一半花妆。杏李桃花，尽红白，菜花黄。墙外红娘，树下芳香。小桥边，流水身旁。见鸳鸯戏，有约西厢。玉堤春风，酒旗落，梦黄粱。

57葛长庚　水调歌头　庐山下，梁山上

自号白玉蟾，闽人，封紫清明道真人。

雾色匡庐碧，夕照问浔阳。年年日月天下，天下自炎凉。一百英雄犹在，水浒梁山好汉，各自半扬长。啸啸江山上，一半野茫茫。江湖里，黄天荡，不平王。人间自古来去南宋问兴亡，原是替天行道，改成结义兄弟。左右结义堂。一日风云散，回首话凄肠。

58卢氏　蝶恋花

天圣中，氏父作县令，自汉州归，氏随父行，有词题泥溪驿壁。

雨后斜阳高岭树，远近江山，莽莽苍苍路。十里长亭风水误，为寻驿舍心中暮。回首江青还细数，一半孤峰，一半离情苦。去去来来留不住，小窗月下人间渡。

59舒氏　点绛唇

王齐叟彦龄之妻。

一夜春梅，五湖水色洞庭馥。小舟辛苦，领受峰青淑。两岸河山，两岸风云逐。淞江竹，古今天竺，钟鼓千声沐。

60魏夫人　菩萨蛮　折柳

丞相曾子宣之室。朱晦庵云："本朝妇人能文者，惟魏夫人及李易安二人而已。"

千言万语斜阳暮，人间天上多风雨。

一处问人心，十年知古今。钱塘楼外路，吴越情无数。折柳半衣襟，满舟离别情。

61延安夫人　更漏子　寄季玉妹

是苏丞相子容之妹。

十体，商调，温庭筠词中咏更漏子而名。又名"独倚楼""翻翠袖""付金钗""西湖志余"曰"张淑芳，西湖樵家女。理宗选妃日，贾似道匿以为已妾，即德佑众学生'百字令'中所指'新唐杨柳'及无名氏题壁诗'新的娥眉正少年'也。淑芳知必败，别木棉之后，自度为尼。罕有知之者"有数阙"更漏子"，云"五云，九溪坞，待到秋来更苦"。至今五云山下九溪坞尚有尼塔。

宫宕晟，三五更，月色里寻纵横。千万处，一身名。向人间死生。九溪坞，芳淑性，残卷里心清净。知玉体，自倾城，任其今古情。

62李清照　武陵春

字易安，格非之女。且秋词《声声慢》，此乃公孙大娘舞剑手。

三体，"梅苑"名"武林春"。贺铸词"云想衣裳花想容"，又名"花想容"。采唐人诗"为是仙才登望处，风光便是武陵春"。

日里烟花云雨重，江湖草茵茵。倩倩瑶瑶女儿身，芳心入红尘。树影草影人影动，深处玉天津。难得相思夜半人，月色五更春。

63卖花声

三月一春风，北去飞鸿。五湖船上两袖红。柳岸玉人寻洞庭，色色空空。回首向江东。楚尽汉终。一生功名有无中。留得人情待草木，细雨濛濛。

64凤凰台上忆吹箫

七体。又名"忆吹箫""忆吹箫慢"。萧史善吹箫，作鸾凤之响，秦瑶公有女弄玉，善吹箫。公以妻之，遂教弄玉作凤鸣。居十数年，凤凰来止，公为之作凤台，夫妇止其上。数年。弄玉乘凤，萧史乘龙去。调名取此。双调九十五字，上四十七字十句四平韵。下四十八字十一句五平韵。

弄玉声情，穆公秦女，凤凰台上吹箫，数十年来去，余音云霄。一曲人间天地，龙吟吟，凤影昭昭。夫妇问，行行止止，一半天条。瑶瑶，辽辽阔阔，年年度春秋，雨落云飘。留得中原迢迢。不见楼下流水，

应照旧，暮汐朝潮。凭回首，相思又添，七夕新桥。

65一剪梅

一片荷塘半无声，千树芙蓉万色晴。
水边竹影榭台上，处处黄昏，香满新生。
管见亭亭玉立明，婀娜多姿竟光荣。直须静静看花心，莲心精英，同在同成。

66醉花阴　九日

天下草木自俯仰，楼上半重阳，万里江湖，日月黄天荡。少年不得无思量，老使高山望。犹去一春秋，枯枯荣荣，独有人心养。

67幼卿　卖花声

《能改斋漫录》云："宣和间，有女子幼卿，题词陕府驿壁。"

人在玉楼来，云雨融融。五湖船上与谁同。记得淞江浮沉水，往事空空。万里满春风，雨润云浓。运河流去有无中。吴越留心凭日月，草碧花红。

68朱淑贞　眼儿媚

钱塘人。有《断肠集》词一卷。

来去重阳一春秋，夕照上高楼。黄河万里，中原相逐，尤向东流。长城兴废吴江水，天下杞人忧。身心只在，黄昏不尽，浪里飞舟。

69生查子

水流山河在，尤有人心守。春前问草木，秋后寻瓜豆。阡陌凭来去，纵横还依旧。
事　人间，半生半宁宙。

70蒋兴祖女　减字木兰花　题雄州驿

靖康间，金人犯阙，阳武蒋令兴祖死之，其女为贼掳去，题词雄州驿中。蒋令，浙西人。

三体。又名"减兰""金莲出玉花""梅词""木兰香""小木兰花""益寿美金花"。双调四十四字，上下各二十二字四句二仄韵二平韵。

黄昏时候，暮色江山难自守。月破雄州，字里余情上高楼，徘徊左右，风雨飘零何照旧？草木春秋，何必人间一半愁。

71又

朝朝暮暮，一半江山流落去。叶落黄昏，内外长城谁子孙。燕山一步，永定河流无语去。不似家门，尤见飞鸿问五蕴。

72陆游妾　生查子

陆游之蜀，宿一驿中，见题壁诗，询之，则驿中女也，遂纳为妾。半载，夫人逐之，妾赋词而别。

三春云雨深，九夏芙蓉浴。
鸟语韦娘妆，月色姮娥玉。
五更心曲曲，一队鸳鸯烛。
荣枯沉浮吟，天地东风促。

73美奴　如梦令　送别

陆藻敦礼侍儿。

月有阴晴圆缺，人有心情优劣。
来去一人间，驿舍青灯明灭。
明灭，明灭，玉立平生惜别。

74金德淑　望江南

秋不尽，落叶满香山。不到长城问汴水，柳杨三叠玉门关，何处故心还。

75琴操　满庭芳　改少游词

杭州伎，后削发为尼。

雨近云低，草青水碧，运河两岸茫茫。沈园残壁，一半问苏杭。黄藤酒红酥手，宫墙柳，多少炎凉。心心印，朝朝暮暮，何处觅红妆。尽江南旧侣，少游风月，多少萧娘。有吴姬劝酒，越女荒唐。三界五蕴尤在，歌舞曲，抑抑扬扬。平生里，明明暗暗，天下入心肠。

76盼盼　惜春容　半春秋

一春一秋年岁逐，十里章台三两淑。
落花水流化香泥，云雨四时万里宿。客中有女颜如玉，我劝同歌阳关曲，归来雁字人难忘，飞叶何知难继续。

77聂胜琼　鹧鸪天　寄别李生

长安伎，归李之问。

日日年年出入城，朝朝暮暮去来情。
黄昏有约知年少，天下无言问泽生。
三界里，一身名。长亭十里万人行。
疏疏密密多风雨，淡淡悠悠待枯荣。

78吴城小龙女　江亭怨

一体，《冷斋夜话》云："黄鲁直登荆州亭，柱间有此词，夜梦一女子云：'有感而作'鲁直惊悟曰'此必吴城小龙女也'"，因又名"荆州亭"。

浮沉枯荣仰俯，来去暮朝今古。儿女一情肠，心中丝丝缕缕。下行泪云水雨，上岳阳江亭苦。天地一人间，处处声声钟鼓。

79赤城韩夫人　法驾导引

二体。又名"导引曲"。世德顷年都下市肆中，有道人携乌衣椎髻好，买斗酒独饮，女子歌词已侑，凡九阕，皆非人世语。或记之。以问道士，惊曰，此赤城韩夫人词所制水府蔡真人"法驾导引"也。乌衣女子疑龙云，得其三而忘其六，拟作三阕，单调三十字六句三平韵。

云渺渺，心漠漠，天淡一湖秋。落叶寻根风不止，鼓钟声里渡人舟。来去欲何求。

80又

春风里，春风里，天下百花香。草木玉心三界碧，寒梅桃李　红妆。歌里问萧娘。

81完颜　青玉案

字仲宝，一字子瑜，世宗之孙，越王永功子。

秋风已入横塘路，草木不知朝暮。养马东吴何不误，古今今古，谁知辛苦，独宿闻风雨。一半都是云烟雾，来来去去等闲步。留下人心寻旧故，枯荣荣枯，满城明月，情在姑苏住。

82又

人生不尽苏州路，天下事江湖误。一半黄昏楼外树。退思同里，唯亭烟雾，上下洞庭步。拙政园碧朝朝暮，尤有留园沉云住。娃馆西施吴越妒。腊梅花落，五湖香雨，枚乘千家赋。

83吴激　风流子　感旧

字彦高，建州人，宋宰相拭之子，米芾之胥，使金，留不遣，官翰林待制皇统初出知深州，卒。有《东山集》词一卷。

九体。又名“内家娇”。唐教坊曲名。双调百八字，上阕五十八字十二句五平韵，下阕五十字，十一句五平韵。

何事子风流，江湖上，浪里逐飞舟。草木寻春，腊梅桃李，洞庭山下，一半香流。有肝胆，有云云雨雨，有曲舞红袖。琴竹伴音，月华明玉，闭花曲水，别馆清幽。难尽古人忧。知兴废成败，汐落潮头。河岸柳杨杨柳，无言春秋。塞北长城，江南汴水，一船商客，未雨绸缪。好在和谐天下，西子还羞。

84春从天上来　感旧

四体。古今词话：“吴激在会宁府遇老姬，善琵琶，自言梨园归籍，因有感而制“春从天上来”。后三山郑中卿从张贵谟使北日，闻有歌之者。岁时人尽称之曰‘吴郎与乐府高天下’。”双调百四字，上阕五十一字十一句九平韵，下五十三字十一句五平韵。

易得飘零，月色半寒宫。一半秋虫，叶落天下，玉影浮萍。曲尽镜里丹青。问琵琶声断，有旧籍，鼓瑟难铭。去洞庭，似君山故渡，斑竹湘灵。人间枯荣相继，问几度春秋，月半残星。云雨高堂，尘飞秦汉，唐宋元明清庭。古今多成败，何踪迹，海外难逢。醉还醒，但得平生去，何必长亭。

85刘仲尹　浣溪沙　春情

字致君，盖州人。正隆中进士。

一半东风水色清，二三燕子玉声鸣。梅花初落艳还明。倩女踏青寻草碧，有心只向岸边行，此人也许似无情。

86琴调相思引

夕照黄昏色半门，牛羊下括去三村。暮影未重，尽是去来人。只道春秋常相似，相思处处不由分。明月心里，日日见雨云。

87高士谈　减字木兰花

字子文，一字季默。宣和末任忻州户曹，仕金为翰林学士。有《蒙城集》。

高堂进退，一半江湖知五味。是是非非，一半人生去不归。晴晴晦晦，一半隆中三国对。一半春晖，一半江南尽翠微。

88王庭筠　诉衷情

字子端，盖州熊岳人。大定中等第，官至翰林修撰。晚年卜居黄华山，自号黄华老人。

唐教坊曲名。九体。毛文锡“桃花流水漾纵横”名“桃花水”。邵亨贞名“花间诉衷情”。

书生少小觅封侯，一语上凉州。大漠落日荒尽，风断玉门楼。烽火暗，晚山明，半春秋。回头四顾，何必黄昏，是忧非忧。

89赵可　望海潮

字献之，高平人。贞元二年进士，仕至翰林直学士。

钱塘潮上，江湖八月，盐仓不见阴晴。浊浪济天，涌涌跃跃，惊雪震震声。两岸半无明。怒涛卷霜雪，忘却平生。洒落珠玑，海天辽阔竟精英。回头一线纵横。有千军万马，磬鼓飞鸣。天女散花，婵娟破碎，黑云倾荡成城。一去问东瀛。当醉听天下，只此身名。一日江东不羁，留下啸三更。

90刘迎　乌夜啼

字无党，东莱人。大定中进士。

唐教坊曲名。六朝唐人古今体诗。一名“锦堂春”“上西楼”“相见欢”。宋临川王义庆作，元嘉义庆为江州，征还，惧。伎妾夜闻乌夜啼，扣斋阁云“明日应有赦”，因作歌。一云魏何晏系狱，有二乌止晏舍上，晏女曰“乌有喜声，父必免。”遂撰此操。

东风红楼杨柳，桃花杏李梨花，阡陌江村云雨重，来去故人家。日月朝朝暮暮，人间户户家家。一半心思千里梦，一半到天涯。

91王特起　梅花引

字正之，崞县人。擢第，为沁源令，后为司监。

七体。名出唐诗“羌笛梅花引”。贺铸词名“小梅花”“将进酒”“行路难”。双调五十七字，上阕二十八字七句三仄韵三平韵。下二十九字六句二仄韵三平韵。

千飞雪，半明灭，疏香入泥香不绝。水濛濛，色红红，满了洞庭，萧萧月下逢。江湖上下多豪杰，西子云雨情切切。客寒宫，落飞鸿。渔舟唱晚，夜泊疏影中。

92韩玉　减字木兰花

字温甫，北平人。擢第，入翰林为应奉文字，后为凤翔府判官。有《东浦词》一卷。

朝朝暮暮，不尽长亭十里路。一半人生，一半江湖一半名。一蓑风雨，一半朝堂云里雾。任了纵横，一半春秋自枯荣。

93赵秉文　青杏儿

字周臣，磁州人。擢第，入翰林。

风雨十三州，风雨尽，孤立还忧。江山不知人心愁，年年春种，年年秋收。岁岁春秋。三峡一飞舟，夔门难锁一江流。宋玉有赋教云雨，花花草草，朝朝暮暮，天地悠悠。

94党怀英　月上海棠　柳

十二体。又名“海棠月”，陆游词“几曾传，玉关遥信”名“”玉关遥。双调六十八字，上下各三十四字，六句四仄韵。

阴晴圆缺人间酒，天下去，吴江两岸柳。千古隋炀，留下汴水运河首。万岁手，十万绿，千万友。春秋冬夏，谁知否，指道众人谁自宋。长城秦皇，二世不知丑。江南处处，尽是寻花问柳。

95李宴　虞美人

字致美，高平人。皇统中进士，官至礼部尚书，翰林学士承旨，卒，谥文简。

朝朝暮暮知多少，月下情无了。一圆一缺一平生，事事人人来去孰身名。前前后后今犹问，上下何时分。枯荣荣枯自然行，何必居人成败试分明。

96段克己　渔家傲

字复之，河东人。进士，入元不仕。有《遯斋乐府》一卷。

半日东风杨柳絮，一年草木阴晴处。来去平生多少虑，齐鲁豫，中原天下，寻何助。万里黄河流不住，千家日月朝朝暮。上下江湖知己渡，经风雨，心田不问人间苦。

97段成己　大江东去　送杨国瑞南归

字诚之，克己弟，进士，宜阳主簿，入元不仕。有《菊轩乐府》一卷。

一元一宋一明清，万里千家半枯荣。姐妹弟兄天下在，东西南北五湖行。前朝进士人间怨，后代书生草木情。十载中堂耕故土，百年革囊去还生。

98元好问　水调歌头　雁丘

字裕之，秀荣人，兴定五年进士，历官左司都事，转行尚书省左司员外郎，金亡不仕。

三古三江水，一岁一春秋。千年日月天下，不尽自东流。自在人情自在，来去孤青寻觅，汾水半雁丘。留下知情字。足以入生求。天朝暮，人生死，问神州。雨雨风风雨雨，儿女不知愁。磊石临川待客，引色匆匆引色。遗愿晋悠悠。何谓平生事，浪子向情游。

99最高楼

十七体。“情史”载，东都柳富别王幼玉作，词名“最高春”。富自唱劝酒，悲惋不能终曲。刘使君词名“醉亭楼”。双调八十字，上阕三十七字下阕四十三字，各八句四平韵。

年年月月，天下一人间。草木里，住红颜。一山一河终不尽，尤见竹泪斑斑。问潇湘，寻故土，谁人还。闻得平生忧自古，道是黄河十八湾。有情欲，有居蛮。诗书无止惹相思，雁丘留下一般般。半华年，半上下，玉门关。

100石州慢

九体。贺铸词“长亭柳色才黄”名“柳色黄”，谢懋词名“石州引”，胡松年词名“石头词”。施肩吾词“赚杀唱歌楼上女，伊州误作石州声。”唐代石州为声诗，与凉州词，伊州歌同。俱为七言。双调百字，上阕四十九字十一句四仄韵，下五十一字十二句五仄韵。

今古临汾，雁声呖呖，如同儿女。一半人间，一半情字，含心茹苦。上飞低就，故乡潇湘水，又逐衡阳暮。上下云里春秋，五湖相思雨。何还？东风又起，春江花月，满天倾诉。叶落秋风，且向北陆南渡。双莺轻斥，天中话语，音音寻觅，朝夕多回顾。寸步难离，生生世世如故。

101临江仙　自洛阳往孟津道中作

唐教坊曲名。临江仙之言水仙。十五体，仙吕调。

十里金陵秦淮岸，三山二水莺鸣。月明桃叶渡人情。又来燕子，王谢去，半清名。问尽古今今古事，年年钟鼓精英。道儒佛里见平生。江山天地，学日月，满心城。

102太常引

五体。韩淲词“小春时候腊前梅”又名“腊前梅”，汉周译为太常，恒斋。其妻窥内问之，泽大怒，以为干斋，收送诏狱。故有‘居世不谐，为太常妻’之谚语，取以词名“太清引”。双调四十八字，上下各二十四字，四句四平韵和五句三平韵。

东风难得一半春，天下去来人。四野碧无尘，一枝草花儿女身。半家小玉，半家流水，河岸小桥邻。心上种相亲，处处荣荣茵茵。

103 迈陂塘

问世间人是何物，直教情心相许。南来北去寻回客，日月不知朝暮。惜离别，相思苦，月明星稀听织女。桥鹊又问，独自一牛郎，风花雪月，独自向谁去？横汾路，雁丘汾流如故。西秦何处巴楚。洛神洛水陈王赋，天地一半风雨。多是雾，拾得梦中亲行止实难数。今今古古，谁知夜中思，扬扬落落，来去孰何住。

104许衡　满江红　别大名亲旧

字仲平，河内人。被召为京兆提学，集贤大学士，兼国字祭酒，领太史院事，赠荣禄大夫，司徒，谥文正，加赠太傅，开府仪同三司，魏国公，从祀孔子庙庭。有《鲁斋先生集》。

十六体。唐曲“上江虹”转易二字得今名，有平仄；两体。贺铸词名“念良游”“伤春曲”。双调九十一字，上阕四十五字八句四仄韵，下阕四十六字十句五仄韵。

万古江山，无觅得，一心情面。缺缺圆圆月，暮朝难见。同里吴江闻过客，姑苏十里荷花甸。问故人，春水桥连，书香院。荒草碧，东风面。还待黄昏寻密意，一衣带水红娘倩。到那时，心上谁耕田，情人恋。

105刘秉忠　干荷叶

字仲晦，邢州人。

云沉浮，风潇潇，十里黄天荡。满荒塘，暮苍茫，疏疏落叶半骄墙。半断江南肠。

106程钜夫　点绛唇　思乡

原名文海，避武宗讳，以字行。

一半河山，江南塞北长亭路。不知朝暮，五女山中树。故国乡村，人过浑江渡。千家住，有心还苦，泪水黄昏雨。

107卢挚　摸鱼儿　题雪楼先生《岁寒亭诗卷》

十三体。又名"安庆摸"，"莲陂塘"，"摸鱼子"，"山鬼谣"，"陂塘柳"，"双蕖怨"，唐教坊曲名，双调百十四字，上阕五十六字，十一句七仄韵，下阕五十八十二句七仄韵。

一声呼啸天下去，阳关西玉门暮。古风切切沙鸣问，望不尽荒川路。君如数，古古今今。赖以乾坤晤。含辛茹苦。任万物千年，言谈形色，每每其中妨。江山旧，留下中原逐鹿。年年重阳极目，寻寻觅觅闻常客，天山下客西陆。难得竹，也是平生，拾有心中淑。清气皓月，万里穆空肃，寥寥古国，来去近天竺。

108仇远　齐天乐　赋蝉

字仁近，钱塘人。官溧阳州儒学教授，一时游其门者，若张雨，莫维贤，皆有名当世。所著有《山村集》。

年年不尽江湖水，年年问洞庭雨。万里江河，春秋难断，有绪也难有绪。人间细语，一语谁凭心，天山何处？还向楼兰，客心上下自心与。老子智慧似洗，又佛佛道道，孔家儒府。天天地地，得道人钟鼓。如何仰俯。甚独抱平生，一今今古。余下还思，不难千万主。

109李冶　迈陂塘　和元遗山《雁丘》

字仁卿，栾城人。金进士。

雁丘声声是何故，对长亭死生误。南南北北东西去，谁问道朝朝暮暮。千里雨，千里雾。枯荣不见温情土。心中有语，向万里愁肠，年年岁岁，不尽相思苦。春关路，拾取表钟更鼓，人生天下无数。潇湘楚汉古自尽，空见得秦唐去。来也误，去也误。回头已是黄昏顾。江山谁主，只留下人言，前前后后，人道雁丘处。

110鹧鸪天　六郎夫妇

千载周塘一两家，六郎夫妇半莲花。三思不知三思过，不道昌宗不道华。寻故里，问天涯。明皇武曌不桑麻。人间自古人间在，日月经天日月斜。

111王恽　春从天上来　见故宫人感赋

字仲谋，汲县人。官至翰林学士。

四体，吴激在会宁府遇老姬，善琵琶，自言梨园归籍，因有感而制"春从天上来"，后三山郑中卿从张贵谟使此日，闻有歌之者，时人尽称之曰"吴郎与乐府高天下"

一百清泉。半城半水山，一半云烟。谁问齐鲁，儒孔家园。仿佛处处青莲。见蓬莱琼岛，八仙去，海外天边。趵突泉，人泉泉语，淑玉泉田。江山有缘有约，五霸桓公去，客里心弦。难老舜山，教耕稼穑，日月草木流年。见黄河东去，寻清浊，飞过前川。笑荒流，去来来去，无知乾坤。

112 平湖乐

一衣沾水入羞船，身在芙蓉田。出水时间水珠圆，怯留连。三春九夏一秋缘。婷婷玉立，六郎武曌，惟日日是天年。

113后庭花破子　晚眺临式堂

注：六郎，武则天幸张宗昌，人谓其貌似莲花，武三思曰："非六郎似莲花，乃莲花似六郎"后伏诛。

上下一扬州，长江半水流。二十四桥月，三人笛满楼。问轻舟，石榴裙色，六郎男不收。

114赵孟頫　后庭花破子

字子昂，宋太祖子秦王德芳之后，四世祖伯圭赐第湖州，遂为湖州人。

荷塘半玉舟，莲山一露流。笑声夕阳下，烟波暮色羞。纵情游，满身云雨，不言不归不休。

115后庭花

君臣尽在长亭下，去来难罢，前朝月后庭花，塞北东风借。一年年问天天夜，如何宫舍。枯荣兴废心情，国旗今底亚。

116虞美人　浙江舟中作

风来风去天难老，世上人情少。平生自古一英雄，汉界楚河淡淡问江东。江潮入海回头淼，十六寒宫小。六和塔上一长风，满月冲天惊云像飞鸿。

117浪淘沙

一马上梁州，十载空侯。年年只有一春秋。只向玉门关外去，山屹江流。兴废故人楼，今古悠悠。高山流水半阳春，玉树后庭花不尽，何处归舟。

118姚云文　玲珑玉　养春

安圣瑞，高安人。宋咸淳进士。入元授承直郎，抚建两路儒学提举。有《江村遗稿》。

一体。姚云文自度曲。双调九十八字，上阕四十五字九句五平韵，下阕五十三字，十句四平韵。

初探梅村，雪香海，万户千家。寻寻觅觅，五湖梦满天涯。上下洞庭处处，已呼来桃李，天见风华。香花，袭人心，疏染女娃。料得东皇太一，色情多梨杏，飞落无暇。草木低浮，唯难分，远近西霞。嫦娥羞妆颜玉，素姿影，浮浮沉沉，沾满嫁纱。酒还醉，趁春堂，鳞片日斜。

119詹正　三株媚

一作玉，字可大，别号天游，郢人。官翰林学士。

五体。古乐府有“三妇艳”，调缘以名，亦名“三姝媚曲”。双调九十九字，上阕五十字，十一句五仄韵，下阕四十九字，十句五仄韵。

人间何处去，问江山，春草月明云雨。去去来来，锁住巫山峡，尽相思苦。过客情深，一潮落，水涨船渡。暗换年华，红豆春秋，高堂烟雾。芳草萋萋人生路，啸啸得，中堂孰谓如主。异土楼兰，怕是交河色，十三州故。年少时言还在，是英雄难住。馆舍楼台，寻似平生旧步。

120吴澄　渡江云

字幼清，崇安人。有词一卷。

五体。又名“三犯渡江云”双调百字，上阕五十一字，十句四平韵。下阕四句仄韵，乃一定一格。四十九字，九句四平韵一叶仄韵。

凭朝朝暮暮，春来秋去，落雁问平沙。红豆生南国，雨满潇湘，斑竹泪无家。汾阳雁丘，垒石间，情在天涯。千万日，时时牵挂，尽得一心花。乌纱，江山社稷，十指寻天下。都是路，人间胜似，水碧山华。江湖草木江湖月，柳岸傍，一半烟霞。浮沉处，黄昏满是桑麻。

121彭元逊　汉宫春　元夕

字巽吾，庐陵人。

云雨红墙，有情高楼上，梅占初芳。春花月夜，一心三折还香。袭人旧步，半入泥，色出荒塘。应必是，男男女女，东君是好心肠。仙姿疏影浓妆，唤来桃李杏，多少红娘。黄昏一半，只珍十瓣罗囊。山山水水，满五湖取了还藏。春睡懒，纤玉手，厌厌梦里黄粱。

122罗志仁　虞美人　尼

号壶秋，涂川人。

一生只知如香圃，多少向云雨。霓裳不著换袈裟，暮暮朝朝只爱一枝花。一天未理青螺舞，知是归时苦。空空色色半缘风，结绮临春月下，有无中。

123李琳　六幺令

一体。单调三十字，八句八平韵。

三两声，一枯荣，日月江湖草木情。京中雨色平。有阴晴，有人生。半清明。任纵横。

124又

寻去留，问沉浮，去去来来日月舟，相思不尽愁。一江楼，一江流，一春秋，一九州。

125又

明月浮，草木幽，一半相思一半愁，心中一小舟。六幺差，六幺求，六幺愁，六不休。

126宋远　意难忘

号梅涧，涂川人。

三体。意难忘，仙吕曲也，清沈谦用仄韵又名“空亭日暮”。双调九十二字，上四十五字，下四十七字各十句六平韵。

一半青黄，高天云淡淡，楼上重阳，年年重九月，万里水流长。归叶落，北风狂，上下问苍凉。月明明，寒宫清色，桔子红娘。知音说凤求凰。下里巴人见，日日周郎。问江山有恨，兴废谁成妆。些个事，恼心肠，社稷又何妨，只应说，人间常在，一半芬芳。

127刘将孙　忆旧游

字尚友，庐陵人。

六体。取顾况诗“终身忆旧游”。双调百二字，上下五十一字，十句四平韵。

五千年过去，半古今，江河大荒流。常寻江湖上，坐中堂正字，一半春秋。抑扬阶下杨柳，天下逐王侯。社稷问人间，心在未减，未雨酬谋。西湖断桥在，越曲尽莺莺，汾水雁丘。情在天涯里，这离群孤独，难解因由。故人过客来去，空旷问红楼。这楚汉江东，终身月色归旧游。

128萧列　八声甘州　陆游沈园

号高峰，涂川人。

高堂千古怨，问江湖，十里一池香。客江南不语，荒潭碧草，云雨红妆。春色小桥流水，花落玉泉扬。两岸洞庭月，都是情肠。半壁亭中素手，沈园溪不断，一半流芳。尽匆匆来去，吴越少游郎。十三州，南南北北，满东风，醉柳入钱塘。金陵叹，依稀故国，乱了桃姜。

129司马昂父　最高楼

字九皋。

西风劲，九日最高楼。拾得半春秋。一鸣天下黄昏客，三江不尽向东流。自情怀，自心在，自无休。问吕望，慕鱼孰守？向文武，恰行讨纣。知前知后知忧？东周难近古人梦，月明吴越十三州。是人间？是楚汉？是王侯？

130王学文　绮寮怨

三体。调见“片王词”。中吕曲。双调百二字，八句四平韵，下阕五十字，九句四平韵。

草木年年荣枯，见三江自流。问小月，色里金陵寻古今，有十三州。人心来来去去，禅音寺，尽六朝故楼。对短亭旧酒，隋炀柳，一望浪里舟。断雨沉云故梦，台城梁武。恩恩怨怨难休。八艳明清，闻秦淮，女儿忧。依依碧春香冷，是夜曲，不情愁。桃花扇中，无心对锦翠，空至秋。

131柳梢青　友人至

十二体。

玉水明沙，运河碧翠，浪里天涯。一半江湖，隋炀旧迹，云雨千家。帆舟一棹彩霞。吴越处，年年落花。寺外清秋，小妆红粉，茧蚕桑麻。

132刘铉　乌夜啼　秋驿

字鼎玉。

四体，唐教坊曲名。玄宗开元千人作。本刘宋乐府名角调。《教坊记》：“垂手罗”“回波乐”“兰陵王”“春莺啭”“半社藻”“倍席”乌夜啼谓之软舞。双调四十七字，上二十三下二十四字各四句二平韵。

一夜闻风响，窗前落叶声声。云重雨细潇潇断，思想未心平。明灭一灯孤照，去来六欲千情。短亭只在长亭外，驿舍自阴晴。

133肖允之　点绛唇

号竹屋。

一半人间，庙堂上下江湖沾。问寻书剑，天下相思念。一半心田，前后人情店。呼来赡，五蕴香艳，三界相容兼。

134黄子行　花心动

号蓬翁。

腊里梅花，这暗香，满了洞庭颜色。东风又问，愧了江湖，无语倾城倾国。天下扬扬桃李来，三寸素姿心下仄。又引起愁怀，南南北北。影下声声笛，云烟笼罩，迭落难寻得。碧碧红红，飘飘洒洒，都在脂芳身侧。入泥还将香不休，拾得故人忆丹墨。年年月月来，香雪时刻。

135虞集　风入松

字伯生，号邵庵。

八体。唐僧皎然有“风入松歌”，调名本此。又名“远山横”又李白诗“风入松下清，露去草间白”，古琴曲。双调七十二字，上下各三十六字，六句四平韵。

风云天下一江流，几处江楼？几时几处江楼问，江流不尽江由。上下古今今古，多情只上飞舟。潇湘斑竹十三州，谁是王侯？洞庭山色湖青晚，吴吴越越春秋。桂子荷塘明月，姑苏香玉温柔。

136宋絅　浣溪沙　昆山州城西小寺

字显夫，宛平人。泰定中进士，累官翰林直学士，有《燕石集》词一卷。

日落吴江万里遥，昆山同里水昭昭，运河南下一心消。回顾隋炀千万岁，长城无语草先凋。人间拾得玉人桥。

137许有壬　太常引

字可用，汤阴人。延祐二年进士，累官集贤大学士，有《圭塘小稿》词一卷。

五体。太常或曰，导引之曲也。双调四十八字。上阕二十四字，四句四平韵，下二十四字，五句三平韵。

知僧知俗亦知天，云雨二三泉。白石道家仙，谁何问，人心孰缘。半部论语，四书儒子，前后五千年。寻得一心田，只觉月月缺圆。

138又

瑶池明月一塘荷，天下问嫦娥。影色玉婆娑，半出水，芙蓉碧波。一身宝气。万珍千露，情份入先河。香沉榭前多，似曾梦中田螺。

139马熙　太常引

字明初。

千年山水一长亭，塘下半婷婷。
玉立几荷青。只孤影，芙蓉彩屏。
夕阳遍地，水光珠宝，闲得碧伏玲。
来去太匆铭，只有心醉听。

140许桢　太常引

朝朝暮暮太常妻，寻觅鸟空啼。
与共世居笄。更谁问，疑周泽迷。
恒斋白石，不知无术，难得半东西。
春后化春泥，一去来儿女栖。

141萨都剌　满江红　金陵怀古

字天锡，雁门人，登泰定进士。

自古金陵，六朝去，台城烟柳。四百寺，五千僧侣，岁寒三友。雨落三江流不尽，十年和尚难寻酒。一半荣，一半枯心平，禅音守。石头在，星北斗玉树问，残歌朽。自来来去去，任兴亡后。留下胭脂井下主，犹知不弃情人手。见乌衣，王谢故堂燕，多回首。

142张翥　瑞龙吟

字仲举，晋宁人。

五体。一名“章台路”，或分成三叠，或分成四段。三阕百三十三字，上中阕各二十七字，六句三仄韵，下阕七十九字，十七句九仄韵。

洞庭路，桃李杏粉春梅，万花千树。
小桥流水人家，五湖水色，郎来女去。
问归处，碧玉有心寻觅，隔墙门户。
烟云有约船中，红红绿绿，莺歌细雨。
闻得东西山外，状元故里，何人凝伫。
冬夏不见春秋，今古如故。兴废天下，眼下前顷雾。江湖上，群芳争艳，姑苏胜步。都是存心处。访花探尽，黄昏半暮。杨柳金华雨。归不得，夕阳彩霞无数，天光一片，只知相顾。

143解连环

如何圆缺，夜茫茫月色，古今豪杰。一诺声，千里扬长，向日月，江湖腊梅香雪。天下荒塘，尽朝野，高堂明灭。问洞庭斑竹，玉手素英，孰道枝节。楼兰剑书之别。见黄河落照，残日如血。曲曲湾，壶口朝天，把万里飞流，一时倾泄。回首中原，这彼此，连环解决。尽非非是是，休得一波几折。

144唐多令

天下一人生，三山二水明。问金陵，秦淮身名。古都六朝龙虎斗，杨柳岸，问台城。日月半阴晴，春秋两枯荣。状元桥，夫子书声。疑是疑非疑不是，俱往矣，石头城。

145 袁易　烛影摇红

字通甫，吴郡人。有《静春词》一卷。

万里江湖，洞庭山下斜阳暮。
渔舟唱晚半黄昏，不尽思乡雾。
付于虎丘小路。拙政园，退思不误。
吴江同里，唯亭运河，如倾如注。
烛影摇红，姑苏一日吴门赋，一书香月下问禅音，拾得寒山渡。凭人问，云云雨雨，卿卿我我，梅花三弄，尽是前前后后，如今如故。

146 杨立斋 鹧鸪天

日月人生日月年，去来山水去来船。
隋炀杨柳隋炀水，万里长城万里烟。
三界外，一心田，今今古古是何怜。
秦皇汉武隋炀去，谁问唐家李武天。

147吴镇 渔父词

字仲圭，嘉兴人
一体。张志和“渔歌子”为宋人传诵。唐声诗，伍员逃楚适吴，渔父歌曰“日已夕兮予心忧悲，月已驰兮当奈何不度为？事浸急兮当奈何”单调十八字，三句二平韵。
千里江湖一日居，三江渔火两山墟。
金陵矶，石头渠，本是直钩尽慕鱼。

148又和顾况渔父词

天地人心古今，国家上下人心，
人心有晴有阴。

149倪瓒 人月圆

字元镇，无锡人，有《清閟阁遗稿》词一卷
三体，黄钟宫，始于王诜，因词“人月圆时”而名。吴激次“青衫泪湿”，名“青衫泪”。
小桃红尽东风里，一度一年开。春云春雨，烟烟露露，素玉人来。酒后吴姬，越女细腮云雨阳台。月明如洗，千门万户，去去来来。

150又

风和日暮千家雨，春色一新人。来来去去，花花草草，月月珍珍，玉荷初露，荒塘尖角，未湿冠巾。一年三百六十日，落花满春尘。

151邵亨贞 浣溪沙

字复孺，号清溪，华亭人。
一日人生一日春，十年旧梦十年珍。
五湖月色五湖津。谁问江南苏小小，
钱塘西子隔船邻，梅花三弄启朱唇。

152摸鱼子 吴门九日

对重阳，一新一旧，河山今古时候。洞庭落叶江湖上，寻得秋风左右。楼角兽，挂取半吴门，拾取千锦绣。黄昏数九。闻多少时光，去来来去，似过客难守。烟旧故，满目苍茫宇宙。天涯望断前后。登临只上高楼问，都是农田瓜豆。依地厚，天下已潇洒，水榭流清透。心中无语，落照是，人间依此，犹蹴还成就。

153王行 虞美人 顾氏隐居

字止仲，长洲人。有《半轩集》词一卷。
何人知道晓春白，孙子阳澄莫。小家碧玉落红裙，一曲金陵年年一番君。洞庭山外江湖客，日月精英泽。十天细雨半春云，犹有一家春水两家分。

154马致远 天净沙

号东篱。
岭树影日西斜，大江流浪淘沙，十里长亭暮下。谁忧天地，望风云向天涯。

155无名氏 天净沙

阳关月色鸣沙，交河残垣人家，落叶年年落花，一天三问，天山风里清华。

156张雨 朝中措

字伯雨，号贞居，杭州人。
洞庭山水五湖东，无力半春风。
四围杨杨柳柳，千年色色空空。
姑苏今古，阴晴云雨，镜里蓑翁。
邻里紫桑翠竹，心平问得飞鸿。

157太常引

杨杨柳柳半红楼，来去一春秋。
自古大江流，山犹在，云浮九州。
千年草木，千年日月，万里一飞舟。
黄昏里，斜阳马牛。

158刘燕哥 太常引

金陵城北半山东，天下色无空。
上下雨濛濛。曲未尽，人心俱同。
一船过客，一天云雨，来去一飞鸿。
日月问鸣虫，声声里，何时再逢。

159陈凤仪 一落索

成都乐伎。
一半东风初度，二三云雨。
一枝梅影半寒心，留下芳春住。
醉酒何知朝暮。闻江南雾。
离声难易尽如苦，情待君知足。

160苏舜钦 水调歌头 沧浪亭

字子美，铜山人，易简之孙，初补太庙斋郎，第进士，以范仲淹荐，召试，为集贤教理，罢居苏州，有《沧浪集》。
一叶长安下，三界问梧桐。寒声不尽天上，何故雨濛濛。锁住春秋时节，四野荒茫辽阔，五蕴一西东。草木千年客，日月万里中。婵娟色临桂影半清宫。人间孰似今古五百载相逢。拾得寒山寺里，尤有禅音远近，寞寞一英雄。
不为朱颜改，言论向苍穹。

161韩维 踏莎行 次韵范景仁寄子华

字持国，雍丘人，累官太子少傅，转太师。有《南阳集》。
三体。韩翃诗“踏莎行草过春”词以名。贺铸词“年年游子惜余春”名“惜余春”，又“红心脱尽芳心苦”名“芳心苦”，又“兰挠明夜芳洲泊”名又“殷勤更唱江南曲”名“江南曲”，又“微云渡汉思牛女”。双调五十八字，上下各二十九字五句三仄韵。
梅色方阑，东风初嫁。心中寒尽芳菲赦。沉香淡淡问阴晴，春华处处桃花下。一半黄昏，二三月夜，入泥尤有春心假。有人有约有相思，萧娘织女牛郎舍。

162韦骧 减字木兰花

字子俊，钱塘人，皇祐五年进士，累官尚书主客郎中。

朝朝暮暮，不尽长亭天下路。一半江湖，一半书生问小姑。长沙烟树，千里洞庭千里雾。一半朱途，一半朝堂自丈夫。

163刘焘　花心动　梅

字无言，刘谊次子，元祐中进士，为苏轼，黄庭坚所知，有《见南山集》。

西陆秋荒，一朝阳关梦，十年豪放。万里草莽，明灭多情，海市蜃楼相望。月下一王母，问昆仑，沙鸣音吭。一处处，乾坤斗移，畅开无量。天下人心拙状，凭空叱风云，任由天仰。御袍锦绣，书砚楼兰，拾得九泉倾荡。扶苏一只笔，二世尽，何皇无恙？一天下，半天下不得忘。

164胡舜陟　渔家傲

一半书生心半陌，三千弟子三千客。万里山中求白石，寻九脉，禅音尽蜀西天泽。道士儒夫天下问，心中自主心中莫，束手空空无所获。一纸隔，江湖尤问吴虞伯。

165倪竘　临江仙

字文举，吴兴人，绍兴八年进士，官太常寺主簿。有《绮川词》一卷。

叶落船平惊细雨，江湖一半秋声。阴晴日月自阴晴。风云多不定，草木少青荣。一曲梅花三弄尽，楼兰上下身名。洞庭处处已纵横。河山辽阔尽，水色入心明。

166王十朋　点绛唇

字龟龄，乐清人。由太学廷对擢第一，以龙图阁学士致仕，谥忠文，有《梅溪集》。

一半春风，洞庭上下江湖雪。万花倾泻，三月江流绝。一半梅花，一半桃李缺。衮人悦，五蕴豪杰，月下寻明灭。

167姚述尧　临江仙

钱塘人。有《箫台公馀词》一卷。

九月重阳高处望，千年今古情长。曲江流水入秋凉。终南山顶雪，一半莽苍苍。万里黄河东逝水，中原逐浪心乡。长安草木落恢荒。梨园音犹在，谁问海棠汤。

168汤思退　菩萨蛮　水月寺

字进之，处州人。绍兴中由县令试博学宏词科。

洞庭不尽荒塘路，黄昏一片心平处。天下一精英，五湖千枯荣。姑苏云雨暮，碧玉东风住。荷下尽阴晴，人中寻故名。

169魏杞　虞美人　梅

字南夫，寿春人，以使金不辱命，骤登相位。

小姑上下孤山暮，不尽渝城雾。北京钢铁学院名，万语千言生平住，半是人间雾。生生死死两相成，我我卿卿客里问阴晴。

170王自中　酹江月

字道甫，平阳人，淳熙中登进士第。

酹江月色子陵滩，东汉王朝四海安。东夜同游光武帝，江山上下半云端。

171丘宗　夜行船　越上作

字宗卿，江阴军人，隆兴元年进士。

西下西阳西陆，半黄昏，半牛羊牧。秦川天水洛川霞，只留下，十里秋菊。今古相逢云水淑，阳关曲，一心秋沐。远近天涯谁回首，问杨柳，水流云逐。

172 西江月

淡淡留园细雨，悠悠同里江湖。洞庭草木半姑苏。来去河山萍浦。谁见朝朝暮暮，运河流遍村芜。一心何必半东吴。拾得江南今古。

173 锦帐春　己未孟冬乐净见梅英作

梦里荒塘，有荷花藏。雾池里，桥边张望。榭亭多沧浪，玉人惆怅，一情无量。这里如依，那边如让。暗地里，心花欲放。唯朦胧月色，用心衡量，由情衡量。

174周晋　清平乐

字明叔，号啸斋。

一朝一暮，谁尽人生苦，上下人心寻不住，来去人间风雨。闻鸡起舞年年，寒窗论语天天，回首踪踪迹迹，婵娟缺缺圆圆。

175翁孟寅　阮郎归

字宾祐，号五峰。

江南草木好河山，五湖万里颜。沙鸣日月玉门关，月牙泉水湾。寒窗里，古今还。昆仑月下闲。阴晴云雨问阿蛮，居易老马艰。

176赵汝光　梅花引

字彦晦，号霞山。

梅花岸，雪花乱，洞庭香波五湖畔。一云天，半客船。唤来桃李，萧萧问君前。洋洋洒洒飞不断，沉沉浮浮香烂漫。似村烟，似流年，春华处处，黄昏满红锦。

177恋绣衾

玉梅处处香满船，雨云中，一半春眠。月色暗高楼曲，梦天涯，衾被可怜。红妆有约东风岸，问西厢，柳暗枕边。竹影二三十，是心田情醉缠绵。

178如梦令

今古千年如故，草木一川无数。何枯枯荣荣，都尽在朝朝暮。朝暮，朝暮，万里路风云雨。

179许棐　鹧鸪天

字忱父，海盐人。有《梅屋稿》及《献丑集》，嘉熙间自为序。

一半心情半入更，二三树影梦难成。杨杨柳柳风云定，细雨轻轻玉叶声。寻碧色，待阴晴，百花烂漫自时生。桃花流水江南岸，白雪阳春月色明。

180喜迁莺

云雨下，杨柳斜，悄悄谁娘家。枕边一梦到天涯。万里尽邵华。半相思，和月色，花下自无遮。有心只待隔墙笳，书里寄情纱。

181萧泰来 霜天晓角 梅

字则阳，号小山。

花清似雪，一枝梅花折。
净慈寺前风月，长桥月，
短桥月。一绝，情未绝，
月色有明灭。师儿王生留下，
客舟梦，自圆缺。

182霜天晓角

一半杭州，西湖楼外楼。师儿王生无地，为情字，去何留？风月水不流，人心春与秋。寻得今温存处，问短桥，客家舟。

183钟过 步蟾宫 过香山寺

六体。韩淲词名“钓台词”，刘疑名“折丹桂”。双调五十五字，上阕二十七字，四句四仄韵，下二十八字，四句三仄韵。

荒山孤寺门不闭，钟鼓响，一天云际。去来草木多无计，日月里，禅音蔽。桂影寒宫何所诣，问古今，三更门第。闻鸡起舞向平生，有道是，人才济济。

184黄简 柳梢青

字元易，号东浦。

一户人家，三春草木，十里桃花。
郁郁青青，碧江山色，心在天涯。
杜鹃几曲桑麻？问过客声中，杨柳斜。
酒醉乡村，短亭长路，满是西霞。

185李振祖 浪淘沙

号中山。

吴越十三州，一半红楼，人间来去问春秋。杨柳东风云雨下，不尽江流。远近客人舟，一半精愁，书生今古四时忧。同里吴江隋水阔，无止无休。

186汪元量 长相思 越上寄雪江

字大有，号水云，钱塘人。以善琴事谢太后，王昭仪。宋亡，随三宫留燕，后为黄冠师南归。有《湖山类集》，多纪国亡北徙事。

一小舟，半小舟，浮动洞庭四处流，姑山点点头。一处愁，两处愁，谁问潇湘两休，相思月如钩。

187望江东 幽州九日

一体。因“望不见江东路”而名。平韵调即“醉红妆”双调五十二字，上下各二十六字，四句四仄韵。

烟雨楼台柳杨树，上下处，金陵暮。
梅花落尽李花妒，远近是，长江雾。千年旧事风云住，没完了，人间苦。直教拾得雁丘赋，这情字，生生误。

188唐多令 吴江中秋

雨色满苏州，运河曲折流。一洞庭，一半春秋。娃馆宫中寻旧迹，吴越尽，问南楼。不过老年游，等闲白了头，五千年，今古悠悠。柳下系船船不定，回首处，去时舟。

189施岳 曲游春 清明湖上

字仲山，号梅川。

三体。“词谱”卷三十一，调见“滨州渔笛谱”。双调百一字，上阕五十一字，十句五仄韵，下阕五十字，十句六仄韵。

梅染洞庭色，五湖清明夜花落无数。万谷流芳，问东风一半，幽幽春雨。十种人情妒，寻草木，一新三顾。去来踏碎珍珠，惊心点点积露。不见归舟何故？望尽是烟云，忽见飞鹭。乱了人间，是离情别绪。相思相误。隔岸呼声渡。蒲芷里，鸳鸯独宿。何必双燕飞天，斜阳步步。

190张枢 南歌子

字斗南，号寄闲。

杨柳江湖岸，河山草木荣。江南一阴晴，十里荷花，今古半人生。同里隋堤色，吴江白鹭声。运河流去尽春情，九夏芙蓉处处艳纵横。

191李演 声声慢 问梅孤山

字广翁，号秋堂。

姑山山下，湖上洞庭，黄鹂处处声声。袖手旁观，半部论语声声。云里一花一草，岸边生，一半心声。问天下，风云雨水，儿女情声。都舍清风月色，这朝朝暮暮，曲曲声声。百尺红楼，八艳秦淮声声。凤凰来时过客，有阴晴，叹止声声。一樽酒，唤潇湘，来去无声。

192醉桃源 题小扇

春花初放一江亭，袭人寻草青。李李杏杏衣带听。千水岸，万阴晴，锦绣乡里伶。东风一似上洞庭，潇湘又玉灵。

193何光大 谒金门 致杨灵

字谦履，号半湖。

一客路，万里千年如故。都是这朝朝暮暮，尽风风雨雨。秋月春花无数，天地含辛茹苦。何必得从从主主，生明明步步。

194赵溍 临江仙 西湖春泛

字元晋，号冰壶。

两岸青山云远近，五湖波浪高低。春风一日过隋堤，运河流不住，吴越半东西。
秦汉长城南北战，钱塘草木萋萋。年年桃李入春泥。小桥杨柳月，碧玉欲开笄。

195刘澜 齐天乐 吴兴郡宴遇旧人

字养源，号江村。

疏疏落落黄梅雨，阴里又晴重舞。碧翠荷塘，潇湘月色，荆楚人心无主。今今古古，艾香换朱符，竞舟无数。一半江山，九歌屈子贾生赋。离骚难尽曲断，对长沙夜梦，感时回顾。岁岁年年，王王帝帝，谁问宫中从土。陈香暗度。上下逐洞庭，万山深处，醉卧江头，这晨钟暮鼓。

196王亿之 高阳台

字景阳，号松间。

三体。又名“庆春宫”“庆春泽”。双调百字，上阕四十九字，下阕五十一字，各十句五平韵。

又是春光东风柳絮，断桥花巷观鱼。多少人情，落红淡淡疏疏。三潭印月西湖路，问苏堤，西子裙裾。自心舒，印社西泠，一览群书。六和塔下钱塘去，鹤舞梅花雨，有约云初。寻寻觅觅，阴晴一半愁好。三心二意浮华梦，问青楼，尤有音余。小门虚，尽是飞花，所向何与。

197尚希尹　浪淘沙

字莘老，号畏斋。

九日上高楼，一半清秋。江湖去处一兰舟。尤问吴江青色水，满十三州。儿女不消愁，欲问还羞。天平上山馆娃休。范蠡西施知日月，唯见东流。

198朱藻　采桑子

号野逸。

采桑日月春心重，一半斜阳。一半斜阳，只有相思欲断肠。梅花初谢黄昏约，忽见红妆，隔壁桃花嫁去娘。

199黄铸　秋蕊香令

字晞颜，号乙山。

三体，四十八字者始于晏殊。九十七字者始于赵以夫。双调四十八字，上阕二十五字，下阕二十三字，各四句四仄韵。

无力雪残香落，有意衣单寻乐。春风日暖人心约，化作香泥相托。萧娘未解青楼错，小燕掠。为难女儿情长卸，望得兰舟停泊。

200王同祖　阮郎归

字与之，号花洲。

一帘疏雨一花洲，春光四方流。

半江山水碧峰游，纵横问小舟。

寻进士，问王侯，人心几日休?

春秋过后又春秋，年年月似钩。

201王茂孙　高阳台　春梦

字景周，号梅山。

云雨巫山，十二峰前，阳台一波三峦。蜀水流来，楚客滟滪惊滩。阴晴点点黄梅雨，半江澜，枕梦难安。似无声，留下江楼，去了心宽。夔门锁住长江浪，漫白盐赤甲，草木凋残。再问高堂，拾得白帝冠。清涛万里寻东海，莫回头，尽是江寒。半洞庭，一半春秋，一半心酸。

202点绛唇

处处云烟，悠悠岁月别时难。一声长叹，半是寻霄汉。寞寞人间，不尽相思乱。凭心断，细语轻唤，何必闻天冠。

203张桂　浣溪沙

字惟月，号竹山。

柳色阴晴柳色天，运河日月运河船。

人间草木一人田。谁问隋炀杨柳岸，

长城内外缺还圆。自家天下自家怜。

204张林　柳梢青

字去非，号樗岩。

玉色明沙，吴江汴水，万里人家。

云雨江南，疏疏淡淡，杨柳繁花，

运河两岸桑麻。有碧玉，红袖薄纱。

忽见秋千，墙头红杏，飞上天涯。

205吴大有　点绛唇

字有大，号松壑。

十里长亭，短亭五里何叮咛，水听山听，万木无回应。一半孤山，一半江湖经。何时醒，古今何兴，天下辞中庭。

206范晞文　意难忘

字景文，号药庄。

九日重阳，一半高楼上，一半炎凉。天边云影尽，山下见青黄，村径曲，绕荒塘。鸿雁客家乡。一人字，排空不问，万里潇湘。阳关三叠中堂，唱大江东去，谁似周郎。婵娟知有恨，滴酒醉红妆。多少事，小乔肠。啸啸有何妨。只落下，心思照旧，天下无疆。

207郑斗焕　新荷叶

字丙文，号松窗。

四体。因词“画桡稳泛兰舟”又名“泛兰舟”“折新荷引”。双调八十二字，上下各四十一字，八句四平韵。

碧色荷塘，疏云细雨莲心。一半芙蓉，声声落落瑶琴。烟池水露，点点亮，羞玉珍霖。清风朗岸，芳香吹入衣襟。浮叶依依，小船只向前寻，绿伞鸳鸯，凫凫曲曲吟吟。游萍问水。疑是新音，人间人怨，双禽情里深深。

208赵与仁　西江月

字元父，号学舟。

风月小桥玉影，水流自去西东。

念奴一夜半春红，花满荷塘舟横。

香沉浮明月动，竹兰墙下丛丛。

绿荫深处问归鸿。羞得放纵三更。

209王奕　临江仙

字伯敬，号斗山，玉山人，宋亡，又自号至元逸民。有集十二卷。

二十四桥明月夜，琼花一现杨州。西湖瘦小任船游。笛声千古曲，不尽半春秋。黄鹤归来寻草木，江楼尤问江流。平山堂上客悠悠。千年今古事，万里不回头。

210陈纪　贺新郎

咸淳进士。

四面埋伏乱。楚歌声，黄河两岸，汉隋唐断。霸王虞姬帐中舞，子弟一时慨叹。矮檐下，英雄参半。问江东，乌骓声声唤。点拨是，泠泠滩。古今上下知秦汉。霸王难得客家里，伴君清禅。成败不寻只看取，豪气千年一冠，谁记取，楼台公馆。唯有去来君子诺，花前月下都是赞，共明，自聚散。

211杨泽民　满庭芳

有《和清真词》一卷。

今古悠悠，万水东去，一流不问江楼。周郎赤壁，吴越十三州。先后不难先后，三国尽，蜀魏消愁。隋炀问，唐宗宋祖，元有汉人忧。明清狂客在，一声唤起，人家新求。天香玉色，民国一春秋，揭竿中华日月，湘江客，浪遏飞舟。千年万载，人间上下，常自主沉浮。

212陈先　好事近

月色满相思，朝暮万愁千绪。
一夜桂寒如故。看人间云雨。
婵娟孤影自年年，残照玉山树。
回首悔初无数，唯年光如许。

213束从周　小重山　题依绿轩

合肥人。

上下吴越十三州，江流难得问江楼。
三千里一春秋。四海内，不尽大江流。
风雨问飞舟，五湖云烟谁是王侯？
不呼万岁不消愁，天下事，纵横满田畴。

214李铨　点绛唇　牡丹

一半人家，东风不嫁桃花嫁。
杏前梨下，春入香泥舍。
一半天涯，色满江山化。
碧枝红姹，来去寻无价。

215陈从古　蝶恋花　芍药

一半心朝朝暮暮。一半江湖，一半高堂雾。
天下英雄多少路，短亭尽处长亭顾。一
半情云云雨雨，一半人间，一半阳台度。
世上雁丘生死故，只要留下相思苦。

216章丽真　长相思　送汪水云归吴

宋宫人。

三江秋，五湖秋。一半金陵一半愁。
明清女儿忧。云悠悠，雨悠悠。
秦淮楼台秦淮流。枯荣问九州。

217袁正真　长相思　前题

宋宫人。

山青青，水青青。十里人间十里亭。
长亭又短亭。近听听，远听听。
上下高堂上下铭。荣萍问枯萍。

三、读金元词

《金元词总集》唐圭璋 编 中华书局 1979 年版

1耶律楚材 鹧鸪天

题七真洞

字晋卿，辽东丹王后。入元，累官中书令。

一半辽东一半元，黄河两岸两轩辕。
江山不尽江山去，未见明清是故园。
天下事，草花萱。长城落得皆残垣。
昆明湖岸寻今古，晋卿心中五七言。

2 李俊民 谒金门

字用章，泽州人。承安五年进士第一，有《庄靖集》，词附。

朝朝暮，暮暮朝朝暮，一处相思寻处处。梅花流落去。入泥香如故。如故也非如故，桃李百花还妒。又是一年春雨里，流红何不住。

3 冯子振 鹧鸪天

字海粟，攸州人。

九日重阳万里秋，高楼不住问满楼。
千年今古平生去，九曲黄河九曲流。
三界欲，五蕴求。一人拾得一人眸。
江湖不尽江湖客，上下高堂上下忧。

4黑漆弩 正宫 钱塘初夏

七体。又名“鹦鹉曲”。双调五十三字，上阕二十七字，四句三仄韵，下阕二十六字，四句二仄韵。

吴江东去钱塘路，万里不得一朝暮。
大江来，雨雨云云，只去无回难住。
梦回鹦鹉洲头，孟德桑歌西去。见隋炀，留下运河，这杨柳，年年无数。

5许谦 蝶恋花

字益之，金华人。有《白云集》。

只有人心无觅处，天下人间，尽是朝朝暮。锁住夔门难锁雾，巫山上下多云雨。
十二峰前明月主，桂影婵娟，留下相思苦。
不闭寒宫寻几许，回头还问归何渡。

6 张可久 人月圆 春日次韵

字伯远，号小山，庆元人。

三体。又名“青衫湿”，“人月圆令”。宋驸马王晋卿元宵词“华灯盛照，人月圆时”遂名此调，双调四十八字，上下二十四字，五句二平韵，六句二平韵。

梅花枝下东风早，尽是少年游，东西山上，洞庭处处，雪月知羞。女儿步步，浮香暗透，一半芳流。几时春梦，年年旧客，人在空楼。

7又 吴门怀古

洞庭上下江湖路，天下问吴门。
烟烟雨雨，疏疏淡淡，草木江村。
小舟月下，河楼渔火，一半儿孙。
一年三百六十日，沉浮一乾坤。

8乔吉 天净沙

字梦符，太原人。

一流天金沙，两岸杨柳人家。
日月小舟未寻，梦中天涯，那时人面桃花。

9何继高 采桑子

字左昌。至正八年进士，知崇明州。

相思只有黄昏约，三寸人心，一半衣襟，般若波罗蜜多度，叙香音。
长春处处杨灵客，情也深深，智也深深。阳台上高山流水，有鸣琴。

10陈深 虞美人 问梅

字子微，吴郡人，与赵孟，钱舜举同时。

梅花三弄轻轻唱，云雨江湖上。
东风不尽半江湖，拾得寒山钟鼓一如苏。
洞庭山里东西望，天下人间来去有时无。

11赵雍 摊破浣溪沙

字仲穆，文敏之子。官待制。

下里巴人楚客来，阳春白雪玉人风。
拾得梅花三弄曲，有无中。
渔舟唱晚枫桥岸，寒山钟鼓自不终。
夜半姑苏月色空，待飞鸿。

12浣溪沙

一半浮云一半烟，五千霸主五千年。
人间自古一人田。天下江湖杨柳岸，
高堂朝野去来缘。心灵留下客家船。

13忆秦娥

一阡陌，去来万里人间客。人间客，年年杨柳，时时锦帛。长安城外春秋脉，曲江流水曲江泽，天涯隔，苍烟落照，禅音石白。

14 王国器 踏莎行

字德琏，吴兴人，赵文敏婿。

玉立芙蓉，碧荷露雨，红衣脱尽芳心苦。
荒塘人静半黄昏，假山后面萧郎度。
密密深深，朝朝暮暮，有心一步一回顾。
花花草草自萧萧，斜阳未尽莲蓬住。

15 欧阳玄 渔家傲

字原功，浏阳人。

东去长江向海流，风云万里待春秋。

千古运河凭碧柳，江南友，越吴处处天堂酒。鹦鹉洲头黄鹤楼，潇湘夜雨落孤舟。人在姑苏难自守，重阳九去来天下，无回首。

16 孟昉 天净沙

字天伟，本西域人，寓北平。至正中为翰林待制，官至江南行台监察御史。

北平日日香山，年年闻玉门关。
不到楼兰不止，尤是书生，如非如是君颜。

17 又

五湖上下洞庭，千年草木青青。
拾得寒山寺外，试剑石上，吴门音韵聆听。

18 舒逊 太常引

半边云雨半阴晴，天下一人生。
上下洞庭，江湖花草，荣枯自无声。
千年古古今今问，尤得楚庄鸣。
不为惊人，去来成败，儿女不知名。

19 风入松

梅花桃李色逾墙，一半春芳，
杏红色满秋千外，东风处处红妆。
仪表似深还浅，姿情漏密疏狂。
荒塘湖上问萧娘，影摇西厢。
心思难尽芙蓉碧，多情不见梁郎。
两岸柳杨吴越，人间如是天堂。

20 舒逊 感皇恩

春去半吴江，流红啼鸟。
谁问桃花落多少？东君有意，
拾得芳心还小。岸边杨柳烟云渺。
露重枝头，影疏初晓。已是人情无了。
善情多感，又上清新池沼，
不归无语凭窈窕。

21 袁华 水调歌头 宴顾仲瑛金粟影亭赋桂

字子英，昆山人。

明月五湖水，万里一云烟。
只寻吴越娃馆，今古几千年？
上下苏杭春萌，左右荷塘月浸，
天外去来船。燕子半音韵，花草露心园。
小桥水，家碧玉，客无眠。虎丘试剑，
拙政园里问婵娟。西子三潭池深，柳浪闻莺情枕，笑笑过前川。拾得寒山寺，
何似种瓜田。

22 陆仁 水调歌头

字良贵，河南人。

谁问何时候，唤得玉贞愁。长生殿上，
芙蓉出水忆春游。渺渺骊山前后，天下风云难守，兵马成人忧。尤有梨园曲，
不尽苦春秋。是天宝，高力士，故宫留。
开元长寿，雨霖铃处沉无浮。物是人非依旧，过客霓裳难守。上苑曲江流，只向瑶池露，云雨半宿楼。

23 柯九思 柳梢青

字敬仲，号丹丘，天台人。

朝暮春秋，古今岁月，风雨幽幽。
败败成成，兴兴废废，荣枯沉浮。
阳关曲信天游，都待与，长城不休。
雁去潇湘，千林落叶，闻女儿愁。

24 王逢 如梦令 三峡

字原吉，江阴人。至正中作《河清颂》，台臣荐之，称疾不起。有《梧溪集》七卷。

峡谷险江流急，碧水色峰青湿。
锁住一夔门，赤甲白盐林立。危及，危及，
经得起轻舟辑。

25 何景福 虞美人

字介夫，淳安人，别号铁牛翁。至正末遭乱不仕。有《介夫文集》四卷。

秋千飞过邻墙影，何处寻红杏。东风不语半梅花，柳柳杨杨桃李入人家。洞庭山里东西岭，醉色人无省。芳香沉落化泥沙，淡淡疏疏飞起赵天涯。

26钱抱素 锁寒窗 题玉山草堂

字素庵。

五体。又名“锁寒窗”。盖寒食词也。因词有“静锁一庭愁雨”及“故人剪烛西窗雨”取以名。双调九十八字，上下各四十九字，十句四仄韵及九句五仄韵。

乞火寒食，清明半壁，一庭疏雨。多重感念，尤问天天朝暮。碧草荣，柳杨岸边，小舟来去谁为主？半亩花寂寞。相思心重，是非愁苦。天下春关去，向会长安，曲江几许？书生意气，负了人间烟雾。
待何时，成败败成，一衣带水兴废度，有兰亭，也有长亭，不却寻古今。

27 王蒙 忆秦娥

德琏之子，字叔明，别号黄鹤山樵。

天山雪，西风不尽人间拙。人间拙，一时相聚，两时离别。坝桥杨柳三春折，长亭缺月人豪杰，人豪杰，江湖朝野，枯荣时节。

28 陆祖允 菩萨蛮 题赵松雪《水村图》

水村杨柳江南淑，人间清气潇湘竹，
暮色一渔舟，峰青千玉流。何处是天竺，
春秋吴越逐，蒲荻满沧州，人心寻故楼。

29 无题

千里万里人间路，一心二意高堂暮。
回首问平生，河岸杨柳荣。苏堤春晓住，
处处烟云雨。天下是精英，不寻前后名。

30 王容溪 如梦令

一半春风烟雨，一半流红花圃。
一半问晴阴，一半年年如故。
朝暮，朝暮，都只在人心度。

31 胥道昇 渔父词

子昂仲姬一树梅，丹青玉马半徘徊。
云遮月，水边隈，一日东风暗自催。

32 谢绛 诉衷情 宫怨

一日昭阳宫后路，半心消。天下雾，云雨，夜潇潇。红叶隔心遥，迢迢，梦中寻小桥，玉壶娇。

33 晏几道　更漏子

一草花，半云雨，春尽风流还苦。一枝折，半心明，此明多有情。镜中缘，人情故，有约待朝暮。只记得，一阴晴，相思夜梦生。

34 又

一枯荣，一朝暮。天下人风流去。
半离别，半人生，只留无限情。
暗孤灯，相思苦。玉枕梦中度。
月色鸟无鸣，心中雨未晴。

35 张先　燕归梁

半亩梅花十地香，晓燕虹梁。
去年今日叙衷肠，来去是，落斜塘。
留恋素影梨园下，小池依旧，满芬芳。
尽锦绣，是春光。

36 怨王孙

云云雨雨，朝朝暮暮。万里长江，
巫山烟雾。记取楚客高堂，四时芳。
古今宋玉人间路，春不住，都是其诗赋。
此心此印，此时此刻黄粱，向人肠。

37 贺铸　思越人

一见闾门一是非，三吴半越两雁飞。
江湖水色船帆去，云在洞庭雨自霏。
明月下，入草扉。柳岸渔火待人归。
留恋枕边听风雨，似有寻情问锦帷。

38 好女儿

三体。又名“国门东”“画眉郎”“九回肠”“绣带儿”“月光园”。黄庭坚词“懒系酥胸罗带，羞见绣鸳鸯”名“绣带儿”。双调六十二字，上阕二十九字六句三平韵，下阕三十三字六句二平韵。

一半天山，一半河湾，问黄河，不问玉门关。扬扬壶口雨，千年万里，不归无还。应是东西行者，中原逐，莫消闲。故期亭，了了清风月，又为人父母，流流曲曲，拾得人间。

39 浣溪沙

留下人间九曲肠，巫山云雨一高堂。
相思拾得自炎凉。眼下千年今古事，
心中半部论天堂。女儿尤问女儿妆。

40 又

万里千年草木深，三山二水古今寻。
金陵依旧一人心。秦淮楼中依客曲，
清凉寺里鼓钟音。重阳山上谁登临。

41 定风波

三寸江南一寸家，千里江河万里沙，
明月清风知故客，阡陌。有心日日道天涯。
九脉云雨无处，十地春光十地花。
五峰飞扬云沉浮，当是，纵横流上满西霞。

42 清平乐

隋炀杨柳，天下千年友。
一半长亭寻故酒，一半寻红酥手。
秦皇万里长城，扶苏处处雄缨，
战战和和战战，人间留下何名？

43 南柯子　别思

四海三江去，扁舟千里游。高山流水一春秋，半是湖山半是望江楼。蒲芷连天色，芳草碧九州。一波三折问王侯，白帝城中有得莫回头。

44 舒亶　一落索　长春花

处处长春花淑，一年年目。四时香疏到江南，天下芳名逐。月色清风还馥，依依孤独。万家云雨只相随，千里人心睦。

45 王诜　行香子　蓼花

千里家乡，九月重阳。少儿心，一梦黄粱。任人来去，曲水扬长。小庭窗，好体面，夜阑堂。碧叶池塘，西陆轻装，过春关，上苑炎凉。长安画角，成败匆忙。客相逢，逐天下，自行香。

46 周紫芝　卜算子　和王彦猷

万户问长城，千里寻杨柳。
一半江山一半情，今古何回首。
草碧雨阴晴，水色荷莲藕。
十里长亭十里心，天下知音友。

47 晁端礼　鹧鸪天　荼窣

一见倾心一见荣，半春情意半春生。
千香留下相思梦，百媚还寻草木盟。
知日月，向阴晴。东风不尽尽精英。
四时守住知天地，两处人缘各自明。

48 吕渭老　豆叶黄

三心二意半横波，一村十家千亩荷。
七月清宫问青娥，石头城，几步金陵几步歌。

49 燕归梁

一片浮云入小塘，半世悟黄粱，生平天下看斜阳，下江湖，上天堂。梦飞万里长安夜，明月照潇湘。胡姬无语醉红妆，任东西，自扬长。

50 赵鼎　贺圣朝

辽东杨柳长春数，向心灵寺去。
小园福建有阴晴，一半云中雨。
朝朝暮暮朝朝暮，道：“湘君且住，愿君随处尽东风，瞬时芳华主。”

51 李弥逊　花心动　七夕

帘卷西风，萧萧处，阳关玉门依旧。
晴日蜃楼，云沉天边，万里雨停泌骤。
有心扬志天山上，英雄问，年青时候。
向荣枯，今今古古，不分前后。
一夜纵情宇宙，银汉岸，星明似乎红袖。
圆缺缺圆月半明灭，桂影有时还就。
别离可煞何人守。回首处，黄昏难留。
从此后，平生为之左右。

52 朱翌　朝中措　月菊

重阳前后菊花黄，还是去年香。
金甲长安城内，仙姿不亚红妆。
秋风处处自扬长，叶落腐荒塘。
九日不分天下，秋光胜似春光。

53 辛弃疾　河传

烟雨，烟雨，无日无夜，一半江南，断桥西子印三潭，家淦，半孤庵。
春风问竹朝朝暮，停又顾，柳岸寻今古。
几回情下待云含，羞惭，落花心不甘。

54 酒泉子

二十五体。唐教坊曲名。双调四十二字，上阕二十字，下阕二十二字，各五句二平韵二仄韵。

芳草山川，万里江湖船上客，归鸿飞，闻阡陌。问高天。阴晴圆缺满秋田，隔岸柳杨虞伯，一姑苏，千万泽，半青莲。

55 瑞鹤仙　金陵

十九体。又名“一捻红”，乾道中，吴兴周叔知衢州广州西安县，一日，令术士沈延年邀紫姑神，赋“瑞鹤仙”词，有“砚娇红一捻”句，因名“一捻红”。双调百字，上阕五十一字，十句六仄韵，下阕四十九字，十二句六仄韵。

来燕台上客，曲尽问乌衣，金陵阡陌。何时谢王宅。蜀吴三国去，小桥宽窄。明清过后，女儿声名九脉。桃叶心，夜渡王家，秦淮几回孤寞。明白，人声尤见，画色雕梁，草花衣帛。烟云史册。故明地，付燕责，朱家谁是，王宫南北，更是清人。挤迫。到南京，国国民民，一松一柏。

56 程垓　玉漏迟

七体。双调九十字，上阕四十六字，九句六仄韵，下阕四十四字八句六仄韵。

又清明乞火，谁知解去寒食锁。天下春关，一竞越吴舟舸。半梦长安上苑，西风难可。终自妥，杨桥柳岸，深宫相左。婆娑，居易浮名，画眉浅，因瓜果。上水部名，姑小自家琴坐。魔诘书生入室，问岁月，官伶难叵。归去那，窗下十年滹沱。

57 韩元吉　浪淘沙　芍药

雨断杜鹃纨，一半清寒，杨州城里入春阑，芍药花明芳独占，一半坤乾。云落凤烟姗，一半浮冠，江南处处玉心宽，上下人人寻不见，一半云坛。

58 赵彦端　满庭芳　道中忆钱塘旧游

吴越春秋，江湖八月，西风初上钱塘。海潮一线，浪涌破天荒。回首盐仓惊雨，水落云扬。满天下，浊清难见，唯雨骤风狂。年年还追逐，前前后后，月上风光。谁留得，这江流自扬长。远见平铺直叙，近里是，匹夫兴亡。人心在，归来尤问，世上客炎凉。

59 管鉴　玉连环　泊英州钟石铺

一体。调见“云月词”。小令四十七字。

天下山河依旧，枯荣时候。春秋相似何故游，只得瞬间难就。初春深秋叶漏，风光云透。有情还问九三月，只是去来不守。

60 姜夔　清波引　梅

二体。调见“白石集”，姜夔自度曲。双调八十四字，上阕四十三字，下阕四十一字，各八句六仄韵。

人生来去，自经得，朝秦暮楚。杨花柳絮，年年问何处。好奇桃园路，雪月风花无主。自从雁归衡阳，湘江水，色何故？深思熟虑。满天下。东方欲曙。蜀人相如，独幽见琴女。时约一心印，夜雨竹声稀疏，只有明月清风，春秋论语。

61 陆游　乌夜啼

雨声一半风声，半阴晴。
秋叶[illegible]秋叶，[illegible]纵横。
江湖水，江湖水，向人情。
自是年年朝暮，鼓钟鸣。

62刘过　醉太平

四体。又名“凌波曲”“四字令”“醉思凡”“醉思仙”太平乐府注南吕宫。双调三十八字，上下各十九字，四句四平韵。

人间有情，瑶台有情，思仙思凡思情，过春风数声。醒中忆君，梦中忆君，枕孤被冷难名，那鼓钟五更。

63黄机　虞美人

英雄今古寻今古，不尽江湖路。运河吴越一天堂，汉武秦皇未必及隋炀。柳杨两岸江南雨，不见人间苦。洞庭上下半芳塘，范蠡西施商价过桃姜。

64 马庄父　天仙子　水仙花

五体。又名“天花子”，“万斯年”。唐教坊曲名，厚龟兹部。因皇甫松词“懊恼天仙应有以”而名。单调三十四字，六句五平韵。

白玉心中点点金，香花云里寸寸心。
袭人梦梦待晴阴。月淡淡，夜深深，
常道人情自古今。

65 李泳　清平乐

乱霞飞渡，一半长亭暮。万水千山多少路，人去天空回顾。隐隐约约阴晴，云云雨雨人生，总是迢迢遥望，归鸿处处声鸣。

66 戴复古　木兰花慢

十七体。又名“减字木兰花慢”宋柳永“乐章集”注“高平调”有押短韵与不押短韵两体。王浑词名“鸣凤双栖曲”。双调百一字，上阕五十字十句五平韵，下阕五十一字十句七平韵。

五湖淞江岸，寒食后，近清明，杨柳问桃花，落红裙色欣欣荣荣。成城，芳菲胜景，有烟云细雨半阴晴。浦户洞庭上下，渔歌唱晚新声。精英，今古纵横，吴越在，馆娃名。见运河，五霸春秋已尽，隋炀何成。人情，侣佳故地，碧玉流水尽玉山倾。留得扬州一梦，苏杭处处旗旌。

67 卢祖皋　小阑干　桂花

一芳华遍古今城，万里问声名。
三秋桂子，千人寻问，忘了深更。
婵娟色半疏斜影，心上玉壶生。

清风徐徐，浅寒淡淡，陈陈荣荣。

68 吴潜　海棠春　郊行

三体。此调始自秦观，因词“试问海棠花，昨夜开多少”，又名“海棠花”“海棠春令”“神清秀”。双调四十八字，上下各二十四字，四句三仄韵。

落花流水知多少？一今古，五千年晓。尽去去来来，数得精英筱。风云历史皇家了，只道是，烟烟雨雨，留下这纵横，驿外听啼鸟。

69 汪莘　行香子

九体。又名“心香”。双调六十四字，上下各三十二字八句五平韵。

梅腊三冬，尽王芙蓉。有疏香一半雕龙。雪枝华色，曲影重重。小翠竹，小青松。是去来踪，斜月从容，百花寒，有飞来峰。梦回夏夜，云雨相逢。枯荣闲，暮时鼓，晚时钟。

70 翁元龙　醉桃源　柳

运河杨柳万千株，隋炀何有无。五湖不尽到吴江，春色满姑苏。长城垣，荒沙重，人情向小姑。潇湘洞庭归奴，客闻寻玉壶。

四、人间词话

〔清〕王国维 著 上海古籍出版社 2004 年 4 月出版

1王国维

人间词话半观堂，天下文章一故乡。

清末秀才沉易水，昆明湖色抑难扬。

2词

一字禅心半语情，三春草木四时生。

千年故事文章里，万里行程足下明。

3词以境界为最上

诗词境界一心中，典故文章半世雄。

格调风华临独擅，隋唐韵律古今同。

4无我之境

南山一片云，碧水半家君。

落叶知来问，轻舟远去裙。

5有我之境

心中常不尘，界外自相亲。

字里禅机在，人前可问邻。

6江湖

草木一帆扬，阴晴半故乡。

沉浮波水外，日月自留光。

7鹦鹉

人前一语言，叶后半窗轩。

舍弃三千界，拾来两地元。

8“闹”字与“弄”字的妙用

远处两三家，心中一半花。

风情临水弄，曲意月边斜。

9无边丝雨细如愁

花飞一日愁，叶落半天秋。

但见心无语，何求月不休。

10兴趣说、神韵说与境界说

羚羊挂角迹无求，妙趣横生意不休。

透彻玲珑音韵可，桑沧浪水久难收。

11太白气象

太白诗词气象生，西风故照汉家明。

秋临阙口雄关尽，古道音尘可士行。

12梅

继武嗣前雄，含章腊后同。

芳香花不尽，尽在有无中。

13温飞卿词

精人艳绝一飞卿，闳约深临半梦成。

月色朦胧云雨色，空天陆地枯荣生。

14飞卿、端已、正中三家词品

鹧鸪黄莺竞自鸣，画屏弦上语金声。

梦君枕上相思泪，云雨无声似合情。

15南唐中主词

群芳伯玉色残春，中主南唐帝位尘。

细雨香消风不止，琼楼碧宇谁相邻。

16句秀、骨秀与神秀

莲峰居士一重光，违命侯王半未扬。

后主人生流水去，花飞月落汴京伤。

17词至李后主而眼界始大

天上人间一暖凉，飞花逝水半沧桑。

东流西落残阳照，暮雨秋风后主肠。

18词人赤子之心，短于政，长于情

人君一短长，赤子半心伤。

妇女情深苛，深宫自抑扬。

19李后主词以血书者也

燕山亭上杏花生，艳溢香融地远情。

易得凋零风雨尽，江流月落渐无声。

20正中《醉花间》

月半醉花间，风清一日闲。

鹊草岸苦渡，沙尘玉门关。

21绿杨楼外出秋千

欧阳六一词，柳外秋千知。

小杏飞红色，凋楼问画痴。

22永叔、少游词品

满地残阳一色香，和烟翠老半秋肠。

芳菲次第多情继，百计留春不勉强。

23风人深致

风人尽致上高楼，不尽天涯一路休。

碧草凋零门半掩，流帆雨色入三秋。

24忧生与忧世

人生不弃忧，日月大江流。

草木春秋序，诗词作马牛。

25成就大事业大学问的三种境界

三三未止求，两两不知休。

一一天涯路，千千万万忧。

26人

天下一情深，人中半古今。

何求云雨色，但见觅知音。

27欧阳修《玉楼春》

未语玉楼春，言情寸结邻。

人生风月尽，洛水自流珍。

28淮海与小山

秦观几道自伤心，淡语轻言味古今。
有致春花秋月色，无余矜贵谁知音。

29少游词风

凄凄婉婉一唐城，闭闭开开半可生。
半壁墙边留此恨，三春草下枯荣情。

30梅

群芳步后尘，秀色问先春。
独立寒霜月，余姿玉影身。

31楚辞

风风雨雨半交加，暮暮朝朝一日斜。
密密层层云起落，明明暗暗少游车。

32东坡与白石

东坡白石一昭明，武帝南朝半世生。
留下梁家萧统客，文章日月士心清。

33淑女与倡伎之别

邦彦一美成，雅乐半君声。
贵妇倡伎女，同颜可枯荣。

34创调之才多，创意之才少

刻意苦精思，行身立足时。
之才相似处，创造恨知迟。

35词忌用替代字

文英不妙情，绣毂雕鞍行。
骑马楼前过，桂华落互明。

36代字之弊

须发绿云开，银钩玉箸来。
刘郎红雨故，灞岸柳章台。

37隔雾看花

隔雾观花一半仙，沉香问雨两三泉。
呼晴水面荷风举，顺叶清流岸柳田。

38和韵而似原唱

东坡点画问杨花，一半春风两三家。
柳叶初黄沉碧色，寻郎去处日西斜。

39咏物之词以东坡《水龙吟》为最工

咏物半无声，龙吟一水精。
邦卿双燕语，白石暗香名。

40白石的“隔”

白石观花隔一层，无声冷月照三明。
黄昏雨后云初定，碧草流红谁所生。

41“隔”与“不隔”之分

塘前不隔声，细雨自流明。
落燕心初定，空梁对岸情。

42写情“不隔”与写景“不隔”之例

纱帘不隔风，人心顺应同。
苦夜何须短，野鸟去无穷。

43梅石

石磊一梅斜，香风半入家。
清姿知自立，不作四时花。

44白石不于意境上用力

一味水流声，三山苛骨清。
无言弦外响，白石意中鸣。

45幼安佳处

幽佳问幼安，白石自心宽。
北宋三江水，青云半玉端。

46苏、辛胸襟

苏辛雅量一胸襟，伯柳高风半古今。
孟子之师含亮节，天运旷达始知音。

47狂狷与乡愿

狂狷乡愿半词章，子路中行一草堂。
进取家忧身自好，梅溪所著玉田庄。

48周邦彦史达祖词品

梅溪达祖一偷情，摇荡邦彦半故萌。
警炼美成行且止，诗词颐解可名生。

49梦窗佳语

云光水影雨声中，菰叶江风雨地同。
柳岸余波初渡客，阴晴一半任秋虫。

50梦窗、玉田词品

玉老田荒半梦窗，云轻雾碧一心邦。
碎串风珠歌谣曲，润浸香珠过大江。

51纳兰容若塞上之作

月夜半家灯，风轻一晓僧。
江流孤寺远，步探早行冰。

52纳兰容若词

千年一枯荣，万里半阴晴。
古野无寻踪，家园不此声。

53词未必易于诗

诗词一句工，草木半江穷。
日月花间集，文章七十雄。

54文体盛衰原因

进取一文章，诗词半警良。
人情寻现代，社会逐芬芳。

55词有题而词亡

出于此而彼其形，胜过思谋取得精。
有题平生无题处，兴亡不迭何求荣。

56所见者真，所知者深

取自精非弃所真，深谋浅著大家珍。
江山豁达东流水，意念含心取故人。

57诗词中的“三不”

自得一原心，思谋半古今。
书中千界事，世上万衣襟。

58隶事与诗才

“小玉”“双成”一壁生，
梅村孤放半春情。
诗词曲赋文章客，万里千家读者明。

59诗词体制

五七言诗绝句珍，两三词令弃秦身。
声情并茂江山外，问略寻韬始故人。

60入乎其内与出乎其外

入得其中而外成，知观致至故思明。
于兰间墨文章句，秀竹行心势乃荣。

61轻视外物与重视外物

一半重时一半轻，两三故事两三明。

于心治至于心止，问客思成问客情。

62唐人绝句妙境

去水浪淘沙，来人不问家。

青云飞远尽，落叶逐天涯。

63白仁甫能曲不能词

一曲一词二，千诗万赋同。

文章天下事，日月几何穷。

64白石二语

不见私情未见成，真心未勉寻心行。

江山草木寻繁衍，日月生辉逐自明。

65双声叠韵

叠韵一双声，孤辞半不明。

官家何恨狭，更广八分荣。

66叠韵不拘平、上、去三声

落落一秋情，明明半枯荣。

双声连母字，叠韵子形成。

67文体之难与易

诗词歌赋易难工，简简繁繁令调同。

古古今今舒体例，长长短短各成雄。

68不得其平而鸣

不得其平自一鸣，难书未可欲三声。

和平战乱离别苦，暮色朝荣日月成。

69专作情语而绝妙者

睹媚一心生，寻香半寸惊。

松卿十给事，绝妙不言情。

70诗之境阔，词之言长

诗词一阔长，日月半风光。

整治精微守，湘君眇美扬。

71言气质言神韵，不如言境界

本末修心格律成，如言境界韵神生。

于长气质诗词句，海阔天空自在行。

72借古人之境界为我之境界

秋风处地寒，落叶问长安。

借得阆仙句，唐城序两端。

73词家时代之说

唐末可温庄，宋北自扬长。

临安深亦许，千家守余杭。

74唐五代北宋词

五代宋词扬，云间诸子芳。

生香真色绝，谓道假齐梁。

75寄兴深微

比致精微尽寄兴，罗衣弃祛连理承。

人心苦味常寻调，旧日春深约故灯。

76“软语商量”与“柳昏花暝”

江东一日十芳塘，柳暗花明咕霸王。

软语长门商量细，兵家此恨寄余扬。

77池塘春草谢家春

池塘草木谢家春，绝句诗词一苛新。

寄曲遗山元好问，居忧正气补精神。

78疏远高古与切近凡下

疏疏远远一清云，古古事事半祖君。

槁槁常常当所指，平平淡淡以何分。

79政治家之眼与诗人之眼

君王未及一桑田，治致诗家半日年。

域事千章怀古感，方塘数亩几悬泉。

80词之最工者

举足纳人情，清流濯我缨。

唯闻沧浪水，孺子以歌行。

81倡忧与俗子

俗子与倡忧，诗词作子求。

人间多少士，弃可付东流。

82内美与修能

内美意情音，华章觅足寻。

曲行元好问，修能字文深。

83模写物态，曲尽其妙

曲尽一音余，词工半帝虚。

何留侯违命，物态不王居。

84周清真妙解韵律

度解继相成，诗词曲赋荣。

知音何格律，北宋可终声。

85梅

七声十二调音余，四季三春赋百书。

腊月留心芳古木，华非碧野主群居。

86开词家未有之境

未有词家境界疏，无闻绝句胜于余。

纵心天地移三界，寄取春秋十地书。

87杂剧先声

杂剧先声鼓子词，会真乐府几何时。

莺莺一曲宫商调，字说西河不可知。

88致语与放队

致语无成放队成，官辞有道纵横名。

可平可仄行天地，扬短扬长不得荣。

89楚辞

三春草木三春色，一地江山一地荣。

白得诗词千万首，何人日月去来鸣。

五、唐宋词简释

编著　唐圭璋　人民文学出版社 2010 年 4 月出版

读《唐宋词简释》

一半读书生，三千弟子城。
年年知所以，岁岁待枯荣。
2010 年 6 月 1 日　北京

1风入松

一生常读一生年，岁岁手书田。
玉帛但作儒林树，春秋笔，古今诗前。
红杏出墙色望，向知月里婵娟。
乞火只近五湖烟，花满龙门船。
梦长苛取春留下，余分付，千万云天。
日上高楼问远，天涯海角无边。

2风入松

长春应在百花前，日月一耕田。
草木未满江湖路，书生是问岁经年。
乞火清明灯下，广寒宫里婵娟。
出墙红杏半秋千。人在人方圆。
玉门不过阳关玉，楼兰外，后子云天。
谁问黄河九曲，凉州饮醉酒泉。

李白

1菩萨蛮

又名"菩萨鬘""子夜歌""重叠金""城里钟""花间意""梅花词""花溪碧""晚云烘日""回文词""联环节"等。双调，四十四字，上阙下阙各四句，两仄韵转两平韵。
高楼半暮寒宫色，余诗一首孤儿侧。
十里问长亭，三年寻短岸。
年年依旧月，里里还关阙。
步步步人生，时时时纵横。

2忆秦娥

又名"秦楼月""蓬莱阁""玉拓枝""双荷叶""碧云深""花深深""子夜歌"等。双调四十六字，上下各五句。各三仄韵，一叠韵。多入声。
高楼错，瑶池色满蓬莱阁。
蓬莱阁，萧声渐远，欲余还客。
秦娥龙凤游天廓，穆公子夜多离索。
多离索，风尘依旧，父书难托。

3和李白"忆秦娥"

秦娥结，昆仑自是千秋雪。
千秋雪，黄河流断，谁人评说。
中原万里寻音绝，江山三界望圆缺。
望圆缺，今今古古，去来英杰。

温庭筠

4菩萨蛮

风花雪月红墙院，情肠儿女香云扇。
色满玉门关，心倾娥眉湾。
芙蓉堆秀面，七夕长生殿。
属意问阿蛮，余音归故颜。

5菩萨蛮

年年岁岁春光朗，花花草草飞卿枉。
未了问红娘，只由听妒芳。
情倾心心俯仰，朝暮相思想。
但有夜来香，不言羞卸妆。

6菩萨蛮

洞庭杨柳低低曲，虎丘夜月红红烛。
船近半姑苏，帆亲三玉奴。
吴门非主仆，越雨东风续。
古巷叙五湖，琴音寻丈夫。

7菩萨蛮

洞庭一叶轻舟路，运河百里风花住。
此去任江湖，还来听小姑。
三春长客色，半夜多云雨。
欸乃玉声吴，梦心怜丈夫。

8更漏子

唐·温庭筠咏更漏以词而名。双调四十六字，上阙二十三字，六句二仄韵二平韵。下阙同。
一炉香，一步路，留下芳心茹苦。
更漏子，宫云轻，雨声离处晴。
金桥渡，御河暮，滴满五色土。
半踟蹰，半枯荣，枕边空到明。

9南歌子

十一体，又名"碧窗梦""春宵曲""断肠声""风蝶令""南柯子""十爱词""梧南柯""望秦川""宴齐云""醉厌厌"。温词单调二十二字，五句三平韵。
一半秋风叶，三两古草冠。
云落老根寒。始终经日月，奈何观。

10南歌子

汴水风花色，昆仑雪月冠。
天下一心宽。这人间草木，见云端。

11梦江南

又名"忆江南""望江南""春去也""望江梅""安阳好""梦仙游""步虚声""壶山好""望蓬莱""思晴好""滇春好""归塞北""江南好""梦江口""谢秋娘"。单调二十七字，五句三平韵。
千万路，一半向天涯。
十地长亭山月客，九州驿站谁人家，

空叹日西斜。

12梦江南

山水间，醒醉问江楼。
一流古今分楚汉，中原依旧自春秋，
谁记十三州。

13之二

洞庭岸，日月半渔舟。
水性杨花三月色，姑苏碧玉小桥头。忡情日方留。

14之三

吴越水，处处以情流。
风月只知儿女事，渔舟唱晚未消愁。
不可恨春楼。

15之四

娃馆路，一半小桥头。
十地黄花南北客，三春杨柳色沉浮。
只有女儿愁。

16河传

又名“青门怨”“秋光满月”“唐河传”“忆王孙”“怨王孙”“月照梨花”。

烟水。云雨。一西厢。灯影红妆。夜长。
隔墙读书问谢娘。求凰，可卿何故乡。
月照梨花钟鼓断。人自叹，留下千声唤。
这人间。孤苦闲。情颜。凤飞秦晋关。

皇甫松

17梦江南

东山里，访探品梅花。
芳香王鳌三故巷，隋唐老树半山崖。
月色翰林家。

18梦江南

青楼月，一半到人家。
一半知音姿色重，遣余客馆误两斜。
墙外杏开花。

韦庄

19菩萨蛮

月暗一半红楼树，鸟啼三两回归误。
老树叶扶苏，新春花满襦。
群芳去人妒，独宿观云雨。
同里久江湖，洞庭闻小姑。

20菩萨蛮

情肠唯恐江南暮，西阳渐下洞庭树。
烟色半江湖，客船三越吴。
落红归柳渡，拾碧寻桥步。
天下问姑苏，人间呼玉奴。

21菩萨蛮

窗含暮色青楼柳，鸟鸣归宿长亭首。
碧叶一红袖，荷莲三泪流。
千情知可否，半壁红酥手。
可叹放翁愁，谁怜唐婉休。

22菩萨蛮

燕京才子他乡老，辽东村客枯荣了。
曾是一精英，只寻三界成。
五更天正晓，一诺闻啼鸟。
独立步人生，慎飞方九鸣。

23浣溪沙

又名“负心期”“广寒枝”“浣溪沙”“山花子”“浅香罗”“杨柳陌”“踏花天”“小庭花”“怨啼鹃”。

自言

月桂宫中玉树寒，婵娟意下苦心干。
人间忘却客情难。
咫尺天涯何远近，书生解问官冠。
辽东一梦过长安。

24应天长

双调五十字，上二十七字，下二十三字，各五句四仄韵。

春花总被东风误，碧玉还闻芳草妒。
小桥边，岸水雾。絮满湖堤杨柳树。
客倾肠，舟不渡。
依可巫山云雨，不尽心情分付。
留下相思苦。

25荷叶杯

唐教坊曲名，双调只有韦庄一体。箸秦妇吟。举乾宁进士。以才留蜀主王建。庄有宠人姿质艳丽，善词翰，建以教内人词强夺去。韦庄怅怏作“荷叶杯”、“小重山”词，情意清怨，盛于时，姬闻之，不食死。双调五十字，上下各二十五字，五句二仄韵，三平韵。

月下流芳沁。词浸。初可谢娘亲。
情深何必去来人。蜀主续红尘。
隔夜谁知宫禁。孤枕。一半断心身。
相思曾是一春津，尤物旧时珍。

26女冠子

唐教坊曲名，小令始于温庭筠，长调始于柳永。以词咏女冠而名。双调四十一字，上二十三字，五句二仄韵，二平韵，下十八字，四句二平韵。

玉碎花散，竟是芳华流断。
半青天，一是江山乱。三春客未眠。
韦庄何苦怨，姬妾泣身弦。
荷叶杯中水，色无全。

27女冠子

半夜夜半，月上西厢一半。
影中羞，香过桃花面，心中一半愁。
去来还去见，唯恐半春秋。
半推还半就，半可由。

薛昭蕴

28谒金门

唐教坊曲名。因韦庄词名“空相忆”。双调四十五字，上阙二十一字，下阙二十四字，各四句四仄韵。

春水畔，只着罗衣一半。
倦倦又慵情自叹，帆沉杨柳岸。
忽得船里一唤，疑是丈夫偷看。
满了相思心里乱，谁可分楚汉。

牛峤

29菩萨蛮

榆关一半幽燕姓，故人三两江湖轻。
苦读结新梦，书生闻旧雄。
立身行五境，举步谋三更。
乡里问辽东，何时归异鸿。

30西溪子

唐教坊曲名。单调三十三字，八句四仄韵，一叠韵二平韵。

不可望洋陈叹，难抑首堪评观。
这黄河，分楚汉。
分楚汉，天下兴亡不断，
一天山，一人间。

31子在川上曰

逝者如斯知否？朝暮可观杨柳。
问新瓶，装旧酒。
装旧酒，何见长江不朽。
一江楼，一江流。

牛希济

32生查子

又名“愁风月”“楚云深”“绿罗裙”“梅和柳”“梅溪渡”“陌上郎”“晴色入青山”。双调四十一字，上阙二十字，四句二仄韵，下阙二十一字，五句三仄韵。

春残风月潭，云雨烟花畔。
秀草自萋楚，独木群芳岸。
碧万千，红一半。何以声声唤。
纵使色还贪，渡口纵人绊。

欧阳炯

33三字令

调见“花间集”。俱三字成句，昉自后蜀欧阳炯。

春欲落，牡丹枝。色还迟。
风雨后，不择时。
乱群芳，寻故步，洛阳辞。
泾渭水，玉凝脂。洛神期。
踪白马，问身姿。
日罗衣，花照色，有相思。

顾敻

34荷叶杯

日月两三无主，春雨。舟小半江湖。
眉心来去过东吴，奴边姑，姑边奴。

孙光宪

35谒金门

孤驿远。孤步去而何返。
只待孤心寻上苑。孤行灯火晚。
别孤馆，孤止缓。孤枕怯离还暖。
梦里不孤一刻短，孤心情忆满。

鹿虔扆

36临江仙

唐教坊曲名。之言水仙。又名“采莲回”“画屏春”“庭院深深”“想娉婷”“雁归后”“鸳鸯梦”。双调五十八字。上下阙名五句四平韵。

满目凄凉荒土地，愁心冷对宫西。
南唐故国笼寒低。
玉人声尽，金粉色深移。
川上子曰词令改，暮来宿鸟还啼。
春花秋月草萋萋。
后庭尤唱，荷露问香泥。

李璟

37浣溪沙

色半寒宫月半钩，人前冷暖客三愁。
秋叶春花似照旧，一江楼。
冬腊动心孤傲立，东风结雨百芳休。
回首往事千古去，一江流。

38浣溪沙

细雨连天一半寒，东风无边两三丹。
尖尖欲立小荷端。玉阑干。
月上洞庭山色远，客来同里水云盘。
三吴日月四时冠。退思宽。

李煜

39一斛珠

又名“梅梢雪”“怨春风”“草台月”“醉落魄”“梅妃传”。曰：“上在花萼楼，会夷使贡珍珠者至，命封一斛，密赐妃”妃不受，以诗付使者曰：“进御前词”。上览诗，怅然不乐。令乐府以新声度之。江采萍一斛珠单调二十八字，四句三平韵。盖七言绝句也。”

柳叶双眉久不描，残妆和泪湿红绡。
长门尽日无梳洗，何必珍珠慰寂寥。
和曰：三年相识采萍遥，一斛珍珠隔念消。
谁见上阳宫外客，芙蓉只退莆田潮。

40李煜一斛珠

双调五十七字，上二十七字，下三十字。各五句四仄韵。

粉红颜色，樱桃小口初开破。
原来都是人情过，碧玉花香，藏在丛中卧。
泼刺一声鱼跳作，小桥流水声声和。
舟横摇曳倾身坐，但怨东风，只将春心播。

41浣溪沙

娃馆夫差女帝家，西施不顾浣溪沙。
红袖一曲到天涯。
谁识人间吴越客，范蠡可与旧年华。
东风依旧又春花。

42玉楼春

名出“花间集”顾敻“月照玉楼春漏促”。又名“呈纤手”“东邻妙”“梦相亲”“惜花客”“西湖曲”“续渔歌”。双调五十六字，上下各二十八字，四句三仄韵。

云中雨细依身许，从里群芳知玉女。
雪寒冬尽半东风，孤影清姿千万语。
去来天下寻稷黍，彼此江山分汉楚。
红尘和色作香泥，读事古今成伴侣。

43菩萨蛮

草繁草碧河边雾，花明花暗山边雨。
七色染吴姑，五蕴依玉壶。
牛郎知衣付，织女欲还顾。
月下问殊图，云中呼玉奴。

44望江南

长亭远，细雨满江南。
一半云烟山外重，两三岭木锁荒岚。
谁见小姑庵？

45望江南

清明岸，顾倦野春眠。
恍恍惚惚都不见，花花草草满心田。
莫问渡河船。

46清平乐

双调四十六字，上阙二十二字四句四仄韵，下阙二十四字，四句三平韵。

东风处处，满目阳春树。
细雨情长烟色暮。杨柳岸边不渡。
运河同里西湖，汴水浙返三吴。
欣欣向荣朝暮，繁花只到当涂。

47乌夜啼

唐教坊曲名。又名“锦堂春”、“圣无忧”、“乌啼月”。双调四十七字，上阙二十三字，下阙二十四字，各四句二平韵。

流水西来东去，心平曲尽余声。
青楼韵味何时停，天下有阴晴。
一半云遮月，浮云北往南行。
此情非是人如故，依旧两三鸣。

48望江南

华清月，只照醉芙蓉。
出水鬟云衣不整，此情无语与玄宗，
风月一花浓。

49望江南

和李煜“望江南”

来时恨，去国半云低。
不见人间何进退，谁知天下有东西。
可怨鸟空啼。

50破阵子

唐教坊曲名。又名“十拍子”。双调六十二字，上下各三十一字，五句三平韵。

自立江山不主，文人重识干戈。
未见人前龙凤舆，谁致深宫情少多。
纵横任娇娥。
夜宴后庭琼花，中原逐鹿黄河。
一曲沉腰弯玉树，四壁兴亡唱楚歌。
事人几消磨。

51捣练子

词名因后主“断续寒砧断续风”而句。单调二十七字，五句三平韵。

一草色，一花明。半待阴云半待晴。
回首江南人不语，文章无奈几声鸣。

52相见欢

唐教坊曲名。因李煜“无言独上西楼。月如钩”更名“秋夜月”，又名“上西楼”，又名“西楼子”。双调三十六字。各十八字。上阙三句三平韵，下阙四句三平韵。

婵娟半入西厢，问荒塘。
一去无声何必问红娘。
钟不断，鼓还响。怯藏妆。
云雨未停风月读禅房。

53相见欢

莺莺半问红娘，只伴望。
恨隔东墙姿影落西厢。
心谁递，意书简。
田情长，来去不声花草散余芳。

54后主

江楼只问江流，一春秋。
社稷兴亡日月几消愁。
成败处，古今问，谁人忧。
家园帝王相将自沉浮。

55虞美人

唐教坊曲名。又李煜“恰似一江春水向东流”名“一江春水”。项羽有虞姬，汉围，对帐歌曰“虞兮虞兮奈若何”。双调五十六字，上下阙各二十八字，四句二仄韵二平韵。

古今只作河山客，未问江东泽。
虞兮楚汉奈若何。一诺霸王子弟不闻歌。
纵横谁解阡陌，留得英雄魄。
沛公良在几人多，曲尽音余，帐下余黄河。

56子夜歌

此为“菩萨蛮”词，“子夜歌”一体，双调百十七字。

人生步步江湖路，舟横处处洞庭树。
西子半姑苏，东由三界儒。
吴门花草妒，王敖靖壮元误。
同里寺中蒲，退思园外隅。

57浪淘沙

唐教坊曲名。唐人与竹枝词同。

八艳曲秦淮，两岸冬梅。
明清何序沉宫阶。
只见男儿无志气，亡国再来。
千里问燕台，已见蒿莱。
五百年中一王栽。
进士状元天下故，风月花开。

58虞美人

年年朝暮江南好，处处有啼鸟。
小桥流水玉人风，八百子弟无视人江东。
河山照旧见晨晓。远上五湖渺。
楚河汉界有无中，彼此群雄逐鹿古今同。

59浪淘沙

何处玉门关？心意姗姗。
胡姬曲曲舞姿娴。
西域风尘沙千里，一月弯弯。
独自唱阳关，三叠天山。
红颜难付怯红颜，琵琶韵余情不尽，

居易阿蛮。

冯延巳

60采桑子

唐教坊曲名。有"杨下采桑"而名。冯延巳词名"罗敷艳歌"，梁之前有"采桑度"乃蚕女情歌。唐声诗者。双调四十四字。各二十二字，四句三平韵。

姑苏处处江青水，油菜花黄。
油菜花黄，碧女心中不采桑。
蚕丝自缚终生圄，燕入西厢。
燕入西厢，可叹萝中叶满筐。

61喜迁莺

又名"鹤冲天"。唐韦庄词中语也。晏几道名"燕归来"。双调四十六字，上下各二十三字，五句。上四平韵，下三平韵。

一洞庭，千王侯。南北大江流。
鸿鹄独立九州头。飞去自春秋。
三山立二水浮。来去挂帆舟。
六朝府第几时休，唐宋以房谋。

62清平乐

双调四十六字，八句。上阕四句四仄韵。下阕四句三平韵。

天涯处处行者多无助。
理得自识其力御。应是深思熟虑。
读书万里江湖，人生千古经儒。
云雨青青草木，风光落落殊途。

63三台令

唐教坊舞曲。汉蔡邕三日之间历三台，乐府记之。又北齐高洋毁铜雀台而染金凤，圣应崇光三台。又天子有灵台、时台、囿台。又业乃中有曹操作铜雀、金虎、冰井三台。

朝暮。朝暮。谁知风云何故。
今来古往儒书，相似千年有余。
余顾，余顾，前后王侯如数。

范仲淹

64苏幕遮

唐教坊曲名。唐，比见都邑坊市，相率为浑脱队，骏马戎服，名"苏幕遮"。双调六十二字，上下阙各三十一字。七句四仄韵。

舞回回，寻姊妹。
秋盼流波，塞上浑胶队。
玉色胡姬三界昧。
细眉弯弯，颈下双珠佩。
问婵娟，知南北，小女心中，但作萧郎对。
曲尽人情多少愦，且醉无妨，帐里鸳鸯溃。

65渔家傲

名出晏殊"神仙一曲渔家傲"而记。范希之守边日，作渔家傲数首，皆以"塞下秋来风景异"为首句。述边镇之苦。欧阳呼为"穷塞主"。双调六十二字，上下各三十一字。五句五仄韵。

一日秋风三鸣笛，归根落叶自寻觅。
留下帐房徒四壁。千万荻。
回首大漠孤家寂。
春里光辉多织积，知时自然春秋易。
扬长万里芳草碧。
黑白皙，骄阳似火胡姬迹。

66御街行

双调七十八字，上阙三十九字，下阙三十九字。各七句四仄韵。

杨杨柳柳长安路，十里街，千万故。
群芳云散上阳宫，天上难言朝暮。
灞桥西去，酒旗如市，回首泾河渡。
三叠已换阳关城赋，落日里，东风误。
华清池水色如炉，上苑花明相互。
风风雨雨，江山分付，行进何回顾。

张先

67天仙子

唐教坊曲名。本名"万斯年"，李德裕进龟兹部舞曲。因皇甫松"懊恼天仙应有以"而名。双调六十八字体。上下各三十四字。六句五仄韵。

懊恼天仙应有约，不怨瑶台年事薄。
秦楼异玉几萧声，自求索。锦音托。
谁似穆公多冷漠。
织女牛郎桥上鹊，可渡人间蓬莱阁。
重重情丝，付天河，都是错。
婵娟寞，花草丛中色满萼。

68青门引

双调五十二字。上阙二十七字，五句三仄韵。下阙二十五字，四句三仄韵。

乍暖年年病，慵懒客来方正。
芳心一半近清明，南城花草，谁问女儿倩。
池中寂寂鸳鸯泳。仿佛知人性。
不鸣不定相互，纵横之后还纵横。

69渔家傲

此去吴门千里路，还寻同里三江树。
只似年华儿女误，一步步，
春秋日月知朝暮。
万里江湖多草木，百年风月群芳妒。
圆缺阴晴知处处。
何回顾，平生可取山河度。

晏殊

70浣溪沙

一半人生一半家，两三风月两三花。
年年朝暮浪淘沙。
月下长安曾是客，阳关西去问天涯。
楼兰回首日西斜。

71浣溪沙

荷叶珠珠半碧妆，风波处处一红塘。
莲蓬末子以身扬。
玉立亭亭寻日月，芙蓉出水化鸳鸯，
藏羞何处昧中央。

72清平乐

云平不定，雨落声声听。

一滴珍珠人无醒。自是身心顺应。
风花雪月清明，东风草木枯荣。
阡陌青丝处处，天晴应是倾城。

73清平乐

江南锦绣，二月何时候？
人面桃花红半袖。悄悄初开豆蔻。
江流只问江楼，风华可见沉浮？
此去平生日月，天空海阔行舟。

74木兰花

唐教坊曲名。“花间集”载“木兰花”“玉楼春”两调。其中七字八句者为“玉楼春”，双调五十六字。上下各二十八字。四句三仄韵。

小舟来去洞庭暮，年少姑苏只记路。
西施吴越范蠡处，江南行商一半苦。
春秋五霸阳澄树，化作人间明月数。
长安落叶有惊声，不可无心回首顾。

75踏莎行

韩翃诗“踏莎行草过春溪”，词取以名。又有“红衣脱尽芳心苦”名“芳心苦”。又有“微云度汉思牛女”。双调五十八字，上下各二十九字。五句三仄韵。

一步长亭，三秋叶迎。
离乡自是相思病。红尘家孔孟。
纵时未足横时性。
无穷不尽是人生，居心似我临君镜。

76踏莎行

夜里江流，风光照练。香香粉色团团扇。
船楼舞尽月光天，倾舟只映红红面。
绣带尤宽，罗衣不空。藏羞未似深深院。
无端刻意可相依，身心一作江湖眷。

77浣溪沙

一处芳塘半碧波，三波未折两心荷。
春秋日月以情多。
雪月风花人九色，牛郎织女渡天河，
香澜柳岸问梭罗。

韩缜

78凤箫吟

以“芳草”正调名。韩缜爱姬能词。奉使时姬作“蝶恋花”送令。韩作此“凤箫吟”咏芳草以留别。双调百字。上阙四十九字，十句四平韵。下阙五十一字，十句五平韵。

上洞庭，云云雨雨，阡陌万千茵茵。
露珠浮日月，杨柳半渡口，四时新。
长亭长十里，夏亭亭，几见孤身。
处处问天云，尤记羽扇纶巾。
红尘。相思乱错，居行止，晋水秦津。
寒宫皓月里，袖裙分付得，一枕三春。
年年依旧是，有江青，七色浮滨。
碧玉层层回首顾，误了心人。

宋祁

79木兰花

风光照旧居心老，十地人情过客早。
寒窗辛苦读书生，红杏墙头颜色好。
千年故事江湖小，万里晴空飞燕鸟。
朝朝暮暮日斜斜，处处烟云色渺渺。

欧阳修

80采桑子

严冬腊月寒心动，自立芬芳。自立芬芳，
孤傲清姿可抑扬。
群花重色人情纵，访探衷肠。
访探衷肠，品品寮寮半素妆。

81踏莎行

四面长亭，人生处处。
朝朝暮暮何来去？
前程不尽莫回途，居心进步千年著。
百尺楼台，云平草恕。
东山岭木西湖絮。
相思未断绪人情，吴音越曲继乡语。

82蝶恋花

唐教坊曲名。本名“鹊踏枝”。宋·晏殊改为今名。双调六十字。上下阙各三十字。五句四仄韵。

十里长亭千里路。
一步前程，几万相思暮。
二月东风云雨处。
寒梅不语群芳妒。
回首春播杨柳树。
花落花开，只解人生故。
何是烟尘何是雾，江湖谁把书儒误。

83蝶恋花

芳草茹茵三月暮，四野东风，已把春心许。
留下西山梅色住，何人一曲“黄金缕”？
五湖两岸洞庭树。
秀水红妆，只怕清明雨。
踏遍花丛章台路，小家碧玉轻来去。

84蝶恋花

怕只春情三月昼。
忽尔东风，忽尔云雨缪。
独立黄昏难可守，惆怅不问群芳秀。
记得梦中推是就。
小杏初红，雪月藏衣袖。
何必醒来开寞蔻，枕边不语人消瘦。

85蝶恋花

三月清明风雨日。
落下梅花，处处烟云逸。
玉女心田多隐密。
春心苦尽庵仲尼。
何事人明藏还匿？
白石流溪，旧迹空相忆。
天半又来君消息，凉州再去荒沙域。

86木兰花

唐教坊曲名。花间集载“木兰花”“玉楼春”两体。七字八句者为“玉楼春”。

梅花素色君心见，老树逢春草木倩。
东风杨柳小人颜，细雨音余长生殿。
秦淮又有飞来燕。

上苑还问花一片。
春心渐近梦难成，解衣未臣脱又穿。

87浣溪沙

子弟三千读苦寒，书生一半入长安。
手无释卷去时难。
隔壁借光人不倦，临山仰上客心宽，
罗衣平步在云端。

88浣溪沙

此去扬帆济世船。大千十地半桑田。
人生处处度方圆。
更上层楼知远近，凭空想象任君前，
一忧一乐一天年。

89少年游

调见“珠玉集”词有“长似少年时”句而名。双调五十一字，上阕二十五字，下阕二十六字。各五句三平韵。
江山何处十三州，东去大江流。
春风得意，秋叶归落，天下一春秋。
少年心上，朝朝暮暮。江湖可逍游。
那堪忧国纵酬谋。一诺许，竟沉浮。

柳永

90雨霖铃

唐教坊曲名。明皇幸蜀，初入斜谷，霖雨弥日。栈道中闻铃声，采其声为“雨霖铃”曲。自陈仓入散关，梓潼县有上亭，明皇闻铃之地。罗隐诗曰：“细雨霏霏宿上亭，雨中因感雨淋铃”。双调百三字，上阕五十一字，十句五仄韵。下阕五十二字，九句五仄韵。
春蚕囹圄，一丝三日。苦苦相贮。
东风初来不语，桑枝竞碧，江南淑女。
采下新芽秀叶，玉脂半凝虚。
已所许，心下清明，不锁空城任秦楚。
湖边细草轻轻举。风情重，只把春音与。
停船渡口，彼此，回首问，这里人间，非是，一杨一柳抒。口岸色，谁寄相思，困住人私予。

91蝶恋花

风落微波粼细细。
草附云沉，一半江湖济。
谁问蜂蝶恋花系，玉柱不误双心闭。
未解人间何别离，桃李芳菲，
日影阴晴蔽，西去东来情所继，
相思不与岸萍水齐。

92采莲令

曲宴游幸，教坊所奏十八调曲，九日“双调采莲令”。双调九十一字，上阕四十四字，下阕四十七字。各八句四仄韵。
小荷塘，红素相分付。
莲蓬抱，蕊丝倾慕。
珍珠欲附，已临清。
碧色流还住。
风渐至，摇翻白底，
亭亭玉立，四方姿影相顾。
叶叶伏波，片片青城晴光度。
和云水，万头千绪。
九夏方寸，日月见，脉脉通人语。
凭情意，拥心负与，化作神仙如许。

93倾杯乐

唐教坊曲名。宣宗喜吹芦管，自制此曲。又名“倾杯曲”。唐太宗宴，长孙无忌作。宋置教坊凡四部，每春秋圣节三十宴，其第一，皇帝什坐，赐群臣酒，宰相饮作“倾杯乐”。双调百四字，上阕五十二字，十句四仄韵，下阕五十二字，十二句六仄韵。
足踏凉州，江南横飞，烟渚十国杨柳。
长山短岭，风云夜雨，苇天萍地久。
晴空晓月临圆缺，不尽潇湘友。
中原处处秋已织，幽幽落落知否？
厮守，苍梧旧路，水声山色，寻得依时后。
天下一枯荣，人间半日月，年年回首。
四面乡途，南南北北。只与情相偶。
三江口，千万里，雁丘凝就。

94夜半杯

唐教坊曲名。明皇自潞州还京师。夜半举兵诛韦后，制“夜半乐”“还京乐”二曲。柳永借旧调倚新声也。三阕百四十四字。上阕五十字，十句五仄韵。中阕四十九字，九句四仄韵。下阕四十五字，七句五仄韵。
李唐武曌回顾，千年一女，色裙江山路。
谁见这黄河，断流难地去。
心猿意马，知寻自度。
上字依旧宣诗，无闻朝暮。
骆宾王，凭檄几言语。
废兴韦氏见睹。立世难铭，此情如妒。
勾心角，朝堂权谋如数。
胜人人胜，今今古古，百年风月沉浮，
这宫中苦，任成败，无非分付。
立意天下，独取京城，上长安路。
上苑约，曲江有王祚。
问明皇，出水尤见芙蓉雨，梨园客，
剑影公孙舞，开元天宝春秋误。

95玉蝴蝶

十一体。小令始于温庭筠，长调始于柳永。名始于唐孙光宪咏蝶诗。双调九十九字，上阕四十九字，十句五平韵。下阕五十字，十一句六平韵。
凭是云沉雨落，杨柳度口，一半春秋。
十里巫山，宋玉只赋神游。
问朝暮，大江峡水，入梦枕，谁守因由。
这东流，荒川未止，此去何求。
何意，人间风月，茹心含苦，无可消愁。
地远天高，西厢不尽不回头。
滟滪堆，狂澜险阻，造作成，浪遏飞舟。
到天涯，人情人欲，一纵难收。

96八声甘州

唐乐曲名。元稹“学语胡儿撼玉铃，甘州破里最星星”。此调前后阕共八韵而称八声。九十七字，上阕四十六字，下阕五十一字。各九句四平韵。
一曲未尽望玉门关，八声过甘州。

暮落黄河水，长城残破，不语东流。
曲折中原故道，此去逝无休。
逐起千层浪，几几沉浮？
谁见江东子弟，楚汉分界地，风云酬谋。
叹将军帐下，舞剑虞姬由。
这英雄乌骓何比，解甲闻，日月不回头。
三军外，楼兰立冬，天际霜秋。

王安石

97桂枝香

又名“疏帘淡月”。双调百一字，上阙四十九字，下阙五十二字，各十句五仄韵。

朝朝暮暮，尽淞江五湖，长亭烟树。
行止姑苏月下，越吴如许。
东流汴水长城误。这人间，谁人同语。
此秦何处，彼隋论足，江山歧路？
回首顾，长安落日，
见指鹿闻相，成败交具。
二世江山留下如此荣辱。
春秋霸主何因去，后庭花开竟不主。
南唐旧事，缘知所问，风风雨雨。

王安国

98清平乐

夕阳西下，不向东风嫁。
换得群芳香水榭，留得清姿无瑕。
声韵三弄琵琶，欣欣一入人家，
孤傲顶天立地，郡随可去山崖。

晏几道

99临江仙

万里山川依旧垒，江流不问江楼。
沉浮还是半沉浮。
人间三界水，天下一春秋。
草木兴衰知日月，英雄成败王侯，
书生自古未消愁。有心南北问，
应向国家忧。

100蝶恋花

一半江湖何去处，一半长亭，
一半山河步。
回首人生寻道路，杨杨柳柳无心树。
十地风情留不住，十地阴晴，
十地沉浮顾。
只向前行都不误，高阳日月寻朝暮。

101蝶恋花

这里人生常不顾，那里江山，
彼此凭心处。
南北无心杨柳树，东西一半阴晴路。
万里黄河流不住，十里长亭，九脉闻朝暮。
十三州外扬帆去。

102鹧鸪天

采郑嵎诗“春游鸡鹿塞，家在鹧鸪天”名。李煜词“云鬟乱，晚妆残”名“云鬟乱”。韩淲词“看了香梅看瑞香”名“看瑞香”。双调五十五字，上阙二十八字四句三平韵。下阙二十七字，五句三平韵。

半壁亭中十寸风，三春篱下一颜红。
千丝垂柳池心色，万叶芳群陆放翁。
谁沈氏，向情同。
潇湘故土落归鸿。
山川草木知云雨，日月阴晴不始终。

103木兰花

山川日月江河昭，草木风云雨雾淼。
行家碧玉故颜红，一寸东风春意晓。
去年今日年年少，过往还来岁岁了。
寻寻觅觅几人情，落落飞飞何宿鸟。

104阮郎归

用“续齐谐记”阮肇事。一名“醉桃源”“碧桃春”。双调四十七字，上阙二十四字，四句三平韵一重韵。下阙二十三字，五句三平韵一重韵。

一江流水一江楼，东风不语留。
群芳艳后半春秋，人心慵就愁。
儿女病，相思浮。衷肠梦里求。
巫山纵有雨云收，始终寻不休。

105阮郎归

江湖草木半凝霜，洞庭一色扬。
暮惊潮涌上钱塘，云低日月光。
三界水，两苏杭。盐官满素妆。
大江东去近疯狂，海洋是故乡。

106虞美人

人间风月人间少，旧事新生早。
一波初起一波消，两岸柳杨两岸柳杨桥。
闻啼草木闻啼鸟，只任情心晓。
此梦不尽彼梦遥，处处相思处处问春潮。

107思远人

名出“小山乐府”“千里念行客”。双调五十二字，上二十六字，五句二仄韵。下二十六字，五句三仄韵。

留下相思长短路，千万一朝暮。
江湖暗尽，飞鸿无语，何恨梦中误。
醒来不得云中雨，只有相思苦。
已是到枕边，这情深处，春心正倾许。

苏轼

108水调歌头

隋炀帝凿汴河制此曲。“明皇杂录”曰禄山犯阙，帝欲幸蜀时，置酒作乐，有“水调歌”唱李峤“山川满目泪沾衣”是也，犹听唱“唯有年年秋雁飞”因潸然叹。峤真才子，不待曲终。

双调九十五字，上阙四十八字，四平韵二仄韵，下阙四十七字，十句四平韵二仄韵。

汉习楼船

三国一云雨，赤壁半江天。
但知来去无主，今夕自长年。
羽扇纶中朝暮，也似风光未许，
同里一心禅。
俯首退思处，曾是故人前。
九尘外，三界内，一婵娟。
不尽峡水，秦制长城汉习船，

天下英雄何处，几论兴亡成败，
汴水去时烟。
铜雀台边事，乔女待情缘。

109水龙吟

采李白“笛奏水龙吟”名。五十一体。双调百二字。上阙五十二字，十一句四仄韵。下阙五十字，十一句五仄韵。

一舟才下洞庭，五湖人去从阔别。
隋炀汴水，姑苏已是，如花似雪。
碧玉倾肠，古弦吴语，欲止还说。
只留情切切。
回回顾顾，似停步，似离离因。
应问已知梅折，半春花，半东风决。
落云雨色，群芳谁见，似曾豪杰。
阴里尤晴，缘边红妒。纵横心结。
不可如此待人生，却道可千秋绝。

110永遇乐

此调有平仄两体。平调始于北宋。仄调始于南宋。“填词名解”卷三，“永遇乐”歇折调也。唐杜牧书二小词。邻家有小女，名酥香，凡才人歌曲悉能吟讽。尤喜杜词，遂成逾墙之好，后为仆所许，杜竞流河塑，临行述“永遇乐”词决别，女持纸三唱而死。双调百四字。上下阙各五十二字，十一句，四仄韵。

小女酥香，情声依旧，曲讽朗朗。
才子逾墙，杜流河朔，三唱休士仰。
表钟暮鼓，花明柳暗，永遇乐边思想，
两茫茫人前相处，此去彼来永昶。
古今谁见，情中不忘，云雨巫山曾像。
何故何成一议三叠，九脉都寻赏。
是非言里，都是俗党，儿必摧残拉纺。
柳杨岸，青楼月色，半慨半慷。

111洞仙歌

唐教坊曲名。苏轼云：“余七岁时，见眉州老尼，姓朱，忘其名，年九十岁。自言尝随其师入蜀主孟昶宫中。一日，大热，蜀主与花蕊夫人，夜纳凉摩诃池上，作一词，朱具能记之。今四十年，朱已死久矣，人无知此词者。但记其首两句。暇日寻味，岂（洞仙歌令）乎，乃为足之云。”孟昶所作非“洞仙歌令”乃“木兰花”词：“冰肌玉骨清无汗，水殿风来暗香满，绣帘一点月窥人，歌枕钗横云鬓乱。”双调八十三字，上片三十四字，六句三仄韵。下阙四十九字，八句三仄韵。

冰肌玉骨，水殿秋风菊。
花蕊夫人暗香逐，纵人窥，
处处都是私情。
摩诃池帘绣月明清淑。
朱尼庵门守，必似无声，有意禅音天竺。
可见夜如何，一半星空，一半绽，
一半甘肃。
回头问时来去苍凉，谁可数流年，
慎中心独。

112卜算子

骆义乌（宾王）诗数名，人谓卜算子。十六体。双调四十二字，上阙二十字，四句二仄韵。下阙二十二字，四句二仄韵。

琼岛问东坡，月落何心领。
一半人间一半云，风雨多回首。
赤壁许江流，吴蜀寻乔影。
一半河山一半君，大小谁忡憬。

113青玉案

汉张衡诗：“何以报之青玉案”而名。十七体。双调六十七字，上阙三十三字，下阙三十四字。各六句四仄韵。

三年不识姑苏路。虎丘剑，洞庭树。
不向天平山外暮。
小家碧玉，半桥流水，天下多云雨。
东吴汴水一舟渡，千家梅花故人妒。
见得江湖心已许，人间冷暖，念奴声里，
金屋藏娇处。

114江城子

欧阳炯有“如西子镜，照江城”句，或名于此。双调七十字，上下阙各三十五字，七句五平韵。

百年父母两茫茫，尽思量。子难忘。
一半生平，无语对松冈。
山海关里读不尽，书北壁，话南洋。
老来回首几出墙，晚云扬，故家乡。
辽东一生三两见，遗憾处，是爹娘。

之二

千年西子照湖城，半杭卿，一闻莺。
柳浪深深，两地十精英。
纵使文章笔墨客，进士里，状元名。
断桥尤连小舟横，
有荷倾，有阴晴，有月三坛。此处几人行。
留取心思风月去，娘子伞，许仙盟。

115南乡子

唐教坊曲名。九体。有单双调。五十六字，上下阙各二十八字。五句四平韵。

乡子两三声，一半人间一半情。
只有辽东儿女向，平生。
何必榆关里外行？
回首梦难成，十地阴晴十地英。
不问江河流不住，枯荣。
明月清风进退萌。

116念奴娇

念奴，天宝中名唱，每岁楼下酺晏，万众喧溢，严安之，韦黄裳辟易不能禁，明皇遣高力士大呼楼上曰：“欲遣念奴歌，使二十五郎吹小管，逐看能听否？”皆悄然奉诏，念奴每执板当席，声出朝霞之上。玄宗欲夺游侠之盛，未召入宫。双调百字，上阙四十九字，九句四仄韵。下阙五十一字，十句四仄韵。

念奴楼上，未呼尽，顷刻无声相抚。
执板当席，歌九曲，郎管明皇客主。
四壁朝霞，游侠夺胜，
日月江山谱，年年如故，万家灯火天府。
何事梨园当情，霓裳羽衣舞，英姿还取。
十里长安，九脉色，三界谁留千古。
下里巴人，阳春白雪女。
去来谁数，江湖多少，一鸣惊人伊户。

117贺新郎

苏轼作。轼守钱唐有官伎秀兰，黠慧善

应对。湖中宴会，群伎并至，秀兰独迟。轼问，云："发结沐浴便困睡，闻召理妆，故迟至耳。"俯倅嗔恚不已。秀兰取榴花一枝藉手请倅益怒，子瞻作"贺新凉"以解之。误为"郎"。双调百十一字，上阙五十八字，下阙五十三字，各十句六仄韵。

午燕藏金屋，秀兰迟，
华荫草木，倅心重复。有语婵娟自生妒。
未展眉间又蹙。
伴困倦，慵慵出沐。风月不闲情可逐。
玉枝纤，扭扭摇摇祝，只道是沉香香复。
石榴裙外芳华牧。
有心裁剪妇人宿，一分孤独，
淑女十分待可取。风花雪月入目。
目不管，千秋修竹。
若见露贞姿，莫似先前，二月水，八月菊。

秦观

118望海潮

孙何帅钱塘，柳永作"望海潮"以名伎楚楚唱而谒之。金主这闻歌"三秋桂子，十里荷花"逐起投鞭渡江之志。双调百七字，上阙五十三字，十一句五平韵，下阙五十四字，十一句六平韵。

年年孤傲，年年疏影，年年暗度芳华。
姿色五湖，香流一水，私藏碧玉人家。
红粉到天涯。腊月衣素雪，东风窗纱。
满了西山，十分新色是梅花。
渔舟唱晚鸣笳，管弦丝竹乱，音韵山崖。
东山相映寻品访探，吴门处处咨嗟。
春里浪淘沙。
见唯亭不语，船上西霞，随上群心，
但凭儿女酒旗斜。

119八六子

六体。秦观有"黄鹂双帝数声"而名"感黄鹂"。双调八十八字。上阙三十字三平韵。下阙五十八字十一句五平韵。

半阴晴，断桥堤岸，西湖柳浪闻莺。
这吴吴越越玉女，小舟藏下红袖，
满了人情。
夫差勾践何成？碧色万千相倾。
江东五霸平生。
问楚汉，黄河流落天下，
中原逐鹿，风残长城。
回顾岳母，三坛印月，濛濛细雨清明。
谁精英，鹧鸪已鸣数声。

120满庭芳

七体。有平仄韵。采唐吴融诗"满庭芳草易黄昏"名。又柳宗元诗"满庭芳草织"一名"锁阳台"。双调九十五字，上阙四十八字，十句五平韵。下阙四十七字，十一句五平韵。

桃色天云，云楼峰落，一跃飞上天门。
叶荷竞发舟济似渔村。
多少瑶池秀色，莽莽去，红霞黄昏。
晴空里，山崖谷角，呼得小儿孙。
乾坤当守镇，千年万里，南北鹏鲲。
风月尽浮沉。
也似江华，一半钱塘素浪，
姑苏客，惹娘销魂。
谁相望，蜃楼海市，三叠人根。

121满庭芳

梅岭群英，东西山上，细雨丝入清明。
扁舟纵横，儿女五湖荣。
倾露红袖素手，惊春色，如何心情。
姑苏外，芳华百里，沧浪状元城。
阴晴，天不尽，烟云淡淡，黄鹂声声。
水流小桥头，暗许私萌。
应去明年这里，青楼后，东风莺鸣。
相思处，婵娟晓月，灯火一心生。

122减字木兰花

双调四十四字，上下各二十二字。四句二仄韵二平韵。

深山小路，雨落云收渐暮。
寺外钟声，古刹禅音向客成。
越池隋树，草木芳华十里误，一半枯荣，
处处人心处处情。

123浣溪沙

盼盼徐州草木楼，轻轻燕子柳杨洲。
小蛮腰细居易愁。
秋月春花疑不定，风生水起似无休。
年年岁岁日月流。

124阮郎归

天河两岸一牛郎，人间十地裳。
七夕桥上试红妆，鹊声半不扬。
云问雨，风求凰。人间乞巧忙。
藏衣织女旧河塘，心思去时长。

125踏莎行

一半桃源，两三白鹭。谁知此处是何处？
小桥流水汉人家，小家碧玉秦芳妒。
竹挂红妆，春藏柳树。渔舟唱晚渔舟渡。
年年岁岁岁年年，朝朝暮暮朝朝暮。

赵令畤

126蝶恋花

三月清明三月雨。
十地长亭，十地相思苦。
万里江湖天外树，千山草木川中暮。
这里烟云寻故步。
那里风波，都是枯荣路。
醒醉人间知回顾，沉浮不可行舟误。

127蝶恋花

柳絮杨花春半暮，已是红尘，
香满西山路。
色尽群芳何尺度，年年岁岁不争妒。
独傲江山居自主，夜上婵娟，影照人间故。
一寸相思心一寸，东风未歇东风语。

舒亶

128虞美人

芙蓉出水姿身顾，叶下云烟素。
清娇神色半天生，丽质莲心子在一蓬盟。
珍珠欲去还留住，玉立人间主。

秋声未起入贞名，隔岸黄莺不语是私情。

朱服

129渔家傲

一半江湖烟水隔，万千花草春情脉。
不语东风云雨册，天地泽，
红尘碧玉芳香帛。
少小离家求欲索，如今老大寻何莫。
彼此人生来去客。
东山石，西山巷外桑阡陌。

毛滂

130惜分飞

东坡守杭，毛滂为法曹掾，常眷一伎，秩满当辞，留连惜别，赎以“惜分飞”词。次日，东坡宴客，伎即歌此侑酒云，东坡语坐客曰“郡家居有词人而不及知，某之罪也”。折柬追迎，为之延誉滂以此得名。双调五十字，上下各二十五字，四句四仄韵。

只惜分飞情半付，曲上中庭玉树。
只恨离别路。相思不与人间渡。
秋月春花云雨住，毛滂声名身自主，
使得东坡语误。
折柬似回顾，一音三叠凭心诉。

陈克

131菩萨蛮

晨钟暮鼓幽幽院，春花秋月重重殿。
寺外两三年，庭前三两燕。
云烟芳草甸，雨水枯荣禅。
渡口去来船，人间来去缘。

张舜民

132卖花声

两叶小姑湾，五色红颜。
二分楼外九分蛮。
尽是潇湘天下客，何去无还。
岳阳路斑斑，阡陌维艰。
一舟一木一人还。
回首洞庭云雨半，一半江山。

李之仪

133卜算子

舟见小桥奴，玉立云边树。
半问洞庭半小姑，天下人间渡。
水色入屠苏，风声寻窗户。
一寸相思一丈夫，不可心无主。

贺铸

134青玉案

人间不见人间路，但问去来朝暮。
挥手楼兰谁与度?
玉门关外，茹辛茹苦，日落天山树。
千万识得邯郸步，一半江山细知数。
何以红尘芳草妒，此声声里，彼风风雨，
不负枯荣故。

135浣溪沙

一半江山一半家，万千岁月万千霞。
人生自古问天涯。
柳岸风沙沉云化雨，大江东去浪淘沙。
梅花未尽是桃花。

136浣溪沙

日月昭昭十里花，江山处处半桑麻。
风前雨后一人家。
回首难明新去客，云沉未尽挂窗纱。
心浮不住问天涯。

137石州慢

六州者，伊、梁、甘、石、氏、渭皆唐西边州。各有曲、施肩吾诗“赚杀唱歌楼上女，伊州误作石州声”。双调百二字，上阕五十一字，十句四仄韵，下阕五十一字，十一句五仄韵。

雨上青楼，云落石州。十地杨柳。
晴停万里沙丘，不断玉门回首。
阳关此阙日暮点点归鸿。
胡姬曲下荒唐酒。
记取去还留，任心天涯守。
伊梁甘渭，轻姿曼舞，红袖素手。
金屋藏娇，汉武风尘旧友，不可知方寸，
生下故梦新愁。
人情未可江湖走，短短一春秋，
凤鸣凰求偶。

138天香

“法苑珠林”：“天童子天香甚香”而名。采唐宋之问“天香云外飘”名。贺铸名“伴云来”。双调九十六字。上阕五十一字，十句五仄韵。下阕四十五字，八句六仄韵。

国色天香，江青谷秀，是问金陵朝暮。
十里秦淮，三山古树，半染清秋霜露。
小桃夜渡，月不声，献之曲赋。
自是书生自负，花池凌波微步。
未知何是去处，一西风，归鸿相许。
飞过长城汴水，以心分付。
此际无人晓论。这厢苦，难言凉州暮。
远远沙鸣，天涯有路。

139望湘人

一体。贺铸。调见“东山乐府”。双调百七字，上阕五十四字，十一句五仄韵，下阕五十三字，十句六仄韵。

曲终人不见，湘竹佩兰，醉香可许兴叹。
尚有余音，旧情未断。
几许情中轻唤，夜色清清，贾生屈子，
临江云岸。
这水流，风月由时，锁住三吴娃馆。
须得春秋一半，向人间再寄。

玉波霄汉，去来似无踪，怯是雨落云散。
罗袜浪迹，采苹江畔。
十里长沙洲泮，但好问，
一字成双，只有归来飞雁。

周邦彦

140瑞龙吟

始见周邦彦，一名“章台铭”分三叠。百三十三字，上中阕各二十七字，六句三仄韵。下阕七十九字，十七句九仄韵。
洞庭路。飞燕半入西山，半吴江树。
梅香两地桃花，红尘粉素，群英小住。
一朝暮，十里碧芳草，云云雨雨。
依依旧约东风，怕寻故情，初开门户。
何以私窥村后，探春探友，莺莺吴语。
小杏逾墙相闻，音韵如故。
龙女情井，柳毅传书处。
园四壁，三心二语，留心回顾。
此与千年去，人言尽是，相思不绪。
未管谁倾许。
还见得，纤纤影姿承露。
深深院落，意难分付。

141风流子

唐教坊曲名。九体。双调百九字，上阕五十八字，十二句五平韵，下阕五十一字，十句四平韵。
弦月半荷塘。芙蓉浴，玉立卸初妆。
一心一意双。
半藏莲子，羞色清姿，如许情肠。
碧叶上，旧时依约问，寻得小红娘。
这里燕巢，那边芳草，
小桥流水，夜近天香。
方圆知难锁，开门户，私待会自萧墙。
可怨鹊飞长生殿上三郎。
华清池外去，窃闻且住，记取秦晋，
偷了衣裳。由此教人，恰逢凤尾西厢。

142兰陵王

唐教坊曲名。齐文襄之长子长恭，封兰陵王，与周师战尝著假面对敌，击周师金墉城下，勇冠三军而名。三阕百三十字，上阕四十八字，十一句七仄韵。中阕四十二字，八句五仄韵。下阕四十字，十句六仄韵。
东风面，十地春光故院。
长城外，花草芳菲，小叶幽幽已成片。
长安问上苑，谁见？青楼客倦。凌波缱。
暮鼓晨钟，应是深宫十三殿。
尤闻故人怨，曲舞任孤弦，
君欲何劝，风花雪月一千万。
射一箭荒漠，原远沙堰。楼兰日落。
已色半，地角渐蔓蔓。
兴叹。恨难断。别梦依稀回，烟消云散。
斜阳不与西风乱，念旧日好问，雁丘汾岸。
沉浮应得，似不见似所见。

143锁窗寒

因词有“静锁一庭愁雨”及“故人剪烛西窗雨”句而名。双调九十九字，上阕四十九字，十句四仄韵。下阕五十字，十句六仄韵。
柳岸花明，寻青踏碧。半江鸥鹭。
争风觅侣，不锁五湖云雨。
杏叶小，桃李色休，东山日落西山暮。
似曾舟不渡。馆娃吴越，此情生妒。
分付。江山树。远近可含烟，晓春误数。
寒食草木，都与黄花回顾。
拙政园，同里退思，汴水只去千里注。
到杭州，百里江华，寺钟寒山忤。

144六丑

周邦彦作“六丑”。高阳氏有六子，才而丑，犯六调。双调百四十字。上阕六十九字，十四句八仄韵。下阕七十一字，十三句九仄韵。
任东风细语，碧色里，桑麻阡陌。
一踪可寻，三春如九脉。水去山泽。
彼此花开落，万千云雨，楚汉人心窦。
牛郎织女银河隔，乱了瑶池，闻情过客。
阴晴自古芳格。这男媒女使，胜似金帛。
江湖险恶，必欢呼跳跃。
尽可寻新意，成旧约。滕王阁上求索。
下潇湘竹泪，问鸿何去，
岳阳驿，已飞黄鹤。
情难说，半壁河山故国，一呼三诺。
年华里，潮汐荒漠。
恐玉门，不到楼兰处，锦书不托。

145夜飞鹊

名取曹孟德“月明星稀，乌鹊南飞”句。双调百六字，上阕五十三字，十句五平韵，下阕五十三字，十一句四平韵。
幽燕柳杨路，何事南洋。平生一半书乡。
星稀只有月明处。人情熟视红妆。
河山似非旧鹤飞鸿不落，草木芬芳。
东风会意，纵凌波雨落云扬。
朝暮有先后，来去送斜阳。
出入儒林，属自辽东父母，
如今尽是，心中茫茫。
非归故里，是文章，隔世炎凉。
不徘徊释卷，依稀岁月纳爷娘。

146满庭芳

一半阴晴，万千日月，两三阡陌桂烟。
枯荣花草，远近去来船。
谁见洞庭湖上，朝暮是，色满方圆。
姑苏外，吴吴越越，先后有无帆。
问人生醒醉，仕途进退，早晚云天。
这古今风社，沧海桑田。
杨柳春秋树木，有三元，有九脉峰川。
人须见，英华玉立，开谢待年年。

147大酺

唐教坊曲有“大酺乐”，开元中，大酺于勤政楼，观者喧聚，莫辨鱼龙百戏之音，高力士请命官人张永新出歌，可以止喧，永新出奏慢声，广场寂寂，若无一人，之曲始此。双调百三十三字，上阕六十八字，十五句五仄韵，下阕六十五字，十一句七仄韵。
开元长安，梨园里，记取三郎羯鼓。
公孙大娘剑，念奴声依顾，永新大酺。

勤政楼前，鱼龙百戏，
玉环只奉朝暮，霓裳羽衣舞。
芙蓉初出水，婷婷玉树。
岐王胡施儿，唐家天宝，玄宗何数。
江山，人几度。一先念产，风流才女妒。
怎得向，采萍怨尽，一斛珍珠。
等闲时，只伤情绪。
不记笛声客，双泪落，更西窗雨。
任离索，荒唐苦。
芳香铺地，日月荆桃如赋，人心与分收渡。

148蝶恋花

暮色濛濛云落第，香在枕边，
骤语人声细。
山盟海誓向天际，朝花夕拾人心砌。
碧玉春风小城闭。可向江山，寻得芳菲济。
年月岁华衣属隶，红尘自应满春泥。

149解连环

齐君王后当国，秦遣齐玉连环，使解之。君王后引锥碎之而谢使者曰"谨以解矣"，宋周美成词"信妙手能解连环"逐名。双调百六字，上阙五十三字，十一句五仄韵，下阙五十三字，十句五仄韵。

智书求索。儒林千万说，玉门荒漠。
后著国，素淑连环，秦使事齐君，
未谢轻薄。
妙手深宫，谨以遣似无周佳凿。
这天南地北，雪月风花，两壁沟壑。
春秋不须再约，以人间秩序，成在方略。
应记得今古殷勤，暗尘化解轻，自是了却。
五霞群英，逐鹿去，云飞云落。
这平生，对心八戒，为依一诺。

150拜星月慢

唐教坊曲名。双调百四字，上阙四十九字，十句四仄韵。下阙五十五字，八句六仄韵。

月色钱塘，风云雨露，不是春秋了断。
汴水行舟，以何江山叹。是
吴越，一半荷花，一半湖色，
一半浮烟池畔。
千万兰情，有轻声呼唤。
这桃花，都被东风乱。
群芳落，不到瑶台岸。
五湖两山洞庭，有凌波浩瀚。
有天平，也有西施馆。
有苏杭，也有朝天冠。
不道是，古古今今，可无回首看。

151关河令

又名清商怨。唐舞曲有"清商伎"。双调四十三字，上二十一字，下二十二字，各四句三仄韵。

千家春秋一百姓，万家关河令。
清商声声，相思天下病。
西厢人在五更，抱玉枕，孤灯幽静。
海誓山盟，帆舟何纵横。

152尉迟杯

七体。有平仄两调。名取尉迟敬德，饮酒必大杯也。双调百五字，上阙四十八字，八句五仄韵。下阙五十七字，八句四仄韵。

洞庭树。汴水色，日晚渔舟暮。
江湖一片苍茫，归宿何如归处。
多情总是，云雨里，东风入芳浦。
见姑苏，百里三吴，碧玉小家依附。
弦月半壁钱塘，连明已杭州，有断桥路。
这里疏香那边影，推也就，心深如妒。
东山客，西山照顾。
夜光里，雕楼草木语。有何人，更去相思，
梦中还以情渡。

153西河

七体。又名"西湖"。三阙百五字，上阙三十三字，六句四仄韵。中阙三十六字，七句四仄韵。下阙三十六字，五句五仄韵。

金陵月，秦淮彼此出没。
三山三水一清波。半关半阙。
六朝已去数朱陵，扁舟白石吴越。
台城柳，香君雪。莫愁湖上明灭。
石头壁垒女儿墙，私私切切。
有情人但寄未潮流，婵娟居处圆缺。
如是卞京钱谦益，小桃渡，乌衣王谢。
燕子不飞还说。道寻常尽是人间倾许。
胜似兴亡千秋节。

154瑞鹤仙

乾道中，吴兴周权知衢州西安县。一日，令术士沈延年邀紫姑神，赋"瑞鹤仙"牡丹词，有"睹娇红一捻"因名"一捻红"。双调百二字。上阙五十二字，十一句七仄韵。下阙五十字，十一句六仄韵。

玉门外关诺。千万里，一半风沙漠漠。
骄阳不飞雀。问楼兰，寻得交河残廓。
荒丘日落，有残红，苍空辽阔。
任流鸣丘响，声撼人心，未可求索。
不记归时拼搏，饮马天山，纵深收获。
醒眠九脉，彼此是，三江约。
过敦煌，舞尽胡姬天地，一番芳人故泽。
任华年过却，犹问洞天喜乐。

155之二 藕心丝连

一节藕根守二荷，千丝万缕纵三歌。
并蒂双落莲心子，玉立婷婷粉素娥。

156浪淘沙慢

双调百三十三字。上阙五十一字九句六仄韵。下阙八十二字，十五句十仄韵。

唱阳关，残阳海市，隐隐明灭。
云上蜃楼暂别。风沙万里如雪。
不继六州音尘绝。问长安，上苑花折。
杨柳坝桥一诺一许，年年以情结。
私初，可求梦里圆缺，
月落风住无人处，有欲倾许说。
纵是以身寄，不可空穴。枕边衣缀。
情可传，留待西厢清洁。
日尽交河寻豪杰。有断碣，残碑序列。
忤钟外，楼兰故国迭。
怨声久，只与相思，弄月色，
空余处处人心子。

叶梦得

157贺新郎

半暮流花雨。半芳菲，莺莺曲尽。

短袖红素。
碧玉情丝杨柳下，夕照阴影似舞。
日已困，云沉香圃。
天外燕来鸣不住，凭声是，多少衷肠误。
又却是，何空许。
石榴裙下君王妒，无字碑上几言语。
梦中如数。
艳色腰肢细看取，江山千年不顾。
只怨作，春风分付。
若待一朝来，唱彻金缕。
回首十百度，沧浪水，万里路。

158虞美人

幽燕不去孤心闭，应作榆关去。
书生半世半倾肠，只道儒林天下读书香。
长空落日人无计，往事何留意。
家乡一步一家乡，今古平生处处柳杨长。

李清照

159凤凰台上忆吹箫

萧史善箫作鸾凤之响。秦穆公有女弄玉。亦善箫，公以女许之。道教弄玉作凤鸣。居十数年，凤凰来止，公为之筑，凤台夫妇止其上，数年，弄玉乘凤，萧史乘龙去。调取此名。双调九十五字，上阙四十七字，十句四平韵。下阙四十八字，十一句五平韵。

月满清堂，云沉桂舞，瑶池一半春秋。
弄玉穆公女，萧史临酋。
凤鸣龙吟台上，夫妇善，箫在秦楼。
千年里，来来去去，事事无休。
休休。这天上下，三叠唱阳关，丝竹渔舟。
司马知音切，欲止还流。
唯有余情未尽，当炉酒，风月沉浮。
沉浮处，大江东去，浪里飞舟。

160醉花阴

双调五十二字，上下阕各二十六字，五句三仄韵。

雨色洞庭云色暮。夜梦舟帆渡。
人在小江湖，一半相思，一半入归处。
东风细语梅春路。碧草情深误。可是有身心，三月芳菲，香比黄花妒。

161声声慢

宋蒋捷赋秋声俱用“声”字收尾而名。九十七字，上阙四十九字，九句五仄韵。下阙四十八字，八句五仄韵。

朝朝暮暮，柳柳杨杨，南南北北处处。
只识人情风月，不须回顾。
丝丝缕缕曾是，这草木，春依秋附。
繁未住，简常留。几见人间如故。
最是云云雨雨。何宋玉，巫山有谁分付。
止止行行，独自怎生倾许？
秦秦晋晋如数，这雁丘，阡阡陌陌，
都满是，心心意意百度。

162念奴娇

易安清照，漱玉泉，留下书香村壁。
竹色浮沉，谁道是，居士寻寻觅觅。
半访金陵，三山三水，落取身名寂。
人间金石，一生多少鸣笛。
人比黄花当年，几人愁字了得，
惨惨戚戚。骤雨狂风，叶满地。
听去淅淅沥沥。
又复黄昏，斜阳暮色重，晚生成绩。
旧时秋月，芦花还就寒荻。

赵佶

163燕山亭

双调九十九字，上阙五十字，十一句五仄韵。下阙四十九字，十句五仄韵。

幽燕长亭，山海关阙，北宋临安南宋。
杭州断桥，艳色浓依，都是故宫残冗。
叶落飘零，这南北，开封兄弟。
何梦，几处问天下，赵佶家恸。
长亭还是长亭。
这金鞭，荷花十里融溶，西湖月夜，
柳岸莺鸣。谁问马兵汹汹。
一半兴亡，一半念，似曾心痛。冰中。
南北是，江山去空。

陈与义

164临江仙

雪月冰肌高处逢，风花有影无踪。
飞机前后玉芙蓉。
思朱成碧色，问舞入云重。
老得南洋知故客，天涯来去匆匆。
书生自古一书翁。
长春依旧是，不作旧年同。

165临江仙

一诺楼兰天下去，书生自是书生。
手无释卷入三更。
江河行止地，俯仰见精英。
五十余年千万里，平生不是平生。阴晴岁月有枯荣。南洋云雨客，故里北京城。

周紫芝

166鹧鸪天

亚洲开发投资银行 ADIB

一半江山一半休，两三日月两三留。
南洋草木南洋水，主客银行主客楼。
千万里，万千谋。
沉浮天下问沉浮，青云直上青云外，
五十生平四十州。

167踏莎行

水水山山，朝朝暮暮。天涯不尽平生路。
杨杨柳柳半南洋，青云直上青云步。
抑抑昂昂，风风雨雨。辛辛苦苦人间渡。
南南北北一方圆，成功只在成功处。

徐伸

168二郎神

十体。唐教坊曲名。

去来心里，只落下、一江风雨。两岸陌

阡田，桑麻杨柳。梅花山月处处。疑是江南洞庭水，九色向、东林西树。银杏白果叶，桃花枇杷，碧螺春暮。　回顾。吴吴越越，西施酥素，天平已遍舞。馆娃故院，何人经商如若。纱溪浣水，人情难主。凭得十年朝暮，由五霸，应是人间所向，心思分付。

李玉

169贺新郎

多少风和雨，乘黄昏，寞寞不语。暗敲窗户。未是春梅开落去，无主天涯有主。但化作、红尘香土。留下余情身影数。半西厢、付与芳心虏。人不定，曲金缕。寻寻觅觅寻何处？小鸳鸯桥头渡口，欲分还据。草木连根情所属。误了江青碧浦。杨柳树，飞扬花絮。日月缺圆难照顾。却衣后，卧罢相思苦，疑眠里，满成府。鲁逸仲

170南浦

《楚辞》：“送美人兮南浦。”南浦在江夏县南三里。唐教坊记有南浦子曲。有仄平两调。双调百零二字。上阙五十一字，九句四平韵。下阙五十一字，八句四平韵。

云中雨里，日月使沧海半桑田。
花草江山兴废，风月一婵娟。
谁问寒宫圆缺，桂子圆。月兔已无眠。
一字归鸿雁，下潇湘去，斑竹泪如烟。
好在岳阳楼外，望江流，飞跃大江船。
楚国南浦还梦沙水水沙泉。
三闾大夫歌罢，自宣言，万古千秋年。
读尽书应是，贾谊三界入坤乾。

岳飞

171满江红

一箭昆仑，天山去，精忠报国。
万里路，五千长亭，是何颜色。
九曲黄河流不尽，三江日月春秋默。
入得忧，白了读书头，清君侧。
古今闻，上下则。君子怨，小人惑。
半朝堂、是非难知时刻。
留得燕山飞将在，不问故巷长城北。
小桥北，小桥边，草木旧山河。丹青墨。

张抡

172烛影摇红

王都尉有“忆故人词”。徽宗诲其意，犹不以丰容宛转为恨。乃令大晟乐府别撰腔。周邦彦增色其词，首句以“烛影摇红”而名之。元好问更名“秋色横空”。迥异，并非一调。

山里洞天，八仙过海艰难。
晓风残月环游，竹影摇红断。
雨雨云云一半。钱塘潮，盐官都乱。
一线吴越，涌上兰峰，流光霄汉。
新水陈年，五湖日月淞江岸。
阴晴圆缺人间。
回首山河看，尽是风尘牵绊。
石榴裙、疏情委婉。
欲推还就，两点孤灯，十声兴叹。

张孝祥

173六州歌头

六朝兴废，三国半吴声。
金陵月，秦淮水，女儿情。客精英。
草木明清史，香君扇，
如是盟，多少事，前后问帝王城。
处处风云，处处人间苦。处处人生。
处处天下易，处处枯荣。
处处阴晴，一心明。
六州歌罢，玉门里，阳关外，有沙鸣。
方圆尽，荒丘起，许人惊。
夜三更，平吞千军马，沉戈箭，弃刀旌。
岁冠盖，年华成。任纵横。
千羽怀远徙壮，向西域，有泪无倾。
望楼兰残壁，留下古今名。日与天平。

174念奴娇

荒崖芳草，近沙鸣。半入黄昏霞暮。
已见阳关风萧萧，十里中堂柳树。
一舞胡姬，三分玉色，九脉人间妒。
领心会意，但留梦里回顾。
素月可付婵娟，广寒私冰雪，人间云雨。
自影孤光，西域冷、暖在红袖深处。
任是楼兰，交河圆日落，与天倾许。
斜阳和煦，江湖山水人渡。

175之一　元　夏永　岳阳楼图

江风十里岳阳楼，故国千年一客忧。
日月阴晴三界外，枯荣草木半春秋。

之二

半入风云半入楼，一江日月一江流。
纵横万里纵横问，上下千年上下求。

韩元吉

176好事近

胡邦衡在新兴，尝以“好事近”云：“欲驾巾车归去，有豺狼尝辙”。郡守以为讥讪。秦桧益怒，移送吉阳军编管。邦衡与骨肉徒步以涉，瘴疠，路人莫不怜之。双调四十五字，上阙二十二字，下阙二十三字，各四句三仄韵。

十里一长亭，行似万头千绪。
多少五湖云雨，草木天天数。
春花风月半人间，陈步九山树。
驿外断桥梅无主，岁华年老许。

袁去华

177剑器近

宋史，乐志。教坊奏剑器曲，有舞队。双调九十六字，上阙三十八字，八句八仄韵，下阙五十八字，十二句七仄韵。

半云雨，一奈可？春花不妒。

草芳水清佳树。只留取。以心主。
过断桥，莺莺细语。
西湖分明晴路，几人去？
朝暮。小桥同里住。
江村色水，锁碧玉、寂寞双桥苦。
私藏佩玉上西厢，
有青楼不与、有情如意如许。
月明香素，笛竹管弦，未了思丝处处。
五湖落日渔舟顾。

178安公子

唐教坊曲名。唐时“安公子”在太簇角。今已不传。隋乐工王令言妙达音律，时炀帝征辽。令言之子弹琵琶作“安公子”曲。令言惊问“那得有此？”对曰“宫中新曲，调在太簇角。”多调。袁词百六字，上下阙名五十三字，九句六仄韵。

唱尽黄金缕，玉门关外三叠路。
春入春心春草浅，更一番朝暮。
夜半任沙鸣，月牙湖边树。
圆缺时，可问女儿否？
天地半人间，留下芳情无数。
万里寻云雨，这里雨少云多去，
可上昆仑揽月，问寻天公住。
不必有闲愁，人杰黄河渡。
中原逐，都是人间聚。
又向何谁问，来去天涯自主。

陆淞

179瑞鹤仙

半壁亭旧约。都是客、莫道阴差阳错。
春芳东风恶。这云雨，家锁以难铭孤钥。
楼高柳色，小舟边，辛苦求索。
有鸿飞鹤立，花草树木，土垒沟壑。
一行宫墙粉墨，素手红袖，未眠朱阁。
荒情漠漠。这岁月，已心落。
间别离、自是花深草浅，沟重壑垒雕凿。
任人情冷略，银河两岸却鹊。

陆游

180卜算子

色满客人身，唤取东风雨。
岁岁年年一半春，腊月寒心主。
百草影姿亲，九脉芳菲顾。
教化红颜一半云，留下香尘路。

陈亮

181水龙吟

楚河汉界鸿沟，大江两岸东方树。
今今古古，兴兴落落，朝朝暮暮。
应见张良，萧何韩信，雄英难驻。
四面埋伏曲，虞姬帐舞，天下女，红颜付。
八百男儿何误，这鸿门，封王称主。
营营利利，是非非是，人间只误。
一半江东，两三君子，万千无属。
彼此江山逐，何言何语小乔辛苦。

辛弃疾

182贺新郎

三叠阳关曲。十金缕、渔舟唱晚，
似花如玉。一半凉州万千逐。
成败有荣有辱，任道是，春红夏绿。
飞将归来何继续？
枉教人，故巷家乡欲。
纵马去，天水浴。
阴山脚下声名录。
向长城、回头草木，以何感触？
鸿大雀来只看取，江山成败土什。
只作是，生当高鹄。
不待对王侯，殿下宫前，万里一月足。
古今外，兴叹烛。

183念奴娇

淞江东去，五湖岸，一半洞庭朝暮。
汴水隋流知万里，彼此苏杭云雨。
两岸钱塘，三山二水，碧玉琼花素。
山光树影，鸣舟来去如数。
俱说这是天堂。任吴吴越越，人情言语。
十地芳津，三堤月，五颜六色煦付。
翠港观鱼，苏公桥外问，谁人寻渡？
江山依旧，方圆可以回顾。

184水龙吟

阴阴还是晴晴，是是也非非镜。
云中雨里，人心总是，情情景景。
一度消凝，半波烟水，三春风静。
柳岸莺莺语，苏堤四围，泉虎趵，茶龙井。
吴越钱塘人性，六和明，冶姿红杏，
出墙致雅，私心纤色，流年问鼎。
这内裙袖，那厢酥手，素芳正倩。
形形隐隐若，朱栏外边是秋千影。

185摸鱼儿

唐教坊曲名。一名《摸鱼子》，晁补之词“买陂塘，旋栽杨柳”更名“买陂塘。”辛词双调百十六字，上阙五十七字，十句七仄韵，下阙五十九字，十一句七仄韵。

买陂塘，柳杨杨柳，成思孰可先后？
伴春芳草长亭色碧与江湖朋友。莫回首。
道路远，天涯海角随寻走。
重阳九九，算只有方圆。
去来来去，天下以心守。
阳关外，谁拟胡姬醉酒。
金戈铁马自荣枯。
千金不问相如赋，绰绰锦衣消受。
天地久，人不见，东林何以狮林吼。
沙疆蹦蹂，休得问红尘，斜阳照旧，
飞将巷知否？

186永遇乐

有平韵仄韵调。又名“消息”。双调百四字，上下各五十二字，十一句四平韵。

万里云天，百年行止，东流扬波。
十地长亭，三江渡口，高树攀雨萝。
斜阳朝暮，风花雪月，去来似以磋砣。
德阳德，长沙沙水，入湘间楚九歌。
今今古古，婵娟娟日约，等闲千界山河。
诺在楼兰，英雄总是，何必名少多。
风流情绪，花花芳岁，色空几对青娥。

寒宫里，怀酥玉兔，桂影婆娑。

187祝英台近

辛弃疾有“宝钗分，桃叶渡”句名“宝钗分”。双调七十七字，上阙三十七字，八句四仄韵。下阙四十字，八句五仄韵。

宁波府志载，东晋越有梁山伯，祝英台事闻丞相，谢安清封为义妇。今吴中有花蝴蝶，童儿亦呼梁山伯祝英台。

月秦淮，桃叶渡男女伴如许。
只问江山、天下暗南浦。
遗明扇里香君，园园清去，
更美人、英雄无主。
可回顾，越里吴中英台，寻山伯如数。
难为书生，就读梦中语。
疑梁还祝清心，情归何处?
都不解、只有朝暮。

188菩萨蛮

芳菲天下阴晴雨，相思渡口人间苦。
日月一平生，草木三春荣。
江青云不住，水色鱼无主。
士子问人情，婵娟寻月名。

姜夔

189点绛唇

风月相思，潇湘竹泪黄昏渡。
只流清苦。泪水沉云雨。
左右苍梧，拟共随无住。身心许。
可知何故。竹影参差数。

190鹧鸪天

寄小苗

半步离家半步分，一翁问事一南洋。
亚洲尤有银行治，草木心中日月光。
云起落，雨飞扬。红颜不似拟红妆。
辛苦归理天涯客，回首人间是爷娘。

191踏莎行

短路千山，长亭万里。阳关不见孤城闭。
玉门沙响一心中。江南春雨沉香泥。
海角风云，天涯艳丽。
人生船上声声计。
男儿身下半衷肠，红英月色惊别离。

192庆宫春

有平仄两调。平调始自北宋。名庆春官，有周邦彦诸词，仄调始自南宋，有王沂孙诸词，名“庆宫春”百二字，上下各五十一字，十一句，四仄韵。

云落平川，水流衣带，小荷色满阡陌。
百里钱塘，三吴芳菲，五湖山青华泽。
六和塔上，问岁月，苍松翠柏。
渔舟唱晚，红楼姿影、映照清波。
古刹香帛。
似何寒山石得夜半钟声，去匆匆客。
莲蓬禅房，经幽不尽，余音数围乡伯。
清溪玉树，可曾是、西施脉脉。
心由此出，不见长安，以寻太白。

193齐天乐

十一体。双调百二字。上下阙各五十一字，上十句六仄韵，下十一句六仄韵。

故人堂上先生路，长亭更闻朝暮。
一半天涯，千山碧玉，都是群芳扬处。
茹辛茹苦，客中几时眠，自寻情绪。
这里人间，那边雪月明秋杵。
西厢促织不妒。
有余音断续，声声细语，惊得去途，
不思回顾。似有心烦无数。
琼花玉树，笑成败兴亡，万里江山，
已入三更。早登河海渡?

194琵琶行

姜夔自度曲。双调百字，上阙五十字，九句四仄韵，下阙五十字，八句四仄韵。

三月寒食，只相似，柳树风云杨树。
春风秋月匆匆、江山几朝暮。
榆关过，里七外八，辽东去，上幽燕路。
乞火先生，长亭落叶，儒林如许。
入花甲，三下江南，五湖上、洞庭小舟渡。
练取一衣姑苏、小桥流芳处，
夜半钟，寒山寺鼓。老南洋，一半情绪。
曾诺交河楼兰，去来何顾。

195杯水泥土

石榴裙下半唐朝，李武家中一字遥。
水土风云尘落定，兴亡儿女事沉消。

196八归

二体。有平仄两调。平调姜夔自度曲。百十五字，上阙五十七字，十句四仄韵，下阙五十八字，十一句四仄韵。

姑苏半粉素，洞庭雨露。同里富士玉树。
退思拙政园中路，还问江山朝野。
芳芷南浦。
只向东山西山去，二月里，梅花如许。
十八里，一片生机，香雪与人住。
桃李争春还顾。
如今何必，都与客柳倾许。
小桥流水，半舟藏起，半棹藏渚误。
有相如赋尽，有文君琴曲音度。
相思久，皆言无语。
免了裙裾，寻来归去处。

197念奴娇

小桥流水，小舟渡。都是人间情侣。
三十六鸳鸯馆外，留下桑田细语。
碧草鲜花，春云和雨，日月身心与。
只当有数，一生朝暮相处。
山里山外桃花，玉客香色冷，
还来多情女。
柳岸梅边，芳影在，步绕音余踟蹰。
独径幽幽，风扬千万里，如秦如楚。
阡阡陌陌，清风明月情绪。

198扬州慢

姜夔自度曲。过维扬怆然有感。作感旧词。双调九十八字。上阙五十字，十句四平韵。下阙四十八字，九句四平韵。

色满扬州，寄琼花处，去来一半风流。
这浮华雪月，尽人间春秋。
自炀帝、江南问尽，雨荷深重，十地红楼。
慕城香，三月黄花，儿女情愁。
二十四桥，任笛声、难尽情由。

是豆蔻年华，芙蓉出水，波心移舟。
依旧小家碧玉，西湖岸，影落含羞。
这梅边红药，年年鸟宿沙洲。

199长亭怨慢

姜夔自度曲。双调九十七字。上阙四十八字，下阙四十九字，各九句五仄韵。

二月里，杨尘柳絮。一片黄花，五湖云雨。
十里长亭，两三身影，半芳圃。
远足天下，有始步，江山路。处处有去处。
只会将，成功如数。
几度。见江湖草木，由以东风分付。
中原逐鹿，怎见得，只知回顾。
应必是，予见前程，诺春秋，人心定主。
莫空向潮流，难唱断黄金缕。

200淡黄柳

姜夔自度曲。“暗香”“疏影”“淡黄柳”不惟清空，且又骚雅，读之使人神观飞越。双调六十五字，上阙二十九字，五句五仄韵。下阙三十六字，七句五仄韵。

姑苏夜色，钟鼓寒山客。
水里婵娟情脉脉。
一半江湖玉泽，十地风姿入阡陌。
归相约，人心隔花落。
梅边柳、月求索。这桃花开开遍莺声漠。
不上东山，问春行止，只有雕楼锁钥。

201暗香

姜夔自度曲。咏梅花作。张炎以此调咏梅，更名“红情”。双调九十七字，上阙四十九字，九句五仄韵。下阙四十八字，十句七仄韵。

东西山色，百里香雪海，天山玉积。
不禁影摇，一半洞庭有鸣笛。
三月琼花依旧，杏桃李、东风寻觅。
腊月里、萌动寒心，孤傲立冬绩。
窗壁。挂满历。跷首相与比，肤欲白皙。
暗香沉弱，唤取红情只相激。
常见江湖术士，心所在，英雄无敌。
这片片、只化作，芳泥雨滴。

202疏影

顺阳公征新声于夔，制“暗香”“疏影”二曲。公使伎肄习之，音节谐惋。百十字。上阙五十四字，十句五仄韵，下阙五十六字，十句四仄韵。

琵琶声住，马上行更且，边塞无路。
汉武秦皇，何必长城，江山自有朝暮。
昭君不堪故姬曲，但化作、香泥春树。
玉宫阙、谁自回头，却都是千金误。
犹记羞花闭月，芙蓉初出水，群芳都妒。
落雁沉鱼，不及红情，只相与留春住。
但有一片随天去，用换取、明年香雨。
小窗外、疏影娇姿，岁月下心中渡。

203翠楼吟

姜夔自度曲。爽钟商曲。百零一字。上阙五十字，十一句六仄韵。下阙五十一字，十二句七仄韵。

月在长沙，潇湘楚影，春秋鹦鹉洲雾。
知音谁可问，黄鹤楼上云天际。
情孤城闭。汉水逐江流，红情佳丽。
琴音第。有山千木，有风难系。
二帝。忧患同舟，蜀客吴门语，任声细细。
十年鸣太久，叹三国，谁留激厉。
英雄何计，醒醉一消愁，心花无蔽。
斜阳外，晚潮尤纵，大江沧济。

章良能

204小重山

敦煌词名“感皇恩”。王喆词名“玉京山”。全调五十八字，上阙三十字，六句四平韵。下阙二十八字，六句四平韵。

一半南洋向古今，过天涯海角、已虑深。
自余诗词客音琴，辞明日，何处老人心。
往事莫沉吟，鸿鹄飞也问，暮登临。
旧诺楼兰畅天寻。天寻处，留下七分荫。

俞国宝

205风入松

古琴曲有“风入松”，唐僧皎然有“风入松歌”调名本此。又李白诗“风入松下清，露去草间白”而名。词诸云：“汉吴叔文善操琴，隐居石壁山，山多松树，尝盛夏抚琴于松下，遂作此操。”历代余诗，中兴词话云：“淳熙间，御舟过断桥，见酒屏风上有：‘一春常费买花钱。日日醉湖边。玉骢惯识西湖路，骄嘶过、沽酒楼前。红杏香中歌舞，绿杨影里秋千’”。高宗称赏良久，宣问何人所作，乃太学生俞国宝也。双调七十二字，上下各三十六字，六句四平韵。

一生常误一生年，岁岁手书田。
玉帛但作儒林树、春秋笔、古今诗前。
红杏出墙色艳，向知月里婵娟。
乞火只近五湖烟，花满龙门船。
梦长苛取春留下、余分付，千万云天。
日上高楼望远，天涯海角无边。

史达祖

206绮罗香

调始“梅溪词”。双调百四字，上下各五十二字，九句四仄韵。

百里江湖，一杨一柳，十地黄花朝暮。
半日清明，轻絮但飞无主。
城外路、还是姑苏，杏桃李，香泥归浦。
何须妨，相约东风，洞庭化作相思雨。
西施娃馆旧步，
吴越春秋总被、人间人妒。
隐隐天平，独见范公居处。
已留下、忧国忧民，进亦忧退还忧顾。
怎记得，春染山花，寄灯前续语。

207双双燕

词谱卷二十六“调见梅溪集”。词咏双燕即以为名。双调九十八字，上阙四十八字，九句五仄韵。下阙五十字，十句七仄韵。
燕子故里，印度尼西亚，马来西亚。
飞飞落落，筑得小窝无价。
南洋四时盛夏。向海石、潮汐不嫁。
忽然拍岸惊涛，促激晴空凌驾。
天下雨。云收雨罢。双双展沉浮。
梭罗河姹。群芳迷惑，碧色万木争霸。
不必真真假假。应记取，燕窝情舍。
家驿惠与人间，以向彩色朝暇。

208三姝媚

“七真词名解”卷三：“《三姝媚》古乐府有‘三妇艳’” 词援以名。双调九十九字，上阕五十字，十一句五仄韵，下阕四十九字，十句五仄韵。
斜阳天地接。湖岸沉浮云，杨花柳叶。
想必西施，吴越浣纱影，馆娃宫妾。
昭君出塞，琵琶语、阳关三叠。
汤暖芙蓉，玉色华清，骊山魂慑。
见得貂婵心洁。米脂绥德情，任平生绝。
事去孤鸿，旧事鸣虫说，几声离别？
只问东风了却愿与、群芳相悦。
记取江山模样，人间曲折。

209八归

词谱卷三十六：“此调有仄韵平韵两体。”双调百十五字，上阕十句四仄韵，下阕十一句四仄韵。
风花雪月，江山云雨，娇女误入金屋。
村烟袅袅浮心思，黄鹤楚天了目。
秀泪斑竹，一半潇湘归来去。
隔岸是、凌波清淑。
一曲馥，知音琴台，流水自追逐。
须问河川未老，何持风流。
这里钟声天竺，那里萧郎，历尽人间，
应是春开秋肃。
但林深木垒，忘却书生几孤独。
玉庭不住龙门客，三叠阳关，中原知问鹿。

刘克庄

210木兰花

唐教坊曲名。与“玉楼春”异。刘克庄。双调五十六字，各四句三仄韵。
年年客满江湖路，岁岁花香芳草妒。
春梅二月作红妆，谢女雪海情万树。
东西山上洞庭雨，阡陌清明多少许。
小家碧玉约相思，何以刘郎梦不住。

潘枋

211南乡子

唐教坊曲名。单调始于欧阳炯词，双调始于冯延巳词。双调五十六字，上下各二十八字，五句四平韵。
三叠玉门关。一半江流一半山。
但有巫山云雨在，人间。九曲黄河十八湾。
五里见红颜。两地春风两地闲。
九脉月明九脉问，阿蛮。
夜宿梅花独自还。

吴文英

212夜合花

词谱卷二十五：“调见《琴趣外篇》。按夜合花，合欢树也。” 唐韦应物诗“夜合花香一满庭”。调各取此。双调九十九字，上阕四十九字，十一句五平韵。下阕五十字，十一句六平韵。
半入盘门，三寻留苑，十地姑苏春香。
寒山夜泊，渔舟唱晚一枫乡。
吴韵柳，客音昂。碧玉羞、人去还藏。
同里阡陌，隋桥玉柱，两三荷塘。
三年不梦西凉。似楼兰故处，人老书荒。
孤鸿与事，前前后后天堂。
湖雨色，岸花黄。几烟云，城旧心茫。
且登临上，沉浮竟是船满斜阳。

213霜叶飞

调见“片玉集”，因词有“素娥青女斗婵娟”更名“斗婵娟”。“霜叶飞”取杜甫诗“清霜洞庭叶，故作别时飞”。双调百十一字，上阕五十五字，十句六仄韵。下阕五十六字，十句五仄韵。
万千情绪，寒宫里，婵娟多少霜苦。
半听人间半重阳，飞叶西风树。
问素女，如今何处？
当年后羿荒天去，后悔药难萌，
只得闻蝉吟，仰见始终回顾。
可见九曲黄河，宽宽狭狭，纵使江山无主。
一生来去慰中原，几闻东海语。
远近向，人间如数。
天山情老乌纱住，何必是，茱萸问，
但约明年，有无风雨？

214浣溪沙

万里西风万里霜，九重天下九重阳。
一红枫叶一红妆。
啼鸟时时知劝客，迁人处处问衷肠。
似曾岁月过南洋。

215点绛唇

一半春泥，暗香疏影群芳洗。
腊冬春地，岁月寒心起。
素色婵娟，只问窗前事。
江湖水，小舟熏被，碧玉春梦里。

216祝英台近

沧浪亭，芳草树，水色半朝暮。
几所难分，只有客心处。
池塘大小方圆，春秋曾似，
百步见，小荷无数。
濯缨路，亭前亭后亭中，东风几云雨？
留下相思，不尽去来苦。
水清一半山青，山楼还问，
浊乎也，川流不住。

217祝英台近

腊梅香，吴越雨，不意碧心苦。
一半洞庭，一半客舟主。

烟云来去平平。
小桥流水，运河岸，尽莺莺语。
虎丘路。夫差勾践兴亡，剑池二泉许。
只读春秋，孙王故宫谕。
西施临境范蠡，江山家园，
败成里，人归何处。

218澡兰香

词谱卷三十三：调见“吴文英，梦窗甲稿”词“午镜澡兰帘幕”以名。双调百四字，上下各五十二字，十句四仄韵。

潇潇洒洒，去去来来，万里西风叶落。
楼兰日暮，上苑天朝，只以长安相约。
问书生，十载寒窗，忧心人家国托。
一半光阴，老见江湖孤鹤。
剑舞虞姬帐下，酒里鸿沟，成何求索。
秦皇已去，汉武未来，谁解古今雄博。
这江东、也见乌骓，应可英雄霸诺。
易水暗，不尽江山，霜天荒漠。

219风入松

有云有雨有清明，天下入芳城。
梅花杏李桃梨色，满洞庭、处处精英。
惟恐东风处处，花明柳暗阴晴。
江湖百里半莺鸣，碧玉一声声。
西山草色东山树，过惟亭、水抑舟平。
琴韵吴门依旧，春秋梦里人生。

220莺啼序

词谱卷三十九：“一名《丰乐楼》”，见“梦窗乙稿”。以吴文英本词为正体。四阙二百四十字。上阙四十九字，八句四仄韵。中阙五十一字，十二句四仄韵，三阙七十一字，十五句四仄韵。下阙六十九字。

清明一半细雨，有杨花柳絮。
暗香尽、谁入春泥，不似芳草无助。
小舟去，人心却过，烟云溺溺阴晴处。
有约会，东山西山，一半才女。
三载姑苏，五百罗汉，小桥流水语。
江湖色、招惹红情，锦城乡碧心疏。
问天平、西施旧梦，馆娃舞、声声金缕。
浣纱溪，留下夕阳，半吴思虑。
孤姑渐老，碧玉还新，水乡寄白鹭。
荷正欲、一波三折，月照珍珠。
淑影流光，几番南浦。
相思儿女，留园青黛，渔歌唱晚清江妒。
问金陵、已过桃叶渡。
红楼依旧，东风去去来来，
四壁粉素诗赋。
西湖望去，富士千帆，过长亭小路。
十八江，无锡远近，马山惠山，
见得归鸿，百里如雾。
殷勤草木，春秋还是，依风依土依水注。
可人间、只有繁华误。
吴门窗里江南，小玉小家，暮朝朝暮。

221八声甘州

双调九十七字，上阙四十六，下阙五十一字，各九句四平韵。

玉门关外，是西凉、霜尘肃长空。
见蜃楼海市，沙鸣千里，残日西风。
几处沉戈解甲，几处叹江东。
阴山闻飞将，幽燕由衷。
天水何寻故巷，司马知倦客，独谢苍穹。
汉家王侯语，边将故人终。
何年月、朝堂臣远，断酒泉。
飞将一张弓，幽州虎，振臂呼问，
谁是英雄。

222踏莎行

闭月羞花，沉鱼落雁。
谁知天下谁兴叹，王侯不得半江山，
女儿胜似男儿冠。
这里云消，那边雨散。
黄河无水黄河断。
昆仑日落一身颜，年年万事人间换。

黄孝迈

223湘春夜月

黄孝迈自度曲。双调百二字，上阙四十八字，十句四平韵，下阙五十四字，十一句四平韵。

半人生，已明楼上黄昏。
重复一遍山川，付与一孤村。
驿外小桥流水，照柳梅姿色，一半乾坤。
苛故乡晓月，书生情绪，九脉人根。
天涯海角，南洋雨燕，花草当门。
天上人间，应是问，一半儒子，三两桓温。
精英路短，向几时、寻见儿孙。
这次第、只情长父母五蕴，不尽心上天恩。

无名氏

224青玉案

鹊桥两处人心岸。织女问、牛郎叹。
七夕天明银汉断。一身尤在，半河云散。
不可回头看。
人远人近人心换。有约萌中有时乱。
月月星星都不算，海枯峰烂，石崖池畔。
只见花灿熳。

刘辰翁

225兰陵王

一春暮。色满洞庭老树。
隋堤中，来去舟帆，自古千年已无数。
问长城何顾？一步。
江山辛苦江山路，战里有和，
和里还知战时故。
春暮。五湖处。杨柳趁桃花，芳誉南浦。
姑苏城外尽烟雨。
四围浮香云，一吴三越，唯亭长流万里渡。
不见人间苦。
春暮。小荷露。累积聚珍珠。如倾如许。
黄昏不尽重阳妒。
远在天边红，近在时素。
沉浮年华似所得，只分付。

226宝鼎现

“吴中记事”：“范周（范仲淹孙）少负不羁之才，不求闻达，居号范家园。

安贫乐道。盛季文作守时，颇慢士。尝取元宵作‘宝鼎现’词投之，极蒙嘉奖，因遗酒五百壶，词播天下，每灯夕皆歌之。”三阙百五十八字，上五十三字，九句六仄韵，中五十五字，八句八仄韵。下五十字，八句五仄韵。

元宵佳节，月影摇曳、还余冬雪。
十里路，楼台烟火，处处浮华千古绝。
箫声外，只有念奴曲，正问婵娟离别。
走马灯、喧声叠折，留下彩艳明灭。
十五犹知青娥悦。八神仙、人间圆缺。
回首问，江湖豪杰。淡淡天宫连夜彻。
追随去、是鼓钟难碣。
汉武江河可阅，是昭君、琵琶声切，
肯教皇家拙彻。
忽见织女牛郎，凭是河、藏红又说。
这人间、儿女情长，鹊桥巢不穴。
只道是、七夕有约，两岸银河澈。
胜何似，三两相思，都谓衣裳风结。

周密

227高阳台

双调百字。上阙四十九字，下阙五十一字，各十句四平韵。

海市蜃楼，天涯地角，沙鸣万里天高。
只诺楼兰，凉州此去扬袍。
长城汴水何知论，可登临、今古英豪。
莽昆仑、万里霜枫，汉武葡萄。
胡姬一半辽东月，以冰凌微泬，
渐呼春潮。正茂神华，山乡北重江桥。
东风只满家中雨，雁又还，人字云霄。
最关情，父母儿郎，杨柳枝条。

228玉京秋

调见“苹洲渔笛谱”。双调九十五字，上阙四十八字，十一句六仄韵，下阙四十七字，九句六仄韵。

山水结。东风化云雨，是春如雪。
一半年华，两三岁月，楼兰豪杰。
凉州沙尘冷暖，少年心、天下圆缺。
向轻别，用则南北，几人评说。
汉秦周齐江浙。过洞庭，琼花似艳。
满落人间，红妆疏玉，长亭路折。
又问交河，这四壁、残日如何节？
有虫咽，谁到长城咏孑。

229曲游春

调见“苹洲渔笛谱”。双调百二字，上阙五十二字，十句五仄韵，下阙五十字，十一句七仄韵。

雨色龙井树、叶碧虎跑池，清明阡陌。
有约书香，入西泠印社，古松苍柏。
日月苏堤泽。十八里、柳荫吟客。
汴水来，一半舟帆，直靠小楼深碧。
九脉。人间白石。晓莺啼声住，云阻烟隔。
风光荷塘，断桥西岸水，郁香沉积。
歌舞前人役。向四壁、年年宴席。
这外湖，碎月粼花，是何咫尺。

230花犯

词谱卷三十二：“调始《清真乐府》，周密词名‘绣鸾凤花犯’”。双调百一字。上阙四十九字，十句六仄韵。下阙五十二字，九句四仄韵。

玉玲珑，婵娟素色，幽幽含香落。
向春初薄。凭独立婷婷，如黄顶鹤。
凌波仙子姿身弱。天涯风雪恶。
只记得、一年佳节，情人私府约。
冰肌月下凝羞藏，曾许诺、只待梅花疏萼。
相思近，可见得、群芳风度。
淡淡泊。岁寒伴侣，一冬尽，东篱雕故阁。
多缱绻，良宵如露，可随心跳跃。

蒋捷

231贺新郎

冷落黄金屋。
一江山、半家四壁，万千香逐。
草碧花红宫殿上，十斛珍珠向独。
问冷暖，人心难卜。
岁月无痕情有限，怨芙蓉、窗外沉芳郁。
消瘦玉，纵横宿。
春江日下秋风菊，有孤踪，
无华草木，几人间牧。
此去彼来来去客，不见无情主仆。
恨只是、莺啼声淑。
巷旧城新飞燕色，断云归、不见思乡蹴。
空掩袖，倚冰竹。

232女冠子

唐薛昭蕴始撰此调，云“求仙去也，翠钿金篦尽舍”。以词咏女冠而名。蒋捷双调百十二字。上阙五十四字，十一句六仄韵。下阙五十八字，十二句七仄韵。

岸边秋草，五湖池馆孤岛。
春花秋月，故庵楼下，一片云光。
天晴人老。见长亭漫道。
应是红尘香粉，故时姑嫂。
断年华、灯下意怯，徒与西风争早。
深山幽芳三更了。
问飞来峰下，再许心多少？影身窈窕。
似得旧隐处，载文章娇。又向刘郎眇。
待把旧情洗尽，一心杳杳。
又把斜阳落不依还就，金屋藏娇。

张炎

233高阳台

柳浪闻莺，三坛印月，西湖十里花低。
翠港观鱼，梅花一半香泥。
烟山牧鹤芙蓉岸，断桥边，寻觅苏堤。
碧龙井、虎跑泉流，白鹭轻啼。
燕子闯入船舱里，是阴晴云雨，是色心迷。
朝暮相思，江南玉影红霓。
东风绿满钱塘水，素手还，人醉舟移。
总沉浮，道是萧娘，刘郎春溪。

234渡江云

词谱卷二十八，周密词名《三犯渡江云》。此调下阙第四句例用仄韵，亦是三声叶乃一定元格。双调百字，上阙五十一字，十句四平韵。下阙四十九字，四平韵一仄韵。
洞庭风万里，大姑小姑，云落半天书。
暖回江上雨，几处沙鸥，隔草争春鱼。
忽听酒保，酒旗悬，酒岸人舒。
只记得、年年寻觅，多少是多余？
当初。乡媛故里，应思家私，自以心中居。
空以为、幽燕学子，楚客三闾。
长疑短见桃花去，日日生，无似知如。
纵远望，人生也只生疏。

235八声甘州

自学语撼玉胡儿姬，九曲半江流。
叶落霜满地，玉门关里，风月满楼。
仰望雁归一字，俯视物三休。
不尽中东路，无语何愁。
只要登高临远，事事苦淹留。
那天涯，过还海角，却道知，天外有飞舟。
还来我、南洋重下，不论春秋。

236解连环

暮霜天晚。尤空中一字，向潇湘返。
自顾是、万里双双，不分云雨会，
不分寒堰。
已过秦楼，入晋地，雁丘汾婉。
直教人心碎，尽是石垒，只种情苑。
清溏形影无单。
但凭生死见，地冷天暖。
日月里，来往殷勤，
有呼有唤言，一世侣伴。
既是生来，即是愿、天长地短。
任凭生、南南北北，为伊护袒。

237月下笛

调始周邦彦《片玉词》“凉蟾莹彻”及“静依官桥吹笛”取名。双调百字，上阙五十字，十句五仄韵，下阙五十字，十一句七仄韵。

王沂孙

238天香

词谱卷二十四“法苑珠林”云：“天童子天香甚香”调名此。《填词名解》“天香采自宋之问‘天香云外飘’”。九十六字体，上阙五十一字，十句四仄韵，下阙四十五字，八句五仄韵。
月里天香，云中姿影，女儿采撷东壁。
色满洞庭，五湖青水，化作东风寂寂。
群芳只问，文尔雅，寒心染幂。
缕缕丝丝故是，依依情约如丽。
五瓣八瓣秀绩。天下花，十难佳历。
一半故溪香雪，万千村觅。
三两如今容易。总忘却，天边旧宫霓。
漫漫余熏，红泥素皙。

239眉妩

汉张敞为妇画眉。人传张京兆眉妩词取以名。《耆旧续闻》“尧章尝寓吴兴张仲远家，屡外出，其室人知书，宾客通问，必先窥来札，性颇妒，尧章戏作‘百官娇’词以遣之，竟为所见。仲远归，莫能辨，受其指爪损面，至不能外出云”。双调百三字，上阙五十二字，十一句五仄韵。下阙五十一字，十句六仄韵。
素光凝新露，四壁长亭，孤路上形影。
寄取团圆见，别离处、相思只在重省。
所必属幸，一嫦娥、千载还冷。
最切是后羿银钩断，色情坠空井。
今古盈亏风景。不见生桂子，何以仙境。
太液池犹在，藏心处、人间难得清静。
意会神领。不必得、门户无整。
看天上人情，留下女儿忡憬。

240齐天乐

一声先自春秋赋。始始终终夏雨。
乍咽流花，群芳毕至，落下池塘深处。
始泣如诉，日月阴晴，怕是独自多无语。
西风寸进朝暮。见中庭老树。初闻砧杵。
玉门沙鸣，嫦娥拜月，已有伤心无数。
清商独楚。向村后斜阳，世间儿女，
三叠阳关，一声千万苦。

241长亭怨慢

词谱二十五卷：“姜夔自度曲”中吕宫曲。或作长亭怨。
回顾是、人间霄汉。处处人家，处处池畔。
十里长亭，万千小路，向天断。
古今多矣，谁得似，风云冠。
自得由人问，彼此却、书生一半。可叹。
望长安应是、杨村阡陌柳岸。
书郎去也，萧女客烟消云散，
只望到、海角天涯，有英雄，何人不算。
但空有江山，知音情绪轻弹。

六、唐宋词格律

编撰　龙榆生　上海古籍出版社 1978 年 10 月第 1 版

北京养春堂

滴水观音三节花，盘根枣树一春家。

中庭叶蜜荫天下，碧影书窗透雨纱。

第一类　平韵格

1十六字令

又名《苍梧谣》、《归字谣》。

十六字，三平韵。

定格

—（韵）+ |——||—（韵）——|（句）

+ ||——（韵）

（1）遥，独到苍梧志不消。

天辽阔，八月一江潮。

（2）山，一半群峰一半天。

川流处，锁住万千年。

山，半是青松半杜鹃；

烟云外，放纵两三泉。

山，此一盘龙彼一仙，乾坤里，

可主几心田?

2南歌子

又名《南柯子》、《风蝶令》。

唐教坊曲，《金奁集》入“仙吕宫”。

二十六字，三平韵，例用对句起。

宋人多用同一格式重填一片，

谓之“双调”。

定格

||——|（句）——||—（韵）+—+

||——（韵）+ | +—+ ||——（韵）

（1）一曲风蝶令，三声唱晚情。

阳春白雪半阴晴，下里巴人两清明。

（2）养春堂

碧叶黄花里，天空玉色中。

人间有始始何终，昂首行心举步大江东。

（3）碧玉桥头月，渔舟水上花，

风流尽处浪淘沙，谁见姑苏儿女不还家。

3渔歌子

又名《渔父》。

唐教坊曲，《金奁集》入“黄钟宫”。

二十七字，四平韵。

中间三言两语，例用对偶。

定格

+ |——|| —（韵）+——||——（韵）—

||（句）|——（韵）——|||——（韵）

（1）乡土山中日月浮，桃花源里汉秦流。

天淡淡，地幽幽，忧人应是自忧愁。

（2）一半江湖一半云，两三杨柳两三君。

山外色，水前雯，川流处处有芳芬。

4忆江南

又名《望江南》、《梦江南》、《江南好》。

《金奁集》入“南吕宫”。

段安节《乐府杂录》：“《望江南》始自朱崖李太尉（德裕）镇浙日，为亡伎谢秋娘所撰，本名《谢秋娘》，后改此名。”二十七字，三平韵。中间七言两句，以对偶为宜。第二句亦有添一衬字者。宋人多用双调。

定格

—+ |（句）+ ||——（韵）+ | +——

||（句）+—+ ||——（韵）+ ||——（韵）

（1）刘宜

麒麟阁，一古自春秋。

十取汉家天下阙，三边未惜几封侯，

半视大江流。

（2）春已老，杨柳自垂斜。

十里长亭行亦早，灞桥挥手阔别家，

儿女几年华?

心永葆，腊月品梅花。

唤起群芳颜色好，千山万水浪淘沙，

灯火满窗纱。

5潇湘神

唐代潇湘间祭祀湘妃神曲，

刘禹锡为填两词，见《刘梦得文集》卷八。

二十七字，三平韵，叠一韵。

定格

—|—（韵）—|—（叠）| —+ ||——（韵）

+ ||——||（句）————||——（韵）

（1）流泪枝，流泪枝，流泪斑竹几时知?

楚客应闻苍梧去，潇湘人在仍相思。

（2）心也知，情也知，竹斑流泪欲何时?

隔岸问郎郎未语，琼花色落玉梅枝。

6捣练子

又名《深院月》。例作征妇怀念征人之词。

《太和正音谱》入“双调”。

二十七字，三平韵。

定格

— ||（句）|——（韵）||——|| —（韵）

+ ||——||（句）|——||——（韵）

（1）山色色，水空空，济世人间济世雄。

一路举头昂首过，半生杨柳半生鸿。

（2）山碧碧，水声声，一处峰光两壁荣。

万里卷舒千绪继，半身天下半阴晴。

7浪淘沙

唐教坊曲名。刘禹锡、白居易并作七言绝句体，五代时始流行长短句双调小令，又名《卖花声》。五十四字，前后各四平韵，多作激越凄状之音。《乐章集》名《浪淘沙令》，入“歇指调”，前后片首句各少一字。复就本宫调演为长调慢曲，共一百三十四字，分三段，第一、二段各四仄韵，第三段两仄韵，定用入声韵（唐宋人词，凡同一曲调，复用平声韵者，如改仄韵，例用入声，原用入声韵音，亦常改作平韵）。《清真集》入“商调”，韵位转密，句豆亦与《乐章集》多有不同，共一百三十三字，第一段六仄韵，第二、三段各五仄韵，并叶入声韵。

格一（七言绝句式）

＋|——＋|—（韵）＋—＋||——（韵）＋—＋|＋—|——||—（韵）

（1）处处江山处处家，风风雨雨浪淘沙。
湾湾岸岸一江间，枯枯荣荣二月花。

格二（双调小令）

＋||——（韵）＋|——（韵）＋—＋||——（韵）＋|＋——||（句）＋|——（韵）＋||——（韵）＋|——（韵）＋—＋||——（韵）＋|＋——||（句）＋|——（韵）

（2）身外雨烟寒，水秀心宽。
遥望远流上云端。
十里长亭寻古树，一路香残。
阑而数江澜，玉雪山冠。
半天石磊半天漫。
回首生平三界渡，五味阑珊。

格三（商调慢曲）

|—|（句）——||（句）||—|（入声韵）—|——||（韵）——||||（韵）|||———||（韵）|—|（豆）||—|（韵）|||——|—|（句）——|—|（韵）—|（韵）|—||—|（韵）|||————|（句）||—||（韵）—||——（句）—|—|（韵）|—|—|（豆）—|———|（韵）——|（豆）—||（韵）|—|（豆）———||（韵）|—|（豆）———||（韵）||（韵）|—|（豆）||——（句）|||（句）——||——|（韵）

（3）一朝暮，飞鸿所至，草木荣香复。
春雨东来木渎，姑苏拙政主仆。
此去退思园中慎独，两三处，自得贤淑。
宝带有桥风月难渡，江湖所何逐。
含蓄，小家碧玉还蹙。
只要有心船帆沧浪，犹属香色郁。圆缺也阴晴，和睦和睦。
客归入宿，虫不啼、桃李梅花红烛。
城上盘门江湖沐，洞庭水、耳闻历目。
一江去，三江还来祝。
见伊处，夜色清歌，竹影里，
渔舟唱晚人情续。

8江南春

单调小令，为北宋寇准所创。

三十字，三平韵。

定格

—||（句）|——（韵）———||（句）—||——（韵）———|——|（句）—|———|—（韵）

杨柳树，枯荣情。
风声云后雨，花色水前明。
江湖桥月扬州浦，由曲凭栏芳草荣。

9忆王孙

单调小令，又名《豆叶黄》《阑干万里心》。

三十一字，五平韵。

定格

＋—＋||——（韵）＋|——＋|—（韵）＋|——||—（韵）|——（韵）＋|——＋|—（韵）

河边月色一芬芳，露细田微半柳杨。
花落花开几狭肠。
问潇娘，已是江南豆叶黄。

10江城子

一作《江神子》。《金奁集》入“双调”。

三十五字，五平韵。

结有增一字，变三言两句为七言一句者。

宋人多依原曲重增一片。

定格

＋—＋||——（韵）|——（韵）|——（韵）＋—＋|（句）＋||（韵）＋|＋——||（句）—||（句）|——（韵）

一年草木一年荒，半清塘，两重妆。
榆关杨柳，叶落不归乡。
幽燕山前知可否？千载扬，万炎凉。

11长相思

又名《双红豆》。唐教坊曲。双调小令。

三十六字，前后片名三平韵，一叠韵。

定格

＋＋—（韵）＋＋—（叠）＋|——＋|—（韵）＋—＋|—（韵）
＋＋—（韵）＋＋—（叠）＋|——＋|—（韵）＋—＋|—（韵）

千水流，万水流，不入江河不入流，
江河向海流。
春也流，秋也流，谁见桑田沧海流。
黄河已断流。

12

春也楼，秋也楼。满载相思满载愁。
江河一空自流。草也秋，花也秋。
月色寒宫月色羞，盈亏不到头。

13醉太平

双调小令，三十八字，前后片各四平韵。

第一、二句第三字，第四句第一及第四字，最好用去声，方能将调激起。

结句是上一、下四。

定格

——|—(韵)——|—(韵)+—+|——
(韵)|——|—(韵)
——|—(韵)——|—(韵)+—+|——
(韵)|——|—(韵)
清明欲晴，江湖待行。
春莺叶下三声，数花寄水情。
姑苏问名，洞庭探英，寒窗不负书生，
客儒何必鸣。

14玉蝴蝶

唐曲，《金奁集》入“仙吕调”。
四十一字，前片四平韵，后片三平韵。
宋教坊衍为慢曲，
《乐章集》亦入“仙吕调”。
九十九字，前片五平韵，后片六平韵。

格一

———|——(韵)—||——(韵)
|||——(韵)——||—(韵)
———||(句)—||——(韵)—
||——(韵)|——|—(韵)
江山朝暮难铭，秀草木青青。
日月可聆听，桑田客海宁。
秋初叶漠漠，春晚任形形。
杨柳柳杨莛，故池风雨萍。

格二（慢调）

|||——|(句)+—+|(句)+|——(韵)
||——(句)—|||——(韵)|—+(豆)
+—+|(句)+|+(豆)+|——(韵)
|——|(句)+|——(韵)
——(韵)——||(句)|——|(句)
||——(韵)||——(句)|——||——(韵)
|—+(豆)+—+|(句)+|+(豆)
+|——(韵)|——(韵)|——|(句)
+|——(韵)
谁问草花风月，有明有暗，几处芬芳。
细雨江湖，杨柳竟自扬长。
任朝暮，人心所在，情里思，片片荒唐。
见牛郎，岸边依旧，织女红妆。
茫茫天河欲断，鹊桥飞渡，已是秋娘。
日日年年，止行行止下潇湘，可斑竹，
泪流难收，碧色重，一度倾肠，向炎凉，
此如如此，月落西厢。

15浣溪沙

唐教坊曲，《金奁集》入“黄钟宫”，《张子野词》入“中吕宫”。四十二字，上片三平韵，下片两平韵，过片二句多用对偶。别有《摊破浣溪沙》，又名《山花子》，上下片各增三字，韵全同。

格一

+|+—+|—(韵)+—+||——(韵)
+—+||——(韵)
+|+——||(句)+—+||——(韵)
+—+||——(韵)
梅落梅开二月花，村前村后两三家，
心里风月已西斜。
有梦枕边何所以，群芳巧自暗红纱。
犹寒独立自中华。

16格二（摊破浣溪沙）

||——||—(韵)———||——(韵)—
|——|—|(句)——(韵)
+|+——||(句)+———||——(韵)—
||——||(句)|——(韵)
一里芳香十里晴，三江风月九江生。
春水依依岸边暖，隔花荣。
杨柳柳杨多自立，不争天地不争名。
心在自由情在主，已成城。

17巫山一段云

唐教坊曲，原咏巫山神女事。双调小令，四十四字，前后片各三平韵。《乐章集》增两字，后片转用两仄韵，与此不同。

定格

+|——|(句)——+|—(韵)+—
+||——(韵)+||——(韵)
+|——|(句)——+|—(韵)+—
+||——(韵)+||——(韵)
（1）楚客三江雨，巫山一段云。
梦中形影只随君，应道不离分。
秋月千家色，春花百日芬。
思前思后盼殷勤，暗里解衣裙。
（2）旧一随年处，新情未断愁。
彼来此去一江流，到海自无头。
云雨朝还暮，巫山风月羞。
牛郎织女各千秋，历历苦行舟。

18采桑子

又名《丑奴儿令》、《罗敷艳歌》、《罗敷媚》。唐教坊大曲有《杨下采桑》，南卓《羯鼓录》作《凉下采桑》，属“太簇角”。此双调小令，殆就大曲中截取一遍为之。《尊前集》注“羽调”，《张子野词》入“双调”。四十四字，前后片各三平韵。别有添字格，两结句各添二字，两平韵，一叠韵。

格一

+—+|——|(句)+|——(韵)+|——
(韵)+|——|—(韵)
+—+|——|(句)+|——(韵)+|——
(韵)+|——|—(韵)
文臣武将凌烟阁，一半功名，一半人情，
一半江湖一半成。
龙腾虎跃何求索，两两公卿，两两纵横，
两两山河两两营。

19格二（添字）

+—+|——|(句)+|——(韵)+|——
(叠)+|——(句)+||——(韵)
+—+|——|(句)+|——(韵)+|——
(叠)+|——(句)+||——(韵)
一年一岁江湖路，岁岁年年。
止止行行，沧海又桑田，半寻半问家乡。
来也声声，去也声声，索索求求，
柳暗亦花明。

20画堂春

最初见《淮海居士长短句》。四十七字，前片四平韵，后片三平韵。《山谷琴趣外篇》于两结句各添一字。

定格

+−+ ||−−（韵）+−+ |−−（韵）

+−+ ||−−（韵）+ |−−（韵）

+ | +−+ |（句）+−+ |−−（韵）

+−+ ||−−（韵）+ |−−（韵）

（1）半云半雨画堂春，窗前碧草茵茵。

一心一意入情人，风月真真。

欲止欲行不语，又寻又觅亲亲。

浮形动影问心身，玉水粼粼。

（2）锁鳞囊外玉堂春，人间一半风尘。

谁闻尽是可相亲，暮楚朝秦。

易得风光易失，天恩理道天伦。

此分彼合自身珍，误了衣巾。

21阮郎归

又名《醉桃源》、《碧桃春》。

《神仙记》载刘晨、阮肇入天台山采药，

遇二仙女，留住半年，思归甚苦。

既归，则乡邑零落，经已十世。

曲名本此，故作凄音。

四十七字，前后片各四平韵。

定格

+−−||−−(韵)−−+ | −(韵)|−−

||−−（韵）+−+ | −（韵）

− ||（句）|−−（韵）+−+ | −（韵）

+−+ ||−−（韵）+−+ | −（韵）

天台山下碧桃春，人心定身。

半年朝暮每相亲，春秋十世邻。

何醒醉，谁仙津，刘晨阮肇循，

不留踪迹客思秦，有无风月珍。

22三字令

双调小令，始见《花间集》。

《张子野词》入“林钟商”。

四十八字，前后片各四平韵。

宋人有于第二句下增“−‖”一句，

作成对偶者。

定格

− ||（句）|−−（韵）|−−（韵）−

||(句)|−−(韵)|−−(句)− ||(句)

|−−（韵）

− ||（句）|−−（韵）|−−（韵）−

||(句)|−−(韵)|−−(句)− ||(句)

|−−（韵）

山淡淡，雨淋淋，色深深。

人切切，语心心。

影幽幽，身处处，自寻寻。

人去后，树无荫，谁鸣琴。

何事故，话如今。

日迟迟，情渺渺，是知音。

23朝中措

《宋史·乐志》入“黄钟宫”。

四十八字，前片三平韵，后片两平韵。

定格

+−+ ||−−（韵）+ ||−−（韵）+

| +−+ |（句）+−+ |−−（韵）

+−+ |(句)+−+ |(句)+ |−−(韵)

+ | +−+ |（句）+−+ |−−（韵）

近山形影远山峰，上下各无同。

一半云冠藏玉，两三落华其中。

川流渡口，观澜隔磊，几处江风。

赤壁大江南北，古今谁是英雄。

24眼儿媚

又名《秋波媚》。

四十八字，前片三平韵，后片两平韵。

定格

− |−−|−−(韵)+ ||−−(韵)+−

+ |（句）+−+ |（句）+ |−−（韵）

+−+ |−−|（句）+ ||−−（韵）+−

+ |（句）| | |（句）+ |−−（韵）

八水长安问秦楼，折断柳丝愁。

见君过洛，沉心不索，已是春秋。

人前泾渭任鱼跃，雨后百花流。

龙门客作，思情如约，过十三州。

25人月圆

又名《青衫湿》。

《中原音韵》入“黄钟宫”。四十八字，

前后片各两平韵。

定格

+−+ |−−|（句）+ ||−−（韵）+−

+ |（句）−−||（句）+ |−−（韵）

+−+ |(句)+−+ |(句)+ |−−(韵)

+−+ |（句）−−||（句）+ |−−（韵）

（1）泪痕初满倾肠岸，不可湿青衫。

小舟渡口，长吁短叹，苦味还咸。

姑苏沧浪，余杭溪口。

一半婵娟，一半宋玉，卿卿我我，

天地方圆。

（2）梅花腊月心先动，风雪自沉红，

竹枝欲拢，坚冰顶洞，半是香宫。

林林总总，客心客懂，其始无终。

月上帘笼，高门翠翡，姿影春同。

26柳梢青

又名《陇头月》。

四十九字，前后片各三平韵，

后片第十二字宜用去声。

别有一种改用入声韵，前片三仄韵，

后片两仄韵，平仄略异，附载于此。

定格

+ |−−（韵）+−+ |（句）| |−−

（韵）+ |−−（句）+−+ |（句）

+ |−−（韵）

+−+ |−−（韵）| + |（豆）−−

| −（韵）+ |−−（句）+−+ |（句）

+ |−−（韵）

（1）百里洞庭，十家玉影，万步梅灵。

半是香岭，碧桃红杏，处处芳馨。

短亭五里长亭步三省，江湖石铭。

隔岸忡憬，顺情心秉，满是光荣。

（2）杨柳梢青，陇头月色，半里浮萍。

来去匆匆，长安楚客，渭水流泾。

老人不道零丁，俯仰处，孤心未铭。

忧国忧民，忧人忧已。多少叮咛。

别格（仄韵）

| −− |（韵）| −+ |（句）+−−

|（韵）+ |−−（句）+−+ |（句）

+−− |（韵）

——｜｜——（句）｜+｜（豆）——｜｜（韵）+｜——（句）+—+｜（句）+——｜（韵）

（3）月笼梅杪，色倾柳暗，姑苏晨晓。
满院春光，半庭香落，露余悄悄。
芳妆玉影阑珊，见倾伏，玲珑窈窕。
多感多情，心中客外，怀中藏鸟。

27太常引

四十九字，前片四平韵，后片三平韵。两结句倒数第二字定要去声。

定格

+—+｜｜——（韵）+｜｜——（韵）+｜｜——（韵）｜+｜（豆）——｜——（韵）

+—+｜（句）+—+｜（句）+｜｜——（韵）+｜｜——（韵）｜+｜（豆）——｜—（韵）

寒宫月兔一仲秋，玉影半人愁。
天阔问飞舟。落叶里，难休不休。
阴晴朝暮，枯荣寻觅，意尽上高楼。
桂子欲何求？直道是，无惆有惆。

28少年游

《乐章集》、《张子野词》皆入“林钟商”，《清真集》分入“黄钟”、“商调”。各家句读亦多出入，兹以柳永词为定格。五十字，前片三平韵，生片两平韵。苏轼、周邦彦、姜夔三家同为别格，五十一字，前后片各两平韵。

定格

+—+｜｜——（韵）+｜｜——（韵）+—+｜（句）+—+｜（句）+｜｜——（韵）

+—+｜——｜（句）+｜｜——（韵）+｜——（句）+—+｜（句）+｜｜——（韵）

（1）碧波细叶枣花黄，夏满已凝蚝。
斑驳古树，沉云色注，枝节尽扬长。
先机客老倾情暮，一曲纳炎凉。
岁岁年年，风风雨雨，窗下话刘郎。

别格（一）

｜——｜（句）———｜（句）—｜｜——（韵）————｜（句）——｜｜（句）—｜｜——（韵）

｜｜｜———｜（句）—｜｜——（韵）｜｜————｜（句）——｜（豆）｜——（韵）

（2）一城云雨，三春离苦，朝暮问江湖。
洞庭无主，昂昂俯俯，何道此舟孤。
隔岸柳杨丝丝舞，桥色半姑苏。
汴水行舟隋炀树，天堂里，小家奴。

别格（二）

———｜（句）——｜｜（句）—｜｜——（韵）｜｜——（句）｜—+｜（句）+｜｜——（韵）

——｜（句）｜——｜（句）—｜｜——（韵）｜｜——（句）｜—+｜（句）+｜｜——（韵）

（3）余杭门俊，杨杨柳柳，令古蔡娥愁。
只似江流，孝心如友，惊起半青楼。
钱塘叟，眉扬低首，朝野苛思谋，
去去留留，此无有偶，自立九州头。

别格（三）

——｜｜（句）———｜（句）—｜｜——（韵）｜｜——（句）———｜（句）—｜｜——（韵）

——｜｜——｜（句）—｜｜——（韵）—｜——（句）———｜（句）—｜｜——（韵）

（4）洞庭月下，姑苏城外，千万玉人家。
腊月梅香，三春杨柳，先后四时花。
西厢不断听吴语，何问浪淘沙。
来去平平，人间荣枯，天暮日西斜。

29临江仙

双调小令，唐教坊曲。《乐章集》入“仙吕调”，《张子野词》入“高平调”。五十八字，上下各三平韵。约有三格，第三格增二字。柳永演为慢曲，九十三字，前片五平韵，后片六平韵。

格一

+｜+——｜｜（句）+—+｜——（韵）+—+｜｜——（韵）+—+｜（句）+｜｜——（韵）

+｜+——｜｜（句）+—+｜——（韵）+—+｜｜——（韵）+—+｜（句）+｜｜——（韵）

附注：首句亦可作“+｜+——｜”，后片换韵。

（1）月色有星宫外约，牛郎织女多磨。
鹊桥飞渡几坎坷，人间如若，只见影婆娑。
此起彼消何淡泊，可闻静处心歌。
一男一女一情河。
纵横阡陌，绣出几筐箩。

格二

+｜+——｜（句）+—+｜——（韵）+—+｜｜——（韵）+——｜｜（句）+｜｜——（韵）

+｜+——｜（句）+—+｜——（韵）+—+｜｜——（韵）+——｜｜（句）+｜｜——（韵）

（2）汴水五湖同里，枯荣杨柳余杭。
秋风八月上钱塘。
逐流潮一线，波浪向千扬。
不似三湘风月，原来十日猖狂。
人群涌动掩红妆。
云轻寻玉落，雨重觅荒洋。

格三

+｜+——｜｜（句）+—+｜——（韵）+—+｜｜——（韵）+——｜｜（句）+｜｜——（韵）

+｜+——｜｜（句）+—+｜——（韵）+—+｜｜——（韵）+——｜｜（句）+｜｜——（韵）

（3）长亭短亭千里客，一荣一枯山河。
行行止止半蹉跎。
苍山观白石，碧水问阿哥。

一步一趋寻故泽，重心旧事端磨。
清风细雨岸连波，去来情脉脉，
无力对芳娥。

格四（仙吕调慢曲）

｜｜｜－｜（句）｜－｜｜（句）－｜——（韵）｜－｜（豆）——｜｜——（韵）——（韵）｜－｜｜（句）——｜（豆）｜｜——（韵）——｜（句）｜｜——｜（句）－｜——（韵）
——（韵）——｜｜（句）－｜－｜——（韵）｜———｜（句）｜｜——（韵）——（韵）｜－＋｜（句）——｜（豆）｜｜——（韵）——｜（句）｜｜——｜（句）－｜——（韵）

（4）不见雨前色，见风后竹，前后阴晴。
短亭外，长亭十里人生。
人生，汴河柳岸，姑苏水，小玉精英。
扬帆去、彼此天堂路，心事成城。
行行，行行止止，书里辽望群星。
一年三更序，几日纵横。
纵横，淮南苏北，洞庭月，不照明清。
如今是，有道江湖路，闻得春莺。

30鹧鸪天

又名《思佳客》。五十五字，前后片各三韵，前片第三、四句与过片三言两句多作对偶。

定格

＋｜——＋｜－（韵）＋－＋｜｜——（韵）＋－＋｜——｜（句）＋｜——＋｜－（韵）
－｜｜（句）｜——（韵）＋－＋｜｜——（韵）＋－＋｜——｜（句）＋｜——＋｜－（韵）

岁岁年年一枯荣，朝朝暮暮半阴晴。
前前后后人生路，意意心心舒卷情。
杨柳岸，石峰城。江南十里可长鸣。
尤闻碧玉吴家小，五语倾肠两地明。

31小重山

又名《小重山令》。《金奁集》入“双调”。唐人例用以写“宫怨”，故其调悲。五十八字，前后片各四平韵。

定格

＋｜——＋｜－（韵）＋——｜｜（豆）｜——（韵）＋－＋｜｜——（韵）－＋｜（句）＋｜｜——（韵）
＋｜｜——（韵）＋——｜｜（豆）｜——（韵）＋－＋｜｜——（韵）－＋｜（句）＋｜｜——（韵）

不闭心扉不闭情，少年儿女事，一春生。
巫山云雨枕边盟，明月夜，私语到三更。
顿足万千程，梦回三国顾，半殊荣。
周郎赤壁误弦声。何所欲，此寄是孤名。

32一剪梅

双调小令，六十字，上下片各三平韵。每句并用平收，声情低抑。亦有句句叶韵者。

定格

＋｜——＋｜－（韵）＋｜——（句）
＋｜——（韵）＋－＋｜｜——（句）
＋｜——（句）＋｜——（韵）
＋｜——＋｜－（韵）＋｜——（句）
＋｜——（韵）＋－＋｜｜——（句）
＋｜——（句）＋｜——（韵）

（1）一半江湖一半舟，两两三三，
故国神游。姑苏城外问洞庭，
满目西山，可鉴春秋。
洛水长安汴水，泾渭难分，已去杭州。
隋炀此计有功名，不是思谋，如是思谋。

（2）十寸相思半寸消。
不恨心遥，可恨心遥，枕边处处泪痕湿。
一片春愁，两地情桥。
何日西楼解客袍。不问心操，可问心操。
月圆缺对婵娟，绿了葡萄，红了葡萄。

33唐多令

又名《南楼令》。双调，六十字，上下片各四平韵。亦有前片第三句加一衬字者。

定格

－｜｜——（韵）＋－＋｜－（韵）｜＋－（豆）＋｜——（韵）＋｜＋——｜｜（句）＋＋｜（句）｜——（韵）
－｜｜——（韵）＋－＋｜－（韵）｜＋－（豆）＋｜——（韵）＋｜＋——｜｜（句）＋＋｜（句）｜——（韵）

何令一南楼，谁行半九州。
五十年，夜读春秋。
进退沉浮身是是，四品郎，国家忧。
年少玉娘愁，未寻儿女谋，
老来顾，隔代心留。
已去南洋千万里，银行事，亚洲谋。

34破阵子

唐教坊曲。一名《十拍子》。陈旸《乐书》：“唐《破阵子》属龟兹部，秦王（李世民）所制，舞用二千人，皆画衣甲，执旗旆。外藩镇春衣犒军设乐，亦舞此曲，兼马军引入场，尤壮观也。”按：《秦王破阵乐》为唐开国时所创大型武舞曲，震惊一世。玄奘往印度取经时，有一国王曾询及之。见所著《大唐西域记》。此双调小令，当是截取舞曲中之一段为之，犹可想见激壮声容。六十二字，上下片皆三平韵。

定格

｜｜——＋｜（句）＋－＋｜——（韵）＋｜＋——｜｜（句）＋｜——＋－（韵）＋－＋｜－（韵）
｜｜——＋｜（句）＋－＋｜——（韵）＋｜＋——｜｜（句）＋｜——＋－（韵）＋－＋｜－（韵）

破阵声声未止，甲衣处处光荣。
草木千年如此碧，壮士平生边塞名，
只还不了情。
远上长城内外，何知故土阴晴。
只向楼兰纵马去，了却生前身后名，

丈夫只有行。

35喝火令

始见《山谷词》。六十五字，前片三平韵，后片四平韵。

定格

｜｜——｜（句）——｜｜—（韵）｜——

｜｜——（韵）+｜｜——｜（句）+

｜｜——（韵）

｜｜——｜（句）——｜｜—（韵）｜——

｜｜——（韵）｜｜——（句）｜｜｜——

（韵）｜｜｜——｜（句）+｜｜——（韵）

月下三春草，情中一客身。

雨云云雨可红尘，只是少年儿女，

处处入迷津。

事事如心愿，年年乘欲亲。

两人天下两人珍。

想后思前，此既碧茵茵。

只要意情相印，何惜正冠巾。

36行香子

双调小令，六十六字，上片五平韵，下片四平韵。音节流美，亦可略加衬字。

定格

+｜——（韵）+｜——（韵）+—+（豆）

+｜——（韵）+—+｜（句）+｜——

（韵）｜+—+（句）+—｜（句）+——

（韵）

+—+｜（句）+｜——（韵）+—+（豆）

+｜——（韵）+—+｜（句）+｜——

（韵）｜+—+（句）+—｜（句）｜——

（韵）

也去南洋，也去南洋。

海天外，草木行香。

色人骤雨，不见娇娘。

哺育儿女，繁花里，任情长。

广东福建，潮汕家乡。

几千年，已是侨妆。

一生一世，对纳炎凉。

子子孙孙，谁回顾，向荷塘。

37风入松

古琴曲有《风入松》，传为晋嵇康所作，见《乐府诗集》卷五十九。《宋史·乐志》入"林钟商"。双调，七十六字，前后片各四平韵。

定格

+—+｜｜——（韵）+｜｜——（韵）

+—+｜——｜（句）+—+（豆）+

｜——（韵）+｜———｜（句）+—

+｜——（韵）

+—+｜｜——（韵）+｜｜——（韵）

+—+｜——｜（句）+—+（豆）+

｜——（韵）+｜———｜（句）+—

+｜——（韵）

一年十八已儿郎，私里窥红妆。

此心何属藏羞愧，人前过，意气昂扬，

只向楼兰言诺，丈夫去封疆。

长城风月照空床，吴越半钱塘。

洞庭草木含香色，小舟里，无语声张。

回顾阴晴云雨，寻寻觅觅情肠。

38金人捧露盘

又名《铜人捧露盘引》、《上西平》、《西平曲》。唐李贺有《金铜仙人辞汉歌》，并序云："魏明帝青龙元年八月，诏宫官牵车西取汉孝武捧露盘仙人，欲立置前殿，宫官既拆盘，仙人临载，乃潸然泪下。"乐家取以制曲，故多苍凉激楚之音。此调别体亦多，兹以《东山寓声乐府》为准。八十一字，前片五平韵，后片四平韵。前六、后七两句，并以一去声字领下七言句。《词谱》于第三字豆，作上三下五句式。

定格

｜——（韵）—｜｜（句）｜——（韵）

｜｜｜（豆）+｜——（韵）——｜｜（句）

｜+——｜｜——（韵）｜——｜（句）

｜+—（豆）+｜——（韵）

——｜（句）——｜（句）—｜｜（句）

｜——（韵）｜｜｜（豆）+｜——

（韵）——｜｜（句）｜+——｜｜——

（韵）｜——｜（句）｜+—（豆）+｜——

（韵）

上西平，寻世界，问精英。

二十载，处处人情。

乡乡社社，城市农村几几繁荣。

赵钱孙李，世代名。

桑田里，江湖上，先后见，已声声。

诸葛蜀，如此空城。

养峰夹道，古今文章何足凭生。

谁行行止，有道闻，天下阴晴。

39八六子

始见《尊前集》所收杜牧之作，九十字，句豆与北宋诸家多有出入。兹以《淮海词》为准，八十八字，前片三平韵，后片五平韵。要注意转折处，有骀荡生姿之感，乃称合作。

定格

｜——（韵）｜——｜（句）——｜｜——

（韵）｜｜｜——｜｜（句）｜——｜——

（句）｜—｜—（韵）

———｜——（韵）｜｜｜——｜

（句）——｜｜——（韵）｜｜｜（豆）——

｜——｜（句）｜——｜（句）｜——

｜（句）——｜｜——｜｜（句）———

｜——（韵）｜——（韵）——｜—｜—

（韵）

海天空，定舟无定，南洋一半苍穹。

几处雨云声处处，枯荣荣枯阴晴，

玉暖日曈。

江山如此英雄，可堪却闻回首，

平生始始终终。

有驻足，何言苦辛辛苦，虑前思后，

顾谋行止，洞庭月落，淞江柳岸，

人间风月难穷。

大河东，原来不同是同。

40雪梅香

《乐章集》入"正宫"。九十四字，前片四平韵，后片五平韵。第三句是上一、下四句法。

定格

｜—｜（句）——｜｜｜——（韵）
｜———｜（句）——｜｜——（韵）
+｜——｜—｜（句）｜——｜｜——
（韵）｜—｜（句）｜｜——（句）—｜——
（韵）
——（韵）｜—｜（句）｜｜——（句）
｜｜——（韵）｜｜——（句）｜—｜
｜——（韵）+｜——｜—｜（句）｜——
｜｜——（韵）——｜（句）｜｜——
（句）—｜——（韵）

小桥上，江楼独立向长空。
半边姑苏月，千家碧玉丝绒。
佳丽精英寻闲处，可闻吴越半梦雄。
五湖外，十里淞江，今古无穷。
洞庭，半山色，一脉三湾，细雨濛濛。
古刹云峰，还闻霸主江东。
岁岁年年，曾寻是，帝王成败有无中，
隋炀客，汉祖唐宗，何谓鸣虫。

41满庭芳

又名《锁阳台》，《清真集》入“中吕调”。九十五字，前片四平韵，后片五平韵。过片二字，亦有不叶韵连下为五言句者。

定格

+｜——（句）+—+｜（句）｜+—
｜——（韵）｜——｜（句）—｜｜——
（韵）+｜——｜｜（句）++｜（豆）
+｜——（韵）——｜（句）+—+｜（句）
+｜｜——（韵）
——（韵）—｜｜（句）——｜｜（句）
+｜——（韵）｜—｜——（句）+｜——
（韵）+｜+—｜｜（句）++｜（豆）
+｜——（韵）——｜（句）+—+｜（句）
+｜｜——（韵）

附注：后片第四句是上一、下四句法，亦作“｜+——｜”。

小玉心头，风花雪月一半情愫春秋。
顾修姿影，云雨问江流。
谁见金陵山上，胭脂井，几度身羞。
情儿女，可情可欲，山色未消愁。
长江波浪去，萧娘且住，梁尽唐问，
只留文章，有违命侯。
亡国君臣音韵，隔岸尤落故青楼。
后庭里，依依妍丽，此去谁人忧。

42水调歌头

唐朝大曲有《水调歌》，据《隋唐嘉话》，为隋炀帝凿汴河时所作。宋乐入“中吕调”，见《碧鸡漫志》卷四。凡大曲有“歌头”，此殆裁截其首段为之。九十五字，前后片各四平韵。亦有前后片两六言句夹叶仄韵者，有平仄互叶几于句句用韵者，各为举例。

定格

+｜｜—｜（句）+｜｜——（韵）+—
+｜—+（句）+｜｜——（韵）+｜——
+｜（句）+｜——+｜（句）+｜｜——
（韵）+｜｜—｜（句）+｜｜——（韵）
+++（句）++｜（句）｜——（韵）+—
+｜（句）—+—｜｜——（韵）+｜——
+｜（句）+｜——+｜（句）+｜｜——
（韵）+｜+—｜（句）+｜｜——（韵）

吴越五湖岸，汴水一江流。
长城壁立千载，争战十代愁。
可叹隋炀朝短，尤有钱塘秀色，
今古半春秋。
富士治同里，自此已无忧。
丈夫立，女儿问，几思谋。
舟停靠岸，心存杨柳十三州。
谁谈成成败败，都是天堂故客，
碧玉满红楼。
但愿情长久，人后意何求。

43凤凰台上忆吹箫

《词谱》卷二十五引《列仙传拾遗》：“萧史善吹箫，作鸾凤之响。秦穆公有女弄玉，善吹箫，公以妻之，遂教弄玉作凤鸣。居十数年，凤凰来止。公为作凤台，夫妇止其上。数年，弄玉乘凤，萧史乘龙去。”宋词始见于《晁氏琴趣外篇》。兹以《漱玉词》为准。九十五字，前片四平韵，后片五平韵。

定格

—｜——（句）｜——｜（句）｜——
｜——（韵）｜｜——｜（句）｜｜——
（韵）—｜——｜｜（句）—｜｜（豆）
｜｜——（韵）——｜（句）——｜｜（句）
｜｜——（韵）
——（韵）｜—｜｜（句）—｜｜——（句）
｜｜——（韵）｜｜——｜（句）—｜——
（韵）—｜———｜（句）—｜｜（豆）—
｜——（韵）——｜（句）——｜—（句）
｜｜——（韵）

萧史鸾英，凤凰台上，一声声一声声。
弄玉居其上，作凤凰鸣，夫妇音琴彼此，
知客善，诸响公成。
千秋去，年年岁岁，俯仰平生。
忽闻晋秦豫，多少纵横。
曾是黄河流水，三界外，天下阴晴。
中原逐，龙门故游，不守倾城。

44汉宫春

《高丽史·乐志》名《汉宫春慢》。《梦窗词集》入“夹钟商”。各家句豆多有出入，兹以《稼轩长短句》为准。九十六字，前后片各四平韵。

定格

+｜——（句）｜+—+｜（句）+｜——
（韵）+—+｜（句）｜++｜——
（韵）——｜｜（句）｜——（豆）+｜——
（韵）—｜｜（豆） +｜（句）｜
+｜——（韵）
+｜+——｜（句）｜——｜｜（句）
+｜——（韵）——｜—｜｜（句）+
｜——（韵）——｜｜（句）｜——（豆）
+｜——（韵）—｜｜（豆）——+｜（句）
+—+｜——（韵）

万里江湖，万里知故土，万里行舟。
十年杨柳，十年风雪归人。

楼兰落日，越长城，汴水姑苏。
荣枯旧，洞庭月色，四时一岁秋春。
半壁江山如此，半江流去远，半步天津。
黄河断齐鲁士，正坐冠巾。
书生读尽，是儒林，还是贤邻。
天下事，家家国国，何方可解纶钟。

45八声甘州

简称《甘州》。唐边塞曲。据王灼《碧鸡漫志》卷三："《甘州》世不见，今'仙吕调'有曲破，有八声慢，有令，而'中吕调'有《象八声甘州》，他宫调不见也。凡大曲就本宫调制引、序、慢、近、令，盖度曲者常态。若《象八声甘州》，即是用其法于'中吕调'。"今所传《八声甘州》，《乐章集》入"仙吕调"。因全词共八韵，故称"八声"。九十七字，前后片各四平韵。亦有首句增一韵者。

定格

｜＋—｜｜｜——（句）＋＋｜——（韵）
｜——＋｜（句）＋—＋｜（句）＋｜——
（韵）＋｜——＋｜（句）＋｜｜——（韵）
＋｜——｜（句）＋｜——（韵）
＋｜＋—＋｜（句）｜＋—＋｜（句）
＋｜——（韵）｜——＋｜（句）＋｜
｜——（韵）｜——（豆）＋——｜（句）
｜＋—（豆）＋｜｜——（韵）——｜（豆）
｜——｜（句）＋｜——（韵）

八声中吕此问黄河，大漠半甘州。
玉门东风尽，敦煌壁画，海市蜃楼。
落日方圆无定，暮气客难收，
但见扬长色，潮涌沙流。
云卷云舒游，旷野风烟起，天下沉浮。
送来苍苍故，彼此向何求。
踏西凉，可天凭地，尽茫茫，不用半思谋。
平生处，一端如洗，万里清秋。

46扬州慢

此姜夔自度曲，入"中吕宫"。其序云："淳熙丙申至日，予过维扬。夜雪初霁，荠麦弥望。入其城则四顾萧条，寒水自碧，暮色渐起，戍角悲吟。予怀怆然，感慨今昔，因自度此曲。千岩老人以为有《黍离》之悲也。"九十八字，前后片各四平韵，前片第四、五句及后片第三句皆由上一、下四句法。

定格

—｜——（句）｜——｜（句）｜—｜
｜——（韵）｜——｜｜（句）｜｜｜——
（韵）｜—｜（豆）——｜｜（句）｜——
｜（句）—｜——（韵）｜——（豆）—
｜——（句）—｜——（韵）
｜—｜｜（句）｜——（豆）—｜——（韵）
｜｜｜——（句）——｜｜（句）—｜——
（韵）｜｜｜——｜（句）——｜（豆）
｜｜——（韵）｜——（豆）—｜——
（句）—｜——（韵）

天下桥边，笛声余处，云中雨里扬州。
一花香十里，半玉色三楼。
后庭曲，琼瑶月影，媚姝妍丽，今古无休。
瘦西湖，萍水浮光，人间横舟。
去年故事，问隋炀，如此何求。
醒醉有黄昏，夫差勾践，冬夏春秋。
谁惹小娘身首，情难定，未锁风流，
露心私，儿女情长，何似封侯。

47高阳台

又名《庆春泽》。一百字，前后片各四平韵，亦有于两结三字豆处增叶一韵者。

定格

＋｜——（句）——｜｜（句）＋—＋
｜——（韵）＋｜——（句）＋—＋｜——
（韵）＋—＋｜——｜（句）｜＋—（豆）
＋｜——（韵）｜——（豆）＋｜——（句）
＋｜——（韵）
——｜｜——｜（句）｜——＋｜（句）
＋｜——（韵）＋｜——（句）＋—＋
｜——（韵）＋—＋｜——｜（句）｜＋—
（豆）＋｜——（韵）｜——（豆）＋｜——
（句）＋｜——（韵）

落下孤帆，杨光柳色，三三两两归船。
万里江湖，一坛旧酒新甲。
春风满布江南岸，小惹娘，客醒婵娟。
是红妆，也是萧郎，不得明年。
花花草草知荣枯，此情寻彼处，
浪卷波连。碧树西山，清云细雨前川。
私心谁重何情缘，似鸟声，未过窗帘。
可青衫，依委天涯，浅醉深眠。

48锦堂春慢

始见《青箱杂记》所载司马光作。一百一字，前后片各四平韵。

定格

—｜——（句）——｜｜（句）——｜
｜——（韵）｜｜——（句）—｜｜｜——
（韵）｜｜｜——｜（句）｜｜—｜——
（韵）｜｜—｜｜（句）｜｜——（句）—
｜——（韵）
｜————｜（句）｜——｜｜（句）
｜｜——（韵）—｜———｜（句）｜
｜——（韵）｜｜——｜｜（句）｜｜
｜（豆）—｜——（韵）｜｜——｜｜
（句）—｜——（句）｜｜——（韵）

何处春心，春秋处处，东风未雨先谋。
暮半初斜，姿色慢下青楼。
碧外万红千紫，晚里西照东流。
媚影留存去，纵日笙歌，朝夕难休。
是曾寒宫还锁，残红随逸逦，此欲何求。
多少倾肠离语，上了闲愁。
不必天涯不必怯丽顾，寻觅春秋，
最见人生易老，何始何终，聚散风游。

49寿楼春

始见史达祖《梅溪词》，题为"寻春服感念"，殆是悼亡之作。一百一字，前后片各六平韵。中多拗句，尤多连用平声之句，声情低抑，全作凄音。有用以填寿词者，大误。

定格

——————（韵）｜——｜｜（句）—
｜——（韵）｜｜———｜（句）｜———

（韵）—｜｜（句）———（韵）｜｜—
（豆）————（韵）｜｜｜——（句）——
｜｜（句）—｜｜——（韵）
——｜（句）———（韵）｜——｜｜
（句）—｜——（韵）｜｜———｜（句）
｜———（韵）—｜｜（句）———（韵）
｜｜—（豆）————（韵）｜—｜——
（句）——｜｜—｜—（韵）
春风还春萋，落华寻落影，飞鸟轻啼。
已是菲菲迟碧，疑疏田畦。
花絮色，玉云低，入半门，央央芳泥。
只有柳依依。桃桃李李，人隔一香溪。
清心处，蓬楼西，客身多少问，随汝东移。
可尽相思无力，是妻非妻，
愁未忘萧何齐，见故流。
頤頤迷迷，几宜几消磨，红颜半妆半霓。

50忆旧游

《清真集》入"越调"。一百二字，前片四平韵，后片五平韵。过片二字亦可不叶。

定格

｜——｜｜（句）｜｜——（句）—｜——
（韵）｜｜——｜（句）｜——｜｜（句）
｜｜——（韵）｜—｜｜—｜（句）—
｜｜——（韵）｜｜｜——（句）——
｜｜（句）｜｜——（韵）
——（韵）｜—｜（句）｜｜｜——（句）—
｜——（韵）｜｜——｜（句）｜———
｜（句）—｜——（韵）｜—｜｜—｜
（句）—｜｜——（韵）｜｜｜——
（句）　｜｜　｜　—（韵）
五湖杨柳岸，一半淞江，三两行舟。
可见洞庭水，可寻同里色，碧玉神游。
小荷细角初露，梅子已东流。
壁上墨留园，姑苏软语，满了青楼。
悠悠万千事，彼此续春秋，远虑深谋。
举首知天下，向行先晓问，无止无休。
顾前顾后君子，三界任沉浮，
可堪上西山，观涛日月孤自求。

51夜飞鹊

始见《清真集》，入"道宫"。《梦窗词》集入"黄钟商"。一百七字，前片五平韵，后片四平韵。

定格

——｜—｜（句）—｜——（韵）—｜
｜｜——（韵）——｜｜｜—｜（句）
+——｜——（韵）——｜—｜（句）
｜———｜（句）｜｜——（韵）——
｜｜（句）｜——（豆）+｜——（韵）
—｜｜——｜（句）—｜｜——（句）—
｜——（韵）—｜———｜（句）——
｜｜（句）—｜——（韵）｜—｜｜（句）
｜——（豆）｜｜——（韵）｜———
｜（句）——｜｜（句）+｜——（韵）
人间一偷浴，衣落荒塘，边岸织女牛郎。
潇湘竹泪玉苍梧，古今今古倾肠。
天河鹊桥路，可何时无守，忘了裙妆。
朝朝暮暮，对相思，谁是红娘。
天上有相思处，依地上人情，最是相望。
心里年年来去，寒宫苦渡，孤守空房。
此寻彼觅，这西厢，鹊散云扬。
这千种风月，儿儿女女，入了梦乡。

52望海潮

始见《乐章集》，入"仙吕调"。一百七字，前片五平韵，后片六平韵。亦有于过片二字增一韵者。

定格

———｜（句）——+｜（句）——｜
｜——（韵）—｜｜—（句）——｜｜
（句）——｜｜——（韵）—｜｜——（韵）
｜—｜—｜（句）—｜——（韵）｜｜——
（句）｜——｜｜——（韵）
——｜｜——（韵）｜——｜｜（句）
+｜——（韵）—｜｜—（句）——｜
｜（句）——｜｜——（韵）—｜｜——
（韵）｜｜—+｜（句）—｜——（韵）
+｜——｜｜（句）—｜｜——（韵）
姑苏杨柳，开封汴水，千年万里钱塘。
波涌浪翻，风声八月，心潮一线秋光。
今古半炎凉。
乱分这云雨，天下疏狂，立足观澜，
海烟如雾逐长荒。
盐官自足飏长，水留何日月，向越流疆。
堤岸玉消，冰飞色泄，随年误记行妆。
吟赏下南洋。
但上楼极目，无可归航，席卷三吴世界，
同里可芬芳。

53沁园春

又名《寿星明》。格局开张，宜抒壮阔豪迈情感。苏、辛一派最喜用之。一百十四字，前片四平韵，后片五平韵，亦有于过片处增一暗韵者。

定格

+｜——（句）｜｜——（句）｜｜｜—
（韵）｜+—+｜（句）+—+｜（句）+—
+｜（句）+｜——（韵）+｜——（句）
+—+｜（句）+｜——+｜—（韵）——
｜（句）｜+—+｜（句）+｜——（韵）
——+｜——（韵）｜+｜——+｜—
（韵）｜+—+｜（句）+—+｜（句）+—
+｜（句）+｜——（韵）+｜——（句）
+—+｜（句）+｜——+｜—（韵）——
｜（句）｜+—+｜（句）+｜——（韵）
雨落云飞，海阔天空，谁问故人。
一半风月客，两三形影，
江南碧玉，换了红尘。
大户人家，小桥流水，这里姑苏那里秦。
洞庭色，只染西山树，尽碧螺春。
凋楼草木如茵，极目所望此身。
楚子吴越将，此吴彼越，
范蠡西子，未可天津。
梦里城乡，眼前旧事，十里江湖十里新。
和云雨，几度和云雨，误了冠巾。

54多丽

又名《绿头鸭》。一百三十九字，前片六平韵，后片五平韵。亦有于首句起韵者。变格改用入声韵。

定格

丨——（句）+—+丨——（韵）丨——（豆）——丨丨（句）+++丨——（韵）丨——（豆）+—+丨（句）++丨（豆）+丨——（韵）+丨——（句）——丨丨（句）丨——丨丨——(韵)丨+丨(豆)+——丨（句）+丨丨——（韵）——丨（豆）+—+丨（句）+丨——（韵）丨——(豆)——丨丨(句)丨+—丨——（韵）丨——（豆）丨—丨丨（句）+++(豆)—丨——(韵)+丨——(句)+—丨丨（句）+——丨丨——（韵）丨+丨（豆）+—+丨（句）—丨丨——(韵)——丨(豆)+—+丨(句)+丨——（韵）

不登楼，窃心只著轻妆，入中庭。
出身院落，隔壁一半芳塘。
似如人，不如旧约，可叹是，何处红娘。
树影婆娑，花香彼此，一情三踟误炎凉。
小窗外，细理风月，桂子祝桃姜。
寒宫里，嫦娥还问，夜夜牛郎。
这相思前前后后，左右凝练倾肠。
可依依，可归宿就，可重重，无可彷徨。
可懼空空，可无了尽，可时神怯尽梦乡。
形形色色，玉姿合作，云雨满潇湘。
瑶台上，春深铜雀，忘了衣裳。

变格（入声韵）

丨——（句）丨丨———丨（韵）丨——（豆）丨—丨丨（句）丨——丨丨丨（韵）丨——（豆）丨—丨丨（句）丨——（豆）丨丨—丨（韵）丨丨——（句）———丨(句)丨——丨丨—丨(韵)丨—丨(豆)丨——丨（句）—丨丨—丨（韵）——丨（豆）——丨丨（句）丨丨—丨（韵）丨—丨——丨丨(句)丨——丨—丨(韵)丨——（豆）丨——丨（句）丨丨——丨—丨（韵）丨丨——（句）———丨（句）———丨丨—丨（韵）丨—丨（豆）丨——丨（句）—丨丨—丨（韵）——丨（豆）—丨丨—（句）丨丨—丨（韵）

望江河，处处波光如练，
半归乡，半川可鉴。一流千里似箭。
下三吴，入江海去，逐天潮，蓄得偏见。
宋玉巫山，云中行雨，楚王神女自依恋。
问游子，似无无可，姿色半情面。
烟霏雾，濛濛露水，满是涡漩。
若惊若随鸿起落，岸边留下芳甸。
好花暖，碧畦春草，缓步移裙，怯余倦。
莫莫摇摇，推推就就，
纤纤身体向佩声环绕。
清语良久转更明暗，云可去云，雨可依缘。

55六州歌头

程大昌《演繁露》："《六州歌头》，本鼓吹曲也。近世好事者倚其声为吊古词，音调悲壮，又以古兴亡事实文之。闻其歌，使人慷慨，良不与艳词同科，诚可喜也。"一百四十三字，前后片各八平韵。又有于平韵外兼叶仄韵者，或同部平仄互叶，或平韵同部、仄韵随时变换，并能增强激壮声情，有繁弦急管、五音繁会之妙。要以平韵为主，仄韵为副，务使"玄黄律吕，各适物宜"耳。兹列三式，各为举例。

格一（平韵）

——+丨（句）+丨丨——（韵）—+丨（句）——丨（句）——（韵）+丨+—丨（句）+—丨（句）—+丨(句)++丨(句)—+丨(句)丨——（韵）+丨+—（句）+丨——丨（句）+丨——（韵）丨+—+丨（句）+丨丨——(韵)+丨——(韵)丨——(韵)丨——丨（句）+—丨（句）—+丨（句）丨——（韵）++丨（句）丨——（韵）丨——(韵)丨——(韵)+丨——丨(句)++丨（句）丨——(韵)—+丨(句)—+丨(句)丨——(韵)+丨+—+丨(句)+—丨（豆）+丨——（韵）丨+—+丨（句）+丨丨——(韵)+丨——(韵)

平生年少，一诺觅封侯。
精英志，书儒气，读春秋。
大江流，风雪天山色，黄河去，东海望，
泾渭水，长安客，半中州。
一箭楼兰，一马龙门士，十地酬谋，
丈夫知杜断，李靖可消愁。
一国忧忧，一民忧。
寒关心力，征尘重，闻天下，李陵丘。
王家史，刘邦业，几沉浮。
谁见扬名去，何身处，竟神游。
方羽定，骁勇纵，以横求。
齐鲁晋秦楚汉几千载，霸主无休，
长刃寻短剑，情事自悠悠，回首红楼。

格二（平仄韵互叶）

丨—丨丨（句）—丨丨——（平韵）—丨丨(仄韵)—丨丨(叶仄)丨——(叶平)丨——（叶平）丨丨——丨（叶仄）——丨（叶仄）——丨（叶仄）—丨丨（叶仄）——丨（叶仄）丨——（叶平）—丨丨—(句)—丨——丨(叶仄)丨丨——(叶平)———丨丨(句)丨丨丨——(叶平)丨丨——（叶平）丨——（叶平）丨——丨（叶仄）——丨（叶仄）—丨丨(叶仄)丨——(叶平)—丨丨(叶仄)—丨丨（叶仄）丨——（叶平）丨——（叶平）丨丨——丨（叶仄）——丨（叶仄）丨——(叶平)—丨丨(叶仄)——丨(叶仄)———(叶平)丨丨——(句)丨丨——丨（叶仄）丨丨——（叶平）丨——+—丨(句)丨丨丨——(叶平)丨丨——(叶平)

一言九鼎，程路闻成装。
凭俯仰，行止上。
问兴亡，误黄粱。不向洞庭往，黄天荡。
淞江漭，杨柳旁，知时象。
自文章，丹凤清音，天下寻思想。
万里茫茫，千年依故事，半壁已苍黄。
那里潇湘，几芬芳。
使雄豪爽，清华朗，英气赏，任张扬。
荒漠广，荒漠广，尽沙疆，玉门娘。
海市蜃楼枉。
纵横敞，重矫肠，响沙空丘，万里西风强。

可问高堂，日孤云落荒际，
此诺彼呼昂，可堪不归乡。处处猖狂。

格三（平仄韵递换）

——｜｜（句）—｜｜——（平韵）—｜｜（换仄韵）——｜（叶仄）｜——（叶平）｜——（叶平）｜｜——｜（二换仄）—｜｜（叶二仄）——｜（叶二仄）—｜｜（叶二仄）——｜（叶二仄）｜——（叶平）｜｜——（句）｜｜——｜（句）｜｜——（叶平）｜———｜（句）｜｜——（叶平）｜｜——（叶平）｜——（叶平）
｜—｜｜（三换仄）——｜（叶三仄）——｜（叶三仄）｜——（叶平）—｜｜（四换仄）——｜（叶四仄）｜——（叶平）｜——（叶平）｜｜——｜（句）——｜（句）｜——（叶平）—｜｜（五换仄）——｜（叶五仄）｜——（叶平）—｜——（句）｜｜——｜（句）—｜——（叶平）｜——｜｜（句）｜｜——（叶平）｜｜——（叶平）
人间地上，天下一江湖。
徒伴侣，茹辛苦。惹娘姑，惹娘奴。
水岸南洋主。
观玉树，知园圃，飞燕羽，
迟闻鼓、女珍珠。
印度尼亚，马在文莱去，谁见愚巫。
土生年时里，几代可先趋。
一半荒途，一半农夫。
自言自语，云秦楚，辽东吕，共扶苏。
风雨步，依朝暮，问书儒，是殊途。
仄仄平平处，文章度，故丰腴。
词曲赋，诗南虑，向乡隅，
何此何彼，都是平生渡。
如有如无，只留来去路，
这卷卷疏疏，弹指茱萸。

第二类　仄韵格

56如梦令

又名《忆仙姿》、《宴桃源》。五代时后唐庄宗（李存勖）创作。《清真集》入“中吕调”。三十三字，五仄韵，一叠韵。

定格

+｜+——｜（韵）+｜+——｜（韵）+｜｜——（句）+｜｜——｜（韵）—｜（韵）—｜（叠）+｜｜——｜（韵）
（1）古刹深山芳树，碧草鼓钟朝暮。
心上一禅房，天下万千条路。
何渡，何渡，此去彼来如故。
（2）只忆仙姿如故，可记桃源流注。
人在问江湖，无数汉秦云雨。
云雨，云雨，此重彼轻何顾。

57归自谣

一作《归国谣》，《词谱》引《乐府雅词》入“道调宫”。三十四字，前后片各三仄韵。

定格

—｜｜（韵）+｜+——｜｜（韵）+—+——｜（韵）
——+｜—+｜（韵）——｜（韵）+—+｜——｜（韵）
江海渡，步下南洋天下路。
清风明月珍如故。
云中棕榈千山树，朝朝暮，
骤时急里狂倾雨。

58天仙子

唐教坊舞曲。段安节《乐府杂录》：“龟兹部，《万斯年》曲，是朱崖李太尉（德裕）进。此曲名即《天仙子》是也。”《金奁集》入“歇指调”，所收为韦庄作五首，皆平韵或仄韵转平韵体。《花间集》收皇甫松二首，则皆仄韵单调小令，三十四字，五仄韵。《张子野词》兼入“中吕”、“仙吕”两调，并重叠一片为之。

格一

+｜+——｜｜（韵）｜——｜——｜（韵）——+｜｜——（句）—｜｜（韵）｜—｜（韵）｜｜+——｜｜（韵）
一半桃源山水岸，几时秦客几时汉。
男男女女万斯年。
云水畔，草花畔，历历人中无一半。

格二
+｜｜——｜｜（韵）+｜｜——｜｜（韵）+——｜｜——（句）—｜｜（韵）——｜（韵）+｜｜——｜｜（韵）
+｜｜——｜｜（韵）+｜｜——｜｜（韵）+——｜｜——（句）—｜｜（韵）——｜（韵）+｜｜——｜｜（韵）
云后雨前何所顾，赤壁可歌天下付。
此弦音切问周郎，天仙子，
曲尽玉姿应不误。
流景富年花满路，人静鸟啼心已愫。
红妆空落月西厢，回省数，羞芳妒。
日里送春春不住。

59生查子

唐教坊曲。《词谱》引《尊前集》入“双调”。四十字，上下片各两仄韵。各家平仄颇有出入，与作仄韵五言绝句诗相仿。多抒怨抑之情。

格一

+｜｜——（句）+｜——｜（韵）+｜｜——（句）+｜——｜（韵）
+｜｜——（句）+｜——｜（韵）+｜｜——（句）+｜——｜（韵）
十里一芳塘，两岸千杨柳。
云雨自扬长，曲市陈坛酒。
碧玉小桥娘，同里吴语叟。
上下五湖舟，前后归时友。

格二

+—+｜—（句）+｜——｜（韵）+｜｜——（句）+｜——｜（韵）
+—+｜—（句）+｜——｜（韵）+｜｜——（句）+｜——｜（韵）
洞庭一叶舟，青海三江暇。
两地半春秋，万里千冬夏。
长安宫外女，日月山中嫁。

玉树碧无休，藏土桑田坝。

格三

丨丨丨——（句）丨丨——丨（韵）——
丨丨—（句）丨丨——丨（韵）
丨丨丨——（句）—丨——丨（韵）—
丨丨——（句）——丨—丨（韵）
卸下半红妆，复上三丝幌。
樵楼问惹娘，六甲寻思想。
月色一西厢，人玉千家仰。
池里见鸳鸯，情中两心赏。

60醉花间

唐教坊曲。《词谱》引《宋史·乐志》入“双调”。四十一字，前片三仄韵，一叠韵，后片三仄韵。

定格

——丨（韵）丨—丨（叠）—丨——丨（韵）—丨丨——（句）丨丨——丨（韵）
———丨丨（韵）丨丨——丨（韵）——丨丨—（句）—丨——丨（韵）
天无恙，地无恙，天地长相望。
银汉两茫茫，七夕桥心藏。
相思潮水涨，独怯风云帐。
红娘不问郎，金玉珠波浪。

61点绛唇

《清真集》入“仙吕调”，元北曲同，但平仄句式略异，今京剧中犹常用之。四十一字，前片三仄韵，后片四仄韵。

定格

+丨——（句）+—+丨——丨（韵）
丨——丨（韵）+丨——丨（韵）
+丨——（句）+丨——丨（韵）—+丨（韵）丨——丨（韵）+丨——丨（韵）
十地江村，姑苏城外洞庭岸。
浩波湖瀚，边际曾无断。
万里黄昏，碧水风云散。
天地换，越媚吴婉，界内渔樵看。

62霜天晓角

又名《月当窗》。各家颇不一致，兹以《稼轩长短句》为准。四十三字，前后片各三仄韵。别有平韵格，附着于后。

定格

+—+丨（韵）+丨——丨（韵）—丨丨——丨（句）++丨（豆）——丨（韵）
+——丨丨（韵）+——丨丨（韵）—丨丨——丨（句）++丨（豆）——丨（韵）
（1）向江湖路，也尽朝朝暮。
难向世言新语，十里水，长亭树。
宦游商旅步，侠行书者故。
花落草丛如侣，色得主，生平误。
（2）风月天涯，落花千万家。
腊去春来夏至，吴女色，浣溪纱。
西霞，红最佳，一云三水华。
此曲彼歌相互，无语坐，品茗茶。

63伤春怨

据吴曾《能改斋漫录》卷十六，此为王安石梦中作。四十三字，前后片各三仄韵。

丨丨——丨（韵）丨丨———丨（韵）
丨丨丨——（句）丨丨———丨（韵）
丨———丨（韵）丨丨——丨（韵）丨丨丨——（句）丨丨丨（豆）——丨（韵）
（1）不避长亭雨，可弃江湖今古。
岁岁半春秋，唯有思归无主。
已是和阳煦，未足书生苦，
处处一禅音，万里去，何钟鼓。
（2）腊雪心中数，只向群芳呈妒。
一夜现清姿，不与三春同住。
问君洞庭路，化作西山暮。
访探觅知时，品格调，相思树。

64卜算子

北宋时盛行此曲。万树《词律》以为取义于“卖卜算命之人”。双调，四十四字，上下片各两仄韵。两结亦可酌增衬字，化五言句为六言句，于第三字豆。宋教坊复演为慢曲，《乐章集》入“歇指调”。八十九字，前片四仄韵，后片五仄韵。

格一

+丨丨——（句）+丨——丨（韵）+丨——丨丨—（句）+丨——丨（韵）
+丨丨——（句）+丨——丨（韵）+丨——丨丨—（句）+丨——丨（韵）
（1）一月梅花香，二月洞庭碧。
三月东风满地黄，四月人无迹。
五月小荷塘，六月如云积。
七月秋枝自向阳，八月粮食壁。
九月茱萸荒，十月误乡籍。
冬月心中已入芳，腊月雪何易。
（2）一半江河明，一半身心委。
日月相思只见清，色满长流水。
一半自阴晴，一半无荣靡。
云雨巫山楚汉城，只愿梦中美。

格二（卜算子慢）

——丨丨（句）—丨丨—（句）丨丨丨——丨（韵）丨丨——（句）丨丨丨——丨（韵）丨——（豆）丨丨——丨（韵）丨丨丨（豆）——丨丨（句）——丨丨—丨（韵）
丨丨——丨（韵）丨丨丨——（句）丨——丨（韵）丨——（句）丨丨—丨丨（韵）丨——（豆）—丨——丨（韵）丨丨丨（豆）——丨丨（句）丨———丨（韵）
流流曲曲，湘水九歌，上下邪正求索。
楚楚秦秦，守纵天中何约。
一江河，诸国连横弱。
自顾自，谋谋策策，分分合合难作。
不可春秋略，战国可闻多。
士荒沙漠，泼水难罗，彼此五羊可若。
半蹉跎，千万书生凿。
几就问，非非是是，古耕今阡陌。

65谒金门

唐教坊曲。《金奁集》入“双调”。四十五字，前后片各四仄韵。

定格

—+丨（韵）—丨丨——丨（韵）+丨+——丨丨（韵）丨——丨丨（韵）
+丨+—+丨（韵）+丨+——丨（韵）

＋｜＋——｜｜（韵）｜——｜｜（韵）
姑苏道，天久地长难老。
水后山前春夏草，桥岸风景好。
西望玉门环岛，东寻三吴珍宝。
日去月来知久葆，小家藏玛瑙。

66好事近

又名《钓船笛》，《张子野词》入“仙吕宫”。四十五字，前后片各两仄韵，以入声韵为宜。两结句皆上一、下四句法。

定格

＋｜｜——（句）＋｜｜——｜（韵）
＋｜｜——｜（句）｜＋——｜（韵）
＋—＋｜｜——（句）＋＋｜—｜（韵）
＋｜｜——｜（句）｜＋——｜（韵）
已下瘦西湖，桥上未闻鸣笛。
只见夕阳西去，渐渐声声寂。
一池春水半姑苏，玉色小娘皙。
尽是扬州奴，徘徊还寻觅。

67忆少年

又名《十二时》。四十六字，前片两仄韵，后片三仄韵，亦以入声部为宜。两结皆上一、下四句法。亦有于过片处增一领格字者。

定格

——＋｜（句）——｜｜（句）———
｜（韵）——｜＋｜（句）｜———｜（韵）
｜｜———｜｜（韵）｜——（豆）｜——
｜（韵）——｜—｜（句）｜——＋｜（韵）
洞庭阡陌，江湖浦泽，长亭杨柳。
西阳大卜客，儿归何回首。
一半田园成九九，去年忧，国家陈叟。
今年不忧册，应闻无知否？

68忆秦娥

又名《秦楼月》。始见黄升《唐宋诸贤绝妙词选》，题李白作。四十六字，前后片各三仄韵，一叠韵，亦以入声部为宜。又有改用平韵者，附见于后。

定格

—＋｜（韵）＋—＋｜——｜（韵）——
｜（叠）＋—＋｜（句）｜——｜（韵）
＋—＋｜——｜（韵）＋—＋｜——｜
（韵）——｜（叠）＋—＋｜（句）｜——
｜（韵）
凰宫阙，秦娥台上秦楼月。
秦楼月，倾心弄玉，笛箫无歇。
凤鸣龙吟云中绝，古今路上相思别。
相思别，人情切切，用心何说。

变格（平韵）

＋——（韵）＋—＋｜———（韵）———
（叠）＋—＋｜（句）｜｜——（韵）
｜——｜———（韵）＋—＋｜———
（韵）———（叠）＋—＋｜（句）｜｜——
（韵）
雨濛濛，江南处处清明中。
清明中，枯荣荣枯，几见飞鸿。
子推山里王城东，成成败败情无终。
情无终，花开花落，满地流红。

69烛影摇红

《能改斋漫录》卷十六：“王都尉（诜）有忆故人词，徽宗喜其词意，犹以不丰容宛转为恨，遂令大晟（徽宗所置音乐研究创作机关）别撰腔，周美成（邦彦）增损其词，而以首句为名，谓之《烛影摇红》云。”王词原为小令，或名《忆故人》。五十字，前片二仄韵，后片三仄韵。周作演为慢曲，《梦窗词集》入“大石调”。九十六字，前后片各五仄韵。

格一

｜｜——（句）｜｜—（句）｜｜—
（豆）——｜（韵）———｜｜——（句）—
｜——｜（韵）
—｜——｜｜（韵）｜——（豆）——
｜｜（韵）｜——｜（句）｜｜——
（句）———｜（韵）
一半姑苏，半五湖，一丈夫，淞江语。
天涯何处不殊途，同里吴家女。
无可朝秦暮楚，色如荼。
春风自举，腊梅香屿，
夏雨荷菰，春秋如许。

格二

—｜——（句）｜—｜｜——｜
（韵）———｜｜——（句）—｜——
｜（韵）｜｜——｜｜（韵）｜——
（豆）——｜｜（韵）｜——｜（句）
｜｜——（句）——｜｜（韵）
｜｜——（句）｜—｜｜——｜
（韵）———｜｜——（句）—｜——
｜（韵）—｜——｜｜（韵）｜——
（豆）——｜｜（韵）｜——｜（句）
｜｜——（句）———｜（韵）
烛影摇红，一心七寸良宵短。云中天下已东风，池水幽幽满，渐渐衣裙缓缓。玉情虫，慵慵懒懒。雨消烟散，色色空空，时身未暖。
不顾西东，世间只有思无断。丝丝蚕茧锁春宫，朝暮声音祖。听得阳关尔罕，草蓬蓬，从从莞莞。君河河浅，夜夜朦朦，枕边何伴。

70醉花阴

小令，五十二字，前后片各三仄韵。兹以《漱玉词》为准。

定格

＋｜＋——｜｜（韵）＋｜——｜（韵）
＋｜｜——（句）＋｜——（句）＋｜——
｜（韵）
＋—＋｜——｜（韵）｜｜——｜（韵）
＋｜｜——（句）＋｜　　（句）｜｜——
｜（韵）
秋月春花还照旧，都著黄花秀。
流水问江楼，何处行舟。此际何时候？
留情此去宽衣袖，只道相思陋。
忡意有沉浮，不下心头，儿女年华蔻。

71望江东

仅见《山谷琴趣外篇》，殆是黄庭坚创作。

五十二字，前后片各四仄韵。

定格

－｜——｜－｜（韵）｜＋｜（豆）——｜（韵）＋－＋｜｜－｜（韵）｜｜｜（豆）——｜（韵）
——｜｜——｜（韵）｜＋｜（豆）——｜（韵）＋－＋｜｜－｜（韵）｜＋｜（豆）——｜（韵）

明月西山两三户，腊梅落，芳香树。洞庭花色但无主，可淡泊，黄昏雨。
朝朝暮暮红流聚，晓云著，飞鸿羽。群英留下入申沪，有相约，凭心妩。

72木兰花

唐教坊曲，《金奁集》入“林钟商调”。《花间集》所录三首各不相同，兹以韦庄词为准。五十五字，前后片各三仄韵，不同部换叶。《尊前集》所录皆五十六字体，北宋以后多遵用之。《乐章集》及《张子野词》并入“林钟商”。其名《木兰花令》者，《乐章集》入“仙吕调”，前后片各三仄韵（平仄句式与《玉楼春》全同，但《乐章集》以《玉楼春》入“大石调”，似又有区别）。别有《减字木兰花》，《张子野词》入“林钟商”，《乐章集》入“仙吕调”。四十四字，前后片第一、三句各减三字，改为平仄韵互换格，每片两仄韵、两平韵。又有《偷声木兰花》，入“仙吕调”。五十字，只两片并于第三句各减三字，平仄韵互换，与《减字木兰花》相同。宋教坊复演为《木兰花慢》，《乐章集》入“南吕调”，一百一字，前片五平韵，后片七平韵。兹列五格，以见一曲演化之由，他可类推。

格一（仄韵换韵格）

｜｜｜——｜｜（韵）－｜｜——｜｜（韵）－｜｜（句）｜——（句）｜｜｜——｜｜（韵）
｜｜｜——｜｜（换韵）－｜｜——｜（韵）——｜｜｜——（句）－｜｜——｜｜（韵）

不断枯荣杨柳絮，无可杏坛齐鲁豫。
夫子庙，向书生，未免国忧知根据。
减字木兰儒子步，风月六经云雾树。
长亭怯接短亭横，空叹鹊飞银汉路。

格二（仄韵定格）

＋－＋｜——｜（韵）＋｜＋——｜｜（韵）＋－＋｜｜——（句）＋｜＋——｜｜（韵）
＋－＋｜——｜（韵）＋｜＋——｜｜（韵）＋－＋｜｜——（句）＋｜＋——｜｜（韵）

长亭未尽杨花路，短榭只留芳草树。
一生上下半江湖，万里河山千仆主。
钟声古寺禅心渡，草木人间行我素。
房谋杜断问书儒，家国空余寻觅步。

格三（减字木兰花）

＋－＋｜（仄韵）＋｜＋——｜｜（叶仄）＋｜——（换平韵）＋｜——＋｜－（叶平）
＋－＋｜（再换仄韵）＋｜＋——｜｜（叶仄）＋｜——（再换平韵）＋｜——＋｜－（叶平）

一阡一陌，不是纵横来去客。
曲尽坎坷，不向潇湘问九歌。
半山半泽，日月光芒朝夕隔。
只有江河，透迤东流不语多。

格四（偷声木兰花）

＋－＋｜——｜（仄韵）＋｜＋——｜（叶仄）＋｜——（换平韵）＋｜——＋｜－（叶平）
＋－＋｜——｜（再换仄韵）＋｜＋——｜｜（叶仄）＋｜——（再换平韵）＋｜——＋｜－（叶平）

青楼半入横塘路，但似玉池杨柳树。
招展花枝，陷得春深无力时。
芳菲二里江湖暮，风月还来心未渡。
换得相思，唯有枕边人不知。

格五（木兰花慢）

｜——｜｜（句）｜－｜（句）｜——（韵）｜＋｜——（句）＋－｜｜（句）＋｜——（韵）——（韵）｜－｜｜（句）｜——｜｜｜——（韵）－｜——｜｜（句）｜－｜｜——（韵）
——（韵）｜｜＋－（韵）－｜｜（句）｜——（韵）｜＋｜——（句）＋－｜｜（句）＋｜——（韵）——（韵）｜－｜｜（句）｜——｜｜｜——（韵）－｜——｜｜（句）｜－｜｜——（韵）

一池春水敬，半梅月，是阴晴。
山里两洞庭，五湖北越，拾地清明。
清明，小荷未露，李桃初现九州风情。
杨柳花浮碧叶，莺歌燕舞声声。
声声，禁火书坑。寒读客，佩冠荣。
饮故似长鲸，邯郸学步，纸贵龙城。
龙城，此居不易，彼游吴肆醒醉除缨。
功废中途可渡，不非处处平生。

73鹊桥仙

《风俗记》：“七夕，织女当渡河，使鹊为桥。”因取以为曲名，以咏牛郎织女相会事。《乐章集》入“歇指调”，较一般所用多三十二字。兹以《淮海词》为准。五十六字，上下片各两仄韵。亦有上下片各四仄韵者。

定格

＋－＋｜（句）＋－＋｜（句）＋｜＋－＋｜（韵）＋－＋｜｜——（句）｜＋｜（豆）——＋｜（韵）
＋－＋｜（句）＋－＋｜（句）＋｜＋－＋｜（韵）＋－＋｜｜——（句）｜＋｜（豆）——＋｜（韵）

天河两岸，影姿不断，七夕私情暗度。
牛郎织女鹊桥仙，都是客，朝朝暮暮。
瑶池水浅，云台雨散。
唯有人情普顾，一心日月一心田，
这银汉，相思两处。

74夜游宫

《清真集》入“般涉调”。五十七字，前后片各四仄韵。

定格

｜｜——｜｜（韵）｜+｜（豆）+——
｜（韵）+｜——｜+｜（韵）｜——（句）
｜——（句）–｜｜（韵）
｜｜——｜（韵）｜+｜（豆）+——
｜（韵）+｜——｜+｜（韵）｜——（句）
｜——（句）–｜｜（韵）

谁问人间几度，有风雨，是非深处。
忧国忧民界外语。
半朝堂，半江湖，花满露。
但得登寻暮，凌烟阁，功成名妒。
已见江山细回数，小家奴，大家夫，
何所顾。

75踏莎行

双调小令，《张子野词》入“中吕宫”。五十八字，上下片各三仄韵。四言双起，例用对偶。又有《转调踏莎行》，六十六字，上下片各四仄韵。

格一

+｜——（句）+–+｜（韵）+–+
｜——｜（韵）+–+｜｜——（句）+–
+｜——｜（韵）
+｜——（句）+–+｜（韵）+–+
｜——｜（韵）+–+｜｜——（句）+–
+｜——｜（韵）

晓竹潇湘，斑斑泪泪。南行到此君心悴。
贾生堂客九歌微，登高不下汨阳醉。
风月扬长，瑶池美媚。
书生仗剑江湖醉，谁来谁往一云归，
东流几处三吴萃。

格二（转调踏莎行）

｜｜——（句）——+｜（韵）+——
｜｜（豆）+–｜（韵）——+｜（句）——
+｜（韵）——｜｜｜——｜（韵）
｜｜——（句）——+｜（韵）+——
｜｜（豆）+–｜（韵）——+｜（句）
｜——+｜（韵）–｜｜｜｜——｜（韵）

古寺钟声，禅房暮鼓，
一缘先仆客，半辛苦。
归心何处，平生汉土。
中原不忘五台山祖。
岭后峰前，川流如数，
云泓常望断，无端取。
年华当步，奈何知成府，
天下万里几回无主。

76钗头凤

又名《折红英》。六十字，上下片各七仄韵，两叠韵，两部递换。声情凄紧。

定格

——｜（韵）——｜（叶仄）｜——｜——
｜（叶仄）——｜（换仄）——｜（叶二仄）
+——｜（句）｜——｜（叶二仄）｜（叶
二仄）｜（叠）｜（叠）
——｜（叶首仄）——｜（叶首仄）｜–
｜——｜（叶首仄）——｜（叶二仄）——
｜（叶二仄）+——｜（句）｜——｜（叶
二仄）｜（叶二仄）｜（叠）｜（叠）

人情岩，人情薄，半壁亭外人情错。
相思约，相思索。
何心何意，获时非获，各，各，各。
东家雀，西家鹤，父母前后红英诺。
春风落，秋风落，男儿无奈，女儿无作。
客，客，客。

77蝶恋化

又名《鹊踏枝》、《凤栖梧》。唐教坊曲。《乐章集》、《张子野词》并入“小石调”，《清真集》入“商调”。赵令畤有《商调蝶恋花》，联章作“鼓子词”，咏《会真记》事。双调，六十字，上下片各四仄韵。

定格

+｜+——｜｜（韵）+｜——（句）
+｜——｜（韵）+｜+——｜｜（韵）
+–+｜——｜（韵）
+｜+——｜｜（韵）+｜——（句）
+｜——｜（韵）+｜+——｜｜（韵）
+–+｜——｜（韵）

蝶恋花心心不主，嫩蕊芬芳，最怕风和雨。
觅觅寻寻身上舞，沉沉睡睡相依甫。
草木菲菲香色妩，竟是扬长，且喜和阳煦。
豆蔻年华何可取，只须日月春秋数。

78渔家傲

北宋流行歌曲。有用以作“十二月鼓子词”者。《清真集》入“般涉调”。双调，六十二字，上下片各五仄韵。

定格

+｜+——｜｜（韵）+–+｜——｜
（韵）+｜+——｜｜（韵）–+｜（韵）
+–+｜——｜（韵）
+｜+——｜｜（韵）+–+｜——｜
（韵）+｜+——｜｜（韵）–+｜（韵）
+–+｜——｜（韵）

一线钱塘潮怒号，五湖八月渔家傲。
浊浪翻云山海倒，蛟龙暴，
风烟毕日肆无靠。
半步天池瑶水潦，盐官声振人稀少，
屹立江峰严壁峭，回首啸，
千重万叠竟涌跃。

79苏幕遮

西域舞曲。慧琳《一切经音义》卷四十：“‘苏幕遮’，西戎胡语也，正云‘飒磨遮’。此戏本出西龟兹国，至今犹有此曲，此国浑脱、大面、拨头之类也。或作兽面，或象鬼神，假作种种面具形状。或以泥水沾洒行人，或持羂索搭钩，捉人为戏。每年七月初，公行此戏，七日乃停。土俗相传云，常以此法攘厌，驱趁罗刹恶鬼食啖人民之灾也。”《张说之文集》卷十有《苏摩遮》诗五首，皆七言绝句，说之于诗题下注云：“泼寒胡戏所歌，其和声云亿岁乐。”《词谱》

谓宋词家所用，盖因旧曲另度新声。《清真集》入“般涉调”。双调，六十二字，上下片各四仄韵。

定格

丨——（句）—丨丨（韵）+丨——（句）
+丨——丨（韵）+丨———丨丨（韵）
+丨——（句）+丨——丨（韵）
丨——（句）—丨丨（韵）+丨——（句）
+丨——丨（韵）+丨———丨丨（韵）
+丨——（句）+丨——丨（韵）

（1）妞胡姬，人玉雪，苏幕遮姿，
曲舞秋波折。
风月无终芳草辍，西去龟兹，只佩连衣玦。
粉肌脂，清影辙，十地相思，一日凝情结。
夜夜除音妖女绝，咫尺天涯，羯鼓何声切。

（2）梅连天，芳草地。
百里洞庭，波上声声笛。
引得情人何所忆，那里丝弦，这里西施女。
有乡思，无旅及。前面江湖，还被衷肠溺。
万里江山知破立，那里峰岚，这里川流急。

80淡黄柳

宋姜夔自度曲，《白石道人歌曲》入“正平调”。六十五字，前片三仄韵，后片五仄韵，以用入声韵为宜。

定格

——丨丨（句）—丨——丨（韵）丨
丨———丨丨（韵）丨丨——丨丨（句）—
丨——丨—丨（韵）
丨—丨（韵）——丨—丨（韵）丨—丨（句）
丨—丨（韵）丨——丨丨——丨（韵）
丨丨——（句）丨——丨（句）—丨——
丨丨（韵）

江南塞北，天下书生历。乞火清明寒色寂。
俱是儒林子弟，来去龙门有鸣笛。
杏坛绩，开关闭分析。四方问，五神觅。
国家忧处居心檄，一半春秋，万千经卷，
九脉三江霹雳。

81锦缠道

一名《锦缠头》。六十六字，前片四仄韵，后片三仄韵。过片及第五句并是上一、下四句法。

定格

丨丨——（句）丨丨丨——丨（韵）丨——
（豆）丨——丨（韵）丨——丨——丨（韵）
丨丨——（句）丨丨——丨（韵）
丨——丨—（句）丨——丨（韵）丨——
（豆）丨——丨（韵）丨——（豆）—丨——
（句）丨丨——丨（句）丨丨——丨（韵）

一半生平，自去可循行迹。
道精英，始终极积。
谁思朝暮山河碧。十里芳明，五里风云逆。
牧童知枯荣，似同博弈。
此中情，有凭无籍。
这冠盟，还有神名，都付江湖去，
可叹人间易。

82酷相思

始见于《书舟词》。双调，六十六字，上下片各四仄韵，一叠韵。八言句是以一去声字领下七言。

定格

丨丨———丨丨（韵）丨+丨（豆）——
丨（韵）丨—丨———丨丨（韵）+丨
丨（豆）——丨（韵）+丨丨（豆）——
丨（叠）
丨丨———丨丨（韵）丨+丨（豆）——
丨（韵）丨—丨———丨丨（韵）+丨
丨（豆）——丨（韵）+丨丨（豆）——
丨（叠）

两地相思明月妒，东窗影，西厢顾，
去来觅寻寒宫漫步。
难所向，心中路。难所向，心中路。
已入春秋花草树，叶暗处，情倾诉。
玉人枕边男儿分付。
云雨阔，梦中数。
云雨阔，梦中数。

83解佩令

始见于晏几道《小山乐府》。调名取义于郑交甫遇汉皋神女解佩事。双调，六十六字，上下片各五仄韵。第一、二句亦有不用韵者。

定格

——+丨（韵）——+丨（韵）丨——
（豆）———丨（韵）丨丨——（句）
丨丨+（豆）+——丨（韵）丨——（豆）
丨—丨丨（韵）
——+丨（韵）——+丨（韵）丨——
（豆）———丨（韵）丨丨——（句）
丨丨+（豆）+——丨（韵）丨——（豆）
丨—丨丨（韵）

桃源深处，桃源深处。
几春秋，流明花絮。
汉后秦前，日月路，如何来去，有芳菲，
有风雨著。
人间人语，人间人语。
女神仙，身家愁虑。
碧后红前，草木误。
一流三疏，有阴晴，有荣枯御。

84青玉案

汉张衡《四愁诗》：“美人赠我锦绣段，何以报之青玉案”。因取以为调名。六十七字，前后片各五仄韵。亦有第五句不用韵者。

定格

+—+丨——丨（韵）丨+丨（豆）——
丨（韵）丨丨———丨丨（韵）+——
丨（句）+—+丨（韵）+丨——丨（韵）
+—+丨——丨（韵）+丨——丨—丨
（韵）丨丨———丨丨（韵）+——丨（句）
+—+丨（韵）+丨——丨（韵）

美人赠我相思婉，锦绣缎。
心神半，西池报以青玉案。
觅前寻后，银河两岸。织女牛郎唤。
鹊桥七夕风云散，有怨人间都是乱。

玉色青楼尘事伴，小蛮形影，白公音断，
这意如何断。

85千秋岁

《宋史·乐志》云“歇指调”。《张子野词》入“仙吕调”。兹以《淮海长短句》为准。七十一字，前后片各五仄韵。别有《千秋岁引》，八十二字，前片四仄韵，后片五仄韵。

格一

|——|（韵）—|——|（韵）—|
|（句）——|（韵）———||（句）—
|——|（韵）—||（句）|—||——
|（韵）
||——|（韵）—|——|（韵）—
||（句）——|（韵）|——||（句）
||——|（韵）—||（句）|—|
|——|（韵）

与施恩惠，家国多恩惠。
和善处，千秋岁。
人间行道路，天下连衣袂。
缘所以，暮来八月朝来桂。
日月昭明色，云雨清关阙。
花草木，原中蕨，枯荣繁万里，
竞自羊羊越。
川壑里，水津处处生机勃。

格二（千秋岁引）

||——（句）——||（韵）||——
|—|（韵）——|—|||（句）——
||——|（韵）|——（句）|—|（句）
|——|（韵）
—||——||（韵）—||——||
（韵）||——|—|（韵）——|—
|||（句）——||——|（韵）|——
（句）|—|（句）——|（韵）

驿馆黄花，幽幽落落，只寄残情叶飘泊。
人间去来都是客，天涯海角江湖恶。
九歌声，一湘色，竹斑弱。
无奈始终名利薄，神静气宁知淡泊。
腊月梅香以心约，芳华总留玉影白。
文章一半滕王阁，上唐楼，
可回首，思离索。

86离亭燕

一作《离亭宴》。《张子野词补遗》有“离亭别宴”之语。因取以为调名。张作七十七字，他家多作七十二字体。上下片各四仄韵。

定格

+|+——|（韵）—||——|（韵）
+||——||（句）||+——|（韵）
|||——（句）+|+——|（韵）
+|+——|（韵）—||——|（韵）
+||——||（句）||+——|（韵）
|||——（句）+|+——|（韵）

折柳离亭别宴，西去玉门凭箭。
海市蜃楼满地见，足下云中烟霞。
彼此一天涯，可上楼兰宫殿。
回首长安深院，泾渭酒旗余眷。
多少丈夫秦汉间，也有渔樵闲羡。
万里寄孤家，尽是英雄悬念。

87粉蝶儿

始见于毛滂《东堂词》。兹以《稼轩长短句》为准。七十二字，前后片各四仄韵。

定格

||——|—|—||（韵）|——（豆）
|——|（韵）|——（豆）|||（豆）
|——|（韵）|——（豆）—||——
|（韵）
———|—|||—|（韵）|——（豆）
|——|（韵）|——（豆）—||（豆）
|——|（韵）|——（豆）—||——
|（韵）

一路西风玉门外寻落叶，
尽荒沙，以何从猎。
这离家，上海市，阳关三叠，近天涯，
千古十声声捷。
平生回首曹植咏洛河玦，
一文华，半忧娥绝。似梅花，寒里色。
魏堂飞雪，这桑麻，原是万民端说。

88御街行

又名《孤雁儿》。《乐章集》及《张子野词》并入“双调”。兹以范仲淹词为准。双调七十八字，上下片各四仄韵。下片亦有略加衬字者，列为变格。

定格

——||——|（韵）|||（豆）——
|（韵）———||——（句）—|———
|（韵）——+|（句）+——|（句）—
|——|（韵）
——||——|（韵）|||（豆）——
|（韵）———||——（句）—|———
|（韵）——+|（句）+——|（句）—
|——|（韵）

长安十里平生切，万巷路，千秋节。
龙城宫殿玉人河，天下元明清拙。
中华故地，人情民载，竟是天难澈。
江湖自古多豪杰，酒醒醉，私出没，
潇湘何谓楚人歌，凭只功夫优劣。
天涯游客，主张邪正，留下君须别。

89祝英台近

又名《月底修箫谱》。始见《东坡乐府》。元高栻词入“越调”，殆是唐宋以来民间流传歌曲。毛先舒《填词名解》卷二引《宁波府志》：“东晋，越有梁山伯、祝英台尝同学，祝先归，梁后访之，乃知祝为女，欲娶之，然祝已先许马氏之子。梁怨怨成疾，后为鄞令，且死，遗言葬清道山下。明年，祝适马氏，过其地而风涛大作，舟不能进。祝乃造冢，哭之哀恸。其地忽裂，祝投而死之。今吴中有花蝴蝶，盖橘蠹所化，童儿亦呼梁山伯、祝英台云。”此调宛转凄抑，犹可想见旧曲遗音。七十七字，前片三仄韵，后片四仄韵。忌用入声部韵。

定格

|——（句）—||（句）—||—|（韵）

+｜——（句）+｜｜—｜（韵）+—
+｜——（句）+—+｜（句）｜+｜（豆）
+——｜（韵）
｜—｜（韵）++—｜——（句）+—｜—
｜（韵）+｜——（句）++｜—｜（韵）
+—+｜——（句）+—+｜（句）｜
+｜（豆）+——｜（韵）
祝英台、梁山伯，东晋越分逐。
情在余杭，身在古今诗。
桃红柳绿芳城，无拘无束，
共寒窗，风行同宿。
异人族，父母师学儒书，可男女姑叔。
衣待牛郎，只作玉花独。
何先何后何归，风风雨雨，
化蝶去，依依如祝。

90蓦山溪

又名《上阳春》。《清真集》入“大石调”。八十二字，前片六仄韵，后片四仄韵。亦有前片四仄韵，后片三仄韵者，列为别格。

定格

——+｜（韵）+｜——｜（韵）+｜
｜——（句）｜++（豆）——+｜（韵）
｜——｜（句）+｜｜——（句）—｜
｜（韵）—｜｜（韵）+｜——｜（韵）
——+｜（句）+｜——｜（韵）+｜
｜——（句）｜++（豆）——+｜（韵）
｜——｜（句）+｜｜——（句）—｜
｜（句）—｜｜（韵）+｜——｜（韵）
洞庭山后，一片江湖树。
百里上阳春，十里雾，帆波无数。
虎丘同里，碧玉小家奴。
桥水渡，桥水渡，杨柳今如故。
天平娃馆，小女多回顾。不可范蠡逾。
任东风，西施倾诉。
浣纱溪晚，无力语三步。
吴越路，吴越路，沧海桑田暮。

变格

+—+｜（韵）｜｜——｜（韵）｜｜
｜——（句）｜—｜（豆）——｜｜（韵）
｜—+｜（句）—｜｜——（句）—｜
｜（句）｜——（句）+｜——｜（韵）
+—+｜（句）｜｜——｜（韵）｜｜
｜——（句）｜—｜（豆）——｜｜（韵）
｜—+｜（句）—｜｜——（句）—｜
｜（句）｜——（句）+｜——｜（韵）
洞庭山下，不尽江湖路。
百里一杭州，这西子，
云云雾雾，鹂鸣莺婉。
亭北品梅花，堤九曲，
雨前茶，不老村前树。
十八湾外，竟是无锡府。
里外已三空，惠山住。
杨杨柳柳，如姿似女。
青草半芳明，寻觅处，这江南，
色在烟波浦。

91洞仙歌

唐教坊曲。《乐章集》兼入“中吕”、“仙吕”、“般涉”三调，句豆亦参差不一。兹以《东坡乐府》之《洞仙歌令》为准。音节舒徐，极骀宕摇曳之致。八十三字，前后片各三仄韵。

定格

+—+｜（句）｜+——｜（韵）+｜——
｜—｜（韵）｜——（豆）+｜—｜——
（句）—+｜（句）+｜——+｜（韵）
+——｜｜（句）+｜——（句）+｜——
｜—｜（韵）｜｜｜——（句）｜｜——
（句）—+｜（豆）+—+｜（韵）｜
+｜——｜——（句）｜｜｜——（句）
｜——｜（韵）
云消雨散，夜色寒宫伴。
一点西风雁飞断。
向江南，竹影明暗潇湘，
杨柳岸，虽冷余温还暖。
客心居易处，素手怜田。
无力无声一情懒。
怯怯不和衣，怀抱幽香，两边叹，
一更三短，屈指几时风月流年，
只道盼君来，意中偷算。

92惜红衣

《白石道人歌曲》所载“自度曲”之一。其序云：“吴兴号水晶宫，荷花盛丽。陈简斋与义云：‘今年何以报君恩？一路荷花相送到青墩。’亦可见矣。丁未之夏，予游千岩，数往来红香中，自度此曲，以无射宫歌之。”八十八字，前片五仄韵，后片六仄韵，宜用入声韵。前片结句与后片倒数第二句皆上一、下四句法。

定格

｜｜——（句）——｜｜（句）｜——
｜（韵）｜｜——（句）——｜—｜
（韵）——｜｜（句）—｜｜（豆）———
｜（韵）—｜（韵）—｜｜—（句）｜———
｜（韵）
——｜｜（韵）—｜——（句）——｜—
｜（韵）——｜｜｜｜（韵）｜—｜（韵）
｜｜｜——｜（句）｜｜｜——｜（韵）
｜｜——｜（句）—｜｜——｜（韵）
一半清明，三千弟子，晋秦秦晋。
乞火东邻，寒窗独其慎。
书生意气，风月里，情怀滋润，
诗律格词，草原纵神骏。
莺歌阵阵，春色方华，幽香可如云。
文章壁立万仞。
历游觐，十地五蕴三界，治者只须疏浚。
二月龙门客，天下诗儒斑鬓。

93法曲献仙音

陈旸《乐书》：“法曲兴于唐，其声始出清商部，比正律差四律，有铙、钹、钟、磬之音。《献仙音》其一也。”《乐章集》、《清真集》并入“小石调”，《白石道人歌曲》入“大石调”。

定格

—｜——（句）｜——｜（句）｜｜———

｜(韵)｜｜——(句)｜——｜(句)——
｜｜—｜(韵)｜｜｜——｜(句)——
｜—｜(韵)

｜—｜(韵)｜——(豆)｜——｜(韵)—
｜｜(豆)—｜｜——｜(韵)｜｜｜——
(句)｜——(豆)—｜—｜(韵)｜｜——
(句)｜——(豆)｜｜｜｜(韵)｜———
｜(句)｜｜———｜(韵)

法曲仙音，地广天近，古寺钟声灵隐。
暮里禅房，草木机辨。
为人处事真悯。
善者知行善，民情以民本。
魏东晋，汉隋唐，佛心五蕴。
三界内，文殊普贤和顺，
普渡有观音，向西游，无忍则忍。
八戒玄奘，立经书，上下退进，
学风儒家论。色色空空深韫。

94满江红

《乐章集》、《清真集》并入“仙吕调”。宋以来作者多以柳永词为准。九十三字，前片四仄韵，后片五仄韵，一般例用入声韵。声情激越，宜抒豪壮情感和恢张襟抱。亦可酌增衬字。姜夔改作平韵，附着于后，则情调俱变。

定格

+｜——(句)—+｜(豆)+—+｜
(韵)—｜｜(豆)｜——｜(句)｜—
+｜(韵)+｜+——｜｜(句)+—
+｜——｜(韵)+++(豆)+｜｜——
(句)——｜(韵)

++｜(句)—｜｜(韵)—｜｜(句)——
｜(韵)｜——+｜(句)｜——｜(韵)
+｜+——｜｜(句)+—+｜——｜
(韵)+++(豆)+｜｜——(句)——
｜(韵)

万里清秋，长亭客。
雁飞叶落，声不尽，淡云风月。
远村萧索，十八里湾从此过，
一千年计梅花阁。
漠漠漠，五地半江山，相思约。
城外郭，雕里凿，田亩种，书生作。
几寻朝野事，几谋方略。
六十南洋闻海外，九三弟子声名却。
莫回首，不问苦辛河，耕阡陌。

格二（平韵格）

—｜——(句)+｜｜(豆)—｜｜—
(韵)—+｜(豆)｜——｜(句)+
｜——(韵)+｜———｜｜(句)+——
｜｜——(韵)｜+—(豆)+｜｜——
(句)—｜—(韵)

—+｜(句)—｜—(韵)++｜(句)
｜——(韵)｜｜——｜(句)+｜——
(韵)+｜+——｜｜(句)+——｜
｜——(韵)｜+—(豆)+｜｜——
(句)—｜—(韵)

附注：原有小序：“《满江红》旧调用仄韵，多不协律。如末句云‘无心扑’三字，歌者将‘心’字融入去声，方谐音律。予欲以平韵为之，久不能成。因泛巢湖，闻远岸箫鼓声，问之舟师，云‘居人为此湖神姥寿也。’予因祝曰：‘得一席风，径至居巢，当以平韵《满江红》为迎送神曲。’言讫，风与笔俱驶，顷刻而成。末句云‘闻佩环’，则协律矣。书于绿笺，沉于白浪。辛亥正月晦也。是岁六月，复过祠下，因刻之柱间。有客来自居巢，云：‘土人祠姥，辄能歌此词。’按：曹操至濡须口，孙权遗曹书曰：‘春水方生，公宜速去。’操曰：‘孙权不欺孤。’乃撤军还。濡须口与东关相近，江湖水之所出入。予意春水方生，必有司之者，故归其功于姥云。”

千古人生，万里逐，一半枯荣。
濡须口，此孙曹去，时代精英。
天下分分还合合，蜀吴联璧魏风平。
这九州，三国丈夫名，陈世情。
仙姥客，钟一鸣，巢湖水，任纵横，
唱诺扬帆去，海誓山盟。
莫道江南多少士，五湖云里有阴晴。
彼洞庭，一木一英雄，沧海城。

95天香

此调以贺铸《东山乐府》为准。九十六字，前片四仄韵，后片六仄韵。

定格

+｜——(句)——｜｜(句)｜｜———
｜(韵)｜｜——(句)——+｜(句)
｜｜———｜(韵)｜——｜(句)—
｜｜(豆)｜——｜(韵)—｜——｜
｜(句)——｜——｜(韵)

——｜—｜｜(韵)｜——(豆)｜——
｜(韵)—｜——｜｜(句)｜——｜
(韵)—｜——｜｜(韵)｜—｜(豆)——
｜—｜(韵)｜｜——(句)——｜｜(韵)

一片苍烟，三春故地。十里唯亭同里。
半是江湖，洞庭日月，养育姑苏桃李。
汴河东去，吴越色，玉沉波起。
寺外钱塘落照，斜阳远明彼涨。
留园虎丘拙政，退思园，所芳披靡。
来去天涯过客，小桥流水，云女罗罗绮绮。
以情付，寻心似姑姊。
草草花花，红红紫紫。

96声声慢

历来作者多用平韵格，而《漱玉词》所用仄韵格最为世所传诵，因即据以为准。九十七字，前后片各五仄韵，例用入声部韵。

定格

——｜｜(韵)｜｜——(句)——｜
｜｜｜(韵)｜｜ ｜(句)｜——
｜(韵)——｜｜｜｜(句)｜｜—(豆)
｜——｜(韵)｜｜｜(句)｜——(豆)
｜｜｜——｜(韵)

｜｜———｜(韵)—｜｜(豆)——
｜——｜(韵)｜｜——(句)｜｜｜—
｜｜(韵)——｜—｜｜(句)｜——(豆)
｜｜｜｜(韵)｜｜｜(句)｜｜｜—
｜｜｜(韵)

云云雨雨，暗暗明明，阴晴日月草树。
枯枯荣荣无主，几知茹苦。
行行止止问问，也只须，楚山羊祜，
俯仰处，一长空，上下意意情情难数。
男女互，黄花色姿芳户。
两曲三叠，只道是非不补。
推推复还就就，这心思，只中彼此，
任彼此，记得已时入肺腑。

97黄莺儿

《乐章集》入“正宫”，殆为柳永创调，即咏黄莺儿。九十六字，前片四仄韵，后片五仄韵。前后片各以一平声字领五言对句。

定格

———丨——丨（韵）丨丨——（句）—
丨——（句）————（句）丨——丨（韵）—
丨丨丨——（句）丨丨——丨（韵）丨——
丨——（句）丨丨———丨—丨（韵）
—丨（韵）丨丨丨——（句）丨丨——
丨（韵）丨——丨（句）丨丨——（句）——
丨——丨（韵）—丨丨丨——（句）丨
丨——丨（韵）丨丨丨丨——（句）—
丨——丨（韵）

春潮是首西湖路，柳巷闻莺，花港观鱼，
晴光云烟，断桥人渡。
亭北鹤子梅妻，色满斜阳村。
岳飞天下风波，古古今今何语公墓。
明月，一影印三潭，只向枯荷赋，
此情居易，寺外钱塘，寒宫桂香如故。
西泠印社文章，左右苏杭步，
夜里碧玉羞容，留只心倾注。

98剑器近

《剑器》，唐舞曲。杜甫有《观公孙大娘舞剑器行》。“近”为宋教坊曲体之一种，如《祝英台近》之类皆是。《宋史·乐志》：“教坊奏《剑器曲》，一属‘中吕宫’，一属‘黄钟宫’。”此当是截取《剑器曲》中之一段为之。九十六字，前片八仄韵，后片七仄韵。音节极低回掩抑。

定格

丨—丨（韵）丨丨丨（豆）———丨（韵）
丨—丨——丨（韵）丨—丨（韵）丨—
丨（韵）丨丨丨（豆）——丨丨（韵）——
丨——丨（韵）丨—丨（韵）
—丨（韵）丨——丨丨（韵）——丨丨（句）
丨丨丨（豆）丨丨——丨（韵）———
丨丨——（句）丨——丨—（句）丨——
丨—丨（韵）丨——丨（韵）丨丨——（句）
丨丨——丨丨（韵）丨—丨丨——丨（韵）

谁人语，剑器曲，天光如许。
大娘始尽唐女，几何处，几何去，
啸啸去，梨园客旅。
人间贵妃红纻，不朝序。
杨絮是朝秦暮楚，公孙记得，
可拔扈，只在江湖许。
长安城里小儿胡，笛声歌舞余。
此时方解离叙，却千山阻。
独技方休，教坊知音未语，
以身抱憾传情绪。

99醉蓬莱

《乐章集》入“林钟商”。九十七字，前后片各四仄韵。前片第一、第五、第八三句，后片第六、第九两句，皆上一、下四句法。

定格

丨——丨丨（句）丨丨——（句）丨——
丨（韵）丨丨——（句）丨———丨（韵）
丨丨——（句）丨——丨（句）丨丨——
丨（韵）丨丨——（句）——丨丨（句）
丨——丨（韵）
丨丨——（句）丨——丨（句）丨丨——
（句）丨——丨（韵）—丨——（句）
丨丨——丨（韵）丨丨——（句）丨
丨—丨（句）丨丨——丨（韵）丨丨——
（句）———丨（句）丨——丨（韵）

啸声长剑客，醒醉蓬莱，一言凭诺，
百里江湖，此须何相约。
纵纵横横，去来天下，四顾滕王阁。
满目潇湘，吴中越尾，九江沟壑。
谁谓人情，一波三折。
草莽英雄，是云间雀。
南北西东，听以凭天跃。
透迤山川，所见空色，可向云中博。
苦苦辛辛，长安城外，始终开拓。

100暗香

姜夔自度“仙吕宫”曲。其小序云：“辛亥之冬，予载雪诣石湖，止既月，授简索句，且征新声，作此两曲。石湖把玩不已，使工伎隶习之，音节谐婉，乃名之曰《暗香》、《疏影》。”（见《白石道人歌曲》卷四）后张炎用以咏荷花荷叶，更名《红情》、《绿意》。此曲九十七字，前片五仄韵，后片七仄韵，例用入声韵部。前片第五字，后片第六字，皆领格字，宜用去声。

定格

丨—丨丨（韵）丨丨—丨丨（句）———
丨（韵）丨丨丨—（句）丨丨——丨—
丨（韵）—丨——丨丨（句）—丨丨
（豆）———丨（韵）丨丨丨（豆）丨丨——
（句）—丨丨—丨（韵）
—丨（韵）丨丨丨（韵）丨丨丨丨—（句）
丨丨—丨（韵）丨—丨丨（韵）—丨——
丨—丨（韵）—丨——丨丨（句）—丨
丨（豆）———丨（韵）丨丨丨（豆）—
丨丨（句）丨—丨丨（韵）

一时清色，腊月寒重雪，心中平仄。
只有玉人，暗暗香香西侧。
姿影身形白石，风傲骨，疏斜堪摘。
月下问以唤群芳，人意可依得。
吴越，都是客。
片片素树五湖，烟雨出没，胥关浒阙。
山里洞庭是非歇。
留下春光不尽，卿已去，菲菲无谒。
竹碧老，依旧见，予机勃勃。

101长亭怨慢

姜夔自度“中吕宫”曲。其小序云：“予颇喜自制曲，初率意为长短句，然后协以律，故前后阕多不同。桓大司马温云‘昔年种柳，依依汉南。今看摇落，凄怆江潭。树犹如此，人何以堪！’此语予深爱之。”全阕九十七字，前片六仄韵，后片五仄韵。

定格

|—|(豆)———|(韵)||——(句)
|——|(韵)||——(句)|——
|(句)|—|(韵)|——|(韵)—
||(豆)——|(韵)|||——(句)
|||(豆)———|(韵)
||(韵)|——||(句)|||——
|(韵)——||(句)|||(豆)|——
|(韵)|||(豆)|——(句)|—
|(豆)———|(韵)|||——(句)—
|———|(韵)

念奴曲，江南多少。
草木荣光，隔楼啼鸟。
暗暗藏私，柳黄丝弱，半春晓。
女儿姿娆，桥北岸，梅花早，
眼下寻芳路，不尽处，心浮眉梢。
窈窕小蛮腰舞好，樊素曲音余天。
龙门客店，寞寞里，细烟摇袅。
色淡淡，十里长亭，一纵横，三生无了。
有意问天堂，听得东风菽蓼。

102双双燕

始见史达祖《梅溪集》，即以咏双燕。九十八字，前片五仄韵，后片七仄韵。

定格

|—||(句)|—|——(句)|——
|(韵)——||(句)|||——|
(韵)—|——||(韵)|||(豆)——
||(韵)——||——(句)||———
|(韵)
—|(韵)——||(韵)|||——
(句)|——|(韵)———|(句)
|||——|(韵)—|——||(韵)
|||(豆)———|(韵)—|||——
(句)|||—||(韵)

一王一谢，半梦向秦淮，
是双双燕，南南北北，不落故庭深院。
成败江山谁恋，任旧国，台城柳变。
韩熙载违命侯，岂谓风声人倦。
宫殿金陵缱绻。是燕子矶头，水烟云线。
波涛汹涌，不怯浪花飞溅。
扬子江峰悬念，万里去，千古不变关河，
未堪是，回首现。

103晏山亭

一作《燕山亭》。以赵佶词为准。九十九字，前后片各五仄韵。

定格

+|——(句)—||—(句)||———
|(韵)—||—(句)||——(句)
+||——|(韵)||——(句)|—
|(豆)+——|(韵)—|(韵)|
||——(句)|——|(韵)
—|—|——(句)|+|——(句)
|——|(韵)——||(句)||——
(句)——|——|(韵)||——(句)
++|(豆)+——|(韵)—|(韵)—
||(豆)——||(韵)

一半春秋，江北岭南，一半烟消云散。
非是故宫，只是临安，燕子去来飞逝。
野杏花开，不闻罢，自家河汉，
河汉，万里苦心多，谁思王冠。
凭寄何处家乡，故国几随臣，两三声唤。
小荷骤雨，秀草初零。
天光乱，天光乱，燕子离亭，是南北。
故宫何观，何观，多少问，亡羊几叹。

104念奴娇

又名《百字令》、《酹江月》、《大江东去》、《壶中天》、《湘月》。元稹《连昌宫词》自注：“念奴，天宝中名倡，善歌。每岁楼下酺宴，累日之后，万众喧隘，严安之、韦黄裳辈辟易不能禁，众乐为之罢奏。玄宗遣高力士大呼于楼上曰：‘欲遣念奴唱歌，邠二十五郎吹小管逐，看人能听否？’未尝不悄然奉诏。”（见《元氏长庆集》卷二十四）王灼《碧鸡漫志》卷五又引《开元天宝遗事》：“念奴每执板当席，声出朝霞之上。”曲名本此。宋曲入“大石调”，复转入“道调宫”，又转入“高宫大石调”。此调音节高抗，英雄豪杰之士多喜用之。俞文豹《吹剑录》称：“学士（苏轼）词，须关西大汉，铜琵琶，铁绰板，唱《大江东去》。”亦其音节有然也。兹以《东坡乐府》为准，“凭高远眺”一阕为定格，“大江东去”为变格。一百字，前后片各四仄韵。其用以抒写豪壮感情者，宜用入声韵部。另有平韵一格，附着于后。

定格

+—+|(句)|—++|(句)+——
|(韵)+|+——||(句)+|+——
|(韵)+|——(句)+—+|(句)
+|——|(韵)+—+|(句)|——
|+|(韵)
+|+|——(句)+—+|(句)+
|——|(韵)+|+——||(句)
+|+——|(韵)+|——(句)+—
+|(句)+|——|(韵)+——|
(句)——|—|(韵)

念奴楼上，邠郎小管逐，玄宗凭望。
一代歌喉当此唱，魂却三郎神畅。
声外梨园，贵妃醉酒，都是芙蓉藏。
其情不尽，朝霞留下思量。
云去无迹云来，曲高和寡，欲续音波浪。
天下不闻何将相，地上唯寻心旷。
已入心贻，玉姿身影，吟得清平帐。
阳关三叠，半春娇女无恙。

变格一

|——|(句)|—|(豆)—|———
|(韵)||——(句)—||(豆)—
|——||(韵)||——(句)——
||(句)||——|(韵)———|(句)
|——|—|(韵)

—｜—｜——（句）｜——｜｜（句）———｜（韵）｜｜——（句）—｜｜（豆）—｜———｜（韵）｜｜——（句）———｜｜（句）｜——｜（韵）———｜（句）｜——｜—｜（韵）

小桥流水，五湖岸，来去渔舟唱晚。
半载斜阳，三两点，霞满流连忘返。
寺外寒山，江风扑扑，暮阔凭天远。
更寻风月，酒兴沉入酒馆。
呢语呢语芳媛，小家羞碧玉，姑苏书苑，
汉汉唐唐，千古事，无可扬长求短。
我我卿卿，城春云雨处，意猿心懒，
开窗依旧，这波流入湖瀚。

变格二（平韵格）

｜——｜（句）｜———｜（句）—｜——（韵）｜｜———｜｜（句）—｜—｜——（韵）｜｜——（句）———｜（句）—｜｜——（韵）｜——｜（句）｜——｜——（韵）

—｜—｜——（句）———｜｜（句）—｜——（韵）｜｜———｜｜（句）｜｜—｜——（韵）｜｜——（句）———｜（句）—｜｜——（韵）｜——｜（句）｜——｜——（韵）

玉琼天下，泊舟洞庭水，湖上晴空。
碧草扬长杨柳岸，同主同里江东。
点点帆帆，峰波出没，沧浪见英雄。
雨连吴越，也匆匆，亦匆匆。
闲话依旧西施，浣纱溪渚映，来去无穷。
曾记春秋争五霸，俯仰何问飞鸿。
子胥盘门，姑苏池剑，留得范蠡翁。
贾商商贾，亦无形，也无终。

105绕佛阁

《清真集》入“大石调”，《梦窗词集》入“夹钟商”。一百字，前片八仄韵，后片六仄韵。

定格

｜—｜｜（韵）—｜｜｜（句）—｜—｜（韵）—｜—｜（韵）｜—｜｜——｜—｜（韵）｜—｜｜（韵）—｜｜｜（句）—｜—｜（韵）—｜—｜（韵）｜—｜｜———｜—｜（韵）

｜｜｜—｜（句）｜｜———｜｜（韵）—｜｜———｜｜（韵）｜｜｜——（句）—｜—｜（韵）｜——｜（韵）｜｜｜——（句）—｜—｜（韵）｜——（豆）｜——｜（韵）

汉秦故塞，南北两地，时得时代。
关里关外，风光也似，悠悠不分载。
是非阻碍，主道乐土，来去无再。
天下天上，李斯奏折云云何似拥戴。
叹自问今古，立废兴亡无不败，
成就死生山河终不改。
战国半春秋，人左人右，踏平东海。
几语到赵高，扶苏蒙恬，这长城，
要从头迈。

106绛都春

《梦窗词集》入“仙吕调”。兹以朱淑真咏梅词为准。一百字，前后片各六仄韵。前片第五句，后片第四句，皆以下句前四字与上句为对偶，与一般七言句有所不同。第二句第一字是领格，宜用去声。

定格

——｜｜（韵）｜｜｜—（句）———｜（韵）｜｜｜—（句）—｜—————｜（韵）+—+｜——｜（韵）｜+｜（豆）———｜（韵）—+｜（句）———｜｜（句）｜——｜（韵）

—｜（韵）——｜｜（句）｜—｜（豆）｜｜———｜（韵）｜｜｜—（句）+｜—————｜（韵）+——｜——｜（韵）｜+｜（豆）+—+｜（韵）｜—+｜——（句）｜—｜｜（韵）

寒霜独傲，腊月动雪心，姿中疏俏。
自立影身，天下初萌风情好。
人间开阔寻知到。
有朝晚，姑苏如根。
问访则品，芳香惜叹，命图如谁。
难老，风花雪月，小林雨，草木由黄微妙。
翠色有还早。碧里洞庭螺春葆。
天平山上江湖曜。
任汴水，东风一觉，
素颜已至苏杭笛声柳哨。

107桂枝香

又名《疏帘淡月》。兹以王安石《临川先生歌曲》为准。一百一字。前后片各五仄韵，宜用入声部韵。前后片第二句第一字是领格，宜用去声。

定格

——｜｜（韵）｜｜｜+—（句）++—｜（韵）+｜——+｜（句）｜——｜（韵）+—+｜——｜（句）｜——（豆）+——｜（韵）｜——｜（句）+—+｜（句）｜——｜（韵）

｜++（豆）——｜｜（韵）｜++—+（句）++—｜（韵）+｜——+｜（句）｜——｜（韵）+—+｜——｜（句）｜——+｜—｜（韵）｜——｜（句）+—+｜（句）｜——｜（韵）

临川晓月，进退一再鸣，几谓宫阙。
都是人间过客，有忧无歇。
有成有败中堂越，任官场，力衷心竭，
应听民怨，桑田沧海，塞边吴粤。
一品冠，东坡已别。
一人一天下，都是书诀。
俱道同言政拙，翠山峰立，
只留赤壁江东岸。
征帆天涯几声咽，是英雄地，
丈夫所为，上千秋节。

108翠楼吟

姜夔自度“双调”曲。其小序云：“淳熙丙午冬，武昌安远楼成，与刘去非诸友落之，度曲见志。予去武昌十年，故人有泊舟鹦鹉洲者，闻小姬歌此词，问之，颇能道其事；还吴，为予言之。兴怀昔游，且伤今之离索也。”（见《白石道人歌曲》卷四）一百一字，前片六仄韵，后片七仄韵。前后片第七句第一字是领格，宜用去声。后片第二句是上一、下四句式。

定格

｜｜——(句)——｜｜(句)——｜｜—｜(韵)———｜｜(句)｜—｜———｜(韵)———｜(韵)｜｜｜——(句)———｜(韵)——｜(韵)——｜(句)｜——｜(韵)

｜｜(韵)—｜——(句)｜｜——｜(句)｜——｜(韵)｜——｜｜(句)｜—｜———｜(韵)———｜(韵)｜｜｜——(句)———｜(韵)——｜(韵)｜——｜(句)｜——｜(韵)

大浪淘沙，风风雨雨，天涯万里飞燕。

人间天下事，有沉有浮何宫院。

诗书经卷，岁岁一家家，年年何恋。

一歌三叠，故河流咽。

片片空色云烟，俱是英雄断。疆场芳甸。

玉门西去远，剑吟箭鸣楼兰见，无留悬念。

凭心禅，丈夫非可，短情州县。

109霓裳中序第一

姜夔所填"商调"曲。其小序云："丙午岁，留长沙，登祝融，因得其祠神之曲，曰《黄帝盐》、《苏合香》；又于乐工故书中得《商调·霓裳曲》十八阕，皆虚谱无辞。按沈氏（括）《乐律》（《梦溪笔谈》），《霓裳》'道调'，此乃'商调'。乐天诗（白居易《霓裳羽衣歌曲》）云：'散序六阕'，此特两阕，未知孰是？然音节闲雅，不类今曲。予不暇尽作，作'中序'一阕，传于世。予方羁游，感此古音，不自知其辞之怨抑也。"一百一字，前片七仄韵，后片八仄韵，例用入声部韵。前片第四句第一字是领格，宜用去声。

定格

——｜｜｜(韵)｜｜———｜｜(韵)—｜｜—｜｜(韵)｜—｜｜—(句)———｜(韵)——｜｜(韵)｜｜——｜—｜(韵)——｜(句)｜—｜｜(句)｜｜｜—｜(韵)

—｜(韵)｜——｜(韵)｜｜｜——｜｜(韵)———｜｜｜(韵)｜｜——(句)｜｜—｜(韵)｜——｜｜(句)｜｜｜——｜｜(韵)——｜(句)———｜(句)｜｜｜—｜(韵)

霓裳羽衣舞，应道三郎倾慕府。

杨色贵妃浴雨，尽兴醒醉中，梨园羯鼓。

人佳丽妩。

织女牛郎七夕数，长生殿，

鹊桥还在，马嵬石坡抚。

朝暮，此心何寄，十斗珍珠依旧妒。

相思疑是露雾。

曲赋歌词，玉笛移步，一遭安史误，

开元去，兴亡城里，自是以情负。

110水龙吟

又名《龙吟曲》、《庄椿岁》、《小楼连苑》。《清真集》入"越调"。各家格式出入颇多，兹以历来传诵苏、辛两家之作为准。一百二字，前后片各四仄韵。又第九句第一字并是领格，宜用去声。结句宜用上一、下三句法，较二、二句式收得有力。

定格

｜—＋｜——(句)＋—＋｜——｜(韵)＋—｜｜(句)＋—＋｜(句)＋—＋｜(韵)＋——｜(韵)｜＋—＋｜(句)＋—＋｜(句)＋—｜(句)——｜(韵)＋｜＋—＋｜(句或韵)｜——(豆)＋　｜(韵)｜　｜｜(句)＋——

｜(句)＋——｜(韵)＋｜——(句)＋—＋｜(句)＋——｜(韵)｜——｜｜(句)＋—＋｜(句)｜——｜(韵)

一春跃上龙门，十年苦读书生觐。

阴晴日月，枯荣草木，古今秦晋。

西去楼兰，东寻吴越，中原三镇。

二月鲤鱼竞，九州选胜，向人间，天潮酒。

忧国忧民忧已，远天涯，近情孤慎。

朝堂以外江湖其内，任凭出进。

唯有心思，沉浮司守，自由天地阔，

丈夫何为，可寻尧舜。

111石州慢

一作《石州引》。《宋史·乐志》入"越调"。一百二字，前片四仄韵，后片五仄韵。宜用入声韵部，两结句并用上一、下四句法。又有于后片第五、六两句作上六、下四者，附为变格。

定格

＋｜——(句)—｜｜—(句)—｜—｜(韵)——＋｜——(句)｜｜＋——｜(韵)＋—＋｜(句)｜＋＋｜——(句)＋—＋｜——｜(韵)＋｜｜——(句)｜———｜(韵)

—｜(韵)＋——｜(句)＋｜——(句)｜——｜(韵)＋｜——(句)｜｜———｜(韵)＋—＋｜(句)｜＋＋｜——(句)＋—＋｜——｜(韵)＋｜｜——(句)｜———｜(韵)

百里浮烟，千载涌涓，茶道神缅。

云中雨露缠绵，岭上群芳优选，

一旗一枪，品位应是明前。

五湖吴越时当鲜。

贵在一茗水，富在三江泫。

泉娩，江中中取，井下深涎，器名佳饯。

玉色苏杭，草木之中人善。

碧螺春女，咫尺灵隐龙井，

飞来峰下宽冠冕。

君正向婵娟，月清同心勉。

112瑞鹤仙

《清真集》、《梦窗词集》并入"高平调"。各家句豆出入颇多，兹列周邦彦、辛弃疾、张枢三格。一百二字，前片七仄韵，后片六仄韵。第一格起句及结句倒数第二句，皆上一、下四句式。第三格后片增一字。

格一

｜——｜｜(韵)—｜｜(豆)｜｜——

｜｜（韵）——｜—｜（韵）｜———
｜（句）———｜（韵）——｜｜（韵）
｜｜—（豆）—｜｜｜（韵）｜——｜
｜（句）—｜｜—（句）｜｜—｜（韵）
｜｜——｜｜（句）｜｜——（句）｜——
｜（韵）——｜｜（韵）——｜（句）
｜—｜（韵）｜——｜｜（句）———
｜（句）———｜｜｜（韵）｜——｜
｜（句）—｜｜—｜｜（韵）

瑞鹤仙绥靖，长路上，白顾形形影影。
行中半分岭，水流山川外，悬泉清冷。
群峰要领。万木林，回首庆幸。
风游龙逶迤，天下纵横，是谓风景。
半可高山独凭，半可江湖，任心知听。
忧民国定，忧风月，治安宁。
一朝天下事，三边萧肃。
闲来云浮九脉，循时御守策，
君子丈夫竞竞。

格二

｜——｜｜（韵）｜｜｜——（句）｜——
｜（韵）——｜—｜（韵）｜——｜｜（句）
｜——｜（韵）｜—｜｜（韵）｜——
（豆）——｜｜（韵）｜——（豆）｜｜——
（句）｜｜｜——｜（韵）
｜｜（韵）———｜（句）｜｜——（句）
｜——｜（韵）——｜｜（韵）——｜｜—
｜（韵）｜｜—（豆）｜｜——｜｜（句）—
｜——｜｜（韵）｜——（豆）｜｜——
（句）｜—｜｜（韵）

夏春十寸柳，驷马踏吴流，不须回首。
平生共朋友，本来同日月，守关枢纽。
谁知可否，半洞庭，江湖左右。
半山川，草木春秋，碧水有独无偶。
玉秀，荷塘清色，一半花开。
一团豆蔻，芳菲尽就，
姿身点点轻叩，寄故羞。
付予先先后后，依自先先后后。
这私心，暮雨朝云，几时几候？

格三

｜——｜｜（韵）｜｜｜——（句）———
｜（韵）——｜—｜（韵）｜——（豆）—
｜｜——｜（韵）——｜｜（韵）｜｜
｜（豆）——｜｜（韵）｜｜—（豆）
｜｜——（句）｜｜｜——｜（韵）
—｜（韵）——｜｜（句）｜｜——（句）
｜——｜（韵）——｜｜（韵）——｜
（豆）—｜—｜（韵）｜｜—（豆）｜｜｜—
｜｜（句）｜｜——｜｜（韵）｜——（豆）
｜｜——（句）｜—｜｜（韵）

落梅春来去，秀草燕归来。
菲菲花絮，群芳色先据。
这东风，寻觅柳杨思虑。
稀稀疏疏，让翠叶欣欣不语。
归约成，李李桃桃，碧玉小家私处。
儿女，吴吴越越，越越吴吴。
馆娃宫侣，西施赐予。
天平舞，无绪无绪，见范蠡，
尽是客商所泊，不向人间寄许。
几江山，五霸春秋，岂如汉楚。

113宴清都

《清真集》、《梦窗词集》并入“中吕调”。兹以吴词为准。一百二字，前片五仄韵，后片四仄韵。后片第六句是上一、下三句式。

定格

｜｜——｜（韵）——｜（豆）｜——｜—
｜（韵）———｜（句）——｜｜（句）
｜——｜（韵）——｜｜——（句）｜
｜｜（豆）——｜｜（韵）｜｜｜（豆）
｜｜——（句）——｜｜—｜（韵）
——｜｜——（句）——｜｜（句）—｜—
｜（韵）——｜｜（句）——｜｜（句）
｜——｜（韵）——｜——｜（句）｜
｜｜（豆）——｜｜（韵）—（豆）｜｜——
（句）——｜｜（韵）

百里天堂路，吴江客，十年天下朝暮。
书生难老，洞庭易上，五湖舟渡。
人间历尽沧桑，都付予，忧忧赋赋。
叙夜雨，茧作蚕丝，儒林自古如数。
天高海阔神游，精英冶业，心事有素。
深思熟虑，家家国国，此情倾述。
房谋杜断如海，只可待，凌烟阁遇。
几委身，纵纵横横，芳根正步。

114齐天乐

又名《台城路》、《五福降中天》、《如此江山》。《清真集》、《白石道人歌曲》、《梦窗词集》并入“正宫”（即“黄钟宫”）。兹以姜词为准，一百二字，前后片各六仄韵。前片第七句、后片第八句第一字是领格，例用去声。亦有前后片首句有不用韵者，如第二例。

定格

｜——｜——｜（句或韵）——｜——
｜（韵）｜｜——（句）——｜｜（句）—
｜———｜（韵）——｜｜（韵）｜—
｜——（句）｜——｜（韵）｜｜——（句）
｜—＋｜｜—｜（韵）
——｜—｜｜（句或韵）｜——｜｜
（句）—｜—｜（韵）｜｜——（句）——
｜｜（句）＋｜——＋｜（韵）——｜
｜（韵）｜＋｜——（句）｜——｜（韵）
｜｜——（句）｜——｜｜（韵）

（1）谁人如此江山去，洞庭五湖云雨。
百里淞江，三春月色，花草群芳争妒。
朝朝暮暮，柳杨岸边住。
渚流泉语，古树香山，此心彼意小舟渡。
残荷只所旧诉。晚情断续数。
相互相互，却道西风，回回顾顾。
摇曳如花似舞，私声有序。
半里满池塘，此心无主。
月下更闻，可卿一步路。
（2）一朝天子台城路，书生不知朝暮。
十里金陵，秦淮八艳，留下明清如诉。
香君扇语，国家谁男儿，任凭分付。
半壁江南，女儿天下可无主。
风花寄情雪月，入春秋草木，伊处伊处。
月冷宫明，风清玉色，都是人情事故。
周郎几顾，所余不知音，闯王三柱，
岂自圆圆，这如何普渡。

115雨霖铃

唐教坊曲。《乐章集》入“双调”。《乐府杂录》：“《雨霖铃》，明皇自西蜀返，乐人张野狐所制。”《碧鸡漫志》卷五引《明皇杂录》及《杨妃外传》云：“帝幸蜀，初入斜谷，霖雨弥旬，栈道中闻铃声。帝方悼念贵妃，采其声为《雨霖铃曲》以寄恨。时梨园弟子惟张野狐一人，善筚篥，因吹之，遂传于世。”《漫志》又称：“今双调《雨淋铃慢》，颇极哀怨，真本曲遗声。”一百三字，前后片各五仄韵，例用入声部韵。前片第二、五句是上一、下三，第八句是上一、下四句式，第一字宜用去声。

定格

———｜（韵）｜——｜（句）｜｜—
｜（韵）——｜｜—｜（句）——｜｜
（句）———｜（韵）｜｜——｜｜（句）
｜—｜—｜（韵）｜｜｜（豆）—｜——
（句）｜｜——｜—｜（韵）
——｜｜——｜（韵）｜——（豆）｜
｜——｜（韵）——｜｜—｜（句）—
｜｜（豆）｜——｜（韵）｜｜——（句）—
｜（豆）——｜｜—｜（韵）｜｜｜（豆）—
｜——（句）｜｜——｜（韵）

华清人怨，雨霖铃曲，马嵬芳媛。
人间已被安史，儿儿女女，胡旋何劝。
只道君臣父子，入出上宫苑。
蜀幸难，呼尽三郎，此见银河到彼岸。
无心离乱无心断，瑶台看，独上长生殿。
芙蓉沐浴出水，妆懒换，却衣身段。
玉色婵娟，飞燕？
霓裳羽衣兴叹，俱往见，
回首梨园，处处深宫院。

116眉妩

一名《百宜娇》。《词律》以王沂孙《碧山词》为准，与《白石道人歌曲》过片处用短韵及结句用三、三句式，稍有出入。一百三字，前片五仄韵，后片六仄韵。前片第一句，后片第二句及结尾倒数第二句所有第一字并是领格，宜用去声。

定格

｜———｜（句）｜｜——（句）—｜
｜—｜（韵）｜｜——｜（句）——｜
（句）———｜—｜（韵）｜—｜｜（韵）
｜｜—（豆）—｜—｜（韵）｜—｜（豆）
｜｜——｜（句）｜—｜—｜（韵）
—｜———｜（韵）｜｜—+｜（句）—
｜—｜（韵）+｜——｜（句）——｜
（豆）———｜—｜（韵）｜—｜｜（韵）
｜｜—（豆）—｜—｜（韵）｜—｜——
（句）—｜｜—｜｜（韵）

汉家多儿女，屋里阿娇，天下万春晓。
舞尽飞燕去，千秋岁，宫中花色花天，
一波九溺，五尺身，何处还好。
莫回首，只欠窈窕影，一年一年少。
金镜羞临全沼，玉斧难磨补，凭约凭寥。
任念奴声下，三郎鼓，唐家儿女情操。
古今古今，这古今，知老知老，
古往问今来，唯道腊梅独傲。

117永遇乐

《乐章集》入“歇指调”。晁补之《琴趣外篇》卷一于“消息”之下注：“自过腔，即《越调永遇乐》。”兹以苏、辛词为准。一百四字，前后片各四仄韵。

定格

—｜——（句）+——｜（句）—｜—
｜（韵）｜｜——（句）——｜｜（句）
｜｜——｜（韵）+—+｜（句）——
｜｜（句）+｜｜——｜（韵）｜——
（豆）——+｜（句）｜—++—｜（韵）
——｜｜（句）———｜（句）+｜+—
+｜（韵）｜｜——（句）+——｜
（句）—｜——｜（韵）｜——｜（句）
+—+｜（句）+｜+—+｜（韵）+—
｜（豆）——｜｜（句）｜—｜｜（韵）

金屋藏娇，汉家天子，何怨何怨。可问飞燕，红妆未尽，谁扫宫门院。
婕好曲就，人间世上，玉色暮朝难断。
这神情，幽幽落落，可人处处思念。
清风晓月，春明秋色，只在银河两岸。
似是如非，是非都乱。寻觅多兴叹。
千宫殿，梦中相见，莫道东风是伴，
人情冷暖，此呼彼唤。

118二郎神

唐教坊曲，《乐章集》入“林钟商”。徐伸词名《转调二郎神》。兹以柳词为准，一百四字，前后片各五仄韵。结尾倒数第三句第一字是领格，宜用去声。

定格

——｜（韵）｜｜｜（豆）———｜（韵）
｜｜｜———｜｜（句）——｜（豆）
｜——｜（韵）—｜———｜｜（句）
｜｜｜（豆）——｜｜（韵）｜｜｜
（豆）——｜｜（句）｜｜———｜（韵）
—｜（韵）——｜｜（句）｜——｜
（韵）｜｜｜———｜｜（句）—｜｜
（豆）———｜（韵）｜｜———｜｜（句）
｜—｜（豆）——｜｜（韵）｜—｜——
（句）｜｜——（句）———｜（韵）

秋风雨，落叶舞，人根何处？
乍冷亦寒机关暗换，楼兰外，玉门余步，
寻断芳尘私语妒。
大漠北，丘沙不数。
谁可在，平生一诺，此去三生如故。
天路，黄河远上，只由朝暮。
李广酒泉千军醒醉，天水巷，何知何误。
但使龙城飞将在，汉家树，分分付付。
免冠不归家，岁岁年年，英雄来去。

119拜星月慢

唐教坊曲，《宋史·乐志》入“般涉调”，《清真集》入“高平调”。一百四字，前片四仄韵，后片六仄韵。前片第五句及结句，后片第四句及结句，皆上一、下四句式。

定格

｜｜——（句）———｜（句）｜｜——

||（韵）||——（句）|———|（韵）
|—|（句）||（豆）——||—|
（句）||———|（韵）||——（句）
|———|（韵）
|——（豆）||——|（韵）——|（豆）
||——|（韵）||||——（句）
|———|（韵）|——（豆）||——
|（韵）——|（豆）||——|（韵）
|||（豆）||——（句）|——|
|（韵）
月上三更，书生十步，似得清清冷冷。
水盼兰情，以灯火相秉。
苦辛处，处处，心平气静性。
曲尽诗诗闻听，俯仰呼声，玉门多忡憬。
读江湖，历尽阴晴雨，洞庭树，
剑影刀光竞，一诺壮语豪言，半朝先生耿。
这淞申，十八秋娘醒。
三边沪，壁隔溪山岭。
怎奈向，故港心城，笛幽坊巷横。

120西河

《碧鸡漫志》卷五引《脞说》："大历初，有乐工取古《西河长命女》加减节奏，颇有新声。"又称："《大石调·西河慢》声犯正平，极奇古。"《清真集》入"大石"，当即此曲。一百五字，分三段，第一、二段各四仄韵，第三段五仄韵。

定格

—||（韵）——||—|（韵）——
|||——（句）|—||（韵）|—
|||——（句）———|—|（韵）
|—|（句）—||（韵）|—||—
|（韵）——|||——（句）|—|
|（韵）|—|||——（句）———|—
|（韵）
|—|||||（韵）|——（豆）—|—
|（韵）|||——|（韵）|——|
|———|（韵）—|————|（韵）
长命女，西河日月无语。
清真集里丈夫情，以姑伴侣。
草荒岭狭一长亭，风流何止何去。
故乡树，朝暮雨，酒旗左右横竖。
人前自古问平生，飞扬跋扈。
五湖两岸半淞江，江湖如数如数。
六朝事尽建业路，石头城，玄武舟渡。
任得古今平步。月明桃叶莫愁青云付。
天际心思秦淮住。

121西吴曲

《词谱》云："调见《龙洲集》。"今所传《龙洲词》无之。可能为刘过自度，音节极苍凉激楚。一百五字，前片五仄韵，后片四仄韵。

定格

|——||—|（韵）|——|||—
|（韵）|——||（句）———|—
|（韵）||——（句）—||———
|（韵）|||—|——（句）|||
|——|（韵）
|——|（句）—||——（句）——|—
||（韵）|||（韵）|——|——
（句）———|（句）||——||
（韵）———|（句）||||——（句）—
||——（句）—||—|（韵）
闯江湖一半风月，向河山万里、自头越。
见阴晴草木，苍茫辽阔关阙。
谁问西吴，难道这钱塘无歇，
尽里是天下苏杭，杨柳岸地灵人杰。
楚王名旧，停步待山翁，西施女儿玉雪。
水欲说，倩中姿色中绝。
天涯行遍，曲彻红颜淡抹。
相如还醉，塘外燕语莺歌。
寻剑影芳心，重省旧时悦。

122望远行

唐教坊曲，原只小令，《金奁集》入"中吕宫"。北宋演为慢调，《乐章集》入"仙吕调"，又入"中吕调"，句豆小有出入。兹以"仙吕调"一曲为准。一百六字，前片四仄韵，后片五仄韵。结尾倒数第二句第一字是领格，宜用去声。

定格

——|||（句）——|（豆）||———
|（韵）|——|（句）||——（句）—
|||——|（韵）||——（句）——|（韵）
||——|（句）—||——|（韵）
|——（豆）—|——||（韵）
—|（韵）—||—||（句）|||
（豆）|——|（韵）|||—（句）|—
||（句）—||——|（韵）—|———
|（句）———|（句）||———|（韵）
||——|（句）———|（韵）
扬州故巷，琼花落，廿四桥连瑶榭。
落华芳雨，曲笛声声，玉色女东风嫁。
小小人家，闲里旧心潇洒。
忙里蚕茧春夏，一丝丝，云收情思素雅。
乡社，弦管绿砖碧瓦，夜半语，酒旗低亚。
醒醉自知，谁寻逐影，三两一群墙舍。
浣溪潇湘都话。
西湖人瘦，披得人间天价。
纵一轮风月，江南如假。

123疏影

姜夔自度"仙吕宫"曲。张炎以咏荷叶，改名《绿意》。兹以姜词为准。一百十字，前片五仄韵，后片四仄韵，例用入声部韵。

定格

——||（韵）||—||（句）—|—
|（韵）||——（句）—|——（句）——
||—|（韵）——||——|（句）
|||（豆）———|（韵）||—（豆）
||——（句）|||——|（韵）
—|——||（句）|—|||（句）—
|—|（韵）||——（句）||——（句）
||———|（韵）——||——|（句）
|||（豆）|——|（韵）||—（豆）—
|——（句）|||——|（韵）
荷塘月色，叶碧根玉玦。
莲子匿，露里珍珠，流下悬河。
人间自此惑。
芙蓉出水三郎问，谁记下，温柔乡默，

一曲歌，半壁文章，都付平平仄。
犹问长安故巷，贵妃知醉酒，情误卿得。
也有风声，也有凌烟，也有人心波折。
幽幽都是并蒂客。
但不怨，见马勒，这情奇特，自出泥，
云雨无染，只留在江南恻。

124摸鱼儿

一名《摸鱼子》，又名《买陂塘》、《迈陂塘》、《双蕖怨》。唐教坊曲。宋词以《晁氏琴趣外篇》所收为最早，兹即取为准则。一百十六字，前片六仄韵，后片七仄韵。前第四、后第五韵，定十字一气贯注，有作上三、下七，亦有以一字领四言一句，五言一句者，可以不论。双结倒数第三句第一字皆领格，宜用去声。

定格

｜——（豆）｜——｜（句）———｜—
｜（韵）+——｜——｜（句）–｜｜——
｜（韵）–｜｜（韵）｜+｜（豆）+–
+｜——｜（韵）+–+｜（韵）｜｜
｜——（句）+–+｜（句）+｜｜–
｜（韵）
——｜（句）+｜——｜｜（韵）———
｜–｜（韵）+–+｜——｜（句+｜
+——｜（韵）–｜｜（韵）｜+｜（豆）
+–+｜——｜（韵）+–+｜（韵）
｜｜｜——（句）+–+｜（句）+｜｜–
｜（韵）

迈陂塘，摸鱼儿晓，春风晓月云朗。
珍珠悬玉从流淌，荷叶碧姿朝仰。
双蕖怨，　影照、越灵吴杰黄天荡。
青云直是，才子满苏杭。
状元巷里，余下半皇榜。
长门里，三月龙门十丈。
儒冠曾满珠幌。
忧民忧国忧书子，朝野江湖何往？
君子想。楚国客、巫山云雨知惆怅。
三年不著，只任一鸡惊，
人间依旧，足以地天广。

125贺新郎

又名《金缕曲》、《乳燕飞》、《貂裘换酒》。传作以《东坡乐府》所收为最早，惟句豆平仄，与诸家颇多不合。因以《稼轩长短句》为准。一百十六字，前后片各六仄韵。大抵用入声部韵者较激壮，用上、去声部韵者较凄郁，贵能各适物宜耳。

定格

+｜——｜（韵）｜——（豆）+–+
｜（句）｜——｜（韵）+｜+——+
｜（句）+｜——+｜（韵）+｜｜
（豆）——+｜（韵）+｜+——+｜（句）
｜+–+｜——｜（韵）+｜｜（句）｜–
｜（韵）
+–+｜——｜（韵）｜——（豆）+–
+｜（句）｜——｜（韵）+｜+——
+｜（句）+｜——+｜（韵）+｜｜
（豆）——+｜（韵）+｜+——+｜（句）
｜+++｜（韵）+｜｜（句）｜–｜（韵）

乐府金缕曲，贺新郎、乳燕飞上，
栋梁悬璞。可卸貂裘来换酒。
小看邻家碧玉，杨柳岸，红红绿绿。
留下文章梁天子，古寺禅堂腊梅倾续。
岁去，一年旭。
萧郎还问洞房烛。
入时无、画眉深浅，始终由足。
马上琵琶关塞路，日落胡姬旧俗。
谁唱遍，楼兰目瞩，一诺阳关三叠去。
回首往事月明妆束。可独傲，可心属。

126兰陵王

《碧鸡漫志》卷四引《北齐史》及《隋唐嘉话》称："齐文襄之子长恭，封兰陵王。与周师战，尝着假面对敌，击周师金墉城下，勇冠三军。武士共歌谣之，曰《兰陵王入阵曲》。今《越调·兰陵王》，凡三段，二十四拍，或曰遗声也。此曲声犯正宫，管色用大凡字、大一字、勾字，亦名'大犯'。"《清真集》正入"越调"。毛开《樵隐笔录》："绍兴初，都下盛行周清真咏柳《兰陵王慢》，西楼南瓦皆歌之，谓之《渭城三叠》。以周词凡三换头，至末段，声尤激越，惟教坊老笛师能倚之以节歌者。"此曲音节，犹可于周词反复吟咏得之。一百三十字，分三段。第一段七仄韵，第二段五仄韵，第三段六仄韵，宜用入声部韵。

定格

｜–｜（韵）–｜——｜｜（韵）——
｜（句）–｜｜–（句）｜｜——｜–
｜（韵）——｜｜｜（韵）–｜（韵）——
｜｜（韵）——｜（句）–｜｜–（句）–
｜——｜–｜（韵）
——｜–｜（韵）｜｜｜——（句）–｜–
｜（韵）———｜——｜（韵）–｜｜–
｜（句）｜——｜（句）———｜｜｜
｜（韵）｜–｜–｜（韵）
–｜（韵）｜–｜（韵）｜｜｜——（句）–
｜–｜（韵）——｜｜——｜（韵）｜
｜｜–｜（句）｜——｜（韵）———
｜（句）｜｜｜（句）｜｜｜（韵）

肃边角，齐子长恭鼓乐。
金墉曲，声势力击，假面兰陵御王卓。
文襄以子榷。
心觉三军踊跃，黄河去，天水奔流，
从此中原一雄琢。
芦花白如雪。舞尽玉胡姬，牛马羊咽。
英雄刀剑朝天决。
对天问沙漠，几何家国，
春秋圆月半月缺，几何一时别。
飞叶一千节。此去是阳关，须眉三叠。
楼台未到精英捷，马上向明月，玉门关牒。
龙城飞将，落日里，故巷妾。

变格（上、去声韵）

｜–｜（韵）–｜———｜（韵）——
｜（句）–｜——（句）–｜——｜–
｜（韵）——｜｜｜（韵）｜｜｜——
｜（韵）｜–｜（句）｜｜——（句）
｜｜——｜–｜（韵）

—｜（韵）｜—｜（韵）｜｜｜——（句）—
｜—｜（韵）｜——｜——｜（韵）｜
｜｜—｜（句）｜——｜（韵）——｜
｜｜—｜（韵）—｜｜—｜（韵）
—｜（韵）｜—｜（韵）｜—｜｜｜（句）
｜｜—｜（韵）——｜｜——｜（韵）
｜——｜｜（句）—｜—｜（韵）———
｜（句）｜｜｜（句）｜｜｜（韵）

一春住，花落花开无数。
秋千索，芳草连情，墙外风声雨声去。
留心有意处。
小杏出墙红素。
只寻觅，俯态含羞，不见牛郎杨柳暮。
春住，小舟渡。
碧色满洞庭，千万条路。
状元池塘西山树。
苦读是才子，误中还误。
西厢月下几何顾，凭道小红妒。
春住，去来步。
所寻只自语，不解分付。
相思没的何情绪？
叹床边枕旁，无语无诉。
依依如梦，谁应道，织女布。

127六丑

此周邦彦创作“中吕调”曲。据周密《浩然斋雅谈》，邦彦曾对宋徽宗云：“此犯六调，皆声之美者，然绝难歌。昔高阳氏有子六人，才而丑，故以比之。”一百四十字，前片八仄韵，后片九仄韵。例用入声部韵，诸领格字并用去声。

定格

｜——｜｜（句）｜｜｜（豆）———
｜（韵）｜—｜—（句）———｜｜（韵）
｜｜—｜（韵）｜｜——｜（句）｜——
｜（句）｜｜——｜（韵）——｜｜——
｜（韵）｜｜——（句）——｜｜（韵）——
｜——｜（韵）｜——｜｜（句）—｜—
｜（韵）

———｜（韵）｜——｜｜（韵）｜｜——
｜（句）—｜｜（韵）——｜｜—｜（韵）
｜——｜｜（句）｜——｜（韵）——
｜（豆）｜——｜（韵）—｜｜（豆）
｜｜——｜｜（句）｜——｜（韵）——
｜（豆）｜｜—｜（韵）｜｜—（豆）
｜｜——｜（句）——｜｜（韵）

几人知六丑？幕后客，何人言语。
一江一流，扬波东海煮，谁问秦楚，
举案齐眉者，汉家天子，不比飞燕女。
山中只有丞相去，一半江湖，朝堂可予。
洞庭湖西西浒，见江南旧地，无绪无绪。
江山无主，凤凰龙与虎。
都上中原逐，吴越路，春秋五霸如诉。
这王侯患子，这臣循误。
桑麻里，谁知民哺。
今古事，几倾国，几度天下。
两两三三客，江山自主。

128夜半乐

唐教坊曲，《乐章集》入“中吕调”。段安节《乐府杂录》：“明皇自潞州入平内难，半夜斩长乐门关，领兵入宫剪逆人，后撰此曲，名《还京乐》。”又有谓《夜半乐》与《还京乐》为二曲者。今以柳永词为准。一百四十四字，分三段，前段、中段四仄韵，后段五仄韵。前段第四句是上一、下四句式。全曲格局开展，中段雍容不迫，后段则声拍促数矣。

定格

｜—｜｜—｜（句）——｜｜（句）—
｜——｜（韵）｜｜｜——（句）｜——
｜（韵）｜—｜｜（句）——｜｜（句）
｜——｜——（句）｜——｜（韵）｜
｜｜（豆）——｜—｜（韵）

｜—｜｜｜｜（句）｜｜——（句）
｜——｜（韵）—｜｜（豆）——————
｜（韵）｜——｜（句）——｜｜（句）
｜—｜｜——（句）｜——｜（韵）｜—
｜（豆）——｜—｜（韵）

｜｜—｜（句）｜｜——（句）｜——
｜（韵）｜｜｜——｜—｜（韵）｜——
（豆）—｜｜｜——｜（韵）—｜｜（豆）
｜｜——｜（韵）｜——｜——｜（韵）

一朝武曌唐李，开元盛世，天宝胡儿语。
以此著名皇，寿王绢女。
妇人虢国，封秦御姊，自赐天子温汤，
巫山云雨。
半慕府，芙蓉以身许。
避风港里曲笛，都是唐宗，合和难础。
南浦去，珍珠何寻深处。
采萍杨柳，更更易易，
玉环汲以三郎，可依倾叙。
有横竖，江山半分与。
幸蜀思念，七夕人间，上宫深顾，
日月下长生殿前语。
这婵娟，天子不汲瑶台去，
情伴侣，只有相思苦。
罢龙游凤愁无绪。

129宝鼎现

始见康与之《顺庵乐府》，即以康词为准。一百五十七字，分三段，前段四仄韵，中段五仄韵，后段五仄韵。后附《须溪词》为变格。

定格

｜——｜（句）｜｜—｜（句）———
｜（韵）—｜｜（豆）———｜（句）—
｜———｜｜（韵）｜｜｜（豆）｜———
｜（句）—｜——｜｜（韵）｜｜｜
（豆）——｜｜（句）｜｜———｜（韵）

｜｜—｜——｜（韵）｜——（豆）—｜—
｜（韵）—｜｜（豆）——｜｜（句）—
｜———｜｜（韵）｜｜｜（豆）｜———
｜（句）—｜——｜｜（韵）｜｜｜
（豆）——｜｜（句）｜｜——｜｜（韵）

—｜｜｜——（句）—｜｜———｜（韵）
｜———｜（句）—｜——｜｜（韵）
｜｜｜（豆）｜——｜（韵）｜｜——
｜（韵）｜｜｜（豆）—｜——（句）
｜｜——｜｜（韵）

ADIB亚洲发展投资银行与娜塔丽福吉·山·优力士共事而记之

扁舟东去，紫气西照，江湖人叹。
回首见，行程无限，千下南洋浩瀚。
娜塔丽，神速吉山优里，冈事商交共千，
一早晚，先先后后，竞竞图图君翰。
老马途里轻声唤，这时候，非是秦汉。
诗赋股，千千万万，无序平生由了断。
也得问，持才文章冠。
因是洋洋大观，众伙伴，
何人谁助，应是通宵达旦。
前不见古人名，寻不见今人何算，
物流银行岸。
发展投资一半，任自己，亚洲凭断。
可向东西看，过海后，虫已成龙，
竟是云天灿粲。

变格

———｜（句）｜｜｜（豆）———｜（韵）
｜｜｜（豆）———｜（句）｜｜———
｜｜（韵）——｜（豆）｜｜——｜（句）
｜｜———｜（韵）｜｜｜（豆）——
｜｜（句）｜｜｜——｜（韵）
｜｜—｜——｜（韵）｜——（豆）—
｜—｜（韵）—｜｜（豆）———｜（韵）
｜｜———｜｜（韵）—｜｜（豆）
｜———｜（韵）｜｜——｜｜（韵）
｜｜—（豆）———｜（句）｜｜——
｜｜（韵）
—｜｜｜——（句）—｜｜（豆）——
｜｜（韵）｜——（豆）—｜——（句）
｜——｜｜（韵）｜｜｜（豆）——｜
｜（韵）｜｜——｜（韵）｜｜（豆）—
｜——（句）—｜——｜｜（韵）

飞向南洋，千峰成浪，
一望白、光明荒漠。
万里去、高山林立，半月空中无力掠。
琼兰碧、上可如无止，下可波涛汹壑。
都不是、何人所见？足下眼中凋凿。
独有团絮空空落，谁惊闻、辽廓辽廓。
忽转顾、飞天求索，玉海相望多少萼，
疑不路、有春秋相约。
彼此云楼闹市，线线潮，三江狂注，
此是当关莫诺。
伏起叠叠层层，还未理、丝丝络络，
像瑶池、从此荡荡，应情多淡泊。
隙缝里、人间鹤雀，万马奔腾跃。
这天上，何似纵横，尘断心开可作。

130莺啼序

始见《梦窗词集》及赵闻礼《阳春白雪》所载徐鼎之词，入何官调，无考。兹以梦窗词为准。二百四十字，分四段，每段各四仄韵。

定格

——｜—｜｜（句）｜——｜｜（韵）｜—
｜（豆）—｜——（句）｜｜—｜—｜（韵）
｜—｜（豆）——｜｜（句）——｜｜——
｜（韵）｜——（句）—｜——（句）｜——
｜（韵）
｜｜——（句）｜｜｜｜（句）｜——
｜｜（韵）｜—｜（豆）—｜——（句）
｜——｜—｜（韵）｜——（豆）——
｜｜（句）｜—｜（豆）———｜（韵）
｜——（句）—｜——（句）｜——｜（韵）
——｜｜（句）｜｜——（句）｜—
｜｜｜（韵）｜｜｜（豆）｜——｜
（句）｜｜——（句）｜｜——（句）
｜——｜（韵）——｜｜（句）———
｜（句）———｜——｜（句）｜——（豆）
｜｜——｜（韵）——｜｜（句）——
｜｜——（句）｜—｜｜—｜（韵）
——｜｜（句）｜｜——（句）｜｜—
｜｜（韵）｜｜｜（豆）———｜（句）
｜｜——（句）｜｜——（句）｜——
｜（韵）——｜｜（句）———｜
（句）———｜—｜｜（句）｜——（豆）—
｜——｜（韵）———｜——（句）｜
｜——（句）｜—｜｜（韵）

黄河一流万里，不由来去客，
远边际、出没天山，浪迹横纵阡陌。
玉壶口、人间竟是，中原逐鹿江山脉。
有春秋，三国群雄，雨兴云泽。
一半春秋，五霸独树，大儒君子诺。
笑商纣文武周王，不寻烽火幽帛。
论纵横、东周列国，退三舍、齐桓公策，
一鸣惊、吴越江湖，有商收获。
周郎赤壁，火烧连营，蜀吴魏并约。
应记得、孔明三国，官渡曹操，
俱是精英，起风云落。
成成败败，江流东去，江楼须问，人间雀。
赵云行、自有关公诺。
先先后后，江山照旧江山，古今处处辽阔。
阳春白雪，下里巴人，俱是天下乐。
塞北鼓，江南丝竹，缓缓疏疏，
短短长长，曲高低觉，知音不弃，
琴台依此，阳关三叠沙不尽，这人生，
兴叹何余作，梅花三弄天涯。
唱晚渔舟，领峰五岳。

第三类　平仄韵转换格

131南乡子

唐教坊曲。《金奁集》入"黄钟宫"。二十七字，两平韵，三仄韵。五代人词略有增减字数者，兹举两式。南唐改作平韵体，《张子野词》入"中吕宫"，重填一片，五十六字，上下片各四平韵。宋以后多遵用之。

格一

｜｜——（平韵）+—+｜｜（叶平）
｜｜———｜｜（换仄韵）—｜（叶仄）
｜｜———｜｜（叶仄）

雨泊云消，小家碧玉小家桥。
一半姑苏藏玉姣。
情好，独在心中留永葆。

格二

—｜｜（句）｜——（平韵）+—+｜
｜——（叶平）+｜+——｜｜（换仄韵）
+—｜（叶仄）+｜+——｜｜（叶仄）

金屋外，念奴娇，五湖未尽玉人遥。月

落西厢人悄悄，南乡子，独抱枕边孤欲晓。

格三（平韵）

+｜｜——（韵）+｜——｜｜—（韵）

+｜+——｜｜（句）——（韵）+｜——

+｜—（韵）

+｜｜——（韵）+｜——｜｜—（韵）

+｜+——｜｜（句）——（韵）+｜——

+｜—（韵）

一半念奴声，一半人间玉女情。

一半阳关三叠唱，卿卿，

一半江湖一半生。

一半有芳明，一半圆圆缺缺鸣。

一半枯荣杨柳绿，阴晴，

一半江山一半生。

132蕃女怨

《金奁集》入“南吕宫”。三十一字，四仄韵，两平韵。

定格

｜——｜—｜｜（仄韵）｜｜—｜（叶韵）

｜——（句）—｜｜（叶仄）｜——｜（叶仄）｜——｜｜——（换平韵）｜——（叶平）

腊梅三弄心已动，遍布春种。

是幽香，枝已重，玉姿斜怂。

只唤群应向东风，有无中。

133调笑令

又名《古调笑》、《宫中调笑》、《调啸词》、《转应曲》。《乐苑》入“双调”。白居易《代书诗一百韵寄微之》：“打嫌《调笑》易，饮讶《卷波》迟。”自注：“抛打曲有《调笑令》，饮酒曲有《卷白波》。”三十二字，四仄韵，两平韵，两叠韵。平仄韵递转，难在平韵再转仄韵时，二言叠句必须用上六言的最后两字倒转为之，所以又名《转应曲》。唐词格式全同，惟句中平仄颇多出入，兹以韦应物一首为准，于举例中兼采王建、戴叔伦诸作，藉资比较。北宋以后，多用不转韵格。三十八字，七仄韵，联章成“转踏”，藉以演唱故事。兹附列为变格。

定格

—｜（仄韵）—｜（叠）｜｜——｜｜（叶仄）——｜｜——（转平韵）——｜｜｜—（叶平）—｜（再转仄韵）—｜（叠）—｜——｜｜（叶仄）

银汉，银汉，织女牛郎望断。

分离不得心宽，和同又是却冠。

都乱，都乱，何苦苍天浩瀚。

变格

—｜（仄韵）｜—｜（叶仄）+｜+——｜｜（叶仄）+—+｜——｜（叶仄）+｜——+｜（叶仄)+—+｜——｜（叶仄）+｜——+｜（叶仄）

河岸，草花岸，一半人情杨柳岸。

浣纱谁说都无伴，一半芙蓉不见。

荷花莲子羞相看，一半红妆不见。

134昭君怨

又名《宴西园》、《一痕沙》。四十字，全阕四换韵，两仄两平递转，上下片同。

定格

+｜+—+｜（仄韵）+｜+—+｜（叶仄）+｜｜——（转平韵）｜——（叶平）

+｜+—+｜（仄韵）+｜+—+｜（叶仄）+｜｜——（转平韵）｜——（叶平）

塞外昭君何怨，天下故宫良媛。

情倦在人怜，在心田。

云雨琵琶弦断，胡马阴山河岸。

曲尽两余年，两重天。

135菩萨蛮

又名《子夜歌》、《重叠金》。唐教坊曲，《宋史·乐志》、《尊前集》、《金奁集》并入“中吕宫”，《张子野词》作“中吕调”。唐苏鹗《杜阳杂编》：“大中初，女蛮国入贡，危髻金冠，璎珞被体，号‘菩萨蛮队’。当时倡优遂制《菩萨蛮曲》，文士亦往往声其词。”（见《词谱》卷五引）据此，知其调原出外来舞曲，输入在公元八四七年以后。但开元时人崔令钦所著《教坊记》中已有此曲名，可能这种舞队前后不止一次输入中国。小令四十四字，前后片各两仄韵，两平韵，平仄递转，情调由紧促转低沉，历来名作最多。

定格

+｜+｜——｜（仄韵）+—+｜——｜（叶仄）+｜｜——（换平韵）+——｜—（叶平）

+——｜｜（再换仄韵）+｜——｜（叶仄）+｜｜——（再换平韵）+——｜—（叶平）

缨络被体胡姬岸，玉肢舒展声声唤。

疑是赵飞燕，尽情娇小娟。

人间云雨乱，天上瑶池汉。

西北素红颜，江南菩萨蛮。

136更漏子

《尊前集》入“大石调”，又入“商调”。《金奁集》入“林钟商调”。四十六字，前片两仄韵，两平韵，后片三仄韵，两平韵。亦有过片不用韵者，平仄与上片全同。

定格

｜——（句）—｜｜（仄韵）+｜+—+｜（叶仄）+｜｜（句）｜——（换平韵）+—+｜—（叶平）

—+｜（再换仄韵）+—｜（叶仄）+｜+—+｜（叶仄）++｜（句）｜——（再换平韵）+—+｜—（叶平）

腊梅香，红素仰，唤起群芳相望。

是姐妹，入苏杭，书生问同窗。

风花雪，月圆缺，疏影枝边私窃。

半晓露，一精英，两三待客晴。

137喜迁莺

又名《鹤冲天》、《万年枝》、《喜迁莺令》、

《燕归梁》。《金奁集》入“黄钟宫”。四十七字，前片四平韵，后片三仄韵，两平韵。

定格

+｜｜(句)｜——(平韵)—｜｜——(叶平)｜——｜｜——(叶平)—｜｜——(叶平)

—+｜(换仄韵)—+｜(叶仄)｜｜｜——｜(叶仄)+——｜｜——(再换平韵)—｜｜——(叶平)

春未到，雁归来，花草野先开。

梦思魂绕旧亭台，无语待香梅。

风先晓，明月早，宿夜只闻啼鸟。

东风云雨去还回，心事几何猜?

138清平乐

又名《忆萝月》、《醉东风》。《宋史·乐志》入“大石调”，《金奁集》、《乐章集》并入“越调”。《尊前集》载有李白词四首，恐不可信。兹以李煜词为准。四十六字，前片四仄韵，后片三平韵。

定格

+—+｜(仄韵)+｜——｜(叶仄)+｜+——｜｜(叶仄)+｜+—+｜(叶仄)

+—+｜——(换平韵)+—+｜——(叶平)+｜+—+｜(句)+—+｜——(叶平)

忆萝月坠，不是东风醉。

却疑梅花千滴泪，晓露欲珠玉粹。

春花秋实相随，人心是是非非。

芳草落红香遍，色羞就就推推。

139忆余杭

见《逍遥词》，宋初潘阆所作。因忆西湖诸胜，故名《忆余杭》。四十九字，前片两平韵，后片两仄韵，两平韵。

定格

—｜——(句)+｜———｜｜(句)——｜｜｜——(平韵)+｜｜——(叶平)｜——｜——｜(仄韵)｜｜｜—｜—｜(叶仄)｜——｜｜——(换平韵)｜｜｜——(叶平)

空忆余杭，十里盐官潮岸浪。

回头一线涌钱塘，烟雨正猖狂。

浊涛常向秋高涨，赤壁又惊应无恙。

小乔声细问周郎，误入水云乡。

140河渎神

唐教坊曲。花庵《唐宋诸贤绝妙词选》云：“唐词多缘题，所赋《河渎神》则咏祠庙。”兹以孙光宪作为准。四十九字，前片四平韵，后片四仄韵。

定格

—｜｜——(平韵)—｜——｜—(叶平)｜—｜｜｜——(叶平)｜——｜——(叶平)

｜｜———｜｜(换仄韵)—｜———｜(叶仄)｜｜｜——｜(叶仄)｜——｜—｜(叶仄)

天下一潇湘，斑竹云烟抑昂。

丈夫有志不倾肠，女儿心上西厢。

五湖泪水楼外望，何必江湖闯荡。

玉女未苦，思惆怅，楚山云雨无量。

141河传

《碧鸡漫志》卷四引《脞说》云：“《水调河传》，炀帝将幸江都时所制，声韵悲切。”《漫志》又称：“《河传》唐词，存者二。其一属‘南吕宫’，凡前段平韵，后仄韵。其一乃今《怨王孙》曲，属‘无射宫’。以此知炀帝所制《河传》，不传已久。然欧阳永叔(修)所集词内，《河传》附‘越调’。亦《怨王孙》曲。今世《河传》乃‘仙吕调’，皆令也。”《金奁集》所收令词并入“南吕宫”，《乐章集》入“仙吕调”。唐宋人所作令词，句豆韵脚，极不一致。但前后两片皆前仄韵，后平韵，平仄互换，则大抵相同耳。兹选两格：一为五十五字，前片四仄韵，三平韵，后片三仄韵，两平韵。一为五十四字，前片四仄韵，三平韵，后片三仄韵，四平韵。

格一

—｜(仄韵)—｜(叶仄)｜——｜(叶仄)—｜——(换平韵)｜——｜(夹叶仄)—｜｜｜——(叶平)｜——｜—(叶平)

——｜｜——｜(换仄韵)—｜｜(叶仄)｜｜——｜(叶仄)｜——｜(句)—｜｜｜——(再换平韵)｜——(叶平)

杨柳，杨柳。汴河东否?曾是隋炀。

半留陈酒，天下一半荒唐，而今吴越乡。

楼船一半江南秀。

寻豆蔻，雨里西湖瘦。

故人依旧，同里一处江流，一扬州。

格二

—｜(仄韵)—｜(叶仄)——｜｜(叶仄)｜——｜(叶仄)｜——｜｜——(换平韵)｜—(叶平)｜——｜—(叶平)

｜—｜｜——｜(再换仄韵)｜—｜(叶仄)｜｜——｜(叶仄)｜——(再换平韵)｜｜—(叶平)｜(叶平)｜——｜—(叶平)

天下，天下，真真假假，四时冬夏。

古今天下半人家。

草花，不分天下斜。

入春自有东风嫁，有文雅，也有江湖社。

一天涯，半玉瑕，浣纱，向东寻彩霞。

142虞美人

唐教坊曲。《碧鸡漫志》卷四：“《脞说》称起于项籍‘虞兮’之歌。予谓后世以此命名可也，曲起于当时，非也。”又称：“旧曲三，其一属‘中吕调’，其一属‘中吕宫’，近世又转入‘黄钟宫’。”兹取两格，一为五十六字，上下片各两仄韵，两平韵。一为五十八字，上下片各两仄韵，三平韵。

格一

+—+｜——｜(仄韵)+｜——｜(叶

仄)+－+｜｜——(换平韵)+｜+——｜｜——（叶平）

+－+｜——｜(换仄韵)+｜——｜(叶仄）+－+｜｜——（再换平韵）+｜+——｜｜——（叶平）

杨杨柳柳闻啼鸟，梦里江南好。

洞庭山上碧螺春，已近清明吴越去来人。

断桥北岸西湖路，鹤子梅妻树。

隋炀已去半船楼，汴水开封依旧半风流。

格二

｜－｜｜——｜（仄韵）｜｜——｜（叶仄）｜——｜｜——（换平韵）｜——｜｜——（叶平）｜——（叶平）

｜－｜｜——｜(换仄韵)｜｜——｜(叶仄）｜——｜｜——(再换平韵）｜——｜｜——（叶平）｜——（叶平）

九泉醒醉虞姬影，所事何人省?

霸王声下女儿红，一生朝暮一雄风，

大江东。

楚歌四面乌骓应，不奈三更酩。

败成依旧是精英，谁知韩信也枯荣，小平生。

第四类　平仄韵通叶格

143西江月

又名《步虚词》、《江月令》。唐教坊曲，《乐章集》、《张子野词》并入“中吕宫”。清季敦煌发现唐琵琶谱，犹存此调，但虚谱无词。兹以柳永词为准。五十字，上下片各两平韵，结句各叶一仄韵。沈义父《乐府指迷》：“《西江月》起头押平声韵，第二、第四句就平声切去，押侧声韵，如平韵押‘东’字，侧声须押‘董’字、‘冻’字方可。”

定格

+｜+——｜(句)+－+｜——(平韵)

+－+｜｜——(叶平)+｜——+｜(叶仄)

+｜+——｜(句)+－+｜——(平韵)

+－+｜｜——(叶平)+｜——+｜(叶仄)

（1）明月步虚先冷，西江故水清清。

人间草木又枯荣，儿女心中怔憬。

好梦春秋风影，闲愁色彩难平。

巫山云雨以情生，春睡闲闲纵横。

（2）牧马阴山川下，昭君不怨琵琶。

黄河只问一人家，也是春秋冬夏。

浩特呼和伊嫁，沉香塞外羞花。

西霞回照半天涯，好梦如尘低亚。

144醉翁操

琴曲，属“正宫”。沈遵创作，苏轼始创为填词。其序云：“琅琊幽谷，山川奇丽，泉鸣空洞，若中音会。醉翁喜之，把酒临听，辄欣然忘归。既去十余年，而好奇之士沈遵闻之往游，以琴写其声，曰《醉翁操》，节奏疏宕，而音指华畅，知琴者以为绝伦。然其有声而无其辞。翁虽为作歌，而与琴声不合。又依《楚辞》作《醉翁引》，好事者亦倚其辞以制曲。虽粗合韵度，而琴声为词所绳约，非天成也。后三十余年，翁既捐馆舍，遵亦没久矣。有庐山玉涧道人崔闲，特妙于琴。恨此曲之无词，乃谱其声。而请东坡居士以补之云。”（见《东坡乐府》卷二）九十一字，前片十平韵，后片七平韵，一仄韵。

定格

——（平韵）——（叶平）——（叶平）｜——（叶平）——（叶平）——｜————（叶平）｜——｜——（叶平）－｜－（叶平）｜｜｜——（叶平）｜｜－｜－｜－（叶平）

｜－｜｜（句）－｜——（叶平）｜－｜｜（句）－｜——｜｜（叶仄）－｜————（叶平）｜｜————（叶平）————｜－（叶平）——————（叶平）｜｜｜——（叶平）｜——｜｜——（叶平）

枯荣，阴晴，泉鸣。

一声声，重重，川流谷中渔樵惊。

伏云烟起难平，人故情，赤壁可同盟，

尽是花草风月城。

醉翁未酒，操引纵横。

古香几度，云落花飞雨雾，

明月随波朝泓，玉色江湖相倾。

山空寻啸咏，峰岚何时穷，

有始也无终，谁知心老大江东。

145渡江云

又名《三犯渡江云》。《清真集》入“小石调”。一百字，前后片各四平韵，后片第四句为上一、下四之句法，必须押一同部仄韵。

定格

+——｜｜（句）｜－｜｜（句）+｜｜——(平韵)｜——｜｜(句)｜｜——（句）｜｜｜——（叶平）——｜｜（句）｜++(豆)+｜——(叶平)－｜+(豆）+——｜（句）+｜｜——（叶平）

——(叶平)——+｜(句)｜｜——(句)｜——+｜（叶仄）－｜+（豆）——+｜(句)+｜——(叶平)——｜｜——｜(句)｜｜+(豆)－｜——(叶平)－｜｜（句）——｜｜——（叶平）

一人天下去，两厢苦望，三犯渡江云。

骤惊船上客，此去江湖，不饰半朝君。

忧忧郁郁，书生路、左右难分。

心几寸，春归燕子，曲陌雨纷纷。

洞庭、姑苏城外，唱晚渔舟。

管弦丝竹旧，寒山寺，

钟声古刹，草木青青。

人间自是枯荣里，世代水，多少浮萍。

杨柳岸，禅房孤卷青灯。

146曲玉管

唐教坊曲。《乐章集》入“大石调”。一百五字，前片两仄韵，四平韵，同部互协，后片三平韵。

定格

｜｜——（句）——｜｜（句）——｜｜——｜（仄韵）｜｜———｜（句）—｜——（平韵）｜——（叶平）｜｜——（句）———｜（句）｜—｜｜——｜（叶仄）｜｜——（句）｜｜—｜——（叶平）｜——（叶平）

｜｜——（句）｜—｜（豆）———｜（句）｜—｜｜——（句）——｜｜——（叶平）｜——（叶平）｜———｜（句）｜｜———｜（句）｜——｜（句）｜｜——（句）｜｜——（叶平）

独立江楼，江流不断，河山万里枯荣久。

草木兴衰朝暮，一半春秋，几春秋？

叶落长安，花开泾渭，玉门远作英雄首。

十万沙丘，只可天下悠悠，几悠悠。

上下千年，甚消暗、登山临水，

立望曲曲黄河，何谋几胜何谋？

竟东游，可向三边牧，铁马中原相逐，

忍凭凝眸。啸啸凝眸，满眼京州。

147哨遍

一作《稍偏》，始见《东坡词》。其小序云：“陶渊明赋《归去来》，有其词而无其声。余既治东坡，筑雪堂于上，人人俱笑其陋，独鄱阳董毅夫过而悦之，有卜邻之意。乃取《归去来辞》，稍加檃括，使就声律，以遗毅夫。使家僮歌之，时相从于东坡，释耒而和之，扣牛角而为之节，不亦乐乎？”汲古阁本《东坡词》于《稍遍》后附小注：“其词盖世所谓‘般赡’之《稍遍》也。‘般赡’，龟兹语也，华言为五声，盖羽声也，于五音之次为第五。今世作‘般涉’，误矣。《稍遍》三叠，每叠加促字，当为‘稍’，读去声。世作‘哨’，或作‘涉’，皆非是。”兹以苏词一阕为准。二百三字，仍依各本只分两段。前段五仄韵，四平韵，后段五平韵，八仄韵，同部参差错叶。《康熙词谱》谓：“其体颇近散文”。

定格

｜｜｜—（句）—｜｜—（句）｜｜——｜（仄韵）—｜—（句）—｜｜——（平韵）｜——————｜（叶仄）｜｜—（叶平）——｜——｜（句）——｜｜——｜（叶仄）—｜｜——（句）——｜｜（句）———｜—｜（叶仄）｜｜——（叶平）｜｜｜——｜——（叶平）—｜——（句）｜｜——（句）｜—｜｜（叶仄）

—（叶平）—｜——（叶平）｜——｜——｜（叶仄）—｜—｜｜（句）———｜—｜（叶仄）｜｜｜——（句）｜—｜｜（句）——｜｜——｜（叶仄）—｜｜——（句）——｜｜（句）———｜—｜（叶仄）｜｜—｜｜｜｜—（叶平）｜｜｜——｜——（叶平）｜——（豆）｜——｜（叶仄）———｜—｜（句）｜｜——｜（叶仄）｜——｜——｜｜（句）｜｜——｜｜（叶仄）｜——｜｜——（叶平）｜——（豆）｜｜—｜（叶仄）

一度去来，归去又来，自识村前树。

乡里家，家里是儒生。

去来年年神州路。

日月耕，桑田顾紫扉处，人生只是夫妻扈。

朝暮见鸿飞，房前屋后，春秋无数无数。

一半阴晴一半枯荣，野外古今门里芳华，

云卷云舒，未出人间，小心步步。

鸣，辞楚人惊，可寻吴越梁陈应。

佛道三界外，神仙何处还听。

草木蘼山中，宰相不在，

渔樵故里江湖性，天下众生灵。

无心事业，名声何以名姓。

宙外思愁宇内啸行。

只道这桑麻待平生。

五千秋，去来何计，

忧忧还是忧已，一半无踪影。

只由余计田园醒醉，曾是人间啸咏，

一耕还凿任方城，这闲情，有去来。

148戚氏

始见《乐章集》，入“中吕调”。兹以柳词为准。二百十二字，分三段。前段九平韵，一仄韵，中段六平韵，三仄韵，后段六平韵，三仄韵，同部参错互叶。

定格

｜——（平韵）｜｜—｜｜——（叶平）｜｜——（句）｜——｜（仄韵）｜——（叶平）——（叶平）｜——（叶平）——｜｜｜——（叶平）——｜｜—｜（句）｜｜—｜｜——（叶平）｜｜—｜（句）———｜（句）｜—｜｜——（叶平）｜——｜｜（句）—｜—｜（句）—｜——（叶平）

—｜（叶仄）｜｜——（叶平）—｜｜｜（叶仄）｜｜｜——（叶平）——｜（句）｜——｜（叶仄）｜｜——（叶平）｜——（叶平）｜｜｜｜（句）——｜｜（句）｜｜——（叶平）｜—｜｜（句）｜｜——（句）｜｜—｜——（叶平）

｜｜——｜（句）——｜｜（句）｜｜——（叶平）｜｜——｜｜（句）｜——｜｜｜——（叶平）｜—｜｜——（句）｜—｜｜（句）—｜——｜（叶仄）｜｜——｜——｜（叶仄）—｜｜（豆）—｜——（叶平）｜｜—（豆）｜｜——（叶平）｜—｜｜｜｜——（叶平）｜——｜（叶仄）——｜｜（句）｜｜——（叶平）

读书声，楚子辞赋入三更。

日月春秋，雨云霜露，试成城。

精英，一心情，寒窗以此自光明。

青云步履天下，苦读朝暮向殊荣。

蛩响衰草，龙门回首，已寻八股文章，

半儒三界外，东流无止，孤饮长鲸。

天数，十里长亭。

舟系古渡，进退有阴晴。

峰岚处，竭川枯树，壑岭空濛濛。

循呼声，可似指教，诗词字句，怀谷闻风。

垒沟石壁，屹立成峰。

啸啸唤得飞鸿。

作以皇榜客，长安上苑，海若芳名。
宋玉曹植所至，贾谊中间已尽风情。
陌绮领禄红袖，探花骑马，杨柳三春舞。
悄悄宫深渭泾分注，曾与问，姑舅齐名。
挂玉冠，水部称兄。
从前叙晓试向纵横。
闭关疏哺，当年旧语，只在耘耕。

第五类　平仄韵错叶格

149荷叶杯

唐教坊曲。《金奁集》入"双调"。单调小令，二十三字。温庭筠体以两平韵为主，四仄韵转换错叶。韦庄体重填一片，增四字，以上下片各三平韵为主，错叶二仄韵。

格一

＋｜＋——｜（仄韵）—｜（叶仄）｜——（平韵）｜——｜｜—｜（换仄韵）—｜（叶仄）｜——（叶平）

（1）半滴珍珠流影，羞凭，一声声。
未凝还碧小荷冷，倾听，有莲情。
（2）露结心中荷叶，珠叠，半瑶阶。
欲流还止小娘妾，恐无偕。

格二

＋｜｜——｜（仄韵）—｜（叶仄）—｜｜——（平韵）＋——｜｜——（叶平）—｜｜——（叶平）
＋｜｜——｜（换仄韵）—｜（叶仄）—｜｜——（换平韵）＋——｜｜——（叶平）—｜｜——（叶平）
花边谢娘相望，沧浪，云里问韦庄。
红颜珠落半荒唐，期待客留香。
暮色逾浓心畅，思愁，星月不羞妆。
乌鹊桥上问萧郎，私携上西厢。

150诉衷情

唐教坊曲，《金奁集》入"越调"。三十三字，六平韵为主，五仄韵两部错叶。

定格

—｜（仄韵）—｜（叶仄）—｜｜（叶仄）｜——（平韵）—｜｜（换仄韵）—｜（叶仄）｜——（叶平）｜｜｜——（叶平）——（叶平）———｜—（叶平）｜——（叶平）
云雨，云雨，朝暮处，满姑苏。
桥水渡，无主，可东吴。
碧玉小家奴，江湖。
天平娃馆殊，惹娘孤。

151定西番

唐教坊曲，《金奁集》入"高平调"。三十五字，前后片四平韵为主，三仄韵错叶。

定格

＋｜＋—＋｜（仄韵）—｜｜（句）｜——（平韵）｜——（叶平）
＋｜＋——｜（叶仄）＋—＋｜—（叶平）
＋｜＋—＋｜（叶仄）｜——（叶平）
几度风花雪月，回味处，一梅花，半人家。
仰望婵娟宫阙，未开孤枕纱，
一去未归之别，远天涯。

152相见欢

一名《乌夜啼》、《秋夜月》、《上西楼》，唐教坊曲。三十六字，前片三平韵，后片两平韵，过片处错叶两仄韵。两结九言，宜于第二字略豆，旧谱分作六言、三言两句，不尽适合。

定格

＋—＋｜——（平韵）｜——（叶平）
＋｜＋——｜｜——（叶平）
＋＋｜（仄韵）＋—｜（叶仄）｜——（叶平）＋｜＋——｜｜——（叶平）
女儿不上西楼，各春秋。
玉色红颜余醉色还羞。
一半怨，两三叹，未消愁。
孤枕左边弦月下心头。

153上行杯

唐教坊曲，《金奁集》入"歇指调"。三十八字，依孙光宪体，以两平韵为主，五仄韵两部错叶。

定格

｜｜———｜（句）—｜｜（豆）｜｜——（平韵）—｜———｜｜（仄韵）——｜｜（叶仄）｜——（句）—｜｜（换仄韵）｜｜（叶仄）—｜（叶仄）—｜——（叶平）
腊月梅花三弄，姿影重，只问东风。
唤起群芳连理梦，春波迎送。
有桃随，知李从，涌动，濛见，来去形踪。

154酒泉子

唐教坊曲，《金奁集》入"高平调"。兹依温庭筠体。四十一字，全阕以四平韵为主，四仄韵两部错叶。

定格

—｜｜—（平韵）—｜｜——｜（仄韵）｜——（句）—｜｜（叶仄）｜——（叶平）｜——｜｜——（叶平）—｜｜——｜（换仄韵）｜——（句）—｜｜（叶仄）｜——（叶平）
（1）云落玉门，沙漠独舟须问。
是荒丘，非故痕，一黄昏。
念奴声，是诉乾坤，天下缺圆无尽。
是胡姬，非脂粉，半归村。
（2）西问酒泉，何待汉家飞将。
巷荒芜，天水望，一当先。
记由三箭锁阴山，胡马此从兴叹。
上楼兰，免甲冠，几红颜？

155定风波

一作《定风波令》。唐教坊曲，《张子野词》入"双调"。六十二字，上片三平韵，错叶两仄韵，下片两平韵，错叶四仄韵。《乐章集》演为慢词，一入"双调"，一入"林钟商"，并全用仄韵。兹附九十九字一种，前片六仄韵，后片七仄韵。

定格

+｜——｜｜–（平韵）+–+｜｜——（叶平）+｜+——｜｜（仄韵）–｜（叶仄）+–+｜｜——（叶平）

+｜+——｜｜（换仄韵）–｜（叶仄）+–+｜｜——（叶平）+｜+——｜｜（再换仄韵）–｜（叶仄）+–+｜｜——（叶平）

壶口飞烟问荆轲，群雄壮志渡黄河。

自古人生多厉磨，君子以此定风波。

打叶穿林听不过，吟哦，风月山川影婆娑。

野草芳花萧瑟和，婀娜，南洋一曲过梭罗。

格二

｜——（豆）｜｜——（句）——｜｜｜｜（仄韵）｜｜——（句）——｜｜（句）–｜——｜（叶仄）｜——（句）｜–｜（叶仄）–｜——｜–｜（叶仄）–｜（叶仄）｜｜–｜｜（句）———｜（叶仄）｜–｜｜（叶仄）｜——（豆）｜｜——｜（叶仄）｜——｜｜（句）——｜｜（句）–｜——｜（叶仄）｜——（句）｜–｜（叶仄）–｜——｜–｜（叶仄）–｜（叶仄）｜｜–｜（句）———｜（叶仄）

一唐园、半壁墙端，心思犹在独绩。

任酒黄藤，凭红酥手。天下人人瞩。

压香衾，放翁玉，唐婉归回改妆束。

妆束，莫莫几女欲清灯残烛。

谁知似此，几当初、雪月风花妒。

不寻天下去，幽幽落落，行止朝朝暮。

一人心，半身付。

荒雨池塘小舟渡，舟渡、不是舟渡，

如娘何处？

156最高楼

南宋后作者较多，兹以《稼轩长短句》为准。八十一字，前片四平韵，后片三平韵，过片错叶二仄韵。体势轻松流美，渐开元人散曲先河。

定格

——｜（句）–｜｜——（平韵）+｜｜——（叶平）+–+｜——｜（句）+–+｜｜——（叶平）｜——（句）–｜｜（句）｜——（叶平）

｜｜｜（豆）｜——｜｜（仄韵）｜｜（豆）｜——｜｜（叶仄）–｜｜（句）｜——（叶平）+–+｜——｜（句）+–+｜｜——（叶平）｜——（句）–｜｜（句）｜——（叶平）

春秋序，天下最高楼。万里问江流。

山川九脉三江色，小姑岸枕半沉浮。

一洞庭，千斗酒，九州头。

滕王阁，岳阳楼上客，

目莫过、楚巫黄鹤约。

南北泽，高仰止、俯回求，

耕耘未尽江湖水，雕凿日月应深谋。

向云天，知雨露，几王侯？

清明上河图

北宋·张择端

第八卷

唐宋词

一、花间集

五代十国·后蜀　赵崇祚　编　李一珉　校　1981年人民出版社出版

古今诗——读客

一生苦读一生书，半世行成半世余。
三界文章三界客，五蕴日月五蕴居。
2010年9月3日

卷第一

温庭筠　五十首

温庭筠　(812—870年)，本名岐，字飞卿，太原（今山西太原）人。

1菩萨蛮

隔墙飞过秋千影，随心留下人间省。
天下一飞卿，花间三界明。
情中岁月永，意上桃花杏。
八韵半阴晴，九流几倚声。

2菩萨蛮

人情自古由心养，如今客路凭思想。
天下问萌粱，世间知故乡。
春风桃叶昶，月色梅枝仰。
昂首问沧桑，低头思暖凉。

3菩萨蛮

千山不易千山雪，三江流水三江别。
衣下任心情，枕边知月明。
黄河多曲折，玉兔藏圆缺。
一字向天鸣，雁丘汾水平。

4菩萨蛮

东风日月多云雨，清明草木知心苦。
村后问孤姑，人前闻念奴。
汀湖知所顾，天下寻英住。
一曲枕边苏，三生啼丈夫。

5菩萨蛮

清明一曲黄金缕，私心九脉衷情雨。
月照卸红妆，镜色凭玉娘。
阴晴花只妒，踟蹰常回顾。
昨日满桃姜，如今人两厢。

6菩萨蛮

相思树下相思想，春花色里春花仰。
这里凤求凰，那边鸳问鸯。
池中啼未响，雨后怀心敞。
织女见牛郎，如何藏玉裳。

7菩萨蛮

吴山一半吴山絮，洞庭三三洞庭雨。
忧怨一清明，还闻三鸟声。
五湖东里村，两地西厢暮。
初月色无惊，黄昏人不平。

8菩萨蛮

云云雨雨清明岸，山山水水人心半。
夜色月难眠，婵娟孤客船。
西施身影乱，越女吴娃馆。
一日纵时迁，三江流故田。

9菩萨蛮

东厢未见西厢见，玉娘无语红娘面。
一女玉壶悬，三郎春水船。
东风芳草甸，细雨飞来燕。
但得有人怜，解衣合不眠。

10菩萨蛮

东山日落黄昏晚，洞庭月上男儿远。
不去玉门关，应听吴语闲。
小桥流水返，越国茉莉苑。
天下一人间，心中千万颜。

11更漏子

两三年，千万里。一半人间朝暮。
流汴水，立长城，客心多不明。
同里路，洞庭树。应是姑苏不误。
寻陋巷，问平生，客心十一鸣。

12更漏子

夜二更，人半歇。王树临风晓月。
花草重，叶枝迟。柳杨垂露丝。
春秋阙，问吴越。都道西施丽美。
回首处，镜中孅。不平梦里姿。

13更漏子

一长亭，千峻岭，岁月两三忡憬。
朝望远，暮寻萌，古今心不平。
春秋屏，秋千影，留下人生回首。
知万里，问阴晴，可闻八九鸣。

14归国遥

江岸。万里长江流不断。

赤壁江风兴叹。如今烟消云散。

谁问昭阳宫殿，只留千怨变。

已倦庭下飞燕，逐年王谢见。

15酒泉子

西域云霄，万里风霜秋早。

楼兰月，交河晓，叶萧萧。

胡人酒色两窈窕。曲声空无了。

舞短袖，扭素娆，度心桥。

16酒泉子

一箭酒泉，半间云疏云卷。

六州头，三江湎，十沙烟。

且寻天水飞将典，故巷无可阐。

这长空，英雄撰，几千年。

17定西番

楚汉尽千秋别。

河水折，岭峰生，上天明。

阳关玉昆仑雪，二秦人已声。

留得故宫圆缺，向阴晴。

17-2 定西番

刘阮又寻春路，芳草碧，

杏花给，暮飞鸿。

云隔玉门香雪，去来时不同。

秦晋有无一半，广寒宫。

18杨柳枝

巫山草木满巫山，云雨阴晴云雨颜。

风月明花风月处，一江流水一江湾。

19杨柳枝

小小钱塘千万家，羞羞色色柳杨枝。

红红绿绿藏明玉，素素丝丝浪里沙。

20杨柳枝

江楼不住问江流，草木难言草木洲。

日月当空如日月，春秋何止自春秋。

21杨柳枝

钟声一响景阳宫，深抹红妆指玉浓。

明月三更书读尽，池中浮出玉芙蓉。

注：景阳宫钟鸣，宫人早妆。

22南歌子

单调二十三字，五句三平韵。

白鹭池中影，鸳鸯叶下藏。

私里卸红妆。

小鱼知不得，是潇湘。

23南歌子

桂树寒宫影，婵娟玉饰时。

偷眼最相思。

不如春色里，百花知。

23-2 南歌子

汉女琵琶曲，黄河十八湾。

风雪半阴山，明月十六夜，一红颜。

24南歌子

北屋红娘远，西厢玉影遥。

情投柳枝条。

但知云雨处，入春潮。

25河渎神

书苗条，岸柳一千条，春来三五风潮。

月明十六玉人遥，碧丛两半芯苗。

天下万里知风月，钱塘情满吴越。

都是江湖关阙，百花芳草无歇。

26女冠子

三春半晓，心胸素云藏娇。

玉窈窕，雪肌红妆里，情随秀手摇。

寺观儿女外，琪树少枝条。

不语青灯下，半云霄。

27女冠子

人间衣衫，儿得瑶台下凡。

一神仙，同里流春水，江湖一半烟。

天堂吴越色，玉树客来船。

桂子中秋落，问婵娟。

28玉蝴蝶

荷塘出水芙蓉，身上玉露踪。

暮色客中重，人情月下逢。

莲心藏诸子，碧叶并双峰。

寻味郁香浓，与时知故封。

卷第二

温庭筠　十六首

29清平乐

月明不寝，泪湿鸳鸯枕。

未下人心寻足品，甚之相思又甚。

岁年一半黄昏，枯荣三两都门。

宫里相如幽草，山中落落云根。

注：“长门赋序”云：陈皇后妒别以相如赋复幸。

30遐方怨

马来西亚，亚洲开发投资银行

流去水，浪淘沙。

海角天涯，过了南洋寻故家。

不知日月待西斜，阳关三叠尽，弄梅花。

30-2 遐方怨

花半坼，一阴晴。

小雨霏霏，烟云，乞火分清明。

晓窗日月读书生，向龙门故里，丈夫城。

31诉衷情

思故乡

清明时节雨霏霏，乞火半无归。

书生苦读年月，想入也非非。

三界色，一心扉。十春闱。

榆关来去，谁问桓仁，谁问春晖。

32思帝乡

春可留，杏花村满头。

酒肆吴姬年少，一江楼。

百里江湖向与，一江流。

纵使钱塘水，只消愁。

33梦江南

千万水，水色梦江南。

风月不闲云雨事，草花空落寺观庵，何处小儿男。

33-2 梦江南

舟靠岸，独自问江流。

不到洞庭不入海，夕阳处处夕阳楼。花落半扬州。

34河传

河传词始温庭筠。双调五十五字，上二十七字，七句二仄韵五平韵。下二十八字，七句三仄韵四平韵。

楼上，人望。

一钱塘，浦草烟花柳杨。萧郎不住问谢娘，黄粱，鸳鸯须不藏。

只怨天涯胸怀远，半暮晚，空向红袖叹。

凤求凰，过苏杭，水乡，只衷儿女肠。

34-2 河传

云岸，相唤。曾是人间女仙。

如今这边问这。一年，渡依旧缘。

谁道青鸟七夕远，情未晚，人见鹊桥船。

问牛郎，织女藏，玉娘，几处试暖凉。

35番女怨

一年香雪身影误，偏是云雨。

问华清，长生殿，梨园宫殿。

燕子忽然又飞来，不归回。

35-2 番女怨

温庭筠自创之调。

满山桃李颇似雪，几处梅杰。

五湖舟，飞燕绝，一波三折。

玉门关外有香泥，半吴溪。

36荷叶杯

问后主，胭脂井，花影。半春风。

玉词红粉两回省，情永，一心空。

37

两处月明人静，风景。满西东。

一江春水向清冷，忡憬，舞衣红。

38荷叶杯

一半是长事路，辛苦。可扬鸣。

自临峰岭问朝暮，山树，可人情。

皇甫松　十二首

39天仙子

舟下五湖寻白鹭，人上三山梅花树。

心中一半问洞庭，可朝暮，可烟雨，不可不知香雪炉。

40浪淘沙

一半滩头一半洲，两三流水两三秋。

江心已向银河去，柳岸花开豆蔻羞。

41杨柳枝

杨杨柳柳一年荣，事事时时半不明。

古古今今空碧色，空空落落满京城。

42杨柳枝

洞庭叶碧半吴宫，娃馆天平一色空。

但使纱溪人不浣，江山已去问江东。

43摘得新

一叶新，天天地地春。

半黄初绿未满，似情人。

东风渐入梅花色，化香尘。

44梦江南

古驿西，月色问流溪，影在花间半似玉，香浮水上一人低。惊起鸟空啼。

45采莲子

十里香流十里波，一家风月一家河。

三千岁月三千女，九曲人心九曲歌。

46采莲子

淑女寒宫大秀娥，婆娑玉影婵娟河。

偷情未得羞人处，桂子生时月似梭。

韦庄　二十二首

韦庄（836-910？），字端已，京兆杜陵（今陕西省西安东南）人。昭宗乾宁元年进士，后入蜀为王建掌书记。王建称帝后，官至门下侍郎同平章事。工诗词，是与温庭筠齐名的花间派代表。其词多以白描手法写闺情离愁和游乐生活，风格清丽疏淡。

47浣溪沙

春雪桥边月半斜，谢娘船上玉人家。

一门吴韵一门花。

曲尽念奴声未住，余音上苑问天涯，

人间所及是桑麻。

48菩萨蛮

西厢月色东窗半，梅香流水桃花岸。

寺里一芳船，心中三界缘。

相思情不断，客社人还叹。

玉影隔墙悬，红娘成未全。

49-2 菩萨蛮

辽东城外春光早，辽东才子燕京老。

二万古今诗，一心君子时。

桃花香满院，月色长生殿。

西去魏王堤，客来寻玉泥。

注：魏王堤，洛阳名胜之一，在魏王池边。

49应天长

洞庭两山梅花雪，碧玉三心音色绝。

朝香散，暮香结。素影疏芳还却折。

有相思，无处说。但见月宫空穴。

只待枕边殷切，留下千秋节。

50荷叶杯

尧山堂外记：“韦庄，字端已。著‘秦妇吟’称‘秦妇吟秀才’。举乾宁进士，以才名寓蜀，蜀主王建留之，庄有宠人，姿质艳丽，善词翰，建闻之，托以教内人为词，强夺去，庄追念悒怏，作‘荷叶杯’‘小重山’词，情意凄怨，人相传播，盛行于时。宫姬闻之，不食死。”

只得年年朝暮，长路。

多少问江湖，人间多少问东吴。

碧玉小姑苏。
易水色洞庭树。花妒。唯恐问情孤。
平生来去问茱萸，何以玉壶奴。

51清平乐

东西朝暮，但向长亭路。
一半河山千万处，只有人生不误。
淞江一半江湖，姑苏一半误。
不语来来去去，且寻客客儒儒。

52清平乐

天下云雨，解语花多露。
芳草野花临玉树，碧色处黄金缕。
江南一半云烟，含羞一半秋千。
不问月宫寒桂，寻来春水君船。
注：唐明皇曾指杨贵妃为解语花。

52-2 清平乐

孤芳繁草，已满长亭道。
一半关山三五堡，似老江湖也老。
寻知渡口舟桥，凭当月夜良宵。
任是人生来去，闲听雨打芭蕉。

53望远行

一半无言一半情，千万问枯荣。
别离何事有莺鸣，原本抑心声。
衣未足，玉佩惊。
与君行色阴晴。
出门休问路平平，回首乡家水明明。
草木知春雨，日月故心盟。

卷第三

韦庄　二十六首

54谒金门

飞将猎，西去玉门三叠。
一箭天山日月搂，岂逢秋去叶。
秦汉长城似旧碟，英雄何捷。
但见龙庭争宠妾，只闻风月晔。

55江城子

东风无力满春光，一鸳鸯，半池塘。
草木浮萍，何处可深藏。
燕子中庭偷眼问，非碧玉，是潘郎。
注：潘郎：晋人潘岳因貌美，为妇人爱慕。

56河传

烟雨，烟雨。年年朝暮。
一半东吴，两三西越，江楼依旧江都。
是非无。
隋堤可尽长城路，儿女处，草木阴晴语。
天堂日月，大闺玉小家奴，五湖姑。

57天仙子

暮色荷塘藏素玉，半着红妆姿影曲。
花开初露一心田，意方属，欲可触。
只作巫山云雨续。

58天仙子

十二峰前两岸分，三千岁月一寸云。
朝问色艳暮思君，宋玉曲，谢娘裙。
刘阮天台春日昕。
注：“刘阮”句：东汉永平年间，刘晨与阮肇入天台山采药迷路，遇见了两位仙女，被邀至家中结为夫妇。后二人思归，离开仙界返回故乡，此时子孙已过了七代。待重入天台山访仙，已踪迹杳然。

59喜迁莺

半江寒，千色染，三月跳龙门。
东风阡陌万家村。
问长安，寻上苑，天若有情长远。
佳人留取一乾坤。回首待黄昏。

60思帝乡

三界水，半江青。
两岸风光山色，一长亭。
万里阴晴路远，几流莺。
九脉川流湾浦，五湖萍。

61诉衷情

寄小苗条
风云起处一天山，西望玉门关。
楼兰已是沙漠，日月半红颜。
寻故道，问河湾，玉姬蛮。
此生难老，不在江湖，就在人间。

62诉衷情

一半人间春雨色，小苗条。
甘肃道，心好，读琼瑶。
人大渡星桥，朝朝。
南洋天海潮，路迢迢。

63上行杯

芳草落花春断，柳杨丝，
折枝人叹，一半星河身两岸。
今日去几声唤，红妆枕边箱柜乱，
须知君子盼，数时算。

64女冠子

月色一半，天上星河两岸，
这人间，情满桃花畔。头发已自乱。
半推如半就，欲去又依依，还来知是是，
半和衣。

65更漏子

问人生，今古影，天下飞来峰岭。
心不闭，一莲红，半枯荷叶风。
凭玉梗，向情领，残叶芙蓉光景。
明水色，小塘空，九州大小中。

66酒泉子

暮落星移，不尽长亭小路。
江湖舟，洞庭树，鸟轻啼。
易水声里楼兰误，一诺全不顾。
十三州，去来处，是东西。

67木兰花

老上长亭千里路，远问河山半朝暮。
三界外，一江湖，只任前程何所顾。
花落流红香如故，风雨洞庭曾似许。
行行止止又行行，舟船渡口凭可渡。

68小重山

一半长门草木春，两三宫女见、去来人。
东风不断玉花新，相如赋、汉武帝知珍。
愁起越红尘，昭阳流日月，满心身。

素手裙带枕边巾，向君问，姿影在天津。

薛昭蕴　十九首

薛昭蕴（生卒年不详），以《花间集》序，当为前蜀词人。其词多写闺怨离情，词风清绮，雅近韦庄。

69浣溪沙

雨后春莺一半妆，云前白鹭两三行。
江南处处野花香。
夜半星河知织女，宫中桂兔问牛郎。
相思不尽是萧娘。

70浣溪沙

雨落云平三界荫，飞蜂拨弄一花心。
墉桥杨柳半知音。
西去六州寻日月，东来九脉问林森。
桃花草木到如今。

70–2 浣溪沙

一只风筝入寺墙，半年岁月半寻芳。
西厢何处觅红娘。
苦读寒窗星月客，书生自是在书香。
邯郸学步梦黄粱。

注：寺，自汉代以来，三公所居谓之府，九卿所居谓之寺。此处指官舍庭院。

70–3 浣溪沙

一两人家七八船，五湖雨色半吴烟。
三千草木九歌怜。
谁见姑苏台上馆，天下山下故人眠。
不闻霸主见桑田。

71浣溪沙

勾践宫中半有无，西施馆下一姑苏。
隋炀处处几江都。
何似长城南北间，红泥香彻五湖姝。
还留汴水过东吴。

71–2 浣溪沙

有约斜塘暮色藏，寻花问柳沾余香。
欲惊小鸟怕惊郎。
日下明知想见面，如何惹草乱心肠，
小姑自是小姑娘。

72喜迁莺

鹤子路，梅妻乡，天下一炎凉。
西湖桥北半荷塘。三界女儿妆。
杨柳岸，断桥路，好梦不知朝暮。
苏堤春晓问刘郎，花港有萧娘。

72–2 喜迁莺

清明节，半阴晴，得意一花城。
草扬梅落是枯荣，书生乞火鸣。
儒子声，龙门名，晓窗烛红月倾。
探花先后曲江迎，白马喜迁莺。

73小重山

四海天下六州头，三山云里一春秋。
长亭无尽上高楼。还应是，此去大江流。
何以觅王侯。陌前田桑，日月无休。
莫呼万岁重飞舟，千里路，不胜是沉浮。

73–2 小重山

春到吴中同里楼，小桥村水色，一来舟。
读书常问大江流。
登临处，自取四时忧。
忆得十三州，越人知去客，半沉浮。
至今谁是半王侯，云雨岸，姑苏月如钩。

74离别难

唐天后朝有士人妻配入掖庭善觱篥撰此曲。
碧玉不配朱栏，分离话别情难。
士人知堪念，向君倾故赡。
一妆藏素手，露心寒。
风月敛，公孙剑，偏私筚篥曲干冠。
良夜观，金台艳。
桃李丹，檀眉玉步姗姗。
欲苦心先苦，泪雨天津厌。
群芳处，忘花繁。
舟挂帆，云沉淹，春秋时节柳杨残。

75相见欢

桃花一半深红，玉人中。
素手心猿意马，向西东。
想旧事，念故语，自由衷。
暮色唤来云雨，入翠宫。

76醉公子

城外寻娃馆，天下夫差伴。
十里五湖烟，千舟三界断。
藏入一塘莲，又脱半衣钿。
去便从他去，直村有心田。

77女冠子

含娇欲哭，宿影残妆窈窕。玉条条。
寒臂芙蓉色，香波逐暖潮。
雪肌明镜里，琼树雨云消。
不语成仙处，是春桥。

78谒金门

芳满院，蜂惹百花香扇。
这里桃红心如面，知情回首恋。
离去听，飞来燕。
枝下露，从中见。雨色半惊云一片。
风流天水倦。

牛峤　五首

牛峤（生卒年不详），字松卿，一字延凤，陇西（今甘肃省陇西县）人，唐宰相牛僧孺之孙。乾符五年登进士第，历任拾遗、补阙、尚书郎。王建镇蜀，辟判官，及王建称帝，为给事中，时称“牛给事”。博学有文才，诗学李贺，尤工于词，其词多写闺情，风格富丽浓艳。

79柳枝

调有异议。
半有黄初半有青，一有东风一长亭。
无心颜色有山路，只待人生只待莛。

80柳枝

吴王宫里半色深，虎丘山前一知音。
越语情人苏小小，吴吴越越结同心。

81柳枝

南朝张绪一齐人，武帝清姿半玉身。
西域将军十万柳，梁家净婉五千春。

注：①张绪，南朝齐人，风姿清雅，吐纳风流。据《南齐书·张绪传》记载：益州献柳数株，状如丝缕，齐武帝将之植于灵和殿前，曾玩赏嗟叹："此柳风流可爱，似张绪当年时"。
②西域将军清中堂新宿夏种柳。
③杨家静婉：应是羊家净婉。南朝梁代羊侃家舞女净婉腰肢纤细。

82柳枝

翠满隋堤总是春，章华台上少离人。
罗裙不解东风守，直向华亭扭腰身。

卷第四

牛峤　二十七首

83女冠子

扶心含笑，庵里群芳窈窕。
玄机廖，冷玉临池水，轻云上碧霄。
雪肌明素手，琪树小词遥。
但寄妒恨语，一情消。

84女冠子

天长人短，不尽世间冷暖。
一成仙，都似婵娟色，寒宫半雨烟。
瑶台桃李树，凤鸟玉楼田。
常见星河岸，向天悬。

85梦江南

阳关外，一梦半江南。
西域六州沙漠处，蜃楼海市有杏坛，
细雨问春蚕。

86梦江南

阳关外，一半是荒沙。
月牙泉边鸣不住，古城一半有人家，
勘乱日西斜。

87感恩多

一池红水暮，三色乡间。
得来不丈夫，半江湖。
月照寒宫桂影向东吴。
向东吴，不问西施，浣纱知小姑。

88感恩多

自从江北去，难见江南雨。
近来闻九歌，半交河。
一箭天山是非客，
几千戈，射虎幽州，故乡知蹉跎。

89应天长

玉门关外音尘绝，万里沙鸣寻汉阙。
交河月下楼兰雪，但寻天上人无歇。
胡姬情曲折，难得今宵去说。
明月宫寒圆缺，何必此心别。

90应天长

隋堤柳荫春莺语，深院江南花草主。
有情里，用心数。
一半鸳鸯荷下去。
碧云烟，晴有雨似有空怀如苦。
最恐初朝晚暮。肠结何去处？

91更漏子

丘处机词"更漏子"。"西湖余志"云："西湖樵家女张淑芳，理宗选妃日，贾似道，纳为己妾，淑芳亦知必败，别业为尼。"词数阙。"更漏子"云："五云岭，九溪坞，待到秋来更苦"。

至今五云山下九溪坞有尼庵。
张淑芳，贾似道，别业里人情老。
尼巷闭，苦心遥，以何云雨消。
五云岭，九溪岛，尼曲半庵花草。
杨柳树，少年桥，夜明闻玉箫。

92望江怨

此调只有牛峤一词。

飞来雁，一半东风野花绽。
似曾争水涧。有云行雨，群芳缦。
隔门栅，不望有前程，只思妻子盼。

93菩萨蛮

杨杨柳柳隋堤岸，鱼鱼水水钱塘漫。
不问玉门关，但寻西子颜。
长城何处断，今古知秦汉。
汴水有船湾，谁言炀帝还。

94菩萨蛮

声声未尽声声叹，花花月下花花唤。
步步一心田，萧萧三界缘。
人间银汉岸，天上瑶台乱。
白石挂悬泉，月明空枕边。

95菩萨蛮

风流往事云烟散，年华草木兴衰断。
一半问红颜，两三听小蛮。
少年杨柳岸，老壮阴晴难。
应待玉门关，不寻居易还。

96菩萨蛮

风流岁月何时候，春风细雨多情守。
小女顾姿身，男儿寻半春。
江青多锦秀，人比黄花瘦。
淑云一泉边，同心三十年。

97菩萨蛮

江楼但在江流去，东厢应是西厢女。
何必问江湖，不情寻小姑。
风多云雨岸，今古英雄叹。
留取半知书，何言三念奴。

98秦唐府杨灵饮稠酒

一斛新稠酒一杯，三江曲折色三回。
千家渭水阴晴雨，万户云烟不是非。

99酒泉子

不似去年，桃李杏园。
红色重，满香烟。
芳草碧，柳丝悬。
出墙回首弃原问，留心游春田。
落梅妆在含章殿，一流泉。

100定西番

故事千年重演，英雄勉，楚河寒，汉界宽。
江东不闻吴越，江山更易残。
只见云疏云卷，几经典。

101玉楼春

人在斜塘惊溅浪，荷叶退思空惆怅。
一鱼一水一瑶池，半碧半红半舟上。

月色姑苏五百载，如今同里三千姝。
拙政园外沧浪吴，未成乡思闻旧途。

102西溪子

汉宫风花朝暮，黄河九折流去。
一琵琶，千载语，情可续。
谁问昭君怨妒，几藏娇，几玉消。

103江城子

吴城原在越城东，五湖风，六和空。
钱塘霸主，舟去江流中。
夫差勾践，卧薪一半尝胆半，
千万载，万千雄。

104江城子

西湖肥瘦半扬州，一江流，半春秋。
玉萍千点，情在隋炀楼。
舟帆笛声天地岸，寻雪色，问无休。

张泌　二十三首

张泌（生卒年不详）。一说为南唐张泌，字子常，常州（今江苏常州）人，南唐后主征为监察御史，历任考功员外郎、中书舍人。其词多写艳情，风格介于温、韦之间而近韦，笔调柔弱，偶有蕴藉之作。

105浣溪沙

月照孤姿影故堤，但寻渡边谢娘妻。
不留香雪化春泥。
花枝招展群碧玉，莺鸣声过桂宫低。
相思难抵月西移。

106浣溪沙

滟滪江心阴去流，巫山明月色无休。
白帝三峡自春秋。
但取梅花窗上挂，只留香气满西楼，
向君归日胜九州。

107浣溪沙

独立寒心二月花，与春冬至万芳华。
为寻朝日半东斜。
红雨自由前后问，香泥无尽不归家。
姿身清色挂窗纱。

108浣溪沙

有约清姿淑女妆，但寻春水问红娘。
满身梅粉沾余香。
云雨自来先后客，细风三月菜花黄。
任心分付上西厢。

109浣溪沙

雨燕飞云到谢家，露凝香散问王华。
乌衣桃叶渡春花。
朝暮不从分付客，金陵今古石头嗟，
一流东去浪淘沙。

109-2 浣溪沙

二月芳香洗旧尘，三春草木换新身。
红颜素玉问来人。
有约年前何未语，踏青足下住微颦，
梦里沉吟湿枕巾。

109-3 浣溪沙

暮晚孤凰入凤城，江树月色向云倾。
幽幽细雨惹阴晴。
独立黄昏人草草，西楼灯火玉明明。
香烟袅袅梦半成。

110临江仙

一点西风秋叶暗，三江水色长天。
平生行路万斯年，青云千金意，
日月去来缘。
十地黄河南堤外，霜凝玉积桑田。
隋炀堤外柳杨悬。
长城秦汉塞，夕照落荒川。

111女冠子

半亏半满，　得人情长短，月含烟。
天下婵娟问，寒光自可怜。
寺风门坎上，玉树鼓楼前，
夜语青灯伴，莫成仙。

112河传

一半朝暮，风前雨后，万千山树。
洞庭芳草，含辛茹苦，年年经不数。
江湖日月烟波渡。
心中路，此处何彼处？
唯有足下行步，但留情如故。

113河传

红杏，红杏，出墙相映。
半向人荣，半寻颜色半寻情。
香醒，醉时萌。
琴弦只对相如语，酒卢苦，自古书生妒。
知音千万下江湖，湘吴，洞庭一小姑。

114酒泉子

阡陌苗条，一色一空朝暮。
一人生，千里路，半云霄。
杨杨柳柳隋堤岸，何处风云散。
见长城，江南叹，问春潮。

115酒泉子

柳巷朱门，九百九条南北。
纵横只问十三州，一春秋。
长安落日是王侯，不道未央宫黑。
三十六殿尽残楼，几时休。

116酒泉子

云雨余杭，柳巷里西湖外。
杏花风月满池塘，尽芳香。
凝玉露，梦梅乡。
莺落不啼回顾。
小桥流水半扬长，代衷肠。

117生查子

半暮云，半朝露，难尽长亭路。
人在洛阳城，情在江湖渡。
花简疏，芳草误，归去何言许。
一日问东吴，三界寻高处。

118思越人

问姑苏，尝胆处，馆娃宫里春心。
不解范蠡商贾恨，教人五霸知音。
浣纱溪水西施影，越吴事事回省。
香泪为谁难所幸，古来多少憧憬。

119满宫花

花满城，桃李县，寂寞上阳宫殿。

一芳春色一芳津，莺语惊红面。
心在晴阴肌肤倦。只待深情君茜。
香风香雪半香甸，思在桥边飞燕。

120柳枝

半卸轻妆半卸纱，小人家。
红素枕边露娇娃，一桃花。
不读红楼难入梦，新月斜。
西厢约出小红娘，三弄香云琵琶。

121南歌子

词出张衡《南都赋》“坐南歌兮起郑舞”。

拉手还分手，牵肠不断肠。
玉人怀里玉人香，靠近凝情心语。
纵猖狂。

122南歌子

夕照沐浴短，心怀草木长。
河岸有牛郎，抱衣还不去，作鸳鸯。

123南歌子

玉树三春水，荷衣五月塘。
芙蓉出水杏出塘，心中玉子，留客郁金香。

卷第五

张泌　四首

124江城子

云中天气雨中晴，小窗明，一莺声。
已过三春，还见半花荣。
留得心思明月下，寻不尽，问轻名。

125江城子

成都市外浣花溪，月还移，鸟还啼。
一去长安半世草堂西。
隔壁三娘呼酒问，知日月问春堤。

126河渎神

去雁一寒洼，满塘枫叶芦花。
半清明月半清沙。似旧依依孤芭。
山外有山山里宿，湘潇秋落朝霞。
回首雁丘云雨，但留汾水人家。

127蝴蝶儿

千女娃，万人家，一春云雨半天涯。
向寻二月花。烟雨阴晴久，风云日月斜。
私心藏入野桑麻，惹思江里沙。

毛文锡　三十一首

毛文锡（生卒不详），字平珪，南阳（今河南省南阳市）人，一作高阳（今河南省高阳县）人。唐末进士，仕前蜀，官至司徒；后仕后蜀，以词章供奉内廷。其词多写艳情，流于率露，间有疏淡之作。

128虞美人

江山一半江山路，一半云和雨。
英雄可问大江东，汉界楚河玉女舞衣红。
人间一半人间故，一半声名误。
沉浮天下一沉浮，日月阴晴日月十三州。

129虞美人

读书未尽山河暮，历数平生步。
江都一半半西湖，日月三千千古一姑苏。
人生只在书林处，惊起江流误。
行程万里有殊途，乞火十年灯火阑珊奴。

130喜迁莺

杨柳岸，雨含烟，寻异见思迁。
五湖芳草一秋千，墙外有心田。
绵莺飞，枝叶恋，只念偷情相见。
栲红无语月西厢，难得羞颜面。

131赞成功

雪香冬至，未叶先红。
寒心不结大江东。一枝娇影，呼引和风。
傲孤自立，只入芳丛。
引领杨柳，草木相逢，群芳色尽玉泥中。
一池风月，细雨濛濛。
三春日月，唤起飞鸿。

132西溪子

半壁亭钗头凤，情不止人心动。
一浮萍，东一语，西一语，天下云云雨雨，
此长亭，彼长亭。

133中兴乐

豆蔻花繁枝叶新，含香口玉人身。
色朝暮，春数，向天津。
红衣素影私相许，阴晴雨，淞江浦，
五湖舟误，无主，只待东邻。

134更漏子

枫叶声，归去雁，月照故塘寒涧。
天路远，雨云川，向归何缺圆。
芦花深，南浦栈，湘水再寻秋盼。
人不叹，问婵娟，是飞飞一年。

135接贤宾

初春草木绿黄中，二春草花融。
三春时节色变，碧市城红。
五湖舟上江洋叹，洞庭一半西东，
为惜西施娃馆外，何留曲舞空空。
问姑苏，吴拂越，九陌几追风。

136赞浦子

玉壶三春酒，金鞭半渡江。
桂子仲秋月，荷风去来窗。
一是姑苏碧玉，又凭雨燕成双，
宋玉高唐赋，巫山问本邦。

137甘州遍

江楼在，风雨问江流，万千秋。
昭昭日月，繁繁草木，江山相映几沉浮。
向前进，不回头，长亭路远朝暮，
未可十三州。海阔一行舟。
一行舟，南洋事业，世界永无休。

138甘州遍

西风肃，千里一甘州，一甘州。
金沙遍地，声鸣不已，霜凝碛不玉门楼。
草凋落，莫封侯，人间胜似天上，
云雨不曾休。
竹枝曲，处处可风流。
竟自由，年年岁岁，自在自无忧。

139纱窗恨

新春草木东风雨，半阴晴。
万千枝节声声数，一生平。

问飞燕，不落窗后，香纱色。
莫乱吟鸣。
自筑窝巢，入深情。

140纱窗恨

蜂蜂蝶蝶沾红粉，惹花心。
有云有雨琴声穗，是知音。
百芳里，色多香少，玉影姿，来拂衣襟。
可叹寒天月，不情深。

141柳含烟

隋堤柳，汴河旁。
上下江湖百里，洞庭两岸百花香。玉帆扬。
这江南朝朝暮暮，一路烟烟雨雨。
东西山下隐红楼，半风流。

142柳含烟

长城柳，半榆关。
塞外艰难雨水，秦时去来汉时颜，一身弯。
万里交河催日落，谁致春秋相约。
如何金甲已沉浮，战和谋。

143柳含烟

章台柳，柳章台。
历历古今岁月，江东草木一时栽。去还来。
御水深宫红绿影，曲舞灯光不永。
但留春夏又秋冬，半心空。

144醉花间

多相忆，少相忆，多少情难极。
多少是心田，多少是飞翼。
花草云雨泽，花草红素白，
花草夜半升，花草春阡陌。

145月宫春

广寒宫里玉影开，嫦娥圆缺来。
章台花草满章台，婵娟问几回。
但似人间情意字，银蟾兔夜难裁。
后羿还寻复日，半明空对杯。

146恋情深

都是人间去来客，纵横阡陌。
东流曲折大江河，楚人歌。
潇湘三间大夫何，天上半蹉跎。
不见贾生君子，问嫦娥。

147诉衷情

桃花流水半阴晴，草木一清明。
女儿心里难许，夜下半心盟。
杨柳岸，草花平，落人情。
小莺啼处，十里云烟，两地枯荣。

148应天长

平湖秋月断桥西，柳浪闻莺西泠浦。
三潭一夜仲秋数，西子浣纱情不语。
观鱼花港女，寻觅今宵何去。
杨柳含烟轻絮，朝暮一秦楚。

149何满子

白居易：“世传满子是人名，临就刑时曲始成。一曲四调歌八叠，从头便是断肠声。”沧州何满子，开元歌者，临刑以曲赎死，上竟不免。

何满子歌已尽，余音一半沧州。
人断巫山云雨，且空风月春秋。
何事年年岁岁，江流常问江楼。

150何满子

相传文宗疾亟，目孟才人，孟请歌毕，指笙囊就缢，爰歌“何满子”。一声肠断而殒。张祜吊之二：“一声何满子，双泪落君前。”

短里年华远，长亭岁月长。
半声何满子，留下一断肠。

151巫山一段云

鸟问巫山雨，船鸣白帝云，
一边楚客一边君，十二晚峰裙。
玉暖情人手，天高白日熏。
朝朝暮暮不离分，渡口有殷勤。

152临江仙

一半临江仙外客，人间一半神仙。
风花雪月有方圆。
高唐云雨客，草木自经年。
一半逐流江里影，山河一半桑田。
上行牵绳下行帆。
牛郎孤自己，织女苦一半自邻。

牛希济　十一首

牛希济(生卒年不详)，前蜀词人，陇西(今甘肃陇西县)人，牛峤之侄。仕蜀起居郎、翰林学士、御史中丞，后降于后唐，拜雍州节度副使。工于词，风格清新自然，深婉真切。

153临江仙

一水东流十二峰，云云雨雨形踪。
巫山只似玉芙蓉，瑶姬朝暮问，
楚客有无逢。
白帝万千寻觅见，长江一半殊容。
高唐自古雾重重。
萧娘知所以，宋玉待相从。

154临江仙

湘子洞宾张国老，神仙只在三清。
自言过海是声鸣。
人间日月问，天上古今生。
不尽长江山两岸，生生死死难平。
无中生汉界少人情。

注：三清：指神仙所居的玉清、上清、太清之地。

155临江仙

云雨黄陵春庙闲，莺歌燕语蛮。
潇湘客竹泪斑斑。
心中芳草地，日外去无还。
一介书生群玉见，高唐素女红颜。
黄河九曲十八湾。
湾湾云雨岸，岸岸尽巫山。

156临江仙

三国英雄东逝水，沉浮成败兴亡，
曹植心上半陈王。
文章吟七步，日月洛神乡。
不忍心中回首问，人间一半暖凉，
衷情向似凤求凰。
沉鱼知落雁，闭月尚羞娘。

157临江仙

万里洞庭万里还，小姑只问君山。
女儿不问玉门关。
云平烟雨色，草碧玉心湾。
一叶轻舟浮日月，三春一半红颜。
晓星朝旭住鬓鬟。
衷情新世界，不语姑娘班。

158酒泉子

西望酒泉，兵马弓箭云断。
问楼兰，天水叹，望长天。
几回飞将故乡烟，不知何所去。
在幽州，擒虎处，一山川。

159生查子

不寻岸北杨，只问窗前柳。
红粉玉人身，皙素玉人手。
心藏半不明，月照三春久。
夜色再昏昏，任可随君口。

160中兴乐

池塘半暖小荷生，尖尖细细荣荣。
珠碧新来，两岸倾情。
长空忽有雁鸣，天光明。
游香豆蔻，一波三滟，粉色红成。

161谒金门

游香处，云雨也应无渡。
一半春烟杨柳树。
花香多少雾。芳草珠，凝甘露。
心上有人倾附。
都是不知风月误，相思何不顾。

欧阳炯　四首

欧阳炯（896–971），益州华阳（今四川成都市）人。仕前蜀、后唐、后蜀、宋四朝，历任中书舍人、门下侍郎、兼户部尚书平章事、散骑常侍等。其词多写艳情，风格浓艳华丽。

162浣溪沙

碧叶红花半色天，波香影碎一帆船。
水静塘平两人眠。
醉玉荷珠三夏晚，池青柳暗寻浮烟，
异坐同心问方圆。

163浣溪沙

玉茎花心一芙蓉，红妆分素半继从。
冰肌傲骨似情踪。
水色扬明影姿醉，莲蓬桂子月相逢。
人间曾似露香浓。

164三字令

烟雨雾，不分明，半阴晴。
吴越客，女儿萌，馆娃宫，西子舞，范蠡声。
人不约，燕空鸣，一平生。
何五霸，谷田耕。浣纱溪，花欲落，几都城。

卷第六

欧阳炯　十三首

165南乡子

暮暮朝朝，长亭尽处路遥遥。
夜短驿寒天未晓，闻啼鸟。
水色山光各妖娆。

166南乡子

酒醉心明，浣溪花一小桥横。
隔壁呼郎情色顾，花妒，今日爹娘家外去。

167南乡子

海阔天高，南洋万里一明潮。
只见人家云雨好，多孤岛，
弱弱纤纤天未老。

168南乡子

岸口人家，木棉舟系木棉花。
半怯红颜随心去，游香炉，
不对东风云雨误。

168–2 南乡子

一半心田，江青湖色素玉莲。
暗动双波浮不住，舟归处，
可情深深香雪妒。

169南乡子

枝叶分明，群芳不比小花情。
玉雪心胸云雨露，秋千去，
只待相思藏旧暮。

170南乡子

玉立婷婷，花红只待草青青。
可怯家人窗外影，红娘省，
不到西厢心已警。

171南乡子

玉影芙蓉，温汤浴暖试双峰。
一半梨园歌舞后，收红豆，私约黄昏凭素手。

172南乡子

问三春颜色，何处西东。
男女异，女男同。细雨云中落。无始无终。
一半月，弦上下，玉心中。
情不了，意难穷。隔衣犹自不藏红。
误作梅花影，谁似曾通。
人朝暮，天海远，莫空空。

173贺明朝

风风雨雨东风误，花开草碧无数。
云卷云疏朝暮，不将浮萍存下，
还寻荷叶留住。
小舟移水轻轻去，何必是，
行踪彼此几相妒。
这春心难许，回首再寻，由自由主。

174贺明朝

百花盛暖东风问，春香方寸。
时时云雨，是非烟雾，只沾芳润。
桃红柳绿，回头还问。
女儿心上谢郎近，有隐也有奋，
可诗亦可韵。
远红颜曾见。宁得就伊，任桃花运。

175江城子

暮近秦淮浪打声，小舟横，桃叶情，
渡口芳明，六代自难平。
二水三山何日月，金陵落日，莫愁城。

176凤楼春

月落入三更，花色群英。
一心明，枕边还在宿郎声。
匀粉面，素胸城。
不想柳杨伴侣，但对露水荣。
鸟初鸣，烟云阴晴。
回头似语，梦里羞怯，以身相许衷情。
倚镜正颜，衣薄衫淡玉人平，
纵春依旧，我我卿卿。

和凝　二十首

和凝（898-955），后晋词人，字成绩，郓州须昌（今山东东平县）人。梁贞明二年（916年）进士。后唐时为翰林学士。知贡举，后历任晋、汉、周诸期，累官至中书侍郎同中书门下平章事，封鲁国公。他才思敏捷，少年时好为曲子词，流传颇广，时称“曲子相公”。其词大都以浮艳辞藻写男女情事，或歌颂太平之事。

177小重山

曲子相公两三声，万千人不语，鸟争鸣。
云中日月雨中情，牛郎问，织女岸边行。
柳下小桥平，人家花草色、碧玉明。
时时临水问阴晴，春不远，目入一心荣。

178小重山

草原明月夜阑香，枕边何未语、玉人床。
青楼凤阁曲余梁，芳扉处，一半小红娘。
都着女儿妆，愁姿求味道，明月肠。
相如赋，意满西厢。
寻觅去，情性入沧桑。

179临江仙

自古工仙不老，神童玉女春风。
一人只在一人中。
少年多努力，老汉少称雄。
六十年华花甲子，梅香杏白桃红。
含苞待放任西东，蕊心常在一花丛。

180临江仙

万里江河东去水，千年旧事古今。
一人只有一人心，半秋应似半黄金。
冰雪昆仑群玉色，苍茫北海天音。
大鹏展翅过晴阴，桑田阡陌雨情深。

181菩萨蛮

出辽东，过山海关，读学院人生，
宦游姑苏，暮而作亚洲发展银行。
长亭不断长亭路，平生只有平生步。
此去问天山，天山知玉颜。
百年谁不暮，万里何回顾。
北海鲲鹏潜，南洋山海关。

182山花子

曦锦东树月素西，轻露花重雨云迷。
牛羊不鸣芳草懒，鸟巢啼。
家门半开梅子落，百花初见杏香泥。
炊烟袅袅浮日月，燕还栖。

183山花子

不到黄粱梦不香，人在江湖待人肠。
一半姑苏风月，却红妆。
几度寒山钟鼓夜，虎丘论剑自扬长。
勾践夫差何五霸，是沧桑。

184河满子

红素桃花无已，门中盼得萧郎。
少有春梅枝叶茂，不欲混迹群芳。
却爱江南云雨，依依吴烟还香。

185河满子

日暮黄昏色彩，脱衣芙蓉斜塘。
叶下烟中出水，惊起身旁鸳鸯。
柳岸余香衣暖，影动应是牛郎。

186薄命女

天下小，君子读书人行早。
乞火寒食晓，入出儒林左右，
移步青云渺渺。
一半中堂和与战，人道啼后鸟。

187望梅花

牛马桑田消息，正立人间芳迹。
腊月心寻寻觅觅，傲骨冰肌姿惜。
何故是群芳寂寂，冬至初听春笛。

188天仙子

梦外相思梦里期，看花不语问花时。
芙蓉出水玉腰肢，莲未子，有心痴，
似有多情已有知。

189天仙子

夏碧春红相继续，流水扬花直也曲。
小塘荷叶雨声稀，半莲心，颜似玉，
出水芙蓉天下欲。

190春光好

“羯鼓录”：“明皇尤爱羯鼓玉笛，云‘八音之领袖’。二月一曲‘春光好’”。柳杏将吐，神思自得曰：“此一事不唤我作天公，可乎”嫔御侍官皆呼万岁。

天公鼓，御宫闲，二月云鬟。
宿雨至晴妍丽，一人间。
柳杏已拆初放，心中点点红颜。
春色情藏窥宋玉，半门关。

191春光好

六州外玉门，月牙泉。
只闻沙鸣敦煌响，一云天。
杨柳碧色含烟，日荒不见桑田。
海市蜃楼曾远近，半方圆。

192采桑子

心思只在心思里，万里胡姬。
万里胡姬，任是声情任是迟。
春风花草春风事，何事凝痴。
何事凝痴，无语其时任人疑。

193柳枝

杨柳含烟半去船，长亭雨榭一桥连。
阴晴岸水折枝在，此刻明年是旧田。

194柳枝

舞曲霓裳寻九香，芙蓉出水问三郎。

犹有华清汤水暖，只任无力不任妆。

195柳枝

寒宫色重问嫦娥，天上人间不渡河。
喜鹊声中谁织女，西施眼里是秋波。

196渔父

只钓江山不钓鱼，读书鼓市只读书。
河流流，水虚虚。不见樵夫似见渔。

顾敻　十八首

顾敻（生卒年不详），后蜀词人。前蜀时任茂州刺史，入后蜀，累官至太尉。工诗词，其词多写艳情，真挚热烈，浓丽动人。

197虞美人

人间风月人间少，云雨何时了。
女儿只有女儿金，处处花枝处处、半春心。
朝朝暮暮晓，觅觅寻寻老。
一鸣天下一鸣音，楚客心中楚客、是如今。

198虞美人

阴晴日月江山老，只是人情少。
春花秋叶去来生，柳住船行任纵横、一鸣惊。
江都赋外江都客，几处隋唐泽。
长城塞北有长城，
易水楼兰交河盟、半生平。

199虞美人（住同里小桥村一号）

三桥同里桑蚕客，细雨轻风陌。
小桥村落水余香，谢家碧玉几萧郎，
日红妆。
去来偷问扁舟伯，不奈相思隔。
急回临镜贴花黄，
女儿别有向红娘、以情藏。

200虞美人

雨烟云影纱窗雾，竹泪啼误。
玉人初解半黄昏，
一心无止向乾坤、小娥村。
楼上轻音惊花妒，辜负中庭树。
数来圆缺婵娟魂，猖狂留待小儿孙，
半开门。

201虞美人

少年云雨青楼去，灯暗残红处。
壮年云雨客东吴，杏红桃粉碧珍珠，
问江都。
老年云雨小儿女，不可知秦楚。
洞庭杨柳色两姑，雨落云沉半心愉，一江湖。

202河传

秋雨，秋雨。天下无序，滴滴寒孤。
远情落叶近情芜江湖。一丈夫。
千言万语人心苦，多不主。
不得舟船渡，几回相约柳杨愚，
何须，莫如寻玉壶。

203河传

无主，无主。人下风波，一半隋炀。
古今中国问苏杭，天堂。百花乡。
江南自古多云雨，桃叶渡。塞外长城苦。
过钱塘，惜韶光。萧娘，寄衣守边郎。

204甘州子

老生尤唱大江东，吴越水，楚湘风。
九歌天下一孤鸿。几似贾情衷。
山海问，秋叶向春红。

205甘州子

阳关三叠半甘州，沙海市，玉门楼。
禁城万里一春秋。不尽大江流。
天地里，谁唱十三侯。

206甘州子

忆雅卿

曾如刘阮遇仙踪，花草碧，玉芙蓉。
一生一世凤和龙。
日月雅卿容。
今古处，暮鼓对晨钟。

207甘州子

忆雅卿（一九六六赴重庆大学夜校部）

四川江夏一春生，波似练，
曲光明，此舟东去顺心声。
重大夜校情。枇杷岭，灯火满山城。

208甘州子

忆雅卿

吕家由此有今赢，天地里，半鞍城。
自出钢铁摇兰英。
已是一平生，年岁外，留下九歌名。

209甘州子

忆雅卿

百年之后几身名，儿女在，自阴晴。
天南地北问孤情。可吊雁丘城。
君子处，此去九州行。

210甘州子

忆雅卿

男儿天下一京城，三界外，
半纵横，古今中外一生平。
回首是卿赢，来去时，同语渡人生。

211玉楼春

雅卿

月上楼春半暮，此去南洋栽玉树。
玉人惊起问银行，不尽天南地北路。
惆怅老童由志去，只解老儿花草误。
细风和雨多辛苦，此处人心知彼处。

212玉楼春

雅卿

月在玉楼春促促，什锦花园三尺竹。
吕赢今日入京都，朝内小街南北续。
蛇口两年游志去，自此两分天地绿。
入中南海话能源，国务院中红蜡烛。

213玉楼春

雅卿

阳关三叠天山雪，下里巴人千秋节。
一家灯火一青云，风月人心风月彻。
五更渡口平生杰，醉问干将情未切，
归来回首女儿红，只见寒宫圆又缺。

214玉楼春

雅卿

王王谢谢飞来燕，春夏秋冬天地院。
草花男女一人间，由是相思辛苦雨。
话别多时情少见，醉泊舟心芳草甸。
如今休问一黄昏，月色马声何所恋。

卷第七

顾敻　三十七首

215浣溪沙

雅卿

万里江山万里涯，一人天下一人家。
古今彼此古今嗟。
游子生平多少诺，大江东去浪淘沙，
春耕日月种秋华。

216浣溪沙

雅卿

你我他和你我他，小家一半大家家。
梅花不尽是桃花。
杏李梨园多草木，荷菊飞雪又梅花。
几时日月几时家。

217浣溪沙

雅卿（毕业于北京钢铁学院）

来客辽东去客身，北京钢铁北京人。
女儿思渝女儿亲。
重大楼中知夜校，东方红号一江轮。
楚江春节二人姻。

218浣溪沙

雅卿

灯火山城问雅卿，枇杷山上待花荣。
原来重庆雾中生。
蜀楚连江波浪水，巫山十二夜峰明，
人心至此已生平。

219浣溪沙

雅卿（乘“东方红”江轮由江城武汉下金陵）

北海京都白塔明，玉衫姝丽玉人情。
胡同春雨入生平。
日月东单春雨巷，风云天下一江城。
东方红遍泽东名。

220浣溪沙

雅卿（一九七一年协和生吕赢、一九七三年骑河楼）

只取赢名岁月明，协和此去协和生。
鞍山一半北京城。
再上骑河楼上问，吕今自此已声鸣，
人间渡口任阴晴。

221浣溪沙

雅卿

少在钢都老在吴，月明天下夜明珠。
无锡建业五湖姑。
不忘东山茅草屋，吕赢只向蛋羹呼，
金陵已是半江苏。

222浣溪沙

雅卿

一半春秋半白头，江楼依旧问江流。
也难不去也难收。
记得泥人微敛黛，金陵月色六朝游。
莫愁湖上有人愁。

223酒泉子

雅卿

一半东风，一半杨花柳絮。
小姑孤，京都女，是衷同。
读书不尽读书去，空落窗前语。
任念奴，凭相如，作鸣虫。

224酒泉子

雅卿

一路遥遥，柳柳杨杨春晓。
君莫愁，秋来早，叶风潮。
何来音信由青鸟，似可楼兰眇。
不可凋，不可少，御城袍。

225酒泉子

雅卿（北京北海）

北海日斜，中山公园人渐少。
五龙亭北步双峦，入香坛。
划船东去渡桥小，花开春自晓。
依依不舍不还家，暗窗纱。

226酒泉子

秦晋金兰，烟雨风云尘断。
太原声，幽燕叹，玉香寒。
几时天下几时官，宦游何处岸?
一黄河，流楚汉，半山峦。

227酒泉子

雅卿（东单二条，春雨二巷，北京）

腊月梅花，惊动玉姿紫姹。
故人家，春雨家，二条家。
几回成业向天涯，如今知雅舍。
月临床，花满夜，挂窗纱。

228酒泉子

雅卿（香港招商局蛇口工业区专家组长）

朝内小家，何向潘琪月下，
部交通，蛇口借，一天涯。
招商局里香港华。海涛依旧罢。
正当年，罗带亚，忘桃花。

229酒泉子

雅卿（冶金部食堂衣食由卿作书虫）

春雨半红，天地魂凝香梦。
十春秋，儿女送，自功工。
读书书读作书虫，薄情衣食弄。
孤大众，向西东。

230杨柳枝

白居易曰：“杨柳枝，洛下声也。”

月照长亭万里步，路迢迢。
一线钱塘一线潮，玉山消。
正是三郎游子去，无寻处。
江山十地九州桥，念奴娇。

231遐方怨

明月色，暗罗帏。
一半花草意，一半是心扉，
但须浸潇湘春雁归，不愿春秋去鸿飞。
天地外，五湖薇。
莫语苏杭水，乡家日月晖。
如今皇上一宫妃，为君伊始为君绯。

232献衷心
岁华千百度，草木一枯荣。
三月里，一清明。
想昔西施女，浣纱越吴情。
天平馆，娃曲舞，半平生。
古今今古，天下阴晴。
去来来去，士子精英。
剑池薪胆客，何是身名。
春秋去，吴越在，万千城。

233应天长
瑟瑟罗裙三百步，千万心思千万处。
相回首，相回顾，不堪月明千百度。
奈何孤情苦，似可银河偷渡。
暗里春芳不住，莫疑推就语。

234诉衷情
香凝玉树后庭花，流水到天涯。
阳关三叠歌罢，海市玉门沙。
明月里，故人家，影东斜。
六州西去，几处胡笳，几处袈裟。

235诉衷情
月半宫寒怀桂兔，一婵娟。
门虚掩，玉面，半缺圆。
后羿药思年。
情孤悬，误入长空碧天，始终怜似迁。

236荷叶杯
秦妇秀才朝暮，见妒。
不似一江湖，韦庄蜀主各惜奴。
寻小姑，寻小姑。

237荷叶杯
一处词情两守，时候。
蜀主半王侯，小重山后问东流，
愁不愁，愁不愁。

238荷叶杯
荷叶杯水似酒，宫柳。
蜀主御王楼，宫姬还忆故春秋。
留不留，留不留。

239荷叶杯
半假韦庄半假，雨催。姬宠半成灰。
小重山外荷叶杯，回不回，回不回。

240荷叶杯
醉倒宫姬颜色，时刻。
渡口忆君河，小词名句老成多，
娥是娥，娥不是娥。

241荷叶杯
人近秀才一品，彩锦。
字句是知音，文章忍教意情深。
心不心，心不心。

242荷叶杯
池上鸳鸯聚散，云断。雨水岸荷莲。
君心似我一方圆。圆又圆，圆又圆。

243荷叶杯
荷叶杯中情暖，春半。花发柳条悬。
秀才枉断蜀王前，全不全，全不全。

244荷叶杯
天下人情冷暖，未半。端已是非缘。
秀才误入蜀王船，船么船，船么船。

245渔歌子
唐教坊曲名。《唐书》张志和传：志和居江湖，自称烟波钓徒，钓不设饵，志不在鱼，宪宗图真求其人，不能致，撰渔歌子。

烟波钓徒一江湖，桃李无言半越吴。
鱼不钓，只寻呼。但取江山作玉壶。

246渔歌子
一秋风，三江暮，洞庭两岸江湖树。
姑苏台，杨柳路，十里残荷如妒。
小池明，多少雨，不闻阡陌闻船渡。
斜塘里，鱼可数。名利功成心苦。

247临江仙
都是人间名利病，互相角逐京城，
不如重钓慕鱼情。
舟横临水客，顺岸问芳明。
一半江湖花草性，如今赢得生平。
此心未诚彼心诚。
蝉鸣声不尽，日月自阴晴。

248临江仙
一半浮云寻柳岸，万千细雨轻烟。
年年岁岁种心田。
阴晴南北，春水色，玉婵娟。
碧染江空川涧竹，芳菲草木花园，
此瀛东去此江船，几多人间，
数日月，向长天。

249醉公子
一半秋云树，两三风雨路。
人在问江湖，洞庭向玉壶。
醒醉知天数，去来何不顾。
上下小人图，英成大丈夫。

250醉公子
青春东风面，草木花满院。
天地一方圆，人间半岁年。
独坐长亭晚，不见曲三江苑。
杨柳两三蝉，江湖七八船。

251更漏子
有云，山峰俯仰，多少人间思想。
无雨，世态炎凉。百年归故乡。
知孟昶，长春养。处处天高地广。
知日月，却黄粱。楚歌是子房。

孙光宪　十三首
孙光宪（900—968年），字孟文，自号葆光，陵州贵平（今四川仁寿县）人。唐末任陵州判官，后唐时避地江陵，为荆南高从诲书记，历检校秘书，兼御史大夫；后归宋，为黄州刺史。其词题材较广泛，词风疏朗清丽，以情景交融、婉约缠绵见长。

252浣溪沙
一地梅花十地香，三源流水半源长。
九歌岁年光。人生进退几茫茫。

253浣溪沙

日月三千弟子颜，风云一半玉门关。
黄河九曲十八湾。
片片荒沙无草木，江江流水有源山。
人生何处不知还。

254浣溪沙

小院门窗自不关，平心静气与云闲。
偷心未已已红颜。
去可离情来可爱，推时相约就时还。
一千日月一千山。

255浣溪沙

柳岸声声问落鸿，蕙心处处与君同。
一情胜似一情衷。
已是桃花香满地，东风不断问飞鸿。
婵娟不奈半清宫。

256浣溪沙

一月冬寒二月终，梅花小谢杏花红，
女儿采惹玉情衷。
自从潇湘云雨后，春风一半属飞鸿。
小姑心上已空空。

257浣溪沙

两地钱塘两地香，百花姑苏百花妆，
一村更似一村芳。
多少青年多少客，吴门清秀越门娘。
凤凰时见凤求凰。

258浣溪沙

碧玉家中碧玉乡，小桥流水小桥庄。
偷情岁月纵情藏。
三月梅花二月色，小姑豆蔻小姑尝。
低头不语一头昂。

259河传

月宫身影，玉光风景。
旧梦婵娟，人间回省。
脉脉已是东风，一花丛。
女儿何似出墙杏，情忡憬，潮逐山河永。
踏青不归独自，小倩楼中，落飞鸿。

260河传

花落情作，人间飞雀。
虫鸣飞禾，雨来荷巷半烟云。
不分，何风知此君。三春桃李香凝处，
生子树，无可秋深误。到头来，空衣裙。
日曛，惹蜂归芳芬。

261河传

春甸，秋甸。方方面面，花花茜茜。
溪纱西子，娃馆天平曲倩，吴人红烛宴。
剑池留影洞庭客，情脉脉，越地烟云隔。
身一河，心半河。娇娥，范蠡知几何？

卷第八

孙光宪　四十八首

262菩萨蛮

一半金陵石头砌，三千子弟吴门闭。
桃李影西移，春莺不住啼。
心中多少觅，月下闻鸣笛。
但见草萋萋，色香红雨泥。

263菩萨蛮

月明花草长生殿，华清冷暖芙蓉院。
谁问一婵娟，寒宫三月园。
晚楼情一面，香雨红千倩。
两可客心依，半脱金缕衣。

264菩萨蛮

世间情在人间老，雨丝心里云丝晓。
同里半村桥，洞庭一玉箫。
入春杨柳杪，落红玉人窈。
可望问良宵，相思春似潮。

265河渎神

寺暮懒寒鸦，落鸿两三芦花。
大江江去浪淘沙，一处禅房影斜。
门外往来天下客，人前千万天涯。
回首是非非是，鼓钟出入人家。

266河渎神

汾水雁丘寒，秦晋云雨宋潘。
一方土地一方峦，两行人字心宽。
秦娥箫断秦楼月，留下人间无歇。
不尽玉门关阙，情为何物君曰。

267虞美人

潇心竹泪知情误，几处花前诉。
湘灵暮色问长沙，群玉巫山云雨入千家。
东流一去无消息，留下江楼忆。
柳枝杨叶半春休，折断生节生新愁，
露珠流。

268虞美人

青楼曲断离音别，玉臂千秋雪。
春风一半春明，此时神态总关情，美人声。
阴晴草木知云雨，岁月相思苦。
君心问楚我心吴，海阔天空过江湖，
有人孤。

269后庭花

《玉树后庭花》，陈后主造。《国史纂异》：“云阳县多汉离宫故地，有树似槐而叶细，士人谓玉树。”

后庭花落东风院，玉树金殿。
春塘渐满莺声变，暮水芳甸。
晚来云雨去，神仙见，鸟语呼月燕。
嫦娥桂影以羞面，几何宫媛。

270后庭花

石头城外江流国，一宫三色。
七尺青丝云雨得，暮后天黑。
后庭花玉树，人空何觅？
旧宫寒壁，寞寞相思故步寂，淅淅沥沥。

注：七尺青丝，南朝陈后主的贵妃张丽华发长七尺。

271生查子

生查子首句一三字不可同时用仄。

凉州问玉门，西域风沙路。
此去取经文，未忍禅音故。
好僧乱读经，音译无知处。
不可不知书，足下心中步。

272生查子

风轻一寸波，雨色三江泽。
五里短长亭，十里人生客。
江山半九歌，楚鄂多阡陌。
九处问黄河，咫尺天涯隔。

273生查子

洞庭大小姑，楚赣阴晴树。
但此一帆扬，只寄人生路。
玄宗纵念奴，力士芙蓉误。
荠菜满三吴，终是江山去。

274临江仙

咫尺西风云雨断，仲秋月里心寒。
相思一半在云端。
潇湘流竹泪，燕蓟问邯郸。
十地长亭花草乱，别离天下兴叹。
此愁未尽彼，愁澜。
黄粱求寄语，佩玉梦中看。

275临江仙

咫尺飞来峰下水，有僧灵隐云天。
人居草木半中怜。
心中观虎跑，寺上问流泉。
日月丛林深不见，余身不问前川。
只随玄应译音传。
禅房灯火夜，独望半孤弦。

276酒泉子

花草无边，日月江山道路。
岳阳楼，朝又暮，大江流。
成名只被成名误，交河何处去，云中心，
情里雾，六州头。

277酒泉子

山水连天，一半江湖玉树。
问姑苏，吴越住，故心居。
洞庭夜雨洞庭渡，轻舟同里去。
退思园，桥岸隔，状元书。

278酒泉子

柳岸湖边，踏青清明独见少年郎，
同里面，一书香。
东山玉影西山茜，退思园里倦。
心意重，偷眼传，以情藏。

279清平乐

杨花柳絮，莫向心中去。
凭籍东风何介助，只是不分秦楚。
但得吴语姑苏，群芳齐聚江湖。
烟雨清明似梦，鹧鸪终日寻夫。

280清平乐

东风无语，花落如何去？
终是萧郎留不住。藏在柳杨深处。
二月青草烟湖，三心两意东吴。
小女青楼无主，但寻一日空壶。

281更漏子

读三更，行九脉，云里雨中芳泽。
无止境，有前程，五湖江水明。
中年客，老来帛，一半苍松翠柏。
寻自己，问人生，此心日月成。

282更漏子

一春风，云雨见，春草几乎花面。
春水色，半春寒，女儿春心澜。
春月院，春芳甸，春在声声莺啭。
春未去，春情姗，以春挂玉冠。

283女冠子

晓风晨露，身上余香无度。
百花丛，春色满园雾，梅桃继相红。
十二峰岭外，一半紫薇东。
云雨巫山客，以心通。

284女冠子

临风玉树，花草依依朝暮。
对青灯，无语神仙路，幽香尽日凝。
蕙兰自不误，春云浮绮绫。
二月以芳许，似心冰。

285风流子

天边如花似玉，人间九歌一曲。
孤寺清，独身裙，何以春心伴烛。
红透，还绿，窗前东风无续。

286定西番

寂寂阴山秋月，玉门阙，半昆仑，一天津。
落落断碑残碣，不知何晋秦。
依旧汉关故地，满红尘。

287何满子

春色只随君住，桃花朝暮芳芬。
红颜素玉尽可伴，梦怀依里还寻。
已是云浮浮雨断，不知何处衣裙。

288玉蝴蝶

桃李色，草木香，柳杨垂半长。
红杏过三江，姿身出短墙。
群芳畅，鸳鸯向，藏入小池塘。
云雨逐萧娘，影沉荷叶乡。

289八拍蛮

酒色醉前出客乡，玉人情里入衷肠。
越女吴娃青楼月，姑苏台上尽扬长。

290竹枝

门前流水玉人家，雨后桥边二月花。
同里村中朝又暮，乌蓬舟外遮轻纱。

291竹枝

一树丁香半人深，千枝万叶两处荫。
春晚月明情意重，不似相思女儿心。

292思帝乡

如何，小河河水多。永日似流非住，
自扬波。且向楼台影射，微晴对素娥。
此去十里风雨，一路歌。

293上行杯

草草何知年少，从一诺，万里江湖，雨
住云停丈夫啸。
三叠未徵。野花开，芳草曜。
回照，胡曲妙，姿影如眺。

294谒金门

桃李信，一半东风春润。
一半芳香花草迅，西湖潮水吝。

前后寻，来去问，离客远，长亭近，
不见人情张北郡，平生今古韵。

295思越人

野花香，芳草近，虎丘山上春深。
尝胆卧薪吴越问，范蠡西子何寻。
姑苏台上去来触，五湖又泛春波渌。
五霸春秋今一曲，江山几乎金玉。

296思越人

越人新，吴语老。长洲路迢迢。
不见馆娃西子舞，女儿独上溪桥。
今年花发东风早，洞庭碧玉姑嫂。
一半风流清明好，寻新绿，踏芳草。

297杨柳枝

阊门云雨落花残，香遍姑苏色未干。
沧浪亭中沧浪水，五湖船上五湖澜。

298杨柳枝

小桥流水雨濛濛，碧玉藏家妆束红。
恰似桃花羞粉面，私情偷向可心虫。

299杨柳枝

枝枝叶叶一根生，雨雨云云半阴晴。
雾雾烟烟分不定，风风月月自枯荣。

300杨柳枝

姑苏一寸半人生，汴水三流两不平。
同里退思园外去，唯亭不住问长城。

301望梅花

苏杭汴水问隋炀，塞外长城草木荒。
宣化故城知暖凉。关外几人乡。
月照寒墙忆孟姜，千年断心肠。

302渔歌子

一半洞庭一半波，万千碧玉万千河。
知渡口，问娟城，桂宫悄悄桂宫何。
处处姑苏处处歌，幽幽渔火月婆娑。
杨柳岸，小家多。人情日月自如梭。

魏承班　二首

魏承班（约930前后在世），前蜀王建养子魏宏夫之子，赐姓名王宗弼，封齐王。仕蜀为驸马都尉，官至太尉。其词多言情之作，词风以浓艳为主，间有清朗之作。

303菩萨蛮

罗裙半解芳心就，知音一曲衷情秀。
自古有春秋，如今知去留。
只由君子厚，不问何时候。
未必上高楼，但求江水流。

卷第九

魏承班　十三首

304满宫花

客阴山，雪冰凛，琵琶声尽衣锦。
汉宫未得画图身，红颜依旧人品。
黄河流去江山审，杨柳故乡春甚。
一生谁似半知心，情里玉客同枕。

305木兰花

木兰花，香人家，碧叶丛丛风月下。
夜半明，色倾华，玉姿菲菲寻春夏。
烟云细雨情高雅，翠渚红楼芳水嫁。
幽然篱外惹婵娟，一生品位多无价。

306玉楼春

叶落年年飞去燕，云归处处风雨院。
月明花草去来人，雪月风花都可见。
低首弄裙香雪面，碧玉小舟秋水甸。
六州天冷满红尘，拾得菊黄藏几片。

307诉衷情

云中相思雨中情，天下一倾城。
风光日月花草，早晚有莺鸣。
春未晚，夕阳明，有阴晴。
寻君无计，彼此枯荣，彼此同盟。

308诉衷情

良宵月夜对青灯，树影问孤僧。
禅音未断南北，古刹半香凝。
知叶落，见浮萍，问零丁。
去来来去是一生，来去是心灵。

309杨柳枝

故时只着故时裙，未见婵娟未见云。
夜半还闻窗外雨，天明不得意中君。

310诉衷情

云烟处处雨潇潇，群芳待人娇。
朝朝暮暮风月，渡口一春潮。
花色艳，草姿摇，玉芭蕉。
东君谁计，谁计平生，情意难消。

311生查子

秋风十日寒，霜雨三山涧。
月冷梦难成，叶落枯荣盼。
花开一半春，色碧千江岸。
天下是人心，燕子声声唤。

312生查子

年年问圆缺，月月何兴叹。
相约一河山，分付西江岸。
读书十万言，字字千家断。
几日上龙门，百岁风云散。

313黄钟乐

钱塘流水日无休。
云雨西湖，杨柳花草，香满楼。
梅妻鹤子心事尽，渔舟唱晚一春秋。
隔岸人呼月不愁，丝竹管弦，
先醉先醒，半扬州。
谁语婵娟君不见，此情长在梦里羞。

314渔歌子

离还合，圆又缺。风月不住千秋节。
鼓先惊，钟未歇，窗外阳春白雪。
唱阳关，音信绝，见飞花，晓风欣悦，
玉门前，嘉峪碣，易水声声切切。

鹿虔扆　六首

鹿虔扆（生卒年不详）。后蜀时登进士第，累官至学士。广政间（约938-950年），出为永泰军节度使，进检校太尉，加太保。与欧阳炯、毛文锡、阎选、韩琮俱以小词供奉后主，时称“五鬼”。蜀亡不仕。其词前期多浮丽之作，后期多感慨之音。

315临江仙

五鬼垂门兴叹冗，愁眉冷对长空。
秋风鸣尽一孤虫，曲终人断，声外落残红。
玉树后庭花月色，独自还向深宫。
枯荷听雨野塘东，去来成败，何意问飞鸿。

316临江仙

读书，吉隆坡

天下三千儒弟子，人间一半西东。
读书不作叹兴虫，丈夫南北去，
处处是飞鸿。
万里江山闻远近，千年君子由衷。
无终知自始，自始是无终。

317女冠子

杏花红绝，一曲阳春白雪，半人心。
香气层城结。流云未可寻。
鼓钟寺外语，灯火雨中阴，
谢娘何不问，谁知音。

318女冠子

步虚鱼列，疑是丁香初结，小姑声。
玉树临风影，群芳逐月明。
雨烟花似雪，云雾色如城。欲留难得去。

注：步虚：道士诵经之声。

319思越人

后庭花，玉树斜，彼此一半天涯。
星落鹊桥风月渡，织女牛郎人家。
瑶台情在人情乱，有声何必兴叹。
若是一年如是岸，衷肠心耐无断。

320诉衷情

读书生

读书不止读书郎，足下度沧桑。
人间来去今古，未可梦黄粱。
千万里，一文章，半炎凉。
百年天下，九脉山河，十地圆方。

321虞美人

风花雪月何时了，处处闻啼鸟。
春秋一半是春秋，四十州头何似十三州。
老来听雨山河渺，事事多知晓。
江流万里有江楼，天下帝王将相试沉浮。

阎选　八首

阎选（生卒年不详），后蜀词人。终身布衣，以小词供奉蜀主，人称阎处士。工于小词，风格浓艳。

322虞美人

并蒂玉茎莲房绽，故作双波慢。
小心贵子入心田，不在天边只是在云边。
人间多少荷花瓣，寄与情中间。
洁身自好洁身妍，一半红妆一半作婵娟。

323虞美人

鹊桥未可天云断，织女牛郎岸。
红妆偷去小心怜，只是人间乞巧又经年。
老牛和子声声唤，天下年年看。
广寒宫里一婵娟，玉树后庭花落几时圆。

324临江仙

十二巫峰山下水，三春日月阴晴。
一莺又唱一莺鸣。
楚人多少客，玉女几时情。
雨细云平花草色，空滩处处几层城。
香风何必问身名。
轻舟行旅在，翠竹已心明。

325浣溪沙

小女三春不见愁，香凝二月水东流。
红颜一半夜中羞。
星岸牛郎多少月，河边玉树色枝头。
欲偷情果上西楼。

326八拍蛮

风风雨雨江湖树，暮暮朝朝日月楼。
去去来来知草木，先先后后问春秋。

327八拍蛮

三春草木三春色，八拍蛮姬八拍颜。
一曲声名千日月，九歌秦晋半河湾。

328河传

朝暮，朝暮，行路，行路，一半江湖，
两山东西向三吴，姑苏，问玉壶。
洞庭水色桃花妒，舟不误，竹影群芳数，
几回邀约故家呼，曲都，念奴，由念奴。

尹鹗　六首

尹鹗（生卒年不详），成都（今四川成都）人。前蜀王衍时，为翰林校书，累官至参卿。性滑稽，工诗词，其词似韦而浅俗、似温而繁琐，独成一格。

329临江仙

二月东风藏碧色，三春草木含香。
一年籍此问萧娘，舟横多少客，
情尽古今肠。
不去清明偷乞火，寒窗半壁辛凉。
心思分与读书郎。
同君分明，共梦入黄粱。

330临江仙

弦月山弦月迎，红妆卸下心情，
原来暗处小灯明。
含羞藏不住，有语近无声。
身影纵横身影竟，云云雨雨难平。
这边未立那边倾。
天涯多少路，地角觅寻成。

331满宫花

序：卸下衣裙月又明，影中自顾怯私情。枕边不住藏香玉，雨后云平秀纵横。

满宫花，情未了。帝子后庭春晓。
风流岁月自晨昏，影入池塘窈窕。
心已重，私见少，明月半藏杨杪，
玉身寻向半乾坤，云雨未依人老。

332杏园芳

邻墙短，杏园芳，未知见，柳丝长。
含羞只问小红娘，故芳香。
朝朝咫尺窥离去，心思已入西厢。
何时明月约相会，叙衷肠。

333醉公子

东邻雕石砌，西舍玉门第。
草木已三春，花香月半身。
余心踟蹰济，偏情佳影丽。
音隔小家人，相思落红尘。

334菩萨蛮

老来一半江湖客，宦游三两昆仑脉。
天下问山河，人间闻九歌。
朝堂知国泽，田野耕阡陌。
万里足前多，千年书蹉跎。

毛熙震　十六首

毛熙震（生卒年不详），蜀（今四川省）人。后蜀孟昶时，官至秘书监。通音律，工诗词，其词多写闺情，辞多华丽，亦有清淡之作。

335浣溪沙

一半青溪一半泉，两三古刹两三天。
此僧胜似彼僧禅。
人外江山人外客，世情辛苦世情年。
云中日月雨中烟。

336浣溪沙

一半香红一半尘，两三花草两三春。
玉人依可玉人身。
十二峰前云雨夜，楚王只向楚王邻。
一时神女百时珍。

337浣溪沙

白雪心怀白雪乡，倾心素玉倾心肠。
红娘不语过西厢。
风月花房风月色，二春胜似两春潮。
良人情里渡良宵。

338浣溪沙

半见荷莲半见舟，双波荷月逐波流。
心中贵子入仲秋。
卸下红妆知世界，似曾相似一红楼。
只知云雨不知羞。

339浣溪沙

寄小苗条

此处萧娘彼处郎，古今诗里古今尝。
客家岁月客家乡。
落落尤人知醒醉，纤纤玉手试衣裳。
未轻日月似轻狂。

340浣溪沙

半问西施半问花，浣溪不见浣溪沙。
一人只是一人家。
月在三吴明越色，有天有地有天涯。
五湖夕照五湖斜。

341浣溪沙

白色香囊白日曛，衣裙未解卸衣裙。
人君似此是人君。
月在天平娃馆外，朝思细雨暮思云。
不离不弃不离分。

342临江仙

潘妃一步一金莲，人间两处神仙。
玉身娇艳胜芳妍。
双波酥半展，独足占三千。
留下王侯留下色，云云雨雨船船，今年如此似当年。但知心不足，可欲是琴弦。

注：步金莲，《南齐书》载：东昏侯凿地为金莲花，使潘妃行其上，曰："此步步生莲华也。"

343临江仙

池塘深处小莺鸣，一时雨色云倾。
桃花开放半阴晴。
红颜含素玉，粉色注心城。
草木菲菲香水暖，三春叶碧烟平。
衷情之外有衷情。
如何儿女事，但见可枯荣。

344更漏子

闻鼓钟，更漏子，心里是非如是。
春尺咫，问婵娟，寒宫几缺圆。
虫半咽，蛩声切，自在香花似雪。
明月上，雨云愁，下楼寻不休。

345更漏子

寒色清，明月影，不可人间深省。
花草水，问层城，春秋几客情。
时不永，心无领，年少但求新颖。
应记得，一精英，窃香韩纵横。

346女冠子

过墙红杏，吴越扑风捉影。
暮庵声，灯火余花碎，音清月半明。
色寒冠玉树，婵娟奉私情。
香彻枕边梦，一层城。

347女冠子

如媛似倩，灯下檀香一点，素玉明。
三春群芳色，拖云带雨生。
木鱼惊草木，钟鼓可兰经。
身在瑶台上，主心情。

348清平乐

朝朝暮暮，处处徘徊误。此是去年相约树，已到三春如故。西厢也似东吴，轻舟自在江湖。但见牛郎织女，形单影只姑苏。

349南歌子

露水莲蓬粉，双波贵子城。玉香荷叶茜裙轻。根在心中云雨一生平。
七月珍珠落，三春日月萌。梅花开罢杏花荣，色满清塘处处半红英。

350南歌子

有怨无心怨，衷肠是断肠。
凝情不立枕边藏，傅粉郎来玉女卸轻妆。
鹊岸长流水，天河映淑娘。
潇潇夜雨入西厢，但寄云中仟自可猖狂。

卷第十

毛熙震　十三首

351何满子

草木江山日月，缺圆朝暮阴晴。
不问人间多少路，武雄何似文英。
一诺楼兰自度，交河雨断苍生。

东去大江流水，西来风月余生。
自古如今先后事，读书立志难平。
但问千年万里，声明不在声明。

352何满子

南北纵横阡陌，官民村野朝堂。
今古兴亡成败事，公侯士子年光。
卸甲摘缨怨，樵渔刘阮潇湘。
天下沉浮进退，人中锦绣苏杭。
八月盐官潮逐浪，三生杨柳爷娘，
淮海桑田先后，心肠还似心肠。

353小重山

淞江长亭十里烟，五湖多少水，一孤船。
去来同里挂风帆，周庄驿，桥岸月钩弦。
不信是婵娟，缺圆留玉影，客心田。
寂寞村外见荷莲，红中碧，思想醉人眠。

354定西番

出入三春一半，莺不语，蝶争飞，客心扉。
朝想暮思西阁，风花雪月闱。
尽日妇人身影，许何归？

355后庭花

莺歌燕舞西湖面，云楼花院。
六朝兴亡金陵见，锦官城谚。
玉树身影，后庭宴，去来谁恋。
时人未访寻明媛，几锁宫殿。

356后庭花

叶长心西宫院，芳凝深殿。
后庭花去玉树见，油头粉面。
玄宗日暖梨园宴，贵妃香扇。
只教玉环芙蓉羡，已斜金钿。

357酒泉子

月沉响沙，谁唱玉门三叠。
一人家，秋落叶，似飞花。
风尘重朴消面颊，六州寻大侠。
半楼兰，千万猎，到天涯。

358菩萨蛮

月明清风荷塘看，莲红叶碧珍珠散。
只奈一花开，等闲秋未来。
去年知往事，今日惹相思。
只有暗徘徊，私心寻李梅。

李珣　三十七首

李珣（约855—930），前蜀词人，字德润，梓州（今四川三台）人。其妹李舜弦为蜀主王衍昭仪，他以秀才被举荐为朝官，前蜀灭亡后不仕。工诗词，题材较广，于男女闺情外亦有抒怀之作，描写南方风物颇有特色。其词风格清婉，在花间派词人别具一格。

359浣溪沙

万缕千丝半断肠，相思百结一丁香。
仲秋八月桂花黄。
落叶纷飞归不去，风衣此寄换寒妆。
心中记取问红娘。

360浣溪沙

色艳三春草木香，风流半透女儿妆。
隔墙红杏惹黄粱。
回首芙蓉云雨后，教人不免细思量。
人生何处不高唐。

361浣溪沙

芳草三春半雨荣，花丛两处一虫鸣。
声声不尽又声声。
日里丁香千万结，人前无主几心情。
明明未必可明明。

362渔歌子

一渔舟，千淑玉。阳春白雪唱不足。
短红袖，长丝束。东风花月相续。
有沉浮，无灯烛。摇摇摆摆潇湘曲。
女儿情，何所属，只可偷偷相触。

363渔歌子

暮长亭花满路，春江月夜洞庭树。
一渔舟，半南浦，唱晚人间回顾。
着蓑衣，清波渡，那人灯火阑珊处。
水云间，烟雨雾，停下可听鸣鹭。

364渔歌子

雁南飞，芦花絮，扁舟自在逍遥去。
雨云闲，风月处，枝密浮波湖疏。
有余音，无可虑，洞庭水色桃花女。
一人间，秦晋楚，只道文君相如。

365巫山一段云

十二峰前客，巫山一段云。
楚王神女怯衣裙，百度不离分。
天地人情陌，乾坤正芳芬。
细风和雨已不闻，苦苦自耕耘。

366巫山一段云

曲折三江水，川流一去舟。
雨声云色锁空楼，往事情悠悠。
巫峡余音唤，山花繁不休。
人心何必九州头，未顾女儿羞。

367临江仙

相约西厢影东楼，暖凉心上春秋。
玉人自在玉心留，红娘言不语，
雪月宿无休。
夜半钟声惊雨露，窗明难锁难求。
水波未尽水波流。
三心花有色，七夕桂如钩。

368南乡子

云漠漠，雨霏霏，柳岸楼明入翠微。
暮色难平寻故地，依人处，
藕断丝连知心归。

369南乡子

出水玉芙蓉，朝色凝香暮色波。
最怕情人回首间，亭亭。
只觅姿身不觅踪。

370南乡子

莲子入莲心，色在莲蓬不可寻。
玉洁双波莲露水，莲琴，一半莲花一半音。

371南乡子

乘彩月，入斜塘，五湖淞江半鸳鸯。

都是女儿多梦想，偷回首，织女还知寻牛郎。

372南乡子

云带雨，浪淘沙，江湖深处一人家。
蓑衣莼鲈脍羹酒，谁杨柳，
水色舟摇女儿花。

373南乡子

三月雨，水云烟，洞庭山下夜行船。
小心织女藏衣处，有牛郎，
老牛不歌无去处。

374南乡子

纳吉首相建东盟十国基金会
南洋雨，是非烟，纳吉首相客家船，
亲美东盟中国边，以何立，
平衡时时无解缘。

375南乡子

朝雨散，暮云成，越王台下越秀荣。
赵佗留得南北汉，珠江岸，
江山彼此无了断。

376南乡子

何处见，故乡船。斜骑大象到君前。
日暮越王台下色，过时刻，
藏在暗芳由任得。

377女冠子

晨钟暮鼓，心在青灯深户。
见江湖，敲磬问师父，人声似小姑。
步虚香渺渺，想象层城来。
禅房花木圃，馆娃台。

378酒泉子

不锁青楼，藕断丝连不断。
月如弦，钩柳岸，一情愁。
依旧未了何时见？有约长生故殿。
几鸣唤。啼欲止，半星流。

379酒泉子

百结丁香，千叶繁枝天水岸，玉条理，
身声换，半情肠。
从从碧色春秋泮。缨带相思谁挂冠。
问红娘，相约难，待萧郎。

380酒泉子

桂子婵娟，缺罢还圆天下。
广寒宫里玉沉沉，不知心。
凝露水，任虫吟，惊觉鹊桥残渡，
夜深空移天边船，几时年。

381望远行

杨柳声声春欲消，三叠阳关路遥。
凉州还听玉门箫，中堂树枝一条条。
长城石，汴水潮，花逐洞庭不凋。
渔舟唱晚任孤樵，五湖风月度良宵。

382望远行

杨柳丝丝含隐情，难忍折枝送行。
玉郎此去海山盟，九州头，读书英。
门半掩，对虚荣。
百岁无言枯荣，鸣蝉雨中断鸣声，
应知天下一阴晴。

383菩萨蛮

长亭不止江湖路，书生未了南洋渡。
日月有阴晴，风云万纵横。
人间由草木，天下知斑竹。
回首问三明，春深寻九鸣。
注：身明，眼明，心明：聪明，精明，高明。

384西溪子

春雨暮云浮云，天暗地烟林总。
去来中，人已老，何时了？
满地落花谁扫。明日入香泥，草萋萋。

385虞美人

杨花柳絮台城暮，何见梁朝路。
石头墙上半金陵，十里秦淮留下玉香凝。
群芳不舍江湖渡，天下人间数。
小姑几处对青灯，万里河山谁解问鲲鹏。

386河传

柳树，杨树。人间风度。
阡陌桑田，云云雨雨，
村后处处村前，生机满山川。
天涯海角随心路，一朝暮，十地长亭雾。
年年岁岁会。遇春色如烟，影似娟。

387河传

朝暮，云雨。北川南浦，楚客瑶姬。
巫山深住，宋玉隔岸言语，有心还未期。
临流十二峰前渡，风月数，后会知留妒。
只听杨柳，如约可守情丝，尽相思。
注：送君南浦：语出江淹《别赋》：“送君南浦，伤如之何？”

2010年9月29日　马来西亚吉隆坡

二、婉约词

陈立红 著　中国纺织出版社　2017年2月1日

婉约词

不读文章婉约词，难知天地有情痴。
红楼梦里衷肠子，月上西厢独立时。

卷一　敦煌曲子词

敦煌曲子词简介

清光绪二十五年（1899），在甘肃敦煌藏经洞中，发现了大约写作于公元八世纪至十世纪之间的唐、五代曲子词抄本，其中除少数可考知作者的文人词外，绝大多数是无名氏的作品，包括部分民间创作。从形式上看，既有小令，也有长调；从内容上看，既有描写男女情爱风月之作，也有“边客游子之呻吟，忠臣义士壮语，隐君子之颐情悦志，少年学子之热望与失望，以及拂子之赞颂，医生之歌诀”；从风格上看，既有婉约词之形貌，豪放词之雏形。敦煌曲子词鲜明的个性特征和浓郁的生活气息，反映了词兴起于民间时的原始形态。敦煌词的辑本，有王重民的《敦煌曲子词集》，饶宗颐的《敦煌曲》，任二北的《敦煌歌辞总集》等。

1虞美人二首

又名花间虞美人，宣州竹，一江春水，忆柳曲，玉壶冰，巫山十二峰。
三春正色杏花开，十地暗香来。
万紫千红一堆堆。
但抱玉壶倾情去，越王台。

2其二

心中上下色菲菲，半春香闺闱。
窗外啼鸟惹心扉，丢下多情红杏子，
玉郎归。

3菩萨蛮

人间自古千条树，江湖不断长亭路。
池上有浮萍，心中无醉醒。
春花何所诉，秋月风光处。
北斗七星庭，南山三月青。

注：北斗：也叫“北斗七星”，即天枢、天璇、天玑、天权、玉衡、开阳、摇光，其斗柄永远指向北方。

4菩萨蛮

江南处处多云雨，卿卿我我吴门语。
碧玉小桥边，三春红杏天。
云平花似妒，雨细烟如雾。
渡口一藏船，情私千万年。

5望江南

望江水，流去不如泉。
柳柳杨杨随人在，这人折了那人攀，
今古自经年。

6望江南

天上月，遥望以人心。
自是人间风月紧，玉奴不得作知音，
苦苦一衣襟。

卷二　唐·五代词

作者简介

李隆基(685-762)，即唐玄宗。登位之初，任贤用能，励精图治，开创了“开元盛世”的繁荣景象。晚年沉溺声色，内惑奸臣，外宠边将，终引发“安史之乱”，导致唐王朝的衰败。唐玄宗兼备文才武略，知音律，善书法，工诗词。词作已散佚，仅存《好时光》一首。

7好时光

《好时光》词牌为唐明皇李隆基所创。前后片各四句，共五十五字。前后片的二四句在押韵，均用平声韵。《好时光》作为词牌名，有其固定的曲调，后世的文人多依据此固定的曲调而填词。

一半人间风月，云雨客，好时光。
汉帝留传京兆尹，自作小萧娘。
一半天下问，窃取向，有情郎。
不作相思子，可以送衷肠。

注：张敞，汉宣帝时曾为京兆尹，因为曾为妻子画眉，后成为夫妻恩爱的典故，传为千古佳话。

8念奴

朝野开元盛世，韵律子，媚人明，
楼下不须嘈杂语，只及念奴声。
玉环倾国妒，天地住，误枯荣，
一曲千金少，万户有阴晴。

注：唐玄宗酷爱音乐。他六岁就能歌舞，少年时在府中自蓄散乐一部以自娱。他对宫中善于韵律的女子宠爱有加。有个叫做念奴的歌伎不仅有姿色，而且十分善于唱歌，没有一刻离开过唐玄宗的左右。每次执板唱曲的时候，一双妙目左顾右盼。玄宗对贵妃说：“这个女子过于妖丽，眼色媚人。”当念奴啭声歌喉的那一刻，声音好像天上露出的朝霞，虽然钟鼓笙竽的嘈杂也不能遮掩。官伎当中玄宗对念奴最为宠爱。玄宗常对左右说：“此女一歌值千金。”

作者简介

王建（约767-830），字仲初，颍川（今河南许昌）人。

9调笑令

河岸，河岸。鹊桥半连银汉。
广寒已是千年，谁问圆缺月弦，潇瀚，
潇瀚，应以瑶台路断。

作者简介

白居易（772-864），字乐天，自号香山居士、醉吟先生。诗近三千首，在唐诗人中首屈一指。词今存三十余首。

10忆江南白居易

秋娘曲，风月小蛮腰。
五湖船中三客酒，姑苏台上半诗肠，
不见谢秋娘。

11长相思

长十堤，短五堤，南北不尽又东西，
风和云雨低。
花芳芳，草萋萋，春去秋来日月移，
归鸟啼不栖。

作者简介

刘禹锡（772-842），字梦得，洛阳人。创制了《竹枝词》、《杨柳枝词》等。他的律绝二体骨力豪劲，韵味醇厚，开晚唐温（庭筠）李（商隐）一派先声。

12忆江南

天下事，多是去来人。柳郎只似刘郎亲。
播州刺史暗伤身，司马几时春。

作者简介

温庭筠（812-870），或作廷筠、庭云，本名岐，字飞卿，太原（今属山西）人。温庭筠是位晚唐诗词世匠，人称花间派词人。

13更漏子

晚飞卿，温八叉，人称花间词。
长短句，一天津，韦庄如客邻。
洞庭树，江湖路，只是兴亡蜀暮。
夜暗暗，雨霏霏，鸣铃到古今。

14梦江南

江流去，脉脉问江楼。
一半轻舟来去客，三千弟子尽愁忧，
吴越十三州。

注：脉脉，凝视的样子。《古诗十九首》："盈盈一水间，脉脉不得语。"

15温庭筠

中书省里将军名，八叉文中半不平。
菩萨蛮前相国令，宣宗帝后向孤城。

注：温庭筠终身潦倒却喜欢眠花宿柳，纵酒高谈。唐宣宗时，位居相国的令狐绹向温庭筠求教一个典故出处。当面奚落令狐绹，背后嘲笑令狐绹是"中书省里坐将军"。令狐绹因为皇帝喜欢《菩萨蛮》，叫温庭筠做枪手，写完后由他署上自己的大名再交给皇帝，他再三告戒温庭筠不要泄露出去，谁知温庭筠还是逢人就说自己才是《菩萨蛮》的作者。

16菩萨蛮

五湖山上三春节，桃花欲度梅香雪。
挂起小舟闹。雨烟霏霏。
怯情杨柳折，言断心肠别。
记得互依依，相思人早归。

作者简介

韦庄（约836-910），字端已，京兆杜陵（今陕西西安附近）人。"花间派"重要词人，与温庭筠并称温韦。

17浣溪沙

晓月江湖晓月斜，一人天下一人家。
谢娘落尽谢娘花。
玉树不解朝野事，后庭空锁误桑麻。
江山应是浪淘沙。

注：谢娘：唐代有名的伎女，本名谢秋娘，唐朝李德裕的小妾。

18韦庄

中年得志御门关，蜀地唐亡时玉颜。
称量薪柴思数米，芦席用毕子无还。

19菩萨蛮

江湖一半洞庭岸，人间七八风云叹。
碧玉小桥船，盘门同里田。
何人分楚汉，吴越如烟散。
蜀客向唐怜。一杯荷叶园。

注：韦庄以荷叶杯、小重山词而奉蜀主。

20荷叶杯

记得清风明月，花下，荷叶杯中人。
谢娘须是谢娘身，不免落红尘。
西子苏堤桥断，湖岸，一曲上天津，
天天地地两不邻，草盛已无春。

注：王建称前蜀皇帝，任命韦庄为宰相，韦庄开始得到重用，开国的一些典制规章都出自他之手。但是，王建却带给他深深的屈辱与悲伤。据说韦庄有一位宠姬，资质艳丽，很有才华。王建听说后，以教自己媳妇作词为借口，强夺了去。韦庄追念自己的宠姬，作了《荷叶杯》二首、《小重山词》等词，情意凄怨。据说，这首词后来传到了宫中，韦庄宠姬看到之后，十分感伤，就绝食而死了。

21思帝乡

春水流，杏花过墙头。
隔壁谢娘偷问，此花留。
但似以情记取，不王侯。
酒肆文君去，任自由。

22女冠子

一意百度，已是七年朝暮。
小裴娘，淑女红尘妒，知音客半堂。
雪肌明月下，玉树凤求凰。
清风临秋叶，过黄粱。

注：韦庄与歌伎裴娘的情意十分深厚。裴娘十岁时父母双亡，韦庄见小裴娘伶俐可爱，便把她收留在府内供养。但在长达七年的时间里始

未袒露真情。《女冠子》是韦庄与裴娘别离后，韦庄为裴娘而作。

作者简介

李存勖（885-926），即后唐庄宗，小名亚子，李克用长子。

23忆仙姿——如梦令

一半江山三箭，一半刘阮相面。
天下一统梁，一唐又唐宫殿。
宫殿，宫殿，残月落花还见。

注：①这首词采用神话传说故事作题材，描写刘、阮和仙女离别时的依依不舍之情。因词中有“如梦，如梦，残月落花烟重”一句，这个词调后来就取名为“如梦令”。

②李存勖的父亲李克用没有完成统一大业就去世了。他父亲临死的时候，交给了李存勖三支箭，嘱咐他要完成三件大事：一是讨伐刘守光，攻克幽州；二是征讨契丹，解除北方边境的威胁；三是消灭世敌朱全忠。经过十多年的交战，李存勖基本上完成了父亲的遗命，于公元923年消灭后梁，统一北方，四月，在魏州（今河北大名县西）称帝，国号为唐，不久迁都洛阳，年号“同光”，史称后唐。

24后唐庄宗

三箭江山谋勇，金戈铁马兵拥。
一将自平生。亚子词门文奉，
如梦，如梦，今后古前珍重。

作者简介

和凝（895-955），字成绩，郓州须昌（今山东东平）人。初仕后唐，继为后晋宰相。有“曲子相公”之称。

25江城子

五湖风月半人情，一枯荣，一平生。
一半姑娘，一半雨云城。
一半含娇愁恨笑，春水色，是阴晴。
多心不在有无声，待时轻，望时明，
离别相思，处见恋时萌。
历历花间依旧是，啼鸟处，影姿横。

26江城子

书生只入将军门，半黄昏，半儿孙。
继世英名，立此作君魂。
胡柳成败只一诺，儒子治，乾坤。
清风日月心温，知故根，向家村。
曲子相公，草木晋唐痕。
自古人生何日月，多日月，少人恩。

注：和凝。公元918年，贺槐与李存勖在胡柳展开激战，贺槐落败而走。其他幕僚都跑掉了，只有和凝跟随。贺槐让他也逃走，但他就是不逃。他说：“大丈夫当为知己死，我现在很恨自己没有战死，要我离开你，比让我死都难受！”贺槐最终在和凝的保护下成功逃脱。回到家中，贺槐对自己的夫人说：“和凝是志义之人，将来必有前途，我们要好好待他。”不久，他为和凝举办了婚礼，新娘子就是他的女儿。

作者简介

李璟（916-961），字伯玉，今江苏徐州人。南唐先主李昪长子，史称中主。常与其宠臣如韩熙载、冯延巳等饮宴赋诗。他的词，感情真挚，风格清新，语言不事雕琢，对南唐词坛产生过一定的影响。

27摊破浣溪沙

《摊破浣溪沙》词牌名，又名《山花子》。“摊破浣溪沙”实际上就是由“浣溪沙”摊破而来。所谓“摊破”，是把“浣溪沙”前后阕的结尾，七字一句摊破为十字，成为七字一句、三字一句，原来七字句的平脚改为仄韵，把平脚移到三字句末，平仄也相应有所变动。李璟那首词在《词律》中词牌就直接标为“摊破浣溪沙”。此后的词人觉得好就一直沿用。如果单从文字方面说，“摊破”其实就是“添字”。又名“山花子”，“干卿何事”。

菡萏荷光叶正圆，芙蓉出水色方鲜。
粉臂莲心待玉子，暮归船。
一池春水春不住，小楼吹彻彻云天，
红素春秋楼上客，自径年。

注：“干卿何事”是发生南唐中主李璟和宰相冯延巳之间的一段故事。李璟写了这首《浣溪沙》后不久，宰相冯延巳也写了一首《谒金门》，其中有“风乍起，吹皱一池春水”，一句极妙。两首词写的都是一位女子思念情人的事。冯延巳的词很快被权贵们传抄吟唱，李璟读过也颇为赞赏。一天，李璟在皇宫里的池塘边散步，见冯延巳远远走来，便板起面孔道：“你来得正好，我有一事不明，正要问你，快快如实招来。”冯延巳吃惊不小，急道：“陛下有何事，臣当如实奏上。”李璟道：“我问你，‘吹皱一池春水’干卿何事？”这本是李璟跟他的近臣开的一句玩笑。意思是，人家痴情少女在湖边等她的情郎哥，管你什么事？冯延巳这才如释重负，笑答：“相干不相干，总不如陛‘小楼吹彻玉笙寒’佳妙啊！”说完，两人都笑了。

28摊破浣溪沙

又名“山花子”，溆玉。

溆玉泉边一半春，人情一半去来人。
一半秦楼自伤神。半天津。
几度瑶台阶上客，雪月风花入心珍。
云雨巫山三楚水，一红尘。

注：相传，李璟年轻的时候，向往于庐山风景的秀丽，便来到鹤鸣峰下，买了一块地，筑起了读书台，每日攻读诗文。在山花烂漫、高峰入云之外遇到一个鹤发童颜的老人。老人感其读书刻苦，风流文雅，决定把小女溆玉许配给他。侍女扶溆玉出来，只见她身穿红袍，怀抱瑶琴，

婷婷袅袅，顾盼生姿。李璟当下被她的美丽惊呆了。两人一见倾心，当晚便结为伉俪。三年过去，李璟的父亲病危，要李璟回京继位。临别的那天，春雨霏霏，落红满地，漱玉忍泪敛眉，抚琴唱起昨晚李璟为她新填的词《山花子》：“手卷真帘上玉钩，依前春恨锁重楼。风里落花谁是主？思悠悠……”唱到这里，漱玉情不自持泪流满面。李璟轻轻地接过琴来，与漱玉一同唱了下去：“青鸟不传云外信，丁香空结雨中愁。回首绿波三峡暮，接天流！”唱毕，二人抱头大哭，在场的人都被感染了，不禁洒下了同情的泪水。

作者简介

李煜（937-978），南唐后主，字重光，号钟隐，又号莲峰居士，今江苏徐州人。国亡后肉袒降宋，北上汴京，过着“日夕只以泪水洗面”的生活。李煜多才多艺，工书画，晓韵律，善诗文，尤长词作。其词以亡国为分界。

29忆江南

山水色，一曲一人中。
江南江北七夕，花如春暖草如戎，
明月问东风。

注：七夕，南唐后主李煜每年七夕，为庆祝生日，李煜都拿出绫罗锦绣，做成月宫天河形状，再现牛郎织女相会场面。

30虞美人

王公已有平生路，违命侯时住。
春花秋月一江湖。一半江山唐宋半东吴。
牵机周后情回顾，曲尽红楼误。
楚王帐下美人虞，何似大江东去玉壶奴。

注：据宋人记载，李煜因为这首《虞美人》中用“故国不堪回首”、“一江春水向东流”之语描写故国之思而在公元978年被宋太宗用牵机药毒杀。牵机药传说是中药马钱子，服后破坏神经系统，全身抽搐，头脚缩在一起，情状非常痛苦。李煜死后，葬在洛阳北邙山，小周后（周后之妹）悲痛欲绝，不久也随之而死。

31相见欢

娥皇李煜红楼，可风流，
留下霓裳羽衣谁消愁。
几所谓，邙山后，大小周。
玉砌雕栏何似违命侯。

注：后周显德元年（954），十八岁的李煜同南唐重臣周宗之女娥皇（大周后）结为伉俪。娥皇精通文墨，琴棋书画无所不能，特别擅弹琵琶，并凭借残谱复原了已经失传二百多年的《霓裳羽衣曲》。娥皇在文史记载中确是多情而贤慧的女人。在月明之夜，两人常常相拥相伴，浅唱低吟了，犹如琴瑟和谐。

32一斛珠

北苑妆红一客船，檀奴①招展锦洞天②。
长门不采萍荒落，谁问珍珠缺不圆。

注：①檀郎：因晋美男子潘安小字檀奴，所以旧时女子多称心上人为檀郎。

②李煜即位之后，将殿上的梁栋窗壁，柱拱阶砌，都装成隔扇，密插各种花枝，称之为“锦洞天”。李煜还将茶油花子制成花饼，大小形状各异，令宫嫔淡妆素服，缕金于面，用花饼施于额上，名为“北苑妆”。小周后身穿青碧之裳，化上“北苑妆”，飘飘然有出尘之气质。

33清平乐

朝朝暮暮，弟弟兄兄路。
欲问南唐归几处？后主余情分付。
江山不尽江山，红颜依旧红颜。
违命侯王违命，红罗大小周蛮。

34李煜小周

小周胜似大周情，宋客牵机故不鸣。
不问邙山多少月，红罗亭北许平生。

注：七夕节李煜与周后开怀畅饮，周后因多饮了几杯酒，忽然生起病来。李煜十分着急，召周后的家属入宫省视。周后的父母携带次女，入宫问候。他听到小周氏居住宫中，遂命心腹宫人，将小周氏引诱至后苑红罗小亭里面，逼着她勉承雨露。便填了《菩萨蛮》词一阕，把自己和小周氏的私情，尽情描写出来。这阕词填得十分香艳，早被那些宫人妃嫔传唱去了。李煜和小周氏的暧昧事情，连民间也知道，传为风流佳话。

35捣练子

七夕会，小金莲。半是媚娘半是天。
三寸柳杨妩媚舞，曲终人在乘何船。

注：据传女子缠足，并称小脚为“金莲”，就是始于李后主宫中，嫔妃媚娘为了讨得李煜的欢心，就用绢帛缠足，把一双天足缠成了纤小弯曲如新月般的模样。李煜下令专门铸造了一朵纯金的大莲花，周围还镶满了珠宝翠玉，专供媚娘站立莲花中间盘旋起舞。

36浪淘沙

一半故江山，一半红颜。
卿卿我我玉门关。
不似牵机天下去，误了小周蛮。
何以月弯弯，还待云环，春花秋月几鬓斑。
留下娟娘三寸足，换了人间。

作者简介

李珣（约855-约930），字德润，先祖为波斯人。少年时代即有诗名，著有《琼瑶集》，其妹舜弦为前蜀主王衍的昭仪。李珣花间派重要词人，词风清婉，颇似韦庄，但内容较韦词更为开阔。

37南乡子

月季香，凤求凰，九歌秋月下潇湘。
楚辞离别忧士去，问南浦，
愁听西风落叶雨。

38南乡子

一吴越，半钱塘，百花丛里玉鸳鸯。
五湖舟上低声唱，有思量，
偷向檀郎递梦想。

39南乡子

烟雨重，半阴晴，五湖深处，水天平。
馆娃宫中花草路，一秋暮，
玉耶溪边有玉树。

40菩萨蛮

南洋花草南洋树，马来西亚马来暮。
骤雨半潇潇，急云三处遥。
彭亨州府路，回首基隆顾。
群岛以舟桥，印尼扬海潮。

41浣溪沙

有约相思苦不邻，无因俱是去来人。
未必天涯未红尘。十二峰前巫峡路，
三吴洞庭五湖春。花草杯酒几何频。

42浣溪沙

一半东风一半春，万千花落万千尘。
唯有香泥似故人。碧玉小家舟隐隐，
同里周庄水粼粼，江村云雨似烟津。

作者简介

冯延巳（903–960），又名延嗣，字正中，广陵（今江苏扬州）人。历事南唐二主。

43鹊踏枝

谁道神仙相日久，每有春情，
思忖还依旧。
每每花前月下寻，七夕鹊桥朱颜瘦。
汴水东流堤岸柳，有了新愁，心事年年有。
碧玉小家香满袖，寻前觅得人约后。

44谒金门

江水暮，初碧五湖春树。
谁问洞庭吴门路，云雨桃李误。
两三江村落落，一半舟平处处。
花草柳杨闲不住，小家碧玉妒。

作者简介

牛峤（生卒年不详），字松卿，一字延峰，陇西（今甘肃陇西）人。博学工词，为花间派词人之一。

45菩萨蛮

阴晴处处阴晴雨，相思寂寂相思苦。
二月野花香，三春桃李扬。
小家藏碧玉，豆蔻知红烛。
梦里凤求凰，梅妆如谢娘。

注：南朝某年正月初七下午，宋武帝刘裕的女儿寿阳公主与宫女们在宫廷里嬉戏。后来寿阳公主感到有些累了，便躺卧在含章殿的檐下小憩。这时恰好有一阵微风吹来，将腊梅花吹得纷纷落下，其中有几朵碰巧落到了寿阳公主的额头上，经汗水渍染后，在公主前额上留下了腊梅花的淡淡花痕，拂拭不去，使寿阳公主显得更加娇柔妩媚。皇后见了，十分喜欢，特意让寿阳公主保留着它，三天后才洗掉。此后，爱美的寿阳公主便时常摘几片腊梅花，粘贴在自己前额上。宫女们见了，个个称奇，并跟着仿效起来。不久，这种被人们称为“梅花妆”的妆饰便在宫中流传开来。后来，“梅花妆”又流传到民间，并受到了女孩子们的喜爱。

作者简介

张泌，五代西蜀人。江苏常州人。起初担任过句容（今江苏句容）尉，南唐后主任为监察御史，历任考功员外郎、中书舍人。南唐亡国后，随后主李煜投降北宋，升迁为郎中，故基本上属于南唐词人。传说后主李煜死后，张泌每年寒食日都要去后主坟上祭奠，哭得特别伤心。可见，他对李后主的感情是很深的。《花间集》称他为“张舍人”。

46浣溪沙

乞火寒食问竹楼，芳梅杏李小溪流。
女儿何事立桥头。只向书生窗外去，
难言曲尽半心愁，不如点破共春秋。

47浣溪沙

半入花丛野草香，一心如意作檀郎。
且随媚眼双波娘。已是清明杨柳岸，
何须计较逐芳塘。人言可畏几疯狂。

48杨柳枝

宋史郎中张菜羹，半情名。
皇上因名送异城，可朝京。
曾忆寒食肠后主，一清明。
官场几何问枯荣，任生平。

注：宋朝太宗时，张泌入史馆，为郎中，家里常常有很多吃饭的人。有一天，皇上问他说：“您家里为什么总有那么多吃饭的人？”张泌回答说：“为臣家里旧亲很多，而且大都很贫苦，他们家里常常断粮，没饭吃。臣的俸禄除了家里的供应开销外还能剩余些，他们常来臣家里吃饭，他们吃的也不过是些菜羹而已。”一天，皇上秘密派人察看张泌家的饭食，突然到他家，取了客人的饭食一看，果然是粗饭菜羹。皇上非常赞赏他这种行为，因此为他取名：“张菜羹”。

作者简介

牛希济（生卒年不详），陇西（今甘肃东南部）人，牛峤之侄。以诗词擅名，虽为花派词人，但风格平淡清丽。

49生查子

五湖烟雨城，一曲淞江笛。

月色去时明，树影婆娑寂。
芳花任客寻，野草何人觅。
阶下有声情，事后前村壁。

作者简介

毛文锡（生卒年不详），字平珪，南阳（今河南泌阳）人。十四岁中进士，曾任前蜀翰林学士承旨、礼部尚书等职。他和欧阳炯、韩琮、阎选、鹿虔扆五人以写词供奉后蜀后主孟昶，被人称为“五鬼”。

50醉花间

知相问，莫相问，朝暮才相问。
春夜月空床，云雨还相趁。
未罢自依依，临行情一阵。
非是去来人，不断青鸟信。

作者简介

顾敻（生卒年不详），前蜀王建时官至茂州刺史，后蜀孟知祥时，累官至太尉。花间派词人之一，小词颇工。

51杨柳枝

春水湖畔云寥寥，雨潇潇。
东山西山看江潮。水迢迢。
碧玉小家藏不住，群芳妒。
踏青归来意无消，以邻桥。

52诉衷情

月落星沉何寂寂，静无音。
孤城闭，门第，梦已深。
拥枕待呼琴。冷衾衾。
以我心，作你心，始终相古今。

53荷叶杯

有约怯时无见，粉面不忍美人颜。
情深言简眉如湾。玉门关，玉门关。

作者简介

欧阳炯（896-971），益州华阳（今属四川）人。善吹长笛，好为歌词，工诗。

54南乡子

柳絮杨花，小舟归晚两三家。
唱尽五湖桥水榭，临舍，不误东风云雨嫁。

55南乡子

桔子洲头，长沙沙水十三州。
一半潇湘云雨后，采红豆。
柳丝纤纤隐素手。

56南乡子

不读知书，群芳开遍采云居。
岸上人声船上女，心语，似会牛郎藏衣处。

作者简介

孙光宪，字孟文，自号葆光子，陵州贵平（今四川仁寿）人。工词，长于描绘水乡风光，词风清丽疏淡。《花间集》和《尊前集》存其词八十四首。

57浣溪沙

弟子三千误国家，书生一半浣溪沙。
江村草木向阳斜。波水春江花月夜，
渔舟唱晚乘年华。梅花色染满桃花。

58风流子

朝暮清歌一曲，南北渔舟半局。
吴语去越人来，西子五湖碧玉。
相续，相嘱，一半萧娘妆束。

卷三 北宋·南宋词作者简介

王禹偁（954-1001），字元之，巨野（今属山东）人。出身寒微，自幼聪慧。

59点绛唇

十地风云，三山五岳长亭暮。
是人生路，百里胡杨树。
九脉川流，二水金陵晚。
知刘阮，玉峰桃苑，回首村烟远。

作者简介

寇准（961-1023），字平仲，华州下邽（今陕西渭南）人。有《巴东集》。

60踏莎行

一路迢迢，一心啸啸，人间自古从年少。
江山一半是非聊，成成败败兴亡肖。
两处相思，三春感召。红花尘驿寻晚照。
五湖近处是淞江，天涯远在登楼眺。

61江南春

波渺渺，水粼粼。
直臣刚正谏，寇准御官身。
朝庭风气惊皇帝，不作虚荣来去人。
注：寇准性情刚正，敢于直谏。一次，太宗找他上殿奏事，他的语言过于坦率，激怒了皇帝。皇帝拂袖而起，寇准却拉住皇帝的衣襟，请皇帝复坐，坚持把自己的话讲完。太宗皇帝被寇准的忠直精神和胆识所感动，比喻寇准有唐代魏征的风范。后来擢升他为参知政事。

62、

三里巷，一江树。落霞芳暮色，渔舟载黄昏。梅花开尽香泥断，桃李成溪归五蕴。

作者简介

范仲淹（989-1052），字希文，吴县（今属江苏）人。为北宋名臣，提出“十事疏”，宋仁宗采纳他的建议，陆续推行，史称“庆历新政”。

63苏幕遮

一人忧，天下客，一世生平，
“十事疏”阡陌。庆历年间云雨泽。
隆治桑田，不愁金银帛。
半长城，宣化隔，驿外春秋，九地江山脉。
南北沙场成史册，新政精英，不可多收获。

64御街行

纷纷落叶千秋节。三峡水，天山雪。
洞庭船上忆楼兰，还问寒宫圆缺。
嫦娥今日，长是知朱说。
徐州已去吴中列，国家事，忧人杰。

阳关三叠玉门关，西去黄河波折。
都来旧故，心中天下，谋断十疏决。

作者简介

林逋（967-1028），字君复，钱塘（今浙江杭州）人。恬淡好古，隐居西湖孤山，终身不仕，以种梅养鹤自娱，世称其“梅妻鹤子”，卒谥“和靖先生。”

65长相思

吴梅妻，越梅妻，两地梅香相互丽，
鹤子到湖西。
孤山堤，苏公堤，一处钱塘云雨霁，
潮平江岸低。

66点绛唇

一半江湖，年年朝暮风云雨，
落花无数，不尽长亭路。
一半东吴，月月山川误。
虞姬付，楚河谁渡，汉界谁回顾。

作者简介

陈亚（生卒年不详），字亚之，今江苏扬州人。存词四首，皆药名词。

67生查子

檀郎意半深，白芷相思足。
字字念参商，句句书生读。
清明不到应当归，小口樱桃熟。
金银花开时，寄得回乡玉。

作者简介

柳永（约987-约1053），原名三变，后更名永，字耆卿，崇安（今福建崇安）人。仁宗景祐元年（1034）进士，官屯田员外郎，世称柳屯田。因其排行第七，又称柳七。

68甘草子

朝暮，乱点鸳鸯，芳塘多云雨。
彼此向萍生，只作双波浦。
桥上牛郎何言语，怎比个、人间情侣。
七夕长生殿前数，喜鹊天河渡。

69昼夜乐

五湖桥北鸳鸯渡。影摇曳姑苏暮。
渔歌唱晚乌啼，柳七别离老树。
一人江山千客路。满目草木无数。
心在南辕姑，未随姑回去。
月明寂寂如何故。以前无可分付。
少年不见难言，莫道风流无主。
诸愿黄金千百两，三变潦倒烟花处。
一日不思量，似其百花妒。

注：柳永一生都在烟花柳巷里游荡唱和。当时歌伎们的心声是“不愿君王召，愿得柳七叫；不愿千黄金，愿得柳七心；不愿神仙见，愿识柳七面”。柳永晚年穷愁潦倒，去世时是歌伎姐妹们集资营葬。死后亦无亲族祭奠，每年清明节，歌伎都相约赴去祭扫，相沿成习，称之“吊柳七”或“吊柳会”。

柳永的《鹤冲天》到了宋仁宗手中，仁宗反复吟咏，特别是那句“忍把浮名，换了浅斟低唱”，更是令宋仁宗不悦。三年后，柳永又一次赶考，好不容易过了关，最后只等皇帝朱笔圈点放榜。谁知，当仁宗皇帝在名册薄上看到“柳永”二字时，龙颜大怒，恶狠狠抹去了柳永的名字，在旁批到：“且去浅斟低唱，何要浮名？”

70八声甘州

十里长亭更进杯酒，一岁一春秋。
月明三万里，花花草草，只见东流。
处处梅花先绽，桃李杏红羞。
惟有秋千外，飞过西楼。
不忍芙蓉出水，碧荷珍珠玉，留也难留。
叹年年踪迹，人事几沉浮？
足下去，清霜自洁，傲孤情，江上一飞舟。
争知我，问今古处，立九州头。

71蝶恋花

自立江湖寻敌手，半部春秋，啸啸一杯酒。
暮色红妆藏素手，无言只会庭前柳。
似把山河知可否，几叶飞舟，共去同朋友。
三两去来终不守，万千识得君子口。

72鹤冲天

忍把浮名纵帝颜，浅去低唱过天关。
寒窗乞火三年后，只入青楼曲不还。

73采莲令

玉门关，云淡霜天路。
楼兰客，几时艰苦。
玉姬曲舞只劝酒，寂寂胡杨暮。
千姿态，亭亭伫立，无情有色，
月明明月相顾。
一夜交河，提剑披甲西庭去。
贪行止，未知心妒。
万般方寸，不可怨，三载同谁语。
更回首，沙鸣叶落，寒光无数。
隐隐两三枯树。

作者简介

张先（990-1078），字子野，乌程（今浙江吴兴）人。诗词并名。语言工巧，因善用“影”字，且有三句带“影”字的佳句为人称道，故世称“张三影”。有《安陆集》。

74天仙子

天仙子，本名万斯年，李德裕进。
曲曲声声人倚景，去去来来花未省。
一春初去三春回，临池镜。红袖影，
忽得秋千飞小杏。
红色连心君子领，云破月色宫外颖。
婵娟自愧一孤明，浅巷里，
深怅憬，只有香泥归去冷。

注：张先的词与柳永齐名，而善用“影”字，更使文坛轰动。宋祁尚书奇其才，特地访问张先，令随从通报说：“尚书欲见‘云破月来花弄影’朗中。”张先回答说：“得非‘红杏枝头春意闹’尚书耶！”一次，张先拜见欧阳修，欧阳修迎

接说："好！云破月来花弄影。"王安石也有寄张先朗中诗。苏东坡曾说："能为乐府，号张三影者。"

75醉垂鞭

八十心中十八娘，男儿眼下女儿香。
三春杨柳张先妾，一树梨花满海棠。
何处问张先，吴娃唱，吴潮上。
玉殿醉垂鞭，可君风月圆。
不留诸处好，人人老，见孤船，
此景莫如年，坤成谁处乾。

注：张先一生诗酒风流，颇多佳话。好友苏轼赠诗"诗人老去莺莺在，公子归来燕燕忙"即是张先在八十岁时仍娶十八岁的女子为妾。一次家宴上，苏轼再度赋诗调侃："十八新娘八十郎，苍苍白发对红妆。鸳鸯被里成叠夜，一树梨花压海棠。"

76诉衷情

英雄一日半英雄，有始自无终。
寒宫月月圆缺，同里雨濛濛。
花不尽，草无穷，客心同。
柳杨杨柳暮色江树，只欠东风。

77浣溪沙

九月重阳九月秋，一江流水一江楼。
今年日月去年愁。一半耕耘求雨露，
两三花草两三洲。沉浮不尽有沉浮。

78破阵子

应似年年今日，重阳处处消愁。
不上高楼望所以，但向东流问去舟。
缪王十四州。依旧吴吴越越，
难凭岁岁春秋，酒醉江湖红素袖，
非是洞庭月色头。人生知己由。

作者简介

晏殊（991–1055），字同叔，抚州临川（今江西抚州）人。其词皆小令。

79

门前桃李万千红，堂上葭莩一半雄。
掌上明珠知善任，浣中富范向心同。

注：晏殊才高学富，识见明决，深知治国本末。他知人善任，范仲淹、孔道辅都出其门下，韩琦、宣弼、欧阳修、宋祁等人均被重用。他庭前"门前桃李重欧苏，堂上葭莩推富范"的对联，是他选贤任能的真实写照。

80木兰花

五湖杨柳洞庭树，千里风光长短路。
人生依旧玉门关。足下三春云里雨。
姑苏城外天平妒，娃馆西子吴越顾。
书生只付读江山，唯有人心倾可处。

81采桑子

江山一半人生路，五里长亭，十里长亭，
一半川流一半青。
兴衰一半兴衰故，这里阴晴，
那里阴晴，一半相思一半明。

82踏莎行

草色幽幽，花香缦缦，江流一去江楼叹。
三春日月半洞庭，东风不断梅花断。
这里红楼那边玉冠。群芳处处云霄岸。
荷塘一半见浮萍，莲心藏入潇湘馆。

83诉衷情

西风万里半秋香，九月九重阳。
清流山上归去，寺外已层霜。
千水色，万人肠，一天堂。
是非非是，人到高楼，雁到潇湘。

作者简介

李冠（生卒年不详），字世英，齐州历城（今山东济南）人。有《东皋集》，今不传，现存词五首。

84蝶恋花

碧草落花流水去，处处芳华，
百里荷塘路。十斛珍珠留不住，
无心有意知朝暮。
李下瓜田含子度，一半香泥，
一半云烟树，风雨簑衣偏向渡。
原来燕子前村误。

作者简介

宋祁（998–1061），字子京，安州安陆（今湖北安陆）人。因《玉楼春》词中有"红杏枝头春意闹"之名句，人称"红杏尚书"，一时传为佳话。

85玉楼春

人心未老江山老，一处无知十处晓。
柳杨堤外忆隋炀，红杏尚书情意早。
不怨东风缈，碧草群芳相互颢。
一掷千金待黄昏，三弄梅花春水好。

86锦缠道

半入吴门，半是暮春时候。
半群芳、百花还幼。丁香寸结桃花袖。
一处音琴，一处伊人就。
五湖舟上留，几情难守。
这寒山、虎丘如昼。问剑池、勾践夫差处，
棠深色，不是人家绣。

87鹧鸪天

不隔蓬山问子京，一声"小宋"内人情。
仁宗以此文人过，传唱繁台禁中名。
皇御殿，紫金城，此心天子彼心荣。
灵犀一点生平客，谁怨刘郎梦未成。

注：子京过繁台街，逢内家车子。中有褰帘者曰："小宋也"。子京归，遂作此词。都下传唱，达于禁中。仁宗知之，问内人第几车子，何人呼小宋？有内人自陈："顷侍御宴，见宣翰林学士，左右内臣曰，小宋也。时在车子偶见之，呼一声尔。"上召子京，从容语及。子京惶惧无地。上笑曰："蓬山不远。"因以内人赐之。

作者简介

梅尧臣（1002–1060）字圣俞，宣城（今属安徽）人。因宣城古名宛陵，故又称梅宛陵、宛陵先生。与欧阳修、苏舜钦齐名，并称“梅欧”“苏梅”。刘克庄在《后村诗话》中称之为宋诗的“开山祖师”。

88苏幕遮

海潮平，烟水渺，荡荡乾坤，自力更生晓。
独向南洋情不老。一半声名，一半江山好。
问天涯，知大小，读在东城，苦苦凭春早。
可顾养春堂外枣，岁岁年年，屹立青春葆。

作者简介

欧阳修（1007-1072），字永叔，号醉翁，晚号六一居士，庐陵（今江西吉安）人。有《六一词集》，今存词近三百首。

89采桑子

东山草木西山月，一半江湖。
一半江湖，一半洞庭一半在。
天平娃馆西施舞，一半姑苏，
一半姑苏，一半烟花云雨奴。

90诉衷情

梅花初绽一层霜，暗里半香扬。
孤枝玉影云淡，云雨自倾肠。
成主色，化泥芳，纳炎凉。
一年年始，一岁年终，只报春光。

91欧阳修

环山四壁醉翁亭，六一滁州草木青。
三百词家留后世，智仙和尚似游萍。

注：宋庆历五年（公元1045年），欧阳修被贬为滁州太守。与附近琅琊寺的智仙和尚结为好友。为便于他浏览，智仙和尚在山腰盖了座亭子。亭子建成那天，欧阳修前去祝贺，为之取名为“醉翁亭”，并写下了千古传诵的散文名篇《醉翁亭记》。文章写成后，欧阳修张贴于城门，征求修改意见。开始大家只是赞扬，后来，有位樵夫说开头太啰嗦，便叫欧阳修到琅琊山南门上去看山。欧阳一看，便恍然大悟，于是提笔将开头“环滁四面皆山，东有乌龙山，西有大丰山，南有花山，北有白米山，其西南诸山，林壑尤美”一串文字换上“环滁皆山也”五个字。如此一改，则文字精练，含义倍增。

91-2

一狗当途马逸亡，三人共诉一文章。
过程结果原因误，简化居由不附强。

注：欧阳修在翰林院任职时，一次，与同院三个下属出游，见路旁有匹飞驰的马踩死了一只狗。欧阳修提议，“请你们分别来记叙一下这件事。”一人率先说道：“有黄犬卧于道，马惊，奔逸而来，蹄而死之”。另一人接着说：“有黄犬卧于通衢，逸马蹄而杀之。”最后第三人说：“有犬卧于通衢，逸马遭之而毙。”欧阳修听后笑道：“像你们这样修史，一万卷也写不完。”那三人于是连忙请教：“那你如何说呢？”欧阳修道：“‘逸马杀犬于道’六字足矣！”三人听后相互笑了起来，比照自己的冗赘，他们被欧阳修为文的简洁所深深折服。

92生查子

原中半锦绣，楼上千依就。
此去一平舟，不见故时候。
阡陌碧玉守，村外灯如昼。
暗里有春愁，唯恐湿红袖。

93阮郎归

乱红飞入半书楼，花香一水流。
玉人书里不春秋。心思无定由。
云雨露，水波舟，惹情四十州。
这边读罢那边休，是非相似愁。

作者简介

王安石（1021-1086），字介甫，号半山，抚州（今江西抚州）人。神宗朝曾两度任相，实行变法。诗、词、文皆工，散文尤俊，为唐宋八大家之一。

94桂枝香

金陵怀古
朝朝暮暮，处处半江湖。
石头城外，南去姑苏百里，入金陵路。
六朝粉黛，韩擒虎，张丽华，如花如妒。
朱雀门外，秦淮夜泊，谢王何处?
俱往矣、台城柳树，依旧向春顾。
东晋吴去，留文章无数，宋齐梁陈，
误家亦是江南户。这江山，兴也衰故。
去来依旧，成成败败，古今倾诉。

作者简介

王安国（1030-1076），字平甫，抚州临川（今江西抚州）人。王安石之弟。

95清平乐

东风细语，只过群芳处，满地残红流不去，
落下书窗无絮。书中没有萧奴，
人间可见吴姑，如是唯唯诺诺，
玉壶且醉乌呼。

作者简介

晏几道（约1030-约1106），字叔原，号小山。晏殊第七子，能文善词，与其父齐名。

96临江仙

处处人人不见，时时刻刻相逢。
踏青一面去无踪。
清明书苦读，乞火念中庸。
忽觉心思不定，寒窗悬挂音容。
龙门过后已龙钟。
云飞桃李色，雨落水芙蓉。

97阮郎归

西风干净月如霜，雁丘一字长。
只登楼上问重阳，相思在客乡。
三万日，半黄粱，东流九曲肠。
可曾西去射天狼，平生误谢娘。

98鹧鸪天

谁问临汾雁丘台，丁香百结玉人来。
东风不雨群芳妒，一日春情暗自开。
杨柳叶，客心裁。坝桥别去已无梅。
窗寒应念清明夜，只有相思月徘徊。

99鹧鸪天

遥路阴晴草木香，人生日月已重阳。
年年来去年年去，岁岁风光岁岁扬。
风啸啸，雨茫茫，楼兰去后下南洋。
读书不尽平生读，老来还家读故乡。

100鹧鸪天

一半书生苦读香，三千弟子入衷肠。
儒林多少儒林客，自古兴亡自古强。
阡陌里，纵横狂。春秋论语治沧桑。
心中何以颜如玉，此去人间问栋梁。

101鹧鸪天

何处人间问玉萧，几时天上渡江桥。
一杯浊酒人情尽，两地相思半水遥。
云悄悄，雨迢迢。平生已忘有良宵。
盐官八月秋风起，身在钱塘月上潮。
注：玉箫，指在筵席上侑酒的歌女。
用典故：韦皋与姜辅家侍婢玉箫有
情，韦归，一别七年，玉箫遂绝食死，
后再世，为韦侍妾。

作者简介

苏轼（1037-1101），字子瞻，号东坡居士，眉山（今属四川）人。北宋文学家，多才多艺，诗文词赋书画俱有造诣。其词风格多样，或豪壮清雄，或超逸洒脱，或韶秀婉丽，或言议英发，不拘一格；其词内容丰厚，或怀古，或咏史，或说理，或谈玄，或感时伤事，或描绘山水田园，或抒写身世友情，达到了“无意不可入，无事不可言”的境地。有《东坡乐府》传世，存词三百余首。

102水龙吟

柳花如是杨花，梅花杏李桃花。
处处花花不似，花花相似，年年相絮。
雪素前庭，玉人影乱，入春多虑。
暗香浮动助玉兰争色，天下是，群芳疏。
谁恐东风云雨，半欣荣，半羞情女。
萧郎不去，谢娘何去，默默几语。
这里情阴，那边朝暮，是非无据。
只道三春后，人人处处此心相与。

103卜算子

王安石：明月枝头叫，黄狗卧花心。
苏轼：明月当空，黄狗卧花荫。
明月挂枝头，黄狗花心守。
一处相思一处愁，一半寻杨柳。
何谓半当空，几度花荫首。
合浦丞相合浦友，心上知人口。

104阮郎归

一川一谷一清泉，月明半树悬。
读书窗外问长天，三更仍不眠。
群玉影，晓风宣，细珠点点圆。
用心耕作用心田，儒林渡口船。

105西江月

一处西江月色，三春花木繁多。
金陵不断六朝歌，已是人间阡陌。
五百年中过客，河山一半婆娑。
年年日月自穿梭。此去踏平九脉。

106

腊月梅心已动，寒中孤影林总。
一春先到引东风，带领群芳侍从。
素玉姿身帘笼，云烟香雪飞红。
春泥一半以心流，归去梅妆丰侗。

107少午游

少年相见，桃花门内，怀玉小人家。
中年相见，桃花似雨，云落挂窗纱。
人世间情为何物，风积雁丘沙，
恰以婵娟知非是，知圆缺，向西斜。

108临江仙

醉卧黄冈东逝水，东坡一半平生。
花心不可以荫鸣。枝头不可以空荣，
宰相王安石，合浦不身名。
长恨此身非我有，营营还是营营。
阴晴一半又阴晴，此心成败去，
彼此也枯荣。
注：东坡，在黄冈的东面，苏轼谪
居黄州时，筑屋于此（即雪堂），
作为游息之所，因以为号。

作者简介

李之仪（？-1117），字端叔，晚号姑溪居士，沧州无棣（今属山东）人。曾做过苏轼定州知州任上幕僚。

109卜算子

碧玉小桥边，落叶洞庭岸。
九月江湖万里天，今古何兴叹。
此处一帆船，彼处风云断。
半入吴门半语悬，燕子呢喃唤。

作者简介

秦观（1049-1100），初字太虚，改字少游，号淮海居士。与黄庭坚、晁补之、张耒同称“苏门四学士”。为婉约派的代表作家。

110满庭芳

乡城桓仁，山海关里七外八入燕京。
读书翰林院。西北东南，天涯海角，
辽东汴水盘门。长亭亭短，同里小桥村。
一半三春暮色，蚕茧客，自锁乾坤，
身何被，桑田几亩，明月照儿孙。
退思园里问，进思如是，欲是原根。
恰似茧外蚕，彼此天恩。
只望江湖人外，别有处，山海关魂。
平生向，楼兰万里，千古一黄昏。

111鹊桥仙

鹊桥一日，人间望断，织女牛郎两岸。
相思从此满潇湘，自应是，风云不散。
黄昏有约，藏衣还是，都谓心情一半。
这情为何物西厢，问明月，红娘不唤。

112踏莎行

一半人间，舟船不渡。江湖自有江湖路，

山河依旧山河，平生不可平生误。
数得春秋，春秋又数，自身只读千年暮。
一忧天下一忧民，忧心不止还如故。

113浣溪沙

漠漠寒宫一故楼，幽幽素玉半心愁。
窗前萍水几春秋。天上婵娟天下问，
平生不住向江流。此时应悔彼时羞。

作者简介

赵令畤（1051–1134），字德麟，自号聊复翁，太祖次子燕王德昭玄孙，涿郡（治蓟县，今北京西南）人。有诗文传世，启元曲之先声。

114蝶恋花

半入清明寒几许，半在江湖，半问姑苏路。
乞火读书诗词赋，曲终人在江山暮。
已是群芳花处处，鱼跃龙门，柳岸杨花絮。
谁向长安风雨御，书中自有颜如女。

作者简介

贺铸(1052–1125)，字方回，号庆湖遗老，原籍山阴（今浙江绍兴），长于卫州（今河南汲县），宋太祖孝惠皇后族孙。

115鹧鸪天

自南洋飞回　　2010年国庆吕赢来
重过家门百事非，赢今同在不同归。
梧桐半可黄昏暮，一树梨花失伴飞。
登北海，问心扉。莲蓬结子两依依。
晋秦太古寻郭贾，只怨生名是是非。
注：①白发如一树梨花；②妻郭氏母贾效勤代育吕赢。

116青玉案

老来日月南洋渡，尤记得，江湖路。
一生官场多少度。月明芳草，春烟朝暮，
梅子黄时雨。吴曲不过盘门误，
留下衷肠见棋树。三载姑苏寻旧处，
馆娃宫里。读书无数，读尽良宵苦。
注：贺方回尝作《青玉案》词，有“梅子黄时雨”之句，人皆服其工，士大夫谓之贺梅子。

117忆仙姿

莲子莲蓬朝暮，岸柳岸杨幽路。
子女去来多，父母盼归何处？
风雨，风雨，荷叶上，珍珠住。

作者简介

仲殊（生卒年不详），僧人，俗姓张，名挥，字师利，安州（今湖北安陆）人。仲殊年轻时游荡不羁，几乎被妻子毒死，后来弃家为僧，先后寓居苏州承天寺、杭州宝月寺。因为他时常食蜜以解毒，当时的人称他“密殊”。他与苏轼往来频繁，情意深厚。徽宗崇宁年间自缢而死。

118南柯子

十里长亭路，丛林半人家。
三春草木一生华，古寺钟声朝暮到天涯。
步杖行霜月，渔舟住晚霞。
禅房门外是莲花，自古江流不断浪淘沙。

119柳梢青

一树梨花，玉人颜色，岸草芳华。
雨后江湖，小舟摇弋，浪里生涯。
斜塘三两人家。有红杏，梅桃女娃。
琴韵吴门，墙头红粉，已入窗纱。

作者简介

周邦彦（1056–1121），字美成，号清真居士，钱塘(今浙江杭州)人。少有才学，是北宋后期婉约派集大成者，有《片玉集》(一名《清真集》)，存词二百余首。周邦彦历神宗、哲宗、徽宗三朝，与同时代在“新旧党争”中受尽磨难的大多数文人不一样的是，虽有宦海浮沉，他的际遇还算顺利。熙宁六年，二十八岁的周邦彦进献《汴都赋》一举成名，跃升为太学正；哲宗元符元年，周邦彦《重进〈汴都赋〉表》而被任命为秘书省正字；徽宗政和六年入拜秘书监，提举大晟府，上宠下捧，生活过得十分舒适优裕。周邦彦词作多写闺情、羁旅，也有咏物之作，格律谨严，语言清丽雅致，词风深厚典雅、缜密细腻。

120少年游

九年来去江湖上，一半少年游。
洞庭朝暮，姑苏碧玉，深巷有红楼。
玉树春江花月夜，云雨十三州。
烟水阴晴难语断，人不尽，是春秋。

121少年游

去年今日，年年今日，桃李半飞花。
半入三春，三春来去，云雨入人家。
官场路上江湖路，朝暮问天涯。
杨子江头，金陵城下，今古浪淘沙。

122少年游

周邦彦居于京城时，与名伎李师师相好。宋徽宗赵佶听到李师师的艳名后，也来凑热闹，常微行到李师师家中。一次，周邦彦正和师师亲昵，突然听说皇帝大驾光临，惊惶之下，急忙钻到床下。赵佶满脸笑容地走进来，从袖子里取出一个橙子，亲手剥了，道：“师师，这可是刚从江南进贡来的，来，尝一口！”周邦彦躲在床下，大气都不敢出，却还要忍受心上人与皇帝戏谑调情、颠龙倒凤，心中痛苦可想而知。第二天，他将这段见闻，填了一首《少年游》，送给师师一表心迹：“并刀如水，吴盐胜雪，纤手破新橙。……”几天后，赵佶再度光临，听到师师演唱这首词，明白作者当天也一定在屋里，顿时打翻醋坛，问是何人所作。师师不敢隐瞒，只得道：“周邦彦词。”赵佶拂袖而去。

123蝶恋花

明月婵娟明月见，一半宫寒一半西厢倩。
还忆楚云朝暮面，梦中似乎飞来燕。
自有梨园音韵宴，出水芙蓉，兴叹长生殿。
回首平生多少遍，人间只有沉芳甸。
注：周邦彦年轻时，曾与苏州的名

伎岳楚云相恋。后来楚云已经从良嫁人，不禁十分惆怅。几天后，他在苏州太守举办的筵席上，意外地见到了楚云的妹妹，感伤之下，作《点绛唇》寄给楚云，以抒发相思之情。

124关河令

重阳朝朝暮暮冷，五里乡亭岭。
一年寒声，云天人浮影。
苍茫寂静，辽阔处，孤村相敬，
一半风景，斜阳长旷省。

125兰陵王

一秋暮，飞叶寻天无数。
江山阔，辽寂霜城，寒素风流玉门路。
楼兰不可去。壶口渐消人渡，九歌后，
尘暗沙荒，乱草残光是何故?
何故，有风雨，也有似潇湘，天下人主。
长空人字凉州树，已月照凋零，
闭头回顾。重阳九月一飞鹭，边塞不分付。
分付，莫相误。读书大丈夫，不必愁苦，
苏堤尽日断桥露，叹昆仑莽莽，
千万诗赋，人生今古，几梦外，几梦语。

作者简介

李清照（1084-1151），自号易安居士，济南章丘（今属山东）人。十八岁嫁与诸城太学生赵明诚，同好金石。

126点绛唇

谁是王孙，王孙一半王孙误。
去来来去，都是人间路。
来去相同，自有难同处。
难同处，暮朝朝暮，多少人生步。

127点绛唇

一付衷肠，相思半寸情千丝。
见人人去，留下羞时语。
两地茫茫，但向青鸟处。
青鸟处，昨日日暮，应与郎君诉。

128一剪梅

半在花丛半在楼，一处清流，两处清流。
此情只在彼情忧。也问江楼，也问江流。
岁月无痕岁月舟，载去眉头，载去心头。
几时共枕几时候。回顾何由不道何由。

129醉花阴

有约人间天下就，不约黄昏后。
九月一重阳，万里江山，尽在心怀右。
江东谁问西凉旧，只见昆仑秀。
霜素九州头，落叶寒声，曲尽黄花袖。

130武陵春

帘卷西风香未尽，日晚上高楼，
但见黄河九曲流，应挽欲住舟。
闻说秦淮桃叶渡，笛舞不春秋。
月半金陵素色留。似妾语，以君求。

作者简介

吕本中（1084-1145），原名大中，字居仁，号紫薇，世称东莱先生，寿州（今安徽凤台）人。

131采桑子

思君只似江楼月，两地相思。
两地相思。两地由心两地知。
思君只似江流月，一梦如痴。
一梦如痴，一梦随君是几时。

作者简介

蔡伸（1088-1156），字伸道，号友古居士，莆田（今属福建）人。前期词风近柳永、周邦彦，晚期格调雄健，有意学苏轼，尤喜模仿贺铸，好融诗句入词而未能浑化。

132苏武慢

一叶飞舟，洞庭烟雨，两岸风光无数。
江青水色，碧叶三春，江东群芳妒。
船上沙鸥，镜湖闻笛文姬，萧萧此路。
故垒西边去，双溪何处，五湖四顾。
尽迟寻，不解心思，守园知一，
尤物桃花依付。
三百古刹，这里江南，幽香丈夫丝素。
折断离愁，不尽杨柳，前程照旧还渡。
应念是，堤外人情，自在朝暮。

133苍梧谣

禅，由可抱园守一田。
心何在，月色满前川。

134苍梧谣

娟，斑竹青青以泪泉。
情何在，一半在云边。

作者简介

张元干（1091-1161），字仲宗，自号芦川居士、真隐山人，福州永福（今福建永泰）人。早年词作多清丽婉转，与秦观、周邦彦比肩。靖康事变后，词风一变而慷慨激昂，雄浑豪迈。继承和发展了苏轼的豪放风格，对后来张孝祥、陆游、辛弃疾等人的创作很有影响。有《芦川归来集》、《芦川词》，存词一百八十余首。

135石州慢

风雨生寒，无奈入秋，天下兴叹。
临安南宋胡铨，秦桧烟消云散。
何分正逆，只留得“贺新郎”，
人间一半冲霄汉。
江岸，大江南北，同是江山，情长志短。
几是经年，书画音尘都断。
君臣方寸，朝庭不可偏安，
士心不正贤臣乱。
月照半天涯，歌女西湖畔。

136点绛唇

露水清清，珍珠流下还叮咛。
欲言无止，荷叶带心听。
何处归鸿，留下云中影，
谁回首，夜深人静，寂寞孤独秉。

作者简介

朱淑真（生卒年不详），自号幽栖居士，钱塘（今浙江杭州）人。朱淑真出生于仕宦家庭。出嫁后又跟随丈夫游宦异乡。与丈夫志趣不合，婚后生活很不如意，悒悒而终。朱淑真一生创作的诗词很多，死后她的作品都被父母焚烧，流传下来的作品很少。

137谒金门

春已半，芳草渐肥红叹。
池上莺鸣杨柳岸，一半桃李乱。
阶下香泥入馆，花蕊只须细看。
有子问君君自唤，鸳鸯游湖畔。

138眼儿媚

江村渡口半雕楼，处处着春愁。
香泥色落，群芳还问，不必红流。
绿肥红瘦，江湖客，碧玉待扁舟。
寻寻觅觅，朝朝暮暮，欲止无休。

作者简介

张抡（生卒年不详），字才甫，自号莲社居士，汴京（今河南开封）人。词多描写山水景物，风格清丽秀雅。有《莲社词》。张抡喜好填词，每应制进献一首词，官中就被之丝竹，用于宫廷的演唱。乾道三年（1167年），高宗莅聚景园，张抡进献了《柳梢青》词；淳熙六年(1179年）三月，高宗再莅聚景园，这次张抡进献了一首《壶中天慢词》；这年九月，孝宗幸绛华宫，张抡进献《临江仙》词。张抡进献这些词得到了皇帝的重金赏赐。

139烛影摇红

烛影摇红，枕边谁问何言语。
柳梢青遍入新春，遇冷难分付。
劝君临江仙雨，只须待，壶中天路。
玉人祺树进献莲社，东临朝暮。
问群仙，水烟烟水烟水雾，
江南处处是桃花，都向人间住。
不待清明幽步，五湖色，洞庭山天误。
小桥村外，素影蚕桑，云中归去。

作者简介

侯真（生卒年不详），字彦周，东武（今山东诸城）人，宋室南渡后居长沙，曾以直学士知健康。

140风入松

长安何处杜韦娘，岸边小牛郎。
衣裳还在羞人藏，夕阳色、尤照红妆。
这里花香袅袅，那边玉树疏狂。
芙蓉出水半身光，嬉笑一荒塘。
似曾相似无人见，这波影，那色余芳。
寻觅还来又去，怨时留下张望。

141四犯令

《梁溪轶事》：关子东避地梁溪，梦至广寒宫，夹雨池，水无纤尘，地无纤草，门钥不启。或告之曰：“呼月姊则开”。子东如其言，见二仙子霞彩焕发，非复人间。引者曰：“月姊也。”子东再拜，因问往日梁溪之会，令歌“太平乐”犹记及否。子东歌之，复作“桂华明，云云。”四犯，必犯四调，或每句犯一调。

月破星河天水注，只望阳关路，
三弄梅花长亭树，十八拍、渔舟妒。
下里巴人芳草处，流水高山误。
雨打芭蕉相思苦，千万里，三春许。

作者简介

赵彦端（1121-1175），字德庄，魏王廷美七世孙，鄱阳（今江西鄱阳）人。是赵王室后代。十七岁中进士，历任县主簿，转运副使，太常少卿，建宁知府等职。五十四岁去世。

142虞美人

渔舟唱晚江湖暮，三弄梅花渡。
阳春白雪玉声歌，下里巴人明月照双波。
虎丘不远寒山树，尝胆卧薪处。
馆娃宫外馆娃心，不问婵娟明月到如今。

143豆叶黄

古村杨柳两三家，天满黄昏云满霞。
以待小舟二月花。
叶沙沙，渡口西施误窗纱。

作者简介

李吕（1122-1198），字滨老，又字东老，邵武军光泽（今福建光泽）人。四十岁即弃科举。有《淡轩集》七卷，《淡庵词》一卷。

144鹧鸪天

豆蔻枝头二月花，私心窃问一人家。
去年今日桃花水，两处相思未结瓜。
风萧萧，叶沙沙。随君彼此问天涯。
枕边梦里偷颜色，留下余红半玉斜。

作者简介

陆游（1125-1209），字务观，号放翁，越州山阴（今浙江绍兴）人。南宋伟大的爱国诗人。有《渭南词》等，现存词一百三十首。在六十年间做了万首诗，今天留存有九千三百首。陆游生前就有“小李白”的称誉，他不仅是南宋的一代诗坛领袖，而且在中国文学史上享有崇高地位，是我国伟大的爱国诗人。

145南乡子

柳岸宿吴船，万里茫茫月半圆。
疑是姑苏沧浪水，桑田，清逸山阴似旧年。
随手掬流泉，三月东风鹧鸪天。
君子可听归不得，如烟，往事客乡入几眠。

146鹧鸪天

家在东西半壁山，少年常问玉门关。
楼兰一箭飞将诺，天水黄河十八湾。
情啸啸，意班班。平生来去是君颜。
江山依旧何归去，少待英雄老待蛮。

147钗头凤

黄昏后，桃花酒，石头依旧台城柳。
秦淮绣，三山守，二水中分，莫愁湖瘦，
瘦，瘦，瘦。
江湖客，桑田陌，桃叶渡口心情脉。
沉香扇，云雨泽。清明不问，明清尤帛。
帛，帛，帛。

148卜算子

何处问沈园，半壁亭中数。
已见人心不见情，谁渡自身苦。
禹迹寺前天，唐婉钗头妒。
生死由衷凤离凰，此去知如故。

149鹊桥仙

一人风月，一城烟雨，春在小舟停处。
有花无酒醉盘门，十八里，江湖谁主。
姑苏同里，洞庭玉树，半见锡山小路。
杏花村里半天津，俱道是，群芳不妒。

作者简介

范成大（1126-1193），字致能，号石湖居士，吴县(今属江苏)人。善写田园诗，与陆游、杨万里、尤袤并称“南宋四大家”。

150南柯子

十载行千驿，三春问九州。
黄河壶口有天流。弱水湾湾洗尽半春秋。
才下滕王阁，又登鹳鹊楼。
只见江山近飞舟，青海源泉独立大江头。

151秦楼月

秦楼月，天山一片千秋雪。
千秋雪，龙飞凤舞，顿时兴灭。
玉门飞下霜天叶，阳关归曲音三叠，
几时天地，何时豪杰。

152霜天晓角

藕花深处，荡子行都付。
休说净慈钟鼓，闻古寺，咽朝暮。
王生师儿误，谢娘萧郎妒。
留下清风花絮，谁目住，共人诺。

153眼儿媚

滕王阁上水烟浮，不尽九江流。
隋唐已去，明清已去，一叶轻舟。
宋江水泊梁山去，一诺浔阳楼。
江东不语，玉门曲尽，日上凉州。

154眼儿媚

桃红柳绿入三春，碧玉已千津。
姑苏朝暮，洞庭新雁，已不由身。
五湖舟上人心去，且住问纶巾。
今宵何处，有无歌管，视作东邻?

作者简介

杨万里（1127-1206），字廷秀，号诚斋，吉州吉水(今属江西)人。不畏权势，正直敢言，力主抗金。他为官清正廉洁，尽力不扰百姓，当时的诗人徐玑称赞他“清得门如水，贫惟带有金。”江东转运副使任满之后，应有余钱养老，但他均弃于官库，一钱不取而归。诗为“南宋四大家”之一。其诗构思新颖，自成一家，时称“诚斋体”。其词格调清新、活泼自然，与诗风相近。有《诚斋集》。开僖二年（1206），韩侂胄柄政之时，建南园，请他作一篇“记”，许以高官相酬，杨万里坚辞不作，表示“官可弃，‘记’不可作。”可以见到他的为人。诗人葛天民夸他“脊粱如铁心如石”，并非溢美之辞。杨万里因痛恨韩侂胄弄权误国，忧愤而死。

155好事近

弦月满潇湘，清泪心空斑竹。
何处是，群芳谷，隔年梅先逐。
汨罗尤有九歌余，寒宫透明玉。
半问长沙沙水，半寻书生烛。

156昭君怨

一半阴山云雨，一半胡姬辛苦。
留下玉琵琶，几人家。
流去黄河朝暮，流去人间曲同。
歌舞在天涯，汉宫花。

157杨万里，生平正名

书生一半是书生，天下难平未不平。
日月经天明色正，贤人举止自清名。

作者简介

张孝祥（1132-1169），字安国，号于湖居士，历阳乌江（今安徽和县）人。早期词作清丽婉约，南渡后转为慷慨悲凉，多抒发爱国之情，气势豪迈，景象壮阔，上承东坡，下启稼轩。有《于湖词》。张孝祥是南宋著名的词人、书法家。是绍兴的进士。他在皇帝的廷试上得了第一，居秦桧孙子秦埙之上。

158西江月

一半书生一半，千年如是千年。
成成败败过江船，留下人间恩怨。
一半桑田一半，千年不是千年。
来来去去客人天，自立江湖论建。

159西江月

天下江湖一半，人间日月阴晴。
春秋草木自枯荣。今古兴亡不断。
逐鹿黄河两岸，寒宫依旧缺圆。
英雄来去一心田，五百年中兴叹。

160西江月

举目西江明月，小塘碧玉清歌。
莲蓬一茎入莲荷，最是人情吴越。
素手红妆女色，人前自在芳娥，
红尘不尽染双波。不守寒宫门阙。

作者简介

辛弃疾（1140-1270），字幼安，号稼轩，历城（今山东济南）人。词风激越豪迈。悲慨雄放，横绝六合，扫空万古；亦有清纯柔婉之作，其秾纤绵密者，不输小晏、少游。有《稼轩长短句》，存词六百二十余首，其数量为宋词诸家之首，成就位列南宋词人之冠。

161菩萨蛮

春秋有绪人无绪，乌蓬船内渔家女。
只得一身居，还吟三曲余。
雁丘知伴侣，白鹭倾心语。
为有一情舒，舟平人字初。

162青玉案

玉人不在群芳妒，月明暗、人无语。
元夜由衷千百度。凤鸣龙舞，秦楼深处，

自立倾心诉。这是一经梅花路，
灯火幽幽照祺树。只有暗香藏不住。
欲招还顾，最难分付，依就知音遇。

163清平乐

杨花柳岸，天上云飞断，
一半风花池水畔，结得群芳玉冠。
乌啼空谷流川，人行沧海桑田。
云云雨雨一半，天天地地三千。

164清平乐

两三啼鸟，一半三春晓。
十里清塘波渺渺，几处尖荷小小。
池边曲径迢迢，野花芳草萧萧。
遗老村前树下，柳篱自在逍遥。

165西江月

切切琴弦三弄，声声雨后蝉鸣。
云中自古一生平，谁见鸳鸯凰凤。
明月清风由衷，人心有在枯荣。
相思苦处是私情，油然似梦其中。

166丑奴儿

少年只识江湖水，万里行舟。
万里行舟，吴越江南十四州。
老来已识人间路，一半春秋。
一半春秋，九曲黄河逐东流。

作者简介

程垓（生卒年不详），约生活于南宋中期，字正伯，号书舟，眉山（今四川眉山）人。曾客游临安，以诗词名。有《书舟词》，今存词一百五十七首。

167卜算子

同里上层楼，汴水隋杨柳。
碧玉人家日月舟，草木黄滕酒。
同时下层楼，不见红酥手。
客在三桥问九州，隔岸新婚否?

168愁倚栏

三江水，半天涯，一桃花。
村外小桥舟渡口，几人家。
雨云浮，酒旗斜。
曲三弄、换了窗纱。
处处耕耘来去客，种豆瓜。

作者简介

石孝友（生卒年不详），字次仲，南昌（今江西南昌）人。宋孝宗乾道二年进士。以词闻名于世。填词常用俚俗之语，状写男女情爱。用笔超逸，清人李调元称其为“词中白描高手”。有词集《金谷遗音》，存词一百四十八首。

169卜算子

一半去来人，一半阴晴误。
一半人间草木多，一半春秋树。
一半暮朝闻，一半枯荣路。
一半生平问九歌，一半别离处。

170好事近

四围满梅花，四围东风初亚。
留下洞庭香色，但求群芳嫁。
东西山上有人家。
不尽万千姹，还有初春桃杏，蓓蕾情无价。

作者简介

陈亮（1143-1194），字同甫，世称龙川先生，婺州永康（今属浙江）人。才气超迈。有《龙川文集》、《龙川词》，今存词七十四首。

171点绛唇

十地人生，读书不尽书生路。
岁年朝暮，未得何归处。
这里桑田，那里官场步。
何分付，两边辛苦，历历多风雨。

作者简介

姜夔（约1155-约1221），字尧章，号白石道人，饶州鄱阳（今江西鄱阳）人。诗负盛名。琢句精工，韵律谐婉，格调高旷，寄意幽邃，开创了格律词派，对后世影响很大。有《白石道人诗集》、《白石道人歌曲》等。《全宋词》录其词八十七首。

172点绛唇

半在吴门，长亭短驿江湖路。
一舟分付，明月姑苏住。
拙政园中犹有，天随树。
听风雨，雨烟烟雨，半向江山数。
注：天随：即天随子，陆龟蒙号，苏州人，隐居吴江。

173鹧鸪天

只有人间去来归，读书日月草菲菲。
平生不是非非是，何必颜如玉所闱。
曾乞火，杏红飞。黄金屋里有朝晖。
江湖朝野兴亡叹，但觉声名满翠薇。

174鹧鸪天

一夜梅香到九州，三春不怨一清秋。
当初不可收红豆，留下人心大半愁。
千万里，大江流。重阳尤可上层楼。
相思独有相思处，彼此难求彼此求。

175踏莎行

青草成茵，梅花报信。孤身傲影知秦晋。
群芳始见一长春，女儿自采抽双鬓。
这里郎声，那边淑顺，天天地地寻相亲。
乾坤一半是乾坤，百花村里东风趁。

176风入松

琵琶一曲“醉吟商”，万里有衷肠。
“暗香”“疏影”“垂虹过”，
小红妆一半尧章。
成大范村告老，宾朋几“犯凄凉”。
吴县如此染余芳，歌舞已扬长。
姑苏音韵洞庭客，半江淮、半在湖杭。
只见台城烟柳，年年春绿秋黄。
注：宋光宗绍熙二年（1191），姜夔在诗人杨万里家，聆听到一琵琶艺人弹奏久已失传的《醉吟商朝渭州》古调。他虚心学习了该曲的品弦法，填词编成了清新的《醉吟商

小品》。后来到合肥，目睹边城一片离索，感怀古英雄之伟烈，创作了寓意深远的犯曲《凄凉犯》。同年，范成大告老还乡，姜夔应范的邀请，往访他生活的吴县（今江苏）范村。姜夔赏梅游览后，创制了《暗香》、《疏影》两曲献给范成大。范令其婢——歌女小红"肄习之"，音节清婉美妙。范赞赏不已，后来就将小红赠给了姜夔。姜夔诗《过垂虹》，就是歌咏这件事。

177扬州慢——姜夔自度曲

一世声名，孤高自赏，千岩滕下诗成。
过杨花柳岸，南北半枯荣。
白石道人湖杭尽，江淮叶落，张鉴难萌。
渐黄昏，自守清门，心在空城。
金陵依旧六朝空，此到须惊。
半壁小江南，青楼红袖，素手深情，
二十四明月，西湖瘦，有笛无声。
举步东西问，年年视此平生。

注：千岩老人：少年姜夔丧父从姐师萧德藻，以侄女嫁姜夔。

姜夔为人清高，茕茕不羁。曾与抗金主战的大臣名将张浚之孙张鉴结为至友，并长期得到他的资助。张鉴死后，姜夔生计困难，但仍然清贫自守，不肯屈节以谋求高官厚禄。晚年旅食在嘉湖之间。当他寓居武康时，与白石洞天为邻，有潘转翁者称他为"白石道人"。病逝于临安（今杭州）水磨方氏馆旅邸。友人捐资将他就近安葬。

作者简介

史达祖（生卒年不详），字邦卿，号梅溪，汴京（今河南开封）人。其词多写闲逸之情；感于国事，亦时有激愤之言。有《梅溪词》。

178临江仙

一半江山多少客，梅溪白石清流。孤风竹屋梦窗忧，荷花杨柳岸，十里问扬州。
金主垂鞭南北问，谁人醉后还羞。书生寄与一生求，国家家国事，日日上层楼。

作者简介

高观国（生卒年不详），字宾王，号竹屋，山阴（今浙江绍兴）人。与史达祖同为吟社词友，交谊厚密，迭相唱和，一时并称。受姜夔影响，被称为白石羽翼。有《竹屋痴语》一卷，收词一百零八百。

179菩萨蛮

江湖船靠江湖岸，风尘相思云雨田。
人心多一半，草木春秋换。
岁岁可相怜，年年依缺圆。

180霜天晓角

六朝宫殿，一半荒残院，留下西风相见。
金陵郡，石头堰。
似曾东风面，五湖芳草甸。
翠柳台城何遣，梁武帝，佛缘善。

作者简介

李从周（生卒年不详），字肩吾，眉州（今属四川）人。精六书之学，著有《字通》。

181清平乐

苏堤春晓，印月三潭好。
西子何曾苏小小，只道是、情未了。
如今雨住云消，断桥已是平桥。
弱柳腰身还在，一春花路迢迢。

作者简介

洪咨夔（？－1236）字舜俞，号平斋，於潜（今属浙江临安）人。其词多慷慨疏畅，间有柔婉别致之作。有《平斋词》。

洪咨夔早年中进士，曾得宋理宗赏识，称他"鲠亮忠悫，有助新政"。为权臣所抑，以至连续十年担任闲差，不得升迁。他博学善文，一生酷爱读书，不仅著作较多，而且藏书特别丰富。据说他的藏书有1.3万卷之多，藏于天目山宝福寺。

182眼儿媚

春入杨柳半无痕，山外一孤村。
少年意气、书生志远，天下儿孙。
自由鸭绿浑江水，牛马卧黄昏。
辽东故里，南洋商贾，幽燕家门。

作者简介

刘克庄（1187-1269），字潜夫，号后村，莆田（今属福建）人。词凡五卷，名《后村长短句》。

183清平乐

落梅无数，芳草群花妒。
谁问昭阳宫后处，只见飞燕也误。
避风台上娇奴，惊鸿不到相如。
一女何曾一赋，伊州只在江都。

注：避风台：相传赵飞燕身轻不胜风，汉成帝为她筑七宝避风台。惊鸿：形容女子体态轻盈。伊州：曲词名。

刘克庄一生有才情，有志向，有抱负，却屡遭贬官，备受压抑。早在入仕之初，他曾作过一首《落梅》，借飘落的梅花来寄托英才埋没的痛苦，以讽刺时政。《落梅》诗中有"东风谬掌花权柄，却忌孤高不主张"的诗句，被言官谤讪，遭到免官押归的处罚。

184长相思

冬时催，春时随，寒暖芳心一半窥，暗香月色吹。
半翠薇，半朝晖，一半东风带雪飞。香泥何必归。

185卜算子

十里一长亭，五里三春岭。
半在江湖半在萍，墙外秋千影。
此处古今铭，彼处风云景，
九脉江山九脉听，何必回头首。

作者简介

吴文英（约1212－约1274），字君特，号梦窗，四明（今浙江宁波）人。本姓翁氏而入继吴氏。布衣词人，与周密（草窗）齐名，并称“二窗”。有《梦窗甲乙丙丁稿》，今存词约三百五十首。

186浣溪沙

一半黄粱纵旧萌，半云半雨半阴晴。
一家一户一枯荣。柳絮杨花飞不定，
春江月夜有琴声，群芳八月以心成。

187点绛唇

风雨临安，金人何止垂鞭犬。
露重云卷，一半荷塘浅。
处处朱栏，书画嫦娥衍。
师师辇，宋宫皇典，秦桧何人勉。

188踏莎行

一半金陵，六朝故院，秦淮一半桃花扇。
明清一半问香君，素娥八艳书生见。
一半江山，十年饮宴。圆圆一半如京面。
梅花一半在人间，群芳深处红英甸。

189鹧鸪天

杨柳盘门一半云，洞庭草木两三分。
姑苏城外寒山寺，同里村中白日熏。
阡陌里，素衣裙。桑蚕自缚只思君。
衷肠九曲三春夜，形影吴鸿似可闻。

190踏莎行——吴文英，梦窗

一半苏州，杭州一半，莺啼吴越银河岸。
梦窗一半问文英，平生一半寻霄汉。
一半生离，一半死见，人间一半多兴叹。
笼绡润玉，试婵娟，由衷一半深情焕。

注：吴文英曾自创一曲，并成为词史上最长的词调，词牌为《莺啼序》。全文二百四十字，是梦窗的首创。《吴梦窗系年》：“梦窗在苏州曾纳一妾，后遭遣去。在杭州亦纳一妾，后则亡殁”。《莺啼序》就是悼念亡妾诸作中篇幅最长、最完整、最能反映与亡妾爱情关系的一篇力作。

作者简介

陈允平（生卒年不详），字君衡，一字衡仲，号西麓，四明（今浙江宁波）人。有《西麓诗稿》一卷，《西麓继周集》一卷，《日湖渔唱》一卷。

191清平乐

春桑春茧，春色丝丝卷。
春雨江村春水演，一半春心深浅。
梅花一半桃花，杏花一半梨花。
吴越三千子弟，桥村五六人家。

192鹧鸪天

（2010年10月16日重阳 MH371飞下南洋。寄杨灵）

前岁重阳半渡航，去年今日一重阳。
杨灵同去南昌问，一半飞机是故乡。
秋日里，又重阳。银行兴办下南洋。
有心再上重阳日，寄取衷心作客肠。

作者简介

江开（生卒年不详），字开之，号月湖。《全宋词》收词四首。

193菩萨蛮

姑苏一半云中雨，丝绸路上多辛苦。
十万玉门关，九天知素颜。
阳关三叠路，日月交河树。
此去已千山，何时屈指还。

194菩萨蛮

丝绸路上红尘漫，利多情少风沙卷。
雨里玉门关，云中菩萨蛮。
萧郎吴越客，织女天河浅。
几处问红颜，何时梦里还。

作者简介

李好古，（生卒年不详），字仲敏。自署乡贡免解进士，曾客居扬州。有《碎锦词》，其词或感怆时事，或呼吁北伐，言辞激切，情绪昂扬。

195谒金门

云里雨，一半东风红素。
一夜梅花千万树，半香天下路。
只可江湖不渡，未怨洞庭朝暮。
此去楼兰何处处，交河屈指数。

196鹧鸪天

四围桃花一半羞，江楼不住问江流。
东风一半红尘色，似作三春万户侯。
吴越水，十三州。胡姬曲舞不知愁。
五湖日月江青色，同里桥村碧玉舟。

作者简介

刘辰翁（1232-1297），字会孟，号须溪，庐陵（今江西吉安）人。宋亡以后，隐居不仕。有《须溪集》、《须溪词》。

197宝鼎现

惠山江湖，园头渚外渔舟笛。
暮色里、三三两两，幽幽香尘半在吴。
姑苏女、玉手霓裳曲。只恐婀娜呵醉，
天下客、娇嗔欲滴。疑是念奴声的。
一缕夕照空船壁，石头城，红楼廖寂。
流水去、秦淮寻觅。八艳如是王谢第，
身影动、是萧娘藏皙。
广寒宫中桂子，问婵娟，谁思后羿。
肯把人间绪戚。
舟渡几过阊门，何楚地，三千子弟。
读罢春秋不归来，是儒生偏激。
旧事前朝今古绩，国尽还忧溺。
六州歌处问江山，谁道锡山无锡。

198西江月

杨柳低昂不似，西风日日猖狂。
阳关三叠过粱，谁是楼兰将相。
一片交河古色，故宫不见朱墙。
女儿国里试红妆，沧海桑田何妨。

199浣溪沙

一西江村半雪天，两三古木五湖船。
故乡不在此江边。少小辽宁东北客，
姑苏同里小桥前。似曾相似问经年。

200花仙子

怯近乡家过客年，离人相见别梦圆。
车到林前千万怜。
爆竹声声辞旧岁，寒梅心动近春天。
为以群芳先得处，自耕田。

作者简介

周密（1232-1298），字公谨，号草窗，又号四水潜夫，济南（今属山东）人。曾担任义乌县令。宋亡不仕，寓居杭州。诗、词、书、画均有较深造诣，生平著述甚多，有《蜡展集》、《齐东野语》、《癸辛杂识》、《浩然斋雅谈》、《弁阳客谈》、《武林旧事》、《澄怀录》、《云烟过眼录》等书。其词风和吴文英（梦窗）相近，在文学史上并称“二窗”。

201花犯

一轻舟，江湖沙岸，
苍苍旧时树，暮晴朝雾。
明月间霜清，人在何处，王熬故里千年尽，
韵华谁可住？
香雪海，三春去后，年年随古路。
荷塘晓风任枯荣，莲蓬里，贵子临红如数。
由梦想，青溪外，鼓钟声诉。
寒山寺，虎丘信步，吴越是，苏杭天上渡。

作者简介

王沂孙（约1230-约1291），字圣与，号碧山，又号中仙、玉笥山人。词集名《碧山乐府》，又名《花外集》。

202眉妩

五湖隋杨柳，一半洞庭，人约十年树。
立意江山是、长城路，秦皇谁在朝暮。
小桥小渡，见素娥，裙带相妒。
有三月，处处琼娘影，暗香一千处。
今古何时倾诉？汉习楼船去，边塞如数。
玉斧磨尤利，金戈落，沙沉冰肃秋露。
故山铁杵，只作是临立风雨，
看天外云烟，人老尽，慢分付。

作者简介

蒋捷（生卒年不详），字胜欲，号竹山，阳羡（今江苏宜兴）人。词作内容广泛，颇有追昔伤今之作，构思新颖，色彩明快，音节嘹亮。有《竹山词》，今存词九十余首。

203一剪梅

十里吴江万里遥。明月良宵，一半春潮，
秋娘渡口泰娘桥。红了绞绡，绿了芭蕉。
一剪梅花百样娇，不解心焦，入了情苗。
云浮雨落柳条条。暮暮朝朝，暮暮朝朝。

204虞美人

一舟风雨江湖上，天下张渔网。
半生云雾满层楼，山河日月读春秋。
去来朝暮洞庭路，数尽三千故。
阴晴圆缺始终成，九脉川流草木碧东瀛。

205霜天晓角

疏影窗纱，暗香故人家。
呼来三月草木，如何见、是梅花。
西山姿色佳，东山云彩霞。
恐过东风云雨，群芳向、两边斜。

作者简介

张炎（1248-1320），字叔夏，号玉田，晚号乐笑翁。祖籍陕西，寓居临安。因赋春水、咏孤雁绝妙而被人称作“张春水”、“张孤雁”。有《山中白云词》，又有《词源》一书，精研音律，提倡雅词，为重要词论著作。

206清平乐

东山疏影西山雪，如何是、香风结。
疑问玉人多采折，只向鬓边光洁。
红裙一半人家，山青水秀晴沙。
谁在洞庭深处，江湖不是天涯。

作者简介

郑文（生卒年不详），秀州（今浙江嘉兴）人。他的妻子孙氏，善于写作词章。她曾经寄给郑文一首词《忆秦娥》，以表达自己独守空房的寂寞以及对丈夫的思念之情。词是这样写的：“花深深。一钩罗袜行花阴。行花阴。闲将柳带，试结同心。日边消息空沉沉。画眉楼上愁登临。愁登临。海棠开后，望到如今。”谁知郑文见此诗作得这样好，他整日爱不释手，常常在别人面前炫耀，诵读品味。经他这么一折腾，这首词很快有了名气。一时间，歌楼伎馆，都开始竞相传唱，这首词一时间成为酒楼伎馆的流行歌曲。

207忆秦娥

草深深，扬州一半琼花荫。结同心。
江都故处，来去如今。
阳春三月问吴昔，情韵楼中人沉沉。
慢登临，瘦西湖水，姿色群林。

作者简介

作者今已不可考。

208眼儿媚

芦花丛里半荒塘，冷落一风光。
渔舟唱晚，梅花三弄，谢抹斜阳。
吴门丝竹多音韵，同里玉人裳。
退思园里，周庄墙外，尤有红妆。

作者简介

黄公绍，字直翁，邵武（今属福建）人。咸淳进士。入元不仕，隐居樵溪，著《古今韵会》、《在轩集》。

209青玉案

姑苏一半江湖路，数不尽、洞庭树。
曾在小桥村里住。
与君同里，问君何处，只道萧娘渡。
日月都是人生诉，离合悲欢几时误？
可见嫦娥圆缺妒，鹊桥桥断，
雨云云雨，汴水风流去。

210踏莎行

五月江湖，三春时节，海棠一半梨花雪。

小桥村里玉人心，纱窗素影梅花折。
脱下红妆，不藏圆缺，红英有约衷情切。
舟平何必有斜阳，但求无语销魂说。

卷四 金、元、明、清词作者简介

吴激（？－约1142），字颜高，号东山，建州（今福建建瓯）人。工诗能文，书画俊逸，深得米芾笔意，尤精乐府，为金初词坛领袖。词风清婉，吴激是宋朝宰相吴栻之子、书画家米芾之婿，宣和年间他奉命使金，以宋臣留仕于金。论其身世遭遇，与六朝庾信极为相似。有《东山集》及《东山乐府》，今存词八首。

211诉衷情

鸡茅店里不成眠，何处渡江船？
春秋一半花月，沧海问桑田。
泾渭水，暮朝年，月如弦。
此生应是，一半书生、一半先贤。

作者简介

刘著（？－约1140），字鹏南，自号玉照老人，舒州皖城（今安徽潜山）人。原是北宋人，是宋朝宣政末的进士。后来他由宋仕金，久居北国。到六十余岁，才入翰林，修撰史籍。后出守武遂，终于忻州刺史。他的老家皖城有个玉照乡，刘著老了以后，号玉照老人，以示不忘其本。刘著善于作诗，常常与吴激互相酬答。词风清疏，别具一格。只可惜岁月无情，大浪淘沙，刘著流传至今的仅此一首词作。以词意看当为作者客居北地怀人之作。词存一首，见《中州乐府》。

212鹧鸪天

塞北小村月不圆，江南三月鹧鸪天。
姑苏几度梅花落，船上吴姬劝客眠。
寻日月，见桑田。此时此地共婵娟。
思思却却惊心处，疑是河汉惹自怜。

作者简介

元好问（1190-1257），字裕之，号遗山。太原秀容（今山西忻州）人。七岁能诗。后从郝天挺学，博通经传百家。金亡不仕，悉心著述。长于诗文词章，金元之际颇负重望，俨然北国学术权威与文坛宗主。诗多慷慨悲凉之作。有如实录，人以诗史目之。元好问当过中央和地方官，都尽心竭诚，兢兢业业。他关心国家兴亡，关心民生疾苦，政治声誉非常高。元好问十分重视和努力保护人才，喜欢奖掖后进。金哀宗天兴二年（1233）四月，蒙古兵攻破汴京初，元好问即向当时任蒙古国中书令的耶律楚材推荐了五十四个中原秀才王若虚、王鹗、杨奂、高鸣、李治、刘祁、杜仁杰、张仲经、商挺等，请耶律楚材予以保护和任用。文坛名手如郝经、王恽、许楫、王思廉、孟琪、徐琰、郝继先、阎复等多人亦出于其门下。有《遗山集》四十卷。

213清平乐

朝朝暮暮，岁岁年年路。
汾水雁丘云雨住，好问人间玉树。
人心一半江湖，人情一半东吴，
究竟心情何物，直当生死殊途。

作者简介

刘基（1311-1375），字伯温，号犁眉，处州青田（今属浙江）人。佐明太祖朱元璋定天下，为明朝开国勋臣。刘基出身名门望族，自幼聪明好学，有神童之誉。元至顺四年（1333）二十三岁的刘基，一举考中进士。朝廷昏庸腐败，使他二十余年的宦海生涯屡遭贬抑。元至正二十年（1360）三月，接受朱元璋的邀请，成为参赞军务的谋士，为明王朝的建立和发展，立下汗马功劳。他为人刚直，胆识过人，朱元璋尊其为“吾子房（张良）也”。民间有“上有诸葛孔明，下有刘基伯温”的称道。官至史中丞，封诚意伯。后被左丞相胡惟庸谮毁，忧愤而死。博通经史，诗文闳深顿挫，自成一家。有《诚意伯文集》等传世。

214渔歌子

钓得江湖月半弦，来闻草木饮三泉。
芳草路，小桥边，玉影春塘色满船。

215如梦令

一半夕阳如梦，一半人生如瓮。
一半似江湖，一半汗牛充栋。
如梦，如梦，一半黄粱龙凤。

作者简介

陈子龙（1608-1647），字人中，号大樽，松江华亭（今上海松江）人。曾事南明福王，又先后受唐王、鲁王封衔。陈子龙是明末一位慷慨多才的正义之士。矢志忠义，崇尚名节。崇祯元年（1628），陈子龙二十一岁，与湖广宝庆府邵阳知县张轨端之女结为夫妻。当时，江南一代名伎柳如是，年方二十余，“色艺冠绝一时”，诗赋精工，才貌出众，风流十足。不少文人才子对她“一见倾心”，但她唯对陈子龙怀有好感，并愿意以身相许，托付终身。陈子龙虽然曾经流连声色诗酒，但他对柳如是却没有好感。柳如是欲委身于陈子龙，从盛泽至松江屡次拜谒，自称是陈子龙的女弟子。陈子龙对她更加反感，并直接出言拒绝。柳如是这才完全死心了，转而嫁给了钱谦益，做了钱谦益的继室。陈子龙欲举义抗清，事败被捕。被押往南京，在途经松江境内跨塘桥时，他乘守者不备，投水而亡，誓死不被辱，显示出了较高的民族气节。存世《陈忠裕全集》，后附诗余（即词）一卷。

216诉衷情

书生自古诉衷情，如是以身名。

人间弟子何许，几度问明清。
三界外，一心轻，半悲鸣。
大樽唐鲁，谁了华亭，谁了精英。

217谒金门

黄昏住，芳草如痴如妒，
柳暗花明情不去，斜阳红玉树。
依旧人间如故，胜似古今回顾。
莫道江湖多少雨，平生多少路。

作者简介

夏完淳（1631-1647），原名复，字存古，号小隐，松江华亭（今上海松江）人。明末抗清将领，著名诗人。师陈子龙起兵抗清，父兵败自杀，他与陈子龙继续奔走抵抗。洪承畴怜其年幼，欲为开脱，他大骂不止，遂被残杀，时年仅十七岁。有《夏完淳集》，词有《玉樊堂词》一卷。

218卜算子

人到跨塘桥，月上梧桐叶。
存古子龙十七阶，一曲三千叠。
何处是云霄，风雨平生接。
只事明庭不事清，未事婵娟妾。

作者简介

纳兰性德（1654-1685），原名成德，字容若，号楞伽山人，满州正黄旗人，大学士明珠长子。善骑射，好读书，喜结交名士。作词主情致，有帝王显贵，身在高门广厦，常有山泽鱼鸟之思。工小令，宗李煜，有清代李后主之称。纳兰性德，二十一岁，参加进士考试，以优异的成绩考中二甲第七名。康熙皇帝亲自授他三等侍卫的官职。以后升为二等，再升为一等。随皇帝南巡北狩，游历四方。公元1674年，纳兰性德二十岁时，娶两广总督卢兴祖之女为妻。这一年卢氏刚刚十八岁，贤慧端庄，婉丽多姿。二人成婚后，夫妻恩爱，感情特别深厚。新婚的美满生活激发了他的诗词创作。但仅仅三年后，卢氏因产后受寒而死，这给纳兰性德造成极大的痛苦，从此“悼亡之吟不少，知己之恨尤深”。深重的精神打击使他在以后的悼亡诗词中一再流露出哀婉凄楚的不尽相思之情和怅然若失的怀念心绪。爱妻早亡，后续难圆旧时梦，使他无法摆脱内心深处的困惑与悲观。他于康熙二十四年暮春，抱病与好友一聚，一醉，一咏三叹，然后便一病不起，七日后溘然而逝。著有《通志堂集》，词有《饮水集》，存词三百余首。

219长相思

读书行，离乡行，里七榆关外八程，
故家月半明。浑江情，五女情，
一半燕京一半名，不平来去声。

220相见欢

落花一半香泥，小楼西。
尤见东厢灯火月弦低。
谁相约，姿影去，色空迷。
斑竹宝珠流下已成溪。

221蝶恋花

半入杯中多少苦，半见人情，半问云和雨。
只道婵娟心不主，广寒宫里年年数。
一日相思千里路，一日衷肠一世声鸣步。
回首斜阳深巷暮，平生不在牵强处。

作者简介

张惠言（1761-1802），字皋文，武进（今江苏常州）人。为常州词派开山祖师。著有《茗柯词》、《茗柯文集》。

222相见欢

年年误了花期，又春时，
小舟江湖吴越去来归。
洞庭月，梅花雪，惹相思。
自是云来雨去相逢迟。

223鹊踏枝

悄悄春云春雨住，玉女书郎，不向行人处。
道是无晴还是雨，轻云绕绕锦前路。
一朵孤花芳草妒，粉里还红，但向人倾诉。
不道无心攀折取，小姑暗香黄昏渡。

作者简介

项鸿祚（1798-1835），一名廷纪，字莲生，浙江钱塘（今杭州）人。能自出机杼而不为姜（夔）、张（炎）所束缚。著有《忆云词》甲乙丙丁稿。

224清平乐

桃源清静，一半梅花影。
碧玉人家儿女颖，明月清风独省。
秋千莫过西庭，荷塘蛙点浮萍。
夏田阴晴不定，衷情只待聆听。

作者简介

蒋春霖（1818-1868），字鹿潭，江苏江阴人。性倜傥不谐俗，一生落拓，中年后专致力于词，颇负盛名。作品抑郁悲凉，多寓身世之感，风格近姜夔、张炎。有《水云楼词》。

225柳梢青

何故黄昏，清明乞火，半入红尘，
玉扉桃花，色情人面，开启家门。
阴晴日月乾坤，香风也入书生魂。
小雨纷纷，起起落落，恰似云根。

226蝶恋花

未入三春心草草。不过江湖，莫道姑苏好。碧玉人家船小小，小桥流水珍珠岛。
暮色刘郎情缈缈，扑朔迷离，玉枕愁多少。
只对清灯红袖绕，但求竹屋谁藏娇。

227青门引

何处胭脂井，城外六朝还省。
金陵一半莫愁湖，半江明月，少却一红杏。
桃花村里梨花影，自古多忡憬。
小桥流水新颖，始终寻那边风景。

作者简介

王国维(1877-1927),字静安,一字伯隅,号观堂,浙江海宁人。王国维世代清寒,幼年为秀才苦读。王国维致力于填词,主要在光绪三十年(1904)至三十三年(1907)间。1925年,王国维受聘担任清华研究院导师,教授古史新证、尚书、说文等,与梁启超、陈寅恪、赵元任、李济被称为"五星聚奎"的清华五大导师,桃李门生、私淑弟子遍充几代中国史学界。1927年6月,国民革命军北上时,王国维留下"经此世变,义地再辱"的遗书,投颐和园昆明湖自尽。在其五十岁人生学术鼎盛之际,为国学史留下了最具悲剧色彩的"谜案"。著有《宋元戏曲考》和《人间词话》等。有《观堂长短句》、《海宁王静安先生遗书》等。

228蝶恋花

自古书生辰与晓,已是三春,不可闻啼鸟。
只怕儒村书读少,手无释卷昆仑小。
只问春秋人不老,不入红尘,何以衷肠好。
日月阴晴姑及嫂,人间一半知芳草。

229点绛唇

谁问江山,静安此去投湖路,秀才朝暮。
世变昆明误。
只有人生,留下清华住。
今何处,五星门外,桃李观堂住。

2010年10月22日吉隆坡

三、词

《宋词赏析》沈祖棻 著　中华书局2008年出版

1前言

诗词传唱必兴汉林

含睇窈窕半句诗,宜修要眇一章词。
人间落下谪仙语,浪迹尘中入梦时。
汉咏千年终可继,吟声载道未知迟。
歌余鲁莽三春草,曲尽红梅十万枝。

二〇一一年一月五日　北京养春堂

2站着睡觉的马

直立人间白马情,不屈万里此平生。
前程足下行无止,日月春秋啸啸鸣。

3峰

光明先到后离开,白雪华冠玉宇台。
一水东流流不住,三吴腊月万枝梅。

词的起源与流行

4望远行　自忖

一枕清梦不梦情,两行秋雁赴雁城。
山色淡淡禅初盟,香烟袅袅寺人横。
向孤月,残带声。十年羁旅十里鸣,
忽见柔草问秋荣,孰知进退是平生。

5词的起源

江都兵变去隋炀,燕乐流传已四方。
礼毕曲终收十部,隋唐留下一文章。
恢弘气度清商韵,水调歌头汴水扬。
雅颂春秋秦汉客,琵琶美酒舞红妆。

6请君莫奏前朝曲

云门大卷大咸韶,羽舞旌人雅颂朝。
三调吴声清乐继,如今婚恋过江桥。
念奴燕乐惊南坐,教坊梨园半香消。
羯鼓玄宗知是客,隋唐一曲半良宵。

7歌词自作别生情

曲拍依依一句成,旗亭曲曲半殊荣。
昌龄之涣高适酒,也是芙蓉也是声。

8王昌龄、高适、王之涣三人旗亭赌唱

一片冰心在玉壶,夜台寂寞日前孤。
玉颜不及寒鸦色,远上黄河田舍奴。

9竹枝

高山流水竹枝一江村女儿,
唱晚渔舟竹枝半故昆女儿。
下里巴人竹枝日暮女儿,
阳春白雪竹枝曲黄昏女儿。

10阳春三叠

渭泾朝雨柳杨新,灞洛客舍九歌尽。
灞洛客舍九歌尽。
这三吴半红尘。
人依旧,长安上苑曲江岸,
不斩楼兰剑不取。
人依旧,长安上苑曲江岸,客游龙门,
只应是西出阳关,去来无故人。
人依旧,长安上苑曲江岸,去来无故人。

11忆江南

三百里,风月五湖春。柳岸停舟知故人,
江村一半似乡亲,但问浥清尘。

12词的流行

水调歌头教坊休,隋唐脉落九州流。
诗词酒令敦煌曲,宋盛元明半清楼。

唐

敦煌曲子词

13敦煌曲子词

渴望南天润,江南客玉音。
敦煌多曲子,千载到如今。

14生查子

长亭十里云,仿古一伊尹。
彼此半江山,雨后江湖笋。

楼兰不问君，莫道中原尽。
上下一交河，敦谓书生隼。

15定风波

三两精英半是儒，三两英雄半是奴。
三两书生千万读。
极目，春秋论语大丈夫。
谁谓秦汉三国，赤壁东风一曲吴。
帝王公侯追复逐，当独，应知禅定天竺。

16菩萨蛮

山河一半风云顾，江湖一半英雄数。
天下读书儒，人间知丈夫。
楼兰何问路，西域长空暮。
但问玉门姑，谁寻胡念奴。

17望江南

三月里，塞外半枯荣。
殷周秦汉经事战，东西南北一长城。
何苦此行名。汴水色，处处以芳城。
莫须隋炀成败论，一人去后万家英，
六合拜龙旌。

18浣溪沙

艳艳春心淡淡妆，红娘酥手入西厢。
玉腕芳颜罗袖短，曲萧娘。
一半江湖杨柳色，相思无力问雕梁。
云云雨雨何不尽，是衷肠。

唐代文人词

19唐代文人词

唐家一代半文人，李白三生两地身。
水调歌头随日月，隋炀未必不天津。

20菩萨蛮

人间不尽人间路，平生回首平生顾。
天下一江湖，男儿三界荼。高楼风和雨，
此去何朝暮。草木自扶苏，山河大丈夫。

21渔歌子

一声水调到钱塘，南北东西问四方。
留下人间天地客，长城不继是隋炀。

22调笑令

人老，人老，人老去来方早。
南北东西阴晴，千年万里柳城。
城柳，年年岁岁不朽。

23竹枝

三水三山三曲成，一哥一女一人情。
隔山问水风云雨，水女哥山日月明。

24长相思

十六春，十八春，春问人间去来人，
风花雪月珍。一红尘，半红尘，
一半方圆日月轮，相见人相亲。

25松下君子

阳春白雪半乌蓬，夜泊寒山一古翁。
玉笛还惊吴客驿，梅花三弄有无中。

26“花间鼻祖”——温庭筠

秦楼楚馆一词声，闺阁裙钗半艳鸣。
五代沉迷音律盛，花间鼻祖已初成。

27诉衷情

甜言，蜜语，诉衷情。雪月，问花明。
高山，草木，流水，儿女，一心倾。
无日月，有阴晴，自枯荣。凤凰，鹧鸪，
雎鸠，鸳鸯，尽是人声。

五代

28深闺春色劳思想，风流皆道胜人间——（五代词）

五代问诗词，三生尽人知。
南朝知后玉，玉树一花枝。

花间词

29花间词

纤纤玉手按香檀，叶叶花心锦丽函。
绣幌佳人簪玳瑁，绮筵公子女儿耽。

30醉妆词

一朝暮，二朝暮，都是人生路。
二朝暮，一朝暮，只有人心渡。

31定西蕃

二月芳明同里，唯亭水，运河湾，一红颜。
江村舟帆渡口，近山含远山，
只见五湖云断，望霄汉。

32南乡子

日月西东，江南一半已春风。
汴水钱塘云雨后，见杨柳，
半心相思半醉酒。

33临江仙

一诺楼兰天下去，生平不平生。
风华正茂少年萌，高山群岭小，
川壑自枯荣。
半寸心思人事顾，人情事事人情。
阳春白雪四时明，江山秦汉尽，
易水故声鸣。

34天仙子

白马雕在香袖东，萧娘颜色隔春红，
宋郎一语入深宫。
一日见，一情衷，叶碧蝶飞百花丛。

35女冠子

含娇欲恋，一半桃花如面。
似婵娟，一半人间色，轻笼碧玉姻。
雪肌明月里，桂子落窗前，
寄语青娥问，是神仙。

36其二

杨林柳岸，宿碧桃红水畔、去来船，
昨夜多风雨，香流似落烟。
欲折还欲止，玉树后庭冠。
但向楼兰去，恐经年。

37思帝乡

春水头，杏花红半流，
陌上东风不扫，半身羞。
泽岸杨杨柳柳，不知愁。
自主年年绿，十三州。

南唐词

38南唐词

风流五代御词扬，月色三朝一半王。
衍昶花间前后蜀，金陵中后主南唐。

39鹊踏枝——南唐·冯延巳

一半相思三两叹，南北银河东西断。
唐鹊声声寻桥岸，牛郎织女心无断。
一半人间千万唤，寒宫婵娟，甚处心神乱。
只待小星也冲霄汉，无负人间回头看。

40摊破浣溪沙——李璟

一半桃花问杏天，东风细雨碧云烟。
一半江南望不尽，叶上泉。
雪月风花杨柳岸，五湖碧玉小家船。
独立小桥寻不住，莫经年。

宋

41浪淘尽风流人物，谈笑间多少豪杰——（宋词）

宋朝南北宋词成，赵佶江山瘦体名。
留下听琴人不语，燕京白塔久余情。

北宋词

42北宋词

精兵收没夺其权，五代君臣各制钱。
杯酒行朝匡胤制，临安始未宋时年。

43玉楼春

月照玉楼春朝暮，柳岸芳明三月树。
十三州外问三吴，声声管弦天下路。
多情也似无情苦，婉约徘徊花间去。
宰相延巳致晏殊，碧玉乌蓬红蜡语。

44浣溪沙

一半晏殊一半才，两三岁月两三梅，
清平乐曲几徘徊。一半江东花一半，
十万辞丽朝中开，日日情深去无回。

45朝中措·平山堂

朝中措外半南唐，水色半红妆。
草暗花明杨柳，小舟来去低昂。
平山堂上，文章万户，一笔千行，
须见诗词歌赋，人间一半风光。

46渔家傲

千万人情千万语，须知父母知儿女。
织女牛郎天上侣，何问汝，
人间一半凭心许。
洒地花天公子楚，楼兰秦汉江湖去，
草木山川何所序，春秋与，
江山只以桑田处。

47踏莎行

天子侯王，人民百姓，朝朝野野官场病。
京都皆是旧江山，春秋论语谁明镜。
先后天命，是非奉迎，圆方一半书生政。
有成有败有兴亡，换来君子多清净。

48青门引

书生半世明，时令一心清，
月暗张三影，花明故九城。

49宋祁（998-1061），字子京

红杏出墙头，深宫玉客愁。
心思天子赐，小宋一风流。

50宋祁“玉楼春”和张先“天仙子”

郎中弄影玉楼春，红杏天仙子不尘。
寂寞清明花月酒，千金一笑玉人身。

51苏幕遮

问楼兰，千万陌，日落交河，塞外风尘寞。
一半夕阳天下帛，满了人间，满了瑶池客。
问昆仑，天水泽。月照江湖，色里天堂脉。
一半中原多变革，几是刘郎，几是秦皇册。

52渔家傲

一片西阳万里暮，千年日月楼兰去。
十地风云飞不住。明高树，
天边海市蜃楼故。
半壁沙丘鸣处处，昆仑落下黄河顾。
塞下春秋何可数，平生度，
交河回首中原妒。

53苏轼

学士半苏门，邦彦二主坤。
同称时领袖，黄庭坚并村。

54念奴娇

念奴声里，曲不成，尽是唐人言语。
一半梨园朝暮误，何以人间飞絮。
这里江山，那边草木，日月平生处。
运河杨柳，隋炀如是如去。
玄宗羯鼓秋空，玉环霓裳舞，芙蓉何助。
天宝开元安史乱，未见远谋深虑。
呼罢胡旋，胡儿朝上坐，可卿卿御。
雨霖铃处，是非无怨儿女。

55苏幕遮

一钱塘，千岸树，四月江南，一半梅花雨。
碧色深深杨柳暮，一半烟云，一半东风顾。
五湖舟，三日雾，只有吴门，不尽相思苦。
莫问金人鞭可数，桂子人间，回首荷莲妒。

南宋词

56点绛唇

月上西厢，人前不向红楼望。
半红纱帐，一本相思匠。
半是心羞，半是红娘仗。
秋千荡，隔墙私访，只窥何无妨。

57鹧鸪天

半是吴郎半楚郎，辽东一半故人乡。
里七外八榆关客，读尽幽州借月光。
诗两万，字千章，有心无意问侯王。
兴衰成败春秋继，醒在长安醉洛阳。

58阳关客

出入玉门城，阴晴草木荣。
乡音多少改，谈笑问沙鸣。

59小重山——岳飞

春入吴门春色明，云烟云雨露、误半城。
胥门犹有归人声，语半落、枕上误三更。
碧玉小桥情，扁舟杨柳岸、不胜名。
五湖月色满花生。休还问，莫教暗时惊。

60诉衷情

书生读尽半书生，一诺一京城。
中南海里朝暮，伴事伴声鸣。
诗两万，舞三更，度人情。
此心尤在，一半天山，一半身行。

61西江月

一半五湖风月，万千骚雅文章。
姑苏城外有钱塘，杨柳相随俯仰。
娃馆宫中西子，留下人间炎凉。
渔舟唱晚满红阳，照尽吴门慨慷。

62破阵子

此去南洋易路，人间处处江湖，事在人为须量足，不遣余心尽力图，素求须丈夫。
岁岁三更朝暮，年年尽日书儒。
腊月梅花心已动，不问梨园问念奴，
举身一诺呼。

63清平乐

人生如梦，半壁钗头凤。
半壁沈园南北送，不似梅花三弄。
人生自是西东，放翁唐婉由衷。
只有云云雨雨，何须始始终终。

64辛弃疾

千年豪气半辛郎，十万精神一战场。
不遣风华空日月，可凭草木散余香。

65踏莎行

冷韵幽香，一波一浪，人间何必寻将相。
佳人才子问西厢。姑苏城外黄天荡。
玉树斜阳，书生想望。百花得以风流样，
东风不语百花匠，三春儿女须心藏。

66姜夔：《秋宵吟》等十七首自度曲都注有工尺谱，是宋词中仅存的乐谱。

一长空，半月皎，留下人情多少?
西施去，也有范蠡商，暮去晨晓。
玉壶城，事未眇，缺缺圆圆杳杳。
吴宫草、以故国江山，十分妖娆。
越客消磨，日月里，人情渐老。
卫娘何在，宋玉何来，淑女几窈窕。
萧远村烟袅，须是又蓼。
用心居、立剑楼兰，今日明日读未了。

67吴文英

浪迹江湖幕上游，深柔缠婉拟春秋。
终生不露从词属，音律其协短雅求。

68一萼红·雁莱阁有感——周密

过平沙，清鸣潇湘去，朝暮故时家。
古木长亭，飞云落叶，自可寻觅西斜。
一苇荡，归来又别，栖不定、明日夜何涯。
晋水汾流，雁丘尤见、自是情嗟。
秋色洞庭渐近，梦非衡阳月，已见乡家。
万里长城，千年汴水，江山杨柳参差。
最知须严冬腊八，十香流遍是梅花。
雪尽春来又是，飞向朝霞。

69张孤雁

孤雁声中意未求，此情何物是非忧。
教人生死直相许，比翼双飞过九州。

70清平乐

云中飞鸟，但见天边晓。
读尽人间情未了，误了书生不少。
长天一半云霄，牛郎织女归桥。
七夕休听架下，此情一半难消。

71柳梢青·春感

日月由衷，山川依旧，草木丛丛。
腊八寒梅，三春桃李，半入梨宫。
东风无始无终，流花处、香残色空。
自由江湖，洞庭山下，海阔天空。

72昭君怨

一半巫山云雨，一半楼兰朝暮。
天外有天途，是江湖。
一半阳关路，一半小桥花树。
一半丈夫奴，是姑苏。

金、元、明

73转眼荣枯惊一梦，百年光景空悠悠——（金元明词）

寄语半春秋，深思九脉流。
沉浮惊一梦，百岁十三州。

金词

74迎春乐

交河日落一朝暮，苍土乡边树。
人生但要春长住，东风雨、夕照顾。
归心无端几何数，共几载，
前程有路，草木入三春，莫误江山诉。

75人月圆

青衫汉湿书生路，百岁不还家。
年年如此，悠悠都会，平步天涯。
晨钟暮鼓，巫山云雨，楚汉桑麻。
江洲司马，城市地铁，使者兰花。

76鹧鸪天·赏荷

十里荷塘百里红，万千莲子一心中。
塔城碧色禅房浅，半影天云半影风。
独柳岸并蒂逢。瑶台月照又相逢。
此情留待婵娟问，只以私囊谢故宫。

77鹊桥月·待月—海陵王完颜亮

玉壶一半，江山一半，宋宋金金一半。
南南北北一长城，汴水色、杨花柳岸。
风云一半，英雄一半，败败成成一半。
三秋桂子误投鞭，去来是、长嘘短叹。

78青杏儿

不尽 江流，草也丢，花也白休。
一杯不劝人心去，年年春秋，年年春秋，
误了春秋。
曲折问江楼，有方圆，也有君忧。
少小中老前程事，此也人头，
彼也人头，白了人头。

79木兰花慢——元好问

任莺歌燕语半天下，一红尘。

有老子行年，禅房化坐，谁问天津。
去人古今经略村，有房谋杜断以明臣。
唐李不济周武，开元天宝秋春。
梨园天子家臻，羞妩媚，芙蓉身。
霓裳阶前曲，雨霖铃处，不可知亲。
长生殿中但怯，恨瑶池，天理误天伦。
是否从头作起，只应王谢东邻。

元词

80木兰花慢——刘秉忠

五湖天下水，半烟雨，一清明。
汉界楚河分，东西南北，依旧唐城。
唐城，玉门关外，虽迟三月也有春情。
不管交河日落，人间启用新声。
书生，问尽枯荣。君艳冶，苦逢程。
见灞桥、折柳枝枝欲断，残似纵横。
纵横，沧海世事，草木风云日月阴晴，
是非一诺相倾。

81点绛唇

坝桥青青，洛阳西去凉州暮，
玉门关树，只可楼兰顾。
小雨长亭，足下三千路。
平生许，丈夫何苦，留待清风住。

82人月圆

婵娟自古羞春里，人月自缺圆。
成成败败，兴兴废废，沧海桑田。
晨钟暮鼓，长亭驿路，往事如烟。
此评彼论，难难易易，是非经年。

明词

83眼儿媚——刘基

五湖月下一扁舟，云望雨风流。
金陵落日，秦淮王谢，一半幽州。
何分唐宋元明客，自古半春秋。
百年多梦，千年少有，敦是公侯。

84浪淘沙——杨慎

一半浪淘沙，一半天涯。
东风一半入人家，一半清明烟雨秀，
一半春娃。一半有新芽，一半江华。
梅花一半待桃花，一半香云朝暮尽，
一半窗纱。

85忆江南——王世贞

三更舞，朝日半村红。
里七外八关内去，读书未尽御门中，
家在一辽东。

86采桑子

呼风唤雨须何易，道理千里。
道理千里，日满江山风满楼。
读书自是古今事，不付东流。
不付东流，一半男儿自春秋。

清

87燕子斜阳来又去，断红还逐晚潮回——清词

浣溪沙——王士祯
日满扬州月满楼，瘦西湖水瘦西流。
琼花一半问神州。二十四桥杨柳岸，
何人玉笛付千秋。书生此去可回头。

88唐多令——陈维崧

楚客问株洲，长江带沙流。
五十年，只见江楼。
朝夕书生朝夕问，日月里，九州头。
今古几王侯，百年半不忧。
去江湖、朝野同休。
自有蹉跎须事世，终可以、待行舟。

89卖花声——谢池春

西去玉门关，问月牙湾，沙鸣不住向天山。
敦煌壁窟飞天客，不必归还。
少小诺楼兰，知已香残，荷风听雨可凭栏。
水色云烟浓又淡，如是波澜。

90忆旧游——厉鹗

灞桥折柳处，回首长安，泾渭分流。
八水京都问，曲江天子客，仿古悠悠。
折枝复见长色，何怨一春秋。
此如似人情，相思不尽，轻趁难休。
阴晴月圆缺，鹭鸶鸣夜宿，苦事旧游。
一叶渡江去，面壁心不求。隔岸羊牛。
万里路、千年治，望向楚人忧。
密草木南洋，清风明月任去留。

91菩萨蛮——郭麐

江山一半川流路，江山一半风云树。
曲折问江流，平直知故楼。
人生杨柳度，岁月枯荣去。
一客十三州，半江千万舟。

92水调歌头——蒋士铨

似为同林鸟，似为小鸣虫。
天高海阔相似，远近一苍空。
万岁不知天下，百岁难言南北，
处处问西东。
自古英雄去，彼此几中庸。
春花色，秋草劲，夕阳红。
黄河不断天水，万里问飞鸿。
历尽中原逐鹿，也有江湖明月，也有小舟蓬。
壶口声名在，势在此情衷。

93木兰花慢·杨花——张惠言

满天飞不尽，一冬后，半春前，造物以情缘。
杨花柳絮，自古桑田。云仙，运河两岸，
载风流去只靠舱弦。
千万韵华，不声不语，一味长天。
三边、出入望河川，微言赋山宣。何似可清空，扶摇寄托，素羽如烟。
无眠，但归故隐，只寻池畔似玉门绵。
独作花丛白雪，夕阳冷淡峰巅。

94渡江云·杨花——周济

晴阳阡陌里，暖回人间，无翼素飞萌。
楚甸吴韵客，满了江湖，委曲到平生。
无声无色，只作为、一岁枯荣。
千万里、长亭驿路，处处以春情。
云英，借风直上，任自西东，向山河如倾。
碧叶里，天翻地覆，一半光明。
栖栖应对枝头月，白凤落、但成城。

风水岸，人间处处成城。

95卜算子——蒋春霖

一半问人生，一半寻朝暮，
一半风花雪月明，一半凝云雨。
一半对枯荣，一半分辛苦，
一半江山草木荣，一半天涯顾。

96减兰——龚自珍

平生朝暮，历凭无止人间路。
杨柳河边，三载成林已十年。
江河横渡，天空海阔阴晴数。
世事人家，不禁春风二月花。

97好事近·湘舟有作——文廷式

有路半江湖，天下是非无序。
一枕梦、三江渚，楚云巫山许。
花间九州问潇湘，寻得人间语。
依旧七擒劲旅，有年光儿女。

98庆春宫——郑文焯

云楼平冈，山连旷野、路回岭转潇湘。
雁字飞天，风声嘹呖、眼下已是衡阳。
玉门关外，沙鸣枯霜。
尘埃无锁，来去黄昏，星宿微茫。
不怀旧日华堂，草木参差，土地风光。
年少楼兰，长安只向，曲江易水苍苍。
鱼龙，有密约、镜湖余杭。
苦辛何顾，日日三更，日日文章。

重要词人及词作

99南歌子

不问风波水，风波凭所闻。
芳花雪月满衣裙，岁岁年年相似，
枯荣不可分。
天下春秋色，人中楚汉云。
灯明不见何人君，碧玉五湖阡陌，
青天白日曛。

第一章　敦煌曲子词

100敦煌曲子词

敦煌曲子词，妇怨少年诗。
五代雄轮辂，云谣集朵知。

101凤归云

书生苦读，萍寄他乡。
一诺千夫指，十地星霜。
步下长亭千万里，北雁行。
潇湘芦苇荡，往（枉）劳归旅，日月衡阳。
雪残又春，更不思量，
谁问前程路，目下钱塘。
塞北天南都是客，日月天光。
岂无相思处，鹊桥相见，织女牛郎。

102抛球乐

征妇相思一少年，五陵狂枉半云天。
敦煌曲子歌词在，只有十三周尚全。
仿佛梁州女，出入江湖来去船。

103摊破浣溪沙

七八竿头帆正扬，三千日月读钱塘。
一半江湖多少客，自低昂。
柳岸杨花知苏杭，寻山问水已隋炀。
丝竹管弦寒山寺，月倾肠。

104曲子望远行

年少青年志不消，一剑八月狂潮。
楼兰日月自无遥，只有成就似今朝。
天山上，路迢迢。
弯弓无满射飞雕，东西南北九州客，
不必回首话双骄。

105菩萨蛮

霏霏细雨斜塘暮，悠悠孤草长亭路。
点点半秋泉，依依三柳悬。
盈盈心上女，处处吴门顾。
落落问风帆，轻轻寻去船。

第二章　唐代文人词

韩翃

106章台柳

韩翃柳，韩翃柳，一半君平今古友，
但寄章台似碧玉，只向长安一杯酒。

107杨柳枝

杨柳枝，月圆缺，不怨刘郎叹离别，
夜雨潇潇轻满池，也有秋虫不堪咽。

张志和

108渔歌子其一

一半江湖白雨霏，三千弟子不须归。
青草色，野心扉，清明苦读寒窗晖。

109其二

下里巴人一王侯，渔舟唱晚十三州。
半西子，万夫求，阳关三叠不曾忧。

王建

110调笑令

红袖，红袖，杨柳西厢依旧。
相思又是相思，苦向江南折枝。
枝折，枝折，应怨人间离别。

刘禹锡

111竹枝　其一

三山风花玉彩头，一江春水向东流。
花头颜色满阡陌，水流深浅半雕楼。

112其二

十二峰中十二滩，巫山峡外巫山颜。
云里人心但如雨，一川烟波半川湾。

113其三

一曲刘郎一曲情，半朝司马半朝声。
文章只是文章客，日月长安日月明。

114杨柳枝　其一

花萼楼前杨柳枝，逢春化雨帝王迟。
芙蓉城里芙蓉醉，只见霓裳玉叶时。

115其二

汴水隋炀汴水春，钱塘岸柳去来人。
自古苏杭天堂客，飞向天涯不见身。

116其三

灞桥折断半年华，水调歌头处处花。

不问后庭知玉树，桑田春满好人家。

117浪淘沙　其一

九曲黄河九曲沙，半荒日月半天涯。
千年已满三春色，同是人间二月花。

118其二

万里东流二月花，千年世事浪淘沙。
黄金始自含辛水，直到天涯不问家。

119其三

一半沉浮一半金，两三言语两三心。
千辛万苦千辛客，几处枯荣几古今。

120忆江南

知小草，寞寞不经年。
自有繁荣寻日月，无言落叶舞江天，
只似去来船。

121潇湘神　其一

潇水流，湘水流，潇湘斑竹何泪流？
楚客还听吴门韵，江楼不住同江流。

122其二

东水流，西水流，南流北水有江头。
斑竹情深流泪尽，隋炀知水满思愁。

白居易

123忆江南　其一

江南好，舟叶半江湖，一江荷风摇玉浪，
婵娟桂子满姑苏。江花似如荼。

124其二

江南忆，娃馆半吴宫。
梅在初春半香红，斜塘七月一荷风，
三载五湖雄。

125长相思　其一

曲满楼，月满楼，一半江湖几叶舟。
吴宫一半愁。西子愁，范蠡愁，
一半春秋勾践去，虎丘一半谋。

126其二

一半云，一半雨。
一半巫山一半峰，山花一半红。
一半吴，一半楚。
一半王侯一半雄，东西一半同。

127花非花

情是情，梦是梦，枯是枯，荣是荣。
春秋相继年华去，日月江山是身名。

128竹枝　其一

瞿塘峡里雨云栖，白帝城中鸟虫啼。
一曲高唐朝暮尽，三江洛宓月空移。

129其二

柳岸谁人唱竹枝，江头白石语声迟。
船行客怨鸣无止，且待女儿一半思。

130杨柳枝

一树梨花半海棠，三春碧玉两芬芳。
千家柳叶初如眉，万里杨枝司马郎。

131浪淘沙

随波逐浪问天涯，汴水长空一半家。
只有隋炀南北客，运河此去浪淘沙。

132宴桃源

几度刘郎宫殿，何人文章故院。
司马八王休，无非是北去燕。
一面，一面，深草繁花芳甸。

窦弘余

133广谪仙怨

犹记，出水芙蓉，长安只见玄宗。
天宝开元梨园，霓裳羽衣鼓钟。
公孙大娘剑舞，旋舞男儿始终。
马嵬坡前花落，人间春夏秋冬。

李晔

134菩萨蛮

唐时日月秦时殿，南京草木来燕。
渭水半长安，曲江三月寒。
人间多少面，世上枯荣见。
大内不三銮，齐云楼半残。

韩偓

135生查子　其一

冬郎一玉山，今古千年短。
只见半吴臣，越士知娃馆。
春秋尽去颜，日月昭宗断。
不可附全忠，天将乌云散。

136其二

依依脉脉情，去去来来影。
密密绵绵意，花花草草省。
幽幽独独鸣，念念心心颖。
怨怨婷婷静，柔柔雅雅秉。

137浣溪沙

一步江湖一步桥，半塘日月半塘霄，
江涛不断惑江潮。
不似人间谁是客，高风亮节路迢迢，
平生一诺试天骄。

王丽真

138字字双

黄河九曲湾中湾，玉女清肌颜中颜。
中庭旷野人外人，天高水远山外山。

唐朝无名氏

139醉公子，繁花子

无可多回首，疑是千年酒。
客路草花明，乡家阡陌柳。

140菩萨蛮

沈园半壁黄藤酒，陆游唐婉亭前柳。
何以问沉浮，别离多少愁。
堪寻空白首，只忆红酥手。
一水向东流，三生须早求。

第三章　温庭筠、韦庄及花间词人

141温庭筠韦庄及花间词人

飞卿一半半韦庄，十八家词五百唐。

广政花间收十卷，少卿五代蜀人藏。

温庭筠

142菩萨蛮 其一

庭云一半朝中妒，杜陵游客人生路。
八叉几江湖，宣宗知令狐。飞卿钟鼓误，
自赏方城暮。只须一殊途，花间三界故。

143菩萨蛮 其二

潇湘柳岸春无语，萧娘不认刘郎女。
惹起一相如，原知花月余。
人来寻所去，客去寻吴楚。
应视一江湖，难言三界殊。

144更漏子

一洞庭，十载语，唤起鸳鸯相许。
三界水，半姑苏，小家藏玉奴。
云里雨，梦中数，只有鹊桥可渡。
杨柳岸，此心余，月明子夜虚。

145更漏子

莫回首，朝暮酒，来去人间九九。
千百度，十三州，万寻心自由。
君子口，岸河柳，左右江山是否？
三界事，半春秋，一江水自流。
MH371 北京——吉隆坡 2011-01-15

146酒泉子

君玉不归，船靠小桥流水。
一吴门，千万梦，半春闱。
五湖波平云雨烟，心上姑苏岸柳，
边人舟里客，敞怯扉。

147南歌子

草木三春色，山花一柳城。
桃桃李李半倾情，香雪海中朝暮有阴晴。

148梦江南

今古事，江楼问江流。
已到东吴还不止，烟烟雨雨水悠悠，
不尽十三州。

韦庄

149韦庄

六十校书郎，昭宗蜀草堂。
锦官寻杜甫，王建半韦庄。
秦妇吟长赋，联云故客唐。
浣溪花集士，端已事平章。

150浣溪沙

起舞三更温晓寒，婵娟一半问龙盘。
帝王一半步邯郸。弟子三千知所立，
楼兰一半在云端。书生一半在长安。

151谒金门

谁鸣笛，情在沈园半壁。
留下人间空寂寂，旧袂尤戚戚。
一半悠悠回忆，月色教人无力。
不问婵娟还消息，心中由此抑。

152清平乐

一花三草，不见人心老。
细雨云烟色不恼，杏李芳华独好。
胡见当初葡萄，珠连在情怀中袍，
春去玉门关外，梅香换了红桃。

153江城子 其一

情丝处处缕方长，过西厢，待红娘。
不要红娘，彼此有衷肠。
明月偷偷寻短见，藏玉枕，问潘郎。

154其二

三春红杏半出墙，似洞房，未边藏。
不怯情郎，玉枕夜阑香，
暗里私心羞可顾，凭所心，任疏狂。

皇甫松

155天仙子

暮色连江花草路，不到吴门归客误。
刘郎但问阮郎奴，云里雨，
山中雾，十二峰前三峡顾。

156摘得新

江岸芷，今古只相似，
月明潮水咫，去来时。
东风一夜惊风雨，恨春迟。

157梦江南

云半落，细雨问芭蕉。
轻问潘郎贪睡起，
夜阑玉笛响江潮，人在语良宵。

158采莲子

乌蓬船中女儿半举棹，
小姑心上欲行还年少。
渔舟唱晚平湖湿举棹，
织女牛郎岸边儿年少。

159竹枝

清风明月竹枝一心珍女儿，
阳春白雪竹枝半身邻女儿。
高山流水竹枝两知姻女儿，
下里巴人竹枝千万亲女儿。

薛昭蕴

160谒金门

朝暮殿，孤影在长生殿。
一半瑶台三两雨，相思梦里见。
出水芙蓉眷恋，只似深宫飞燕，
脱下霓裳消自缠，凭桃花一片。

161浣溪沙

十载精英客故乡，空余织女问牛郎，
江村一半野花香。五里长亭多少路，
十年汉事古今扬，人生一半误黄粱。

牛峤

162菩萨蛮

三吴一半姑苏絮，千年一半英雄去。
何必帝王墟，空待今古余。
长林烟雨外，春日江湖女。
读尽万家书，平生天地舒。

163江城子

湖边柳岸宿鸳鸯，一斜塘，半春光。
交颈生平，胜似薄情郎。
此鸟成双对去，天地见，凤求凰。

张泌

164江城子

寒窗乞火近清明，雨初晴，柳莺声。
远处江舟，近处满花城。
只向龙门三月跳，行不止，问书生。

165江城子

浣花溪、上草堂荫，一人心，半衣襟，
隔壁萧娘，日月寄知音。
俱是锦官城外客，啼鸟近，碧云深。

166“别梦依依到谢家，小廊回合曲栏斜。多情只有春庭日，犹为离人照落花。”

寄桓仁刘家沟　张恩媛

一半乡思一半家，三春草木两春华。
恩媛但似青江柳，八月秋潮二月花。

毛文锡

167更漏子

一婵娟，三界顾，似草如花玉树。
千里去，半江湖，小桥由小姑。
云里雨，雨中雾，细柳方长如许。
桃色艳，杏花妒，女儿心不住。

168甘州遍

甘州遍，西去玉门关，上天山。
潇潇洒洒昆仑四面，长安不见故人颜。
敦煌院，月牙湾，沙鸣远近如咽。
三叠尽登攀。客心谴，壮士诺声间。
万千恋，风寒衣兮，步步不知还。

牛希济

169临江仙

洞庭山下一东西，姑苏十里云低。
五湖舟外鸟空啼。馆娃宫冷，西子几何栖。
两岸桃花依旧色，三春小月私移。
半树梨花海棠迷，江村桥上，芳尘化香泥。

170生查子

三春汴水流，两岸江湖柳。
九曲问江楼，一脉知回首。
胥门楚客空，半壁黄藤酒。
不见陆放翁，不见红酥手。

欧阳炯

171渔父

七色山花七色泉，五湖日月五湖船。
西子沐，采荷莲，一曲梅花三弄妍。

172南乡子

玉色半寒溪，一处桃花一处梨。
初起春风初起立，香泥，乍暖人心柳岸西。

173浣溪沙

草叶花间玉露珠，洞庭水色有似无，
潇湘明月问小姑。只着熏香知理会，
罗衣去尽比肌肤，欧阳言语半胡奴。

和凝

174和凝

梁唐晋汉周，五代一官求。
曲子相公在，香奁学士休。

175江城子

云里婵娟半守门，雾边魂，意中村。
何似人间，处处小儿孙。
岁月清中不见问，风花雪月痕。

176春光好

顾敻

177诉衷情

南洋草木自繁荣，雨急半倾城。
行云不分朝暮，客事一生平。
千万里，各阴晴，共声明。
异乡同问，异地同生，异曲同情。

178浣溪沙

半月相思半月花，一人天下一人家，
春心隐隐掩窗纱。
宿鸟三更惊复定，枕边影落小云遮，
如何梦里是天涯。

孙光宪

179浣溪沙

闪闪波光闪闪情，一舟不起一舟平，
半边细语半边横。但任风流随水去，
此心还似彼心声，来时只满去时萌。

魏承班

180生查子

烟云细雨天，暮色春风暖。
一只半帆船，五色红妆短。
吴郎问管弦，越女寻娃馆。
花露任情怜，玉重人心满。

鹿虔扆

181临江仙

半人吴门三两省，一千世界人生。
姑苏城里自枯荣，小桥流水影，
柳岸女儿声。九脉东流归叹止，
楚河汉界摘缨。只随汴水几身名，
江山脱故颖，物事自纵横。

182思越人

半花岸，三更叹，一梦千里迢迢。
原是枕边言语在，玉中寻觅良宵。
巫山云雨巫山乱，峰前云聚云散。
自古情长难一见，牛郎苦渡桥畔。

阎选

183虞美人

荷花一半莲房半，水色舟平岸。
双波初涌向云天，万里江湖落下是归帆。
玉珠碧叶身心涣，朝暮香凝散。
四时日月四时船，桂子三秋依旧待缺圆。

184八拍蛮

胡姬一曲八拍蛮，三叠阳关半归颜。
不去楼兰何壮士，交河落日十万山。

尹鹗

185醉公子

月明半圆缺，家明一朝雪。
日落醉三春，风归客九新。
相思九寸结，别离杨柳折。
俱应去来亲，刘郎是佳人。

186菩萨蛮

梅花一树桃花昶，五湖半渡三帆桨。
月满照红妆，归来衣带香。
洞庭山色莽，汴水江潮朗。
日日向钱塘，天堂吴越光。

毛熙震

187清平乐

齐齐晋晋，楚楚吴吴润。
缕缕青丝向眉鬓，彼此以情不吝。
江南细雨烟云，姑苏儿女难分。
处处唯唯诺诺，时时地地殷勤。

188后庭花

千秋白玉千秋雪，后庭花尘。
江南塞北君王决，春水波折。
故宫声里月圆缺，胭脂凝香。
伤心十地何明灭，不锁情绝。

李珣

189渔歌子

暮光余，花草误，长亭十里江湖树。
一天涯，三江路，古古今今何顾。
问孤村，寻摆渡，轻舟半壁观云雨。
卸红妆，寻白鹭，鸳鸯藏入深浦。

190巫山一段云

古刹钟声里，江村水色流。
老僧来去锁空楼，几处一春秋。
十二峰中峡，巫山千载游。
朝云暮雨近渔舟，留下楚人愁。

191南乡子

寻日月，问江湖，细烟云雨半姑苏。
舟里客情南北数，入春浦，
纵横湾中何所顾。

192河传

处处何处，刘郎朝暮，
南乡竹枝，鹧鸪辛苦。
同里百渡姑苏，何须问楚吴。
江湖岂异湖山路，桃花色，一树梨花误。
向洞庭山后，有明月春奴，劝玉壶。

193菩萨蛮

花间异响琼瑶集，黄昏半解金蓑笠。
暮色落东西，残阳平玉霓。人心今古邑，
日月东流急。斜影付春溪，余光栖鸟啼。

第四章 南唐词

194南唐词

南唐二主一臣词，北宋三朝两地知。
璟煜正中延巳嗣，阳春白雪玉心痴。

李璟

195应天长

南唐伯玉何回首，江山凤凰寻故影。
深宫幸，异朝领，缠绵秀朗才艺颖。
一波三折静，曲断酒陈春景。
几度三更梦境，河川半不整。

196摊破浣溪沙

王叶香沉半壁天，云轻雨细一帆船。
谁与江南共寂寞，有流泉。
风里落花闻笛远，三春八月各寒烟。
无同有同同不是，望婵娟。

李煜

197浣溪沙

二月重光二月嗟，半人天下半人家。
南唐后主性天涯。十里长亭三界短，
一江春水浪淘沙。宫娥叹止后庭花。

198一斛珠

半明肌雪，婵娟何足几圆缺。
玉香春殿梨花绝，唱彻人间，叶落千秋节。
红烛闪光姿影结，深宫塞路杨柳折。
罗袖残酒杯中缀，神旌摇红，曲尽刘郎拙。

199菩萨蛮

春云细雨小周住，只待西厢莺莺暮。
月照玉壶孤，心明知小姑。
大周何不语，不短窗前路，
但似一情苏，只寻三界奴。

200清平乐

一情心半，此去多兴叹，
腊月梅花香雪散，乱了一生衣冠。
开封汴水清寒，影姿声情无甘。
照惠只知身见，嫌疑后主故坛。

201虞美人

宫深未尽十杯酒，人下知杨柳。
五月月色上西楼，万里河山不问忘国侯。
是非不是难知否，一半文章守。
家国所在已民忧，只见几度风雨几春秋。

202乌夜啼

花花草草春秋，一河流。
月照江湖杨柳，半江楼。
几是否，几回首，十三州。
别是国忧，何谓杞人忧。

203浪淘沙

客在玉门关，一半河山。
佳人空有佳人颜，十处响沙惊万里，
天上人间。碧水月牙湾，叶落云闲。
蜃楼海市已无还，此去昆仑多少路，
换了人间。

冯延巳

204南乡子

五月柳杨长，三载成林十地乡。

湖山几何留渡口，荒塘，湾里桃花分外香。
一处杏花墙，素玉红颜半短妆。
日暮担心门半掩，斜阳，影入西厢自上房。

205酒泉子

烟锁江天，一叶乌蓬何处去，
三吴音，千声妒，不扬帆。
香花芳草几经年，似是又非如雾。
半湖边，双落魄，问前川。

206鹊踏枝

十地人心心不许，三界风情，千万林中树。
一半足下朝暮路，山川仰止江湖渡。
云雨春光留不住，留下衷肠，无计相思数。
不可问花花不语，隔壁新月章台故。

第五章　晏殊、欧阳修与范仲淹

晏殊

207浣溪沙

一水一山一腊梅，半花半草半章台。
几杨几柳几徘徊。燕子可无王谢问，
客须居心人归来。小桃殊荣杏花开。

208蝶恋花

细雨含烟凝玉露，三月清明，不落江湖暮。
此去洞庭多少路，姑苏不尽山河树。
一夜黄粱梦不住，九脉阴晴，一半书生误。
读符春秋先后顾，天涯只是人生渡。

欧阳修

209欧阳修

欧阳八一词，政事三千诗，
庆历文忠府，翁琴已醉时。

210生查子

山河草木荣，日月何时候。
水问水阴晴，人见人依旧。
重阳一半秋，无限黄昏后。
回首见平生，地地天天厚。

211浪淘沙

一半去天涯，一半人家。
江流不解浪淘沙。
处处生平平处处，一半山花。
一半问春霞，一半秋霞。人间只向种桑麻。
不止西阳阳不止，一半袈裟。

212诉衷情

衷情一半诉衷情，处处是人生。
阳春白雪朝暮，日月有阴晴。
知草木，待枯荣，易身名。
古今今古，汴水长城，纵纵横横。

213浣溪沙

此去人间一逐船，平山堂上半桑田。
文章太守九前川。十载心中杨柳树，
千盅故酒问婵娟，三春二月雨云烟。

范仲淹

214范仲淹

自古一人忧，如今半不愁。
日月经天地，庆历大江流。

215渔家傲

塞下翁鸣三万虑，忧人只解残云去。
一半春风杨柳絮。
秦汉楚，人间不尽江山语。
玉树后庭花满地，深宫未足婵娟女。
违命侯声难可与。
断肠处，千年留下千年誉。

第六章　柳永

216柳永

浅唱柳屯田，浮名永地天。
仁宗何不满，勾栏迹云烟。

217蝶恋花

数尽人间人不数，一半平生，伎馆歌楼赋。
正羽清宫天下树，移情杨柳朝朝暮。
衣带渐宽终不顾，何要浮名，任把王侯误。
十里长亭多少路，江山几处无风雨？

218雨霖铃

人间风雨，五湖烟树，草木何主？
春秋岁岁朝暮，扬帆自去，前程仿古。
谁见长生殿里，玉环故时舞。
半水色，出水芙蓉，天宝开元似羯鼓。
瑶台影暗霓裳谱，问明皇，驿外霖铃苦。
胡儿客，已无绪，泾渭水，两三津浦。
回首王朝，天宇，河山处处狼虎、便纵是，
来去江湖，日月何人取。

219望海潮

江门吴越，风云齐鲁，钱塘八月高潮。
一半烟波，万千浊浪，招摇入海狂飙。
天下一时消。水飞几明暗，却似天桥。
胜似天桥，一夫狂妄，是人娇。
有峰有谷无消，有蛟龙闹市，白马奔辽，
百丈倾城，千浔争涌，万里不住声嚣。
彼此雨潇潇。只作江山客，不作渔樵，
见得成成败败，君子取琼瑶。

220鹤冲天

人间抑扬，五湖黄天荡，
吴越韵中人，何惆怅。
只有浮名浅，由是精无妒，
才子佳人，几见山中宰相。
杨花柳浪，谁问长安隋炀，
内外一长城，君臣养，
一臣一君一半，江山事，平生望，
龙门梦里望，多是黄粱，神女应道无恙。

第七章　苏轼及苏门词人

221苏轼及苏门词人

苏门婉约词，旷达开山诗。
赤壁江山赋，文宗乐府时。

苏轼

222卜算子

日月一东坡，草木三婀娜。
不尽乌台案上歌，坦荡人生果。
来去渡江湖，胜负知行坐。

九脉山川九脉何，谁可风云琐。

223浣溪沙　游蕲水清泉寺，寺临兰溪，溪水西流

何处春江向始雨，钟声日月入兰溪。
梅花一半化香泥。杏李姑苏台上望，
盘门草木乌空啼。江湖一半不高低。

224浣溪沙

洞庭水色乱姑苏，大姑春心问小姑。
长江日月入三吴。进士东西山上碧，
状元故里是非无。采桑玉女待人呼。

225西江月

日月千年日月，人生百岁人生。
江山一半共阴晴，止止还须行行。
草木春秋草木，枯荣依旧枯荣。
声名之外几声名，纵横自然纵横。

226定风波

一半江湖一半萍，两三草木两三青。
年年岁岁知日月，何行？
山河处处有长亭。
此去黄州多少路，朝暮。
零丁何必问零丁，渡口，
诗经留下一小星。

227行香子

一半天空，三两飞鸿。
几鸣虫、万里苍穹。
轻舟点点，苇叶丛。
过滩浔芷，何踪影，问乌蓬。
先先后后，始始终终。
问春秋，可谓西东。
今今古古，时事空空。
但有诗书，三更鼓，苦读自无穷。

228何日遣冯唐

魏尚一冯唐，云中半节扬。
纵横天下事，志得射天狼。

黄庭坚

229定风波　次高左藏使君韵

自古渔樵半壁天，如今岁月一帆船。
不似三吴云雨重，河畔，姑苏城外念奴宣。
楚客胥门娃馆怨，兴叹，事去人来似旧烟，
秦汉、风花雪月未留年。

230南乡子

日月见封侯，一半英雄独上楼。
十地风云但不休。春秋，此去东南大江流。
今古读人愁，来亦忧可去亦忧。
花间婉约谁白头？沉浮，一树梨花九州修。

秦观

231满庭花

晴雨钱塘，洞庭落日，江天一半黄昏。
五湖舟去，七色入吴门。
碧玉小桥流水，杨柳岸，唱晚孤村。
红酥手，朝朝暮暮，天下一乾坤。
梅芳三界客，东西山上，
风雨无痕、片片香雪海，数尽天恩。
汴水长城何计，秦隋论，留待儿孙。
人间事，兴兴废废，由可见鹏鲲。

232浣溪沙

一夜知心半夜流，三春无力西春头。
烟红水碧满江楼。啼鸟传情青鸟去，
丝边凝雨枕边留。小船渡口渡船羞。

晁补之

233摸鱼儿

一斜塘，三生朝暮，吴门琴韵如住。
云雨烟雾阴晴让，荷叶去来鸥鹭。
堪忆处，有道是、后庭月色花边树。
先先后后，不得长安顾，芳楼曲唱，
半是江流路。缺圆处，自古河山故故。
人间可倾诉，桥岸渡口同里理，
苇碧沙平津浦。君子心、清如许，
粼粼波影天天数，情真意切，便似在江南，
读书不尽，归计几时付。

MH788　吉隆坡——北京
2011年1月23日

张耒

234张耒

苏门学士四人名，黄九无咎半月顷。
秦七柯山词不语，归来子去几人生。

235风流子

不挂山树下，婵娟在，月色半风流。
空空天际扬，寂寞人间，后羿还在随逐愁。

李之仪

236卜算子

天下一人今，地上千家古。
一半殷勤一半心，一半知钟鼓。
日月九黄金，草木三春圃。
一半光明一半阴，一半多辛苦。

237临江仙

九月重阳天下去，三秋已近黄昏。
南洋岁末问儿孙。
繁花风雨骤，覆草老乡根。
一半平生南北问，最思父母山村。
书生意气跃龙门。
鲲鹏多少路，日月苦无痕。

赵令畤

238乌夜啼

江湖万千朝暮，春秋一半年华。
人人处处天涯路，芳草伴梅花。
渡口无言不渡，黄昏影旧西斜。
南洋日月何辛苦，随意自人家。

239浣溪沙

细雨春云半暗花，刘郎日暮未还家。
有情有意望天涯。月挂西厢红袖短，
无声无影拨窗纱。萧娘彼此向心斜。

第八章　晏几道与贺铸

晏几道

240晏几道

廉叔君龙玉客移，小山词尽叔原西。
莲鸿一半苹云半，曲色无低仕女低。

241临江仙

酒醒花流无数，东风半入人家。
春深叶重到天涯。
洞庭山上问，香色一中华。
听遍江湖吴越语，小家碧玉馆娃。
罗衣欲解乱心花。
云归何岁月，明月挂窗纱。

242阮郎归

月残一半挂西厢，枕边问玉郎。
不言情里待萧娘。几何泪两行。
三界里，五亭长，有思便返乡。
此心随去任衷肠，和衣待梦凰。

243鹧鸪天

一半秋山一半枫，万千落叶万千红。
阴阳南北阴阳见，塞外荒沙塞外风。
知日月，自英雄，此人只在彼人中。
江河湖海山川去，行尽西边便是东。

贺铸

244青玉案

三春花草三春雨，月月夜夜，朝朝暮暮。
读到姑苏多少路，小桥流水，盘门如故，
楚客平生误。日月不尽江湖渡，
唐宋诗词汉家赋，迟到人间元曲数，
以明清后，万千园圃，天下何分付。

245六州歌头

来来去去，独立九江头。
平生语，楼兰剑，一春秋。
一春秋。古古今今事，英雄故豪杰处，
书生读，君臣帜，半王侯。
一半王侯，一半江山客，此意酬谋。
不论成败说，无悔马羊牛，
历尽交游，十三州。
四更行客，问红叶，寻流水，驾飞舟。
三峡雨，巫山客，楚天楼。玉女羞。
一曲东吴尽，任三弄，诉衷由。
娃馆外，虎丘上，剑池求。记得卧薪尝胆，
范蠡语，一半沉浮。
只可人情废，兴衰自无休，一半春秋。

246芳心住

十里斜塘，一帆独树。红衣散尽芳心住，
随波逐影任清香，一尘不染人间顾。
无蔽无藏，有云有雨，亭亭玉立孤华度。
无端自主对西风，神情全在和阳煦。

第九章　周邦彦集大成词人

周邦彦

247周邦彦

清真居士一钱塘，变法邦彦半曲梁。
太学神宗晟府就，汴都赋尽过余杭。

248瑞龙吟

秦淮暮，明月悄悄随波，向桃花渡。
乌衣巷口人家，王王谢谢，和风细雨。
莫回顾，只有石头城下，近听吴语。
清明前后花黄，短衣短袖，盈盈玉素。
依旧金陵花草，一金未断，女儿丝路。
楼上尤有秋娘，声向情误。棋琴书画，
不似书生苦。殷殷处，刘郎竹枝，
群芳竞诉。且与明清付，女儿尽是，
江山故赋。杨柳天涯妒，谁可问，
桃花扇中如数，兴兴废废，人间寄附。

249满庭芳

岁岁年年，年年岁岁，似云似雨如烟。
姑苏同里，汴水柳杨边。留得江村日月，
芳草岸，不系帆船。
洞庭树，波光点点，点点一圆圆。
平沙燕子落，盘门不启，未锁琴弦。
有渔舟唱晚，三弄清泉。半去阳关两叠，
人依旧，事已流天。干将路，虎丘山上，
过客寄长眠。过客寄长眠。

曹组

250卜算子　兰

一半问清妍，一半寻娃馆。
一半江湖一半船，一半山河暖。
一半向云烟，一半和弦管。
一半知音一半怜，一半烟花伴。

万俟咏

251长相思　山驿

一长鸣，半心情，楼上婵娟几时明。
玉箫和余声。此身名，彼生平，
云下雨烟有阴晴。驿路客人行。

252梅花引　冬怨

一冬寒，半春甘。欲暖心中封玉冠。
待云端，待云端，天云万里，情长似龙盘。
风花雪月香波面，孤立霜破天涯变。以
人宽，以人宽，步步邯郸，客家日边澜。

第十章　南渡词人

李清照

253李清照

易安居士赵明诚，金石临安一世倾。
漱玉泉边文画在，仓皇南渡半无生。

254声声慢

洞庭天下，云遍江湖，山川一半秋声。
暮雨朝云，青楼处处歌声。
渔舟唱晚点点，问吴桥，一阵风声。
沧浪水，虎丘山上去，听读书声。
三弄梅花一曲，玉门关外客，断了鸿声。
唯有沙鸣，千山叶落寒声。
初霜又来又去，月空明，双两虫声。
彼此是，把一半留与无声。

255武陵春

五月舟横云雨岸，玉人两三帆。
只见风花雪月天，月色挂明泉。

心中小草茵茵伴，墙外杏花眠。
不得红尘误春蚕，柱子问婵娟。

朱敦儒

256鹧鸪天

彼是江山此是郎，阳关三叠半疏狂。
玉门关外沙鸣久，直上青云大漠扬。
三界里，一圆方。鸿飞海市蜃楼疆。
长风万里阴晴尽，自顾知音自顾强。

257相见欢

春风半入红楼，半清愁。
一半相思无绪，问江流。
可知否，东风柳，九歌头。
何惜红尘相待，下扬州。

张元幹

258贺新郎

不尽江湖路。
有长亭、短亭又接，一朝还暮。
自此昆仑天下去，只道书生只读。
读不尽，三生辛苦。
可叹人情多少处，有阴晴，
也有风云误，今古是，半烟雨。
花明柳暗群芳故。
向人间、小星野草，鹊桥微渡。
谁可相思知所许，应是溪流独树。
故国语，千村孤渡。
杜若芳洲人不老，吟梁父、黄昏纵横数。
来去客，汉秦赋。

叶梦得

259水调歌头

九曲黄河水，一去到天涯。
秦秦晋晋齐鲁，日落满晴沙。
自古中原逐鹿，曾是群雄并起，
不忘故人家。谁春秋客，十月遍黄花。
玉壶口，千丈布，暮雨斜。
浪烟直似天水，瑶女散明霞。
目与雷声不动，催起风云急下，
探得久咨嗟。万里惊天地，万里御唐华。

260点绛唇

半在姑苏，江湖自主随心去，
柳花杨絮，只似扬州女。
半在洞庭，只似雕凿处。
花楼与，楚吴吴楚，谁在桥边语。

第十一章 辛弃疾及辛派词人

辛弃疾

261菩萨蛮

江楼此在江流去，春风不住春云处。
世上一龙门，书中三界根。
匹夫车马驭，君子江山住。
彼此半乾坤，人生天地村。

262青玉案 元夕

梅花落尽桃花雨，不见得、长亭扈。
万里飞鸿多少路，北南南北，
暮朝朝暮，只有江山顾。
日月不尽人生度，草木难求古今树。
虫鸟无声多少数，地天天地，鼓钟钟鼓，
直教文章圃。

陆游

263诉衷情

书生意气诺楼兰，立志一云端。
春秋论语华半，挥手挽狂澜。
知虎踞，问龙盘，几兴叹。
纠周秦汉，万里千年，地广天宽。

264卜算子 咏梅

孤影玉香融，腊月春心涌，
已是云云雨雨中，八百花接踵。
天下自由衷，世上凭冰溶。
已是人间主人红，只待群芳冗。

265秋波媚

汴水黄花九月开，落叶姑苏台。
江村十里，洞庭百色，两山徘徊。
雕花楼上千枝梅，一半女儿腮。
五湖烟水，一城池馆，我去谁寒。

266钗头凤

沈园铭，绍兴暮，荷塘两岸芙蓉树。
东城云，西山雨，一怀千绪，十年来去，
误，误，误。
亲家女，邻人护，唐琬非是非付。寒声故，
怨声处，人生事事，衷情难度，度，度，度。

张孝祥

267张孝祥

乌江进士一于湖，正字文书半不孤。
政绩民心辛派语，此身守志事皇都。

268西江月 黄陵庙

一半潇湘路上，两三风雨重阳。
满江云天满江光，留下人间俯仰。
一半年华思想，朝朝暮暮黄粱。
春秋不尽易炎凉，见得乾坤朗朗。

陈亮

269水调歌头 送章德茂大卿使虏

天下三君子，世上一夫雄。
龙川第一、身后进士数名穷。
彼此布衣何致，尽是人间苦读。
无取自由衷。啸啸江湖客，荡荡任西东。
问秦汉，寻齐鲁，话吴宫。
中原万军先后南北古今同。
也有春秋论语，也有精英岁月，
也有几飞鸿。
但得书生气，不可作鸣虫。

刘过

270唐多令 重过武昌

今古一冯唐，枯荣半日光。
几千年、万岁侯王。
自去玉门关外客，剑制虎、射天狼。
征战旧沙场，金戈尘下藏。
小朝廷、彼此低昂。
自作书生常论武，终又是、作文章。

第十二章　姜夔及其羽翼

姜夔

271姜夔

尧章白石半鄱阳，成大吴兴一客乡。
未仕终生琴砚律，清音古雅工姜郎。

272点绛唇（丁未冬过吴淞作）

百里姑苏，洞庭一半吴淞雨。
小舟朝暮，日月云中数。
百里江湖，草木人间路。
天随住，不须回顾，此去何分付。

273扬州慢

十里荷花，千年烟雨，江南一半扬州。
古刹钟声晚，素女满红楼。
瘦西湖、玉人吹笛，一音三叠，欲语还羞。
小家珠自怯，用心处、以心求。
轻舟过往，有黍离，已去千秋。
楚汉问潇湘，悠悠落落，只寄江流，
二十四桥明月，琼花色、色满乡眸，
静听蚕娘曲，闲情不取时候。

274暗香

半明月色，半暗心对我，冬寒春忆。
唤起群芳、欲动情衷玉人笛。
只向洞庭山上，香雪海，东风消息。
疏影里，处处疏花，可待雨云沥。
平仄，小业绩。不向清明遥，由得初觅。
红中白皙，枝下叶微自娇滴。
六瓣千携故里，梨花浅、桃花深霓。
由使得、流水去，小家玉戚。

史达祖

275双双燕　咏燕

一王一谢，半花半秦淮，欲暖还冷。
乌衣巷口，桃叶渡边人静，
依旧琴音仙景，细雨里、云烟不省，
雕梁画栋层城，碧尾分开红影。
脱颖，东风不整。这里入梅花，那边天井。
洞庭山下，柳岸五湖光影。
香草初凝露屏，去辞步，幽州山岭。
黑白自古分明，择尽故枝栖憬。

高观国

276卜算子

竹屋一山阴，玉树三春品。
百里东山百里心，百里梅花品。
云落雨烟深，色起枯荣枕。
一半湖光一半金，一半流红锦。

第十三章　吴文英

277风入松

烟烟雨雨半清明，枯草已逢生。
五湖处处波光影，一杨柳，一寸春情。
彼此停舟故问，吴乡可是阴晴。
一船玉笛一船横，三弄一声声。
江村岁月洞庭月，几同里、几富方城。
退退思思进进，梧桐叶叶平平。

278唐多令

流水问江楼，风云几去留。
一江流、一半春秋。
一半江湖多少路，明月里，上层楼。
岁岁雨沉浮，年年竟载舟。
半王侯，一半羊牛。
一半人间天地外，终相似，少年求。

279踏莎行

万里杨花，千年柳岸。人情只向风云叹，
高山流水玉门关。知音何处琴弦断。
百岁人家，半生楚汉。平身但作精英冠，
阳春白雪莽天山。渔舟唱晚江湖畔。

第十四章　张炎、刘克庄、蒋捷与其他宋末词人

张炎

280甘州

山海关、读书上幽州，年少问春秋，
过黄河故道，行空天马，自在沉浮。
曲江花枝招展，泾渭几东流，
一诺楼兰剑，今古悠悠。
燕子飞来飞去，山河依旧在，楚汉何求。
老翁寻天地，但向这归舟。可知樵渔商贾客，到头是、彼此何时谋。
途应是，有残阳处，只管登楼。

281清平乐　敦煌

夕阳西下，万里飞天马。
客里酒旗低不亚，换了东风不嫁。
天涯一半天涯，沙鸣处处鸣沙。
海市蜃楼日月，人家不是人家。

刘克庄

282满江红

一半书生，知天下，人间疾苦。
多少事，忧民忧国，一蓑风雨。
自打江山朝野去，成成败败何相许。
帝王家，可杜断房谋、将相数。
易水客，长安路，齐鲁草，秦川树。
仰天长啸处，暮朝朝暮。
一百英雄先后去，三千弟子云中圃。
古今名、赤壁大江流，黄河渡。

蒋捷

283霜天晓角

明月人家，五湖梅半斜。
玉影先香雪，烟雨里、挂窗纱。
初芽，小枝丫，只依吴馆娃。
且告诉、群芳客，汝碧叶，我先花。

周密

284一萼红　登蓬莱阁有感

上蓬莱，正天高云淡，意气向天游。
且问瑶池人间诸事，先后来去不休。
客与共、晴云万里，登临处，年少遇时求。
鹳雀楼中，黄河东去，轻唤神州。
左右东西南北，楚汉天下竟，今古悠悠。
一半江山，两三知己，空叹尽、几王侯。
只记得、长生殿上。
婵娟与、不忍玉环羞。

曲尽梨园云雨，风马同舟。

王沂孙

285无闷

湖上三春，半冷半暖，岸上香草情分。
亦算是轻舟，恐风方寸。
已见流红芳近，也必是，任谁衷情问。
沿水色，天下苏杭一半，吴门音韵。
韬奋，一处云，一处闻。可以深思熟忖。
五湖汴水，有杏花运。忘却一生苦闷，
又恐误，东风烟花紊。
怎自得，人也怜人，女儿忘了古训。

刘辰翁

286山花子

东风一半到天涯，漠漠荒沙不见花。
天似穹庐天马去，是归家。
阳关三叠天水色，交河落日故宫华。
尤见楼兰多少事，日西斜。

第十五章　元好问

287元好问

好问一千金，神童半古今。
雁丘情所物，生死可人荫。

288摸鱼儿

一人间，情是尤物。并蒂生死相许。
荷塘月色莲蓬子，日月里、同云雨。
朝与暮，相互顾，是非可测湖边渡。
长亭路路。
碧色叶浮天，三春九夏，只向心中注。
潇湘浦，不问东西秋树，行行南北倾诉。
年年岁岁衡阳住。心自在、何分付。
天也数，人也数，千秋万古儿女步。
依依附附，有明月清风，
诗词歌赋，留下万千度。

289清平乐

风清月影，桂子寒宫省。
十里姑苏城外静，古刹半入秋屏。
江湖一半洞庭，杭州一半西泠。
鹧鸪声声鹧鸪，行行止止停停。

第十六章　陈维崧

290点绛唇

一半江山，英雄可问周郎去。
小乔春语，不尽平生处。
赤壁东风，可谓人前虑。
谁无助，火中求疏，回首吴门女。

291清平乐

和风骤雨，一半南洋暮。
不尽人间天上路，立帜银行独树。
耕耘一半江湖，桑田一半如荼。
尤有念奴故里，心中此去殊途。

第十七章　朱彝尊

292桂殿秋

天下事，有无中。婵娟色尽守寒宫。
人间乞岭芳草露，桂子谁生玉殿东？

293南楼令

杨柳半红尘，风云一自新。
入三春、草木茵茵。
乍暖乍寒花正艳，留不住、满衣身。
明月自时珍，旧梦情更真。
但相思、云雨天津。
忍得去年今日事，梦且住、是人心。

294霜天晓角

来去匆匆，小桥流水东。
何处婵娟月下，碧玉问、半春红。
梅花香气中，群芳身色同。
谁问是、桃李处，梨杏妆，似飞鸿。

第十八章　纳兰性德与京华三绝

纳兰性德

295纳兰性德

明珠掌上一人成，侠气教书半世轻。
白描京华三绝客，纳兰性德树旗名。

296长相思

长相思，短相思，一半相思天地知，
男儿一半知。男儿痴，女儿痴，
一半人情梦里时，女儿一半时。

297如梦令

天下事、如梦令，天下是、非人性。
天下一平生，何应道、人间竟。
山盟。山盟，自在自由心境。

曹贞吉

298蝶恋花

雨细细时云细细，半在姑苏，半在江湖际。
半在人间寻梦里，一言半语凭心意。
不尽依依天下去，半是阴晴，半是春秋虑。
半在天山知汉楚，平生只在平生驭。

顾贞观

299夜行船　郁孤台

天下事、风云逐，一中原，半江山牧。
郁孤台上问江湖，只见吴、越王木渎。
问娃馆、春秋稻菽，西施去，范蠡几蹙？
客商来去满吴淞，渡江舟，以楼极目。

第十九章　张惠言

300相见欢

东风先到江湖，满姑苏。
剑池吴吴越越，几春姑。
馆娃宫，玉人奴，一珍珠。
歌舞几时休顿、小船夫。

301风流子　出关见桃花

才有状元颜，秋衣试、九月入榆关。
里七外八蓟，奉天南北，去来幽州，书生江山。
苦读读书书苦读。不见北京还。
钢院六年，一生三诺，长城内外，天淡云闲。
黄河流天水，中原去，曲曲是、十八弯。
半泻玉壶，云霄宙宇一般。
只有风雨骤，红尘隔断，不留秦镜，偷作云环。
天可教人，四时斯要登攀。

第二十章　龚自珍、项廷纪与蒋春霖

龚自珍

302浪淘沙　书愿

苦读一书山，苦读人颜。
江河湖海去无还，日月峰川南北座，
天地人间。西去玉门关，有月牙湾。
沙鸣不住半云闲。行遍楼兰天水客，过了三班。

项廷纪

303太常引　客中闻歌

三春时见杏花红，但问隔墙翁。
一树梨花风。夜色里、还西又东。
乾坤日月，人间草木，彼此半相同。
流红处、云平雨中。

蒋春霖

304鹧鸪天

未见琴台汉水流，高山流水入春秋。
尤闻鹦鹉洲前鼓，一处知音几处愁。
三界事，半江楼。龟蛇空锁大江头。
不寻黄鹤寻天地，自取河山自不休。

第二十一章　清季四大词人

王鹏运

305南乡子

一客一江山，万里万人半玉颜。
天水黄河流不尽，湾湾，一半中原一半关。
一岁一人间，九脉风云九脉还。
赤壁东风知未了，斑斑，一半周郎一半鳏。

郑文焯

306庆春宫

乡在辽东，榆关内外，北钢院、读书城。
一半关山，少年九月，此去半见秋声。
万书书卷，日月里、微茫小星。
幽燕依旧，朝暮年年，事事平生。
始终是、故人情，论语春秋，北海精英。
中海风云，南海天地，编制局里身名。
回心转意，只密约、文章已成。
诗词二万，一世殊盟，一世耕耘。

朱孝臧

307乌夜啼

百岁幽州客，平生是、读书生。
诗词两万文章事，日月苛耕耘。
一半桑田雨露，凝来彼此阴晴。
故乡故步人间路，处处不虚行。

况周颐

308南乡子

一半路长亭，一半江湖一半青。
一半雕花楼上问，洞庭。一半东吴一半宁。
一半读书铭，一半人间一半翎。
一半精英多少事，洞庭。一半山河一半听。

词学常识

词的别称

309琴趣外篇——陶渊明

今古曲歌怜，诗词日月年。
无弦琴外趣，有律意中天。

310诗余

曲子一诗余，王朝半帝墟。
难言先后坐，不以古人居。

311长短句

汉武设天颜，敦煌曲子湾。
词成长短句，乐府独机关。

词调专名

312犯

移宫换羽声，转调易方鸣。
减字偷摊作，歌头序未成。

词律

313词律

平平仄仄七音成，律律宫宫一调鸣。
谱谱声声何此继，词词体体纪无萌。

314临工倦草

柔弱未衰先有约，归同岁岁杚秋。
九州散尽九州头。
离离原上色，淡淡水中舟。
多伺年华多碧绿，畔绿，畔湖亭柳山楼。
芳心几满心芳几怀忧。
依依还照旧，落落不休休。

315小重山　西陆七夕

寒蛩不住轻轻鸣，幽幽西陆唱、随心成。
朝朝暮暮十里萌，凭来去、草木自枯荣。
红山有人情，素秋沉疏柳、归雁横。
应知衡阳故。水声一味梦，夜夜问三更。

316朝中措　冀驿

不问论语问鼓声，邯郸学步成。
岁岁芳草路，年年有枯有荣。
秋雁两行，落霞一村，夕阳满城。
忽见驿角暗影，南北西东纵横。

四、宋词精粹

陈一榆 陈彩虹 著 广州出版社 2008年出版

1赵佶 晏山亭

北行见杏花

南北榆关，里七外八，一半辽东乡 。

心绽王消，击水流冰，五女山村江树。

曲抱桓仁，故居是，浑江飞渡。

山路，岁岁看年影，月明处处。

三月龙门，不惜辛苦，欲下五湖，

刺骨三更悬梁不顾风雨。

白水黑山，凭易是，燕山言语。

分付，今已去，明晨自许。

注：青年读书，与牛群伴语。

2钱惟演 木兰花

唐教坊曲名，七字八句者名“玉楼春”。“律”要以七言四句三仄韵作双叠，一、三句多数以平起。

亚洲发展投资银行只在南洋岸，

辽东可叹乡心乱，书生少小一由衷，

芙蓉滴水观音冠。年年不觉年年半，

人间萝似回首看。千山万水马来西，

未了平生天下唤。

3范仲淹 渔家傲

因晏殊词“神仙一曲渔家傲”而名，范希文守边日作“渔家傲”数首，皆以“塞下秋来风景异”当首句言边镇之苦。欧阳呼为“穷塞至”。

塞下秋来风景异，山中五彩自留意。

心上乡家千万里。尤可记，去轻来重匆匆易。

几度黄粱梦中寄，杨花柳絮红尘弃。

七寸文章相末肆，孤峰示，人生仰止何齐冀。

4苏幕遮

唐教坊曲名。比见都邑坊市，相率为浑脱队，骏马戎服，名“苏幕遮”。

问三江，寻九脉，万里苍山，

一片横阡陌。此去人生是过客，

渡口阴晴，不必江湖隔。

以桑田，忧被泽，事事须行，

处处留恩泽。一诺楼兰年少魄，

化作东流，彼此千秋帛。

5御街行

柳永“乐章集”，注夹钟商。无名氏词“听孤雁声嘹唳”，名“孤雁儿”。八体。七十六字体，上下各三十八字均四仄韵。

与王小林度论志

人生自古多磨砺。彼此朝天际。

龙门半长亭，出入书香门第。

寒窗十载，清明乞火，磊石孤城砌。

江河日下风云济，成败何开闭。

九仪三事向端宫，前扑玄机后继。

芳春无尽，天涯有路，几作乾坤帝。

6张先 千秋岁

朝朝暮暮，不尽人生路。

五湖烟雨三松江渡。向长亭草木，

同向三春树。杨柳岸，

梨花满目风误。莫可洞庭顾，

怨里吴门妒。天不老，情难许。

人间多少月，梦里何分付？

此去矣！相思留作婵娟住。

7菩萨蛮

东风只向梨花树，人间不尽朝朝暮暮。

云雨满江湖，长亭多少途。

身边杨柳渡，天下风云顾。

一处小家奴，三吴花如故。

8一丛花

古今天下一时雄，云雨半无穷。

桃桃李李东风客，一雨边，半在云中。

腊月梅花，寒心易暖，唤起百花红。凤凰几曲上梧桐，不尽向飞鸿。日前万里春芳住，杏过墙，惊起鸣虫。似应有信孤情自在，彼此可由衷。

9天仙子

水调歌头谁记省？不见江都何玉颖？

江南自此一天堂，来去影，阴晴景。

可见琼花天下艋。回顾长城秦汉警，

白骨荒沙无可整。笛声怨尽半红妆，

飞将去，燕山岭，塞北婵娟空自冷。

10青门引

乞火书窗冷，芳草晚来情性。

寒食一日问清明，手中论语，

眼下孔还孟。风风雨雨何清净，

夜夜香温政。此晴总被阴风 ，

月弦月半人间镜。

11晏殊 浣溪沙

一半辽东一半家，万千岁月万千花。

春来秋去浪淘沙。二月梅花三月水，

五湖草木九江雾。几何海角几天涯。

12浣溪沙

一日东风万里春，十年旧事百年身。

此来彼去半天津。自是平生争日月，

朝知齐鲁暮知秦。半家灯火半家珍。

13清平乐

行行住住，不尽人生路。

只见夕阳峰顶树，此去何 回顾。
洞庭一半江湖，文章一半三苏，
日月当须自主，江山彼此东吴。

14清平乐

几时求索，几处人情若。
十地春秋朝暮博，十地飞飞落落。
三生不断先河，百年未可朝歌。
留下唐唐宋宋，诗词少少多多。

15木兰花　韦庄五十五字体

独在小楼朝又暮，望断长亭风雨路。
三界里，一江湖，夕阳回照天山树。
空见落花空叹去，无不相关无不顾，
千山万水只须行，寸草春晖曾不误。

16踏莎行

两岸东风，一溪流水，桃花半吐桃花蕊。
心扉处处问心扉，一生何是车同轨。
彼此纵横，是非石磊，人间自古悲原毁。
不归时节问时归，但知醒醉无知篚。

17踏莎行

一曲潇湘，九歌楚茜，三生日月宫廷面。
联横合纵闻袖风，桃花参半皇家院。
谁问汨罗，不寻不见，端阳只照端阳燕。
飞飞落落不知归，鸿飞云里鱼游淀。

18踏莎行

汴水三吴，长亭一路，洞庭两岸江湖树。
小桥流水小桥西，小家碧玉何来去？
彼是伊，此非雨住，江枫渔火寒山顾。
钟声不到馆娃山，朝朝暮暮何倾许。

19宋祁　木兰花

千金一笑江湖路，一曲三春桃李树。
木兰未放暗香来，重门不锁疏影处。
宋祁回首潘云顾，难得王公不易许。
相情只将以才猜，唯恐春风待雨误。

20欧阳修　采桑子

群芳处处江湖水，一半钱塘，
一半红妆，一半乌蓬载玉娘。
弯弯曲曲长亭路，此日荒凉，
彼日扬长，柳柳杨杨向客乡。

21诉衷情

心中月下诉衷情，一枕半无声。
欲衣又止还向，雨后可云平。
知进退，试阴晴。
此音无尽，彼意难明，上下芳荣。

22踏莎行

水水山山朝朝暮暮，洞庭处处江湖路。
云云雨雨一姑苏，桥桥岸岸相依顾。
一曲声声，五音付付，此情只可凭心诉。
斜阳渐晚渐高峰，方明天上瑶台住。

23蝶恋花

一半江湖多少路，十里长亭，柳柳杨杨树。
雨里台城云里雾。小桃月下秦淮渡。
儿女金陵天下顾，唐宋明清，不似朝朝暮。
谁见桃花红几许，香君扇外江山误。

24蝶恋花

一夜星空知北斗。万里长天河，
未可人心就。因此春秋因此守，
何时不是何时候。已江山多锦秀。
十地风云，九脉舒红袖。
杜牧湖州年岁旧，似曾相似初豆蔻。

25蝶恋花

一半江湖千里路，一半烟云，一半毛毛雨。
一半洞庭多少树。吴门不守吴门暮。
一半黄粱梦里数，一半江山，一半佳人许。
一半龙门天地误，醒来尤问无寻处。

26木兰花

终南山上千秋雪，上苑荷中三雨杰，
曲江香外向龙门，八水绕城杨柳别。
长安日落知时节，明月弦前圆又缺。
凝红住缕待黄昏，何处心思情切切。

27浣溪沙

岸上芷船平畿草荣，荷边水露半无声，
婷婷玉立一身明。此处 花惊日月，
浮红沉碧夏风情，知心草木以心萌。

28浪淘沙

天下故人家，海角天涯。
天平不断浪淘沙。唤起群芳桃李色，
应是梅花。夕照玉门斜，自洁无瑕。
长安城里尽咨嗟。今古江山多少客，
误了桑麻。

29青玉案

春风秋雨知多少？雪月色，何时了？
只见高楼来去鸟。艳妆依旧，任凭辰晓，
处处余音缈。越女楚腰人声悄，
十二峰前水波淼。峡锁巫山云梦沼，
不知朝暮，只输奴娇，雨里知窈窕。

30柳永　曲玉管

唐教坊曲名，三阙一百五字。
上中各二十八字六句一叶韵，二平韵。
下阙四十九字十句三平韵。
故鸟重飞，高楼望断，人生不尽三杯酒。
一诺关河向西去，今古江山一沉浮。
种种情思，瑶台天子，玉门可记红酥手。
误了沈园，此去飞过沙洲。意悠悠。
自有当初，可成败，无心淹悟，
难凭月缺还圆，知寻离散消愁。
十三州。步长亭千里，惹起平生踪迹，
九歌何曲，只可忧忧，却上层楼。

31雨霖铃

陈仓孤子，散关凄切，骤雨初歇。
明皇斜谷蜀路上亭止处，驿灯明灭。
不可长生殿外，是非自呜咽。
竟马嵬，坡草无容，孰是非，非是豪杰？
胡儿客以胡旋舞，向长安，已去华清雪。
杨家虢国妇悦。羯鼓乱，霓裳宫阙。
细雨霖铃，回首江山，往事虚缀。
徒住是，出水芙蓉，不与谁人别。

32蝶恋花

一曲长歌书四壁，十地风云，万里天山笛。
只任平生千村寂，识途老马知伏枥。

夕照斜阳曲远觅，九脉江青，自是中流击。一夜东风多少绩，三春草木群芳溺。

33采莲令

远峰明，山收斜阳暮。书生客，步途清苦。短亭一半一长亭，渡口江湖树。尔由梦里，云云雨雨，行行止止，衷肠如此无许。楚汉当歌，有奈不向红楼去，直钩钩，鼓刀如数。尽情中意，市井客，处处何言语。向齐鲁，儒家百子，寒窗疏影，隐隐迢迢分付。

34敦煌词　定风波

明月潇湘向九歌，桥岸牛郎渡鹊河。
留下人间非是客，云隔，雨来自是柳杨多。
自是春去秋来，不可阴晴日月梭。
一江东流扬长水，如此，以心相许定风波。

35少年游

一年草木一年枝，百岁半生迟。
书香意气，千山绕水，今古古今诗。
三万日月三万首，肯信不难期。
朝暮耕耘只须时，更自主，客寻思。

36戚氏

三体。柳永“东章集”注中吕调，丘处机名“梦游仙”。三阕二百十二字。上七十三字十五句九平韵，中五十五字十二句六平韵，下八十四字，十句六平韵，二叶韵。

少年船，一时云雨一时天。此水清蒸青，彼山俯仰自方圆。如烟，客重鞭。潇湘已是九歌田，何时楚汉悲叹，霸主难平虞姬怜，莫道韩信，埋伏四面，可听龙辱当然。问儒儒佛道，春秋更易，月缺如弦。娃馆越女吴眠。夫差勾践，似可范蠡宣，寻齐鲁，去商辞吏，皎月婵娟，挂前川，草木日月，阴晴醒醉，八卦乾坤。一名一录，半纵半横，自强竟自迁延。敦似桃园坐。以秦以故，渡口芊芊。不待楼兰日落，且寻交河兴废留连。别来塞北江南，运河汴水，自古何无限。一诺轻，进退知牵绊。夕阳晚，曾问陌阡。莫驻步，可视岩莲。听切切，徒任数声蝉。九洲吟罢，孤芳自许，明月清泉。

37夜半乐

唐史，明皇自潞州还京师，夜半举兵诛韦后，制“夜半乐”“还京乐”二曲。三阕百四十四字，上五十字十句五仄韵，中四十九字九句四仄韵，下四十五字七句五仄韵。

太宗未免当日，明皇武　，天下谁人路。可问半周唐，开元几处？但隋水调，风云几度，但知南北长城，半山风雨。可评说，三边故江浦。玉环虢国妇女，一簇芙蓉，后庭玉树。天宝外，龟年江南无数。念妈声里，楼台曲舞，笛声鼓动胡儿，这皇家女，据襁褓，无羞笑还语。到此安史，唾弃渔阳，潞州此路。只后约长生蓼中去。几瑶池，空恨日月潼关苦。人不独，也尽归朝暮，马嵬声远相公付。

38玉蝴蝶

小令始于温庭筠，长调始于柳永。名始于唐孙光宪“咏蝶词”。柳永双调九十九字，上阕四十九字十句五平韵，下五十字二一句六平韵。

五岭苍苍莽莽。四野宽广，一片湖光，从此思想，深处已半红妆。水流声，风清明朗月，渡口岸，只见船娘。几心肠，何来何往？岸草茫茫。

故乡，春花已老，荷莲九夏，再度炎凉。路远天高，湘君泪尽是潇湘。李群玉，诗词可向，暮色里，未了荒唐，仟相望，孤鸿子影，去付黄粱。

39八声甘州

唐乐曲名，元稹“字语胡儿撼玉铃，甘州破里最星星”。九体。柳永九十七字体，上四十六字，下五十一字，各九句四平韵。

问行行止一江船，几度向风帆。又瓜洲渡口。金陵月落，玉树不眠。彼此秦淮歌馆，苒苒物华年。惟有两江山，不住如烟。只可登高望远，忘归思缕缕，自古难全。叹书生踪迹，日日笔耕方圆。梦佳人，有情未付，误枕边，海角待长天。相思处，此山彼水，空待婵娟。

40迷神引

只上洞庭江湖岸，不尽姑苏烟散。云云雨雨，柳杨相半。虎丘山，沧浪水，可兴叹。吴越知娃馆，春秋换，勾践天差去，帝王冠。

古古今今，败败成成看。灯火阑珊浮霄汉。范蠡月下，向西子，心难断。可卧薪，知尝胆，莫天晏。商去寻齐鲁，百臣悍。知他无相约，帝王乱。

41竹马子

又名“竹马子”。东汉郭伋，为并州牧。民怀其往德争其逢迎，至行部，西洒莫稷，更有童儿数百，骑竹马迎于道次，始作此调。

孤云向洞庭，长亭十里，暮朝朝暮。一蝉鸣不止，风雨参半，如咽如诉。似可一半红楼，余音渐晚，玉人难妒。也愁后思前，这人生，难道如此倾诉。彼此何成败，兴衰积废，故人无数。临天下只分付，应得人间途路。木木草草姑苏，小桥流水，碧玉吴门顾。三千年外，又是江湖树。

42王安石　桂枝香

孤林独木，正江村去舟，同里吴渎。汴水东流还序，玉人千竹。扬帆吴越争先后，莫寻思，中原极目。五湖烟云，寒山钟鼓，寄心天竺。古今足，人生竟迩。叹删锁盘门，何水何陆。自是须随彼此，几天倾伏。退思拨政沧浪水，虎丘留园香凝睦。姑苏一月，天堂九脉，雨云还复。

43千秋岁引

一半金陵，三山二水，九脉江流石头主。秦淮礼祀紫金在，乌衣不向王谢鼓。小挤风，碧玉女，几云雨。

建邺城中梧桐树，桃叶渡口献之数。
人间风流总无补。文章只是何言语，
似曾相似吴门户。此曲尽，彼音来，
相思苦。

44清平乐

轻云细雨，碧玉江南主。
二月梅花千万圃，醉里洞庭还数。
淞江流入五湖苏，群芳彼此三吴。
拙政退思园外，难平一客心孤。

45晏几道　临江仙

天下三千君子问，人间一半江湖。
洞庭烟雨满姑苏。三春寻日月，
九夏向茱萸。望尽知帆知不尽，
彼赤此去相呼。长城汴水几东吴？
何须秦汉问，洛客在江都。

46蝶恋花

不尽人间杨柳絮，一半云来，一半相思去。
一半朝秦还暮楚，一花半草西施女。
不可天乎山上语，娃馆宫中娃馆身心与，
谁向春秋吴越客，江湖尽是倾城处。

47蝶恋花

亚洲发展投资银行，亚洲，中国，马来西亚，印度。

十步中堂东枣树，一代儒生，四壁容朝暮。
何事南洋来又去，银行不尽亚洲路。
碧草含烟天下住，万里江山，彼此何相数，
两地中华和印度，人间不可无分付。

48鹧鸪天

万里江山一玉津。千年旧事半家人。
沉浮日月沉浮水，彼此生平彼此邻。
三界外，五湖身。银行只向亚洲春。
英雄志短衷肠客，此向南洋彼向秦。

49鹧鸪天

塞北江河九曲扬，南洋草木十余香。
书生可作银行客，一半能源一半长。
寻日月，数炎凉。江山何处易红妆，
春秋来去春秋在，此处山青彼处黄。

50生查子

首句一三字不可同时用仄，尾句宜用。

千年问古今，万里知阡陌。
未了一春秋，难尽人间客。
唐人自来去，汉使何书帛，
不似去年身，应是明年泽。

51生查子

论元好问雁丘

心灵彼此田，励志衡阳雁。
来去下南洋，左右居思盼。
京都贾雪泓，粤岭晓林办。
同在一人间，不及南洋慢。

注：灵：杨灵；田：田思雨。

52木兰花

南洋天下何时候，碧海园中多白昼。
木林花草自繁生，一瞬雨云明锦秀。
孤情月下人心守，尤以家乡寻北斗。
经年七十旧年稀，居里相思闻左右。

53清平乐

平生一路，半在北京住，半在吉隆坡上步。
半在南洋百度。心孤　半江湖，江湖一
半心孤，了却银行事事，自成是有非无。

54阮郎归

银行事事一当初，何言半不如。
此生生彼两行书，人情已自余。
花草木，竹林疏。未平帝业墟。
衷肠只向意中舒，清风明月居。

55阮郎归

银行一半下南洋，枯荣草木香。
老来天下作爷娘。人情似故乡。
千万里，自衷肠。耕凿日月光，
只时梦里有疏狂，此天彼地昂。

56御街行

银行一帜南洋树，十地能源路。
人中天下石油王，惹起战和无数。
东半球，西半球，车马世界相倾诉。
欧洲美国唐人数，都是江山妒。
荒沙总被石油藏，不尽万千朝暮。
同储共池，协调商贾，不锁知分度。

57虞美人

霸王帐下江东别，天下知豪杰。
楚河汉界未央宫，一世英名南北自飞鸿。
鸿门一日群雄切，立马乌江绝。
秦家末路汉家虫，一任平生风雨再相逢。

58留春令

五湖烟花，一池雪月，半家灯火。
十地春秋两阴晴。汴易水，寻荆轲。
但以过程求结果，自把江山锁。
天下江楼问江流，几日月谁婀娜。

59思远人

天下江湖天下晚，天下一行客。
暮云朝雨过。飞鸿来去，
禾黍满意阡陌。九洲阴晴九洲泽，
九洲半情脉。洛水万里波，
宓妃何处，居心两相隔。

60水调歌头

九脉三千界，十地一方圆。
寒宫不付南北，上下挂长天。
月月清清日日，十五先先后后，
辛苦作余弦。不解人间事，故作世时年。
两人影，千今古，一婵娟。
此情礼是来去自主自耕田。
但以人心所在，不似春花秋草，
未了这乾坤。天下三千界，天下一方圆。

61水龙吟

姑苏一半江湖，越门一半吴门女。
馆娃草木，天平日月，阴晴不绪。
五霸春秋，三千儒客，纵横论语，
丈夫谁天下，剑池尝胆，年岁里，卧薪去。
尤见胥门何处，过昭关，可知鞭楚。
此心仇恨，彼心难解，强兵劲旅。
万里长城，孟姜愁尽，人间囹圄。
这杨花柳絮，三春九夏，十冬来去。

62念奴娇　楚汉

一周亡纠，半秦汉，自古江山谁主？帐下虞姬红袖舞，何以乌江鞳鼓。此去江东，江东此去，留下英雄羽。楚河汉界，至今来去风雨。一诺见，未央宫，千军泾渭战，男儿如虎。二世兴衰，谁指鹿，小篆李斯辛苦，未冷书坑，京城分五马，不平齐鲁。何须回首，瀛皇原是商贾。

63永遇乐

一半彭城，两三月色，杨柳如谱。盼盼楼中，将军剑下，势可疾兵舞。人间一半，风情三两，不尽古今风雨。白居易，何须书且，不留盼盼无主。红妆自短，余音难长，不必相思辛苦。自得龙门，小蛮细腰，曲尽尤声妩。当知日月，枕边孤独，清泪向，心倾嚅。故花草，颜颜色色，只难肺腑。

64洞仙歌

四十一体。唐教坊曲名，有令词，有慢词。余七岁时，见眉山老尼，姓朱，忘其名，年九十岁。自言尝随其师入蜀主孟昶宫中，一日大热，蜀主与花蕊夫人夜纳凉摩诃池上，作一词，朱具能记之。今四十年，朱已死久矣，人无知此词者。但记其首两句，暇日寻味，岂《洞仙歌》令乎？乃为足之云。

孟昶所作非“洞仙歌”令，乃“木兰花”词如下：冰肌玉骨清无汗，水殿风来暗香满，绣帘一点月窥人，攲枕钗横云鬓乱。起来琼户启无声，时见疏星渡河汉，屈指西风几时来，只恐流年暗中换。

南门北锁，都是人间岸。渡口风杨柳杨乱，这庵堂，灯火一半无明，学步去，虚将钗横玉冠。不可人心与，又可无声，只取相思雨云散。洞仙歌如何？月已三更，婵娟色，天河兴叹。任素手，不理四时颜，唯恐是，牛郎一声轻唤。

65卜算子

天下一飞鸿，万里三春省。
九脉杨杨柳柳初，十地秋千影。
俯仰莫回头，已是出墙杏。
落落杨杨自不声，只取千姿憬。

66青玉案　送伯固归吴中

三年不尽吴中雨，上下是洞庭树。
十载难鸣天地路。小桥流水，
唯亭朝暮，彼此黄花误。拙政云里淞江雾，同里村中五湖渡。西子心中娃馆数，北南吴越，古今如故，几范蠡分付。

67临江仙

古今四时何日月，春生夏长蚕桑，
炎凉秋繁入冬藏。农家多少事，
草木可荒唐。来去东西南北客，
江山柳柳杨杨。书生自是读书肠，
非生非所以，自主自扬长。

68定风波

十年书生二月花，一人灯火半人家。
五里短亭云雨下，春夏。
此生彼长果藏遮。只向心间真亦假，
低亚。阡阡陌陌种桑麻。万事千年都作罢，
逢化。任其海角任天涯。

69江城子

老来父母已茫茫。去家乡，读书郎。一半幽燕，一半下南洋。里外榆关千万里，争日月，数炎凉。年年回首向衷肠。拜中堂，敬爷娘。俯仰平生，进退短红妆。几处相思非草木，知织女，凤求凰。

70黄庭坚　鹧鸪天

十地阴晴十地澜，一心日月一心宽。
去年草木今年碧，此岁沉浮彼岁丹。
三界客，半云端。终南山上玉人冠。
辋川图里春秋在，不尽江河万里峦。

71定风波

千川东流万里山，玉门不锁石门关。
未得五湖杨柳岸，兴叹。
古今书里故人颜。半部论语云雨断，
秦汉。黄河九曲十八湾。留下人间天下瀚，
回观，来时辛苦去时闲。

72秦观　望海潮

《青泥莲花记》：柳永与孙何布衣交，孙知杭州，门禁严，永欲见作“望海潮”谒名伎楚楚，借朱唇歌于孙前，孙迎柳七坐。

东西南北，人间都向，钱塘处处风华。藏柳小桥羞莲碧玉，红楼楚楚窗纱。一曲一人家。八月一线雪，江海山崖。潮落盐官，追逐云涌上天涯。重流叠山献桑麻。向江山浪子，雪月风花。天地鬓须，男儿不尽，唤来补天女娃。一马万里嗟。彼此心鼓动，暮里烟霞。弄得江湖处处，好去浪淘沙。

73八六子

一洞庭，五湖风月，姑苏处处阴晴，十里是越儿吴女，古今吴越人情。烟重雨轻。寒山黄鹂啼鸣，拙政退思来见，石林玉浒分明。步步虎丘行，剑池深处，卧薪尝胆，不须回顾，天平草木西施木渎，三春教化梅城，接芳荣，春泥去来自生。

74满庭芳

名书唐吴融诗“满庭芳草易黄昏”

天上人间，古今来去，江流不向江楼。春花秋月，何语帝王州。齐鲁是非秦汉，战国尽，日月沉浮。隋唐宋，元明叶落，清客满人休。汾河寻雁丘，一鸿不起，一鸿独忧。何情至此，声茂背人羞。宙宇风云草木，乾坤是，生死风流，儿儿女女，花开花落，知取一时愁。

75满庭芳

满庭芳词有平仄韵，七体。此取九十三字，上阙四十七字十句四平韵，下阙四十六字十一句五平韵。

四野群芳，三春草木，物华一路扬长。木兰舟上，来去半红妆。碧玉红英取就，姑苏乱了钱塘。桥边柳，湖风坦荡，只可上天堂。牛郎知织女，荷莲叶下，初夏姑娘。水波清，内衣藏露无藏。楚楚明明隐隐，诗词化作心肠。都休问，人间一半，落落取大方。

76减字木兰花

三体。本处四十四字，上下各二十二字，四句二仄韵，二平韵。

长亭朝暮，自是人间天下路。一半江湖，一半洞庭山上吴。朝云暮雨，来去江山斜阳诉。独是扶苏，醒醉何须向玉壶。

77踏莎行

韩翃“踏莎行草过春溪”取为词名。三体。贺铸“红衣脱尽芳心苦”，取名“芳心苦”。

十地江山，三春草木，一生来去云和雨。几寻易水剑江湖，人凭处处何辛苦？别约枯荣，离思无数。不堪回首何分付。沉浮不可不思谋，幽洲自可人间主。

78浣溪沙

朝暮江湖半故乡，杨花柳絮一柔肠。
人生只有黄粱梦，一世须平日月光。
三界水，半红妆。楼台曲舞几炎凉。
杨杨柳柳江湖岸，但与春秋草木杨。

79阮郎归

三山芳草五湖舟，两山洞庭侯。
一江流水几江楼，半江明月秋。
来去问，老苏州，古今无所求。
阮郎归去莫须留，人间风月收。

80鹧鸪天

词名取郑山禹诗“春游鸡鹿寨，家在鹧鸪天”。

一曲人间一曲首页，
半江渔火半江山。三春杨柳三春蛮。
去来问，几时还。几回梦里几回闲。
为君解甲何衣带，不似枕边七寸弯。

81蝶恋花

多少落花何所与。碧草群芳，
楚楚何无语？古往今来何继续？
人间只可凭心许。七夕银河闻织女，
尤怨当年，私窥藏衣处。
只向牛郎相悦叙，瑶池不待人间侣。

82清平乐

一江风雨，三界多辛苦。
九脉山河何自主？今古同钟鼓。
朝朝野野江湖，成成败败书儒，
不必先先后后，人间处处茱萸。

83张耒　风流子

《何处故家乡》长春吕，生得一衷肠。七十二三，去来兴业，银行千里，日月南洋。闯着落，是男儿一诺。苦读待爷娘。黄花不辞，谷城泉水，十年别处，草木难忘。终是少年扬。榆关半幽怨，明月如霜。秋叶北京钢院，今古书香。塞北红尘，鱼封不断，小桥流水，碧玉红妆，好在虎丘剑池，应记刘郎。

84晁补之　水龙吟

风雪万里千年，朝朝暮暮人生路。
江南塞北，长城汴水，琼花玉树。
十里荷塘，芙蓉莲子，江村如数。
几垂鞭此下，三吴月色，芳草处，
春春住。不似江山如故，一洞庭，
五湖烟雨。天平角笏，西施娃馆，
何人不妒。拙政楼中，沧浪亭北，
剑池相诉。都是英雄处，
狮林虎丘留园分付。

85忆少年　别历下

长亭杨柳，去来由自，几年可数。
江南半村草，塞北三秋暮。
一曲阳关三叠路，应计得，可歌如诉。
桃花似依旧，只在刘郎处。

86李之仪　卜算子

只结五湖波，不识东风面。
两岸洞庭十里船，都似人间燕。
自在十三州，分付人生贱。
只有人心十地恋，一半长生殿。

87周邦彦　兰陵王

烟云烟，只在姑苏杜宇。
凭杨柳，曾是五湖，未到淞江半古今。
何须范蠡贾。谁妒？西施又无江山路，
彼去尔来，吴越春客几人数。东西两山圃，
一边有莺歌，一边有燕舞。雕楼处处状
元府。望去箭船影，风帆万里，江山迢
递更易取，十里入申沪。钟鼓，可无主。
寺色半寒山，禅音香缕。江枫渔火三春
浦。碧玉流短波，小桥风月，千将莫耶，
大江罢，小窗户。

88锁窗寒

锁窗寒，越调曲，寒食词也。因“静锁——庭愁雨”“故人剪烛西窗语”而名。

百里江湖，寒食未过，一庭新雨。书坑乞火，木柳初明小户。向龙门，大江东下，岁年如虎。钟鼓，和阳煦。正两岸梅香，草芳垂数。三呼日月，九脉山河旗树。愁东林，桃李成春，声声处处闻杜宇。到头来，万紫千红，有莺歌燕舞。

89六丑

半寒食乞火，苦读者，三春阡陌。一春暂借，二春何入册？此去荒泽。但向龙门语，朝朝暮暮，楚汉留心魄。江山不可人心隔，二水秦淮，金陵如昨。多情不如无愁客。东林寺晚，剑池虎丘伯。莫可西施舞，娃馆白。长亭自古行驿，这云云雨雨，此心难革，京都月，不明巾帻。寻八水，不似终南雪玉，一冠君侧。春秋是，半论语策。一路是，只有高山路，高高见得。

90夜飞鹊　别情

二体采曹孟德“月明星稀，乌鹊南飞”语。双调百六字。上五十三字十句五平韵，下五十三字十一句四平韵。

河桥向行舟，露水有衣。弦月一半依依。三更渡口夜不尽，可闻流水蒙沂。知阡陌朝暮，向云前雨后，读遍旋玑。分分舍舍，一相思，冷落人稀。天下五湖淞沪，天上几瑶池，泾渭难祈。只意龙门莫属，天津十地，成败何几。来来去去，枕边孤，影入床畿。莫斜阳西下，年年岁岁，杨柳君旗。

91满庭芳

亚洲发展投资银行

致王小林

2011年7月21日

北京养春堂

一半衷肠，万千岁月，斜阳里，满庭芳。银行朝暮，此去下南洋。故国秦皇汉武，三界外，柳柳杨杨。君行早，天涯有路，不可梦黄粱。江山多少客，鲲鹏比翼，鱼鸟争翔。未尽人间事，画栋雕梁。去去来来寻问，成就是，几处炎凉。平生著，文章日月，草木自扬长。

92花犯

四体，双调百二字，上四十九字十句九仄韵，下五十三字六句四仄韵，小石梅花。雕邙彦。

一疏香，群芳欲起，春光自无虑。有痴情女，只卸半红妆，娉娉楚楚。玉颜未染香香去，偏偏垂可助。小渡口有舟难步，衷心分给与。年年草木，自匆匆，梨花小杏客，寒冬犹豫，孤独是，寻飞雪，相依相茹。红泥晚，月明水暗，流又止，并非杨柳絮。只梦里，一枝常挂，东风无言语。

93解语花　上元

四体。唐玄宗太液池有千叶白莲，中秋盛开，帝宴赏，左右皆嗟慕久之，帝指贵妃曰"争如我解语花"而名。

玄宗殿下，太液池中，千叶莲花素。一年朝暮，三春后，醒醉玉人如数。红妆染顾，似楚女，纤纤学步。羯鼓声，人影芙蓉，出水婷婷雨。长生殿中分付，望瑶台垂绪，嬉笑无语。人情无误。相知处，自有芳华倾注。年光不妒，莲子里，蓬成心苦。云露轻，妃泪珍珠，任得春秋住。

94定风波

定风波十五体。取苏东坡双调六十二字，上三十字五句三平韵二仄韵，下三十二字六句四仄韵二平韵。

读书听由十地孤，人生笑傲一江湖。两去阳关三叠曲，雄独。江东霸主半江苏。帐下虞妃颜似玉，情目属。乌骓不向帝王都。回首向来秦楚束。何续，也无汉家也无吴。

95蝶恋花

天下人间无老小，去去来来，可叹前程缈。渡口扬帆行者少。人心处处多烦恼。墙外秋千红杏笑，一半书生，一半佳人道，四海五湖长路绕，天涯何处无芳草。

96解连环

此调始自柳永"信早梅，偏占阳和"及"时有香来，望明艳，遥知非雪"名望梅。周邙彦"纵妙手，能解连环"而名。庄子云"今日适越而昔来连环可解也"。

上月花王阁，人间天上客，荒天辽阔。数九江，未了蒲湘，风雨满洞庭，可扬云雀。半壁河山，三界外，万家求索。愁少年意气，叠叠阳关，竟是一诺。江南郡中杜若，汀洲芳草岸，心在天角。礼祀取，流水江，付不尽江源，总是川壑。此去东东，多少英雄雕凿。以今生，七十上下，作君飞跃。

97关河令

又名"清商怨"。"东阳叹""尔汝歌""伤情怨""望雨飞""要销凝"。周邙彦有"关河愁思"而名"关河令"。

关河愁向何处去？一长亭休处。万里行程，行人多自助。杨杨柳柳落絮，可寄与，去来归处。几度相思，天涯儿又女。

98绮怨　思情

此去和亭万里，九歌寻"渭城"。河九曲，九脉山川，九江外，日月阴晴。阁中风流旧事，浔阳酒，宋江一梦情。替天行，水泊梁山，山东乱，叹息一枯荣。不向千年路程。三皇五帝，何知只任平生。今古明清，粉黛色，女儿盟。秦淮故人雪月，最礼是，平瑶琼桃花。扇惊，青楼未尽处，两三声。

99尉迟杯　离恨

南洋，亚洲发展投资银行

长亭路，日月色，万里江山树。

来来去去人生，寻向天津何处？

无心不是，无昼夜，书香尽分付。

立行程，未顾枯荣，去来来去还去。

儿思故国京华，罗鼓巷，东单笑里轻语。

雅雅卿卿渝城顾，三镇水，龟蛇凤舞。

如今是，南洋水域，去来去，诗词独自娱。

有何人，念我无知，去来去来去无主。

100西河　金陵怀古

金陵月，天木人间天来。

秦淮河上石头城，五湖豪杰。

不闻桃叶渡船中，桃花扇里轻别。

月圆缺，人心结，一半莫愁烟阙。

乌衣巷口谢王家，柳杨香彻。

六朝烟雨帝王嗟，长江依旧东浙。

月色里，无限波折。问天涯，婵娟如咽。

有语只朝天说。杏坛中，孔孟门前，

算康是，向来人，平生切。

101浪淘沙慢

入三春，芳兰杜若，柳巷香绝。阡陌桑田碑碣，面向古今英雄豪杰，五湖色一把玉轻别。汴水去舟吴越何许，风花满江雪。切切。天高地远辽阔。十里一荷塘，千家节，处处音尘彻。叹万里相思，恐见圆缺。曲声不竭由得心留取，西厢明月，偏照人间情三结。淞江沪此江不歇。念奴唱，声声朝昊阙。人已去，处处江山只弄得，空余日月阴晴拙。

102夜游宫

古韵"昼短苦夜长，何不秉烛游"，汉成帝于太液池旁起宵游宫。又隋炀帝好以月夜从宫女数千骑游西苑作“清夜游”曲于马上奏之，词名盖取此。

不记朝朝暮暮，只须是，耕耘日月，乞火寒窗读书苦，古今处，去来疏，长亭路，自有平生许，向海角，天涯孤树，获取江山三弄顾，见伊时，话春秋，可倾诉。

103贺铸　青玉案

千年万里长亭路，汴水草，长城树。汉武秦皇来也去。春秋冬夏，阴晴朝暮，彼此何言语。日月今古平生度，塞北江南后庭雨。卸下霓裳花满妒。开元天宝，一朝歌舞，尽在风云处。

104石州慢

九体。六州者，伊梁甘石氐渭。今取贺铸“柳色黄”百二字，上阙五十一字十句四仄韵，下阙五十一字十一句五仄韵。

万里江山，千载去来，朝暮圆缺。长城一半秦皇，汉武楚河明灭。乌江霸主，但只向，未央宫，英雄一诺昆仑雪。垓下半鸿门，不鸣江东别。豪杰子房欲语，萧何月下，韩信方折。帐下虞姬，只应道芳尘绝。古今方寸，共有几许兴叹，芭蕉不结丁香结。腊月一梅花，已留疏香切。

105蝶恋花

一半人间千百度，一半生平，一半芳尘路。

万里江山多少树，千年事业沉浮处。

一半阴晴朝也暮，一半苍烟，一半回归步。

自苦英雄先后去，如今日月重分付。

106天门谣

登采石峨眉亭

楚断天门敞，半南北，半江宽漭。浩荡荡，一人由天想。向霸主，江东豪杰仰。独占虞姬乌骓赏。慨而慷，历历是，寒宫朗朗。

107天香

《填词名解》卷三“天香，采宋之问‘天香外飘’”双调九十六字，上阙五十一字十句五仄韵，下四十五字八句六仄韵。

半壁亭中，陆游唐琬，风花雪月杨柳。一半芳洲，三千花草，不闻无可回首。少年礼是，尽兰蕙，几声仲友。举步天涯来去，难解得，人情守。何许天高地厚，问东君，此春知否？天上牛郎织女，雀桥连偶。幽恨何人枢纽。月夜里，曾知玉人手。雨雨云云，须当苦酒。

108张元干　兰陵王

这杨柳，汴水长城回首。隋堤上，三两轻舟，一半烟雨一杯酒。钱塘处处友。知否？江南数九，重阳日，月半月圆，碧玉荷风满莲藕。人心自长久。向草木长城，烽火难守。风花雪月几家朽。白骨大漠里，荒沙乱石，三春不及便无某。怨在梦中韭。人口，万人口。这天下兴衰，感同情受，江山只得皇家有。念少年诺约，携玉人手。思前想后，似梦里，古今叟。

109叶梦得　贺新郎

应对芙蓉沐。秀兰香，形姿粉色，暖汤初浴。俯仰倾伏顾身影，只觉得回首独。困睡歇，眠娇青馥。帘外轻风入锦户，半由衷，半待牛郎目。似云雨，鸳鸯逐。女儿一半心中牧，小桥流水颜如玉，只情幽淑。无力且凭数步履，芳意忧忧郁郁。偏又是西厢孤竹。但愿一君相将扶，随心所欲尽所宿。便只是，眉蹙。

110陈与义　临江仙

古今诗

日月人间天下事，江山一半西东。阴晴草木有无中。三春杨柳岸，九夏去来风。一半人心千万里，生平业事匆匆。年年岁岁不空空。耕耘时刻久，辞语老家翁。

111临江仙　夜登小阁忆洛中旧游

古今诗之二

岁岁耕耘知日月，书生夜夜三更。春秋一半各阴晴。文章天下数，诗赋古今明。海角天涯来去客，十年左右精英。人情一半注京城，临流千万里，俯仰两三声。

112之三

平步青云千万里，江山莽莽苍苍。

平生七十下南洋。男儿知日月，

子女继银行。白雪阳春天下事，

高山流水家乡。老翁来去自坚强。

九洲云雨住，四海草花香。

113蔡伸 柳梢青

海市蜃楼，交河落日，大漠春秋。

夜半寒宫，婵娟寂寞，色满凉州。

故人一醉风流，酒乡里，挥斥方 。

万里江山，千年日月，何必王侯。

114周紫芝 踏莎行

去去来来，朝朝暮暮，长亭不尽长亭树。

河山一半自阴晴，平生一半江湖路。

草草花花，风风雨雨，飞鸿南北何辛苦，

日月数尽龙门步。

115岳飞 满江红

一半江山，一半路，风云处处。

二三月，二三春雨，满川杨絮。

只见群芳花草木，天高地阔流莺语。

有东风，也有百家情，寻青女。空回首，何寄与。万里是，书生虑。不难天下误，去来来去。日月光辉三界外，寒冬腊月梅花疏。可春秋，莫可等闲磨，扬名誉。

116张孝祥　六州歌头

敦煌西去，大漠六州头。沙万里，风三叠，一春秋。一春秋。三界唐僧地，半泾洛，千岁客，九脉动谷，荒草木，帝王休。满止山川，数尽英雄迹，天下沉浮。不见交河水，未可事消愁。几处风流，几沙丘。

以何秦汉，玉门外，阳关里，月芽洲。琵琶曲，羯鼓舞，女儿由。女儿由，醒醉胡姬酒，十地客，半温柔。情日里，衷肠在，啸无休。寻向江山岁月，书香寄，胜似沙舟。海市方上场，远处望蜃楼，天地幽幽。

117念奴娇

念奴声里，一音住，半入玄宗歌舞。始见霓裳初起落，馆押帝王羯鼓。记取当年，长生殿上，不须何今古。芙蓉出水，可怜无力芳妩。雨霖铃尽明皇，问杨家有女，知黄金缕。虢国夫人，凭素色，一鸟平明花羽。采尽珍珠，帝王何不语，这声声苦苦。这声声苦，难言天下心苦。

118韩元吉 好事近

这万里江山，不尽暮朝朝暮。
日月阴晴圆缺，柳杨长亭树。
朱楼一半曲佳人，应可自回顾。
尽是人间歌舞，历平生风雨。

119袁去华 安公子

两岸江湖雨，烟花洞庭东西树。娃馆山中人寂寂，不似西施语。荷尔蒙尖尖，婷婷玉立芙蓉浦。明月里，悄悄吴门数。问："何处范蠡"，十八湾前山路。不是夫差许，勾践尝胆卧薪苦。已是春秋五霸去，玉人千百度。自此似，推舟月下寻齐鲁，儿女情，几得何分付。任去去来来，彼此自由自主。

120陆游 卜算子 咏梅

腊月暖寒心，疏影知朝暮。
唤得群芳草木明，岁岁香如故。
红落入春泥，色满三春路。
作以东风化雨云，自在凭分赴。

121渔家傲

塞北衡阳来去雁，高山流水阴晴涧。留下人间千百盼，春秋幻，汾河两岸风云慢。汴水长城飞不断，楼兰大漠潇湘岸。只向平生三两叹，知霄汉，天南地北群山冠。

122定风波

日暖舟横向挂薄纱，吴门春水玉人家。
一树海棠红半树，朝暮小桥幽香度年华。
五湖东西山上路，云雨，轻烟笼罩半桃花。
织女牛郎相互许，倾诉，婵娟羞向月明遮。

123钗头凤 又名撷芳词。

爷娘口，三春柳，人情一半谁知否，鸳鸯水，佳人手。亭前半壁，半寄相守。否，否，否。心无受，纱窗片庸。文章一半寻何友？晴阴久，云天厚，朝朝暮暮各难回首，偶，偶，偶。

124陈亮 水龙吟

双调百六字，上阕五十四字，下五十二字，各九句四仄韵。

杏花红向宫墙柳，留艳影，书生望。来去秋千不定，误阳关三唱。寄语龙门客，寒窗里，玉心想相。正盘门晓月，吴音遇偶，阴晴处，私情养。

夜半婵娟一半，叹枕边，几时云上。毛毛细雨，却寻芳路，和渔舟晚唱。不见东流水，梨园外，小船双桨。有何人，雨后云停似烟，任春心回昶。

125范成大 忆秦娥

秦楼月，凤凰弄玉余声歇。秦楼月，婵娟尤问，鹊桥飞越。海棠一树梨花雪，风流一半千秋节。千秋节，有桂花影，似丁香结。

126霜天晓角

平韵，四十三字体。上阕二十一字，下阕二十二字，各四句三平韵。宋淳熙初，行都角伎陶师儿与王生分甲甚，为姥所闻。王生拉师儿游西湖，舟泊净慈寺，藕花深处，双双相抱入水花，都从卜"长桥月""短桥月"。

韩玉词各霜天晓角。处处藕花，净慈寺里斜。角伎师儿心里，无地倚，王生家。西湖湖水涯，更澜人卸纱。只得人温存水，雨云遮。

127辛弃疾 贺新郎

别茂嘉十二弟

别少年张思媛

天下何兴叹，记别时。云云雨雨，乡情初断。此度榆关千百里，燕山易水两岸。钢学院，摇兰曲难。京都书生书苦读，立佳期，一约摘王冠。心不了，上霄汉。恩媛未结同衷私愤，北京城，朝暮是，阴晴半。别后刘家沟里梦，春花秋月聚散。有孤影，却无绊腕。来去后，人生路，共同观，这离别江畔，谁念我，回首唤。

128水龙吟 登建康赏心亭

中国北京钢铁学院挂有钢铁摇篮

燕京钢铁摇篮，平生苦读书香院。鹏程万里，扶摇上下，千年易变。足迹江湖，念忧朝野，长空飞燕，事龙门城里，中南海水，王爷府，故宫蓼。

但识得，东风面。问春秋，秦城隋汴。古今岁月，阴晴圆缺，恩恩媛媛。落日交河，望峰兴叹，以心清禅。下南洋作业，文章一半水滴石穿。

129摸鱼儿

七十下南洋办亚洲发展投资银行，占卜曰："待到来年黄花发，此时声名达帝畿"。

五湖舟，一年一度，钱塘潮在何处？盐官一线苍天浪，云水谁分朝暮。千万注，任岭木飞流，也得何分赴。当今如数，凭多少风光，等闲回首，天下由人度。今古事，满目江河不住。西来北折东去。黄河九曲春秋在，只见奔波如许。朝又暮，先后一人生，历道云和雨。黄花无语，七十岁南洋南下，兴办银行故。

130永遇乐 京口北固亭怀古

下南洋

万里山河，千年故事，今古何处？一半文章，两三达人，明明知朝暮。人生天上，路行足下，日月星辰如数。杏坛里，书香百结，精英自是非许。少年意气，志酬兴叹，应上楼兰回顾。老下南洋，衷肠且在，前路自知风雨，何风雨，平生历历，茹辛茹苦。

131青玉案　元夕

雪花满处梅花树，落落是香如故。一夜双莲朝又暮，半年年半，东风发诉，化作南洋路。不是回首平生顾，只作银行历心数，礼是人生应自主，任凭来去，任凭兴废，不任风和雨。

132菩萨蛮　书江西造口壁

长生怨里长生殿，东风不似东风面。万里任飞燕，百年凭如面。昭阳多缱绻，不似长门倩，日月五湖船，春秋芳草甸。

133姜夔　点绛唇

丁未冬，过吴淞作

一半平生，三千日月随心去。

暮朝朝暮，只向诗词注。

一半阴晴，两万文章数。

诗词赋，去来回顾，今古由分付。

134鹧鸪天　元夕有所梦

五里桃花十里溪，三湘月色二湘西。

西施不解西施舞，白马琵琶白马啼。

梅玉落，化香泥。一人高处一人低。

红楼曲尽红楼舞，草木知春草木 。

135踏莎行

云水幽幽，杨州历历，桥边无语声声笛。

琼花处处惹新愁，春风半歇无心觅。

此去江流，江楼四壁，阴晴烟雨阴晴寂，

飞鸿回首问芳洲，风流有色无端霓。

136齐天乐

六朝不断金陵路，秦淮水，台城树。不见香君，难寻柳玉，月色里，桃叶渡。人间云雨，如是佩瑶鸣，谁云南去？下女妆残，为何翻鬓世如许。明清已作今古，叹乌衣巷口，两岸风露，一半秋声，三山二水，曾为伊，千百度。相思如苦。各独占清商，不成朝暮，柳柳杨杨，未分千万缕。

137念奴娇

念奴声里，一堂上，四壁莺歌燕语。十地梨圃半日月，不尽人间云雨。处处江湖，婷婷玉立，一半芙蓉许。霓裳初展，羽衣戏袖倾诉。天子只恐情孤，有华清池水，情无回顾。玄宗分付。夜半扶苏，只长生殿上，一人相数，太上皇路，此心何处同住。

138扬州慢

一半杨州，琼花一半，风尘一半朱楼。一半船边月，笛声半春秋。二十四桥婵娟水，佳人处处，步步芳留。瘦西湖岸色，馆娃梦里杭州。

寒宫桂子，半莲蓬荷叶沉浮。这两袖清风，双桥亭上，寻得仲秋。十里钱塘晴日，盐官近一线潮流。但江南吴语，声情无止无休。

139长亭怨慢　杜牧

杏花落下荷塘路，碧玉红妆，水天云树。渡口四舟，归帆千点日江暮。佳人何处，春一半，三生住。草木有情时，只可以，青青如许。分付。向台城不远，杨柳依依无数。杜郎去也，怎记得，十三回顾？豆蔻初，误尔别了湖州，待红萼，尢人无主。算得一长安，难对人心千苦。

140淡黄柳

清空白石，骚睢三千客。一半江南多少泽。雨半烟，云半碧。云雨霏霏满阡陌。问虞伯，姑苏九江脉，有醒醉，有竹帛。人有情，只有人情隔。去去来来，一春三夏，自有荷塘舟泊。

141暗香

辛亥之科，予载雪诣石湖。止既月，授简索句，且征新声。作此两曲，石湖把玩。不已，使二伎肄习之，音节谐婉，乃名之曰《暗香》、《疏影》。

暗香月色，几度寒冬尽，玉人虢国。只寄丰姿帝王侧。染尽春泥化水，几望去，玄宗歌德。梨园里，素影芙蓉，欲得似无得。衣薄，向如约。不可重妆奴，适可雀作。以求以索，红萼有心客相却。此心先动含苞处，半枝雪，三春飞落。一片片，三界外，人情见得。

142疏影

小家碧玉，寄姑苏素影，慎对红烛。舟外江湖，娃馆盘门，无言同里吴曲。月笼渔火人笼竹，但不见，人有情欲。半回身，半展娇姿，半作花间独。今古钱塘汴水，得扬州一梦，秦汉何属。六国佳人，莫论隋炀，留下千年妆束。不还日月烟云雨，梅子里，春秋相续。但凭以，惊起群芳，礼祀得西施足。

143杏花天

桃叶：东晋王献之的爱妾。王献之和桃叶在渡口分别时，作《情人桃叶歌》。暗喻作者自己不能像王献之那样“但度无所苦，我自迎接汝”。

秦淮不断桃叶渡，柳如是，香君朝暮。

人间已无尽明清路，只未尽，来来去去。

虎丘山下姑苏雨，勾践剑，夫差如数。

西施馆里红歌许，懒得人情似故。

144章良能　小重山　又名群玉轩

一寸光阴一寸金，伸春花草木，渐深深。雨余风歇有鸣禽，慵慵叶，偶尔两三音。日月似知音，诗词文章客，木成林。千年万古不须寻，须寻事，自有自人心。

145刘过　唐多令

万古一春秋，千年半去留。任平生，不任江流。留得人间神气在，七尽剑，十三州。独立大江舟，临山安远楼。逐中原，几处商周，六国纵横秦汉楚，问不尽，帝王侯。

注：安远楼：即开昌南楼。开昌有两座南楼，其一即武昌县城楼，其二则是黄鹄山顶的白云楼，白云楼宋时别名称安远楼。

146严仁　木兰花

七字八句者为玉楼春，本词应为玉楼春。

独上江楼春半暮，不见盘门香千树。

姑苏城里满梅花，娃馆天平莫问路。

洞庭碧玉谁无主，芳草江湖云有雨。

渔舟唱晚到寒山，留下相思无数数。

147史达祖　双双燕　咏燕

今年朝暮，一春入三春，去年朝暮。群芳不向，依照旧巢吴语。飞过衡阳芷树，贴地问，西湖倾诉。洞庭草木扶苏，碧玉烟花云雨。回顾。如何去处？日月照江南，妇儿无数。红楼歌舞，曲尽人间相妒。只是声声可许。便礼道，春秋吩咐。金屋半在长门，势必昭阳无度。

148喜迁莺

一名“鹤冲天”，取唐韦庄词中语。有长短令。双调四十七字，上阙二十三字，五句四平韵，下阙二十四字五句三仄韵。

黄道日，碧云烟，桥下女儿船。约来昏后语双关，时过玉人迁，树叶芳草软，百语千转万唤。小舟停下自方圆，湖上鸳鸯暖。

注：黄道：指太阳在空中周年运行的轨道。

149又一体

双调百三字，上阙五十一字，下阙五十二字，各十一句四仄韵。

西厢月色，香竹向影约，桃花初吐。粉底红心，疏芳碧玉，来去央相许。去年不忘今日，只得书生相顾。谁晓得，百度女儿向，朝朝暮暮。春华崔护晚，一夜一年，见落花如数。蝶蝶蜂蜂，丝丝挂挂，总是此情如诉。月明暗香浮动，空教巫山云雨。莫留取，人间相思苦。寻朝寻暮。

150秋霁

一叶江青，半江色，江水只泛洲岸。小小舟横，红妆半卸。佳人素手，酥香越绣房情汉。轻声婉唤，边一度相思断，月两半。吴雨越风，莫负隔时断。秋初夏末荷塘，小家碧玉，西施娃馆，范蠡远，江山何在？惟有芳春不兴叹。歌尽曲终夫差乱。寄清香与，吴吴越越春秋，古往今来，烟消云散。

151夜合花

夜合花，合欢树也。取唐韦应物“夜合花开香满庭”调名。双调九十九字。

花落潘郎，月明如许，谢娘家，玉人桥。合欢树下，窗纱竹影扶摇。男儿语，女儿娇。递芳情，情入良宵。枕边留得，明明夜夜，点点春潮。云落雨君潇潇，任余音渺渺，杨柳条条。丝丝不挂，红酥手，暗香销。声不尽曲还韶，任曲衷，衣带妖娆。素姿招展，甜言蜜语，雨打芭蕉。

152玉蝴蝶

小令始于温庭筠，长调始于柳元。小令双调四十一字，上阙二十一字四平韵，下阙二十字四句三平韵。

黄昏晚，付秋蝉，不尽声声喧。塞外故依年，寒声满地天，寥寥明月间，天下一婵娟，谁在玉人前，奈何空色悬。

153八归

有平仄两调。双调百十三字，上阙五十七字十句五平韵，下阙五十六字十一句五平韵。

五湖烟雨，洞庭山色，同里路，小桥村。吴声巷里知张人，桑蚕茧，半黄昏，几叶归根。半在姑苏寻旧步，退思园，二两吴门。莫道是，幽曲桓温。一怀小儿孙。乾坤。风云天地，江湖朝野，一昆仑，半天尊。纵横横纵，合分分合，无短长，有雄魂。有重阳唱晚，寒食冷落客家昆。虎丘外，一溪沧浪，九脉文章先后浑。

154刘克庄　贺新郎

九日

日朝日暮日高处。

斜日重阳树，向远山，高高向上，寥寥朝暮。一半昆仑留得住，人间去来不顾。点点暗，江山如故。灯火门前杨柳岸，正清秋，共约黄河渡。中原逐，自分付。书生自首南洋路，作银行，更有万千辛苦。一去马来西亚业，风云里，千百度。任孤室，一帘风雨。何不顾，黄花里，向人生，不须多迟误。应念我，已如故。

155木兰花

江南烟雨桃花岸，塞北风云芳草泮。

雁飞南北一春秋，不尽声声半兴叹。

如今一半长城断，秦汉葡萄胡马悍。

如今一半汴水船，吴越钱塘金不换。

156卢祖皋　江城子　桓仁乡子

江湖一半玉壶情，任平生，任阴晴。任得枯荣，不任徒虚名。日月耘菑千万度，来处处，去成成。文章草木百年兵，有精英，有孤鸣，有是无非，成就问京城。今古人间兴废事，自纵横，自光明。

157 南乡子

李珣，欧阳炯，俱蜀人，各制南乡子数首。以志风土，似“竹枝”。单调二十八字体，五句二平韵三仄韵。

路在西东，三春未尽落花红。两岸风光太匆匆，桃源洞，素手纤纤折梧桐。

158南乡子

老树梅花，逢春古木自发芽。杨柳絮中多不语，回顾，化得香泥千百度。

159萧泰来　霜天晓角　梅

人影窗纱，一枝墙上斜。腊月寒心半动，知天气，向人家。新芽，八瓣佳。胜似五月花。色透古龙雪，　天涯。

160吴文英　霜叶飞

一取杜甫诗“清霜洞庭叶，故作别时飞”。双调百十一字，上阙五十五字十一句五仄韵，下阙五十六字十一句五仄韵。

不须回顾，斜阳外，高高山上云树。一年重九，五湖杨柳，百年朝暮。切切约，黄金处处，茱萸才上风霜许。万里满江波，上下洞庭，小姑船上低扬语。礼是曾问东君，十地群芳姿，九脉云云雨雨。仰天长啸，落叶西凉，任楼兰路。不临晚登高行步，阳春白雪巴人妒。且付于江流，日月可耕耘，去来由主。

161齐天乐

金陵一半台城路，二月里，梅花雨。色色香香，年年岁岁，姿影翩翩如许。秦淮古渡，向王谢乌衣，不须回顾。曲舞楼台，至今犹闻女儿妒。石头城外江去，玉壶可醒醉，杏红深处。不见流莺，还闻故语，胜似“离骚”余苦。春香秋露，更只入莲心，池荷朝暮，但问莫愁，小船移得住。

162浣溪沙

双调四十二字，上下各二十一字，各三句，上三平韵，下二平韵。

不解人间曲舞楼，偷窥天下月含羞。卸衣难奈玉人愁。三月春香芳百态，一年肌雪桂如钩。半弦腰细可君求。

163浣溪沙

双调四十六字，上下各二十三字五句，上三平韵，下二平韵。

明月含香碧玉楼，笛声流水客清秋。千万音，九十梦，两三愁。窗纱半挂余色影，罗衣脱下待君求。一寒凉，三界容，半心羞。

164点绛唇　试灯夜初晴

百里钱塘，是非非是桃源路，江南兮付，柳柳杨杨树。两岸春情，处处隋堤雨，有莺语，也有烟雾，只向船边去。

165祝英台近

双调七十七字上三十七字下四字各八句四仄韵。

古秦淮，桃叶渡，吴越几兮付。吴越人情，吴越万千路。江南烟雨，处处是，曲余朝暮。几回顾。东晋安丞相，山伯祝英台，薄命蝴蝶，更几番风雨，一心一意如许，宁波府志，有情处，相思如注。

166视英台近　除夜立春

又一体。双调七二七字，上三十七字，八句四仄韵，下四十字，八句五仄韵。

立春心，寻双岁，醒醉一杯酒。竹声声，芳事万人手。不知多少人情，只随杨柳。中夜里，故临亲友。年年首，东风雪月乡关，借尽大年守。玉老心荒，迟事已先后，几回所得杜鹃，人间知否？蜀客是，一盘丝藕。

167风入松

寒食二日一清明，香满五湖城。杏花深处梨花白，半桃花，两岸群英。自得姑苏儿女，吴门烟雨阴晴。人间不断柳丝情，心上已相倾。洞庭十里千帆落，运河水，彼此舟平。莫道隋炀莫道，长城只是长城。

168莺啼序　春晓感怀

四阙二三三字，首阙四十九这八句四仄韵，二阙五十一字十句四仄韵，三阙六十五字十二句五仄韵，末阙六十八字十四句四仄韵。

三月钱塘路，多少朝朝暮暮。建业里，石头城中，金陵一半芳树。六朝风云依旧水，秦淮明月桃叶渡。莫问乌衣巷，野草芳华处处。下里巴人，阳春白雪，三寺梅花雨。隔惠山，玉立婷婷，不住是荷花许。有莲心，一半姑苏，唱吴韵，幽兰无语。向留园，杜若轻生，江湖分付。江曲里巷，万里几江南。红尘微步。这淞沪人情玉手，香扉纤纤拂素。低首琵琶，青梅素酒，阴晴醒醉频回顾。却不得，人间多辛苦。今今古古，女儿偷以横波，这里是，隋炀　。浣莎溪里，西子从情，娃馆夫差妒。且尽春秋五霸，半入吴门，半出如故，姿身金陵。月下推舟，范蠡勇退，江湖难以江湖色，这东吴，竟是英雄数。可寻去去来来，两袖清风，自由自主。

169高阳台　落梅

双调百字，上阙四十九字，下阙五十一字，各十句五平韵。

一叶初全，三春未至，小桥流水成英。西山东山，五湖入半阴晴。相思腊月春心动，暗香凝，春已萌生，玉枝横，素雪分飞，处处枯荣。群芳欲随还知冷，草从深深许，栩栩如萦。独立孤新，倾山以似倾倾。无心再续梅花梦，作春泥，化入生平。鸟争鸣，落色归根，一片春情。

170三姝媚　过都城旧居有感

古乐府有“三妇艳”词缘以名。调见“梅溪集”桓仁，北京，南洋。

离乡何处去？过榆关，书生是京城路。此处级桓仁，只入燕京读，暮朝朝暮。五月香山，北京，是草芳花雨。塞外书生，南北长城，声声诉。关阙居庸留步，学院路幽州，钢铁学院留住。钢铁摇篮，毕业鞍山顾。平生无数。任得香港蛇口，中南海楼度。老下南洋，兴办银行分付。

171八声甘州

唐乐曲名。元稹“学语胡儿撼玉铃，甘州破里最星星”。调前后八韵，故称八声。双调九十七字，上阙四十六字，下阙五十一字，稳中有降九句四平韵。

不知人间，今夕何年，春秋半山川。腊月梅心动，三春芳草，续百花妍。处处红墙缘柳，何必问居延，只作书香客，一马当先。立意登高望远，尽大江南北，万水千川。叹英雄凉凉，古往今来田。下南洋，银行兴办，自亚洲，自主自方圆。只奈我，心中世界，处处坤乾。

172鹧鸪天　化度寺作

化度仁和女黛香，灵岩山寺响叶廊。
疏云淡雨江湖月，金屋名娃彼此藏。

三界水，一红妆，江山处处有衷肠。
凭何不向西施夜，勾践夫差作柳杨。

173夜游宫 古今诗

不记朝朝暮暮，长亭外，桃花小路。半在姑苏半回顾，岸道边，故人去，杨柳树。只在书香主，古今诗，文章歌赋。日月耕耘随心诉。凭所许，这江河，山川数。

174贺新郎

摇曳沧浪竹。半姑苏，三吴细语，五湖去逐。两岸洞庭小桥水，九脉一城香馥。白石垒，冠缨分沐，门外风平烟雨处，向清池，共约花间宿。虎丘外带山筑。
小家碧玉人先熟。问阊门，有万缕深情蹙。此去留园山水客，临流浊清蓄淑，莫孤坐，一溪风月。幽可足，英同主，任平生，鸟啼离别祝。知老在，假山麓。

注：沧浪：沧浪亭。北宋苏舜钦谪居苏州时购得此地，筑亭其上，曰沧浪亭。

175唐多令

吴越十三州，钱塘万千楼。一姑苏，汴水半杭州。天下人间风月好，有烟雨，有春秋。帆正五湖舟，花明香水流。半淞江，岸芷沉浮。杨柳绿条裙带系，只应是，不知羞。

176

天下半低头，相思千地休。任芭蕉，雨打半家愁。风月雨丝烟不锁，有芳草，有花楼。年岁一春秋，阴晴三月洲。燕归辞，彼此难留。来去不闻南北地，是时节，不回头。

177潘希白 大有 九日

九月重阳，五湖杨柳，向夕阳，天上重九。雁归来，衷肠一杯清酒。昆仑树上分明叶，却不是，临高时候一片卫 茱萸，去来不可回首。
知天下，都是否。十地半微寒，孰问先后。明月秋波，已是古今人口。一寸暮朝朝暮，年年道，天涯朋友。故乡客，莫上江湖，楼兰不朽。

178刘辰翁 兰陵王 丙子送春

雁南去，秋日衡阳朝暮。江湖上，花草连天，杨柳汀兰半洲浦。江南郡里数。漫道九江闻故，群芳外，十里长亭，灯火阑珊两三渡。南去，几人顾。日月自沉浮，天下风雨，高山流水相如赋。这玉树长门，铜盘承露。峰峰岭岭西阳误，天下已无主。南去，可分付。莫到屋锁旧，只作孤鹜。梅花腊月重新，叹春来秋去，如此倾诉。人生常是，一步足，一辛苦。

179永遇乐

隔壁酥香，佳人如水，瑶池无路。才子衷肠，杜郎 露，小女玉珍数。竟流河朔，逾墙之好，一纸三唱云雨。永遇乐，以词诀明，留得去来分付。天涯海角，风月归处，不断相倾朝暮。燕子楼中，居情何在，空锁心思误。古今来去，痴儿情女，但有恩怨辛苦，一时世，情人歌曲，空余永遇。

180周密 玉京秋

天山雪，山高夕阳晚，去来殷切。一叶秋风，两三故客，江湖豪杰。何事去来圆缺，半寒宫，时令先别。莫先别，世光时下，暗明难说。但向人间波折，这丁香，千心情结。一半相思，三生依旧，烟消云歇。玉骨婵娟，最怯处，闲过琼华时节。风声咽，非是南辕北辙。

181蒋捷 女冠子 元夕

唐薛昭蕴云：“求仙去也，翠钿金 尽舍”以词咏女冠。

古今诗

爆竹声乱，一年尽一年换。中分双岁，夜连早晚，处处人间，中华兴叹。明明灯火焕。不是九冬末了，一春初半。待年来，儿女乞怯，争与父母誉赞。山乡星色银河岸，只见春江水再向风云散。在人心旦。不可入梦里，升官图看。吴门情不断。只把日新更晏，古今诗冠。二万三千首，隔年犹向，大江浩瀚。

182张炎 八声甘州 亚洲发展投资银行

亚洲发展投资银行，一意在南洋。故国风雨下，关河万里，不尽风霜。是处中南海水，苒苒景山扬。唯有故宫色，九脉红妆。九脉山川草木，十地风土水，半处家乡。叹天涯海角，一半到南洋，只留得幽燕过客，又何凭，处处似归肠。人声近，天天地地，日日书香。

183解连环 孤雁

望天山雪，已风云淡淡，正清秋色。任此啸，孤独昆仑，向日处，凌原玉冰初结，时以寒冬，尽飞艳，遥知明灭，可龙吟处处，成里素英，独得高杰。衡阳与何殷切？九歌湘水色，斑竹轻折。向贾生，来去长沙，把酒向平生，几何圆缺。南北关河，不彼此，芳尘俱别，只闻千万里，无语古今评说。

184月下笛

万里清秋，千年碧玉，去来朝暮。相思一路，九脉三江无住。半宫墙，风月草花，私心只得人后顾，任佳人续曲，由诗词韵，向天山树。楼兰声不断，落日满交河，尽邯郸步。孤情自立，不与平阳倾诉。这长城，亦兴亦衰，只留征战今古误，这平生，汴水隋炀，莫道天下付。

185王沂孙 眉妩

“填词名解”卷三“汉张敞为妇画眉，人传张京兆眉妩，”词以取名。

向隋炀杨柳，一半钱塘，依依约约别。纵有千帆逐，轻舟去，相逢何在酥雪。明明灭灭，见素娥，香彻时节。下弦挂，缕缕丝丝处，玉门记圆缺。幽幽隐隐无歇。宋玉挥玉斧，神女轻咽。楚客巫山雨，凭朝暮，何人重赋还说。只羞寸结。待鹊桥，窥后心孑。怯情下南洋，留得是，莫心绝。

186齐天乐　蝉

时时不断轻鸣处，年年后庭玉树。止止行行，隐隐幽幽，重把人生倾诉。风风雨雨，薄向晴空，不怜朝暮。碧玉还吟，馆娃相约天平路。铜盘处处承露。叹移移落落，情情妒妒。步步昭阳，心几未可，阅尽斜阳十渡。苍茫辛苦，九月九重阳，一声楚楚。只向西风，余音千万缕。

注：宫魂断：指凄厉的蝉声。马缟《中华古今注》：齐王后忿恨而死，尸体化为蝉，在树上悲凄鸣叫，使皇上悔恨莫及。

难贮零露：仙人携盘而去，以饮露为生的蝉将无法生存。

187高阳台

万里晴空，千川骤雨，留华一半阴晴。十地江湖，三春老主东城。养春堂里文章客，一半梦，一半书生。向东君，也问梅香，枣树萌荚。故乡五女山中影，南江姑舅情，不信思行。九脉芳明，一半南洋人声。来年待到黄花盛，不成名，也是成名。莫闲愁，日月耕耘，日月耕耘。

188法曲献仙音

单调二十七字五句三平韵。

聚景亭梅次草窗韵

一曲终，三春岁月虫。五湖舟，千帆无语，半东风。心地蓬瀛，来去元是空。

189彭元逊　疏影　寻梅不见

梅花满路，五瓣和十瓣，半箱春树。腊月相逢，欲动寒心，无语自修朝暮。身姿素影飞天雪，只记取，唤来云雨。一春成，三弄芳香，化作香泥无数。天下群芳碧玉，初春日月里，来去倾诉。皃皃杳杳，楚楚盈盈，分付与烟相顾，扬扬一片随天住，只不怨向江湖渡。待来年，依旧幽幽，依旧我行我素。

190姚云文　紫萸香慢

下南洋，银行来去，一年一度重阳。几何人生路，古今客，玉人肠。万里千山兴废，有琴台高处，历历文章。楚人歌，醒醒醉醉暮朝花，黄鹤去，楼空酒　。书香一半阴阳。天下事，凤凰。穆公楼上曲，秦王萧史，弄玉红妆。紫萸向，登高处，枕边是，汉家乡。有钱塘，有洞庭水，有黄河道，心可如此圆方，其任低昂。

191李清照　如梦令

君且住，重阳酒。来去问，乡人口。客老下南洋，日月里，堪回首。回首，回首，不尽得，重阳九。

192凤凰台上忆吹箫　亚洲发展投资银行

一半江湖，三千旧事，古今离不开，大江流。向五湖明月，上下弦钩，寻得洞庭山上，故居王者作春秋。龙王女，书生柳毅，日月江楼。悠悠，绣衣去也，三品莫回头。海外难留。去去来来是，锁十三州。惟有南洋银业，何向我，自此凝眸。“阳关”曲，如杨柳唱，又立秦周。

193醉花阴

事业南洋三两秀，一半银行就。年岁一重阳，一半亚洲，一半吟红豆。人生一半黄昏后，一半东西袖。九九问南楼，万水千山，天下黄花蔻。

194声声慢

调有平韵仄韵两体。“填词名解”卷三载，宋十句四平韵，下阙四十八字九句四平韵。

黄花深处，红叶低浮，寒窗一片书声。古古今今，文章一半人声。三三两两结结，这丁香，不落花声。忆长生殿上，雨霖铃声。不论时时地地，独耕耘岁月，来止吟声。二万三千，诗词十地名声。千年知他故国，自诗经，多少韵声。佩文客，把一半，新旧时声。

195念奴娇

念奴娇，又名“百字令”，一名“湘月”。念奴，天宝，中名倡，每执板当度，声出朝霞之上。平韵调一百字，上四十九字下五十一字各十句四平韵。

人生一半，七十下南洋，一半衷肠。此办银行千万里，明月依旧中堂。处处身名，思思想想，清风自低昂。凝芳结果，结结貌砚丁香。回首处，十三州，江南碧玉，故土种高粱，独立江河流去远，日月浮沉红妆。柳柳杨杨，年年岁岁，不必向刘郎。开陵深去，立天地，自无疆。

196永遇乐

小女酥香，才人歌曲，杜郎三唱。仆诉逾墙，彼流河朔，“永遇乐”中望。相如弦外，人情一样，此水去，千波浪。何茫茫，人生几处，故道是以心量。天涯海角，昆仑草木，自是年年俯仰。去来自是，何必计较，独自有黄天荡。异时是，一日圆缺，为图欢畅。

197解佩令　古今诗

人生也好，诗词也好，这东风，春雨也好。来去南洋，作出银行还好。故乡是，客里更好。

桃花多好，岁月少好，腊梅花，素影香好，只向群芳，二十四桥明月好。笛人声，此情老好。

五、唐五代词选译

亦冬 著　凤凰出版社　2011 年出版

1平生凤归云

年年月月，家国心乡。读入榆关里，梦梦衷肠。五女山前杨柳树，数万行。文章天下客，不问南北，驻足南洋。

几回上行，几度思量。几度书生问，几度含香。几度长亭前后望，几度星霜。万般无那处，一言难尽，一曲黄粱。

壬辰春月，北京养春堂

2曲子词

效节麟台早有名，敦煌曲子半无声。

花间婉约逐侧艳，士子心里致九鸣。

五代南唐生李煜，三朝帝子世人横。

温韦放烛呈天下，不及亡宫旧主情。

3凤归云　唐五代词

轻轻细细，纯香低昂。婉转缠绵藏。一路思芳。五代词中先后继，各短长。纤纤姿色里，一昔魂梦，一曲衷肠。

乐章倚声，谱断成章，添字和音续，意表含香。帝子何须成败问，领教敦煌。变幻蕴涵处，不须浑壮，只入情乡。

4凤归云　望文日回首

2012-4-25

千言万语，来去他乡。少小离家诺，彼此文章。几度春秋杨柳岸，步两行。邯郸城里问，鲁齐燕赵，意气飞扬。

万家灯火，百载思量。何致山川故，马壮弓强。踏遍群山红烂漫，五女星光。顾寻心田里，万千古帛，一半爹娘。

5天仙子

半倚红楼情处处，五湖舟外长亭絮。君心似我我难主，杨柳树，一丝缕，只有云中来去雨。

三月细风明月皎，一曲九叠多少苦。枕边空叹几心腑，除珮羽，谢郎抚，艳色自怜身莫伍。

6破阵子

一名十拍子，秦王李世民所作，舞用二千人，皆衣甲旗旆马军入场，尤壮也。

塞外胡人处处，柳杨枝叶疏疏，万水千山天下路，自古书生苦读书，何求帝子居。

也是朝朝暮暮，何须末末初初，纵横人间桥水渡，应识江山无后舒，由心自可余。

7倾杯乐

每春秋节三大宴，皇帝升坐，赐群臣酒，宰相领作倾杯乐。唐太宗遣长孙无忌造倾杯曲。

一半人间，万千天下，阴晴日月朝暮。柳杨渡口，行迹路杳，不尽长亭树。几回映雪几回顾，几回梅花数。匆匆促促，云雨星，也以东风倾述。

有无去来何绪，小桥流水，非似群芳妒。但见得沉浮，以朱寻碧，只由人分付。楚楚吴吴，鸿间垓下，留下何言语。莫相误，耕者苦，前程是路。

8菩萨蛮

人间天下春秋影，心中不尽寒宫景。

情是去来生，月非云雨平。

婵娟空色冷，楼下何忡憬。

几度向风声，梅花枯又荣。

9菩萨蛮

江山不尽交河暮，人间难许长亭路。

日月楚还吴，阴晴一念奴。

洞庭杨柳渡，汴水残塘浦。

此处半江湖，梅香千万株。

10浣溪沙

半尺竿半丈斜，十年苦读浪淘沙。

一人一事一人家。天下龙门成势力，

暗香疏影满中华，姿容尽在二春花。

11临江仙

海阔天空西又东，桑田沧海有无中。

人生依旧一朝风。莺歌燕舞处处，

几度向归鸿。每风书生读书苦，

同声亦是非同。龙门潜跃已成翁。

莫如由是，由是也，一醉待苍穹。

12望江南

又名梦江南、忆江南、江南好。始自朱崖李太尉（德裕）镇浙日为亡伎谢秋娘所撰。

朱崖李，太尉谢秋娘。你是江南杨柳岸，我非塞北去来郎。日月半衷肠。

13望江南

云雨里，几处半红尘。二月东风依旧是，三春红杏满东邻，不是负心人。

14鹊踏枝

日月三千朝复暮，江湖一半关山路。

来去书生何言语，春秋相继谁分付。

碧玉小桥南北渡，洞庭草色，五湖烟雨，小舟沉浮自由行，寒山寺鼓夜夜倾城许。

15别仙子

一源流细，算天水，江河岸。南北洞，东西峡，朝宵翰。昆仑莽，云雨静，滟滪惊风参半。白帝城，已是蜀家兴叹。

九鸣壶口，却更是，飞烟散。瑶池溶，倾泾渭，情不断。中原逐，争日月，幽沪易，浊浪因人乱。知入海，万里东宫涣漫。

16李白　菩萨蛮

北京—吉隆坡 2012-4-30

来来去去南洋路，朝朝暮暮燕京雾。
何处是家乡，桓仁余客阳。
婷婷杨柳树，历历邯郸步。
日月几炎凉，阴晴边断肠。

17忆秦娥　古今诗

音阡陌，吟声不断秦楼客。秦楼客，古今诗里，千年魂魄。
长安泾渭含元脉，穆公朝夕儿女帛。
萧声依旧，月明如隔。

18韩翃　章台柳　寄柳氏

章台柳，章台柳，日月依依牵客手。
但见年年满灞桥，莫似人间一杯酒。

19又

章台柳，章台柳，只作长安摇摆手。
碧色红楼曲舞声，日夕黄昏可知否?

20又

章台柳，章台柳，不是黄昏何点首?
已见人情处处盟，几度东风几人手。

21又

章台柳，章台柳，色色姿姿何地有?
纵使人间玉影垂，莫教风情蕙心口。

22又

章台柳，章台柳，几度春光几度友。
已是群芳烂漫时，但作人情一杯酒。

23张志和　渔歌子　望祖

五女山前一故乡，挂睥岭下各爷娘。
松云云，柳长长，人间几度问炎凉。

24又

已是人间一柳杨，何须世上半黄粱。
长短处，莫牵强，长城汴水向残塘。

25又

半壁洞庭半五湖，一江流水一姑苏。
寻木渎，向东吴。云云雨雨玉人奴。

26戴叔伦　调笑令

又名“古调笑”、“宫中调笑”、“调啸词”、“转应曲”。白居易“打嫌‘调笑’易，饮讶‘卷波’迟”。

春早,春早,已是群芳不少。人前草木萧萧,云云雨雨小桥。桥小,桥小,惟恐舟流欲晓。

27又

荒草，荒草，处处山中不老。何须百木残凋，由随碧玉好娇。娇好，娇好，来去春秋宝宝。

28又

小草，小草，处处年年碧早。群芳不及妖娆，梅花玉影讨娇。娇讨，娇讨，何处人心不老。

29又

小鸟，小鸟，不可孤鸣太早。年年梦里春宵，人人雨后悄悄。悄悄，悄悄，惟觉身边欲晓。

30又

欲晓，欲晓，已是人情不少。云云雨雨潇潇，丝丝络络悄悄。悄悄，悄悄，明月宫中窈窕。

31韦应物　调笑令

天马，天马，任自苍空上下，由凭日月天涯，何分冬雪夏华。华夏，华夏，只向春秋人家。

32调笑令

情侣，情侣，不似牛郎织女。相思处处江湖，人心独自语孤。孤语，孤语，河岸吴吴楚楚。

33王建　调笑令

钟鼓，钟鼓，暮去朝来未许。忧思日月东流，东西南北苦愁。愁苦，愁苦，自是人心不主。

34调笑令

来去，来去，不尽杨花柳絮。朝朝暮暮吴门，云云雨雨楚村。村楚，村楚，楚楚人间不语。

35基隆坡八打灵也 Amansura

野草庭园野草花，一人世界一人家。
南洋日月南洋雨，北国乡心北国崖。
2012-5-1 马来西亚

36又

落地生根一客乡，居家顾事半南洋。
唐山只是山盟处，故土原非海誓肠。

37刘禹锡　忆江南

天地里，来去问刘郎。不在云都观内外，桃花处处半红妆，绿叶自扶将。

38潇湘神

何杨柳，何杨柳，雨前云后自低昂。
但得杨柳山水岸，人心依旧见衷肠。

39之二

杨柳枝，杨柳枝，杨花柳絮半春辞。
不似梅香红艳色，随时随地一身姿。

40之三

桃李枝，桃李枝，秦淮明月几相思。
不可由之桃叶去，须留天下两三知。

41之四

湘水岸，湘水岸，不到衡阳雁声佲。
楚客欲渡何泪止，湖南玉竹也青青。

42之五

云雨平，云雨平，夜色潇潇半无声。
莫问二妃情未止，湖南处处不枯荣。

43白居易　花非花

云非云，雨非雨。一半情，心无主。
巫山三峡见东流，宋玉高唐何肺腑。

44忆江南

明月下，尽作有心人。稀里糊涂寻觅处，是非而是泪沾巾，不独女儿身。

45忆江南

杨柳岸，一半小桥东。碧玉知心藏不住，衣巾处处隐桃红，不是有无中。

46长相思

去水流，来水流，流水年年无尽头。江楼见水流。一江楼，二江楼，渡口人前处处愁。江流向江楼。

47皇甫松　梦江南

姑苏月，一半到盘门。一半虎丘留不住，寒山寺里两三村，不可忆黄昏。

48温庭筠　菩萨蛮

又名“子夜歌”、“叠唱曲”。

少年不觉轻离别，老来还向何圆缺。
五里短亭辛，一生来去频。
人心情切切，驿舍灯明灭。
草木有三春，如须寻故秦。

49菩萨蛮

岁岁不尽朝朝暮，年年何以遥遥树。
处处向昌图，声声闻念奴。
回首千百度，不见人生路。
天下一姑苏，云中三梦吴。

50菩萨蛮

一朝一暮朝朝暮，半云半雨云云雨。
楚客朝暮郎，阳台云雨妆。
两三长峡雾，七八巫山路。
天下儿女肠，人间同暖凉。

51菩萨蛮　过白帝

一趟一步长亭路，半山半水白帝树。
垓下问东都，梨园呼念奴。
去来今古误，日月阴晴付。
儿女共三吴，乡家同五湖。

52更漏子

故乡村，村外柳，不忘纤纤素手。几日月，几春秋，江春满九州。几杯酒，几回首，四海五湖太久。暮色里，慢登楼，江楼问江流。

53更漏子

向长亭，亭外路。暮复朝朝复暮，来去去，下南洋，北京二故乡。
华年外，华年许，来无数，去无数。几分付。作银行，南洋几故乡。
印度尼西亚雅加达 Jakarta2012-5-16

54之二

下南洋，乡里暮。目向银行倾述，一步步。亚洲行，彼生是此生。
三界务，万回顾，不是邯郸学步，世界上，几枯荣，可珍阮部情

55更漏子

一江流，流日月，已老来垂头越。半江河，南洋唱九歌。京华谒，玉门阙，情意心思勃勃。向莲荷，去来不蹉跎。

56之二

下枕前，前枕下。暮暮朝朝白马。三峡水，一天涯，巫山草木斜。经春夏，夏春雅，世事真真假假。楚客是，问芳花，云云雨雨家。

57更漏子

柳如杨，杨似柳，来去去来人手。二月里，半东风，丝丝情不终。
千回首，一杯酒，知否此心知否，天地久，客西东，潇湘归落鸿。
Jakarta2012-5-16

58酒泉子

吴越越吴，朝暮小桥流水。一盘门，三月姊，杏花姑。大江东去半江苏，人在人情里，几江湖，几桃李，碧家奴。

59定西番

来去分分别别，杨柳岸，小舟平，半枯荣。朝暮雪雨云风，此心此地情。渭水洛城声绝，人无声。

60梦江南

千万语，肠断玉人前，下里马人杨柳岸，高山流水去来年，沧海半桑田。

61梦江南

情处处，独守意优悠。梦乱三春花不落，如今玉树半扬州，日月伴江流。

62又

天下事，何必十三州。似是而非人处处，古今今古大江流。草木自春秋。

63又

明月星，脉脉自含情。玉树悠悠病叶落，枕边处处故人盟，羞罢一声声。

64又

江南忆，太尉谢秋娘。多少人情云雨处，人间织女一牛郎，自是一芳塘。
Jakarta — KualaLumper

65司空图　酒泉子

桃李杏花，颜色色真真假。独庸庸，孤雅雅，向人家。两三天下两三斜，可艳丽凭春社，任朝野，满广厦，到天涯。
2012-5-20 吉隆坡—北京

66之二

墙外杏花，红里绽黄天下，诱人心，孤独切，自无遮。是如如是一枝斜，情处处，真真假，小鬼郎，招惹故，忘思家。

67之三

小小杏花，一半东风墙外嫁，只须颜色任人夸，入人家。亦开亦落亦芳华，纵使多情儿女借。斜阳也是挂窗纱，误山崖。

68李存勖　忆仙姿

何以人生如梦，处处游龙舞凤。楼上曲尽时，依旧梅花三弄。三弄，三弄，羞怯大庭人众。

69和凝　临江仙

一处海棠天外色，半似朝暮梨花。
只由处处是人家。斜阳也罢，纵使到江涯。
可见雪肌云两岸，含情脉脉倾斜，碧波
流水过三巴。巫山峡谷，十二峰中华。

70冯延巳　鹊踏枝

寄语苏东坡

一树梨花千万片，片片多情，只绕海棠转。
月下东风春水见，不可来去聚还散。
年少巫山云雨遍，老得私荣，暮色天山远。
十地乡思何差遣，江楼只与江水限。

71鹊踏枝

可否年年何可否，记得沈园，惆怅红酥手。
一寸相思一醉酒，隔帘玉影红颜口。曾
上楼兰君子友，不问江流，处处生杨柳。
镜里春秋人消瘦如今明月寻回首。

72鹊踏枝

几日行去朝复暮，几度巫山，几度春雨顾。
十二峰中儿女路，杨家月色柳家树。
白帝城中江水妒，朱楼红颜，不可年年住。
只与春心随意去，花香鸟语无须误。

73采桑子

梅花流水桃花岸，杨柳桥边，碧玉芳天。
一寸春一寸绵。西风只与东风便，杏李
婵娟，月色空悬，处处情丝处处船。

74采桑子

小桥流水吴中亚，一半人家，一半梅花，
一半春心随月斜。
任凭桃李东风嫁，一半湖涯，一半江涯，
一半樱桃带露华。

75浣溪沙　艾米

自基隆坡回到北京家中，诸花并艳，满院芳华，艾米寄孙女心。

玉树城中半彩霞，养春堂里一人家。
牡丹五彩牵牛花。月季灯笼黄菊色，
蝴蝶碧草滋情芽。南洋来去忘天涯。

2012-5-20 北京养春堂

76之二

喜鹊兰玲翠鸟声，牵牛百绣玉花城。
灯笼月季蝴蝶盟。五彩云霞禽语继，池
鱼枣树老人情。归来小院可繁荣。

77酒泉子

芳草无边，杨柳柳杨无边树，
几长亭，几朝暮，几山川。
几江流水几江船，何处可依回顾，一心思，
一梦去，一婵娟。

78谒金门

长亭忆，来去去来消息。天上人间何处觅，
几回秋水碧。
叹止叹行叹迹，知短知长知力。多见多
闻多不易，将相和氏璧。

79虞美人

一帘风月悠悠隔，半闭心阡陌。
牛郎织女问天河，空待鹊桥朝暮唱离歌。
相思之雨潇潇泽，情意处处索。
耳边自应尽厮磨，冷暖人间天下共青娥。

80归自谣

来去客，一半长亭情脉脉。南洋已是心
思策。银行南北东西帛，成阡陌，亚洲
君子今头白。

81之二

山海隔，此下南洋乡水泽，
思归故国田阡陌。
书生南北东西客，情脉脉，
诗词留下群英策。

82忆秦娥　变格平韵

忆秦娥，婵娟织女何蹉跎，
何蹉跎，鹊桥西岸，旦暮银河。

83正格仄韵

何圆缺，终南山上千秋雪。
千秋雪，坝桥渭水，少年轻别。
万家灯火人情拙，梅花三弄相思结。
相思结，东云西雨，北辕南辙。

84李璟　浣溪沙

弦月天边挂玉楼，丁香影里结春秋。
云前雨后一心羞，情悠悠。
白雪阳春何所似，梅花三弄十三州。
下里巴人意无休。半江流。

85浣溪沙

一半姑苏碧玉天，两三落叶小桥船。
渔舟唱晚月孤影。此年年。
越女吴儿娃馆语，周庄同里虎丘泉，
江南处处一方圆，彼绵绵。

86李煜　虞美人

姑苏

朝朝暮暮何时少，处处闻啼鸟。
云云卷卷雨潇潇，影影重重来去路遥遥。
五湖日月洞庭晓，荡荡乾坤掉。
小家碧玉柳杨桥，木渎虎丘娃馆水迢迢。

87乌夜啼

江南塞北婵娟，共方圆。暮雨朝云参半，
可经年。半柳岸，半宵汉，半长天。
不是人生兴叹，自风帆。

88乌夜啼

江流不问江流，任春秋。雪月风花杨柳，
十三州。莫回首，可知否？一飞舟。
足以天长人久，上心头。

89望江南

黄粱梦，可以寓人中。去去来来朝暮向，
春花秋月北南风，只有客情同。

90之二

龙门里，上苑探花郎。任得曲江流水色，
状元榜眼共衷肠，日月谢秋娘。

91望江梅

三月里，吟上望江梅。万里江花明月色，
洞庭山上故人杯，醒醒任人催。

92之二

家园里，处处一平生，暮暮朝朝来去间，东西南北半枯荣，曲在九歌声。

93之三

难易是，自在自由身。去去来来朝暮是，成成败败几风尘，自主自人身。

94清平乐

杨途柳岸，万里长亭换，一半人生情一半。何必望洋兴叹。

风云雨雪经天，暮朝彼此方圆。项羽刘邦秦汉，江东父老年年。

95蝶恋花

又名“鹊踏枝”“凤楼语”。北京养春堂。

鹊踏枝头声不住，天下人间。

枣树庭中路。织女牛郎河岸顾，寒宫独影谁言语。

池里游鱼何因许，来去平生，云雨由分付。暮色苍茫须信步，凤凰醒栖落梧桐树。

96长相思

又名“双红豆”。桓仁山乡 2012-5-26 北京养春堂

烟囱山，五女山。半到桓仁半故颜。浑江月亮湾。

家西关，客南关。一去幽州一不还，平生读登攀。

97捣练子令

中天静，小池中，色色空空枣正红，明月只须人不寐，一声霜叶到寒宫。

98浪淘沙

又名“卖花声”。

云里雨悠悠，碧玉红楼。

一边旧忆一边愁。

影暗灯明情不主，满了心头。

泪水枕间留，误了春秋。半江流水半江洲。思后想前身有意，任了空舟。

99玉楼春

又名“呈纤手”、“东龄妙”、“归朝欢令”、“归风便”、“梦相亲”、“木兰花令”、“上楼春”、“惜春荣”、“惜花容”、“西湖曲”、“续渔歌”、“玉楼春令”。

曲尽玉楼春欲召，月照东邻情意妙。

归朝欢令木兰花，纤手雪肌容不少。空色暗随明月到，竹影伴风三弄调。小虫轻吟到西湖，只待初破心悄悄。

100破阵子

同里桃红柳绿，洞庭雨住云轻。

汴水东流吴越色，盘门会稽城。

娃馆西施旧步，虎丘勾践余生。

一曲夫差家国去，解带深宫忘旧盟，范蠡商意情。

101徐昌图　临江仙

尖脚小荷轻重，云浮雨落花红。

群芳草木几东风。新泉枝叶宠，

老树客西东。不见去来朝凤，

但留一半残宫。婆娑花影挂如弓。

婵娟何以梦，二月玉人空。

102韦庄　菩萨蛮

又名“子夜歌”、“重叠金”。自语

人重叠金辞家误，生平不尽寻乡路。

何以半江湖，倾音知念奴。

山川杨柳树，子夜歌朝暮。

三载问姑苏，百年思越吴。

103菩萨蛮

五十年前，艰难岁月，一红颜。

年少记得张恩媛，幽州不足平生愿。

几度玉关湾，几回思素颜。

104菩萨蛮又

艰难岁月张恩媛，倾心不断千千万。

皓腕半凝寒，红楼梦里桓。

是非非是怨，成毁成知愿。

回首旧情观，黄粱情外澜。

105又

七十年华张恩媛，旧情依旧舒还卷。

只见落帆船，尤惊寻故年。

只须人规劝，两地相思远。

隔岸杨柳田，春云何雨烟。

106又

几度织女牛郎怨，几回月下桓仁愿。

何以读书冠，不知云雨澜。

故乡离去远，莫取声声怨。

半忆已去端，一梦知杏坛。

107又　浣溪沙

五十年前几救援，刘家沟里一思媛。

桓仁城外半宣言。读遍人生何所拟，

心思石磊水思源。故心何归沈家园。

108归国谣

朝又暮，十二峰前云里雨。

楚峡巫山何自主，黄粱梦也许。

江水向东流，有心心不语。

早晚应寻归路，小桥杨柳树。

109清平乐

阡阡陌陌，不尽江南泽。

碧玉桥边流水隔，桃李风花索索。

五湖应似银河，乌蓬素手操舟可。

莫将疑心相许，牛郎织女连波。

110清平乐

庭花野草，相似年年老。

雪月风花天地好，不可自寻烦恼。

枯荣云雨潇潇，长亭驿路迢迢。

罗带同心钓结，黄粱一梦妖娆。

111谒金门

云雨浴，阡陌纵横如玉。

一半姑苏三两曲，几阴晴继续。

楼上夕阳朝旭，月下古琴新烛。

大海沧然凭一粟，杏红芳草绿。

112天仙子

一半人生千里目，两三成就万人逐。

春花秋月几阴晴，文岳麓，武擒鹿，
彼此中原书复读。

113女冠子

求仙去处，也是杨花柳絮。一去烟，翠钿金篦舍，玉肌藏袖着，残雨断云天。
平身青灯语，伴婵娟。

114女冠子

云断雨尽，月半青灯自悯。一情人，只在身心处，双峰暗自亲。花开花落去，玉树凤楼尘。何必求仙也，莫天津。

115薛昭蕴　喜迁莺

一步步，一声声，天下一书生。探花郎纵曲江城，十载状元名。
三幸幸，三省省，世上此家独领。龙门高处数寒荣，留下是人情。

116牛峤　酒泉子

树秀草芳，半壁影，千舟匠，万莲蓬，残叶傍，沈园墙。
一池风月满新塘，云里雨，烟中浪。水芙蓉，荷碧帐，卸红妆。

117定西番

夜鸟不啼春晚，寻玉树，问婵娟，付清泉。
同领云舒云卷，雨前枝叶烟。身后影前回顾，几时眠。

118江城子

洞庭同里半江湖，一姑苏。
虎丘吴。小桥流水，碧玉下江都。莫问船家颜似雪，晴里雨，楚云浮。

119张泌　浣溪沙

一驾羊车半凤城，三春杨柳两情生。
于家子弟万人盟。但见红娘颜如主，
何如月下任纵横。人间天上自枯荣。

120浣溪沙

陌陌阡阡柳色烟，依依约约雨中船。
孤孤独立玉人眠。十里风花和雪月，
两情相隔日空悬。夕阳西下待婵娟。

121蝴蝶儿

蝴蝶飞，晚春晖。去来来去一心扉。
莫如去不归。何以双双舞，人前弄是非。
云中相似雨微微，惹情倾不韦。

122牛希济　临江仙

自古人情寻处处，潇湘竹泪斑斑。
春莺夜语独关关，阴晴日岁岁，来去月弯弯。
楚客巫峰三峡水，朝云暮雨半山。
一心一意一人间。临江仙莫语，只道认红颜。

123生查子

十里一长亭，五里三心路，
何似杨柳城，处处朝云暮。
九脉半江青，万水千云雾，
天下各阴晴，莫以平生误。

124生查子

朝行白帝云，暮作巫山雨，
彼此共阴晴，来去同无主。
随心问故情，隔墙听鹦鹉。
天上莫须盟，只向人间取。

125尹鹗　临江仙

碧玉姑苏冈里梦，小桥流水乌蓬，夕阳遍地满江红。残塘吴越，十色五湖东。
木渎范蠡寻玉凤，西施曲，馆娃宫，经商处处见归鸿。得失成败，尽在有无中。

126之二

杨柳岸边明月，去来渡口乌蓬。眼前何事故伤风。五湖云雨夜，露水玉凝中。
素腕依依如雪，横波隐隐由衷。枕前最是不通融，同里春草碧，虎丘剑池红。

127李珣　浣溪沙

致苏东坡、柳永

玉树临风向海棠，孤家不认寡人肠。
枕前旧事莫商量。昨夜风花雪月处，
心猿意马半沉香，醒来花色一无妆。

128渔歌子

荣辱人间半客家，樵渔天下一山崖。
烟雨细，小船斜。云舒浪里是春花。

129巫山一段云

十里江青影，双舟枕戈游。
云光雨色各春秋，故事任情由。
自在随风去，无心倾意求。
一衣带水入红楼，碧玉不知羞。

130南乡子

雨雨云云，江南处处自斯文。渡口船家来去客，阡陌，彼此湖烟藏梦泽。

131渔父

莫道渔人不为鱼，人间樵客自知书。
何日月，几玄虚，云云雨雨莫多余。

132毛文锡　甘州遍

沙鸣处，朝暮一甘州，半风流，尘埃落定，嫦娥色尽，千山雪月玉门楼。
只前进，不回头，随心万里来去，此诺未曾休。曲三叠，揭调任春秋。月芽留，年年岁岁，举目可无忧。

133醉花间

北京养春堂

踏遍江湖人未老，时时知自早。
高树鸟还巢，弦挂寻芳草。
风花雪月好，不尽长亭道。
庭中年久葆。春秋冬夏两仪交，碧云头，红大枣。

134魏承班　生查子

未尽半江湖，不可三人语。
难得一心思，应是两情许。
天下几雁丘，世上何相顾，但愿共婵娟，唱遍黄金缕。

135顾敻　河传

隋炀帝幸江都制“河传”。

朝暮，云雨，杨花柳絮，扁舟江浦，五湖明月满三吴，小姑，大姑，烟水苏。

虎丘同里洞庭树，剑池许，木渎商人数。有还无，似露珠。露珠，玉凝风月孤。

136诉衷情

朝暮，朝暮，天下路。一江湖，三界步，分付。几糊涂，日月不荒芜，殊途，枯荣来去苏，半生儒。

137鹿虔扆

自古人间天下事，方圆长短高低。
一中南北各东西。阴晴日月，宿鸟容棲栖。
花草林泉源水涌，春秋冬夏夫妻。
群芳独立对清溪，枯荣世界，梅落化香泥。

138阎选　临江仙

十二峰中云雨峡，两源一水人家。
巫山朝暮杏坛花。楚王知宋玉，
神女向天涯。
半见阴晴半春夏，明月弦笛琵琶。
江流东去自桑麻。三秋成子粒，
九脉浪淘沙。

139毛熙震　清平乐

不知可否，十地人生酒，十地心情知故友，十地何须回首。阴晴半在山头，枯荣半在春秋。世上万千风月，江流半在江楼。

140小重山

一半浮云一半烟，万千心不宣，月明前。寒宫桂树问婵娟，娑娑影，寂寞懒孤眠。天上客空船，人间无主应，是心田。庭池偏得并蒂莲，颜如玉，任得引率妍。

141菩萨蛮

洞庭山上梨花舞，五湖舟里云光雨。
此处彼心余，莺歌燕语疏。
桃花南北浦，杏李阴晴取。
但入玉香居，长裾无短裾。

142孟昶　木兰花

相传孟昶为后蜀君主时，一夜极热，他与花蕊夫人一起在宫中摩诃池上纳凉，共作这首《木兰花》。词摹写了花蕊夫人的睡姿与心理，细腻动人，有年华易逝、青春易老的感慨。

易逝年华春色暮，细雨云丝关不住。
凝素雪，玉丰肌，半弦窥月误归路。
香落欹边花蕊妒，罗袂湿汗凭倾许。
鸳鸯水上互相娱，教待人间由丈夫。

143欧阳炯　三字令

三界里，一诗词，斗心知。云缈缈，雨丝丝。万人情，千粉色，玉人痴。
花色浅，草芳时，约佳期。莲卸尽，广寒迟。莫分明，行又止，是相思。

144南乡子

柳色云烟，东风处处客家船。碧玉藏身轻露手，情如酒，素影红颜偷回首。

145南乡子

半入云霄，洞庭山上玉人桥。两岸船家成渡口，红酥手，雨里云中烟水久。

146南乡子

雨后云昂，叶叶枝枝晚晚香。人静风平虫不语，花藏，隐隐约约卸全妆。

147南乡子

素手纤口，细细轻轻碧玉娘。情空相思红豆采，深藏。半在心中半在郎。

148江城子

秦淮两岸草平平，月阴晴，水流情。舟中桃叶，且窥一书生。渡口红楼朝暮间，云缈缈，雨声声。

149定风波

人生读遍曾几何，争如成败九歌多。
不尽山川千里月，关阙，楼兰来去待厮磨。
谁以大江东去，两烟云雨满江河。易水诺中，此君曰，儒生自敢定风波。

150许岷　木兰花

盘门开闭双关语，拾得寒山千万路，
虎丘干将剑池树，谢女雪肌杨柳絮。
长亭四回群芳暮，明月姑苏娃馆舞，
梅花落尽久相思，何以洞庭人不主。

151孙光宪　浣溪沙

越儿三千女色香，吴城一半楚天长，
馆娃木渎几姑娘。杳杳云烟和雨露，
凝珠欲滴水汪汪，小桥碧玉对花黄。

152后庭花

云阳县多汉离宫旧地，有树似槐而叶细，士人谓之玉树。石头城外江天色，
故宫旧国。玉树后庭花草碧，后主难得。
海棠桃李处，野香如织，以何人识？惹教行人思旧忆，万里无极。

153河渎神

古树老人家，满庭风月桃花。
半弦明月隔轻纱，一枣三鱼千花。
门外去来成就事，书生耕种桑麻。
回首少年灯火，积时累日中华。

154又　河渎神

读案已三更，月明留下千情。
去来来去一书生，学步邯郸似成。
云雨渡头天下路，南洋倾国倾城。
回首隔江灯火，年年花草枯荣。

155渔歌子

金陵月下秦淮河，桃花流水楚人歌。
一竹影，半婆娑，烟云细雨小桥多。

156菩萨蛮

似曾天上人间路，牛郎织女何朝暮。
不可抱衣裳，芙蓉无处藏。
大河云雨渡，喜鹊桥边语。
七夕是红娘，不须回故乡。

157

织女不语牛郎语，天庭有路人间误。
留下一东吴，西施千夜奴。
声声何不住，处处曾倾述。
教得半姑苏，人情三五湖。

壬辰孟夏北京养春堂

六、宋词的故事

王曙　著　二十一世纪出版社 2010 年 6 月出版

1、宋词的故事

晏殊、王安石、王安国、吕惠卿。
人间半郑声，世上一齐情。
雪月风花事，诗词曲舞名。

2010 年 12 月 18 日
北京——吉隆坡 MH371 航班

第一章　帝王词人李煜

2帝王词人李煜

一江春水柳杨堤，后主空吟日月移。
五代南唐吴韵客，何情复问汴梁西。

3玉楼春——五代・李煜

教坊霓裳大小周，金莲肌雪去来求。
红罗亭外梅花落，五色降云违命侯。

4临江仙——五代・李煜

违命侯声来去尽，雨声阵阵风声。
金陵草木也枯荣，秦淮杨柳岸，
若水似军兵。已是石头城外客，
江山处处阴晴。旧时日月旧时更。
桃花流水色，泪洗汴梁城。

5渡中江望石城泣下——五代・李煜

何处旧家乡，江山尽断肠。
金陵闲坐冷，后主几思量。

6破阵子——五代・李煜

家国无非家国，山河似是山河。
一曲石头城外去，违命侯鸣自九歌，
后庭依旧多。汴水隋堤日月，
扬州已见蹉跎。不问楼船寻故步，
犹有苏杭柳岸禾，窅娘沉玉娥。

7相见欢——五代・李煜

平生一半春秋，几沉浮，
日月阴晴朝暮水东流。
此是彼，彼非此，是非愁，
别是君心读尽向禅求。

8浪淘沙——五代・李煜

处处见春秋，处处春秋。
江山一半自春秋。
天下兴亡多少事，不误春秋。
岁岁问春秋，岁岁春秋。
人间论语也春秋。
成败得失来去客，误了春秋。

9望江南——五代・李煜

韩熙载夜宴
云雨梦，一夜半东风。何似人间先后问，
春花秋月也群雄，草木已丛丛。

10虞美人——五代・李煜

李煜，徐铉分宾主
李平潘佑徐铉路，已是江山暮。
牵机花里七夕星，违命王侯天下是浮萍。
窅娘不误金莲误，大小周颜顾。
吴门锁至汴梁庭，留下人间情话任聆听。

第二章　北宋初期的风光词

11采桑子十首（选四）——欧阳修

西湖天下西湖水，一半云情。
一半云情，处处烟光细雨生。
苏堤春晓三潭月，柳岸莺鸣。
柳岸莺鸣，只问梅妻鹤子名。

12西湖小小钱塘色，几处萧声。几处萧声，彼此人心彼此生。

烟波渺渺烟云重，一半阴晴。
一半阴晴，花港观鱼柳暗城。

13采桑子

黄木良先生廖中莱部长办东风第一枝，主称黄木良先生为诸葛孔明而吟“东风第一枝，天下奉三时。已是平生晚，方知恨见迟。”
南洋草木南洋雨，诸葛成城。
诸葛成城，飞鸿轻，一路芳明。
一路芳明，已是平生见孔明。

14朝中措　中山堂——欧阳修

平山草木平山堂，一半雨花香。
一半风云杨柳，三千子弟衷肠。
苍天依旧，山川朝暮，世态炎凉。
休言转头来去，似空不似隋炀。

15西江月　中山堂——苏轼

莫问扬州太守，欧阳一代文章。
平山堂外半沧桑，处处杨杨柳柳。
壁上龙飞凤舞，胸中万马扬长。
风云日月几低昂，杯酒黄昏回首。

16桧诗——苏轼

泉台桧树一直根，曲处蜇龙半子孙。
太后宰相苏轼贬，黄州至始寄书魂。
东坡临皋长江岸，水调歌头快哉门。
十亩雪堂耕日月，三生草木问黄昏。

17水调歌头　黄州快哉亭赠张偓佺——苏轼

一半平生问，上下向苍穹。
江湖处处君子，自古待英雄。
谁见东坡去处，天事祖宗岁月，草木望飞鸿。
只饮黄州水，手足客西东。
水流去，山屹立，一长空。
耕耘十亩梦得天下快哉童。

风月雪堂傲影，腊月寒中惊动，草木作雕马。
只有心思且，今古在云中。

18鹧鸪天——宋祁

大宋平生小宋名，仁宗宫女半倾城。
谁闻鹧鸪天外客，莫恨刘郎一半情。
云雨落，雨云行。
人间狭路心相载，远近蓬山有阴晴。

19玉楼春——宋祁

杨柳柳絮玉楼春，雪月香桃粉浥身。
万紫三光浪半色，千金一笑满红尘。

20云破月来花弄影

一曲万斯年，三光半影天。
千金花月夜，十地问张先。

21行香子——张先

雪月絮前空，行香子外风。
张三中里省，眼意以心同。
柳暗娇柔客，香沉七十翁。
梨花云雨树，影素海棠红。

22烟江欲雨图页——南宋·朴庵

烟江欲雨半归时，柳叶成风一首诗。
渡口还来寻故影，轻舟已去挂春枝。

23花卉四段——宋·无款

春思半素心，花月一知音。
素影非桃李，红尘是古今。

24一丛花令——张先

张先年轻时，与一尼姑庵的小尼姑相好，老尼姑很严厉，将小尼姑关在池塘中央小岛的一所阁楼上。为了相见，每当夜深人静时，张先划小船过去，小尼姑放下梯子来让他上楼。临别时，张先留恋不已，于是写了一首《一丛花令》寄意。

池塘莫在水中央，三影化炎凉。
尼姑院外千丝乱，人心里、春絮飞扬。
轻舟去来，阴晴可继，一处一刘郎。
花香月色问萧娘，衣内露红妆。
黄昏暮后楼台望，却留下、身袖余芳。
相见时难，欲离还合，但解嫁时裳。

第三章　婉约风格

25无可奈何花落去（晏殊）似曾相识燕归来（王琪）

水调带心听，江都苛意铭。
隋炀何许客，汴赋草青青。

26浣溪沙　春思——晏殊

十载书窗十载城，一年草木一枯荣。
寒食过后是清明。何处龙门天地客，
江湖日月有阴晴。人生先后是人生。

27扬州怀古——王琪

似曾相似燕归来，一曲平生酒一杯。
无可奈何花落去，寒心可鉴腊梅开。

28临江仙——欧阳修

误伎落金钗，扒官枕玉阶。
堂中惟演问，柳下故事怀。

29三秋桂子，十里荷花

三秋桂子一婵娟，十里荷花半玉船。
柳永孙何知楚汉，江南不可误投鞭。

30望海潮——柳永

三吴望海潮，柳七问良宵。
楚楚孙何宴，文人旧客遥。
荷花千色月，碧玉万人桥。
渡口阴晴雨，桑田草木萧。

31万里车书尽混同，江南岂有别疆封？提兵百万西湖上，立马吴山第一峰

吴门不问山，越客玉人颜。
同里三桥水，江湖十八弯。
钱塘多少色，汴柳去来娴。
不可寻西子，常言问小蛮。

32喜迁莺　赐大将军韩夷耶——金·完颜亮

江山自古今，本事几晴阴。
彼此征兵战，长城内外临。
人间三界顾，天下一人心，
十里荷花岸，三秋桂子琛。

33雨霖铃——柳永

万里烟暮一色津，三川岁月舞红尘。
今宵醒醉寒蝉曲，去日经年楚客亲。

34醉蓬莱　庆老人星现——柳永

老人呈瑞老人星，醒醉蓬莱醒醉铭。
玉宇风尘残月露，渐亭皋叶步长亭。

35鹤冲天——柳永

才子词人白素名，卿相自古御平生。
烟波巷陌风流事，月下花前浅唱情。

36定风波——柳永

针线闲拈坐伴情，鸡窗柳带日穿莺。
光阴渡口金榜远，永锁雕鞍卧赋名。

37八声甘州——柳永

潇潇暮雨洒江天，渐渐长亭问日年。
一处登高残照去，三生兴叹见归船。

38之二

霜风凄紧月照残，冷落关河大漠寒。
一曲甘州苏轼韵，当楼玉树后庭坛。

39满庭芳——秦观

岭淡微云旧事田，楼平画角古今船。
寒鸦点点连天地，孤水悠悠暗岁年。

40高阁听秋图页——南宋·无款

高处听秋不胜寒，江南问雨入云端。
风光日月江山上，草木阴晴一半残。

41鹊桥仙——秦观

咏梅

依依附附，红红素素，雪月风花无数。
春寒露重傲香源，且只向、含心如故。
杨杨柳柳，迢迢路路，天下云云雨雨。
长亭岸水似衷肠，何不问、朝朝暮暮。

42水龙吟　寄营伎娄婉，婉字东玉——秦观

与马来西亚高等教育部副部长赛夫丁访世界伊斯兰大学

南洋圣诞赛夫丁，半卷朱帘客小星。
玉佩兰昌连苑柳，名缰大学雨聆听。

二〇一〇年

43踏莎行　郴州旅舍——秦观

彼此江山，杨花柳絮，斜阳满向天云去。
年年沧海问桑田，滩头多是耕耘处。
越越吴吴，吴吴楚楚，烟波不见何言语。
小舟一路挂帆行，春秋驿寄梅花著。

第四章　豪放词派

44渔家傲——范仲淹

日落烟长多少路，亭花野草枯荣树。
何意潇湘秋不住，归声顾，雁丘鸣尽群芳妒。
海角天涯云水度，平生自古平生误。
几似京城穷塞主，知王素，玉阶遥献南山赋。

45江城子　密州出猎——苏轼

人生自古半疏狂。半黄粱，半扬长。
几处江湖，几处风霜，几处人间天下事，三界外，一萧娘。
清音明月满钱塘。
此何妨，彼何妨，十里长亭，十里野花香。
谁问婵娟依旧问，千万里，共炎凉。

46念奴娇　赤壁怀古——苏轼

大江东去浪淘沙，不到牛郎织女家。
谁赋黄州赤壁水，尚香吴蜀后庭花。

47减字木兰花　春月——苏轼

苏轼的妻子名叫王弗，正月的夜里，庭院里梅花盛开，幽香袭人，月色也非常美好。王弗兴致很高，对苏轼说："春月胜于秋月色，可召赵德麟（苏轼好友）辈饮此花下。"苏轼立即写了一首咏叹当时美景的词《减字木兰花》。

春庭减字木兰花，香色袭人月半斜。
疏影回廊摇玉树，凝词截句入人家。

48卜算子　黄州定惠院寓居作——苏轼

词牌《卜算子》的来源，有两种说法：一说唐代诗人骆宾王写诗时好用数字，人称"卜算子"，由此得名；二说取义于卖卜算命之人。

一月半梅田，九脉三湘雁。
去去来来问北南，塞外江村唤。
日日向长天，岁岁春秋冠。
暖暖寒寒十地宽，寂寞汾河岸。

49蝶恋花——苏轼

苏轼被贬到惠州时，亲人多半离散，只有爱妾朝云一直相随不走。一天苏轼与朝云闲坐，当时刚下了秋霜，树叶黄落。苏轼叫朝云备酒，她端着酒杯唱苏轼写的《蝶恋花》词，怎奈还没有唱，就已经泪湿衣襟。苏轼问怎么回事，朝云回答说，词中的"枝上柳绵吹又少，天涯何处无芳草"使她没法唱下去。苏轼大笑说："我正悲秋，而你却伤春了。"不久后，朝云因病去世，苏轼遂终身不再听这首《蝶恋花》。

寄小苗，中国人民大学国学院

何计算朝朝暮暮，二万余天，但问长亭路，
日日诗词谁可顾，无情总被多情误。
几似知音谁自诉，风月旁边，高山流水诉，
下里巴人芳草雨，渔舟唱晚江湖渡。

50浣溪沙——苏轼

北京东城养春堂春夏枣花到书房

几净窗明落枣花，扫云拭海入时华。
其天天下半人家。
自古江山分彼此，心思也许问桑麻，
一忧一乐一天涯。

注：扫云拭海：影入玻璃镜案扫拭可见海天辽阔纳枣花。

51水龙吟　次韵章质夫杨花词——苏轼

扬扬抑抑凫凫，阴阴处处晴晴度。
年年碧绿，年年领先枝，江山树树。
何止长亭，伴随无路。梅边香故，
桃李梨杏色，何如自在，杨柳岸，风情数。
曾是长安相许，灞桥折，
一分雾，一分梨断，一分烟雨，一分不妒，
十地生机。千川来去，云云雨雨，
未惜平生误。春秋依旧不问朝暮。

52六朝旧事随流水

桂枝香　金陵怀古——王安石

六朝旧事满地洼，三月清明半客家。
不见金莲胭脂井，唯闻商女后庭花。

53王安石《桂枝香》词意画

一曲桂枝香，三朝旧事长。
金陵怀古处，水打石城墙。
建业参知政，江宁变法塘。
画图难足立，玉树后庭姜。

54浪淘沙令——王安石

伊尹成汤吕尚周，英雄自古士何求。
商齐尤在功臣去，胜败兴亡几国忧。

第五章　享乐的时代

55鹧鸪天——窃杯女子

南宋无成北宋成，瘦金体字国图名。
窃杯女子蓬壶客，贪看鸳鸯一半情。
天下事，有枯荣。侯蒙在上问声平。
临江仙赋书生步，几问青云几问英?

56南乡子——贾奕

赵佶道荒唐，一曲师师半帝王。
贾奕周邦彦木藏，衷肠。不忍来乡是去乡。
几处借宫墙，龙凤鲛绡待楚娘。
都是章台杨柳客，西厢。不是齐姜是晋姜。

57柳鸦图——宋・赵佶

师师一半问徽宗，贾奕三生不见龙。
曲尽周邦彦外客，寒鸦赵佶寒边容。

58兰陵王　柳——周邦彦

碧柳满隋堤，飘绵拂水低。
江南炀帝曲，记取乌空啼。

59听琴曲轴——赵佶

世外半听琴，心中一古今，
湖湘非是客，汴水渭泾襟。
已去徽宗曲，师师忘国音。
帝王颜色去，越砧楚月深。

60摹张萱捣练图（局部）——北宋·赵佶

张萱捣练图，赵佶有时无。
塞外凄风雨，何心忆旧都？

61玉楼春思图页——南宋

玉楼柳岸玉楼春，一半风光一半人。
记取前朝多少事，去来日月浥红尘。

62蝶恋花——周邦彦

不忍是朝朝暮暮，十里长亭，
十里思乡树。少小离家千万路，
风波浪里江湖渡。
梦里辽东多不许，两地书生，
两地山河数。尽是长安泾渭故，
未知天下何人苦。

63如梦令——李清照

漱玉泉边杨柳，醒醉人生如酒。
天下半书香，尽是易安朋友。
朋友，朋友，清照历城词守。

64醉花阴——李清照

五十新词一首中，明诚清照半西东。
德夫人比黄花瘦，帘卷西风自不同。

第六章　汴京的陷落

65汴京的陷落

天马问故笳，京城待日斜。
王朝成败客，不改旧人家。

66水调歌头——叶梦得

日月行朝暮，草木向人家。
春秋更易成败、旷野满黄花。
不似渔樵故客，忧国忧民忧已，
远近半天涯。沧海桑田阔，万里浪淘沙。
江湖水，山川壑，少年华。
玉门关外霜雪、却似夜明露。
只上楼兰台阙，几见交河旧土，一处一胡笳。
曲尽人人问，莫以待西斜。

67喜迁莺　晋师胜淝上——李纲

一名鹤冲天，取名自唐韦庄词中语。
李纲何计，弃守一明皇，长安不蔽。
一半开封，孤军回应，百万敌师无济。
败成本无王帝，莫必钦宗谁替。
关山外，天水处，应是英雄棋艺。
和战今古不论，将军未得良臣涕。
一马当先，从教群僚，国土唤来兄弟。
君王画鹤何在，徒有风云天际。
万思已，一无谋，懦弱昏庸佳丽。

68水龙吟　太宗临渭上——李纲

二十天时半犯唐，世民皇帝一无疆。
渭泾分别长安外，不是开封不是王。
裴度宰相殊叛乱，宪宗感叹治时扬。
悬壶夜下擒元济，李道中兴自四方。

69西江月——蔡京

八十一年鼎误，四千里外前朝。
人间百姓恨无消，贪恋荣华穷路。
玉殿五回任相，彤庭十度招摇。
始终不保太师桥，依旧江山朝暮。

70汴京纪事——刘子翚

生辰纲石玉门关，掠作燕京白塔山。
内苑珍林开复禁，蓬瀛几许宋时颜。

71玉京曾忆旧繁华

皇亲一半陷金兵，佳丽三千入北营。
大宋徽钦何父子，茴香自是不回乡。

72眼儿媚——赵桓

钦宗不似赵徽宗，此去开封此去容。
五国城头金国客，霜沉大宋几时逢。

73燕山亭　见杏花作——赵佶

五国城中、三宫六院，阶下春秋朝暮。
来去是非，一半燕山，一半汴梁遥路。
尤记江南，何北向，宋金如数。
风雨，李纲论战守，败成何误？
一朝天子朝臣，都是兴亡故，后庭花树。
白塔燕京，湖石空雾骚流。
古今相妒，瘦体文章，彻领悟、人间茹苦。
难诉，多少事、江山谁主？

74柳塘芦雁图（局部）——宋·赵佶

燕山亭外杏花红，赵佶心中似不同。
李煜先生身后主，柳塘芦雁怯飞鸿。

75忆君王——谢克家

东风草木野花香，人事沧桑殿阁凉。
近水楼台朝夕阳。几君王，九曲河流九曲肠。

76腊梅山禽图——宋·赵佶

孤梅郑意娘，兴祖女儿肠。
腊月心先动，东风易断肠。

77宋徽宗的第九个儿子赵构，生于公元1107年，十四岁时封为康王。

金陵江北半扬州，彼宋临安一苦求。
此去淮河天子路，开封失守靖康楼。

78临江仙——朱敦儒

半壁河山南北破，三江九脉分流。
千家万户几多愁。临安城下问，
汴水四时羞。
故宋宫廷安史曲，明皇犹奏胡谋。
元吉奉使九州头，海青唐已去，
教坊任主侯。

79竹禽图——宋·赵佶

赵佶竹禽鸣，徽钦已不声。
靖康随此寄，情滥自无情。

80好事近　汴京赐宴闻教坊乐有感——韩元吉

凝碧旧池畔，尤有海青余叹。

梦里雨云参半，客低问银汉。
元吉先后见梨园，安史却金冠。
南宋尚书轻唤，只开封故馆。

81临江仙　夜登小阁忆洛中旧游——陈与义

一半书生天下竟，江湖一半精英，
人间一半主生平。
耕耘知一半，一半读三更。
一半风云云雨镜，中堂一半声鸣。
心怀一半大河倾。
春秋今古鉴，论语去来名。

82声声慢——李清照

柳州柳下柳枝头，问地知情问汝舟。
百日夫妻寻觅尽，九天苦禁是杭州。

第七章　山河梦碎

83山河梦碎

梦碎山河一岳飞，参花日月半无归。
满江红遍中原望，威声东风草木晖。
万岁荒烟秦桧忌，花遮柳护向军帏。
清缨锐旅清河洛，留下忠心读是非。

84满江红　写怀——岳飞

万里江山，千年去，章台朝暮。
英雄处、群贤先后，有人间路。
谁可见今今古古，运河两岸隋炀树。
这柳杨、汴水满苏杭，长城妒。
不得平生三界外，五蕴草木江湖渡。
吴越九州头，江南误。
日月间，风云数。海角取，天门付。
任交河落陌任人情住。
不尽功名和利禄，何须唱晚渔舟赋，
只登楼，目尽一天涯，关山数。

85小重山——岳飞

一半江山草青青，一半花木路、有浮萍。
杨柳树、天外雨霖铃。
一半渭和泾，一半斜与正、胜中庭。
英雄须不带花翔，空悲切、一见半零丁。

86满江红——明・文征明

残碑不拭蝗，销恨未名轻。
经年中原战，江山半未成。

87自古英雄都如梦

三边塞不同，半壁水山穷。
击鼓梁红玉，驱兵一世忠。

88满江红——韩世忠

梁红玉鼓几声明，韩世忠舟未继英。
不断长江黄天荡，北归南侵隐事行。
栖霞岭下龙潭水，兀求摄山始得成。
绝处逢生非知己，轻兵不胜弱时名。

89临江仙——韩世忠

一半长江一半酒，江河一半春秋。
来时容易去时休。
声名多少事，天下九州头。
一半人生一半柳，此时世界彼时谋。
英雄今古在，壮士国家忧。

90南乡子——韩世忠

雨后斜阳，远远关山，远远苍。
成败身名今古在，冯唐。半是江山半是乡。
月色秋香，莲子深深隐翠房，
处处兴亡三界外，荒唐四野桑田不记王。

第八章　宋金的三次战争

91宋金的三次战争

一马猎清秋，三江肆去留。
凭空千古事，独立九州头。
汴水隋炀外，西湖曲舞休。
平生当冷暖，日月任沉浮。

92西湖春晓图页——南宋

柳浪闻莺一两声，三潭印月半阴晴。
渔舟唱晚低昂去，鹤子梅妻草木城。

93水调歌头　闻采石战胜而归——张孝祥

起舞三更鼓、击楫肆中流。
窗前一半寒暑，梦里几春秋。
论语江山半部，万里长空霄汉，
不负少年头。草木千山路，日月十三州。
精英事，燃犀处，已思谋。
平生自是忧，国忧已是民忧。
采石书生豪气，赤壁小乔王谢，逝水尽沉浮。
且带香囊去，晓月似吴钩。

注：词中“燃犀处”指晋代温峤讨苏峻回军时，经过牛渚矶（即采石矶）。传说矶下水深不可测，其中有很多怪物，于是温峤燃犀角火照明观看，果然见很多奇形怪状的水族，甚至还有穿红衣乘马车的，后代人们遂用“燃犀”表示“照妖”。

94扬州慢——姜夔

一半扬州，三千佳丽，杜郎十载清名。
问青楼风月，寻豆蔻须惊。
二十四桥明月夜，玉人萧断，儿女成城。
犹芙蓉、只约杨柳，何在心萌。
十三岁书，竹西亭，重见无声。
一半有相识，桃花依旧，一半深情。
五月春桥仍在，相思外，乱了莺鸣。
这天边红药，年年只向谁生。

95沁园春——刘过

一半山河，一半平川，一半柳杨。
有桑田黍麦，谷梁社稷，
梅桃杏李，处处芳香。
十里江南三千岁月，十里荷花两岸妆。
同里苑，唯亭舟相继，十里苏杭。
长城汴水扬长，塞外路、和和战战伤。
不禁南北问，隋炀开继，
商舟去来，谁问秦皇。
二世秦皇，李斯车裂，十五年中枉断肠。
今古事，应常常几语，人事苍茫。

96六州歌头——张孝祥

六州歌罢，重到九州头，江淮岸，
天山谷，几春秋。几
春秋，一半昆仑月，风云里，黄河水，
泾渭柳，长安巷，灞桥酬。

彼此书生，一念平生去，驻马幽州。
玉门关外客，鹳鹊几声楼。
赤壁声名，大江流。
手中书卷，眼前事，前后继，国民愁。
成败问，兴亡见，是沉浮。是沉浮，
几处中堂策，几处士，几王侯。
这相似，那非是，去难收。
谁问交河落日，千年尽，万古思谋。
可中原遗老，壮志立孤求，谓我心忧。

97诉衷情——陆游

诗书读入九重城，日月半平生。
精英自识南北，不负一乡名。
同里雨，玉门晴，舞三更。
平章风月，万里河山，千古成城。

98秋波媚　七月十六日晚登高兴亭望长安南山——陆游

坝柳随风半遮楼，草木一春秋。
阴晴日月，问王侯。
兴亡只是兴亭水，不似大江流。
古人来者，荆轲击筑，易水沙洲。

99诉衷情——陆游

诗书万卷半春秋，和战一封侯。
江山残叶处处，萧索暗沧洲。
尘望断，风扬舟，水东流。
此生应是，寻罢千山，问十三州。

100谢池春——陆游

陆游时年七十岁
我自辽东，万里足长亭路。
一农家，樵渔自度。
北墙化露，南窗朝暮。天后村、去来如数。
浑江此去，犹记得安东渡。
腊梅花、芳香不住。
榆关分付，书生书误。
向父母、隔泉台顾。

二〇一一年一月一日　七十岁忆

第九章　词坛奇人辛弃疾

壮岁旌旗拥万夫

101鹧鸪天　有客慨然谈功名，因追念少年时事，戏作——辛弃疾

一曲江南鹧鸪天，三春塞北落花泉。
辽东一半山东客，自古人间日月年。
人老少，事方圆。寒宫一半是婵娟，
任凭风雨章台柳，此是平生不归船。

102摸鱼儿　淳熙己亥，自湖北漕移湖南，同官王正之置酒小山亭，为赋——辛弃疾

长门冷落半阿娇，准拟佳期一误遥。
娥眉人妒情可诉，相如赋尽怨何消。

103辛弃疾的故乡江西铅山县

绿野风烟半草堂，平泉日月一山庄。
东山曲酒何人醉，沉陆神州几断肠。
注：①“夷甫诸人，神州沉陆”“遂使神州陆沉，百年丘墟，王夷甫诸人不得不任其责”。
②“绿野风烟”指唐朝贤相裴度退居洛阳时，筑有别墅绿野堂。
③“平泉草木”指唐代名相李德裕在洛阳东南的别墅平泉庄。
④“东山歌酒”指东晋名相谢安隐居东山时，常带伎女出外游赏。

104之二

牛牛李李几扬长，土土泥泥半武唐。
闲隐文章多少问，平泉草木散金芳。

105醉里挑灯看剑

鹅湖山下一瓢泉，陈亮中兴五论天。
拔剑怒张桥水断，闻居门外月耕田。
注：在今江西铅山县东北，辛弃疾建了一座别墅。别墅边的泉水，流入附近的瓢形潭中，辛弃疾称此泉为瓢泉。在瓢泉附近，有一座山峰，名叫“鹅湖”，山下有一所寺院叫鹅湖寺。
陈亮字同甫，浙江永康人。上书《中兴五论》。孝宗虽不采用，但准备封他官职。陈亮知道后笑笑说：“我上书是想为国家安定数百年奠定基础，不是用来博一官半职的。”于是渡江回家去了。

106贺新郎　寄辛幼安，和见杯韵——陈亮

一半河山路，半江湖，一忧四野，半心朝暮。
赤壁周郎，诸葛亮，可上东山四顾。
足下是、人间风雨。
一自长城和与战，半朝廷，一半书生误。
吴越水，古今诉。精英一半是雄数，
大江东，小乔去处，似花如妒。
铜雀丞相接露水，对酒当歌玉树。
六十载、隋炀分付，
留下钱塘云和雨，有阴晴，也有沉浮蠹。
行万里，问千渡。

107破阵子　为陈同甫赋壮词以寄之——辛弃疾

一半天山云雨，胡姬一半春。
雪月风花衣甲帽，曲舞旋歌姿意新，
君心似红尘。
一半昆仑天水，人间一半亲邻。
应衷情维吾尔，不惜罗帏不惜身。
玉门关里津。

108水龙吟　登建康赏心亭——辛弃疾

赏心亭外建康城，下水门前水情。
八月莼胪风未止，秦淮可继大江名。
季鹰问舍求田亩，徐汜楼高柳树荣。
致道五书恢复正，念奴一曲容龙情。

109菩萨蛮　金陵赏心亭为叶丞相赋——辛弃疾

多无草木多无序，江山只在江山处。

今古半长安，去来三界宽。
中堂贤内助，四野耕耘虚。
赵佶半青丹，只留千日残。

110永遇乐　京口北固亭怀古——辛弃疾

来去英雄江山今古，朝朝暮暮。
下里巴人，阳春白雪。
叶落京州顾。后庭玉树，一江春水，
如此秦淮谁住，正当年、扬眉吐气，
记得李广如数。
隋炀汴水，秦皇长城，何以王侯所惧。
半平生、进中畏退，千里扬州妒。
不必回首，辽河南北，不顺江河旧路。
凭谁问、苏杭天堂，人间云雨。

111南乡子　登京口北固亭有怀——辛弃疾

何处问苏州，不尽长江不尽流。
吴越兴亡多少事，西施，一女江湖万古愁。
馆娃半春秋，尝胆卧薪踏虎丘。
谁似范蠡天下问，夫休，是是非非无可求。

112太常引　建康中秋夜为吕叔潜赋——辛弃疾

千年万事转头空，脱颖出樊笼。
塞外一飞鸿，且不问，南北西东。
南北西东，不分先后，平步自居中。
风雨梧桐，尽道是，英雄不穷。

113丑奴儿　书博山道中壁——辛弃疾

江流不住江楼问，一半春秋。
一半春秋，不问王公不问侯。
人间十地人间在，一半羊牛。
一半羊牛，胜似经营胜似求。

114千年调　蔗庵小阁名曰“卮言”，作此词以嘲之——辛弃疾

从心百岁人，立足千年调。
一半交河落日，一半失笑。
多愁善老，不尽何烦恼。
未先后，莫高低，误计较。
粗茶淡饮，三亩知温饱，
子子孙孙，苜木不知大小。
耕耘日月，篱下多花草。
举步是，任平生，处处闻啼鸟。

115西江月　遣兴——辛弃疾

莫问平生何处，丈夫不是书儒。
平生日月殊途，日日诗词留著。
谁道种情儿女，人生一半江湖。
无知多是有知奴，何必吴吴楚楚。

116西江月　夜行黄沙道中——辛弃疾

一半新瓶旧酒，三川草木风流。
平民不尽王侯，一半江湖朋友。
天上小星日月，云中儿女无休。
九州谁记十三州，一半人间杨柳。

117浣溪沙——辛弃疾

半上东山一语亲，西厢似女儿身，
殷勤待客入红尘。莫等桃花颜色少，
门前俱是去来人。梨花假作白头新。

118青玉案　元夕——辛弃疾

英雄不问人间路，日月数、鱼龙步。
只向高天朝与暮。玉萧鸣处，
凤凰无语，云雨秦楼妒。
山川踏破江河渡，儿女情长后庭树。
凭是秦淮天下圃。
柳杨杨柳，十年甘露，留得长门赋。

119咏武元衡而李武唐周

平明草暗武元衡，裴度官承御袖惊。
可叹江山来去客，空余月日玉阶城。
人情易改人情老，草木难林草木荣。
士子心中无进退，夫妻店里有阴晴。

第十章　南宋闺情词

120南宋闺情词

临安半宋城，赵佶一词荣。
不尽幽州路，金人任马行。

121沈园——陆游

沈园陆放翁，梦断士诚逢。
依旧千情寄，如今半壁空。
阴晴终鸟雀，日月各西东。
不读钗头凤，何言叙旧鸿。

122十二月二日夜游沈氏园亭——陆游

寄张恩媛

梦断同窗五十年，香消钢院二千天。
三春未解东风暖，五女山前日月船。

123之二

一年草木一年春，不见东山不见人。
山海关前知钢院，君心此照误乡邻。

124之三

男儿未解女儿情，苦读诗书颂雅卿。
应锁相如垆后酒，只留五女向君倾。

125之四

草木三春遍地开，知书五月去还来。
含辛茹苦东山去，为教幽州钢院才。

126之五　白蔷薇图页　南宋马远

马远难铭半树情，蔷薇有叶一花倾。
芳城有尽人无尽，只待泉台照旧生。

127之六　春游——陆游

五女山前百色花，九州月下影如麻。
三千子弟书生气，七十年中一半家。

128之七　旧日风烟草树，而今总断人肠

旧日风云草树田，如今岁月故乡烟。
东风误导群芳去，只见山河不见年。

129之八　不是爱风尘，似被前缘误

不是爱风尘，江山各自新。
诗书何子弟，俱是去来人。

130之九　如梦令——严蕊

此曲唐庄宗制。名忆仙姿。

白白红红无绪，去去来来何处。

知五女山前，不似杨花柳絮。

柳絮，柳絮，自在无忧无虑。

131之十　鹊桥仙——严蕊

山城日月，山城儿女，只有桓仁乡语。

浑江水色碧如兰。腊月里、人盲去处。

刘家沟里，父母何虑，不是书生不助。

榆关之内是幽州，又岂在、沽名钓誉。

132之十一　卜算子——严蕊

来去一平生，日月三春影，

一半衷肠一半情，一半回头省。

草木半枯荣，云雨千重景，

一半桃花一半杏，一半相思幸。

133鹊桥仙——严蕊

名名誉誉，真真假假，是是非非，齐豫。

吴吴楚楚半江山，道不尽、杨花柳絮。

花花草草，男男女女，日月来来去去。

严严蕊蕊一天台，便胜却、官僚可驭。

第十一章　南宋的风光词

134南宋的风光词

南宋半风光，临安一水乡。

琼田三万顷，玉鉴两潇湘。

越曲江山改，吴歌草木昌。

长城终是战，汴水始隋炀。

135松林亭子图页—南宋马麟

长亭问马麟，客驿任红尘。

草木何知事，徽宗画界人。

136水调歌头　泛湘江——张孝祥

水调歌头起，天下一隋炀。

长安不禁朝暮，汴水半钱塘。

自古东流而下，唯独运河南北，

彼此是苏杭。

七色江湖水，九脉以天堂。

楚吴客，泾渭柳，竹潇湘。

六十三载文帝创业自扬长。

一半楼船月色，一半扬州玉笛，一半红妆。

一半江山客，一半曲人肠。

137张孝祥《念奴桥》词意画

湘君泪尽满洞庭，斑竹清晖草木青。

尧舜谁知身后事，丛丛芦苇掩浮萍。

138念奴娇——张孝祥

仲秋明月，桂宫外，照得人间凉苦。

不似三春同里夜，不似婵娟云雨。

万里平沙，千年佳木，一半相思顾。

玉门西去，胡姬歌舞朝暮。

分与一半孤光，雁丘汾水去，长安柳树。

都是缺圆，来去客、不尽人间如故。

未到阳关，交河何落日，自昆仑数。

黄河天水，一流东下不住。

139摸鱼儿　观潮上叶丞相——辛弃疾

钱塘一线半江潮，天马三鲸万念消。

貔虎惊飞鸥鹭怨，吴儿横岭作天桥。

陶朱犹瞩西施客，伍子西门越不遥。

还是属镂文种剑，倾城组练任狂嚣。

140腊梅双禽图页——北宋赵佶

留下瘦金王，徽钦未断肠。

燕京知是客，只有故如香。

141昭君怨　牡丹——刘克庄

一半琵琶朝暮，　半荒沙无路。

立马问京都，两三姑。

一半阴山回顾，一半黄河不渡。

何处是江湖，万千夫。

142齐天乐　蝉——王沂孙

蝉鸣一半化宫魂，齐女三千问子孙。

叶落孤高音自赏，秋深日落对黄昏。

第十二章　金的败亡与蒙古军南侵

143金的败亡与蒙古军南侵

成吉思汗过榆关，立马长城问燕山。

蒙古东西连土地，名成世界是君颜。

144减字木兰花——淮上女

一朝一暮，只似长亭成败路。

万里江湖，不是钱塘不是吴。

半行半住，南宋江山今不顾。

半壁姑苏，不问河山问玉壶。

145青毡

青毡一客家，笔下献之华。

小窃知财宝，兴亡二月花。

146关河万里寂无烟

凉州西去玉门关，一半天河一半山。

谁可湖光云色外，梅妻鹤子几开颜。

147西河——王同野

天下事，潇洒一半豪杰。

江山何以问君王？月圆月缺。

鸟栖朝暮客求安，空余话烛残灭。

南北宋，成败绝。

临安城靖康绝，李纲红玉岳飞尘，

犹明犹血，以何而目对燕京，英雄余古今雪。

四野问、立志女矢。上楼兰，交河声绝。

望长淮，江水东咽。总有英心关切。

算平生，万古芳名，尽应是，后来人，先评说。

148贾似道

贾似道拥立太子为帝，即宋度宗。这个皇帝更加荒淫昏庸，成天只顾享乐，朝政全交给贾似道，并给贾加上“平章军国重事”的尊号，故此后南宋人常称贾似道为“贾平章”。

平章只得假平章，似道成名似道安。

唯记肥私肥自己，炎凉苦世苦炎凉。

醉生梦死临安客，促织经文可断肠。
玉带收罗多宝阁，宰相葛岭半闲堂。

149一剪梅——醴陵士人

半壁江山半雨烟，沧海桑田，沧海桑田。
临安岁月去来船，去也流年，来也流年。
月里婵娟月外仙，上也余弦，平也余弦。
古今事事挂前川，兴废长天，兴废长天。

150一剪梅——杨金判

四载襄樊问九歌。
曲尽宫娥，曲尽宫娥，南朝李煜，一心何？
宋也消磨，金也消磨。
曲尽柘枝影婆娑。
买也朱娥，卖也朱娥，淑芳似道先网罗。
世也蹉跎，代也蹉跎。
不比长江逐一波，蒙也先河，
元也先河，江山草木是藤萝。
日也川梭，月也川梭。

第十三章　南宋亡音

151南宋亡音

世代一兴亡，乾坤半帝王。
人民尢自主，日月有炎凉。

南朝陈后主是个极其昏庸的皇帝，陈国的太子舍人徐德言，娶了乐昌公主为妻。徐知道国家危在旦夕，于是和妻子说："以你的才貌，国亡之后必定被掳到隋的豪门贵族之家。如果老天可怜我们，有再见之日，先准备一个凭证。"于是将一面铜镜打碎两半，夫妇各藏一半，约定如果二人失散后，在每年正月十五到大都市卖这半片镜子，以互相找寻。公元589年，陈朝被隋所灭，乐昌公主被掳后，流落到隋朝宰相杨素府中。徐德言于正月十五在市场上见到一位卖半镜的老人，用自己的一半对合后，知道了妻子的消息。后来此事被杨素知道，杨素就让乐昌公主和徐德言一同走了。

破镜可重圆，德言自半天。
乐昌公主客，杨素始成全。

152柳梢青　春感——刘辰翁

雁落平沙，玉门故地，暮日西斜。
几处轻鸣，风云先后，人在天涯。
霜霜雪雪梅花，都付与、春秋年华。
笔下文章，心中岁月，朝暮人家。

153满江红——王清惠

太液一芙蓉，山河半去踪。
姮娥塞北客，于我肯相容。

154满江红　代王夫人作——文天祥

一半江山，乾坤外、英雄不绝。
朝野内、客言无说，战和难决。
宋去元来成败后，昆仑天下如烟雪。
对宫娥，此去半燕京，何呜咽。
彩云散，香尘灭。
今古继，相关切，对朝朝暮暮，向南相杰。
何事长亭寻古道，但忧日月空余别。
是男儿、啸啸一声声，声无歇。

155人生自古谁无死

日月风云一柳杨，阴晴草木半扬长。
十年未可三春水，不见衣冠是故乡。

156酹江月　驿中言别——邓剡

高天沧海，日朝暮、草木枯荣无断。
自是英雄徒以看，一半江山柳岸。
十载寒窗，三年桃李，百岁精英翰。
蜀任天涯海角，通宵达旦。
望尽楼兰，何北上、不可燕京世乱。
这里人间，那边和与战，生灵涂炭。
王侯事、是非成败兴叹。

157山阴萧寺图——南宋·夏圭

半入山林半入门，一儿子弟一儿孙。
三春日月三春寺，十地乾坤十地林。

158虞美人　听雨——蒋捷

少年听雨江湖去，不到人情处。
中年听雨暮朝奴，海阔天空，只向半殊途。
老年听雨山河外，是是非非改。
桑田沧海一珍珠，事事人人，心上入屠苏。

二〇一一年一月五日　北京养春堂

159寄马来西亚黄木良、李琛静先生

远处天云近处风，非相地异是相同。
江山尽在东西外，社稷原来草木中。

注：马来西亚是一马，东尽而西、西尽而东，东始而西，西始而东。草马木马是半马，草而为木，木而为草，人居其中也。东西是东西，草木非草木。

160寄马来西亚彭亨州安德南州长

沥血呕心病一场，人生七十下南洋。
银行创业知三界，沧海桑田过四方。

161之二　彭亨州府关丹

南洋万里问涛声，浊浪千年任海情。
踏尽风波天地外，平生似此自纵横。

马来西亚彭亨州关丹海

名画品读

雪景寒林图

北宋·范宽

第九卷

中国名画赏读

一、《中国名画全集》（一）

京华出版社　2002 年 1 月出版

一、先秦 秦汉

1新石器时代 彩陶盆人面鱼纹图

地厚一人鱼，天高半雨舒。

古今千载尽，草木三春余。

2新石器时代 彩陶鹳鱼石斧图

去来空自在，悟觉色寥寥。

今古半心遥，天平一念消。

3商代 漆画 虎形图

龙在渊，虎高山，一猎生机一处关。

三千年前故旧土，人兽不知天地颜。

4战国 帛画 龙凤人物图

龙蛇未分凤求凰，楚女纤纤祝日光。

留待人生天下去，九歌不问一潇湘。

5秦代 壁画 车马仪仗图　吊始皇

坑灰已冷犹书生，竹帛烟消孔子城。

可叹长安兵马俑，东临碣石二秦名。

6东晋 顾恺之 列女图

千年列女得夫先，一子天朝半纳缘。

楚武卫灵明睿智，名声许穆寡人田。

7东晋 顾恺之 女史箴图

一熊人王一冯媛，班姬辞辇盛平暄。

微言荣辱史箴女，靖恭其思御道元。

8东晋 顾恺之 洛神赋图

洛水与流一碧生，名倾曹植七步成。

衷肠宓妃川波尽，女娲清婉六驾鸣。

9东晋 顾恺之 听琴图

天下楚音鸣，神州学士声。

和韵宴曲乐，风度问平生。

10南朝 张僧繇 雪山红树图

树暗雪山轻，红桥岭树横。

香浮云影动，客舍读书声。

11南朝 张僧繇 二十八星

羊牛未耕田，老子出秦川。

道得经心在，中华三千年。

12南朝 张僧繇 五星二十八宿图

五星天下明，廿八宿楔清。

佛道花人世，人间苦蝉行。

13北齐 杨子华 北齐校书图

五经诸史命高洋，一笔文曲堂丹青。

三五千年明史册，九州日月玉华章。

14南朝 梁萧绎 职贡图

依然残柳未城兴，情调金陵异国凭。

天下难同梁武帝，达摩一叶北边僧。

15北魏 敦煌 九色鹿本生

九色一心修，千年半仰头。

人生知恩义，草木问春秋。

16西魏 壁画 伎乐天

伎乐一飞天，音韵半壁缘。

沙鸣知敦煌，留下二千年。

17隋 展子虔《游春图》

草木一秋春，平生半客人。

幽径连曲岸，日月知青茵。

绿水怜光近，轻舟荡晚津。

虹桥横彼此，古寺问心尘。

18唐 阎立德《职贡图》

唐家风格一家宗，胡地胡姬胡国容。

卜宛胡人瓜果饼，葡萄不似故城松。

19唐 阎立本 步辇图

天下汉家宗，云中步辇龙。

青海联姻去，平战吐蕃钟。

20唐 阎立本 历代帝王图

之一

后主文华一字荣，亡家亡国死无生。

丹青传世多相继，唐代人生宋代瑛。

之二

半铭帝主一心宫，五百人年半世终。
社稷谁家天下尽，秦时日月汉时同。

21唐 李思训《江帆楼阁图》

天平万里一江帆，三岭千年半雨烟。
碧水辽渺辜秀色，夕阳含水落花园。

22唐 李昭道《明皇幸蜀图》

一桥纵断一桥横，半蜀军心半不从。
直待骊山汤水暖，帝王留下思京城。

23唐 吴道子《八十七神仙图》

唐时吴带唐时名，千古风采万古荣。
瑶界莲花仙百会，一疏一密半仙城。

24唐 张萱 《明皇合乐图》

梨园弟子未情终，草木声华久御宫。
管竹悠扬千里尽，霓裳曲舞问东风。

25唐 张萱 《捣练图》

之一

月下婵娟一故名，宫中捣练半无声。
清风阵阵骊山去，垂泪玄宗七夕明。

之二

高堂御帝一玄宗，兵马三军半蜀容。
捣练宫中音尤在，剑门雨夜问铃恭。

26唐 张萱《虢国夫人游春图》

虢国夫人一国终，杨家天下半鸣虫。
周唐有治云飞尽，女儿知羞望去鸿。

27唐 周昉《簪花仕女图》

唐家淑女婉约情，仪态风姿玉色生。
初脂香凝肤雪外，玄宗未忘水中倾。

28唐 王维《江干雪霁图》

霜明月坂桥，雪色玉香消。
草木梅花待，平江暗暖潮。

29唐 王维《长江积雪图》

天明半柱梁，雪暗一长江。
故客寻兰色，寒心问寺房。

30唐 王维《伏生授经图》

三界半丹青，九州一明经。
摩诘伏生向，心平座右铭。

31唐 韩干《照夜白图》

万里横行照夜多，一山水温一山歌。
天宫此曲人间有，马上唐家海棠波。

32唐 韩干《神骏图》

一骏志飞扬，千年色重光。
引空知般若，支遁化炎凉。

33唐 韩干《牧马图》

万里一天山，千年半玉颜。
吟吟鸣古道，啸啸踏人间。

34唐 韩滉《五牛图》

雄风夺五州，力挫一君侯。
古稀华堂力，田中尽九秋。

35唐 韩滉《文苑图》

古树江宁石案旁，文华四宝比花芳。
时时刻刻昌龄玉，万想千音箸草堂。

36唐 韩滉《内人双陆图》

残红话旧宫，暮色半无衷。
天子华清水，玄宗向色空。

37唐 佚名《伏羲女娲图》

一规一矩一天涯，半是神人半国家。
日月星辰重世界，龙凤男女作天华。

38唐 孙莅《高逸图》

竹林七士竹心空，璞玉浑金璞石红。
但见雕凿知始器，名留后世逸高虫。

39唐 卢愣伽《六尊者像册》

色空三界一禅中，坦荡佛心六尊同。
三五千年今古去，东西南北自无终。

40唐 卢鸿《草堂十志》

千心一佛光，十志半人堂。
天下山云水，门中尽玉章。

41唐 韦偃《牧放图》

云平敕勒川，百马踏飞燕。
万里荒原草，春秋一地天。

42唐 佚名《舞乐》

唐家半梨园，天下一名声。
尤见玄宗曲，华清海棠情。

43唐 五代 佚名《幻城喻品》

天下一心中，人间半西东。
禅音鸣三界，佛去色空同。

44滕昌佑《牡丹图》

之一

国色半天蓉，家香一玉容。
心中明浩浩，地上牡丹宗。

之二

好洁顾相生，仁心慎独城。
幽幽千故彩，孤尚一声名。

45唐末五代 刁光胤《枯树五羊图》

古树五羊城，幽花自枯荣。
山中明秀色，天外暗云生。

46五代 梁 荆浩《匡庐图》

抑抑扬扬一匡庐，疏疏落落半匹夫。
云云雨雨三重叠，草草花花两壁荼。
磅礴碧山殊远近，涟汀野水近声无。
春关驿舍知情客，密叶深深不可图。

47五代 梁 荆浩《雪景山水图》

万石扬明两色花，千川素重九江华。
浮香初动寒山动，影乱山空七八家。

48五代 梁 关仝《关山行旅图》

寒雁千行古寺东，古川万树问飞鸿。
秋山野渡樵渔尽，客舍幽人啼苦虫。
桥坂草心终十短，无边落叶入深宫。
天中日月无情处，岭外无山半色空。

49五代 梁 关仝《秋山晚翠图》

寒山晚翠股勾平，落日秋林五色生。
古刹梵音钟鼓近，用心高处自心名。

50五代 南唐 董源《龙宿郊民图》

一水无平一水平，半舟湖色半舟清。
衣山带碧春梅尽，淋漓江南雨半晴。
云雾疏烟桥野岸，沚洲掩映入人情。
云天翠岗浮烟远，不问秦人陶渊明。

51五代 南唐 董源《潇湘图》

草木绵绵问客船，人心淡淡小姑田。
夕阳未尽渔人晚，士子无心日月年。
浦水潇湘逐岸柳，云天水色何时眠。
千年迎送情知己，奈何归来暮含烟。

52五代 南唐 董源《夏山图》

掩映湖光半壁山，江南水色一胥关。
心桥南北云烟落，叔达归船不待还。

53五代 南唐 董源《寒林重汀》

寒林一夜中，汀色半霜宫。
田舍无心水，桥明迹坂东。

54五代 南唐 董源《夏景山口待渡图》

空里般若一色空，小舟无色半心同。
四时草木江山艳，日月年年自不终。
彼岸渡人知上下，不同处处不无同。
荫荫夏木村垆柳，落落渔汀暮水红。

55五代 南唐 董源《江堤晚景图》

沙鸣万里玉门关，日月江村会稽山。
海角天涯君子去，夕阳草木满人间。

56五代 南唐 董源《洞天山堂图》

烟云缈缈半山堂，曲径幽幽一岭阳。
磊石楼台音韵远，重峦叠嶂坂桥荒。

57五代 巨然《秋山问道图》

平平淡淡半山间，曲曲折折一路还。
水水山山高低树，疏疏影影玉人颜。

58五代 巨然《层岩丛树图》

草径繁华一路幽，林川耸峙半溪流。
山光明暗秋峰重，暮色高楼远近游。

59五代 巨然《雪景图》

山声沟谷半霖铃，重树松梅两处青。
为见人迹千岭上，天光厚德万生铭。

60五代南唐 顾闳中《韩熙载夜宴图》

之一

一伶一伎一声平，半节三韩半不名。
犹存南唐唐后主，一江春水去时明。

之二

一江春水向东流，忘国宰相忘国侯。
地下谁知陈后主，春秋何处是春秋。

61五代南唐 王齐翰《勘书图》

一今一古一心中，左右东西半不同。
千古四书知理数，书文十车五经宫。

62五代南唐 周文矩《重屏会棋图》

之一

四方异己万军中，黑白人心两界同。
指点江山千古尽，春花秋月一江东。

之二

天下南唐四主情，人间手足一平生。
举棋不定身心在，社稷江山纵何名。

63五代南唐《宫中图》

秦甲琵琶汉甲筝，六朝歌舞六朝城。
天宫应问知陈后，二主江山何处声。

64五代 周文矩《水榭看凫》

水榭浮明一念生，天晴玉阁半心平。
春塘三影明千柳，鸟语花香两有声。

65五代 周文矩《明皇会棋图》

长生殿上问明皇，幸蜀人中雨色荒。
尤记华清池水浅，长安不到梦黄粱。

66五代南唐 卫贤《高士图》

天下山川一半天，人间日月二三园。
孟光举案梁鸿谢，瓦屋书生竹篱缘。

67五代 后梁 赵岩《八达春游图》

四方幽芳八达春，两家门第一书人。
引空天鸟明天下，音韵高楼问晋秦。

68五代后蜀 黄荃《雪竹文禽图》

不闻老叶问鸣琴，逸野文凭听古音。
山竹东风三丈势，阳春白雪入梅心。

69五代 佚名《丹枫呦鹿图》

枫叶重重一叶丹，呦呦逐鹿半天寒。
谁人问鼎非天下，不仅天宽也地宽。

70五代南唐 赵干《江行初雪》

一网银鱼一张帆，半江雨雪半人船。
黄芦渡口几来去，落叶江南问地天。
杨柳岸边云万木，村庄前后树千烟，
古桥霜迹无芳寸，草木心中记旧川。

71五代 阮郜《阆苑女仙图》

书生不问田，阆苑未知无。
月色清明少，宫中自可怜。

72五代 南唐 徐熙《玉堂富贵图》

兰花三月鲜，鸟影半心田。
国色倾今日，香浮问旧年。

73北宋 李成《读碑窠石图》

山中一杨柳，天下半桑苍。
杳杳无字碑，幽幽有醉庄。

74北宋 李成《小寒林图》

暮色入寒林，残光落雪音。
云烟君子树，影重不知深。

75北宋 李成《寒林平野图》

清鸣一旧川，旷野半寒烟。
鹧鸪呼阡陌，清明待山泉。

二、《中国名画全集》（二）

京华出版社　2002 年版

1三亚千山

云浮三亚一天涯，雪色千山半客家。
海阔天空心何在，龙泉虎跃尽禅华。

2初雪景山

疏枝着玉衣，凝露落依稀。
银封千家路，清明一帝畿。

3宋 佚名《豆花蜻蜓图》

蜻蜓入客楼，飞上玉枝头。
应展三春叶，疏听隔院愁。

4北宋 燕文贵《秋山琳宇图》

山光五色秋，玉树用心愁。
忽得钟音至，清泉不尽流。

5北宋 燕文贵《江山楼观图》

其一

一脉天光半谷川，三江源水九州泉。
雨云缈缈平宇宙，岭木堂堂慰去年。

其二

十万江山一水川，千年三教九流田。
桥霜初结无匀色，只度帆舟彼岸边。

其三

山光返照五云林，暮色阳和半树阴。
拾得般若禅寺里，归心去了了无心。

6北宋 范宽《溪山行旅图》

高林见岭问南湾，不见牛羊放北山。
危坐太华千泽润，应呼造化一天关。

7北宋 范宽《雪山萧寺图》

山深古寺一云天，暮重云平半觉禅。
磊石千年明岭木，川流万里月中泉。

8北宋 范宽《雪景寒林图》

寒林雪色半梅花，重壁山中一客家。
岭树心中浮血脉，平华玉姿问天涯。

9北宋 武宗元《朝元仙杖图》

东西南北一天尊，道行昆仑半御门。
上下千年神自在，前前后后满华蕴。

10北宋 许道宁《秋将渔艇图》

湖山一夕阳，岭色半秋光。
木叶千桥度，浮云两低昂。

11北宋 惠崇《溪山春晓图》

一脉山光碧水晴，半舟草木色流清。
平林织锦连天远，摩挲羞花秀色平。

12《沙汀烟树图》

半江苇浦半沙平，一脉平林一树荣。
渺渺云烟春色尽，疏疏碧草两禽鸣。

13北宋 佚名《翠竹翎毛图》

一枝一节一心空，两落三飞半雪蒙。
暖暖寒寒凭自然，朝寻暮栖任初衷。

14北宋 郭熙《早春图》

山在云中草自生，泉流石上谷空鸣。
重岩叠嶂泉林孤，碧水回环问纵横。

15北宋 郭熙《窠石平远图》

独木萧疏一色空，平川旷水半鸟虫。
舟流两岸寒溪远，一叶无声落雨中。

16北宋 郭熙《幽谷图》

千泉谷壑半空鸣，古木泉林一壁生。
迷荡高山凭虎踞，云烟浩杳接盘瑛。

17北宋 郭熙《雪山兰若图》

山川草木半无踪，茅舍云林一皓重。
浑然天空寻石影，潭中冰雪化鱼龙。

18北宋 赵昌《写生蛱蝶图》

芝兰玉树一春虫，幽草桃花半未红。
浮翠玉娇蜂蝶问，清新蓊郁百芳同。

19北宋 崔白《双喜图》

落荒时节破山风，尤疑长天落北鸿。
万木惊秋声自远，千云去尽半山空。

20北宋 崔白《寒雀图》

寒雀无枝半不穷，寸天寸地白头翁。
飞鸣尤告残霜降，雪色枫林万里空。

21北宋 崔白《枇杷孔雀图》

回头百媚生，扬首一雄鸣。
竹影浮云少，兰芒问何情。

22北宋佚名《梅竹聚禽图》

梅心问五冬，桃李待千松。
竹影浮暗香，禽鸣水色浓。

23北宋 王居正《纺车图》

经纬织人情，丝丝入纵横。
心中知儿女，天下一声鸣。

24北宋 苏轼《木石图》

其一

万物无情人有情，千山问路路难平。
回头只应寻天下，不求生名求一生。

其二

石石山山各不平，云云水水色多生。
千村枯尽凝霜雪，四面高天万木明。

25北宋李公麟《临韦偃牧放图》

千姿百态万苍生，万里三山半枯荣。
驰骋荒原鸣啸啸，溪川草木踏平平。
明光慰籍阴山暗，九曲黄河日月晴。
色淡风沙尘已尽，云天只重去来名。

26《烟江叠嶂图》

半烟半雨半江门，暮暮朝朝一客村。
百脉流泉鸣日月，千帆指点问寒温。

27北宋 王诜《渔村江山雪》

层岩叠嶂一悬泉，雨暗烟花百色天。
万木流明千岭暗，半江碧水半江缘。

其二

一桥积雪一桥颜，半壁云烟半壁山。
天外渔樵千万古，疏塘草淡二三湾。

28北宋　赵令穰《湖庄清夏图》

一江水色一山东，半柳云烟半雨虹。
汀渚江湖羞碧柳，孤村坡坂旧年空。

29北宋 刘寀《落花游鱼图》

水草光波并蒂莲，鱼藻荇色落花妍。
四方绿藻千村岸，锦鲤中池半亩园。

30北宋 梁师闵《芦汀密雪图》

旷渚清汀密雪寒，湖光浩渺苇黄滩。
禽惊冷暖秋风尽，落色明天怀旧冠。

31北宋 米友仁《潇湘奇观图》

十万山林三寸田，千军一马半峦烟。
潇湘出壑浮云雨，不向人间向上天。

32北宋 米友仁《云山图》

草木水云山，云川垒石关。
泉鸣烟不住，紫气化天颜。

33北宋 赵佶 宋徽宗 《听琴阁》

角羽琴声一去鸣，低寻仰窥半江城。
断金瓜铁翰林院，妙体华听两不情。
孤客梧桐凭所问，离人不得尽平生。
穷天极侈亡朝帝，留取丹青点日晴。

34北宋 赵佶 《祥龙石图》

天中一人一鱼龙，半水江湖半不重。
磊落光明湖石在，从容不是故从容。

35北宋 赵佶 《柳鸭芦雁图》

一人天下满寒鸦，两半朝廷半苇花。
塞北江南飞鸟至，金人宋赵落天涯。
孤鸣草木成明暗，日月江流浪淘沙。
岸石寒塘清意在，断碑残草不为家。

36北宋 赵佶 《芙蓉锦鸡图》

春流问落红，锦羽醉飞虫。
五德冠宣和，四时问御中。

37北宋 赵佶 《瑞鹤图》

江南汴水半无名，仿佛临安一帝生。
宣法云天十八鹤，皇城未得一千声。

38北宋　乔仲常　《后赤壁赋图》

只去江东不复流，波明半壁半清秋。
千年日月明光里，九脉烟浮三国休。
白石悬峰销古影，英雄但得不封侯。
一人天下行南北，天下一人水尽头。

39北宋 张激 《白联社图》

白莲沧浪水，东林匡庐山。
一佛教天地，半社化人间。

40北宋王希孟《千里江山图》

人人一去还，世世半河山。
五色浮净土，三生八戒颜。

41北宋 张择端《清明上河图》

清明河上一帆船，淑女商贾半市妍。
五岭云平明地表，三村柳色故人田。
虹桥正道飞燕落，酒肆城中问宿迁。
车水马龙接塞色，春来茶馆向泉眠。
来来去去穿堂过，后后前前问旧年。
犹记汴梁徽宗去，临安天下半婵娟。

42北宋 张择端《金明池争标图》

汴梁不见见临安，池上金明逐客难。
西子明山明水色，百花时节百花残。

43南宋 佚名 《玉楼春思图》

花香鸟语玉楼春，碧柳红妆绮罗巾。
色重心浮船上客，相思尽是闺中人。

44南宋 赵黻《江山万里图》

京口

其一

镇江万里半东吴，壁垒西山一气扶。
对镜梳妆香未尽，孔明三国刘皇叔。
金焦赤壁惊心水，江山只得赵黻图。
浪尽空天重磊石，云桥直上散珍珠。

其二

晴光阴影春津苏，拍岸惊涛半岭孤。
岸树光明心万重，江花日月问江湖。

其三 金山寺

桥连一岭音，社含半禅林。
月色来孤寺，舟清入客心。

45南宋 佚名《却坐图》

皇家苑囿半西秦，却坐尊卑一士臣。
似是而非文帝汉，不知可否慎夫人。

46南宋 佚名 《折槛图》

一人君子一人臣，有力无工半不仁。
朝笏天庭寻折槛，权谋诡诈御王人。
张禹问得朱云老，成帝恩宠只面缗。
求赐堪识辛庆忌，重见朝堂不惜身。

47南宋 佚名 《女孝经图》

生来女儿身，结发束衣巾。
只归三界外，原来一客人。

48南宋 佚名《松涧山禽图》

古松半琴音，鸣泉一古今。
清流明月月，草木晴山禽。

49南宋 佚名《春江帆饱图》

一片春帆一片浔，半归湾港半归心。
彼岸迢迢人来往，岁月悠悠守柴林。

50南宋 佚名《辋川图》

辋川不识故人心，渭水情知赋古琴。
只有空明依月色，山江徒有一天音。

51南宋 佚名《重溪烟霭图》

半壁楼台半野村，千山暮霭一云屯 。
心中犹念荒芜处，日上高堂父母恩。

52南宋 佚名《濠梁秋水图》

隔岸呼平生，船流问去情。
风中寻落叶，聚散是人情。

53南宋 佚名《鸡冠乳犬图》

一半窈无声，五蕴绪暗明。
各扬长短异，老小各其情。

54南宋 佚名《平林雪霁图》

平林漠漠一峰横，晴雪明明半岭情。
天下衣被重素色，梅心浮动夕阳城。

55宋 易元吉《猿鹿图》

万般人情不是情，一胞早晚未平生。
三万年前一代名，一明一暗相同类。

56南宋 佚名《山店风帘图》

店客少知农，山光多树峰。
来修堂上坐，留去也无踪。

57南宋 佚名《雪筱寒雏图》

枝枝节节一生平，落落飞飞半不鸣。
天下心中多势力，民间烟火五蕴萌。

58南宋 佚名《蚕织图》

桑蚕半不眠，夜雨一云天。
四壁机杼响，三村织旧缘。

59南宋 朱锐《溪山行旅图》

滩岸溪山十八盘，云光古树七三寒。
引旅江南金銮殿，画院临安驾玉冠。

60南宋 佚名《盘车图》

山中问故辕，旗下醉夏轩。
林木无声寂，难寻骆驼言。

61南宋 佚名《寒鸦图》

寒鸦戏水一流寒，古木桥明半玉栏。
雪上陈枝浮素色，临安南宋有无官。

62南宋 苏汉臣《秋庭婴戏图》

三代中门画画凋，两京一宋北南朝。
秋庭儿女还来戏，不畏金人草木萧。

63南宋 李迪《风雨归牧图》

西去东来草木莛，风中雨里带心听。
朝前暮后江亭外，柳色杨花水岸青。

64南宋 李迪《鸡雏待饲图》

千年父母音，万里一恩心。
天下三春水，生来半古今。

65南宋 李迪《雪树寒禽图》

寒枝独立一鸣枭，玉骨云肤半雪消。
势力修篁依竹色，三年伯劳盲心潮。

66南宋 李嵩《货郎图》

千村万户分，半柳半杨云。
百媚明村色，三春问客君。

67南宋 李嵩《西湖图》

西子湖光十八家，孤山御柳万千斜。
晴明保俶断桥雨，不落江南二月花。

68南宋 李唐《万壑松风图》

十年不响一鸣钟，九脉千年半虎龙。
草木云中连壁立，峰明日月万山松。

69南宋 李唐《采薇图》

不食周粟问首阳，伯夷叔齐孤竹尝。
等闲日月庶民重，草木扣马悉三皇。

70南宋 李唐《江山小景图》

其一

天下一钱塘，船帆半汴江。
林深千庶梦，九九两家乡。

其二

人间一荷塘，时时问汴梁。
忽然秋风起，天下半苏杭。

71南宋 萧照《山腰楼观图》

云烟远渚两茫茫，垒石天云半壁荒。
指点江山闻仰止，李唐萧照问靖康。

72南宋 赵伯骕《万松金阙图》

云天辽阔日孤悬，水色桃花草木怜。
自古天堂金阙顶，林中鹤雀问松年。

73南宋 赵伯驹《江山秋色图》

千山逶迤一千盘，万壑川流九万澜。
暮色楼台明文碟，院村日落不胜寒。

74南宋 杨无咎《四梅花图》

梅花三弄一心禅，玉影千家半地天。
唤出百香浮日月，春云万里入婵娟。

75南宋 杨无咎《雪梅图》

村梅雪色烟，无咎入春禅。
傲骨疏影纵，香浮满世间。

76南宋 马和之《赤壁后游图》

惊涛未变依天悬，玉壶无心问客船。
孤鹤横江纵浩瀚，中流不尽蜀吴川。

77南宋 马和之《鹿鸣之什图》

幽幽一鹿鸣，意意半心情。
君子尽其实，瑟音和合名。
四牡劳苦功，怀归事监程。
骆马啴啴雎，载念集子明。
皇皇遣使华，远远致西东。
周爰咨谋度，用原隋其中。
常棣兄弟宗，良朋脊令容。
孔怀寻其间，翕含湛檀从。

其二

杕杜皖实盟，女心伤夫征。
玉华靡监去，卉木息心生。
鱼丽万物雍，忧勤鲤跃纵。
君子嘉百昊，王维绪乘龙 。

78南宋 吴炳《出水芙蓉图》

出水芙蓉一念从，莲房半露嫩心宗。
情丝细细桃花色，碧重绵绵尽雍容。

79南宋 江参《千里江山图》

江云渺渺万无穷，草木幽幽两葱茏。

舟舸平荡千里去，陌阡逶迤一鸣鸿。
渔樵问尽闻凤舞，世道纵横水色濛。
一芦一桥山水色，半心半日半天空。

80南宋 刘松年《四景山水图》

节竹倚天实力空，疏梅冬雪玉人丛。
春光初染桃东碧，夏雨荷塘一点红。

81南宋 刘松年《十六罗汉图》

佛缘三界一心禅，罗汉千年半渡船。
天下脊梁天下鉴，三千弟子三千年。

82南宋 刘松年水图

洞庭雨细夏波长，日月天光冬水泱。
扬子云烟春色满，黄河浪尽半秋塘。

83南宋 刘松年《山径春行图》

一塘一柳一乌啼，半雨天云半乌栖。
村外有心怜草木，山径只在月边齐。

84南宋 马远《华灯侍宴图》

华灯初照半人城，暗动香浮色一生。
西子歌声知不休，村江丝竹目无平。

85南宋 马远《踏歌图》

云深踏曲穷，峰独问山东。
露重明桥岸，人心彻谷空。

86南宋 马远《梅石溪凫图》

梅花竹叶一天生，明涧清溪半壁情。
尤见春心杨柳岸，流华不语凫声鸣。

87南宋 马麟《层叠冰绡图》

冰色花心半玉房，华清绿萼一宫香。
年年旧约香浮动，淡淡生机百媚妆。

88南宋 马麟《台榭夜月图》

台榭无人月空移，鸟禽有意夜心栖，
扶疏林木多摇曳，故色难平一影西。

89南宋 马麟《夏禹王像》

一生身影治钱塘，九脉浙江草木荒。
天下无知家天下，年年日月半炎凉。

90南宋 佚名《月下把杯图》

玉色人心问玉壶，花前月后影花疏。
云中草木人情重，一片琴音一寸吴。

三、《中国名画全集》（三）

京华出版社 2002年版

1南宋 佚名 疏荷沙鸟图

疏荷依旧问浮萍，沙鸟孤鸣唤汀泠。
弯茎莲心重应举，雨残仰止带云听。

2南宋 佚名 垂杨飞絮图

琼花伴絮飞，三月问船归。
凫凫重天地，依依绿玉妃。

3南宋 夏圭 松崖客话图

一半杭州一半船，两京南北两知年。
无根树木听风雨，宋尽西湖问地天。

4南宋 夏圭 烟岫林居图

客寓杭州雨色残，无心汴水寄临安。
半桥半岸空林晚，秋山问遍尽暮寒。

5南宋 夏圭 溪山清远图

两岸溪光一岸船，三川浦泽半边天。
明明碧碧山南水，密密疏疏岭北泉。
浪迹天涯云渺渺，江清竹篱色绵绵。
楼台曲径悬桥锁，远近晴中沉水烟。

6 南宋 阎次平 四季牧牛图

俯仰草茵茵，平明雨色频。
江风千牝立，香暗万人津。

7南宋 阎次平 四季牛马

梅花半草茵，荷雨一天津。
桂子松风落，寒光雪色邻。
田家耕作苦，古木唐汉秦。
牛马四时守，情意两地人。

8南宋 林椿 果熟来禽图

玉实半清淳，秋明一树珍。
疏枝呼旧侣，重色问家邻。

9南宋 林椿 梅竹寒禽图

梅花竹影一禽寒，知势知香半玉冠。
各自珍心天下月，欲出呼声在冬残。

10南宋 陈容 云龙图

秦汉一中原，隋唐半简繁。
乾龙元气重，风水满方圆。

11南宋 赵大亨 荔院闲眠图

岸上万家书，庭中半亩蔬。
云平花影落，池水纵游鱼。

12南宋 陈居中 四羊图

上下四羊图，文姬半鉴湖。
居中南北画，两地一心殊。

13南宋 陈居中 文姬归汉图

上下千年半谓归，汉胡两地一春帏。
乡家南北心音重，子女夫妇大雁飞。
十八拍声声不尽，鉴湖月半半翠微。
文姬汉土明名去，左贤王途湿旧衣。

14南宋 梁楷 八高僧故事图

十年面壁一禅中，五祖如来七相同。
乌窠传道林居乐，智闲击竹悟飞鸿。
方圆石上千三立，负水灌溪汲水童。
善律无心楼子故，秋潭月影夜钟空。

15南宋 梁楷 六祖伐竹图

惠能思禅一竹余，衣钵五祖半偈书。
红尘神秀多拂拭，佛在心中立地如。

16南宋 梁楷 秋柳双鸭图

其一

寒秋枯柳半飞鸣，苇岸潭清一月明。
瑞霭霜桥无旧迹，依人芦荡尽云平。

其二

一月淡淡一月空，半江沓沓半江泓。
春来枯柳扬明色，寒雁难归水月风。

17南宋 法常 猿图

篁竹林深一鹤鸣，无边苦海两猿声。
禅师不渡扶桑寺，普渡观音日月晴。

18南宋 溪山行旅图

水水山山一半明，人人马马两三声。
身名世上浮华苦，何处溪流垒石情。

19南宋 佚名 荷塘按乐图

其一

杨花柳絮一荷塘，玉叶珠萍半榭光。
忽有笛声惊草木，青楼女子两年荒。

其二

云云水水半天空，柳柳荷荷一色红。
掩映扶疏来仕女，无人处处尽无穷。

20金 王庭筠 幽竹枯槎图

枯槎霜明竹节荣，秋姿积蓄力同生。
光明磊落留天地，新韵云中见势情。

21金 张瑀 文姬归汉图

胡笳十八声，胡汉九州情。
天下闻君子，阴山待月明。

22金 赵霖 昭陵六骏图

千年一世雄，六骏尽行空。
犹记唐家路，秦王一晋终。

23南宋 佚名 青枫巨蝶图

云平叶落夕阳红，玉蝶心中向晚枫。
应守四时知儿女，人明五蕴自空空。

24南宋 李山 风雪松杉图

寒杨风雪一山峰，枯木逢春半玉龙。
嶂素云明禅寺暖，枫林渡口晚听钟。

25南宋 佚名 红梅孔雀图

梅花三弄一年声，流水高山半不鸣。
色泽汀兰春不语，无人问始自倾情。

26南宋 赵葵 杜甫诗意图

听禅音

万经篁音曲曲鸣，小桥流水去无声。
苍烟漠漠平林晚，月色荷塘欲半城。
榭醉家心横竹舍，荒桥落照半人情。
天光清静云光净，雨后潭清古渡明。

27南宋 陈清波 湖山春晓图

雨色千山一岭晴，碧湖万亩半春生。
湖山隐隐清明暖，曲径幽幽自纵横。

28南宋 佚名 乌桕文禽图

天香玉色影殊平，两只寒禽向背鸣。
斗水东流心不已，百花不取枯中情。

29南宋 牟益 捣衣图

隐约秋庭促织鸣，闺中旦夕尽思情。
寒霜问菊花心里，冷暖旧人满旧情。
疏叶重，捣衣平。月半暮空半无明。
芙蓉被絮重重织，只向君人一万声。

30南宋 赵孟坚 墨兰图

岸芷汀兰一两丛，湖山夕暮几鸣虫。
心中俯仰闻天地，香气幽幽一客翁。

31南宋 赵孟坚 岁寒三友图

岁寒三友一春成，天地人情半暗生。
但取天香心欲动，百花只待万花荣。

32元 龚开 中山出游图

中山一位情，两界妹兄名。
本自同根在，人心但得生。

33元 龚开 骏骨图

扬长千里鬃毛长，细肋原知日月光。
伏首趋心明不羁，当先识路逐天方。

34元 郑思肖 墨兰图

兰生故园泽潭中，俯仰疏姿两由衷。
留取乡心寄日月，江南傲骨待漫红。

35元 何澄 归去来兮图

耕耘北海天，籽重半山田。
天地人心外，华章日月年。

36元 李东 雪江卖鱼图

雪重一寒山，浮光半人间。
生平三界苦，玉壶两村湾。

37元 李衎 双钩竹石图

半品云天仰纵情，一枝气节石山生。
心中寸寸空心立，雨水含烟日日平。

38元 李衎 沐雨图

出类云天拔萃生，幽香故土玉兰情。
一心一意云烟雨，半傲三寒半争明。

39元 李衎 双松图

傲骨玉颜天，龙心入石川。
根植三丈下，叶秀著千年。

40元 李衎 四清图

人清四不清，五色五蕴城。
上下空无物，心田自一生。

41元 李士行 古木丛篁图

古木半丛篁，寒华一石乡。
萧然虬屹立，龙孙向穹苍。

42元 高克恭 云横秀岭图

群峰毕立半浮林，万木蓊苍一旧心。
小路桥平山外雨，空潭净土问回音。

43元 高克恭 墨竹坡石图

一势两三竿，三川七八寒。
空心明石砝，何惜待秋冠。

44元 钱选 浮玉山居图

半玉山庄泮水湖，一朝天子两金奴。
云峰垒崛千浔立，泽色森林不及吴。
岸柳村夫寻渡口，汉秦已尽运河苏。
桑麻处处江南水，不信长城有不无。

45黄金奴

天下一君心，人间半故林。
村桥连玉树，带水问琴音。
宋客余荣枯，孤芳待古今。
千山江南寄，万柳色云深。

46元 赵孟頫 秋郊饮马图

心中世业一人呼，天下江湖半玉奴。
驰骋荒原容柳放，当先立马入屠苏。

47元 赵孟頫 秀石疏林图

石秀一林疏，空荒半有无。
梅心寒气暖，玉影暗香浮。

48元 赵孟頫 鹊华秋色图

南宋元人已旧尘，舜耕田亩鹊华薪。
中原子昂丹青笔，一代家风一代人。
秋叶寻根寻自己，荒林渚苇色相亲。
清潭芦荻红林晚，且系渔舟尚旧珍。

49元 赵孟頫 浴马图

柳柳杨杨一故桐，湾湾渚渚半飞鸿。
春潭犹净军前卒，只向秋深日月宫。
池水三江千里足，斜阳不尽远天空。
云中天马知归路，只待东家万里风。

50元 赵孟頫 水村图

淡雨孤村半野烟，明潭秀色一江南。
迢迢鼓浪舟帆去，滟滟湖光柳叶悬。
十里流泉明十里，吴江隋水问来船。
丹青笔下山川在，子昂心中日月年。

51元 赵孟頫 红衣罗汉图

佛在一心中，禅音般若同。
菩提波罗蜜，揭谛自人衷。

52元 赵孟頫 窠木竹石图

心平一自情，窠木半兰生。
朽木逢春雨，云浮秀叶明。

53元 赵孟頫 二羊图

守园稳健逸人雄，润泽人天足下空。
可怜元都年未百，声名尽在有无中。

54元 赵孟頫 幼舆邱壑图

人孤一色空，月暗半寒宫。

水浅流华去，松音颂晚风。

55元 赵孟頫 松荫会琴图

千年笔墨一心中，万里江山半玉雄。
淡月疏云琴几案，高山流水问清宫。

56元 赵孟頫 幽篁戴声图

幽篁植密一鸣音，回首华冠半磬林。
年少青云天下去，人间俯仰玉群心。

57元 赵孟頫 翁牖图

赤壁江东尽，兰亭故客情。
斜阳心自在，曲水色还清。
只见翁牖色，清峰草木明。
云浮千古水，暮落半书生。

58元 赵孟頫 人马图

伏枥半无疆，荒原一自强。
天涯芳草路，只任四野狂。

59元 刘贯道 消夏图

二意三心一念中，半就半依半无同。
芭蕉仕女声声雨，玉影音琴约榻东。

60元 刘贯道 元世祖出猎图

碧草茫茫良马藏，荒园荡荡地云光。
秋高色淡驼音近，曙目凝寒玉客庄。
一代天骄元世祖，千年万里自无疆。
弯弓日月人间尽，谁论英雄亦短长。

61元 刘贯道 梦蝶图

夏雨三界外，秋云问大荒。
居心天树下，由是纳炎凉。

62元颜辉 李仙像

禅心三界外，天地两苍茫。
三界苍茫间，苍茫待炎凉。

63元 任仁发 出圉图

故国山川依旧荣，汉唐天下待元明。
中原尚使鸣天马，何必长城戈戟声。

64元 任仁发 二马图

崇山仰止情，临水抑扬声。
不尽人间路，知途待其生。

65元 任仁发 秋水凫图

石上海棠十鸟鸣，花间落影二鸭声。
山中柳叶知繁简，天下人间自枯荣。

66元 任仁发 张果见明皇图

千年苦果一神仙，万里江山半雨烟。
八海天人知世界，三川日月待青莲。

67鹧鸪天

唐明皇李隆基

李李唐唐一玄宗，兴兴衰衰半人踪。
骊山脚麓华清水，海棠汤泉只向龙。
长生殿，醉芙蓉。马嵬坡下落花容。
千年玉色知心似，只乞相思月下逢。

68元 任仁发 三骑图

万里一云中，千年半悟空。
思途知伏枥，啸啸大江东。

69元 黄公望 九峰雪霁图

江湖半雨烟，垒石一山川。
月色疏云夜，音琴问客眠。

70元 黄公望 富春山居图

其一

玉臂千妆半色妍，晴云十里一湖天。
江南四月桃花雨，岭北三泉日月年。

其二

江湖日月富春山，水郡天云十八湾。
柳岸舟孤从远钓，声名只赋待闲颜。

其三

淡烟细雨杏花天，锦绣朦胧四月泉。
丝竹琴弦音杳杳，云光入水露塘莲。

其四

一叶孤舟入水烟，三川色秀出荒泉。
平林织树晴沙岸，诸舍溪桥向渡船。

其五

平林万里半山冠，色水和津一港滩。
淡淡疏疏梅雨下，村村落落玉春寒。

71元 黄公望 天池石壁图

半垒山峰半石潭，一泉一壑一江南。
层林叠碧莲花上，翠嶂珠泓玉宝涵。

72元 黄公望 富春大岭图

叠嶂岩峦十八磐，清流碧谷两三滩。
荒芜透迤林峰重，渡水桥平俯仰栏。
日月浮桓人不去，芳尘折径玉溪残。
花光沉落还新野，石榻空心待翠冠。

73元 陈琳 溪凫图

怯步明波疑半寒，晴霜玉色问三澜。
思心可苦文藻旧，不弃华章隔邯郸。

74元 曹知白 疏松幽岫图

云岫半鸟踪，石壁一疏松。
兀岭江清水，天中月上峰。

75元 吴镇 双桧平远图

腾驽凌云半伏龙，平冈逶迤一云峰。
村花淡淡明山远，泽水幽幽付近淙。

76元 吴镇 渔父图

渔父独钓半山明，独楫舟孤一去声。
百折溪流江渚芷，千川石垒势难平。

其二

渔翁只钓一潭空，碧谷连天半鸟虫。
落下江清泉水去，云峰只问待心同。

77元 吴镇 松泉图

读树江山半乃翁，怜香惜玉一心中。
倾泉迭下流寒色，谁问松心腊月空。

78元 吴镇 芦花寒雁图

寒声去雁向衡阳，独立霜桥客旧塘。
苇渚沙平依水冷，芦明岸泽半人乡。

79元 吴镇 墨竹图

半浓半淡半青妆，千节千枝一独杨。
有约年年来去往，华凝玉叶自苍苍。

80元 吴镇 洞庭渔隐图

木叶君山半洞庭，扬波逐浪一心听。
江流不尽山川尽，万里云烟万里汀。
孤树水冷人不尽，渔樵留下谁生铭。
斜阳自在知天地，上下天光草木青。

81元 王振鹏 伯牙鼓琴图

高山流水一琴音，三弄梅花半古今。
犹有心中香已动，谁人天下不知心。

82元 李容瑾 汉苑图

汉苑故宫坛，心中一旧冠。
临安南宋画，谁不问长安。

83元 管道升 墨竹图

一品浓妆一品寒，半家墨竹半家坛。
仲姬孟頫晴篁色，牍楷行书辨亦难。
淑影清姿天地上，空心气节不知寒。
隐隐约约江山碧，岁岁年年未见残。

84元 管道升 竹石图

竹石心中一念空，高清天下半人同。
浓浓淡淡千川势，垒垒函函万尺宫。

85元 盛懋 秋舸清啸图

上下一青天，纵横半壁莲。
秋风多浩荡，啸啸渡江船。

86元 盛懋 秋林高士图

秋林晓初一江船，谷底云舒半水天。
四壁晴峰红岭锁，三山峻岭自心田。

87元 盛懋 秋江待渡图

秋江待月弯，水色入千山。
般若幽幽径，禅心日日闲。

88元 盛懋 秋山行旅图

折径余光问远山，浮云未晚补清寰。
落霞欲尽村中去，鼓瑟流泉应未闲。

89元 顾安 竹石图

颜平定子竹瑶姬，兀石云清雨亦奇。
墨色兰疏闻地久，新篁俯仰问江曦。

90元 顾安 幽篁秀石图

清姿玉影一云天，笛韵吴门半睡船。
月色从篁湖石岸，余光冷落谢浮烟。

91元 顾安 平安磐石图

夜半风篁玉石安，声余悉素色湖寒。
还闻细雨姑苏北，只寄飞鸿问南冠。

92元 赵雍 挟弹游骑图

瑶姬子昂仲穆濡，回首江山问谁孤。
弓马秋光疏一树，湖川气节半荒芜。

93元 赵雍 人马图

胡人不问天，一马踏荒川。
直取天涯路，知归自由年。

94元 赵雍 兰竹图

其一

清姿只留一人间，节竹心空半不弯。
只与兰花梅子度，寒光岁月玉门关。

其二

篁篁石石一兰花，岁岁寒寒半水涯。
节节空空清苦力，时时落落故人家。

95元 赵雍 春郊游骑图

一马平川去不回，半山碧树尽春梅。
青峰独峙孤心问，只仰天恩日月开。

96元 柯九思 墨竹图

一岁寒篁半仰天，枝枝节节一家禅。
青高留下千夫指，只向苍空任经年。

97元 柯九思 双竹图

精英半简繁，傲骨一孤言。
节节中天立，姿姿待月圆。

98元 朱德润 林下鸣琴图

云空玉壶一琴音，草木秋光问层林。
群鹭去来消散尽，唯听远近待芳心。

99元 朱德润 秀野轩图

水色一年春，山明半旧津。
东邻千岭碧，西社万家人。
彼岸晴光多，云浮问晋秦。
开轩闻客至，日月雨云新。

100元 唐棣 霜浦归渔图

其一

霭霭烟林夜半霜，潺潺古木月三藏。
江湖柳岸渔家火，不见枫红话陌桑。

其二

浦色霜桥半月归，塞光草岸一门扉。
渔歌互答回来晚，不问江楼问旧帷。

101元 唐棣 秋山行旅图

其一

云暗山深故客林，冰心玉洁问清音。
天平尽是溪桥岸，不堪泉声梦古今。

其二

结庐饮荒塘，邻家问玉光。
江湖烟水重，夜半一桥霜。

102元 倪瓒 渔庄秋霁图

洁癖人中一枯桐，江城雨后半秋风。
山湖坦荡空澄水，吉士禅音锁故宫。

倪瓒

心高一岭树，洁癖半清门。
石竹知深浅，梧桐问水根。

103元 倪瓒 梧竹秀石图

梧桐墨竹生，士洁癖高清。
草木相思立，芝兰待石生。
贞居闻夜雨，手足守音成。
紫气寒宫里，溪流和玉声。

104元 倪瓒 竹石乔柯图

春宵细雨怜，夜半积寒川。
影暗香浮动，心中自不眠。
苍梧明起色，墨竹节声年。
八戒桑梓树，村桥普度缘。

105元 倪瓒 幽涧寒松图

古涧一云龙，东山半客松。
泉声流下碧，坡石立上峰。
落色斜阳近，明曦问晓钟。
江湖听蜀道，朝暮自无踪。

106元 倪瓒 六君子图

年华半古今，特立一家琛。
水色连天碧，山光搂玉岑。
杨明君子树，谁求阶亭阴。
陂陀空中势，云龙不待林。

107长春亭（2003年春节听锁麟囊有记之）

浩瀚江湖日月光，云烟素玉女红妆。
山山骤雨平林重，善有心音入佛堂。
亭十里，锁麟囊。春秋未尽六年凉。
声名利禄人身外，唯有河山待柳杨。

108元 倪瓒 虞山林壑图

暮渚落霞光，儒门问故塘。
云中君子树，屹石尽苍茫。

109元 王蒙 青卞隐居图

峰明积翠一千川，石壑云流五百年。
故舍依心归论语，风清待月问流泉。

110元 王蒙 谷口春耕图

人间常道问桃源，何故樵渔就简繁。
布谷山中鸣不住，春耕细雨读声喧。

111元 王蒙 葛稚川移居图

心中十八湾，天下一千山。
半步春桥语，云泉玉树颜。

112元 王蒙 丹山瀛海图

江湖一远帆，天地半山川。
何处光明岸，来来去去船。

113元 王蒙 春山读书图

青峰半壁天，岗阜一人田。
崖岸君心树，书生自可怜。
草堂闻布谷，谷重任杜鹃。
暮落春山晚，耕耘日月年。

114元 王蒙 鸡山高逸图

谁在山中不问天，落云空壑谷生烟。
惊春春雨人情在，草色清明半出莲。
自在松青松青立，故人相得故人田。
高堂案影千光色，犹有流声百尺泉。

115元 王蒙 为贞素作闭门著书图

山中士子多，月下影清河。
论语开轩读，清音月下歌。

116元 王蒙 西郊草堂图

江湖半草堂，桃李一书香。
闭户函今古，敞轩纳炎凉。

117元 王蒙 太白山图

禅音罗汉天童寺，二十里松太白山。
桓密松青寒色近，东来紫气出秦关。
云浮岭岫孤峰厚，五色斜阳著玉颜。
曲径流明千谷树，泉声注入一清湾。

118元 王蒙 夏山高隐图

山间草舍一流泉，沟壑回峰两退蝉。
仰止山中空向望，生云川卜五千年。

119元 王蒙 怡云草堂图

黄鹤山中一泽潭，怡云竹篱五音谙。
人心君子无孤立，半论纵横半论岚。

120元 王蒙 秋山草堂图

其一

一江碧色一舟横，半岸梅花半有声。
冬至寒心桃李下，春秋初似不声明。

其二

五湖林木一江平，七味书堂读子声。
原来春秋相似多，无踪岁月少无情。

121元 陆广 溪亭山色图

其一

九脉音琴一草堂，千山草木半斜光。
江青仰止心空色，进退泉声入客塘。

其二

万壑山中半芦萍，千峰苔下五林青 。
云浮影落多心楚，月随相思十里亭。

122元 张渥 九歌图

东君河伯少司命，山鬼国殇大司命。
东皇太一云中君，原扈湘君湘夫人。

九歌

九脉九歌声，三兴五蕴生。
不见今古人，唯负地天名。

123元 姚廷美 雪江渔艇图

其一

江雪平平岭色空，君心淡淡有无中。
天寒草枯梅心暖，独见渔舟自在东。

其二

山深谷重一泉声，枯树疏烟半地平。
石岸霜桥人何在，荒川厚雪落花明。

124元 夏永 岳阳楼图

湘岳云中九脉平，巴陵郡里半书生。
扬船随浪湖流逐，雨骤心平日月生。
万里光明忧进退，烟波浩淼水波城。
江楼日下云山锁，望尽天涯自在横。

125元 卫九鼎 洛神图

洛水自晴明，天云七步情。
曹家闻父子，只在一心萌。

126元 盛昌年 柳燕图

柳叶半无情，楼燕两乳平。
春人知醉色，过客一吟声。

127元 马琬 雪冈度关图

秦川一雨生，雪冈度关明。
野尽泉山出，林峰随水平。

128元 马琬 暮云诗意图

一泉未尽一潭平，半岭无声半谷声。
留下黄昏峰树色，村桥目待水乡明。

129元 赵原 合溪草堂图

烟云影色入江亭，柳岸孤舟问草青。
谁弄音琴春雨淡，合溪潸泽见浮萍。

130元 赵原 陆羽烹茶图

鹭鸟去来空，人心草木中。
江南泉水淡，茶杯羽飞鸿。

131元 赵原 晴川送客图

帆前半泽明，雨后一川晴。
鸟语山光重，人心客不行。

132元 赵原 仿燕文贵范宽山水图

其一

江湖水色一峰荣，草木风轻半岸明。
文砚丹青千空碧，堂中故论两书生。

其二

东家山水两家田，南岭风云一岭禅。
天下君人相似久，知时缘有是无缘。

133元 张逊 双钩竹图

溪云重色一平江，竹雨驿烟半抑扬。
石陀青松繁简易，姑苏阖闾问萧娘。
注：平江，姑苏，今苏州。

134元 庄麟 翠雨轩图

云烟翠雨轩，玉锁小桥垣。
只问平生路，心中一缺圆。

四、《中国名画全集》（四）

京华出版社　2002年版

1雪

万亩梨花一夜开，千村腊月九寒来。
东风未尽梅心动，冰玉龙城满瑶台。

2元 林卷阿 湖山泛艇图

水阔天空一钓舟，江青岭重半无求。
人中俯仰心思久，只暮鱼游任自由。

3元 方从义 山阴云雪图

风云三叠泉，浩素半青莲。
雪重烟霞沉，苍茫问地天。

4元 方从义 高高亭图

高山峻岭一孤亭，曲径幽云半木青。
草庐林中闻客久，峰泉几自由心听。

5元 方从义 神岳琼林图

千泉渎澈半潭明，五岳山光一泽生。
碧翠琼林寒坡岸，烟云氤氲径无平。

6元 张中 枯荷鸳鸯图

淡水秋明半枯荷，鸳鸯独立一沙莎。
斜塘荻苇萧萧叶，桂子莲心处处多。

7元 张中 芙蓉鸳鸯图

江南未凋草青踪，落泽烟云野色重。
隐私秋塘闻啼鸟，浮光掠影一芙蓉。

8元 王渊 桃竹锦鸡图

坡草青青杏李红，湖光淡淡锦鸡鸣。
无人岸水潭清澈，辽阔云天远处空。

9元 王渊 竹石集禽图

婷婷玉立一云天，雎鸠关关半谷川。
翔俯飞禽玉石岸，清姿吐绶问杜鹃。

10元 王渊 松亭会友图

其一

平湖君子树，坡岸问孤帆。
不饮长亭酒，霜天待客船。

其二

长亭两客松，岭树一孤峰。
暮色山光远，思心驿舍逢。

11元 王绎 杨竹西小像

江湖日日一纵横，天下书生半则明。
白石千年君子树，松风竹月寄云英。

12元 王冕 墨梅图

一品荒寒独自开，千江煮石玉人台。
云游古色觉慈寺，百媚桃花随意来。

13元 王冕 墨梅图2

冰心半暖雪云销，玉色千枝水色瑶。
唤起百花仙子影，清姿秀艳锁情桥。

14元 王冕 墨梅图3

半树梅花半月寒，千山枯木一香残。
人间尽夸清姿秀，会教婵娟著玉冠。

15元 王冕 南枝春早图

其一

节节枝枝一日春，香香淡淡半乡人。
江南月色颜如玉，留下余心四季珍。

其二

素影浮香问月开，东风送暖半春回。
江南细雨清清梦，逐色空空玉又来。

16元 边鲁 花竹锦鸡图

石竹瑛中一鸟鸣，花锦岭下半春生。
灵犀雨细知音色，为待山光过石坪。

17元 张舜咨 古木飞泉图

岁岁梅花岁岁霜，年年野岭年年荒。
芳华遍地芝兰色，古木泉声问雪妆。

18元 张舜咨 鹰桧图

望尽半高唐，鸣音一树荒。
君情明石磊，万里入心堂。

19元 佚名 广寒宫图

三古寒宫是何年，人间草木望地天。
楼台九阶钩心角，重锁千门过沉烟。
短缺阴晴日自好，长生殿里问婵娟。
名声留下江山去，日月无心一味禅。

20元 罗稚川 古木寒鸦图

田野荒原草木残，千川古树鸟鸣寒。
无人去处飞高下，重雪轻烟锁地梵。

21元 佚名 公鸡母鸡雏鸡

雌雄一半一鸡名，三界三千八戒生。
谁问同宗天地上，无知是道自声鸣。

22元 佚名 买鱼沽酒

川山半壁半楼堂，沉韵天桥一暮光。
只唤渔家同沽酒，心中三界两茫茫。

23元 佚名 卢沟运筏图

卢沟木渎一栋梁，五岳昆仑半莽苍。
苦力人心天下作，山深何似故园光。

24元 佚名 山溪水磨图

峰峰岭岭雨生烟，阶阶亭亭玉水缘。
水磨山溪名牛马，人思造化一年年。

25元 邹夏雷 春消息图

朝朝暮暮一枝斜，疏疏密密玉万家。
素洁冰心芳百草，呼来杏李一年花。

26古梅

冰心玉肌一枝华，腊月春分十万家。
四季知时呼百媚，千年古树半年花。

27明 王履 华山图

其一

一心一院一华山，五岳千山九径弯。
十里荒亭人不见，三江日月去无还。
山山水水泉扬落，色色声声玉树颜。
浅浅深深明沟谷，松松柏柏立朝班。

其二

峻岭千溪一水田，柏松壑谷半云川。
六书读尽知俯仰，唯见空山不见天。

其三

五岳风云一鹤田，一家烟火半君缘。
平平阔阔心千里，曲曲明明路万年。
夕阳余明山外水，黄河不锁远江船。
人中常言无知已，石上还呼月半弦。

28明 王绂 墨竹图

七尺虚心一百川，心中泽雨绿田阡。
红尘雨过知仰首，岁尽寒声独自怜。
十万枝中千万节，清风不止月如烟。
江南君子寒山色，墨客华光著旧缘。

29明 边景昭 三友百禽图

三友松梅竹鸟天，春云欲雨半如烟。
同心一致鸣春至，玉立冰消唤杜鹃。

30明 边景昭 竹鹤图

远去寒山水一湾，天云翠竹两三斑。
梅妻鹤子西湖田，不问空心向宇寰。

31明 边景昭 雪梅双鹤图

疏影浮香两岸山，清姿玉树一鸣闲。
孤高自洁赏天地，逸致心思守旧颜。

32明 戴进 葵石蛱蝶图

蜀葵仲情蝶恋花，孤鸟素影暮光斜。
湖山草木扬明色，女儿妆红一半家。

33明 戴进 仿燕文贵山水图

社社亭亭半石山，烟烟雨雨一江湾。
春明涧泽君心淑，水淡云空问御关。

34明 戴进 春山积翠图

半雨云烟一碧山，千峰曲径去人还。
家乡不在禅心在，寺外钟声夜自闲。

35明 戴进 月下泊舟图

孤心半月悬，醉卧一人眠。
无欲知无求，纵横渡口船。

36明 戴进 南屏雅集诗补图

一叶难平万里寒，千家醉冕半名冠。
红妆不尽青楼尽，依旧江南落不残。

37明 戴进 六代祖师像

六祖一名禅，般若三寸田。
心明知日月，空色渡三千。
注：初祖达摩，二祖慧可，三祖僧璨，四祖道信，五祖宏忍，六祖慧能。

38明 朱瞻基 鼠石图

林中果实自轻年，草木知寒柳岸泉。
智慧无言人不语，心无山水也无天。

39明 李在 归去来兮图

白鹤向云函，青松问雪岩。
人心知冷暖，谁问旧衣衫。

40明 李在 琴高乘鲤图

鲤锦一涵潭，琴音半雨岚。
鱼游云水里，人在地天坛。

41明 商喜 关羽擒将图

天下一君心，人间半古今。
春秋书夜下，日月满春霖。

42明 商喜 宣宗行乐图

春桃春杏落花流，王树王山野草侯。
臣抑臣扬臣不主，人心人意人之由。

43明 陈录 玉兔争清图

玉影半浮香，寒颜一色藏。
人间三界月，天下百花妆。

44明 倪端 聘庞图

砚山色水水人清，过往君心心自明。
一士知音天下断，风华三国大江情。

45明 王谦 墨梅图

严霜冰雪洁心关，玉影芳华问鹤山。
一帜疏枝云上下，香风半过玉门关。

46明 谢晋 少陵诗意图

旧业闻成一草堂，君人怜下半寒光。
邻翁沽酒呼乡里，杜甫长安问洛阳。
系柳桥莺流水色，山峰半染半林荒。
书生有语闲人醉，暮尽锦官月满霜。

47明 谢晋 云阳早行图

山光半晓半云桥，草色三潭一韵遥。
宿雨苍凉寒未尽，烟村乍浦旧思销。

48明 刘珏 清白轩图

其一

云平草社半如烟，暮色村桥一岸边。
清白轩中清白水，长洲树下问鸣蝉。

其二

锦色长洲白石川，方袍雨里苦心蝉。
一桥一度知彼岸，半壁明轩半暮天。

49明 刘珏 夏云欲雨图

重云欲雨半倾城，七月江南不日晴。
忽然惊雷声未远，荷莲起伏一桥横。
峰峦叠嶂烟天地，沟壑山川社稷平。
曲径人踪回首问，也无骤雨也无明。

50明 林良 芦雁图

霜寒去雁鸣，情问向阳城。
旧日心情在，乡归老泪横。

51明 林良 灌木集禽图

半部天书半鸟虫，一江春雨一秋冬。
名符其实名声在，各得飞时各自踪。

52明 林良 双鹰图

居高千里目，慢待九重风。
兀立孤崧上，雄心向远空。

53明 姚绶 溪山渔隐图

只钓江山一钓翁，还闻岸石半余红。
汀明草暗平潭暮，晚鸟归村月待风。

54明 谢环 杏园雅集图

其一

君子楼台曲水名，锦衣鹤竹玉人生。
寻心客下千雅集，忘却林园两处晴。

其二

杏苑深深一寸天，鹤鸣落落半清潭。
种瓜种豆知瓜豆，君子新诗酒不眠。

55明 沈周 东庄图册北港

其一

荷塘月色一年荒，暮下流泉半曲肠。
柳暗青莲知自己，亭亭玉立尽心扬。

其二

荒塘玉色娟，白石醉衣眠。
暮半芙蓉出，天明雨叶圆。

56东庄图册 西溪图

其一

清泉入住半村庄，茅屋读声一竹篁。
落雨流云疏色晚，山中日月西溪荒。

其二

桥桥竹竹一流明，半泽春江半不清。
曲曲弯弯声月里，余音绕甸入人情。

57明 沈周 庐山高图轴

半是天官半民间，雄峙五岳九州山。
千峰嶂立群林远，万壑川流雨水潺。
匡庐云泉三叠落，紫阳即出一书班。
弥弥渺渺仙人洞，壁垒青松石乱寰。

58明 沈周 卧游图

水色云游一玉娟，平波散牧半虫喧。
残荷独立浮惊雨，柳岸香波结浥莲。

59明 沈周 山谷云吞图

村桥渡口晴，沼泽入寒声。
散尽飞泉水，江青柳色平。

60明 沈周 南山祝语图

青松脚下客南山，论语堂中书玉关。
何处泉声寒不尽，年华四季奉天颜。

61明 沈周 空林积雨图

枇杷垒实重江楼，栀子明青淡色流。
玉石榴裙无藏韫，芙蓉领色未清酬。
吞云山谷清姿台，岭上华峰草下秋。
积雨空林昂旧日，西风半渡半浦洲。

62明 孙隆 花鸟草虫图卷

花落一丹青，莺鸣半池萍。
鱼游千水岸，蛙噪万家庭。
瓜熟春心蒂，荷莲碧色汀。
塘明飞雁至，玉重带心听。

63明 马轼 归去来兮图　童仆欢迎 稚子候门

一味书堂五柳牛，三间陋室一生侯。
清高十寸村田种，论语春秋四十州。

64明 刘俊 雪夜访普图

心音一树鸣，枯柳半春生。
天下难君子，高堂问纵横。

65明 刘俊 刘海戏蟾图

刘海戏金蟾，心平玉色湾。
天深蛟龙伏，水漫付云山。

66明 吴伟 渔乐图

归船木下半归湾，水色连江一水山。
问话渔人千亩碧，春光草木万人间。

67明 吴伟 长江万里图卷

玉锁半巫山，云空一旧关。
长江千里浪，浩荡万心闲。
渚草深明理，苍茫色水间。
村庄知远近，落日向归颜。

68明 吴伟 铁笛图

半壁人君半媚娘，一方池砚一书香。
放开铁笛余音尽，曲尽江南女儿妆。

69明 吴伟 武陵春图

琴书笔砚武陵春，石案疏梅玉色尘。
柳巷楼中知何事，相思月下读书人。

70明 吴伟 灞桥风雪图

灞桥风雪未归人，曲苑歌声半封神。
洛阳还闻纸米贵，终难别业客家邻。

71明 吴伟 听箫图

箫声未断一鸣生，柳丝先闻半折情。
曲终余音东吴乱，人间霸王故乡明。

72明 杜堇 梅下横琴图

千年古树一梅村，十里寒风半雪门。
忽有琴音天下去，暗香浩微自家温。

73明 杜堇 蕉荫读画图

芭蕉叶下听潮声，宕石山中问竹鸣。
奕博心思春雨后，清荫草木文化平。

74明 杜堇 古贤诗意图

其一

一水半文津，三家两柴人。
自身知自好，主便客心春。

其二

岭外一荒塘，溪流半草堂。
云鬓秦武去，明月汉家光。

其三

天下陬青莲，江湖纳百川。
凭心知自己，待月缺中圆。

75茶

人在草木中，琴韵有无穷。
留有音心驻，相知故客工。

76听琴

相知女儿琴，自古多恩音。
为有香浮沉，声鸣古今心。

77饮

万里江湖纳百川，千家汉将玉州眠。
风沙塞壮朴金甲，落泪英雄问酒泉。

78古贤

一曲千音呼采舟，三心二意问中流。
客心留下明君子，只纵平明下九州。
重重枫叶红此谷，纷纷雪甲没南楼。
衡阳谁道沙浦暖，玉门胡云辽阔秋。
桥浅霜深江柳峰，窗徽门露旧封侯。
樯帆但问凭天然，何计英雄万兜鍪。

79明 杜堇 东坡题竹图

巨石亭亭一水修，曲栏折折半诗楼。
谁家洗砚池头树，节节新篁墨色流。

80明 张路 吹箫仙女图

萧音杨柳一波平，起伏松涛半地声。
唯有君心明晓日，十年不为一声鸣。

81明 张路 鹰兔图

虎踞高山别有蹊，鹊飞谷下多疑啼。
天空一物降一物，半断风声枯草低。

82明 吕纪 桂菊山禽图

秋风日月明，虫鸟自丽生。
色泽菊边石，香浮桂子情。
千姿华渚水，百态问阴晴。
不曾心音约，还闻故客鸣。

83明 吕纪残荷鹰鹭图

荻叶乍浦寒，江湖芦枯残。
莲心留待子，有种问春看。

84明 吕纪 梅茶雉雀图

半色梅花半色茶，五湖天下一人家。
寒光淡雪春光到，雀鸟鸣声玉影斜。

85明 王谔 江阁远眺图

望江亭上望江流，楚国山中楚国秋。
蜀水寥廓横不际，谁人影约纵高楼。
溟溟渺风云缈缈，万里扬帆待棹舟。
为得三川颜色好，丹青留取碧波游。

86明 王谔 寒山图

寒山寒暮寒松光，衣雪衣风衣玉霜。
一味寻寒斜路陌，半行半问向高堂。

87明 汪肇 起蛟图

蛟龙二月鸣，九脉半蜇惊。
雨水问千家，光荣万物生。

88明 郭诩 杂画集

潭光一泽明，山色半人情。
犹有西阳落，溪流半岭荣。

89明 周文靖 古木寒鸦图

古木意生深，泉寒鸟暮林。
水渊清碧水，潭底见人心。

90明 周臣 山斋客至图

岭重一云深，山门半其琛。
主堂琴韵久，客坐入澄心。
仰止山高处，清名付古今。
声平三界外，唯有过桥音。

91明 周臣 春山游骑图

曲岸春桥十八湾，桃花水色五音还。
幽幽栈道幽幽路，叠叠清风叠叠山。
旧阁临川空阔远，行知受想守春关。
堂前日月流泉色，回首湖天万般颜。

92明 周臣 春泉小隐图

其一

沧浪亭中日半开，归心不尽玉人来。
湖光水色多君子，日月天光照镜台。

其二

小桥流水一人家，碧玉清姿半故茶。
客社江青唐韵重，青莲不借李桃花。

93明 周臣 密树茅堂图

竹影明溪一草堂，音琴旧韵半清凉。
湖光玉影黄昏晚，暮鸟归林问客乡。

94明 周臣 柴门送客图

树下君情半掩扉，舟前客色一徘徊。

三分留念砚池墨，万里还闻忘日归。

95明 张灵 招仙图

落落疏疏野草花，亭亭木木石桥华。
天光水色凝妆脂，未了心思待谁家。

96明 唐寅 孟蜀宫伎图

桃花开落玉花奴，隋水吴江汴水芜。
谁道莲冠知后主，宦涯伯虎问姑苏。
其二
莲心问雨塘，玉颜待清堂。
出水芙蓉见，南唐蜀气扬。

97明 唐寅 秋风执扇图

世态炎凉伯虎扬，官场浮沉半花芳。
秋纨一扇秋风问，只道三吴是故乡。

98明 唐寅 山路松声图

迭宕连绵一岭横，回肠流曲两泉鸣。
浓妆淡抹江南岸，女儿山云密雨生。

99明 唐寅 春雨鸣禽图

夜雨一山明，朝云枯槎生。
六如三人墨，八哥万千声。

100明 唐寅 春山伴侣图

寒窗半掩半溪津，琴韵春山万木春。
伴侣泉鸣鸣不已，心无尘在地无尘。

101明 唐寅 骑驴归思图

一壑千川一翠微，半桥万宕半林扉。
草堂书案无齐眉，云沉桃花束暮归。

102明 唐寅 落霞孤鹜图

江真石峰晚来晴，翠柳云烟俯仰生。
留住霞光明草舍，孤鹜常问九江名。

103明 文徵明 湘君湘夫人图

夫人何必问湘君，叶落苍梧尽沉云。
竹泪娥皇沙水岸，女英泪竹玉衣裙。
亭亭子衿中州暗，溺溺昭堂宿夜分。
巫峡云山无处雨，兰思妃后自芳芬。

104明 文徵明 兰亭修禊图

苍篁十里一兰亭，九曲流觞十澈青。
凿刻文心春修禊，晴芳故里著书铭。

105明 文徵明 真爽斋图

篁湖竹石问徵明，雨色春桥润泽清。
留客草堂天下论，临流沽酒忘阴晴。
其二
修竹明堂十数丛，湖山透石两玲珑。
高梧古桧知吾论，主客人心有无中。

106明 文徵明 溪桥策杖

孤溪泽润意孤行，暮岭回光暮色生。
水淡扬明花草被，春江雨过玉人情。
居安思危山中客，君子临流问泽清。
隐逸渔樵心不止，秋冬春夏一年名。

107明 文徵明 万壑争流图

万壑泉流碧玉明，千川古木色妍生。
心中洗尽相思苦，暮色苍茫雨后晴。

108明 陈淳 山茶水仙图

山茶五色一忡情，玉影水仙半岁生。
渍雪染霜花已暖，疏斜历练老人萌。

109明 徐霖 菊石野兔图

色重广寒宫，天高任鸟虫。
人间芳四季，唯有菊花终。

110明 朱端 弘农渡虎图

东汉刘昆一丈夫，弘农渡虎日清孤。
虬龙霜苇江雪去，天下人人太守苏。

111明 朱端 烟江晚眺图

暮落一渔湾，帆平百舸还。
闲吟桥外树，客谈半江山。

112明 文嘉 曲水园图

二月黄蒲草舍喧，渔樵不问三江源。
长洲柳岸蒿九曲，修竹疏篁茅三垣。
远处帆明天下水，平湖千里入云轩。
是非不问闲逸问，半阁心凿半亩园。

113明 蒋嵩 渔舟读书图

扬舟不失钓鱼船，三味书香半垂帆。
草密湾平澄十里，汀明曲渚一心田。

114明 仇英 桃源仙境图

秦妆汉布尽云烟，世外刘郎问旧年。
沉落天光荒塘地，连绵岭树百家田。
洲船柳岸寻来往，掩映松林行客缘。
议论千年年不尽，循声十步是归泉。

115明 仇英 秋江待渡图

日月天明半渡舟，山林草木一春秋。
无名处女人常问，润泽中流问何求。
夜雨寒山吴寺远，钟声彼岸待清流。
千年咫尺禅堂近，不问风波不问休。

116明 仇英 剑阁图

栈道崎岖一线天，严霜沉雪半寒年。
江东不信知韩信，蜀人无知锁四川。
细雨绵绵连草木，峰林郁郁待悬泉。
峰回路转天空暗，日月光明问九干。

117明 仇英 柳下眠琴图

不读书经柳下眠，音琴草木也知弦。
终声未尽余声远，唯有人心待地天。

118明 仇英 玉洞仙源图

画阁雕栋一守园，楼台峻岭半疏繁。
峰前柳浪青松雨，水岸琴声阶下源。
日月桃花明草木，红尘不尽有怨简。
只耕天下轩辕后，尤得心中碧色萱。

119明 仇英 桃村草堂图

十亩桃花一草堂，千山岭雾半村庄。
高山流水琴音去，小户人家日月忙。
渺渺茫茫烟不尽，白云处处玉人妆。
泉流沟谷出心重，回首天平一柳杨。

120明 仇英 人物故事图

南华玉宇一荒塘，自有飞凰问故乡。
横吹洞箫闻阁上，归来去兮半炎凉。

121明 文伯仁 都门柳色图

柳色山间半坡阳，关垣邑坂一黄粱。
前程莫道无知己，雨色烟云两故乡。

122明 钱谷 求志圆图

人思一指禅，寺问半心莲。

五蕴知空色，三千求志圆。
寒山桥外度，拾得里堂烟。
月半吴门冷，天涯咫尺田。

123明 钱谷 竹亭对棋图

黑白军中一将求，君临天下半心忧。
沙场自古知生死，野马分鬃唤刁楼。
茅屋桥亭明玉客，芭蕉问雨叶脉流。
江湖竹瑟音琴尽，直道天云座上酬。

124明 钱谷 雪山策蹇图

雪重千山一蹩艰，霜明半谷两峰寒。
悠悠曲径前途尽，漫漫行桥十里栏。

125明 周天球 兰花图

天下一芝兰，心中半玉冠。
花香浮腊月，草色叙清寒。

其二

五色天光玉影斜，三清雅气论山崖。
放纵品位香浮动，留取芳心尽不华。

126明 徐渭 葡萄园图

常开石榴冠，富贵问牡丹，
结实荷莲子，梧桐叶独珊。

其二

葡萄五心寒，芭蕉雨露残。
空心休白藕，月沉箸天冠。

其三

山茶梅花落，清手百媚看。
时时天地里，日日见绮梵。

127明 徐渭 杂花图卷

寒菊竹石牡丹冠，月色梧桐葡萄园。
石榴芭蕉紫薇雨，荷花玉立两心安。
一桃一李梅香尽，日月精英四季看。
只见春秋相似多，水仙不上旧年坛。

五、《中国名画全集》（五）

京华出版社　2002年版

1黄鹤楼 寄李太白

江楼楚客问江流，暮色烟波逐晚舟。
日月年光千日月，春秋草木一春秋。
黄鹤北去龟蛇锁，汉水南来鹦鹉洲。
有路时时知自己，无心处处尽无忧。

2荷塘

玉影一芙蓉，天光半色踪。
唐人君子在，漠雨问云峰。

3明 居节 潮满春江

潮明百里泉，柳暮一春烟。
雨渚浮云落，帆舟远故田。
吴江清汴水，同里退思园。
落照荒山尽，春江不留年。

4明 项元汴 双树楼阁

江青逐流谷泉平，和泽潭波濯足声。
一语心中沧浪水，年年岁岁月色生。

5明 孙克弘 玉堂芝兰

母媚一芝兰，浮香半苦寒。
天年尽玉色，窈窕洛神姗。

6明 丁云鹏 调鹦图

竹泪无心半石山，梅花有影一清颜。
鹦鹉不语千音断，自言音琴万客关。

7明 丁云鹏 漉酒图

万菊秋花问茗泉，千僮雪冬漉心田。
扬明草木人心在，隐逸情闲日月烟。

8明 丁云鹏 丛山樵径

曲径樵山重重烟，深深岩木只闻泉。
村中少妇闻来客，岭外人家是杏园。
古刹钟声千万语，三川八壑半书田。
峰青磊石虬松立，君子高堂论旧年。

9明 吴彬 枝隐庵主 山荫道上图

半闭禅房半闭关，九泉白石九泉山。
独寻草木千姿色，尤见春庵万里颜。

10明 吴彬 仙山高士图

屹立高山两处泉，楼堂磊石半音悬。
人人天下寻仙境，唯有无心不问田。

11明 李士达 三驼图

世上原来无完人，有心化合聚低巾。
一驼后顾前瞻仰，驼二恭揖掬所亲。
三驼折腰凭媚笑，相怜同病薄红尘。
此翁只道无傲骨，不是正心不是邻。

12明 李士达 西园雅集

挥洒丹青半世仙，芭蕉落雨玉人田。
心思天地千家院，智慧知音一味禅。
曲尽琴弦桥岸水，西园雅集书君研。
十年面壁寒窗苦，李下瓜田都是缘。

13明 周之冕 竹石雄鸡

竹石一鸡鸣，含辛两不声。
前坡闻上下，不问有无名。

14明 周之冕 芙蓉鸭图

秋光未尽半浦寒，出水芙蓉色百冠。
试水知心知冷暖，邻家问地问天官。

15明 周之冕 杏花锦鸡

杏花出墙一云天，雨色春光半客田。
处处人人心下乱，云中百媚是何缘。

16明 马守真 兰竹湖石

月下马湘兰，秦淮守贞冠。
阿娜明朝尽，影色清家寒。
谁问桃花扇，青楼八艳丹。
明清知男儿，女侠去难安。

17明 董其昌 夏木垂阴

垂阴夏木不人烟，太保尚书忆旧年。
笔下山川临彼岸，心中只有度江船。

18明 董其昌 秋兴

其一

半壁云湖半逐舟，一蒲荻苇一春秋。
潭明泽秀江南岸，柳暗阳光碧色流。

其二

吴汴水，下杭州。横亘逶迤问天游。
沙汀雨丝阴晴尽，翠谷烟花一旧楼。

19明 董其昌 昼锦堂

云浮昼锦堂，雨沉老高庄。
水逐千帆去，潭明一色光。

20明 董其昌 山水

半谷寒流半入春，三川白石一辛茵。
村桥柳岸扬名色，何处山光何处人。

21明 陈继儒 云山幽趣

一步明桥一草堂，半丛柳丝半重光。
烟云但得蒸蒸上，指派山峰作客乡。

22明 陈继儒 墨梅

千姿百态客梅华，八瓣千心玉色家。
岁岁年年香如故，含羞鬓角一枝斜。

23明 程嘉燧 疏松高士

孤松未直饱风霜，落日还酬尽海苍。
谁问知音琴不尽，高山流水两茫茫。

24明 曾鲸 张卿子

孤芳随水流，细雨润红楼。
波臣丹青重，嘉祥卿子留。

25明 曾鲸 王时敏

天下一禅人，九州半拂尘。
心中知佛语，万姓智慧珍。

26明 米万钟 山水

云泉岭树一山光，五经读书半草堂。
渡岸无心杨柳色，浮华掠影望低昂。

27明 米万钟 竹石菊花

不问明清一菊霜，依依竹石半山荒。
英雄三百年年间，留下金陵八艳妆。

28明 米万钟 山水

山山水水一清明，水水山山半明清。
尽染层林相似尽，桥人不步待阴晴。

29明 李流芳 虎丘

万人一石一流芳，半认吴薪半越尝。
五霸春秋剑池水，夫差干将落荒唐。

30明 张宏 西山爽气

半问荒山半故塘，一桥寒水一桥霜。
山深古刹钟声近，故土修篑掩草堂。
南岭东林飞叶散，榭亭日月满山光。
临流石岸疏云雨，凝似中秋五色黄。

31明 邵弥 山水

乱石山中乱石流，清明雨水清明休。
林泉不语临心去，五百年中又一楼。

32明 蓝瑛 华岳高秋

谁问明清李自成，君临天下有无声。
钱塘十四洲湖水，只问江山不问名。

33明 蓝瑛 白云红树

白石山林万株红，春桥水色竹心空。
泉声不尽清潭里，只见光华落其中。

34明 蓝瑛 秋江清话图

明光五色老梧桐，竹叶清音多鸟虫。
果实中秋来何处，千山相似日秋红。

35明 蓝瑛 红树青山

五色红山五色林，三泉叠水一泉心。
峰前落叶江湖雨，疑定心中有叶音。

36明 蓝瑛 防李唐山水

水秀山明日月光，千泉百汇古今肠。
禅堂了却川流水，不尽心中尽独芳。

37明 蓝瑛 仿张僧繇山水

千水千桥万草生，半云半石半心平。
三间草舍天光里，五色林青印泽明。

38明 蓝瑛 仿元人兰竹石图

山山水水一丹青，去去来来半故庭。
五百年前还曾似，千家墨客万零丁。

39明 蓝瑛 卧云草堂

浦汀渚水一飞鸿，茵草青松半色空。
水榭闻风音不远，高声谈笑有无中。

40明 蓝瑛 石荷

光华秀色醉芙蓉，碧叶芳心出水慵。
一丝无髩香皃皃，荷裙雨露向云重。

41明 蓝瑛 青绿山水

樵渔故野一心中，杨柳轻扬半暮风。
谁问临流琴不断，青峰仰上老梧桐。

42明 恽向 青山倚皓

不见高明是不明，人间天地问纵横。
前前后后来人见，密密疏疏枯忧荣。

43明 袁尚统 远溪秋兴

江楼上下问江流，水色烟桥逐远舟。
留下江清闻泽岸，春秋不尽是春秋。

44明 唐志契 茅山

重重叠叠半春城，曲曲幽幽一路荣。

犹有关埠三色闲，山中可叹有人声。

45明 崔子忠 玉女云中

浮重凫凫玉人华，瑶水年年白石花。
一度人间相会去，千姿百态王母家。

46明 崔子忠 长白仙踪

寒山白石去无踪，祯帝庙堂不自容。
一日清兵山海过，百年陋室子忠钟。

47明 吴振 匡庐秋瀑

匡庐半飞泉，山中一缕烟。
天平千万树，路问四百旋。

48明 吴振 秋江泛艇

轻舟一叶半山川，两岸峰林三叠泉。
何处空心天色远，无人兴叹日边年。

49明 简女 花蝶

秀色一人间，文淑半天颜。
浮红知自己，虫蝶守春关。

50明 王世昌 山水

凋刻人心五味甘，泉声日月间山南。
三川杨柳春花径，一身清明问泽潭。

51明 吴焯 河东夫人

河东玉色一春关，水润江南万里湾。
素肌情心倾碧女，玲珑别透尽红颜。

52明 李日华 竹林水色

一岸洲蒲两竹簧，千山翠岭半书堂。
潭林水色荒唐久，鲈脍莲心问故乡。

53明 刘世儒 梅花

若耶溪梅沉故香，烟云倩影入中堂。
年年腊月清高态，碧玉红妆问玉娘。

54明 佚名 梅

梅花三弄玉人家，暮影三山二水斜。
入土春香香如故，新妆不着雪中华。

55又

月落洞庭一影斜，梅香十里半开花。
疏芳入梦千妍色，七瓣心中问大家。

56明 关思 溪山访友

峰青色碧有无中，玉水明桥各不同。
谷暗泉流声远近，草堂议论大江东。

57明 沈士充 梁园积雪

千山雪重满梁园，玉色浮香墨枯川。
论语中堂声不住，门扉踏步对心禅。

58明 郑重 品古

诗书画里花，玉色满人家。
芳草年年绿，心思岁岁华。

59又

玉色一琴音，梅花半故心。
云浮天下事，知者作古今。

60明 郑重 云海楼阁

空中玉阁万山空，枯藤明堂一水东。
老树稀疏云落下，荒唐雨雪两相终。

61明 盛茂烨 泰山松

烟林隐隐飞来峰，五叠流泉落下踪。
应问山中云何处，泰山留作一青松。

62明 文震亨

长洲人，文征明曾孙，崇祯中书舍人。
明亡，绝食死。

63玉女峰

长洲启美一亡明，壁垒严嵩半碧横。
可叹江山闻玉女，空空色色何声名。

64明 陈洪绶 莲石

出水芙蓉一茨萍，天华玉色半娉伶。
空灵湖石常相倚，子实青莲入席庭。

65明 陈洪绶 女仙

且赠梅花半地天，山茶守色一江川。
瑶壶训诂声声尽，不绪心思对旧年。

66明 陈洪绶 对镜仕女

枯树半云中，明妆一晚宫。
金环鸣坡石，何处问春红。

67明 陈洪绶 观音

禅师一叶过江东，般若波罗蜜多同。
色不异空空异色，色空异色色晴空。

68明 陈洪绶 米芾拜石

依依一玉生，天下半光明。
敢当泰山石，丝毫不动情。

69又

天下向君明，心中何不生。
江东今风雨尽，不得论纵横。

70又

山高一石生，水泽半人情。
则正闻今古，无私政则明。

71又

拜石天云玉石踪，千山壁垒慰奇峰。
湖光米芾玲珑问，便当心明月下逢。

72明 陈洪绶 杂画一

清姿一玉兰，国色半牡丹。
润秀婀娜去，丰姿墨媚残。
疏影明月下，香沉对堂叹。
不尽春中雨，花光自主姗。

73明 陈洪绶 杂画二

天地一禅音，云门半古今。
空空还色色，智下问人心。

74明 陈洪绶 何天章行乐图

丝柳无心一天章，玉姿曲味半荒唐。
人中草木音琴曲，声色依依待女妆。

75明 陈洪绶 雅集

南海世观音，天宫有凡心。
人生常相似，情姓坂佛箴。

76明 陈洪绶 蕉林

雨后芭蕉半含烟，云前客酒一婵娟。
人情不醒千家碧，方解清香万户天。

77明 箫海山 古木双鹰

博击长空半自娱，蝉鸣石岸一清孤。

低高上下知常易，有斗无时有不无。

78明 王建章 山水

八百山川水色华，三千里路有船家。

一生只有心田好，四世堂修玉莲花。

79明 陈嘉言 梅鹊图

松间鹊语半寒声，月里嫦娥一旧情。

古木林中云沉久，望山止步有书生。

80清 王时敏 仙山楼阁

浊世淡清明，嵩山问水声。

千川泉不住，一石垒人生。

81清 王时敏 南山积翠

烟客积林园，泉流南岭田。

重峰青色碧，旷野数喧蝉。

82清 王时敏 山水

溪桥经曲一流泉，茅舍村荫半旧川。

墨勉秋霜五色林，明潭未寄一声寒。

83清 王鉴 烟浮远轴

半岭清潭半色泉，一峰白石一云烟。

深林不废深寒碧，玉阁临渊玉半悬。

84清 王鉴 山水

村桥彼岸半明山，草色重光一旧关。

热雨林中人自暖，心云极那唤红颜。

85清 王鉴 仿古山水

曲桥曲径十八湾，高岭高林一百山。

偏颇江青潭水岸，泉流叠落草尤颜。

86清 王鉴 溪色棹声

返棹归真半日间，花明柳暗一千山。

春来草木依云浸，自得空心问小蛮。

87清 项圣谟 风号大树

菰浦落色半斜阳，孑立寒光半壁荒。

古木青山秋未尽，时时不附必苍桑。

88清 项圣谟 且听寒响

寒桥一板霜，旷野零丁洋。

古木心余暖，堂亭读声扬。

89清 项圣谟 且听寒响

桥溪问泽塘，故舍雨风沧。

一叶寒声响，千川纳柳杨。

90清 项圣谟 蒲蝶

芝兰一味扬，虫蝶半天光。

色尽青浦泽，空来故雨乡。

91清 项圣谟 山水

林中锁玉章，天下问荒唐。

应是还尘客，清音不俗尝。

92清 谢彬 松涛散仙

松涛岭上一声扬，君子山中半树光。

石水溪泉流去慢，惊心动魄入荒塘。

93清 张风 咏梅

素雪玉时妆，沉香暮落荒。

天清影自顾，梦味问黄粱。

94清 张风 栎梧消署

梧桐树下月如霜，汀竹林中石枯肠。

天下明清明不了，清入未必自高堂。

95清 傅山 江深草阁

云桥草社半高堂，朝夕云烟一月光。

墨子攻城城不守，寒林夜雨像流江。

96清 程正揆 江山卧游

明时山水不清官，蔽日秋开落石冠。

空斧沾衣桥栈远，还闻志去旧人残。

97清 傅眉 山水

玉柳婷婷雨暗天，长亭历历色烟悬。

小桥不通桥江岸，留下孤舟问旧年。

98清 黄向坚 寻亲

天人地土音，三界雨云深。

后后前前问，山山水水吟。

99清 黄向坚 点苍山色

大理苍山十三峰，洱海清波七八重。

雨色城南依古树，舟帆来去玉关横。

100清 刘度 桂树

八月花明十里香，寒窗苦读一书房。

画中自有颜如玉，墨客丹青不留芳。

101清 刘度 山水

云南半雪寒，塞北一霜残。

古树斜阳晚，归来玉客官。

102清 刘度 山水册

暮色苍茫草木单，扶疏坡岸玉天冠。

三山枯树三山旧，一带清泉一带寒。

103清 蓝孟 梅花书屋

岭重一孤泉，书香半旧年。

梅疏人万里，客梦月中悬。

104清 萧云从 闭门拒客

君子开门只问天，人心不息待青莲。

丹青一世山川尽，三界佛家度旧缘。

105又

高堂问闭门，故客卧荒村。

只任钟山雨，丰光暮色昏。

106清 萧云从 黄山松石

松玉半石山，日月一泉颜。

唯有人心在，无知度玉关。

107清 萧云从 石磴摊书

十里长亭十里风，三家品名一家同。

山林厚重明潭泽，一纸文章上下中。

108清 金俊明 岁寒三友

蜀枝不改香，故影只重阳。

独钓寒江雪，三友傲严霜。

109清 渐江 山水 鹧鸪天

远问青峰古木横，寒山拾得近潭清。

天宫瑶草春秋岁，荻泽空华尽畹英。

千岭树，半光明，薄霜未沉石洞平。

心田唯有禅音久，寻得时宜是此生。

110清 渐江 松壑清泉

风华涣散自悬泉，神气荒寒寺半天。
未尽丹青松壑晚，心中只得苦音禅。

111清 渐江 天都峰

黄山玉影边，霭重淡烟泉。
多纤松林老，天都日半悬。

112清 祝昌 溪山无尽

孤舟暗渡皖溪繁，纤柳明泉凤眼滩。
四月桃花明彼岸，三塘李杏玉桥栏。

113又

从深岸苇玉龙冠，沼泽烟花淡泊寒。
落暮天光远不尽，归心未断半江澜。

114清 汪之润 山水

空桥夏雨半空山，赤壁泉林一旧关。
碧草荒塘南水岸，千川石谷谁人还。

115清 髡残 苍山结茅

溪云问鹤一荒天，淑涧悬泉半遂川。
只渡心桥禅边岸，高堂不语树林烟。

116清 髡残 松岩楼阁

山房不问天，古刹未无禅。
石暗云川谷，群峰鼓寺缘。

117清 髡残 溪桥策杖

自古纵横半古今，来来去去一人心。
相知何处桃花苑，山外青山弦外音。

118又

溪桥策杖一心人，上下山光半俗尘。
犹见观音明彼岸，无知三界是秦津。

119清 髡残 层岩叠壑

夜雨书堂满漏痕，飞泉落泽木林村。
城垣曲径依山水，日月湖光渡口门。
叠壑层岩猿去久，长亭寺院半黄昏。
临流暮鼓钟声晚，夕照归闻小儿孙。

120清 髡残 云洞流泉

江峰负隅水云深，坡岭泉流碧树林。
参差明阳透迤路，清清寺院鼓钟音。

121清 髡残 听鸣

深林一髡残，古刹半家坛。
夕照溪流晚，云光榭影寒。
黄莺鸣何处，白鹭竟云端。
天下耕心地，桥中三界丹。

122清 髡残 苍翠凌天

三界天云八戒坛，半开寺院半开庵。
人情常在山门里，普照禅心五味南。

123清 髡残 书画

樵渔树影钓寒光，寺院禅门问夕阳。
纤柳桥上约黄昏，落霞拾得问天荒。

124清 查士标 晴峦暖翠

横柳岸半衣巾动，曲径桥堂一故人。
暖翠晴峦浮色泽，峰林壑谷问秋春。

125清 查士标 山水

平舟半渡半相呼，旷野三家一妇扶。
垂柳潭清春水渡，斜阳树色慰匡庐。

126清 查士标 水竹茆斋

晚晴水色落日情，枯柳竹篱留遗明。
水渚扬烟连色碧，依依草舍读书声。

127清 樊圻 秋山听瀑

无心严献挂泉鸣，枯树黄昏瀑泻明。
傲影梅花香咀水，文华韵藻草亭横。

128清 樊圻 柳村

其一

彼岸渔村不隔船，平湖丘渚半青莲。
晴川柳丝系衣带，女儿浦口绿如烟。

其二

柳色湖光碧水平，舟帆不顾野流晴。
花明香港呼人至，女儿浦江玉影明。

129清 樊圻 林居

一剑削平五指峰，泉流三叠九音重。
茂林垒石居客心，纤草茵茵玉潭踪。

130清 龚贤 木叶丹黄

浦川山石泽清寒，木树凋残茅草残。
僧路啸啸生路拓，禅堂扫叶问叶丹。

131清 龚贤 江山

半是江河半岭山，千川天末玉门关。
云平翠谷烟渲染，不尽群峰尽真颜。

132清 龚贤 江山无尽

一半心思一半田，两湖水色两湖烟。
长亭十里长亭怨，不是千川是万川。

133清 龚贤 江村

十里江村十里烟，一川水色一川泉。
山河半壁人心去，天末帆扬问缺圆。

134清 龚贤 江村

草岸水平流，山峰垒故畴。
孤帆扬不尽，荻苇暗来舟。

135清 龚贤 松林书屋

山中宰相不耕田，云里书林问地天。
丘壑纵横山水重，峰峦不尽尽飞泉。

136清 高岑 秋山万木

万石山川万尺泉，半山壑谷半云烟。
村桥树朽孤霜重，只向深潭铺雪田。

137清 高岭 春景山水联屏

无心望钓水清明，茅舍扬舟不知情。
色尽花流无力去，晓村雨水和气生。
山门寺院安禅定，应问人间待不平。
柳叶风中姿婀娜，泉林翠郁半春城。

138又

岭外浦光碧色同，舟舸坦荡一波红。
书生不语桃花运，女儿楼阁谷雨中。

139清 吴宏 江城秋访

秋桥竹木一舟横，暖阁归心半落声。

天未湖光云渺渺，蒲州渚苇色明明。

140清 吴宏 柘溪草堂

柘溪渚草一芳塘，碧柳孤杨半紫光。
岸芷汀兰祝白马，小舟不住问桥梁。

141清 邹哲 江南山水

寒江夜泊客心归，草港村人向柴扉。
忽响渔歌渔火暗，柴门半掩半芳菲。

142清 邹哲 江南

独树城林独草堂，寒霜岭雪泽寒荒。
无端偏作山中客，有意心中问咸阳。

143又

染尽天云一夕阳，寒光沼泽半荒塘。
山前落叶江南客，树下舟平问故乡。

144清 谢荪 荷花

水上一芙蓉，人间半色宗。
荷心黄七月，碧叶玉莲蓬。

145清 戴本孝 黄山白龙潭

飞泉直下白龙潭，雪色千川草木甘。
不识黄花山外客，松风细雨满江南。

146又

明清谁断湖州子，碧落禅音结独庵。
留下人生终不尽，丹青自古是天坛。

147清 唐苋 荷

姿娇一蕊妍，玉身半荷宣。
太湖春风暖，平塘夏子莲。
婷婷浮水面，娴娴沉大仙。
洁净不半好，心中诸先贤。

148清 徐枋 北苑山水

一谷清流半石滩，孤桥独影草堂寒。
山深古寺钟声远，草木扶疏万树丹。
隐约烟云浮故雪，临川曲径望家峦。
孤峰兀傲霜枫壑，何处高楼客扶栏。

149清 梅清 高山流水

俯仰半黄山，人迹一石关。
音余浮百壑，且隋落泉湾。

150清 八大山人 寸光

长空一度悬，展翼半青天。
俯首千望仰，心音七寸田。

151清 八大山人 游鱼

一夜梦无眠，三鱼玉藻莲。
江南春水岸，暮色向归帆。

152清 八大山人 河上花

半水芙蓉半媚妍，三清洁质一婵娟。
裙荷出泥云光色，细雨开轩墨离田。
获草相思江泽惠，青莲形影月孤弦。
按天玉叶无穷碧，客待心明应自怜。

153清 八大山人 墨荷

一尘不染玉荒塘，半浥清光十里香。
泥泽云平君子问，扶摇直上夏时扬。

154清 王翚 仿平林散牧

秋雁千行问夕阳，平林十里落斜光。
临泉旷野荒潭树，暮鸟清空客故乡。
寒草残霜明木叶，云天不尽两茫茫。
牛羊下括家家晚，落叶萧萧枯旧塘。

155又

平林雁两行，漓涧泽千荒。
色问村山外，人家待马羊。

156清 王翚 重江叠障

万里江河万里山，一村社舍一渔湾。
千川土地千川草，两处湖光两处颜。
石垒青峰云起伏，舟舸竟发夕阳还。
千帆半落归来客，十谷天泉拾得闲。

157又

岩树沙洲芦荻田，深川古壑挂寒泉。
树桥古刹钟声近，碧水江青照石莲。
留取孤舟寻彼岸，禅音只寄客人年。
无知不得金香玉，留下丹心向上天。

158清 王翚 元人高韵

古刹罗山半有无，云烟断崖一稀疏。
松林枯草荒川雨，唯有禅音待玉奴。

159清 王翚 山水

虎踞龙盘一钟山，樵渔草岸半明湾。
幽途曲折高人韵，涧谷横桥两渡关。

160又

草木沉浮光，云天日月乡。
轻舟依柳岸，三界问书堂。

161清 王翚 仿巨然山水

临流待渡向钟叹，隔岸呼船此岸残。
岭树葱茏千谷静，山中寺院一清寒。

162清 王翚 临古山水四段

禅堂寺院水如烟，渡口潞亭草木宽。
有色沧浪君子问，空空不似去来船。

163清 王翚 小中见大

雪色峰光万里寒，霜桥树色一年残。
孤翁不问梅村路，只由芳香满玉冠。

164清 吴历 湖天春色

柳岸云浮半含烟，桃溪杏李一渔川。
青萍滞雨流波去，百鸟相鸣旧日眠。
草色湖光情意重，千蒲苇芦自绵绵。
春心坠落相思梦，醒后还香今日怜。

165清 吴历 枫江群雁

林中一断桥，枯岭半峰遥。
离雁江秋去，云烟月冷寥。
沙洲清渚谢，芦荻落花潮。
不须寒川尽，衡阳夜梦消。

166清 吴历 夏山雨霁

细雨空山一板桥，湖明水泽半川寥。
空荡寂寂三家店，肃穆清旷万树凋。

167清 吴历 静深秋晓

川流不息半帆悬，鼓继钟声一世缘。
未去江东河界外，村烟十里万人怜。

168清 恽寿平 出水芙蓉

出水芙蓉一色生，婷婷玉立半乡明。

莲心有子云中雨，只问浮荷碧水平。

169清 恽寿平 落花游鱼

十尾游鱼十色萍，一溪花落半江亭。

轻浮菰叶澄波水，望尽余光碧薄荣。

170清 恽寿平 灵岩

天下灵岩一玉峰，吴江娃馆半从容。

越山不尽吴山尽，寺院禅音拾得踪。

171清 恽寿平 设色花卉

碧叶牡丹一处妍，姿清魂色半华仙。

天宫织女云锦出，只应耕凿世外田。

172又

牵牛一花明，天光半丽生。

田园千碧色，粉墨万家英。

173清 王武 松竹白头

兰香君子白头翁，寥润天云色正红。

胭脂凝心梅子笑，半尽浮香问归鸿。

174清 王武 鸳鸯白鹭

满池秋光月色重，潇潇芦苇醉芙蓉。

和谐成趣翁颜老，一味思心何处踪。

175清 李寅 雪峰

曲曲弯弯一径寒，重重厚厚半江残。

元知月尽梅花见，今夜无知客店宽。

176清 李寅 界画山水

横空出世一波平，临流阔阁半醉生。

拾得湖山明日尽，舟舸只可大江横。

六、《中国名画全集》（六）

京华出版社 2002年版

1爷娘梦里寄

似有时无故梦悬，高堂父母客人天。

生生离索关南北，切切思心度旧年。

2又

梦里无清醒不清，心音未尽去还生。

时非似是情难了，拾得相思醉里明。

3清 陈卓 天坛

香壇积翠半门禅，柳岸曲桥一远船。

暮锁云平千竹晚，山门半掩万家烟。

京乡畿西南来雁，御苑楼堂栉比田。

幽燕春津人不觉，风扬柳丝色空悬。

4清 陈卓 青山白云

峰峦叠障半清烟，栈道村桥一线天。

不及溪流云梦泽，江山只是故人田。

5清 王原祁 云山

岩即无知满旧泉，溪青如碧照平川。

茅屋草舍松林锁，翠竹桥兰谁问天。

路曲折，水潺湲，峰光处处任鸣蝉。

三千岁月文韵久，八万江湖化人烟。

6清 王原祁 江乡春晓

春色江南细雨烟，江湖柳岸织梅田。

川流迂回芳香沉，余红凝重碧水天。

7清 原济 巢湖

巢湖百里秋，故客万明楼。

港渡舟棹浅，临流不问忧。

8清 原济 淮扬春光

江湖芦荻伯虜乡，独钓孤舟彼岸光。

乍暖江村春柳色，衣巾带水问淮杨。

9又

淮扬半翠楼，天下半春秋。

独钓寒江色，孤心未了忧。

10清 原济 梅竹 卜算子

独影满姑苏，古木洞庭雨。

岁岁寒心月半吴，唯有春光补。

三弄玉家奴，尚洁归无主。

色尽寒山拾得主，只道呼今古。

11又

梅花玉影放人栽，尽得山光独自开。

留取华清天下满，依心不畏苦寒来。

12陆放翁

半壁亭南玉树开，春江水岸夜香来。

心中自古茵茵色，独失芳心去不回。

13清 杨晋 山水人物图

客谷林憔问西亭，塘浮浑碧满浮萍。

云中玉影情姿色，不言心中水榭泠。

14清 丁关鹏 佛

八方四百一心中，过去今来未不同。

座上莲花无量佛，祥云落下渡人逢。

15清 禹之鼎 幽篁坐啸

潭泉月半半吴心，竹影清琴三寸音。

只凭知人天下得，原来不须论古今。

16又

不知古今者不可古今，而知古今者亦不可古今。

17清 禹之鼎 王原祁艺菊

清心八月芳，菊品四时尝。

几案千家语，孤姿万里扬。

18清 禹之鼎 西斋

两岸明桥曲折流，篁深竹影掩青楼。
诗书鹤主堂前问，玉色凝妆客舍愁。

19清 陈枚 赏画

玉影问梅香，清姿待晓堂。
忽惊心半动，却去问红妆。

20清 陈枚 清 游

秋千院落卸红妆，桃李花重杏出墙。
只同春心浮不止，芙蓉私约刘家郎。

21清 蒋延锡 允礼（康熙十七子）小

一半丹青一半王，千家风雨万家凉。
从生野草深宫里，雍正春和第断肠。

22清 马元驭 南溪春晓

南溪碧草半浮华，春晓桃花一万家。
柳丝纤纤重染色，千音八哥依香斜。

23清 焦秉贞 仕女

柳下半开轩，情中一色源。
心深知自己，梦境满春园。

24又

芙蓉出水半无妆，女儿心中一池塘。
暮色荷莲黄昏约，舟平解衫待秋凉。

25清 沈铨 松鹤

松风鹤语尽梅香，垒石流溪玉色黄。
春雨年年天地暖，书生岁岁自炎凉。

26清 沈铨 柏鹿

溪流影落 明塘，双鹿南蕨五故乡。
法印心中天下问，山泉有约待晓光。

27清 华嵒 金谷园

银笛音声金谷园，素妆绿珠玉心喧。
唐人只似云中影，雪月风花问雨轩。

28清 华嵒 爱梅

天下一香来，江山半碧开。
春梅闻百鸟，万花纵情媒。

29清 华嵒 万壑松风

松涛骇浪一山惊，海雪林源半岭倾。
俯仰峰青天下尽，云宵不得真声名。

30清 高凤翰 雪景竹石

高风亮节一山中，南阜虬翁半自同。
雪影湖光宁不折，霜凝石垒问江东。

31清 金农 玉壶春色

顶天立地三清翁，迷离花光一树红。
枯木江枫心半动，高洁常向大江东。

32清 金农 自画像

之望云中张九龄，兴叹摩诘刺史亭。
朝朝暮暮李商隐，龟蒙凋凿草色青。
两朝人心旧国尽，三界渔樵闻策伶。
山林紫气浮古今，日月江河身外铭。

33清 金农 自画像

人君不问天，策杖只青莲。
唯有禅音在，中心唯自怜。

34清 黄慎 捧花翁

千花一放翁，十里醉飞鸿。
不忘长生色，秉重老顽童。

35清 黄慎 击罄

天下度江云，人间日月分。
黄昏钟罄后，寺院问禅君。

36清 汪士慎 墨松

一味问云松，三生不见龙。
孤香君所以，领洁是心踪。

37清 汪士慎 墨梅

一枝一节一清香，半密半疏半月芳。
云雨霎时红落云，平明还上女人妆。

38清 郎世宁 百骏

老骥伏枥问平生，一日千里自不名。
离离原中先当去，悠心岁月任纵横。

39清 郎世宁 乾隆赐宴万树园

清时郎世宁，东土御人丁。
自由蒙古客，乾隆座右铭。
衣冠千岁臣，万树半宫廷。
日月江山上，湖川草木青。

40清 郎世宁 乾隆皇帝大阅

不问一乾隆，来寻八旗童。
上下三百年，东西南北中。

41清 法兰西人 王志成 乾隆十骏

柳下玉骢龙，平明掉头东。
心知千里足，啸啸夕阳红。

42清 冷枚 避暑山庄

承德一山庄，热河半行宫。
湖光映草木，水色满阳虹。

43清 高翔 弹指阁

弹指阁上渡师翁，篱下夕阳草木空。
不掩寒门闻客问，虬松参差尽蝉虫。
云中砚池丹青色，岭外书香日月宫。
水色天光疏密重，莲心俯仰是人同。

44清 李鱓 松石牡丹

山深问牡丹，不待见松寒。
紫藤知扬州，春中国色冠。

45清 郑燮 兰竹

石磊芒兰半雪冠，康熙秀才一寒窗。
雍正举子无知己，进士乾隆小诚官。
五六分书今古论，扬州八怪市人观。
名声万古千秋立，三界人生日月端。

46清 郑板桥 墨竹

板上无桥郑板桥，竹篁有竹碧云霄。
寥寥数节清高许，落落湖山則土系。

47清 郑燮 墨竹

三代才人一草堂，千枝不折竹高扬。
疏影素淡黄昏雨，落落潇潇问故窗。

48又

千枝墨竹郑板桥，一枕清窗玉人遥。
节贯清高三天势，心岭直上半云霄。

49清 郑板桥 竹石

万古不变石不烂，百洁云中雨色无。
依依傲青空心立，千年石磊竹清孤。
节节高尚入屠苏。

50清 郑燮 兰竹

宁折无弯一竹兰，浮香若谷半清寒。
云明故影江南约，木植流芳尽玉冠。

51清 李方膺 潇湘风竹

雨声风声竹节声，云平水平池秋平。
孤高洁玉空心立，人斗清时自然清。

52清 罗隐 梅花

霏华物重百媚重，玉影香波万芙蓉。
凝露珠宫心半动，依依月色一情宗。

53清 罗隐 剑阁

雨云剑阁一泉生，半壁江南半水平。
栈道烟重川壑淡，悬崖故锁猿无鸣。

54清 童钰 月下墨梅

月淡香浮古树霜，繁花玉影色明扬。
心中有约寒天动，只唤千花入故乡。

55清 徐扬 姑苏繁华

水陆桥门一巷斜，帆船玉影半人家。
姑苏自古繁华地，蚕丝心中锁女娃。

56清 徐扬 姑苏繁华

江南隋峰一帆华，三月姑苏半梅花。
夫差宫中闻胥门，灵岩山上问馆娃。
东邻碧玉西施去，流水小桥故客家。
紫薪桑梓尝胆卧，商船不尽到天涯。

57清 闵贞 八子观灯

八子观灯半不同，七情六欲一稚童。
儿心未抿斜阳后，父字还忆旧日翁。

58清 蔡嘉 层岩楼石

一泉跌落三泉淙，两岸山林半石峰。
泽碧含烟日月影，草堂只问逐客松。

59清 崔慧 李清照

寻寻觅觅一泉城，冷冷清清半暾明。
等闲之辈仅所听，不生之生是永生。

60清 袁江 海上三山

三山半云中，蓬莱一客童。
琼瑶心上客，海阔色中空。

61清 袁江 海屋沾筹

山中云中鹭涛生，树下石下宇宇城。
平坛落暮一鸟飞，白波拍岸半彩明。

62清 金廷标 鼓目目

岸边此明独不同，村外醉翁尚来翁。
桥岸茅草萋萋色，人间也似人间空。

63清 张崟 春流出峡

春流峡谷半云平，岩献山林一径横。
寺院临川钟高树，清津树舍暖烟明。

64清 改琦 元机诗意

唐人一女一彩虹，玉壶七香七品红。
有约书中相思梦，无心罗衫色春空。

65清 费丹旭 果园感旧

半江暮色半江红，三石平生三世空。
有约黄昏天下约，心音南北西东中。

66清 费丹旭 纨扇倚秋

春光柳丝一心茫，岸草还寒色已苍。
落落萧萧云水远，婀婀娜娜纤秀香。

67清 居巢 人物花鸟扇

无心竹影客心平，暮色朦胧月色晴。
但倚高楼相思寄，姿颜玉臂梦时情。

68又

浮蘋泽妆五分寒，白鹭江湖一品官。
雪色梅生心初动，波光漱玉太湖澜。

69清 居廉 富贵白头

隔岭呼樵问古泉，白头富贵一婵娟。
春风得意江南岸，碧草茵茵满旧川。

70清 苏六朋 太白醉酒

平生醉约一生平，半唐诗家半唐明。
采石江流问月落，自然何须问声名。

71清 任熊 范湖草堂

曲奇潇山一草堂，池沼荷浑半清光。
平林田畴河湾峰，浩瀚烟波问柳杨。

72清 任熊 瑶宫秋扇

扇上秋风日月凉，心中不忍卸红妆。
知心何处相思苦，薄酒重情问小窗。

73清 虚谷 松鹤

人心虚谷紫阳山，一派秋光松鹤年。
重菊渲染知简老，轻鸣九皋目闻天。

74清 虚谷 枇杷

洞庭枇杷山，梅子五湖关。
一岭红袍树，江山十八湾。

75清 虚谷 山水

群岭罗妆玉色天，清平素雪重山巅。
松林交挹怀鳞甲，直上扶摇兆丰年。
天地外，半心田。凝霜冰肌封酒泉。
明峰横出天云淡，只有梅心一脉缘。

76清 赵之谦 积书岩

山中论语积书岚，一曲幽经石洞涵。
驳驳斑斑心不老，淡淡泊泊冀香潭。

77清 任薰 荷花鸳鸯

凫凫婷婷白玉莲，游游弋弋碧江田。
天光有眼声鸣里，出水鸳鸯过大千。

78清 任颐 吴昌硕像

千家廷尉大江山，百花枯野一故颜。
三皇骑仗秦时月，一夜乡梦玉门关。

79清 任颐 吴昌硕

边寒将军志朝堂，刀笔小史寄细常。
国家不识识社稷，换取丹青月日光。

80清 任颐 松鹤梅

一梅一鹤一梅花，半清半傲半玉华。

为寻形影经日月，唯有暗香千万家。

81清 任颐 群仙祝寿

瑶池春芳万物生，八仙过海渡波平。

散花织女锦霞满，琴音桂阁晓妆晴。

天宫祝寿人间梦，鹤石松云寿生荣。

82清 吴昌硕 荔枝

岭南荔枝驿马扬，骊山玉色海棠汤。

玄宗无力春风暖，出水芙蓉忘薄妆。

83清 吴昌硕 桃实

水岸桃花三两枝，春秋果贯万千时。

书庭自有好颜色，未解东风作玉姿。

84清 吴昌硕 墨梅

三九梅花半未香，千山玉影一名扬。

丹青笔下颜心好，只有天光砚池乡。

85清 吴昌硕 依样

依样不一样，日月半风光。

为有丹青色，无知是炎凉。

86现代 齐白石 石

十里哇鸣半池塘，千年石壁一泉光。

川流不息无鱼数，何处书生问故璜。

87现代 齐白石 虾

玉洁半天涯，清浊是一家。

浮萍蒲苇叶，水性自扬花。

88现代 黄宾虹 居池阳旧

秋光水色一江天，柳石凝霜半故川。

昨日战事江南岸，又扬过客斗归船。

89现代 王震 墨荷

佛光普照一禅堂，玉佛道心半寺香。

出泥荷莲尘不染，丹心日月满清塘。

90现代 陈师曾 墙有耳

隅言堂上一隅肠，半家灯火半家梁。

龙城紫禁桎梏重，不见峰闻问茶坊。

91现代 何香凝 狮

虎踞高山别有机，龙吟狮吼树林旗。

一年了得去千里，半夜还闻采石矶。

92现代 高剑父 鹰

一鸟惊林落叶深，半天枯木石云林。

寒霜得复中心食，父母心中三寸阴。

93现代 陈树人 岭南春色

木棉岭南明，江河草木生。

英雄樵子树，日月水鱼情。

94现代 刘奎龄 骆驼

天山一漠荒，塞外半苍凉。

日月度沙舟，驼玲自抑扬。

95现代 于非闇 红丹双鸟

凝重柑柿香，好色鹧鸪忙。

叶尽丹红溢，天光向严霜。

96现代 于非闇 玉兰黄鹂鸟

先花后叶玉兰堂，八哥黄鹂饮日香。

雨色菲菲来故里，京中只唤百花妆。

97现代 于非闇 胡家红牡丹

胡家一牡丹，上苑半华澜。

洛色三千里，飞花五月残。

芳香浮日月，墨彩乱砚观。

蜂蝶知心性，琴弦向玉冠。

98又

国色半胡家，边疆一梓麻。

牡丹红五月，北宋日西斜。

99现代 胡佩衡 晴湖闲兴

晴湖兴叹半云天，客问浦洲一桥悬。

垒落山萌闲策杖，清明初耕宋时田。

100现代 郑昶 绿柳深处人家

云帆渺渺柳杨深，岸水平平秉杖心。

别溪西泠秋色入，村桥草木问鸣琴。

荷塘复印天光远，只由蝉声慢慢吟。

客望小舟归何处，高冠半经见衣襟。

101现代 徐悲鸿 群马

知途万古名，千里踏纵横。

啸啸鸣天去，幽幽四面城。

102现代 徐悲鸿 田横五百士

一诺半田横，移山五百城，

难容无子女，九方人知情。

103现代 刘海粟 芭蕉菊花

芭蕉叶下菊秋花，十月田光实梓麻。

夜雨书声声不住，清霜怯玉半村华。

104现代 溥儒 秋江庭院

秋霞夕落一山庭，坡石枫林半岸清。

未尽诗书知俯仰，天时只告座边铭。

105现代 溥儒 松阴高士

家居四壁一心空，只认山深半月终。

叶叶枝枝松不老，心心印印问天宫。

106现代 陈之佛 青松白鸡

虬松半雪城，菊怒一虬生。

草木风云淡，霜天日月明。

107现代 陈之佛 鸣喜

喜鹊鸣枝梅暗香，山茶呼与色春扬。

心中有约闻天下，待晓年年换新妆。

108现代 潘天寿 松鹰

鹰府独知私，松梅问何时。

山林寒不尽，远瞩待天知。

109现代 潘天寿 雁荡山花

无知色半华，雁荡雨十家。

惟见无塘水，天平问海涯。

110现代 潘天寿 小憩

何处是英名，临天有奈生。

晴空飞远志，自锁翼中情。

111现代 丰子恺 惊呼

惊呼自心惊，后转为尊名。

锣鼓前村响，丹青向婴行。

112现代 李苦禅 松鹰

深山一苦禅，高唐半人田。
何见心中念，知天不见缘。

113现代 李苦禅 盛夏

盛夏莲花出水鲜，荷塘玉色问鸣蝉。
归心不去颜如玉，儿女声中是渡船。

114现代 钱松喦 云涛万里

半壑松林半壁山，一江云涛一江关。
不鸣十载闻惊岸，不在心思待去还。

115现代 钱松喦 红岩

人间半泽东，天下一颜红。
雨尽天光远，心平曙色中。

116现代 潘玉良 周小燕肖像

不谋才生是一生，人身法国任心鸣。
丹青里昂常相问，国色园中故客情。

117现代 张大千 白头红叶

古树残枝半白翁，文心一寸一枫红。
浮云日暮秋山锁，且待明春四壁空。

118现代 张大千 雪衣女

八哥半无声，倾城一女成。
深宫思何以，不道已倾生。

119现代 张大千 董北苑溪山雪霁

三泉九叠半荒潭，十壑千川一色岚。
未暖山桥惊岸暖，雪山处处见春涵。

120现代 王悦之 台湾移民

一朝无主一朝臣，半心人家半心民。
留下秦唐黄河水，中华唯有韵天津。
寺禅里印祈人在，故土台湾客下巾。
月月年年常相望，还归旧里父母亲。

121现代 林风眠 小鸟

小鸟伊依巴黎身，暗香浮动仕女春。
纤纤玉色心情冷，疏影回眸问去人。

122现代 林风眠 宫女

飞扬不出宫，夜半落衫红。
日月常相似，还闻白头翁。
旧情流水墨，百媚梅花空。
玉色莲荷叶，心惊见去鸿。

123现代 司徒乔 三个老华工

秦关半汉音，国土一林深。
水色江南岸，华工一片心。

124现代 司徒乔 放下你的鞭子

何处问长安，西南数九滩。
可怜闻女儿，三九半衫寒。
犹记前人词，无惊大江澜。
风沙边外重，园破士忧坛。
山河明水色，幽谷不知难。

125现代 杭习英 琵琶曲幽

曲断琵琶十八年，姑苏曼陀听三弦。
扬州月色桥楼暗，玉女鸣萧过江南。

126现代 傅抱石 石公种松

山中抱石一虬翁，磊石重林沟谷宫。
俯仰田林心尤问，青天只任落霞红。

127现代 傅抱石 湘夫人

湘江落叶半红生，斑竹情流一泪城。
思念心中高座客，唐音未改梦难成。

128又

潇江独立一红尘，落叶风光半故人。
斑竹清明还泪水，唐音犹寄自秋春。

129现代 傅抱石 柳荫禅思

古柳纤纤问故城，悠悠梁武一禅声。
达摩面壁明明石，宏忍惠能一客行。

130现代 蒋兆和 流浪的小子

刘郎十八年，战乱五千天。
儿女黄河望，江山日月悬。

131现代 吕斯百 鱼

何以问中庸，命中一物从。
生灵工斯尽，还作故人重。

132现代 李可染 江山无尽

丹青可染怜，色重半前川。
一水临江出，千波逐去船。
心中明应有，不胜笔迹田。
小大由由之，先后五百年。
三界心中外，五蕴应度天。

133现代 李可染 榕下渡牛

山南一水门，粤北半牛村。
雨里生活多，还求老树根。

134现代 李可染 千岩竞秀万壑争流

千岩万壑一心泉，壶口山光玉影川。
应知丹青人意在，川流不息待青莲。

135现代 金梅生

玉影梦花妍，香风一味鲜。
人入百姓家，除夕尽余年。

136金梅生

吕布貂蝉戏，凤仪有约亭。
绥生三国志，汉社一丹青。
米脂婆姨女，不是半家铭。

137现代 李桦 起来，饥寒交迫的奴隶

一呼应万声，万马啸江盟。
天下家同事，饥寒死后生。

138现代 吴作人 三门峡

九曲黄河十八悬，一壶怒浪五千年。
开元唐汉秦乡水，今古家人问地天。

139现代 吴作人 齐白石

白石一鱼虾，半大千虎岸。
丹青心历尽，笔墨旧生华。

140现代 张乐平 三毛流浪记

无依何靠小毛条，四处漂流半沪潮。
世界光明人所求，生活现实忘旧消。

141现代 王式廓 土改

田中地古今，世外万家寻。
谁主无知路，铺人苦水深。

142现代 王式廓 改造二流子

以天以地问人从，斗争思想不应亲。
送往愚民多口味，接来日月少迷津。
二流不尽三流子，一半忏词一半生。
今古文华无长进，近人武训正衣巾。

143现代 黎冰鸿 南昌起义

千年历史一长和，万里黄河子弟多。
南昌城头枪一响，王侯院外散青娥。
改天换地朝歌上，新政旧军历蹉跎。
人说贺龙非土匪，七十年后胜洗磨。

144现代 力群 饮

黄河一故村，日月半家门。
且向临流饮，无知小儿孙。

145现代 董希文 开国大典

兴兴废废一新天，去去来来半百年。
事事时时长城里，人人岁岁谢东缘。

146现代 寥冰兄 自嘲

闻君入瓮中，百子四人同。
唯有知无尽，心音一海东。

七、《中国传世山水画》（上）

第一影响力艺术宝库编委会 编　北京出版社
2005年1月出版

1乡

残阳红色半黄昏，树影山光一水门。
木秀峰中塘岸柳，心平月下小家村。

2史

秦城隋水旧年光，一扰一荣一炎凉。
战战和和人失得，山山水水地天长。

3隋 展子虔 游春图

春华碧水半云烟，草木山峰一陌阡。
日月天光明万岭，心思咫尺三千年。

4唐 李思训（传）江帆楼阁图

万里江山问旧年，千年岭木锁云烟。
渺渺楼台扬目尽，荡荡地水树人天。

5唐 王维 辋川图

四面环山一辋川，千流碧水半兰田。
楼台掩映书声远，草木天光日月禅。

6唐 李昭道 明皇幸蜀图

开元天宝半荒唐，华清蜀栈一炎凉。
马嵬梨园思旧日，长生殿上凤求凰。

7五代 山水

荆浩关同一言堂，丹青简括半流芳。
董源巨伏江南雨，淡泊烟云琐玉塘。

8五代 荆浩 匡庐图

匡庐云山一简长，扬明日月半天光。
飞泉上下清流水，草木心中问夕阳。

9五代 关仝 关山旅行图

一天一地一高平，万水千山半有声。
黝壑川流明不尽，空谷古刹向人生。

10五代 关仝 秋山晚翠图

秋山晚翠半流明，暮落悬泉三叠清。
石磊青峰江水滴，斜阳草木锁云横。
平无色重涧寒近，岭树天空古道倾。
寺含钟声闻日月，禅音四海问人生。

11五代 关仝 山溪待渡图

山溪半渡半清明，白石千峰万木横。
简繁心中山水界，苍茫天外尽高平。

12五代 董源 潇湘图

潇湘水上半云平，白石山中一岭横。
晚渡渔舟惊暮落，江青雨色入无睛。

13五代 董源 龙宿郊民图

淡溪疏烟半舸东，天水色岭一云中。
睛睛晦晦千年月，有有无无万事空。

14五代 董源 夏景山口待渡图

一舸江南十水东，千山草木万溪虹。
天云渡口斜阳尽，日月禅音入寺中。

15宋代 夏圭 雪堂客话

梅枝雪重一山华，论语寒窗半故家。
色色空空天下尽，荣荣枯枯度桑麻。
李唐马远纵舟去，夏至梅年问水涯。
雨落临安山水满，钱塘宋去浪淘沙。

16宋 郭忠恕 雪霁江行图

寒江雪霁水云平，玉柱舟帆去离情。
舵手张扬千里楫，天空阴霭万家声。

17宋 郭忠恕 明皇避暑宫图

明皇一蜀中，上苑半情宫。
大同长生殿，相思只西东。

18宋 李成（传）晴峦萧寺图

一寺千桥一水东，十山百水半山中。
晴峦白石依云齐，翠岗深林尽色空。

19宋 李成 寒林骑驴图

寒山旧刹一钟声，古木君心半枯荣。
柘柘幽幽千谷静，萧萧瑟瑟九州明。

20宋 李成 群峰霁雪图

低低高高一岭晴，明明暗暗半山平。
天光回照千峰雪，玉色寒流二月情。

21宋 巨然 秋山问道图

曲曲弯弯一岸明，重重叠叠半川声。
林深谷暗峰光远，取道寒山逸尤荣。

22宋 巨然 山居图

岭树溪流一浦清，天光行篱半堂明。
山深木秀青峰上，鸟唤凿林暮色倾。

23宋 巨然 万壑松风图

山中君子一名声，日月天光半枯荣。
草木溪流桥坂渡，高堂水榭何人鸣。

24宋 巨然 雪图

雪被山光万壑平，溪清君子半无声。
人心玉色山峰重，疏影浮香一枯荣。

25宋 惠崇 沙汀丛树图

云烟漠漠一溏东，草树青青半色空。
雨重江南香泥远，花明碧玉小家中。

26宋 惠崇 溪山春晓图

一岸桃花两岸明，千流碧水万家瑛。
日月溪山桥水近，淡烟疏雨阴中晴。

27宋 范宽 溪山行旅图

渔人善解网扬平，柳树村深鸟半鸣。
汀浦荒沙空色尽，天云不住任舟平。

28宋 范宽 雪景寒林图

一半峰峦一半霜，千山雪重万山光。
平林枯柯云烟住，古寺钟声日月扬。

29宋 范宽 雪山萧寺图

一脉寒林一色空，九州草木三归同。
山山水水人心在，去去来来日月中。

30宋 燕肃 春山图

溪桥水岸半光明，树木云烟一枯荣。
古寺禅钟心自在，春山日月度人生。

31宋 燕文贵 溪山楼观图

楼台极顶人高明，踏步天门问枯荣。
曲径幽幽空色尽，钟声未了自纵横。

32宋 燕文贵 江山楼观图

柳丝扶疏碧色深，溪云洗渺半晴阴。
江青处处山光树，古经幽幽问旧林。

33宋 祁序 江山放牧图

一寸江山一寸田，三千世界三千年。
朝朝有色朝朝地，暮暮无空暮暮天。

34宋 许道宁 渔父图

深山古刹三归田，岸柳平林五蕴天。
朝去暮来山水色，心中稳坐钓鱼船。

35宋 许道宁 关山密雪图

密雪关山十里松，寒光碧翠一云峰。
天明草木梅花问，心平还闻晚暮钟。

36宋 翟院深 雪山归猎图

老树山云一经平，斜阳雪岭半峰城。
川流不息寒潭泽，暮色无穷不问名。

37宋 郭熙 窠石平远图

不见江山一半名，天明枯柯两平生。
云舒白石关山磊，客问家庭坐上明。

38宋 郭熙 早春图

水暖寒江一草生，车风柳岸半春荣。
泉光上下渔人去，日月潭中钓网明。

39宋 郭熙 幽谷图

一谷云平一谷空，千林错落半泉东。
叶重山明幽谷水，枝疏影暗石心中。

40宋 郭熙 山村图

暮落山村一世生，残阳血色千山明。
疏心尤随泉流去，草屋还余论语声。

41宋 郭熙 树色平远图

明桥渡口水云横，草榭临川白石明。
老少人生天下事，来时不问去时情。

42宋 郭熙 关山春雪图

春雪千山半不明，梅花一夜万树生。
泉流素色青峰影，日月心中四处平。

43宋 王诜 渔村小雪图

云烟合雪一江村，玉树寒塘半黄昏。
浦泽残阳桥岸柳，余红不尽问家门。

44宋 梁师闵 芦汀密雪图

平塘芦蓼雪霏霏，坡岸霜寒落暮晖。
莜竹断桥疏密处，鸳鸯问暖不知飞。

45宋 李公年 山水图

山山水水半云烟，暮暮朝朝一旧年。
浔尽清流君子树，天人地上自临川。

46宋 赵令穰 橙黄橘绿图

橘枳不似一河分，言语无知两岸闻。
尤见飞鸿江南来，天涯日月谁人君。

47宋 佚名 盘车图 少年游

野店入梦香，家衣纳炎凉。
山南明草木，地北多荒塘。

48宋 佚名 丝纶图

蚕丝一心长，春塘半水光。
天圆知己守，地方问人娘。
去去来来路，经经纬纬忙。
云衣闻织女，岁岁鹊桥妆。

49宋 张择端 清明上河图

其一

千年草木一阳光，百里王城半炎凉。
日月清明流色淡，江山碧翠落梅香。
人心不足知浮沉，雨后华余暗柳杨。
海市蜃楼船岸水，天荒地老汴河霜。

其二

野渡水流荒，村桥柳叶长。
楼台明夜市，酒女杏花香。
草木清明雨，人心问暖凉。
来来闻去去，且且复茫茫。

50宋 乔仲常 后赤壁赋图

长江流去半落茫，东坡扬舟一岩光。
玉壶还惊涛拍岸，琴音赤壁待船昂。
高堂落魄余心悸，白石云平峡月荒。
蜀汉孔明知日月，东风不兴换乔妆。

51宋 佚名 雪溪乘兴图

霜山雪重一船扬，玉色寒溪半日光。
唯见江华明草色，心知岭木待梅香。

52宋 佚名 仙山楼阁图

白石山中半鹤飞，瑶台昆仑一来回。
祥云紫气人心近，五百千年不向归。

53宋 佚名 虎溪三笑图

禅音白石一儒生，天地人间半阴晴。
去去来来知日月，朝朝暮暮问名声。
渊明慧远陸士笑，日月溪山草木荣。
暮色苍茫云渺渺，黄昏无限只心平。

54宋 李唐 万壑松风图

壁上山光半壑峰，云中白石十青松。
飞泉跌落千年雨，岭树烟华万里踪。
啼鸟声名空谷寺，林音繁简自重重。
流明迂曲西东尽，渊泽深深问玉龙。

55宋 李唐 濠梁秋水图

寒流暮重一峰阳，自在人中半晚光。
落叶秋明地上厚，心田日月破天荒。

56宋 李唐 松湖钓隐图

直钩平心只慕鱼，一红一黑过河车。
渔樵隐逸江山界，楚汉鸿门帝业墟。

57宋 李唐 策杖探梅图

梅花落下一桥香，水重流去半色扬。
万木心惊春光入，百花善待富华光。

58宋 李唐 长夏江寺图

家中明日月，地上问心田。
白石人间寺，三千世界禅。

59宋 李唐 春山瑞松图

一念心中一念晖，米家日月米家扉。
烟云雨色山林淡，水去人来待何归。

60宋 米友仁 远岫晴云图

点滴云山一米家，烟云水色半天华。
林泉石树斜阳重，暮色天光二月花。

61宋 朱瑞 溪山行旅图

千山沟壑一湖山，曲曲流流九十湾。
巨石林中鸣牛马，幽心只上玉门关。

62宋 萧照 秋山红树图

一处秋山半处丹，千川流水万川寒。
船横暮落云烟重，五色峰光戴玉冠。

63宋 马和之 后赤壁赋图

赤壁江华一代空，轻舟击水半飞鸿。
云流洗荡夺吴尽，重锁夔门西蜀穷。
古往今来闻旧事，前波后浪逐时雄。
汉家天下唐人街，是见无同处处同。

64宋 阎次平 松磴精庐图

繁简泉林半阁楼，养舒云水一清秋。
庭中叶落琴声尽，不锁人心暗自流。

65宋 李嵩 赤壁图

惊涛夜半大江流，黔水明船问岸楼。
古古今今多少事，一年冬夏一春秋。
天明日月连吴蜀，急水云平草木浮。
峡落山光浮赤壁，中流击浪逐孤舟。

66宋 李嵩 钱塘观潮图

八月钱塘一线潮，千年激水万川摇。
孤舟追击东流水，一浪天云一浪消。

67宋 刘松午 秋窗读书图

一窗云峰一窗山，半生论语半春关。
高堂君子临川立，细雨心中问朝班。

68宋 李迪 风雨牧归图

雨雨风风一马牛，山山水水半春秋。
天云突变惊飞鸟，唯恐村前四面流。

69宋 马远 水图（局部）

长江万顷水云平，日月天光草木生。
叠叠重重千层浪，千时暗尽一时明。

70宋 马远 踏歌图

山歌一曲明，物象半平生。
日月天云树，人心草木情。

71宋 马远 山径春行图

暮色春深啼鸟鸣，花明柳暗待琴声。
君心又问东流水，一日流来一日平。

72宋 马远 晓雪山行图

雪重云轻一炭翁，天平树色半西东。
山中积素知人去，不问来时问去空。

73宋 马远 寒香诗思图

寒香万岭半飞鸿，影化千山一水东。
竹篁临川依白石，春明处处有无中。

74宋 马远 雪滩双鹭图

疏枝白鹭下寒塘，暮日禅音入寺香。
浦苇临风鸣枯草，千山素雪一红妆。

75宋 马麟 夕阳秋色

寒阳入燕山，落叶问秋关。
天低黄昏近，心平渡口还。

76宋 佚名 玉楼春思

相思不入玉楼春，六地云烟过客人。
紫气东来山水色，江湖柳岸尽浮萍。

77宋 夏圭 西湖柳艇图

江桥半入一湖天，西子晴光两岸船。
水榭楼台伊玉立，花中柳丝住云烟。

78溪山清远图

江南半玉关，西子一湖山。
三月琼花色，姑苏十八湾。

79宋 夏圭 雪堂客话图

寒窗七十年，客驿半人烟。
独见孤舟去，无心问地天。

80宋 夏圭 山水十二景图

云山拖泥半林泉，带水淋漓一岸天。

暮落平湖明过客，烟笼玉堤泊孤船。

81宋 夏圭 钱塘秋潮图

直上云天八月潮，钱塘月落一江消。

扬帆逐浪江湖去，两岸秋风自萧萧。

82烟岫林居图

声声细雨入春宵，过眼烟云问夜寥。

暗柳明潭梦不尽，人心尤是玉音遥。

83宋 夏圭 梧竹溪堂图

梧桐竹影入梦深，酒肆虞姬过客沉。

一角天云空日月，千年半是问人心。

84宋 贾师古 岩关古寺图

寺上余晖一言堂，禅中白石半天光。

无限日月山河淡，黄昏不见柳低昂。

85宋 阎次平 秋山烟霭图

拾得寒山一境迁，云川雾谷半梦眠。

禅林叶落人心上，渡口声声是客船。

86宋 梁楷 雪景山水图

寒天暮雪万千山，不问声名一玉关。

隐逸渔樵闻色变，素妆岭树云时还。

87宋 梁楷 芙蓉水鸟图

鸳鸯并啼一芙蓉，日月分匀半鼓钟。

色入春塘香泥晚，鸣声不尽问江峰。

88宋·梁楷 雪栈行骑图

半岭白霭半是松，千林素重一云峰。

寥寥枯树茫茫雪，西去天山复向东。

89宋 法常（局部）渔村夕照

心无川水色，徒有暮鱼情。

莫问黄昏晚，千山日月明。

90宋 玉涧 山市晴峦图

一月风流一笑生，千年暮色千光荣。

禅音古寺无限尽，历出天光半日生。

91宋 朴庵 烟江欲雨图

千山千水暗，一雨一江烟。

忽见川流去，心惊问客船。

92宋 朱惟德 江亭揽胜图

江南半水山，岑树一春颜。

咨问邻船去，人生任自还。

93宋 佚名 奇峰万木图

云中半奇峰，岭上一芙蓉。

白石天空阔，禅林寺鼓钟。

94宋 李东 雪江卖鱼图

心平岸水声，月半玉堂明。

柳榭归舟晚，溪流一夜情。

95观世音

江山草木半清明，天下日月一心平。

地上人间千百渡，禅音白石鼓钟声。

八、《中国传世山水画》（中）

第一影响力艺术宝库编委会 编　北京出版社

2005年1月出版

1元 李衎 枯木竹石图

古木春心一枯荣，梅花疏枝半香城。

江湖水色清明绿，处处云天处处生。

2元 李衎 双勾竹石图

节节生枝修竹明，空心密叶石中情。

清高脱俗平天势，不问年年有枯荣。

3元 赵孟頫 鹊华秋色图

水下云天一色明，村中啼鸟半千声。

轻舟渡口人前问，草木春心三月清。

岸柳山光华日色，江南碧玉暮流平。

名利淡泊临川去，论语竹堂自纵横。

4元 赵孟頫 洞庭东山图

东山西水一泪庭，草木姑苏半柳青。

渡口天光云起落，江湖五月带心听。

5元 赵孟頫 松荫会琴图

青松虬曲一琴音，白石知心半古今。

水畔禅声闻不住，天光日月入山深。

6元 李容瑾 汉苑图

汉习楼船锁玉娘，空山草木向天光。

琼瑶宇宙黄昏后，不肖亭台问夕阳。

7元 黄公望 水阁清幽图

天台草木一明堂，日月江南半晓光。

淡淡疏疏晴浥雨，流流止止尽抑扬。

8元 黄公望 天池石壁图

淋漓尽致淡烟空，天池重云雨色同。

只问江南香泥暗，不止一笑数年中。

崇山石壁悬泉叠，薄暮秋林碧泽东。

细水流红枫叶晚，高堂日月半清风。

9元 黄公望 为张雨伯画仙山图

千山世外一千山，万水云中万水颜。

唯有禅音天不尽，来来去去自人还。

10元 黄公望 富春大岭图

疏疏淡淡半云天，落落空空一谷川。

栈道联桥明山远，知音尤向日中泉。

11元　曹知白　松亭图

草岸亭前一劲松，虬枝石岩半云龙。
心中君子临川问，望尽山峰不是峰。

12元　曹知白　溪山泛艇图

泽岸溪山一叶舟，湖明浪细半云楼。
江南三月烟花雨，隋水千年任自流。

13元　吴镇　秋江渔隐图

一半秋江一半泉，千年日月万里川。
渔夫犹慕无鱼水，隐逸山中待缺圆。

14元　吴镇　洞庭渔隐图

一半心思半钓船，山中草木三寸田。
江湖君子闻流水，云烟十八月无圆。

15元　吴镇　渔父图

一半渔夫一半船，千川碧色万川烟。
山中雨重朝中色，可见泉流不见天。

16元　吴镇　松泉图

松泉泉叠半云烟，古朴千华一百川。
勒石雕龙疏细雨，扶苏草木怡天年。

17元　吴镇　中山图

青峰峻岭问中山，日月云烟许旧年。
拙木苍林隐逸去，天高一筹三寸田。

18元　李士行　山水图

上下天光入野烟，峰明岭木落悬泉。
小挤渡口江南岸，淡暮云和细水川。

19元　赵雍　澄江寒月图

澄江月色一寒船，客水临川半缺圆。
白石君心天下误，河山不尽数流年。

20元　赵雍　松溪钓艇图

斜阳草木净湖沙，不问渔樵问客家。
日落黄昏秋叶重，时光万里斗天涯。

21元　朱德润　松下鸣琴图

青松树下一琴鸣，浦口湖中半钓情。
点评纵横今古约，春惊草木半清明。
云峰岭暗香水重，天光石岩千山盟。
鸟啼亭台万里色，心中括论是空城。

22元　朱德润　松溪钓艇图

人间问尽钓鱼情，浦口孤舟寻水清。
岸芷汀兰天一色，心思自在是平生。

23元　唐棣　霜浦归渔图

水上秋云一岸霜，心中月色半炎凉。
樵渔何须归来问，尤待村桥玉舸妆。

24元　倪瓒　幽涧寒松图

泉流三叠一声鸣，草岸虬松半筒生。
繁繁疏疏天下问，平平远远尽澄泓。

25元　倪瓒　六君子图

霜天君子一秋荣，水色寒山半旧名。
渡口无人听落叶，无声之后有余声。

26元　倪瓒　秋亭嘉树图

草堂水榭一湖东，白石河山半色空。
壑谷千川流不尽，虬松骨傲是青龙。

27元　倪瓒　苔痕树影图

枝枝叶叶尽纵横，月月年年寻日明。
修竹孤亭人何在，疏松只问枯时荣。

28元　赵衷　云山清趣图

天平无量半云山，出入村中一玉颜。
沉沉浮浮舒卷去，年年月月不知还。

29元　王蒙　春山读书图

书声尤落一春关，十载寒窗万里山。
草舍明堂开轩冕，云峰碧艽问天颜。

30元　王蒙　西郊山光草堂图

西郊山光一草堂，平湖草木十年荒。
君心如水孤舟去，只慕渔樵意气昂。
日月江青无限阔，书窗几案映香塘。
黄鹤主人云峰近，一片斜阳五色妆。

31元　王蒙　青卞隐居图

卞山碧崖半云纱，疏淡吴江一客家。
拾得天光林繁简，东风细语满天涯。

32元　王蒙　秋山草堂图

草堂玉色郁蕤香，淡雨疏云半水光。
偶见孤舟烟村里，山川倩影入寒塘。

33元　陆广　仙山楼观图

溪桥泉林十里云，山花五月落纷纷。
亭台玉宇川流碧，枯樟依春白日曛。
曲岸明华千树色，幽径逶迤拾芳芬。
青峰岭回清津泽，木秀林中一半君。

34元　张中　吴淞春水图

拾得云游半寺楼，江湖浪迹一孤舟。
英雄自古心中诺，岭树云光水自流。
淡淡河山千古尽，潇潇叶落万年忧。
村桥两岸禅音度，白石林中不知秋。

35元　罗稚川　寒林群鸦图

伟岸疏枝半枯荣，寒光暮霭一色倾。
云天何处听鸣鸟，倦日归来问旧声。

36元　沈铉　平林远山图

荒桥渡口一心平，曲径禅音半寺声。
暮色苍茫千岭重，山溪万里自流明。

37元　陈汝言　罗浮山樵图

千年岭木一山翁，万里云泉半色空。
罗汉寒山秋水淡，川流不语谷声中。

38元　陈汝言　百丈泉图

直下天平万里泉，飞鸿犹见一千川。
楼台处处山光暮，曲径幽幽一线烟。

39元　张观　疏林茅屋图

疏林茅舍一江船，竹篱明堂半苦禅。
水淡云闲听暮鸟，心平墨重谁吟天。
丹青半壁山光近，案几余华问玉莲。
犹有禅音闻皃皃，人心处处自耕田。

40元　张观　山林清趣图

人心问石山，一角许幽关。
半壁云天远，归时自不还。

41元 佚名 洞天山堂图

白石山堂一洞天，心中天下半青莲。
峰青万里江云树，水碧千年渡口船。

42元 佚名 扁舟傲睨图

鸭绿江平汉水滨，禅门古刹问云邻。
扁舟此去人心近，岭树湖光半迷津。
石岸花明桃叶渡，红流香泥自香珍。
虫虬向立空山色，月半还来问秋春。

43元 佚名 青山画阁图

溪流暮色半江青，古树人声一旧庭。
水岸红妆明倩影，人间曲折各渭泾。

44元 佚名 千岩万壑图

千山万壑百泉流，半岭一桥十渡秋。
口岸船平明日月，禅音不尽问钟楼。

45明画

半边一角一春秋，荆浩吴门四方游。
天下丹青明过客，十年尽向问江楼。

46明 徐贲 峰下醉吟图

十万峰中一酒亭，千山寺外半江青。
禅林雨柳分明碧，暮色音琴着意听。

47明 徐贲 秋林草亭图

梦入秋心半岭枫，明分泽浦一桥东。
寒霜初染晓光树，疑是十空疑小空。

48明 王绂 隐居图

退隐山中不隐心，江河日下尽鸣琴。
归来茅舍黄昏客，只求无限未求阴。

49明 王绂 山亭文会图

山亭论语会同人，客舍云深浥草茵。
渡口船平山水间，纵横滋润入春津。

50明 谢缙 溪隐图

和风细雨入吴门，朴竹扶苏一水村。
岸柳渔舟桥白石，无限沛浦半黄昏。

51明 谢缙 潭北草堂图

一路山桥一路寻，半明草屋半云深。
林泉月下音琴问，日月流光自古今。

52明 戴进 踏雪寻梅图

云宫玉色万山崖，雪入梅心半月花。
客云山翁川水醉，霜桥只渡故人家。

53明 戴进 关山旅行图

石宕村桥出故关，云峰处处入春山。
溪明浦口斜阳暮，客栈无心待玉颜。

54明 戴进 洞天问道图

人心处处一洞天，白石处处日月年。
黄春山中寻道数，青莲之外是青泉。

55明 戴进 仿燕文贵山水图

雨含云烟云含山，天空谷壑谷空闲。
书堂墨名丹青淡，树影泉流尽玉颜。
草碧峰光桥水色，林深叶碧雾鬓鬟。
飞流跌落三千尺，留下清潭七八湾。

56明 戴进 南屏雅集图

东湖两岸半湖山，西子东吴一浒关。
应问扁舟深远去，姑苏不得玉人还。

57明 沈贞 竹炉山房图

锁住清流半含烟，高堂竹篱一春田。
倾心滴论云峰舍，曲径天平去客船。

58明 杜琼 南村别墅图

云中两鹤对心鸣，拓朴空山岭宕平。
未信长天飞不尽，还闻海涛是松声。

59明 杜琼 为德辉作山水图

山泉十里一清潭，色满村桥半海涵。
未啼草堂声不济，鸣蝉只吉客来谱。
云中君子明楼树，天下光辉出岭南。
万水千川流不住，金秋紫气入青岚。

60明 夏芷 灵阳十景图

灵阳水秀万山明，草舍云平七八声。
指点古今惊客至，高山流水是知情。

61明 夏葵 雪夜访戴图

徽之访戴墨梅花，雪色山中一两家。
疑是桃李天下乱，归来兴尽向天涯。

62明 钟钦礼 春景山水图

枯木逢春十水明，千山万壑半云平。
停船渡口桥心客，只问年年布谷声。

63明 倪端 聘庞图

日月南阳半卧龙，山中鸰凤一虬松。
人前三国平生尽，草木空城何处踪。

64明 樊晖 溪山远眺图

万里江山万里船，一家岁月一家田。
空空阔阔知心在，外外无限处处天。

65明 金汝潜 林荫对话图

泉溪不住不流平，草木年年一枯荣。
只当问君君不语，潭中日月自知明。

66明 沈周 雪际停舟图

长洲雾细半云烟，明四丹青三界田。
上坐高堂吟万古，梅心暗暖雪江船。
蝉音白石泉声远，曲径寒深寺近天。
犹存枫林红未尽，漳清泽浦一流川。

67明 沈周 魏园雅集图

酩酿长亭半临泉，云浮草芦一醉眠。
山前树木阳明岸，隐逸心中不尽天。

68林逋

梅妇鹤子一孤山，月色湖光半玉颜。
雨细疏心知日月，江明西子不归还。

69明 杜堇 陪月闲行图

相思切切问婵娟，月色淡淡半不眠。
隐逸山中闻落叶，寒宫几缺几回圆。

70明 陶成 松林策骞图

桥下山泉一泽清，林中雨露半疏明。
虬松翠影云天色，隐客心田处处英。

71明 金润 溪山真赏图

村桥岸柳小人家，不见声名处处华。
未尽关山无雨色，溪流万里浪淘沙。

72明　王谔　寒山图

雪下疏枝半梨花，芳中浩洁一天涯。
空山素遍峦妆重，来暗心明自出家。

73明　王谔　江阁远眺图

港暗楼明石宕松，烟云岭树卧青龙。
关城垒尽人无路，只有流船问鼓钟。

74明　张复　山水图

松高岭低半泉流，石垒川空万谷秋。
涧上楼台天水去，琴音不尽一心留。

75明　张路　山雨欲来图

欲雨山风半尘流，归心客舍一江秋。
云平草木人天地，月日空空儒子妆。

76明　唐寅　骑驴归思图

深山隐逸半声名，不及樵夫十步情。
引尽高山幽曲路，无知天下谁思英。
岭桥古树飞鸿去，繁简人间自纵横。
石叠云峰千万仞，泉流三叠一潭清。

77明　唐寅　香泉听风图

清泉跌落半清风，远岭飞鸿一故穹。
指点江山今古尽，斜阳尤向大江东。

78明　唐寅　落霞孤骛图

斜阳万里半无穷，碧水千山九脉中。
孤骛云天知自己，栋梁珠帘锁春宫。

79明　唐寅　山路松声图

泉山路尽自纵横，白石桥明任水生。
雀尽风惊千谷树，青松浪涛一心倾。

80明·唐寅　湖山一览图

江清岭上入山家，繁简云林出路斜。
沾尽湖光千里去，心明客栈向天涯。

81明　文征明　浒溪草堂图

溪明水浒一桥斜，暮色斜阳十万家。
阔论高堂天下去，江湖日月满光华。

82明　文征明　仿米氏云山图

云山雾罩满江华，细雨江南二月花。
草色疏枝香暗动，春心缓缓入娘家。

83明　文征明　古木寒泉图

虬松万尺入峰天，一线飞泉出谷川。
熟视心中云起落，年华不尽尽华年。

84明　文征明　万壑争流图

一水千流万壑秋，半心三古九江楼。
高山流水知天下，退步林泉不是休。

85明　文征明　山水图

草篱明堂一古今，荒流岸柳半音琴。
蝉声回起鸣天下，向尽千山不客心。

86山明　文征明　水图

溪明白石一春秋，柳岸江青半日流。
苦树蝉鸣思进退，临川不废过山楼。

87明　文征明　泉石高闲图

菩提禅音石点头，临溪日月水清流。
来来去去山中客，沉沉浮浮自渡舟。

88明　仇英　桃源仙境图

人间尽是向桃源，汉塞秦川牛马喧。
日月还知楼宇旧，荒塘草木简时繁。

89明　仇英　仙山楼阁图

人心不住求仙山，玉宇楼台向旧关。
只问云中寻路径，生平未可入时还。

90明　谢时臣　蜀道图

蜀道关门一云天，锁住川流半旧年。
壁立人骛桥峡谷，临江只呼客家船。

91明　谢时臣　仿黄鹤山樵山水图

樵山白石鹤飞泉，壁垒青天锁旧川。
栈道云倾千嶂岭，人间不问玉楼年。

92明　许俊　钟馗嫁妹图

杜平鬼窟一君心，钟馗人间半古今。
嫁妹云峰青几许，春关尽误士行吟。

93明　陆治　三峰春色图

峦峰碧谷一清津，客舍红楼半故人。
雨细山中明草木，湖荒日月古寺春。

94明　陈锋　水阁读书图

繁纹叶节一清吟，紫气东来半古今。
只问人心知自己，高堂暮雨水云深。

95明　文嘉　设色山水图

一半天光一半山，千家碧玉万家颜。
小桥流水江南岸，显晦烟云蓑雨还。

96明　文伯仁　清溪渔隐图

清江曲岸一渔船，不慕虚荣半旧川。
自古人心山水阔，钓鱼只是钓天年。

97明　文伯仁　樵谷图

云光霭霭草栅栏，窗色淡淡御紫冠。
忽有清泉鸣不住，弯弯曲曲入心寒。

98明　董其昌　高逸图

烟波渺渺水茫茫，岸石云天半柳杨。
不见江山川谷旧，平心地老问天荒。

99明　宋钰　山楼对雨

山楼雨色一泉飞，谷暗桥明半翠薇。
草舍烟云风满窗，知人不问自无归。

100明　米万钟　碧溪垂钓图

斜阳满村钓人情，无限湖光水石清。
岸柳杨明千岭石，苦蝉进退自声鸣。

101明　项圣谟　大树风号图

古木箫疏一万山，云烟出岫半乡关。
思乡多从江峰起，不上心音问旧颜。

九、《中国传世山水画》（下）

第一影响力艺术宝库编委会 编 北京出版社
2005 年 1 月出版

1清 王时敏 山水册（局部）

岸石溪沙随水东，林泉岭树尽飞鸿。
山村落日浮烟重，暮色江桥一半空。

2清 王时敏 南山积翠图

南山积翠满青松，北谷流泉一盘龙。
天色云平疏暮雨，人心随水渡江峰。

3清 王时敏 仙山楼阁图

心中欲望昆仑山，道子西出函各关。
但言八仙舒海去，人间留下尽天颜。

4清 王时敏 杜甫诗意图（局部）

草堂柳色千溪渎，玉树明挤百尺楼。
竹篱莺鸣春水暖，花红三月问江流。
黄家似玉媚娘晚，柴舍闻天尽马牛。
但是人间情尤在，心音不止付春愁。

5清 张风 北固烟柳图

扬子波平一镇江，东流北固半寒窗。
春关自锁闻天下，日月清明问玉邦。

6清 王鉴 长松仙馆图

松林密密草堂明，处处峰光曲径平。
磊石劝流流不住，生生不尽是声鸣。

7清 刘度 山水册（局部）

天空暮雁一声声，诺浦湖光两平平。
半落心平鸣不止，闻风不动待余明。

8清 谢彬 渔家图

船平竹密一渔家，暮色音流半玉华。
曲曲声声寻水岸，早春二月是梅花。

9清 邹之麟 山水图

半桥半岸半水花，一溪一色一人家。
山明柳岸峰林重，君子天云八月华。

10清 程正揆 山水册（局部）

醉卧孤山一草堂，溪流树碧半山光。
江青玉影千峰重，此去还来问地荒。

11清 傅山 江深草阁图

江深草阁一明堂，影摇春桥半水光。
树密枝疏和玉色，溪云白石箐山妆。

12清 程邃 千岩竞秀图

白石山中古木荒，青峰宕下沉芳塘。
人家只寄烟云里，处处天平日月光。

13清 吴又和 溪山飞瀑图

天水飞扬半玉溪，山中曲径一长堤。
孤峰壁立千泉碧，影落潭荒石宕西。

14清 宏仁 松壑清泉图

峰宕林深古刹清，流泉叠落石潭明。
出家只问山江水，不在云中三五声。

15清 宏仁 黄海松石图

石海松龙万壑空，雄姿独峙一山东。
残阳去后黄昏色，且待心平问桂宫。

16清 宏仁 枯槎短荻图

余枝枯槎半天年，短荻泓渟土篱边。
白石禅心空日月，塘明草木渡青莲。

17清 汪之瑞 山水图

霜桥渡口荒塘淡，石壁孤峰焦墨干。
陋香渴笔山南岸，只问春秋不问冠。

18清 髡残 苍翠凌天图

古刹深山一鼓钟，悬泉曲径半云龙。
草堂论语春秋纪，寺篱门扉向石踪。

19清 髡残 层岩叠壑图

飞流水榭半潭平，茅舍云门一鸟鸣。
透迤林山连渡口，扬帆万里向天明。

20清 髡残 云房舞鹤图

桃花鹤舞半云关，白石青莲一万山。
曲径船平千水岸，泉流河处去无返。

21清 髡残 雨洗山根图

峰明水暗钓鱼船，云谷林青叠落泉。
雨雾初消浮色去，听心但得畅空天。
萧萧岭树繁枝叶，淡淡花香三古莲。
客舍山中闻鹤语，观行观止问鸣蝉。

22清 髡残 仙源图

岭树云烟一半天，江青碧影三千泉。
潭清水色光明岸，草舍禅音渡口船。

23清 法若真 雪室读书图

万里千山一雪冠，天明野旷半云澜。
山中只有高人见，不度村桥锁旧寒。

24清 高俨 春山秀色图

十年石磯十年川，一半云烟一半天。
暮色清风桥水岸，无限时机渡江船。

25清 查士标 水竹茅斋图

柳柳杨杨两茅堂，冬冬夏夏一湖光。
江青竹影云天里，不尽心思任大荒。

26清 查士标 空山结屋图

心中一念空，馆外两飞鸿。
岸芷杨明柳，天云玉色东。

27清　查士标　云容水影图

水水山山问渡船，云云雨雨付天年。

渔公只慕黄昏里，玉壶人心月不园。

28又

桥明渡口南，影碧玉渊潭。

谁问渔翁晚，斜阳有海涵。

29清　查士标 仿黄公望富春胜览图

雨淡云平玉色清，春南夏北各人生。

桥桥路路千村水，陌陌阡阡拾里城。

竹影江纹莺问客，杨花柳岸杏花晴。

渡船只向心中去，啼鸟知飞不住鸣。

30清　樊圻　江干风雨图

雨断江南一日晴，云平水淡百川清。

渔船不尽湾港市，暮色归来半夕明。

31清　龚贤　松林书屋图

雨骤泉流半不清，山深谷木一生平。

惊风浪涛松林晚，尤有余心待日明。

32清　龚贤　云岭残曛图

雨后斜阳万里明，峰前行篁一江青。

无限生机空心里，三村天云两节生。

33清　高岑　青绿山水图

青春纯艳一苏杭，锦绣江南一水光。

淡雨烟云孤来闭，红楼玉宇傍泉荒。

天涯海角船帆尽，地老群林锁碧妆。

镜里山湖媚曲径，心中日月小桥娘。

34清　高岑　万山苍翠图

孤心独步坂桥霜，冷暖人间自炎凉。

白石群林峰峙立，枫叶不尽落秋荒。

35清　吴宏　樊圻　寇湄像

人间一白门，天下半黄昏。

由是明清尽，还闻八艳村。

36清　吴宏　樊圻　寇湄像

清明时节半明清，儿女人间一纵横。

秦淮书生金陵梦，音琴八艳尽声名。

37清　叶欣　山水图

独坐问烟云，孤心锁老君。

人间无周粟，天下有芳芬。

38清　邹哲　山水图（之一）

岭木山光一经斜，泉声草色半禅家。

镜鸣古寺黄昏重，处处青龙旧袈裟。

39清　邹哲　山水图（之二）

古刹天云八面华，山峰草木四方花。

青莲水色千年树，不尽禅音万里涯。

40清　邹哲　山舟泊岸图

石磊飞流不见船，青峰独峙锁云烟。

深山行舍春秋问，古古今今是旧年。

41清　邹哲　云峦水村图

水淡江村一禅林，桥明柳岸半人心。

浓林密树千年色，渡口还闻万古音。

42清　胡慥　金陵八家扇面

暮鸟归林一客心，黄昏万里半峰林。

蝉鸣苦树声声尽，进退明明向夏阴。

43清　胡慥溪山隐逸图

声声鸟蓬舟，淡淡水东流。

雪色寒心动，疏梅玉白头。

44清　戴本孝　烟波杳霭图

影落书台一钓舟，慕鱼只当半心求。

船平水色天光在，逸隐山林不入流。

45清　祝昌　水阁深秋图

枯柳云松一草堂，书声不断半桥霜。

泉寒枫叠丹青见，色明山空叶落谢。

46清　梅清　黄山天都峰图

僧寻古寺半云峰，曲径幽香一玉龙。

紫气慈光来阁上，黄山碧汉入孤宗。

47清　梅清 九龙潭

钟声鼓语在天台，太古人心独自开。

色落九龙潭水重，空濛细雨满天来。

48清　罗牧　山水图

千山古刹一川流，三古天光半九州。

浦泽人心杨柳岸，潭明渡口过江舟。

49清　罗牧　山居秋色图

叶满霜桥万里秋，峰青古木一泉流。

浮浮沉沉云空色，水水山山半行楼。

50清　朱耷　秋山图

僻野山峦苦涩心，斜阳石经入寒林。

阶平枯木青云路，处处泉声伴侣吟。

51清　陆昞　关山行旅图

桥楼谷牧一江青，岭外云浮十里亭。

磊石松虬龙柏树，高山流水故人听。

52清　王翚　仿古山水册

寒桥暮鸟一船横，浦苇江苏半不清。

石各云天空水色，无人处处栖声名。

53清　王翚　虞山枫林图

枫林暮晚半虞山，石岭余红一浒关。

步简霜桥心若岸，钟声古寺待人还。

54清　王翚　溪山红树图

千山解锁万林秋，十岭枫红一泽幽。

落下飞泉寒不尽，川流岁岁问江楼。

55图清　王翚　岩栖高士

远树山深一色空，高人韵士半无同。

人间草木千年外，日月东西南北中。

56清　王翚　柳岸江舟图

春堤柳浪一年心，水碧莺鸣半附吟。

香满西湖潭印月，帆明不语纵音琴。

57清　玉翚　小中现大

小小中中大大天，来来去去一家禅。

高高低低人间路，暗暗明明月缺圆。

万里无知知足下，千年有为为心前。

不平不仄阳关曲，夜半寒宫问玉娟。

58清　玉翚　仿古山水图

平林散牧半斜阳，水色山暮一故庄。

唯有心中知己在，村桥不断入衷肠。

59清 吴焕成 山水图

白石红林一意真，山中古刹半无人。
泉流不尽寒光近，草重桥平入汉秦。

60清 吴历 湖天春色图

雨淡云疏草木茵，江南虎丘古今人。
莺鸣三月杨花尽，岭色湖光入旧邻。

61清 吴历 泉声松色图

路暗桥明半石山，泉飞翠谷一天关。
霜林落叶斜阳晚，留下无限待客还。

62清 吴历 松壑鸣琴图

暮色琴声半草堂，斜阳万里一山光。
苍茫天下心平仄，浮沉云辉入大荒。

63清 吴历 夕阳秋影图

此地无人五百年，斜阳暮色半林田。
黄昏不尽无限好，一寸心思一寸尺。

64清 恽寿平 古木垂萝图

岭重泉飞何处鸣，峰青古木萝扶生。
一心一物千年继，石磊云浮自枯荣。

65清 恽寿平 仿倪瓒古木丛篁图

一枝一节一心空，水色山光半不同。
古木丛篁千天势，云烟积翠入泉东。

66清 高简 仿古山水图

雪入寒林一径幽，云浮石磊半泉流。
山光南岭阳明贵，平步天门玉宇楼。

67清 高简 仿古山水图（局部）

云峰石径一青天，雨色云冠半四川。
树下心平闻客问，村中落日任听泉。

68清 冷枚 避暑山庄图

山抱清江水抱山，云平承法雨平关。
皇家避暑年年战，但见阳关不见还。

69清 蓝孟 秋林逸居图

隐逸一秋林，无知半古今。
高山流水去，不尽外人心。

70清 高简 山水图

秋山日落半青峰，树木华阳五色重。
只见相枫红透碧，草堂阔论一人踪。

71清 高简 狂壑晴岚图

狂壑晴岚一目空，惊心日月万年同。
禅音白石钟声近，月半泉清古刹中。

72清 高简 淮扬洁秋图

淮扬万里半芳塘，水色千村一泽泱。
只见孤舟寻南浦，人前不问故家乡。

73清 王原祁 仿黄公望富春山居图

南笛声声一抑扬，流泉处处半荒塘。
山中树木高堂客，月下琴音问窅娘。

74清 王原祁 卢鸿草堂十志（局部）

庐外山桥一草堂，居心落户半家乡。
青松十天云中去，淡水千年日月光。

75清 王原祁 仿王蒙山水图

密树深潭一泉飞，云平两淡半霏霏。
山光积翠高堂坐，两望长安何日归。

76清 王原祁 山中早春图

早春二月不是春，万里山河草木津。
水色桥光度何处，心中栢朴是归心。

77清 颜峰 秋林舒啸图

夕照秋林白石珍，泉吟日月任秋春。
心中天下枫红晚，水色江村问归人。

78清 黄鼎 醉儒图

泉流入梦中，白石认秋虫。
醉问青龙树，心知岁月空。

79清 黄鼎 山水图

明潭泽浦落飞鸿，柳絮杨花三月风。
淡淡疏疏和色雨，梅花不尽泥香红。

80清 王云 雪溪行舟图

雪月风花玉树冠，山峰满目一年寒。
晴光鸟蓬霜桥重，只见冰川不见峦。

81清 上官周 艚蓬出峡图

船悬三峡入山关，一脉中流两岸山。
滟颜江青晴方好，家书未斗问人还。

82清 袁江 骊山避暑图

玉影华清海棠汤，芙蓉出水醉明皇。
梨园子弟公孙舞，剑器宫中上下扬。

83清 袁江 海上三山图

天涯海角蓬莱山，雪月春花玉门关。
五百年中千神见，人间自古问仙颜。

84清 袁耀 蓬莱仙境图

玉池瑶台万里津，仙山神色千家人。
云心起落光明度，只寄天平处处春。

85清 袁耀 巫峡秋涛图

锁下川江一峡光，纵云壁垒半江洋。
舟帆不住扬声去，巫峡千年栈道荒。

86清 高凤翰 自画像

云台白石半临江，峭壁天云一凤翔。
隐逸无知山水去，春关未许过寒窗。

87清 金延标负担图

一日山中一担薪，半身夜下半家人。
情心只许殷勤汉，隔离相呼入自亲。

88清 李鳝 故园图

雪尽梅花玉石溪，香流水色半春泥。
回头百首故乡问，犹自江与狂自西。

89清 李世倬 皋涂精舍图

紫阳精舍半书香，岭平楼台一玉堂。
十里长亭秦晋水，千年馆驿客心杨。

90清 董邦达 烟磴寒林图

暮雨寒林一夜霜，云烟岭树半苍茫。
山夜夜密春秋晚，草舍荒塘着玉妆。

91清 董邦达 青溪落雁图

一半荒桥一半林，千年古寺万钟音。
寒塘落雁潇湘雨，容色青溪柳色深。

92清 方士庶 北山古屋图

一步斜阳一步寻，半家草舍半家吟。
声名不尽扬州梦，还向秦松漠柏阴。

93清 王昱 重林复嶂图

泉飞涧碧半天云，万紫千红两不分。
重嶂青峰桥不渡，流光溢彩向元君。

94清 王昱 南山积翠图

一山云雾一山空，九脉天光九脉同。
草舍临川流水去，人心只向半江东。

95清 沈宗骞 竹林听泉图

古刹钟声一客听，泉音不尽半霖铃。
烟林竹雨清秋色，不问山光问水青。

96清 王愫 洞庭秋月图

关山万里一洞庭，水月潇湘半泽汀。
浦苇归雁寻归土，寒宫落叶桂人听。

97清 孙祜 雪景故事图

窗明雪树半村明，玉色千家一夜平。
但得梅花心血动，霜桥不渡问新晴。

98清 张雨森 秋林曳杖图

临川水榭半清秋，故步霜桥一涧流。
不见人迹虫鸟去，泉声不尽入空楼。

99清 罗聘 剑阁图

锁闭川江蜀道难，云横三峡万千滩。
剑门独峙依天立，唯有人心挽狂澜。

100清 潘恭寿 山水图（局部）

曲水流觞一客泉，明潭醉柳半江天。
山中君子风云唤，两处琴声处处蝉。

101清 蔡嘉 层岩楼石图

鹤舞梅香一泽潭，云浮白石半青岚。
楼堂忽然琴声断，客影泉鸣斗岭南。

102清 蔡嘉 秋夜读书图

一叶秋明一叶丹，三江水碧三江寒。
紫阳草舍高堂论，苦尽春关许御澜。

103清 黄易 嵩洛访碑图

身在人间耕在年，中州相国渡江船。
城楼草木开元寺，一半云平一半天。

104清 奚冈 岩居秋爽图

秋阳欲落一塘明，草岸无空半舍清。
竹篱疏萧分旷野，澄流不尽是枯荣。

105清 钱杜 虞山草堂步月诗意图

虞山草舍玉堂明，五柳清江七色生。
篱外云浮老叟问，心扉未锁自声名。
曹娥已去千年怨，上浦天光万岁盟。
三界蚕桑暗会稽，朝朝暮暮尽情英。

106清 钱杜 紫琅仙馆图

紫琅仙宫论纵横，云光寺院问平生。
禅音不尽琴声尽，留下人心色半明。

107清 苏六朋 东山报捷图

君人树下一红妆，草木山中半玉堂。
竹篱胡沙云杳杳，东山只奕谢家郎。

108清 戴熙 月下松风去

月半虬松客暮邻，年华风涛夜惊人。
山深树密君家路，石径天门草木春。
岭壑泉溪流不住，云峰竹舍论西秦。
卧龙风鹊中原尽，明扇纶巾日月珍。

十、《唐十大诗人诗画雅鉴》

常进 田黎明 编绘 湖北美术出版社出版发行
1994年1月第1版第1次印刷

1唐 十大诗人诗画雅鉴

天地一浩然，长安半昌龄。
别业维摩诘，酒肆太白星。
草堂杜子美，梦得洛阳玲。
品尚白司马，李贺日月亭。
江南有杜牧，商隐春蚕町。

2蜀相至今余琴音

蜀相祠堂十里荫，先皇帏幄一生寻。
三英茅庐天下计，七纵孟获老人心。
六问祁山出师表，八阵图画五虎临。
兵残白帝闻无主，扫叶空城余琴音。

3文章千古事 得失寸心知

江山

江湖半国门，草木一川村。
文章千今古，心情万黄昏。

4题义公禅房 孟浩然

禅房

一山一水一禅音，千谷千川千泽浔。
草木无边明古刹，心思有限向丛林。
桑柘影摇泉沙水，旧岁流华日月金。
普渡众生怜世界，回头是岸仆人心。

又

禅房无二意，菩提有人心，
碧池明深理，空山自重阴，
云平千嶂岸，水泽五蕴林，
不废江湖雨，唯听暮鼓音。

5夜归鹿门歌 孟浩然

归

钟鸣山寺门，霞落夕阳村。
池水昆明浅，禅房紫气深。
鸟寻沙岸晚，月秀近柳心。
言外千桃李，心中一古今。

6过故人庄 孟浩然

辽东

故客话桑麻，乡村三两家。
云平山水阔，天淡夕阳斜。
拔地烟峰起，冷泉锁清华。
暗香幽然至，雪飞问梅花。

7留别王维 孟浩然

夜归人

夜半孤鸿飞，心疏独月晖。
还知雁丘在，却问故人违。
浦沼花塘阔，敞轩开柴扉。
云峰明三寸，寂寥随时归。

8秋登万山寄张五 孟浩然

秋山一浩然，隐者半前川。
落霞归江远，薄云崇暮天。
夕朝人不暖，白石溢清泉。
浦渚沙平晚，衡阳月梦圆。

9早寒江上有怀 孟浩然

思乡

心中半暖寒，月上五女峦。
翼薄沙城北，衡阳竹泪残。
平生余六十，尚存旧乡冠。
故客泉林问，相思问杏坛。

10望洞庭湖赠张丞相 孟浩然

洞庭

大小二姑山，天光草野间。
湖清余旧梦，船横任云湾。
谁问洞庭水，先明南昌颜。
山中存日月，客下九江还。

11宿桐庐江寄广陵旧游 孟浩然

寄孟浩然

沧江一夜流，月满半归舟。
楚客心知已，斜阳渐入秋。
襄阳无进士，汉水尽余忧。
何处锦官去，情人问江楼。

12王昌龄 诗

寄王昌龄

少伯问长安，开元进士冠。
深宫无知已，胡姬舞秦残。
七绝横今古，一音万青丹。
将军从军行，唐诗满人坛。

13什刹海雨

亭亭玉立一芙蓉，半屈半弯半连龙。
暗柳云烟连海满，明荷含雨珍珠邕。
音琴渺渺亭堂口，帅府茫茫落御钟。
绿波浮动舟楫去，深深碧叶任淙淙。

14听流人水调子 王昌龄

忆千山

空山空寺对空林，道心佛心问客心。
千山千川千重雨，禅房禅话禅宗深。

15采莲曲 王昌龄

采莲曲

雨云深处一荷妍，碧色浮波并蒂莲。
阔别家中烟水重，月光玉色始酒船。

16闺怨 王昌龄

春

去去一红流，来来半心愁。
忽听杨柳曲，碧色锁空楼。

17青楼曲 王昌龄 楼头少妇鸣筝坐

之一

旧岁一青黄，空城半柳杨。
红楼春色近，绿水满荒塘。

之二

岁岁问春秋，江江水自流。
年年荣枯草，淡淡独心愁。

18送魏二 王昌龄

送君

江楼半古半炎凉，一水三波一抑扬。
峡水轻舟云雾里，君心客问下潇湘。

19芙蓉楼送辛渐 王昌龄

二水中天一镜湖，三山旁落半东吴。
小家碧玉烟如雨，上下洞庭问玉壶。

20长信秋词

之一

夕阳初尽户门开，半暗春情玉影来。
窗外芭蕉长影子，人无主意月徘徊。

之二

碧玉槛杆旧榭台，千门初闭一门开。
春心不锁高堂锁，水上浮光月色来。

21出塞 王昌龄

李广

英雄不过玉门关，一箭幽州去不还。
小人君心相常与，天山何处是阴山？

22从军行　王昌龄

念隋炀

长城内外战无情，隋水东西富甲生。
天下寻来千曲尽，音绝汴水向长城。

23从军行　王昌龄

燕人行

枫红树暗半青楼，落叶江南一燕秋。
两处青鸟鸣不住，相思一曲万人愁。

24山居秋暝　王维

暮色一空山，清流半玉颜。
余光明月里，不尽石鸣潺。
鸟啼千涧暗，人惊半碧闲。
无心知留下，切莫唱阳关。

25柳暗花明

心明一水间，上苑半春关。
泾渭随波去，东流自向还。

26十三陵

落霞点点水声移，五色斑斑落叶栖。
谁问明清名自已，滇池南北话别离。
幽州一品将军出，夜话三家燕人低。
草木无心生又去，天池空有宿虫啼。

27春日与裴迪过新昌里访吕逸人不遇　王维

武夷山

一半清流一半天，千山水泪两云泉。
晴波十亩明光里，百尺春云雾里烟。
北岸林深啼秀鸟，南邻竹色客家船。
平心且对牛羊问，上野桃花好岸田。

28终南别业　王维

江天一去舟，上下半人谋。
水沉琴台近，云浮鹦鹉洲。
孤心独所以，多意任自流。
但得昂首问，寻飞何必忧。

29过香积寺　王维

何处香积寺，山中一片云。
无穷心凭往，有任禅意闻。
凡鸟虹惊飞，师文暮鼓勤。
薄光浮潭上，草木自芳芬。

30齐州送祖三　王维

离合

暮弯一和帆，天远半离田。
山高浮水底，树影落清川。
相逢往识多，人心问旧年。
秋音惊聚散，月色自缺圆。

31汉江临泛 王维

荆州

楚塞一汉江，七军半襄阳。
天下启子问，荆水纳暖凉。
温酒英雄去，潇湘泪竹光。
风波知进退，意气尽飞扬。

32渭川田家　王维

山中一故家，岭外半桑麻。
儿童声名少，人心草木华。

33使至塞上　王维

万里荒漠玉阁东，千年铁甲销英忠。
胡骑犹识汉将马，可惜君人不史公。
日月秦川年常在，桐闻何必望飞鸿。
人心成败春秋冬，徒有虚名有无中。

34新晴野望　王维

家家半亩园，念念一心田。
耕凿十方日，轩辕五千年。
山深荣草木，水急石谷川。
朝来云岭树，暮去鸣流泉。

35李白诗

李白

人人三寸田，日日九州天。
文浩惊鱼藻，凝云太白烟。

36与史郎钦听黄鹤楼上吹笛　李白

佟家江

浑江江水水无沙，故土乡情土问茶。
晚色晴家家色重，春花花落落心花。

37宣州谢眺楼饯别校书叔云　李白

先天下之忧而忧者不可忧。
后天下之乐而乐者不可乐。
一年一叶秋，半水半江楼。
群雁来复去，文华隔日留。
揽月色更明，堰霸水更流。
思愁待人岁，清音到凉州。

38清平调词　李白

之 一

出水芙蓉半露华，婷婷玉立一枝斜。
丝尘不染真君子，香凝色重帝子家。

之二

海棠汤温一芙蓉，旧殿长生百媚封。
不教帝王园外唱，相思留下忆玄宗。

之三

一花一色一倾城，半汉半胡半离声。
海棠华清好水色，沉香亭北未香平。

39将进酒　李白

人生常醉任无声，君子留心不留名。
田上耕凿桑柘树，云中日月一空城。

40长相思　李白

长相思，忆长安。
玄宗只忆旧朝冠，华清池下泉水寒。
去年芙蓉初出水，一日兵马骊山难。
如花似玉隔天坛，沉香凝脂唐家銮。
子弟欢舞旧梨园，春荣潮落争朝夕。
秋叶石尽清气残。
长相思，在心肝。

41行路难 李白

白云浮青天，世人行路难。
初生牛犊不畏虎，市井宦海卷狂澜。
十载寒窗经风雨，半部论语百年官。
家中一人主，三千世界宽。
英雄不问淮险候，书生常话长沙宽。
君不见黄河流水，东寻海，扬子波涛因其寒。
愁欢离合知俗子，阴晴圆缺渔樵安。
一年枯荣一山水，半月阴晴半草滩。
行路难，步邯郸。

42妾薄命 李白

汉武朝心人，阿娇眉黛申。
无为金屋小，私赋长门颦。
旧水芙蓉色，浦溏著玉畛。
丝丝耦丝连，连夜梦心亲。
碧湖一沐雨，华物半年春。

43塞下曲 李白

年年一轻烟，瑟瑟三边田。
西国将军问，千剑上下天。
沙光扬柳尽，塞草没青莲。
和战朝堂里，楼兰日月宣。

44杜甫

天下五蕴深，唐家半古今。
三界三草木，一世一人心。

45登高 杜甫

重阳

人生百岁问高台，日照千年月竟开。
一点远山红色重，衡阳半群候鸟来。
无心也向边塞去，有意情中雁丘迴。
登临无穷千里目，鸿鹄依然还云栽。

46月夜忆舍弟 杜甫

月明一水平，草色半青清。
岁暮人心重，乡音不问名。

47江南逢李龟年 杜甫

相怜

黄昏少府怜，不问李龟年。
落照湘江晚，长安一日眠。

48望岳 杜甫

天下一泰山，吴中半玉颜。
浮云明日月，净水照春关。
燕子红楼去，长鸣问小蛮。
黄昏心怀重，齐鲁一人还。

49春望 杜甫 得失

天下一音琴，春秋半客心。
江湖明月夜，草木住云深。
进退知荣枯，生平问古今。
人中无所谓，不肖万千金。

50登楼 杜甫

月落半江楼，云平一水流。
江湖知所以，上下索人忧。
野渡光明里，村门尽马牛。
钱塘潮汐问，此去不知休。

51玄都观词

刘郎未去未人平，去后刘郎后不平。
玄都观中寻草木，不平之外又不平。

52竹枝词 刘禹锡

滟预平滩十二峡，瞿塘川蜀两三家。
江楼还问江流水，一落天光两处华。

53藕

十亩荷塘十亩莲，千村碧水五音喧。
萍浮枯叶沙城北，未向江南十八川。

54西塞山怀古 刘禹锡 金陵

瓜州渡口问南京，秦淮河流八艳城。
犹有三吴鸣楚汉，英雄常使问精英。
扬帆日月孤心至，四海青云尽不平。
不醉钟山闲草木，金陵故垒锁清名。

55秋词

秋云万里半江潮，落叶千村一岸嚣。
卷卷舒舒无止境，坦坦荡荡尽心遥。

56向塘

斜塘深荡半云红，玉立芙蓉一碧情。
不断心丝连子重，浮明荷叶露珠平。

57酬乐天扬州初逢席上见赠 扬州

三月琼花乱扬州，千年瘦水泛湖舟。
桥明笛赋声名尽，影重云轻误问候。
故人寻心沙渚岸，年年草木一春秋。
鸿鹄迟暮鸣江北，西子红妆廿四楼。

58和乐天春词 桃李

桃花未落水花流，无力人心草木洲。
疏影庭中香沉重，杏红墙外不知羞。

59始闻秋风 立秋

一日明秋半夕天，千年古木万人田。
残荷听雨珍珠泪，蒲草江中水下莲。

60竹枝词 忆金陵

朱雀白虎山，青龙玄武关。
山华汤天下，情钟问人间。
石头城外水，桃叶渡人间。

61芙蓉

齐州淑玉泉，同里退思园。
一夜高唐梦，三村玉子莲。

62柳枝词 相思

辽东儿女路迢迢，草木燕山月色凋。
只向心边寻旧日，相思此水恨无桥。

63乌衣巷 秦淮

秦淮桥边八艳华，金陵夫子一人家。
大明才子江南去，一入官场辩子斜。

64再游玄都观 刘禹锡与玄都观

去年六去旧亭台，净尽桃花杏李开。
道士僧人寻何处，六朝演易尽徘徊。

65白居易 诗

白居易

居易春关不易居，离离原草五音余。
名声但见春风至，天下人间三月锄。

66白居易 长恨歌

长恨恨长恨情长，清华华清华色光。

朝朝暮暮长生殿，夜夜梦梦海棠汤。
大明宫，群玉堂，
芙蓉出水羽霓裳，人间只问白居易，
天下不会遣云芳。

67长恨歌

海棠汤里一名生，碧水芙蓉半媚情。
上苑花中胡汉舞，仙山脚下将无行。
千年犹当多安史，万鸟玄宗太上鸣。
天下人心为自己，无知日月锁精英。

68卖炭翁

白文公

天上一鸣蝉，人间半乐天。
钱塘铭石刻，柳暗浙江田。
注：浙江因钱塘江名。

69琵琶行

之一

琵琶一曲九江边，楼上浔阳水浒船。
隆治中原唐宋久，民人贫富问天年。

之二

未抱琵琶一岁残，九江明月半春寒。
不闻朝夕流引色，只应珍惜旧布冠。

70上阳白发人

上阳之外有春秋，云雨宫中问帝候。
儿女天生相似少，樵渔出入不知忧。

71燕子楼

千里东来雪如霜，半江南水月明光。
金陵城外寻燕了，玄武湖边草木荒。

72夜筝 弦音

梅花三弄梦千重，九曲江流取向逢。
下里巴人鸣不止，桃明五月入花踪。

73李贺 诗

心中半亩田，天下一清泉。
明月家乡水，人心问故禅。

74南园 立秋离别

水淡半秋亭，山深一客萍。
天云心不已，梦托夜虫听。

75神弦曲 寄江南

暮色下云林，黄昏老少心。
长城胡汉战，汴水枯荣霖。
落叶千吟尽，春风半入琴。
江南吴越曲，炀帝厚非音。

76苏小小墓

乌篷船，苏小小。
曲终残塘流，人心怜幽草。
梅庭残香沉，柳巷烟花渺。
一情种千秋，两愿忘辰晓。
究竟是何物，化作西子鸟。

77致酒行

之一

花香月初游，色暗暮江流。
醉客东南去，空余燕子楼。

之二

半城夕照一情酬，万里前程五色秋。
何处重阳千里目，长江不尽万波流。

78野歌 雁丘

不忍落鸿声，雁丘诉别情。
云知天地问，草木枯自荣。
昔水人心在，春关上苑明。
江湖闻侠义，南北不孤鸣。

79帝子歌

白里一洞庭，千年网竹青。
潇湘江水泪，常德水浮萍。
雨沉长沙夜，船惊帝子灵。
衡阳鸣晚雁，九歌用心听。

80将进酒

苏杭

梅花影重杏桃红，柳巷人心客肆东。
西子湖山明日月，钱塘汐落有无中。
夫差不忘家乡水，勾践吴王越地雄。
浊酒天平春日尽，寒山夜半问天空。

81南山田中行 秋草怜

五色斑斓八月花，千山萧肃九江华。
落霜石上明烟色，幽草林中依夕斜。

82杜牧 诗

赤壁 蜀相祠 孔明

草船借箭草船销，半壁东吴半壁曹。
天下三分汉知尽，出师八阵蜀天遥。

83将赴吴兴登乐游原一绝

曲江河上幸春灯，刺史吴中问玉冰。
三月琼花西子梦，扬州过后是金陵。

84遣怀

万里江湖半日晴，桥台二十四笛声。
青楼夜沉多歌舞，半醉春心问薄名。

85扬州

江东望尽一红楼，豆蔻年华半扬州。
一觉十年扬柳梦，将军尽可问春秋。

86寄扬州韩绰判官 扬州

琼花水色赵州桥，歌舞西湖玉影消。
月满平江明廉落，香凝五月一心高。

87泊秦淮

心思半寸半琵琶，浮沉平生一玉华。
柳浪楼深芳月夜，奈何时节尽流花。
乌衣歌女兴亡唱，犹忆书生误去家。
群玉云平秦淮女，明清谁问两天涯。

88题乌江亭

胜败乌江一旧亭，沉浮楚汉半江青。
一河一界天云尽，男儿心中半分庭。

89杏园

杏园墙外一枝红，柳巷春明半夜东。
不忘寻花人老小，犹知彼岸是其中。

90独酌 隋炀曲

天地一大小，色空半遥渺。
古刹鸣悬泉，禅房怜幽草。
月明寻玉壶，山深问飞鸟。
水深隋炀帝，落叶知多少。

91清明

庭北梅花杏李邻，芳家巷口柳杨人。
千年客舍烟云雨，半是寒光半是春。

92山行

一生一半路中人，后店前村月下珍。
深暗枫叶桃叶渡，山泉落岩是浮云。

93水行

心中同里石桥斜，水上吴江碧玉家。
谁问腿思园草绿，洞庭日日月明花。

94李商隐 玄宗

月半嫦娥桂影残，芙蓉出水玉姬寒。
青鸟来去晓星沉，高客徘徊旧栅栏。
不惜心来寻王驾，情消七夕叙前欢。
梨园一味相思事，谁笑霓裳唱王冠。

95姑苏词

一天一地半宫中，三柳三羊五花红。
汴水岸边云漫漫，寒山寺里雨濛濛。

96和李商隐 嫦娥

广寒明月一宫深，羞色嫦娥半夜心。
情此人间心常有，可怜一夕一朝临。

97马嵬 玄宗

花落骊山任自流，他生不卜此生愁。
人言海外孤心去，朝夕相知半旧楼。
一织女，七夕牛，梨园子弟满神州，
安史之乱玄宗尽，谁为平治不为由。

98锦瑟 忆

江南雨带烟，隋水柳流船。
月入吴江岸，花明拙政园。

99无题曲

一心生在两人间，半色春华七月难。
太上皇宫仙不在，长生殿上月光寒。
相思留待常无力，不得青鸟少探看。
觅觅寻寻何所以，前前后后百花残。

100宿骆氏亭寄怀崔雍崔衮 雨荷

光明碧叶玉心平，雨色烟云露欲晴。
一入空心生桂子，珍珠跳跃半倾城。

101无题

一半乡心一半情，千山万里马平生
空言常别鸣杨柳，远客还闻远近行。
雨过南山怜幽草，风鸣芭蕉带心听。
回首老来斜阳被，只留光华上下明。

102忆旧

晚情夕照入心生，物物衣衣念旧情。
留有余韵堂上久，相思唯唯梦音平。

103烛影荷碧雨

幽光半帘半亭台，一寸相思一寸灰。
藕断丝连荷碧雨，婷婷玉立待人来。

104落花

洞庭两岸百花开，隋水江南半雨来。
万里烟云香渺渺，千年古木月徘徊。

105晚晴

晴云尽夕阳，碧叶玉珠光。
草木知荣枯，人心重暖凉。
天平明万里，暮色远山场。
水淡莲心重，情深意方长。

106流年

江湖碧野一园秋，月淡心澄半九州。
草木人心兴夜宴，华章犹记忘国侯。
飞舟笑傲云天近，得失千年瞬逝休。
去去来来同不是，江楼只应问江流。

107落花

色重随流归，情心乱自飞。
浮红芳曲径，落影暗心扉。
日日烟云雨，家家著翠微。
春华明草木，虫鸟谢余晖。

名画品读

伏生授经图
唐·王维（传）

第十卷

中国历代状元诗读后

一、中国历代状元传略

主编　侯福兴　中国人事出版社　1998 年 12 月出版

隋

自隋而清六百四十五状元

1隋

进士声名一才成，状元举子半平生。
开科自始隋炀帝，殿试精英正茂荣。

2隋

不限资荫在得人，隋炀进士正伦中。
贤良治举千年苦，大业鳌头万姓辛。

3隋进士，状元

隋朝进士七书生，杨纂玄龄二世荣。
君素彦博伏伽举，凤麟龙角损之名。

注：隋七进士：张损之，孙伏伽，侯君素，杨纂，房玄龄，温彦博，黄凤麟。

唐

七千进士，一百四十八状元

4唐

七千进士一隋唐，百半状元两世光。
九品中正从此尽，三生苦读满忧肠。

5孙伏伽

第一状元郎，清河进士乡。
隋炀多少客，荣辱不倾飏。

6吴师道

一题“九河铭”，三江半渭泾。
“高松”临赋对，及第步云青。

7李昂

临清渭洗白云闲，鼎盛春秋让足颜。
“旗赋”三江“文苑”立，书生一诺玉门关。

8王维

一曲琵琶一状元，半相伪宦半生言。
诗中张皋禅机易，画里兰田别业轩。

9杜绾

长安一杜家，望旗半天涯。
十一相人府，三千弟子花。

10崔曙

明升半妇儒，夜落一星孤。
“瓢赋”“登楼水”，“唐文”入五湖。

11李巨卿

湘灵鼓瑟一官浮，泪尽苍梧半玉奴。
斑竹清姿流碧色，九歌声中下三吴。

12杨凭

大历问三杨，天圆向一方。
凌人凝傲处，妄物以财伤。

13春霁晚望

雨细深情中，云浮寄意风。
男儿天马去，倩女羞花虫。
乞火清明客，晓窗楚汉东。
田园五色土，婵娟一心同。

14崔元翰

兄弟士三人，枯荣妇半身。
渔家和唱晚，制书带轻尘。

15雨中对后檐丛竹

持节丈夫心，抛情素如吟。
含风摇玉影，对雨傲知音。

16张正甫

四世一名臣，三生半自尊。
由来清正客，此去净红尘。

17牛锡庶

尚书有著尚书肠，及第无须及第乡。

未约书生天下客，状元必得状元郎。

18尹枢

七十一天堂，三生半日光。

尹枢头状子，宝器杜黄裳。

19贾稜

海阔一汪洋，天高半俯昂。

同登龙虎榜，共废枯荣乡。

20李程

八砖学士日华祥，九鼎书生德鉴昌。

吕渭于凌知己处，状元只与状元郎。

21武翊黄

及第武三头，元衡不一忧。

才惊人万语，学易士千秋。

22柳公权

用笔在于心，行程不经今。

颜筋尤柳骨，入仕状元荫。

23卢储

文章论语半春秋，进士花开一翠楼。

第一仙人秦晋会，三千投卷敝微流。

24白敏中

甲科白敏中，居易素君同。

王起文名里，人臣故旧东。

25李群

山中四友名，足下一经生。

渭水阴晴阔，庐峰俯仰成。

26郑颢

状元驸马楚州郎，公主宣宗郑颢肠。

屈界无鸣知自已，宰相荐举宜当强。

27卢肇

柳笛半寻风，长亭一绕穷。

龙君尤渡去，锦客两西东。

28易重

三春进士两重枝，九显文名一客时。

万里行程知足下，千年黜落问余辞。

29李亿

状元补阙纳诗踪，进士心思向谁从。

李亿鱼玄机处问，所终无可不妻容。

30孔纁

春来处处一生声，曲阜昭昭半客荣。

读遍三千经略籍，行成五百进士鸣。

31陆扆

私成进士第一名，驿站中书宰相荣。

有约天台明月色，无寻渭水绕秋城。

32羊绍素

春芽可见碧由黄，落叶终声色始苍。

最是年中荷月重，当归里甲旧池塘。

33崔液

柳叶初黄欲半开，东风暗度寻三台。

云烟处处江南雨，日夕声声燕子来。

34唐朝状元 148 人

诗词半入一唐城，策对三出十地情。

谁见终生才子处，何言乘马世无名。

五代十国

廿四状元

35五代十国

五代中原十国南，三千弟子一士廿。

官场明暗官场在，蚕茧无言作茧蚕。

36陈逖

泉州皂荚士人先，登第文宣庙宇缘。

世系名平仁隶耻，庭中树下可经年。

37梁嵩

红袍素玉城，胭脂露珠明。

天下知三味，人间第一名。

38王克贞

浔州白马半生平，浅入金门第一名。

岭外红袍嘉冕处，人中士子故乡情。

39卢郢

南唐后主半知音，卢郢金陵一古荫。

语势非卿道俊笔，全州任上赋人心。

宋

一百十八状元

40宋

贤相苦世济名臣，勉厉书生潜苛身。

进士曾寻天下遇，状元谁问去来人。

41杨砺

人间一状元，天下半开轩。

启露终春夏，闻风始草萱。

42苏德祥

年年苦用心，岁岁木森林。

雨露酬知早，风华取古今。

43李景阳

醒醉入碑林，文章作古今。

云浮寻万里，雁落问人心。

44安守亮

三年两状元，一代半王轩。

父子乾坤赋，君臣日月暄。

45宋准

直言仗义一书生，殿试成名半就荣。

制书贡举先后主，登闻鼓度自疏英。

46吕蒙正

此而不如盘，清廉一意宽。

相名夷简器，素望在云端。

47胡旦

古镜照清廉，相官问自谦。

中书尤令止，济世不身谦。

48孙仅

兄弟声名两状元，乾坤日月一轩辕。

儒林学术多深浅，政务清廉少语言。

49陈尧咨

露碧珠明并理枝，兄成弟就玉连池。
荷出自净活泥水，鹤立鸡飞予所词。

50张观

书生济世一“清”流，进士闻名半浊修。
正指行迹知谨慎，文章问阅逐春秋。

51冯京

渴想仪刑梦寐中，更张失彼意难穷。
三元及第冯京楚，学士齐年侍讲衷。

52许安世

东坡半解衣，智术一臣旗。
洞达时宗泣，劳君古末稀。

53时彦

灯花落尽问三更，夜梦无眠待五情。
浊泪初凝惊细雨，霜天复踱踏冰层。

54马涓

泉声座右铭，柳色旧中庵。
妾启三涓水，霜封四季青。

55李釜

节外半心空，风中一处蓬。
清姿和玉影，独傲向西东。

56贾安宅

广莒一溪流，江湖半地休。
根源同色水，枝叶异春秋。

57莫俦

将上一书生，朝中半士荣。
北庭呼旧部，遗恨教京城。

58王昂

天真眉黛深，脂粉古今寻。
素玉何颜色，红尘不变心。

59何焕

野草一川荣，晴云半谷平。
沉浮寻觅客，仰俯问询情。

60王十朋

除弊利人生，梅溪礼断平。
王公桥上客，士正道中情。

61詹骙

老僧不在白云中，粉杏出心玉色红。
足迹行程南辙北，禅房乞火古寺东。

62姚颖

天下英雄各不同，人中士子自西东。
循官不为僚臣妒，此处当非彼此风。

63黄由

事事不关心，人人有古今。
江河流色水，谷壑富云林。

64袁甫

书生苦尽笔勤耕，策略行明士不横。
拓北屯田居正朴，江东拙政几人倾。

65徐俨夫

月上落梅声，池中曲色明。
三更终玉素，一梦始人惊。

66留梦炎

汉辅两浙羞，梦炎一命求。
文天祥道士，冷齿任元流。

67文天祥

英雄所见各无同，府学胡同俯仰风。
至此尤惊幽燕客，文山履善宋瑞穷。

68阮登炳

一半作降臣，三千问帝身。
吴县多少士，俱是去来人。

69方逢辰

恭帝尽临安，江山日月残。
西湖尤不语，宋客至今寒。

70陈文龙

满腹文章节义生，参知政事和无成。
杭州城下何恨在，母子心中一世荣。

71王龙泽

元时天子宋时臣，龙泽无飞路泽春。
幼医探花黄不得，状元榜眼两朝荣。

72状元

四际茫茫四际云，一河曲曲一河分。
三千日月三千士，十地文章十地君。
宋宋元元元已尽，朝朝代代状元群。
今今古古书生望，去去来来子弟闻。

辽

五十六状元

73辽

世代一辽东，声名半故童。
江河明日月，草木问妪翁。

74张俭

朴素一陈玉，文华半柳杨。
云中时代宝，天下治循长。

75杨佶

修桥造路人，降雨齐民臣。
门下平章治，燕中子弟亲。

76张孝杰

黄金百万宰相家，日月三生举止斜。
治事精明勤俭约，贪婪着垢浪淘沙。

77王鼎

雨露半孤寒，风云一独宽。
空中床榻卧，天下玉丹端。

78边贯道

贤道以三边，生平问百年。
辽金多士子，慧意少良田。

西夏

79西夏

西夏春秋一状元，中原日月半凭轩。
西凉故道沙荒久，东土兴亡只简繁。

80李遵顼

兴亡一状元，帝主半残垣。
政变终西夏，辽金竟不言。

金

状元三十九人

81金

光阴一寸金，日月十分荫。
草木三田地，春秋半古今。

82杨云翼

日诵千言一雅冠，文章万达半云端。
宽人厚重状天子，有治则生问暖寒。

元

三十二状元

83元

左榜南人右榜元，文章九脉大江源。
声名足下行千里，治制朝前问十轩。

84李黼

云天半落九江东，故土三生一去同。
百姓知名知正义，臣官不适不闻虫。

明

明有九十状元

85明

元朝未尽已知明，半古无穷半古生。
三百年中三十代，千人未及万民情。

86黄观

三元洪武一黄观，九脉书生半杏坛。
自幼文章千古事，行身进士万心宽。

87

几谓一忠臣，何君半世身。
燕王朱棣客，谁是大明人。

88马铎

雨打浮萍万点花，风行古巷千人家。
池深淡泊晴光远，石白峰山碧水沙。

89陈循

水色满芳州，晴光一翠楼。
浮波沉逐客，碧影问江流。

90周旋

书生日夜苦读中，进士东西自不同。
千载寒窗一品侍，三年朝暮客无穷。

91施槃

江青碧色流，白石素身游。
落月惊啼鸟，飞花问去留。

92商辂

宦子欲何求，三元向国忧。
淳安县令客，西厂不春秋。

93孙贤

金银铁榜名，黑白肤黄情。
子孙贤客俱，民家始敬荣。

94王华

利害得失不上心，兴亡世事几何寻。
荒芜草木阴晴月，但取文章入古今。

95钱福

日夕散春云，天中尽客君。
人前三子教，雨后十分文。

96朱希周

从前博浪沙，而后哺千家。
日去三竿晚，春来二月花。

97康海

明朝数十才，葛伎上三台。
不寄琵琶语，君心去不猜。

98杨慎

不慎下云南，无心上自甘。
余情知未尽，未了一儿男。

99唐皋

秋闱走十科，不惑问三河。
且作新裁语，无文落日轲。

100舒芬

丰神玉立名，两杖舒芬情。
不悔倡明立，天文律历精。

101杨维聪

鼎甲一枯荣，精英半弟兄。
端居知日月，独立问生平。

102茅瓒

岩端石见沧，宝觉寺书郎。
独树崩崖帜，身名鼎甲扬。

103范应期 梅

不折晚归来，群芳次第开。
寒枝三弄玉，淑影半瑶台。

104孙继皋

闲情隐自慵，踱步客疏容。
草木知开理，渔樵弃所踪。

105张懋修

修维始客名，辅政状元城。
循史张居正，明年乃自清。

106朱之蕃

聚而一成形，来人半有声。
书林鸣去意，散者自无名。

107杨守勤

守勤日方长，只钩越语肠。
轻裘纵白马，侠气映寒霜。

108韩敬

点将向东林，奸相向籍寻。
状元归异已，弃卷作人心。

109杨廷鉴

末代状元郎，明清改书香。
南朝多少士，北国卷疏肠。

大西国

一状元

110龚济民

三天一状元，九脉半临轩。
大顺元年始，崇祯灭朝喧。

清

清有一百十四名状元

111清

文章日月半明清，鼎甲兴衰一世英。
满汉全席龙虎榜，榆关南北纵横情。

112吕宫

自责一清风，清宫半异同。
归家凭里正，辨讹治西东。

113图尔宸

婵娟一色明，桂树半枝轻。
玉兔三春少，寒宫九脉情。

114马世俊

柳絮轻飏带雪飞，杨花素落和云归。
知春亭北初寻色，万寿山中草正微。

115严我斯

吴蚕茧上丝，碧玉色中辞。
少妇桥前问，黄花雨后枝。

116缪彤

孤舟渡口来，独树瑶池开。
素影知天地，群芳问玉裁。

117归允肃

口暖半蚕眠，峰寒九脉天。
天涯三色落，海角一帆悬。
陌上黄花碧，阡中小麦圆。
钱塘来故客，汴水去江船。

118戴有祺

山高半白云，鳌府一水分。
仰止凭何处，枯荣任客君。

119王世琛

桥巢小燕来，晓径雨花台。
同里三云色，长洲半日开。

120庄培因

状元榜眼探花郎，二甲四名纪昀章。
钱里大昕宗学问，阳湖兄弟婿翁堂。

121王杰

和绅把持半韩城，东阁居相一国荣。
敬止夫妻常自守，王杰彼此一生名。

122秦大成

处处一娘家，幽幽二月花。
群芳相逐落，乐善满天涯。

123石韫玉

万寿恩科一状元，乾隆八十半轩辕。
清朝百十四名子，几似林中草木萱。

124蒋立镛

天门一半状元湾，鼎甲三生五代颜。
祖辈行施如善事，甘贫乐道奉名还。

125翁同和

松禅一半心，苦水两三浔。
两帝师生谊，江南有故荫。

126刘春霖

清朝末状元，自古一轩辕。
任去风云淡，凭来草木萱。

127之二

第一人中最后人，三千弟子末先臣。
北京寓所亡科举，日本春霖谓汉巾。

太平天国

128太平天国

一统山河乐太平，状元已是半书生。
五蕴草目新旧约，八股文章已不名。

129徐首长

子弟一金陵，朝流半帝征。
明修新旧约，晚落致清弘。

130状元卷（中国历代状元645人，始于隋炀，张损之；终于光绪，刘春霖。李自成和八国联军两次把状元卷付之一炬，仅存万历第一甲第一名状元赵秉忠卷。）

八国联军李自成，两临炬火状元名。
青州赵秉忠臣在，四百年中一致荣。

二、中国历代状元诗之唐朝卷

王鸿鹏 选注　昆仑出版社　2006年1月出版

1张昌龄

献颂翠微宫，昆山道记冯。
息兵皇诏悦，阙下待鸣王。
丙午长安士，贞观第一功。
浮丘公为伯，仙鹤是飞熊。

2李峤

花烛待红颜，洞房向巨山。
三星三宿愿，四序四时还。
天下江湖水，黄河十八湾。
状元赴雁路，明月玉门关。

之二

文章四友一长安，草木三春半杏坛。
日月西边寻渡口，朝堂阙下待官寒。

3弓嗣初

一朝进士一人家，十载寒窗十苦涯。
金谷半林多少树，状元九品算乌纱。

之二

楼兰不到不还家，冬雪寒心二月花。
秀草茹茵多碧色，大江东去浪淘沙。

4李昂

洗耳君心白云闲，春秋鼎盛玉门关。
书生进士知天下，不到楼兰自不还。

5孙逖

渔舟唱晚近云烟，下里巴人度旧年。
驿路长亭崎岖远，客心向宿月枝悬。
东山岭暗浮明树，西海天边去夜船。
玉树后庭花不见，阳春白雪月难圆。

6王维

文章一辋川，日月半桑田。
画里诗中睡，诗中画里眠。

之二

万事不关心，千年入旧林。
白衣公主间，天上客音琴。
画里诗中画，声名寺外心。
辋川多草木，挂冕月相寻。

7李嶷

积翠宫中玉露明，黄门天下甘霖生。
读书十载纵横向，旨在三朝向国情。

8崔曙

曙后一星孤，生前半有无。
明堂珠火夜，客岁宋州夫。

之二　奉试明堂火珠

东风似有无，日月向姑苏。
半暖前川化，三春雨后珠。
芳香花十里，翠色草千奴。
都是龙门客，晴明上国都。

9李岑

状元文采一玄宗，进士春关半白龙。
李李岑岑三两客，东峰翠色西河客。

10常衮

之二　奉和圣制麟德殿燕百僚应制

玉树相公玉树根，状元麟德状元门。
山呼万岁皇金陛，海纳千川御水坤。

11皇甫湜

一客江山一客川，半山日月半山年。
状元进士三元里，九品春关还未眠。

12杨凭

半枯声名半枯荣，一闻信用一闻更。
恃才孤傲凌人去，留得三杨世外情。

之二　秋日独游曲江

一半东风一半春，两三草色两三人。
平江尤曲平江水，上苑声鸣上苑新。

13丁泽

天水闭云殊，神龟出玉图。
五行多少座，八卦枯荣珠。
上下纵横错，东西日月浮。
春花明北苑，秋果奉象途。
释译道花语，金丹白石孤。
是非非不是，有道道空无。

14杨凝

一士向三杨，千家客半芳。
读书达孟母，灵宝谁封郎。

15崔元翰

三元及第连科名，典诰言辞得体荣。
留得朝中风范在，安平刚烈一平生。

16贾棱

春关岁月新，御柳枯荣秦。
近在流芳处，身边进士邻。
建章宫苯翠，上苑曲江滨。
遥望终南雪，天台向庇人。

17陈讽

梅花腊月心，冬至枯荣音。
阔阔寻天地，廖廖是古今。

18李程

淡淡春台月，悠悠过客心。
云云烟不尽，雨雨行音琴。
霭霭芳菲野，忻忻草木深。

迢迢君子路，落落才威林。

19封孟绅

一半人间一半生，两三阴雨两三晴。
长亭十里长亭路，自在千年自在行。

20武翊黄

玉冠天下武三头，瑕瑜人间客九流。
形色凋凿成紫佩，洁身泛渭伺无侯。

21柳公权

姑苏城外半云烟，娃馆宫中一画船。
越秀翰林多润笔，吴门琴韵几书田。

22韦瓘

十年苦读一英名，五味人生半枯荣。
五百岁华多草木，三千岁月有阴晴。

23张又新

江中井上尾终泉，两后明前雨露烟。
乞火寒食茶叶出，兵枪一半论茗禅。

24卢储

春关一日游，秦晋半王侯。
出入文章客，阴晴向玉楼。

25李郃

及第登科不厚颜，正言君子御门关。
宦官倾乱朝迁乱，刺史官终自在还。

26李远

鸿飞万里天，鹄落五湖田。
历任三州史，中丞一生年。

27李馀

长安一半年，上苑西三天。
立马寻杨柳，由心待去船。

28李肱

最为回韦一状元，商隐同年半诗轩。
水光早见含秋月，露气先知草木原。

29裴思谦

思谦自牧以权臣，仇士良言逼士人。
高谐春关闻喜至，红袍韦冕状元身。

30郑颢

状元驸马一身名，卢士淮安半不情。
养正何须心不养，洋洋自得宰相荣。

31卢肇

习习春风起，徐徐茸木荣。
悠悠浮沉水，落落朝夕情。
淡淡江南雨，疏疏客鸟鸣。
年年兴废里，日日自萍生。
柳柳先生碧，杨杨后柳明。
遥遥当此际，上上御门城。

32易重

一生何事求知音，三界诗书向古今。
唯有人间兄弟在，对牛日日可弹琴。

33于瑰

阳春白雪客冈舟，下里巴人主不求。
薤露阳阿知郢曲，引高刻羽躲征流。

34郑洪业

日月一春秋，阴晴半沉浮。
年年荣枯里，处处古今楼。

35郑昌图

身名一水流，草木半王侯。
天下诗书在，人间日月游。

36郑合敬

平康里巷一春秋，谁向书生半士游。
醉后五更知已处，东回三曲满青楼。

37孙偓

龙光宽厚不为然，清浊昭彰向地天。
古古今今寻自继，泾泾渭渭是根渊。

38陆扆

天台月下纹今秋，五姥峰中向故楼。
三陆弟兄知主意，剡溪自古向东流。
今秋已约天台月，明日未来过客舟。

39李瀚

松下水流声，云中鹤未鸣。
禅房花影动，古寺草丛萌。

40苏检

一路风云一路引，半家灯火半家情。
望前十里长亭柳，回首烟波已不鸣。

41裴说

离别一寒喧，长亭半缺圆。
夕阳余暖尽，落叶自无言。

42崔液

春风一半入渔阳，腊月梅花出故乡。
杨柳江南初雨润，蓟门荣枯客人肠。

三、宋朝状元榜眼探花诗

周惠 编著　昆仑出版社
1990年1月1日出版

1游七星岩

张去华

半在栖霞问七星，千洞府第现三明。
天工巧做方圆界，乳落钟鸣草木情。
碧水重重矫日月，奇峰落落易阴晴。
瑶池不与珍珠醉，洒向人间玉岛生。

2张去华

襄邑娟书上进英，文昌父子状元城。
农桑自古元元论，养民龙图阁宛情。

3禁林宴会之什

柴成务

日月天光白玉堂，宫闱曲谢禁林昌。
清风不动书辰瀚，紫气东来谢御章。
北海鲸鲨呈翅柱，南阳椅架作檀香。
雕龙戏凤华章殿，醇醴葡萄百鲜伤。
何须苑阁城天地，可把瑶台种柳杨。

4送僧归天宁万年禅院

安德裕

此去五湖东，归来半色空。
禅房通曲径，寺院老梧桐。
足迹清风步，田衣作高雄。
三生从故道，一切与心同。

5佚名　垂杨飞絮

雨后向春生，云前有碧成。
垂杨飞絮尽，始见百花明。

6读书龙门山土室作

吕蒙正

龙门道水一鱼飞，古渡行舟半不归。
土室从容天地客，书生难得是纷飞。

7题阙里

儒家一半杏坛声，弟子三千阙里明。
曲阜城中林蔽日，泰山脚下鲁齐情。
龙游玉璧非天子，凤落宏津是九鸣。
步履成心寻日月，书崖瀚海有阴晴。

8吕蒙正

洛水鳞波逐日明，黄扉日照帝王倾。
烟云万里中书令，往事千年客相卿。
碣语长城何不已，文章贡院已先成。
书生自已平阳处，历故三朝是弟兄。

9得句

胡旦

明年三月里，领取一群芳。

10赠翰林学士宋公白

苏易简

翰林学士宋公名，俊秀麟鸾七岁情。
甲第凌烟高阁坐，华轩拜扆帝王倾。

11苏易简

文房四谱翰林情，易简洋洋第一名。
进士三千余志叙，雕龙一半帝王城。

12禁林宴会之什

苏易简

云晴禁署两方明，四海千山酒扆倾。
梓泽丹青歌舞颂，兰亭飞白翰林荣。
心中紫气瀛洲老，坐上崇儒待圣声。
醒醉不敢临君御，江山画向可纵横。

13特吟诗二首送英公大师

苏易简

男儿此去一轻舟，信念何须刻意求。
一语楼台凭剑色，三生日月任君酬。
平生莫守帝城居，五纪侯王守客书。
九脉江山争紫气，英公可教杏坛余。

14谢恩诗

梁灏

三千日月近文昌，一般江山白玉堂。
咫尺重成天地客，龙门过望任黄粱。
青云万里凭来去，故步千年任青黄。
留得状元身后寄，探花只作曲江郎。

15寒食值雨

梁灏

寒庭玉树半青云，乞火书窗一子孙。
细雨轻烟成紫气，风花雪月向黄昏。

16赠淳于公归养

梁灏

一生子女一生情，半百男儿半百鸣。
借向于公归养去，功名只作慰平生。

17旅舍述怀

程宿

平生不耐一思归，日月阴晴半是非。
有意南阳成木槿，无端北国去来扉。
桓仁父母多兄弟，进士燕山多翠微。
回首古今诗上句，终临始处始知闱。

18送崇教大师南归

陈尧叟

晋代东林十八贤，高僧慧远两千年。
岩扉启闭隋天地，力量清陈达理禅。
锡杖行成南北路，步步寰中去来年。
钟声远近传今古，鹤语精工祝白莲。

19洞宵宫

一脉禅房箸理闱，三环场杖出翠微。
东林水色云烟住，月麋天光鹤鹭飞。
谷去瑶台知各路，同情日月不同归。
阡程俯仰今古向，紫陌红尘几是非。

20妙智洞

一半生平妙智宫，三千岁月洞中红。
童颜鹤发瑶台客，柳叶桃花自在空。

21诗一首

泉流石磊绕林山，笔墨丹青作画颜。
筇鹤相友何独立，琴棋不语已孤闲。

22题义门胡氏华林书院

陈尧叟

沧桑亭中半白头，书房月下问东流。
文章已在华林院，元秀峰前岳麓楼。
紫陌风云天下事，黄阡日月作春秋。
今阴孝理君旌教，逊畔田桑自莫愁。

23僧

去路浴云晖，回途不采薇。
寺守禅钟晚，月照素心扉。
庙宇通天地，神灵度是非。
猿声惊古刹，锡杖上人归。

24题石桥

放鹤亭中叶九秋，碣碑枕上水千流。
兴公赋里卿相客，养马坡前白道猷。
已应当年朝暮色，如今旧忆去来由。
还逢创世闻天地，复有钟声到沃洲。

注：沃州：山名，在浙江省新昌县东。上有放鹤亭、养马坡，相传为晋支遁放鹤养马处。

25送弟侑

龟蛇锁水乡，汉口向琳琅。
读遍千家赋，书来万户扬。

26吴江

吴江分作五湖秋，同里合成半驿楼。
卞水钱塘听水调，隋炀已去运河流。
葑田处处连桥畦，渡岸声声待客求。
九月重阳衣带望，三春谷雨退思游。

27诗一首

半付鱼龙两岸听，三分玉色七音泠。
琴台不远子期去，鄂渚何须著鹤亭。

注：鄂渚：相传在今湖北武昌黄鹤山上游三百步长江中，隋置鄂州，即应渚得名。世称鄂州为鄂渚。

28李成　读碑窠石

江山草木一人间，日月阴晴半不闲。
石壁山峰何花卷，碣碑寄语是非斑。

29诗三首

紫贝朱公半草堂，轩辕汤鹿一君王。
云烟雨露青春驻，白发红颜羽袍裳。
世界三清行上许，民间万里上人忙。
莲花玉洁婷婷立，只作蓬心待炎凉。

注：贝阙：以紫贝为饰的宫阙。语出《《楚辞·九歌·河伯》：“鱼鳞屋兮龙堂，紫贝阙兮朱宫。”轩辕：传说中的古代帝王皇帝的名字，传说姓公孙，居于轩辕之丘，故名曰轩辕。曾战胜炎帝于阪泉，战胜蚩尤于涿鹿，诸侯尊为天子。

30赠种征君放

孙仅

琴台犹在子期还，世俗孤清造化闲。
楚月常来黄鹤问，只因不在玉门关。

31普济院

陈尧咨

峰峰草木中，叶叶去来红。
寺寺僧无语，年年普济同。

32施肩吾宅

沧海桑田草木荣，珠寒月淡夜无鸣。
洪州只尚烟霞客，独鹤孤鸣一两声。

33题三桂亭

陈尧咨

登高刷羽一长天，俯就清心半岁年。
故忆书窗谁取火，如今未付旧雕研。
扶苏渡口寻杨柳，问月婵娟几日圆。
去去来来多不见，朝朝暮暮几心田。

34送李文定移镇兖海诗

九牧江山一鼎梁，三朝曲午半珠囊。
儿童不解章绂色，文心乐取荐玉堂。

35早梅

瑞雪梅花半不匀，疏香景影一红尘。
呼来二月群芳色，换得三秦碧玉春。

36献金陵牧薛大夫白马诗

一鸣白马一鸣人，半在王良半在秦。
古道何须求万里，群芳自在如三春。

37送李寺丞归临江

枯荣进退一生难，日月阴晴十地宽。
普泽升迁三界路，云烟雨露半春寒。

38题河阳后城平嵩阁

李迪

嵩山一半少年郎，面壁三千日月光。
此去河阳壶口近，太行四面吕梁乡。

39灵岩

依风问道广成山，炼句成诗集玉颜。
十万员岩多草木，三千异势雉堞关。
分茅海岱嵩衡望，午位升中夕照还。
里社春秋阡陌事，蓬莱一半对朝班。

40挽文朝奉

散尽黄金一纸书，收来字句半殊余。
云飞雨落渊明柳，尧叟苏文驾鹤居。

41萍

李迪

水上一浮萍，云中半岸青。
风波随日月，玉色任游灵。

42方从义　东晋风流

张师德

晋水一风流，烟波半古楼。
山光成月色，瀑布作寒秋。

43小孤山

蔡齐

大姑洗罢小姑妆，影色遥明碧色扬。
岳麓千年书院旧，洞庭百里水浮香。
潮流只向江南岸，夕照难平日月光。
贾客潇湘斑竹问，依情应见喜良郎。

44李迪　风雨牧归

风风雨雨牧归来，柳柳杨杨叶不开。
笛笛声声歌不尽，朝朝暮暮上金台。

45北亭

宋痒

相依一柴扉，倦鸟不同归。
野草鸣虫住，深村路各违。
危亭光照旧，旧壁木云霏。
叶落秋岁至，尘衣几是非。

46晨兴春冷

小雪化春寒，疏梅任色丹。
红颜凭素影，玉骨临风残。
碧野初芽冒，梨花自比干。
谷雨三更住，东流一心宽。

47之三

积晦云沉雨，余明树色流。
燕雷多少次，令尹向关楼。
老子西行去，南洋不必候。
心中何以问，四季不春秋。

48春晚残花满地

残花满地问王昌，小杏墙头向外扬。
夜雨方停红欲落，芳非俯视嫁衣裳。

49次韵和吴侍郎以余偶名新

花为压丛春见贶
百里一天津，三年半彩匀。
高低三世界，俯仰两苏秦。
碧叶玉中寺，荷塘月下春。
芳心如有意，应付作诗人。

50次韵和新命留台吴侍

郎自适之作

谢病弥年一世开，知音欲解半情来。
灵犀自晓方筌意，礼物当丞未署裁。
至到无贪心是宝，身名莫许已金台。
西都尹令遥临道，老子禅房近属才。

51丁晋公故第东池上作

东池故第晋丁公，古树残枝叶落空。
遗愁倾垣兴废尽，碑前积雨草塘虫。

52和中丞宴尚书木芙蓉

金菊追忆滁郡旧花

黄花自古度冰霜，岁月经年日短长。
胜似群芳姿色好，金英应物问重阳。

53河阳秋思六首·选一

自古不悲秋，经心作莫愁。
西风何坦荡，落叶任沉浮。
好色千山树，江东九脉流。
前来行上处，此去向归州。

54王拱辰

十九人生一状元，三千弟子半轩辕。
格非父女知情照，懿各朝廷司简繁。

55诗一首

自古人中一帝王，经纶世上半黄粱。
阴晴日月成梦想，草木江山作嫁妆。

56得句

张唐卿

一跃龙门天下客，三生苑省凤凰池。

57之二

九十退居年，三生问地天。
诗词花甲子，日月去来悬。
五万辞难尽，千夫一指禅。
东门怀圭组，北国住家田。

58襄阳

贾黯

山光水色一江花，鹤影楼台半坠华。
日落樊城半鲇去，音来鄂渚子期家。

59谢鄂倅南宫城

冯京

三元及第状元郎，一奶同胞进士乡。
羽翰常思天地厚，希元处世父倾肠。
唐卿过度思悲故，二十八年自存芳。
叹绝才书华十七，江陵遗治可圆方。

60题钓台

冯京

泾清渭浊半黄河，楚客潇湘一九歌。
秦皇六国何日月，水调歌头几蹉跎。

61咏张昌宗

冯京

何曾叙旧子房家，楚汉鸿沟项羽娃。
未尽千年成败事，空余万里浪淘沙。

62答伯庸（之二）

冯京

三长一史余，二典半天书。
笔吏清风致，天工月色疏。
含茵辛苦知，过驿念家居。
幸欤沾恩处，吴公帝业初。

注：三长：北魏地方基层行政官吏党长、里长、邻长的合称。二典：《尚书》中《尧典》、《舜典》的合称。

63登第后作

郑獬

子弱家贫柩庙中，龙门一跃白云翁。
文围半百身先死，五十余年十载空。

64次韵程丞相牡丹

郑獬

月色方明醉牡丹，银灯未许夜清寒。
婵娟桂叶宫中冷，翠羽玲珑碧上宽。

有女偷花头上挂，春风误解冕新冠。
余香足迹身难免，促步归心一忍寒。

65和汪正夫梅（选二）

郑獬

一树香风一树梅，半花雪色半花开。
疏疏束束春光至，岁岁年年去再来。
一瓣花心一瓣开，五重玉蕊五重台。
寒装胜似群芳色，独立鳌头碧玉来。

66浚沟庙蜥蜴

郑獬

片片龙鳞一半田，羞羞甲色两三鞭。
房檐屋角成天地，里弄人间向时迁。

67落梅

郑獬

粉墨成风弄雅田，烟云化雨作春天。
三吴处处梅花落，一树疏枝百叶泉。

68遣兴勉友人

郑獬

三万六千日月勤，一流百汇去来珍。
五成有是非成有，到此由心不异人。

69雪中梅

郑獬

雪白梅香各半身，纷纭独立向三秦。
江南处子肌肤色，姑射山光日月新。
半得疏寒潇洒落，千芳草率暮朝邻。
东风乍到无分别，只向凝冰玉里均。

注：姑射：《《庄子·逍遥游》》："藐姑射之山，有神人居焉，肌肤若冰雪，绰约若处子。"

70马麟　荷香消夏

荷香一叶深，柳色半知音。
碧玉知天理，莲蓬作苦心。

71买山

刘辉

上下须登十八盘，阴晴不问两三澜。
山峰万仞成千古，领路浮云作万端。

72题鹅湖恭上人山亭

刘辉

夕照下鹅湖，云光上古都。
黄昏无限意，已作洛阳珠。
不悔三秦晚，难成十陌奴。
河山初日月，草木上人孤。

73成都运司西园亭诗选二（西园）许将

叶外两三町，花间一半萍。
西园亭上向，水榭玉边青。

74玉溪堂

水色玉溪堂，山光碧畦乡。
浮云冠缘岛，落鸟宿时长。
白日经纶运，昆仑寄柳杨。
空夷抚景阔，带畹子兰藏。

75留题积善院

许将

一寺一人心，半僧半古今。
三钟千界外，五色五知音。
水阔江河远，天高日月临。
遥遥杨柳岸，渡渡草木深。

76真珠

许将

千年贝壳著鸟妆，一水鳞波媚粉光。
应物珍心园泽玉，深藏不露照中堂。

77观澜亭

许将

黄昏不上玉澜亭，古牧临风照汉青。
百岁三千鸣不止，斜塘一半是浮萍。

78能仁禅寺

许将

归心一箭铭，客驿半江青。
可守耕耘志，何须鉴渭泾。
星陈林木壁，千字石岩屏。
宿鸟三更向，霜钟一夜听。

79行西城

彭汝砺

洞庭山外一钱塘，木渎村中半柳杨。
越女吴儿南北色，西施步履馆娃香。

80菊苗（选一）

彭汝砺

黄花满地问重阳，大漠沙鸣向酒觞。
郁郁生生惊万里，雷雷动动久衷肠。

81栽竹

彭汝砺

东林竹下有辰昏，净土蝉中作寺门。
岳麓书房文圣带，后庐洞口上人村。
冬裘未暖潇湘雨，夏葛难凉老树根。
自古三明星日月，阴阳一道是乾坤。

82道中

彭汝砺

平生一道中，步履半疏同。
暮色临村近，辰花祝驿风。
村头常潜足，巷尾瞩人空。
寂寂前程许，忧忧白首翁。

83内乡招提寺

彭汝砺

武帝一箫梁，南朝半寺光。
江山文客老，日月易成汤。

84和瑛师

彭汝砺

江湖日月付东流，世事微尘一点浮。
隔岸渔村同里路，随风月色运河楼。
林宗惠远阴晴旧，结社还需著莫愁。
浦口无云川清草，沧州有道客同舟。

85山林

彭汝砺

有意半苍穹，无心一泰衷。
轻吟梁父志，欲就古丝桐。

86和国信子育元韵（选一）

彭汝砺

云行北海一千颜，路上湘西十方山。
楚客难从三叠曲，胡人不过玉门关。

87湖湘路中见梅花寄子开（选一）

彭汝砺

江湖水暖五更新，腊月寒光一夜春。
雨影时时三间雨，幽香处处半袭人。

88二月已亥晓出代祀高禖

89选二）

彭汝砺

东风一半付西流，弟子三千过九州。
月色随波寻碧色，滩声只伴逐江州。
江湖水色乱尘沙，浦口船明渡客家。
俯俯扬扬非秀草，寥寥落落是梨花。

90咏史

许安世

俯仰问凌烟，枯荣见陌田。
农桑人所伏，日月客方圆。
汉武藏娇去，秦皇六国悬。
隋炀成水调，几度太宗泉。

91邵武

叶祖洽

江南日日雨如烟，洛邑时时念酒泉。
郁郁书生天地向，忧忧祖国去来田。

92钓台

叶祖洽

临泉一钓台，隐士半心开。
日月常不伴，樵渔几渡来。
采微周武去，向道几枝梅。
水上千帆过，云中不可猜。

93朱氏天和堂

徐铎

足迹半辽东，人生一世雄。
程行天下路，不叹老人公。
富贵溪桃李，功名济国穷。
高操孤美客，雪白素梅风。

94留题南山

时彦

长安落日满南山，洛道行踪问去颜。
渭水分明泾色远，黄河九曲过潼关。

95黄裳

六十卷中老状元，三千弟子向天轩。
草木天中三世界，江河日下一泉源。

96之二

东华紫气半群英，御阙南天一朝荣。
舆列朝光才祝献，鸾鸣府籍帝王声。

97之四

雨过纯情万里云，诗成笔就百年熏。
行衫只就千山路，箸履江山一世文。

98之六

试院中秋夜月圆，金行玉兔桂娥天。
清明预许寒光远，万里千章太上船。

99之八

杖策南山半紫烟，清风鹿紫一流泉。
临栾处处真源水，足履时时假陌阡。
暑气寒光多不见，飞鸣露雨作耕田。
情传草木分身术，了取江河付酒钱。

100之十

银袍月色带衣寒，玉鹭清沼渚水漫。
未意先微才气与，临章后序汉云端。
灵珠尺寸何荣辱，俊性阴阳四象宽。
敦向乾坤由自主，重新度量著巾冠。

101之二

黄裳

谏议寄新茶，仙灵二月花。
洞庭碧玉客，七碗故人家。

注：七碗：唐卢仝《《走笔谢孟谏议寄新茶》》诗："一碗喉吻润，两碗破孤闷，三碗搜枯肠，唯有文字五千卷。四碗发轻汗，平生不平事，尽向毛孔散。五碗肌骨清，六碗通仙灵。七碗吃不得也，唯觉两腋习习清风生。"

102积雪

黄裳

三冬古壑平，九下玉峰生。
色满寒宫女，香梅老树荣。
霜余繁禧岁，圭璧节枝倾。
腊月方兴素，千山万里明。

103赠谢殿元

黄裳

应晦箸尤轻，还知路已明。
文章谱日月，设事作纵横。

104青社宴遣贡士

黄裳

三元自古一英明，十地乾坤半世情。
圭壁生辉蓬舍艺，贤良侍御跃长生。

105留题王关谷

李釜

云云一众生，扰扰半群行。
达士王官谷，云已记付明。
休休成就处，寞寞去来情。
峡壑无空壁，山泉有自声。

106送宋朝请倅邢州

蔡薿

乡枌百岁浥清尘，灯火三生樵自身。
日月当须惊草木，声名客许著冠巾。
春风得意龙门过，贲志回心帝业钧。
鲁布齐衣相从见，探花引领曲江滨。

注：乡枌：枌，指枌榆社，汉高祖刘邦的故乡。一鹗：《《汉书·邹阳传》》："臣问鸷鸟累百，不如一鹗。"

107苕溪

贾安宅

苕溪汇娶半东西，大浅小梅一路堤。

水上秋花如雪逐，湖中夹岸各高低。

注：苕溪：水名。有二源：出浙江天目山之南者为东苕，出天目山之北者为西苕，两溪合流，由小梅、大浅两湖口注入太湖，夹岸多苕，秋后花飘水上如飞雪，故名。

108钱选 杨贵妃上马

贾安宅

华清一色太真人，故国三声姊妹身。
无施粉黛情姿艳，力士玄宗免冠巾。

109题骖鸾阁

贾安宅

骖鸾阁上作云游，玉带桥中间不休。
青鸟瑶池三岛近，蓬莱方丈一瀛洲。

110李嵩 货郎

山村一货郎，故土半红妆。
我女男儿色，琳琅满目香。

111松阳上方山居五

沈晦

松扬古寺上方山，细雨林泉不闭关。
竹影游移长短尚，僧房老衲故人颜。
一溪雨雾一溪风，半岸云烟半岸蓬。
不见孤峰何世界，难明独木是西东。
学道空山水色深，寻丹炼火利名心。
无成不悔人间去，刘院回头木木林。

112题独秀山

沈晦

昂昂一十情，郁郁半心声。
楚楚诗书客，忧忧逸气城。
衣冠临野木，稽阮问枯荣。
醒醉何无达，清真作世明。

113三悬潭

李易

悬潭瀑布挂清寒，鹿岭飞峰竹色冠。
一水相随今是客，三岑过望若云端。
松门月照关颜住，雾露风遥静气丹。
万壑临流风未止，千山独立木成澜。

114剡溪幽居

李易

竹秀一青山，幽居不可还。
曹娥江山间，月照剡溪湾。

115仙人洞

李易

洞口一仙人，佳茗半雨津。
云烟常比许，岭土浥轻尘。
二月旗枪贤，三更露水亲。
洞庭山外色，少女碧螺春。

116珠溪

李易

开山仗势一珠溪，馨省孤峰半月西。
气动当由天地语，东流自在鸟轻啼。

117居剡寄郑天和

李易

金庭洞口一清泉，剡谷流中半由田。
鹄浴桃源秦汉色，鸾翔鲁望楚风烟。
参差而势沃州鹤，天姥青峰辅锦妍。
路近寒宫闲想象，飞鸿此去不归船。

118贵门卜筑

李易

一宗半临安，三朝十巨澜。
燕山南北问，瘦笔古今丹。
百里平湖色，千波日月残。
杭州微子宿，节士住云端。

119登军营坞

李易

临风鹳雀楼，倚水十三州。
北海燕齐鲁，黄河九曲流。

120出城

张九成

墙边柳眼半窥人，舍下清风一步春。
莫取平生天下问，江山欲雨去来频。

121之二

五岭伍相云，千梅玉树分。
孤鸣林逋去，独鹤几何寻。

122倅车送海棠

张九成

白白红红半海棠，清清楚楚一天光。
胡胡粉粉肌肤玉，淡淡浓浓日月扬。

123岭下桃花作淡红色绝可爱因作绝句

张九成

岸北桃花半吐红，江南烟雨一无风。
当园壁上成诗句，同里退思落凡虫。

124六月十四日观云有作

张九成

古壑平平不见根，苍天处处易黄昏。
明明朗朗浮天地，落落扬扬著古村。
去去来来铺素与，朝朝暮暮集乾坤。
行行上上藏之寄，气气沉沉度度魂。

125清暑

张九成

轻摇小扇有无中，漫步闲心凉意同。
夏日荷花开碧叶，清风桂子结莲蓬。

126题竹轩

张九成

轩前半竹篁，榭后一清香。
日月何朝暮，阴晴几柳杨。
年年成绿色，处处节枝强。
梦梦经霜力，欣欣向栋梁。

127喜晴

张九成

日月一阴晴，乾坤半暗明。
江山非朝暮，草木是枯荣。

128忆北轩菊

张九成

一日重阳一帝王，半秋日月半花黄。

西风已向交河去，洛邑还须忆故乡。

129次鱼韵

汪应臣

人才问达书，应物有亲疏。
景事由天地，阴晴向自如。
春秋秦汉去，史记杏坛余。
管领心田力，江山就业居。

130雪中梅花

汪应臣

雪雪花花一日开，寒寒色色半天来。
枢旋闪闪玑权亮，玉玉香香北斗回。

131之三

江州司马一琵琶，落日天涯半客家。
万里难平三叠曲，千声尽是浪淘沙。

132之五

不可牵牛一喇叭，何须织女半晴纱。
天河露水流难尽，七夕桥边乞客斜。

133题常山孔坞碧照阁

汪应臣

常山碧照褂衣冠，应物知心意念宽。
主客何须相问询，龙门应是有春寒。

134水云堂

汪应臣

巫山半在雨云堂，峡口三声日月光。
宋玉襄王留梦梦，曹植壁枕宓妃香。

135早春红梅盛开有感

黄公度

梅花夏雪淡红妆，素色青姿露暗香。
纯洁孤情春早到，微心耐冻竞群芳。
雪白梅花半不匀，桃争杏妒一初春。
江桥欲渡三枝短，俗气难分两色珍。

136寄林谦之

黄公度

独傲梅花腊月寒，群芳碧玉对青丹。
儒冠复盖东风雨，古木逢春作杏坛。

137赠日者黄远明

黄公度

千章此举彼相生，第一三元数自名。
有道男儿今日致，无须足迹到君平。

138返照

黄公度

返照向东山，烟浮问竹斑。
林深幽经远，日暮待枫颜。
落叶风尘少，溪流曲色弯。
僧门游客去，只去不须还。

139醉中别李元泰

黄公度

桃花欲展玉袍身，小杏红颜过孟津。
叶绿梅花香未尽，东风化雨已成亲。

140暮春山间

黄公度

十步春溪一步桥，半云古木九云霄。
排空竟是飞鸿影，莺歌玉树近日谣。

141题凤凰寺

黄公度

一代江东楚汉休，三山三水六朝楼。
金陵不远秦淮近，玉女还呼隔石头。

142岳阳楼

黄公度

西阳吾水九江流，岳麓三光一士忧。
吐纳潇湘千万亩，阴晴日月十三洲。

注：五水：古代对今武汉市以东，长江北岸支流巴水，蕲水，希水（今作浠水）、西归水（今作倒水）、赤亭水（今举水）的总称，东晋、南朝时因属西阳郡，故称“西阳五水”。

143题李西杰水竹居

刘章

香山水竹居，物理客心余。
性静高贤屋，心神道友虚。
俄顷姿粹溃，朵佩谓当初。
徒梦参差杜，方师不释书。

144佚名　四美

西施不綄问貂蝉，汉蜀昭君半北边。
姊妹杨家妃子色，不见四美玉真研。

145书怀

张孝祥

九日一重阳，三秋半故乡。
黄花千万里，菊色几苍茫。
寄语高楼上，行吟可断肠。
沧州何不问，岁月度秋香。

146船斋

张孝祥

洞庭山下五湖船，木棱流中一水烟。
拙政园前思退客，吴姬劝酒久无眠。

147葵轩观笋

张孝祥

戟戟一新生，丛丛半密荣。
阴晴三界雨，日月万千城。
跃跃当天试，苍苍玉色明。
尖尖纤秀举，夜夜坐精英。

148吴伯承送苦笋消梅用来韵各赋一篇

张孝祥

湘江一夜雨，岳楚半倾城。
竹笋尖尖玉，高标处处明。
推敲一字成，咀嚼半闻声。
学子孤心苦，文明世界情。

149戏书赠苏待问

张孝祥

待问书中墨砚泉，凭观日下陌阡田。
心心相印知天地，雨雨云云问岁年。

150春尽日送闻人伯倾次家君韵

张孝祥

少小嗅书尘，公翁作布巾。

心思成泡影，叶迹过时珍。
笔下诗今古，人中日月亲。
千年来去事，万卷不离身。

151烟雨观

张孝祥

三春雨似烟，七泽树如泉。
九脉东流水，千山塞北田。

注：七泽：相传古时楚有七处沼泽。
千山：千朵莲花山，在辽东鞍山市。

152次韵刘长方司户见赠

王十朋

枫宸及第状元郎，幕府光生进士乡。
渌水芙蓉行冷逐，东风不醉曲江旁。

153寄方叔

王十朋

幽幽远道是乾坤，漫漫长亭向古树。
处处梅山半日月，声声杜宇一黄昏。

154孙子尚过明庆以诗见招未及往次韵

王十朋

何须见戴子猷寻，不付溪流色满襟。
竹影徽之冰磊磊，梅花落下雪深深。

注：子猷：晋王徽之的字。王羲之之子。性爱竹曾说“何可一日无此君！”居会稽时雪夜泛舟剡访，戴逵至其门不入而返。人问其故则曰：“本乘兴而行兴尽而返何必见戴！”

155咏柳

王十朋

东君一色付衷情，日月三光夜上明。
渌泸枝枝垂荡去，条条挂挂影摇生。

156关岭遇雪

王十朋

路近剡溪雪不深，子猷榕树木成林。
孤术日月争分秒，不欠轻舟自在心。

157题双瀑

王十朋

萧峰瀑布挂双寒，石点明星落万澜。
气势奔雷惊赤壁，生连虎豹任龙潭。

158游明心院

王十朋

院外一松涛，房中半衲袍。
游僧天下路，住持上人高。
竹雨明山净，烟云道义韬。
泉溪余古壑，领舍偃公毫。

159石夫人

王十朋

婷婷玉玉送江船，落落晴光问秀研。
赤壁周郎声已误，无家旧磊石螺眠。

160八阵图

王十朋

八阵图中一蜀孤，三吴客外半江苏。
东风不解连营计，魏武垂鞭有似无。

161题诸葛武侯祠

王十朋

八阵江中问武侯，三分天下卧龙游。
出师不得岐山寨，后主宫廷忘蜀忧。

162石镜溪

王十朋

石镜谷深自得溪，曲径难行玉草迷。
色碧峰明相照顾，天高树下草花低。

163次陈休应烹茗廓然亭见送韵

梁克家

泉声去远廓然亭，井下深藏任水冷。
紫帽峰中茶烹煮，沧州路土玉壶铭。

164火后寄佺老

平生一壑丘，九派半江流。
万虑成途路，三思到九州。
幽期客膝下，隐市此身浮。
快意分山壁，蕴之刻薄求。

165郊寺

梁克家

寄寄花红妾碧荫，滋滋草色翠林深。
风摇岭叶春芯展，雨压云烟处坐寻。

166赠郑侨廷试第一

萧国梁

象鼻半成情，龙头一杖荣。
云峰分玉带，砺砥复功名。
竹笋春云雨，君濡笔记盟。
三名垂小雪，进士曲江城。

167郑侨

书衡惠叔一回溪，议政无他半御题。
大节临彰成日月，闻名世事曲高低。

168舍人崔公挽词二首

黄定

一鹤到黄粱，三朝颂故乡。
麒麟空凤鸟，半掩独中堂。
五色赤文章，三青凤草堂。
鸾黄成紫处，鸑鷟鹓鹐乡。

169詹騤

龙图学士一儒香，政绩文声半学堂。
著作郎平天下事，中书舍下野朝扬。

170泽卿兰亭考用工深矣携攻媿大参诗见访次韵并呈放翁待制

黄由

莫入昭陵遗世余，僧房御史帝王书。
兰亭曲水流觞处，鹤瘦水肥不可居。

171还吴江

黄由

江边任柳荫，草岸有鸣禽。
万事从田起，千年一古今。
桥头停碧玉，舍下止蚕音。
茧束初成就，村前满竹林。

172登明站台

黄由

不到东吴不是家，一空皎月二无崖。
龟蒙拙政长州晚，香彻姑苏枳桎花。

173联德堂

黄由

不到姑苏不念家，一湖未语五湖涯。
鲈鱼八月红尘色，汴水三秋泛彩霞。

174道院独步

黄由

许是姑苏许是家，不言草木不言华。
深藏碧玉桥边问，月隐盘门树隐涯。

175入园

黄由

江湖月正一船家，碧玉桥中半女娃。
渡口还声杨柳岸，吴音糯糯日月她。

176无题

黄由

水调歌头入半家，钱塘小小问三华。
姑苏自是烟云雨，巧语呢哝二月花。

177呈张德辉

卫泾

收收藏藏待价沽，韫韫椟椟近中枢。
三桥渡口三桥客，半在平江半在吴。

应物清香坐，临渊问五湖。
沧沧烟水近，漠漠色江都。

178晚晴

卫泾

黄昏万水半江明，暮色千山一晚晴。
回首方知天地近，前程不解去来行。

179次韵呈与叔兄

卫泾

古渡斜塘半柳杨，烟花雨露一村芳。
观书扫几明君侧，拙政归心是故乡。

180夜坐

卫泾

书生百岁一心宽，暑夏三秋半杏坛。
史记春秋寻往事，诗词五万寄毫端。

181邹应龙

风从宝盖岩，雨化践盟衫。
涧水流峰色，霜候玉鸟衔。
浮明求宿愿，迹足对空函。
作岭寻天石，临江寄远帆。

182题衢州顺溪馆

曾从龙

骊邑新丰作故乡，思家里巷寄衷肠。
关中已定汉高祖，土女牛羊七年王。

183题仓部袁公灼像

傅行简

平衡点缀度支平，冶谱直真百世明。
相宰宁成浥似虎，金仓起部促枯荣。

184落梅

郑性之

月照窗前一阵风，纱笼雪里半灯红。
飞香素影寻情进，落下无言作曲衷。

185南枝开北枝莫开

郑性之

南枝半放北枝开，细雨初晴露水杯。
晓月残弓花上挂，窗寒疑是玉人来。

186钓台

袁甫

拒色红尘积翠田，归心只在钓台边。
寒光度雨亚陵濑，莫隐渔舟客里眠。

187耕乐诗四首（选二）

袁甫

春犁细雨一农耕，几墨书明半此生。
一粒三春秋九至，心中有是不非成。
田间细作必深耕，世上功名伴苦生。
自有方圆天地上，风云济世已形成。

188和晋斋兄韵

袁甫

不慕侯王不慕名，只图日月只图情。
人心自在人心上，拾得江山拾得荣。

189和王伯有韵

袁甫

纷纷细雨己三春，净净风云莫半尘。
去去来来非吾地，贪贪浊浊是官身。

190见梅

袁甫

雪色黄昏一树梅，云烟暮色半寒催。
枝头绽放红蕾色，浊酒余香入玉杯。

191咏丹桂赠周纯甫冯德厚二首（选一）

袁甫

日上一儿男，书中半杏坛。
人情孤步路，世道苦心甘。

192窥园

吴潜

孤山牧鹤一西湖，柳浪苏堤半玉珠。
处士梅花三弄曲，隋唐水调满江都。

193陆宣公祠

吴潜

一日方圆百日师，半生别驾半生迟。
忠州草木封荒祠，旧迹桑榆步就诗。

注：陆宣公：唐代文臣。苏州嘉兴（今属浙江）人，字敬舆。大历八年（773）进士，中博学宏辞，翰林学士。贞元八年（792）出任宰相，但两年后即因与裴延龄有矛盾，被贬充忠州（今重庆忠县）别驾。

194偶题

吴潜

落落半莲蓬，悠悠一阵风。
婷婷翻碧水，卓卓叶霜红。

195山楼枕上

吴潜

早读五更松，形身半月容。
何求身外事，只望上人钟。
晓叶天边锁，山楼枕色封。
吟成今古句，雅颂去来峰。

196四用出郊韵三首（选一）

吴潜

世事三分九陌阡，人心半在一桑田。
千章不与争先后，万物都来付自然。

197之二

浩浩一人烟，悠悠半旧年。
时时思故土，处处事方圆。

198之四

云收雨敛故人情，叶展枝平度晚晴。
白鹭孤身朝天语，渔舟渡口任纵横。

199之六

舟中半雨烟，荷下一香莲。
袖短居心问，情长意自怜。

200之八

莫望楚云飞，何寻故子归。
刘家沟里客，苦读玉人晖。

201之十

桃花一片占春亭，小杏三春隔岸灵。
只有红颜相近似，和风细雨教浮萍。

202之十二

何寻半世竹，自此几方圆。
不可知渔父，难言一尺天。

203题慧山

蒋重珍

陆羽江南第二泉，无锡寄畅惠山天。
经幢泽物山房暖，聚散烟云雨化缘。

注：慧山：又称“惠山”。在江苏省无锡市西郊。江南名山之一。山有九峰，主峰海拔3289米。有惠山寺、唐宋经幢、寄畅园、竹炉山房及惠山泉（天下第二泉）等名胜古迹。

204又

一品碧螺春，三清玉寺人。
千音罗汉果，万乘度红尘。

205之二

人生自在读书楼，古木溪山向国忧。
水绕孤峰天地阔，江河彼此向东流。

206部中观新竹有感

徐元杰

窗前小竹林，雨后半云深。
一片犀牛角，三春恐误音。
山高烟水密，石隙注源浔。
蛰蛰相征欲，黄黄付古今。

207大巧

徐元杰

一半功夫一半天，两三岁月两三圆。
思乡只向婵娟问，渡口呼寻渡口船。

208湖上

徐元杰

姑苏日上五湖晖，碧玉云中一鹭飞。
柳岸桥头船欲住，江南草色懒人归。

209来青书院桃花

徐元杰

一半杏壇风，三千弟子虫。
桃花书院里，读者玉颜中。

210颐俞簿梅阜书院

徐元杰

一院书香半壁天，三声玉调五音弦。
江山草木阴晴色，指教方圆作岁年。

211赠鉴堂

徐元杰

一寸人心十里泉，三春日月半家田。
惊天动地风云起，楚汉鸿沟日月悬。

212施岩

周坦

人间断处半人心，水脉相连一水深。
记取瑶台明月色，千年老树木成林。

213贺黄见山应荐

徐俨夫

自负功名自见山，老天定向老天颜。
先生鹗荐先生后，居易原中易居蛮。

214春晚

徐俨夫

桃花一片数红飞，小杏三枝向是非。
鹧鸪声中阡陌色，黄莺曲里故人归。

215别得文字

留梦龙

汉辅衢州别得文，声羞学士误浙熏。
知风体舵人奸诈，孜举光明楚汉分。
烂古凭今风雅颂，传香挟秀半春君。
几岸千章知礼物，中书万里育青云。
小草枯荣情不尽，励铭日月领芳群。

216之二

淳安进士倚天盟，渭水径流向地清。
宋露临安楼上诺，当须一滴付苍生。

217题五识梅堂

方逢臣

玉色梅花在雪边，梨花片片素颜田。
孤身墙外红杏问，坐待春芳话陌阡。

218天对

方逢臣

无泪碑前一子孙，隋炀水调半盘门。
江南自古何天坠，胜似西施作妇村。

219赠风鉴曹老眼

方逢臣

廉颇李牧赵门关，币聘皇城试御颜。
管舆轮流风鉴赏，拊髀何须问千山。

220之二

十里长亭百里天，一声道路半生缘。
南洋草盛群芳在，木槿红花国色鲜。

221姚勉

野雪之中一素身，锦江四俊半才人。
状元及第新昌客，世本寒坡泪旧尘。

222及第归入江西界

姚勉

及第大江西，风云布谷啼。
知时寻日月，望阙作高低。

223丙辰冬和乐魁声道四诗

姚勉

节令时光一九州，江南塞北半春秋。
寒山雪雨承天逐，铁甲冰河尽日流。

224渔翁答

姚勉

观鱼不止一渔翁，问世终须半世风，
以饵沉浮惊水界，贪心处处欲无穷。

225感山十脉（选一）

姚勉

山峰土石城，树本去来荣。
万籁凭天地，千川任鸟鸣。

226观画竹

姚勉

七贤魏晋五贤天，十竹清风九竹宣。
化作江南知一二，鸿当独傲在方圆。

227海棠一叶为风吹尽三首（选一）

姚勉

枝枝叶叶四时繁，果果花花一令轩。
一夜昭归隋武后，长安月照牡丹萱。

228和张公望苦热韵（选一）

姚勉

池塘淑淑一波纹，榻枕轻轻半水分。
暮雨成风连带叶，莲心躲避扯衣裙。

229静斋相士求诗（选一）

姚勉

一人得道一人心，十里长亭十里寻。
应物知情知应物，成音静斋镜成因。

230跨鹤台

姚勉

白日青冥跨鹤台，三清道长向蓬莱。
无须换取凌云客，应得承荫自去回。

231秋叶

姚勉

一夜西风一夜秋，半声落叶半声愁。
潇湘雁呖潇湘暗，月在交河月几留。

232题梅谷诗稿

姚勉

处处湖光几扁舟，明明月色半江流。
招招桂下千情至，隐隐心中一莫愁。

233题严子陵钓台（选一）

姚勉

好舟不可过严滩，不隐樵渔处世宽。
岂徒枯荣寻彼处，莫对居心到云端。

234文天祥

云孙履善一文山，正气零丁半御颜。
府学胡同凭调仰，丞相祠庙铁门关。

235扬子江

文天祥

莫以金陵作石头，须言故国半春秋。
难成草木江南岸，不问杭州问汴州。

236正气歌

文天祥

平生一九歌，正气半山河。
浩沛三江水，丹青百玉珂。
董孤秦晋笔，太史简齐多。
凛冽清操守，冠缨勿蹉跎。
阿房甘饴暑，一柱似擎戈。
楚汉鸿沟界，张良曲几何。
长安城日月，渭水可凌波。
塞外冰霜雪，江都米稻禾。
流形天地上，丑妇对公婆。
只可居心养，皇朝用意和。
悠悠心悲状，处处像天梭。

237平江府

文天祥

得水一舟行，平江半府声。
睢阳知遂志，喜鹊自居清。
故吏缨冠小，楼台客有情。
归心今不可，却向帝王城。

238滹沱河二首（选一）

文天祥

滹沱半割太行山，涿鹿三分虎牢关。
始见临安城外色，东流献滏子牙湾。

239尘外

文天祥

风风雨雨断江城，岁岁年年问月明。
驿路行行无止境，乡心处处向衷情。

240东方有一士

文天祥

披肝沥胆一平生，杜断房谋半纵横。
义薄云天闻胜负，惊心动魄作精英。

241文山即事

文天祥

匡庐一阔烟，浊浪九江泉。
石经山林密，羊肠瀑布悬。
知情闲事永，达意困忧田。
此醉常难解，浔陽不泊船。

242之三

一夜半分年，三更两岁天。
灯明今昔色，地厚去来田。

243之五

五女山前一路长，刘家沟外半书香。
恩媛驾鹤当芳影，老客痴心寄断肠。

244之七

春秋草木数三关，岁月江河第一弯。

处处扬长杨柳岸，年年满目是青山。

245方山京

慈溪一砚庵，教授半儿男。

正字压文府，咸淳校书坛。

246夏圭　雪堂客话图

客话寒冰一雪堂，峰林古木半天光。

溪流户对三川树，读遍人间作柳杨。

247马远　观梅图

马远半观梅，江山一日催。

群芳三五月，百色万千隈。

248谢恩诗

张镇孙

一跃过龙门，三生问镇孙。

忠诚知政治，义勇作人恩。

249水帘洞

张镇孙

瀑布山前挂素流，云烟济落水帘楼。

岩风觅底生凉气，涧护云堆六月秋。

250夜过白云话别

张镇孙

红楼半在白云村，远道三山二水门。

镇海羊城寻赵秀，心平紫气待辰昏。

遥观赵秀白云楼，近问羊城镇海谋。

此去扶浮多少问，今来古往是春秋。

羊城海外白云生，镇海楼中粤鼎卿。

切切上大元共处，亭亭见面集诗荣。

天天地地白云情，去去来来义德名。

水水源源江不止，山山岭岭越台荣。

251赠彭神通

徐衡

豪英田海一神通，七十三生半老翁。

洎水之东彭氏子，佳瑞五岁作雕虫。

朗朗一口文章客，国国家家作终始。

白首先生知五柳，高才后报作千雄。

252别使者

杨友

能否亭前凭虎跃，威风两国共天涯。

253蔡必胜

轻财重友名，信义本君声。

赤胆忠心寄，东瓯诗存荣。

254过大桥并出界偶成三绝寄邵阳父老

赵鼐

已近长亭日半西，遮留木叶树三低。

行言欲止邵阳客，遗爱常寻自在题。

拙政园中一日余，姑苏城外五湖居。

船舱底板吱吱响，碧玉短袖处处书。

255第一山

蒋介

蒋介阁门第一山，春秋史记御双颜。

中原涿鹿临安问，武举成名进士班。

256出疆

林仲虎

不问交河万里行，须知厚土一人生。

披肝沥胆刀枪外，业就功成剑戟情。

日月阴晴时刻数，乾坤草木继枯荣。

男儿自应飞鸿去，不必言无半诺轻。

257刘松年　中兴四将图

四将一中兴，三朝半玉冰。

千门呼北上，万里见朝肱。

258明妃

程鸣凤

沄沄蜀水大江东，寞寞琵琶御袖红。

汉将时时寻去路，阴山处处见青冢。

259华岳

南征录后北征国，万里江山一翠微。

武举文中华岳一，无私侠士立功非。

260别馆即事

华岳

别迹离乡五十年，逢春俯首两三天。

清明乞火书生路，立志行身白发悬。

问事治源泉，思心泪涌泉。

情肠长久寄，自作一鸣蝉。

拍案东风暖，衔山暮日宣。

钱塘苏小小，夜雨问红妍。

夜泊枫桥渔火色，寒山寺鼓作方圆。

姑苏处处云烟重，不待秦淮话逝川。

261上巳

小豆青梅已半圆，枇杷霪雨过三天。

西山上巳苏州色，雾里浮云柳似烟。

262忆西湖

苏堤欲晓柳闻莺，宝叔擎天月色明。

放鹤亭前苏小小，西冷印社作阴晴。

263呈鲁功甫

华岳

夜半书声望远天，高楼旷野自方圆。

何言独枕黄粱梦，只约嫦娥玉色眠。

264初抵富沙二首（选一）

华岳

三千里路富春江，五百年华一国邦。

问路难寻何止问，作人自比世无双。

265冬日述怀

华岳

腊月梅花雪色荣，东风未至岁心中。

天机泄露群芳问，世物知源本末精。

有欲难成几度名，无求自在是精英。

何须世上三千士，不负心中一万兵。

266过鄱阳湖 607

华岳

塞外已黄昏，舟中泊水村。

鄱阳湖上问，一夜过龙门。

267酒楼秋望

华岳

酒入情肠有暖寒，人逢喜事莫盘桓。
闻言孔府儒生客，读遍书香在杏坛。

268闷题

华岳

狐假虎威一日狂，风声鹤唳半沦伤。
临安自在鸿鹄志，吠尧匈奴燕雀猖。

269暮秋闻雁有怀（选一）

华岳

排空一字到衡阳，塞叶三声唳苦霜。
点缀红枫边雪色，归心不尽作乡肠。

270怒成

华岳

不尽三边一怒成，豪言壮志半人生。
祝融峰下何须问，俯仰君前作士盟。

271鸥

华岳

随潮起落逐云霄，独立阴晴任路遥。
俯就三声寻影色，飞高一去作天骄。

272严陵方市

华岳

英雄自古叹零丁，壮士千年问渭泾。
白鸟严陵方市客，香山寺庙有丹青。
人心不断江南路，士语当言宿将霆。
点破池萍分水色，云浮万里逐山青。

273幽居

华岳

江山不可问樵渔，士气须成向帝居。
雁足归来南北客，须传杳信宋家书。

274枕上吟

华岳

精忠报国一儒求，画角梅花半九州。
客梦还承天地客，乡心不断是君忧。

275田锡

进士龙门第二人，田锡转运大夫身。
朝服红紫王家赐，集里咸平拾遗臣。

276代牡丹酬谢

田锡

舒元舆处竞风流，八万余言自荐谋。
进士书成甘露变，牡丹赋里作春秋。
娇研武后神情许，姿色百态以礼羞。
小小苏心云雨下，雍雍富贵意无休。

277登郡楼望严陵钓台

田锡

严光只读富春山，刘秀方成帝御颜。
裳霸春秋何主偻，书生自此有天班。

注：严陵：即严光。字子陵，省称严陵。东汉会稽余姚人。少曾与汉武帝刘秀同游学。秀即帝位后，光变姓名隐遁，秀遣人觅访，征召到京，授谏议大夫，不受，退隐于富春山。后人称他所居游之地为严陵山、严陵濑、严陵钓台等。

278花雨笔下秦中

田锡

庄舄刘桢一苦音，川流日暮半乡心。
莺啼柳岸花明处，史记春秋问古今。

注：刘桢（？ -217）：字公干。东汉东平（今属山东）人。建安七子之一。为曹操丞相掾属。庄舄：战国时越国人。也称越舄。仕于楚病中思越而吟越声。见《史记·张仪列传》。后以“庄舄越吟”指怀乡知咏与感伤之情。

279寄送准学士

田锡

埙埙篪篪六合音，去去来来一古今。
离离分分君子路，朝朝暮暮客家箴。

注：埙篪：埙、篪皆古代乐器，二者合奏时声音相应和。

280览韩渥郑谷诗因呈太素

田锡

布谷声中布谷春，一鸣天下一鸣新。
耕耘自礼知时令，处世方圆向故人。

281千金答漂母行

田锡

自去一千金，如逢半古今。
江东君子路，霸主几知音。
楚汉封王客，鸿沟垓下闻。
淮阴漂母见，易得子孙荫。

282望西林寺

田锡

一路到西林，三生问寺音。
禅房多曲径，夜话少知今。

283幽居

田锡

寄寄幽居一客家，烟烟细雨半天涯。
樊樊易象三春近，独独孤芳二月花。

284醉题红叶

田锡

御水浮流色雨稀，京垣玉磊化云玑。
西风已醉题红叶，柳色深宫士短衣。

285夏圭　山水十二景

山山水水一丹青，雨雨烟烟半画屏。
寺寺楼楼层栉枇，花花草草作心灵。

286上吕相公

刘昌言

清明重望吕相公，举首居心百岁翁。
自主长春诗五万，乾隆朝野颂雅风。

287寄泉僧定诸

曾会

桐城定渚寄泉僧，暮日闻风问寺灯。
只可回头三稽首，樵渔不似一严陵。

288送张无梦归天台

曾会

隐士一天台，重光半雨开。
彤庭衣带水，御袂醉归回。

289题仙都山二首

曾会

释卷问麻姑，行程待郡符。
天台铭泰斗，尧舜著东吴。
独步虚吟客，东邻大丈夫。
碑荒迷阮肇，立异典樵奴。

分明景物在仙都，典郡官冠问玉奴。
不到烟云知雨露，梅花二月满三吴。
注：麻姑：中国神话人物。东汉时应召降临蔡经家。能掷米成珠。相传在绛珠河畔以灵芝酿酒，以备蟠桃会上为西王母祝寿。称“麻姑献寿”。

290重登潇湘楼

曾会

潇湘渡口久歌声，白首风云一楚情。
事变心伤孤独变，当年不见翰林名。

291咏华林书院

朱台符

华林书院白云深，百里名都指故林。
壁磊峰峦峰卓立，从芳草木尽知音。

292送僧归护国寺

黄宗旦

枫枫林林一生涯，寺寺僧僧半故家。
去去来来钟鼓继，遮遮掩掩赤城霞。
五湖烟雨传心印，八卦两仪四象华。
护国寺前花草盛，东流月下浪淘沙。

293登山顶

高辅尧

进士登山四弟兄，高家教子辅朝城。
终高任达临危远，栉比荆榛曲道明。

294送高学士知越

陈知微

一日天台百日书，三潮暮色半潮余。
知音好采兰亭竹，应物须听禹王居。
会稽知功流水计，鉴湖玉笛至匡庐。
胡笳十八拍音响，越府乡间已不疏。
注：闾：古代以二十五家为闾，一万二千五百家为乡因以“乡闾”泛指民众聚居之处。

295任仁发　人马图

举足路遥遥，行程日日消。
低昂知万里，始自一朝朝。

296清溪

萧贯

山明玉峡低，水照武陵溪。
阮肇乡闾旧，刘辰未忘妻。

297马麟　夏禹王像

一夏九州流，三江半抑收。
形成天地水，逐日顺春秋。

298得请宣城府

叶清臣

不负谢公楼，身勤日月修。
宣城多草木，故館不知秋。
一步三思忖，千章万户求。
冠官须自守，理剧问王侯。

299国清寺

叶清臣

寺外天台一国清，随中雨树半云平。
千灵护属山僧悟，万性人心彼此荣。

300送余姚知县陈最寺丞

叶清臣

一水绕余姚，三公孝字诏。
曹娥江上客，版象逐波潮。

301题溪口广慈寺

叶清臣

枫红八月富阳潮，溪口三秋步石桥。
寺院僧归禅夜语，江云树冷月寒遥。

302游摄栖霞寺

叶清臣

栖霞寺里问支郎，览古今前石敢当。
无极经中明度译，形躯百卷是知囊。
汉末三吴僧不语，心无释手罢衷肠。
中原印度千万路，中华土地作闾乡。
注：支郎：称汉末、三国时僧人支谦。月支国人，于东汉末迁居吴地，从吴孙权黄武二年到孙亮建兴二年，译出《大明度无极经》等八十八部，一百一十八卷，为著名的佛经翻译家。其人细长黑瘦，眼多白而睛黄，除博通梵籍外，于世间技艺多所精究，时人谚曰“支郎眼中黄，形躯虽小是智囊”。

303韩琦

安阳集里满诗文，正笏垂绅一御君。
二帝三朝临大事，元勋定策决纷纭。

304过故观

韩琦

春风入并州，故道任汾流。
古戍群芳至，三边自莫愁。
耕耘阡陌种，波点处荒丘。
白首驱儿女，乡犁不见牛。

305古今诗山东我祖闯关东

残寒驿路长，二月客梅香。
峡谷云雨重，林桥色柳杨。
阡耕分峪土，石驿女儿妆。
塞北兴安岭，山东低已荒。

306之三

并塞半深秋，汾阳一晓流。
霜严权峻岭，士气入豪牛。
玳瑁森吟月，葡萄酒色稠。

银河分两岸，驿路作乡州。

307之五

清泉九曲北南流，晋并三秦八九州。
岁岁西神唐叔祠，庭庭古圭历春秋。
注：唐叔祠：晋祠是为纪念周武王的儿子叔虞所建，因为叔虞被敕封唐地。所以又称唐叔虞祠或唐叔祠。

308次韵答永兴安抚文公

韩琦

五岳一岱宗，三江半潜龙。
文公归辅翼，注意建牙重。

309之二

雪色一枝梅，疏远十地开。
花从无象起，喜庆有金台。
泽润成千瑞，丰魁问百催。
东风何不止，细雨已云来。

310春寒

韩琦

水暖化春寒，冰温向日宽。
梅香羞不语，雪色素天坛。

311新燕

韩琦

去年己是此年门，旧屋曾如彼屋恩。
宿性翻飞南北客，归来上下祝黄昏。

312中秋夜二首

韩琦

十五婵娟十六圆，两三碧玉两千妍。
小桥流水姑苏色，只到中秋是一年。
一日寒宫一日悬，半云后羿半云烟。
嫦娥应悔苍天阔，夜半孤身不可眠。

313述怀

刘沆

生来日月不知愁，彼此春秋教九流。
草木阴晴凭茂盛，江楼醒醉自行舟。

314小孤山

刘沆

江湖作镇小孤山，八柱承天大将颜。
五岳盘根风浪里，四荒石耸水门关。

315别信州席上作

杨寨

楚汉一鸿沟，隋唐半马牛。
周秦三世界，醒醉宋元留。

316送天柱冯先生

李绚

南洋彼此海山遥，日月阴晴近玉霄。
不是西关归不去，同龄一半上天朝。
紫阁依前秦岭树，钱塘照旧八月潮。
辽东夜令乡心老，柳暗花明箸枝条。

317被诏考制科呈胡武平内翰三首（选二）

王珪

诏令金门上玉堂，宫围御笔作文章。
皇城论策方圆客，赭案书心满醉香。
漏断三更半夜长，平明十步一文章。
桃溪李道寻来去，典策形成见帝王。

318春日郊外

王珪

漭漭绿生波，清清草木河。
村前流水响，柳下富田禾。
雨住群芳色，云停晓日多。
人生知道路，不必自蹉跎。

319之二

对月一寒生，行身半旧情。
凌波知渭水，玉枕作枯荣。
独省陈王去，风流七步成。
红蕖丹桂弄，妙处几凭明。

320之四

悠悠古事半金陵，独独秦淮一玉冰。
雨下归舟桃叶渡，云前玉树故香凝。

321之六

三吴一越求，任寄范蠡舟。
褐被扬雄客，黄门教九流。
“甘泉赋不尽”，“论语”作春秋。
蜀郎“方言”子，西施几度愁。
注：扬雄：西汉文学家、哲学家、语言学家。字子云，蜀郡成都人。汉武帝时为给事黄门郎。王莽称帝后，任太中大夫。早年以辞赋闻名，有《甘泉赋》、《长扬赋》等。晚年研究哲学，仿《论语》和《诗经》作《法言》和《太玄》。另有研究语言学的《方言》和捧王莽的《剧秦美新》等。明人辑有《扬侍郎集》。

322之八六妮李华，七妮雅卿

凝香二月花，艳骨半人家。
拂晓群芳至，临晴杏李华。

323之十薛维翰乃六妮丈夫

维翰第一不闲身，日上三晴半晋人。
南老泉中流水色，汾阳柳下雁归巾。

324之十二

瑶台祖洽一风流，杖策青厢半九州。
紫府晁童多定论，倾金御酒状元楼。
龙门第一临唱早，禁苑三春特访酬。
碧落英群南北客，花余榜眼曲江侯。

325游赏心亭

王珪

六朝遗迹赏心亭，万里江山几渭泾。
玉树后庭花色浅，忠诚处处作丹青。

326竹

王珪

半平生，三枝两色荣。
千寻高处立，咫尺俯叶明。

327古今诗浑江四月放冰排

王珪

少小离家大老回，辰光半启五更开。
春冰渐桥浑江岸，薄透山光鼎立来。

328哀王十三都官

王珪

不问十三都，难成一半吴。
如何归不得，未谢隐时孤。

329岸旁倒树

王珪

树倒见猢狲，枝条是本根。
萧萧生意气，色色过辰昏。

330八月旦始凉

王珪

历历一晴川，萋萋半草田。
波波明岸上，处处雨云前。
八月蒹葭露，三秋柳叶悬。
南浮庶已见，北箸客光贤。

331白登

王珪

匈奴汉祖半和亲，阏氏单于一世人。
曲道陈平侯许愿，当朝贿赂作金尘。

注：白登：汉高祖六年，刘邦亲率三十万大军北讨，在平城白登山被匈奴围困达七日之久。陈平献计用重金贿赂匈奴单于的阏氏，才得以解脱。白登山之围后，刘邦便采用娄敬的建议，对匈奴实行和亲政策。

332柏

王珪

柏树青鳞一色深，根荣叶茂半清荫。
杨花柳叶朦胧醉，万古千年几处寻。

333爆竹

王珪

爆竹两年分，新音一老君。
东风三介意，旧岁作诗文。

334北风

王珪

万叶一山空，千川半谷穷。
蝉声同里尽，塞北玉门风。

335城南杂题（选一）

盘姗已是位三公，独立何当作一雄。
不解禅音僧未老，须闻道德以径工。

336沈遘

制书文通第一名，西溪集卷已千声。
三身太庙无疾去，四十亲娘墓侧倾。

337送密学施侍郎知杭州

沈遘

云烟雨雾半杭州，画舸楼船一梦求。
自厌频趋沧海濯，还思塞易鬓毛秋。
西湖满目钱塘水，柳浪闻莺小小愁。
九脉苏堤南北岸，三潭印月几沉浮。

338和王微之渔阳图

沈遘

微云北望一渔阳，壮士朱颜半故乡。
不教燕山空守社，分明掌骨作衷肠。

339之二

八月钱塘一广陵，三秋日月半香凝。
渔舟唱晚山光寺，水调歌头问老僧。

340次韵和李审言上苑寄王岩夫

沈遘

阴晴一丈夫，俯仰半江湖。
草木枯荣尽，心思有似无。

341次韵和孙少述润州望海楼

沈遘

北固亭前望海楼，润州脚下镇江流。
苍烟落照南朝尽，举首鳌轮峙立愁。

342将至京口先寄孙少述并呈晏子俞

沈遘

不读诗书问豫章，何言草木有三光。
难从古木寻京口，不作殿星嶂画廊。

343戏卢中甫钱才翁

沈遘

群芳意气浮，碧水暮朝流。
少小扬州笛，公翁已莫愁。

344还家自戏（二首选一）

沈遘

群芳岁岁一枯荣，碧玉时时半雨晴。
柳叶条条摇不定，乡心处处自难平。

345依韵和施正臣游圣果寺（二首选一）

沈遘

浮国一鉴成，汉漫半天生。
圣果千年树，燕然一愧鸣。

346赠剡县桃源宫王道士

沈遘

道士一山中，禅房半悟空。
寻言前古去，寄语上人衷。

347游春

沈遘

清明一半有阴晴，儿女三千踏草平。
雪月风花桃李下，秋千系柳笑身倾。

348寿山

沈遘

宋玉阳台一半春，巫山峡口两红尘。
朝朝暮暮成云色，去去来来作雨新。

349中秋月

苏轼

一月几经年，三光半地天。
圆圆圆始缺，缺缺缺更圆。

350海棠

沉香果里一心肠，独立云中百尺妆。
不与群芳争早晚，诗情赋后忆东阴。

351诗寄东坡

杨绘

赤壁一东坡，汨罗半九歌。
行身何自主，治政几蹉跎。

352凫鹥亭

关景仁

独立江洲上，终身不士名。
朝飞由草木，暮落任归情。
水鸟临流自水清，游鱼顺逆以游荣。
人生自是寻知己，治事当心任道明。

353吊左伯桃羊角哀

成贤结义来，楚纳士人才。
左伯桃先去，元王羊角哀。
冠官何目的，草木死生台。
日月谁成就，阴晴可断裁。
英灵由造化，手足弟兄回。

注：西汉时期左伯桃、羊角哀二人是结义兄弟，他们听说楚平王慕好仁，招贤纳士。二人便相伴投奔楚王。路上粮绝。为成全羊角哀的功名，伯桃宁愿牺牲自己，把干粮让给了羊角哀，羊角哀到了楚国，楚平王拜羊角哀做中大夫，赐黄金百两，绸缎百匹。可是羊角哀弃官不做，他回头去找到左伯桃的尸首，选了一块吉地安葬了这位朋友后自刎而死。

354陈睦

龙袍玉带宽，外体笏朝官。
彼岸神州客，凌灵迎地坛。

355送程给事知越州

陈睦

曲水浴尘缨，直臣作始明。
江流随谷逝，史记拜高城。
郡阁是诗处，芙蕖碧叶情。
行归天上侣，且自任枯荣。

356法林袈裟泉

陈睦

世上一袈裟，春光二月花。
僧游天下客，法印玉中华。

357云骧阁

陈睦

不字石碑铭，直书一丈青。
蟠崦深佛刹，涧石散零汀。

358题志添禅师

陈睦

成都百步一禅师，古刹千灯半寺迟。
十载纱笼成旧高，三春草木几身姿。

359题蓬莱阁观

陈睦

秦郎弄玉凤凰箫，王母蓬莱信不遥。
青鸟殷勤知探看，人间自有认三桥。

注：吴县同里有三桥。

360忆清溪县

陈睦

县城十步一清溪，酒市三旗半鸟啼。
钓客湖居渔隐住，禅关梵语化香泥。

361汀州

陈睦

居人闽越半汀洲，遗迹山荫议故楼。
岁盗长闲作旧事，铜盐自给已春秋。

玉川远逝玉川流，布谷闻寻布谷忧。
青鸟殷勤青鸟歇，汀州草木满汀州。

362观棋

陈睦

何须阮肇问刘晨，黑白三军对付秦。
楚汉鸿沟千万逐，中原寸土去来频。

363马远　山径春行图

人行鸟去不成啼，柳细云烟雨色低。
足下溪流悬不岸，山前树后有东西。

364腊梅三绝

潘良贵

半箸轻黄半雪花，一枝独立一枝斜。
疏香淡淡移心肺，玉影芳芳入我家。
半动寒心半动春，一袭日月一袭人。
天明应是东风至，腊月群芳待客邻。
千枝五瓣一芳心，九脉三山半古今。
小女春情私已许，男儿窥视作知音。

365新梧

潘良贵

三春始作芽，一叶覆千花。
首夏成天碧，空枝易简华。
扶疏今古色，秀整水天涯。
剪断琴弦柱，形成王筑家。

注：筑：古代弦乐器，形似琴，有十三弦。演奏时，左手按弦的一端，右手执竹尺击弦发音。

366夜与仲严叔倚季成三弟同坐闻笛各赋一绝

一诺楼兰半去来，三生魏晋两琴台。
思归赋尽交河晚，今宵笛曲动地衷。

注：闻笛：魏晋之间，向秀与嵇康、吕安友善，康安为司马昭所杀，秀经嵇康山阳旧居，闻邻人笛声，感怀亡友，作《思旧赋》。后因以“闻笛”为悼念故人之词。

367赠方仁声

潘良贵

学道悠悠屡见功，方言度度向英风。
归年一去江湖远，弃去衣钵作落鸿。

368挽陈德固守御

潘良贵

治世一英名，留芳半道荣。
秋原风扫叶，桂酒祝平生。

369赵楷

赵楷徽宗第二堂，嘉王本作状元郎。
花花草草成天下，砚笔丹青鸟语藏。

370陆龟蒙

赵楷

姑苏拙政陆龟蒙，玉树后庭楚落鸿。
笑笑园林池水浅，萧萧杞菊字句工。

371读中兴碑

赵楷

玉洁凌空十丈碑，斯文未泯一徘徊。
风声处处惊言语，胜作年年读腊梅。

372灵岩禅寺

王大宝

雁荡一鸣泉，灵岩四壁天。
群峰孤立柱，独树自攀缘。
水洞云浮入，天台客寺眠。
禅心多少问，举步去来年。

373之五

第一乾隆诗四万首
第二长春诗五万首
七十生涯五万词，三千弟子古今诗。
乾隆自此谙颜色，第一华名自我知。

374游虎丘岩偶题壁韵叶因分字联句赠林谦之

陈俊卿

半入山头石点头，三吴雨后一清流。
梅霖七月江湖色，虎塔千层作古丘。
士病摩诘居士近，禅音舍利净名修。
从心意愿同林坐，化教文殊大乘留。

375佚名　枇杷绣羽图

枇杷绣羽城，七月作精英。
硕果西山色，梅霖夜雨晴。

376送舅氏王亨道知湖州

秦熺

不问湖州一岳飞，难言武举半是非。
秦王子弟公相府，第二名节第一晖。
十里钱塘寻桂子，三军豹尾注轻微。
垂鞭欲体江南岸，不得溪头去不归。

377弥牟镇孔明八阵图

王刚中

八阵图中半有无，三军帐下一蜀吴。
周郎赤壁英华属，诸葛出师羽箓奴。
石磊空城琴不断，江流遗迹问扶疏。
岐山可觅岐山旅，白帝托孤白帝孤。

378董德元

第二"状元楼"，高宗赵构修。
雄浑朱熹字，进士立千秋。

379涵碧亭三首

曹冠

情情一寸荫，高高不关心。
谢坐诗词话，吟来作古今。
挥毫佳句记，俯首问知音。
杜首流觞远，寻骚意念深。
预约涵碧亭，泉声竹影琴。

380之三

曹冠

烟烟雨雨纵云林，寂寂茵茵梁父吟。
渺渺茫茫知谷雨，花花草草属幽禽。
游僧客杖松枝挂，翠藻蓬翟隐去寻。
十筑山溪流未上，诗词日月古今音。

381罗隐故宅诗

曹冠

罗生不隐半生余，散客招吟一客余。
故宅当年成妇女，红楼去外不知书。

382登制胜楼次韵

阎苍舒

夔州赤甲白盐秋，白帝巫山奉节楼。
宋玉高唐云雨赋，朝三暮四一江流。
注：夔州：旧府名，府治在今四川奉节县。

383海观

阎苍舒

千流日日下南洋，百汇茫茫上海苍。
万水平平深浅处，三生业业去来忙。

384赠郡帅郭侯

阎苍舒

二十四桥月雪明，三千将士自倾城。
南朝小子无男色，玉树后庭久不声。
水调歌头同里去，广陵散曲绝人情。
西施娃舘夫差尽，五霸春秋勾践荣。
注：广陵散：琴曲名。三国魏嵇康善弹此曲，秘不授人。后遭谗被害，临刑索琴弹之，曰"《广陵散》于今绝矣！"见《晋书·嵇康传》。

385石桥

赵汝愚

千山大石桥，百岁故乡遥。
影现龙泉寺，人身欲念消。

386题竹赠卫清叔之潭州

赵汝愚

不问金陵一石头，姑苏城里半红楼。
龙盘凤尾知君子，自古秦淮有莫愁。

387致爽轩

赵汝愚

夹道浓灰水爽轩，荷塘月色榭花繁。
游鱼不敌逢人影，共坐无惊竹不宣。

388郭熙　窠石平远图

千年一石平，万里半元情。
步步行天下，云云问众生。

389夏圭　松崖客话图

雨里半烟花，云中一客崖。
棋盘天下子，不到帝王家。

390喜雨望巴罗二山

罗点

一雨知人下九天，三春问水待千泉。
农夫似煮桑田唱，万里行程万旱烟。
日日耕耘辛日日，悬悬子粒苦悬悬。
风调势顺凭天下，只寄阴晴祝客年。

391鲁宗贵　橘子葡萄石榴图

葡萄橘子石榴裙，玉鸟清宫子粒君。
只有秋风成硕果，唐唐武武几何分。

392保德庵

叶适

举目湖山一鸟飞，红颜土地半心扉。
向闾把手辞来去，不能平生指日归。

393祷雨题张王庙

叶适

祈雨一张王，畴田半柱香。
云行无旱果，水色过黄粱。
化取天河水，分明有业洋。
三江何远近，四海泽麻桑。

394渡浙江

叶适

晚泊云消月半浮，行身落客几三秋。
难承暮色闻潮浪，不以洄洑作水流。

395赋董季兴玩书岩

叶适

水洞花帘四壁新，书香笔健半乡邻。
匡庐剑策西瞻尽，雁荡江湖略勇身。

396寄柳秘校

叶适

日月三春已始终，风云五柳教扬雄。
今人匿笑相轻去，释手先生化点龙。

397净光松风阁

叶适

松风阁上见云潮，净土宗前玉色桥。
一半江山成就坐，三千弟子客身遥。

398刘高士自画琴横膝前对

叶适

自得一弦音，清鸣半古今。
梅花三弄问，唱晚去来寻。

399请推耿住水陆院

叶适

五祖衣钵六祖禅，千钟万鼓一钟宣。
弘师慧能知神秀，武后唐周作女天。

400送白酂还蜀

叶适

樊笼未锁望云天，羽翼时丰得岁年。
杜宇声中春色晓，巴山处处有林泉。

401著存亭

叶适

江湖自古水难平，日月千年路道生。
策策细君天下问，明明步履有枯荣。

402登麻姑山

曾渐

仙台石径向麻姑，羽驾扪梦问玉奴。
谷断飞泉流不住，山苍秀宇看江苏。

403谢恩诗

蔡仲龙

朝明策草来，圣运自天开。
北阙承殊宠，南山咏雀台。
黄河流不尽，紫气幸冠裁。
稽首思难报，廷音数再回。

404游大涤栖真洞

杨栋

远处一鸣琴，峰山半雨林。
樵夫渔不问，榭阁木花深。
石上一泉音，林中半古今。
樵渔成故客，草木落栖禽。

405碇斋

李伯玉

舟停浪起有风波，楚客湘流唱九歌。
大政偏逢贾似道，梅花独立傲斯磨。

406吏隐堂

李伯玉

掷米成珠吏隐堂，麻姑教化事沧桑。
君方跷首冠官去，磊落三生似黄粱。

407挽徐衡

李伯玉

恢恢百万兵，略略十年城。
武武韬谋语，文文守帝京。

408雪后

李伯玉

衔枚卷甲臂雕弓，屋角墙头见草虫。
日月阴晴成宇宙，江山草木作英雄。
雪后一梅花，香凝五万家。
冰封姿影傲，独色到天涯。

409淳佑七年丁未十一月朔蔡久轩自江东提刑归抵家时三馆诸公以风霜随气节河汉下文章分韵赋诗别得下字

李伯玉

下上一人间，阴晴两不闲。
功名天子客，高业帝王颜。
赤日君心照，殿臣治化还。
承明朝暮论，国本是忧关。

410及第谢恩

吴必达

精微一理立心田，历故三生日月天。
四海输忠刘贲胆，千官礼务李郃研。
注：刘贲：唐朝进士，字去华。他敢于挑战宦官权势而未被朝廷选拔为官。李郃：字子玄，号西贞。因上疏让弟得罪宦官。被排挤出京。

411次回仙韵

文及翁

杜宇声声蜀客情，成都处处始春耕。
回仙韵自樵渔钓，剑阁途中路道生。
回仙往事认天书，易道周公济世余。

寂寞形栖元不怕，徘徊迹寄帝王墟。

412和太傅平章贾魏公咸淳庚午冬大雪遣安抚潜侍郎文及翁

燕山起落一长城，太素崎岖半雪英。
一箭幽门知射虎，三生阔别酒泉倾。
不问潮河直到此，难言地色不阴晴。
收敛烟云凝玉色，英雄已去自留名。

413郭熙　溪山访友图

溪山访友图，曲水向姑苏。
磊石桥边树，红峰月下孤。

414送新知永州陈祕丞瞻赴任洪湛

零陵一群老儿男，太守三朝坐杏坛。
五味常思天地客，千流不枕养桑蚕。
古郡枕川平，太守问枯荣。
台亭溪浯处，父子女儿情。

注：浯溪：溪水名。在湖南省祁阳县西南。唐诗人元结卜居于此，筑台建亭，台曰浯台，亭曰浯亭，与浯溪并称“三浯”。借指形胜之地。

415马麟　夕阳秋色图

山含紫气一红枫，暮纳寒林半北风。
雾里云中烟雨至，原来独上老飞鸿。

416题惠泉师壁

路振

陆羽三茶饮惠泉，茗香品位赋诗篇。
师来日去风云主，暮四朝三月半悬。

417佚名　寒鸦图

空空旷旷一寒鸦，木木林林半名家。
暮暮朝朝深岭去，先先后后作中华。

418燕文贵　溪山观楼图

溪山妙尽一观楼，水色情深半物候。
石岸桥头船渡口，泉林树下问春秋。

419初夏病中

钱易

文园问旧台，汉帝去无来。
滞骨花芳色，空庭已不回。

注：文园：即孝文园。汉文帝的陵园。

420嵇康小舞词

钱易

襄阳不唱白铜鞮，水调红尘渭洛西。
玉树后庭花影色，南朝曲尽误梁齐。

注：白铜鞮：亦作“白铜蹄”。南朝梁歌谣名。

421芦花

钱易

黄天荡里满芦花，雁羽云中落渚涯。
月洁从丛栖不尽，衡阳毕竟去来家。

422南兵

钱易

苦苦一南兵，辽辽半弟兄。
沙场相见少，巷户已枯荣。

423七夕作

钱易

河边织女问牛郎，喜鹊桥中渡曲肠。
七夕人问心里望，红妆卸尽作新娘。

424送僧归护国寺

钱易

归僧护国寺林泉，命举兰芽岭木田。
万里游寻知去客，千灯一念自安禅。

425温泉诗

钱易

至丁[illegible]宗周，雕墙半宇楼。
华清池水冷，简牍作鸿猷。
俊诚咸岁月，蛛丝栉比游。
翻腮向应物，黍离已春秋。

注：鸿猷：鸿业；大业。深远的计划。黍离：“《黍离》，闵宗周也。周大夫行役，至于宗周，过故宗庙宫室，尽为禾黍，闵周室之颠覆，彷徨不忍去而作是诗也”。后遂用作感慨亡国之词。

426习家池大堤

钱易

砚山一半砚山名，不似湖州李显情。
应以襄阳羊祜去，碑前有泪客难倾。

427中秋

钱易

白日问莲稀，红妆作水衣。
蓬房成玉库，子粒是天机。

428陈汝言　仙山图

一道半仙山，三生两玉关。
南洋心不止，木槿作乡颜。

429范宽　溪山行旅图

小径入云霄，林深不问遥。
溪山行旅路，石岸渡人桥。

430姚廷美　有余闲图

谢客有余闲，行心待天颜。
岩烟成旧路，别业玉门关。

431来燕堂联句

赵概

溪烟富存雅泉长，竹气衣巾绿蕙扬。
谢郡来燕堂上客，从游去党筑中梁。
轩直正道依亭坐，岸曲回肠水溢芳。
樾影波光相照颜，先生有梦作黄粱。

注：樾：路旁遮阴的树。树荫凉儿。

432送梵才大师归天台

赵概

五祖一禅身，三生半佛津。
中藏般若偈，世界本无尘。

433孙抃

种田历子孙，仕宦不知门。
制书文章客，翰林学本根。

434端午日皇后合帖子词

孙抃

蟠桃盛会一云霄，紫气瑶台半玉条。

三十六宫天子客，千门敞放去来潮。
只任汨罗唱九歌，难客楚客作闾潮。
绵绵不独周家语，万万长沙作柳条。

435汴水即事

祖无择

白鹭翻飞客扁舟，红霞跳跃上船楼。
隋炀镇守江都色，已见开封汴水流。

436春郊即事

祖无择

一亩半春耕，三生两地萌。
田禾虫鸟社，雨露劝田生。
酒后知人意，言中已不清。
茶香浮世界，雨色罩阴晴。

437官况

祖无择

物态资凉一品官，心思进退半孤单。
宽宽狭狭时时问，利利功功处处寒。

438和御制赏花钓鱼

祖无择

紫禁春深御色开，三宫日溃玉人来。
花含瑞色晴光许，露润仪音万岁回。

439记万载风俗三绝（选一）

祖无择

楚唱一湘涯，湘歌二月花。
田中多石磊，不可到长沙。

440寄题汉州西湖兼简知郡马屯田

祖无择

临流见逝川，遗爱作乡田。
白雪风花月，洪钧日月年。
清音多少誉，俗道去来泉。
渡口呼儿女，归来是小船。

441聚为九老自咏

祖无择

九老科名一老亲，三生苦读两生尘。
无言冷对扶红日，不道仙翁道自身。

442刘仙石

祖无择

山深步步有筘痕，叶叶层层不见根。
柘木时时成老树，求真处处是云门。
一石重重万石台，三江处处半流来。
湾湾回回津塘水，雨雨风风日月裁。

443琵琶亭

祖无择

一曲琵琶半曲亭，衣衫司马湿衫青。
浔阳九派长沙赋，不信人间有渭泾。

444仙翁祠书山荪亭

韩绛

玉石半苍穹，青溪一碧泓。
池明遗树影，古响问清风。
水榭高山上，云亭雨露中。
三明天地客，六月作群雄。

445答寄尧夫先生

韩绛

桃园结义一金兰，抱竹柳溪半谷寒。
孔鲤颜渊伊尹客，征途高业墨丹青。
春秋古史君僚友，日致图归陋巷单。
阔论平生寻海角，琅玕布履著雕盘。

446和许仲涂郎中游山

钱公辅

山斜石径满荒苔，水涨云沉久不开。
我步安排移巷道，东牟太守莫先来。

447蓬莱行

钱公辅

岁岁年年草木腸，人人高高去来忙。
行行止止蓬莱问，暮暮朝朝日月光。
万壑千岩幽隐地，江烟万里扁舟乡。
流莺处处寻渔火，泊渚深深作暗香。

448禹学

钱公辅

鉴湖寂寞贺知章，洞府闲暇易柳杨。
大禹学书天坠坎，云根树末待鱼梁。

449之二

若数东南第一泉，须知陆羽会三仙。
蓬莱不远瑶台客，百叶新茶雨后烟。

450送俞汝尚致仕还乡

腾甫

清风细雨不还乡，乞火书窗对曲肠。
一跃龙门千万里，何言里土作黄粱。

451送程给事知越州

王陟臣

给事长缨下越州，凌虚晓阁九江流。
湖山倒影成天下，直欲仙鳌厌老谋。
拥节楼兰心不远，怀章紫气晚成秋。
都城郑重沙场问，异域方圆一事秋。

452垂虹亭

陈瓘

两目江船一目归，三官晓是半官非。
张翰八月鲈鱼脍，螃蟹湖莼野雁飞。

453代书简张天觉

陈瓘

辟谷道家人，含虚路物尘。
何如天地客，有误自由身。

454和江民表韵

陈瓘

十里桐江月半楼，姑苏汴水叶三秋。
归来不问乡山佬，何须日月万里求。

455湖心亭

陈瓘

慧能无成六祖成，禅宗一念万尘情。
湖心浩浩烟波渺，寺屋高高日月明。

456寄觉范长沙

陈瓘

汨罗问遍问长沙，楚客弃舟弃汉家。

自得华严真译在，东风不语孕群花。

457寄饶德操

陈瓘

十二苦行僧，三千弟子灯。

空闲何醋大，应持玉香凝。

458寄题正伦侄舫斋诗二首

陈瓘

一道似长川，千回似蜿蜒。

行藏林木密，野色满峰前。

石径连云远，幽光自草天。

悬泉成露水，寂寂已经年。

459寄友人

陈瓘

人生半在友人中，落叶千重近树丛。

彼此随年成万事，蒙溪浸月向西东。

460荔枝台

陈瓘

名声共住玉家乡，续谱难明独恨长。

已得华清妃子笑，春香百鸟客啼娘。

461舟入荆江东赴建康

胡安国

荆江问渡舟，逝水建康楼。

楚赋知鹦鹉，柴桑忆仲谋。

周郎闻赤壁，日夜凤凰游。

岳麓文书院，长沙橘子洲。

462题崔白暄晴图

胡安国

黑头不似白头禽，黄柳形成碧柳荫。

日月时时成草木，莲蓬孔孔可观心。

463十二月立春

胡安国

腊月梅花半立春，朝来紫气一行人。

农家剪彩窗棂色，北望浮云已半新。

464雪

胡安国

浮浮衍衍小桥栏，窃窃香香玉树寒。

岁岁年年元日近，村村馆馆入云端。

465春日书怀

胡安国

东风一本田，细雨半云天。

千枕庄周梦，窗含日月年。

466黄石山

胡安国

商山四老城，凤舆半新名。

遗易君王问，臧姬策隐情。

467奉次朱子发禊饮碧泉

胡安国

碧玉澄波见底凉，芳塘翠草问南洋。

红磷影静浮荇采，不醉流觞曲岸长。

468广化寺

陈桷

山高半署城，草地一枯荣。

广化僧人晚，归羊误寺名。

469蹑云亭

陈桷

画锦桥边秀野亭，蹑云月下结翠殿。

霜猿继续清鸣远，物色君心浦溢青。

470春日作

许必胜

三朝汉足所踩还，一路飞将饮酒关。

只作天台山上客，归来不问在人间。

471寄山中老稚

许必胜

严陵石上钓鱼竿，酒瘾当涂捞月寒。

报竹平安花郑重，文章渎入白云端。

472山中杂咏

许必胜

一隙光明挂月残，三重树影溢流寒。

千山覆盖云烟里，万木繁欣著贵冠。

473之四

楚楚半山花，灼灼一色华。

幽幽情不已，落落故人家。

474祥符寺得句

许必胜

平生自足是平生，古寺钟鸣古寺情。

落叶归根寻土地，僧人不语任枯荣。

475忆旧游

许必胜

耕耘野草苗，日月待云消。

独得春光好，天空露水潮。

桑麻多苦力，稻谷已难廖。

只有山中旷，吟霜自得摇。

476赠友山二侄

许必胜

邯郸学步矩趋庭，冀赵边风古镇径。

自得方圆天下务，精文吾事作伊青。

477筹边堂

许必胜

成都市外一双流，吏隔筹边半锦州。

业运民生何富贵，三江水色自沉浮。

478芙蓉桥

许必胜

清虚十步一高桥，峡谷三江一俯消。

百丈临风心不止，千峰逐木壮志遥。

479整暇堂

许必胜

弃责暇堂一隙天，黄帝梦回一自然。

不得空闲华胥氏，神游万里始桑田。

注：华胥：人名。传说是伏羲氏的母亲。《列子·皇帝》："（皇帝）

昼寝，而梦游于华胥氏之国。华胥氏之国在弇州之西，台州之北，不知斯齐国几千万里。盖非舟车足力之所及，神游而已。其国无师长，自然而已；其民无嗜欲，自然而已……皇帝既寤，怡然自得。”

480钱选　梨花图

一树满梨花，三春向故家。
东风知止善，雪色半天涯。

481之二

已尽一公情，还闻四海声。
苍天何不语，治国有精英。
高落南山处，雕虫数旧萌。
双溪流未住，竹泪久阴晴。

482赵佶　芙蓉锦鸡图

锦雉芙蓉七彩生，江山草木半枯荣。
南南北北王朝笔，色色姿姿满宋城。

483赵佶　瑞鹤图

瑞鹤一临安，杭州半日端。
无须风雨住，不免宋城残。

484果实

岁岁枯荣子粒盟，年年草木去来生。
夜夜深藏红玳瑁，枝枝下缀碧珠城。
春花五月劝名就，秋月重阳礼物荣。
身身不语于心事，代代相傅万古情。

485披云亭

秦川百里半披云，洛邑千年一客君。
竹树青葱天地色，江河日逐去来军。
晨风不免行程误，落日常惊举足分。
俯就黄河声不止，登高豁敞故人闻。

486庚上赐病归韵

凌烟阁上向云台，訏谟贤前济锁才。
阙殿中书昭今客，天津二度自徘徊。

487李唐　村医

村医进里似桑田，浪子归乡作雨烟。
步履乡心非早晚，江流客舍去来船。

488正旦病中

孙何

冠簪笏板建章宫，乞火公侯腊烛穷。
影里春秋论语客，云中左傅颂朝风。
周公伯叔何天下，良吏贤臣作小虫。
御阙浮云三届问，天津细雨一梧桐。
注：建章，南宋时京城建康（今江苏省南京市），北邸为建章官。

489杏

此花胜似彼花明，一色招来百色倾。
碧处方兴男子气，繁时叠碎女儿声。
桃溪柳叶红颜比，曲水流觞玉石荣。
俯拜儒家三界事，清香仰首半坛情。

490桐柏观

春秋礼是上人钟，日月当空下里农。
羽客微吟无岁鹤，君玉常思万年龙。
天风起处松林响，海水潮时故步封。
五柳先生知五斗，三明道士自三重。

491上元雨

三吴一雨余，六合半诗书。
万户船中问，千家水上居。

492咏华林书院

江山笔墨画丹青，三弟芝兰树鲤庭。
六阙华林书院教，三堂隐巷问儒亭。
湘潇岳麓同声势，洛水咸阳座右铭。
处世须言多步履，平生不可望浮萍。

493诗二首

寒宫一载几分凉，桂影三秋半子房。
五百年中天子客，三千月下梦黄粱。

494孙仅

弟弟兄兄两状元，先先后后一轩辕。
天天地地文章在，朝朝暮暮化简繁。

495蒙泉

孙仅

孤城不锁半蒙泉，壁碣空悬一线天。
草木枯荣三百载，清流远迫五千年。

496题潜山

孙仅

带雪梅花一色寒，从芳碧玉半云端。
衡山不语潇湘问，岳麓无言雨雾澜。
虎伏风光桥未断，龙盘石柱翰林丹。
别墅洋洋溪水岸，书林步步忆杏坛。

497陈尧咨

兄兄弟弟状元郎，就就成成待故乡。
日日年年知读历，功功业业向群扬。

498赠贺兰真人

清风处处上人家，朗月明明曲径斜。
竹影婆娑知宿命，扶疏寺院颂南华

499送何水部蒙出牧袁州

王曾

一分里社一分亲，半省迁移半省臣。
水薤江山分付去，鱼符契约向天津。
政舍施勤朝暮事，重关玉佩出入频。
少小中年成就客，老来自许国翁身。

500王曾

王曾解省殿三元，沂国公名半百年。
壬寅文辞科举仕，真宗宋氏益都先。

501送钱易

魏阙声名十地闻，临岐驿路半途分。
吴乡水调江村西，洛邑阳关万里君。

502皇帝阁立春帖子

万户玉凝新，千门淑气匀。
年年天下问，岁岁复宜春。

503崔白　寒雀

喜鹊一枝梅，寒梅二月荣。
争先春早报，碧玉已心生。

504李迪

复古“遗直乡”，真宗学士梁。
司空文空侍，不愧状元郎。

505之二

自古一三公，周清半不同。
汉楚隋唐宋，自已作荣风。

注：三公：周代以司马、司徒、司空为三公，或以太师，太傅，太保为三公。西汉时以丞相（大司徒）、太尉（大司马）、御史大夫（司空）合称三公。东汉时以太尉、司徒、司空合称三公，又称三司。明清以太师、太傅、太保为三公。

506自题爱梅

一树梅花一树妍，半春雪色半春天。
群芳自礼随光后，碧玉丛中作白莲。

507送僧归护国寺

张师德

清风月色上人城，法印僧灯住持更。
四象烟霞形色去，三乘护国寺前明。

508得句

张观

心神如上水，淡定似行书。

509小孤索用黄土殷同赋

蔡齐

大小孤山两座帆，阴晴水色一衣衫。
洞庭俯仰成相对，日月风波领独衔。

510碧芦堂

宋庠

寄寄空堂一色幽，晴晴树影半湖楼。
江山片片云依旧，日月重重草木秋。

511残春夜雨

夜雨一春残，浮云半树端。
轻鸣虫未止，晦烛祝心宽。
滴水中浔岸，溪流上涨滩。
风声惊宿鸟，晓气化波澜。

512晨星读书

只要一书开，由心万事来。
春秋常坐客，史记向金台。
不释儒生手，无言独自猜。
江山知独问，日月奉天才。

513之二

东城枣树读书堂，不弃心中释卷荒。
古古今今天地间，诗诗赋赋去来尝。

514春晚坐建隆寺北池亭上

东风半到北池亭，瀑布三寒碧水青。
铙吹箫笳音笛鼓，更临筚御御歌冷。

515次韵和吴侍郎东城泛舟

水上黄昏半彩霞，船中碧玉一桥家。
东吴九叠梅花落，鄂渚双波碎浪花。

516春晦小雨

东方半彩虹，北里一池城。
带雨辰风去，浮云普济空。
春晖先发色，碧玉顾苍穹。
九脉行时令，三径满蒿蓬。

517登汝州等慈阁二绝句

方袍一带半华阴，御道三秦两古今。
取路何须同里月，归途已见上人心。

518钱选　扶醉

扶醉一眠君，言豪半白云。
黄粱三梦尽，李白两诗分。

519怀天台隐士

王饶臣

天台隐士晦岩扉，绝壁挥毫化翠微。
隔世江山清净地，夕阳草木尽春晖。
钟声不远随溪至，罄语还呈上人归。
日落星垂成宇宙，朝来暮去是如非。

520老苏先生挽词

王拱辰

无须日月流，自有茂陵求。
已可承宣室，君王台九畴。
文章儿女迷，气势续弓裘。
易道三穷圣，天街一国忧。

521和挠夫先生安乐窝中好打乖吟

安乐窝中一隐君，五经瀍简半青云。
棲栖界处知天地，旷属身前举世闻。
已是儒家真品性，何须教化应星文。
烟云骤雨藏龙凤，始得人情不可分。

522之二

契约鲁麟书，成年岁月锄。
东观修汉记，史论仁英疏。
四纪编年笔，千春累圣居。
辛辛分日月，苦苦不心余。

523石恪　二祖调心

二祖调心伏虎门，三禅问道古今村。
峰成固稳成僧院，石恪临流作子孙。

524重建羊侯祠和王原叔句

贾黯

古郡一羊公，襄阳半世同。
岘山碑有泪，鄂渚两清风。
草木人心在，阴晴日月工。
江山知不语，石水大江东。

525题寺壁

冯京

男儿一语作人雄，女子三身向玉衷。
楚汉鸿沟连咫尺，风流只语大江东。

526送程给事知越州

冯京

程君给事赵人州，汴水开封运河流。
今节千章三国使，钱塘百里万户侯。
平湖月色渔舟晚，碧玉船中不厌羞。
一砏莼鲈秋蟹脍，何须八月上红楼。

527答伯庸

冯京

春秋论语一书寒，孔府桓公半杏坛。
举道终闻行路短，同游始得作人宽。

528米滴　珊瑚笔架

冯京

一品珊瑚半玉家，三只碧女两金沙。
豪中日色惊天地，架上天街度月花。

529城东

郑獬

虹霞七彩半方圆，湿草千欣一露泉。
碧玉藏心桥下问，问君是否借奴船。
浔边岸口人多语，水色天光自在悬。
客酒当须舱里醉，花卿只可柳中眠。

530赤壁

郑獬

赤壁烟光一日消，周郎蜀客半江遥。
连营若晓东风至，诸葛曹工逐令昭。

531次韵张公达游西池

郑獬

春光满地武陵溪，渡影飞虹柳叶堤。
处处红归花落去，桥桥碧玉色高低。
依山带水承桃李，汉语秦人待鸟啼。
惹艳琼芳和露润，沾冠足履是香泥。

532观涛

郑獬

长江浪里有龙吟，三峡涛中见古今。
滟滪波峰潮欲暗，巫山云雨待人心。

533湖上

轻舟不系五湖边，细雨难平两岸田。
百陌欣欣潮进去，三吴处处起云烟。

534柳湖晚归

郑獬

乡心晚泊柳湖边，渡口寻声古驿船。
小杏何须知客向，梅花好在醉时眠。

535偶题

郑獬

一寸心思一寸金，半家灯火半家琴。
孤云冉冉归何处，独牧幽幽自箸林。

536郑思肖·兰花

旷野一兰花，溪流半客家。
芳丛由自在，玉茎向天斜。

537古今诗之二

春痕已满一枝红，细雨成烟半老翁。
最忆姑苏干将路，南南北北任西东。

538送程给事知越州

章衡

和服已到赵人州，霸主无鞭任马游。
月色千村明溢水，荷塘十里玉颜羞。

539石井联句

刘辉

怪涩文章省试清，灵源石井玉凝情。
刘几刺刷东归集，主考欧阳旧世明。

540洗山

刘辉

风风雨雨洗千峰，口口声声向万松。
古古川川流不住，山山岭岭人疏容。

541与客游太平僧舍

刘辉

客晦太平僧，云平半五陵。
林端须尽意，寺院对银灯。

542马麟　暮雪寒禽

暮雪问寒禽，梅花待古今。
疏枝春早到，喜鹊报时音。

543游东山和程大卿师孟

许将

东山一寺付清流，对虎三声向九秋。
大学中庸文广律，天边鲁府杏坛留。

544留题徐真君祠堂东西二室

许将

此去昆仑一石门，还来玉帝半天根。
谒灵特许三千事，问道还言八九村。

545东山碧岩亭

许将

半就东山古树边，千峰洞口上人田。
云烟处处成三界，雾雨重重著百年。
白玉生根林晓路，狮林象叶露如泉。
书香不与档花酒，别去江湖作旧年。

546端午帖子

许将

三生楚客到篒罗，一士长沙唱九歌。
镜鉴春秋临战国，东林不尽大江河。

547李迪　雪中归牧

霜冰一古枝，雪絮半春迟。
朔漠连山远，三边腊月迟。

548冬日道中作

彭汝砺

苦苦笔毫居，辛辛立志余。
时时无释卷，历历有诗书。
驿驿长亭路，幽幽十里锄。
冬冬临夏至，处处作荣疏。

549汉上谒刘执中

彭汝砺

楚客轻舟一蜀天，襄阳鄂渚两江边。
何须汉口知音去，只把凉州作酒泉。

550夜泊睦州桐江

彭汝砺

桐江夜泊半渔歌，皓月当空一素娥。
玉兔游移心上下，情依桂树影婆娑。

551惠州

彭汝砺

船帆落惠州，海客见城楼。
日晚临江渡，行人独自愁。
孤灯无意结，燃点火花酬。
驿路直直去，居心处处流。

552大小沙陀（选一）

彭汝砺

大小一沙陀，君王半九歌。
牛郎寻彩锦，织女向天河。

553和君时予未至君时言有群鹤集檐

彭汝砺

喜鹊一登枝，春莺半不迟。
声声相唤与，路路寄新词。

554送宗文先辈

彭汝砺

柳叶久闻蝉，清高自远传。
云前何白许，雨后各相眠。

555和张侍读总翠亭

彭汝砺

三边一客铭，半路两山青。
水上养猛虎，林中几浮萍。

556泊真州新河亭

彭汝砺

江村十步小桥斜，吴语千声碧玉家。
柳叶初藏三界色，荷塘月落半惊蛙。

557燕文贵　江山楼观

登高一揽余，俯首半诗书。
读尽江山水，方成草木居。

558许安世

陆佃东坡已解衣，状元丁未少年稀。
欧阳王珪曾才许，空教文坛作土圻。

559游天章寺

许安世

柳岸阴晴向天章，兰亭俯仰见玉堂。
流觞不见鹅池色，曲水难平禊已扬。
角羽何寻春夏雨，商弦九叠入文房。
祛惑红尘知已误，临泉隐约尽衷肠。

560夏圭　松崖客话

松崖客话泉，一角待三边。
世界何颜色，人生几处田。

561佚明　田醉归

不问醉人归，难成一是非。
江山原属客，草木望鸿飞。

562送程给事知越州

佘中

杖策登临上故山，人归耆老闯关东。
辽东岭色浑江水，系缆汀舟以客还。

563钱选　王羲之观鹅

父子一鹅池，流觞曲水知。
兰亭千古禊，会稽万年辞。

564佚名　文姬归汉

十八拍中田，三千弟子研。
文姬归汉路，未得建安眠。

565简无咎学士

一鸣苦历一鸣人，自取聪明自误身。
满榻诗书香缕缕，信厚衷肠客津津。

566结交

黄裳

道义一仁君，声名半伪真。
高风中正问，势利小人文。

567交游

黄裳

诗书一酒泉，日月半桑田。
草木二世界，枯荣万里行。

568贻儒生

黄裳

含章一日明，秀水半源倾。
孔德儒天地，三元吉士名。
博文缘俊雅，御世帝王城。
岳麓臣庐院，齐人作鲁生。

569和李学士院感秋二首

黄裳

月色杵催衣，寒光叶上衣。
行妆飞雁尽，野老按时归。
荒原一雨飞，沸卷半春晖。
翠幄藏娇色，高吟玉主微。

570马远　梅石溪凫

梅边石上一池明，月下云中半凫鸣。
不是寒江春夜暖，东风暗自教心情。

571佚名　寒塘聚禽

寒塘半聚禽，古木一知音。
岸芷庭蓝色，春秋自古今。

572牟益　牧牛

江山半牧牛，日月一春秋。
曲笛知音少，清心寄莫愁。

573贾安宅

湖州一半寄乌程，弟子三千试贡生。
十八年中秦太学，苕溪自主立身名。

574游破山兴福寺

莫俦

深林古刹一疏钟，暮鼓声鸣十里松。
寺院秋风箫肃远，莲宫隐约现青龙。

575在金莹题诗

贾安宅

依依念念一归魂，去去来来半故根。
败败成成家国粹，生生死死作乾坤。

576竹客岭

沈晦

客岭一穷途，松云万壑松。
秋池因雨涨，木叶染霜红。
东风欲语柳丝斜，市远孤情近酒家。
一树梅香千影色，三春僻野半梨花。
枝枝叶叶一千泉，地地天天五百年。
但供英雄知醒醉，何须日月作长天。

577留题紫岩寺

沈晦

半夜钟声一客船，三更细雨两云烟。
紫岩寺里禅房暗，灯火窗前曲径悬。
一陈西风月满林，三秋落叶色空心。
禅房夜话多天地，寺鼓长鸣少古今。

578游松阳百仞山

沈晦

独秀峰前百仞山，龙蛰洞口一清湾。
荒坛寂寞溪阴色，岁日青林倒影颜。

579卜居独秀山

李易

溪长独秀山，雪白赤城湾。
鹄举添箫索，沼从注色颜。
峰峦交叠谷，竹履作人寰。
解叹林间去，剡川似可还。

580咏吐受鸟

李易

七面珠珠吐眠栖，三林九脉五蕴溪。
和鸣百语夫妻问，共是千声日月啼。

581罗汉石

李易

涧水作人心，神仙几古今。
龙潭罗汉石，宝刹寺中音。
月照寒宫色，云临浸郁阴。
珍珠由碧始，独揽木成林。

582竹西怀古

李易

扬州府外一甘泉，尘市城中半闾县。
遗迹隋炀听水调，竹西亭北古今悬。

583题剡山所见

李易

放鹤亭前养马坡，言中天姥月成河。
禽鸣鸟跃乡关曲，倒挂金钟唱九歌。
壑谷风声惊白鹭，松林浪涌像蹉跎。
鹃花烂漫何朝暮，杜宇孤情几少多。

584浴鹄沼

李易

天池浴鹄沼，碧水向春苗。
白鹭纤身细，黄莺玉影遥。
成思千万里，柳浪两三条。
八付仙云客，分明上远霄。

585佚名　梅竹双雀

梅花竹影半疏香，小雀吟声一寸扬。
腊月风寒冰雪色，初春水暖作红妆。

586见菊花呈珠名胜

张九成

重阳不断一江河，日月难明半九歌。
不向灵均元亮问，先生五柳到汨罗。

587六月十二日偶成

张九成

居心事事可关心，问道时时作古今。
岁岁耕耘辛苦历，年年日月是知音。

588论语绝句一百首（选一）

张九成

论语春秋左传书，书儒廛市客商余。
龙门进士朝廷士，渭水泾流帝业疏。

589十一日咏梅

张九成

古木逢春一二枝，疏香玉影两三迟。
东风未至孤芳至，换得群英日月知。

590惜花

张九成

清风细雨化红尘，水色湖光作玉真。
一夜梨花铺满天，明朝色岸自相亲。

591夏日即事（选一）

张九成

江淮梅子雨中生，老树横塘岸外荣。
夏至洞庭杨柳色，姑苏月照古城明。

592佚名　柳溪闲憩

流明一柳溪，竹杖半高低。
夏至风停定，重扬鸟不啼。

593陶山书院

汪应臣

读者到陶山，灵溪纵曲湾。
幽声菁莪凤，净土客门关。
雨后新芽笋，窗前坐秀颜。
成心无释卷，任笔到朝班。

594归云堂

汪应臣

浮云可做有无心，日月随人草木深。
回归始得乡家梦，落雨方成净土荫。

595宜春书事

汪应臣

江河日下到浔阳，草木山中独自强。
俗世红尘随客至，春秋论语满书房。

596御殿瓦

汪应臣

勾心斗角一鸿沟，栉枇鳞檐半正流。
殿互墙砖凤侣角，鸳行滴对到鸯头。

597方次云伏枕久不入城独宿知稼堂有怀

黄公度

隔岸清商一两声，随风揽月万千情。
寒宫桂影婵娟问，尚忆茅堂玉兔行。

598慈竹

黄公度

根巢错结自高低，老少相依子母齐。
冷撼山色幽叶翠，慈摇尺影向东西。

599奉别王宰先之

黄公度

长亭握手半惊心，故国重温一古今。
月色年回催客老，朝三暮四向情深。

600和龚实之闻虏人败猛

黄公度

百岁心中一国忧，三年月下半东流。
鸿沟不锁秦王去，楚汉何寻是去留。

601题凉峰

黄公度

山凉水暖一流泉，树色峰光半岁年。
少小离家何老大，翁童往事已归筌。

602雨后春游

黄公度

万点桃花一处春，于枝碧叶半关身。
提壶曲尽半斑鸠，露雨红尘满冕巾。

603刘贯道　梦蝶

一梦十三州，三声五百侯。
平生清梦在，不得问王愁。

604蒲鞋

刘章

吴江蒲鞋古相闻，越女西施久不分。
掷果冠缨今日寄，梅香玳瑁见新君。

605题屏风送裘甫归临川

张孝祥

一士半临川，三明两客田。
文章昭日月，玉立度岁年。
墨竹殿风寄，千湖集注园。
东坡词语愿，节气浩人天。

606喜雨

张孝祥

云云雨雨半生烟，付付纷纷一亩田。
处处声声滋润物，城城市市叶枝泉。

607朱陵洞

张孝祥

黑云涧口生，白雨树边琼。
独入朱陵洞，孤身草木荣。
仙丹炉里炼，岁月已虚荣。
鹤影笙歌地，子乔紫阁城。

注：《《列仙传》》载：周灵王太子晋（王子乔），好吹笙，作凤鸣，游伊洛间，道士浮丘公接上嵩山，三十余年后白鹤驻缑氏山顶，举手谢时人仙去。

608一览亭

张孝祥

江山一览亭，草木半丹青。
雁鹜排云上，鸿鹄逐客铭。
英雄千万里，志士两三灵。
坐了烟波望，野旷退天廷。

609赠震山主

张孝祥

山中一指禅，月下半清娟。
借力风云去，推波助涧宣。

610南台

张孝祥

殿阁半南台，风雷一日开。
高低云墨树，俯仰雨露来。
一揽群山小，从心草木猜。
吟吟今古断，啸啸仗天裁。

611西湖赠万上座

欲止铁围山，难登圣上颜。
金蓬台外见，上座月牙湾。

612二月朔日诣学堂前杏花正开呈教授

王十朋

廿棠一杏坛，孔府半云端。
教雨芬芳至，云风日月冠。
曲江春三暖，及第探花纨。
广对殊嘉比，殷勤意境宽。

注：朔日：旧历每月初一日。甘棠：《史记·燕昭公世家》："周武王之灭纣，封召公于北燕……召公巡行乡邑，有棠树，决政事其下，自侯伯至庶人各地其所，无失职者。召公卒，而人思召公之政。怀棠树不敢伐，歌咏之，作《甘棠》之诗。

613王十朋

梅溪教授字龟龄，颖悟书言日作铭。
七十年中成集论，三千弟子作丹青。

614赠梦龄兼怀昌龄

王十朋

文书晁错付江楼，射策公孙问取侯。
石砚丹青登记处，短檠诗词夜灯幽。

615次韵咎监务早梅

王十朋

一度寒宫一度梅，半春细雨半春回。
西边雪破冰封碎，月荐幽香入酒杯。

616送刘全之

王十朋

何言子晋一江山，袖带慈颜半帝关。
不得凤凰鸣已去，天香折桂客归还。

注：子晋：王子乔的字。神话人物。相传为周灵王太子喜吹笙作凤凰鸣，被浮丘公引往，嵩山修炼，后升仙。

617次韵潘先生寒食有感（选一）

王十朋

窗前乞火作书生，宇向春鸣作纵横。
节物愁逢无赖色，知花蜀望杜鹃鸣。

618月夜独酌

王十朋

月夜乡心一玉壶，婵娟艳色半春姑。
泸州老窖青钱挂，竹叶清泉最念奴。

619春日游西湖

王十朋

步步问苏堤，湖湖玉水低。
钱塘居易篦，司马六合西。
花港观鱼跃，三潭印月齐。
波光罗琦醉，瑞气始莺啼。

620千叶白桃

王十朋

天天色里开，开卉颜中来。
玉雪千姿却，红城万宋梅。

621梦觉偶成

王十朋

源泉不语一江流，夜月空明半莫愁。
点点浮云成细雨，声声落叶作春秋。

622题谋野堂

王十朋

翁身只在雨云乡，闭目何言逐客堂。
司马琵琶西子水，杭州知府作钱塘。

623赋九月梅花

梁克家

群芳百色不登堂，玉冕千姿帝雅黄。
九月重温天地客，三秋草木敢阴阳。

624千里思

梁克家

烛前独坐忆君衣，雨后心空宿鸟稀。
瓦上鸳鸯流水色，巢中羽暖可相依。

625提夹济草堂

郑侨

稷稷游氛半草堂，幽幽暮色一山光。
冲冲郁郁松林晚，渌渌泠泠翠竹篁。
夹济层涯藜杖步，西风朔漠草原荒。
沧州处处分朝暮，落叶深深是柳杨。

626参政谢公挽词

黄定

獬豸一丁香，居然董木梁。
无忧文武客，际遇半封囊。
御驾东西府，临安梦里扬。
龙门成往事，不问状元郎。

注：獬豸：古代传说中的异兽，能辨曲直，见有人争斗就用角去顶坏人。

627侍郎李公挽词

行藏不愧名，业绩作忧城。
矜试三千界，冕旒九纵横。

628游云门

詹骙

雨到云门觅路穷，村桥碧玉白云中。
轻红小杏墙头外，老衲僧房古寺东。

629题洁斋书院

姚颖

书声鹿洞半鹅湖，阮水浔阳大小姑。
洁斋儒坛成案教，珠玑字之化当图。

630黄由

平江盘野一长州，太学“归来”半子由。
教授裙童年少许，田园恬澹以春秋。

631登摊书楼有感

黄由

三吴夜雨自交加，九陌云烟二月花。
问日湖中船不止，摊书楼上无人家。

632茅堂观羿

黄由

处处洞庭上下花，人人玉色去来娃。
吴门一半依音韵，越语三声化我家。

633登三清阁

黄由

二月姑苏二月花，半城烟雨半城茶。
三吴自有三清阁，一道功成一道家。

注：三清阁：三清：道教用语。指神仙所居的玉清、上清、太清三个最高仙境。也指居于三清仙境的三位尊神，即玉清元始天尊，上清灵宝天尊、太清道德天尊。

634睦邻

黄由

吴中不是甪直家，一水南流逐日哗。
老稚欣欣天地外，隋炀水调话桑麻。

635思亲

黄由

三年故客半思家，百岁南洋木槿花。
暮落朝开天地外，何须耻辱对荣华。

636元日到湖上

卫泾

梅边半柳边，十载一心田。
业绩垂天翼，江湖远去船。

637长沙鹿鸣宴送诸进士

卫泾

进士曲江名，三章一鹿鸣。
抟鹏空万里，畎亩正千声。
案卷儒书厚，窗寒乞火情。
平时忧国念，策沃济枯荣。

638五日子刻立春

卫泾

未展苞芽半立春，三分雨色一分匀。
黄中带绿相交互，只到长安未到秦。

639次韵高仲贻赠别

卫泾

月下松陵上钓船，吴中客舍问云烟。
千家碧玉牛郎色，七夕江村织女妍。

640张岩拙轩窗寺用壁韵

卫泾

一阵清风一阵怜，半边寺院半边天。
僧房曲径通幽远，独木成林逐古泉。

注：山椒：山顶。汉武帝《李夫人赋》：“惨郁郁其芜秽兮，隐处幽而怀伤；释舆马于山椒兮，奄修夜之不阳。”《文选·谢庄<月赋>》“洞庭始波，木叶微脱；菊散芳于山椒，雁流哀于江濑”

641邹应龙

叶碧花香近午天，丝蚕茧束种桑田。
禅房寺院僧归晚，暮鼓辰钟作一年。

642题清水寺

曾从龙

莫学阇黎饭后钟，纱笼护旧士前容。
何须寸解凭名利，不以古壑对高峰。

643题博士袁公文苑像

傅行简

独慰清风向祖宗，东山日月寄青松。
当今世界衣冠旧，百载爷娘可再逢。

644郑性之

端平奏议立朝中，备要同修颂雅风。
政不刑威支善导，无心附骥自苍穹

645梅花

郑性之

梅花三弄一枯荣，腊月寒心半结盟。
贝锦繁章先世界，和羹一玉自阴晴。

注：和羹：配以不同调味品而制成的羹汤。《书·说命下》：“若作和羹，尔惟盐梅。”孔传：“盐，咸，梅，醋。羹汤咸醋以和之。”南朝宋宗炳《答何衡阳书》：“贝锦以繁采发华，和羹以盐梅致旨。”后用以比喻大臣辅佐君主治理国政。

646崇圣寺瀑布泉二首（其一）

袁甫

十里川流瀑布泉，三秋戛玉度云烟。
寒山挂满丝帛带，白练倾光日月悬。

647东松庵

袁甫

一枕溪流仰望天，三清草碧落灵泉。
幽人自得凭南北，好把交情任意眠。

648和令君寒亭韵

袁甫

森森古木岁寒亭，济济天津四壁青。
月挂高林弓似语，云消泽漫叶流冷。

649和魏都大牡丹二首（其一）

袁甫

五月长安半牡丹，三春渭水一云端。
天香月下红颜艳，碧叶宫中玉色澜。

650蟠梅二首

袁甫

探探寻寻二月霞，繁繁楚楚一梅花。
芳芳品品方圆客，访访思思日月家。
寒山古木老龙梅，覆雪冰心月色回。
二月含芳香不散，三分却是玉人来。

651岳忠武祠三首（选一）

袁甫

心中不忘一英雄，世上难言半始终。
败败成成天子去，王王帝帝已西东。

652龙溪道中

吴潜

龙溪夜暗一潮沙，柳岸灯明半客家。
雪色纷扬成玉色，梅花落尽覆梨花。

653梅花小吟

吴潜

梅妻鹤子伴西湖，贵影香洲问玉奴。
柳浪闻莺冷印社，三坛印月掩姑苏。

654钱塘江三首（选一）

吴潜

钱塘水调运河船，白鹭孤鸣谢岁年。
一口窗含同里富，三吴细雨化云烟。

655十一二用喜雪韵四首（选一）

吴潜

大雪连天四面烟，茫茫白被半残曰。
阴阳上下分颜色，树木枝干画两边。

656忆乡

梦里一东山，人中半故颜。
燕山书钢院，进士玉门关。

657忆乡之三

明朝隔雨烟，此际顺天年。
剑阁山峦色，昆明水玉泉。

658忆乡之五

细雨半舱风，三春一酒童。
渔舟凭自主，碧玉小桥东。

659忆乡之七

山山毕竟一书山，故土乡情故土颜。
少小知情多少问，榆关里外半榆关。

660忆乡之九

风云一夜中，杖策五更同。
事业东西就，心思进退翁。

661忆乡之十一

一节青直一节圆，半春奉上半春宣。
枝枝处世枝枝盛，叶叶临风叶叶悬。

662雷雨夜赋绝句

蒋重珍

骤雨倾盆灯闷雷，狂风炒作夜徘徊。
蛟龙隐负平生气，寺鼓难声不可催。

663题惠山

蒋重珍

鼎煮惠山茶，人中草木家。
真源烟雨露，碧玉半春花。

664及第谢恩

徐元杰

江山水树有源根，景运唐虞谢圣恩。
上饶天庸梅野集，端身不负正乾坤。

665次章守鹿鸣宴韵

徐元杰

儒官一鹿鸣，鹗荐半清声。
策对春秋论，文成战国平。
魁蹝规旧次，采制立朝衡。
充日贤侯问，梅花不语情。

666荷花

徐元杰

鼓角若耶溪，横塘柳叶低。
西施纱浣去，散尽越吴栖。
璧月遥仙子，荷花落玉堤。
天平山上客，木椟馆娃啼。

667甲辰恭和御制

徐元杰

忧勤怡始养心田，内外修思箸众天。
十里长亭千步尺，千家汇来一源泉。

668琼林宴恭和御制

徐元杰

帝学一琼林，儒书半古今。
拳拳知密子，处处问知音。
左右光昭显，阴晴见圣心。
百祝如人愿，千呼十地荫。

669早起玉堂窗前俯方池有感

徐元杰

小小方池一地天，深深倒影半方圆。
清清日月沉浮去，色色阴晴尺寸田。

670哭真西山先生

吴叔告

武帝丞相过马陵，孙弘吏治向天凝。
春秋史记公羊传，清风明月作玉冰。
注：孙弘：即公孙弘。字季，西汉菑川人。少时为狱吏，年四十余始治《春秋公羊传》，以熟悉文法吏治，被武帝任为丞相，封平津侯。

671直钩和韵

徐俨夫

渭水一直沟，黄河九曲流。
渔谋千万代，意断十三舟。

672题柯峰谳掾钱君书行敬简轩

方逢臣

敬简轩明吕刑庭，公心辩白是非铭。
高悬镜鉴成天地，俯首民间作渭泾。

673赠尹巽斋数学

方逢臣

无知数客不希夷，有教儒生此彼奇。
视见听闻须未止，思规韬矩作灵曦。
注：希夷：《老子》："视之不见名曰夷，听之不闻名曰希。"河上公注："无色曰夷，无声曰希。"

674问天

方逢臣

万里红尘不问天，人间父母只经年。
胡姬汉客城南北，楚国秦川彼此田。

675赠墨士翁彦卿

方逢臣

莫里清烟蓄世光，云中浊浪济濠梁。
台前阁道循南北，水后山村治柳杨。
注：翁彦卿：宋代著名墨工。

676廷唱谢恩

姚勉

独立班头一意传，孤芳自赏半心田。
龙门不语行南北，进士文章日月年。

677别西湖

姚勉

别了东坡别乐天，重寻赤壁乐游园。
长安纸贵何居易，一火周郎诸葛田。
柳浪闻莺堤上暖，三潭印月色中泉。
隋炀水调江都宴，九脉箫声靠岸船。

素影心中一束丹，疏香玉里半情盘。
平生几赏西湖雪，白色梨花月上寒。

678丙辰只召入京道信州题一杯亭

姚勉

山行小道一杯亭，信事枫林半丹青。
到此何须直北问，清流不止用心听。

679芙蓉

姚勉

莲花水色一芙蓉，碧叶天光半玉踪。
九夏铺平成锦缎，中秋子粒故宫封。

680纳凉

姚勉

孤山纳雨起凉风，白鹭窥荷弄水宫。
碧叶莲蓬初结子，西湖柳色复无穷。

681海棠落尽叶间犹见数花

姚勉

叶叶花花本一家，先先后后客千纱。
香香未子余多色，累之秋情海棠斜。

682湖上钓者

姚勉

江湖一钓江，斗笠半遮舟。
醒醉何须问，凭鱼自在游。

683九月十日晴

姚勉

九日重阳十日晴，菊花艳满半倾城。
群芳已去黄颜色，万里宿天独立明。

684离京留题蒋店（选一）

姚勉

顺水推舟一路开，观棋不语半君来。
随心逐月终无问，隔岸群芳始自猜。

685四望亭观荷花

姚勉

荷花四望亭，玉色半丹青。
白鹭婷婷立，芙蓉楚楚灵。

686题松风阁

姚勉

寺外一松风，云中半蜇虫。
难归天地晚，不尽上人衷。

687小浆题壁用赵信国韵（选一）

姚勉

乱问江南半立春，群芳逐色一行人。

寒山月下钟声晓，玉带桥中碧玉罄。

688集英殿赐进士及第恭谢诗

文天祥

进士龙门第一声，中书魏阙数三明。
生灵圣志维民泰，历自清忠作杰英。

689山中偶成

文天祥

山中一偶成，月下半书生。
任道扬长去，凭思进退明。

690过零丁洋

文天祥

荣荣辱辱一浮萍，世世生生半渭泾。
雨雨风风成日月，成成败败作天庭。
无须柳絮寻天地，但以丹青照汉青。
草木山中多草木，零丁洋里不零丁。

691夜潮

文天祥

月色风声一夜潮，波涛梦里半云霄。
船头遇浪杨柳处，祖国乡心万里遥。

692气慨

文天祥

气慨如心俯仰情，行成似道去来明。
临安弟子杭州语，不解江山照旧荣。

693如皋

文天祥

孤加虎欲一声遥，世路行程半月消。
语难成大地名，二存古事大来潮。

694端午感兴（选一）

文天祥

楚客声声一九歌，长沙处处半汨罗。
湘江不断闻斑竹，尧舜治水顺远波。

695建康

文天祥

会府一台城，南朝六国京。
金陵山势在，建业水流更。
一片秦淮月，三千弟子声。
龙盘今古去，不寄石头情。

696别谢爱山

文天祥

独自枕书眠，孤情向雁天。
晴空云不住，浊泪似滴泉。

697慈井

方山京

父母慈中一井深，爷娘爱里万情心。
燕山五子成名妹，木槿南洋作古今。

698元兵俘至合沙诗寄仲子

陈文龙

独坐临安半壁城，封疆渎浦一难平。
丹衷气节书生守，胥北沦门帝业倾。
衅鼓声鸣闻塞远，燕中守志誓当荣。
孤危支势承天地，自以衷心待诺盟。

699张镇孙

诗文见面亭，强记博闻铭。
就义人直义，平生主渭泾。

700和御赐诗

张镇孙

游心六艺林，驻志一仁心。
岭海同归士，江山共古今。

701武状元诗

半壁江山武状元，三春草木独自萱。
行程陪市男儿话，话列临安不可言。

702徐衡

刀枪剑戈箭锤雄，铛鞭棍棒马步弓。
阵法思谋唐宋客，风华正茂武文宏。

703自提仁寿楼

徐楼

福禄安康众子孙，宁成富贵德人门。
花开十里苍天色，攸考行藏进退根。

704玉泉瀑

蔡必胜

飞空涧落一千流，赵壑悬崖一半张。
势动涛涵珠箔水，山灵润泽雪难收。
声连谷底惊天地，色羽麟游漫壁修。
涌涌源泉云济去，溶溶冷气十三州。

705南雁三台峰朱熠

三台数六星，一士问千灵。
显世临安客，工精半渭泾。
峰光依旧列，国色祝朝廷。
宦海沉浮客，爷娘御驾铭。

706晦庵亭

程鸣凤

乾坤应物晦庵亭，日月成心付渭泾。
宇宙枌榆朝暮间，阴阳草木顺时莛。
风烟履迹桑田外，盘隐精思八垓铭。
荏苒溪山暄旧石，空余世界雨惊萍。

707杨历岩

程鸣凤

银河七夕见牛郎，喜鹊千声渡口扬。
但以人间儿女间，何须夜梦作黄粱。

708春暮

华岳

生机四伏豆苗黄，夏雨三村雨露香。
一夜忽闻枝节响，千声草木寸扬长。

709矮斋杂泳二十首（选七）

嘲染鬓者

万事关心两鬓秋，千年事业十三州。
人间自古平生问，世上何人不白头。

710春思

不到金陵已莫愁，何须会稽作吴钩。
运河水调江都色，彼此隋唐自古流。

711落花

不见残塘有落花，姑苏一半故人家。
小桥流水吴音韵，碧玉衣裙柳带斜。

712小春

日月三千有小春，阴晴一半似红尘。
桃红柳绿梨花白，碧玉枫桥同里人。

713幽居

一处方圆一处梁，半身正气半身芳。
无须释卷携明月，自有清风扫玉堂。

714池亭即事

华岳

春风雨露武文乡，驿路阴晴日月光。
五柳成溪桃李度，三春草木自扬长。

715春闺杂泳十首（选一）

梅华岳

访遍山前一树香，寒心雪后半群芳。
横斜竹外红蕾色，隔夜藏中正着妆。

716春游有感

华岳

上苑东风问海棠，朱门紫气待丁香。
人心自道阴晴许，小路崎岖有栋梁。

717冬暖（选一）

华岳

冻雪寒云腊月冬，疏香傲影小梅红。
呼来暖律和天地，慢与群芳作信风。

718杜鹃

华岳

杜宇声声蜀国鸣，嫦娥处处桂子生。
禅堂晓色人无语，夜话燕山客纵横。

719梅

华岳

一影杯中半带香，三冬雪上两情肠。
寒心欲暖群芳至，阳角枝头百草扬。
任得奚奴行杖策，寻春白可人诗囊。
西湖月下婵娟见，色满瑶台作帝王。

720闷中庚赵丞韵

华岳

风云自在任粗豪，日月经天赋性高。
剑口六韬三略客，丝纶礼记缁衣刀。

注：韬略：指古代兵书《六韬》和《三略》。

丝纶：《礼记·缁衣》：“王言如丝其出若纶。”

721宁川冷渡

华岳

峰回路转水云低，石垒泉流客鸟啼。
小女行知多旅恨，茶香酒淡向东西。

722怒题

华岳

丹心怒气胆边生，盗粟分周汉士城。
壮士何须凭勇武，儒冠不信误枯荣。

723秋晚独步

华岳

独步深秋一叶红，孤身落下半西风。
无须望断天南北，日月功成进退中。

724桃花

华岳

半见青帘一酒家，三分雨色两云霞。
无言应是闻天地，不可墙边作杏花。

725狱中作

华岳

人生图圄一心肠，胜似天堂半柳杨。
仗义行忠非恐惧，披肝沥胆是阴阳。

726榜眼诗宋朝

状元榜眼探花诗，乞火书生得意时。
十载龙门方问客，三生渭邑曲江池。

727春雨

田锡

霡霂沥沥浥渭尘，云烟澌澌待天津。
盈空处处清新觉，近物重重露色匀。
树密莺啼何欲止，云疏晓淡漏方辛。
成班及第咸平集，就步音声付正中。

728登叠嶂楼

田锡

谢履叠嶂楼，湖烟半色差。
陛平歌舞动，日暮玉人游。
旧迹曾先后，新声进退忧。
山光依远近，水态浪波流。

729多情

田锡

人心动处自多情，应物逢时客易生。
感遇因成行马路，风风雨雨几阴晴。

730寄樊郎中

田锡

行书一页十篇诗，感动三荷百叶知。
寄去从君分别问，清辉半月满塘池。

731江南曲

田锡

金蝉一片云，碧玉半榴裙。
密竹藏花影，江南弄日曛。
湖光船去静，水色小桥分。
脉脉凭天地，心声自己闻。

732离怀

田锡

脉脉无言一离分，心心有意半斯文。
依依不舍依依望，步步长亭步步君。

733晚云曲

田锡

高唐欲雨一云村，峡口无声半石根。
十二峰前江浦路，三千弟子问黄昏。

734忆梅花

田锡

一曲红梅酒一杯，三春碧玉色三催。
呼芳晓月琼花至，只寄寒心独傲回。

735早秋言怀

田锡

一集谢宣城，三生作客英。

千年留绝句，半分首余名。
秀丽清词许，玄言断始明。
箫遥光陷下，武帝渭时精。

注：谢朓：字玄晖，陈俊夏阳人，南齐代表作家。曾任宣城太守，尚书吏部郎。世称“谢宣城”。齐东昏侯永元元年，遭始安王箫遥光诬陷，下狱死。

736题仙都山

陈若拙

青海九江源，黄河十地喧。
仙都山外去，若拙见轩辕。

注：轩辕：传说中的古代帝王皇帝的名字。传说姓公孙居于轩辕之丘故曰轩辕。曾战胜炎帝于阪泉战胜蚩尤于涿鹿诸侯尊为天子。

737钓台

刘昌言

严陵一钓台，汉业半云开。
七里溪光碧，三朝玉垒猜。
渔竿天地外，赤付富春催。
物色寰中宇，先生自去回。
空余龙虎斗，独步阴晴杯。
月镜幽禽许，池明竹雪梅。

738马远　孔子像

孔子一儒冠，书生半杏坛。
龙门天子客，上下著心宽。

739上齐山

曾会

悬光八使来，里巷一官裁。
草色铺平路，年华似箭催。

740题法华山天一寺

曾会

一雨巫山百里松，千云峡谷半门宗。
禅音十里天衣寿，白帝三流十二峰。

741题砚水

曾会

砚水重重一笔端，文章落落半心宽。
龙门土纳云天气，渭邑形成日月冠。

742香积寺

曾会

寒岩古径鸟鸣天，润土僧游一指禅。
雾锁楼台香积寺，尘封古篆石碑泉。

743早春

黄宗旦

一谷风云逐逝川，三山日月问行年。
龙门自有洪波客，御路声名碧水泉。

744送僧归护国寺

祖士衡

松风桂露雨烟消，六合钱塘八月潮。
武帝南朝兴寺庙，王公帝业五陵遥。

745齐山

萧贯

贯齐进士不齐名，第一书生第二荣。
雁影江涵山杜断，衡阳水浦富余声。

746禁中晓寒歌

萧贯

十二峣关半晓寒，三千进士一心丹。
天香玉泽辰先到，紫气红萍满杏坛。
百刻珠纱莲烛照，环香次进势盘桓。
文辉远近扶桑路，肃待君心正佩冠。

747大慈寺

叶清臣

日月须成主持明，阴晴不误诵经声。
心中自得三观语，悟里天台一世情。

748送梵才大师归天台

叶清臣

一月上天台，千莲自主开。
山花凭日照，玉水任时催。
寺老人心定，林成木几栽。
春秋依四季，不客去来回。

749题石桥

叶清臣

平生一念消，护法半心条。
感应三千界，灵师百万桥。

750先照寺

叶清臣

青霞秘雾自耕耘，石径松风向壑分。
只见飞来峰上雨，还须先照寺中云。

751离天威驿

韩琦

一险不辞难，三朝两帝冠。
威兴龙虎璐，叱驭以相宽。

752百井路山桃盛开

韩琦

夭夭岭上野桃红，漫漫云中隐洞风。
楚楚临流分付色，灼灼客路万华同。

注：夭桃：《诗·周南·桃夭》：“桃之夭夭，灼灼其华。之子于归，宜其室家。”

753之二

兴安岭外一光扬，待晓闾中半故乡。
草树逢春开意信，川流豁达任心肠。
山东历险桓仁客，长白山城五女妆。
石径区区寻进退，浑江曲曲抱儿娘。

754之四

汾阳女婿客汾阳，百岁风云百岁肠。
不改山河儿女继，郭家稚卿吕家郎。

755柳溪嘲莲

韩琦

身姿玉色露芳洲，柳碧桃红见己休。
雨落云浮花色岸，何时只作美人头。

756之二

一夜中分两岁年，三声爆竹半家烟。
爷娘共在庭堂坐，子女春风化雨钱。

757初雨

韩琦

乍觉暗香来，初闻细雨催。
东风桃叶渡，只待隔船开。

758题翠钟亭

韩琦

江波隐隐翠钟亭，细雨斜斜草木青。
水色重重寻碧玉，龙盘处处问碑铭。

759佚名　燃灯佛授记释迦

佛授一如来，禅音半世开。
天台宗世界，净土化香梅。

760送乡人尹鉴登第归

刘沆

及第一分乡，身名半世微。
冠巾成败问，宦达五科闱。

761聪明泉

刘沆

聪明一处泉，理智半边天。
继续先生见，三相四百年。

762池亭月下独坐

王珪

月下一池亭，云中半旧星。
萤飞余不响，水静富荷萍。
独坐诗词榭，孤身昼夜宁。
寒声非草木，故续不零丁。

763依韵和景仁闻喜席上作兼呈司马君实内翰

王珪

奉旨华林一令君，门呈晓日半翰文。
丹青十榜传家姓，碧海三朝露重熏，

764有感

王珪

有感一飞鸿，无心半月宫。
婵娟寒不止，任可寄苍穹。

765涿州

王珪

桃园结义弟兄名，涿鹿中原日月城。
蜀魏东吴三国立，连营赤壁草船盟。

766哀三良诗

王珪

自古一贤良，如今半世昌。
生宁兴废尽，付复士风扬。
逝者丹青在，还来讫奈凉。
黄莺存鸟去，悦己以荣芳。

767安福院二首

王珪

寺上碧纱笼，僧中小径通。
难知先后事，不在有无中。
禅房一老僧，旧寺半青灯。
着意寻三界，凭心问五陵。

768八角井

王珪

八角不阴晴，三元莫秀英。
千山峰色远，万井浪浮明。

769八月十六日夜月

王珪

彼此月当圆，阴晴不问天。
中秋丹桂客，九日是枯泉。
历历寒宫女，菲菲素影年。
清光明莫寄，只有客心眠。

770白河逢雁

王珪

潮河不断白河流，人定排空一字秋。
不到衡阳心不止，当闻岳麓读书楼。

771暴雨

王珪

海水欲翻波，台风骤雨多。
冯夷成事业，木槿朝暮何。

772北窗闻雨

王珪

柳雨北窗中，天云满暮空。
萧萧何所事，处处问西东。

773微雨登城（二首选一）

王珪

一片江南水墨中，五湖渡口各西东。
姑苏十里盘门锁，千将三鸣半剑弓。

774梁楷　泼墨仙人图

积岸老梧桐，黄河半古弓。
仙人泼墨去，步履任西东。

775题扬州山光寺

沈遘

山光寺外一扬州，故殿楼前半帝侯。
往事江都非复旧，隋炀水调已千秋。

776南漪堂

沈遘

玉水云山独往还，禅堂月色鬓毛斑。
南漪不是逍遥地，只挹清波濯愧颜。

777次韵和少述秋兴

沈遘

南山一客居，隐士半樵渔。
灼见凭情外，真知以世疏。

778次韵和王岩夫见寄

沈遘

北望远天门，南迁近帝阍。
东移成玉树，夏雨后庭思。

779和少述春日四首（选三）

沈遘

风流一半问三吴，壮士三千下五湖。
会稽疏远大禹计，姑苏不尽范蠡孤。
长安渭水雨丝斜，司马龙门二月花。
上已清明谁乞火，京都一半五侯家。

780奉酬润州余少卿见寄

沈遘

顿体丹心独不双，方揚志气国家邦。
行人意厚风潮落，独卷孤帆过大江。

781和中甫新开湖

沈遘

渺渺湖光一扁舟，波波曲漾半江流。
真正切切情如梦，岁岁年年事世留。

782依韵和李审言见赠叙旧

沈遘

拙政园花一念无，枫桥夜色半东吴。
归心早晚随潮水，只泊轻舟入五湖。

783杨绘

沈遘

一目五文行，三生问万章。
西州绵竹客，御史作中堂。

784落花

沈遘

花开花落作红尘，水去水来逐日新。
风雨风云风不止，潮消潮涨色天津。

785送淳用长老归邛州

沈遘

临邛司马一琴音，长老禅扉半古今。
酒纵情肠知已醉，灯笼法印向人心。

786凌霄花

沈遘

凌霄树上绕云花，碧叶枝中作客家。
寄存相依天外去，直斜任势任直斜。

787之三

柳叶低垂问柳花，男儿举首作男娃。
游心未泯行程早，几处南洋似我家。

788荷花借字诗

藕断几丝连，菱茭一地天。
莲蓬多子粒，底味苦心甜。

789和游五泄书呈完夫节推

沈遘

奇峰不属去来人，曲水元平日月亲。
到海方知深浅客，临渊可见暮朝频。

790题东老庵

陈睦

绿水青山隔凡尘，心扉石鼎隐经纶。
溪风化雨冠巾湿，夜月成荫木草春。

791苍玉洞

陈轩

深遂石水岸边明，只隔香山百尺平。
不碍浮云苍玉洞，红尘近处有阴晴。

792南楼

陈睦

百里钱塘十步楼，五湖同里半春秋。
垂帘不卷三桥雨，暖草无萱一水流。

793苍玉亭

陈睦

我爱好汀洲，江湖秀水楼。
奇松亭榭立，细雨似烟流。

794泛青溪

陈睦

青溪玉带系山峦，白鹭春衫立泱滩。
石岛沉浮云进退，沙鸥起落似波澜。

795清溪行

陈睦

峡谷一清溪，川流半土堤。
日月成今古，草木自高低。
界破山林影，云成岸渡齐。
烟波矶石钓，万古子陵西。

796福州

陈睦

上下三山一福州，东平二水半江楼。
蓬莱阁上云烟雨，古越城中日月舟。

797南山

陈睦

南山两色分，北水一江南。
不恐人间客，天生著作耘。

798赞僧宗佑真容

陈睦

寄寄一山林，重重半寺音。
悠悠丹青色，历历去来箴。

799题耿氏温清堂

上官均

平生不问一天机，日月耕耘半望希。
树下风情陶令径，村前水暖老来衣。

800梅花

潘良贵

孤孤傲傲一梅花，岁岁年年半腊崖。
俗客难成芳已至，幽人自许不归家。
不染东风一度尘，须唤草木碧桃珍。
和衣雪色姿情忘，化作红泥不顾身。

801夏日四绝

潘良贵

空门一巷荫，古庙半虫吟。
柳叶条条色，莺鸣处处深。
七月难承霪雨天，新枝老干竹桐泉。
烟烟雾雾何难断，柜柜箱箱湿气传。
林间宿鸟鸣，晓色露虫倾。
错落星河晚，晨曦已放明。
骤雨柳丝长，炎风客故乡。
门神秦叔宝，镇宅尉迟肠。

802雪中偶成

潘良贵

二月乱飞花，千情作玉斜。
寒心知已动，化雨劝桑麻。
可伴少陵来，何须日月裁。
江天成一色，不扫草堂台。

803郑亨仲作亭西山颜日可友以书求诗为赋一首

潘良贵

文殊一子猷，种竹百无求。
寄语知桃渡，秦淮误色楼。
田文免俗事，傲泉首风流。
蜀郡良门与，英心作去留。

注：子猷：晋王徽之名字。王羲之之子。性爱竹，曾说：“何可一日无此君！”

804览梦得所藏李伯时画吴中贤像因各书绝句

赵楷

已去江湖作扁舟，西施莫语问吴楼。
浮鸥不定姑苏客，商贾倾云见远谋。

805张翰

赵楷

江湖八月脍鲈鱼，卷悟三秋以酒余。
不应兴从归莫去，莼香可慰帝王居。

806陈俊卿

渡口载樵渔，贫家读子书。
莲蓬多玉子，桂采客珍余。

807秦熺

第一声名第二人，王臣赵楷伯阳中。
徽宗子列分秦桧，学士文章士道亲。

808游茅山题华阳观

秦熺

福地一茅山，华阳半玉颜。
三峰回秀气，九脉遂观关。

809滩石八阵图行

王刚中

八阵中黄阻石明，千军虎翼鸟飞城。
龙腾折冲洞当屿，气势方圆客主衡。
勇略奇谋冠盖节，巍然伊吕作纪名。
身托白帝岐山旅，李靖凌烟将帅荣。
嗟乎孔明以此用于吴，吴在金陵著世孤。
嗟乎孔明以此用于魏，魏在许昌不见都。
嗟乎孔明以此出师表，三分国色七分孤。
嗟乎孔明以此隆中时，赤壁周郎何蜀吴。
平分天下唐虞志，逐鹿中原大丈夫。

注：八阵：古代作战的阵法。宋王应麟《小学绀珠·制度·八阵》：“八阵：洞当、中黄、龙腾、鸟飞、折冲、虎翼、握机、衡。”传为三国蜀诸葛亮所作。

810登第报家人

王刚中

冠官榜眼状元郎，御笔亲封及第乡。
可许金銮成学士，未必当初读书堂。

811之二

曹冠

舒舒卷卷一人心，淡淡悠悠半古今。
日月天津寻自在，龙钟老恋问知音。

812题山洞

曹冠

半在人间问十洲，三山洞口过千流。
风云盖竹登临揽，日月金华向石头。

813第一山

阎苍舒

几处东南第一山，昆仑西北起三班。
烟烟雨雨擎天柱，雾雾云云作玉环。

814兴元

阎苍舒

图精励治帝王楼，雨水云烟草木洲。
垓下江东何霸主，鸿沟楚汉问当侯。

815刘阮庙

赵汝愚

一日仙翁一日棋，半家百岁半家奇。
琼台已去琼台少，傲骨回头语欲痴。

816送学士汪大猷归鄞

赵汝愚

晦朔半书香，琼台一柳杨。
梅花桃叶渡，父老寄衷肠。
浦口凭船女，连桥始阮湘。
勤劳寒雁返，岁岁到衡阳。

注：晦朔：从农历某月的末一天到下月的第一天。也指从天黑到天明。

817同林择之姚宏甫游鼓山

赵汝愚

古月随流去又回，清风逐日复重来。
飘零落叶秋山上，契阔人情满五台。

818神秀楼落成

赵汝愚

六祖一南禅，三僧半北天。
衣钵藏寺久，神秀著方圆。
才才耕耘路，心心跳跃泉。
平生当此问，父老应径年。

819九鲤湖

黄文

九鲤山头九鲤湖，一身正气一身孤。
溪流绕障穿云去，月色分明两面殊。
夜夜还归峰不语，深深远暗对姑苏。
渡口僧来船自取，坐待犹声似有无。

820龙岩寺

罗点

唤起龙岩速起程，参回北斗欲回明。
身行日月知行色，一纵三横自纵横。

821褒禅山有于湖所题宝塔二字

罗点

浮屠宝塔状元题，笔墨青峰古刹西。
寄寄禅音无倦意，悠悠自得白云低。

822安抚待制侍郎徐公挽词一首

叶适

黄昏独立半碑铭，碧水东流各渭泾。
石色粗疏天生存，穷途照旧付丹青。

823锄荒

叶适

日下一锄荒，田中半雨杨。

花开花落去，子集子圆方。

824读叶子元诗题其后

叶适

游丝叶子元，浊迹雨中轩。
不觉空濛去，闻音是草萱。

825奉酬般若长老

叶适

长老情深不惊人，诗师语简问旧巾。
东家隔壁知儿女，二春未尽几三春。

826寄黄文叔谢送真日铸

叶适

日铸一兰芳，茶汤半碧粱。
农卿今欲採，小叶指尖长。
细手凭炉炒，微温少女藏。
人居草木里，正论水泉香‘

注：日铸：山名。在浙江省绍兴县。以产茶著称，所以其茶即以“日铸”为名。

827建会昌桥

叶适

沧沧浪浪会昌桥，雨雨烟烟暮色潮。
世上三江朝夕月，天街十处尽逍遥。

828看柑

叶适

江南桔水园，岸北枳甘边。
纪土荷塘月，闻听远近田。

829露星亭

叶适

斗杓露星亭，萍轩带雨汀。
身心合月色，万象待遥青。
志士光阴注，精英座右铭。
何须天子路，应忆一零丁。

830石洞书院

叶适

石洞云峰一院书，青门雾敞半空虚。
兰滋豌内诗词话，耆老庭中易有余。

831送高仲发

叶适

长春一细君，知驿半青云。
季弟三千志，乡闾五万文。

注：细君：古代称诸侯之妻。后泛称妻子。

832题樊汉炳墓

许奕

千章汉地书，半角折奇居。
白鹤飞天去，青囊自有余。

833丁巳再游题蓬山堂泉石

杨栋

蓬山白石一琼流，紫柱云霄半九州。
鉴瞩凭空成宇宙，混沌羽隙问堂楼。

834净土寺追和东坡韵

杨栋

东坡一韵十三州，净土千宗百万秋。
日旁轩高凭此路，碑文自在对中流。

835林汤尚书伯纪

李伯玉

一曲清风一月琴，十升美酒十佳音。
江流寂寂潮初上，斗柄西斜夜已深。

836天游斋

李伯玉

靡靡秀草信天游，寂寂空天忘岁秋。
庚庚徽宗金体字，尘尘落地顺江流。

837送萧晋卿西行

李伯玉

龙图五万英，北阙一书城。
智者香囊代，行人不是平。
出师非表秦，白帝蜀相明。
第恐殿山历，知先一障轻。

838吴必达

材卿必达吴，榜眼礼俨夫。
第一因官降，屈尊第二奴。

839刘松华 四景山水

山桥石径草林中，柳岸花丛日月同。
曲水楼台云雨涧，山亭驿榭各西东。

840和东坡韵二首

文及翁

万寿山前紫气中，千官舍下读书童。
三山五岳僧门主，蜀道吴桥碧玉城。
客满华严法界中，香成应物去来功。
禅堂夜话三天地，本觉灵性半色空。

841山中夜坐

文及翁

悠悠一地天，楚楚半人年。
落落三千界，流流五百泉。

842之二

羊城日日一珠江，阔海时时半国邦。
石壁松廖风不止，功归再造入寒窗。

843探花诗宋朝

慈恩寺处探花郎，渭水东流向帝乡。
字句珍珠凭首唱，文章胜会曲江旁。

844之二

西关过江下古城，忆同学张玉芬
雪冻冰河下古城，人分左右玉芬情。
燕京学院青春去，高高心中第一名。

845之四

川流不息暮烟霞，井上江中容煮茶。
唯有清清泉上水，同心陆羽故人家。

846之六

吉隆坡相思，树下文来，珊珊采红豆
北国人前半情衷，南洋海阔一天空。
相思树下相思豆，木槿花中木槿红。

847之八

荆溪夜泊一船烟，浪语波摇半月悬。
隔壁舱中儿女问，春云几雨可耕田。

848之十

浑江岸上小桃花，树树繁英映日涯。

李杏群芳相继续，辽东已是故人家。

849之十二

一过榆关学院生，三秋故土月分明。
燕山夜话京都客，枕下书香枕上情。

850之十四

楼开月麓大江闻，碧水波粼两岸分。
黄粱一梦三生尽，不见瑶池五色云。

851之十六

应物当知悔事弯，金门毕坐玉门关。
东方晦尽东方朔，御客何须御客还。

852之十八

萧萧别业一茅庐，寂寂书窗半玉壶。
李白诗成先醉酒，江湖夜雨后姑苏。

853之二十

一上透明岩，三生问水函。
千情禅岭木，万步布衣衫。

854之二十二

著作南华一部书，庄生借贷半生居。
文章字句珍珠落，后世诗词五万余。

855之二十四

自在一逍遥，寻来五水潮。
先生千里路，野鹤半云霄。

856喜英公大师相访

赵昌言

行僧六籍石家名，已驾三车法相城。
菩萨声闻缘觉来，劳师彼此慰平生。

注：三车：佛教语。喻三乘。谓以羊车喻声闻乘（小乘），以鹿车喻缘觉乘（中乘），以牛车喻菩萨乘（大乘）。见《法华经·譬喻品》。唐窥基博通释典，尝至太原传法，以三车自随，前车载释典，中车自乘，后车载伎仆食馔。路遇一老夫点化，顿悔前非，只身前往。后成为法相宗大师。

857寄辰溪夷

洪湛

华山万丈问巢由，谧水千粼向旧楼。
静坐君迁形迹在，莲峰映日化春秋。

858谢客岩

姚揆

空余谢客岩，未见渚扬帆。
竹影摇招问，松声纳日衔。

859伐棘篇

路振

一介贫民半曲肠，三生草木十衷肠。
辛辛苦苦耕耘尽，岁岁年年日月堂。

860赠安邑簿伍彬归隐

路振

隐士一生归，官僚半是非。
江流行不止，寸草映春晖。

861句

朱严

中书门下思谋客，北阙朝中应物情。

862钱易

青云总录一文章，金闺瀛洲半草堂。
西垣制集洞微志，两三百卷世书扬。

863和人首夏池上雨中闻笛

钱易

云前十里烟，雨后半江泉。
隔树朱华始，隋唐泊小船。
子晋笙歌曲，凤凰落晓眠。
遥遥何付子，沥沥好桑田。

注：子晋：神话人物。相传为周灵王太子，喜吹笙，作凤凰鸣，被浮丘公引往嵩山修炼，后升仙。

864览越僧诗集有寄

钱易

都讲儒生半法师，江淹莫学惠休迟。
归来不得平生梦，毕莫乾隆五万诗。

注：都讲：古代学舍中协助博士讲经的儒生。魏晋以后，佛家开讲诗经，一人唱经，一人解释。唱经者称都讲，解释者称法师。

865梦越州小江

钱易

朔晦一方圆，枯荣半地天。
青灯黄浅色，古卷贤径年。
宿鸟寻栖石，平沙近古田。
汀洲逢老妾，振袂取疑缘。

866上巳至玉津园赐宴

钱易

祓禊一春明，津园半壁荣。
参班三阁殿，就序四时英。
宝马长衢路，云壶欲道倾。
东风多少日，照旧半阴晴。

注：祓禊：犹祓除。古祭名。源于古代“除恶之祭”。或濯于水滨，或秉火求福。三国魏以前多在三月上巳，魏以后但在三月三日。

867送张无梦归天台

钱易

一足上天台，三生问玉开。
琳宫重启闲，故阙旧辞来。
白日依山尽，丹砂法渡裁。
悬岑芽五炼，掷采化香梅。

868西游曲

钱易

一去阳关作独行，三声玉树后庭英。
千山不尽成函谷，万壑四川日月倾。

869咏华林书院

钱易

百岁一龙门，千章半古树。
书生始终尽，白首已黄昏。

870中秋夜守让南厅玩月

钱易

爽气已分明，寒宫未晚清。
嫦娥知悔处，后羿误情城。
玉水尽楼榭，金盘闺岸横。
关山今夜色，故客以心倾。

871咏红蕉

胡用庄

芳菲一色入红蕉，细雨三春作柳条。
碧叶宽宽成厚土，承天启地比天桥。

872送僧归护国寺

李咨

护国寺中天，归城月下圆。
僧衣傅世代，主持夜灯悬。

873赵概

退隐山中著“谏林”，神宗感动太师心。
三千弟子三太子，八十年余半岁荫。

874挽老苏先生

赵概

东坡一大江，赤壁半无双。
教子三苏客，臧孙两国邦。

875夏圭　西湖柳艇湖

桥桥水水半西湖，雨雨烟烟一越都。
木木林林成九界，船船岸岸问三吴。

876之二

碧玉小桥烟，西湖宝叔田。
波推潭上月，浪涌岸边船。

877澄清阁

祖无择

澄清阁上读文章，雅志心中种柳杨。
海角天涯长短路，手无释卷染书香。

878感事

祖无择

感事知心一远明，听歌任舞半遥英。
天竺木铎成音近，礼乐兴邦士道生。

879过涡河

祖无择

陈王八斗才，水调半生开。
欲拟涡河赋，临桥日月来。

880后池新柳

祖无择

世俗喧哗不厌闻，塘池弱柳未均分。
黄时欲碧云雨贵，小叶成群着短裙。

881简寂观

择祖无择

无须羽客绝红尘，有道深山续草津。
半落空门余昼掩，三从未隐正衣巾。

882吏隐宜春郡诗十首（选一）

祖无择

吏隐不樵渔，名行问道君。
民心衣画少，变郡尽知书。

883南康春日

祖无择

寒心早动玉枝梅，老大疏慵白首回。
百草寻来多少色，群芳不到钓鱼台。

884秋晓寓目

祖无择

日上三竿六幕平，云中一寸半光明。
倚天可问秦宫井，俯首回思客人生。

885之二

三年一梦问恩媛，五月十音共晓轩。
共坐窗含同学友，同临人生对坤乾。

886泗水

祖无择

东家泗水流，冷色半江洲。
鲁纳黄河道，齐忧客九州。

887跋文正公手书伯夷颂墨迹

祖无择

墨迹斑斑界世友，文章处处古今诗。
千年日月传家笔，万语乾隆杜宇迟。

888之三

文翁府学教千秋，石室贤隽肃九流。
世道兴衰优秀子，儒生典礼帝王州。

889送周知监二首

韩绛

巴山蜀水东，杜宇四川中。
列郡西南缴，夷居半壁穷。

890题琴台

韩绛

临邛司马一音开，异日文君半不猜。
只见琴台黄鹤去，当心落叶塞雁来。

891游鸿庆寺

韩绛

松筠一草深，旷野半山林。
寂寂无鸣鸟，幽幽小轻荫。
溪清沙探子，石白自虚心。
古寺方坛旧，僧归暂不寻。

892联句

韩绛

木上吐幽芳，池中纳晚凉。
余心何旷达，渡口曲流觞。
柳岸鸣禽落，梅楼木叶扬。
孤鸿彭泽令，磊石楚衷肠。

893福州

钱公辅

七闽东南一福州，鄙都四夷八蛮流。
九貉五戎知下狄，居濮叔熊作省侯。

注：七闽：指古代居住在福建省和浙江省南部的闽人，因分为七族，故称。《周礼·夏官·职方氏》：“辨其邦国、都、鄙、四夷、八蛮、七闽、九貉、五戎、六狄之人民。”

894寄题翠麓寺呈伯强寺丞

钱公辅

宗人吾道已春秋，世态新穷莫旧游。
珍蓝胜迹峰峦老，白首岩翁济泽求。
三方攸晚环忧色，十载今方付约酬。
石岸仃舟林影暗，山僧赋款翠迟留。

895若耶溪

钱公辅

若耶溪问若耶山，白鹤峰寻白鹤颜。
遗箭难知多深浅，樵风只到五云关。

注：若耶：亦作“若邪”。山名。在浙江省绍兴市南。有溪名。出若耶山，北流入运河。溪旁旧有浣纱石古迹，相传西施浣纱于此，故一名浣纱溪。樵风：《后汉书·郑弘传》“郑弘字巨君，会稽山阴人”李贤注引南朝宋孔灵符《会稽记》：“射的山南有白鹤山，此鹤为仙人取箭。汉太尉郑弘尝采薪，得一遗箭，顷有人觅，弘还之，问何所欲，弘识其神也，曰：‘常患若邪溪载薪为难，愿旦南风，暮北风。’后果然。”后因以“樵风”指顺风、好风。

896众乐亭二首

钱公辅

只把江湖付老翁，姑苏日月作雕虫。
盘门不锁洞庭水，一夜钱塘雨色中。

897之三

自古群英济世穹，元终列物问苍空。
鲸鲵海阔深渊客，陆羽鲲鹏羽翼风。

注：鲸鲵：即鲸。雄曰鲸，雌曰鲵。

898送程给事知越州

腾甫

已误书生过故乡，难知草木寄衷肠。
黼黻圣褒文依旧，只以诗词作嫁妆。

注：黼黻：泛指礼服上绣的华美花纹。《淮南子·说林训》：“黼黻之美，在于杼轴。”高诱注：“白与黑为黼，青与赤为黻，皆文衣也。”

899寄越州范希文太守

腾甫

希文一越州，案几半春秋。
秀气江津色，荷风逐岸休。

900结客

腾甫

一客结英豪，三秋意气高。
中原几猛兽，北阙有衣袍。
高广飞将在，幽州箭镞刀。
阴山星不远，只可向旌旄。

901清明日赴玉津园宴集

安焘

清明辅弼玉津园，礼意优贤体至宣。
酒色葡萄春色了，人间事忘已经天。

902赖庵藻鱼图

水下一金龙，云中半玉凤。
摇头知堤尾，上下自芙蓉。

903藏春峡四首

陈瓘

藏春峡口野花开，雨露阴晴自在来。
最是东风时令到，直须艳色上瑶台。

904之三

一道天涯一道人，半天路远半天尊。
兄兄弟弟书香误，去去回回隔万津。

905超果亮师假还山（选一）

陈瓘

观云一道松，问路半僧容。
露滴幽溪响，莺啼玉涧封。

906答瑞岩湛老

陈瓘

滞念一乡心，书生半古今。
行程多少路，日月作衣襟。

907海山楼

陈瓘

步步海山楼，扬扬白首休。
天涯多少路，海阔水江流。

908和郑鲠之韵

陈瓘

长亭万里一丹丘，合浦千珠半九州。
宦海沉浮多少客，家乡草木不封侯。

注：丹丘：亦作“丹邱”。传说中神仙所居之地。

909花光仁禅师以墨戏见寄以小诗致谢

陈瓘

禅心四面一包容，墨海千章半尘封。
笔下当情三昧净，心中致许五湖松。

注：三昧：佛教用语。道家以为，昏昏默默神之昧，杳杳冥冥气之昧，惶惶忽忽精之昧。合称三昧，此三昧能生真火。

910寄觉范漳水

陈瓘

世路一机关，人情半旧颜。
心成无快事，病少自防蛮。

911寄题黄及之谷神馆

陈瓘

学士三生半玉邻，燕山十渡几秋春。
安心即事长生坐，世乐无过自在人。

912之二

言成一界河，语定半风波。
有意川流水，西来唱九歌。

913揽翠轩

陈瓘

登临揽翠轩，俯问一江源。
竹雨如泉注，人生自简繁。

914得句

张庭坚

洛邑秦人问汉州，眉山二老向春秋。

915岩陵钓台

胡安国

十度桐江一水清，千闻石岸半世轻。
严陵处处何归隐，莫以渔竿作钓名。

916元日

胡安国

梅花落尽有余香，瑞雪分年岁月藏。
灯竹新声元日始，东风晓色读书堂。

917牡丹秋开

胡安国

富贵城中十色君，群芳月下半纷纭。
晓雾云烟层态彩，艳质身前着碧裙。

918移居碧泉

胡安国

窃读书生不买山，泉流木密日成颜。
龙门水色乾坤客，腊月梅花在此闻。

919首夏言怀

胡安国

草色一湖平，红芳半色清。
鱼游山影壁，揽镜任莺鸣。

920过凤林关

胡安国

马首凤林关，龙头落凤颜。
殷勤流石水，邂逅任峰山。
物尽隆中对，人寻易小蛮。
风云传日月，木叶对朝班。

921赤壁

胡安国

赤壁周郎已胜谋，草船借箭蜀吴酬。
千章日月成三界，万古终身第一流。

922合掌岩

陈桷

秦人不劝汉人遥，杨叶风波柳叶条。
合掌峰前仙子客，瑶台一半在云霄。

923除夕

许必胜

心声半醉余，何须不读书。
一日连双岁，三更已入初。
梅花香亦尽，腊屋后庭锄。
探放新芽土，含情半寸疏。

924闺怨

许必胜

草地小虫鸣，书窗细雨声。
村中闻晓气，镜里白翁成。
莫怨青春少，衣衫未著荣。
行人知路远，叹息有阴晴。

925苦雨

许必胜

来来往往一高峰，筒筒繁繁半草踪。
秀鸟成飞寻望远，天娇自得锁苍龙。
辛辛苦苦文章客，夏夏秋秋问老农。
玉玉金金由自取，门门户户立青松。

926之二

清明石上泉，古叶欲中天。
独木成林立，溪流聚积悬。

927题画

许必胜

石岸参差一小亭，泉林远近半山青。
冷冷暗水成溪汇，寂寂无平似有灵。

928新月

许必胜

欲得一惊明，平湖半水生。
空空波不响，寂寂泊人情。

929之二

许必胜

孤桐独立饱秋风，断谷黄河饮落泓。
万叶知音成角羽，千枝积雨汇西东。
幽幽玉柱知天水，切切丝弦作白翁。
意意阴晴声不止，萧萧彼此志难穷。

930舟行

许必胜

遇水自行舟，逢山策杖游。
四歌知止境，独树任春秋。
未必寻兰芷，云中见主流。
迁程途路远，万象孤心求。

注：知止：《礼记·大学》：“大学之道……在止于至善。知止而后有定，定而后能静。”兰芝：兰草与白芷。皆香草。

931登卧龙山送酒

许必胜

一国三分问卧龙，千秋万代向尘封。
清流不必空城计，子弟耕耘作意农。

932南定楼

许必胜

刀耕火种一夷生，山回水绕半青城。
鱼龙上下南陲外，旷野江洋水不平。

933止水亭

许必胜

涛惊止水亭，势怒动云殿。
此性芳塘雨，修人悟渭泾。
由来三界路，自在一心径。
古壑波澜暗，峰高以石铭。

934挽吕东莱

赵烨

道统吕东莱，源流李白才。
滔滔成四海，亹亹古今梅。
业履南洋事，诗华此闲开。
群英新世举，授粹会瑶台。

注：亹亹：谓诗文或谈论动人，有吸引力，使人不知疲倦。

935得句

刘卞

物哺鱼虫三界水，川流日月两江波。

936郑氏馆中书事

王介

月上白云边，心中小水田。
三生来去见，半亩浊清泉。
夜色朦胧去，辰风晓杜鹃。
闲诗多雅句，品就玉花研。

937次李参政所合五绝句韵因以为诗（选二）

魏了翁

不欲君言寡欲人，虚无道害世明身。
光明自取知何限，万物灵心一始真。

938次韵德先步月答所问语

魏了翁

虚无一太清，桂影半宫情。
正月三更晚，瑶池五色明。
一月夜深明，三更色冷清。
苏家今妇问，塞北似寒城。
嫦娥念旧情，玉兔喜新明。
古月龙山色，盘门桂树生。

939之二

隔岸阴晴一月潮，顺风日月半春消。
烟云处处多时雨，意气洋洋满小乔。

940之二

次韵沧江问海棠，寻花柳岸导容芳。
千丝拂荡红云乱，万缕心思硕果黄。

941之二

纷纷五色云，淑淑一书君。
玉鸟鸣天下，渊沧映浅文。

942次韵李参政秋怀十绝（选一）

魏了翁

一问江边百岁翁，三生夜下半书童。
春秋日月耕耘尽，史记诗词草木工。

943之二

人心可以不长平，物应难凭客短鸣。
就业当言真假作，移舟务必问阴晴。

944次韵遂宁府宴贡士即席赋（选一）

魏了翁

不把浮华作古风，南朝玉树后庭空。
人情不易文心在，道路由宗远近同。

945登冠山次瞻书兄壁间旧韵（选一）

魏了翁

梧桐树影月含山，古刹灯明夜闭关。
有约文华诗卷几，禅僧主持玉河湾。

946和别驾喜雨四绝（选一）

魏了翁

一尺丝光一尺云，半生日月半生文。
无风地上桑田客，有雨云中是梓君。

947鹿鸣以遣之（选一）

魏了翁

牙歌一鹿鸣，雅颂半官情。
爵禄安人仕，权心不太平。

948题石洞

魏了翁

洞洞一云飞，山前半翠微。
森森林木业，楚楚客人归。

949无题

李方子

同门可谢青，异道共长亭。
敦素闻兄弟，南峤学渭泾。

950酌别张子元二首（选一）

李昂英

江亭一小舟，远际一天流。
水异清究处，人同落客楼。

951送舶使周甲

李昂英

少小中年一耆英，诗词竹筒半雕荣。
春秋史记成今古，别迹重逢问弟兄。

952蒲涧滴水岩观瀑

李昂英

垂岩百丈流，玉璧万千浮。
瀑布难遮掩，留当玉色羞。

953赠海珠湛老

李昂英

老衲守禅关，行枯箸古班。
金山经卷色，翠竹华亭山。

954曹娥庙

潘枋

一庙满晴波，三江送小娥。
残碑多少字，幼妇锁红罗。

955之二

少女碧螺春，男儿一丈人。
洞庭山月上，自幼五湖邻。

956之三

枯肠七碗惊，瓦釜半春情。
小叶棋枪绿，清泉养水明。

957除夜

潘枋

神荼欲垒二神都，除夜新年一屠苏。
爆竹声中人老少，桃符板唱紫仙姑。

958次陈仲文八月十二夜韵

潘枋

方方圆圆共地天，夏夏秋秋似如弦。
有有无无随晦朔，明明暗暗几不全。

959登岭二首

潘枋

登云米石上殊程，栈道陈仓各不明。
一路寻途到西岭，三秋落叶问无声。

960之二

不见一人行，难寻半步轻。
峰回随石径，雾放任晴明。

961之二

潘昉

读入一径书，心成半世余。
禅音多少道，道德有禅疏。

962蜂

潘昉

一岁分成第几房，三秋粉蜜五花娘。
群飞共语何由取，筑垒峰王作玉藏。

963恭谢驾自景灵宫回丞相以下皆簪花

潘昉

谢驾景灵宫，丞相一语穷。
中书门下省，尽向有无中。

964剑

潘昉

论剑书生到并州，疏洪大禹问封侯。
清泉不断虞王色，晋祠龙文上案头。

注：并州：古州名。相传禹治洪水，划分域内为九州。据《周礼》、《汉书·地理志上》记载，并州为九州之一。其地约当今河北保定和山西太原、大同一带地区。

965江行

潘昉

江村一日小舟行，同里三桥大雨倾。
春浅桑仁初叶小，蚕房已欠万船鸣。
周庄不远天随月，木椟巴鱼肺味清。
莫以垂鞭江北岸，姑苏二月市闾荣。

966去国示人

潘昉

去国示人楼，无声迹九州。
心天从不获，只作地书求。

967丹阳作

潘昉

十八女儿红，三生日月衷。
琴弦闻不语，不可酒泉东。
会稽绍兴水，苏吴自古工。
南昔何韵角，沽醉作苍雄。

968挽赵良淳三首

潘昉

孤忠自持人，独弃客孤身。
以赵良淳许，生平不染尘。

969之三

目望一鸿飞，心悬半客归。
留名天地上，瞩付作明晖。
束衽衣冠冕，暮晚木林微。
陆沈同时坐，涉社日余围。

970金鸡石

潘昉

祥云凡鸟凤凰池，过客飞鸿日月迟。
晓色三晴烟雨下，桑田一亩古今诗。

注：凡鸟：嵇康与吕安交好。一次，吕安访嵇康，康不在。嵇康之兄嵇喜请吕安进门，吕安不入，在门上题“凤”字而离去。“凤”字拆开就是“凡鸟”，以此讽刺嵇喜。

971绯桃

潘昉

一月梅花三月桃，五湖夜雨半湖涛。
洞庭山下姑苏岸，木椟枇杷卸玉袍。

972芙蓉

出水见芙蓉，华清任御封。
太真王已寿，虢国玉人从。

973次韵黄侍郎沧江海棠二绝

日暖沙鸣一宰相，阴晴调燮半炎凉。
唐虞稽古尧舜禹，岳牧周官济事昌。

注：调燮：调和阴阳。古谓宰相能调和阴阳，治理国事，故以称宰相。岳牧：传说为尧舜时四岳十二牧的省称。语本《书·周官》：“曰唐虞稽古，建官惟百，内有百揆四岳，外有州牧侯伯。”《史记·伯夷列传》：“尧将逊位，让于虞舜，舜禹之间，岳牧咸荐，乃试之于位，典职数十年。”后用“岳牧”泛称封疆大吏。

974次韵李参政龙鹤山庐（选三）

魏了翁

问心一客身，应物半无贫。
静阅千章信，寻来日月亲。

975之三

山灵一始终，古木半无穷。
世事临安治，阴晴宇宙风。

976次韵史少庄竹醉日移竹（选二）

魏了翁

节节年年度岁寒，期期许许问云端。
梅花腊月芳香至，已是群芳指日冠。

977次韵苏和甫雨后观梅

魏了翁

岁岁寒冬语曲肠，年年客气腊梅香。
萧萧友伴骚人梦，彻彻孤枝独立扬。

978次韵虞永康沧江书院

魏了翁

不释读书肠，文化度柳杨。
沧江书院外，腊月玉梅香。
无学难寻路，相逢少子梁。
柴门言一笑，御阙作三强。

979海潮院领客观梅

魏了翁

岭外闻君问海潮，城中古月向云霄。
天空海浪连天地，已是瑶池半碧遥。

980和虞永康梅花十绝句

魏了翁

玉立孤标一雪扬，云轻月溃半疏香。
枝枝举首朝天问，寂寂风光教柳杨。

981送唐述之赴廷对

魏了翁

轻轻纵玉鞭，旷旷作天然。

全蜀书生至，人君放海篇。

982燕新进士

魏了翁

进士一书生，楼兰半武行。

江山由草木，日月作平生。

983樵川郊行

李方子

井邑近樵川，山花远市妍。

斜阳来早暮，宿鸟几时眠。

注：井邑：城镇，乡村。《周礼·地官·小司徒》：“九夫为井，四井为邑。”

984久住白云呈镇长老

李昂英

智慧满曹溪，禅音著玉泥。

江流归处远，遂日各东西。

逊客公奴马，留恋六祖题。

清风香篆近，蒲看问高低。

注：曹溪：禅宗南宗别号。以六祖慧能在曹溪宝林寺演法而得名。

985景泰寺

李昂英

鹤立一庭空，猿鸣半寺风。

寒鸦栖不定，游僧指雾中。

986送湛师回罗浮花首山

李昂英

梅花已见赵师雄，第七洞天道葛洪。

足扫苍苔三靖首，罗浮老矣坐禅童。

注：罗浮：山名。在广东省东江北岸。晋葛洪曾在此山修道，道教称为“第七洞天”相传隋赵师雄在此梦游梅花仙女，后多为咏梅典实。

987武夷观

李昂英

九溪十八山，一水万千颜。

鹤影孤飞去，群芳立色班。

988之二

木客白云登，西关瑞雪凝。

辽东乡梦久，不解玉壶冰。

注：木客：传说中的深山精怪，实则可能为久居深山的野人。

989之四

千山古刹半虚年，石顶浮云一线天。

水印樵风帘不卷，丹爐万古有余烟。

登峰造极空心地，鸟利仙姑问紫泉。

但见西林相识处，游僧不可共寻眠。

990宴鸣佩亭和赵漕韵

李昂英

飞泉百丈一流鸣，石顶千层半雨倾。

隔壁群峰林叶密，山连草木水殊荣。

991送鉴师住灵洲寺

李昂英

谢卸缁袍到异端，孤山玉岛问僧寒。

钟鸣磬叩灯明岸，石柱擎天挂桂冠。

992罗浮峒长宝谷王宁素送药瓢

李昂英

罗浮万仞山，古刹两千年。

剑定神通匣，棋逢奕列班。

993百舌

潘牥

百舌乱声鸣，多言必不清。

三思须守口，一切应须从。

994茶四首

潘牥

煮后沉浮一柱香，茗前日月半炎凉。

村前自少真龙井，只怨今日不顾裳。

995茶之三

芽茗醒目明，曲蘖雨烟城。

豕腹云浮浅，肝肠一淑清。

996蝉

潘牥

空山一叶蝉，岭后半鸣天。

翼似余霜薄，声如雨后泉。

997春花秋色

潘牥

春花秋果一春秋，待客留人半待留。

野路亭长多少问，心思雨落去来酬。

998道士造纂

潘牥

东山谢紫虚，抄箓问天余。

夜梦随心觉，人行自主书。

999灯

潘牥

夜色凭窗十里明，墟庭任月半堂清。

书中自有颜如玉，枕上还浮故里情。

1000读道书二首

潘牥

道洞禅房一异乡，心音哲理半衷肠。

炉香玉案钟声响，只向人间话暖凉。

1001涵空阁

潘牥

一阁四栏空，三流半日风。

涵滩洲水阔，不似大江流。

1002江舍

潘牥

一夕问何郎，三君向粉芳。

江山千古意，顾影万人王。

竹节承风长，溪流任水乡。

诗书无禁地，日月可阴阳。

注：何郎：三国魏驸马何晏仪容俊美，平日喜修饰，粉白不去手，行步顾影，

人称“傅粉何郎”。

1003九月梅

潘牥

仙梅道长谢黄花，造物怜情问梓麻。
早见霜来沉素色，何寻绿萼主人家。

1004游黄山

潘牥

黄山一日九州头，秀水千云半雾秋。
暖洞松风仙道长，龙津月色玉溪流。
花开七七银河岸，月落三三道客楼。
寺外晴岚松卷岭，庵庐自是傍浮鸥。

1005和太师平章魏国贾公遗潜侍郎之作

潘牥

百岁木成林，三年柳作荫。
江河成远就，草木有心音。
北阙人心阅，南山一柱寻。
阳春高木色，瑞应覆黄金。

1006马来西亚雪莱俄州总警长张婉萍

紫气一思清，东来半护英。
南洋天地守，木槿国筏明。

1007赠南岳宣义大师英公

苏德祥

岳麓文章一府生，英公玉露半师荣。
碑碣学就成今古，帖论清风照汉名。
不比龙成天下济，儒书只记杏坛情。
乾坤此道何分付，日月耕耘做纵横。

1008陈清波 瑶台步月

瑶台柳下荫，步月色中寻。
玉影婵娟问，寒宫几古今。

1009赠淳于公归养

柴成务

人生一步上天津，世事三思向近亲。
父母尊情身力尽，乾坤显籍位经纶。
两仪日月周公许，四象阴阳制晋秦。
解甲非须明就理，归来奉养是秋春。

1010陈可九 春溪水族

已暖一春溪，游鳞半水齐。
争光何处去，落后各东西。

1011提关右寺壁

王嗣宗

可挂衣冠高虎门，南朝水竹祝江村。
修来日月阴晴付，买的田桑作子孙。

1012梅

窗含冷静绣花房，月里梳姿忆旧春。
教得群芳颜色好，桥边碧玉作红妆。

1013岳阳楼望洞庭

吕蒙正

洞庭涌上岳阳楼，大小孤山客色羞。
八月江涛连碧玉，三帆逐日向天流。

1014行经鸿沟

吕蒙正

英雄一半到鸿沟，楚汉三千士子流。
不以关河成界域，难知日月作浮谋。
秦王二世咸阳冬，汉祖千年著古丘。
往往如烟曾何故，乌骓应与霸王酬。

1015又

鸿沟两岸几何分，楚汉三军垓下闻。
草木随年依帆制，如今不见旧时云。

1016得句

收复燕云十六州，春秋社稷万千筹。

1017题临兰亭序

一闭半昭陵，三朝御史行。
僧明何醒醉，寺解莫名膺。
虎贲流觞色，肥池御笔凝。
兰亭修禊帖，不向蔡邕征。

1018高岩立春日

王世则

高岩半立春，细雨一红尘。
暮以梅花落，辰闻下里辛。
阡知由布谷，陌见土牛勤。
五柳金幡赐，澄心纸上邻。
田桑蚕茧束，胜似御冠巾。

注：澄心纸，澄心堂纸。南唐后主李煜所造的一种细薄光润的纸，以澄心堂得名。文昌省：尚书省的别称。

1019王世则

得句

六合一家第一名，三朝万本故千声。

1020寒食寓怀

故土不知书，乡山莫不余。
桓仁中学士，进士帝王居。
乞火公侯烛，耕耘日月疏。
花香云两和，草木浅禾锄。
古今诗赋色，老朽奉樵渔。

1021厌气台

梁灏

半向鸿沟半向秦，一声楚汉一声尘。
空台寂寞何飞鸟，野草连天落日辛。

1022马远 寒江独钓

寒江独钓一舟横，雪岛行吟半句倾。
日月阴晴钩不语，江山草木客枯荣。

1023送叶善卷致仕归吴

程宿

莼丝甲系一江东，卫尉三朝半次公。
夜雨惊窗书案冷，秋鲈炖烩济君鸿。
诗书满卷心胸阔，日月耕耘作小虫。
白发重成天地客，身名只许问苍空。

注：次公：汉盖宽饶字次公。为官廉正不阿，刺举无所回避，后以“次公”称刚直高杰之士，或廉明有声的官吏。

四、中国历代状元诗之清朝卷

汪春泓 编　昆仑出版社　2006年1月出版

读状元诗清朝卷

一江不尽一江源，百十三名旧状元。
流下春霖知自己，满清已尽守轩辕。
深山叶密一天阴，泉落溪流半上林。
云雨春和芳草地，物华天宝去留心。

1傅以渐　喜春雨

字于磐，号星严，一作星石。
原籍江西永丰，山东聊城人。
顺治三年（1646）丙戌科状元。
邻家默默雨天迟，草色芊芊柳色丝。
只有春梅香暗来，东风云雨故人知。

2试帖诗　凤凰来仪

草木储光昭，神州玉水遥。谐调三五曲，
和律七音箫。风雅山河水，寒窗一凤招。
人高看世界，信实问今朝。
德华垂自古，舜善隆云霄。

3吕宫　致清第一状元吕宫

字长音，一字苍忱、庭忱，号金门。江南武进人。顺治四年(1647)丁亥科状元。
金门一寸心，进退半长音。
十年乡隐去，万里老人心。

4刘子壮　殿试词

字克猷，号稚川。原临江清江（今江西）籍，湖北黄冈人。顺治六年（1649）己丑科状元。
春关一日玉华开，御使千年守瑶台。
昨夜天门今不锁，月明色满状元来。

5送客

山上柳丝新，晴中见晓春。
江湖舟莫问，俱是去来人。

6湘驿

江湖客路一张扬，邻里芙蓉半故乡。
天上银河无清静，人问喜鹊渡湘江。

7姑苏

一桥冷落一桥烟，半江渔歌半客船。
夜半钟声寻彼岸，春梦有意醉人眠。

8麻勒吉

瓜尔佳氏，满洲正黄旗人，
顺治九年壬辰科满榜状元。
汉州黄旗半状元，孝忠顺治问轩辕。
华心五伦江山在，细读四经简又繁。

9邹忠倚　归隐诗

字于度，号海岳。江南无锡人。
顺治九年壬辰科汉榜状元，
官至翰林侍讲。
细雨一绵山，黄河半玉湾。
人心寻晋耳，夕照满天关。

10洞庭西山

湖北青松俯仰中，山南云雨沉浮风。
小家碧玉明荫籍，过客泉溪问色空。

11图尔宸　雁

字自中，满洲正白旗人。
顺治十二年乙未科满洲榜状元。
官至工部侍郎。
夜宿问湘家，平明别荻花。
雁丘情所在，一字到天涯。

12和图尔宸

日暮一西斜，诗华二月花。
平心三五句，却问一千家。

13史大成　清明

字及超，号立庵，浙江鄞县人。
顺治十二年乙未科汉榜状元。
落花流水一云天，竹影江村半雨烟。
乞火寒食梅二月，清明读史五千年。

14孙承恩

原名曙，字扶桑。江南常熟人。
顺治十五年戊戌科状元。
诗学温庭筠李尚影，官至大学士。
常熟问扶桑，姑苏满夕阳，
虞山浮沉雨，甪直抑扬长。

15涂元文

字公肃，号立斋。江南昆山人。
顺治十六年己亥科状元。
十载向人心，春关问翰林。
东风天下色，雨水是知音。

16东林寺

暮色半炉峰，天空一晚钟。
苍山华四野，古刹白云封。

17怀古

英雄不出大江东，红粉知怜去后宫。
万岭云浮惊初晓，一人雁影自苍穹。
重重叠叠山光暗，淡淡疏疏色水空。
唤地呼天西北问，不同处处有相同。

18马世俊　太湖

字章民，号甸臣，江苏溧阳人。
清顺治十八年辛丑科状元。
山下半浮云，湖中一玉裙。
开放寻弟子，入泥是香君。

19无字碑

碑中有字寻，言下世人心。

酷治英明半，唐周武李音。
媚娘恩寺塔，天下水云深。
天宝开元去，无知是古今。

20和马世俊怀吴隋河

大隐一心田，江湖半客缘。
去来今古尽，上下五千年。
谁问吴江水，苏杭女儿妍。
运河流不住，炀帝万家船。

21

一泉明两岸，半生问七弦。
波光潋心水，月影凝玉烟。

22严我斯

字就思，号存庵，浙江归安人。
康熙三年甲辰科状元。
万木扶苏始养蚕，千家採叶向春岚。
运河流水人难问，只见隋炀有泽潭。

23禅觉

山中一日钟，天下半云龙。
寺里香烟上，声鸣入九重。

24半部论语

浮萍向水东，桃李落花红。
半部春秋在，朝堂一阵风。

25缪彤

字歌起，号念斋，别署双泉老人。
江南吴县人，亦有长洲之说。
康熙六年丁未科状元。
还乡面目真，去客未净尘。
莺啼一春水，人言半松林。

26和缪彤试帖诗

东风草木生，细雨露云明。
一见春关色，三思万岁城。
玉冠天下在，日月布衣荣。
杨柳江南岸，鸣沙塞北情。
燕山寻胜迹，同里问莺鸣。
暮去耕耘土，朝来读切声。
江湖知上下，阡陌自纵横。
心尽东华里，人平紫气英。

27禅寺

山光隋林暗，泉声竹影流。
暮辉难散尽，晚凉未同秋。
寺鼓惊人渡，禅音落径幽。
凡心多取向，七韵还乡楼。

28蔡启僔

字石公，号昆阳。浙江德清人。
康熙九年庚戌科状元。
案几墨云霞，书窗玉自斜。
丹青生半砚，云雨问千家。
论语行天下，春秋净臣沙。
朝堂兴废尽，村野种桑麻。

29韩菼 和试帖诗 赋涉江采芙蓉得蓉字

字元少，号慕庐，江南长洲人。
康熙十二年癸丑科状元。
水色一江峰，晴分半夏东。
浮萍移故水，碧叶向云龙。
草木山中路，瑶台月下逢。
人生寻自主，阡陌向青松。
雨里莲心重，村前故友踪。
东华门不远，齐鲁杏坛宗。
并蒂明天下，春关启鼓钟。
采来朝暮露，江色满芙蓉。

30彭定求 文选楼怀古

字勤之，号访濂，祖籍江西临江府清江县，江南长洲人。康熙十五年丙辰科状元。
杭州一岳飞，塞北半城归。
自古土大卜，人生只中微。

31梅花庵

山川瀑布云生烟，林中磊石雨花泉。
慢待月下听古钟，且听寺后觉名禅。

32归允肃 试帖诗 江心铸镜

字孝仪，号惺崖，明朝时由昆山迁至常熟，江南常熟人。康熙十八年壬戌科状元。
江心一镜平，柳岸半人生。
百草晴川色，千花日月荣。
僧游三界水，野渡两舟横。
朝暮寒山寺，阴阳拾得英。
儒家书不尽，道德念光明。
治国寻今古，筹谋待御京。
家中知自己，海外问疏声。
自古禅音久，来来去去鸣。

33蔡升元

字方麓，号征元，浙江德清人。
康熙二十一年壬戌科状元。
一国康熙一蔡家，两莲并蒂状元花。
排云殿上光明树，精舍书生日月华。

34镜湖

一寸春云一寸田，半江碧水半家烟。
轻扬笛曲重杨柳，慢入邻家是客船。

35陆肯堂

字邃升，一字淡成，原籍浙江湖州归安县。
康熙二十四年乙丑科状元。
千山碧树绿林长，方岭花红翠草堂。
一水江青流色去，十里长亭自飞扬。

36沈廷文

字原蘅，号元洲。浙江秀水人。
康熙二十七年戊辰科状元。
江南三月菜花黄，十载元洲苦芥香。
秀水东风滋润土，书生殿上是栋梁。

37戴有祺

字丙章，号珑严。江南金山卫人。
康熙三十年辛未科状元。
芳草碧连天，花心遂玉妍。
朝辞三夜雨，暮色百虫宣。
古刹钟声远，游僧曲径禅。
池藻万石水，谁问五千年。

38胡任舆 西湖竹枝词

字孟行，号芝山。江南上元人。
康熙三十三年甲戌科状元。
断桥未断一心寒，苏堤无苏半雨残。
西子难寻生范蠡，春风初暖玉人冠。

39李蟠

字子根，号云坪，汉川人，亦有字仙李，江南徐州人之说。康熙三十六年丁丑科状元。

春日山光半杜鹃，梅花桃李百花妍。
太湖两岸听杨柳，木渎千山问客船。
露水洞庭山上雾，东西香雪海中天。
袭人心肺玉姿色，化作春泥待缺圆。

40汪绎

字玉轮，号东山。祖籍安徽休宁，江南常熟人。康熙三十九年庚辰科状元。

策杖樵渔万里天，江村掾楫一钓船。
三春籍蓄书生客，蕴秀文华不向前。

41王式丹　晓渡汉江

字方若，号楼村，江南宝应人。
康熙四十二癸未科状元。

黄鹤飞来一汉江，书生不去十年窗。
春关渡口青云上，万岁心中半安邦。

42吴大澄

晴湖百里一寒山，峰岭千年半玉颜。
书砚凭心钓水色，满天暮色待人还。

43王云锦　试帖诗　清风来故人

榜名施云锦，又名顾云锦。字海文，一字宏俊，号柳溪，江南无锡人。康熙四十五年丙戌科状元。

清风明月一人珍，疏影浮香百草春。
读尽书中知自己，云青砚池满天津。

44赵熊诏　应帖诗　赋得三十六宫都是春

字侯赤，号裘萼，江南武进人。
康熙四十八年乙丑科状元。

三十三宫不是春，三宫六院满新人。
江湖山水书生问，半部春秋玉街尘。
上下乾坤知草木，去来日月向天津。
云峰岭下三更曲，拾得人心自躬身。

45王世琛　应帖诗佝偻丈人承蜩

字宝傅（或称宝传），号艮甫。江南长洲人。康熙五十一年壬辰科状元。

诗经一佝偻，人丈半承蜩。
翼薄鸣高树，声清问九州。
楚辞生叶密，宋玉嘱清流。
策杖渔樵牧，书生觅五侯。
四书经子集，论语万春秋。
眼下知古今，村前牧马牛。
云峰浮万岁，领袖上高楼。
莫邪山中剑，天门付早筹。

46王敬铭

字丹思，号味闲。江南嘉定人。
康熙五十二年癸巳科状元。

堂前半草湖，月下一心孤。
天地寻知己，乾坤问丈夫。

47徐陶璋

字端揆，号达夫，又号蘅圃，祖籍江南昆山，江南长洲人。康熙五十四年乙未科状元。

蘅圃来去一昆山，甪直溏溪半御颜。
草木长洲寻古道，楼兰上下不回还。

48荆浩　关仝

塞北一关仝，江南半雨中。
丹青分粗细，颜色问心雄。

49汪应铨

字杜林，号梅林。祖籍安徽休宁，江南常熟人。康熙五十七年戊戌科状元。

春秋帝畿风，朝夕草堂红。
论语知天下，江东问故宫。

50邓中岳　故人

字东长，号晦庐。山东东昌卫人。
康熙六十年辛丑科状元。

两人四面共西斜，一夜烟云半枣花。
梦里幽芳清梦尽，书香磐竹到天涯。

51试帖诗宫殿百花中

紫阳千殿里，帝苑百花中。
琼露瑶台木，华章锦御东。
西子芙蓉水，天山玉驾虹。
荫重万里雨，桂影三界童。
九州标铁柱，四海问寒宫。
隋水吴江去，长城塞北穷。
古今扬胜负，南北落飞鸿。
仰止高山上，天鸣谢乃翁。

52清明

三月半清明，千年一枯荣。
离离泾渭草，淡淡汉秦情。
谷雨黄花怒，终南暮鼓声。
江南浮水色，天下向云平。

53于振

字鹤泉，一字秋田，号涟漪。
江南金坛人。雍正元年癸卯科状元。

十里一秋田，三家半奉天。
胤祯于振问，金阙鹤鸣泉。
曲阜三千子，文华会杏园。
棂星明故地，太白旧时年。

54兰亭

曲水流觞抱径斜，池肥鹅瘦落栀花。
金妍玉影重胭脂，只问桑柘帝御家。

55之二

萧翼朝中圣旨明，辨才寺里月风清。
兰亭集序今无在，不问昭陵问圣名。

56之三

芙蓉玉色半池明，虎跑龙井一水清。
八月桂花归根问，三潭印月是秋生。

57陈德华

字云倬，号月溪。直隶安州（今河北安新）人。雍正二年甲辰科状元。

十载半芳名，千年五味生。
四川三世界，九脉一书生。
东壁图书府，西宫玉露城。
翰林真学问，朝野侍人鸣。

58彭启丰　栖霞禅房

字翰文，号芝麻。江南长洲人（今江苏苏州人）。雍正五年丁未科状元。

翰文半吴中，姑苏一旧宫。
钟声僧寺里，客舍守禅同。
花伴幽心落，寒云处处空。
山门寻月色，泉石泛流红。

59周澍

字雨甘，一字甘村，号西坪。
雍正八年庚戌科状元。
甘雨向西东，鸣蝉问世雄。
浮云三界满，古寺一清风。

60及第口占句

一甲三人半世名，钱塘秀水上西坪。
翰林院里王颜悦，天街甘霖四海生。

61燕子

七九已河开，南燕八九来。
黄牛九九加，田亩一半栽。

62陈倓　试帖诗 桐叶知闰

字定先，号爱川，江南仪征人。
雍正十一年癸丑科状元。
一叶一新芽，常年十二家，
中庸双叶对，闰月上多加。
日月朝阳树，梧桐有茂华。
凭心时自主，数目到天涯。
春雨知田亩，东风柳色斜。
音琴寻夜色，玉露问窗纱。
拾得年中许，江湖浪下沙。
朝中多士子，四野满春花。

63金德瑛

字汝白，号桧门，
浙江仁和人。乾隆元年丙辰科状元。
试帖诗，唐太宗“宋寒余雪尽，迎岁早梅新”得新字。
岁岁年年去旧尘，寒心腊月入来春。
群芳未得朝阳树，只待云峰路上人。

64于敏中

字仲常，一字叔子，亦字重堂，号耐圃。
江南金坛人。乾隆二年丁巳科状元。
文华墨重堂，旧郭鱼高粱。
曲水余山远，禅房问寺塘。

65庄有恭

字容可，号兹圃，广东番禺人。
乾隆四年己未科状元。
一养半难平，三生五蕴明。
动心寻世界，静气付声名。
上下凭天地，云中任枯荣。
人情今古尽，圣德自精英。

66金甡　试帖诗　白云无心

字雨叔，号海住，浙江仁和人。
乾隆七年壬戌科状元。
白云净不心，流水向知音。
上下情浮沉，江清问浅深。
寒宫明月夜，雨露有泉林。
曲折黄河水，昆山自古今。
舒时天下去，卷得万人襟。
朝夕平明处，文章日月吟。
随风寻自己，拾得枯荣浔。
岁岁三春土，年年一秋金。

67钱维城　五月鸣蜩

字幼安，一字宗磐，号幼庵，又号稼轩，
江南武进人。乾隆十年乙丑科状元。
人生半苦禅，五月一鸣天。
玉露心中水，甘霖雨上烟。
春关峰岭树，上苑色清鲜。
振翼朝阳响，春秋日月缘。

68梁国治　和试帖诗首夏犹清和

字街平，号瑶峰，一号丰山。浙江会稽人。
乾隆十三年戊辰科状元。
首夏犹清和，风云四季歌。
满州毛沉定，谷雨已生禾。
日月天光近，农夫自下河。
丈夫编竹篱，女儿是田螺。
柳色平明重，清流半不波。
青云浮沉向，草木影婆娑。
村里桑麻种，山中雨雾多。
钟鸣扬古刹，寺鼓宿莲荷。

69吴鸿　柳桥晴有絮

字颉云，号云岩。浙江仁和人（今浙江杭州）。乾隆十六年辛未科状元。
柳絮杨花日月晴，飞云天下却无声。
一年草木知心处，半亩田家籽粒生。

70秦大士　和试帖诗临渊羡鱼

字鲁一，号涧泉，又号秋田老人。江南江宁人。乾隆十七年壬申科恩科状元。
临渊不见鱼，问水有云舒。
结网寻心守，直钩纵情书。

71庄培因　试帖诗　莺声细语中

字本淳，号仲醇。江南湖杨人。
乾隆十九年甲戌科状元。
莺声细雨轻，微露沼晓晴。
烟色长湖远，离亭近柳情。
云霁洁心淡，天光芷水清。
邻船羞玉女，隔岸越妆明。
江南同里富，齐鲁杏园生。
西子金缕挂，华丝宛银经。
上林春花重，杏李碧宫行。
千皁合家泽，万书仰御城。

72蔡以台

字季实，号兰圃，浙江嘉善（喜）人。
乾隆二十二年丁丑科状元。
田亩半黄花，风轻一雨斜。
江南三二月，塞北万里沙。
水下红花色，山中壁草华。
云浮天下去，烟树故人家。

73毕沅

字紬（纕）蘅，号秋帆，亦号灵岩山人，
祖籍安徽休宁，江南镇洋（太仓）人。
乾隆二十五年庚辰科状元。
三春半亩园，九厦一塘莲。
日月寻天去，江湖向远帆。
东风知细雨，秋实向前川。
播种千家土，耕耘万岁田。

74王杰

字伟人，号惺园，一号畏堂，又号葆淳。陕西韩城人。乾隆二十六年辛巳科状元。

青龙白虎一扬长，南北东西两辅光。
不尽运河流去水，长城倒下又何妨。

75秦大成　从善如登

初名成基，字登叙，号簪园。江南嘉定人。乾隆二十八年癸未科状元。

自古精英集大成，人心向善苦禅名。
含辛伐恶英雄在，立马江湖日月生。
君子小人分大小，泰山齐鲁海阳平。
常寻万里登楼上，不锁江山自枯荣。

76张书勋

字在常，号酉峰，江南吴县人。乾隆三十一年丙戌科状元。

天下一农民，田中万里春。
朝堂知柳绿，山野去来人。

77陈初哲

字在初，号永斋。江南元和人。从举人到考取状元前后十年。乾隆三十四年己丑科状元。

指鹿马声鸣，寻秋玉露生。
春关三日月，天下一身名。

78黄轩

字日驾，一字小华，号蔚塍。安徽休宁人。乾隆三十六年辛卯科状元。

天下一清风，江湖半争雄。
人间多草木，世上少秋虫。

79穆如清风

寺里一清风，心中半色空。
天鸣蝉苦问，夜暗落飞鸿。

80金榜

字辅之，一字蕊中，晚自号檠斋。安徽歙县人。乾隆三十七年壬辰科状元。

金榜题名一半生，少陵天下二三鸣。
蕊中集子千芳粒，不尽书生向太平。

81吴锡龄

字纯甫，江南休宁人。乾隆四十年乙未科状元。

乾隆四十状元名，纯甫三春半一生。
左右逢缘灯下读，书生不见只孤鸣。

82戴衢亨

字莲士，一字荷之。江西大庾人。乾隆四十三年戊戌科状元。

一塘一月一荷莲，半渡三江九层天。
大学士名天下在，翰林不虚满清年。

83汪如洋

字润民，号云鹤。浙江钱塘（今浙江杭州）人。乾隆四十五年庚子科状元。

钱塘八月潮，直上半云霄。
海浪回头下，心惊一线遥。

84应帖诗　目送飞鸿

塞北肃风清，江南落叶荣。
飞鸿寻水色，碧草问浮明。
犹有秦川唱，三川旷野情。
雁丘朝夕问，生死入人生。
浩特排云上，潇湘自纵横。
曲江泾渭去，上苑半精英。
乞火寒窗苦，文华御街名。
归来天下暖，只见玉门城。

85钱棨

字振威，号湘舲。祖籍畿辅昌平州（北京），江南长洲人。乾隆四十六年辛未科状元。

淮南秋兴

淮水北南分，江湖上下云。
天高知枯枳，地厚问殷勤。

86茹棻

字稚葵，号古香。浙江会稽人。乾隆四十九年甲辰科状元。

古香古色一书窗，人后人前半大江。
用志耕来天下事，安心使得状元邦。

87史致光　海不扬波

字葆甫，号郑师，一号渔村。浙江山阴人。乾隆五十二年丁未科状元。

海纳千川已见多，洋流万里不扬波。
运河留下江南水，文化人心认自磨。

88胡长龄

字西庚，号卯（印）诸（注），江南通州人。乾隆五十四年己酉科状元。

七日云烟细雨斜，十年碧玉一千家。
红妆淡抹三春女，粉色逾墙半杏花。

89石韫玉　岳阳楼

字执如，一字琢如。号琢堂，又号竹堂，一号花韵庵主人，晚号独学老人。祖籍丹阳，江南吴县人。乾隆五十年庚戌科状元。

君子心中万里舟，忧人不上岳阳楼。
江湖日月樵渔尽，草木风云自沉浮。

90潘世恩　说诗解颐

初名世辅，字槐堂，号芝轩，祖籍安徽歙州人，江南吴县人。乾隆五十八年癸丑科状元。

凿壁借邻光，黄粱夜梦长。
秉心今古问，太傅状元郎。

91王以衔

字署冰，号勿庵，浙江归安人。乾隆六十年乙卯科状元。

凿玉人心锦帐中，英雄盖世一江东。
来来去去声名尽，暮暮朝朝半色空。

92赵文楷　应会帖诗　喻凫“春雨如膏”得“稀”韵

字逸书，号介山，安徽太湖人。嘉庆元年丙辰科状元。

细雨半湿衣，东风陌上稀。平林扬柳色，和露入京畿。山上梅花色，湖中夜不归。烟来云淡淡，人去草菲菲。

93姚文田　江南

字秋农，号梅漪，浙江归安人，嘉庆四年己未科状元。

春分燕子故人家，烛火清明雨细斜。

帘净笛声凭暮落，枕香玉沏夜中花。

94顺皋 无锡

字絨石，一字晴芬，号斋。江南无锡人。嘉庆六年辛酉科状元。

五湖船上半晴芬，万里天中一淡云。
春雨东华人已暖，江山如锦草衣裙。

95吴廷琛 书生

字震南，号棣华。江南元和人。嘉庆七年辛酉科状元。

万里江山八面华，三更起舞半天涯。
千年今古千年间，一片云梦一片花。

96彭俊 和应试诗赋得我泽如春得春字

字映旗，号宝臣。湖南衡山人。嘉庆十年乙丑科状元。

明泽一年春，东风万里津。
君心多上善，雨水满心人。
山野菲菲色，朝堂日日新。
云重三社舍，雨细半衣巾。
天地荣华始，乾坤上下申。
功成书里客，论语入霄珍。
禄化光被水，福及代代民。
中庸天下治，君子以言陈。

97吴信中 燕京

字阅甫，号霭人。江南吴县人。嘉庆十三年戊辰科状元。

天下一吴江，心中两客邦。
轻云三阅甫，细雨半寒窗。

98洪莹 应帖诗 悠然见南山

字宾华，号铃庵。安徽歙县人。嘉庆十四年己巳科恩科状元。

悠然见南山，黄河九道湾。
云行塞外雨，春到玉门关。
广泽江湖岸，荣光玉树颜。
朝堂来紫气，村舍去樵闲。

99蒋立镛 登岳阳楼

字序东，号笙陔，湖北天门人。嘉庆十六年辛未科状元。

万里一洞庭，千年十里亭。
难寻天淡淡，只有草青青。

100龙汝言 杭州

字子嘉，号锦珊，一号济堂。安徽桐城人。嘉庆十九年甲戌科状元。

云雨半杭州，江湖一故楼。
泽潭三印月，柳岸两孤舟。
西子年年问，钱塘日日流。
芳心寻客水，玉笛十三州。
人去知天下，船来不钓钩。
高山流水在，酒肆自无休。
文化西泠社，排云牧鹤秋。
惊心潮八月，海浪恐回头。

101吴其俊 施州草木

字瀹斋，一字季深，亦字吉兰，号云娄农。嘉庆二十二年丁丑科状元。

施州草木一秋春，半在江山半在人。
去去来来天下水，荣荣枯枯客家身。

102陈沆 九日登黄鹤楼

原名学濂。字太初，号秋舫。湖北蕲水（今浠水）人。嘉庆二十四年己卯科状元。

下里巴人楚鄂游，天涯不尽去来舟。
高山流水千年客，黄鹤楼中万里秋。

103扬州城楼

云烟十里一扬州，竹笛千声半客楼。
玉树后庭花月夜，形形色色十三州。

104秀才求渡

一心抑扬一心舟，半客风云半客楼。
三朝秀才三朝去，两江两淮两春秋。

105之二

一河一水一渔翁，一色一空一色空。
一意一心一夙愿，一江一海一春风。

106陈继昌 潇湘

原名守睿，字哲臣，号莲史。嘉庆二十五年庚辰科状元。

长沙沙水水无沙，日半江湖日半斜。
自古吟声春夜短，不回客舍不回家。

107戴兰芬 山城

字畹香，号香浦，安徽盱眙（天长）人。道光二年壬午科状元。

潇湘不尽问三江，斑竹心中泪两窗。
犹见人情群玉在，云浮三峡不成双。

108林召棠 桃为仙友

字爱封，号芾南。广东吴川人。道光三年癸未科状元。

十里花明十里桃，半心杨柳半心高。
三江流水三江去，一路刘郎一御袍。

109朱昌颐 青灯有味似儿时

字吉求，号正甫，又号（乃）山，浙江海盐人。道光六年丙戌科状元。

寒窗乞火一青灯，古刹钟声半寺僧。
回首儿时天下问，平明玉露用心承。

110李振钧 曲水流觞

字仲衡，号海初，安徽太湖人。道光九年己丑科状元。

曲水流觞一日春，池肥鹅瘦半行人。
兰亭留下兰亭序，萧翼心中七寸尘。

111吴钟骏 举笔挥毫

字嵩甫，一字吹声，号晴舫。江南吴县人。道光十二年壬辰科状元。

一寸丹青一古今，三家村店万家心。
遵循天下农夫事，下笔规中日月深。

112汪鸣相 春

字朗渠，号甦生。江西彭泽人。道光十三年癸巳科恩科状元。

寒梅半尽半桃花，红杏墙中向外斜。
色色空空空色里，非非是是是人家。

113刘绎 赋得王道平，得平韵

字瞻岩，江西永丰人，道光十五年乙未科状元。

天下人中一道平，王朝上下百鸣声。

春秋论语三千子，塞北江南万岁荣。

114林鸿年　天寒有鹤守梅花

字句（勿）村，福建侯官人，道光十六年丙申科状元。

寒心腊月暖梅花，一半疏枝一半斜。
两阵东风寻鹤子，排云怒放故人家。

115钮福保　打稻家家趁晚晴

榜名福保，字右申，号松泉。浙江乌程人。道光十八年戊戌科状元。

秋中日月尽分明，硕果丰登重晚晴。
天下万千知岁短，心音一半入莲城。

116李承霖　知书

字雨人，号果亭，江南丹徒人。道光二十年庚子科恩科状元。

慎独书中一雨人，流花上下半春尘。
三思进退知天下，万里江湖向客津。

117龙启瑞　自锄明月种梅花

字辑五，号翰臣，广西桂林人。道光二十一年辛丑科状元。

梅兰菊竹半天涯，冬夏春秋一季花。
明月清风天下在，和平紫气故人家。

118天河

仰问一天河，俯首半心多。
人边年月守，天下问田螺。

119孙毓溎　水清石瘦

字犀源，号梧江。山东济宁人。道光二十四年甲辰科状元。

日月一分明，秋春半枯荣。
水清明色在，石瘦玉人生。

120萧锦忠　赋得凡百敬尔位得贤字

初名衡，号史楼。湖南茶陵人。道光二十五年乙巳科状元。

齐鲁一先贤，泰山半屹天。
春秋明百万，上下问千年。

121游云阳山

夕照一云阳，明霞紫气荒。
清风凭自在，今古对儒堂。

122白云精舍

钟声十五湾，云白玉人远。
武汉琴声镇，精舍不闭关。

123张之万　应帖诗　野含时雨润

字子青（清），南皮人，号銮坡。道光二十七年丁未科状元。

雨润一村烟，春明万象田。荒川生野草，
故里问吴天。风化长城破，难平月缺圆。
运河流水色，尽是去来船。

124陆增祥　和应会试诗　赋得取人以身得贤字

字魁仲，号星晨。江南太仓人。道光三十年己酉科状元。

上善一人贤，三藏半地天。
禅宗儒道在，日月万千年。

125章鋆　风陵渡

字酡芝，号采南，浙江鄞县人，咸丰二年壬子科状元。

渡口一人缘，江湖半客船。
人中知自己，月下种心田。

126孙如仅　应会试诗赋得自喜轩窗无俗韵得森字

字亦何，号松坪。山东济宁人。咸丰三年癸丑科状元。

森林一木生，天下三人情。
门弟书天下，轩窗守客明。

127翁同龢　江行二首选一

字声甫，号叔平，又号瓶庐，晚号松禅老人，江苏常熟人。清大学士翁心存之子。咸丰六年丙辰科状元。

长江一去半无晴，半见风帆一不明。
五百年中寻过客，六君子外又声声。

128和应会试诗赋得游鳞萃灵沼得灵字

游鳞半色灵，龙阁一椂星。
前后光明驻，荣华满客庭。
江南文化水，塞北纵豪铭。
上苑千秋子，清宫九脉青。
黄云浮沉去，凿玉影珑玲。
才问榆关水，分明一渭泾。
鱼沼梁南晋，山水下秦屏。
论语三天下，春秋世界宁。
（北京军区总医院，高干病房207）

129孙家鼐　论水师

字燮臣，号蜇生。晚号淡静老人。安徽寿州人。咸丰九年己未科状元。

一城一池一春秋，水上军师半客谋。
谁问满清兵不战，西洋枪炮令人愁。

130钟骏声　应会试诗赋得聚米为山得波字

字亦溪，一字啸尘，号雨辰，浙江仁和人。清咸丰十年庚申科状元。

东风细雨一秋波，春水池塘半碧荷。
万里山村知半贵，聚多见少少还多。
珍珠翡翠文华里，铁柱唐标一运河。
天街云峰辉上下，长城已去向青娥。

131徐郙　应会试诗　赋得千门万户皆春声得莺字

字颂阁。江南嘉定人。同治元年壬戌科状元。

万户一春荣，千门半雨声。
寒窗书不尽，四野满鸣莺。
夕照浮云下，平阳八面晴。
江青湖水碧，木秀草荫生。
上下宫商曲，乾坤日月明。
精英谋社稷，士子口中横。
牧马天山下，身心向玉倾，
金阙扶正道，今古满生名。

132翁曾源　坐月

字仲源，江南常熟人。

同治二年癸亥科恩科状元。
深宫八月问嫦娥，已去千年旧事多。
出水芙蓉浮色满，莲心出重沉碧荷。

133崇绮　真满状元

字文山，阿鲁特氏，原隶属于蒙古正蓝旗。满洲镶黄旗人。同治四年乙丑科状元。
假假真真满状元，年前五百共轩辕。
书生读尽书千卷，青海三江一地源。

134试帖诗　楼深月到难

色淡楼深月到难，辉清玉影向云端。
运河一日千家富，万里长城万里残。
玉笛宫中杨柳岸，高山流水入明盘。
一波秋水邻船外，不隔嫦娥带色冠。

135洪钧　红梅水仙

字陶士，号文卿。江南吴县人。同治七年（1868）戊辰科状元。
一月香梅半水仙，群鸿梦里两湘船。
云飞雪落霜明夜，山外泉林月里田。

136梁耀枢

字冠祺，号斗南，晚号叔简。广东顺德人。同治十年辛未科状元。
三百年间百状元，南州不学北州言。
天枢粤语知天地，不到燕山问简繁。

137陆润庠　状元

字凤石，号云洒。原籍江南长洲县，江南元和人。同治十三年甲戌科状元。
半亩一耕耘，千年半不分。
殷勤寻自己，上下读人文。

138曹鸿勋　友

字仲铭，号兰生。山东潍县人。光绪二年丙子科状元。
十年苦读十年言，一甲声名一状元。
落第状元寻弄里，书生酒后不明轩。

139王仁堪　吴江水

字可庄，福建闽县人，光绪三年丁丑科状元。
五湖山水一桑田，百里洞庭半缺圆。
留下运河船水岸，二千年里又千年。

140黄思永　运河，长城

字慎之，号亦瓢，江南江宁人。光绪六年庚辰科状元。
月明万里满长城，雨落千家自枯荣。
唯见运河船下水，春秋冬夏却无声。

141陈冕

字冠生，一字灌荪，号梦莱。顺天宛平人。光绪九年癸未科状元。
陈冕自声名，蓬莱已枯荣。
满清光绪下，可见是书生。

142赵以炯

字仲莹，号鹤林。贵州贵阳人。光绪十二年丙戌科状元。
光绪是书生，慈禧问皇城。
进退由母下，朝廷一半声。

143张建勋　登泰山

字季端，号愉谷，广西临桂人。光绪十五年己丑科状元。
千年五大夫，万里一江湖。
留得泰山在，人中寻玉壶。

144吴鲁　光绪状元

字肃堂，号且园。福建晋江人，光绪十六年庚寅科恩科状元。
状元不状状元名，只有书生未见英。
可问满清清已满，四时天下四时横。

145刘福姚

原名福尧，字伯崇，号守勤，亦号忍庵。光绪十八年壬辰科状元。
嬉笑怒骂一身名，怨旷声高半世清。
只是清朝年数尽，平日落日是人情。

146张謇　絮

乳名长泰，初名吴起元、元方。字季直，号蔷庵，一作蔷公。江南通州人（今南通）。光绪二十年甲午科状元。
风轻日燥尽浮荣，牧马胡人满地生。
惊蛰春分杨柳絮，明清已尽近清明。

147骆成骧　咏剑

字公骕，四川资中人。光绪二十一年乙未科状元。
莫邪干将越中吴，不问人间问玉奴。
有仇报来知壮士，江湖上下一心孤。

148夏同龢　四足歌

字用卿，贵州麻哈人。光绪二十四年戊戌科状元。
状元曲尽一生歌，人下天平半石河。
四足书生生已厌，五湖山水自无多。

149王寿彭　打油诗

字次籛，一字眉轩。山东潍县西南关人。光绪二十九年癸卯科状元。
不是偶然是偶然，虽是偶然何偶然。
偶然不然是偶然，不然偶然何偶然。

150刘春霖

字润琴，号石。直隶肃宁人。光绪三十年甲辰科状元。
一清一浊润琴年，动物园中待缺圆。
末尾状元天下尽，书生还是书生年。

151 张书勋　乾隆三十一年状元

试帖诗　炉烟添柳重
炉香添新暖，柳重浮旧烟。
东阁先积翠，西宫独藏莲。
紫光照书窗，烛影伴夜眠。
文砚十年墨，心中万里天。
一朝春雨润，九州龙虎田。
晴川怜疏才，碧玉正衣玄。
天地明彩袖，暗华满人禅。
五音余家社，六合荐祖先。

152 胡长龄　乾隆五十四年状元

应帖诗　玉水记方流
玉水四方流，君子五蕴修。
东西两源同，高低半扬舟。
应知点滴恩，俯见光辉酬。

一经处处平，万仞润崇丘。
吸纳九脉露，色藏五湖秋。
峻岭排泉烟，深林着云岫。
清洁养世界，涵覆田亩收。
琪花颂中央，霞波照九州。

153 彭浚　嘉庆十年状元

应会制诗　赋得我泽如春，得春字
吐纳三江流，泽明九州春。
甸润芳香经，宫露书院茵。
积雨和万物，待时谐重津。
阡陌呼家玉，朝野数国珍。
惠实华秋子，功能一已斌。
中庸传世久，论语治明麟。
禄化年年泰，福及代代民。
君子善若水，天下尽甘彬。

154 和嘉庆二十二年状元

吴其浚试帖诗
生日二月中，倾色一城花。
倩影婷婷立，挂疏夕夕斜。
碧澄和五色，芳菲谐庆嘉。
妃蒂金谷市，君子帝王家。
江南烟雨细，塞北山川霞。
御街隔窗书，故乡生桑麻。
国香浮日月，天国治无涯。
摩诘相思子，宫中东关华。

155 和嘉庆二十四年状元陈沆

应制诗山月照弹琴
泉石浮清影，山月照弹琴。
秋分一岭树，雨水五色林。
九州半余韵，五蕴尽知音。
下里化白雪，巴人赞阳吟。
华尚花重洁，实桂曲中心。
角徵闺兰芷，商弦沾衣襟。
读书怀天下，达理识古今。
堂上听更鼓，谁人问君临。

156 清　道光十二年状元

吴钟骏试帖诗
曾看挥毫气吐虹
一“東”韵
挥毫气吐虹，心田神纳衷。
十年寒窗书，一朝中堂翁。
华冠滕王阁，春分衡阳鸿。
光芒射斗牛，衣儒捌家丛。
修辞文字约，雕凿谈笑同。
进士进家国，状元状治隆。
人间慎知贤，天下元味同。

157 道光二十一年状元

龙启瑞试帖诗
自锄明月种梅花
雪霜寒洁清，月明种束梅。
半元半孤傲，一年一度开。
心怀三尺冰，脉动西玉媒。
桂宫尚耕凿，人间书生回。
流堪照地宇，素影守瑶台。
秀才音韵重，芒种闻惊雷。
天下识时务，芳菲著华才。
朗朗沐乾坤，悠悠暗香来。

158 清　翁同龢应会试诗

凤诏诸才切，龙阁众芳馨。
光和游鳞萃，雨泽沼池灵。
书窗照阴德，文华比世清。
三千谐弟子，一论杏园丁。
上下昆仑山，前后江河宁。
春华百花妍，秋实桂子青。
万家知寒暖，诸儒赋芒岭。
东风玉门关，宫尚紫气霆。
和翁曾源　同治二年状元

159 清　翁同龢　咸丰六年状元

长江岸沿一山明，隋水帆上五湖平。
沉浮谁问六君子，声声之中还声声。

160 和同治元年状元徐浦

千门万户雨，天下皆春声。
夕阳晚晴重，晓光朝莺鸣。
露满一珍珠，草华半光明。
宫商祝辰曲，霓裳舞夜情。
落光钩心玉，沉晖斗角萌。
武英竞剑戟，文化论纵横。
时应江山暖，隆治社稷清。
凤池待翘首，金阙扶正名。

161 读清版状元诗

北海鲤鱼耀龙门，天下学子状元村。
满清二百八十岁，汉唐千年半国魂。

南宋·夏圭

溪山清远图

第十一卷

标点本
二十五史读后

（一）

一、史记 汉书 后汉书

史记

1 五帝

太昊帝伏羲，神农氏炎帝，轩辕氏黄帝，
少昊，颛顼，帝喾。
继尧舜禹帝。赫胥燧人已不闻，
伏羲太昊自先君。神农炎帝轩辕氏，
颛顼喾尧公。

卷一　五帝本纪第一

公孙皇帝一轩辕，能而神灵弱可言。
炎帝蚩尤干戈尽，青阳昌意弟兄源。
之孙知事颛顼立，帝喾曾孙族子繁。
惠信仁威天下治，知民隔代以尧暄。

2 尧舜禹

二十余年论短长，九男二女舜传芳。
苍梧之野零陵在，大禹商均各有疆。

卷二　夏本纪第二

3

司空治水十三年，大禹离家九派天。
冀济荆梁东入海，疏通为政种桑田。

4 之二

诸侯一客颜，帝子半朝班。
夏禹家天下，江山去不还。

卷三　殷本纪第三

5

伊尹向成汤，殷商国政扬。
鸣条昆吾伐，垒书夏桀亡。

6 之二

王勤轼业顺于民，四渎成修自立身。
后稷降播种百谷，三公有后惠斯人。

7 之三

观国兴殷一武丁，传说于野半朝廷。
德行修政民天下，治道相人座右铭。

8 殷商

成汤伊尹始殷商，四渎三公百谷粱。
顺道人心民意在，盘庚南下复兴扬。
武丁国力观行止，有待三年自似偿。
帝纣资辨捷疾敏，手格猛兽力具伪。
声事天下凭空口，言过饰非任已狂。
酒肉池林人裸裸，靡靡妲己误倾肠。
九侯好女西伯去，修德行心百姓乡。
会于津盟天下问，鹿台何处火中亡。

卷四　周本纪第四

9

姜原帝喾妃，后稷子周晖。
林巷难名弃，耕家百谷薇。
周生田地上，林下雨霏霏。
别姓邰姬氏，陶唐虞夏归。

10 之二

太伯虞仲断发亡，荆蛮古野去何尝。
季历亶父文王立，后稷周姬一国扬。

11 之三

八百诸侯会盟津，未知天命自由人。
比干箕子言周事，牧野陈师伐纣尘。
焚火鹿台商纣尽，武王三射白旗身。
微子于守接殷后，天子家周始向民。

12 之四

丰镐大戎败幽王，东徒周公毕地堂。
周子南君知苗裔，后嘉比列一侯扬。

卷五　秦本纪第五

13

舜赐西秦一姓嬴，春秋战国半无情。
纵横天子寻天下，主蓄多息已古荣。

14 之二

一人主见一春秋，战国纵横战国谋。
成败兴亡成败问，大江波浪大江流。

15 之三

秦穆公和由余

戎使由余向问秦，无威法度责臣身。
义仁怨望争君过，上下寻宗克已人。
内史常闻邻国圣，佳人美乐乱天津。
离间能得天涯客，善取多谋只见民。

16 之四

卫鞅变法内耕稼，复劝兵争外和华。
历下三年民姓便，当初一载不开花。

17 之五

变法无行贵戚更，先于太子向师鲸。
商鞅之令官宗患，车裂秦人计谁成。

18 之六

庄襄立子一先王，不书秦相二世荒。
画郡宝都三十六，焚书九鼎半嬴皇。

卷六　秦始皇本纪第六

19

杨长六国任扬长，不定圆方自圆方。
劝止秦王逐客令，四疆不尽是其疆。

20 之二

守尉监督一郡官，金人千石六宫残。
风雷暴至泰山下，五大夫封树木桓。

21 之三　碣石

秦皇何故四方游，海上卿相五列侯。
自古帝王千里地，郡县天下万成酬。
焚书不尽坑儒尽，丹药兴师动众求。
度量一同东同轨，东临碣石记春秋。

22 之四

蓬莱岛上有仙人，不知湘君问谁亲。
博浪沙中惊客在，之罘照海石铭秦。

23 之五

四方刻石一休名，之罘仙丹半不生。
扶苏不见鲍鱼臭，海西未到向荣成。
赵高斯李胡亥约，二世秦王赐死兄。
难怪丞相车裂尽，祖龙有欲是无情。

24 之六

骊山脚下一西秦，嬴政祖龙半客身。
二世鱼人膏已尽，三门禁闭羡云尘。

25 之七

窃位心中一不平，诛臣诛子半阴晴。
赵高自得丞相令，指鹿臣知是马名。

26 之八

三年二世半秦名，五刑三生一枯荣。
左右丞相冯将尽，楚王陈胜揭竿行。
郡王万户侯黔首，立乱赵高自不成。
项羽沛公天下易，斋宫由此子婴鸣。

27 之九

山东已乱未三秦，无佐王婴问一身。
孰势何言天下去，后尘近视步前尘。

卷七　项羽本纪第七

28

应承君子大江东，天下何言小不同。
楚汉王侯何处去，阿房宫禁火光红。
赐封垓下鸿门宴，半世英名半世雄。
三代秦皇三代尽，一朝未定一朝终。

29 之二

秦亡六国楚人鸣，露野三年将士声。
项羽五侯身已尽，鸿门坝上两难平。

30 之三

八年七十战千强，一马三生问百伤。
不渡乌江骓不逝，英雄盖世误虞芳。

卷八　高祖本纪第八

31

泗水长亭酒色龙，咸阳徭役见皇宗。
丈夫如此行天下，步履人间大度容。

32 之二

高阳酒徒郦食其，不拜长揖足女姬。
拾得陈留秦积粟，沛公白马颍阳旗。

33 之三

怀王一沛公，项籍半世雄。
楚汉寻天下，三秦一半空。

34 之四

项羽营中楚汉盟，霸王九郡半名声。
龙游吕后人相跡，一籍无成一季成。
纵使万钱知自负，难言白帝化蛇横。
鸿门戏下张良在，韩信萧何夜下行。

35 之五

离间亚父一千君，金质陈平四万斤。
项籍何时中计算，帝王难得是非分。

36 之六

何患一齐王，张良半弃扬。
留侯权楚汉，天下自兴亡。
苦尽丁旅士，民人已死伤。
何难君子过，赤帝意封疆。

37 之七

十罪当诛一霸王，半弩射的沛公伤。
千军帐下呼君子，万岁声中意气扬。

38 之八

鲁公下谷城，刘季慕其名。
项籍千军战，留侯万岁情。

39 之九

大风起落自飞扬，猛士威加守四方。
吕后深宫天下去，男儿何欲不归乡。

40 之十

深挖洞目广积粱，百岁曹参序继相。
智长陈平难独立，周勃望厚少文扬。

41 之十一

正反阴阳一短长，乾坤优劣半圆方。
商周利弊人鬼治，秦汉江山易辨扬。

卷九　吕太后本纪第九

42

刘吕江山一半王，后妃人彘千万伤。
夫人惠帝无听政，太子陈平孰谓疆。

43 之二

社稷一深宫，江山半不同。
人间稼穑务，天下枯荣中。

44 之三

高后半刘踪，戚妃一代客。
吕刘邦国定，刘吕吕王重。
社稷知稼穑，江山向祖封。
人间多少事，今古去来逢。

卷十　孝文本纪第十

45

上曰："家，天下之本，务莫大焉。"
天下一耕桑，人间半暖凉。
江山知荣枯，社稷问炎凉。

46 之二

诗曰："恺悌君子，民之父母。"
人彘一何刑，鬼狐半不停。
君臣知父母，天下在心灵。

47 之三

天子一人忧，君王半不求。
民家昭日月，论语向春秋。

48 之四

仁善治国百年残，德敬民心七尺宽。
始是终时终亦乱，沉浮利弊利云端。

卷十一　孝景本纪第十一

49

诸侯天下诸侯王，社稷江山社稷荒。
废废兴兴千古尽，前前后后万衷肠。

50 卷十二　孝武本纪第十二

51

蓬莱何处问蓬莱，海上仙山海上开。
唯有人间求欲望，天津承露去无回。

卷十三　三代世表第一

52

迹生后稷父高辛，黄帝曾孙问故人。
自古书生繁辱节，山河天下不分津。

卷十四　十二诸侯年表第二

53

关雎向鹿鸣，王厉恶公卿。
行政挟天子，春秋自结盟。

54 之二

春秋未定是春秋，左氏文章吕氏留。
孟子百家鸣不尽，韩非一代肆诸侯。

卷十五　六国年表第三

55

洛邑东周许诸侯，西秦上帝不如流。
坑灰未尽春秋在，蜀汉之兴入九州。

卷十六　秦楚之际月表第四

56

孟津八百半诸侯，秦楚三嬗一士忧。
逐客坑儒何尔立，祖龙不废大江流。

卷十七　汉兴以来诸侯王年表第五

57

公侯伯子男，四百里千潭。
强弱争天下，兴亡五味甘。

卷十八　高祖功臣侯者年表第六

58

古有人臣五品成，位勋社稷力功名。
言劳明伐积之阅，万国千年统祀平。

卷二十三　礼书第一

59

一人天下一人成，万户人间万户生。
唯有民心多少问，含辛茹苦枯荣情。

60 之二

人道经纬一万端，规矩仁义百千难。
刑罚厚德何荣辱，利禄尊卑挂玉冠。

61 之三

儒若两得礼仪人，墨者性情两失身。
自古难平争斗客，如今勿忘有风尘。

卷二十四　乐书第二

62

治定功成乐乃兴，洛阳白马寺无僧。
三侯过沛儿歌继，雅颂虞书化玉冰。
西皞玄冥楚汉去，青阳不一待宾朋。
朱明百姓知天子，礼教千年万户应。

63 之二　五音

宫君徵事半商臣，羽物江山一角民。
审阅声音天下度，怨忧荒擿满红尘。

64 之三

心动成音形动声，乐和天地礼序明。
五弦舜制南风曲，不了其言不了行。

65 之四

宫商角徵羽声平，礼外江山乐内情。
音止于心行正立，温舒恻隐义施明。

卷二十五　律书第三

66

人行立法一天明，物度规则六律成。
望故吉凶知所以，闻声胜负问舒荣。

67 之二

桀纣非微力不穷，诸侯慑服未权空。
朝堂威尽宴池舞，闾巷势极酒肉风。

卷二十六　历书第四

68

孟春百草势兴荣，冬至千山气乃生。
无形生神成有形，人心天地自然行。

卷二十八　封禅书第六

69

五月封禅一泰山，三公祭礼半人间。
诸侯四渎江河泮，天子千年去未还。

70

封禅之道问仙山，祭祀神鬼待御颜。
各得所其非不是，蓬莱何处议朝班。

卷二十九　河渠书第七

71

封禅不尽大山川，积石龙门小渡船。
禹制鸿沟疏九泽，过门不入十三年。

卷三十　平准书第八

72

因地之宜贡九州，白金作币贮皇楼。
农工商易繁荣处，任自江山任自流。

卷三十一　吴太伯世家第一

73

太伯仲雍向荆蛮，文身断发向吴关。
王昌季历江湖在，武得周章已不还。

74 之二

姑苏城外一江湖，吴越人中半有无。
勾践夫差争霸主，小家碧玉向奴姝。

卷三十二　齐太公世家第二

75

霸王之辅渭之阳，封吕兴周本姓姜。
梦里阴谋修德政，太公九伯王侯疆。

76 之二

小白桓公问鲁齐，管仲夷吾国高低。
叔牙不与中钩计，曹沫三亡一霸栖。

77 之三

太公犹致鲁齐公，天下桓公一霸成。
为得管鲍九伯台，黄河两岸弟兄横。

卷三十三　鲁周公世家第三

78

西伯文昌齐太公，武王兄弟鲁周公。
山东自古黄河在，多士嘉禾母逸同。

79

鲁道兴衰半不同，齐人成败一场空。
千年旧事知天下，万岁君臣有始终。

卷三十四　燕召公世家第四

80

甘棠不伐一召公，君奭相贤五世风。
侯伯庶人其所得，陕西乡邑比燕同。

81 之二

田单乐毅齐燕城，太子昭王各自鸣。
秦楚合谋三晋计，尤当亡赵一齐名。

82 之三

甘棠树下一燕名，乐毅王前半伐成。
太子隙疑亡赵去，田单即墨复齐荣。

卷三十五　管蔡世家第五

83

东周已尽下西周，太姒文王十子留。
千古江山千古去，春秋自在一春秋。

84 之二

桃花夫人息夫人

楚国文王待息侯，夫人过蔡怒何求。
生离死别无言语，半是桃花半是囚。

85 之三

夫人过蔡怒情生，乞楚息侯国不荣。
何处桃花颜色好，生离死别已无声。

卷三十六　陈杞世家第六

86

妫满封陈尧女芳，潇湘斑竹泪花乡。
苍梧尤祀胡宫奉，五帝长思日月光。

卷三十七　卫康叔世家第七

87

父子相杀一枯荣，弟兄互灭半王生。
卫康诸世江山在，尤见商墟不见城。

卷三十八　宋微子世家第八

88

微山湖上五行苏，箕子殷商一丈夫。
麦季渐渐禾黍作，狡童艳艳酒池奴。

89 之二

桓公之后宋襄公，鹿上之盟小国穷。
目夷之言听未近，楚人之鼓胜泓东。

卷三十九　晋世家第九

90

成王削叶一唐虞，姬姓河汾百里夫。
子燮祖传寻伐起，晋侯世纪尽兴荼。

91 之二

文公成败问介山，晋耳亡人待土还。
十九年中三舍诺，宫门玉宇一劝颜。

卷四十　楚世家第十

92

楚自先祖一高阳，帝喾光融庚寅堂。
江汉吴回天下蛮，陆终六子故人肠。

93 之二

伍举苏从谏不亡，三年于阜未蜚扬。
一鸣以政惊人去，楚汉庄王举霸疆。

94 之三

钏离边邑半卑梁，吴楚江河一接扬。
无忌谗言亡伍尚，居巢五战辱平王。

95 之四　苏秦

山东六国共攻秦，函谷关中半保身。
纵使纵横横不定，广袤六里谁王亲。

96 之五　张仪

一成一败一兴亡，半誉三荒半楚王。
六里之言真假在，千年犹记郑袖扬。

97 之六

六国入三秦，千山出半津。
鸿沟知楚汉，屈子问来人。

卷四十一　越王勾践世家第十一

98

勾践苗裔夏帝康，会稽祀禹草莱扬。
文身断发允常立，二十余王共浙塘。

99 之二

春秋一霸一争扬，六国三军半死伤。
吴越兴师夫仇界，西秦问鼎向朝堂。

100 之三

王臣妻妾越吴声，勾践夫差谁败成。
会稽姑苏知子胥，立诛伯嚭孰人名。

101 之四

伐吴亡术用其三，子教先王越不男。
有四尔身人所耀，良弓应剑赐心含。

卷四十二　郑世家第十二

102

宣王友郑封，河洛善民容。
居刑权合处，分崩再不逢。

卷四十三　赵世家第十三

103

大戊蜚廉二子生，恶来季胜弟兄名。
史秦弟赵沧桑继，天下西东各自荣。

104 之二

赵氏孤儿半匿名，程婴立世一难生。
公孙杵臼宫难尽，武祭春秋是枯荣。

105 之三

一狐之腋过千羊，简子听朝岁万伤。
徒见唯唯安逸在，难闻鄂鄂谏衷肠。

106 之四

近祸其身远其孙，妇人益甚一乾坤。
平安君质齐秦赵，自己春秋半国门。

107 之五

一将江山一世人，半相社稷半君臣。
廉颇蔺氏相如和，赵氏春秋独自申。

卷四十四　魏世家第十四

108

高封于毕魏之先，武子随从晋耳全。
十九年中忠不已，大夫悼子世家传。

109 之二

魏以不用信陵君，梁破河沟三月军。
平海天方秦未济，阿衡之佐孰难分。

卷四十五　韩世家第十五

110

韩原武子以厥封，赵氏孤儿向朔重。
丑父一卿之位在，晋人献祀见殊容。

111 之二

韩厥晋景公，子武赵孤雄。
天下程婴去，公孙以义终。

卷四十六　田敬仲完世家第十六

112

田家世纪几相公，天下王侯半不穷。
只得江山无社稷，东风去尽是西风。

113 之二

春秋战国一王忧，旷野朝堂万户侯。
是得民心知社稷，江河川谷自东流。

卷四十七　孔子世家第十七

114

丘云陬邑鲁昌平，纥与颜娘野合生。
圩顶仲尼儒氏立，三千弟子尽殊荣。

115 之二

去鲁疏齐宋卫身，困于陈蔡一“长人”。
为仁送客铭言赠，博辩聪明正衣巾。

116 之三

君君天下问臣臣，父父家庭子子身。
为政齐相儒客论，景公自是一齐人。

117 之四

诗书礼乐鲁齐工，父子君臣鸟兽虫。
五百年华寻礼尽，三千弟子自无穷。

118 之五

四体难勤问丈人，五谷何分待红尘。
荷蓧夫子三生内，半是秋冬半夏春。

119 之六

关雎呜呜乱仁风，大雅文王伐纣穹。
六艺王成行四教，三千弟子济人雄。

120 之七

高山仰止一心行，流水波涛半势生。
六艺布衣君子在，三生学者礼仁名。

卷四十八　陈涉世家第十八

121

辍耕垄上反渔阳，陈胜丹书大泽乡。
张楚王家何受命，山东乱尽是秦亡。

122 之二

揭竿而起一兴亡，苦役长城九鼎鸣。
六国浮谋天下统，三秦斯尽世人肠。

卷四十九　外戚世家第十九

123

深宫外后几戚荣，未喜姜原大任生。

尤见霸陵侯自冕，关雎鸣处是何情。

124 之二

美女藏娇恶女仇，江河日下水东流。
尹夫人向姪娥问，一处春风一处秋。

卷五十　楚元王世家第二十

125

亭长一顿半扬长，楚汉三封两地王。
客盛家齐君子坐，奸兴国乱小人昌。

卷五十一　荆燕世家第二十一

126

微时天下不知名，楚汉三秦怨处生。
匹马江湖呼而取，雄群并起九州荣。

卷五十二　齐悼惠王世家第二十二

127

刘家天下一刘家，半日中天半日斜。
吕后宫中修正在，齐王汤沐邑边华。

128 之二

一齐吕尚一齐王，大姓江山大姓扬。
海内初荣合未定，民前久怨裂时伤。

卷五十三　萧相国世家第二十三

129

布衣君子自扬长，天下英雄逐鹿忙。
纵有男儿秦邑去，鸿沟两岸有衷肠。

130 之二

汉家走狗汉家扬，月下萧何月下相。
劳苦功高何所许，友踪天子有兴亡。

131 之三

东陵瓜下有芳名，吕后相中谢故情。
谁见淮阴侯已尽，宫前日月不分明。

卷五十四　曹相国世家第二十四

132

攻城略地汉家荣，七十余伤数百城。
四世文终侯帝语，齐民治国一相名。

133 之二

萧何百岁一曹参，孝惠王相半不耽。
天下始终多少客，肖微有隙以贤函。

卷五十五　留侯世家第二十五

134

何处一留侯，微山半不秋。
报韩天下振，四面楚歌忧。

135 之二

太公兵法谁知名，项羽鸿门高死生。
刘季帐前知日月，张良月下有萧声。

136 之三

四人护驾一王成，三寸舌师半帝生。
果见谷城黄石在，留侯不忘太公名。

卷五十六　陈丞相世家第二十六

137

张家五嫁一陈平，天下人臣半宰行。
假币夫人知聘礼，力工楚汉有英名。

138

沉浮于世一君名，荣枯生平半未成。
家国阴谋知道禁，贤相左右试人情。

卷五十七　绛侯周勃世家第二十七

139

周勃立主问陈平，文景江山半自明。
帝止亚夫军礼见，无知守节逊其名。

140 之二

将在军门不得门，相谋任事待西昏。
周勃一语陈平问，惠帝皇权入子孙。

卷五十八　梁孝王世家第二十八

141

一朝皇子一朝王，半壁江山半壁荒。
太后心中知大小，汉家天下汉家堂。

142 之二

天王封帝一言堂，桐叶寻根半抑扬。
没齿成言无戏语，一年草木一青黄。

卷五十九　五宗世家第二十九

143

五宗世家十三王，一汉江山半九肠。
夺势争权阴患富，倾家荡产为何扬。

卷六十　王世家第三十

144

一日三王一世名，半臣万岁半臣荣。
百年谁问兴亡事，两地河山两地情。

145 之二

盖闻孝武拜三王，齐子广陵燕俱昌。
智能人才修土地，人民轻重克柔刚。

146 之三

建国封疆子弟名，贵亲富爱欲枝荣。
三王编制文辞继，天子群臣世纪平。

卷六十一　伯夷列传第一

147

伯夷相照叔齐名，以暴除殷武子生。
至死不食周粟去，西山犹有是非情。

148 之二

箕山犹存许由冢，同类相求举世终。
问道闻仁龙济物，知贤未得虎生风

卷六十二　管晏列传第二

149

管仲尝与叔牙游，小白桓公霸未修。
一箭欺高非不是，九合天下一春秋。

150 之二

权衡轻重一相名，制国民心半不倾。
四维不张王后土，六亲未固枯时荣。

151 之三

盖车冠马一殊荣，御驾晏婴半不名。
九府昌齐王未语，三生牧民进思情。

卷六十三　老子韩非列传第三

152

老子云龙隐世名，深藏不露若虚荣。
出关西去千言在，一道三生自枯荣。

153 之二

威王厚币问庄周，不仕终身意不求。
学以修韩韩未侵，齐家治国一申侯。

154 之三　李斯

斯遗药致醒韩非，孤愤秦王向谁归。
五蠹说难难不止，一求之下下余威。

卷六十四　司马穰苴列传第四

155

田完苗裔万言亲，燕晋之师顺应民。
司马何人兵法论，一书天下半齐申。

卷六十五　孙子吴起列传第五

156

宫中美女近千人，号制兵丁帅一身。
三令五申孙武见，春秋舜王问天津。

157 之二

不得其知是无知，识时早晚未识还。
孙膑斫树庞涓见，失此军师失彼师。

158 之三

吴起齐妻事鲁名，同分劳苦将非成。
喜贤尚可知功过，魏楚三军刻暴生。

卷六十六　伍子胥列传第六

159

怨毒不假一人生，吴楚无言半不平。
三百鞭之王道破，昭关尤记去来名。

160 之二

胥山俯仰向东门，风雨姑苏百日昏。
何问白公亡国尽，楚吴两地不同根。

卷六十七　仲尼弟子列传第七

161

德行政事一贤人，言语文学半客身。
七十七名儒雅士，二千五百各秋春。

162 之二

三千桃李一人问，五百年华半帝颜。
唯有书生知自己，春秋战国几人还。

163 之三

子路结缨一断弓，卫城孔悝半庄公。
不如恭敬寻南子，石乞寻冠是始终。

164 之四

安贫乐道一人生，子贡扬言五国鸣。
勾践夫差吴晋乱，此兵非是彼兵情。

165 之五

小大由之所不计，知和以礼故时英。
复言信义恭亲敬，不易其宗匆失名。

卷六十八　商君列传第八

166

论帝君王霸道权，卫鞅三语孝公先。
西秦变法安于俗，治世居家过十年。

167 之二

天资刻薄一商君，挟持浮谋半落云。
井垦还从耕战事，丁秦不魏法亡群。

卷六十九　苏秦列传第九

168

阴符鬼谷一书成，洛邑苏秦半窃生。
口舌功名无释本，周王六国谁其荣。

169 之二

合纵六国一联横，兄弟苏秦半世名。
燕赵魏韩齐楚论，江山天下不结盟。

卷七十　张仪列传第十

170

鬼谷先生学术成，合到纵时纵亦横。
一统江山天下事，九流入海几时立。

171 之二

六国合亲一介秦，三川九鼎半秋春。
苏秦舍人张仪报，有口于舌胜楚身。

172 之三

怀王不得近贤臣，只远陈轸近小人。
六百里言何六里，蓝田西楚身西秦。

173 之四

张仪约里间苏秦，鬼谷门中待士申。
兴废社稷千口术，纵横天下一权人。

卷七十一　樗里子甘茂列传第十一

174

智囊自此一严君，樗里名疾半汉闻。
惠武昭王三重客，章台不去两时分。

175 之二

百家之说一纷坛，万里纵横半不分。
三告曾参其母去，王臣不比旧衣裙。

176 之三

甘罗十二立卿相，燕赵城攻旬子扬。
文信侯知秦令在，始皇制世已方强。

卷七十二　穰侯列传第十二

177

穰侯之富胜王家，非力计工幸运华。
稽首西乡秦地问，以忧身折向天涯。

卷七十三　白起王翦列传第十三

178

昭王白起武安居，赵括廉颇壁垒分。
彼战彼成秦之安，此时此刻向何军。

179 之二

寸长尺短一兴亡，将士王离半死伤。
二世江山知项羽，三轮不治渭炎凉。

卷七十四　孟子荀卿列传第十四

180

昔闻孟母择邻居，不得书生不读书。
放利纵行多怨怒，连衡攻伐帝王墟。

181 之二　淳于髡

立朝驱逐几秋春，问政省声玉美人。
相见倾心三日夜，一言九鼎半王身。

卷七十五　孟尝君列传第十五

182

将门有将一相门，端午田婴儿子孙。
厚积礼文宾客进，孟尝君母半庶根。

183 之二

相门之内有相人，半壁江山拾半春。
齐楚卫韩燕赵客，终闻六国入西秦。

184 之三

冯驩一计半雌雄，收债薛城两力工。
天下秦齐多少士，江山强弱各西东。

185 之四

三千食客儿名声，五百年王孰不平。
难得江山多少问，谁留天下是精英。

卷七十六　平原君虞卿列传第十六

186

毛遂自荐一家臣，至楚平原二十人。
贤士囊锥知出力，脱颖非持赵君申。

187 之二

百里之军十步遥，口舌三寸一念消。
毛遂不与兴师问，上客生言赵士枭。

188 之三

孟尝齐士楚春申，赵国平原客自邻。
魏有信陵君许诺，武城何顾芙人身。

189 之四

天下合纵一面秦，联衡六国半方邻。
穷愁从母从妻论，虞氏春秋问赵人。

卷七十七　魏公子信陵君列传第十七

190

三千弟子信陵君，两代贤人礼志分。
国语无言多客坐，不兵谋魏十年军。

191 之二

如姬盗令信陵君，存魏东階问赵云。
毁废大梁墟已尽，夷门尤在向冠军。

卷七十八　春申君列传第十八

192

两虎相争驽犬伤，物极必反士心扬。
闻濡其尾狐涉水，一半江山向四方。

193 之二

靡不当初克有终，楚秦问势世人雄。
春申君说昭王去，息鼓回兵一诺东。

194 之三

当断姑息不断荣，偏听未信去朱英。
幽王孰问知其父，女弟春申落遗名。

卷七十九　范睢蔡泽列传第十九

195

范睢须贾半平生，秦魏西游一枯荣。
张禄府相知弃箦，应侯不得是忧情。

196 之二

三王天下半朝明，五伯江河一业成。
蔡泽口舌辞张禄，相秦称病去生平。

卷八十　乐毅列传第二十

197

善作仁人不善成，利行足下有终名。
欲失毁誉三千界，宠辱何惊一半生。

卷八十一　廉颇蔺相如列传第二十一

198

天下将相和，江山日月歌。
人间宠辱少，社稷枯荣多。

199 之二

令缪蔺相如，章台玉璧初。
美人呼万岁，依柱怒瑕琚。
不可秦王欲，难成赵邑疏。
一臣欺勿得，五步瑟缶书。

卷八十二　田单列传第二十二

200

一智无穷一智生，半生兵马半生荣。
奇思易巧奇思在，正合人心正合成。

201 之二

愚人不解一思成，智者百欲半念生。
夜枕晓心多少里，众矢之地暗中明。

卷八十三　鲁仲连邹阳列传第二十三

202

隐子鲁仲连，游言三百天。
十人从一客，半智已逢缘。

203 之二

小节不成名，居功未可荣。
江山知故客，天下问书生。

204 之三

知与不知名，无贤勿士情。
应侯折齿去，司马喜髌行。

卷八十四　屈原贾生列传第二十四

205

五月汨罗清，千年举世名。
楚王多浊子，三闾大夫情。

206 之二

美丑如宫患妒名，恶贤问帝害人生。

怀王左徒争宠过，一行潇湘水不平。

207 之三

新沐欲弹冠，振衣浴后安。

怀沙多草木，邑犬吠云端。

208 之四

长沙问贾生，太傅子何名。

举世浮清池，服飞为枯荣。

卷八十五　吕不韦列传第二十五

209

此门应似彼门楼，许以千金进用游。

奇货可居曾子楚，贾人吕氏一春秋。

210 之二

四君宾客四君人，六国合纵六国亲。

吕氏春秋金一字，三等辩士几兴秦。

卷八十六　刺客列传第二十六

211

庄公好力将军名，曹沫无才鲁弃城。

盟坛桓公齐不语，管仲修德一言成。

212 之二

专诸阖闾一帝尝，豫让击衣半子肠。

聂政母终自奉剑，荆轲击筑刺秦王。

卷八十七　李斯列传第二十七

213

三公其弃赵高名，六艺之归逐客声。

尤有李斯惊五马，秦人二世纵时横。

卷八十八　蒙恬列传第二十八

214

蒙恬长城万里名，秦谋三世半家兵。

胡亥人里轻百姓，大将存孤去不成。

卷八十九　张耳陈馀列传第二十九

215

张耳陈余出大梁，布衣高祖向衷肠。

揭竿而起山东乱，二世胡亥取自亡。

216 之二

据国争权自灭亡，客宾厮役莫非扬。

刘邦项羽秦皇尽，各路豪杰一战场。

卷九十　魏豹彭越列传第三十

217

秦皇二世分，魏豹一错君。

不忘宁陵故，陈王立市军。

218 之二

天下群雄一日扬，人间百草半无芳。

沛公席卷西秦主，项羽声鸣克樯梁。

卷九十一　黥布列传第三十一

219

秦时英布汉时昌，项籍诸侯戏下扬。

彭越淮阴王已去，汉家天子独称皇。

卷九十二　淮阴侯列传第三十二

220

三秦制定出陈仓，未见江山未见王。

漂母淮阴侯不语，蒲伏袴下孰名扬。

221 之二

狂夫言下圣人修，天下无难一将求。

百里奚居虞不存，霸秦始谓大江流。

222 之三

淮阴天子半纷坛，楚汉相争两未分。

韩信心中难自主，沛公足下不知君。

卷九十三　韩王信卢绾列传第三十三

223

指向三秦去后生，项汾立楚半国城。

沛公乃许韩王信，不教匈奴忘孽名。

224 之二

一成十败一江山，半壁三河半曲弯。

韩信卢绾非素积，兴亡来去谁人还。

卷九十四　田儋列传第三十四

225

揭竿而起一陈玉，半壁风云两死伤。

不见亡秦亡自己，田家列传半齐光。

226 之二

天子谁齐王，山东各故乡。

田横身已去，韩信客无妨。

卷九十五　樊郦滕灌列传第三十五

227

樊哙舞阳侯，平绾一日秋。

临光知吕后，沼庶国除曲。

228 之二

高阳问曲周，天下七王侯。

朝上功居其，心中正反忧。

229 之三

司御夏侯婴，亭长半不明。

三秦还未定，太什事王城。

230 之四　灌婴

垓下问江东，三千户邑雄。

鼓刀屠狗尽，八岁自空空。

卷九十六　张丞相列传第三十六

231

百岁一张苍，千年半女室。

免相尝不孕，妻妾满家乡。

232 之二

一代几丞相，诗书半济土。

文章知律历，玄武上高堂。

卷九十七　郦生陆贾列传第三十七

233

倨床洗足郦生知，慢而知人易略情。

一汉一秦纵横见，沛公始得百人城。

234 之二　陆贾

夫差极武一吴亡，刑法知秦半自扬。
庶子公侯分左右，楚河汉界是朝堂。

235 之三　陆贾

南越寿人终，陈平遗陆荣。
战和相将在，称制彼时空。

卷九十八　傅靳蒯成列传第三十八

236

共德定三秦，雕阴邑一身。
两代三君子，儿孙一半尘。

237 靳歙蒯成

建武侯家霸上臣，朝歌攻破赵军秦。
蒯成参乘山东起，坚正操心代子身。

卷九十九　刘敬叔孙通列传第三十九

238

有将武中文，丞相百万军。
匈奴胡已尽，天下是非云。

239 之二

春秋战国入旧尘，归心楚汉问三秦。
山东二世坑灰冷，戏下千军系一身。

240

博士叔孙通，秦王二世终。
儒生知降汉，天下自西东。
武将陈军吏，文官制百宫。
江山易太子，一计一狐穷。

卷一百　季布栾布列传第四十

241

季布人中一诺成，千金天下半无名。
职臣楚汉朱家语，不似丁公手下情。

242 之二　季心

关中一弟兄，诺勇两名成。
不问朱家过，丁公谁楚情。

243 之三

项羽天成季布成，江东以勇霸王名。
人奴不死其材士，楚汉群雄枯又荣。

卷一百零一　袁盎晁错列传第四十一

244

社稷一君臣，袁盎两自珍。
绛侯相不保，天下客人身。

245 之二

袁盎晁错各殊荣，吴楚王侯叛逆生。
逢世知时多易变，九卿不成一卿成。

卷一百零二　张释之冯唐列传第四十二

246

结袜一廷臣，骑郎半不申。
释之知社稷，辩语上林春。

247 冯唐

魏高冯唐一世雄，其人其友半云中。
不偏不党称王道，何致匈奴问汉宫。

卷一百零三　万石张叔列传第四十三

248

美黛半积功，公卿万孝同。
躬行家石市，上下礼尊风。

249 之二

君子敏于行，其言讷不声。
中兴求敦厚，长者治朝明。

卷一百零四　田叔列传第四十四

250

刻廉自喜切直名，田氏齐人赵舞荣。
高祖箕踞如是骂，赭衣不懼赵王情。

251 之二

义不亡贤者圣名，居国是闻政其声。
孟舒髡钳云中守，余善中同问陉城。

252 之三

立鼓军门一任安，是非辩治半仁宽。
荣衰枯巧闻圆缺，太子书军武帝残。

卷一百零五　扁鹊仓公列传第四十五

253

勃海越人生，独奇谨遇情。
长桑君已去，扁鹊医人名。

254 之二

血脉秦师崤谷成，晋公简子不知名。
虢君未死桓侯死，扁鹊尤生腠理生。

255 之三

知与未知半是非，治其不治一相违。
医人各异医人诊，如者如斯善恶归。

256 之四

夫兵自暴不举生，扁鹊仓公徒自成。
贤士难有朝上妒，女分美丑恶宫名。

卷一百零六　吴王濞列传第四十六

257

正反吴王一有无，刘家天下半江湖。
袁盎晁错臣相妒，何处风光大丈夫。

卷一百零七　魏其武安侯列传第四十七

258

酒后一梁王，春前半玉芳。
千秋多少客，万岁枯荣堂。

259 之二

詹事魏其侯，千金辄令忧。
窦婴知自己，问得马前牛。

260 之三

得损半王侯，英名一世休。

独生独死尽，犹见大江流。

261 之四

女子争言半舅姑，宠臣疑妒一家奴。

及人迁怒何权贵，成败无情问有无。

卷一百零八　韩长孺列传第四十八

262

安国无安一半忧，治人不制两三求。

闻言田甲梁王使，此事无休彼事休。

卷一百零九　李将军列传第四十九

263

北平射虎问天狼，白马单于退草荒。

拾得何家飞将在，久低人下久低扬。

卷一百一十　匈奴列传第五十

264

匈奴祖出夏苗生，牧马三边草自荣。

尤有淳维知后裔，鸣镝昌顿自王名。

265 之二

黄河半九州，两水一东流。

不断华人去，源头谁竹楼。

266 之三

遥望一萧关，苍茫半去还。

亲战何相议，李广向阴山。

卷一百一十一　卫将军骠骑列传第五十一

267

私出卫青身，仲卿半旧尘。

平阳侯妾子，郑季始知人。

268 之二

长城南北持皇军，隋水西东待富君。

千古三公千岁问，一天两地一人分。

269 之三

仲卿大将军，去病故臣君。

和战长城北，江山孰可分。

270 之四

一马度阴山，三生问去还。

汉家天子事，飞将朔风颜。

卷一百一十二　平津侯主父列传第五十二

271

霸主管仲知，孙弘布被师。

晏婴无重肉，妻妾不衣丝。

272 主父

好战无兴勿战亡，息平积怨国人伤。

土崩瓦解春秋尽，徐乐严安主父扬。

273 之三

维修半遇时，天子一人知。

主父齐王散，王名长者迟。

卷一百一十三　南越列传第五十三

274

南越半江山，北平一客颜。

汉家天子问，牧马玉河湾。

卷一百一十四　东越列传第五十四

275

江东万户侯，盖禹九州留。

勾践夫差问，山河岁月秋。

卷一百一十五　朝鲜列传第五十五

276

何处问辽东，江山一始终。

皇家来去客，俯仰见飞鸿。

277 之二

一汉半楼船，三边两地缘。

山水连地域，日月隔云天。

卷一百一十六　西南夷列传第五十六

278

夜郎自大一身名，天地人中半不明。

汉使楼船何定界，西南日月有阴晴。

卷一百一十七　司马相如列传第五十七

279

相如犬子凤求凰，蜀郡成都日月光。

窃拾文君垆酒醉，子虚乌有赋人堂。

280 之二

春秋故隐生，易变显名情。

雅颂周天子，诗文自枯荣。

注：大雅颂王公之德品，小雅讥小己之得失。

卷一百一十八　淮南衡山列传第五十八

281

淮南一半王，公子两三长。

兄弟衡山郡，江山是汉光。

卷一百一十九　循吏列传第五十九

282

循吏半相名，庄王一世情。

文公晋理定，子产郑民生。

卷一百二十　汲郑列传第六十

283

积薪后者居其上，立世先来问未扬。

谁见侏儒多少智，尤闻治者下朝纲。

284 之二

汲郑一贤人，官廷半客身。
门前凭有势，车马继红尘。

卷一百二十一　儒林列传第六十一

285

术士半儒林，诗书一古今。
山东知礼乐，郁滞见深渊。

286 之二

博士怡天年，直廉待下传。
春秋多少治，冬夏侵难眠。

卷一百二十二　酷吏列传第六十二

287

三江卷巨澜，一念地天宽。
导致齐刑故，艾安不使残。

288 之二

三江两岸津，一岁半秋春。
正正邪邪客，天天地地人。

卷一百二十三　大宛列传第六十三

289

张骞大宛臣，不失持节身。
汉使通西城，单于十岁人。

卷一百二十四　游侠列传第六十四

290

一半江湖一半君，两三游侠两三云。
儒家乱法文思尽，武客无知辩时分。

卷一百二十五　佞幸列传第六十五

291

佞幸不知时，身名未乃期。
有无无有问，天下下天知。

卷一百二十六　滑稽列传第六十六

292

六艺一情商，三公半自扬。
无知横礼乐，易辩何其昌。

293 田完世家

国中大鸟止王庭，三年不蜚视美翎。
齐威王知言语日，一鸣惊已奋侯铭。

294 之二

三年不蜚惜齐津，七尺淳于髡者身。
三十六年齐威治，一鸣大鸟一惊人。

295 优孟

公函敖者子贫伤，优孟怜之卸富相。
唯有妇人思劝忆，楚人霸主一庄王。

296 东方朔

鹤鸣九皋问于天，钟鼓三宫自外延。
鸟死其音哀也甚，君王不信妄言权。

297 东郭先生

东郭一先生，千金半未荣。
卫青夫子诺，天下洛阳城。

298 魏文侯之西门豹

邺令文侯易卜先，巫妪弟子不回天。
民田治水西门豹，河伯无言娶妇传。

卷一百二十七　日者列传第六十七

299

语数千言顺理生，瞿然而悟正襟城。
何闻司马知贤士，四季乾坤是枯荣。

300 之二

荒心问枯荣，卜筮自声名。
智者之言废，愚人刻意成。

卷一百二十八　龟策列传第六十八

301

卜筮顺时昌，仁人善恶偿。
乾坤寻知战，智慧问兴亡。

302 卜筮

正人君子正人求，恶者居心恶者休。
礼道民间知礼道，善邪智慧善邪忧。

303 之二

乾坤半辩言，占卜一轩辕。
日月知荣枯，阴晴有缺圆。

304 之三

寻人有所求，辩士问何忧。
得尽生平欲，倾心上下愁。

卷一百二十九　货殖列传第六十九

305

南北东西四面中，秋冬春夏不相同。
商人自古求差异，政客如今治富穷。

306 之二

千金一素封，万岁半从容。
差异行商贾，人心见鼓钟。

卷一百三十　太史公自序第七十

307

千年太史公，万岁问鸣虫。
天下轩辕始，江山去不终。

308 之二

千年问李陵，一史玉壶冰。
秦汉长城外，匈奴义添膺。

309 史公

主仆无缘一任安，匈奴李广半云端。
江山不易江山易，早晚春秋早晚寒。

310

自古一王城，如年半枯荣。
居心知智慧，何以问亡兴。

汉书

汉书

半家项羽半刘邦，一代群雄一世双。
垓下鸿门封霸主，楚河汉界入寒窗。

卷一上　高帝纪第一上

1

中阳一沛公，汉界楚河中。
戏下争王霸，何人济世雄。

2

刘家一吕公，相者志无穷。
以女尊箕帚，王名汉后宫。

3

鸿沟两岸一东西，戏下三秦半草妻。
成败其中成败尽，高低之外有高低。

卷一下　高帝纪第一下

4

成成败败一王风，枯枯荣荣半不工。
汉汉秦秦三界士，兴兴废废几人雄。

5

嫚而侮人一沛公，仁人项羽半英雄。
三杰任用寻天下，唯范无兴几世空。

6

四面埋伏一楚声，八方起应半秦城。
子婴自传尊天下，项羽何欺霸主名。

7

楚汉江山一始终，沛公天下半英雄。
只留强者垂青史，去已无名问古风。

卷二　惠帝纪第二

8

风雨不同舟，优宠受刻求。
宽仁寻吕后，天下有浮谋。

卷三　高后纪第三

9

高后一陈平，王侯半不成。
周勃天下定，诸吕枯荣生。

卷四　文帝纪第四

10

稼穑一民生，江山半枯荣。
舜明耕历下，天下自阴晴。

11

王侯智养人，庶子育德身。
天下惊来去，江山草木亲。

12

江山一枯荣，社稷半阴晴。
天下麻桑向，人间日月明。

卷五　景帝纪第五

13

王家重种耕，文景治人名。
移易江山改，仁心社稷荣。

卷六　武帝纪第六

14

李广御云中，龙渊守海东。
卫青千里逐，汉将万飞鸿。

15

汉武楼船问一缘，卫青将帅守三边。
昆苍渤海东西地，大理辽东日月天。

16

泰山极项几人还，齐鲁潇洒半御颜。
渤海渊深何土地，中原驱逐谁匈蛮。

卷七　昭帝纪第七

17

苏武留胡十九年，宫中日月两三天。
同耕劳苦兰田沐，共绩文学世代前。

18 之二

枯柳自僵枯，东风凭枯荣。
皇家知土地，昭帝颂耕名。

卷八　宣帝纪第八

19

王城事不清，太子传平生。
留下宣皇帝，长安狱下名。

20 之二　嘉端

百鸟朝凤一旦阳，千鱼竟泳半鳞光。
皇侯德礼闻三界，甘露余珍启四方。

21 之三

乌孙公主去回归，几度匈奴几度妃。
胡汉长城隔壁望，南来北往是无非。

卷九　元帝纪第九

22

杜陵草木自青青，元帝江山半渭泾。
史记中兴天下问，文章尽是著碑铭。

23 之二

材艺双全善史书，耕耘上苑御荷锄。
洞萧和瑟横吹曲，温雅优游不断余。

卷十　成帝纪第十

24

刘家天子一朝王，汉界楼船半八荒。
谨慎宽博初摘桂，龙门驰道抑无扬。

25 之二

赤帝蛇斩半舅昌，新都侯立一王莽。
关东比税天登记，赐义贫民有草荒。

26 之三

何处问甘泉，刘家沐浴船。

帝王多种子，庶士少耕田。

卷十一　哀帝纪第十一

27

国命一王扬，人生半不昌。

何知天下客，老子问高堂。

卷十二　平帝纪第十二

28

大司马王莽，文辞士不扬。

亡思天子上，民怨下衷肠。

29 之二

王莽谁比一周公，安汉难权半济雄。

变异不知知异变，刘宫有尽尽刘宫。

卷十三　异姓诸侯王表第一

30

文章不尽异儒生，天下难言史外情。

一代王侯三代去，兴兴废废是民城。

卷十四　诸侯王表第二

31

何以谓诸侯，徒人任自求。

死生三代尽，尤见大江流。

卷十五上　王子侯表第三上

32

王子以身谋，江山问代沟。

匹夫徒得志，田亩谁秋收。

卷十五下　王子侯表第三下

33

风雅颂三王，耕耘向一堂。

同根生草木，日月各扬光。

卷十六　高惠高后文功臣表第四

34

一代半功臣，三生两地身。

虫龙天地客，贵贱本何人。

卷十七　景武昭宣元成功臣表第五

35

文景汉家王，平勃百姓光。

江山何所居，土地礼时昌。

卷十八　外戚恩泽侯表第六

36

谁见一江流，朝东万古休。

耕农天下子，暴力制春秋。

卷十九上　百官公卿表第七上

37

处处是神龙，悠悠不见客。

天天鸣虫在，落落有诗社。

38 之二

自始周家制六卿，三公三少主朝明。

官僚百事知时令，法庶千年敷衍生。

39 之三　周秦之制

春夏秋冬一地天，三公太少六卿权。

百官紫绶丞相下，半秩众生四季传。

卷十九下　百官公卿表第七下

40

三公问百官，四季地天宽。

五百年前后，三千弟子坛。

卷二十　古今人表第八

41

上下半人间，知愚一去还。

何人移所见，困弃学生颜。

卷二十一上　律历志第一上

42

律吕阴阳半六生，黄钟三统四方盟。

五声易变八音和，天下宫商角羽徵。

卷二十一下　律历志第一下

43

半始无终半始终，一人天下一人同。

称王称霸何时了，唯有农夫济世穷。

卷二十二　礼乐志第二

44

皇朝谁圣人，天下自秋春。

不以耕耘事，何言战和亲。

卷二十三　刑法志第三

45

弱肉强食自在昌，生来死去问兴亡。

刑明法暗人操纵，谁见真龙孰凤凰。

卷二十四上　食货志第四上

46

食货人间八政和，米粮布帛半天时。

农夫田亩耕耘土，一半文人百万辞。

卷二十四下　食货志第四下

47

半客江山半客商，一农社稷一农昂。

方圆尺寸轻权贵，南北阴晴异处长。

卷二十五上　郊祀志第五上

48

人生一祖先，天下九州缘。

祀示行娇子，袖明待纪年。

49 之二

人间问鬼神，天地待风尘。

心中多少敬，先后枯荣津。

50 之三

有有无无一所求，神神鬼鬼半梦修。
心中自应知时势，天下还来问马牛。

卷二十五下 郊祀志第五下

51

何处一神仙，心中五百年。
更衣寻祀祭，沐浴向甘泉。

卷二十六 天文志第六

52

问天问地问人虫，知礼知音智始终。
西北东南差异大，秋冬春夏各苍穹。

卷二十七上 五行志第七上

53

一易半吉凶，三星两客封。
河图初洛水，八卦五行踪。

54 之二 洛书，河图，六十五字

五行五事八政通，五纪皇极艾德工，
七日稽疑知庶念，六极五福辩时聪。

55 之三

谁问董仲舒，何人帝子居。
五行时相与，八政济克余。

56 之四

未央宫外柏梁台，太子王前网自恢。
顾上思心闻秩序，风急云变适巫来。

卷二十七中之上 五行志第七中之上

57

一貌开恭五事昌，视言听道一思扬。
哲谋艾肃若阳圣，寒苦狂明十古光。

58 之二

震在东方以木春，西方秋兑一金纯。
南离夏火阴阳易，北坎水冬和战尘。

59 之三

风霜雨雪四时中，天地人心八政同。
震兑坎离连卦演，春秋冬夏运无穷。

60 之四

二仪四象沿时生，八卦千金演易成。
上下阴阳闻进退，君臣庶子解光明。

61 之五

人生履历顺时生，日月阴晴演易明。
天体星群因秩序，事则相背败还成。

卷二十七中之下 五行志第七中之下

62

自然现象半无明，天地人心一枯荣。
南北王民臣显政，东西和战问输盈。

63 之二

视而无明不哲人，听之聪未进谋身。
河图尽演洛书易，一半天机一半尘。

64 之三

世纪公元一序生，千儒万物半阴晴。
事人相序多环境，伴侣息息作枯荣。

卷二十七下之上 五行志第七下之上

65

思心不睿圣难成，处世妖折事未明。
积虑居宽观所以，包容广纳五行荣。

66 之二

天乾一半地坤含，四象阴阳五味甘。
人是人非人所以，问成问败问时眈。

67 之三

君臣一半半王民，父子阳阴草木身。
男女乾坤相似比，沿时日月天地人。

68 之四

年年岁岁一春秋，枯枯荣荣半去留。
卜易阴阳何正反，江楼不住问江流。

卷二十七下之下 五行志第七下之下

69

观象一年中，人心半不同。
顺时闻八政，逆道问鸣虫。

70 之二

岁时日月尽星辰，祸福丰灾问庶民。
天象地征连秩序，欲中求索是红尘。

卷二十八上 地理志第八上

71

天下尧平十二州，减三禹制五服求。
四方河海均分陆，夏制周官各九州。

72 九州

冀，兖，青，徐，扬，荆，豫，梁，雍。

73 夏制九州

周官制九州，天子御诸侯。
南北山川界，东西以水流。

74 之二

郡秦三十六分门，南北东西一古村。
权马山河莽草木，人归日月有儿孙。

卷二十八下 地理志第八下

75 之三

郡国百三分，秦时半统君。
一千县邑设，两汉问民勤。

76 之四

嬴政大秦问谁求，雍州不断有梁州。
鄠镐稼穑先王遗，天水陇西到尽头。

卷二十九 沟血志第九

77

一疏一导一江流，半待君王半不忧。
九泽九山通九道，龙门底柱任春秋。

78 之二

荥阳之下引鸿沟，宋郑陈曹蔡卫流。
济汝黄河淮泗会，汉川云梦望王留。

79 之三

浩浩洋洋一大河，功功业业半九歌。
昆仑日月临天下，东海阴晴问稻禾。

80 之四

立国居民半治河，上中下策几时何。
列疆人中川疏防，一国三民土木多。

卷三十　艺文志第十

81

多闻而志次知立，谁断微言没鲁师。
秦灭文章兴愚顿，春秋易传近儒时。

82 之二　易

宓戏观天象未均，河洛察地法无匀。
人间俯仰诗经向，远近时分取物身。

卷三十一　陈胜项籍列传第一

83

揭竿而起一陈王，二世江山半自荒。
指鹿朝堂人谓马，赵高自葬尽秦皇。

84 之二

渔阳两役诈扶苏，项籍江东不问吴。
燕雀鸿鸣天下去，各名其所霸王夫。

85 之三

霸王五体五人侯，一首千金一首休。
尤有乌江亭长劝，吴东弟子自绝舟。

卷三十二　张耳陈余传第二

86

张耳陈余一丈夫，亡命魏赵二家奴。
秦亡二世江山在，俊杰三生社稷图。

卷三十三　魏豹田儋韩王信传第三

87

豪杰问三秦，英雄集一身。
识时群并起，黔首入天津。

卷三十四　韩彭英卢吴传第四

88

一日入咸阳，三生问自昌。
鸿门良犹在，戏下十八王。

89 之二

陈仓暗渡定三秦，韩信萧何问一身。
四面楚歌乡月照，八方将士守风尘。

90 之三

一生一死一西秦，半问江山半问臣。
韩彭英卢天下易，红尘无尽没红尘。

卷三十五　荆燕吴传第五

91

得得失失一半臣，疏疏密密两三亲。
王王庶庶何君子，地地天天问孰人。

92 之二

兄弟王中不弟兄，阴晴之后自阴晴。
人情无利人情在，世上有心世上荣。

卷三十六　楚元王传第六

93

冬夏春秋四季民，东西南北一丘人。
半失半得知天下，无是无非问客身。

注：孔子曰：“立，东西南北人也。”

卷三十七　季布栾布田叔传第七

94

李布丁公一半臣，刘邦楚汉两三人。
一忠一正江山取，三德三公不自申。

卷三十八　高五王传第八

95

汉家高祖五王生，吕后皇宫一母情。
惠帝阴阳先后去，沛公何以后身名。

96 之二

周勃一事问陈平，刘汉三朝待枯荣。
时事成规闻进退，世人易辩有阴晴。

卷三十九　萧何曹参传第九

97

吏掾亭长待沛公，图书厄塞户秦终。
汉家天下知所以，月下萧何问世雄。

98 之二

萧何如主向曹参，惠帝朝中定北南。
半主江山千语苦，一相天下万人甘。

99 之三

微时待善隙相生，何去参来自得名。
朝上一悉如数旧，汉家天下守时荣。

卷四十　张陈王周传第十

100

太公兵法圮桥情，楚客鸿门项羽行。
四面呼声天下事，陈平只在去良成。

101 之二

四人君子一张良，厚礼卑辞半四方。
吕后留侯谋未计，汉臣尽力汉家王。

102 之三

陈平取妇富分移，户牖张孙五嫁妻。
此肉均分天下宰，一言相位世人继。

103 之四

右相勃们左相平，第一官卿第二名。
知者用人知善任，为谋天下度人生。

104 之五

万军不及狱吏荣，一子千金几不生。
高后周勃知上下，宰相天子各何名。

卷四十一　樊郦滕灌傅靳周传第十一

105

樊哙舞阳侯，居功吕氏秋。
陈平知曲应，夫妇是根由。

卷四十二　张周赵任申屠传第十二

106

秦时御史北平侯，肥白王陵赦不愁。
入汉齐相功可问，张苍二主女知求。

卷四十三　郦陆朱刘叔孙传第十三

107

一客郦食其，三秦楚汉师。
沛公何洗足，天下竖儒知。

108 陆贾

马上得之书，宫中御治居。
江山文武术，社稷富贫予。

109 娄敬

公主嫁匈奴，单于义乃呼。
子生何世贵，阏氏汉家苏。

110 孙叔通

生言皆是非，秦汉去来归。
天下儒家客，鸿鹄万里飞。

卷四十四　淮南衡山济北王传第十四

111

三王一念余，子女半诗书。
往视江山欲，民贫不可居。

卷四十五　蒯伍江息夫传第十五

112

半是王侯半是民，自由天下自由身。
将军生死朝天子，庶子耕耘不作臣。

113 之二

蒯通一说俊侯亡，成败三公自智昌。
狗吠鸡鸣其各屠，千金散尽谁贤良。

卷四十六　万石卫直周张传第十六

114

低水枯荣津，高山俯仰身。
人间知长者，天下问斯民。

卷四十七　文三王传第十七

115

三朝一半王，草木万千荒。
社稷闻贫富，江山日月扬。

卷四十八　贾谊传第十八

116

何处问长沙，屈原不为家。
过秦知论尽，一腹赋诗华。

117 之二

五十八篇文，三千弟子君。
长沙无状傅，泣尽不秦分。

卷四十九　袁盎晁错传第十九

118

慷慨进退人，尖峭刻直纯。
未可同堂语，寿谋各自身。

卷五十　张冯汲郑传第二十

119

天子问冯唐，云中各死伤。
长城南北战，只应见扬长。

卷五十一　贾邹枚路传第二十一

120

有女妒人生，引朝士疑明。
娟娥何美丑，相将位名荣。

卷五十二　窦田灌韩传第二十二

121

半勇多谋半将名，一身治辩一相生。
分兵马上江山在，律吏中庸使太平。

122 之二　窦婴

陈廊庑下一千金，军吏分拾半自临。
不取赐才惊上下，魏其侯得士归音。

123 之三

窦婴外戚策灌夫，权重名显自有无。
时变矫横多术逊，半生已尽半生还。

卷五十三　景十三王传第二十三

124

十四男儿一子皇，九州社稷半日光。
汉家太子江山继，武帝山河八面扬。

卷五十四　李广苏建传第二十四

125

一马自当先，三生问士贤。
庶人弓有语，射虎北平川。

126 之二

君子半燕津，书生一日亲。
北平飞将在，天下不归人。

127 之三

四十余年将士身，一生之战马前人。
辄分戏下平赏赐，李广生平校慰珍。

128 之四

汉家不识将军名，胜败还非庶子情。
以暴诛身陵去路，胡服知己意何生。

129 之五

明哲自保身，一战为何人。
不辨皇家土，生平降叛臣。

卷五十五　卫青霍去病传第二十五

130 卫青

郑卫一仲卿，平阳武帝名。
子夫当次女，季媪两人情。

131 之二　霍去病

冒姓冒通名，少儿子未成。
仲孺霍去病，卫后赐殊荣。

132 之三

秦汉一匈奴，长城半寡孤。
江山何战暴，社稷要姑苏。

卷五十六　董仲舒传第二十六

133

三年不窥国，一士博云天。
学子春秋在，仲舒半广川。

134 之二

道者于人治路宽，春秋礼德上仁坛。
闻韶孔子齐风颂，鱼入王舟网不残。

135 之三

春种秋收一去留，半兴半废半春秋。
春秋天子平民问，于道春秋博士忧。

136 之四

凤凰谁见问麒麟，徒说真龙附御身。
自古千年何比誉，如今万里易秋春。

卷五十七上　司马相如传第二十七上

137

司马相如完璧闻，淮阴权乘子虚君。
梁王此去长卿去，一半江山一半云。

138 之二

相如一挑一琴音，户窥文君半去心。
夜奔忘卓留不住，王孙亦是木成林。

139 之三

乌有先生一子虚，楚齐天下半人余。
青琴貍首驺虞囿，智治王朝帝王居。

卷五十七下　司马相如传第二十七下

140

口吃一郎来，长卿半宿才。
子虚乌有赋，武帝御王台。

141 之二

非常之事客非常，率土之滨士得王。
始于忧勤知受命，治人社稷一兴亡。

卷五十八　公孙弘卜式兒宽传第二十八

142

博士一贤良，儒生志四方。
公孙弘六十，俭约故人相。

143 之二

文治武攻一世扬，子虚乌有半华章。
卫青七战匈奴帐，四壁江山武帝王。

卷五十九　张汤传第二十九

144

父子一张易，声名半母肠。
百金王所赐，不业守皇王。

卷六十　杜周传第三十

145

天下一君王，江山万岁民。
皇家知土地，庶子自人亲。
社稷耕耘苦，朝堂义礼重。
百官求治荣，阡陌向天津。

卷六十一　张骞李广利传第三十一

146

汉域半张骞，匈奴一故天。
皇家封土地，和事不狼烟。

卷六十二　司马迁传第三十二

147

自古司马迁，三皇始编年。
史公昭日月，客主一身怜。

148 之二

儒墨阴阳法治宽，名涂治者道德冠。
君民共土江山上，和战难全一国安。

149 之三

孔子周公五百年，周公汉室亦周年。
江山自有王兴废，社稷还存太史传。

150 之四

一报任安书，三生似多余。
居人知自主，太史孰当初。

151 之五

晏御皇家不始终，匈奴征战已无穷。
汉家天子杯中酒，凌辱三军塞命同。

152 之六

虎落平原一犬欺，李陵塞北半无疑，
千军已尽刀兵尽，成败君王谁异师。

卷六十三　武五子传第三十三

153

天下一驰张，社稷半故王。
十年兴废事，万岁枯荣光。

卷六十四上　严朱吾丘主父徐严终王贾传第三十四上

154

天子半君臣，家途一客人。
千年千草木，万岁万迷津。

卷六十四下　严朱吾丘主父徐严终王贾传第三十四下

155

仲尼厄著一春秋，邹子离骚半未留。

国语失明文亦在，史公仗义不得休。

卷六十五　东方朔传第三十五

156

和战匈奴嫔子羞，诗书治国问春秋。

人情自在东方朔，武帝神仙去不留。

157 之二

观颜察色书直言，社稷江山草木萱。

切谏陈辞天子诺，声闻上下鹤鸣轩。

卷六十六　公孙刘田王杨蔡陈郑传第三十六

158

三百年中五百臣，一河九折一河津。

承前启后兴王业，日久官僚日久人。

卷六十七　杨胡朱梅云传第三十七

159

王家一半民，庶子两三亲。

渡口凭舟载，人心向背申。

160 之二

生死留归隔至邻，费财厚葬不知身。

拾得王孙心外事，一半人间一半亲。

卷六十八　霍光金日磾传第三十八

161

王侯一弟兄，将士半军兵。

七战匈奴塞，三生草木名。

162

三朝半霍光，一世两扬长。

废立皇家子，阴谋晋地亡。

卷六十九　赵充国辛庆忌传第三十九

163

贱战贵合谋，兴荣废列忧。

群雄斗不止，诸士奉王侯。

164 之二

山西出将山东相，秦汉芳名列四方。

王者兴师修晋子，鲁齐长者尽儒扬。

卷七十　傅常郑甘陈段传第四十

165

西域一楼兰，长安半陆寒。

荒沙直扑面，汉市在云端。

166 之二

匈奴十九年，常惠两三员。

苏武知谋雁，生人塞外边。

167 之三

西域半风沙，胡姬一舞华。

蜃楼惊日月，海市问边家。

168 之四

西域半汉家，匈奴一世沙。

龟兹居不定，白马步天涯。

169 之五

五日陈汤故事王，乌孙互解瞬兴亡。

深谋勇虑三边外，都护城中汉代昌。

170 之六

都护府中行，天朝将士生。

千年知郑吉，恩信待廉平。

卷七十一　隽疏于薛平彭传第四十一

171

东海有书生，春秋主客荣。

文章天下事，智勇士中名。

卷七十二　王贡两龚鲍传第四十二

172

有志不辱身，贤人未屈申。

高山寻四老，伯夷逐三秦。

173 之二

隐者有其名，耕耘自立生。

子真三弃市，不仕一君平。

卷七十三　韦贤传第四十三

174

文诗一谏成，书孟半人生。

汉地多王土，齐民问杜荣。

卷七十四　魏相丙吉传第四十四

175

长者善知人，贤相自问身。

九卿寻易十，百业作声绅。

卷七十五　眭两夏侯京翼李传第四十五

176

声名半世官，天地一人坛。

天下春秋问，江山四壁寒。

卷七十六　赵尹韩张两王传第四十六

177

赵尹韩张一两王，河东涿泰两三分。

霍光为政参天下，半事君臣半事强。

卷七十七　盖诸葛刘郑孙毋将何传第四十七

178

盖宽文学孝廉郎，方正高明策谏堂。

不下殿门迁劾奏，是非坐举是非扬。

卷七十八　萧望之传第四十八

179

谗言耶邪未终平，六十兰陵不利名。

一半将相言治世，何还置对免冠声。

卷七十九　冯奉世传第四十九

180

谗邪刚正一声名，和战朝廷半不荣。
孟子宫刑兴小弁，潇湘有两泪难晴。

卷八十　宣元六王传第五十

181

一半妃仔一半王，十三子女十三肠。
何人天下何人子，万岁江山万岁亡。

卷八十一　匡张孔马传第五十一

182

一半衣襟一半侯，两三弟子两三舟。
同侯共济同盘济，天下原来世人修。

卷八十二　王商史丹傅喜传第五十二

183

杜陵草木自青青，徙客移人各甲丁。
居世习俗终不改，常思变异乃无情。

卷八十三　薛宣朱博传第五十三

184

汉家中断一王莽，宣帝先前半已荒。
草木春秋知日月，成前败后是炎凉。

卷八十四　翟方进传第五十四

185

一事成名一事昌，半家太子半家亡。
直直曲曲天官立，抑抑扬扬庶子肠。

卷八十五　谷永杜邺传第五十五

186

汉家太子汉家王，吕后江山吕后皇。
一事难平分两面，三公正反问千堂。

卷八十六　何武王嘉师丹传第五十六

187

称善自知人，寻官不谓亲。
正邪仁厚辩，八面四方臣。

卷八十七上　扬雄传第五十七上

188

江山博宽一文章，才敏雄才半御房。
司马相如遗训化，成都汉室上高堂。

189 之二

十世刘家一汉堂，百年天下半兰香。
王莽吕后朝中错，太傅诗书御上房。

190 之三

十世一扬雄，三生半国风。
正反离骚去，遭遇各不同。

卷八十七下　扬雄传第五十七下

191

天下谁王侯，文章教九流。
三生终有道，十赋万千秋。

192 扬雄

“羽猎”黄门一赋明，扬雄客世半朝倾。
易经莫大“太玄”著，论语书传“法言”成。

莫善仓颉今训纂，虞箴相似“州箴”名。
离骚尤得文章“反”，不慕官荣慕作荣。

卷八十八　儒林传第五十八

193

儒林六艺一官生，凤鸟三公半不荣。
何处河图图不语，洛书未尽尽王城。

194 之二

博士知书博士穷，问官成败问官同。
三公相争三公妒，一见江流一见东。

195 之三

秦王治政一坑儒，礼乐难留半丈夫。
行事千繁知不足，谁家天下谁家奴。

卷八十九　循吏传第五十九

196

社稷朝官稼穑民，将相内外战和亲。
五经取士除秦敝，循吏江山客主身。

卷九十　酷吏传第六十

197

一宽一酷一刑名，半事同舟半济生。
自有恶人先告状，史公何以李陵荣。

198 之二　郅都

野彘王姬太后倾，苍鹰侧目雁门荣。
王道窦氏忠臣尽，路不拾遗吏不成。

199 之三

一吏纵时一吏横，半生世界半阴晴。
廉刚不正廉刚正，酷有无情酷有情。

200 之四

酷烈声中不酷荣，汉家天下汉家名。
郅都难射匈奴去，窦氏忠臣一死生。

卷九十一　货殖传第六十一

201

禾鱼牲畜一民生，贫富工商半市荣。
易变习俗儒子改，繁华礼乐有人情。

202 之五

百里无樵贩籴成，千年奇货贵时荣。
相闻鸡犬何差异，自有江流自不平。

卷九十二　游侠传第六十二

203

游侠五湖生，公卿一客荣。
同根知父母，起落异时成。

204 之二

一代王侯一庶人，半生富贵半生贫。

江湖游侠江湖上，有诺千金有诺申。

205 之三

一醉三休一醉臣，半豪两世半豪身。

无言直曲无言去，有诺如尝客里人。

卷九十三　佞幸传第六十三

206

佞幸宠臣一籍孺，无才婉媚半侏乌。

梦中通带常相像，为免其心问有无。

207 之二

柔曼一心倾，刚直半败成。

人情多婉媚，世事少殊荣。

卷九十四上　匈奴传第六十四上

208

匈奴夏后人，牛马牧其津。

草木无耕织，淳维日月春。

209 之二

长城内外半苍茫，京洛阴晴一故乡。

万岁沉浮何主客，千年前后任侯王。

210 之三

天之骄子一荒唐，不句文章半礼言。

骑射骋驰多草木，常年只寄马牛喧。

卷九十四下　匈奴传第六十四下

211

一日半侯王，千年万岁乡。

云天骄子傲，日月主其光。

212

匈奴半帝古，草莽一单于。

骄子穹庐下，飞雕大丈夫。

卷九十五　西南夷两粤朝鲜传第六十五

213

不见汉楼船，还寻自在天。

朝鲜南粤向，处处亦经年。

卷九十六上　西域传第六十六上

214

西域胡姬舞，江山一半颜。

浮云回弱水，白马上天山。

215 之二

敦煌一阵风，沙域半裙红。

歌舞天山下，弓刀自立雄。

216 之三

荒沙西域残，壮士上楼兰。

马马人人力，天天地地宽。

217 之四

长安两望玉门关，一片荒沙半壁山。

尤见月亮湾下月，可寻何处故人颜。

218 之五

风沙四壁一阳关，都护三军半天山。

回首凉州儿女唱，情心都在月亮湾。

卷九十六下　西域传第六十六下

219

谷城昆冶一乌孙，半在天山半开门。

汉马功劳寻海市，敦煌千里满沙村。

卷九十七上　外戚传第六十七上

220

宦官国戚半朝臣，狗党狐群一士绅。

唯有农夫耕日月，人间草木满天津。

221 之二

太皇太后数夫人，婕妤经娥御爵身。

位列九卿侯上造，一人得道满家春。

222 之三

关东日夜未王中，永巷皇宫十不同。

如意赵王姬戚废，惠帝人彘七年终。

卷九十七下　外戚传第六十七下

223

娘娘一色身，戚戚半臣民。

鸡犬皇家吏，牛羊也士绅。

224 之二

长信宫灯半不明，婕妤目下一心声。

飞燕掌上红妆舞，奉帚清风避处行。

225 之三

倢伃姊妹色朝阳，此阳如何是彼阳。

谁问成败侯所位，原来子女入昭阳。

226 之四

一宫华废一宫名，半客皇家半客情。

凭色兴亡凭色宠，任颜太子任颜成。

卷九十八　元后传第六十八

227

虞舜胡田一姓王，太子阳平半世昌。

凤辅三年宫外事，王莽皇后是姑娘。

228 之二

国玺御封皇，娘姑主自昌。

夫人仁所在，尤为汉家王。

卷九十九上　王莽传第六十九上

229

大司马王莽，中堂事敢扬。

安阳侯舜变，汉国玺兴亡。

卷九十九中　王莽传第六十九中

230

三公典书位孤卿，三士公卿大夫名。

廿七人分大夫制，都官八十一元城。

卷九十九下　王莽传第六十九下

231

明堂太庙祖身名，新乐春秋典制生。

谁问皇王无下士，普天儒子向荣鸣。

232 之二

汉朝摄政一臣荣，外戚折节半力行。

师友同仁宗族誉，勤劳三世向直成。

在家在国何闻必，墓盗民生祸乃生。

城邑为虚丘陵掘，辜及朽骨绝其名。

卷一百上　叙传第七十上

233

楚人虎乳一班名，晋代之迁半未荣。

子固弱冠辞赋颂，斯文心计治昌平。

卷一百下　叙传第七十下

234

唐虞三代汉书生，司马迁言史记名。

二百州年王莽尽，一生未毕半生成。

235 之二

二百卅年半汉朝，刘邦王莽一权消。

中兴文景楼船城，武帝疆边过海辽。

比治唐虞闻楚客，匈奴白马向天骄。

尤闻佛道心修远，谁说蓬莱路不遥。

后汉书

236

汉书自是汉家书，司马无非司马疏。

半语颂王千语尽，云卷不尽一云舒。

卷一上　光武帝纪第一上

237

刘邦九世孙，光武一钦门。

孤少良叔养，人生七尺魂。

238 之二

南阳遇宛中，寇盗不知亲。

光武除王莽，长安后汉人。

卷一下　光武帝纪第一下

239

四方天下五年成，八面江山一枯荣。

一世朝臣王莽尽，万人社稷有阴晴。

240 之二

嘉禾九穗秀成名，赤光钦舍乃武生。

钱易金刀泉货去，三精雾塞作精英。

卷二　明帝纪第二

241

庄帝春秋十岁通，显宗恭德政察衷。

兢兢业业侯王达，法令分明刑理中。

卷三　章帝纪第三

242

一朝刻切一朝宽，半宠深元半宠安。

左右文章行济济，沉浮律礼孝亲丹。

卷四　和殇帝纪第四

243

明堂宗祀上灵台，天子刘家几度才。

之物苍茫辽阔处，楼兰南北去无回。

卷五　安帝纪第五

244

懿德巍巍四海中，长安侯祐一河东。

一人有庆千人仰，万岁江山日月同。

卷六　顺冲质帝纪第六

245

梓宫门下过阴晴，百官云前半未明。

操纵皇宫何求胜，朝中天子由臣生。

246 之二

一朝未断一朝终，半壁江山半壁同。

父子君臣何所欲，丈夫妻女各鸣虫。

卷七　桓帝纪第七

247

何向三公问九卿，永兴草木待天平。

朝无殿栋山川故，日有食之是枯荣。

卷八　灵帝纪第八

248

琴笙音断一芳林，灵帝皇家半客心。

少子登基何鲜渎，杏坛草木半园林。

249 之二

赵忠张让谁臣名，御制江山自枯荣。

指鹿何闻秦二世，风云掌上有阴晴。

卷九　献帝纪第九

250

一半朝王一半臣，十年烽火十年尘。

挟持献帝千军外，三国群雄半苦津。

卷十上　后纪第十上

251

周礼成王立后名，三夫人九嫔皇荣。

宫中廿七分世妇，九九书居女御城。

252 之二　郭皇后纪

六宫皇后贵夫人，三等美宫采女邻。

甲令难明妃制轶，简求汉谬弄权臣。

253 马皇后纪

之物有兴衰，人情起伏来。

宫中恩色尽，天下序床台。

254 邓皇后纪

马后一知人，谦虚半客身。

外戚姑舅戒，内政谨于臣。

255

一半老人心，三千弟子音。

诸生朝暮客，大小事琴音。

256 之二

持权引谤名，称制自当荣。

号令兹严重，于虚术谢成。

卷十下　后纪第十下

257

十一后皇宫，三千弟子空。

床头多少语，天下枯荣风。

卷十一　志第一　律历上

律准　候气

258

物象滋生而数成，高天厚地乃人行。

张苍制律昭天下，班固因循守序名。

259 之二

天下一阴晴，人间半短长。

黄钟首律吕，动静有圆方。

卷十二　志第二　律历中

贾逵论历　永元论历　延光论历　汉安论历　熹平论历　论月食

260

天似枯荣塘，人求日月光。

汉家三统历，诸论一扬长。

卷十三　志第三　律历下

历法

261

甲乙丙丁闻，子丑寅卯勤。

阴晴圆缺事，悲欢离合分。

卷十四　志第四　礼仪上

合朔　立春　五供　上陵　冠　夕牲　耕　高禖　养老　先蚕　祓禊

262

天下一年春，人间半苦辛。

君民知日月，草木问昏辰。

卷十五　志第五　礼仪中

立夏　请雨　拜皇太子　拜王公　桃印　黄郊　立秋　貙刘　案户　祠星　立冬　冬至　腊　大傩　土牛　遣卫士　朝会

263

春夏秋冬一岁成，东西南北半阴晴。

无言天地言来去，有道人间有枯荣。

卷十六　志第六　礼仪下

大丧　诸侯王列侯始封贵人公主薨

264

去去来来一日王，朝朝暮暮半沧桑。

兴兴废废闻天子，死死生生见后皇。

卷十七　志第七　祭祀上

光武即位告天　郊　封禅

265

何时问泰山，忧怨半河湾。

天子封禅事，山川社稷颜。

卷十八　志第八　祭祀中

北郊　明堂　辟雍　灵台　迎气　增祀　六宗　老子

266

天地一神仙，人心半易迁。

灵台宗庙显，老子道家田。

卷十九　志第九　祭祀下

宗庙　社稷　灵星　先农　迎春

267

心中社稷坛，天下久书安。

祫祀先农坐，迎春万岁年。

卷二十　志第十　天文上

王莽三　光武十二

268

形成于地象成天，俯问人间仰问乾。

王莽篡权光武立，星辰日月卯金缘。

卷二十一　志第十一　天文中

明十二　章五　和三十二　殇一　安四十六　顺二十三　质三

269

天下一流星，人中半渭泾。

千年三五客，十里两长亭。

卷二十二　志第十二　天文下

桓三十八　灵二十　献九　陨石

270

人士象长天，王侯易旧缘。

同生天地里，何异谁桑田。

卷二十三　志第十三　五行一

貌不恭　淫雨　服妖　鸡祸　青眚　屋自坏　讹言　旱　谣　狼食人

271

城下公车城上乌，河间姹女吏金茶。

黄梁悬鼓丞卿怒，天下人前几丈夫。

卷二十四　志第十四　五行二

272

董卓一亡兴，刘家半枯荣。

人间千里草，天下十年横。

注：千里草，董卓也。

273 之二

何人向凤凰，天下自沧桑。

五色南台鸟，三朝孽者昌。

注：“乐叶图征”曰：五凤皆五色，为瑞者一，孽者四。

卷二十五　志第十五　五行三

大水　水变色　大寒　雹　冬雷　山鸣　鱼孽　蝗

274

鱼孽问圆方，狂灾水低昂。

人间多异象，天下客心伤。

卷二十六　志第十六　五行四

地震　山崩　地陷　大风拔树　螟　牛疫

275

地陷一平川，山崩半岁年。
狂风拔大树，献帝问皇权。

卷二十七　志第十七　五行五

射妖　龙蛇孽　马祸　人痾　人化　死复生　疫　投蜕

276

天灾向岁年，人祸问高仙。
不见皇云断，知根日月弦。

277 之二

曹氏一曹公，长沙半悟空。
孟德三国土，献帝死其难。

卷二十八　志第十八　五行六

日蚀　日抱　日赤无光　日黄珥　日中黑　虹贯日　月蚀非其月

278

是是非非以易名，天天地地象何成。
王王帝帝人间客，子子民民水土生。

279 之二

天地人心半有无，先先后后两曾居。
隐言彼此常相似，古往今来各自余。

卷二十九　志第十九　郡国一

司隶：河南　河内　河东　弘农　京兆　冯翊　扶风

280

习俗各旧异山川，风土人情各志全。
郡国祖先成一体，冈邻日月问三先。

卷三十　志第二十　郡国二

豫州：颍川　汝南　梁国　沛国　陈国　鲁国

冀州：魏郡　巨鹿　常山　中山　安平　河间　清河　赵国　勃海

281

神州万国田，九鼎一山川。
同饮黄河水，中原共戴天。

卷三十一　志第二十一　郡国三

兖州：陈留　东郡　东平　任城　泰山　济北　山阳　济阴

徐州：东海　琅邪　彭城　广陵

282

壮士一山东，儒生半悟空。
舜耕齐鲁地，孔子杏坛翁。

卷三十二　志第二十二　郡国四

青州：济南　平原　乐安　北海　东莱　齐国

荆州：南阳　南郡　江夏　零陵　桂阳　武陵　长沙

扬州：九江　丹阳　庐江　会稽　吴郡　豫章

283

何处问扬州，中原一河流。
江苏天下士，吴越一春秋。

卷三十三　志第二十三　郡国五

益州：汉中　巴郡　广汉　蜀郡　犍为　牂牁　越巂　益州　永昌　广汉属国　蜀郡属国　犍为属国

凉州：陇西　汉阳　武都　金城　安定　北地　武威　张掖　酒泉　敦煌　张掖属国　张掖居延属国

并州：上党　太原　上郡　西河　五原　云中　定襄　雁门　朔方

幽州：涿郡　广阳　代郡　上谷　渔阳　右北平　辽西　辽东　玄菟　乐浪　辽东属国

交州：南海　苍梧　郁林　合浦　交趾　九真　日南

284

天下十三州，山川四水流。
中原同日月，郡国共千秋。

卷三十四　志第二十四　百官一

太傅　太尉　司徒　司空　将军

285

楚汉初兴共讨秦，百官万岁不惜身。
王侯帝后匹夫志，半是江山半是人。

286 之二

班固公卿一百官，周官分职已千年。
上公太傅尉军使，有司空徒将士宽。

卷三十五　志第二十五　百官二

太常　光禄勋　卫尉　太仆　廷尉　大鸿胪

287

祭祀皇宫卫御名，太常光禄尉官生。
狱刑仪礼知车马，延尉鸣胪太仆荣。

卷三十六　志第二十六　百官三

宗正　大司农　少府

288

宗正一家亲，江山半故人。
司农官国货，少府六丞臣。

卷三十七　志第二十七　百官四

执金吾　太子太傅　大长秋　太子少傅　将作大匠　城门校尉　北军中候　司隶校尉

289

水火不相容，执金吾客宗。
大长秋宦殿，太子傅师从。
大匠知宫建，城门守卫封。
北军营下宿，司隶校官钟。

卷三十八　志第二十八　百官五

州郡　县乡　亭里　匈奴中郎将　乌桓校尉　护羌校尉　王国　宋卫国　列侯　关内侯　四夷国　百官奉

290

京都十二州，刺史尹官留。
上下群官吏，沉浮孰是由。

291 之二　乡亭里伍

乡佐亭长一里魁，民间什伍半酒杯。
天下三千三界内，人生一去一来回。

卷三十九　志第二十九　舆服上

玉辂　乘舆　金根　安车　立车　耕车　戎车　猎车　青盖车　绿车　皂盖车　夫人安车　大驾　法驾　小驾　轻车　大使车　小使车　载车　导从车　车马饰

292

一帝服匈奴，三千弟子儒。
单于多骑射，稼穑种皇都。

卷四十　志第三十　舆服下

冕冠　长冠　委貌冠　皮弁冠　爵弁冠　通天冠　远游冠　高山冠　进贤冠　法冠　武冠　建华冠　方山冠　巧士冠　却非冠　却敌冠　樊哙冠　术氏冠　鹖冠　帻　佩　刀　印　黄赤绶　赤绶　绿绶　紫绶　青绶　黑绶　黄绶　青绀纶　后夫人服

293

明试知功夫，庸儒少问奴。
圣人天下利，长者故人苏。

294 之二

敬敬中情一百官，尊尊下欲半丁冠。
衣袍泽色良家子，左右皇廷绶带宽。

卷四十一　刘玄刘盆子列传第一

295 刘玄传

盗寇一王侯，人生半去留。
江山成者在，民子度千秋。

296

王莽未央宫，知时将帅雄。
三公分住列，一典九卿终。

297 刘盆子传

自立一山王，江山半不昌。
赤眉天下色，光武治中央。

卷四十二　王刘张李彭卢列传第二

298 王昌传

邯郸学步问沧桑，王莽长住篡位忙。
河北常闻天子气，王昌赵国一名郎。

299 刘永传

乱世之时一半王，群雄并起两三狂。
成成败败何足论，死死生生又不妨。

300 宠萌传

逊顺一身孤，平狄半将无。
天皇何所欲，军令不知符。

301 张步传

成败一时中，贼王半不雄。
春秋荣枯草，夏冬任鸣虫。

302 之二

宽夫得众一人心，忍者唯天半故音。
欲有江山三界外，还闻风水七弦琴。

卷四十三　隗嚣公孙述列传第三

303

[illegible]心天地一风云，半壁江山半武文。
正正邪邪多少客，成成败败问时分。

卷四十四　宗室四王三侯列传第四

304

四王天下一家侯，三界神州半去留。
胜者成王闻败寇，农夫兄弟汉宫收。

卷四十五　李王邓来列传第五

305 李通　王常　邓晨　来歙

富贵欲难平，官民志未荣。
何寻身外事，唯见一生明。

卷四十六　邓寇列传第六

306

一客半兴衰，三江两水来。
耕耘辛苦事，稼穑问灵台。

卷四十七　冯岑贾列传第七

307

中兴将帅付功名，天下炎凉庶子生。
稼穑米粮家所以，匹夫谈志待阴晴。

卷四十八　吴盖陈臧列传第八

308

光武中兴一赤龙，身经百战九州客。
四方列战争天下，八面风云汉室宗。

卷四十九　耿弇列传第九

耿弇传（弟国　国子秉　秉弟夔　国弟子恭）

309

何处公卿见将廷，长城南北草青青。
千年故事无归去，万里沙扬有勇丁。

卷五十　铫王祭列传第十

310

贫病　兵扬，英雄半四方。
汉家多少帝，志在筑城长。

卷五十一　任李万邳刘耿列传第十一

311

光武一冠明，南阳半不生。
伯卿闻长者，谁问汉家名。

卷五十二　朱景王杜马刘傅坚马列传第十二

312

乱世一王侯，江山几去留。
人情三界故，家国半春秋。

卷五十三　窦融列传第十三

313

平陵章武一周公，波水三军半赐忠。
威慑河西千里尽，风尘豪侠几英雄。

卷五十四　马援列传第十四

314

文渊赵将出扶风，马服君臣问乃翁。
朝见九卿征战尽，少孤大志望飞鸿。

卷五十五　卓鲁魏刘列传第十五

315

中原一士名，王莽半无成。
有目寻同志，休官作后生。

卷五十六　伏侯宋蔡冯赵牟韦列传第十六

伏湛传（子隆）

316

山东一故臣，齐鲁半儒民。
光武以相宰，常知镇守人。

卷五十七　宣张王王杜郭吴承郑赵列传第十七

317

中原子弟多，朝暮问黄河。
弱水云天里，阴晴以稻天。

卷五十八上　桓冯列传第十八上

318

博学而多通，强闻不少工。
江山天下事，社稷以人翁。

卷五十八下　冯衍列传第十八下

319

危难时节问陈平，魏尚忠心待枯荣。
得失千年交臂去，风云一赋以平生。

320 之二

文过其辞一帝名，华章天下半耕耘。
自得其乐江山在，马上功成是不成。

卷五十九　申屠鲍郅列传第十九

321

士子近扶风，江山远不同。
刚直卿所正，圆方尺寸中。

卷六十上　苏杨列传第二十上

322

世乱起群雄，知书远近同。
一呼三里外，三诺半邻东。

卷六十下　郎襄列传第二十下

323

天文地理一阴阳，山谷河流半四方。
自古千年相似处，如今万物抑还昂。

卷六十一　郭杜孔张廉王苏羊贾陆列传第二十一

324

朝中一百官，天下万千缘。
达贵三家士，知人七尺田。

卷六十二　樊阴列传第二十二

325

稼穑一春秋，人生半去留。
田园多少士，尺寸任凭求。

卷六十三　朱冯虞郑周列传第二十三

326

宫宦一王家，江山半豆瓜。
人心何镇守，天子问天涯。

卷六十四　梁统列传第二十四

327

歌舞升平四海家，誉名载道九江涯。
百官天下寻私尽，万岁心中玉璧瑕。

卷六十五　张曹郑列传第二十五

328

清白无私待客身，桑田禾稻问行人。
楚河汉界鸿沟在，过眼烟云一半尘。

卷六十六　郑范陈贾张列传第二十六

329

顺继成昌有道妨，秩序相衍十炎黄。
立言正友知何事，古往今来谋略昂。

卷六十七　桓荣丁鸿列传第二十七

330

桓荣沛郡一春卿，九江博士半英名。
精神不倦江山问，不窥家园自枯荣。

331 之二

天地一家乡，人间半暖凉。
丁鸿封故里，日月守爷娘。

卷六十八　张法滕冯度杨列传第二十八

332

秦齐不姓田，仕郡法雄先。
党众居官印，倾心问子年。

卷六十九　刘赵淳于江刘周赵列传第二十九

333

家贫孝不贫，啜菽饮知亲。
严夫周公在，三牲不废人。

334 之二

常怀父母心，老少弟兄阴。
孝敬闻乡里，生平子女音。

卷七十上　班彪列传第三十上

335

半闻法术半诗书，十日亲申十日疏。
博贯百家强记载，文章班固帝王居。

336 之二

习之善恶一言生。粉墨登场半不明。
问楚问齐相远近，长沙落马泣王城。

337 之三

非常之事不常人，客里江山客里亲。
何必君臣闻旧论，春秋推演制天伦。

卷七十下　班彪列传第三十下

338 班固传

天下一文章，江山半武皇。
匈奴寻汉使，班固狱中肠。

339 之二

半武一文章，三生两世肠。
匈奴闻可汉，白马北庭疆。

340 之三

補人補事续残篇，齐国齐家制旧年。
只见王朝功过问，未闻天下谁耕田。

卷七十一　第五钟离宋寒列传第三十一

341

赤眉铜马乱时分，王莽长安两地去。
唯得清明难得志，谁闻天下谁闻君。

342 之二

是非之事是非人，成败其身胜天津。
富富贫贫三界外，生生死死一天伦。

343 之三

尚书教授不如邻，儒客心明问利身。
请过齐侯郎之狱，省刑晏子是仁人。

卷七十二　光武十王列传第三十二

344

光武平生十一王，汉家教授两三梁。
张苍八十知贤过，天下何言半暖凉。

卷七十三　朱乐何列传第三十三

345 朱晖传（孙穆）

家世衣冠半早孤，矜严太学一生儒。
功成名就闻衰败，进退中堂是有无。

卷七十四　邓张徐张胡列传第三十四

346

忠臣一职一终身，长者三生半近邻。
短短长长何足论，平平淡淡去来人。

卷七十五　袁张韩周列传第三十五

347

功有难图志有天，人无远虑事无固。
沉浮上下官场病，成败之中自不全。

卷七十六　郭陈列传第三十六

348

陈平谋断后何名，兴废之中有枯荣。
但得人生功迹在，是非不尽是非成。

卷七十七　班梁列传第三十七

349

班超西域一英名，孝谨勤劳半不成。
斩将俘奴阶上使，长城尽处有平生。

350 之二

王家定远侯，兄妹半生流。
西域仲升将，班昭汉史留。

351 之三

民衣劳止小人康，惠此中原大四方。
废老沙漠都护去，书生荒野漫猖狂。

卷七十八　杨李翟应霍爰徐列传第三十八

352

春秋外传著书郎，极致夫仁正已堂。
四世诗书习老子，一生日月披星光。

卷七十九　王充王符仲长统列传第三十九

353

一妇无织四面寒，半夫耕晚八方残。
以三奉百知商贾，累万积千世界宽。

354 之二

天下富生贫，危安世济人。
慎微萌杜渐，福祚问忧辛。

355 之三

国邑一人民，春秋半客亲。
江山禾稻谷，天下问天津。

卷八十　孝明八王列传第四十

356

孝明九子王，传章一帝皇。
维城逢乱党，八国谁张扬。

卷八十一　李陈庞陈桥列传第四十一

357
长者一书香，韩诗半抑扬。
心凭乡里步，人靠百年芳。
桥玄传

358
一子一劫狂，奸邪半质狂。
宁直扶碎玉，不曲以赎张。

卷八十二　崔骃列传第四十二

359
弱力贫强自己扬，富骄贵傲未有昌。
不官无位光华显，风夜弘申远近光。

卷八十三　周黄徐姜申屠列传第四十三

360
声名一枯荣，宠辱半人生。
或默无言语，持时尚效成。

361 之二
昆仑半玉山，草木一人间。
成败寻知己，兴亡去不还。

362 之三
深山一隐名，故里半人情。
谁问食周粟，桑田不自生。

卷八十四　杨震列传第四十四

363
五十声鸣已半生，关西孔子就千情。
三台问法堂忧怨，一雀衔鱼有枯荣。

364 之二
百姓空虚半国荒，千居乐业一家庄。
布衣官宰闻乡里，教授欧阳储备梁。

卷八十五　章帝八王列传第四十五

365
天下不称王，人间向语强。
神仙三界外，客子一炎黄。

366 之二
称王有纳梁，霸主向天方。
谁问民生苦，唯闻暗柳杨。

卷八十六　张王种陈列传第四十六

367
张皓祖张良，留侯客水乡。
微山湖六世，州郡半知芳。

卷八十七　杜栾刘李刘谢列传第四十七

368
一身正气一身明，半壁江山半壁荣。
邪恶难成邪恶治，奸名自尽灭奸名。

369 之二
父母之官父母情，一方富甲一方名。
留当后世知人问，前任行民众志成。

卷八十八　虞傅盖臧列传第四十八

370
关西出将过凉州，反顾之心问处忧。
三辅公卿闻弃舍，保全现状让求荣。

卷八十九　张衡列传第四十九

371
五经六艺贯九卿，一作三生赋二京。
留下天浑仪地动，不明之处预知明。

372 之二
艺成而下德宜高，天地其灵志取淘。
长者耕心求自已，山川树木立旌旄。

卷九十上　马融列传第五十上

373 马融传
南山草木凋，北海起伏潮。
但见匠人子，还闻隐士消。

卷九十下　蔡邕列传第五十下

374 蔡邕传
鲍宣卓茂入深山，不仕新朝六祖颜。
解悔偃师回首问，蔡邕笃孝守人间。

375 之二
卜筮半臣民，儒生一客身。
人中知日月，天下感风尘。

376 之三
儒子一蔡邕，书生半世踪。
卓亡王允狱，水火不相容。

卷九十一　左周黄列传第五十一

377
朝多阙政闭门情，数事雄言乱世生。
战国春秋君子出，群英会萃小人名。

378 之二
安人则惠重黎民，息事宁心待客亲。
雨我公田私我宿，典城百里向城春。

卷九十二　荀韩钟陈列传第五十二

379
闲居养志铭，博学问渭泾。
乡里知儒在，师宗不補丁。

380 之二
处士一人名，江山半不生。
原中荒草尽，天下善如荣。

381 之三
安仁之故不离群，进退其德可度分。

师淑友明怀礼乐，薄夫淳以继尘云。

卷九十三　李杜列传第五十三

382

阴阳和穆顺时书，崩震天灾逆子除。

古古今今相似处，同同异异以人舒。

383 之二

江湖灾乱客纷纷，引雨耕山一处云。

李固荆州知夏密，原来天下半如君。

384 之三

李固如何一丈夫，秦皇二世半扶苏。

直言天下江湖上，并辟三公后有无。

卷九十四　吴延史卢赵列传第五十四

385

吴祐问胶东，长妻子狱中。

马融闻李固，不仕罢相公。

386 之二

风霜草木鉴春秋，危乱贞良向节由。

通古博今天下客，江山不改一东流。

卷九十五　皇甫张段列传第五十五

387

梁冀不知书，江山谁有无。

汉家寻李固，太后举贤余。

388 之二

让人无惧士望生，国有常俗举不明。

成败尽非强弱故，正邪善恶乃终名。

卷九十六　陈王列传第五十六

389

天下扫除大丈夫，庭堂草木主人居。

有心治制亡其欲，以女贫家似不余。

390

残月汉宫虚，貂蝉客下居。

董卓王允易，吕布不知书。

卷九十七　党锢列传第五十七

391 李膺传

八俊之英八顾人，八及八厨货宗亲。

甘陵涂炭三君去，党锢若非是不真。

392

锦鲤跃龙门，声名问子孙。

精英闻党锢，士子著何根。

卷九十八　郭符许列传第五十八

393

天子不得臣，林宗一角中。

纯真无绝俗，隐落乃明亲。

卷九十九　窦何列传第五十九

394 何进传

依正无邪一道门，内官党锢半深根。

洛阳尤有都亭在，半待晨明也待昏。

395

何进汉家衰，窦武共舅裁。

曹操董卓后，八校以西来。

396 之二

八校尉西园，千军将此天。

时闻三国立，万马一争先。

卷一百　郑孔荀列传第六十

397

廿世仲尼一孔融，同德比义李家通。

门言少子知时务，豫尹高明早惠中。

398 之二

仲尼不死复回生，昆玉秋霜问祢衡。

下狱孔融多少士，曹操心术势难平。

卷一百零一　皇甫嵩朱列传第六十一

399

寸土一安居，人心半不虚。

冀州租奏免，百姓自知余。

卷一百零二　董卓列传第六十二

400

董卓问长安，人心见汉残。

有谋知性猛，天下半云端。

401 之二

黄巾赤眉半军民，汉尽田家一苦辛。

乱世难明桑柘废，官逼识反问天津。

402 之三

吕书布上一歌辞，卓累城中万岁知。

士女玉壶狂置酒，长安燃脂去时迟。

卷一百零三　刘虞公孙瓒陶谦列传第六十三

403

刘虞一伯安，天地半心宽。

百姓知民意，州有玉人冠。

404 之二

不知稼穑不知生，只见阴阳只见名。

从仕直严从上下，作官唯是作民情。

卷一百零四上　袁绍刘表列传第六十四上

405 袁绍传（子谭）

两园校尉名，异志伺群英。

不在曹操下，王侯自未成。

406 之二

上盈其志下其功，济济黄河落落同。

逐尽群雄三国立，悠悠百年一时空。

卷一百零四下　袁绍刘表列传第六十四下

407 袁绍传（子谭）

车骑将军名，袁谭不益兵。
曹操河岸度，铠甲未时精。

408 之二　刘表传

齐仇九世一襄公，士丐春秋半故翁。
未若伯游争信义，荀偃之事过山东。

409

八顾议同乡，三生问暖凉。
荆州知二子，刘备志何方。

410 之二

问话一高楼，寻思半不愁。
刘琦升诸葛，亡晋耳无忧。

卷一百零五　刘焉袁术吕布列传第六十五

411

一马先锋一马扬，半皇天子半皇昌。
此雄只射辕门戟，刘备曹操与虎伥。

卷一百零六　循吏列传第六十六

412

稼穑自人亲，江山循吏辛。
桑麻衣所事，食饮养源身。

卷一百零七　酷吏列传第六十七

413

强官一董宣，君子半无缘。
天下知邪正，人间正道天。

卷一百零八　宦者列传第六十八

414

天垂一象缘，圣者半则天。
宦官终其位，宫中侍立权。

415 之二

履霜十日一坚冰，露水三春两玉凝。
好坏相分时令在，沉浮合济见鲲鹏。

卷一百零九上　儒林列传第六十九上

416

天下一儒林，书中半古今。
高山明志誉，流水向知音。

卷一百零九下　儒林列传第六十九下

417

诗书见古今，礼乐问音琴。
弟子仲尼向，江河水自深。

418 之二

前书论语半开门，仁政春秋一子孙。
不道西方科技造，箭弓车马满荒村。

卷一百一十上　文苑列传第七十上

419

郑卫之声一耳闻，媚姝艳丽半天云。
佞邪二味行仁苦，巧伪农桑不见分。

420 之二

仕途不问问渔樵，春社方明待柳条。
隔岸常闻鸣水鸟，花开花落入云霄。

421 之三

著书立论自知嘲，文字芳华向日消。
三万六千朝暮间，百年奉节玉心雕。

422 之四　祢衡传

渔阳鼓吏欲何名，太守章陵祖士成。
鹦鹉一辞三都赋，蔡邕二字已鸣声。

423

文人一性情，志客半平生。
鼓吏声尤在，渔阳向远鸣。

卷一百十一　独行列传第七十一

424

百士一中庸，三公半故封。
狂狷何所著，不惜探龙踪。

425 之二　王烈传

地裂山崩一士成，国家社稷半枯荣。
平生只有凌云志，生死何依去后名。

426

天下一彦方，乡中半抑扬。
江湖闻窥盗，一半是贫伤。

卷一百十二上　方术列传第七十二上

427

遥远一仙山，蓬莱半客颜。
为平心上念，只有去无还。

428 之二

天下有奇观，人间或异端。
无知何所问，宿智违常难。

卷一百十二下　方术列传第七十二下

429

郡界有灵芝，方嘉瑞气时。
南昌生四子，天子怠京师。

430 之二

弛张趣舍一风流，情刻修容半马牛。
它异今同相似处，大江依旧大江楼。

431 华佗传

沛国一华佗，蔡颜半少多。
萍踪酸味重，六吐小蛇阿。

卷一百十三　逸民列传第七十三

432

志意修则富贵骄，王公道义而轻刁。

利浮逐节因尘绝，邪孽当朝一半遥。

433 野王二老传

伐桀一鸣条，商汤半未骄。

武周王牧野，郊鄗二君消。

434 梁鸿传

节介一梁鸿，使奉少昊风。

隐居服举案，齐眉向西东。

435 之二

冀鲁之间一隐乡，侯光天下半扬长。

何留举案齐眉故，季子吴冢有落芳。

436 宠公传

荆州一宠公，刘表半宫中。

妇织夫耕苦，居时忘乃翁。

卷一百十四　列女传第七十四

437

贤妃助国君，哲妇隆家裙。

高士清风在，贞操历女闻。

438 曹世叔妻

扶风世叔妻，兄固妹昭笄。

后汉书闻止，班超异域凄。

439 之二

千年一汉书，万岁半疏余。

超固分南北，班昭女诫予。

440 孝女曹娥

巫祝不知生，曹娥孝女鸣。

沿江寻父号，留下上虞名。

441 董祀妻

华章一蔡邕，舞影半苍空。

音韵匈奴外，文姬一曲工。

卷一百十五　东夷列传第七十五

442

东方曰九夷，生好向仁辞。

万物初柢地，先天柔顺姿。

443 之二

天下一辽东，东夷半乃翁。

白山生绿水，五女落飞鸿。

卷一百十六　南蛮西南夷列传第七十六

444

天下半夷蛮，江山一客颜。

苗瑶僮水岸，犬戎问黎环。

445 之二

男女浴同川，其名交止田。

雕题出礼祀，娶让美兄缘。

卷一百十七　西羌传第七十七

446

姜吕半三苗，和平玉一萧。

山川多秀美，风雨隐天桥。

卷一百十八　西域传第七十八

447

三十余里玉门关，万岁寻心半天山。

武帝长城西域尽，漂沙子合一姬颜。

448 之二

弱水流沙玉树枝，西王母后色瑶池。

天竺国外成谷志，不动杀伐月氏知。

卷一百十九　南匈奴列传第七十九

449

南南北北一匈奴，夏夏冬冬半不苏。

草木无端荣枯竟，舞姬有色问东吴。

450 之二

云屯乌散问乌孙，观望西河向玉门。

男子厌兵多战乱，女儿倾色几晨昏。

卷一百二十　乌桓鲜卑列传第八十

451

东胡一半是乌桓，一半鲜卑饶乐滩。

冒顿单于前后怨，三边四夷在云端。

452 之二　蔡邕议

山河天设筑长城，汉起塞垣内外生。

胜负兵家何以论，枯荣土地是民情。

453

天设山河，秦修长城，

汉筑塞垣，以制内外。

长城向塞垣，古今问轩辕。

汉武秦皇去，留得草木萱。

454 汉书

兄妹班家两汉书，陈胜吴广霸王居。

一生史记宫刑客，三百年中战国余。

455

史记，汉书，后汉书

三皇五帝夏商周，古今公堂士不休。

秦汉长城兵马尽，半言论语半春秋。

二、晋书　三国志

1 三国志

三国归来魏蜀吴，九江流去帝王辜。
群雄尤在人心上，文曲还惊过客呼。
公元189年9月董卓废少帝立陈王刘协是为汉献帝刘协。

之二

董卓立陈王，刘协献帝伤。
心中兴汉室，手上任权扬。

2 魏书

东风不语一江遥，徐庶连营一日消。
八十万军惊赤壁，曹操日月向天骄。

3 卷一　武帝纪

天下一长安，人前七寸丹。
当歌凭槊望，三国入云端。
董卓挟皇帝，曹操卷巨澜。
雄群争逐鹿，孟德蜀吴寒。

4

昆仑弱水一天潮，白马胡姬一玉雕。
冒顿还闻寻汉将，飞鸿直取上云霄。

5

匈奴养汉玉葡萄，胡马贤王意气高。
两问文姬归日月，三分天下见曹操。

6

一槊下江东，三军问世雄。
连营烧不尽，狭路度关公。

7

天子赐魏王，单于颂爵昌。
呼厨泉客礼，庚子洛阳亡。

8

飞鹰走狗遇桥玄，无度交游客无天。
自此声名孙武术，权臣贵戚九州缘。

9

汉晋春秋谁去留，群雄逐鹿一东流。
孙权孟德攻刘备，魏蜀吴分半九州。

10

赤壁之光合肥兵，一吴一蜀谁知成。
曹操人马泥中笑，合肥华容赤壁鸣。

11

怆然流涕蒙恬词，孟德知秦二世痴。
指鹿赵高直问马，江山社稷谁李斯。

12 卷二　文帝纪

建安二十五年中，武帝三生半不同。
太史桥玄南北问，黄龙见谯向江东。

13

天资文藻自成章，皇览千篇一帝王。
七步曹植诗克己，博闻强识艺才扬。

14

魏家文帝谁王娘，天下江山问许昌。
不止单于阶上客，洛神赋尽见低昂。

15

明台一议上观兵，衢室三民下枯荣。
禹鼓诉刑知法度，先王告善舜时旌。

16

武作一皇城，文修半枯荣。
魏王天子外，汉帝御何生。

17

汉二十四世，四百二十六年
江山汉魏半兴亡，社稷人心一曲张。
唯见田园荒废久，官民不保上朝堂。

18

一王之日一公卿，半寸江山半寸荣。
得得失失何所患，分分合合问声名。

19 曹丕

雄风戈帝王，胆气翦殷商。
上阵闻兄弟，东山七步肠。

20 卷三　明帝纪

怀德维宁堂，宗城太祖肠。
平原王御内，明帝谁四方。

21

中原一许昌，洛下半炎黄。
俱是长安客，何人下汴梁。

22 魏略

丕操无忍射，鹿母子还闻。
涕泣知恩树，魏王一代君。

23 之二

外慕立孤名，专权蜀内情。
南阳失母国，六出祁山更。

24 杜氏

杜氏一关公，曹操半弃雄。
宫中天下色，袁木落归鸿。

25 大讨曹

麒麟凤鸟一金荣，魏氏牺牛白虎明。
汉晋春秋惊玉马，讨曹八卦水中生。

26 “盘折，声闻数十里，金秋或泣，因留于霸城。”

芳林苑殿草丛生，承露盘折弃霸城。

司马门前翁仲在，黄龙凤鸟已纵横。

27 卷四　三少帝纪

中原半姓曹，少帝欲心高。

老魏寻天子，何人赐御袍。

28

江山社稷问高陵，汉魏王公盼乃兴。

舜戒邻哉三界士，周公语训一其朋。

29 易

一念无同一念同，半天有雨半天风。

枯荣正反随时去，顺逆阴晴转瞬终。

30 之二

三人占卜二人言，一语玄机半语元。

岁岁年年相似处，天天地地简时繁。

31

天下一人言，人间半不喧。

千年呼日月，万岁向轩辕。

32

天下为公一是贤，人间以命半因缘。

文宣不易何明帝，私受参枝授位传。

33 异物志

无知向海南，有欲下墟岚。

野火秋冬尽，春来夏日含。

34

东兴堤外拒巢湖，不治有时治在无。

魏蜀吴人先后去，江山不改旧时苏。

35

芙蓉殿上裸袒游，弃辱儒中日月羞。

践祚齐王殷纣尽，倡优无度帝王侯。

36

惧者无亡慎有昌，薄冰如履向阴阳。

常思正反知成败，不记沉浮自抑扬。

37 蔡邕“明堂论”

论在明堂女叟傍，蔡邕有意语予娘。

今更天下几荣枯，长老心中一短长。

38 卷五　后妃纪

天地其中日月人，阴阳里外女男亲。

千山草木千山水，半是秋冬半夏春。

39 之二

汉宫之后一夫人，婕妤客华有美人。

明帝淑妃相国位，修仪比关内侯身。

40 后妃

宰割天下后妃身，富贵朝堂幸受人。

进出皇宫何所以，一年冬夏一秋春。

41 之二

倡家黄气白亭门，卞后吉祥父母村。

董卓曹操成败事，何言归洛子何孙。

42 识

上贪下伪取其中，三节三俭向弃同。

治国齐家安社稷，父母弟兄不西东。

43 卷六　董二袁刘传

乱世风云乱世澜，袁绍何进灭阉官。

直呼董卓京师镇，自此江山处处残。

44

袁绍威容雄貌姿，主盟车骑将军时。

邺城妻女曹瞒取，成败之时地下知。

45

刘表高平字景升，伟姿八俊将军膺。

荆州牧卜襄阳客，官渡狐疑自不兴。

46 卓侍妾怀抱子皆封侯

白女渭阳君，江山董卓分。

都城坛印授，天下半衣裙。

47 之二

千里草青青，三生卜日暝。

谣言书吕布，暴市故人听。

48 之三

声名一蔡邕，天地半中庸。

欲止何王允，作书已不生。

49

士有三谋一事成，军无半断两不生。

群雄并起江山在，一度春秋一枯荣。

50 典略

德行数日扬，变故自难当。

伏地英雄记，园桑问郑康。

51

鹰犬之才爪牙功，螳螂欲斧将相穷。

太行山脉东西见，南北江流上下风。

52 冯方女

涕泣忧愁国色奴，扬州术女半江苏。

贵人志节悬梁杀，幸悦难平一玉壶。

53 傅子

庞统半英雄，荆州一表空。

华容公悌语，人志各西东。

54 卷七　吕布（张邈）臧洪传

奉先吕布九原人，飞将都亭半客身。

董卓性刚私手刃，温侯反复不可亲。

55

何处问陈宫，难言一世雄。

曹操疑吕布，刘备半心穷。

56

曹操一语问陈宫，母女三生待所同。

孝者仁人天下治，女其婚嫁毋其终。

57

吕布人中一短长，马前赤兔半风光。

三英混战英雄在，射戟辕门有炎凉。

58 卷八　二公孙陶四张传

成败一时雄，精英半世风。

江山何不语，社稷自西东。

59

三雄三国逐中原，时事时人问简繁。
水土民情何所以，江山社稷自轩辕。

60 英雄记

一军一寨一朝廷，千将千家万女伶。
日日楼中婢妾侧，年年征战是兵丁。

61 卷九　诸夏侯曹传

一传一传奇，三公半不宜。
九卿天下问，士子不逢时。

62 夏侯淳

一将半名扬，三军几死伤。
平生清俭客，不产散余芳。

63

曹仁从弟兄，孟德事人成。
南北生前战，忠侯去后名。

64

曹洪从弟兄，不负将军城。
一马惊呼在，恭侯自不生。

65

夏侯曹氏世婚姻，肺腑君臣志在亲。
勋业效劳多沈溺，道家功过是非邻。

66 曹休

休身父母生，帝节孝时名。
酒肉多憔悴，归家志未成。

67 卷十　荀彧荀攸贾诩传

知谋一半生，善断两三荣。
界外知天下，心中不纵横。

68

一文一武半江山，五帝三皇数旧颜。
五百年中兴者见，万家灯火待归还。

69

平原向祢衡，傲逸恃才荣。
过往何如已，身亡谁正名。

70 卷十一　袁张凉国田王邴管传

曹公一百官，天下半人宽。
魏蜀吴家客，朝朝佩玉冠。

71

汉室陵迟乱日生，诸王林立自阴晴。
江山社稷民安在，天下群雄逐者名。

72

谁作隐时名，江山自枯荣。
渔樵何以问，谁似著官城。

73 融集

八子一高阳，千年半舜堂。
遗贤无位士，只记彼尧芳。

74 原别传

人孤自易伤，忧感亦贫肠。
十一知书礼，三生有抑扬。

75 先贤行状

贤者谁益贤，天下者何天。
无以知人性，常求一客田。

76 卷十二

崔毛徐何邢鲍司马传

熟论一曹操，江山半魏刀。
军臣隋所欲，不以一英豪。

77

曹操性忌疑，鲁国孔融欺。
攸圭南阳客，诛容以旧时。

78 卷十三

钟繇华歆王朗传

半生征战半生王，一代江山一代伤。
徒有百官称万岁，向来五帝向三皇。

79

田家孰种田，天下谁闻天。
井上风云在，人中有弄权。

80 卷十四

程郭董刘蒋刘传

秦时县郡汉时州，魏见曹操蜀见刘。
吴有孙权三国立，群官百姓各春秋。

81

孙权俯仰魏家臣，了断东吴父老身。
三国风云何所去，中原鹿死入红尘。

82

王主江山智主臣，冰封月色日封春。
天时地利人和气，万世桑麻万世民。

83

黄河流过太行山，南北东西四面颜。
豫冀两岸分晋鲁，中原以此汉时关。

84 徐庶

徐母拘曹操，王陵项羽刀。
忠臣刘备遣，赤壁一江豪。

85 郭嘉擒布而谓曹

七十战平项籍名，无谋特勇势失生。
如今吕布无及处，一举呼擒将帅成。

86 之二

恨不一嘉言，豫州半牧喧。
刘关张结义，魏蜀逐中原。

87 列异传　异林

好妇非凡一夜来，异林繇君半鸾台。
泰岭下面孙阿去，济儿暝中录事裁。

88 卷十五

刘司马梁张温贾传

半见军营半见臣，十年兵马一朝人。
黄门弟子治天下，征讨声中不见春。

89

扬长一四方，俯仰半高堂。
万里寻知己，千年问故乡。

90 卷十六　任苏杜郑仓传

初时举孝廉，未了问无谦。

汉末多行政，贪官色如黔。

91 之二

衣冠四方良，制治一惠康。

居正听民取，唯官乃不扬。

92

不以民居为弃君，荒田未治未臣分。

江山社稷人心养，制者难平庶所云。

93 卷十七　张乐于张徐传

魏将见张辽，雁门志不消。

襄阳寻旧地，墓草向津桥。

94 张郃

微子去殷朝，曹操问将招。

都乡侯汲道，马谡一军消。

95 徐晃

杨侯俭约生，三军畏慎名。

知时逢遇幸，追奔镇阳平。

96 卷十八　二季臧文

吕许典二庞阎传

李典一雄风，山阳半世忠。

雅儒知尔立，学问好西东。

97 许褚

仲康八尺余，谯国毅雄居。

谨慎牟乡邑，何私入坐虚。

98

休徵一卧冰，后母半情凝。

五十凭鱼跃，三生长晋弘。

99 列女传

酒泉列女夏娥亲，嫁出君安越氏人。

李寿只知兄弟绝，应闻戈矛不惜身。

100 卷十九　任城陈萧王传

汉马挥刀半子长，慨慷志意一夫扬。

沙漠十万轻骑逐，天下千年不读王。

101 曹植

下笔成章语论扬，铜雀台上陈思王。

曹操子建惊人处，洛水神华去四方。

102 之二

一日引驰司马门，二曹不识弟儿孙。

杨修以罪平原卒，酒醉唯归罢去村。

103 之三

日月其明不处踪，江河之大有则容。

天高载覆千年尽，地厚生平万物重。

104 之四

不问何终不问先，"柏舟""天只"怨闻蝉。

谷风弃予声声叹，"章刺""角弓"处处缘。

105 之五

篇籍文章一水涵，陈思论议半天坛。

鱼山子建独身望，喟叹东阿四十三。

106 杨修

逐臭之夫一子亲，寻香而夏半天津。

曹公自是猜疑客，取悦何人不是春。

107 陈王曹植，字子建

琴瑟调歌问本根，居世皆逝向黄昏。

多才自古云间泽，半在乾阳半在坤。

108 之二

七陌东西问谁津，九千南北论何人。

陈王赋尽公侯客，洛水难平处处春。

109 卷二十　武文世王公传

江山孰废兴，天下谁亲朋。

士子一生客，干保半下冰。

110

乱世民人枯，群雄有似无。

江山知稻谷，天下问书儒。

111 卷二十一

王卫二刘傅传

仲宣六子一陈王，北海伟长半孔璋。

阮瑀德琏公干友，五官将领以文扬。

112

天下一书生，人间半枯荣。

江山三界外，社稷两阴晴。

113 阮瑀

不应入深山，何尝魏子颜。

三生琴曲逐，一士九州还。

114 典论

三国一文殊，半植七子孤。

登楼团扇赋，洛水孔融姝。

115 竹林七贤，嵇氏谱

竹林七士一贤名，阮籍山涛向秀荣。

王戎子咸闻叔夜，刘伶齐会广陵英。

116 之二

广陵散尽七贤荣，世语涛行一状明。

独步及门知为客，竹林琴瑟半生名。

117 战国策

九九问桓公，三三小大同。

如今闻霸主，无几隰朋衷。

118 战略

夺掠肥壤故土耕，出兵民表寇无成。

招怀近路降附至，罗落间构远致明。

佃作易之行必浅，坐食积谷士殊荣。

时闻衅隙军兵决，相逼屯垒勇者名。

119 卷二十二

桓二陈徐卫卢传

雨水夜临湘，风云月扬光。

长沙无遗客，屈子故人乡。

120 桓阶

帝王制令有王名，道自言行自始成。

九品之官天下化，三公御治将相英。

121 之二

清流雅望一陈群，动仗名堂半刻君。

内重外轻知辩易，泰弘简济谁纷纭。

122 吕氏春秋

竭泽其鱼一次终，耕田焚薮半年空。
简繁论语春秋治，诈伪之词其道穷。

123 卷二十三

和常杨杜赵裴传

清贫守约人，节俭致其身。
进退知安乐，田桑度苦津。

124

官严阔达性清孤，故忍平民静有无。
不耻衣食知耻遇，好书不尽自扶苏。

125

天下一清名，人间半纵横。
江山无俯仰，社稷有阴晴。

126 卷二十四

韩崔高孙王传

孤贫励志铭，草木自青青。
自始相文学，无终上御庭。

127

五帝之文不誓言，三王行事未盟喧。
求温冰土炎时炭，东去江流谁见源。

128 卷二十五

辛毗杨阜高堂隆传

天下一安民，人间半地春。
田园耕种子，社稷富天津。

129

土崩瓦解乱民生，百战中原草木荣。
唯使人心知日月，无终有始向阴晴。

130

文王昔日赤乌书，变色君臣武白鱼。
预测方圆吉瑞变，知难而退智岁初。

131

争臣天子七人言，无道昏君一壁园。
顺道不失天下在，灵台成败守轩辕。

132 卷二十六

满田牵郭传

征战一将军，居民半去分。
中原人口枯，儿女不衣裙。

133 卷二十七

徐胡二王传

天子一相名，农民半土生。
雄杰多征战，日月自无情。

134 卷二十八

王毋丘诸葛邓钟传

书中御史名，田上稻禾情。
唯有民间苦，年年枯不荣。

135 邓艾

褰利一西南，山流半不涵。
宫中多蓄女，天下尽失男。

136

处处一儒虫，年年半吏东。
营营多颂比，落落一陈风。

137 卷二十九　方技传

天下一西东，人间半不穷。
华佗医药术，科技化时空。

138 之二

五禽之戏　虎鹿熊猿鸟

血脉流通病不生，求医未过自身明。
户枢无朽五禽戏，一术除疾利者荣。

139 卷三十

乌丸鲜卑东夷传

汉家天下一楼船，魏晋江山半不全。
一郡称王民不养，乌丸辽属不闲田。

140

长城南北半边天，汴水东西一客船。
战者经年贫不已，商家自古富财缘。

141 蜀书

蜀在半东吴，东风赤壁呼。
刘关张犹在，不见许昌都。

142 卷三十一　刘二牧传第一

君郎一益州，蜀地半江流。
东去连吴越，西邻月氏头。

143

西蜀军中五虎名，东吴帐下半无声。
魏家天子思关羽，三国群雄逐鹿横。

144 卷三十二　先主传第二

刘焉一益州，备字二传流。
景帝中心后，玄德蜀上求。

145

东南一隅枣繁荣，西北三秦志气生。
万岁田中知大马，千年御上问结盟。

146

火烧赤壁一东风，万马连营半世雄。
问利问时闻彼此，知天知地向人躬。

147

吴蜀半荆州，长江水自流。
充军三国逐，不似一春秋。

148 刘备与吕布，“英雄记”

求屯小沛一布容，射戟辕门二世重。
尔见曹操咨所系，玄德此事不德从。

149

马跃过檀溪，襄阳问落泥。
的卢三丈踊，努力一荆西。

150 蜀东记

武都女子一山精，颜色芙蓉半蜀英。
水土不服王似故，武旦留下丈夫名。

151 卷三十三　后主传第三

后主一身孤，成都半有无。
孔明先备事，三国去时殊。

152

后主明相一理君，惑阉竖则半无云。
自缚降艾榇城下，两地朝廷魏蜀分。

153

后主信谯周，王谌怒去留。

自杀照烈庙，蜀魏问春秋。

154 卷三十四　二主妃子传第四

君臣先后大江流，夫妇乾坤父子求。

一国江山知一体，三千日月谁封侯。

155

魏大吴中蜀小求，无还有借一荆州。

三家天下何分界，一世群雄逐水流。

156 卷三十五　诸葛亮传第五

三顾茅庐一士求，卧龙凤雏半春秋。

蜀吴分合出师表，梁父吟余谁去留。

157

托孤白帝城，后主一相明。

会领益州牧，祁山去未成。

158

木牛流马智生平，尽瘁鞠躬不问荣。

四友心中知傲骨，定军山下有遗名。

159

孔明相国百官荣，约制权衡示轨情。

公道诚心躬尽瘁，当军赏罚术名声。

160

诸葛军中五虎生，蜀家天下一时荣。

三分而论出师表，六出祁山几度名。

七尺之孤摄国政，一专权变制阴晴。

行君事治雍南面，百姓知心不败成。

161 襄阳记

身家丑女愿闻君，才子奇人卷曲云。

黑色黄头彦爽烈，时人何谓布衣裙。

162 卷三十六　关张马黄赵传第六

五虎将军名，三英吕布情。

群雄天下逐，来去一生平。

163 三结义

寝则同床半弟兄，恩行部曲一殊荣。

桃园树下三结义，白帝城中两世盟。

164 云别传

云龙解甲顺平侯，济于危难一将由。

阿斗怀中生死外，经营天下待春秋。

165 卷三十七　庞统法正传第七

襄阳凤雏颖川名，水镜先生司马情。

一语采桑同昼夜，南州冠冕此由成。

166

尚书令上汉中王，制主东行蜀乃昌。

奇画策谋何素德，人流雅好士高扬。

167 卷三十八　许麋孙简伊秦传第八

许麋孙简有伊秦，笃厚人心问举亲。

六子雍客知大礼，鹤鸣文藻一天津。

168

贤人避世孰难容，长者临危谓不踪。

子学三生谋进退，鹤鸣九皋向秋冬。

169

海纳河流一大容，君闻博识半蛟龙。

周书史记仲尼采，不欲行心志所踪。

170 卷三十九

董刘马陈董吕传第九

马谡一街亭，祁山半草青。

荆州先主见，诸葛用人铭。

171

羔羊之素董和名，清风刘巴肃节生。

令士马良陈震笃，良臣允吕雅其成。

172 卷四十

刘彭廖李刘魏杨传第十

祁山粮草空，诸葛外相穷。

后主朝廷客，益州半始终。

173

曹操暴虐半居名，暗弱孙权一振声。

刘备子龙禅不语，出师三国败何成。

174 卷四十一

霍王向张杨费传第十一

后主一朝廷，先王半甲丁。

皮毛何存在，诸葛孰相听。

175

马谡夫兵半道行，孔明未断一心成。

何谋孰勇擒孟获，三国群英逐枯荣。

176 卷四十二　杜周杜许

孟来尹李谯郤传第十二

一国有君臣，三生问客身。

多闻相博涉，隐静不知人。

177

谯周降魏劝刘禅，汉蜀君臣未见天。

社稷倾失朝甚暗，国亡后主不耕田。

178

穷观六合一东西，北海南暝两翼移。

玄阙千山三界外，周行四极半高低。

179 卷四十三

黄李吕马王张传第十三

先主汉中王，益州牧客昌。

治中从事属，子崇尚书郎。

180 子曰："其使人也器也"

黄权弘雅李德昂，吕凯忠人守节肠。

能毅王平严整肃，张嶷识断用其长。

181 卷四十四

蒋琬费祎姜维传第十四

牛血尚书郎，之才万里乡。

舟船由汉去，克捷一身伤。

182 姜维，字伯约

天水一姜维，沙场半断之。

刘禅思蜀尽，飞将亦何旗。

183

城门一闭一姜维，后主降伏半不知。

谴作蜀臣称魏将，不周明断治何时。

184
蒋琬方圆费祎宽，孔明规矩循成观。
姜维文武功名废，魏将江山后主残。

185 卷四十五　邓张宗杨传第十五
伯约半清名，沙场一平生。
不周知黩武，自割抑人情。

186
姜维之锐翼亢横，未战先严孰败成。
散尽余财亡曲舞，穷兵黩武素清名。

187
一朝蜀将一朝终，半世沙场半世空。
后主降伏知已尽，先生规矩向时穷。

188 吴书
何处问东吴，孙家欲不孤。
金陵寻旧步，子弟入姑苏。

189 卷四十六　孙破虏讨逆传第一
吴郡孙家一子孙，金陵建业半黄昏。
石头城下知兵马，玄武湖边有遗村。

190
割据江东策兆名，孤微发迹锐难平。
导温戳卓孙坚壮，英气志陵魏蜀明。

191 江表传　孙坚入故京
空虚一洛京，五色气军惊。
百里无烟火，千家不尚生。
井中得玉玺，阁上永昌名。
传国孙门尚，何人问归荣。

192
江表一孙郎，男儿半断肠。
余威惊百姓，震动客名扬。

193 卷四十七　吴主传第二
天下一仲谋，三分半所求。
不知联蜀士，终国魏人由。

194
一心二用半孙权，三国东吴客蜀联。
求魏不成臣下士，富春流水不源泉。

195
屈身忍辱任才情，勾践之奇似故英。
江表三分成鼎峙，心深嫌忌不终成。

196 卷四十八　三嗣主传第三
孙权一子明，建业半江清。
天下知何处，平生问枯荣。

197
一王天下一王侯，半世江山半世休。
去去来来寻进退，兴兴废废自春秋。

198 卷四十九
刘繇太史慈士燮传第四
一君一子名，半世半虚荣。
万里三分土，千年九脉生。

199 卷五十　妃嫔传第五
男女一生平，江山半枯荣。
东吴同日月，蜀魏共阴晴。

200
天下半夫人，君臣一客身。
王侯多少去，万岁尽红尘。

201 卷五十一　宗室传第六
国戚问皇亲，王侯待客身。
宗堂孙不语，子女系来人。

202
吴越一孙家，江东半落花。
人明三国姓，夕照五湖霞。

203 卷五十二　张顾诸葛步传第七
策弟以托昭，群贤毕旧僚。
负荷先轨迹，勋业与天骄。

204 诸葛瑾
巷闾之间一弟兄，孔明旗下半王城。
子瑜诸葛无私面，小大江东白帝名。

205 卷五十三　张严程阚薛传第八
理文意正一儒林，长者辞荣半国心。
魏蜀吴中天下客，江东创业谁衣襟。

206
文章归纳一良臣，济旧先风半客绅。
暴酷之朝三国去，山河令器九州人。

207
武王楚置设金陵，冈阜秦淮问玉冰。
西蜀吴中船水岸，梅园山下露香凝。

208 卷五十四
周瑜鲁肃吕蒙传第九
赤壁一东风，吴江半火红。
周瑜黄盖计，魏主枭时雄。

209 周瑜
顾曲一周郎，英姿半历阳。
军中知自己，帐后小乔妆。

210 鲁肃
临淮子敬身，连蜀向吴臣。
性好施才与，湘江以水邻。

211 吕蒙
虎子吕蒙生，长沙二郡名。
零陵荆土守，妄果勇谋情。

212
三国半东吴，千军一丈夫。
周瑜知鲁肃，独断众明辜。
人智奇才表，浮谋军计儒。
勇出轻果士，克己允当呼。

213 江表传
八百里连营，三军半火生。
东风何不语，赤壁一纵横。

214 卷五十五　程黄韩蒋周
陈董甘凌徐潘丁传第十
虎将一群英，文臣半故城。

三孙三子尽，一代一吴名。

215 卷五十六

朱治朱然吕范朱桓传第十一

性好自威仪，人才克悟奇。
心中天下事，手上百军师。

216 卷五十七

虞陆张骆陆吾朱传第十二

殊事一狂夫，儒林半有无。
权轻容不得，自重问东吴。

217 卷五十八　陆逊传第十三

英雄一半虎狼生，儒士三千利欲名。
成败之中多胜负，兴亡世外少人情。

218

社稷之臣社稷君，枯荣天下枯荣勤。
书生不减书生气，壮士尤闻壮士勋。

219 卷五十九

吴主五子传第十四

孙权五子孙，建业一吴门。
尽是王侯逐，难平谁至尊。

220 卷六十　贺全吕周钟离传第十五

一朝草寇一朝雄，半世英明半世风。
养善人民除恶尽，何同之处志无同。

221 吕岱

体素精勤八十余，躬亲政事二南书。
劳谦相让功名在，不倦慷慨布里疏。

222 周鲂

密计浮盟逋寇王，山荒草莽泽湖溏。
江汜分绝寻边隅，赍笺孤穷步度肠。

223 钟离牧

才子半山阴，江湖十五浔。
小家多碧玉，流水似鸣琴。

224 卷六十一　潘睿陆凯传第十六

明流竹素欲何求，苦读书生问国忧。
商贾车辕奴仆士，负薪政事从贤谋。

225 卷六十二　是仪胡综传第十七

书功竹帛一陈平，伊尹谋商半夏成。
楚汉之名三国立，是非尽在不言明。

226 卷六十三

吴范刘淳赵达传第十八
千谋一麦城，万古半清风。
夜读春秋志，东吴自不生。

227

万士百谋成，千夫一勇名。
孤行知暗处，广众意时明。

228

人在明时暗亦明，客居主仆客无成。
深谋远虑知天下，身体茹行问太平。

229 卷六十四

诸葛滕二孙濮阳传第十九

孙权问驴名，元逊少知荣。
养老之先后，何言酒外情。

230

一代先儒一代名，半家灯火半家情。
小桥流水东吴去，才子江南独自行。

231 诸葛恪

才气横行一吝情，骄矜主客半无生。
躬身方可知天下，尽瘁还寻长者荣。

232 卷六十五　王楼贺韦华传第二十

行君自养民，治国礼食身。
万古江山在，千年社稷尘。

233

演义专权一始终，后妃外戚半王宫。
公卿阉客何夺势，常见皇家枕际风。

234 三国志

智周万理自宜宾，鉴远千谋向故人。
尽性穷微难可识，绪余所寄易粗轮。

晋书

235

三分天下一群雄，一统江山半晋终。
司马空城琴有辨，孔明谁与问东风。

236

公元 220 年曹丕称帝，三国归晋。
司马炎废曹奂改国号为晋。追封懿为宣帝，司马师为景帝，司马昭为文帝，亲讨二十八王。
八王之乱晋家伤，半落宗亲司马肠。
尤似狼群争逐斗，五胡自立向边扬。

237 卷一　帝纪第一

高阳书帝生，孝敬里人成。
司马周官夏，重黎祝融名。

238 宣帝

仲达智奇名，儒闻大略生。
英明天下志，此去不谋行。

239 司马懿

诸葛相军抑甲兵，斗心不本让空城。
一招一式雄图志，屈顿余威不勇名。

240 卷二　帝纪第二

景帝文帝

文雅沈毅半王风，大略浮谋一国同。
潜画诛除曹爽策，邦权向晋称时雄。

241

一朝而集士三千，九散人间客一传。
诸葛恪中吴政治，平乡侯外向王权。

242

社稷江山半国臣，春播秋获一家人。

朝朝代代寻天下，去去来来落旧尘。

243 景帝

惊攻目出林，蒙被苦无吟。
一晋争天下，三军谁古今。

244 文帝

子上帝王心，公侯未入林。
始终天子客，日月自凭荫。

245 卷三　帝纪第三

武帝

汉朝晋国已三分，十八王侯逐十军。
何处人中寻土地，谁家天下自纷纭。

246 卷四　帝纪第四

惠帝

立国晋人心，分王士子林。
君臣何所及，山野任鸣禽。

247 卷五　帝纪第五

孝怀帝　孝愍帝

鳌坠三山九服尊，穷居尽仆一来人。
丈夫反目何忧士，子主成城问客身。

248 卷六　帝纪第六

元帝　明帝

乱世乱王臣，农荒九服沦。
天宫行日月，冬夏继秋春。

249 卷七　帝纪第七

成帝　康帝

一树强枝弱叶中，半云无雨荡西风。
八王之乱横天下，万水平流自似穷。

250 卷八　帝纪第八

穆帝　哀帝　海西公

抱帝临轩一帝朝，群龙不雨半云霄。
秋冬春夏还相似，何有何无是晋僚。

251 卷九　帝纪第九

简文帝　孝武帝

清虚寡欲善玄言，宣城如旧此时烦。
优游上列喻朝肆，玺绶平中步入园。

252 卷十　帝纪第十

安帝　恭帝

有废无兴一晋廷，光膺嗣业半零丁。
八王之乱当天下，三教何成辨客铭。

253 帝纪十一

汉家天子晋家疆，十八朝中帝子扬。
司马昭心何日月，他人周赧立怀王。

254 卷十一　志第一

天文上天体　仪象　天文经星　二十八舍　二十八宿外星　天汉起没　十二次度数　州郡

年岁士人生，江山草木荣。
天中知日月，地上问阴晴。

255

地上半局棋，山河万岁姿。
天空三界外，神阔一人师。

256

何处问明堂，天津后府娘。
三星循一下，须女有低昂。

257 卷十二　志第二

天文中　七曜　杂星气　客　星　流星　云气　十煇　杂气　史传事验

日月半阴阳，江山一凤凰。
乾坤循如守，草木自苍黄。

258 卷十三　志第三

天文下　月五星犯列舍　经星变附见　妖星客星　星流陨　云气

星座一心余，河图半洛书。
有人天地客，无道帝王虚。

259 卷十四　志第四

地理上　总叙　司州　兖州　豫州　冀州　幽州　平州　并州　雍州　凉州　秦州　梁州　益州　宁州

天下十三州，人间一半求。
江山何草木，日月向天游。

260 卷十五　志第五

地理下　青州　徐州　荆州　扬州　交州　广州

此州不是彼州头，一处难言两处秋。
汉晋东吴三国尽，长城不见运河流。

261 卷十六　志第六

律历上

一道人间一器成，形而上下形微盟。
五行易变衡虚名，百度方圆律利情。

262

五音天下一阴阳，六律人间半柳杨。
宫角商徵生羽复，黄钟中吕各低昂。

263

土火金水木，宫徵商羽角

五行始末五音盟，七孔余声一韵生。
十二律中辰四季，八书司马九州明。

264 卷十七　志第七

律历中

律历半天工，方圆一老翁。
农时分五谷，物利任鸣虫。

265

五音未尽八音声，一尺方圆一尺衡。
周礼九章商法治，权名汉志四钧成。

266 卷十八　志第八

律历下

年年一纪元，岁岁半坤乾。
日月天宫数，阴晴草木萱。

267

立春木夏火秋金，冬水推行御五音。
坎卦中孚求日事，星辰欲望向中心。

268 卷十九　志第九　礼上

天地阴阳一序灵，人间喜怒半长亭。
归仁复礼恭俭让，玉帛玄流草木青。

269 卷二十 志第十 礼中

江山一礼中，社稷半东风。
父母生肤体，乾坤养岁同。

270 卷二十一 志第十一 礼下

朝宗一玉凝，汉制百华灯。
万岁呼三殿，千官问九应。

271 卷二十二 志第十二 乐上

黄帝云门一雅风，咸池大夏禹时功。
姿容俯仰夫灵性，象物昭言盖奏穷。

272 卷二十三 志第十三 乐下

东临碣石海连天，山岛洪波济世船。
日月之行观草木，星辰演易问坤乾。

273 卷二十四 志第十四 职官

三公一百官，九殿半宫寒。
日月循天地，乾坤任芷兰。

274 卷二十五 志第十五 舆服

五路远游冠，三公制服坛。
九卿车四驾，一笏玉朝盘。

275 卷二十六 志第十六 食货

量地方圆制邑城，三才四序业节生。
良山采玉珠玑市，布帛原泉贸易荣。

276 二十七 志第十七 五行上

阴晴问五行，天地配三生。
施令幽显作，河图八卦名。

277 五行

东方之木曲直生，南火西金北水城。
土在中央荣万物，阴晴风雨问千英。

278 之二

东方为震木生春，西兑秋金日月邻。
夏火南离炎草木，水冬北坎枯荣尘。

279 卷二十八 志第十八 五行中

年年一五行，岁岁半纵横。
事事连天地，人人入枯荣。

280

南风起处白沙门，鲁国遥知问树根。
石破山崩凭俯仰，驾车少日梓宫昏。

281

视而无明耳不聪，鸠居鹊室谁兴宫。
人间草木何妖艳，天下君臣恭敬同。

282 卷二十九 志第十九 五行下

听聪是谓谋，百谷惧寒休。
易坎无知水，江河阻寒流。

283 卷三十 志第二十 刑法

刑之不犯礼无逾，言外留声未丈夫。
仁者非为天下取，甘棠自虐市如呼。

284

法渐多门令不休，刑罚未一士难求。
教心人治知天下，遇化归仁胜所忧。

285 卷三十一 列传第一

后妃上 宣穆张皇后 景怀夏侯皇后 景献羊皇后 文明王皇后 武元杨皇后 武悼杨皇后 左贵嫔 胡贵嫔 诸葛夫人 惠贾皇后 惠羊皇后 谢夫人 怀王皇太后 元夏侯太妃

男女流形伉俪归，乾坤定位入春闱。
玉床齐体金波壁，贵贱夫妻不是非。

286 卷三十二 列传第二

后妃下 元敬虞皇后 豫章君 明穆庾皇后 成恭杜皇后 章太妃 康献褚皇后 穆章何皇后 哀靖王皇后 废帝孝庾皇后 简文宣郑太后 简文顺王皇后 孝武文李太后 孝武定王皇后 安德陈太后 安僖王皇后 恭思褚皇后

王王后后乡，一子一孙扬。
女女男男客，朝朝暮暮肠。

287 卷三十三 列传第三

王祥 王览 郑冲 何曾 何劭 何遵 石苞 石崇 欧阳健

自古一王祥，寒冰半鲤赏。
之功归别驾，二子俱名扬。

288

昭容一客身，举世半农民。
勤俭恭德礼，清风不见尘。

289 卷三十四 列传第四

羊祜 杜预 杜锡

岘山堕泪碑，叔子不相随。
杜预如公谓，闻卿草木垂。

290

堕泪碑前堕泪人，岘山杜预以知亲。
泰山羊祜襄阳客，留下清风老子民。

291 卷三十五 列传第五

陈骞子舆 裴秀 秀从弟楷 楷子宪

高平沈敏一扬名，领袖象易半器生。
含垢匿瑕心度量，宽宏大义石崇情。

292 卷三十六 列传第六

卫瓘子恒 孙璪 玠 张华子祎 韪 刘卞

江山一子臣，社日半天津。
礼义贤人质，恭身敬外贫。

293 卷三十七 列传第七

宗室 安平献王孚 子邕 邕弟义阳成王望 望子河间平王洪 洪子威 洪弟

随穆　王整　整弟竟陵王　望弟太原成王辅　辅弟　翼弟下邳献王晃　晃弟太原烈王瑰　瑰弟　高阳元王珪　珪弟常山孝王衡　衡弟沛顺王景　彭城穆王权曾孙紘　紘子俊　高密　文献王泰　子孝王略　略兄新蔡武哀王腾　范阳康王绥　济南惠王遂　曾孙勋　谯刚王逊子闵王承等　高阳　王睦任城景王陵弟顺

乱世公侯乱世王，枯荣宇宙枯荣装。
兴兴废废农村苦，古古今今逐塞疆。

294 卷三十八　列传第八

宣五王　琅邪王伷　子觐　淡　繇　漼　清惠亭侯京　扶风王骏　子畅　歆　粱　王彤　文六王

人有云亡一国邦，谗人罔作半无双。
经文纬武扶风去，风雨无同过大江。

295 卷三十九　列传第九

王　沈子浚　荀恺　荀勖子藩　藩子邃　闿　藩弟组　组子奕　冯紞

处道文林一尔心，伊戚外患半衣襟。
英英于色安阳客，翼翼临淮谁至深。

296 卷四十　列传第十

贾充　郭彰　杨骏

天下两枝梅，心中半镜台。
三生三界外，一枯一荣来。

297 卷四十一　列传第十一

魏舒　李憙　刘寔　高光

雅志难陵谁进忠，子真宣茂问鸣虫。
皎皎湖器光千乘，抑抑张张苟万同。

298 卷四十二　列传第十二

王　浑子济　王睿　唐彬

河山阻隔捷横江，牛斗之妖氛国邦。
践境望风当戎砥，抗衡力保步书窗。

299 王睿

三刀一益九州行，万水千山半纵横。
燕国遂妻淑女嫁，疏通亮达祐知名。

300 之二

成都舟舰下巴东，百步方阵木兽中。
楫橹连舫驰马盛，旌旗器甲石城空。

301 之三

三山化作石头城，二水中分蜀楚英。
杜预知人节度外，江陵将帅问浑明。

302 卷四十三　列传第十三

山涛子简　简子遐　王戎从弟衍　衍弟澄　郭舒　乐广

竹林器量一交情，子简嵇康半善名。
阮籍行身庄老契，家孙旧第帝成荣。

303 乐广

杯弓蛇影半心疑，乐广开然意解知。
故想神思多郁结，居才爱物问何师。

304 卷四十四　列传第十四

郑袤子默　默子球　李胤　卢钦弟珽　珽子志　志子谌　华表子廙　廙子恒　廙弟峤　石鉴　温羡

博学思清一客名，儒林礼教半心情。
朝堂寄语行天下，旷野寻人自不声。

305

晋人累世并兼成，武后英彦雅望名。
独善芬兰鲠议处，台槐建业岁寒荣。

306 卷四十五　列传第十五

刘毅子暾　程卫　和峤　武陔　任恺　崔洪　郭奕　侯史光　何攀

韬光扶剑砺时行，进善维荣属下情。
息事宁人宽待客，朝明夕暗枯还荣。

307 卷四十六　列传第十六

刘颂　李重

义形于词上下雄，刚直清素去来空。
嘉言在位知前后，哲语明台左右中。

308 卷四十七　列传第十七

傅玄子咸　咸子敷、　咸从父弟祗

识性明心疾恶仇，推善乐善仕人忧。
诗文好属浑天论，规鉴教遒济泽流。

309 卷四十八　列传第十八

向雄　段灼　阎缵

何言启沃济时昌，正色明辞举世堂。
天下鹓觚风尚任，人间常见柳低昂。

310 卷四十九　列传第十九

阮籍兄子咸　咸子瞻　瞻弟孚　从子修　族弟放　放弟裕　嵇康　向秀　刘伶　谢鲲　胡毋辅之子谦之　毕卓　王尼　羊曼　光逸

半入朝庭半入林，一身素气一身心。
音琴不尽音琴在，问向江山问古今。

311 阮籍

当垆沽酒美人舟，兵女才姿但色求。
夫父不疑君子过，达庄论外欲何休。

312 嵇康

铚人避怨嵇山名，恬静龙章远迈情。
含垢匿瑕宽简量，风仪不饰属人生。

313 刘伶

一琴九曲一酒名，万水千山万岁生。
唯有人心天地外，竹林约契共修明。

314 卷五十　列传第二十

曹志　庾峻子珉　郭象　庾纯子旉　秦秀

不居名利俗同尘，孔教提衡自惜身。
秋水扬波凭性起，春云敛映任来人。

315

一身清气一身名，半世精英半世情。
曹志陈思王后语，儒林何以去时荣。

316 卷五十一　列传第二十一

皇甫谧子方回　挚虞　束皙　王接

一贫一富半人身，三界三生两地邻。
贵而生骄寻败去，穷则思变问天津。

317

纵横天下一心游，直曲人中半国忧。

宇宙阴晴凭日月，山河草木自春秋。

318

达者无穷不达穷，行人目的住人同。

幽贞养隐何名利，留下民间一始终。

319 卷五十二　列传第二十二

郤诜　阮种　华谭　袁甫

含章体政一君闻，派泳龙津半玉分。

应命冕冠生素业，高天顾卷问青云。

320 卷五十三　列传第二十三

愍怀太子　臧尚

江山太子城，远近谁贤名。

天下多寒士，人间草木荣。

321

沙门处处起南风，太子儿谣济世穷。

徒望归来成不就，梅花落尽问东宫。

322 卷五十四　列传第二十四

陆机孙拯　弟云　云弟耽　从父兄喜

东吴入晋名，祖逊已无声。

五百年前后，三千士不荣。

323 卷五十五　列传第二十五

夏侯湛弟淳　淳子承　潘后从子死

张载弟协　协弟亢

礼而一玄虚，文其半酒余。

十年多少士，百岁帝王居。

324

挟蔚春华丽藻闻，抵疑诠理书穷分。

流英考悌安仁绪，二陆三张谁事君。

325 卷五十六　列传第二十六

江统子彪　惇　孙楚孙统　绰

国举一舟民，君臣半客身。

行当知社日，立足向天津。

326

千僚济济一明臣，百将申申半客邻。

田亩荒无桑柘废，人间何处不知亲。

327

朝堂之上论精英，山野其中问谁名。

唯有农家禾五谷，原原本本养干城。

328 卷五十七　列传第二十七

罗宪兄子尚　滕修　马隆　胡奋

陶璜　吾彦　张光　赵诱

书生一味扬，雅士半天光。

处处知兴废，时时向短长。

329 卷五十八　列传第二十八

周处子玘　玘子勰　玘弟札　札兄子筳

周访子抚　抚子楚　楚子琼　琼子虓

抚

弟光　光子仲孙

一代一兴亡，三生半抑扬。

身知天下客，何处不炎凉。

330

贞仁克举一师风，齐斧身膏半力同。

沈毅明断察进退，有心自在任西东。

331 卷五十九　列传第二十九

汝南文成王亮子粹　矩　子祐　羕

宗熙　楚隐王玮　赵王伦　齐王冏

郑方　长沙王　成都王颖　河　间王颙

东海孝献王越

仁义蹈之自是君，住行背而小人分。

屡殄妖氛亡躯国，忠勇驰张白日勋。

332

四方天下四方王，一半宫中一半疆。

衅起参商宗嗣历，祥观遂册鉴昭扬。

333

九五之尊卅六王，百官进退百官堂。

分茅锡瑞仪台饰，礼备彝章典道光。

334

私窥九五至尊宫，八戒三千弟子中。

谗巧艳妻连祸恶，长沙奉国始时终。

335 卷六十　列传第三十

解系弟结　结弟育　孙旂　孟观牵秀

缪播从弟胤　皇甫重　张辅　李含　张

方　阎鼎　索靖子綝　贾疋

宇内已横流，江山半不休。

戚藩争荡覆，狙诈自春秋。

336 卷六十一　列传第三十一

周浚子嵩　谟　从父弟馥　成公简

苟晞　华轶　刘乔孙耽　耽子柳

人伦鉴悟一公明，志存仁直半世情。

显著勋英官内外，儒林进退献宣荣。

337 卷六十二　列传第三十二

刘琨子群　琨兄舆　舆子演　祖逖兄纳

盛世一贪官，清名半苦寒。

开林才理仕，绩著折冲冠。

338 刘琨　五言律诗，下平十一尤

鸿门悬壁一留侯，重耳知贤半世秋。

骇驷双辀何建立，刘琨音律以诗仇。

339

豺狼满道棘成林，寇盗群来乱市侵。

何所群臣何所论，谁人世界谁人心。

340 祖逖

闻鸡起舞范阳人，共被同寝绸缪身。

各帛周贫情好检，刘琨举世并英臣。

341 卷六十三　列传第三十三

邵续　李矩　匹禅　魏浚族

子该　郭默

枕戈一生名，中流半扣声。

奇节怀投袂，契阔有獯成。

342 卷六十四　列传第三十四

武十三王　元四王　简文三子

天下十三王，宫中半死伤。

皇家多弟子，村野少禾粮。

343 卷六十五　列传第三十五

王导子悦　恬　洽　协　劭　荟

洽子 殉 珉 劭子谧

安东司马建康成，窃觇吴人窥己荣。

百姓归心于道左，君臣之礼自阴晴。

344

人伦之本一正名，庠序仁才半不轻。

修叙明通三教设，仪幽竟息九流盟。

345

云云雨雨御天龙，帝帝王王运已空。

蜇后商汤托负鼎，轩辕图授杖师同。

346 卷六十六 列传第三十六

刘弘 陶侃

劝课待农桑，宽刑省赋乡。

丈夫天下客，社稷自牛羊。

347 陶侃

勤于职使性聪明，少小孤寒有限生。

雄毅刚权昭决断，南陵路不拾遗城。

348 卷六十七 列传第三十七

温峤 郗鉴子愔 愔子超 愔弟昙

鉴叔父隆

孝子忠臣一本生，中书机密半参行。

荣荣辱辱朝庭客，稻稻禾禾始成城。

349 卷六十八 列传第三十八

顾荣 纪瞻 贺循 杨方 薛兼

于天成象地成形，九卦难明草木青。

叔令道衰三德尽，苍茫世界座空铭。

350 卷六十九 列传第三十九

刘隗 孙波 刁协子彝 彝子逵 戴若

思 弟邈 周凯

刚折不力柔时生，察举无言势所明。

向背曲直逢两面，阴阳正反克相荣。

351 卷七十 列传第四十

应詹 甘卓 邓骞 卞壶父 兄敦

刘超 钟雅

业聿行修尚属文，疑留谁断问臣君。

出相入将农夫在，入士谋陈自不分。

352 卷七十一 列传第四十一

孙惠 熊远 王鉴 陈頵 高崧

其萌有渐半苍桑，有叶凋零一暖凉。

驰废农桑君不鉴，世道游食谁侯王。

353 卷七十二 列传第四十二

郭璞 葛洪

客傲卜乾坤，春秋问子孙。

辞文江赋外，天地始原根。

354 卷七十三 列传第四十三

庾亮子彬 羲和 弟怿冰 条翼

才高识寡老庄修，小智多谋替国忧。

近理远图知所禁，参闻顾命士当求。

355 卷七十四 列传第四十四

桓彝子云 云弟豁 豁子石虔 虔子振

虔 弟石秀 石民 石生 石绥 石康

豁弟秘 秘弟冲 冲子嗣 嗣子胤 嗣

弟谦 谦弟修 徐宁

桓彝壮烈一宣城，义众俞纵半志名。

志不晏安夫所事，孤贪但见付何生。

356 卷七十五 列传第四十五

王湛子承 承子述 述子坦之 祎之

坦之

子恺愉 国宝 忱 愉子绥 承族子峤

袁悦之 祖台之荀崧子蕤 羡 范汪子

宁 叔 坚 刘惔 张凭 韩伯

养素虚庭远契名，涵心英啓近知情。

芬兰郁滞留天地，大朴慷慨尽纵横。

357 卷七十六 列传第四十六

王舒子允之 王廙弟彬 彬子彪之

彬 从兄棱 虞潭孙啸父 兄子騑

顾众 张闿

天下半山川，人中七寸田。

正言知鸟雀，蜇后未经年。

358 卷七十七 列传第四十七

陆晔弟玩 玩子纳 何充 褚翜

蔡谟 诸葛恢 殷浩顾悦之 蔡裔

屡画嘉谋一智人，名清得免半红尘。

吴家碧玉心怀小，时望世光举士亲。

359 卷七十八 列传第四十八

孔愉子汪 安国 弟祗 从子坦 严

从弟群 群子沉 丁潭 张茂 陶回

江东一客君，越曲半纷纭。

导达津梁正，儒行白日曛。

360 卷七十九 列传第四十九

谢尚 谢安子琰 琰子混 安兄奕

奕子玄 安弟万 万弟石 石兄子朗

朗弟 子邈

秦淮半谢家，燕子一飞华。

谁是乌衣客，春香野草花。

361 谢尚

一客坐颜回，三春问腊梅。

仲尼坛上语，仁祖至情恢。

362 谢安

新亭司马问苍生，大将桓温待缓荣。

取帻坦之沾汗背，碎金安石后知名。

363 谢玄

淝水无流弃甲兵，风声鹤唳伏草行。

凉州颖口千军去，弹指衣冠渡自成。

364 卷八十 列传第五十

王羲之子玄之 凝之 徽之 徽之子桢

之

徽之弟操之 献之 许迈

笔下一江山，心中半玉田。

行云流水色，浓淡墨源泉。

365

浮云蔽日若惊龙，坦腹东床女婚容。

养鹅孤居鸣所至，高山流水自由踪。

366

山阴道德经，五字注心灵。

折扇呼无语，君书百钱屏。

367

会稽一兰亭，山阴半士灵。
鹅肥池瘦石，疑是右军铭。

368 献之

风流子敬一时冠，旧物毡青半盗倌。
画作乌驳牛㹀笔，桓温书扇使心宽。

369 卷八十一　列传第五十一

王逊　蔡豹　羊鉴　刘胤
桓宣族子伊　朱伺　毛宝子穆之
　刘遐　邓岳子遐　朱序

晋氏一沦丧，君臣半去亡。
田桑多草木，朝野尽炎凉。

370 卷八十二　列传第五十二

陈寿　王长文　虞溥　司马彪
王隐　虞预　孙盛　干宝
邓粲　谢沉　习凿齿　徐广
陈寿

承祚三国书，安汉一地居。
魏晋相才付，刚直令使余。

371 陈寿三国志

古都诗外一文章，三国书中半抑扬。
劝诫得失明教化，旧传益耆诉衷肠。

372 诚信

天行有道信则生，地载规仪万物诚。
褒贬均衡相似处，赏罚直震贵于明。

373 三国志

言微而显史城成，立训茵蔼纪性情。
即叙尸明兴听马，含章先典励节荣。

374 卷八十三　列传第五十三

顾和　袁瑰子乔　乔孙松　瑰弟猷
从祖准　准孙耽　耽子质　质子湛　豹
江逌从弟灌　灌子绩　车胤　殷凯
王雅

国步清虚溺水瀛，玄风滋扇谓网明。
顾生轨物崇儒党，忠壮车殷能尚生。

375 卷八十四　列传第五十四

王恭　庾楷　刘牢之子敬宣
殷仲堪　杨佺期　王恭

才地高华定后兄，清操美誉少时名。
谢安一语惊天下，万物春秋自枯荣。

376

生灵道断半忠贞，弃彼缨冠一故人。
雄外功多疑内乱，势凌不免入红尘。

377 卷八十五　列传第五十五

刘毅兄迈　诸葛长民　何无忌
檀凭之　魏咏之

盘龙一枯虫，刘裕半秋风。
大业居功处，原来已是空。

378 刘毅

鸿门之外一中原，裕伐臣中半未宣。
沈断刚直狂猛客，相如饮水尚思源。

379 卷八十六　列传第五十六

张轨子寔　寔弟茂　寔子骏　骏子重华
华子耀　灵　灵伯父祚　灵弟玄靓　靓
叔天锡

曲阜周公旦日生，营丘齐望命修成。
逢生人世天边际，乱世雄才有枯荣。

380 逐鹿

长河尽处满流沙，暗尽山川不为家。
风起凉州多草木，楼兰古土夕阳斜。

381 卷八十七　列传第五十七

凉武昭王子士业

陇西成纪武昭王，汉将胡服白马昌。
三国钧天分宇宙，终时一晋乱时荒。

382 卷八十八　列传第五十八

孝友　李密　盛彦　夏方　王裒
许孜　庾衮　孙晷　颜含　刘殷
王延　王谈　桑虞　何琦　吴逵

孝悌名流一世芳，三从四德九州扬。
纵观魏晋齐时纳，踵继驰芬古代肠。

383 王裒

母性畏惊雷，裒身墓树恢。
躬耕辛苦岁，度日蚕中梅。

384 刘殷

三思未获向高堂，收泪堇生不减藏。
篱下七年铭百石，皇天后土满余芳。

385 卷八十九　列传第五十九

忠义　嵇绍从子含　王豹　刘沉
麦允焦嵩　贾浑　王育　韦忠
辛勉　刘敏元　周该　桓雄
韩阶　周崎　易雄　乐道融
虞悝　沈劲　吉挹　王谅
宋矩　车济　丁穆　辛恭靖
罗企生　张祎

杀身君子半成仁，处死非难一自真。
敬仰还言山水外，捐躯不惜女儿亲。

386

重义轻生一世名，亡躯殉节半精英。
道光振古芳流在，比烈严辞蜚可荣。

387 卷九十　列传第六十

良吏　鲁芝　胡威　杜轸
窦允　王宏　曹摅　潘京
范晷　丁绍　乔智明　邓攸
吴隐之

何呼一吏名，田亩半官声。
日月行天下，清风父母情。

388

晋政多门泰受禅，公行江左问云天。
经午贿赂官场暗，所下农夫一品田。

389

清修自尚一寒门，雅正孝廉半古村。
身善文章天地上，兼公克己一人根。

390 乔智明

殄冠将军名，神君兑父情。
有仇须报复，狱男忍时成。

391

洁己明勤布政宽，威恩剖竹誉流寒。
历精图治贤良至，但挹贪泉俗化观。

392 卷九十一 列传第六十一

儒林 范平 文立 陈邵
虞喜 刘兆 汜翌 徐苗
崔游 范隆 杜夷 董景道
续咸 徐邈 孔衍 范宣
韦謏 范弘之 王欢

自古一儒林，如今半淡浔。
云中思左右，天下万人心。

393

鸿儒硕学半斯文，无乏如时一面君。
草创群雄三国仕，忧劳家国九州云。

394

儒林十地葫，寒士九州寻。
天地三千客，人生一古今。

395 卷九十二 列传第六十二

文苑 应贞 成公绥 左思
赵至 邹湛 枣据 褚陶
王沉 张翰 庾阐 曹毗
李充 袁宏 伏滔 罗含
顾恺之 郭澄之

夫文以化成，唯圣义高名。
歌颂云天外，虫龙自在鸣。

396

言泉会九流，霜降肆三秋。
六变辞交律，千章自不休。

397

夫诗颂比生，江山咏性情。
纪德显功以，同归大指明。
托乖风轨道，作范世难成。
自作微时立，华章万古名。

398 顾恺之

无锡顾恺之，“筝赋”比康奇。
引以桓温客，鱼虫问所师。
三绝诸谑外，党秀两相宜。
山水争流去，盲人睹马池。

399 卷九十三 列传第六十三

外戚 羊琇 王恂 杨文宗
羊玄之 虞豫 庾琛 杜乂
褚裒 何准 王濛 王遐
王蕴 褚爽

宦场外戚半侯名，天下卿公九教成。
鲜克终朝昭令尽，何时社稷谁时荣。

400 卷九十四 列传第六十四

隐逸 孙登 董京 夏统
朱冲 范粲 鲁胜 董养
霍原 郭琦 伍朝 鲁褒
汜腾 任旭 郭文 龚壮
孟陋 韩绩 谯秀 翟汤
郭翻 辛谧 刘驎之 索袭
杨轲 公孙凤 公孙永
张忠 石垣 宋纤 郭荷
郭瑀 祈嘉 瞿硎先生
谢敷 戴逵 龚玄之

南山草木青，沼泽满流萍。
社稷阴阳座，沉浮日月铭。

401 陶淡 陶潜

浩然养素名，昊景问微行。
寻迹山林枯，藏声符志荣。

402

五柳先生一性扬，三公落仕半衷肠。
山中草木多日月，心上田园自寸芳。

403

无心一片云，倦鸟半归皲。
俯仰寻来去，盘环逐日君。

404

清流一去声，乘化半归鸣。
还就田园色，抚孤五味成。

405 卷九十五 列传第六十五

艺术 陈训 戴洋 韩友 淳
于智 步熊 杜不愆 严卿
隗炤 卜珝 鲍靓 吴猛 幸
灵 佛图澄 麻襦 单道开
黄泓 索紞孟钦 王嘉 僧
涉 郭黁 鸠摩罗什 昙霍
台产

易道之余有佛生，东西方外术人行。
我心不往他心往，此处予言彼处成。

406 佛图澄

莲花石勒佛图澄，帛氏天竺济世英。
天静鸣铃风已止，季龙潜位寺僧盟。

407 鸠摩罗什

罗什慧鲜母王城，东渡龟兹父子名。
日诵千偈通译语，阴阳沙勒算辰星。

408 罗什

姚兴征伐吕隆行，弘道罗什教化名。
专著实相论二卷，两明阁上译经城。

409

举匕天针另舍僧，十人伎女月明灯。
二儿小子兴尝至，引谓常食有气凝。

410 卷九十六 列传第六十六

列女 羊耽妻辛氏 杜有道妻
严氏 王浑妻钟氏 郑袤妻曹
氏 愍怀太子妃王氏 郑休妻
石氏 陶侃母湛氏 贾浑妻宗
氏 梁纬妻辛氏 许延妻杜氏
虞潭母孙氏 周凯 母李氏
张茂妻陆氏 尹虞二女 荀崧
小女灌 王凝之妻谢氏 刘臻
妻陈氏 皮京妻龙氏 阵昶妻
周氏 何无忌母刘氏 刘聪妻
刘氏 王广女 陕妇人 靳康
女 韦逞母宋氏 张天锡妾阎
氏薛氏 苻坚妾张氏 窦滔妻
苏氏 苻登妻毛氏 慕容垂妻
段氏 段丰妻慕容氏 吕纂妻
杨氏 李玄盛后尹氏

三才易位行，二族问交鸣。

独秀情高处，孤标挺峻城。

411 谢道韫

颂辞吉甫穆清风，深致文人永慰同。
柳絮未若盐可拟，雪花飞落有无中。

412 孟昶妻周氏

孟昶怆然一诺生，资财周氏半无名。
桓玄刘裕夫妇志，不问来时去时情。

413

繁霜落叶一朝凋，尹子浮云半入霄。
若惠孙恩凭道路，妇心辞汉自逍遥。

414 卷九十七　列传第六十七

四夷　东夷　夫余国　马韩
辰韩　肃慎氏　倭人　裨
离等十国　西戎　吐谷浑
焉耆国　龟兹国　大宛国
康居国　大秦国　南蛮　林
邑　扶南　北狄　匈奴

边疆入四夷，朝野问三师。
九区乾坤在，千夫不足奇。

415 卷九十八　列传第六十八

王敦　桓温

王敦傲酒风，美女待妆红。
导逐强觞尽，为人当世雄。

416 王敦

眉目疏朗性简扬，清言秀女石崇堂。
新衣不改羞人色，后阁荒姿尽百芳。

417 桓温

文武一奇才，雄豪半不猜。
疆场虞尔尽，令誉久无来。

418

流芳百世意难成，遗臭千年不足生。
性俭雄朝知日月，三公万岁乏人荣。

419 卷九十九　列传第六十九

桓玄　卞范之　段仲文

桓玄应命火珠生，灵宝光明马氏荣。
四国流言公巷伯，五湖谤正代修成。

420

周公不鲁一公羊，有旦为心筑府梁。
台馆山池壮丽处，桓玄自损屡构昌。

421

一蟹无如一蟹行，百官竟比百官营。
歌管不数楼台尽，仕女娇姿向谁情。

422 卷一百　列传第七十

王弥　张昌　陈敏　王如
杜曾　杜弢　王机　祖约
苏峻　孙恩　卢循　谯纵

三分智慧三分民，一半王皇一半尘。
土地耕耘田亩重，居高低就自勤辛。

423 载记序

衣皮反首异类王，中域其来性乃昌。
干纪荒服同徂征，觇风候月管仲伤。

424 卷一百一　载记第一

刘元海　子和　刘宣

一鱼跃龙门，三光日月根。
匈奴寻冒顿，天下自乾坤。

425 卷一百二　载记第二

刘聪

日月入怀来，江山草木开。
单于多骑射，燕赵拜金台。

426 卷一百三　载记第三

刘曜

剑工五色四时光，白眉须髯五尺长。
草隶兵书神射手，不居人下自低昂。

427 卷一百四　载记第四

石勒上

赤光满室一中庭，白气东门半落星。
马牧家邻相自托，汲桑群鹿指州铭。

428

被鬻平原母失离，刘琨劝送各兵旗。
业事殊途儒腐问，黄巾赤眉谁知施。

429 卷一百五　载记第五

石勒下

石勒孤帛一赵王，西宫初建半中堂。
中原抚纳祖狄据，旧京汉晋谁乃昌。

430 卷一百六　载记第六

石季龙上

何寻石季龙，日月向无踪。
乱世江山在，姿身勇武从。

431 卷一百七　载记第七

石季龙下

牧马不耕田，桑麻向地天。
江山天下事，社稷祖三泉。

432

穷凶骋暴一兵奴，自古兹虞半不苏。
限以垣城夫拯溺，中壤侵轶政王孤。

433 卷一百八　载记第八

慕容廆

一世几人奇，三江半自兹。
去来朝暮客，兴废入深池。

434 卷一百九　载记第九

慕容皝

中原半四夷，天下一三思。
成败寻王寇，兴亡问降旗。

435 卷一百十　载记第十

慕容准

一寒问中原，二边向忱怛。
子孙多是客，积累著家言。

436 卷一百十一　载记第十一

慕容　慕容恪　阳骛　皇甫真

军行半草荒，客寄一中堂。
谁子朝中坐，春秋见柳杨。

437 卷一百十二　载记第十二

苻洪　苻健　苻生　苻雄　王堕

穷雄一世王，山水半沧桑。
彼此居人地，东西问暖凉。

438 卷一百十三　载记第十三

苻坚上

苻坚质性名，帐下战时荣。
祈子西门豹，神交永固生。

439

将帅下凉州，苻坚欲所求。
中原心上座，安北也春秋。

440 卷一百十四　载记第十四

苻坚下　王猛　苻融　苻朗

刚直不曲丁，别驾问名星。
上第虚行客，秦州座右铭。

441 卷一百十五　载记第十五

苻丕　苻登

中原不尽儒，得失洛阳都。
十万仲尼客，三千大丈夫。

442 卷一百十六　载记第十六

姚弋仲　姚襄　姚苌

群英一代雄，田亩半秋风。
天下农家土，人间问富穷。

443 卷一百十七　载记第十七

姚光上

包容广纳言，咸礼杜瑾宣。
不尽河东水，留心塞北垣。

444 卷一百十八　载记第十八

姚光下

天下一西州，人间半不求。
中原君是客，牧马向天游。

445 卷一百十九　载记第十九

姚泓

风云不识一凉州，牧马天山半不求。
徒见中原男女客，无知有勇欲何休。

446 卷一百二十　载记第二十

李特　李流

三江巴蜀流，二所姓玄休。
夷水鱼盐客，飞虫独不留。

447 卷一百二十一　载记第二十一

李雄　李班　李期　李寿　李势

龙蛇入女身，三子特家人。
罗氏双虹孕，关龙一位尊。

448 卷一百二十二　载记第二十二

吕光　吕纂　吕隆

神光有异生，氐氐略阳名。
儿女兵书阵，非常大著荣。

449

三河一吕光，百兽半朝王。
激浊扬清叹，齐贤贯鲁堂。

450

荒耄信谗一时荣，业败政衷半不成。
九叹寻芳香易止，七讽于世芥难名。

451 卷一百二十三　载记第二十三

慕容垂

阔达一新奇，人家半不知。
身长闻晋末，世子欲难移。

452 易

一国半兴亡，三公两抑扬。
江山千主尽，留下百官场。

453 卷一百二十四　载记第二十四

慕容宝　慕容盛　慕容熙　慕容云

人名一世修，子女半无求。
日月光辰继，江河自在流。

454

四星柬斥问金陵，五马南浮草半青。
魏晋轻收山水永，隼鹰难羁自孤零。

455 卷一百二十五　载记第二十五

乞伏国仁　乞伏乾归
乞伏炽磐　冯跋冯素弗

陇西西去一千山，大漠荒沙万里湾。
为子依倚凭所养，鲜卑于路巨虫颜。
注：纥干者，汉语依倚也。

456 卷一百二十六　载记第二十六

秃发乌孤　秃发利鹿孤　秃发　蓐檀

草木半河西，风沙一玉堤。
鲜卑迁八世，塞北马千嘶。

457 卷一百二十七　载记第二十七

慕容德

日入一玄明，天云半载生。
长安多少客，勾践夏姬声。

458 卷一百二十八　载记第二十八

慕容超

寝寐自生心，王公一古今。
江山传子女，社稷著衣襟。

459 卷一百二十九　载记第二十九

沮渠蒙逊

胡人一马荣，草木半平生。
日月阴晴在，山河自枯荣。

460 卷一百三十　载记第三十

赫连勃勃

何处问匈奴，单于向舅姑。
阴山牛马壮，河汉入扶苏。

461 晋书

世代一长安，凭生半地宽。
秦川皇不永，霸水济流寒。
魏晋烟尘尽，王侯草木冠。
四夷多少客，五岳去来叹。

三、宋 南梁 陈 南齐

宋书

1 宋书

千年一古今，万岁半人心。
智者知民土，仁王霸主阴。

宋书之二

一宋初成一晋终，十年风雨十年穷。
零陵王郡零陵在，万岁寄奴万岁空。

2 卷一　本纪第一

武帝上

家贫一寄奴，汴水半姑苏。
盟主移京邑，黄门左里孤。

3

一宋无成一宋成，半贫有去半贫荣。
寄奴敢死咸脱甲，屡众偃旗善用兵。

4 卷二　本纪第二

武帝中

百姓流离晋不兴，京师武帝并兼弘。
相凌强弱权门驰，作辅豪强轨则微。

5

乱世君臣乱世雄，迁强兼並弊强东。
画疆分境民安治，一战还来一战空。

6

权舆悠悠四海求，民心荡荡九州休。
垂风万叶三才宰，降逮千通十地谋。

7 卷三　本纪第三

武帝下

南郊宋帝一皇坛，玄牝归综半地端。
垂训无穷君宰世，乐推攸集为公桓。

8 卷四　本纪第四

少帝

江山少帝行，世子世人英。
自古皇家事，无成便是成。

9

武帝江山少帝终，王家社稷后家隆。
昌门出走昌门外，十九风云十九翁。

10 卷五　本纪第五

文帝

一帝无终一帝终，半家灯火半家风。
皇城日月皇城外，百姓阴晴百姓穷。

11

和敏之姿意犹成，历年长久志难荣。
祸生非虑横天下，几处情晏几处明。

12 卷六　本纪第六

孝武帝

役已一江山，私心半物颜。
疯狂民命尽，桀纣不归还。

13 卷七　本纪第七

前废帝

武王伐纣数弊端，昌邑亳厘问十宽。
贾社残宗污潴庙，恶宫斯卒一人欢。

14 卷八　本纪第八

明帝

疏行履薄冰，分苦不臣应。
弱势倾移后，洪枝落自惩。

15 卷九　本纪第九

后废帝

丧国一家亡，同途半导昌。
殒身出覆祚，匹马自孤堂。

16 卷十　本纪第十

顺帝

圣王膺录归，接乱不承微。
社稷无来去，江山尽是非。

17 卷十一　本纪第十一

志序历上

天下半方圆，人间一地天。
春秋冬夏至，草木枯荣全。

18 卷十二　本纪第十二

历中

张苍一历书，云雨帝王居。
万物生长处，颛顼以日余。

19 卷十三　本纪第十三

历下

年年太史公，岁岁枯荣穷。
宋用元嘉历，宫车仆驾终。

20 卷十四　志第四

礼一

津梁万物礼德成，陶铸天工尚宜名。
纳善玄通微自主，弥伦教化学知荣。

21 卷十五　志第五

礼二

三公诣令百官城，一典多非半故荣。
秩序无因知果乱，幽微潜被弃时名。

22 卷十六　志第六

礼三

国事纵横一祀戎，咸崇典契半朝终。
封禅祭辅中兴志，有异王臣有异同。

23 卷十七　志第七

礼四

人文一祖宗，天下半桑农。
日月江河水，阴晴自枯荣。

24 卷十八　志第八

礼五

奚仲始作车，孔子设坛书。
仓颉修文字，农夫禾稻余。

25 卷十九　志第九

乐一

焚典乐经亡，韶音武舞昌。
五行嬴政著，四夏入庭堂。

26 琵琶

乌孙公主嫁昆弥，思慕琵琶马上驰。
教化工人裁筝筑，传于国外俗相知。

27

庄王尔雅绕梁名，二十弦音宓羲成。
焦尾绿绮琴赋曲，神农世本始无声。

28 卷二十　志第十

乐二

败者山贼胜者王，神灵礼乐客灵皇。
强人自有强人曲，懦怯还须懦怯昌。

29 志十之二

百鸟云中朝凤鸣，群臣殿下向王荣。
农家自有神灵在，胜负英雄不为名。

30 卷二十一　志第十一

乐三

但歌四曲名，汉世半生平。
魏武相和唱，清音善始荣。

31 志十一之二

智小谋强一断亡，弱冠九沐半衷肠。
关东义士平陵赋，今有人声陌上桑。

32 志十一之四

神龟有竟时，云雾似无知。
骥老何伏枥，何尝置酒诗。

33 卷二十二　志第十二

乐四

桂树殿前丰，明明魏帝雄。
虞姬帐下舞，犹念大江东。

34

东临碣石海沧观，山岛竦峙入地端。
天气肃清藏鸷鸟，繁霜尽陆向天寒。

35 将进酒

将进酒，会群英。寻前后，问纵横。
一豪杰，半弟兄。辅天下，义结盟。
有春秋，有阴晴。上天山，下海城。
碣石枯，草木萌。相田亩，自心耕。
孰先后，何败成。胡姬舞，御马行。
中原逐，四夷平。人自在，何须名。
士矢志，女温情。胆肝沥，任平生。
家国在，朝夕争。将进酒，啸啸声。

36 卷二十三　志第十三

天文一

天文地理一人生，田亩官声半世情。
礼教诗书儒客去，工农商学共兵荣。

37 卷二十四　志第十四

天文二

春秋冬夏四时明，日月星辰半枯荣。
草木江河天下继，阴晴旱涝丈夫行。

38 卷二十五　志第十五

天文三

星光晦暗是非居，地震山崩日月虚。
四海难平谀宇内，三江曲阻帝王如。

39 卷二十六　志第十六

天文四

一人天上一颗星，三界民间半驻灵。
太白不微征北斗，流星日月帝王铭。

40 卷二十七　志第十七

符瑞

体睿穷思志不平，含灵独秀问时声。
旗章舆驾椒兰客，万物繁生是自荣。

41

宓牺太昊帝“龙图”，八卦初明河生图。
炎帝神农之瑞表，轩辕附宝帝黄辜。

42

轩辕黄帝坐中宫，洛水凰鸣济世风。
天老龙图鱼入海，龟书篆字赤文中。

43 符瑞

赫胥，燧人之前无闻。太昊帝宓牺氏，母华胥生伏牺于成纪受“龙图”，画八卦，易曰：“河出图”“洛出书”。炎帝神农氏，母女登生炎帝于常羊山。嘉禾生，礼泉出。黄帝轩辕氏，母附宝生黄帝于寿丘。以四兽攻蚩尤。少昊帝挚，母女节。帝颛顼高阳氏，母女枢，生帝于若水。帝喾高辛氏帝尧。帝舜，帝禹而夏矣。司马迁诉不及此。

无闻赫胥燧人年，太昊宓牺成纪天。
住受龙图画八卦，神农黄帝景云田。

44 卷二十八　志第十八

符瑞中

仁兽一麒麟，角狼半麕身。
色黄长马足，牛尾瑞时珍。
牝鸣归和曲，音中不践尘。
步寻规矩在，不食洿池津。

45 卷二十九　志第十九

符瑞下

五谷自嘉禾，三皇问朝歌。
农夫田亩上，社稷秀时多。

46 同心鸟

夫妻本是一同心，牡牝乾坤半古今。
玉女神龙天赐妾，黄银紫气自山深。

47 卷三十　志第二十

五行一

阴阳一五行，天地半三卿。
田猎农时土，春秋自枯荣。

48 卷三十一　志第二十一

五行二

性侵半攻城，金失一革名。
王公轻百姓，士卒厌三兵。

49

天下有童谣，人间势不消。
犁牛耕御路，小麦复门萧。

50 卷三十二　志第二十二

五行三

扬邪弃法逐功臣，以妾成妻为性身。
视之不明蜇孰谓，火炎不上五行人。

51 卷三十三　志第二十三

五行四

听而无聪谓不谋，河津阻滞肆横流。
水胡润下失其性，一国灾洪一国忧。

52 卷三十四　志第二十四

五行五

天下半荒沙，人间不为家。
黄河流古道，稼穑一春花。

53 之二

岁岁四时田，年年五谷天。
人人来去运，事事枯荣全。

54 卷三十五　志第二十五

州郡一

杨州　南徐州　徐州　南兖州　兖州

十二牧尧禹九州，周官汉制入三秋。
分职司守朝堂里，一半王公一半侯。

55 卷三十六　志第二十六

州郡二

南豫州　豫州　江州　青州　冀州　司州

风雨十三州，江山一半忧。
耕凿田亩被，日月遂东流。

56 卷三十七　志第二十七

州郡三

荆州　郢州　湘州　雍州　梁州　秦州

皇家二十州，天下一东流。
汉魏群雄尽，江山岁岁秋。

57 卷三十八　志第二十八

州郡四

益州　宁州　广州　交州　越州

东西十地州，南北四江流。
处处何王土，人人自不休。

58 卷三十九　志第二十九

百官上

一人之下万人中，半壁河山半壁虫。
但使龙城常为客，百官而上自疏荣。

59 卷四十　志第三十

百官下

御客一黄门，皇家半侍恩。
公车行太医，散骑问天根。

60 卷四十一　列传第一

后妃

皇宫半后妃，天下一人归。
七色朝衣改，三生伴翠微。

61 卷四十二　列传第二

刘穆之王弘

深谋决断半如流，诚实匪躬一世忧。
司徒南昌侯邑处，受禅高祖问春秋。

62 王弘

叶散冰离故典臣，根繁枝简浊沼津。
晋纲驰紊居宗宪，上下何及数去人。

63 卷四十三　列传第三

徐羡之　傅亮　檀道济

尚书吏部郎，刺史上虞坊。
北伐留任处，扬州自有芳。

64 傅亮

慎终如始有言成，无败虞书古道荣。
括囊铭生心不害，文王大雅挹身名。

65 檀道济

弹冠出里一儒门，结组登朝半野村。
岐路如斯秦二世，忠臣自古向君恩。

66 卷四十四　列传第四

谢晦

玺封违谬宰臣名，识制夫孥客所荣。
日用徽征相尽职，慎思由小大时成。

67 卷四十五　列传第五

王镇恶　檀韶　向靖

刘怀慎　刘粹

官场一抑扬，天下半沧桑。
枯枯荣荣界，朝朝暮暮凉。

68 卷四十六　列传第六

赵伦之　王懿　张邵

四海纳千川，三江逐客船。
百官知进退，万岁问桑田。

69 卷四十七　列传第七

刘怀肃　孟怀玉　弟龙符

刘敬宣　檀祗

中堂问百官，五谷种云端。
四野耕耘苦，三千弟子寒。

70 卷四十八　列传第八

朱龄石　弟超石　毛修之　傅弘之

将帅祖宗天，江河有渡船。
去来皆是客，贫富尽知田。

71

晋室播迁自遐荒，山河表里向人强。
桓温移鼎非兵力，允集中年济世肠。

72 卷四十九　列传第九

孙处　蒯恩　刘钟　虞丘进

无宫不报酬，有德自寻优。
天下寻鳞翼，人间问九州。

73 卷五十　列传第十

胡藩　刘康祖　垣护之　张兴世

三生一世名，九脉十无平。
鹊浦泽光被，东西各自荣。

74 卷五十一　列传第十一

宗室

长沙景王道怜　临川烈武王道规
营浦侯遵考

善谈天文象似人，工言长者考绩亲。
昭昭日月行天下，邈邈州县谁浥尘。

75 卷五十二　列传第十二

庚悦　王诞　谢景仁　弟述
袁湛　弟豹　褚叔度

玉素孤玄一聿彰，鱼虫动色半兴亡。
长河巨济同清浊，凤鸟龟书两抑扬。

76 卷五十三　列传第十三

张茂度　子永　庚登之　弟炳之
谢方明　江夷

累叶江南一楚声，风流雅道半无情。
望尘莫及工亭垒，负羁先生自不名。

77 卷五十四　列传第十四

孔季恭　羊玄保　沈昙庆

国道兴亡一信人，治家贫富半勤辛。
江山何在公卿在，社稷嘉禾社稷春。

78 卷五十五　列传第十五

臧焘　徐广　傅隆

务简役宽明，息繁氓庶情。
膏腴天地上，杞梓枯荣生。

79 卷五十六　列传第十六

谢瞻　孔琳之

贤臣四海生，仆主一时荣。
制轨方圆事，籯金顾蔑名。

80 卷五十七　列传第十七

蔡廓　子兴宗

天下一民生，人间半枯荣。
江山多草木，日月有阴晴。

81

官年未显一名臣，业力弘正半位申。
耻为志屈寻日月，时难主暗入红尘。

82 卷五十八　列传第十八

王惠　谢弘微　王球

令简一诏明，言清半淡情。
不失臣职守，玉谈自留名。

83 卷五十九　列传第十九

殷淳　子孚　弟冲　淡
张畅　何偃　江智渊

将帅御军名，兵书论败成。
三光星日月，一战策输赢。

84 卷六十　列传第二十

范泰　王准之　王韶之　荀伯子

臣官半不弘，社稷一亡兴。
尽是儒林客，文身积玉冰。

85 杜预

身不穿扎一帅军，儒生文士两纷纭。
平吴未马都督战，半是匹夫半是君。

86 卷六十一　列传第二十一

武三王

儒林鲁郡一书荣，晋历难名两树倾。
二十四株庭柏树，三千弟子半空城。

87 卷六十二　列传第二十二

羊欣　张敷　王微

泰山一石身，秀才半吴人。
碧玉藏家里，清风礼自珍。

88 卷六十三　列传第二十三

王华　王昙首　殷景仁　沈演之

尽是去来人，还寻左右亲。
江山今古事，草木暮朝申。

89

诛相，王华力也，杀人取璧己兴累。
一败一成名，朝朝代代生。
平時何为主，此处彼非荣。

90 卷六十四　列传第二十四

郑鲜之　裴松之　何承天

治边武术向乌孙，扬道昆弥待汉根。
马上琵琶幽怨尽，中原不改一黄昏。

91 卷六十五　列传第二十五

吉翰　刘道产　杜骥　申恬

西华一武臣，东立半文人。
惧是朝庭客，江山和战申。

92 卷六十六　列传第二十六

王敬弘　何尚之

志绝一荣观，东归半地宽。
宫臣知少傅，乡野寄云端。

93 卷六十七　列传第二十七

谢灵运

博览群书一士先，奢豪取丽半移仙。
三才五德高踪赋，天地之灵运济天。

94

山江别业半幽居，栋宇岩栖一水鱼。
草木芳华香不远，丘园林野帝王墟。

95

天地一心中，山川半谷风。
人仁知智慧，天下有归鸣。

96

水色一川清，人生半古名。
山深林叶密，肤浅枯荣萌。

97

邦君地险一难成，旅客山行半自鸣。
逸士骚音琴竹影，文人墨客问殊荣。

98

韩亡问子房，晋宋所皇昌。
本是江湖客，何须善待王。

99 卷六十八　列传第二十八

武二王

彭城王义康　南郡王义宣

天伦由子共分形，蓼藿之羹独若荣。

富贵人情何所至，集身宠爱谁倾城。

100 卷六十九　列传第二十九

刘湛　范晔

利令智昏庸，怀奸计不踪。

人中知善恶，天下谁包容。

101 卷七十　列传第三十

袁淑

纵横识辨少年郎，博涉多通属句章。

誇誕余生天下座，何闻拘谨故时妆。

102 卷七十一　列传第三十一

徐湛之　江湛　王僧绰

陋贫过甚一寒衣，公主长嫡半王稀。

产业豪家游尺牍，音辞流畅世人讥。

103 卷七十二　列传第三十二

文九王

何言十九王，宋子两三昌。

一日公卿散，三年是柳扬。

104 之二

成王一世扬，败寇半驰张。

著史江山客，言中颂尽王。

105 之三

宫皇子不扬，兄弟继无昌。

争独人间主，江山谁是王。

106 卷七十三　列传第三十三

颜延

明浩过甚误知人，物忌坚芳捐自身。

玉曲则折珍已落，兰薰致摧易红尘。

107 之二

蚕穑之艰一鄙人，何荣利禄半齐身。

怀沙捐佩湘潭浅，旧楚尤伤故旧臣。

108 卷七十四　列传第三十四

臧质　鲁爽　沈攸之

十万读书人，三朝半故臣。

儒林多少客，尽是去来身。

109 卷七十五　列传第三十五

王僧达　颜竣

入仕忘私荣，求官弃欲生。

勋功何所报，利禄损其名。

110 卷七十六　列传第三十六

朱修之　宗悫　王玄谟

修之制约一清风，惯啖元干半世空。

玄谟问官奴子主，郡臣比类自廉雄。

111 卷七十七　列传第三十七

柳元景　颜师伯　沈庆之

世上一官名，人间半不荣。

何须寻法度，惧是未知情。

112 之二

明镜有私情，清风向客生。

斯台倾意尽，久治法靡盟。

113 卷七十八　列传第三十八

萧思话　刘延孙

久近一则疏，相思半念予。

夫隆知侮狎，天下有音余。

114 卷七十九　列传第三十九

文五王

竟陵王诞　庐江王祎　武昌王浑

海陵　王休茂　桂阳王休范

乱世谁王侯，江河向九州。

争权夺势尽，父子弟兄谋。

115 卷八十　列传第四十

孝武十四王

二十八男王，三千六百昌。

去来天下客，荣枯见兴亡。

116 卷八十一　列传第四十一

刘秀之　顾琛　顾觊之

丹青一字画家名，粉墨登场道废行。

定命天之支不坏，支之所坏是天成。

117

洛水流芳顾恺之，吴门公让简修时。

书言资气知行废，孔子丘明孟轲迟。

118 卷八十二　列传第四十二

周朗　沈怀文

行名砥励一书生，自将磨谋半士成。

沉志矢身节自保，此心尤是彼心名。

119

寇寇王王斗，争争逐逐名。

农桑民所命，田亩废无成。

120 卷八十三　列传第四十三

宗越　吴喜　黄回

人间一匹夫，天下半扶苏。

唯见田桑苦，方知有是无。

121 卷八十四　列传第四十四

邓琬　袁凯　孔觊

是是非非一已任，长长短短半丘林。

天天地地知荣枯，事事人人是古今。

122 卷八十五　列传第四十五

谢庄　五景文

烛车贱有亲，秘璧贵知珍。

道识诗言志，观谣论语臣。

123 卷八十六　列传第四十六

殷孝祖　刘勔

芳名隔世成，恶积见时行。

陆抗西陵志，中枢始自明。

124 卷八十七　列传第四十七

萧惠开　殷琰

简素一书人，名家半自亲。

卜闻金木土，耿介易冬春。

125 卷八十八　列传第四十八

薛安都　沈文秀　崔道固

忠臣孝子自临门，达理知书易故根。

千古千今千史册，一朝一暮一乾坤。

126 读书思绪

辽东已断肠，父母去炎凉。
更渡桑干水，幽燕二故乡。

127 卷八十九　列传第四十九
袁粲

扬州景倩秀才名，绩纺躬亲土地生。
素密狂泉饮此水，饥寒不足待书荣。

128 卷九十　列传第五十
明四王

一帝一群王，三田半柳杨。
龙生龙帝子，凤主凤求凰。

129 卷九十一　列传第五十一
孝义

易辨向君王，儒书问乃昌。
匹夫仁义在，相将几人良。

130

天下布衣人，心中父母亲。
臣君来去尽，子弟枯荣津。

131

史纪民人一两言，半凭俗论半凭轩。
君臣绅士春秋笔，唯有农夫问水源。

132 卷九十二　列传第五十二
良吏

君王百吏求，社稷一人谋。
为有江山在，任凭士子忧。

133

娇妻养子修，苦仆不私谋。
职守寻良吏，君臣向国忧。

134 卷九十三　列传第五十三
隐逸

贤人避地游，道者顺春秋。
隐逸渔樵处，清风不自流。

135 五

五柳一先生，三田两里行。
荒芜归不去，万物自多情。

136

逢时问运半樵渔，隐逸行云一野居。
鹤舞平潭池影乱，南山尤在帝王墟。

137

不饮狂泉不饮名，未寻五柳未寻性。
渔樵日月何其苦，朝野阴晴孰是荣。

138 卷九十四　列传第五十四
恩幸

致用一君孤，权规半有无。
殊途归近狎，异世隔情图。

139 卷九十五　列传第五十五
索虏

三边一李陵，一去万人铭。
自古何成败，如今谁甲丁。

140 卷九十六　列传第五十六
鲜卑吐谷浑

天下半辽东，人间一世雄。
山川知日月，草木枯荣明。

141 卷九十七　列传第五十七
夷蛮

何处是夷蛮，苗家秀女颜。
读书行万里，问客海崖闲。

142 卷九十八　列传第五十八
氐胡

西去一阳关，胡姬半舞颜。
葡萄风两岸，酒肆卧天山。

143 卷九十九　列传第五十九
一凶

宋氏一家难，皇王赫胥坛。
天南终弃夏，地北入去端。

144 卷一百　列传第六十
自序

天文律历乡，巷间布衣娘。
多少君臣事，人凭著作郎。

145 之二

江山一宋书，社稷半君居。
去去来来问，前前后后疏。

南齐书

1

萧何二十四辈孙，高帝南齐太祖门。
立学鸡笼山上客，鳞文遍体治乾坤。

2

臣君一日变君臣，两代三朝两代人。
宋齐何当齐宋治，一家不如一家亲。

3 卷一　本纪第一
高帝上

黄门一国风，宋帝冕齐公。
天下争雄客，何当志不同。

4 卷二　本纪第二
高帝下

同含宇宙光，彼此柳杨乡。
宋礼无绍北，齐天有道王。

5 卷三　本纪第三
武帝

金陵一代王，宣远两沧桑。
太祖青溪社，龙儿丕显梁。

6 卷四　本纪第四
郁林王

崇政郁林王，东宫小会妆。
弱冠昭业子，拱揖致哀荒。

7 之二

风华外美妆，隐诈伏情藏。
难以求相貌，宫闱自不扬。

8 卷五　本纪第五

海陵王

昭文继帝王，弱接郁林皇。

一岁三年号，千年故事凉。

9 卷六　本纪第六

明帝

务本一先声，明察半断赢。

其叹生乱世，唯此亦殊荣。

10 卷七　本纪第七

东昏侯

东昏慢道尘，匹癸自方辛。

乃弃彝伦客，明贤火浴身。

11 卷八　本纪第八

和帝

一帝一兴亡，三年九断肠。

齐人多御子，盗寇自猖狂。

12 卷九　志第一

礼上

蔡邕“独断”文，天下汉家君。

知礼江山在，儒林一半云。

13 之二

微微肃庙清，郡郡国无明。

张衡南都赋，章陵旧祠横。

14 之三

老臣少主一齐君，二载三年半自分。

犹见江山山自立，还闻社稷稷耕耘。

15 之四

君臣朝暮一天邻，稼穑田桑半挹尘。

十月旦时为岁首，蔡邕朝会志秦人。

16 卷十　志第二

礼下

废举宪章残，三千有数宽。

郊庠闻礼庙，戎祀国军寒。

17 之二

齐人一寸天，祠庙半流年。

四维张驰作，三宫训范迁。

18 卷十一　志第三

乐

南郊乐舞辞，汉魏晋齐知。

迎送神仙客，英儒树此旗。

19 迎送神

先农先圣一先蚕，社稷神仙社日龛。

义境教腾参礼乐，羽銮从动驾时坛。

20《碣石》辞

歌辞明志纵心宽，碣石苍茫大海观。

山岛萧萧风不止，水河淡淡向云端。

21 “白纻”辞

中春二月百花香，白纻三明半女妆。

歌舞升平罗袖色，吴姬余音绕东梁。

22 卷十二　志第四

天文上

圣人仰望象于天，老者观察俯岁年。

八卦阴阳何所辨，三公万岁问先贤。

23 卷十三　志第五

天文下

天文设象坛，地理问辛甘。

万岁星辰演，千年日月耽。

24 卷十四　志第六

州郡上

扬　南徐　豫　南豫　南兖　北兖

北徐　青　冀　江　广　交　越

九州天下十三州，一水东流四水流。

四海疆边边有界，五湖水土土无休。

25 卷十五　志第七

州郡下

东西南北一中原，冬夏春秋半简繁。

海角天涯云竹寨，白山黑水过秦垣。

26 卷十六　志第八

百官

朝朝一百官，岁岁两三餐。

来去儒生客，阴晴日月寒。

27 卷十七　志第九

舆服

王朝舆服明，夏氏奚仲声。

周礼闻天地，甘泉制令生。

28

粉米此设名，经纬彼时荣。

五色天冠帻，三梁晋令生。

29

文物煌煌舆服风，品仪穆穆帝王同。

分别礼教相天下，佩玉栋梁笏谏中。

30 卷十八　志第十

祥瑞

老子洛河谶，灵篇契决占。

皇家求瑞应，子弟乞凉炎。

31 之二

天南地北有无生，冬枯春荣鸟兽鸣。

万岁君王分左右，大千世界自纵横。

32 之三

天工造物荣，地主广袤生。

远近多奇异，阴阳少见情。

33 卷十九　志第十一

五行

山河易五行，天地育千生。

以木于人此，清廉曲直荣。

34 易

人心一欲求，天下半王侯。

朝暮情中语，经传易外谋。

35 易者，求也。签同，意异

军兵一败成，商贾半亏盈。

男女求婚配，君臣问枯荣。

声名无进退，利禄有阴晴。
天下身外事，心中自己明。

36 卷二十　列传第一

皇后

无权草木问黄昏，有色君臣太子根。
天下三夫人九嫔，宫中日月一乾坤。

37 卷二十一　列传第二

文惠太子

万象任阴晴，三光自在生。
朝庭兴废事，子弟枯荣名。

38 卷二十二　列传第三

豫章文献王

日用道深荣，宣俨一世名。
宽仁弘雅量，太学令长城。

39

元王亚弟半无功，未及东平一世同。
戎度周公安晋运，前踪德迈考移忠。

40 卷二十三　列传第四

褚渊渊弟澄　徐嗣　王俭

深相委寄从，稷契众含容。
性雅琵琶曲，东宫有遗踪。

41 卷二十四　列传第五

柳世隆　张瓌

朝堂一克隆，才子半江东。
民誉德素钦，从容典礼躬。

42 之二

祖逸一吴人，音门半韵臣。
河东王国事，嗜欲妄盈邻。

43 卷二十五　列传第六

垣崇祖　张敬儿

臣闻半热身，尚氏一州人。
梦体君王问，冠貂化作尘。

44 卷二十六　列传第七

王敬则　陈显达

三吴内地半蚕农，九脉长天一鼓钟。
无职任功功不职，有名则弃弃名容。

45 卷二十七　列传第八

刘怀珍　李安民　王玄载弟玄邈

人思自勉时，树结举手枝。
虑及危亡事，王家谁可知。

46 卷二十八　列传第九

崔祖思　刘善明　苏侃　垣荣祖

王家逐鹿归，草木载云飞。
守让心灵路，天机谁入围。

47 之二

三齐镇北州，九教自风流。
带砺垣方念，结义谁不谋。

48 卷二十九　列传第十

吕安国全景文　周山图

周盘龙　王广之

俱是忠贞俱是名，一人必败一人成。
雄心处处纠纠客，素志平平素志荣。

49 之二

一岁严寒一岁冰，十年苦读十年朋。
农夫天下田桑籽，帝子江山帝子陵。

50 卷三十　列传第十一

薛渊　戴僧静　桓康尹略

焦度　曹虎

鲜厄问鸿门，繁枝见树根。
云天风雨夜，日月半黄昏。

51 卷三十一　列传第十二

江谧　荀伯玉

天下一君臣，心深两不亲。
尔虞何我诈，万岁是红尘。

52 卷三十二　列传第十三

王琨　张岱　褚炫　何戢　王

延之　阮韬

南齐一百官，帝诲两三难。
乱世无明主，天高地阔观。

53 何戢

雀扇一蝉鸣，王晏半绝名。
巧颜呈考武，不是战场荣。

54 卷三十三　列传第十四

王僧虔　张绪

儒艺已无名，阿谀冕冠生。
居朝之丽服，镇守枯荣行。

55 之二

孝武擅书名，僧虔拙笔行。
知之投所好，行目度心荣。

56 之三

太祖僧虔谁一名，求书自善御千城。
相公帙遗王家赐，复上羊欣所撰荣。

57 卷三十四　列传第十五

虞玩之　刘休　沈冲

庾杲之　王谌

苍梧问李郎，帝憎妒妻肠。
谁见宫中事，幽房续所藏。
刘休王氏杖，疑妇不任扬。
敕令亲如此，留心散故芳。

58 卷三十五　列传第十六

高帝十二王

齐高十二王，帝子两三昌。
始建封植尽，同规谨敕长。

59 卷三十六　列传第十七

谢超宗　刘祥

文人不护细行身，情意心名客洗尘。
物竞天时荣枯制，流声所散去来人。

60 卷三十七　列传第十八

刘悛　虞悰　胡谐之

渊龙积厚行，布素载清名。
日月何来去，江山有枯荣。

61 卷三十八　列传第十九

萧景先　萧赤斧子颖胄

君王一将相，天下半炎凉。
谁系农夫苦，田家种柳杨。

62 卷三十九　列传第二十

刘献弟琎　陆澄

儒宗义肆一纷纭，留目观望半澈分。
至性明心清素在，冠其持治是仁君。

63 卷四十　列传第二十一
武十七王

武帝十七王，日月万千光。
谁是江山客，王侯竟死伤。

64

民之劳逸行，帝子贵尊名。
稚齿图极致，深宫慕苟荣。

65 卷四十一　列传第二十

张融　周颙

清贫世业一书生，海赋初天半气平。
雪路飞霜波素涌，江山日月向君明。

66 卷四十二　列传第二十三

王晏　萧谌　萧坦之　江祏

相知一死生，愚智半逢迎。
克己求伸抑，衔恩顾迈成。

67 之二

云桥一海根，碧玉半吴门。
处处儒风在，盈盈客女恩。

68 卷四十三　列传第二十四

江敩　何昌宇　谢朏　王思远

雅业一清人，交游不济身。
德成名就上，下者艺成尘。

69 卷四十四　列传第二十五

徐孝嗣　沈文季

器范已先标，文忠著作遥。
为舟知等溺，在运自同消。

70 卷四十五　列传第二十六
宗室

衡阳元王道度　始安贞王道生
子遥光　遥欣　遥昌　安陆昭王缅

王家有子孙，帝祖不同门。
潜在相争逐，明言谁继根。

71 卷四十六　列传第二十七

王秀之　王慈　蔡约
陆慧晓顾宪之　萧惠基

自古一农宗，千年半柏松。
人间何为贵，田亩慰云龙。
老者清直肃，仁臣正色容。
公卿廷上宰，未过自中庸。

72 卷四十七　列传第二十八

王融　谢朓

淄肇生民一道宗，斯彰机动半细容。
千年旧事重相度，万岁皇家故土封。

73 沈约

五音不似五音同，一韵相关一韵风。
曲舞祝巫寻颂雅，诗词歌赋问其中。

74 卷四十八　列传第二十九

袁彖　孔稚珪　刘绘　袁彖

金刀一半缘，幸治两三迁。
谘议刚直故，微言忤逆天。

75 孔稚珪

求生求死半求明，
一狱方圆一狱情。
何谓刑罚裁世界，
以心轨迹治心成。

76 卷四十九　列传第三十

王奂从弟缋　张冲

文人半在吴，碧玉一江苏。
诺士寻三界，风云向五湖。

77 卷五十　列传第三十一

文二王　明七王

文明二七王，天下万千殇。
有日争皇帝，无终已国亡。

78 卷五十一　列传第三十二

裴叔业　崔慧景　张欣泰

归臣宿将身，来去自由人。
唯有朝庭外，河东半向亲。

79 卷五十二　列传第三十三
文学

丘灵鞠　檀超　卞彬　丘巨源　王智深
陆厥　崔慰祖　王逡之　祖冲之　贾渊

侠客枯荣津，儒林上下人。
江山文学士，社稷将相臣。

80 之二

云横广阶暗，霜深高殿寒。
云横故殿宽，水淡御阶寒。
尽是殷妃客，君心自不安。

81 之三

五音之约一高低，万累言辞半草荑。
颠倒短长由大小，抑扬快慢各东西。

82 著平生

书生一世文，辛苦半知君。
天下行风雨，心中如白云。

83 祖冲之

一纪春秋一纪年，半章历法半章天。
千山万水知千万，五帝三皇日月悬。

84 之二

文章秉性一风标，律吕神明半树桥。
五色三光知日月，七弦三体典言谣。

85 卷五十三　列传第三十四
良政

傅琰　虞愿　刘怀慰　裴昭明
沈宪　李圭之　孔琇之

半壁江山半壁空，百城草木百城风。
问政君臣非问政，奢同女逸奢时同。

86 傅琰

二野父争鸡，山阴粟豆稽。
团丝鞭铁屑，糖姥自难啼。

87 之二

无调琴瑟必更张，有序朝纲问栋梁。

苛猛之风非久远，祥和瑞气自扬长。

88 卷五十四　列传第三十五

高逸

褚伯玉　明僧绍　顾欢　臧荣绪
何求　刘虬　庾易　宗测　杜京产
沈士　吴苞　徐伯珍

高逸欲何求，渔樵自九州。
为寻天下事，不忍自东流。

89 之二

江湖孰不归，踪迹谁人微。
桎梏纷纭猷，春风意入围。

90 顾欢，字京怡

夫闻是与非，典圣始于微。
老子出关去，释劫佛祖归。

91 宗测

阮籍苏门半障行，衡山七岭一音声。
度形而衣萝薜著，易老匡庐不仕名。

92 之二

农夫自不名，田亩向荣生。
岁岁桑麻客，年年问枯荣。

93 卷五十五　列传第三十六

孝义

崔怀慎　公孙僧远　吴欣之　韩系伯
孙淡　华宝　韩灵敏　封延伯　吴达之
王文殊　朱谦之　萧睿明　乐颐　江泌
杜栖　陆绛

君臣父子名，夫妇弟兄情。
孝义知天下，忠贞志乃生。

94 陈氏

三女率两湖，菱莼鲜自姑。
无男居墓侧，独茕始江苏。

95 卷五十六　列传第三十七

幸臣

纪僧真　刘系宗　茹法亮
吕文显　吕文度

恩泽而侯身，亲康为旧人。
九卿寻故里，六府自直臣。

96 卷五十七　列传第三十八

魏虏

魏虏一匈奴，单于塞外呼。
长城秦汉始，应是一夫孤。

97 卷五十八　列传第三十九

蛮　东南夷

蛮语一南夷，湘音半此离。
高山侯不治，旧册降生祠。

98 卷五十九　列传第四十

芮芮虏　河南　氐　羌

黄河一水扬，秦岭半山光。
南北江山在，东西社稷乡。

99 南齐书

梁萧子显书，八纪志传余。
暧昧悯臣叙，江淹沈约居。

100 之二

萧何一子孙，建业半吴门。
人在江湖上，心存日月恩。

101 之三

历史一先河，中流半曲歌。
君臣天下事，田亩种桑禾。

梁书

1

汉尽谁萧何，王侯日月多。
舍身梁武帝，富寺向朝歌。

2

南朝八百寺僧多，梁武三千子奈何。
一叶渡江寻面壁，九州佛语向蹉跎。

3 卷一　本纪第一

武帝上

老弱逐波流，生灵炎炭休。
相何梁武帝，八友向中州。

注：八友：梁衍，沈约，谢朓，王融，萧琛，范云，任昉，陆倕。

4 之二

虎视眈眈一世雄，观天寂寂半人虫。
同心疾恶兴兵马，建牙呼军逐鹿熊。

5 之三

政属多门政属无，鸿儒少语客鸿儒。
江湖日月江湖上，乱世河山乱世奴。

6 之四

流形品物一才人，仰代天工半客身。
济世宁民元辅正，应期挺秀拔天津。

7 之五

相国梁王一代人，神纵灵武半出臣。
体兹上哲齐渊教，内洽军工富治民。

8 卷二　本纪第二

武帝中

帝伍一南郊，皇家半鸟巢。
公侯危卵系，何以慰同胞。

9 之二

康民济世情，武衍问平生。
投袂星言历，光区宅宇明。

10 之三

大庇一氓黎，风云半代齐。
元功寻百姓，厥劳向东西。

11 之四

建国一君民，嘉植半苦辛。
耕耘知雅业，乱世有珠珍。

12 之五

寸宝隐沙泥，枝繁玉鸟栖。
树卿寻上下，立政尽高低。

13 卷三　本纪第三

武帝下

武帝济尤贫，年元问苦亲。
相梁天下治，鳏寡独孤身。

14 之二

风云叶律替靡香，气象光华毕礼扬。
属览休辰思奖劝，安农地利事田桑。

15 之三

御驾躬耕一籍田，老人星见半云天。
养民政里德心慰，衍武文工上下年。

16 梁衍

文言序卦一春秋，孝义毛诗半国修。
金策涅盘长释典，一冠三载顺东流。

17 卷四　本纪第四

简文帝

一帝半兴亡，三朝两代荒。
尤当梁衍在，田亩自麻桑。

18 之二

昭明太子书，红豆帝王居。
著作经天地，文章自卷舒。

19 之三

鸡鸣不已二连珠，岂况三光半雨途。
法宝连璧百卷礼，昭明太子五书儒。

20 卷五　本纪第五

元帝

不隔半亲疏，虚张半帝居。
履冰弗惧启，凤阙侍匹夫。

21 之二

平生半著书，内典一王居。
式赞全德志，洞林补阙余。

22 卷六　本纪第六

敬帝

梁相一慧根，教子半云门。
立志耕耘界，经天万岁昆。

23 之二

金陵覆没一梁无，父子仲尼半独孤。
老子讲疏闻佛语，六经百氏孰通途。

24 卷七　列传第一

太祖张皇后　高祖郗皇后
宗王皇后　高祖丁贵嫔
高祖阮修容　世祖　徐妃

天地乾坤一妇夫，人间万物半有无。
山川草木知风雨，日月阴阳自扶苏。

25 高祖受禅

含章履道味兴齐，靡辍宗周乐毅诋。
落落钟山修寺庙，莘莘玉帛始东西。

26 卷八　列传第二

昭明太子　哀太子　愍怀太子

梁家父子王，三世著文章。
徒见天时故，才人枉断肠。

27

昭明太子有清音，天下诗书一寸心。
谷贵京师衣减膳，周行闾巷问晴阴。

28

孳孳鸡鸣问舜音，烝烝孝道待衣襟。
利权其外知天下，畎亩之中帝子心。

29 卷九　列传第三

王茂　曹景宗　柳庆远

钟磬一音声，江州半不鸣。
知心知世界，休远惟臣荣。

30 之二

兴亡一将军，和战半纷纭。
立本丞相策，行身始见文。

31 卷十　列传第四

萧颖达　夏侯详　蔡道恭
杨公则　邓元起

敦厚居家慈善人，布衣历俗故时亲。
优闲声色何情欲，不惜江山惜自身。

32 卷十一　列传第五

张弘策　庾域　郑绍叔　吕僧珍

自古一君臣，如今半苦辛。
人民天下事，社稷晋秦春。

33 卷十二　列传第六

柳惔弟忱　席阐文
韦睿族弟爱

世代一清风，官场半不同。
知人知自己，素政素人终。

34 卷十三　列传第七

范云　沈约

南郊高祖禅，佛寺误寻天。
日月群臣问，阴晴向故缘。

35 沈约

同物一低昂，先巢半后翔。
栖仁陈巷里，凤晦迹西堂。
俭素郊居赋，缨冠褊志昌。
依林思羽济，托水见鳞藏。
经世康庄道，无情自著芳。
言行中智慧，吐纳是沧桑。

36 卷十四　列传第八

江淹　任昉

才思微退晚节扬，少以文章老自芳。
沉静桑枢辞藻丽，王公表奏始终肠。

37 卷十五　列传第九

谢朏　弟子览

十岁属文章，千金向夏扬。
一兴求物色，洞井赞时光。

38 卷十六　列传第十

王亮　张稷　王莹

微箕问比干，居世待波澜。
进退三仁故，阴阳半易观。

39 卷十七　列传第十一

王珍国　马仙琕　张齐

身亲荣辱名，列将治荣生。
献捷边关战，强兵治者成。

40 卷十八　列传第十二

张惠绍　冯道根
康绚　昌义之

文人不带兵，武干不重行。

同上江山列，心中社稷英。

41 卷十九　列传第十三

宗夬　刘坦　乐蔼

人外一时风，天中半客雄。

唯心知自己，纵目问由衷。

42 卷二十　列传第十四

刘季连　陈伯之

赵将问廉公，秦川故国穷。

平生酬日月，草莽玉冠红。

43 卷二十一　列传第十五

王瞻　王志　王峻　王暕子训

王泰　王份孙锡　佥　张充

柳恽　蔡撙　江蒨

朝中一百官，天下两三年。

乱世群英在，江山半向禅。

44 之二

善政惟德致养民，尚书治礼目其身。

穷兵黩武何天下，典律繁章谁问津。

45 卷二十二　列传第十六

太祖五王

创业一王侯，江河九脉流。

未成分子弟，不尽数县州。

46 卷二十三　列传第十七

长沙嗣王业子孝俨　业弟藻

永阳嗣王伯游　衡阳嗣王元简

桂阳嗣王象

万里一交游，千年半去留。

文思存永被，草木满春秋。

47 卷二十四　列传第十八

萧景弟昌　昂　昱

问世一衣冠，行船半水寒。

山川多少木，日月去来观。

48 之二

严整一城倾，州符半肃明。

子昭知识断，任遇自留名。

49 卷二十五　列传第十九

周舍　徐勉

立天之道一阴阳，仁义惟人半治昌。

训俗国家齐礼嗣，唐虞咸必宪章堂。

50 徐勉

清廉属世自修身，巷闾卿相至素贫。

五礼兴王依日月，明经绾紫轨衡人。

51 卷二十六　列传第二十

范岫　傅昭弟映　萧琛　陆杲

清静一诗文，江山半客君。

知心谋日月，行伍问风云。

52 卷二十七　列传第二十一

陆倕　到洽　明山宾　殷钧　陆襄

文华石阙铭，典雅一丹青。

佳作多辞义，虞丘辨物经。

53 卷二十八　列传第二十二

裴邃兄子之高　之平　之横

夏侯亶弟夔　鱼弘附　韦放

梁室谓名臣，左氏半客身。

春秋何礼教，佛道度红尘。

54 卷二十九　列传第二十三

高祖三王

昭明太子才，高祖诸王裁。

梁武文华继，书台自竟来。

55 卷三十　列传第二十四

裴子野　顾协　徐摛　鲍泉

成心成手一成人，半隋三思半苦辛。

七寸耕凿千古尽，九州收种万珠珍。

56 徐摛

东海一人风，台城半景同。

侯公当礼见，乃拜太宗穷。

57 卷三十一　列传第二十五

袁昂子君正

武帝一梁成，文章半世荣。

知人才子在，佛道问其生。

58 卷三十二　列传第二十六

陈庆之　兰钦

蝉冕主冠名，中堂银佩声。

攻城知镇守，将略有其荣。

59 卷三十三　列传第二十七

王僧孺　张率　刘孝绰　王筠

朝中一文华，梁公半佛家。

“东宫新记”撰，博士问天涯。

60 王僧孺

照萤映雪一书生，成学佣书半养名。

编蒲先言行缉柳，甘泉雅俗画图成。

61 之二

主非不好藻辞荣，所用非才巨学名。

青紫其拾得极贵，何难一世逐平生。

62 卷三十四　列传第二十八

张缅弟缵绾

梁武一文名，公侯半佛荣。

元长坟籍聚，后汉晋抚成。

63 张缵，字伯绪

“南征赋”岁忧，中吕月三州。

神武聪明帝，疏云御斗牛。

64 之二

岛屿苍茫海外鸣，风云萧散意中声。

千流百转同归去，万岭三光共状荣。

65 卷三十五　列传第二十九

萧子恪弟子范　子显　子去　子晖

萧家子恪辞，王命景则知。

“千字文”章在，三千弟子诗。

66 之二

萧家一字长，御文九州章。

沈约音辞撰，云言易改庄。

67 卷三十六　列传第三十

孔休源　江革

留心政道一萧梁，识治明朝半佛王。

进退云中知日月，曲直之外是青黄。

68 卷三十七 列传第三十一

谢举 何敬容

萧梁一百官，文藻两三寒。

日月留天下，书儒寄后观。

69 之二

情素入朝堂，门生草木光。

梁萧同泰寺，三慧佛经扬。

70 卷三十八 列传第三十二

朱异 贺琛

吴郡一钱塘，钟声半月光。

梁朝千百寺，经卷两三王。

71 之二

窥人曲意意居权，缘饰奸承欲盖天。

一职之害天下木，三身启沃臆中田。

72 卷三十九 列传第三十三

元法僧 元树 元愿达 王神

念杨华 羊侃子鹍 羊鸦仁

音律豪侈一“采莲”，妾姬曲舞半棹船。

一身正气城前子，家国天颜自上田。

73 梁武

革命如终宝运成，威德所渐莫舞名。

任隆位重何家国，守义鸦仁铁石荣。

74 卷四十 列传第三十四

司马褧 到溉 刘显 刘之遴

弟之亨 许懋 到溉

清白自修一国臣，家门雍睦两相亲。

朝章冠履延贤寺，素谨寒竹浥旧尘。

75 卷四十一 列传第三十五

王规 刘瑴 宗懔 王承 褚翔 萧介

从父兄洽 褚球 刘孺弟览 遵 刘潜

弟孝胜 孝威 孝先 殷芸 萧几

自古半儒林，如今一有心。

文德昭日月，武胜守音琴。

76 卷四十二 列传第三十六

臧盾弟厥 傅岐

何人著史城，尽是故人名。

成败君臣记，桑田沧海情。

77 卷四十三 列传第三十七

韦粲 江子一 弟子四 子五

张嵊 沈浚 柳敬礼

朝廷御史名，社稷田禾荣。

士子江山守，将军镇外城。

78 卷四十四 列传第三十八

太宗十一王 世祖二子

太宗十一王，世祖二子亡。

郡主风流客，皇家谁主张。

79 卷四十五 列传第三十九

王僧辩

僧辩字君才，江州且顿台。

征东不得已，世祖广平开。

80 之二

江州一日荣，建业半无城。

树国军功去，谋身不克名。

81 卷四十六 列传第四十

胡僧祐 徐文盛 杜崱兄岸

弟幼安 兄子龛 阴子春

勇士白门中，将军素厚雄。

自身忠义许，王事以何终。

82 卷四十七 列传第四十一

孝行

滕昙恭 徐普济 宛陵女子 沈崇傃

荀匠 庾黔娄 甄恬

韩怀明 刘昙净 何炯 庾沙弥

江紑 刘霁 褚修 谢蔺

寒瓜孝悌一桑门，哀切本德半子孙。

素比终身怀俯迹，成风潜晦自乾坤。

83 卷四十八 列传第四十二

儒林

伏曼容 何佟之 范缜 严植之

贺玚 子革 司马筠 卞华

崔灵恩 孔佥 卢广 沈峻太史叔明

孔子祛 皇侃

儒林半史书，过客一云居。

子命知天下，人言孔孟初。

84 卷四十九 列传第四十三

文学上

到沆 丘迟 刘苞 袁峻

庾於陵 弟肩吾 刘昭 何逊

钟嵘 周兴嗣 吴均

相如不预汉家廷，盖取文章作渭泾。

区宇光宅今古事，旁求儒雅圣人铭。

85 之二

高祖箸“连珠”，群臣问玉奴。

和直折屹立，文苑见梁荼。

86 之三

儒林半著书，斧正一云舒。

气正平生弱，虚怀自若虚。

87 卷五十 列传第四十四

文学下

刘峻 刘沼 谢几卿 刘勰

王籍 何思澄 刘杳 谢征

臧严 伏挺 庾仲容 陆云公

任孝恭 颜协

文心岁月半雕龙，涓子王孙一世工。

出类性灵拔萃客，周书论体世无终。

88 卷五十一 列传第四十五

处士

何点 弟胤 阮孝绪 陶弘景 诸葛璩

沈凯 刘慧斐 范元琰 刘訏 刘歊

庾诜 张孝秀 庾承先

处士自天书，佯狂裸体余。

流潦何可鉴，止水见云居。

89 之二

纯盗一虚名，多云半枯荣。

何言诬易术，处士有私情。

90 卷五十二　列传第四十六

止足

顾宪之　陶季直　萧视素

何知止足臣，简素慢红尘。

进退亢微弱，有铭达生邻。

91 卷五十三　列传第四十七

良吏

庾荜　沈瑀　范述曾

孙谦　伏恒　何远

政平讼理吏惟良，郡守公侯济世昌。

善任知人由职尽，朝廷课税待田桑。

92

君臣父子一人间，朝野官民半客颜。

九鼎千言天下尽，五田三水两高山。

93 卷五十四　列传第四十八

诸夷

海南诸国　东夷　西北诸戎

自古问三边，公侯逐万年。

五湖联四海，四夷有千船。

94

于兰为阁问东明，倭者文身投马荣。

吐谷鲜卑高句丽，扶桑女国八荒名。

95 卷五十五　列传第四十九

豫章王综　武陵王纪

临贺王正德　河东王誉

历乱百愁生，王家一叶生。

秋风惊四野，何处是钟鸣。

96 之二

高祖一文才，王宫半输台。

昭明知太子，不见帝王来。

97 卷五十六　列传第五十

侯景

侯景雁门人，生擒骑射臣。

陈留才学子，俱是国亡身。

98

百尺楼车百姓愁，一妻伪位一德休。

世穷人昧无成事，之末強弓谁问侯。

99 之二

文德殿外一昭阳，高祖心中半不祥。

侯景拥兵相位座，台城陷落卸龙装。

100 之三

半朝一帝王，百士九城荒。

出类非直正，恒夷不道昂。

101 之四

毒遍一黎元，恣雎半土垣。

风云多少客，草木自何萱。

102 附录

梁书序

姚思廉

思廉撰写一梁书，诸子贞观半有余。

吴谢官察唐史树，百家并起自扶疏。

陈　书

1 陈书

书曰：“思曰睿，睿作圣”。

三思睿智圣人名，万物其知自枯荣。

去去来来非是客，兴兴废废史公城。

2 陈书

夫妻兄弟是衣襟，父子君臣谁用心。

晋宋齐梁陈国客，江南塞北不知音。

3 卷一　本纪第一

高祖上

高祖一君心，江山双木林。

丞相兴国社，土地是黄金。

4 之二

南康赣石自多滩，五丈游龙高祖澜。

百里西昌观水暴，进军承治率新安。

5 卷二　本纪第二

高祖下

吴兴一霸先，高祖半余年。

拯厥横流治，人言帝子传。

6 之二

英谋大度应无方，济世扶桑亚治梁。

僧辩才空伊尹士，玄机乘隙物难长。

7 卷三　本纪第三

世祖

乱世问山湖，新婚向舅姑。

宗英袭世祖，自若丈夫吴。

8 之二

世祖自艰难，含辛茹苦寒。

千家民所愿，百姓待心宽。

9 卷四　本纪第四

废帝

废帝半东宫，临川一世空。

药王儒弱厚，混一是非穷。

10 之二

别第出居太后声，弱仁无能去皇城。

不堪继业高宗纂，临海王家是枯荣。

11 卷五　本纪第五

宣帝

王者欲中兴，格地已玉冰。

绍世梁陈尽，古寺一孤灯。

12 之二

上符景宿一君愁，下叶人谋半国忧。

命将兴师无凯捷，连城相继逐东流。

13 之三

同竭一股肱，俱磬半相承。

省约宁陵望，登庸授律微。

14 卷六　本纪第六

后王

黄奴叔宝陈，后主高宗身。

瑟瑟人不语，声声半浥尘。

15 之二

四气易流明，三光自不声。
人心天下治，节序少方情。

16 之三

禹拜昌言昔典闻，尧施谏鼓问其君。
帝王切务田桑事，后主由之万紊分。

17 之四

深弘六艺一言辞，广辟四门半帝知。
金马争趋烟脂井，云集日月不寻时。

18 之五

自取身荣一不谋，金陵城下二水流。
音琴词赋浸俗色，鼎玉迁徙尽是愁。

19 卷七　列传第一

高祖章皇后　世祖沈皇后
废帝王皇后　高宗柳皇后
后主沈皇后　张贵妃
周礼，王者立后，六宫，三夫人，九嫔，二十七世妇，八十一御妻，以听天下之内治。
一后六宫九嫔亲，三夫人外世妇身。
御妻八十一听治，可叹千年尽俗尘。

20 之二

玉树后庭花，金陵不作家。
贵妃张孔色，谮政夕阳斜。

21 之三

易道一乾坤，关雎半语魂。
诗经昭草木，日月间黄昏。

22 之四

光照临春半望仙，结绮阁上张妃船。
朝阳初起香风远，琼树陈廷后主年。

23 卷八　列传第二

杜僧明　周文育　子宝安　侯安都
草木半春秋，君臣一世留。
忠诚寻古道，职守问东流。

24 卷九　列传第三

侯瑱　欧阳頠子纥　吴明彻　裴子烈
何以问台城，萧家俭约名。
千年寺庙在，后主有音声。

25 卷十　列传第四

周铁虎　程灵洗子文季
失竭问李陵，朝上论亡兴。
和战人言尽，臣君著玉冰。

26 之二

匪私财利一军闻，整肃官兵半不分。
劳苦其同身以治，清明天下半春云。

27 卷十一　列传第五

黄法毛　淳于量　章昭达
贤臣一代吴，良将半江湖。
征讨平君虏，书疏问子儒。

28 卷十二　列传第六

胡颖　徐度子敬成　杜陵　沈恪
台城近半吴，帝子问三夫。
日月君臣守，阴晴草木苏。

29 卷十三　列传第七

徐世谱　鲁悉达　周敷
荀朗子法尚　周炅
君臣职守微，日月自光晖。
唯有农家乐，江山不是非。

30 之二

识运知归创业臣，计谋守职至戚身。
寻锋斧落诛残尽，不是来人是去人。

31 卷十四　列传第八

衡阳献王昌　南康愍王昙朗
子方泰　方庆
机桥一阻休，身业半东流。
日月台城故，梁家雅性酬。

32 卷十五　列传第九

陈拟　陈详　陈慧纪
骖驾半无由，孤贫一不休。
维城宗子固，盘石懿亲尤。

33 卷十六　列传第十

赵知礼　蔡景历　刘师知　谢岐
武猛立其功，文谋事克躬。
俱来家国业，谛构极何终。

34 卷十七　列传第十一

王冲　王通弟劢　袁敬兄子枢
推重一耕虫，名声籍甚宏。
长深三十子，八十乃人终。

35 卷十八　列传第十二

沈众　袁泌　刘仲威　陆山才
王质　韦载族弟翙
杜预致军功，文章邓禹弓。
谢玄伦鼎立，素誉晋绅虫。

36 卷十九　列传第十三

沈炯　虞荔弟寄　马枢
夜下一灯明，天中半枯荣。
江山来去客，社稷有阴晴。

37 卷二十　列传第十四

到仲举　韩子高　华皎
云端小吏虫，天下诸人厷。
欲欲谋谋客，名名利利穷。

38 卷二十一　列传第十五

谢哲　萧乾　谢嘏　张种
王固　孔奂　萧允弟引
世上一清风，人中半雅雄。
成名成自己，出俗出西东。

39 卷二十二　列传第十六

陆子隆　钱道戢　骆牙
统领御才深，师军旧齿临。
树勋知世界，寄奉以德音。

40 卷二十三　列传第十七

沈君理　王瑒　陆缮
识鉴半书生，衣冠一济名。
诗言观止在，雅道止容成。

41 卷二十四 列传第十八

周弘正弟弘直 弘直子确 袁宪

孔子正言章句名，乾坤二系易之成。

玄机撰善师谋座，象爻先声骨掷行。

42 卷二十五 列传第十九

裴忌 孙玚

寇贼实繁一半梁，陈时区夏两三扬。

人民自古耕耘立，仕子皇家顾屡昌。

43 卷二十六 列传第二十

徐陵子俭 份 仪 弟孝克

灞陵回首一沧桑，萧瑟奸蓬半露霜。

士女朝人风雨散，丘墟彼此谁兴亡。

44 之二

慎终有典旧章余，特达聪明两主书。

泰运遭逢朝宰客，谋猷砥砺礼亲疏。

45 卷二十七 列传第二十一

江总 姚察

龙华一寺明，总持半精英。

略序修心赋，禅居籍草行。

46 之二

荣荣枯枯一春秋，怨怨恩恩半去留。

败败成成何意气，兴兴废废不沉浮。

47 之三

陈人五七言，浮艳两三轩。

后主多传幸，当权废政源。

48 卷二十八 列传第二十二

世祖九王 高宗二十九王

后主十一子

才子一江南，文华半水涵。

懿亲何所故，王后谁家坛。

49 卷二十九 列传第二十三

宗元饶 司马申 毛喜 蔡徵

恤隐一廉平，资仁半不声。

朝明官吏守，天下枯还荣。

50 卷三十 列传第二十四

萧济 陆琼子从典 顾野王

傅縡 章华

梁陈一半是吴人，古往千年柳赋新。

才学英灵班史客，章华典例故宫臣。

51 卷三十一 列传第二十五

萧摩诃子世廉 任忠 樊毅弟猛

鲁广达 萧摩诃

摩诃东府刃叔陵，后主知伤赐所兴。

讷者语言心侍力，临戎对寇自飞鹏。

52 任忠

任忠自不忠，投降掖门虫。

不卫台城陷，后庭玉树终。

53 鲁广达

一诺三生盟，臣君后主情。

沙场非彼此，白日自留名。

54 卷三十二 列传第二十六 孝行

殷不害 弟不佞 谢贞 司马皓

张昭

半世一声名，三生两孝行。

夫妻知父母，子女问娘情。

55 之二

孝子半人伦，苍天一苦辛。

穷神廉尽性，天地守因循。

56 卷三十三 列传第二十七 儒林

沈文阿 沈洙 戚衮 郑灼

张崖 陆诩 沈德威 贺德基 全缓

张讥

顾越 沈不害 王元规

儒林一半书，天地两三余。

来去风云易，沉浮世界疏。

57 之二

天下一书生，人间半枯荣。

文章诗赋在，日月自留名。

58 之三

天下一鸿儒，文章百代书。

经纶知大道，孝礼自家余。

59 卷三十四 列传第二十八 文学

杜之伟 颜晃 江德藻 庾持

许亨 褚玠 岑之敬 陆琰 弟瑜

何之无 徐伯阳 张正见 蔡凝

阮卓

文章日月明，草木枯荣生。

化成知天下，焕乎济世情。

60 之二

后主弘范官行酒，蔡凝“小室赋”。

玉树后庭花，陈宫日暮霞。

乐天知命酒，只在帝王家。

61 卷三十五 列传第二十九

熊昙朗 周迪 留异 陈宝应

后主一朝终，陈隋半世雄。

江湖多少客，霸寇任西东。

62 之二

乱世起群雄，公侯寇盗同。

异图求霸主，地匪帝王穷。

63 卷三十六 列传第三十

始兴王叔陵 新安王伯固

富贵功名欲所生，王侯生死属何荣。

为人作事随天地，所达于求不正成。

64 附录

曾巩《陈书》目录 序

梁陈一史家，曾巩半文华。

俱是兴亡客，春秋有百花。

65 之二

江南玉树后庭花，后主东宫酒日斜。

先后阳关三叠尽，贵妃井后入隋家。

南史

1 南史

寄奴后主宋陈终，梁武齐成济世穷。
谁问人间何主客，南朝田事乱西东。

2 南史

本纪十篇中，王公一世雄。
列传言六十，四海五湖东。
帝后生天下，儒林问去鸿。
吏臣宗室客，隐逸谁奸忠。

3 卷一　宋本纪上　第一

彭城一寄奴，宋室半江苏。
五色龙章客，竹林寺帝孤。

4 晋宋

朝纲驰紊并权门，百姓流离问儿孙。
颇顾桓玄厘改欲，轨则肃示宋初蕴。

5 之二

晋帝江山卜世终，桓玄挟持问从同。
攸集刘裕唐虞客，隆治元勋陟位衷。

6 之三

法驾建康宫，临朝社稷同。
三呼玄牡数，一代宋时雄。

7 之四

亲知土木舜躬耕，稼穑艰难帝子荣。
田舍公心昭日月，克成大业历时明。

8 之五

雄才盖世名，晋帝半无荣。
久谢励移鼎，桓玄革命史。
朝权倾国命，先资乘时盟。
宋武非齐晋，慈颜顾训情。

9 卷二　宋本纪中　第二

文帝入中堂，皇宫问四方。
太极前殿外，天下自封王。

10 文帝

元嘉廿九年，仁厚雅文天。
天下躬勤政，儒心俭约田。

11 孝武帝

俄倾数斗寒，长夜醉云端。
奏事神明坐，朝纲不惰宽。

12 前废帝

凶悖未知邻，诛杀日甚权。
湘中天子讹，废帝不知天。

13 前废帝

山阴公主淫恣名，三十余人面首情。
废帝裸身相逐女，当终桀纣暴其行。

14 卷三　宋本纪下　第三

明皇废帝终，御坐白纱同。
宋业知衰落，骚然去势穷。

15 之二

前废无成后废门，牛刀直见玉夫根。
新安寺外偷猪狗，仁寿毡幄谁谢恩。

16 之三

顺皇帝，小字知观
宋业已辞师，知观短制时。
下无盘石位，上有累卵危。

17 卷四　齐本纪上　第四

齐家一道成，泰始运开明。
利器难人假，苍梧暴虐行。

18 齐太祖

半臣天下半君名，四壁云中四壁更。
暮暮朝朝寻日月，年年岁岁自阴晴。

19 之二

四海之心一志明，五湖月下半争鸣。
三江流水寻家国，九脉群峰有枯荣。

20 世祖

赤火南流一国终，沙门北来半无穷。
思弘正道虚疾治，精舍成心礼大同。

21 卷五　齐本纪下　第五

废帝郁林王，东宫继世堂。
颠童移鼎业，处士所流亡。

22 之二

废帝海陵王，西昌纂统扬。
人中禅寺客，天下斗凿荒。

23 高宗明皇帝

高宗俭约行，废帝两黜横。
猜忌亟诛戮，群言道术名。

24 废帝东昏侯

女儿子歌情，清曜阁上名。
东昏侯汉海，萧衍断齐城。

25 和帝

无心废帝慕虚名，足意隆昌愆鄙行。
支庶非安非义举，古今歼夷属何成。

26 卷六　梁本纪上　第六

项有一伏龙，人臣半不容。
沙门叔达术，如见帝王踪。

27 萧衍

朱雀桥边半帝家，石头城外两江华。
梁朝四百禅灵寺，风雨如今野草花。

28 齐东昏侯

东昏失理半朝宫，废帝难钟济世雄。
剿戮忠贤含冤痛，诛残台辅已空空。

29 劝帝

百官陈表御梁台，劝奉千人武帝裁。
可叹齐家多废帝，石头城下大江开。

30 卷七　梁本纪中　第七

素约上中堂，禅灵日月光。
一朝梁武帝，参教半文章。

31 之二

玉人不见佛人华，遍比僧庭处处花。
几次舍身同泰寺，何言俭素帝王家。

32 之三

劝耕田亩劝文章，不入朝堂入佛堂。
一亿万钱赎武帝，三公元老问禅房。

33 之四

风雨满台城，齐梁半弟兄。
百年文物盛，武帝简约名。

34 卷八　梁本纪下　第八

文明大宝年，谢客诸王传。
玉简长春记，连珠绝句篇。

35 七符

釆女怀中月溢香，修容阮母赐湘王。
皇宫眇目僧炉在，武帝禅灵入寺堂。

36 之二

江陵九十九洲情，阙子龙升一帝行。
内典文章梁帝手，词林贡职弃台城。

37 之三

方智不朝堂，萧明乱政荒。
江阴王废帝，祀典自炎凉。

38 之四

雍州引寇戮河东，记世文明废帝躬。
行卷千篇无释手，忌疑成性是终空。

39 卷九　陈本纪上　第九

陈朝一霸先，兴国半生年。
大志长谋断，兵书月满弦。

40 之二

梁朝末运乃陈生，肇有黎蒸树司成。
厥性凭陵神器客，有明之治是无明。

41 世祖文皇帝

大曰色正黄，临安避地藏。
吴兴知太守，惊觉自图强。

42 废帝奉业

梁朝未尽一陈朝，废帝临流废帝消。
雄毅之姿忧国运，药王拯溺世横遐。

43 卷十　陈本纪下第十

玉树后庭花，金陵帝子家。
陈朝多废帝，三代不隆华。

44 卷十一　列传第一

宋孝穆赵皇后　孝懿萧皇后　武敬臧皇后　武张夫人　文章胡太后　少帝司马皇后　文元袁皇后　潘淑妃　孝武昭路太后　明宣沈太后　孝武文穆王皇后　宣贵妃　前废帝何皇后　明恭王皇后　后废帝陈太妃　后废帝江皇后　顺陈太妃　顺谢皇后　齐宣孝陈皇后　高昭刘皇后　武穆裴皇后　文安　王皇后　郁林王何妃　海陵王王妃　明敬刘皇后　东昏褚皇后　和王皇后

三妃九嫔九卿宫，美色才人养子同。
天下督身修妇德，职责尽在有无中。

45 之二

妃，三夫人位比三公，九嫔九卿位比比官卿，余有闲职蔡天下之妇道，实为官中之色也。

列传奉君名，何察妇女城。
宫中颜色好，只叹枯难荣。

46 卷十二　列传第二

后妃下

梁文献张皇后　武德郗皇后　武丁贵嫔　武阮修容　简文王皇后　元徐妃　敬夏太后　敬王皇后　陈武宣章皇后　文沈皇后　废帝王皇后　宣柳皇后　后主沈皇后　张贵妃

文辞常在帝王家，玉妃宫中待日斜。
朱雀何言寻后主，至今犹唱后庭花。

47 后主

临春阁上半临春，玉树结绮玉树人。
袭孔望仙相往去，求贤若竭入隋臣。

48 卷十三　列传第三

宋宗室及诸王上

长沙景王道怜　临川烈武王道规　鲍照　营浦侯遵考　从子季连武帝诸子

文人半丈夫，典叙集林儒。
鲍照河清赋，王侯似有无。

49 之二

一帝江山一帝王，半天风雨半天荒。
南朝寺院今何在，北土还留素俭光。

50 卷十四　列传第四

宋宗室及诸王下

文帝诸子　孝武诸子　孝明诸子　休远

含章殿前玉人花，鹦鹉心中客主纱。
南第东阳门外事，奚官只道帝王家。

51

天下何言太子堂，读书守猎寻娟芳。
暴残凶虐深疑忌，废帝公侯自称王。

52 卷十五　列传第五

刘穆之　曾孙祥　从子秀之　徐羡之　从孙湛之　湛之孙孝嗣　孝嗣孙君　傅亮　族兄隆　檀道济兄韶　韶孙圭　韶弟祗

龙船一穆之，截发半妻知。
决断如流政，朝堂内外奇。

53 檀道济

前朝道济主功名，诸子文章立甚英。
废帝疑猜心不善，何如土木树归荣。

54 卷十六　列传第六

王镇恶　朱龄石　弟超石　毛修之　孙惠素　傅弘之　朱修之　王玄谟　子瞻　从弟玄象　玄载　玄邈

君臣一国风，天下半英雄。
灞上真卿赐，长安万户空。

55 之二

桓温一代一英人，晋鼎中分半志臣。
霸上兵屈闻黩武，宋齐苦俭问梁陈。

56 卷十七　列传第七

刘敬宣　刘怀肃弟怀敬　怀慎　刘粹族弟损孙处　蒯恩　向靖子柳　刘钟　虞丘　进　孟怀玉弟龙符　胡藩　刘康祖　伯父　简之　简之弟谦之　简之子道产　道产子延孙

身后半无闻，生前一世分。

饰终之数尽，恩礼厚薄君。

57 之二

攀附风云奋羽鳞，咸丰振拔入滓尘。
封侯自许阶缘尽，不报无德是去人。

58 卷十八　列传第八

赵伦之　子伯符　萧思话子惠开　惠明
惠明　子晾素惠明弟惠基　惠基子洽
惠基弟惠休
惠休弟子介　介子允　引　惠开从子琛
臧焘　玄
孙严　严族叔未甄　未甄子盾　厥　焘弟
熹　熹子质
人归十二州，恭谨两三谋。
佛寄禅封寺，居家任自由。

59 之二

南朝故事多，梁武满先河。
素俭桑田籍，文辞自揣磨。

60 诗曰：“雨我公田，遂及我私”

雨我公田遂我私，萧辞子弟待萧辞。
屯游七算词工力，累代相传继世师。

61 卷十九　列传第九

谢晦　兄瞻　从叔澹　谢裕
子恂 玄孙微 裕弟纯 述 述孙朓 谢方明
子惠连　谢灵运　孙超宗　曾孙几卿
江南一谢家，天下半人华。
烟雨金陵树，梅香二月花。

62 谢琨，谢晦

风华两王人，河洛半清尘。
先荡临淄秽，桃林日月轮。

63 江左第一

文章赏会泽山游，江左谢家第一谋。
望族子孙词广众，纵横雪赋撰征修。

64 卷二十　列传第十

谢弘微子庄　孙朏　曾孙惠　玄孙哲　朏弟颢
颢弟　子览　览弟举　举子裰　举兄子侨
江左谢弘微，间之不失非。
名臣依重持，淡而不流威。

65 易云：“积善之家，必有余庆”

积善之家庆有余，敬冲三代帝王墟。
骤经贞固迁革志，偃仰当年免货居。

66 卷二十一　列传第十一

王弘 子锡 锡弟僧达 曾孙融 弘弟子微 微
远 远子僧祐 僧祐子籍 弘从孙瞻 弘玄孙冲
冲子玚 瑜
丞相御帝家，子女府宫花。
望族春秋客，江山日月斜。

67 王与马，共天下

世取几相铭，金陵草木青。
江东王与马，天下半家庭。

68 卷二十二　列传第十二

王昙首 子僧绰 孙俭 曾孙骞 骞子规 骞弟东
东子承　训　僧绰弟僧虔　僧虔子慈　子泰
慈弟志 志弟子筠 志弟彬 寂
王弘一大家，职守几相华。
玄术儒文史，江东职守嘉。

69

王昙首器冠，世禄继人宽。
江东多才子，文儒举属观。

70 卷二十三　列传第十三

王诞　兄子偃　偃子藻　藻弟子莹　莹从弟亮
王华从弟琨　王惠　从弟球　王彧子绚
绚弟缵　缵孙克　彧兄子蕴奂　奂弟份　份孙铨
锡金　通劢　质固
王弘历晋朝，五世属相遥。
简淡文章在，根深叶茂霄。

71 之二

晋宋谢王家，江东一半华。
文章官五世，草隶万千花。

72 王家

晋宋继齐观，梁陈举世寒。
一家千户继，三代百年官。

73 之二

江左两三王，金陵一半昌。
行云儒子教，逐日守钱唐。

74 卷二十四　列传第十四

王裕之孙秀之　延之　阮韬　延之子纶之
曾孙峻　峻子琮　王镇之　弟弘之　弘之孙
晏　晏从弟思远　王韶之　王悦之　王准之
曾孙清　清子猛　从弟逡之　珪之　族子素
王家适六之，晋宋可三思。
素族亲人主，鹅池太守时。

75 淮流实截王氏灭

陈亡一石头，截断半淮流。
晋氏冠王导，兴亡扫地秋。

76 过秦淮

烟雨万千家，金陵一半花。
秦淮王谢去，朱雀玉桥斜。

77 卷二十五　列传第十五

王懿　到彦之孙伪　伪子沆　沆从兄溉
溉从弟洽　洽子仲举　垣护之　弟子崇祖
崇祖　从兄荣祖　荣祖从父闳　闳弟子昙深
张兴世子欣泰
周公一百官，江左万千纨。
晋宋齐梁客，陈门职守难。

78 卷二十六　列传第十六

袁湛弟豹　豹子淑　淑兄子凯
凯从弟粲　凯弟子象　象从弟昂
马仙琕　昂子君正　君正子枢
宪　君正弟敬　泌
天子一衣襟，群臣半古今。
儒林千弟子，何识十人心。

79 之二

天长地久四时更，代谢新陈五味成。
劲草疾风寻日月，原心有本枯还荣。

80 卷二十七　列传第十七

孔靖　孙琇之　琇之曾孙奂
孔琳之孙觊　殷景仁从祖弟淳

惟旧恩深宠辱惊，王臣已度听言明。
变通之道其难久，位重于斯是不成。

81 卷二十八　列传第十八

褚裕之弟淡之 玄孙球 裕之兄子湛之
湛之子彦回 彦回子贲蓁 蓁子向 向子
翔 彦回弟澄 从父弟炤 炫 炫子沄 沄孙玠

公平谅厚名，文武半难成。
谤议朝廷客，刚直自不荣。

82 卷二十九　列传第十九

蔡廓 子兴宗 孙约 约弟撙 撙孙凝

四代蔡家弘，三生问大同。
高风节亮处，文武一飞鸿。
素气于时补，乱世矜倨中。
兴言何所至，格道大江东。

83 卷三十　列传第二十

何尚之 子偃 孙戢 偃弟子求
求弟点 点弟胤胤从弟炯 尚之
弟子昌宇 昌宇子敬容

顺道一朝廷，阴晴半渭泾。
正邪何所寄，进退是浮萍。

84 卷三十一　列传第二十一

张裕 子永 岱 岱兄子绪 绪子完 充
永子瑰 瑰子率 率弟盾 瑰弟稷 稷
子嵊 永从孙种

吐纳自风流，文衡十二州。
濯缨从事体，简素立身修。

85 卷三十二　列传第二十二

张邵　子敷　孙冲　兄子畅
畅子融　融弟宝积　徐文伯
文伯从弟嗣伯

邵裕弟兄名，江东半枯荣。
思先知草木，和鹊以加诚。

86 齐高帝云“不可有二，不可无一”

一道半心成，三生两枯荣。
有无天地上，不可或平生。

87 卷三十三　列传第二十三

范泰　子晔　荀伯子族子万秋　徐广
郗绍　广兄子豁　郑鲜之　裴松之
孙昭明　曾孙子野　何承天　曾孙逊

始末和香方，精微亦自扬。
衣裳增损故，治制可无伤。

88 卷三十四　列传第二十四

颜延之 子竣 从子师伯 沈怀文 子冲
从兄昙庆 周朗 族孙颙 颙子舍 舍弟子
弘正 弘让 弘直 弘直子确

晋宋齐梁陈客俑，百官革命顺时荣。
前朝后代身名继，学业文章永世行。

89 之二

文人不护细则行，简素多通物象名。
朝野人心田亩上，古今天下问阴晴。

90 卷三十五　列传第二十五

刘湛 庚悦族弟登之 仲文 仲文子弘远
仲文族孙仲容 顾琛 顾恺之 孙宪之

吴人顾恺之，私财子自恣。
中烧文卷厨，为父伺民时。

91 卷三十六　列传第二十六

羊欣 羊玄保子戎 兄子希 沈演之
子勃 兄孙凯 演之从子宪 宪孙浚 江
夷子湛 曾孙 玄孙蒨 禄 子紑 紑子总
夷弟子智深 江秉之孙谧

盗世问虚名，玄天向客明。
齐梁江左俭，素约是人生。

92 卷三十七　列传第二十七

沈庆之孙昭略 子文季 弟子文秀
从父兄子攸之 攸之从孙僧昭 宗悫
从子夬

君臣有史名，世代举平生。
读者知天下，田桑待枯荣。

93 卷三十八　列传第二十八

柳元景 元景弟子世隆 世隆 子惔
惔弟恽 恽子偃 偃子盼 恽弟憕 憕
弟忱 世隆从弟庆远 庆远子津 津子
仲礼 敬礼

官成斧正名，利欲命无成。
俱是江山客，何言不枯荣。

94 卷三十九　列传第二十九

殷孝祖 族子琰 刘勔 子悛 悛子
孺 孺弟览 览弟遵 悛弟子苞 悛弟绘
绘子 孝绰 孝绰子谅 孝绰弟潜 绘弟瑱

文章简素雄，治业有清风。
君子知其道，书生拔萃成。

95 无书不治国，无农不齐家。

诗书继世一清名，田亩齐家半枯荣。
广大农民求富裕，江山社稷自阴晴。

96 卷四十　列传第三十

鲁爽　薛安都　从子深　邓琬刘胡
宗越　吴喜　黄回　薛家

天下一扶苏，江山半有无。
三千家里坐，十万国无图。

97 卷四十一十　列传第三十一　齐宗室

衡阳元王道度　始安贞王道生
始安　王遥光　曲江公遥欣　子
幾　安陆昭王眄　新吴侯景先
南丰伯赤斧　子颖胄　颖达　衡阳
公谋　临汝侯坦之

黄鸟于飞灌木林，齐宗问道以衣襟。
王王帝帝王家子，古古今今是古今。

98 卷四十二　列传第三十二　齐高帝诸子上

豫章文献王嶷　子子廉　子恪　子操
子范　子范子乾　子范弟子显子云

王侯一始终，太子半无空。
来去三千界，江山十万雄。

99 之二

雍容简雅谁王公，田亩桑林社子同。
宿学儒书知进退，龙生龙子乱争雄。

100 卷四十三　列传第三十三

齐高帝诸子下

俱是帝王家，何人问日斜。

中堂朝暮去，故野保乌纱。

101 之二

王朝务利荣，智客待精英。

善闭无关建，何门有启明。

102 之三

夙表天姿由己仁，权之所存势轻身。

原夫固本图谋算，只见农夫客主人。

103 卷四十四　列传第三十四

齐武帝诸子　文惠诸子

明帝诸子

守器子孙名，行人半不声。

邦家天子近，谁事一王城。

104 之二

人间父子情，天下枯荣生。

去去来来客，王王后后名。

105 卷四十五　列传第三十五

王敬则　陈显达　张敬儿

崔慧景　王敬则

紫色袍衣鼓角鸣，女巫母子刃刀声。

三吴高丽重安吏，乌豆其虫废帝荣。

106 之二

光武功臣职守荣，终身至者继章明。

奋飞发迹寻常客，鼎将人极取败成。

107 卷四十六　列传第三十六

李安人　子元履　戴僧静　桓康

焦度　曹武　子世宗　吕安国

周山图　周盘龙子奉叔　王广

之　子珍国　张齐

安人自少贫，富贵半辛尘。

逐鹿怀家去，君臣不误身。

108 卷四十七　列传第三十七

荀伯玉　崔祖思叔父景真　景真

子元祖　祖思宗人文仲　苏侃

虞悰　胡谐之范柏年　虞玩之

刘休　江祐　刘暄

伺君不事子君成，疏密东宫守谁名。

二主一臣终始尽，有荣旧职是无荣。

109 卷四十八　列传第三十八

陆澄　陆慧晓　子倕　孙缮　兄子闲

闲子绛　降弟厥　厥弟襄　襄兄子云公

云公子琼　琼子从典　琼从父弟琰　琰

弟瑜　瑜从兄玠　瑜从父弟琛　陆杲

子罩　陆阙

高下低昂有五声，重轻速缓暗三明。

清浊韵序知曲律，角羽宫商辨阴晴。

110 沈约永明体

宫商角羽五音徵，鹤膝蜂腰上尾应。

会下平头知制韵，永明体内玉壶冰。

111 卷四十九　列传第三十九

庚杲之叔父荜　王谌　从叔摛　何宪

孔逖　孔珪　刘怀珍　子灵哲　从父

弟峻　刘沼　从子怀慰　怀慰子霁　杳

歊　怀珍从孙訏　怀珍族弟善明

抑抑威仪一则人，分邦不忒海江尘。

九州云雨风水客，四国家珍自纳新。

112

家当一孝吏当清，草木三生自枯荣。

俭素心明知日月，风流山泽泽山行。

113 卷五十　列传第四十

刘献弟琎　族子显　显从弟瑴　明僧

绍子山宾　庾易子黔娄　於陵　肩吾

刘虬子之遴　之亨　虬从弟坦

百岁一儒行，三生半自明。

知书天下去，达理问来生。

114 之二

是道寻非是道成，知名拾有自无名。

兴亡其外身心在，来去之中见枯荣。

115 卷五十一　列传第四十一

梁宗室上

吴平侯景　子劢　劝　勔　勃　弟昌　昂

昱　长沙宣武王懿子业　孙孝俨

业弟藻　猷　猷子韶　骏　猷弟朗　明

永阳　昭王敷　衡阳宣王畅　桂

阳简王融　子象　象子慥　临川静

惠王宏子正仁　正义　正义弟正德　正

德子见理　正德　弟正则　正则弟正立

正立子贲　正立　弟正表　正表弟　正信

梁家天下一文章，俭素朝中半寺昌。

谗佞奸巧无可止，台城杨柳自飞扬。

116 之二

王侯一半子王侯，牛马人间是马牛。

自在如今寻自在，春秋自古是春秋。

117 卷五十二　列传第四十二

梁宗室下

安成康王秀子机　机弟推　南平元

襄王伟子恪　恪弟恭　恭子静　恭弟祗

鄱阳忠烈王恢　子范　范子嗣　范弟

谘　谘弟修　修弟泰　始兴忠武王憺

子亮　亮弟暎　暎弟晔

割裂州邦一子王，千年万岁半荒唐。

亲植德秽盘根石，有道文章不道扬。

118 之二

石头城下一朝梁，简素文中半旧荒。

自是忠奸除顺逆，此王去后彼王堂。

119 卷五十三　列传第四十三

梁武帝诸诸子

昭明太子简文明，小字维摩武帝生。

建业石头城大义，远游冠上玉珠荣。

120 之二

飞扬跋扈砥中流，拓境功勋一日休。

梁武谤言非不鲜，昭明太子自贤谋。

121 卷五十四　列传第四十四

梁简文帝诸子　元帝诸子

梁朝兴废子无荣，乱世文章自不明。
太子王公寻寺院，朝纲不尽是其情。

122 卷五十五　列传第四十五

王茂　曹景宗　席阐文　夏侯详
子亶　夔　鱼弘　吉士瞻　蔡道恭
杨公则　邓元起　罗研　李膺　张
惠绍　冯道根　康绚　昌义之

一国昏狂半地横，三江流去两山荣。
石头城外多风雨，诸子心中自不成。

123 之二

一君成败百官名，半国阴晴万户耕。
士子江山寻泽誉，梁臣子弟客平生。

124 卷五十六　列传第四十六

张弘策　子缅　缵　绾　庾域　子子舆
郑绍叔　吕僧珍　乐蔼　子法才

天下一梁终，人中半故翁。
冠游三泽被，庶士两心空。

125 卷五十七　列传第四十七

沈约　子旋　孙众　范云　从兄缜

宫商角羽半徵明，出入双平一五声。
留下文章千载客，清风轨迹慕光明。

126 之二

齐德将谢虐君昏，晷刻命悬不入门。
沈约兹文居首跡，高才博洽主儿孙。

127 卷五十八　列传第四十八

韦睿　兄纂　阐　睿子放　孙粲　放
弟正　正子载　鼎　正弟棱　棱弟
黯　裴邃　邃子之礼　兄子之高
之高弟之平　子忌　之高弟之横

与梁终始一臣名，戎马驱驰半守生。
睿智克荷隆构处，此成先后彼家成。

128 卷五十九　列传第四十九

江淹　任昉　王僧孺

布衣韦带一君臣，逢产桑枢半语伦。
言教其中知有旧，声名之外是无尘。

129 之二

霸府初开武帝名，群臣载覆问台城。
舍身寺院朝堂误，非是绝交志不成。

130 之三

任昉僧孺沈约文，汉术南朝史作勋。
蓬户江淹知处世，穷通硕学步青云。

131 卷六十　列传第五十

范岫　傅昭　弟映　孔休源　江革子德
藻　徐勉　许懋　子亨　殷钧宗人芸
人兽

不害猛兽不害人，去却栏杆去却尘。
人有慧根人有见，自相天干自相亲。

132 卷六十一　列传第五十一

陈伯之　陈庆之子昕　暄　兰钦

武帝庆之一局棋，呼来共事百人师。
何当天下多兵马，不及盘中黑白时。

133 陈庆之

燕雀之游武帝棋，鸿鹄其志委任知。
南风不竞功靡故，晚致倾身自已迟。

134 卷六十二　列传第五十二

贺瑒　子革　弟子琛　司马褧　朱异
顾协　徐摛　子陵　陵子俭　份　仪
陵弟孝克　鲍泉鲍行卿　行弟卿　.

躬耕奉养一家贫，礼孝文章半自身。
六尺方床俭素客，三生智慧去来人。

135 卷六十三　列传第五十三

王神念　子僧辩　羊侃　子球
鹍　羊鸦仁

儒夫内典明，冠绝一精英。
应是文章客，知时近大成。

136 卷六十四　列传第五十四

江子一　胡僧祐　徐文盛　阴子春
子铿　杜崱兄岸　弟幼安　兄子龛　王
琳　张彪

黄图九品文，忠羲一臣君。
名宦知微出，恢弘自应勤。

137

大厦终倾一木根，朝廷日落半黄昏。
梁家简素文章在，历运推移故典论。

138 卷六十五　列传第五十五
陈宗室诸王

永修侯拟　遂兴侯详　宜黄侯慧纪
衡阳献王昌　子伯信　南康愍王昙朗
子方泰　方庆　文帝诸子　宣帝诸子
后主诸子

割地半封王，亲宗一世昌。
宫中争太子，田亩误炎凉。

139 卷六十六　列传第五十六

杜僧明　周文育子宝安　侯瑱侯
安都　欧阳頠　子纥　黄法氍
淳于量　章昭达　吴明彻裴子烈

知臣莫若君，附泽近浮云。
问将平干戈，寻相夺马勋。

140 卷六十七　列传第五十七

胡颖　徐度　子敬成　杜棱　周铁
虎　程灵洗子文季　沈恪　陆子隆
钱道戢　骆文牙　孙瑒　徐世谱
周敷　荀朗　于法尚　周炅　鲁
悉达　弟广　达萧摩诃子世廉　任忠
樊毅　弟猛

武帝受禅身，陈朝已去人。
隋家江左岸，自立属何亲。

141 卷六十八　列传第五十八

赵知礼　蔡景历子征　宗元饶
韩子高　华皎　刘师知　谢岐
毛喜　沈君理　陆山才

功名自立人，仁义著其身。
时运江山客，精微职守臣。

142 卷六十九　列传第五十九

沈炯　虞荔弟寄　傅縡章华
顾野王萧济　姚察

才思自美人，移志向梁陈。
戎马驱驰过，逢交问运辛。

143 之二

知察别敕一疏非，顺事陈隋半帝微。
唯有文章天下寄，通贤域界自人归。

144 卷七十　列传第六十

循吏

吉翰　杜骥　申恬　杜慧度　阮长之
甄法崇孙彬　傅琰　孙岐　虞愿　王洪
轨李珪之　沈瑀　范述曾　孙谦从子廉
政平讼理一良臣，职守精微半吏民。
功寡工成多器事，无横尺寸主红尘。

145 之二

移风易俗政人心，文质彬彬礼仪深。
循吏亲民知事故，难兴俭素御金音。
济时而动登师将，故国安邦治古今。
左右不私天下客，土植日月木成林。

146 之三

吏者一清风，人家半大同。
民田居自主，猛兽不称雄。

147 卷七十一　列传第六十一

儒林

伏曼容子暅　暅子挺　何佟之　严
植之　司马筠　卞华　崔灵恩
孔佥　卢广　沈峻　太史叔明　峻子
文阿　孔子祛　皇侃　沈洙　戚
衮　郑灼　张崖　陆诩　沈德威　贺
德基　全缓　张讥　顾越　龚孟舒
沈不害
六学弘风正学名，五径天地自心成。
儒林自古多天下，一寸风光一寸荣。

148 之二

著书立说主人身，六学五径博士民。
日月天光循自己，山川草木不红尘。

149

自古一儒林，如今半客心。
人间明日月，天下而衣襟。

150 卷七十二　列传第六十二

文学

丘灵鞠　子迟　从孙仲孚　檀超　熊襄
吴迈远　超叔道鸾　卞彬　诸葛勖　袁嘏
高爽　孙抱　丘巨源孔广　孔宦　虞通之
虞　和　司马宪　袁仲明　孙诜　王智深
崔慰祖　祖冲之　子暅之　孙皓　来嶷
贾希镜　袁峻　刘昭　子縚　缓　钟嵘
兄岏　岏弟屿　周兴嗣　吴均　江洪　刘
勰　何思澄子朗　王子云　任孝恭　颜
协　纪少瑜　杜之伟　颜晃　岑之
敬　何之元　徐伯阳　张正见　阮卓
人文天下一成观，典书宪章舒性叹。
是是非非多不断，江山社稷自心宽。

151 之二

指斥半文风，标新一大同。
雕龙心术刻，造作自称雄。

152 祖冲之，指南车

机思一敏成，县令半不名。
南北凭车鉴，姚兴事业荣。
木牛流马教，千里水船行。
善算明齐帝，安边论国情。

153 之二

文心逾立自雕龙，礼器仲尼问故踪。
小子纵横精已识，圣人观见自殊容。

154 文章

神明律吕一风标，内运游心半韵潮。
爱嗜千门凭性状，生灵万物有情桥。

155 卷七十三　列传第六十三

孝义上

龚颖 刘瑜董阳 贾恩 郭世通
子原平 严世期 吴逵 潘综陈遗
秦绵 张进之 俞佥 张楚 丘杰 师
觉授 王彭 蒋恭 徐耕 严成 王
道盖 孙法宗 范叔孙 吴国夫
卜天与张弘之等天与弟天生 许昭先
余齐人 孙棘妻许 徐元妻许 钱
延庆 何子平 崔怀顺 王虚之
顾昌衍 江柔之 江轲 吴庆之 萧睿
明 鲜于文宗 文宗秭文英 萧矫妻羊
羊辑 之女佩任 吴康之妻赵 蒋俊之妻
黄吴翼之母丁 会稽陈氏三女 永兴概 中
里王氏女 诸暨屠氏女 吴兴乘公济 妻姚
吴郡范法恂妻褚 公孙僧远 吴欣之
韩系伯闻人 丘冠行 孙淡 华
宝薛天生 刘怀胤 解叔谦 宗元卿
庚震 朱文济 匡昕 鲁康祚 谢昌宇
韩灵敏 刘沨 弟濂 柳叔夜 封
延伯 陈玄子 邵荣兴 文献叔 徐生
之 范安祖 李圣伯 范道根 谭弘宝 何弘
阳黑头 王续祖 郝道福 吴达之 蔡
昙智 何伯玙 王文殊 乐颐之 弟
预 沈升之 江泌 庚道愍 族孙沙
弥 沙弥子持
终生父母光，一世子孙堂。
日月知朝暮，官民自故乡。

156 卷七十四　列传第六十四

孝义下

滕昙恭　徐普济　张悌等　陶季直
沈崇傃　荀匠　吉翂　甄恬
赵拔扈　韩怀明　褚修　张景
仁　宛陵女子　卫敬瑜妻王　刘景昕
陶子锵　成景俊　李庆绪　谢蔺
子贞　殷不害　弟不佞　司马皓　张
昭　王知玄
儿孙一孝心，富贵半黄金。
常见平生事，爹娘是古今。

157 卷七十五　列传第六十五

隐逸上

陶潜　宗少文　孙测　从弟彧之沈道
虔　孔淳之　周续之　戴颙　翟法
赐　雷次宗　郭希林　刘凝之　龚
祈　朱百年　关康之　辛普明　楼惠明
渔父　褚伯玉　顾欢　卢度　杜京产
孔道徽　京产子栖　剡县小儿
隐逸一渔樵，官场半客桥。

桑田辛苦客，得处入云霄。

158 之二

五柳一先生，三江半不明。
田园芜自问，归去复来情。

159 之三

黄金白璧利生名，驷马高冠欲乃荣。
王道文明寻海外，隐鳞之士问风情。

160 卷七十六　列传第六十六

隐逸下

臧荣绪　吴苞　赵僧岩　蔡荟　孔嗣之
徐伯珍娄幼瑜　沈麟士　阮孝绪
邓郁　陶弘景　释宝志　诸葛璩
刘慧斐　兄慧镜　慧镜子昙净　范元
琰　庾诜张孝秀　庾承先　马枢

何人隐逸情，过客问荣生。
束带躬耕去，终生不仕名。

161 之二

神仙半养生，有道一三清。
回首沙门客，合则日月行。

162 卷七十七　列传第六十七

恩幸

戴法兴　戴明宝　徐爰　阮佃夫
纪僧真　刘系宗　茹法亮　吕
文　显茹法珍　梅虫儿　周石珍
陆验　徐驎　司马申　施文庆
沈客卿　孔范

一士自兰芳，三夫纳首扬。
九州相将客，四海任波茫。

163 之二

齐桓管仲半王家，小白阳门一易牙。
霸业经成非所至，昌隆恩幸向天涯。

164 之三

武帝尝云：“学士辈不堪经国，唯大读书耳。经国，一刘系宗足矣”。

学士难堪经国名，宗臣系足问殊荣。
公卿正反论无止，不及三边一日兵。

165 之四

俯仰晨昏一世臣，环缨敛笏半清尘。
迁兰变弥因城社，不道公卿自幸亲。

166 卷七十八　列传第六十八

夷貊上

海南诸国　西南夷

四海一夷门，三边半客村。
有心成败问，不力以兵屯。

167 女儿国

柳叶一扶南，玉女半谷岚。
混填出诣庙，姿影入清潭。

168 卷七十九　列传第六十九

夷貊下

东夷　西戎　蛮　西域诸国　北狄

东夷诸国一西戎，夏域狄蛮百济东。
魏晋朝鲜倭自主，一朝天子一朝终。

169 卷八十　列传第七十

贼臣

侯景　王伟　熊昙朗　周迪
留异　陈宝应

留名一贼臣，三世半无亲。
信仰三生志，殊荣是故尘。

170 之二

万古一兴亡，千年半不芳。
去来寻日月，进退问沧桑。
父子君臣客，阴晴草木荒。
沉浮精职守，俯仰纳炎凉。

171 南史

晋宋齐梁一史陈，隋人汴水半安身。
台城杨柳秦淮客，王谢乌衣风月珍。
朱雀桥边桃叶渡，石头城外建业津。
文章自古骚人客，留取君心故纳新。

四、魏书 北齐书 周书 北史

1 魏书

炎黄一子孙，男女半乾坤。
尽是中华客，何人守玉门。

2 北魏

内外列分人，圆缺属问身。
炎黄华夏后，百代子孙邻。

3 卷一　帝纪第一

序纪

轩辕廿五子华人，内列分荒诸外亲。
一万里中原上草，五千年外叙纶巾。
石勒赵王称，中原不主承。
乞和兄弟使，帝斩断其兴。

苻坚

草木之兵一谢家，风声鹤唳半天涯。
今来古往何征战，玉树后庭处处花。

4 卷二　帝纪第二

太祖纪

阴山弱水宽，戎马问长安。
淮水苻坚去，姚苌助帝坛。

显晦安危一帝生，屈伸潜跃半王名。
无暇冠履栖遑土，利见人人百姓盟。

5 卷三　帝纪第三

太宗纪

饥寒切已人，荣辱问其身。
天下衣食事，人间饱暖辛。

太祖英雄朔漠寻，仁心衅隙暗衣襟。
行权治属精前后，济事安危是古今。

6 卷四上　帝纪第四

世祖纪上

半是英雄半是王，一天风云一天狂。
阴山胡马金陵渡，御统江山御统妆。

7 卷四下　帝纪第四

世祖纪下　恭宗纪

凉州城外玉门关，胡马江山作御颜。
俱是轩辕皇帝子，金陵一统渡阴山。

四表一戎华，三公半不家。
威灵资二世，安国荡千沙。

8 卷五　帝纪第五

高宗纪

永安前殿纪高宗，闾氏东宫子帝容。
经略四方虚耗尽，君人谁度向何龙。

9 卷六　帝纪帝六

显祖纪

朝堂楚楚半云中，村野荒荒一味同。
中外养威仁裕济，布德继世客西东。
聪睿夙成显祖名，兼资善断不连荣。
漠野更清众叛变，大启南服厌世鸣。

10 卷七上　帝纪第七

高祖纪上

图谶国典非，帝纪问经围。
孔子闲房记，巫见谁见归。

11 卷七下　帝纪第七下

高祖纪下

万国一君名，三边半御情。
务农重谷米，治世有方赢。

廓平南夏纬经明，循世劈壤武业成。
睿圣之风躬政事，雄才大略付虚荣。

12 卷八　帝纪第八

世宗纪

从容不断行，日逐入平城。
稽古钦明客，文章自不名。

13 卷九　帝纪第九

肃宗纪

冲龄统业妇权成，委任专非帝子倾。
魏考无为为社稷，此时不过彼时名。

14 卷十　帝纪第十

孝庄纪

谁问太原王，朱荣帝位荒。
忠勋民事与，奉仰子何梁。

15 卷十一　帝纪第十一

前废帝广陵王 后废帝
安定王 出帝平阳王

官群废帝昌，魏尽谁兴亡。
前后王公弃，何言故道荒。

16 卷十二　帝纪第十二

孝静

魏纪十二帝，清河一半工。
江山统治客，日月下高堂。

17 卷十三　列传第一

皇后列传

周礼定循谋，夫人嫔妇求。
皇妻规有数，治女谁人忧。

18 卷十四　列传第二

神元平文诸帝子孙

废帝有儿孙，王公不入门。
寻皇无诸子，怯世乱黄昏。

19 卷十五　列传第三

昭成子孙

退避一阴山，昭成半御颜。
苻坚南境寇，漠北谁人还。

20 卷十六　列传第四

道武七王

清河王 阳平王 河南王
河间王 长乐王 广平王

京兆王

道武七王行，天工半世荣。
相知何父母，罪恶自其生。

21 卷十七　列传第五

明元六王

乐平王 安定王 乐安王
永昌王 建宁王 新兴王

明元帝六王，怨悖贬时猖。
有悔亢龙去，无民谁问皇。

22 卷十八　列传第六

太武五王

晋王 东平王 临淮王
广阳王 南安王

太武五王名，当途半不行。
东宫风雨尽，魏地谁成荣。

23 卷十九上　列传第七上

景穆十二王

阳平王 京兆王 济阴王
汝阳王 乐浪王 广平王

何生乱世王，废帝子孙昌。
自是寻常客，皇廷亦自伤。

24 卷十九中　列传第七中

景穆十二王

任城王

一王不似一王长，半壁河山半壁光。
唯有人间田亩种，桑丝织造带红妆。

25 卷十九下　列传第七下

景穆十二王

南安王 城阳王 章武王
乐陵王 安定王

显祖让禅名，德音国大明。
宁朝夷险济，百姓入出城。

26 卷二十　列传第八

文成五王

安乐王 广川王 齐郡王
河间王 安丰王

文成五子生，善恶一半行。
将帅于时任，卿相自不盟。

27 卷二十一上　列传第九上

献文六王

咸阳王 赵郡王 广陵王
高阳王 北海王

高阳器术然，北海终荷迁。
祸乱间言至，旋踪已覆天。

28 卷二十一下　列传第九下

献文六王

彭城王

文谋武略容，异姓之诚宗。
成败英各属，安危谁谓龙。

29 卷二十二　列传第十

孝文五王

废太子 京兆王 清河王
广平王 汝南王

朝行访事谋，夜宿安身休。
血气存生望，刚直欲所求。

30 卷二十三　列传第十一

卫操 莫含 刘库仁

奋展一文谋，德元半奋浮。
东西狼騃武，只向国家忧。

31 卷二十四　列传第十二

燕凤 许谦 张衮
崔玄伯 邓渊

天下上言臣，江湖间客身。
宽和知大业，经略济贫民。

一见之文一见人，羁縻业事羁縻身。
辨章要甸荒遐政，书礼春秋物土亲。

32 卷二十五　列传第十三

长孙嵩 长孙道生

父子入三公，廉清问一翁。
平生忠厚谨，饰味不殊同。

33 卷二十六　列传第十四

长孙肥 尉古真

雄烈自知名，军峰不散英。
增隆家业尽，忠勇奋发荣。

34 卷二十七　列传第十五

穆崇

御驾上凉州，龙颜不自愁。
今朝多志士，何必古人忧。

35 列传第十六

和跋 奚牧 莫题 庾业
延 贺狄干 李粟 刘洁
古弼 张黎

举止一风流，长安半人秋。
重谋天下事，操业诸军休。

36 卷二十九　列传第十七

奚斤 叔孙建

世不乏贤人，天无典马臣。
平凉之役没，师歼虏忠身。

37 卷三十　列传第十八

王建 安同 楼伏连 丘堆

娥清 刘尼 奚眷 车伊洛
宿石 来大千 周几 豆代
田 周观 闾大肥 尉拨 陆
真 吕洛拔
长者一仁言，贤臣半不喧。
连昌隆重义，将帅自轩辕。

38 卷三十一　列传第十九

于栗䃅 长子烈
不可犯其容，无言善子踪。
公行谦让表，直士赐臣从。
子烈不虚名，其容凛凛横。
艰危知柱石，气概问平生。

39 卷三十二　列传第二十

高湖 崔逞 封懿
勃海半辽东，身名俱邵空。
人英何世代，虑远数微中。

40 卷三十三　列传第二十一

宋隐 王宪 屈遵 张蒲 谷浑
公孙表 张济 李先 贾彝 薛提
草草显机情，优优礼礼平。
操行贞白处，遗略利何荣。

41 卷三十四　列传第二十二

王洛儿 车路头 卢鲁元
陈建 万安国
咸以一由衷，危难半济雄。
过人知志烈，此去谁相逢。

42 卷三十五　列传第二十三

崔浩
天下自家言，文象一容喧。
筹谋博策划，给事子房元。

43 卷三十六　列传第二十四

李顺
柱石半洪流，沧桑器宇休。
谋宣中国志，气折外蕃囚。

44 卷三十七　列传第二十五

司马休之 司马楚之 司马
景之 司马叔番 司马天助
乱补入病肠，齐行世不昌。
临流知司马，一立半倾扬。

45 卷三十八　列传第二十六

刁雍 王慧龙 韩延之 袁式
立世半著声，堂构一立名。
凭身夷险历，长者自留荣。

46 卷三十九　列传第二十七

李宝
日月有阴晴，流离世器名。
陇西怀素玉，士举一生平。

47 卷四十　列传第二十八

陆俟
武略过人成，文成问器生。
梁栋明立竖，雅显制殊名。

48 卷四十一　列传第二十九

源贺
堂堂徒武功，肃肃问苍穹。
翼戴知贤考，身亡冀野空。

49 卷四十二　列传第三十

薛辩 寇赞 郦范 韩秀 尧暄
归身有道行，驭远弃休横。
务武喧聪故，余荣礼致成。

50 卷四十三　列传第三十一

严棱 毛修之 唐和
刘休宾 房法寿
夙款自可佳，气雅到天涯。
尚有儒风在，归身著绩娃。

51 卷四十四　列传第三十二

罗结 伊馛 乙瑰 和其奴
苟颓 宇文福 费于 孟威
枝从叶附根，天地一乾坤。
勇力威强势，文章继子孙。

52 卷四十五　列传第三十三

韦阆 杜铨 裴骏 辛绍先 柳崇
门风归祖宗，素业自人容。
道理知乡郡，春秋半夏冬。

53 卷四十六　列传第三十四

窦瑾 许彦 李䜣
良干半魏家，时事客桑麻。
器宇轩明客，苍天补女娲。

54 卷四十七　列传第三十五

卢玄
涿州一范阳，玉素半清霜。
绪业闻冠带，风流道礼扬。

55 卷四十八　列传第三十六

高允
游仁一古僧，百岁半清灯。
鉴照知穷达，冬寒向玉凝。

56 卷四十九　列传第三十七

李灵 崔鉴
儒风雅俊一人生，好学旌帛半盛平。
世业中文多恬正，科家继轨已成城。

57 卷五十　列传第三十八

尉元 慕容白曜
方面之功一魏臣，雅宽树立半秋春。
三齐席卷风靡草，敦正薄伐接物人。

58 卷五十一　列传第三十九

韩茂 皮豹子 封敕文
吕罗汉 孔伯恭
功成事立自茂荣，使厚仁行抚众成。
曲打江山闻将勇，成名守壁尚文明。

50 卷五十二　列传第四十

赵逸 胡方回 胡叟 宋繇 张湛
宗钦 段承根 阚因 刘丙 赵柔
索敞 阴仲达
才志元群价四州，晓通经史势三流。
人之显晦优游去，播种何须问白头。

60 卷五十三　列传第四十一

李孝伯 李冲

一上高楼望远愁，半来日月以心收。
如今燕赵多奇士，山立巍巍水去流。

风流识业鉴人诛，政事出干献替除。
卒秀功名无际可，时良俊达以心孤。

61 卷五十四　列传第四十二

游雅 高闾

优游才业一高明，下笔文章半自清。
受遇累朝悬舆礼，褂冠谢事几名成。

62 卷五十五　列传第四十三

游明根 刘芳

儒林雅道乞言重，旷世群公步后踪。
前后堂构三代见，克隆师表亦从容。

63 卷五十六　列传第四十四

郑羲 崔辩

机识明悟半人生，风尚殊途故自荣。
诸事如归知日月，三明器业可成城。

64 卷五十七　列传第四十五

高祐 崔挺

学业优通老自明，怀文抱质一传经。
舍生之气高洁处，儒俊之风世继成。

65 卷五十八　列传第四十六

杨播

谦谨家风一毅忠，公卿牧守半鸣虫。
慎行恭让德诚至，师范临庭幕江东。

66 卷五十九　列传第四十七

刘昶 萧宝夤 萧正表

猜疑俱祸生，成败谁无成。
兄弟相歼灭，功名自不荣。

67 卷六十　列传第四十八

韩麒麟 程骏

屡陈一守成，实绩半功名。
天下知时务，人间少不平。

68 卷六十一　列传第四十九

薛安都 毕众敬 沈文秀

张谠 田益宗 孟表

来轻去就武夫名，竞保图谋并列生。
文秀其林何伺贵，身蒙嘉礼事怀情。

69 卷六十二　列传第五十

李彪 高道悦

秉笔行言厉目明，族微志确指平生。
农家自幼耕耘在，道悦匡直一半成。

70 卷六十三　列传第五十一

王肃 宋弁

光风出类赫然荣，抑感逢时过不明。
百里之行知九十，才人半古未功成。

71 卷六十四　列传第五十二

郭祚 张彝

世务之长敏实成，经纶至始厉官名。
拥旄衔命行官使，动静称述有臣荣。

72 卷六十五　列传第五十三

邢峦 李平

内参外寄一器成，效智明谋半客卿。
冲折机癸干略入，经纬至世已殊荣。

73 卷六十六　列传第五十四

李崇 崔亮

玉质英重秀立工，将相朝野问清风。
迹名后事明达许，不见之同是不同。

74 卷六十七　列传第五十五

崔光

虚怀若谷半山风，大智出声一世空。
小雅中庸托志者，渊长学业大江东。

75 卷六十八　列传第五十六

甄琛 高聪

中书“月令”早声名，民利如斯诲教成。
异轨同奔危覆路，咸经处客寺边更。

76 卷六十九　列传第五十七

崔休 裴延俊 袁翻

直身立本至人闻，位望情尊日月分。
半壁文章三朝述，一衣山水一衣裙。

77 卷七十　列传第五十八

刘藻 傅永 傅竖眼 李神

父子家中父子城，君臣天下一君名。
文才武略家传故，世代龙行子雨横。

78 卷七十一　列传第五十九

裴叔业 夏侯道迁 李元护 席法友
王世弼 江悦之 淳于诞 李苗

万岁江山一日亲，千年来去半秋春。
功成两茂知天下，将略才行鹊起人。

79 卷七十二　列传第六十

阳尼 贾思伯 李叔虎 路恃庆
房亮 曹世表 潘永基 朱元旭

一朝天下一朝臣，半世江山半世邻。
去去来来千古尽，朝朝暮暮万秋春。

80 卷七十三　列传第六十一

奚康生 杨大眼 崔延伯

鼙鼓之响将帅臣，文功武略世气人。
并标儒素书生客，风采词涉不步尘。

81 卷七十四　列传第六十二

尔朱荣

衣冠涂地半秀容，德义无风一寸踪。
庄帝图荣荣不觉，何人正邪来浮龙。

82 卷七十五　列传第六十三

尔朱兆 尔朱彦伯
尔朱度律 尔朱天光

同心协力不忧公，唇齿相依忘世雄。
叶落冰离之役政，土崩瓦解士志空。

83 卷七十六　列传第六十四

卢同 张烈

卷舒兼济厚洪生，质器同仁尚世名。
趋舍深沉知显达，正途儒雅士标荣。

84 卷七十七　列传第六十五

宋翻 辛雄 羊深 杨机 高崇

清断于公一世明，刚鲠自立半人成。
途闻饰学冠官敏，晚节留乎士可卿。

85 卷七十八　列传第六十六

孙绍 张普惠

强直半士风，典故一儒同。

明达王臣客，何流进举中。

86 卷七十九　列传第六十七

成淹 范绍 刘桃符 刘道斌

董绍 冯元兴 鹿余 张熠

上谷自居庸，人言有地容。

非才何显著，士志存其踪。

87 卷八十　列传第六十八

朱瑞 叱列延庆 斛斯椿

贾显度 樊子鹄 贺拔胜

侯莫陈悦 侯渊

小器大谋名，长思短作声。

闻原知所务，不以是非成。

88 卷八十一　列传第六十九

綦俊 山伟 刘仁之 宇文忠之

济世半遭逢，杰人一行踪。

山河何永久，天下谁趋从。

89 卷八十二　列传第七十

李琰之 祖莹 常景

自古谁神童，如今一阵风。

寒窗辛苦在，游历在西东。

90 卷八十三上　列传第七十一上

贺讷 刘罗辰 姚黄眉 杜超

贺迷 闾毗 冯熙 李峻 李惠

乱世谁英雄，精英举学空。

博闻知子客，好继问飞鸿。

91 卷八十三下　列传第七十一下

高肇 于劲 胡国珍 李延侄

后世举无倾，当今未必荣。

立身家国事，名就翰书成。

92 卷八十四　列传第七十二

梁越 卢丑 张伟 梁祚 平恒

陈奇 常爽 刘献之 张吾贵

刘兰 孙惠蔚 徐遵明 董徵

刁冲 卢景裕 李同轨 李业兴

谁问足观一体容，何闻勇力恃行踪。

留声后裔儒书士，盛族无当先祖龙。

93 卷八十五　列传第七十三

袁跃 裴敬宪 卢观 封肃

邢臧 裴伯茂 邢昕 温子升

位下人微不朽名，耕耘父母有人生。

灵蛇可握居常显，贵贱何当俱顿荣。

94 卷八十六　列传第七十四

赵琰 长孙虑 乞伏保 孙益

德 董洛生 杨引 阎元明 吴

悉达 王续生 李显达 张升

仓跋 王崇 郭文恭

文恭一孝名，负土半亲生。

终极哀思道，中庸至乃卿。

95 卷八十七　列传第七十五

于什门 段进 石文德 汲固 王

玄威 娄提 刘渴侯 朱长生 于

提 马八龙 门文爱 晁清 刘侯

仁 石祖兴 邵洪哲 王荣世 胡

小虎 孙道登 李几 张安祖 王闾

际乱一危临，成夷半人心。

何当家国士，一诺到如今。

96 卷八十八 列传第七十六

张恂 鹿生 张应 宋世景

路邕 阎庆胤 明亮 杜纂

裴佗 窦瑗 羊敦 苏淑

何处问文姜，当人士子肠。

乾坤知父母，隐之逊公羊。

97 卷八十九　列传第七十七

于洛侯 胡泥 李洪之 高遵

张赦提 羊祉 崔暹 郦道元

谷楷

淳风已尽乱萌生，弄禁奸黠猛酷城。

士立其途谋济世，相资善恶各归名。

98 卷九十　列传第七十八

眭夸 冯亮 李谧 郑修

不见一伏身，无言半闭人。

非藏其知语，处顺势安邻。

99 卷九十一　列传第七十九

晁崇 张渊 殷绍 王早 耿玄

刘灵助 江式 周澹 李修 徐

謇 王显 崔彧 蒋少游

厚是无非一专长，拟古喻今半易张。

方术何言兴废客，诗书尤善问兴亡。

100 卷九十二　列传第八十

崔览妻封氏 封卓妻刘氏

魏溥妻房氏 胡长命妻张

氏 平原女子孙氏 房爱亲

妻崔氏 泾州贞 姚氏妇氏

张洪初妻刘氏 董景起妻张

氏 阳尼妻高氏 史映周妻耿

氏 任城国太妃孟氏 苟金龙

妻刘氏 卢元礼妻李氏 河东

孝女姚氏 刁思遵妻鲁氏

天地一乾坤，人间半子孙。

女男生父母，朝暮待黄昏。

101 卷九十三　列传第八十一

王睿 王仲兴 寇猛 赵修

茹皓 赵邕 侯刚 郑俨 徐纥

令色荒言一貌情，眄睐取利半私名。

秦金散货奇居客，性态乾坤海内成。

102 卷九十四　列传第八十二

宗爱 仇洛齐 段霸 王琚

赵黑 孙小 张宗之 剧鹏

张佑 抱嶷 王遇 苻承祖

王质 李坚 秦松 白整

刘腾 贾粲 杨范 成轨

王孟鸾 平季 封津 刘思逸

宫腐族

趋走半恩声，亲由亵狎情。

身乖观俯仰，任事溺宫城。

103 卷九十五　列传第八十三

匈奴刘聪 羯胡石勒 铁弗

刘虎 徒何慕容傀 临渭氏
苻健 羌姚 苌 略阳氏吕光
自古一江山，王家半御颜。
风光千百战，斗士不须还。

104 卷九十六　列传第八十四

僭晋司马睿　宗李雄
蜀国剑门生，江流楚地平。
千年桑树叶，万岁守蚕名。

105 卷九十七　列传第八十五

岛夷桓玄 海夷冯跋 岛夷刘裕
桓玄敬道名，七岁郡公生。
洗马雄群立，何言抑弟兄。

106 卷九十八　列传第八十六

岛夷萧道成 岛夷萧衍
萧夷岛上名，征役楚家荣。
僭晋中兵客，边民不得生。

107 卷九十九　列传第八十七

私署凉州牧张住 鲜卑乞伏国亡
鲜卑秃发乌孤 私署凉王李嵩
卢水胡沮渠蒙逊
周德问汉雄，潜怀世难同。
竞踌神州并，戎墟逊清风。

108 卷一百　列传第八十八

高句丽 百济 勿韦 豆莫娄
地豆于 库莫奚 契丹 乌洛侯
夷狄半汉名，晋魏一民生。
十国神州问，三生俯仰情。

109 卷一百一　列传第八十九

氐 吐谷浑 岩昌羌 高昌
邓至 蛮 獠
故国一楼兰，高昌半氏官。
沙荒平日落，自彼莫王寒。

110 卷一百二　列传第九十

西域
中原一夏书，西域半无居。
佛祖心平处，沙风客有余。

111 卷一百三　列传第九十一

蠕蠕 匈奴宇文莫槐
徒何段就六眷 高车
人间百族生，世上一人情。
自是多儿女，何须草木荣。

112 卷一百四　列传第九十二

自序

伯起

行书建业冠，折简向长安。
问事千今古，知人十岁寒。
高良侯伯起，佛助属文澜。
直笔陈经史，梁州代纪宽。

113 卷一百五之一　志第一

天象志一

星象见天鸣，吉凶易不生。
民时惊敬授，祸福废兴萌。

114 卷一百五之二　志第二

天象志二

吴越有忧声，江湖不水平。
波澜原已见，兴废势难成。

115 卷一百五之三　志第三

天象志三

去秽行新一彗星，建德治政半长亭。
于心只问兴亡事，家国生民十里萍。

116 卷一百五之四　志第四

天象志四

人间利禄半生平，天下祸福一世荣。
士子离合情不尽，君王成败殳词成。

117 卷一百六上　志第五

地形志上

夏书禹贡“职方”周，四海中原画九州。
制理疆城都邑比，析其物土帝王求。

118 卷一百六中　志第六

地形志中

寇王一争世难平，攻伐三军将不生。
物土涂炭民几度，心灵何处谁同鸣。

119 卷一百六下　志第七

地形志下

人丁户口郡县名，里弄乡城草木荣。
沟壑山川形不尽，河流日月姓灵生。

120 卷一百七上　志第八

律历志上

神机妙算一民生，制物成舟半载情。
唯有农夫心土地，秋声尽处有春荣。

121 卷一百七下　志第九

律历志下

日月相行运乃生，刚柔克济四象明。
暑寒交谢星辰客，明晦修平盈缺城。

122 卷一百八之一　志第十

礼志一

天明日月礼明情，人治江山地治荣。
周立百官行上下，民心一向是天声。

123 卷一百八之二　志第十一

礼志二

人间一祖宗，天下半苍龙。
父母知兄弟，盈缺日月逢。

124 卷一百八之三　志第十二

礼志三

天下一乾坤，人间半树根。
前程多少路，回首已黄昏。

125 卷一百八之四　志第十三

礼志四

常思父母亲，复念弟兄人。
博士知天地，乡音待客身。

126 卷一百九　志第十四

乐志

声形气质分，喜怒立音云。
夏护言声永，咸池易豫君。

127 卷一百一十　志第十五

食货志

谷货人家一本心，聚财八政半知音。
九州贡赋饥寒迫，一女无公织古今。

128 卷一百一十一　志第十六

刑罚志

二仪黑白一阴阳，四象分成八卦庄。
但见有心求世界，咸相善恶自刑伤。

129 卷一百一十二上　志第十七

灵征志上

灵心世上一人心，去往还来半古今。
吕氏春秋秦不在，祖龙何以挂衣襟。

130 卷一百一十二下　志第十八

灵征志下

沧海易桑田，人间世事烟。
东流寻古道，北水向南迁。

131 卷一百一十三　志第十九

官氏志

周公设百官，儒士问三寒。
谁见桑榆晚，无为司牧残。
师公寻九品，杏李列千坛。
不自农夫处，书生谁简繁。

132 卷一百一十四　志第二十

释老志

村前问古今，寺外有音琴。
月见门中木，僧寻刃下心。

佛陀

秦景天竺汉使名，洛阳白马负经成。
沙门有路关西问，领悟浮图继世生。

道

天下一金丹，人间半玉坛。
君王求保佑，妇子问平安。

133 读魏书

语秀冠时一魏收，宪章余迹半书谋。
俗言官语何相继，谁问西东故水流。
地异星奇实录雅，中原荆楚四方求。
圣穷国尽英雄客，此度春香彼度秋。
神州处处千王绪，指掌欣欣十九州。

134 北齐书

神武一齐书，江山半有余。
始终民子客，前后帝王居。
日落边城尽，风扬祖业墟。
月明知月暗，云卷问云舒。

135 北齐书

谁问北齐书，何闻史外庐。
生来渤海客，去见帝王墟。

136 卷一　帝纪第一

神武上

深沉大度半轻财，重士侠豪百业推。
紫气赤光怀朔镇，邻人考树扬何栽。

137 卷二　帝纪第二

神武下

何知一帝王，神武半自昌。
拔剑胡床色，东堂晋地伤。

138 卷三　帝纪第三

文襄

仆曲布衣艺用人，出身靖国纪相臣。
荣华世子当年迹，顿尽声名暮在秦。

139 卷四　帝纪第四

文宣

赤光照室秘私闻，四壁生辉祖不分。
愚智沙门人不测，无言自异继时君。

昆山作镇号神州，瀛海方池存制留。
司牧王城乡土地，赤县乃粒已春秋。

140 卷五　帝纪第五

废帝

废帝半齐城，人心一去生。
北宫常拒客，天保尽荒名。

141 卷六　帝纪第六

孝昭

何人问李陵，笃志汉朝冰。
故事通明理，留心细主凭。

142 卷七　帝纪第七

武成

齐家一世终，神武半王童。
九子皇天下，贤良已去空。

143 卷八　帝纪第八

后主 幼主

后主晋阳宫，容仪一场空。
终当革易事，御统治不同。

后主

众叛亲离恶顺流，土崩瓦解善难修。
卖官鬻爵闻多令，荒淫穷极举国忧。

144 卷九　列传第一

神武娄后　文襄元后　文宣
李后　孝昭元后　武成胡后
后主斛律后　胡后　穆后

严断高明武后名，昭君娄氏悟思成。
城中执役真夫语，秘策倾财雅俭盟。

145 卷十　列传第二

高祖十一王

永安简平王浚　平阳靖翼王淹
彭城景思王攸　上党刚肃王涣
襄城景王淯　任城王湝　高阳康
穆王湜　博陵文简王济　华山王凝
冯翊王润　汉阳敬怀王洽

高祖齐朝十一王，临渊镇守两三强。
挥师父子千军战，立马江淮逐北方。
齐家子弟一兴亡，乱桑爹娘半折伤。
王浚雄谋王涣智，何闻后主入荒唐。

无为十一王，不治两三昌。
但有隋流去，卿相亦之扬。

146 卷十一　列传第三

文襄六王

河南康舒王孝瑜 广宁王孝珩
河间王孝琬 兰陵武王孝瓘
安德王延宗 渔阳王绍信
一帝六男王，承先半死伤。
孝瑜多侧目，燕氏到渔阳。

147 卷十二　列传第四

文宣四王

太原王绍德 范阳王绍义
西河王绍仁 陇西王绍廉
孝昭六王
乐陵王百年 始平王彦德 城阳王彦基
定阳王彦康 汝阳王彦忠 汝南王彦理
武成十二王
南阳王绰 琅邪王俨 齐安王廓
北平王贞 高平王仁英 淮南王仁光
西河王仁几 乐平王仁邕 颍川王仁俭
安阳王仁雅 丹阳王仁直 东海王仁谦
一子半孙王，三江两水扬。
桑田自世界，易革见炎凉。

148 卷十三　列传第五

赵郡王琛子睿 清河王岳子劢
天地盈虚况制人，活隆适道信息春。
思明举世仁则显，似命斯人向晋秦。

149 卷十四　列传第六

广平公盛 阳州公永乐弟
长弼 襄乐王显国 上洛王
思宗子元海 平秦王归彦 武
兴王普 长乐太守 灵山嗣子伏护
粗武一天初，池塘半有鱼。
风扬来去客，酒醉故人居。

150 卷十五　列传第七

窦泰 尉景 娄昭兄子睿
厍狄干子士文 韩轨 潘乐

谁问窦行台，朱衣去不回。
三更冠帻入，雨水自无来。

151 卷十六　列传第八

段荣子韶
姻戚一重臣，感遇半自身。
阃外留台任，韶光久不开。

152 卷十七　列传第九

斛律金子光
拨乱反途穷，邦家向日忠。
将相多少客，天下易英雄。

153 卷十八　列传第十

孙腾 高隆之 司马子如
清真守道生，治乱厚敛名。
关河何所去，兖职是囚城。

154 卷十九　列传第十一

贺拔允 蔡俊 韩贤 尉长命
王怀 刘贵 任延敬 莫多娄
贷文 高市贵 厍狄回洛 厍
狄盛 薛孤延 张保洛 侯莫
陈相
望古可知邻，行人尚有亲。
官冠乡里近，士子也如尘。

155 卷二十　列传第十二

张琼 斛律羌举 尧雄 宋显
王则 慕容绍宗 薛循义 叱
列平 步大汗萨 慕容俨
霸业初基勇士成，无知先觉梦中生。
清尘是累逢斯运，立肇实臣先势荣。

156 卷二十一　列传第十三

高乾弟慎 弟昂 弟季式 封
隆之 子子绘 从子孝琬 孝琰
尺寸之资意不如，揭竿而起立当初。
勤王助举成其志，德礼之声似有余。

157 卷二十二　列传第十四

李元忠 卢文伟 李义深
烈烈文昭一素流，灼灼勇武半春秋。
风云淡淡三生客，质器悠悠几代侯。

158 卷二十三　列传第十五

魏兰根 崔㥄子瞻
拾取半机疏，人生一伟余。
思心多识悟，泛览读群书。
孝道常山郡，董卓逆伐初。
名行当见重，霸迹似何如。

159 卷二十四　列传第十六

孙钎 陈元康 杜弼
泰山或重一鸿毛，独木官场半步高。
父母生身应孝道，弟兄原是奶同袍。

160 卷二十五　列传第十七

张纂 张亮 张耀 赵起
徐起 王峻 王蕨
凌风远振一声鸣，九曲黄河半浊清。
圣世升平人可就，兴成霸业事难盟。

161 卷二十六　列传第十八

薛枢 敬显俊 平鉴
奉日高升顺路行，高山打击弟兄成。
时和世开奸妄幸，为吏尚书志力名。

162 卷二十七　列传第十九

万俟普子洛 可朱浑元 刘丰
破六韩常 金祚 韦子粲
读书谁取半王侯，武力直成十三州。
以报深恩知此役，西人自去免冠由。

163 卷二十八　列传第二十

元坦 元斌 元孝友
元弼 元韶 元晖业
周公一百官，汉武两三鉴。
顾忌当臣愿，弟兄作色寒。
诛刘不尽尽诛元，七百人前日不暄。
二十五家余十九，昭成以下问轩辕。
除旧布新一故年，文宣谓韵半黄泉。
诛刘不是何人过，久啖衣袖爪甲田。

164 卷二十九　列传第二十一

李浑子湛 浑弟绘 族子公绪 李屿

弟瑾 族弟晓 郑述祖子元德

道通“急就章”，窃用秘其长。

珠玉言清志，宅相寄礼王。

165 卷三十　列传第二十二

崔暹子达拏 高德政 崔昂

风调才识一崔昂，怀远安平半直刚。

时主阴私言敢列，齐章奖护狱鞭长。

166 卷三十一　列传第二十三

王昕弟希

雅好清言不浅流，书生造化无高楼。

之奴济世疏闻客，但见九龙帝子忧。

167 卷三十二　列传第二十四

陆法和 王琳

江陵百里洲，不克一无求。

至赤沙湖岸，麾风白羽流。

昭阳行殿上，佛道弃钱由。

天子三年客，壁书越姥休。

168 卷三十三　列传第二十五

萧明 萧祗 萧退 萧放 徐之才

萧家世济平，显位问苍生。

魏帝门楼客，文章肆宇名。

169 卷三十四　列传第二十六

杨愔燕子献 宋钦道 郑颐

御水一沉浮，官冠半去留。

何言知上下，却似问春秋。

170 卷三十五　列传第二十七

裴让之弟诹之 谳之 皇甫和 李构 张宴之 陆卬 王松年 刘祎

出入一人城，阴晴半甫生。

留心三礼客，誉世不欺名。

171 卷三十六 列传第二十八

邢邵

文章典丽汉书成，苦雨词风赡速名。

览动衣冠甘露颂，朝臣并首世时荣。

172 卷三十七　列传第二十九

魏收

言踪一魏书，脱颖半多余。

世事熏灼故，嘉绰问帝居。

天才硕学苦，贵遇待樵渔。

管子当途客，名冠若是疏。

173 卷三十八　列传第三十

辛术 元文遥 赵彦深

温柔谨慎言，西蜀一江源。

终是东流去，风流半客轩。

174 卷三十九　列传第三十一

崔季舒 祖珽

心归霸府名，密计大谋成。

统领黄门坐，时勋未自荣。

出塞问三边，清言待半禅。

兰陵公主嫁，神武远家田。

十岁骝驹老马名，一妻娘子顺时荣。

华林遍略文襄杖，坐饮芒山寺碑情。

175 卷四十　列传第三十二

尉瑾 冯子琮 赫连子悦 唐邕 白建

勤于事在公，天下志难同。

草木朝云雨，人生济世雄。

176 卷四十一　列传第三十三

暴显 皮景和 鲜于世荣 綦连猛 元景安 独孤永业 傅伏 高保宁

间关夷险情，霸业槊殊成。

不愆斯终见，荣名是保平。

逢兹不造成，未遇举时名。

末运谋思尽，殊途始断横。

177 卷四十二　列传第三十四

阳斐 卢潜 崔吉 卢叔武 阳休之 袁聿修

任侠一游谋，德高半滞留。

权归安幸坐，宠辱心安求。

178 卷四十三　列传第三十五

李稚廉 封述 许淳 羊烈 源彪

器干一声名，文才半枯荣。

官冠不聚积，士固惜贞荣。

179 卷四十四　列传第三十六 儒林

李铉 刁柔 冯伟 张买奴 刘轨思 鲍季详 邢峙 刘昼 马敬德 张景仁 权会 张思伯 张雕 孙灵晖 石曜

大道隐何名，儒林问自声。

文风弘建国，教育始成城。

郑易邪蒿去，中山近北平。

“三传”家世贱，“石子”著殊荣。

何人政野问樵渔，自古周公向帝墟。

但见官民俱是客，儒风杂霸未多余。

180 卷四十五　列传第三十七 文苑

祖鸿勋 李广 樊逊 刘逖 荀士逊 颜之推 袁百韦道逊 江盱 眭豫 朱才 荀仲举 萧悫 古道子

天文地理是言情，幽显明灵百代生。

礼乐飞声音自古，天游汉夏后尘荣。

文之所起始情中，五常琴音六气同。

持达英灵心苦力，博闻广见雅梁风。

风声鹤唳致兴思，首戴萌薄出艺辞。

笔墨丹青明志道，疏布细锦意何时。

一帝十公卿，三朝半弟兄。

相秦闻百里，雀录以何名。

181 卷四十六　列传第三十八 循吏

张华原 宋世良 弟世轨 郎基

孟业 崔伯谦 苏琼 房豹 路去病
循规蹈矩半官场，八面中心一四方。
司牧黎元天下去，何人禁镇上中堂。

182 卷四十七　列传第三十九

酷吏

性灵禀受吏言行，酷肆刚柔济世横。
不以深察情欲纵，详观水火不失明。
宋游道
疾病如仇极法明，挞捶严酷问察情。
柔和子女中书士，审密行心奉父名。

183 卷四十八　列传第四十

外戚

赵猛 娄睿 乐朱文畅 郑仲
李祖升 元蛮 胡长仁
逆乱相倾自古残，妃族贻祸许无宽。
盛衰所致罕戚戮，两汉何仁问长安。

184 卷四十九　列传第四十一

方伎

由吾道荣 王春 信都芳 宋
景业 许遵 吴遵世 赵辅和
皇甫玉 解法选 魏宁 綦母
怀文 张子信 马嗣明
吉凶一易名，方伎半倾城。
但寄心中玉，何闻本草生。

185 卷五十 列传第四十二

恩幸

郭秀 和士升 穆提婆 高阿
那肱 韩凤 韩宝业
终生谄媚音，利欲妣力寻。
菽麦努藏守，龟兹杂伎临。

周书

四海分争六帝周，三江九脉一东流。
形同劫束何天下，未尽山河谁所求。

周书

朔野宇文周，神农帝子留。
武雄谋略久，侠气向天求。

186 卷一　帝纪第一

文帝上

梦子半升天，龙盘一贵年。
轻财施委地，修礼并州贤。

187 卷二　帝纪第二

文帝下

一半君臣半武功，魏周太祖魏周雄。
并州霸上图天下，立马潼关考变通。
九鼎虚求窃两宫，一雄放命世半穷。
弘诚训物隆周治，水历无施欲将终。

188 卷三　帝纪第三

孝闵帝

同州帝舍一周公，太祖崩辞半魏同。
蜀国静陵多草木，安邦就业属何雄。

189 卷四　帝纪第四

明帝

宽仁远度睿博闻，代邸之尊犹潜君。
百辟倾心方注意，功臣礼貌自何分。

190 卷五　帝纪第五

武帝上

叱奴太后身，四子同州春。
鲁国公宗虑，深谋顾问亲。
玄都观法坐，息役净俗尘。
典训群臣制，黎无柱国人。

191 卷六　帝纪第六

武帝下

兵连祸结北西分，史已图精左右军。
顺道推亡天下事，匹夫苦力雨天云。

192 卷七　帝纪第七

宣帝

周宣二代人，鲁国一公身。
可尽东观笔，实难首领臣。

193 卷八　帝纪第八

静帝

皇家三代人，静帝邺宫宾。
九岁天时尽，来来去去人。

194 卷九　列传第一

皇后

文帝元皇后 文宣叱奴皇后
孝闵元皇后 明帝独孤皇后
武帝阿史那皇后 武帝李皇后
宣帝杨皇后 宣帝朱皇后
宣帝陈皇后 宣帝元皇后
宣帝尉迟皇后 静帝司马皇后
大义正宫闱，黎民自是非。
皇家何礼道，厘降纪德妃。

195 卷十 列传第二

邵惠公颢子什肥 导 什肥子胄
导子广亮 翼 椿 众 杞简公连
莒庄公洛生子菩提 虞国公
仲子兴 兴子洛
受命之君主守文，除非异镇近亲闻。
飞声不泯天威恕，骨肉相连至不分。
昭勋善政孝微臣，俭约清明符命身。
义勇功成夫业逐，图非巨逆力前尘。

196 卷十一　列传第三

晋荡公护叱罗协 冯迁
去就之心一客身，未央旧属半非人。
桐宫有悔终天尽，护寡无文是委臣。
鼠兔相亲一弟兄，突厥犄角十年成。
阎姬断绝肝肠处，谁谓齐周半帝名。

仲尼有言：“可与适道，未可与权。”
率礼交经一道权，非常正理半地天。
伊尹太甲孺周旦，汉鼎迁移入旧年。

197 卷十二　列传第四

齐炀王宪子贵
魏晋王侯子弟多，齐周度量问天河。
文儒播美宫闱客，武誉功驰骄贵娥。

198 卷十三　列传第五

文闵明武宣诸子

二世时亡已郡县，周兴五等客知贤。

因循守旧常规事，立异标新溺贵迁。

鼎业举无双，兴亡半雨窗。

群臣难一族，列国不非邦。

199 卷十四　列传第六

贺拔胜兄允 弟岳 念贤

阴山草木扬，勇略四方长。

奋翼关西帝，顾遇感朝梁。

200 卷十五　列传第七

寇洛 李弼 于谨

材谋自取名，攀附徙何声。

司乐功歌处，荣中是不荣。

将有离心士志空，仓卒变易济人穷。

匡合散乱山河固，抚揖仇雠伺与终。

201 卷十六　列传第八

赵贵 独孤信 侯莫陈崇弟琼 凯

一帝一群臣，千年两晋秦。

功昭微烈仰，白水禹终沦。

202 卷十七　列传第九

梁御 若干惠 怡峰 刘亮 王德

将率之才缔制中，蕴饶锐气逢乱同。

功名未立知天下，详雅殷忧启圣衷。

203 卷十八　列传第十

王罴子庆远 孙述 王思政

情安俭率志公平，抗敌危城退舍声。

不陨门风梁将去，兵卒竞勇自留名。

204 卷十九　列传第十一

达奚武子震 侯莫陈顺 豆

卢宁 宇文贵 杨忠 王雄

咸会自风云，周瑜赤壁勋。

兴邦天下事，武略乌巢分。

205 卷二十　列传第十二

王盟 贺兰祥 尉迟纲

叱列伏龟 阎庆

沛邑谁封侯，南阳白水秋。

升朝多取宠，落佩少争流。

206 卷二十一　列传第十三

尉迟迥 王谦 司马消难

九服半移心，三灵一古今。

称红投袂志，义存帝王临。

207 卷二十二　列传第十四

周惠达 冯景 杨宽兄穆 俭

柳庆子机 弘

束带行朝一客身，崎山立世半知人。

虞官化政清名牧，处治危难洗乱尘。

208 卷二十三　列传第十五

苏绰弟椿

庖厨胥靡臣，“典”“谟”可昭身。

天下多“风”“雅”，人间自在亲。

209 卷十四　列传第十六

卢辩

累世一儒风，文经半宇同。

博通修“大戴”，以义断恩穷。

210 卷二十五　列传第十七

李贤子端 弟远 远子植 基

从师受业勤，守牧老人君。

志略纵横去，功名委过分。

受遇先朝志略名，参机宿务牧亲声。

由疏俱恐失权辱，兆隙难容废弑成。

211 卷二十六　列传第十八

长孙俭 长孙绍远

弟澄 斛斯征

大雪自纷飞，勤公奉不回。

黄昏知自旦，诣阙事宫闱。

212 卷二十七　列传第十九

赫连达 韩果 蔡佑 常善

辛威 厍狄昌 田弘 梁椿

梁台 宇文测

祸乱之辰胆力生，刚耿制贼抚民城。

黎民远近弘师向，天下百暗有一明。

213 卷二十八　列传第二十

史宁 陆腾 贺若敦 权景宣郭贤

身名惧邵一优平，雅志群风半不荣。

帝籍声流权欲晚，终之孰谓实难名。

逐步海山平，行更日月生。

名成终始就，胜败暮朝荣。

214 卷二十九　列传第二十一

王杰 王勇 宇文虬 宇文

盛 弟丘 耿豪 高琳 李和

伊娄穆 杨绍 王雅 达奚

侄 刘雄 侯植

所事一心成，无非半枯荣。

三公何可寄，百姓著其名。

不就文章客，宽容柱国情。

燕州知易水，自许是直城。

仲尼称“无求备于一人”

无求备许一人身，文士温恭半利邻。

软弱刚直分两论，雄姿御悔自天津。

215 卷三十　列传第二十二

器远识雄一政行，嘉谋忠洽半无声。

勋庸举国贞臣改，投袂联襟已不荣。

一直半曲一人荣，两岸三生两不平。

宠辱何惊成败事，兴亡谁问去来名。

216 卷三十一　列传第二十三

韦孝宽 韦瑱 梁士彦

冲锋陷阵一军名，克已成公半不声。

打虎擒龙兄弟问，逢时感愚肃荣情。

217 卷三十二　列传第二十四

申徽 陆通弟逞 柳敏

子昂 卢柔 唐瑾

每事自躬身，勤心问古人。

居官民苦上，向吏治风尘。

218 卷三十三　列传第二十五

厍狄峙 杨荐 赵刚 王

庆 赵昶 王悦 赵文表

段氏一辽东，谋心半世穷。

高阳狄峙厚，百姓颂官风。

219 卷三十四　列传第二十六

赵善 元定 杨彪 韩盛

裴宽 弟汉尼 鸿 杨敷

一帜逐群雄，三方鼎峙风。

思谋驰骛去，智勇守何功。

易曰："师出以律，否臧凶。"

传曰："不备不虞，不可以师。"

临危不顾所难成，未虑出师主落荣。

以易闻传虞备律，仁心勇气立节名。

220 卷三十五　列传第二十七

郑孝穆子译 崔谦弟说 崔

猷 裴侠 薛端子胄 弟裕

薛善弟慎 敬珍 敬祥

离散人心乱政空，聚合货物顺时逢。

难言命运随天意，只道弘流济世穷。

居家理治肃严明，镇御边垂问客清。

屡著嘉谋多抚力，恩威并致入勤行。

221 卷三十六　列传第二十八

郑伟族人顶 杨纂 段永 王

士良 崔彦穆 令狐整子熙

弟休 司马裔子侃 裴果刘志

韩信思迁背项行，陈平向汉客英名。

春秋可与讥阳货，燕雀飞皇位未荣。

克保终吉避宠名，临危苟免问失荣。

忠忠义义何朝代，死死生生谁败成。

222 卷三十七　列传第二十九

寇准韩褒 赵肃徐招 张轨

李彦 郭彦 裴文举高宾 辽允

上谷昌平寇准名，闺门雍睦雅宽行。

得财关理行无已，恶木之阴断不荣。

穷民史底杨公讼，不是多余属不情。

自古耕夫言土地，守正无绕志成城。

儒风素重两朝名，奉事忠名一世生。

播美循良三帝厚，清德誉载五蕴情。

223 卷三十八　列传第三十

苏亮弟湛 让 柳虬 吕

思礼 崔腾 董绍 薛橙

薛置 李昶 檀翥 元伟

创业开基渴望贤，庶政同康欲祖先。

求孙榜道雕龙客，焚林访阮翰书田。

乱世其中一寸田，天光之下半江船。

川流多少川流客，世外青山世外缘。

吕思礼

苍头秉烛烬三升，军国文才读一灯。

手不凭心无释卷，碑峡表颂心冰弘。

224 卷三十九　列传第三十一

韦慎 梁昕弟荣 皇甫播

辛庆之族子昂 族人仲景

王子直 杜杲

当官谁誉成，纡组几分明。

茂国猷隆业，志才克属荣。

225 卷四十　列传第三十二

尉迟运 王轨 宇文神举

宇文孝伯 颜之仪乐运

凭身致事一生名，爵禄无争半弃荣。

士子知情知孝道，其行学艺谓何成。

226 卷四十一　列传第三十三

王褒 庾信

日暮途横万里穷，离骚典雅一情衷。

性灵陶铸含章在，雾列之辞举目空。

月谢楼台古树稀，樵渔客路著布衣。

宫鸣野雉牛羊去，阔别"燕歌"问玉玑。

227 卷四十二　列传第三十四

萧㧑子济 萧世怡 萧圆肃

萧大圜 宗懔 刘璠

子祥 柳霞子靖 庄

羁旅荣生半不名，萧何事落一君成。

行踪遇世思通币，知人善任数典清。

半雪流沙半雪山，一天落叶一天颜。

五经主薄闻三界，只艺平齐问两般。

228 卷四十三　列传第三十五

李延孙 韦佑 韩雄 陈忻 魏玄

二国争强一勇名，四郊壁垒半文声。

长城谁问风沙客，汴水般行故渡荣。

229 卷四十四　列传第三十六

泉企子元礼 仲遵 李迁哲

杨乾运 扶猛 阳雄 席

固子世雅 任果

仁风礼可亲，向背自分邻。

天下何君子，人间谁小人。

230 卷四十五　列传第三十七

儒林

卢诞 卢光 沈重

樊深 熊安生 乐逊

六艺一儒林，三公半古今。

阴阳迁律历，水火土林金。

驰声海内一儒宗，释老人中半克庸。

水性柔成终达器，千年万里始相容。

231 卷四十六　列传第三十八

孝义

李棠 柳桧 杜叔毗 荆可

秦族 弟荣先 皇甫遐 张元

孝义一人家，仁人半善邪。

中庸行久立，玉石自天瑕。

232 卷四十七　列传第三十九

冀俊 蒋升 姚僧垣 子最

黎景熙 赵文渊 褚该 强

练 卫元嵩

老聃云："天道无亲，常与善人。"

天道自无亲，常相济善人。

但留心意久，艺术入归尘。

233 卷四十八　列传第四十

萧言子岿 岿子琮　岩 岌 岑

蔡大宝　大宝弟大业 王操　魏

益德 尹正 薛晖 许孝敬 甄玄成

刘盈 岑善方 傅准 宗如周 萧欣

柳洋 徐岳　范迪 沈君游 袁敞

知贤养士一梁公，武帝兰陵半世风。
自国英雄知自主，深谋远虑客邦衷。
昭明太子文风在，两世中兴颓运穷。
贻厥得当承旧业，朝宗上国各芳同。

234 卷四十九　列传第四十一
异域上

高丽 百济 蛮 獠 岩昌

邓至 白兰 氐 稽胡 库莫奚

阴晴水土四方荣，异域中原半客城。
十亿人前山海志，三千年里古今情。
风流雨露一春秋，昧谷刚柔半日酬。
北海腾波强旅拒，高河落日问低头。

235 卷五十　列传第四十二
异域下

突厥 吐谷浑 高昌 鄯善

焉耆 龟兹 于阗 献哒 粟

特 安息 波斯

有形天地一阴阳，阔野人情半四方。
异域蜃楼惊海市，长安风雨起苍黄。

三江一九州，四海半春秋。
自古山河固，如今何去留。
传曰：“取人以身，修身以道，
修道以仁。”
道礼一仁人，修身半至亲。
山河天下立，今古付衣巾。
书曰：“思则睿。”
俯仰庙堂前，阴阳易释边。
闻风寻影动，见异问思迁。
主客常相对，耕耘自向田。
千年知教子，万里始源泉。

北史

汉魏一齐周，王侯半去留。
农夫田里问，天下是春秋。
北史魏齐周，南朝建业求。
金陵金不在，水土水东流。

236 卷一　魏本纪第一

幽都之北鲜卑山，黄帝轩辕广莫颜。
昌意结绳刻本纪，天河九曲向东湾。

神元天下女儿花，不是夫家不舅家。
帝子力微木马主，宾军从欲到天涯。

桓玄废主晋德宗，平固王城不见龙。
楚国西宫兵甲乱，心中天子有殊容。

帝子之兴使命成，天骄误断累功名。
灵心方契雄资赖，晋魏苞君量伐行。

显晦安危潜跃声，遗黎驱率奋神名。
方难克翦中原志，经谟咸生利见城。

237 卷二　魏本纪第二

听察雅阔法成行，褒贬刑伐半历名。
北魏君臣兴几代，南朝子女著千荣。
聪明果断立新风，破旧威灵伐讨同。
唯有江山天下志，家臣历代尽其衷。

238 卷三　魏本纪第三

神光照室帝王宫，鼠兔相间士子同。
代朔阴山兴北魏，文明恭已向南风。

尽善从流克受禅，情识百姓地人天。
粗修贱造桥梁路，细品苗稼渴遇泉。

239 卷四　魏本纪第四

从容不断一和风，钟鼓相继半意同。
统业冲龄妇克制，非人世宇祸沧中。

240 卷五　魏本纪第五

风神秀慧子攸生，招纳勤臣帝王城。
擅命权强难独断，旋踵魏室土崩情。
鲍照朱门逐月明，九闺乐府君怀成。
清河公主王怿女，御帝消遥断索名。

241 卷六　齐本纪上第六

高祖齐朝一姓高，中原荡乱半胡桃。
规逼魏毕昭威略，扫道除奸势在旄。
兵宽伐域消，天下乱云霄。
本纪齐渤海，南朝问北朝。
中原半帝家，广谟一兵车。
北魏闻渤海，齐朝存寄邪。

242 卷七　齐本纪中第七

筹谋策警谑文襄，显祖赤光审四方。
御驾威权凭己任，群心所望可扬长。
因循威权肆猖狂，一代故事一代亡。
继业济南革弊半，昏邪不止待天王。

243 卷八　齐本纪下第八

略算弘长宪典明，阴侈过度委权城。
聪思临下虚谋策，玄象殊非是不荣。
英明远树一朝成，内外崩离半代倾。
神武文襄谋役战，荒谣败德子狂横。
河清立驻嫔嫱选，侯景涡阳祸已明。
逮遇武平天下末，沉浸土木筑亡京。

244 卷九　周本纪上第九

衅道滔天水运终，群凶毕命济时穷。
权威镇主荒天力，亡不旋踵潜跃同。
宇文东北一行翁，贺拔无成半所穷。
魏帝方图神武遗，阴阳易革檄无终。
一品官爵九命臣，州名四十六家邻。
公卿废帝齐王廓，立下皇恭典旧秦。
不尚虚荣一帝风，咸思用命半才忠。
河桥及促允平将，驾御英豪六事雄。

世宗明皇帝

“世谱”文章十卷明，羲农汉魏百花情。
生生死死人去处，九族安心事业荣。
主略英资巴蜀情，沙风北控典规成。
隆周景命清江汉，奠定鸿基授业生。
训物经纬文武器，德行并用致贤名。
励功校论私门过，一代方铭一代横。

245 卷十　周本纪下第十

否壁东西二国争，生郊戎马一明诚。
疆场虑远谋深处，半处江山半处荣。

兵连祸结事疆场，不问耕耘问死伤。
养正民心天下守，一方水土一方长。
穷军黩武闻良史，远略雄图立古王。
肆虐出强隋代取，一朝贻尽一朝扬。

精明缵业虐君临，凌夺龟图是古今。
隆克勤王知潜跃，余殃未尽子丞阴。

246 卷十一　隋本纪上第十一

猛兽武县公，龙门御守穷。
杨坚经略在，已见一梁终。
治凿砥柱佩鱼符，五品京官御帝都。
执笏巡卿仁寿殿，广读雅典下东吴。
变易之时万物更，贤人圣家一英名。
非期自树台鼎迹，冠冕粗服各输赢。
晋室播迁四海风，周齐覆被一倾空。
留心世界隋人在，义乃群臣制世同。
杨坚立本树基隋，礼义仁德问典规。
“禹贡”“职方”图所毕，平徭正朔躬节累。

247 卷十二　隋本纪下第十二

宇宙崩离一日朝，长城汴水两云霄。
如今谁定功于过，自古船家富贵桥。
理定功成务俭荣，瑶台侈恶国邦倾。
隋炀继位知天下，碧色江南汴水盈。
移风易俗不知成，曲始直终未革倾。
汴水川流行富贵，长城胄甲沉沙鸣。
容貌如生众异鸣，吴公台下葬隋城。
雷塘改度梓宫外，用事唐家每饰行。
显命光临众诏明，天威咫尺失图清。
兴言感动隋炀帝，御驾辽东嵩不成。
太尉唐公膺作宰，深宫孺子追踪横。
时逢所济恭皇帝，不免临朝若践名。

南平吴会一隋炀，北却匈奴半甲光。
昆弟之中三著绩，少年志上四方强。
辽东此去长城外，南北通州般各唱。
留下江南般客唱，唐人有论是风扬。
又：
成成败败一兴亡，地地天天半死伤。
废废荣荣何所立，王王寇寇谁飞扬。
妻妻妾妾行财客，后后妃妃制女房。
古古今今多议论，皇皇帝帝几炎凉。

248 卷十三　列传第一
后妃上

魏神元皇窦氏　文帝皇后封氏　桓帝皇后惟氏　平文皇后王氏　昭成皇后慕容氏　献明皇后贺氏　道武皇后慕容氏　道武宣穆皇后刘氏　明元昭哀皇后姚氏　明元密皇后杜氏　太武皇后赫连氏　太武敬哀皇后贺氏　景穆恭皇后郁久闾氏　文成文明皇后冯氏　文成元皇后李氏　献文思皇后冯氏　孝文贞皇后林氏　孝文废皇后冯氏　孝文幽皇后冯氏　孝文文昭皇后高氏　宣武顺皇后于氏　宣武皇后高氏　宣武灵皇后胡氏　孝明皇后胡氏　孝武皇后高氏　文帝文皇后乙弗氏　文帝悼皇后郁久闾氏　废帝皇后宇文氏　恭帝皇后若干氏　孝静皇后高氏
帝御后妃堂，宫闱自古扬。
男人妻妾少，帝子荫侈黄。
汉因秦制自周官，妃后夫人嫔妇宽。
自古王侯如此故，隋炀几处入清坛。
昭仪司马夫人座，位似三公在地端。
嫔妇身卿知御女，监书供使美人姗。

隋文易弊后妃宫，私宠傍无女色中。
周礼内官如数减，律音命妇典服红。
文明皇后策当诛，专政临朝似有无。
孝谨龙城劝戒语，思惟素俭仰昭图。

249 卷十四　列传第二
后妃下

齐武明皇后娄氏　蠕蠕公主郁久闾氏　彭城太妃尔朱氏　小尔朱氏　上党太妃韩氏　冯宏太妃郑氏　高阳太妃游氏　冯娘　李娘　文襄敬皇后元氏　琅邪公主　文宣皇后李氏　段昭仪　王嫔　薛嫔
孝昭皇后元氏　武成皇后胡氏　弘德李夫人　后主皇后斛律氏　后主皇后胡氏
后主皇后穆氏　冯淑妃　周文皇后元氏
文宣皇后叱奴氏　孝闵皇后元氏　明敬皇后独孤氏　武成皇后阿史那氏　武皇后李氏　宣皇后杨氏　宣皇后朱氏　宣皇后陈氏
宣皇后元氏　宣皇后尉迟氏
静皇后司马氏　隋文献皇后独孤氏　宣华夫人陈氏　容华夫人蔡氏　炀愍皇后
萧氏　娄氏齐武明皇后
高明严断一昭君，雅俭遵约半素裙。
密策深谋朝野事，澄清世道制臣云。
城前神武“真夫也”，数致私财御面分。
侯景其言何理教，平陵受子久无闻。
杨坚：“使皇后在，吾不及此”
独孤皇后一伽罗，雅性仁德俭约多。
妒忌宫闱天下事，隋文及此帝王歌。
炀帝愍皇后萧氏梁明帝岿之女
江楼不住问江流，婉顺明荣枯去留。
述志赋中炀帝许，宫人不语已春秋。

250 卷十五　列传第三

鸿基帝业自分枝，若派天潢土宇奇。
智武文英宗属客，江山远近问人师。
功失罪抵一清成，褒贬图劳半俗名。
器宇蒲阴荣辱萃，戚宗克固自多盟。

251 卷十六　列传第四

道武七王　明元六王
太武五王
军前父子兵，天下是纵横。
但见王侯客，江山不弟兄。
天下一横虫，人间半不忠。
王侯争未定，侈淫尽其穷。
令制百家一党族，闾二十家，
五家一比邻
闾巷四比邻，基弘一自身。
百家凭党族，万户一王亲。

英才武略未高年，称首为时向地天。
鉴即声名革易苦，人生自古是移迁。

252 卷十七　列传第五

景穆十二王上

百足之虫死不僵，三公后裔半扬长。
帝王子女隋时客，半见兴成半见亡。
王侯一世人，子女半知亲。
近水楼台月，无知逐客尘。

253 卷十八　列传第六

景穆十二王下

勇壮文思近父城，权倾柱落远人情。
王家不见耕耘土，士子难寻旧日明。

毅秉延净一国荣，德音孔述半平生。
先王老子栋梁柱，社稷维权近暗明。

才疏志大近人情，器狭声宽远枯荣。
不善功名天下事，成成败败自难鸣。

254 卷十九　列传第七

文成五王　献文六王　孝文六王
雅谈文成阔论风，娇情属性狭人虫。
天空日月咸阳客，世道苍生喻子穷。

北魏西迁立北周，东江不尽自东流。
清河器誉保全业，罕性猜疑志未求。

255 卷二十　列传第八

卫操　莫含　刘库仁　尉古真
穆崇　奚斤　叔孙建　安同　庾
业延　干建　罗结　楼伏连　闾
大肥　奚牧　和跋　莫题　贺狄干　李栗
经纶天命入官身，际遇咸弘晋魏臣。
一盛一衰朝野事，半扬半抑去来人。
一战一功名，三和半不平。
刀兵天下尽，文藻客中行。
草创半临边，功名一见天。
叶从枝附事，受即自心田。

256 卷二十一　列传第九

燕凤　许谦　崔宏
子浩　张衮　邓彦海
帝业一群臣，王侯半自身。
经纬阡陌客，朝野是天津。

东山百里逾西河，自主千年白马多。
燕凤苻坚知客主，代王谁谱代王歌。

257 卷二十二　列传第十

长孙嵩　长孙道生　长孙肥
历事行时一始终，功成果断半飞鸿。
天言只见风云故，地语长生万物中。

258 卷二十三　列传第十一

于栗磾孙劲　六世孙谨
仲文　弟翼　翼子玺　翼弟义
贤臣柱石功，勇武智殊同。
戎马知天下，文章济世雄。

逐鹿中原魏晋周，文章勇武谁王侯。
谋臣朝上名节调，战将边前胄甲求。

259 卷二十四　列传第十二

崔逞　子頣　孙郁　五世孙陵
六世孙　鹿　王宪　封懿
忽微虑远本身修，识器长儒柱石谋。
称帝群臣闻保佑，寻家父子不王侯。
风神秀雅一春秋，老化优尤半去留。
自古仁人家所望，如今志士国何求。

女娲

注水问天颜，黄河十八湾。
惊风飘白口，宿叶落西山。

260 卷二十五　列传第十三

古弼　张黎　刘洁　丘堆　娥
清　伊馛　乙环　周几　豆代
田　车伊洛　王洛儿　车路头
卢鲁元　陈建　来大干　宿石
万安国　周观　尉拨　陆真　吕
洛拔　薛彪子　尉元　慕容白
曜　和其奴　苟颓　宇文福
柱石策经纶，王侯顾自身。
人间何作客，社稷以田亲。
吉凶富贵易中天，利禄功名士外田。
自古仁人行不止，如今志者问桑田。
危难一国情，处事半身名。
去后何凭顾，当前任枯荣。

261 卷二十六　列传第十四

宋隐　许彦　刁雍
辛绍先　韦阆　杜铨
从政半生平，居官一世清。
操行贞白立，遗略自荣名。
谁问一“弓铭”，三春四野青。
匠人咸短志，连理树长亭。

262 卷二十七　列传第十五

屈遵　张蒲　谷浑　公孙表
张济　李先　贾彝　窦瑾　李
昕　韩延之　袁式　毛修之
朱修之　唐和　寇赞　郦范　子
道元　韩秀　尧暄　柳崇
雅有一家风，文章半世雄。
傅德行子女，仗义问飞鸿。
学艺半知机，虚张一立旗。
轻功时目举，博雅世人稀。

263 卷二十八　列传第十六

陆俟　源贺　刘尼　薛提
破立一人酬，阴晴万客求。
但知兴废故，不问去来由。
博览群书日月求，心无释卷阴晴修。
风云共赏知天下，雅俗同因任去留。
怀心性简宽，繁碎误人端。
屋外知高显，楹中自是冠。
宦成隋代客，玉堕半周难。
坐立行千古，忠奸问杏坛。

264 卷二十九　列传第十七

司马休之　司马楚之　刘昶
萧宝夤　萧正表　萧祗　萧退
萧泰　萧伪　萧圆肃　萧大圜
一高记人心，三生问古今。

夷蛮天下在，鲁豫不知音。
乱世一知臣，清名半自身。
人生朝夕去，事业客比邻。
琴瑟和谐去可来，更张适调柳扬开。
周官太宰终岁令，司牧人间四季台。
“诗”“书”“礼”“易”城，

265 卷三十　列传第十八

卢玄玄孙思道 卢柔子恺
卢观 卢周　卢玄
中书博士名，太武辟俊生。
三思宜创制，两代高难成。

思道

刘松示道道难明，道复刘松亦不成。
大易淮南碣石问，孤鸿赋尽自私行。
蝉鸣魏收闻庾信，八米卢郎意切名。
给事黄门多谴辱，“劳生论”就荣情。
家声雅道自风流，冠带音清任去留。
俊伟思源父母客，官途起落是春秋。

266 卷三十一　列传第十九

高允 从祖弟佑 佑曾孙德正 佑从子乾
“塞上公诗”一纪名，英朗外照半无声。
星传附日秦人制，所本经心考究成。
周公日月抱成王，刊正春秋自抑扬。
冲幼孝文宗庙上，北伐颂览御家长。

颂

扫荡游氛四海风，群雄克剪一世鸿。
和谐琴瑟三江外，宠命终辞半不穷。

高允

鉴昭穷达处夷然，抗战危难济忘天。
雷电之声惊日月，易革自保主名全。
年终一百龄，事尽两三铭。
不殒儒门旧，全名克已灵。

267 卷三十二　列传第二十

崔鉴 崔辩 崔挺 子孝芬 孙宣猷
曾孙仲方 仲方从叔昂 挺从子季舒
乱世之秋一盛家，著闻器业半余华。
位人继轨优官逸，来去如归玉不瑕。
临难士子视如归，行雁潇湘落不飞。
一日风云三日志，千年土木半春晖。

崔挺

五代一同居，双根半庆余。
年饥家始去，手不释图书。
图官揣上情，感意客中生。
主客常相易，阴阳半不明。

268 卷三十三　列传第二十一

李灵 李顺 李孝伯兄孙谧
谧弟子士谦 李裔　李义深
衣缨盛义恩，俊达致亲根。
燕赵多奇士，儒人茂绪门。

明堂制度论

月令明堂玉藻经，居中太室总章铭。
三零六户分南北，七十二编致里亭。
春秋二社高明堂，沉醉三喧燕赵芳。
乃见人疏君子树，荀卿黍稷不张扬。
家风素业荣，鉴略李灵名。
制度明堂户，时干建筑城。

269 卷三十四　列传第二十二

游雅 高闾 赵逸 胡叟
胡方回 张湛 段承根 阚谙
刘延明 赵柔 索敞 宋繇
雅道半儒风，堂构一大同。
正清梗概处，顾高问群公。

江式说文解字

伏羲八卦画轩辕，仓颉灵龟彩简繁。
三篆符虫书隶署，“尚书”篆殳树文言。

270 卷三十五　列传第二十三

王慧龙 郑羲
幼童白士读平生，隋典齐书雅好荣。
委曲群英博览谈，手无释卷始终名。

271 卷三十六　列传第二十四

薛辩 五世孙端 端子胄 端从
祖弟湖 湖子聪 聪子孝通 孝通
子通衡 薛真 薛澄
乾坤半世雄，草木一昆虫。
士子寻天下，君臣济不穷。

272 卷三十七　列传第二十五

韩茂 皮豹子 封敕文 吕罗
汉 孔伯恭 田益宗 孟表 奚
康生 杨大眼 崔延伯 李叔仁
一事半生平，三朝两世声。
贤臣制司牧，士子逐阴晴。

273 卷三十八　列传第二十六

裴骏 裴延俊 裴佗 裴果
裴宽 裴侠 裴文举 裴仁基
功成高立人，雅业儒播民。
夙夜当公古，文修自在身。

274 卷三十九　列传第二十七

薛安都 刘休宾 房
法寿 毕众敬 羊祉
纠纠一武夫，诺诺半江湖。
委质休穷客，声时问有无。

275 卷四十　列传第二十八

韩麒麟 程骏 李彪
高道悦 甄琛 高聪
不竞时荣一业成，无微未致半鸣声。
清荣自守咸经辙，异轨同绳厉气明。

276 卷四十一　列传第二十九

杨播子侃　播弟椿　椿子昱
椿弟津 津子遁　逸　谧　谧
弟谙 燕子献　郑颐 杨敷子
素 孙玄感　素弟约　约从叔
异 敷叔父宽　宽子文思纪
谦谨仁忠一世名，公卿牧守半鸣平。
门生吏遍德行序，秀立公庭庆善荣。
齐周一日斜，北魏半杨家。
素以隋朝坐，唐人业正华。
杨播兄弟一公卿，牧守门朝半吏生。
世事迁移隋帝业，功臣谋废祸王城。

277 卷四十二　列传第三十

王肃 刘芳 常爽
儒林经典一先生，六十三年半匠名。
雅好文章书外客，才思讲肆易播城。

沉深好古士名诚，抑寓逢时赫自生。
洽谈博通儒著素，懋才世学向宗荣。
阴阳天地一柔刚，人道仁宽半四方。
礼乐诗书长久治，诗书易略“论语”扬。

278 卷四十三　列传第三十一

郭祚 张彝

才干敏力务精良，治利经纶始作昌。
任事居官民客间，王臣气慨士冯唐。
风声克举盛名扬，衔命拥旌肆八荒。
拓职天成疏简易，折冲外寄智光茫。

279 卷四十四　列传第三十二

崔光 崔亮

学业深长帝位虚，才博素远智识余。
中庸顾雅弘今古，救弊光韶仗正居。

280 卷四十五　列传第三十三

裴叔业 夏侯道迁 李元护
席法友 王世弼 江悦之
淳于诞 沈文秀 张谠 李苗
刘藻 傅永 傅竖眼 张烈
李叔彪 路恃庆 房亮 曹世
表 潘永基 朱元旭

居关形胜一成都，建业金陵半玉湖。
犹见三山和二水，龙盘虎踞似非图。
器大容微半易无，人轻言重一姑奴。
才行将略何终始，雅道民心是正途。

281 卷四十六　列传第三十四

孙绍 张普惠 成淹 范绍
刘桃符 鹿余 张耀 刘道
斌 董绍 冯元兴

因人成高一官途，处世行身半有无。
委质观机仁智语，流离笃恤见书儒。
饰情因事易人心，礼道衰麻问古今。
日月经纶行远近，班劳令制鼓钟音。

冯元兴

碧水满浮萍，晴云半芷汀。
无根寻苦浪，有道肆心清。

282 卷四十七　列传第三十五

袁翻 阳尼

素俭一行修，沉浮半去留。
乾坤天下客，兴废九州头。

283 卷四十八　列传第三十六

乐朱荣子文畅 从子兆 从
弟彦伯 彦伯子敞 彦伯弟
仲远 世隆 荣从父弟度律
荣从祖兄子天光

忽闻萧鼓一天音，父子神机半古今。
举止轻脱王位重，驰行忍害霸终临。
将帅尔朱荣，凶残士不生。
群飞之渐去，怨愤帝王城。

284 卷四十九　列传第三十七

朱瑞 叱列延庆 斛斯椿子徵
孙政 贾显度弟智樊子鹄 侯深
贺拔允弟胜 胜弟岳侯莫陈悦
念贤 梁览 雷绍 毛遐弟鸿宾
乙弗朗

颠沛流离乱世情，风尘流化陷戮横。
朵树威微观遗迹，拔功夙损获顺行。
自陷夷戮霸政行，图高帝切道无生。
究由自取危亡路，奋翼陈隆展效荣。

285 卷五十　列传第三十八

辛雄 杨机 高恭之 綦俊

公方守已身，吏职去来人。
牧司桑田客，仁生教化尘。
袁翻郦道元，温子升咸言。
士卷“凉书”著，谦之款旧宣。

286 卷五十一　列传第三十九

齐宗室诸王上

赵郡王琛 清河王岳 广平公盛
阳州公永乐 襄乐王显国 上洛王思宗
平秦王归彦 长乐太守灵山 神武诸子

顾命安夫一世先，贞心自致半稀年。
周成海内畏途取，不见殷墟草木天。
须拔一夙光，神武半游娘。
大雾三朝暮，长安一志肠。

287 卷五十二　列传第四十

齐宗室诸王下

文襄诸子 文宣诸子 孝昭诸子
武成诸子 后主诸子

武艺英姿一半男，多堪御侮两三耽。
王家岂有闻风骨，庶士时艰处世难。
咫尺一京都，阴阳半侠儒。
比邻天下路，属政谁独孤。
事迫群情一语亲，德昌挺举半故人。
义深家国淫刑世，英肆前人尽俗尘。

288 卷五十三　列传第四十一

万俟普 可朱浑元 刘丰 破六
韩常 金祚 刘贵 蔡俊 韩贤
尉长命 王怀 任祥 莫多娄贷
文 厍狄回洛 厍狄盛 张保洛
侯莫陈相 薛孤延 斛律羌举
张琼 宋显 王则 慕容绍宗
叱列平 步大汗萨 薛修义
慕容俨 潘乐 彭乐 暴显 皮
景和 綦连猛 元景安 独孤
永业 鲜于世荣 傅伏

雄姿壮气一生名，自士辽东半徙荣。
情非背义知道遇，之途去就以何成。

伏怜

百口一伏怜，三生半府天。
库藏官物在，饥色积王绢。
荷知顾遇一恩扬，礼正思亲半子肠。
谁见乌江知旧义，时来汉界胤猖狂。

289 卷五十四　列传第四十二

孙腾 高隆之 司马子如
窦泰 尉景 娄昭 厍狄干
韩轨 段荣 斛律金

制治一朝权，私公半壁天。
兴兵天下乱，霸业竖庸玄。

司马子如

处物素无名，因人向背声。
参知军国事，滑稽与夺情。
利令一心昏，分隔半伐吞。
贤戚殊政弊，率性克隆门。

290 卷五十五　列传第四十三

孙纂 陈元康 杜弼 房谟
张纂 张亮 张曜 王峻
王宏 敬显俊 平鉴 唐邕
白建 元文遥 赵彦深
赫连子悦 冯子琮 郎基
直言勇断一臣终，逐浊隋清半位空。
立就文章知醉客，人成帝业始归雄。
精心敏事一春秋，律典明经半马牛。
繁繁简简素俭代，侈侈废废谁縻求。
运末途穷一世生，凭身济业半孤名。
德昌义重从权变，百里临人向背成。

291 卷五十六　列传第四十四

魏收 魏长贤 魏季景 魏兰根
以善行名以志归，牧今博古牧心扉。
纵横不羁器无检，致远诗文论是非。
折节读古城，博洽问书声。
弄戟何多少，文章向背荣。

人日

鸡狗猪羊牛马人，魏收伺帝蛱蝶尘。
士闻七日曾分属，修史百卷代纪昀。
博物宏才一魏书，知人善物半多余。
文章抑塞清名誉，父母良知意所疏。
重任莫如身，清名问比邻。
畏途何口客，至远能及尘。
人前魏史书，鉴后以牧余。
硕学博今古，行铭鉴所居。
刺史魏兰根，岐州美女门。
饥寒何什隶，五穗半乾坤。

292 卷五十七　列传第四十五

周宗室

邵惠公颢 杞简公连 莒庄公洛生
虞国公仲 广川公测 东平公神举
北史觅周宗，书生不动容。
泰山何比重，鸿毛亦中庸。
受命之君骨肉将，守文其主弟兄扬。
独非异姓争天地，腾饰飞声日月光。
去就沉浮半枯荣，往寻上下一声鸣。
忠贞悔喻艰难护，举逆威福属客行。

293 卷五十八　列传第四十六

周室诸王

文帝十三王 孝闵帝一王
明帝二王 武帝六王 宣帝二王
代代帝生王，人人数谷仓。
田中何兔鼠，天下自兴亡。
五等周城八百年，两河天下一经天。
秦时二世州县尽，魏晋三公祀不全。

294 卷五十九　列传第四十七

寇洛 赵贵 李贤 梁御
百吏半周隋，一相两代规。
兴亡天子座，汴水里程碑。
变起仓卒振岳声，离心固志谁师成。
兴周革魏隋相继，世态诛夷界不荣。

295 卷六十　列传第四十八

李弼 宇文贵 侯莫陈崇 王雄
绸缪顾遇时，运略济方知。
鳞翼成名奋，鸿沟两岸奇。
王公大将军，兔鼠小人闻。
自古桑麻事，何言去就君。

296 卷六十一　列传第四十九

王盟 独孤信 窦炽 贺兰祥
叱列伏龟 阎庆 史宁 权景宣
当官论道一名扬，运始勤昌半四方。
位列周行知是客，西凉醉酒入荒唐。
内外之雄一旧肠，温恭接下半官场。
莅人布政知天下，屡致嘉谋自栋梁。

297 卷六十二　列传第五十

王罴 王思政 尉迟迥 王轨
情安俭率志公平，奋勉危城意气生。
退舍梁人非信使，功名霸府勇冠行。
九服鼎业半移心，改十三灵一古今。
荣辱斯途忠孝志，飞声克固向君临。

298 卷六十三　列传第五十一

周惠达 冯景 苏绰 子威 从兄亮
竞逐之辰业未平，疆场鼎峙有无声。
正言业事尚俭著，不免机衡向背明。

299 卷六十四　列传第五十二

韦孝宽 韦砷
商周楚汉谁争雄，官渡鸿沟问色空。
进取威容知进取，纪人天下纪人风。
骄侈宠辱败成名，雅道文风胜不荣。
一势一时天下客，三人三事世中鸣。

300 卷六十五　列传第五十三

达奚武 若干惠 怡峰 刘亮
王德 赫连达 韩果 蔡佑
常善 辛威 厍狄昌 梁椿
梁台 田弘
效绩一中权，仁恭半礼先。
德嘉天性近，出内自荣年。

301 卷六十六　列传第五十四

王杰 王勇 宇文虬 耿豪 高琳
李和 伊娄穆 达奚致 刘雄 侯
植 李延孙 韦佑 陈欣 魏玄
泉山 迁哲 杨乾运 扶猛 阳
雄 席固 任果
果毅之姿一世声，思谋策画半倾城。
功名自许知天地，勇略何时运济行。

302 卷六十七　列传第五十五

崔彦穆 杨纂 段永 令狐整
子熙 唐永 子瑾 柳敏子昂
王士良
阳货春秋外叛铝，陈平归汉正人声。
时逢扰攘人寻主，世遭炎凉顺道情。

303 卷六十八　列传第五十六

豆卢宁 子责 孙毓 杨绍
子雄 王雅 韩雄 子禽
贺若敦子弼 弟谊
祸乱之辰后帝周，连兵百万一图求。
田园荒废田人去，盗寇横行盗已愁。

304 卷六十九　列传第五十七

申徽 陆通 厍狄峙 杨荐
王庆 赵刚 赵昶 王悦 赵
文表 元定 杨标

志气沉深意表人，明通鉴悟领风尘。
居端任遇行天下，契阔恩生莅美邻。

易曰

师出以律否臧凶，不备无虞定信容。
败破身囚功客去，立功问事向何踪。

305 卷七十　列传第五十八

韩褒 赵肃 张轨 李彦 郭彦
梁昕 皇甫璠 辛庆之 王子直
杜杲 吕思礼 徐招 檀翥 孟信
宗懔 刘璠子祥 兄子行本 柳遐子庄

循良誉美一官城，厚重知名半主倾。
省阁清才学业久，思辞著述客书明。

吕思礼

文人不护细君行，志士惟心比事荣。
正色耿言何去就，直风门表谤时生。

306 卷七十一　列传第五十九

隋宗室诸王

蔡景王整 腾穆王瓒 道宣王嵩
卫昭王爽 河间王弘 义城公处纲
离石太守子崇 文帝四王 炀帝三子

主暗时昏一未齐，周平东夏半高低。
相由威谑人亡厌，损益隋皇土水泥。
隋文帝不容，庶秀逆行踪。
师猛何如兽，诛非太子龙。
身非积善国余殃，殷鉴兴亡夏世昌。
谨重元德君子量，成兹乱衅后难扬。

307 卷七十二　列传第六十

高炎 牛弘 李德林

高炎

昭玄立政一陈平，与世隋炀半不声。
后主丽华何是过，美人始末有殊荣。
沙门觉谓一昭玄，旋即隋炀半祖先。
两代良臣功过尽，三生罔纪祸由天。

牛弘

道素乃冲虚，奇才自有余。
讷言于敏事，谥宪一弘居。

李德林

隋时天下有名臣，苦谏昭玄不自身。
事礼生弘仁以下，德林授略启人秦。

308 卷七十三　列传第六十一

梁士彦 元谐 虞庆则 元胄
达奚长儒 贺娄子干 史万岁
刘方 杜彦 周摇 独孤楷 乞
伏慧 张威 和洪 阴寿 杨义臣

天功已力半相平，其欲求逞一不成。
契阔艰危由自取，无闻寂乐配终名。

309 卷七十四　列传第六十二

刘仿 柳裘 皇甫绩 郭衍
张衡 杨汪 裴蕴 袁充 李雄

偷安引禄意于周，隋代靡忠世不求。
弃废图兴名所事，王基帝业客王侯。

310 卷七十五　列传第六十三

赵巨 赵芬 王韶 元岩 宇文弼
伊娄谦 李贺通 郭荣 庞晃 李
安 杨尚希 张巨 苏孝慈 元寿

不救诛夷半主扬，忘忽所以一臣光。
均匀故事行道礼，济世为人与世昌。

311 卷七十六　列传第六十四

段文振 来护儿 樊子盖 周罗侯
周法尚 卫玄 刘权 李景 薛世雄

质性方严义勇人，雄名就著入红尘。
终行客主寻相将，回首何如自在身。

312 卷七十七　列传第六十五

裴政 李谔 鲍宏 高构 荣毗
陆知命 梁毗 柳郁 赵绰 杜整

大厦之构一隙倾，木林水土半天平。
繁枝简干根深叶，去就无声故事明。
无成两项一汉成，三杨未继半隋名。
赐刘谁道成功处，可见鸿沟尚不平。

313 卷七十八　列传第六十六

张定和 张州 麦铁杖 权武
王仁恭 吐万绪 董纯 鱼俱
王辩 陈陵 赵才

虎啸风声奋迹留，龙去雨急度春秋。
因时守制贤臣在，振拔污泥任自由。

314 卷七十九　列传第六十七

宇文述 云定兴 赵行枢 述子化及
司马德儿 裴虔通 王世充 段达

江湖一丈夫，世充半有无。
乱达居心客，何人入帝都。
胡人世充欲江都，仪表野合不丈夫。
卷发豺声多诡诈，心非口是谀王图。
干以驱羊易姓王，隋炀去世符言昌。
于空郑国杀侗立，出降秦王入大唐。

315 卷八十　列传第六十八

外戚

贺讷 姚黄眉 杜超 贺迷
闾毗 冯熙 李惠 高肇 胡
国珍 杨腾 乙弗绘 赵猛
胡长仁 隋文帝外家吕氏

远虑防深问舅姑，何闻汉晋是非奴。
外戚不就倾宗去，遇事隋心自有无。

316 卷八十一　列传第六十九

儒林

梁越 卢丑 张伟 梁祚 平恒
陈奇 刘献 张吾贵 刘兰 孙惠
蔚 徐遵明 董征 李业兴 李铉
冯伟 张买奴 刘轨思 鲍季详
邢峙 刘昼 马敬德 张景仁 权
会 张思伯 张雕武 郭遵

自左半儒林，如尘一古今。
书生天下问，客主谁知音。

317 卷八十一　列传第七十

儒林下

沈重 樊深 熊安生 乐逊 黎
景熙 冀俊 赵文深 辛彦之
何妥 萧该 包恺 房晖远 马
光 刘焯 刘炫 褚晖 顾彪 鲁
世达 张冲 王孝籍

九流七略读书生，六艺三经问不明。
尽有糊涂应古事，儒林孔教授芳名。

318 卷八十三　列传第七十一

文苑

温子升 荀济 祖鸿勋 李广

樊逊 荀士逊 王褒 庾信 颜

之推弟之仪 虞世基 柳巧 许

善心 李文博 明克让 刘臻

诸葛颍 王贞 虞绰 王胄 庾

自直 潘徽常得志 尹式 刘善经

孔德绍 刘斌

文章不枯名，事业有循声。

韦者诗词赋，书生自古情。

庾信自南阳，弘农郡守强。

哀江南赋尽，大象问关乡。

灵蛇把握一丹青，舞凤游龙半克铭。

文苑礼庄寻老子，关乡之外是浮萍。

319 卷八十四　列传第七十二

孝行

长孙虑 乞伏保 孙益德 董

洛生 杨引 阎元明 吴悉达

王续生 李显达 仓跋 张升

王崇 郭文恭 荆可 秦族 皇

甫遐 张元 王颁 杨庆 田翼

纽因 刘仕俊 翟普林 华秋

徐孝肃

三江四海容，九教五蕴从。

孝道知终始，礼仪父母宗。

三皇务本根，五帝立乾坤。

孝道知天地，夫行问子孙。

320 卷八十五　列传第七十三

节义

于什门 段进 石文德 汲固 王

玄威 娄提 刘渴侯 朱长生 马

八龙 门文爱 晁清 刘侯仁 石

祖兴 邵洪哲 王荣世 胡小彪

孙道登 李几 张安祖 王闾 郭

琰 沓龙超 乙速孤佛保 李棠

杜叔毗 刘弘 游元 张须陀 杨

善会 卢楚 刘子宏 尧君素 陈孝

意 郭世俊 郎方贵

重似泰山一死名，轻于鸿羽半克生。

以仁取义闻其道，自古如今士枯荣。

申萌济庄断臂名，纳肝弘演已懿情。

栾布纪信贞节汉，视彼稽绍起义荣。

龙逢夏命比干竭，殒没商辛谁自成。

社稷兴亡功未存，无求颠坠立斯英。

凌霜节义一门亲，铁石之心半自珍。

社稷危亡肝胆尽，如归若命向来人。

视死如归一什门，临危不扰半儿孙。

于夷付险隆谒魏，当之苏武故人根。

321 卷八十六　列传第七十四

循吏

张膺 路邕 阎庆胤 明亮 杜纂

窦瑗 苏淑 张华原 孟业 苏琼

路去病 梁彦光 樊叔略 公孙景

茂 辛公义 柳俭郭绚 敬肃 刘旷

王伽 魏德深

司牧黎元一吏身，淫奸刑法防殊人。

庶官无旷知人哲，昏乱之朝嗜欲尘。

良吏无言去就君，朝廷内外理衣裙。

三生治制三生外，一寸河山一寸云。

良守勤耕惠政官，民心治法士风宽。

临田俭约麻桑度，质素天平客御冠。

322 卷八十七　列传第七十五

酷吏

于洛侯 胡泥 李洪之 张赦提

赵霸 崔暹 邸珍 田式 燕荣

元弘嗣 王文同

不忍何心酷吏生，但闻人性有纵横。

任官谁以见刑治，与正之时肆歪行。

323 卷八十八　列传第七十六

隐逸

眭夸 冯亮 郑修 崔廓

子赜 徐则 张文宏

独善其身一客名，之殊显晦半无声。

樵渔去就山林外，遁世居心举逸行。

324 卷八十九　列传第七十七

艺术上

晁崇 张深 殷绍 王早 耿玄

刘灵助 沙门灵远 李顺兴 檀

特师 由吾道荣 颜恶头 王春

信都芳 宋景业 许遵 吴遵世

赵辅和 皇甫玉 解法选 魏宁

綦母怀文 张子信 陆法和 蒋

升强练 庾季才 子质 卢太翼

耿询 来和萧吉 杨伯丑 临孝

恭 刘佑 张胄玄

犹豫时生十占行，嫌疑去就问悬生。

巫人养性分辞殳，但向无知送与情。

于车载马旷生名，知令行儒问枯荣。

以豫相知还理论，澄明浊事逐知清。

千年古迹启思明，万里行踪自理清。

来去寻心须去就，古今豫犹向求荣。

325 卷九十　列传第七十八

艺术下

周淡 李修 徐謇 王显 马嗣明

姚僧垣 褚该 许智藏 万宝常

蒋少游 何稠

阴阳十祝教华从，礼乐诗书大小容。

术艺盈虚巫候占，洞微亦道审察踪。

326 卷九十一　列传第七十九

列女

魏崔览妻封氏 封卓妻刘氏

魏溥妻房氏 胡长命妻张氏

平原女子孙氏 房爱亲妻崔

氏 泾州贞女儿氏 姚氏妇杨

氏 张洪祁妻刘氏 董景起妻

张氏 阳尼妻高氏 史映周妻

耿氏 任城国太妃孟氏 苟金

龙妻刘氏 贞孝女宗 河东姚

氏女 刁思遵妻鲁氏 西魏孙

道温妻赵氏 孙神妻陈氏 隋

兰陵公主 南阳公主 襄城王

恪妃 华阳王楷妃 谯国夫人

冼氏 郑善果母崔氏 孝女王舜 韩觊妻于氏 陆让母冯氏 刘昶女 钟士雄母蒋氏 孝妇覃氏 元务光母卢氏 裴伦妻柳氏 赵元楷妻崔氏

列女一身名，贞操半世行。

温柔仁本立，竹素自流声。

隋炀帝长女

南阳公主一身名，士及疏闻半去声。

国破家亡何报怨，隋衣陨涕建德城。

327 卷九十二　列传第八十

恩幸

王睿 王仲兴寇猛 赵修 茹皓 赵邕 侯刚 徐纥 宗爱 仇洛齐 段霸 王琚 赵默 孙小 张宗之 剧鹏 张佑 抱嶷 王遇 苻承祖 王质 李坚 秦松 白整 刘腾 贾粲 杨范 成轨 王温 孟栾 平季 封津 刘思逸 郭秀 和士开 穆提婆 高阿那肱 韩凤 齐诸宦者

巧言令色饰娇情，邀眄宫闱待欲声。

便僻当权斯夏桀，恩生趋走向私荣。

328 卷九十三　列传第八十一

僭伪 附庸

夏赫连氏 燕慕容氏 后秦姚氏 北燕冯氏 西秦乞伏氏 北凉沮渠氏 梁萧氏

“阳秋”纪注一从容，鼎命相承半附庸。

正朔中原行魏晋，齐梁部落客朝踪。

329 卷九十四　列传第八十二

高丽 百济 新罗 勿吉 奚契丹 室韦 豆莫娄 地豆干 乌洛侯 流求 倭

天高地阔众生成，车马人行客枯荣。

一国一家乡土寄，半山半水界疆明。

330 卷九十五　列传第八十三

蛮獠 林邑 赤土 真腊 婆利

一国一边城，三春半枯荣。

今朝今举目，去世去王名。

331 卷九十六　列传第八十四

氐 吐谷浑 岩昌 邓至 白兰 党项 附国 稽胡

秦人一界生，汉土半边荣。

谁是匈奴客，王侯俱是盟。

332 卷九十七　列传第八十五

西域

西域入隋唐，葡萄已玉牧。

胡姬歌舞纵，汉地曲声扬。

333 卷九十八　列传第八十六

蠕蠕 匈奴宇文莫槐 徒何段就六眷 高车

发始齐眉忘姓名，神元木骨闾平生。

柔然自号蠕蠕改，只道扬鞭向背行。

334 卷九十九　列传第八十七

突厥 西突厥 铁勒

部落时繁一枯荣，胡姬玉舞半奴声。

牛羊草木山川牧，南北东西昼夜城。

335 卷一百　列八十八

序传

颛顼李氏自高阳，大理庭坚向背昌。

秦王鲜卑隋晋易，绿林好汉入初唐。

读北史

历史聿人言，行踪草木萱。

何须真伪诈，借镜鉴轩辕。

五、隋书 旧唐书

1 隋书

一半隋炀一半唐，两三书生两三肠。
王侯自古寻芳尽，何问江都谁抑扬。
万户千村徭役苦，三宫六院栋雕梁。
长城似见天骄子，汴水还闻入晓杭。

2 卷一　帝纪第一

高祖

商周秦汉入隋唐，殷纠文王问易姜。
二世李斯知指鹿，江都杨广运河扬。
北平太守一隋炀，紫气华阴二世昌。
吕氏河东般若寺，龙颜五柱手文王。
沉深晦匿启西门，“圣制刑经”帝子根。
法令定州姬纳顺，所归众望入王孙。
百代之期尧舜肠，千龄适运鼎台扬。
孔丘轨物风流演，情类公卿幼主昌。
师表缙绅文武士，心同伊尹试隋梁。
一王十郡知天下，投足唐虞让帝皇。
漕运过扬州，船帆顺水舟。
东吴冈里客，阳渎向南流。

3 卷二　帝纪第二

高祖下

周帝顺隋朝，华林枉国桥。
唐尧薄伐政，修睦待云消。

石镇川流御九州，宣言寒暑自春秋。
阿衡伊尹殷相道，吕望渔夫圣泽由。

龙德异表志桑田，南迈楼船御载天。
“禹贡”之图咸受朔，
“职方”疆理洽吴年。

4 卷三　帝纪第三

炀帝

独孤皇后美姿容，二子杨英敏慧龙。
一柱晋王深学重，半声授鼓半声钟。
晋王眉骨善文田，仁孝尘埃自断弦。
居第王公声伎客，深沉矫饰尚书权。
易曰“变则通，通则久。”
天地变则通，隋炀易久雄。
知时知日月，各考各阴晴。

5 卷四　帝纪第四

炀帝下

移风易俗幸江都，给足人家问有无。
治定功成天下务，名行显著富姑苏。
二百万兵群，征东十二军。
隋炀干诏道，高丽半风云。
吴公台下一雷塘，矫饰情中半大荒。
汴水长城辽海战，可怜容貌若生张。
矫情饰貌却匈奴，肆厥奸回镇去吴。
献后钟心声绩重，文皇革虑肇天都。

6 卷五　帝纪第五

恭帝

隋炀太上皇，长安恭帝堂。
日见崩离祸，唐家一半王。

7 卷六　志第一

礼仪一

万物本乎天，皇宗祖自全。
秦人倾六籍，礼教化三禅。

8 卷七　志第二

礼仪二

七事祀于天，三牲九拜全。
南郊云汉问，礼教贡风传。

9 卷八　志第三

礼仪三

腊月一仲冬，村夫半向农。
梅花香万户，岁首接交踪。

10 卷九　志第四

礼仪四

中书策秀才，水刻册王台。
纳后园丘泽，临轩太子来。

11 卷十　志第五

礼仪五

羊车小吏五牛旗，大驾金麟一礼仪。
十二辂皇重翟妾，三千临道翠社移。

12 卷十一　志第六

礼仪六

祀地一衣冠，明堂半帻寒。
深衣虞养老，质素问巾坛。
青绶银章紫御官，直郎紫玉进贤冠。
两梁佩剑长秋印，太子王公命妇鸾。

13 卷十二　志第七

礼仪七

董卓一貂蝉，高华侍内娟。
金戈门下者，执笏纳臣年。

14 卷十三　志第八

音乐上

律吕和谐形乐今，生于太始圣人心。
五声六律诗词赋，播气九歌感物深。

15 卷十四 志第九

音乐中

刚柔设位端，念畅在兹宽。
天下行歌舞，人间免巾冠。

16 卷十五 志第十

音乐下

六代周“韶武”艺声，“五行”七始“四时”萌。秦皇汉帝知“文始”，“大豫”“东观”乐器成。

17 卷十六 志第十一

律历上

五数物中生，黄钟建子成。
每辰三记序，十二倍宫明。

18 卷十七 志第十二

律历中

律历一年中，阴阳半数空。
两仪分四象，八卦卜三宫。

19 卷十八 志第十三

律历下

日月经天晦朔行，吏官守治缺圆明。
朝朝暮暮观星象，败败成成问谁荣。

20 卷十九 志第十四

天文上

明堂布政晖，分野体王威。
众效官星坐，居中法紫微。

21 卷二十 志第十五

天文中

南北两三成，东西一半明。
星空多少座，天下众人生。
东方落二星，阙里七天庭。
左主刑伐道，军兵右将丁。
岁星日东方春木，荧惑日南方夏火。
太白日西方秋金，辰星日北方冬水。
东春南夏向西秋，木火沙金太白流。
填季中央日水土，北冬智比五星由。

22 卷二十一 志第十六

天文下

非非是是一如君，郁郁纷纷半似云。
烟烟景景昌气贯，萧萧索索喜龙裙。

23 卷二十二 志第十七

五行上

八卦易吉凶，三书论秋冬。
五行金土木，一水火相容。

24 卷二十三 志第十八

五行下

故鸟巢居御座前，嘉阳殿易客宫迁。
城虚邑落飞侯遂，万物千行隐约玄。

25 卷二十四 志第十九

食货

度地居人土木生，农商趣向业行成。
周官太府其财赋，敬授知时善势荣。
三年耕作一年余，七水蓄田半水居。
汴渭东流渠富甲，长城北寒帝王虚。

26 卷二十五 志第二十

刑法

十八律新成，三千士子生。
格心德礼教，劝善始知明。

27 卷二十六 志第二十一

百官上

乾坤定位人，去就以官身。
贵贱知天地，尊卑职守臣。

28 卷二十七 志第二十二

百官中

三公二大一朝中，九品千师半职空。
文武分曹知沼守，百官序遁意何雄。
周公一百官，九寺万千冠。
三少三师付，皇家奉典坛。
一寺事昭玄，三隋问佛缘。
运河江岸柳，都护寄唐天。

29 卷二十八 志第二十三

百官下

三公五省御中朝，十寺尊前属下消。
六府庸和分司政，付僚统职以天遥。

30 卷二十九 志二十四

地理上

人极体国一山河，次野经王半少多。
列土州勋寻御历，分疆楚客九歌何。
隋炀帝时人口四千六百零一万九千九百五十六人
四千六百万人丁，二百州名郡改庭。
一代隋炀田亩扩，半国之盛颂唐铭。

31 卷三十 志第二十五

地理中

东南近海平，此塞五原名。
且末西声至，南边御水情。

隋都平万人，渔阳二万人。
平州设北平，置郡万人生。
少约隋时制，渔阳一半城。

32 卷三十一 志第二十六

地理下

隋炀易断荣，州改郡县名。
南北东西客，长城汴水成。

33 卷三十二 志第二十七

经籍一经

人间利物荣，天下弘德生。
能事经天地，阴阳问圣明。

34 卷三十三 志第二十八

经籍二史

“史记”汉书传，梁周晋魏全。
隋人天下近，正史待人悬。

35 卷三十四 志第二十九

经籍三子

经书子籍名，儒者著其声。

典论春秋卷，君卿顺逆成。

36 卷三十五　志第三十

楚辞孟晏高人传，济世流芳百代田。
经史文章子集全，宗家易卜佛人缘。

37 卷三十六　列传第一

后妃

独孤皇后

八百万明珠，三生半有无。
千年谋勉政，二圣一朝图。

炀帝萧皇后

妇好主军廷，隋从问武丁。
属文知占候，“述志赋”其铭。
任节隋朝鲁，凭书入虏庭。
夫妻猜阻客，异域始归萍。

38 卷三十七　列传第二

李穆子浑　穆兄子询　询弟崇　崇子敏

陇西一李陵，滴水半成冰。
汉骑葡萄在，儿孙玉子凝。

梁睿

威惠兼成镇四川，民夷悦服守三田。
声归逾重王阴士，谁见英风史不前。

39 卷三十八　列传第三

刘仿

高祖启其谋，私隋问所忧。
朝堂难作客，去就任何留。

40 卷三十九　列传第四

于义子宣道

故吏一奸忠，朝堂半夏虫。
渔樵何所以，世事乃行空。

41 卷四十　列传第五

梁士彦子刚　梁默

风神果毅名，济世向戎征。
觉悟伐兵马，经书自有名。

42 卷四十一　列传第六

高士

一代名臣一代人，三生有道两生亲。
隋炀尽处侈糜尽，俗气扬明俗气尘。

43 卷四十二　列传第七

李德林子百药

器量自沉深，安平任古今。
文章天地上，蜀赋故人心。

44 卷四十三　列传第八

河间王弘子庆

始迁周鼎一君臣，力举人心半不亲。
去就从容多少客，往来市肆间风尘。

45 卷四十四　列传第九

滕穆王瓒嗣王纶

厚土不知王，维城问所昌。
官高如反堂，遗迹宠娇盲。

46 卷四十五　列传第十

文四子

四子二名王，三生半世昌。
长城行苦役，汴水孰隋炀。

五子

勇颇词文赋性和，矫行有饰异朝歌。
秦王谁可沙门就，利器容伟秀几何。

47 卷四十六　列传第十一

明习故事扬，举世所推张。
殊绩居端器，贞干利禄昌。

48 卷四十七　列传第十二

韦世康招弟，艺冲从父寮。
文诚立仕朝，鲁艺一云霄。
节高千人近，臣心万里遥。

49 卷四十八　列传第十三

杨素弟约　从父文思　文纪

竹直一王臣，呈三半帝巾。
勋功天子客，素约举炀人。

50 卷四十九　列传第十四

牛弘

淡雅一风余，诗书半久居。
绸缪省达性，典律治章疏。

51 卷五十　列传第十五

宇文庆

明堂一百官，落叶万千残。
流水浮光在，春秋早晚寒。

52 卷五十一　列传第十六

长孙览从子炽　炽弟晟

柱国一重光，齐公半礼扬。
倾巢三自落，府第七层黄。

53 卷五十二　列传第十七

韩擒虎弟僧寿

陈人夺气锋，汉室问从容。
府仕新安坐，英雄自纵踪。

54 卷五十三　列传第十八

达奚长儒

总统一军师，雄儒半地知。
胡夷功善尉，肝胆列兵时。

55 卷五十四　列传第十九

王长述

禁地著威声，功名以取成。
弘风伊志士，御侮故时荣。

56 卷五十五　列传第二十

杜彦

壮志四方行，仁风一世成。
孤高情自若，磊落度人生。

57 卷五十六　列传第二十一

卢恺

好学半先声，人生一正名。
风云来去客，志守古今荣。

58 卷五十七　列传第二十二

卢思道从父兄昌衡

金声玉振工，苦学人精雄。
贵富三千士，穷则一半通。

59 卷五十八　列传第二十三

明克让

“文类”经疏“曲礼”名，“魏书”“旌异”记齐缨。“法言正训”幽居赋，叙传梁朝“洽道”生。

60 卷五十九　列传第二十四

炀三

雅性君人太子昭，先亡未几尽隋朝。
余殃只及难消命，世恐炎凉忌饰娇。

61 卷六十　列传第二十五

崔仲方

文武算筹谋，私公问去留。
君臣何以立，唯见水东流。

62 卷六十一　列传第二十六

宇文述云定兴
杨之镇杨州，鲜卑守旧周。
丘明深土客，水落大江头。

63 卷六十二　列传第二十七

王韶

山林猛兽多，田亩陌阡禾。
汉武兴三废，屈原赋九歌。

64 卷六十三　列传第二十八

樊子盖

临机果断成，质敏守正名。
伟十恬今古，雄风任枯荣。

65 卷六十四　列传第二十九

李圆通

成恩感旧生，去就问殊荣。
燕雀寻官府，鸿鹄济世萌。

66 卷六十五　列传第三十

周罗

济世百官城，行人一主成。
三生寻故里，九界向群缨。

67 卷六十六　列传第三十一

李谔

大厦云构万木枝，帝王百吏一用时。
栋梁不覆无倾倒，文藻贤良有楚辞。

68 卷六十七　列传第三十二

虞世基

方多合意一书生，顾遇之恩半不明。
不以实闻天下御，无风素士顺倾城。

69 卷六十八　列传第三十三

宇文恺

穷侈极丽制明堂，危乱之源枯四方。
无始何言于后果，文皇怯国政门长。

70 卷六十九　列传第三十四

王劭

壬午端午青州黄河变清澈，十里如泉已瑞一河清，坤灵半易明。
休祥三世界，分券两王城。

71 卷七十　列传第三十五

杨玄感李子雄 赵元淑 斛斯政 刘元进
素子一杨家，隋官半品纱。
辽东征苦役，柱国悔无华。

李密

志气雄图一将名，兵书忘倦半精赢。
筹谋算定隋亡尽，乱世群英逐败成。
陈涉举志半亡秦，张氏明经乱汉臣。
李密图隋求仕宦，唐家天子作行人。

72 卷七十一　列传第三十六

诚节

守位一仁人，循规半义臣。
临危无顾怯，赴火重其身。

73 卷七十二　列传第三十七

孝义

天经地义孝人行，立道为仁古至名。
吕览杨休通感本，三皇五帝治心城。

74 卷七十三　列传第三十八

循吏

牧守人心至养难，吏官善恶去来观。
饥寒劳苦循常客，纲纪弛张仰抑安。

天下一人心，人间半古今。
吏官昭日月，草木自成林。

75 卷七十四　列传第三十九

酷吏

行舟半水平，善治一人明。
酷吏何改酷，荣官谁可荣。
不取严刑自猛宽，御良烦策可疏残。
立身从政何婴考，性命生人有暖寒。

76 卷七十五　列传第四十

儒林

儒之教大成，政化本源生。
耳目人心世，兴邦治国荣。
仲尼挫丈君，孟轲抑齐文。
取贵叔孙汉，荀卿楚见勋。
悬河博士辨，正朔宇风云。
负笈追师苦，书传日月勤。
“咸池”“六茎”“五英”章，“大韶”“春秋”“大武”王。减瑟伏羲文足琴，清平调里问先皇。

77 卷七十六　列传第四十一

文学

人间一学生，世上半争鸣。
旅灶何知道，儒留后胤名。
易曰“观乎天文，以察时变，
观乎人文，以化成天下。”
天文时变化人文，言也身形远近曛。
枥马长成窟外去，昆山玉碎是闻君。

78 卷七十七　列传第四十二

隐逸　易曰“不事王侯”

隐逸半樵渔，王侯一不居。

皎皎空谷客，浩浩遁时虚。
处世淡心成，藏心智发明。
伏身非不见，闭谷有言行。

79 卷七十八　列传第四十三

艺术

阴阳正日时，天地问疑知。
性命无心养，医巫技巧施。
仰观俯视一察人，阳序阴成半顾身。
音律和心三界处，殊才绝技五蕴亲。

80 卷七十九　列传第四十四

外戚

外戚自知名，鲜终有枯荣。
中堂何所戒，社稷未德成。

81 卷八十　列传第四十五

列女

贞专客淑媛，妇道祀方天。
不以兴亡问，修名去就禅。

隋炀帝长女，出其父也。

南阳公主旧衣冠，士及仇家半寺寒。
长女隋炀何去就，禅师贵爱辍声叹。

兰陵公主

玉女一贞芳，姿仪半婉肠。
读书知甚谨，问世柳边昂。

82 卷八十一　列传第四十六

东夷　高丽

高丽自夫余，朱蒙帝子居。
辽东河伯女，天下读诗书。

83 卷八十二　列传第四十七

东西一玉河，南北万山多。
暮尽千川水，朝闻半径歌。

84 卷八十三　列传第四十八

西域

暮日向西行，朝风待露生，
天竺万千寺，汉地一僧鸣。

85 卷八十四　列传第四十九

北狄

南北战长城，东西汴水清。
千年天下在，万古富人荣。

86 卷八十五　列传第五十

宇文化及弟智及　司马德戡　裴虔通

乱世乱心肠，清平瑟调荒。
南阳公主士，化及尽隋炀。
人间世废德充符，汴水隋炀问五湖。天下驱羊杨不语，长城始末尽江都。

旧唐书目录

隋家音韵一唐诗，汴水江南半不知。
饮马长城窟外客，称王霸道恨先词。

旧唐书

隋炀不问一唐周，自古何言半去留。
皇帝三宫荒六院，霸王淫欲广陵楼。

87 卷一　本纪第一

骨法非常必主人，独孤皇后从母亲。
唐公倜傥宽仁众，八柱国家晋达民。

88 卷二　本纪第二

太宗上

唐家兄弟半秦王，太子齐王一死伤。
玄武门前非是过，室难圣谟太宗皇。
济世自安民，秦王不顾身。
高阳击万众，二十始龙人。

武德九年六月四日

玄武门前六四分，齐王太子不临君。
长孙无忌兼房杜，自此唐宗日月闻。

89 卷三　本纪第三

太宗下

一朝天下一朝空，半统江山半大同。
二十四臣天下事，凌烟阁上数群雄。
房谋杜断一王城，敬德长孙世所荣。
虞世南碑功业纪，魏徵李靖政朝名。
心明至领一察清，克己隋文半政荣。
事敏勤荣何等主，世民宇宙济人成。

二十三年一太宗，唐家兄弟半云龙。
贞观之治明察鉴，一处无成一处成。

90 卷四　本纪第四

高宗上

退思补过进思忠，夫孝成身逐志雄。
始见亲君终至立，世民尽在世人同。
黄王帝子一朝廷，七品青衣九品表。
三品紫服绯五品，唐诗自此见殊铭。

91 卷五　本纪第五

高宗下

高宗麟德历前荣，百会秦鸣鹤不清。
三十四年唐李在，一朝天子武周名。

92 卷六　本纪第六

则天皇后

感业寺才人，昭仪复拜身。
高宗良娣后，争宠不相邻。
二圣知天下，三公却故津。
周朝寻李武，泥水满衣巾。
圣母临人帝业昌，乾元殿毁武明堂。
宝图洛水雍刑客，承嗣文云瑞石祥。谁见圣神皇帝位，唐家子弟若牛羊。
兴兴废废知田亩，是是非非各贬扬。
宠臣易之一昌宗，控鹤宫闱半故容。
寻改奉宸置府客，明堂享尽问行踪。
奸人妒妇半唐都，夺位谋嫡一有无。
绝禊涂堂荣枯至，碑中不字是殊途。

93 卷七　本纪第七

中宗 睿宗

前唐二短宗，武后一皇容。
七子庐陵客，隆基睿上逢。
史臣曰：法不一则奸伪肆，
政不一则朋党生。
天下一源泉，人间法正田。
明堂朋党客，毁誉伪奸玄。

94 卷八　本纪第八

玄宗上

李武断玄宗，周唐向背从。

入山寻古道，出水问芙蓉。
开元廿九年，太子景云泉。
司牧皇家土，耕凿圣上田。

95 卷九　本纪第九

玄宗下

威振四方天，平仪一法田。
群臣知守正，万户颂炊烟。
虢国夫人御马呼，贵妃八月入华奴。
芙蓉出水玄宗客，韩国音声似舅姑。
开元盛世俭慈名，正轨朝庭礼教生。
瑞士中伤天宝岁，华清附丽史安横。

96 卷十　本纪第十

肃宗

典丽文辞耳目聪，仁英受悟记强雄。
忠王雅类高宗祖，张说丞相北塞东。
玄宗问古今，西北白云深。
天子征安史，江山治守心。

97 卷十一　本纪第十一

代宗

喜惧无形色不明，宽心果断向儒情。
皇孙过百玄宗爱，治道之失已社横。
水决金堤治道横，火炎昆岭行玄生。
三江不顺人情变，六合艰难易革成。

98 卷十二　本纪第十二

德宗上

中兴梦断德宗朝，沈氏东宫二代遥。
天宝生年兵马帅，凌烟阁上入云霄。

99 卷十三　本纪第十三

德宗下

凌烟阁上褚遂良，丹凤楼中德宗皇。
散落同谋何不轨，群臣赐宴节中堂。
酒色曲江亭，书香草木青。
中兴行轨制，滞水有浮萍。
图精制道视民伤，渴政行机纳抑昂。
永巷嫔嫱回故里，文单放象诫服裳。
太官减膳伶伦犬，御策贤良守四方。

统帅三军乾震日，忠臣一力未成强。

100 卷十四　本纪第十四

顺宗 宪宗上

贞元失驭盗群踞，已尽唐家似有余。
跃德观兵兴土木，闻声治政不知书。

顺宗

诸久一文昌，留心半艺扬。
工诗词赋制，济世有仁肠。

101 卷十五　本纪第十五

宪宗下

何人论宪宗，创业世民容。
致理隆基久，无相问鼓钟。
群臣天下去，昼漏向中庸。
金丹穷任异，朝心不问农。

102 卷十六　本纪第十六

穆宗

谋英睿断一群臣，聚敛服食半不均。
裴度尚书元稹史，光陵旧日几无尘。

103 卷十七上　本纪第十七上

敬宗 文宗上

牛牛李李两朝廷，穆敬皇宗一世铭。
裴度言贤知顺治，唐诗始湛白元灵。
尧舜无承子女名，贤言继世弟兄声。
家邦立国文英萃，武足平安幸事成。

104 卷十七下　本纪第十七下

文宗下

裴度史中名，牛前事后声。
三宗庙不语，[illegible]录半知莱。
注：一录：宪宗实录二十卷。
恭俭文儒雅帝王，父兄奢弊已危伤。
治明救暗贞观启，侧目中宫累世殃。

105 卷十八上　本纪第十八上

武宗

储位虚移政事空，东宫太子落西宫。
维城孤立威权断，去国天骄臣难同。

文身祝发异乡荣，吐火吞刀俗戏名。
若似神仙非不解，无知尽是乍观情。

106 卷十八下　本纪第十八下

宣宗

久历艰难一苦辛，中人假借半风尘。
穷门豪强擅权属，敛迹晴朗怠惰人。
人中十四年，国下两三去。
吮墨慊然去，罗浮自一天。

107 卷十九上　本纪第十九上

懿宗

四海承平百职修，三江阻滞水横流。
邦家治乱君听断，贬窜贤良已去留。
朝中任颂声，天下课升平。
当国奸雄立，谋消贻道横。

108 卷十九下　本纪第十九下

僖宗

冲年缵历宦臣扬，重慎殷忧赤眉昌。
运历时穷天降返，尘飞巨盗向兴亡。

109 卷二十上　本纪第二十上

昭宗

朝中二弟兄，神气一雄名。
攻书文俊在，艰难世不成。
宣城下告十三州，钱缪中言四世求。
克用兴兵朝谁主，唐家圣御任东流。
东迁一洛阳，帝故半隋唐。
椒殿玄宽醉，昭仪如护王。

110 卷二十下　本纪第二十下

哀帝

揖让勋华帝告终，唐家顺逆已时穷。
凌逼政事凶元庶，短诈虞宾向去风。

111 卷二十一　志第一

礼仪一

隋仪入一唐，日月济三光。
太庙施千礼，家宗济四扬。

112 卷二十二　志第二

礼仪二

“月令”明堂一世光，礼仪天下半圆方。
“三传”告朔江山守，四海东京赋为阳。

113 卷二十三　志第三

礼仪三

天子一封禅，人间半地天。
泰山知父母，五品向源泉。

114 卷二十四　志第四

礼仪四

四渎江河四海明，山光五岳四镇城。
年年牧守同州府，岁岁阴晴草木荣。
岳渎玄宗海镇情，开元盛世祭天成。
唐承汉制行官庙，春夏秋冬牧亢荣。

115 卷二十五　志第五

礼仪五

五庙家宗七祖情，三江草木一荣生。
观德世代同堂坐，父父人中子子名。
祖功宗德不迁名，革命时逢毁誉生。
近而如知亲视俗，一朝台令几辞盟。

116 卷二十六　志第六

礼仪六

东都不尽问西都，世上王侯皆有无。
七庙三昭三穆礼，九州一日一扶苏。

117 卷二十七　志第七

礼仪七

妇夫之道始人伦，天地尊卑正与亲。
日月穿梭知演易，乾坤尽是去来人。
天生万物惟人灵，划类千年草木青。
远近亲疏随世态，炎凉日月以心铭。

118 卷二十八　志第八

音乐一

血气生知性乃迁，动中感物应生年。
文歌玉石家邦乐，喜怒声平自古连。
云景河清宴乐歌，神功破阵五弦多。
阳春白雪和人寡，御制新辞入故波。
“破阵”“云门”“庆善”声，“凯安”
“七德”“九功”成。“阳春”“白雪”
秦王乐，御制诗辞“司马”鸣。

119 卷二十九　志第九

音乐二

秦王“庆善”乐声荣，御制阳春白雪声。
九部“太平”歌舞曲，“八声同轨”九功成。
立部姿伎坐部声，
“龙池”“长寿”“景云”荣。
鸟歌万岁“清商乐”，
“白雪”“明君”铎舞成。
“白袄”“前溪”曲“莫愁”，
“清”“平”“瑟”调舞春秋。
“石城”出入门楼下，“乌夜啼”声满九洲。
白袄妍袖赤带妆，“高昌”乐舞鼓声扬。
“龟兹”“疏勒”“安”“康”国，
“白净”“两凉”“部落”娘。
汉水桃林半“采桑”，隋王曲尽一襄阳。
春江花月“堂堂”夜，玉树后庭“白雪”妆。
夏至制音琴，伏羲至古今。
秋埙黄色满，弦柱入天心。

120 卷三十　志第十

音乐三

音琴尔雅盛隋唐，“宴乐”贞观入太昌。
五调宫商徵角羽，魏征褚亮世南扬。

享龙池乐章

三千弟子一春秋，五百贤人半九州。
鼎业迁新神马圣，灵沼尧舜御王侯。
长安日月秦王阵，草木阴晴碧浪幽。
邸第龙池浮帝曲，凌烟阁上满风流。

121 卷三十一　志第十一

音乐四

帝后咏长天，鸿基入旧年。
升平皇永寿，“永”“太”“肃”“雍”连。

122 卷三十二　志第十二

历一

三才物象新，二气治权人。
九畴知其数，穷通五纪纶。

123 卷三十三　志第十三

历二

冬至始黄钟，严寒腊月容。
春行启蛰雨，雁过问桃踪。
冬至黄钟大吕寒，惊蛰太簇夹钟宽。
蝉鸣大署温风见，菊有黄花小雪残。

124 卷三十四　志第十四

历三

立春卜

东风解冻立春天，始振蜇虫内卦缘。
小过上冰鱼水度，公升象外辟临泉。

125 卷三十五　志第十五

天文上

天文观尽变察时，故古贤言问未知。
施化就安其度慎，中官物纪易星迟。
璇枢七政玉衡明，几度灵台宿古情。
晦朔玄宗铭御制，辰钟刻鼓运天行。

126 卷三十六　志第十六

天文下

终天不易象悬天，变革难当卜物迕。
七国交争周纪善，三公分野仰观玄。
法相唐州详密星，天文历易致县铭。
虚危玄枵之须女，昴比分梁次国廷。

127 卷三十七　志第十七

五行

禹得“河图”与“洛书”，功齐治水宝天疏。
总成六十五言字，洪范春秋是政居。
洪水李金才，隋炀受命开。
杨山谶谁证，李密晋王来。
粉面则天赐国香，阿臧凤阁李侍郎。
鱼龙宝帐妻迴秀，刺史定州末志祥。
人间百兽毛，天下欲声高。
正反单其色，官裙仿效豪。

128 卷三十八　志第十八

地理一

帝典一殊途，周官半制苏。

建侯元首牧，颁瑞受封孤。

秦四十郡，贞观十道并省。

三百五十八府，一千五百五一县。

形使山河十道分，贞观并省府州闻。

一千五百县台衙，节度天公致使文。

关内河南十道分，开元节度使臣君。

四千八百人口万，千万顷田四海闻。

京师隆庆坊

正门丹凤殿含元，宣政中书二省言。

通化门中私达内，两宫禁苑百花繁。

明堂洛水边，九曲渭天年。

正殿同东向，东都司故禅。

129 卷三十九　志第十九

地理二

东南西北一河分，春夏秋冬半形云。

水水山山多少界，家家国国枯荣君。

130 卷四十　志第二十

地理三

十道一江南，江都半水甘。

人间才子客，天下女儿男。

131 卷四十一　志第二十一

地理四

蜀郡成都御府中，隋唐旧制益州同。

杜鹃犹唱思乡曲，百万人丁水向东。

132 卷四十二 志第二十二

职官

三公六省一明堂，御史台察九寺扬。

九品官场十四府，东宫门下两书坊。

“守”守“行”行九品城，隋唐旧制一殊名。

尚书省唤文昌台，司马麟方太尹卿。

仆射丞相一尚书，中书省府紫微居。

黄门门下监官侍，去郡呼州刺史初。

133 卷四十三　志第二十三

职官二

尚书省领百官场，六部分宗仆射扬。

左右丞郎中司牧，分工廿四司工良。

134 卷四十四　志第二十四

职官三

三妃六尚内官臣，一品夫人外位身。

侍宦星经天帝坐，后服仪迹属相邻。

天下半东宫，人间一大同。

皇家知太子，父母问英雄。

135 卷四十五　志第二十五

舆服

王侯立等威，简俭媚门扉。

玉佩梁冠马，黄门紫气归。

六部廿四司，两梁冠。

重朝天子两梁冠，轻取文凭一地宽。

六部司中枢纽客，半倾家国半云端。

136 卷四十六　志第二十六

经籍上

龟文八卦易经成，鸟迹行分字句生。

甲乙丙丁经史子，集词官撰世其荣。

甲乙丙丁，经史子集。

甲经乙史易功名，丙子丁集已大成。

盛世开元书百味，齐英衔石士千生。

137 卷四十七　志第二十七

经籍下

诸子百家言，三江半水源。

九州天下客，万里一轩辕。

138 卷四十八　志第二十八

食货上

度地居人一货王，井田教化半封禅。

隋文贯朽无虚废，节俭陈粟只力田。

139 卷四十九　志第二十九

食货下

贵在通流货在源，人前敏事政前元。

鱼盐柴米油茶肉，五味丰登草木萱。

140 卷五十　志第三十

刑法

明镜高悬一半天，公私刑法两三年。

因时度势官僚制，酷吏凶残对旧迁。

宽宽猛猛一刑明，密密疏疏半网行。

典典则则官案历，心心治治署人情。

法法人人治不清，明明暗暗问难成。

以心问政昭然过，就事察邪处泰行。

141 卷五十一　列传第一

后妃上

高祖太穆皇后窦氏　太宗文德皇后长孙氏　贤妃徐氏　高宗废后王氏　良娣萧氏　中宗和思皇后赵氏　中宗韦庶人　上官昭容　睿宗肃明皇后刘氏　睿宗昭成皇后窦氏　玄宗废后王氏　玄宗贞顺皇后武氏　玄宗杨贵妃

贵妃

后宫贵淑德妃名，一品夫人九品城。

二品昭修仪容媛，婕妤三品美人声。

才人五品宝林六，御采其余六典荣。

至此隋唐因归制，周官秩序世袭行。

高祖太穆皇后窦氏

苍生一念明，武帝半言成。

孔雀封禅约，长公主志赢。

太宗文德顺圣皇后长孙氏

坤元载物告知廉，德合无疆顺势天。

牝马地类交泰象，归娘妇道内乾贤。

太宗贤妃徐氏

论语与毛诗，山中不可知。

时时无释卷，念念属文辞。

高宗废后王氏，开州祁人也

因堂旧布襟，感业寺边心。

深宫回心院，蓬莱惧古今。

中宗韦庶人，京兆万年人也

庶子一朝心，则天废古今。

三思无禁忌，朽木不成林。

中宗上官昭容，名婉儿，

西台侍郎仪之孙也

文辞一世人，心术半诗邻。

淫乱昭容客，三思只入身。

上官婉儿

秉国一权衡，察诗半壁倾。

赐袍知量政，制书掌才情。

何人武则天，韦后半无缘。

谁霸三思客，中宗祸福泉。

肃明顺圣与昭成，武曌私心势不容。

婉切姿容嘉豫殿，玄宗自此立身名。

玄宗废后王氏

无相寺外情，符厌事余生。

后废何王子，书天地不成。

婉顺贤明一惠妃，承戚华胄后庭归。

寿王盛琦咸宜主，公主玄华满紫微。

玄宗杨贵妃

玄宗天宝半杨家，三国夫人一玉华。

马儿坡前皇下帝，长生殿里月寻花。

天下一香囊，人间半别肠。

长生寻殿下，月色照三郎。

142 卷五十二　列传第二

后妃下

玄宗元献皇后杨氏 肃宗张皇后 肃宗韦妃 肃宗章敬皇后吴氏代宗崔妃 代宗睿真皇后沈氏 代宗贞懿皇后独孤氏 德宗昭德皇后王氏 德宗韦妃 顺宗庄宪皇后王氏 宪宗懿安皇后郭氏 宪宗孝明皇后郑氏 女学士尚官宋氏 穆宗恭僖皇后王氏 敬宗郭贵妃 穆宗贞献皇后萧氏 穆宗宣懿皇后韦氏 武宗王贤妃 宣武元昭皇后晁氏 懿宗惠安皇后王氏 昭宗积善皇后何氏

唐家一后妃，天下半人归。

不解深宫力，何寻是与非。

143 卷五十三　列传第三

李密

李密半辽东，书生一读同。

人间牛角下，天下问群雄。

隋朝极荡中原荒，良吏贤臣海外扬。

乱寇争狂李密逆，群雄并起逐天光。

144 卷五十四　列传第四

王世充 窦建德

驱羊德充宫，人下谁王风。

法嗣何天命，隋杨姓不同。

建德辍耕牛，乡人劝去留。

丈夫何所业，征讨事春秋。

145 卷五十五　列传第五

薛举子仁杲 李轨 刘武周苑君璋附 高开道 刘黑闼徐圆朗

乱世谁何雄，声名问鸟虫。

凭凶高滑宇，始逆性其终。

李轨

李氏谁当王，隋唐任四方。

河西州邑地，草泽自非乡。

异盗别图一草堂，流光烛地半恣张。

穷雄并寇行师列，隋乱方成见新唐。

146 卷五十六　列传第六

萧铣 杜伏威 辅公之 阚棱 王雄诞 沈法兴 李子通 朱粲 林士弘 张善安 罗艺 梁师都刘季真 李子和

勇悍无谋乌合城，寻机见国兴孤兵。

妖言叛信瓜分客，守节修仁训子名。

人间乱世王，天下济人昌。

善始鲜终客，瑶图自主张。

147 卷五十七　列传第七

裴寂 刘文静弟文起 文静子树义 树艺 李孟尝 刘世龙 赵文恪 张平高 李思行 李高迁 许世绪 刘师立 钱九陇 樊兴 公孙武达 庞卿恽 张长逊 李安远

风云会合一苍生，势运分离半世明。

终归太宇知华夏，良贤过愚问殊荣。

人臣位极一玄真，得志中年半顾身。

高祖受禅裴寂劝，沙门俱是去来人。

刘文静

狂言自误身，未可作君臣。

徙见拔刀客，原来势利人。

148 卷五十八　列传第八

唐俭 长孙顺德 刘弘基 殷峤 刘政会 柴绍 平阳公主 长兄士棱 次兄士逸

草木一军功，江山半世雄。

君臣唐俭应，禁巳御庭公。

凌烟阁上一图形，茂约朝中半弟兄。

颉利军前庭虏却，昭陵月下有其声。

凌烟阁上立雄名，驻马封前弃故荣。

犹在昭陵虚美坐，冠官俭约自形成。

柴绍

平阳公主一君倾，二女琵琶半部成。

娘子军中昭日月，唐家柴绍著殊荣。

149 卷五十九　列传第九

屈突通子寿 少子诠 诠子仲翔 任瑰 丘和子行恭 行恭子神英 许绍孙力士 力士子钦寂 钦明 绍次子智仁 少子圉师 李袭志 弟袭誉 姜序子行本 行本子简 简子复 简弟柔远 柔远子皎 晦皎 男庆初

公卿奉国忠，徇义至大同。

赐束凌烟阁，隋唐半帝雄。

弘基六士名，三巳一征程。

顾接千贞仰，唐公万户声。

150 卷六十　列传第十

宗室

太祖诸子 代祖诸子 永安王 孝基 淮安王神通子道彦 孝察孝同 孝慈 孝友 孝节 孝义 孝逸 襄邑王神符子德懋 文？ 长平王叔良 子孝协 孝斌 孝斌 孝斌子思训 思诲叔良 弟德良 幼良 襄武王琛 河间王 孝恭子晦 孝恭弟以瑰 庐江王瑗 王君廓附 淮阳王道玄 江夏王 道宗 陇西王博从

封禅数十王，未定自无疆。

但事行宗室，唐家属籍昌。
兔在月宫中，天分问桂童。
功名云前客，与坐谁人同。

江夏王道宗

汉武王恢穆孟明，道宗损足太常卿。
晚年好学真贤士，不势凌人一代名。
武勇军谋知进退，公臣不合问升平。
遂良无忌何刘洎，此处无成彼处成。

151 卷六十一　列传第十一

温大雅子无隐 大雅弟彦博
子振 挺 大雅弟大有 陈叔达
窦威子惲 兄子轨 轨子奉节 轨
弟琮 威从子抗 抗子衍 静 静子
逵 抗第三子诞 诞子孝慈 孝慈
子希列 诞少子孝谌 抗季弟良

天下得人昌，清明问重梁。
儒才知辨达，社稷以臣扬。
叔达义阳吉，秦王惠语祥。
世民兄弟变，社稷计隋唐。

152 卷六十二　列传第十二

李纲子少植 少植子安仁 郑善果
杨恭仁子思训 思训孙睿交 恭仁弟
续 族孙执柔 执柔子滔 执柔弟执一
少弟师道 皇甫无逸 李大亮
族孙迥秀

孔子云："邦有道，危言危行。"
言行守道俱危名，独正清贞密平。
抑势廉思仁礼让，终成善果枯情。

153 卷六十三　列传第十三

封伦 萧瑀子锐 兄子钧 钧子瓘
钧兄子嗣业 裴矩 宇文士及

凌烟阁上名，戎马御前生。
武帝萧瑀后，易革见殊荣。

154 卷六十四　列传第十四

高祖二十二子

隐太子建成 卫王玄霸 巢元吉
楚王智云 荆王元景 汉王元昌
睿王元亨 周王元方 徐王元礼
韩王元嘉 彭王元则 郑王元懿
霍王元轨 虢王凤 道王元庆 邓
王元裕 舒王元名 鲁王灵夔 江
王元祥 密王元晓 滕王元婴

唐家一子王，李世半中堂。
玄武何兄弟，功成顺守昌。
逆取何功顺守成，人神不止自容行。
寻公启圣盘维建，以晦成明示轨横。

155 卷六十五　列传第十五

高士廉子履行 真行 长孙无忌

长孙一士廉，文德太宗谦。
无忌行文进，玄龄问语添。
文思博要百千家，淡泊桃椎一两嘉。
偃仰凌烟雄阁上，生平涕泗诀琵琶。
履至纯真审慎行，凌烟阁上一图名。
祖父齐荣知什射，故望横桥士子城。
功多权盛一军名，凡事无疑世民情。
王业艰难"威凤赋"，君臣守道制成城。

威凤赋

未得退思成，昭仪欲立名。
尤闻"威凤赋"，不见太宗情。
天下同林鸟，官前妒后生。
恒山知义薄，万叶毕还荣。
笙磬同音夹辅成，文含运诈断谋名。
经纬圣哲何知己，进退无因势不荣。
老子曰："知足不辱，知止不殆。"
行止一休成，兴亡半士名。
成人荣辱尽，不殆足踪情。

156 卷六十七　列传第十七

李靖客师 令问 彦芳 孙敬业

遇主逢时必立功，抄昊杵木问苍穹。
男儿自应江山客，女子虬拂济世雄。
阖门自守一名成，朽骨残年半老声。
假籍天威微绩展，凌烟阁上著殊荣。
不问亲疏拯济贫，千钟积粟惠其民。
王师未定中原鹿，白首平戎只献身。
李御守黎阳，京师自主王。
行军总管命，一定济唐昌。
骨肉同归一土方，推功属下半无扬。
山东位致三台主，约束辛苦自养娘。

孙敬业

六尺之孤问奈何，三兵去讨媚娘婆。
骆宾王檄春宫乱，掩袖工谗妒李河。

157 卷六十八　列传第十八

尉迟敬德 秦叔宝 程知节
段志玄 张公谨子大素 大安

意气相随一介生，如斯所惑半明诚。
谗言不勉偕前士，素锦难终欲下名。
门前将勇人，户内守余民。
敬德秦琼在，凌烟阁上邻。
意气半中堂，雄心一面当。
人生无仰视，天下有夫强。
敬德忠良将，秦琼举国肠。
志玄知节勇，只纳太宗王。
玄武门前谁九人，太宗将下灭三亲。
凌烟阁上昭陵外，惠政人中不见尘。

158 卷六十九　列传第十九

侯君集 张亮 薛万彻
兄万均 盛彦师 卢祖尚 刘世
让 刘兰 李君羡等附

勇智志功名，贪人向利行。
死生非是愚，"军势"一天成。
世有功名位未终，旁门左道似人雄。
贞观济盛凌烟阁，百里无官任吏空。
千军万马半王城，一诺三生九脉明。
克敌摧凶粗不约，耕田凿亩俭人生。

159 卷七十　列传第二十

戴胄兄子至德 岑文
本 兄子长倩 长倩子羲 格辅
元附 杜正伦

智己善知人，行时问客身。
江山天下事，日月易秋春。

贞观之风

躬身奉国治玄龄，李靖文相武将铭。
敷奏彦博明戴胄，魏徵谏诤渭无泾。

160 卷七十一　列传第二十一

魏徵

书曰：“小心翼翼，昭事上帝。”

从心翼翼一帝昭，治政明明半渡桥。
谏谏直直无曲许，忠衷耿耿满天朝。
玄成落拓志生成，道士知心日月明。
草木人言为所以，纵横之说自知行。
良臣难得易忠臣，不顾江山不顾身。
社稷图谋非可是，人心自在有心人。
隋之向背是非唐，为有阴晴日月昌。
可取人心知顺逆，艰难世事守圆方。

文子曰：“同言而信，信在言前，冈令而行，诚在令外。”

安邦治四疏，诚信慎于余。
但得人言重，同心世可居。
铜镜正衣冠，心明易替难。
人行天地上，得失古今坛。

161 卷七十二　列传第二十二

虞世南　李百药子安期　褚亮
刘孝孙　李玄道　李守素附

天时地利一人和，兽怪山深半少多。
治世平生五绝句，诗文盛取九歌河。

注：五绝者，德行，忠直，博学，文辞，书法。

百药五言诗，名家一世知。
成周禾藉稻，杜预“注”云辞。

十八学士文学会“文会”

社稷古今诗，江山类序知。
太宗文学祖，天下自工辞。
十八文星一客名，三千弟子半兄声。
儒书不尽诗词尽，炳历春秋易枯荣。

162 卷七十三　列传第二十三

薛收兄子元敬　收子元超　从子稷
姚思廉　颜师古弟相时　令狐德?
邓世隆　顾胤　李延寿　李仁实等附
孔颖达　司马才章　王恭　马嘉运等附

言辞敏毅断谋成，收辩纵横独树声。
凤翔河东隋子赋，黄图正义自留名。
志苦精勤字简之，梁文书撰思廉知。
三江四海直言幸，十八文星御后时。
政道在清心，王行简古今。
三王传德本，二世霸刑临。
欲制必谦光，含虚以实扬。
天空无大小，地厚有阴阳。
佐命勃兴协力臣，英儒天子客思人。
图谋雅道凌烟阁，吐纳弘文在后身。

163 卷七十四　列传第二十四

刘洎　马周　崔仁师

鸾凤凌云羽翼高，太宗飞白御床毫。
遂良诬奏疏狂事，悬若中庭一把刀。
骥逢造父日方长，万里之行国色张。
英主贤臣臣自克，小人有欲自谋扬。

164 卷七十五　列传第二十五

苏世长子良嗣　韦云起孙方质
孙伏伽　张玄素

博涉简率一文章，正色于庭学术扬。
秦府匪躬之故迹，辛苦恬超然九觞。

论语云：“放郑声，远妄人。”

忠臣结舌不郑声，科举艰留宣元鸣。
伎戏丧邦行世乱，妄人放语谓难平。

秦始皇

周天万叶一余风，六国千儒半不穷。
指鹿朝中相谓马，长城鼎足二世空。
行身论事两城风，感义昭鳞一世雄。
谏道如流三界外，诤臣长幼九州同。

165 卷七十六　列传第二十六

太宗诸子

恒山王承乾　楚王宽　吴王恪　子成王千里
孙信安王?　濮王泰　庶人佑　蜀王愔　蒋王恽　越王贞　子琅邪王冲　纪王慎　江王嚣　代王简　赵王福　曹王明

十四子何扬，三千士谁昌。
太宗玄武变，唐李弟兄王。
隋炀女子一吴王，忌妒长孙半不昌。
龟鼎迁移阴祸重，文才武略未扬长。

166 卷七十七　列传第二十七

韦挺子待价　弟万石　杨纂族子弘礼
弘武　武子元亨　元禧　刘德威
子审礼　孙易从　审礼从弟延嗣　阎立
德弟立本　柳亨族子范　兄子弟　亨孙涣
泽　崔义玄子神庆

阎立德，弟立本。

宣威沙漠将相成，驰誉丹青水色生。
姜恪太宗寻立本，大匠风格自留名。
曲学精工巧庶城，昭陵未速落思生。
不见丞相三界外，太宗未得一弟兄。

167 卷七十八　列传第二十八

于志宁　高季辅　张行成
族孙易之　昌宗

声名一夜成，曲室半无荣。
太子承乾怒，庐前不忍行。

张行成

定州河北一行成，不以东西半限名。
易之昌宗孙器僻，太平公主欲其荣。
易之白皙弟昌宗，傅粉太平公主封。
以邪辟阳天后善，两宫音律美姿容。
玄武门前斩将人，迎仙院里易之身。
天津桥下昌宗首，白已臣中己足尘。

168 卷七十九　列传第二十九

祖孝孙　傅仁均　傅弈　李淳风　吕才

音律阴阳历数清，象纬复始比昭明。
吕才傅弈淳风据，祖孝仁均雅乐鸣。

169 卷八十　列传第三十

褚遂良　韩瑗　来济　上官仪

潭州自左迁，朝笏问天田。
不作高宗客，芳声旧似年。
雌霸雄王一宝鸡，遂良立学半阳啼。
晋王太子秦唐府，论书羲之谏乃移。
陕子上官仪，精工五言诗。
恃才凌所任，下籍敬宗迟。
高宗立废时，任免试臣枝。
风采忠耿照，则天似不知。

170 卷八十一　列传第三十一

崔敦礼　卢承庆　刘祥道　李敬玄
李义琰　孙处约　乐彦玮　赵仁本

忠清枢位一文行，匪懈明公半愚成。

举善恭贤材不腐，权臣独抗不鸣荣。

171 卷八十二　列传第三十二

许敬宗 李义府少子湛

敬宗义府半倾城，酷吏良臣两不名。

无忌遂良卦瑗去，则天皇后至声荣。

许敬宗，阿曲国史

天下创唐城，公孙无忌荣。

太宗威凤赋，敬德谁其名。

义府温恭酷吏行，才思精密欲倾城。

猩猩得位言中客，贪得腹心鹦爵鸣。

李湛

玄武兴兵一斩关，上阳宫殿半元颜。

则天义府兽恩泽，赵国公卿反父奸。

172 卷八十三　列传第三十三

郭孝恪 张俭 苏定方 薛仁贵

程务挺 张士贵 赵道兴

五将自雄雄，三朝问帅风。

千军先立志，万马自惊弓。

不喜辽东喜得卿，太宗仁贵始知名。

登门万岁宫呼尽，彼处还荣此处荣。

高丽城中知败迹，白袍挑战御唐城。

三矢一定天山北，九姓千人将帅行。

龙门薛仁贵

漠此一风沙，辽东半故家。

天山三箭去，誉满百丈纱。

虢国御名功，东都知士贵。

士卒力先戎，卿衣锦昼雄。

173 卷八十四　列传第三十四

刘仁轨 郝处俊 裴行俭子光庭

股礼臼阿衡，周帅吕尚名。

则天兴废俱，以此半成荣。

174 卷八十五　列传第三十五

唐临孙绍 张文瓘兄文琮

丛弟文收 徐有功

讼听执法自惟平，浊世清风简素生。

罪推时轻知衅鉴，功疑论重是何名。

175 卷八十六　列传第三十六

高宗中宗诸子

燕王忠 原王孝 泽王上金

许王素节 孝敬皇帝弘 裴居道附

章怀太子贤贤子邠王守礼 懿德太

子重润 庶人重福 节愍太子重

俊 殇帝重茂

虎口一章怀，鸩毒半染阶。

则天引怪异，素节母其偕。

房州刺史妇人衣，废庶诬忠垂裕稀。

父子天情男八子，何寻武曌赋私讥。

176 卷八十七　列传第三十七

裴炎 刘祎之 魏玄同 李昭德

朝廷一半两诬谀，已废三唐自立姑。

将沫风流天下座，则天不豫问东都。

则天

立改法无名，行成半不平。

昭谋何自久，猛令殒终成。

177 卷八十八　列传第三十八

韦思谦子承庆 嗣立 陆元方子象先

苏瓌

善人君子自思身，尽语文章问去人。

秉正无私寻演愧，咸推谏诤是何臣。

思谦治政始州县，不避权豪报国田。

刚毅忘妻强不息，衣冠信义奋霄烟。

178 卷八十九　列传第三十九

狄仁杰族曾孙兼谟 王方庆 姚寿

仁杰怀英一并州，则天武曌半唐流。

泥泥水水当朝过，男男女女问春秋。

海曲明珠立本知，河阳别业奉天时。

太行山上云飞远，万里之忧待国迟。

明立清知理夺生，忠臣威拒谁无明。

昭陵拓树何言土，尤尽善才自枯荣。

酷吏一声扬，鲠臣半乃昌。

同生同死去，得志便猖狂。

中宗子母半恩情，仁杰龙门一奏生。

太子还宫人不谓，人心感悦万言明。

张家一谏之，仁杰半相知。

举遇则天故，何人向背时。

庐陵复位王，仁杰许中堂。

革命唐周李，朋邪甚从扬。

179 卷九十　列传第四十

王及善 杜景俭 朱敬则 杨再思

李怀远子景伯 景伯子彭年附

豆卢钦望张光辅 史务滋 崔元综

周允元附

则天李武半周唐，左见丞相右见王。

唯有忧心惟国政，妒君酷吏奈何昌。

180 卷九十一　列传第四十一

桓彦范 敬晖 崔玄玮 张柬之 袁恕己

何人曲是向昌宗，自许则天异故容。

立政宰相知革命，有从之外是无从。

火木谁无伤，王相侍潜肠。

流移留名处，握股落中堂。

181 卷九十二　列传第四十二

魏元忠 韦安石子陟 斌 斌子况

从父兄子抗 从祖兄子巨源 赵彦昭附

萧至忠宗楚客 纪处讷附

是是非非一宋城，真真宰宰半天鸣。

流光不失忠贞客，革易升迁有异荣。

182 卷九十三　列传第四十三

娄师德 王孝杰 唐休景 张仁愿

薛讷 王俊

恭勤接下半生名，政事清中一敏成。

拯物之心相将士，兴师善阵用其兵。

183 卷九十四　列传第四十四

苏味道 李峤 崔融 卢藏用 徐彦伯

一乡十里半唐名，两树千枝万古情。

同里李峤苏味道，诗辞歌赋以共荣。

苏味道

处断功模棱，易之贬始兴。

味玄兄弟忤，论者以称肱。

李峤

儒生自不明，酷吏任横行。

枉滥耿公奏，昌宗曲事更。
周武，或附易之昌宗文学之士，
或倾周兴来俊臣酷吏之咎。
苏味道，李峤，崔融湘何也。
文章士马一身名，面首谋图半伺轻。
酷吏则天容所以，碑中不字意何成。

184 卷九十五　列传第四十五

睿宗诸子

让皇帝宪 惠庄太子伪 惠文太子范
惠宣太子业 隋王隆悌
玄宗六弟兄，出阁五王城。
大被修长枕，如初友爱情。

185 卷九十六　列传第四十六

姚崇 宋璟
剖析政事自如流，下笔成章酷吏休。
诏狱推勘相递引，公卿反逆意何求。
辞书旧主逆凶诛，苦泣毫州自不求。
密奏东都公主去，何书执意下申州。
山东始乱制蝗虫，革易姚崇任世雄。
长命同求何富贵，心中有欲意则穷。
太平公主制玄宗，共议东都抗表封。
历尽三州崇璟客，人生自始事从重。

186 卷九十七　列传第四十七

刘幽求 钟绍京 郭元振
张说子均 陈希烈附
艰危易见一良臣，篡逆何闻半正身。
不去三思千及恐，幽求制敕百官尘。
箕微去纠散扶昌，道济浮谋谁允臧。
近义旋踵均洎去，勋功令禄几煌煌。

187 卷九十八　列传第四十八

魏知古 卢怀慎子奂 源乾曜
从孙光裕 光裕子洧 李元宏 杜暹
韩休 裴耀卿孙佶
力食人勤百废生，无益则害一方城。
春云不雨无花草，夏木扶苏有枯荣。
三年考绩百年邦，一水东流万水江。
工力田畴勤谨业，衣冠史策满谋窗。
忠清直道俭嘉肠，不玉无金不业扬。
散尽家余文丽许，何人劝善自留芳。
心怀启沃一天官，志荐仁贤半地坛。
无所是非千举断，相求利禄万书残。

188 卷九十九 列传第四十九

崔日用从兄日知 张嘉贞弟嘉佑
萧嵩 子华 张九龄仲方 李适之
子季卿 严挺之
临时制变一峰芒，克守深谋半自伤。
一念之相难入土，九歌楚客问潇湘。

张九龄

博物东官一九龄，文章策问半丹青。
衣裳颠倒登封泽，德劳先心劝备铭。
附会三思遂重权，开元十立挺之先。
九龄制书居相位，未及藏奸小甫年。

189 卷一百　列传第五十

尹思贞 李杰 解琬 毕构
苏珦子晋 郑惟忠 王志愔
卢从愿 李朝隐 裴漼从祖
弟宽 王丘
嘉贞近名一开元，多士盈庭半守先。
度程大位公勤在，林甫恶虎私奸悬。
凌烟阁上一成臣，万岁心中半自身。
二十四雄天下事，三千弟子正冠巾。

190 卷一百一　列传第五十一

薛登 韦凑从子虚心 虚舟
韩思复 张廷珪 王求礼 辛替否
怀忠抱义一直臣，历所清廉半省身。
接武齐文夷险去，污隆辱闾折门人。
丁公楚汉堂，高祖质危亡。
大义私天下，明夫事不昌。
凤阁侍郎名，拾遗敢御情。
何闻三月雪，味道瑞雷声。

191 卷一百二　列传第五十二

马怀素 褚无量 刘子玄兄知柔
子贶 汇 秩 迅 迥 徐坚 元行冲
吴兢 韦述 迪 萧直 萧颖士
殷践猷附
开元百士生，忠谠万人行。
国立家诚在，民情事政平。

开元

天下一群臣，江山半不钧。
英贤和璧事，补阙士门春。
文章士府一身心，著撰声名半古今。
御史唐仪情所至，师资素简子衣襟。

192 卷一百三　列传第五十三

郭虔瓘张嵩 郭知运子英杰
贾师顺附 张守珪 牛仙客 王忠嗣
三边一武功，万岁半东宫。
塞外沉金甲，朝中论世风。
长城一虎臣，汴水半龙津。
物议知门省，台谋问谁亲。

193 卷一百四　列传第五十四

高仙芝 封常清 哥舒翰
一成不败一身名，十战三生十地荣。
久在沙场情不已，朝堂半壁武人横。

高仙之

四镇三边十将名，千夫万岁九州情。
履冰视日班师客，一力仙之宋晋城。

高仙芝，封常清

天下一枉声，安西半使名。
潼关知节度，至著丈夫成。

哥舒翰

青海应龙城，三边半不声。
潼关安史乱，此去不身名。

194 卷一百五　列传第五十五

宇文融 韦坚 杨慎矜 王鉷
奸妄鼠惠喻人臣，聚俭廷风问五津。
开元取媚天宝尽，承恩获释凤毛身。

195 卷一百六　列传第五十六

李林甫 杨国忠 张祎
王琚 王毛仲陈玄礼附

李林甫

所谄谄人心，垂名一古今。
奸妄台辅客，位极惧临襟。

杕杜问相名，安西都护声。
何闻闻不语，所谄谄人成。

杨国忠

易之大舅太贞名，虢国夫人尽私情。
俱是延秋门外客，何闻兵马不前行。

196 卷一百七 列传第五十七

玄宗诸子

靖德太子琮 庶人瑛 棣王琰 庶人瑶
靖恭太子琬 庶人琚 夏悼王一 怀哀王敏
寿王瑁 延王玢 盛王琦 济王环 丰王珙

一废半兴亡，三春两枯杨。
东宫花木重，西府露兹张。
开元姚崇宋璟名，天宝林甫国忠生。
僭侈谗心威蔽主，非门乱启易牙盟。

197 卷一百八 列传第五十八

韦见素子谔 益 益子凯 崔圆
崔涣子纵 杜鸿渐

潼关不守败桃林，出幸苍黄已古今。
灵武流言无逊日，玄宗马嵬似无心。
见素直言一谏中，是非林甫国忠同。
安危自识难君易，竭节贞操不伺风。

杜鸿渐

日晚一飞鸿，时明半德风。
长兴私第里，追理愿禅虫。

198 卷一百九 列传第五十九

冯盎 阿史那社尒子道真
叔祖 苏尼失 苏尼失子忠附
契苾何力 黑齿常之 李
多祚 李嗣业 白孝德

节行励俗一夷人，志勇文成半客身。
清谨均官知仆素，忠君私马恕天津。
万里一夷人，千年半故亲。
江山多少姓，社稷后前身。

李多祚

击钟鼎食一筹谋，紫绶金章半代休。
除剪易云功可卸，辽阳郡守有春秋。

199 卷一百一十 列传第六十

李光弼 王思礼 邓景山 辛云京

光弼一营州，唐家半去留。
雄才多领略，庶子向君忧。

200 卷一百一十一 列传第六十一

崔光远 房琯子孺复 从子式
张镐 高适 畅璀

节义功名论霸王，诗书御史问衷肠。
潼关不守玄宗客，始是儒生顺逆扬。

高适

西去阳关十万山，诗词文绩玉门关。
唐人达者昌龄客，大略三吴奉御颜。

201 卷一百一十二 列传第六十二

李暠族弟齐物 齐物子复 暠族弟若水
李麟 李国贞 李峘弟峄 岘

李巨子则之

节制权谋雇自身，浮行暗渡属何人。
廉清肃守知天下，进退师坛向故津。

202 卷一百一十三 列传第六十三

苗晋卿 裴冕 裴遵庆
子向 向子寅 寅子枢

谨身莅事一纯臣，避寇全忠半自贞。
宽猛相寻林甫叙，奉公抱义有清尘。

203 卷一百一十四 列传第六十四

鲁炅 裴戎 来瑱 周智光

败败成成一李陵，兴兴废废半江青。
名名利利人前客，枯枯荣荣世后铭。

204 卷一百一十五 列传第六十五

崔器 赵国珍 崔瓘 敬括
韦元甫 魏少游 卫伯玉 李承

深文乐祸一官终，酷吏私刑半不同。
苟崇强魂独柳树，居官沮议世人雄。

205 卷一百一十六 列传第六十六

肃宗代宗诸子

唐家历代宗，破国艳妻容。
善恶知无可，仁贤自有踪。
人情易惑枕边求，义节无声向国忧。
令德韵谐金石诺，床箦爱切有心谋。

206 卷一百一十七 列传第六十七

严武 崔宁弟宽 从孙蠡
从孙黯 严震 严厉

严武

奢靡过两川，涉猎不精研。
蜀地珍珠玉，狂言不见年。
朝官共众求，弃贬与刑忧。
诲教儒林器，时君刻寡流。

207 卷一百一十八 列传第六十八

元载王昂 李少良 郇谟附 王缙
杨炎 黎干刘忠翼附 庾准

元载

权倾四海外方珍，守御三生内宇姻。
愧耻同观姝异乐，凶妻忍害市无民。
富贵难平一人欲，时权因位半亡身。
妻儿善恶文章少，附会何言入六亲。

208 卷一百一十九 列传第六十九

杨绾 崔佑甫子植 常衮

质性贞廉俭朴身，朝堂数日化门人。
移风易俗疏居上，始治隋炀两地春。

209 卷一百二十 列传第七十

郭子仪子曜 暧 曙 晤 映
暧子钊 钊子仲文 族弟幼明 子昕

光弼朝恩半子仪，行军不帅自无师。
潼关已下东都上，成败之中弃所疑。
三朝元老一忠君，万户声名半不分。

此系中堂彼系恶，疆场士卒步青云。
盗起幽陵万乘迁，东都覆没百残年。
子仪暖女双王事，不胜朝恩只胜天。
再造一王城，朝恩半不荣。
沙场多战事，俭约化平生。

210 卷一百二十一　列传第七十一

仆固怀恩 梁崇义 李怀光
沙场战役一功多，忤逆官营半先河。
背叛无终无始令，忧君弃迷洗知磨。

211 卷一百二十二　列传第七十二

张献诚弟献恭 献甫 献恭子煦
路嗣恭子恕 曲环 崔汉衡
杨朝晟 樊泽 李叔明 裴胄
孝义权谋善政明，家风永济惠臣英。
昌廉奉职兴农事，聚敛财污究不成。

212 卷一百二十三　列传第七十三

刘晏 第五琦 班宏 王绍 李巽
利柄兴权国不荣，廉财问政家风成。
西门豹吏无私密，子产何欺向士明。

213 卷一百二十四　列传第七十四

薛嵩 嵩子平 嵩族子雄令狐彰
子建运 通 田神功弟神玉 侯希逸
李正己子纳 纳子师古 师道 宗人洧附
内蓄奸谋外战门，朝风未肃史安魂。
终身舍果荒狂去，不顾名臣利令昏。

214 卷一百二十五　列传第七十五

张镒冯河清附 刘从一 萧复 柳浑
失人国则亡，得道运时昌。
忌排朱怀乱，宗人社稷殃。

215 卷一百二十六　列传第七十六

李揆 李涵 陈少游
逐势随时一至真，行言沃土半勤人。
声闻涵节观言色，固位成身近古尘。

216 卷一百二十七　列传第七十七

姚令言 张光晟 源休 乔琳
张涉 蒋镇 洪经纶 彭偃
生死阴阳易短长，光明诲暗卜时昌。
机关算尽终须尽，莫如经纶向足扬。

217 卷一百二十八　列传第七十八

段秀实子伯伦 颜真卿
曾孙弘式
真卿少学字清臣，笔正心行问过人。
文藻工书知进士，河西御史雨原尘。
投身赴火不坑颜，托雨平原太守关。
士可真卿希烈诟，四朝一志去无还。

218 卷一百二十九　列传第七十九

韩滉弟洄 张延赏
子弘靖　弘靖子文规 次宗

韩滉

正洁强直一美名，关中闭所半城轻。
楼船武守俊彦士，节俭从公性陋荣。
世禄之家一客行，文房四宝半风清。
春秋已尽商金曲，“止息”声平是枯荣。

219 卷一百三十　列传第八十

王玙道士李国祯附 李泌子繁
顾况附 崔造 关播李元平附
长源李泌一辽东，易象玄宗感遇同。
习隐名山国忠忌，东宫供奉势无穷。

220 卷一百三十一 列传第八十一

李勉 李皋子象古 道古
公廉秉性自临民，简贵臣英向礼亲。
俯仰端庄诚庶已，宗英古道自天绅。

221 卷一百三十二　列传第八十二

李抱玉 李抱真 王虔休 卢从史
李凡 李澄族弟元素
抱玉河西一马名，军谋谨事半平生。
忠良武勇唐家将，不得求仙志不成。
一诺一河阳，三兵二白疆。
光弼失城北，抱玉自声强。

222 卷一百三十三　列传第八十三

李晟子愿听 宪 凭 恕
凌烟父子一图中，将帅日月半不穷。
镇守江山何草木，留心社稷是英雄。

223 卷一百三十四　列传第八十四

马燧子畅 燧兄炫 浑瑊子镐
誓师北上一军谋，勇力雄中半不求。
决战先成慷慨诺，北平胜负过时修。

224 卷一百三十五　列传第八十五

卢杞子元辅 白志贞 裴延龄
韦渠牟 李齐运 李实 韦执谊
王叔文 程异 皇甫博弟镛
奸妄害正妒贤伤，市利狂妄守不扬。
善恶何分相异处，忠良只在一衷肠。

225 卷一百三十六　列传第八十六

窦参从子申附 齐映 刘滋从兄赞附
卢迈 崔损 齐抗
物之同器贵弘通，济饰齐妄与世穷。
善恶明昭天有报，人生至此欲何雄。

226 卷一百三十七　列传第八十七

徐浩 赵涓子博宣 卢南史附 刘太真
李纾 邵说 于邵 崔元翰 于公异
吕渭子温 恭 俭 让 郑云逵 李益 李贺
吕渭

温恭俭让吕家风，才显传德主治隆。
积累微时知日月，全名刻本茂同功。

刘太真

文思俊拔一德宗，涉学太真半自容。
应制延英门上御，同清未比宰相逢。
曲江亭外一仲舒，奉养鲜蕴半自余。
正素游晏王位客，诙谐后进向华书。

李益　李贺

君情不上望江楼，四乐风沙月似钩。
苛酷益疾河北去，歌坊犹奏征人秋。

227 卷一百三十八　列传第八十八

赵憬　韦伦　贾耽　姜公辅
雅士半人呼，儒书半客奴。
文章昭日月，草木向扶苏。

228 卷一百三十九　列传第八十九

陆贽

海尔台庭鉴仰扬，周昭戒论策三皇。
琼心片短何改与，不见其诚自易堂。
移军过渭桥，贽奏向云霄。
独寇怀光绝，端居互谤遥。
良相一德宗，主宰半不容。
陆氏忠州客，哲人几处逢。

229 卷一百四十　列传第九十

韦皋刘辟附　张建封　卢群
横身丧乱九州中，节制宏图一志同。
折角私行巴蜀尽，如今可问谁英雄。

230 卷一百四十一　列传第九十一

田承嗣侄悦　子绪　绪子季安　田弘正子布　牟　布子在宥　张孝忠子茂昭　茂昭子克勤　弟茂宗　茂和　陈楚附
沉猜好勇半殊朝，自固阴图一念消。
气数何时知进退，英雄草寇不相遥。

231 卷一百四十二　列传第九十二

李宝臣子惟岳　惟诚　惟简　惟简子元本　王武俊子士真　士平　士则　士真子承宗　承元　王廷凑子元逵　元逵子绍鼎　绍懿　绍鼎子景崇　景崇子镕
土运中微谁至昌，集群盗寇向张狂。
开元一解唐家散，天宝玄宗此不扬。

232 卷一百四十三　列传第九十三

李怀仙朱希彩附　朱滔　刘怦　子济瀍　济子总　程日华子怀直　怀直子权　李全略子同捷
保界山河以宁人，狼心虎子非君臣。
雄豪帅卒何勃起，刁乱蒸民不自亲。

233 卷一百四十四　列传第九十四

尚可孤　李观　戴休颜　阳惠元　李元谅　韩游瑰　贾隐林　杜希全　尉迟胜　邢君牙　杨朝晟　张敬则
逆寇勃兴问谁唐，王家士卒向猖狂。
群雄毕力何争驰，甲第连疆野故潢。

234 卷一百四十五　列传第九十五

刘玄佐子士宁　士干　李万荣附　董晋　陆长源　刘全谅　李忠臣　李希烈　吴少诚弟少阳　少阳子元济附
不轨之臣一日猖，无则乱世半荒唐。
阴谋怨望终无可，治事行人始作王。

235 卷一百四十六　列传第九十六

薛播　鲍防　李自良　李说　严绶　萧昕　杜亚　王纬　李若初　于颀　卢徵　杨凭　郑元　杜兼　裴玢　薛伾
乱世行人各抑扬，元冠善物许言狂。
宽柔克济知天下，出入将相顺逆昌。

236 卷一百四十七　列传第九十七

杜黄裳口　高郢子定　杜佑子式方　从郁　式方子悰　从郁子牧
杜陵遵素一黄裳，雅淡宽容半宰相。
贿赂官迁终高发，宦途礼省自名扬。

杜佑

敦厚强直吏职精，持身有术事弘英。
“开元礼乐”“周礼”序，“政典”时贤士子成。

237 卷一百四十八　列传第九十八

裴垍　李吉甫　李藩　权德舆
得人诏举纳贤良，选进才儒向将相。
三十余卿朝上座，宪宗弥厚垍名扬。

李吉甫

“元和郡国图”，“六典”以江苏。
二子德修裕，留名不见孤。

李藩

一笔不兼相，三皇自古良。
知人天下善，用事帝王昌。

238 卷一百四十九　列传第九十九

于休烈子肃　肃子敖　敖子琮　令狐峘　归崇敬子登　登子融　奚陟　张荐子又新　希复　希复子读　伸　柳登弟冕　子璟　沈传师子询
褒贬一言堂，邦家半典当。
文章同日月，史道异时光。

239 卷一百五十　列传第一百　德宗顺宗诸子

舒王谊　通王谌　虔王谅　肃王祥　文敬太子謜　资王谦　代王諲　昭王诫　钦王谔　珍王諴　郯王经　均王纬　溆王纵　莒王纾　密王绸　郇王综　邵王约　宋王结　集王缃　冀王絿　和王绮　衡王绚　钦王绩　会王纁　福王绾　珍王缮　抚王紘　岳

王绲 袁王绅 桂王纶 翼王绰 蕲王缉

诸子半唐王，群儒一代光。
三江归大海，九派向东方。

240 卷一百五十一　列传第一百一

高崇文子承简 伊慎 朱忠亮
刘昌裔 范希朝 王锷子稷
阎巨源 孟元阳 赵昌

典律军师一业精，勤于务政半良成。
奇功将勇忠臣照，利积珠金誉毁名。

241 卷一百五十二　列传第一百二

马璘 郝廷玉 王栖曜子茂元
刘昌子士泾 李景略 张万福
高固 郝玼 段佐 史敬奉

野诗良辅附

天子一朝臣，农夫半自身。
江山何作主，土地不归人。

242 卷一百五十三　列传第一百三

姚南仲 刘乃 子伯刍 孙宽夫 端夫
曾孙允章附 袁高 段平仲 薛存诚
子廷老 廷老子保逊 保逊子昭纬 卢坦

风姿古雅善谙郎，涉学兰芝济衷肠。
百姓由心田亩上，官人旷达世情扬。
折槛其操向国忧，夺章文治引裾谋。
诤臣不奈言辞切，节士何求任去留。

243 卷一百五十四　列传第一百四

孔巢父从子戡 戣 戢 许孟容 吕元膺 刘栖楚 张宿 熊望 柏耆

吕元膺

质庶瑰伟一诸侯，贤良问第半君忧。
皇家金紫留守赐，学识深重始春愁。
凶威裴度武元衡，逆命王师问罪名。
甚惑成功奸盗盛，词诗马上自行英。

刘栖楚

躬勤庶政一王身，啮寝放情半去人。
碎首龙墀臣谏尽，敬宗动止恃权律。

244 卷一百五十五　列传第一百五

穆宁子赞 质 员 赏 崔邠弟郾 郸 窦群兄常 牟 弟庠 巩 李逊弟建 薛戎弟放

寒松立屹石依生，不夺方正向自名。
乌雀争飞逐欲利，人文敢决置刚情。

滋味

俗格醍醐醲酪酥，员赏乳腐士卿夫。
东都留守文辞节，十卷文集满五湖。

245 卷一百五十六　列传第一百六

于頔 韩弘子公武 弘弟充 李质附
王智兴子晏平 晏宰

刺史一千牛，后累两蔡州。
敕下三界内，御吏半春秋。

246 卷一百五十七　列传第一百七

王翃 兄翊 郗士美 李鄘子柱
柱子磎辛秘 马揔 韦弘景 王彦威

孤贫好学性刚名，曲直寻身界不平。
决变之权行事谨，儒衣谓尚能臣情。
临危不惧一贞臣，度历无名半晋秦。
旗鼓相当天地在，儒巾果敢去来人。

247 卷一百五十八　列传第一百八

武元衡从父弟儒衡 郑余庆
子瀚 瀚子允谟 茂休 处诲 从谠
韦贯之兄绶 弟纁 子澳

湖州刺史子孙扬，学士文章御侍郎。
督将监察称病去，纵情事外宰相堂。
骨鲠治世一元衡，第甲文章半国英。
事外清风九派去，诗吟天下十芳名。
吉甫绛情长者名，居中曲直附违平。
五言诗赋行天下，三界音弦举世清。
峥嵘后族继时昌，士第民风问企扬。
羽令精裁知上下，儒宗进退向明堂。
妒恶其成甚刃殃，中伤自毁以何肠。
衣冠祖戴儒宗效，递使行庸以自强。

248 卷一百五十九　列传第一百九

卫次公 郑絪子祗德 祗德子颢
韦处厚 崔群 路随 父泌

雅韵问河东，儒冠世大同。
行身天地上，立意见飞鸿。

郑絪

德宗 顺宗 宪宗文宗 宣宗

唐家历五宗，守道笃殊容。
笔泣青萍客，文明恬淡踪。

韦处厚

端州司马李绅觞，处厚同年进士堂。
顾问前朝书帝悟，三生不改士卿妆。
实录一虚名，韩愈半志清。
隋相知上下，史册自无明。

249 卷一百六十　列传第一百一十

韩愈 张籍 孟郊 唐衢 李翱
宇文籍 刘禹锡 柳宗元 韩辞

文章一世名，器宇半金声。
退进迁移客，阴晴日岁荣。
实录一昌黎，京城半御堤。
何人留足迹，古学事高低。
三皇一百年，五帝半余天。
佛骨心中客，潮州御上禅。
潮阳及授一袁州，量郡狂疏半不求。
逐鳄民贫秦济炮，湫两百里不人忧。
孟郊张籍御韩立，古学今辞治不分。
此去潮阳无远路，朝廷客少自多云。
唐衢一哭十分闻，居易三荣半不分。
哀切长沙令律少，名流若此入端云。
郎州刺史礼郎中，自视辞文与不同。
景俭宰相知是客，中书舍人敦英雄。
梦得禹锡一古父，桃花庵里半主分。
十年来去东宫事，不见天地不知云。

郎州十载十连州，一士三秋一士忧。
刺史心中三刺史，桃花庵里半花流。
二王刘柳一天朝，一夏桃花万物消。
不悦元衡文不举，九龄司马路何遥。
永州司马柳宗元，子厚河东未自喧。
易书柳州多少柳，不忍禹锡故人言。
地天不过一斯文，挥翰人间半可分。
语切时宗儒客少，群英典籍向君闻。

250 卷一百六十一　列传第一百一十一

李光进弟光颜 乌重胤 王沛子逢
李珙 李祐 董重质 杨
元卿 子延宗 刘悟子从谏
孙稹 刘沔 石雄

之师两大夫，果敢半知儒。
事母光颜娶，如其姒以奴。
同甘共苦立军心，善待宾寮问玉箴。
重胤行间长帅礼，名士股肉祭无暗。

251 卷一百六十二　列传第一百一十二

潘孟阳 李鄘 王遂 曹华
韦绶 郑权 卢士玫 韩全义
高霞寓 高瑀 崔戎 陆亘
张正甫子毅夫 毅夫子祎

财媚时君俗吏人，儒夫雅道客知亲。
浮谋不足其行弊，勇毅无深自入尘。

252 卷一百六十三　列传第一百一十三

孟简 胡证证子溵 湘 崔元略子铉
铉子沆 元略弟元受 元式 元儒 杜元颖 崔弘礼 李虞仲 王质 卢简
辞兄简能 弟弘正 简求 简能子知猷 简求子嗣业 汝弼

大历才人子不空，文宗犹瞩问归鸿。
长天只有诗词客，拾得唐家故高雄。

李端

升平公主暖诗人，旧赐铜山两地春。
傅粉何郎端不语，方塘处处浥清尘。

卢纶，“怀旧诗”五十韵

升平公主一诗分，怀旧贞元酹落君。
大历年中才子在，唐家天下李端闻。
君心喻义自轻身，扫地家财利小人。
朋党其诬胡子尽，公卿几世入红尘。

253 卷一百六十四　列传第一百一十四

王播 子式 弟炎 起 起子龟
龟子荛 炎子铎 李绛 杨於陵

延英切谏一臣明，终始行成半吏情。
薄佑钟龄扶运济，儒宗问处是文名。
嘉言启沃将相坛，仗势秉衡罚善残。
凌历亨衢身未许，靡躯守道济何宽。

254 卷一百六十五 列传第一百一十五

韦夏卿 王正雅族孙凝 柳公绰
仲郢 孙璧 玭 弟公权 伯父子华
子华子公度 崔玄亮 温造子璋
郭承嘏 殷侑孙盈孙 徐晦

一半公卿捧紫泥，两三岁月暮阳西。
元为而治行天下，不待官扬待御题。
公权一笔满天涯，殿阁三台半壁花。
十字真书千字在，宣宗御季半公家。
砥砺文行饰节名，公官守法孙弘声。
玄龄致主斯佳节，循吏绰权柳姓成。

徐晦

直臣贺尉贬临言，独晦兰田自器轩。
不践公门丞可许，君卿似此水思源。

255 卷一百六十六　列传第一百一十六

元稹庞严附 白居易弟行简 敏中附

微之魏帝半河南，体用科文第一男。
母妇贤明书学教，工诗善对晚青兰。
元元白白穆宗天，曲曲行行七寸田。
留下词文千百卷，唐诗自在万清泉。
居高不易易居高，顾况难名顾况袍。
约贵长安安是客，离离原上草旌旄。
“赏花”“新井”自无端，论冤元衡谏职宽。
恶语王涯言奏贬，江州司马一迁官。
穷则独善一身名，达者兼容半济成。
雾豹云龙何所至，浔阳腊月苦江鸣。
杭州刺史鹤华亭，崔晦博陵粟斛屏。
酿酒“秋思”池上序，平生过去可留铭。
东都司寇一香山，辅政平章半玉颜。
理正文辞闻节度，此门即启彼门关。

256 卷一百六十七　列传第一百一十七

赵宗儒 窦易直 李逢吉 段文昌子成式
宋申锡 李程

端居守正一宗儒，克己勤朝半御奴。
进取文章先务迫，中书门下一衣襦。
逢吉进士一虚舟，十六居人九教流。
纳赂寻封千户邑，同相裴度善难求。
裴度逢吉两宰台，韩愈褊议许难裁。
言辞不逊争相与，未见仲言李绅来。
宽柔养望致公台，与考沉浮问度开。
小器殊谋何所以，明秋野葛去难来。

257 卷一百六十八　列传第一百一十八

韦温萧祐附 独孤郁弟朗 钱徽子可复
弟铁 锴 冯宿 弟定 审 封敖

耿直一守官，累介半贤冠。
治事何牛李，行文问语宽。
鸟散花余一帝家，声闻影落半西斜。
染翰诗文三界外，可读琴棋二月花。
官明吏隐一名贤，四海三山半客田。
自古行人知足迹，如今治事问苍天。

258 卷一百六十九　列传第一百一十九

李训 郑注 王涯 王璠 舒元舆
郭行余 罗立言 李孝本

文宗妒恶守直臣，宦孝权横宠辱人。
易爻青泥终不克，黄门雪耻一秋春。
正邪善恶一知人，荣辱沉浮半鉴身。
君子小人何所以，风云天地自秋春。
贪权固宠一帝门，独柳邪佞半故村。
复璧难明知赤族，中天过后是黄昏。
王则向政行，霸者以权倾。

毁誉行君道，沉浮敦败成。

259 卷一百七十　列传第一百二十

裴度

书生素业致台衡，扼腕逢吉问枯荣。
社稷良臣终不毁，中兴四海股肱名。
承宗师道刺元衡，裴度微伤堕马生。
断带随沟门下客，平章事道侍郎荣。
主忧臣辱度淮西，罢以逢吉志不移。
大将光颜驱国辱，途无偶语蔡人题。
文宗赐度曲江诗，柱石衷倾注想迟。
御札门前卿已去，胸怀千百世人知。

260 卷一百七十一　列传第一百二十一

李渤 张仲方 裴潾张皋附 李中敏
李甘 高元裕兄少逸 李汉 李景俭

政出多门事不归，中行不得治何非。
狂狷而与仲尼语，后悔诚知问紫微。

261 卷一百七十二　列传第一百二十二

令狐楚弟定 子绪 绹 绹子滈
牛僧孺子蔚 藂 蔚子徽 萧俛
弟杰 俶 从弟倣 倣子廪 李石弟福
令狐楚

辞情典郁一分明，雅士文风半正荣。
晋奏德宗知楚子，才思俊丽始终成。
僧孺一素行，宗闵半还生。
德裕天涯去，“穷愁志”所名。
一牛一李一直行，三代三朝两不荣。
朋党之风邪幸比，拜章求罢外非成。

262 卷一百七十三　列传第一百二十三

郑覃弟朗 陈夷行 李绅
吴汝纳 李回 李珏 李固言

乱世不寻臣，惊朝顾内身。
卿相争位制，士卒向红尘。

李绅

同行禁署翰林身，三俊平章治事人。
牛李逢吉元稹顾，中丞御史润州绅。

263 卷一百七十四　列传第一百二十四

天涯不尽一崖州，德裕才名半禁忧。
朋党相倾深恶在，平章锐意谁相谋。
敬宗不敬一文宗，罢献箴言半不容。
道士神仙之术尽，平章治事海南踪。
淮南岁月一相成，父子行因半故名。
镇守平章门下客，吉甫似此李家荣。
功流社稷一相成，决断行兵半武盟。
朋党区争台阁上，潮州著述亦留名。

264 卷一百七十五　列传第一百二十五

宪宗二十子 穆宗五子 敬宗五子
文宗二子 武宗五子 宣宗十一子
懿宗八子 僖宗二子 昭宗十子嗣
襄王熅 朱玫 王行瑜附

文宗一代文，治世半王君。
诸子唐家尽，沉浮问白云。

九宗

穆宗兄弟二宣宗，老子传由一宪宗。
敬而唐家文武帝，宣宗懿僖以昭宗。

265 卷一百七十六　列传第一百二十六

李宗闵 杨嗣复子授 损 技 拭 㧑
杨虞卿弟汉公 从兄汝士 汝士弟鲁士
汝士子知温 知远 知权附 马植 李让
夷 魏谟 周墀 崔龟从 郑肃 卢商

纷纭排陷八相人，牛李王涯裴垍身。
虔闵吉甫元稹客，唐宗已尽半秋春。
政事文名一国人，相权地胄半秋春。
江湖去远山河近，射利朝堂肃客身。

266 卷一百七十七　列传第一百二十七

崔慎由弟安潜 伯父能 能子彦曾
慎由子胤 崔珙 兄琯 弟晋 玙 球
玙子涣 涣子远 卢钧 裴休 杨
收 兄发弟严 子钜 鐈 严子涉 注
韦保衡 路岩 夏侯孜 刘瞻
刘瑑 曹确 毕諴 杜审权子让
能 彦林 弘徽 刘邺 豆卢瑑

乱世一兵荒，清吐半未昌。
书生知自己，天地自炎凉。

八子成龙

唐家号八龙，进士问三宗。
及第寻官坐，崔璵有祖容。
平章事位一倾人，守正君心半客身。
进退阴晴终日月，沉浮上下始秋春。
历宰一衣冠，图心半地宽。
怀才争谬误，以善许官寒。

267 卷一百七十八　列传第一百二十八

赵隐弟骘 子光逢 光裔 光胤 张裼
子文蔚 济美 贻宪 李蔚 崔彦昭
郑畋 卢携 王徽

膏粱一百官，进士两三坛。
主宰朝廷客，多行辅易宽。
仁杰唐周武后天，姚崇立卷开元贤。
营臣乐善行直许，造谏公相御驾前。

崔彦昭

彦昭制书字思文，擢第中书释御君。
金紫精英经济学，江山雨雪自纷纭。

郑畋

宰辅一台文，中书半事君。
行贤王志合，愈治将臣分。
法断临机百胜穷，声悬制变一权中。
台文鼎立三朝客，勇武威谋九派雄。

268 卷一百七十九　列传第一百二十九

萧遘 孔纬 韦昭度 崔昭纬
张濬 朱朴 郑綮 刘崇望兄崇龟
弟崇鲁 崇谟 徐彦若 陆扆 柳璨

仆主一朝恩，王家半子孙。
行言天地上，素志待黄昏。
土崩瓦解一朝终，驾驭不度半济穷。
砺岳门庭河带阔，心盟九鼎意殊同。

269 卷一百八十　列传第一百三十

朱克融 李载义 杨志诚 张仲武

子直方 张允伸 张公素 李可举

李全忠子匡威 匡筹

弱干强枝柱国倾，文谋武勇志难成。

思明素树千家戴，沃壮阙田顺枯荣。

270 卷一百八十一　列传第一百三十一

史宪诚子孝章 何进滔子弘敬 韩允

忠子简 乐彦祯子从训 罗弘信子威

罗弘纺

罗隐一江东，诗文半不同。

冈怜身世客，淑女向阶风。

将士自谋身，群相取派人。

文当和以论，武作乱时臣。

271 卷一百八十二　列传第一百三十二

王重荣子珂 王处存弟处直 诸葛爽

高骈 毕师铎 秦彦 时溥 朱瑄弟瑾

峻法重千钧，中微僭越身。

疾风知劲草，乱世见忠臣。

中书门

授骈僖宗亲，隋炀不却尘。

中书门下省，府第客中人。

272 卷一百八十三　列传第一百三十三

外戚

独孤怀恩 窦德明 侄怀贞 族弟孝谌

孝谌 子希瑊 希球 希瓘 希瓘从父弟维鍌

长孙敞 从父弟操 赵持满附 武承嗣

子延秀 从父弟三思 三思子崇训 从祖弟

懿宗 攸暨 攸暨妻太平公主 从父弟攸绪

薛怀义附 韦温 王仁皎 子守一 吴

溆弟凑 窦觎 柳晟 王子颜

乾坤荡覆聚危安，盗窥流离舍弃冠。

德礼无全台舆第，妖崇祸患将相残。

武承嗣

太子未成身，三思韦庶人。

上官私自许，后染睿宗尘。

太平公主半则天，广颐方额可硕年。

立睿谋张甸近膏，玄宗武德取门悬。

小宝黲形神，则天自与身。

钟情廷外隐，白马寺中人。

273 卷一百八十四 列传第一百三十四

宦官

杨思勖 高力士 李辅国 程元振

鱼朝恩 刘希暹 贾明观 窦文场 霍

仙鸣 俱文珍 吐突承璀 王守澄

田令孜 杨复光 杨复恭

内侍唐家省百官，宫中五局掌三坛。

令丞禁巴人情债，几处权倾士卒残。

禁卫玄宗一主人，三宫十院百孙邻。

五千朱紫开元盛，四万黄衣妇女身。

思勖当朝高力士，朝恩辅国致军臣。

泾师文场仙鸣客，武典文珍内侍亲。

称旨三品将军

三品中官御将军，开元始作帝王君。

闱丞诏敕扬天下，力士皇家持节闻。

气味终生不改辛，两京斤卖五溪陈。

郎州始见玄宗去，耆宿先朝厌代臣。

李辅国

不侍玄宗护国名，行军司马肃宗城。

宰臣百事银名受，不事新君地下行。

观军郭子仪，宣慰处名知。

两帅朝恩问，肃宗将士迟。

血流涂地百宦官，国祚旋亡一内残。

崔胤除仇宫禁客，唐宗败器覆亡寒。

274 卷一百八十五上　列传第一百三十五

良吏上

韦仁寿 陈君宾 张允济 李

桐客 李素立 孙至远 至远子畲

薛大鼎 贾敦颐 弟敦实 李君

球 崔知温 高智周 田仁会

子归道 韦机 孙岳 岳子景骏 权

怀恩 叔祖万纪 冯元常 弟元淑

蒋俨 王方翼 薛季昶

循规蹈矩一方圆，守御民情半地天。

稼穑田桑人自在，刑罚士子镜明悬。

岳牧循良一吏身，民风守正半御邻。

朝纲上下恩权在，政治仁真士卒亲。

275 卷一百八十五下　列传第一百三十五

良吏下

裴怀古 张知謇 兄知玄 知晦 弟知泰

知默 杨元琰 倪若水 李渗 阳峤

宋庆礼 姜师度 强循 和逢尧 潘

好礼 杨茂谦 杨玚 崔隐甫 李

尚隐 吕諲 萧定 蒋沇 薛珏 李

惠登 任迪简 范传正 袁滋 薛

苹 阎济美

以人造世济时才，治吏行身度省台。

古往千年官场旧，何当牧守去还来。

杨元琰

则天革命生，诸武擅权荣。

政事东之处，江中一语行。

在人苦节独安心，系国劳臣纵衣襟。

稼穑艰难其力尽，江山职牧自晴阴。

276 卷一百八十六上 列传第一百三十六

酷吏上

来俊臣 周兴 傅游艺 丘神勣

索元礼 侯思止 万国俊 来子

珣 王弘义 郭霸 吉顼

请君入瓮问何人，作吏当心谁苦辛。

情性凭由官本位，兴亡不入子孙臣。

女主临朝一武天，公卿酷吏半命悬。

李斯谲诈商鞅故，五马如今二世权。

则天意苛行，谢死表难明。

不入周兴瓮，何知吏酷成。

277 卷一百八十六下 列传第一百三十六

酷吏下

姚绍之 周利贞 王旭 吉温

王钧 严安之 卢铉附 罗希奭

毛若虚 敬羽 裴升 毕曜附

则天酷吏行，子女未王成。

武曌临天下，唐周自不晴。

鹰犬一呼声，人情半不荣。

奸佞谗赖至，酷吏聚合成。

则天儿女自无全，来俊臣刑已不先。

酷毕周兴仁杰表，悲辛李武是何年。

278 卷一百八十七上 列传第一百三十七

忠义上

夏侯端 刘感 常达 罗士信

吕子臧 张道源 族子楚金附

李公逸 张善相 李玄通 敬

君弘 冯立 谢叔方 王义方

成三郎 尹元贞 高睿 子仲舒

崔琳附 王同皎 周憬附 苏安恒

俞文俊 王求礼 燕钦融 郎岌

附 安金藏

仲由一结缨，纪信半成荣。

豫让衣衫尽，仁人守礼明。

献岁一莺鸣，秋吟半织声。

知时微物候，士可尽忠名。

279 卷一百八十七下 列传第一百三十七

忠义下

李憕子源 彭 彭孙景让 张介然

崔无诐 卢奕 蒋清 颜杲卿

子泉明 薛愿 庞坚附 张巡 姚訚

附 许远程千里 袁光庭 邵真

符璘 赵晔 石演芬 张名振附

张伾 甄济 刘敦儒 高沐 贾直言

庚敬休 辛谠

颜卿兄弟一唐臣，血染朱袍半去身。

勇断太原文水色，刚直属烈至忠人。

280 卷一百八十八 列传第一百三十八

孝友

李知本 张志宽 刘君良 宋兴贵

张公艺附 王君操 周智寿 智爽 许坦

王少玄附 赵弘智 陈集原 元让

裴敬彝 裴守真 子子余 李日知

崔沔 陆南金 弟赵璧 张琇兄瑝

梁文贞 李处恭 张义贞 吕元简附

崔衍 丁公著 罗让

知尊父母孝中人，善作弟兄友结亲。

广济因心仁惠类，衣冠盛德感时民。

麒麟类比凤凰山，足走翼飞御水湾。

孝友行生知进退，人端赐爵几君颜。

281 卷一百八十九上 列传第一百三十九

儒学上

徐文远 陆德明 曹宪 许淹 李

善公孙罗附 欧阳询 子通 朱子奢

张士衡 贾公彦 李玄植附 张后

胤 盖文达 宗人文懿 谷那律 萧

德言 许叔牙 子子儒 敬播 刘

伯庄 子之宏 秦景通 罗道琮

儒林一半风，学者半不同。

彼此知天地，浮沉见御鸿。

282 卷一百八十九下 列传第一百三十九

儒学下

邢文伟 高子贡 郎余令 路敬淳

王元感 王绍宗 韦叔夏 祝钦明

郭山恽 柳冲 卢粲 尹知章 孙季

良附 徐岱 苏弁 兄衮 冕 陆质 冯

伉 韦表微 许康佐

积学成功纺织人，玄机儒道去来尘。

春秋行跡光乎史，辨治书文正胄巾。

283 卷一百九十上 列传第一百四十

文苑上

孔绍安 子祯 孙若思 袁朗 弟承序

利贞 孙谊 贺德仁 庾抱 蔡允恭

郑世翼 谢偃 崔信明 张蕴古

刘胤之 弟子延祐 兄子藏器 张昌

龄 崔行功 孟利贞 董思恭

元思敬 徐齐聃 杜易简 从祖弟

审言 卢照邻 杨炯 王勃兄勔

骆宾王 邓玄挺

初唐始见半文章，讨武声情骆宾王。

力派滕王阁上客，诗词格律记隋炀。

石榴诗

花开色满枝，叶碧待芳时。

夏雨多天赋，秋红自不迟。

月赋

月色半倾城，宫中一冷清。

嫦娥知悔悟，桂树自平生。

枫落吴江冷

叶落满吴江，云飞问国邻。

洞庭帆自举，世翼楫无双。

谢偃卫县“尘”，东明“影”后身。

千思三赋士，百药五言人。

“文思博要”晋书成，蕴古阿纵始此名。

奏事何情生死异，相州坐法太宗横。

杜审言

雅善五言诗，梅香一腊枝。

天官苏味道，骞傲待放时。

唐初四杰人，善属五悲尘。

博学三千士，虞书一世民。

卢前王后“四尘”文，注水悬河一始君。

后信愧前谦自若，开元学士可纷纭。

284 卷一百九十中 列传第一百四十

文苑中

郭正一 元万顷 范履冰 苗神客

周思茂 胡楚宾附 乔知之 弟侃

备 刘希夷附 刘允济 富嘉谟

吴少微 谷倚附 员半千 丘悦附 刘宪 王适 司马锽 梁载言附 沈佺期 陈子昂 闾丘均附 宋之问 阎朝隐 王无竞 李适 尹元凯附 贾曾 子至 许景先 贺知章 贺朝 万齐融 张若虚 邢巨 包融 李登之附 席豫 徐安贞附 齐澣 王澣 李邕 孙逖 子成

世上一文章，人间半暖凉。
书儒知日月，草木问苍桑。
平章治事肠，制敕问行堂。
学士弘文馆，中书进士扬。

郭正一，元万顷

书生客岭南，速敏可冠三。
酷吏猖狂去，阴晴苦自甘。

乔知之

一咏“缘珠篇”，三生玉影前。
窈娘承嗣尽，酷吏半则天。

天阵，地阵，人阵。

隐宿星辰向阵天，山川向背地方圆。
人陈弥伍缝合免，善者三军治制玄。

沈佺期

相州进士内黄人，沈宋文章岭外邻。
留得七言诗咏作，中书太子与声询。

陈子昂

“麟台正字”一声闻，“感遇诗词”半步云。
绝后空前光帝客，平章宰辅后王君。
七言不尽五言文，沈宋文章半事君。
之问锦袍虬先治，则天御赐上官闻。
宋之问父有三绝，三子各一。
举世父行身，书林勇力人。
父词之问在，三绝向衣巾。
放旷贺知章，风流士满堂。
文行思醉客，日尽斋生光。

285 卷一百九十下 列传第一百四十

文苑下

李华 萧颖士 李翰附 陆据 崔颢 王昌龄 孟浩然 元德秀 王维 李白 杜甫 吴通玄 兄通微 王仲舒 崔咸 唐次 子扶 持 持子 彦谦 刘蕡 李商隐 温庭筠 薛逢 子廷珪 李拯 李巨川 司空图

开元天宝半诗仙，不振功名一缺圆。
唯有高适官达显，音声美伎玉壶田。

孟浩然

行诗自适鹿门山，进士何名面玉颜。
不与王维明主客，洞庭止水岳阳闲。

王维

“霓裳”“奏乐图”，石色立峰孤。
取痢江山客，辋川凝碧苏。

李白

竹溪六逸一山鸣，天宝芙蓉半士声。
酒肆新词重度曲，清平太白几生荣。

杜甫

褊躁黄门醉武公，成都放欲意难同。
浣花溪岸湘流去，无冠文章器度穷。

李白与杜甫

李杜文章济不同，踞床严武智无穷。
去华父勉一昌平，谁辈登科半不荣。
宝历刘蕡名主立，贤良策试授官行。

李商隐

半牛半李半平生，一女三生一世情。
三十六名清丽客，终身坎壈不官荣。

温庭筠

曲赋一飞卿，文词半岐名。
清思唐宋继，著述不官名。

司空图

几度下河东，唐宗济世穷。
舍人召未止，“咸”韶一休终。

286 卷一百九十一 列传第一百四十一

方伎

崔善为 薛颐 甄权 弟立言 宋侠 许胤宗 乙弗弘礼 袁天纲 孙思邈 明崇俨 张憬藏 李嗣真 张文仲 李虔纵 韦慈藏附 尚献甫 裴知古附 孟诜 严善思 金梁凤 张果 叶法善 僧玄奘 神秀 慧能 普寂 义福附 一行 泓师附 桑道茂

洪范一法相，术数半阴阳。
祲视之言望，悬知取异常。
桑门道士半阴阳，魏豹薄姬一纳肠。
安冀遭逢庸自扰，奸凶辅此异明皇。

孙思邈

隋文不受却唐宗，五十年中圣济踪。
吐纳照邻梨树病，鄱阳公主甚至容。
行方一智园，胆阔半心田。
义疚机回利，枕中素约天。
空衣就目辞，福禄士人知。
九十三年始，行微五代诗。
张果玄奘道佛扬，观前寺左有衷肠。
知求智慧尝恒处，天地人间日月长。

陈玄奘

方行白鹿原，七部乐声言。
五十六年去，偃师洛州轩。

神秀

妙法一禅宗，天竺半自容。
东山弘忍祖，神秀吾师从。
达摩—慧可—王粲—道信—弘忍

—慧能六祖

广果寺前荣，当阳器异名。
咸归伏虎记，则天北南成。

287 卷一百九十二 列传第一百四十二

隐逸

王绩 田洲岩 史德义 王友贞 卢鸿一 王希夷 卫大经 李元恺 王守慎 徐仁纪 孙处玄 白履忠 王远知 潘师正 刘道合 司马承祯 吴筠 孔述睿 子敏行 阳城 崔觐

丘园隐逸奈苍天，利竞重贞陷方圆。
退节思成贪不厌，山移水注土耕田。

才无足而智多余，傲竞佯狂市不居。
射利钓名贞遁客，独行钻誉"让王书。
自古一逍遥，纯风半日昭。
心无出处旧，显隐入观潮。

288 卷一百九十三　列传第一百四十三

列女

李德武妻裴氏 杨庆妻王氏 独孤师仁乳母王氏附 杨三安妻李氏 魏衡妻王氏 樊会仁母敬氏 绛州孝女卫氏 濮州孝女贾氏 郑义宗妻卢氏 刘寂妻夏侯氏 楚王灵龟妃上官氏 杨绍宗妻王氏 于敏直妻张氏 冀州女子王氏 樊彦琛妻魏氏 邹保英妻奚氏 古玄应妻高氏附 宋庭瑜妻魏氏 崔绘妻卢氏 奉天县窦氏二女 卢甫妻李氏 王泛妻裴氏附 邹待征妻薄氏 李湍妻 董昌龄母杨氏 韦雍妻兰陵县君萧氏 衡方厚妻武昌县君程氏 女道士李玄真孝女王和子 郑神佐女附

阴柔半世风，列女一家同。
自古居邻选，如今育士雄。

289 卷一百九十四上　列传第一百四十四

突厥上

白马一群雄，西凉半土风。
开心昭日月，碧草满苍穹。

290 卷一百九十四下　列传第一百四十五

突厥下

可汗勇谋行，长安御策生。
江山天下故，草木自繁荣。

291 卷一百九十五 列传第一百四十五

回纥

天下一方圆，人中半种田。
匈奴回纥祖，头顶共长天。

292 卷一百九十六上 列传第一百四十六

吐蕃上

唐标铁柱边，烽火始延年。
梭赞文成始，同耕日月田。

293 卷一百九十六下 列传第一百四十六

吐蕃下

秦汉一长城，阴晴半不生。
朝堂和战尽，草野枯荣行。

294 卷一百九十七　列传第一百四十七

南蛮 西南蛮

林邑 婆利 盘盘 真腊 陀洹 诃陵 堕和罗 堕婆登 东谢蛮 西赵蛮 南平獠 东女国 南诏蛮 骠国

四面一边疆，三江半暖凉。
同心男女客，异志卷舒扬。

295 卷一百九十八　列传第一百四十八

西戎

泥婆罗 党项羌 高昌 吐谷浑 焉耆 龟兹 疏勒 于阗 天竺 罽宾 康国 婆斯 拂菻 大食

老少玉丝长，州县碧色乡。
芦笙声自响，处处女儿香。

296 卷一百九十九上 列传第一百四十九

东夷

高丽 百济 新罗 倭国 日本

海外一东夷，人中半自期。
三千年过去，霸主又何知。

297 卷一百九十九下 列传第一百四十九

北狄

铁勒 契丹 奚 室韦 靺鞨 渤海靺鞨 霫 乌罗浑

海内一陶唐，边风半不疆。
南洋云雨合，北狄御年光。

298 卷二百上　列传第一百五十

安禄山子庆绪 高尚 孙孝哲 史思明子朝义

禄山半断一思明，力士玄宗御斩倾。
何致国忠忠不致，华清尤记旧时荣。

299 卷二百下　列传第一百五十

朱泚 黄巢 秦宗权

世乱一唐终，人成半克公。
行身知足迹，立语以言穷。

读隋书旧唐书

隋书不尽旧唐书，向背隋炀似不余。
汴水东流同里客，长城何语帝王居。

早春图

北宋·郭熙

第十二卷

标点本
二十五史读后
（二）

一、新唐书 旧五代史 新五代史

1新唐书

唐家二十宗，李武万年容。
佛道隋王遣，阴晴任夏冬。
长安玄武变，八水绕桑农。
天子难终始，精英步谁踪。

2新唐书目录

谁志一新唐，何人半旧扬。
三江归汇海，二十帝王乡。
记事于前省，行文以故扬。
贤臣群增损，曾子一公亮。

3卷一　本纪第一

高祖

镇将金门赐虎郎，弘晨“八柱国家”扬。
隋炀不济何因酒，自悔难言饰逆肠。
晋子秦王文静举，江都游幸以衷肠。
群雄诸纳阳谋士，四面群王效大唐。
受命其君一德王，山贼草寇半猖狂。
群雄逐鹿何人手，玄武无兄是李唐。

4卷二　本纪第二

太宗

龙凤之姿日表身，书生语世济安民。
聪明英武知隋尽，屈节凌烟阁上人。
禹下十六王而少康有中兴之业，
汤天下二十八王，三宗有盛，
武王天下三十六王有成康之治与宣之功。
唐传天下二十朝，太宗好大喜功，
复立浮图，备于贤。
禹有中兴十六王，三宗乘盛二八汤。
成康三六周宣治，七十余君至大唐。

5卷三　本纪第三

高宗

李武唐周半不成，高宗为善一名声。
则天无字碑铭上，泥水终清自止行。
赫赫宗周褒姒亡，名名为善易周唐。
凌烟阁上昭明见，武曌心中日月昌。

6卷四　本纪第四

则天皇后　中宗

才人以色名，感业寺中情。
显庆昭仪客，风疾二圣平。
麟台武曌易之张，不问昌宗问侍郎。
但见凤凰凰媚主，春官不得已周唐。
武后中宗半治名，高宗七八子何成。
睿宗政事温王客，万骑玄宗太子情。

7卷五　本纪第五

睿宗　玄宗

玄宗从幸太微宫，女祸唐家再度同。
酷吏贞臣何可鉴，开元天宝女因终。

8卷六　本纪第六

肃宗　代宗

太子来朝识禄山，胡旋舞地尽奴颜。
玄宗儿女芙蓉殿，此去瑶台自不还。
大风起处自趋扬，灵武平章保定皇。
牧马牛羊裴冕事，乾元孝感武文王。
中材一代宗，太子半无容。
辅国幽皇后，其谋止谁从。

9卷七　本纪第七

德宗　顺宗　宪宗

德顺王朝向顺宗，强明自任肃书浓。
崇陵未至皇传子，谁事东宫谁事龙。
刚明果断宪宗名，慨愤忠谋复振荣。
不惑群义功几度，晚来圣智事何成。

10卷八　本纪第八

穆宗　敬宗　文宗　武宗　宣宗

唐宗五弟兄，治国半无成。
其锐浮图法，听察致失明。

11卷九　本纪第九

懿宗　僖宗

宣宗长子问王城，乱世难兴待复荣。
七代唐家何主宰，宦官治政已无明。

12卷十　本纪第十

昭宗　哀帝

懿僖已唐衰，昭宗与帝哀。

昏庸不可复，乱政自成灾。
哀帝济阴王，江山已不唐。
昭宗九子尽，祸乱渐猖狂。

13卷十一 志第一

礼乐一

“贞观礼”乐宣，显庆”杂文言。
损补图坛序，开元已始圆。
天子太卿常，群官奉礼郎。
三公晨祼曰，五礼入宗堂。

14卷十二 志第二

礼乐二

御太常卿奉礼郎，春秋冬夏祭圆方。
因时司命门行户，灶土神席厉柳杨。

15卷十三 志第三

礼乐三

周衰礼乐废于秦，汉始儒生补缉臻。
解诂“六经”天地说，明堂始末一唐人。

16卷十四 志第四

礼乐四

天子一登封，江山半御从。
“文中子”不古，旷世帝王踪。

17卷十五 志第五

礼乐五

先蚕妃后自亲桑，“外办”春吉祀柳杨。
后殿东风华尚客，“中严”上水自西房。

18卷十六 志第六

礼乐六

宾礼四方扬，隋唐主客妆。
门东西面立，国使向朝堂。

19卷十七 与第七

礼乐七

嘉礼著朝装，三公次位央。
元服皇帝礼，天地庙宗堂。

20卷十八 志第八

礼乐八

嫁聚后妃皇，宗亲上下堂。
“中严”臣起坐，再拜册何扬。

21卷十九 志第九

礼乐九

元正贺群臣，朝堂一半身。
冠官冬至会，皇帝御天津。

22卷二十 志第十

礼乐十

喜怒乐哀思，人生礼正时。
知尊裳沐浴，奉养父母师。

23卷二十一 志第十一

礼乐十一

乐器始闻声，金钟律吕鸣。
陈亡知“玉树”，“伴侣”泣齐情。
隋时文舞“冶康”成，六十余人始貌清。
武勇“凯安”唐几变，“上元”“七德”“九功”名。

之二

“琴歌”“白雪”制高宗，舜弹弦琴曲弄钟。
大定“南风”十六节，“承天”“破阵”舞行踪。

24卷二十二 志第十二

礼乐十二

“雅俗”隋文入“部当”，浊清慢急以声扬。
寝殊律吕同名调，过节夹钟设用方。
楚曲方闻“白雪”声，“清”“平”五弄调争鸣。
“明君”汉帝“房中乐”，
“子夜”“堂堂”一“石城”。
“鸟歌万岁乐”声平，武后“龙池”“天授”情。
“破阵”“上元”音“庆善”，
“还京”“夜半”曲“文成”。

之二

“凉州”乐曲“荔枝香”，善笛宁王帝鼓扬。
近雅梨园“秦汉子”，“霓裳”未卸羽衣妆。

25卷二十三上 志第十三上

仪卫上

天子“衙”居名，行尊“驾”别荣。
人君举动“扇”，出入鼓钟鸣。
设乐宫庭舞，夫仪肃仗行。
朝堂分内外，盛采致声荣。

26卷二十三下 志第十三下

皇宫尚后“请中严”，命妇清游版奏纤。
“请降”还宫清道子，青衣鼓吹贺余铃。

27卷二十四 志第十四

车服

乌纱帝子孤，武德著车舆。
受命依隋服，唐宗向玉都。
冬至朝中贺百官，“通天冠”者御皇端。
罗裳廿四梁蝉首，三品三梁宝钿桓。

28卷二十五 志第十五

历一

冬夏春秋历缺圆，东西南北侍同天。
星辰日月经冬至，大雪风云整一年。

29卷二十六 志第十六

历二

日月历时圆，星辰属度天。
淳风元甲子，始作上皇年。

30卷二十七上 志第十七上

历三上

廿四气分年，春秋一半天。
“易”循天地术，象爻以人去。

31卷二十七下 志第十七下

历三下

历术帝王君，星名爻象分。
阴阳知定气，日月追时氛。

32卷三十一 志第二十一

天文一

日月易中天，阴晴属旧年。
民夫求福禄，天子问王权。

33卷三十二 志第二十二

天文二

明星一帝王，望朔半天堂。
占者行天客，行人不见长。

34卷三十四 志第二十四

五行一

乾坤演五行，草木易三生。

万物精神气，千年德意情。

35卷三十六 志第二十六

五行三

上下一贞观，风云半地端。

乾坤兴废里，左右济时宽。

风霜雨雪四时堂，日月星辰九派光。

天上运行何兆示，人间卜术问炎凉。

36卷三十七 志第二十七

地理一

南北一冰霜，东西半海洋。

人间何以界，楚汉问秦皇。

郡州州郡易隋唐，盛极成衰问李杨。

南北东西中水土，春秋冬夏四时光。

37卷三十八 志第二十八

地理二

楚河汉界问秦皇，地北天南问谁王。

指鹿赵高千士向，唐标铁柱四方疆。

38卷四十四 志第三十四

选举志上

“礼记”“春秋左氏传”，大经国学诸生年。

士科取制因才始，进退长安日月悬。

39卷四十五 志第三十五

选举志下

身伟体貌自丰明，言正书成半理英。

四事德先才以次，及劳评选可留名。

40卷四十六 志第三十六

百官一

省台寺监巳府官，各统其名号禄坛。

司职分行知上下，叙荣位事守唐安。

制敕册天皇，州县符至乡。

关刺移诸司，令教子亲王。

天官四品侍郎臣，主司郎中司正身。

员外郎官从六品，士名正议大夫人。

中书四品舍人官，起草三公九品冠。

王命表章行诏令，临轩进奏署行端。

41卷五十 志第四十

兵

不养十年兵，同田半弟兄。

府彍骑方镇，三势佐唐荣。

42卷五十一 志第四十一

食货一

爱养自斯民，量人授事均。

田桑何课税，聚敛盗重臣。

43卷五十二 志第四十二

食货

徭役不平身，摇殖未分钧。

廉臣科课税，旅亩治君人。

44卷五十三 志第四十三

食货三

君子不言商，直臣未暖凉。

桑田何以治，古往国有强。

45卷五十四 志第四十四

食货四

自古一盐田，如今半客怜。

轻农知税课，重货易天年。

46卷五十五 志第四十五

食货五

农林牧副渔，文武百官书。

奉禄出田商，河山帝业虚。

47卷五十六 志第四十六

刑法

律令无全格式全，惧民利法卑尊天。

五刑流宥“书”云在，始在君臣性在邻。

48卷五十七 志第四十七

艺文一

唐诗十二文，老子万千曛。

传道秦中绝，儒章自古闻。

49卷五十八 志第四十八

艺文二

正史编年伪杂居，职官故事祀仪余。

目刑谱牒成章录，地望天文万部书。

50卷五十九 志第四十九

艺文三

儒家道学法名传，墨子纵横杂述全。

小说农桑行历术，天文医脉类书研。

51卷六十 志第五十

艺文四

文章一楚辞，别集半诗知。

俱是人间客，秦坑是几时。

52卷七十六 列传第一

后妃上

皇后夫人数九嫔，婕好世妇美才人。

妻房代御仪妃事，六院三宫玉女身。

发长三岁女儿身，武帝宫中不凡人。

孔雀屏间高祖箭，明书雅体帝龙鳞。

瓦木半昭陵，玄龄一子铭。

奇谋知计密，理智御王庭。

回心院内瓮中人，良娣禁锢武后尊。

皇后严门失手足，昭仪猫鼠祝巫邻。

十四东宫“武媚娘”，庸知非福女何伤。

比丘尼寺昭仪客，后娣高宗儿断肠。

控鹤府中人，昌宗易之身。

诚因怀义去，自是媚娘亲。

玄武门中一日兵，太宗武曌半唐城。

东之建策诛周室，此变原非李弟兄。

太后上阳宫，三思下性同。

上官昭容事，政外讼诗风。

“桃李”歌高祖圣昌，“秦王破阵”太宗扬。

“堂堂”一曲声何处，不及朝臣“武媚娘”。

53卷七十七 列传第二

后妃下

灵武一忠王，唐家半不昌。

玄宗川蜀幸，不忘禄山娘。

54卷七十八 列传第三

宗室

唐朝一世宗，李郡半昌容。

二十王侯代，千牛继去踪。

55卷七十九 列传第四

高祖诸子

太子毗沙门，身亲酒色昏。

河东高祖立，天下是儿孙。

玄武门前李世民，秦王身后五忠臣。

公孙如晦玄龄与，敬德侯君劝变人。

56卷八十 列传第五

太宗诸子

洪州失度一元婴，不德都督半不成。

崔简妻私郑嫚骂，寿州刺吏二王更。

57卷八十一 列传第六

三宗诸子

父母亦何荣，江山半不成。

中宗庶至子，帝后也平生。

论语知明充，贤贤易色荣。

章怀容凤敏，母后自难英。

肃代隆基孙德顺，宪宗五子继唐王。

太宗高祖世民昌，太子高宗武媚娘。

58卷八十三 列传第八

诸帝公主

太原高祖一天津，柴绍平阳向世民。

娘子军中公主令，京师定位女儿身。

升平公主一金枝，昭懿齐城半御时。

嫁女代宗郭暖将，苍生废砧子仪迟。

59卷八十四 列传第九

李密

李密无成项羽非，辽东司徒子公围。

隋宽柱国长安客，杨素闻牛挂角威。

60卷八十五 列传第十

王窦

世充西胡建德农，江都弑逆尚书从。

磨牙摇鼓连河北，素俭知名自不容。

61卷八十六 列传第十一

薛李二刘高徐

一将无成一将成，半君天下半君名。

隋唐父子隋唐帝，自古王朝自古争。

62卷八十七 列传第十二

萧辅沈李梁

乱世起群雄，思谋问不同。

江都新帝立，武勇济时穷。

63卷八十八 列传第十三

刘斐

器略思谋一彭城，玄直济世半豪英。

传烽裴寂何安在，势在秦王志在行。

64卷八十九 列传第十四

屈突通尉迟恭张公谨秦唐琼段俭志玄

尽节一唐臣，军功半弃身。

君心昭日月，将士赤相亲。

65卷九十 列传第十五

二刘殷许程柴任丘

乱世帝相兴，行人夜见灯。

魔王天下去，自是咬金膺。

66卷九十一 列传第十六

温皇甫二李姜崔

动物气威灵，王兴悟左铭。

椽梁成柱室，礼法满贤庭。

67卷九十二 列传第十七

杜阚王李苑罗王

山林一百王，草木半千扬。

虎啸群羊散，龙吟富水泱。

68卷九十三 列传第十八

二李

李靖药师闻，孙吴半事君。

情肠红拂女，杨素拊床勋。

徐家一懋功，李勣半臣雄。

济世亲疏致，谋奇帝国忠。

则天谋敬业，武曌世人穷。

骆氏宾王檄，江都谁大同。

隔世一何忠，唐家半李同。

骆宾王檄讨，武曌未周终。

69卷九十四 列传第十九

侯张薛

忠奸谁所闻，成败亦难分。

唯有心中欲，公堂不事君。

70卷九十五 列传第二十

高窦

名宗望姓荣，器货以群英。

遇过豪贤客，春秋草木城。

71卷九十六 列传第二十一

房杜

房谋杜断半凌烟，李武唐周一陌阡。

辅政雕驰兴志叶，继武承文善桑田。

72卷九十七 列传第二十二

魏徵

十策密玄成，三书典檄明。

京师多少客，落魄未知名。

可以正衣冠，难成鉴比干。

良臣忠守事，得失治人安。

73卷九十八 列传第二十三

贤良一百臣，上帝两三亲。

久治长安客，言行继世民。

74卷九十九 列传第二十四

二李戴刘崔

衣冠子女武则天，社稷江山土地泉。

母母姑姑何继祠，泥泥水水只成田。

75卷一百 列传第二十五

陈杨封裴宇文郑权阎蒋韦姜张

一世一光明，三江半水平。

奸人多能事，守客少争荣。

76卷一百一 列传第二十六

萧瑀

时文政事疏，鄙远辩多余。

善术浮华客，梁家命论居。

江左萧功自济民，梁家八叶宰相身。

盛衰与共唐朝历，世继孙承向古人。

77卷一百二　列传第二十七

岑虞李褚姚令狐

沈敏善文词，姿仪向客知。

“莲华赋”不尽，本奏“籍田”时。

虞世南

国主山川一“易”成，以智思谋半宗荣。

慧见晏婴戒语尚，屡见龟蛇泽所生。

道德忠直博学名，文词五绝书翰成。

浮屠智永昭陵外，“列女”屏风世可荣。

凌烟阁外一昭陵，褚亮遂良半客铭。

阅目钱塘图史册，名梁仆射御吕廷。

78卷一百三　列传第二十八

苏韦孙张

宫中见止妇人心，俯仰儒林问古今。

历苦农桑平足迹，冠官自应正衣襟。

79卷一百四　列传第二十九

于高张

面首一猖狂，贤臣半不良。

天津桥上见，谁始不知张。

五郎未尽六郎昌，武后知亲武后堂。

司尉少卿光禄冠，官朝防阁二张狂。

80卷一百五　列传第三十

长孙褚韩来李上官

长孙无忌辅机人，性悟玄龄祸隙邻。

进谒长春宫典礼，秦王账下一功臣。

高宗逐斥几贤臣，无忌逐良顾命身。

内外谗言何所守，唐家武台谁知亲。

学士上官仪，弘文婉媚时。

高宗申武后，帝欲谁相知。

81卷一百六　列传第三十一

杜二崔高郭赵杨卢二刘李刘孙邢

紫气东来一百官，书生意气两三澜。

龙颜可见弘文馆，学士难言御驾宽。

82卷一百七　列传第三十二

傅吕陈

“咸池”不继“六英”终，舜政周汤一帝同。

革信之时民九律，公卿废制万千雄。

清平一吕才，音律万家升。

质雅“诗”“书”继，贞观不验裁。

知书半子昂，不及半宗昌。

感悔长安客，先天后继郎。

“明堂”“太学”一言高，

“感遇”诗章半尔曹。

余风朝中闻段简，文宗海内御龙袍。

83卷一百八　列传第三十三

刘裴娄

宗仁武后善知人，仁杰勤忠御驾身。

功始名终难酷吏，深沉长者荐公臣。

84卷一百九　列传第三十四

崔杨窦宗祝王杨再思

居相“两脚狐”，治世一心图。

谢盗京师路，佞奸智有巫。

贫寒半盗昌，假贷一官亡。

智位平章事，“莲华”似六郎。

85卷一百一十　列传第三十五

诸夷蕃将

辽东一勇名，塞外半来情。

俱是人生坐，京师不尽荣。

86卷一百一十一　列传第三十六

郭二张三王苏薛程唐

斥域四夷荒，挥兵九派疆。

王家多土地，帝子少年长。

披靡半大唐，立马一扬长。

白将薛仁贵，辽东镇四方。

87卷一百一十二　列传第三十七

王员韩苏薛王柳痛冯蒋王义方

标树明经父远方，太宗确论弘文扬。

舟师持酒安流去，不作神羞首领尝。

88卷一百一十三　列传第三十八

唐张徐

半事一言长，三公两子扬。

儒家知弟子，土地纳炎凉。

89卷一百一十四　列传第三十九

崔徐苏豆卢崔融

大笔一朝廷，安成草木青。

易之兄弟附，“夷册”绝文铭。

误入易之城，文章凤阁荣。

栾城苏味道，俱里李峤名。

90卷一百一十五　列传第四十

狄郝朱锹仁杰

北斗之南此一人，仲尼观过问三邻。

太行山上云飞落，汉魏朝中有遗珍。

紫袍龟带一幽州，十二金旌半仰留。

母子则天姑侄问，千秋万岁李唐忧。

中兴天下荐名臣，内举闻封果得人。

白鹊之禅何驯扰，东之彦范敬晖巾。

91卷一百一十六　列传第四十一

王玮陆二李杜

历史去无踪，清臣不自容。

“回波词”上客，谄媚向中宗。

92卷一百一十七　列传第四十二

裴刘魏李吉

裴炎

读书不废自方圆，三品车都政事研。

太子中宗相辅佐，平章令下后王权。

切脉中宗不是君，无知武后盗朝云。

真相不作周唐道，假虎伤人是未分。

93卷一百一十八　列传第四十三

张韦韩宋辛二李裴

保邦制治未危成，肆异求功事不荣。

天宝胡旋儿女诈，安史之乱是臣明。

94卷一百一十九　列传第四十四

武李贾白

平章百姓比邻明，俊德千家向背生。

抑止慈严专纵守，霜冰郁积肆冬情。

白居易

居易乐天诗，言情世所知。

新篇闻妇幼，御书舍人时。

95卷一百二十 列传第四十五

五王

清清白白一孤臣，正正中中半自身。
曲曲直直争武李，光光大大不相邻。
中宗韦后半朝臣，彦范君名一废人。
李武三思争不止，奸佞只见女儿身。

张东之

襄阳孟将东之成，七十贤良第一名。
后纳狄公仁杰举，此皇不荆彼皇荆。

96卷一百二十一 列传第四十六

刘钟崔二王

无专自始谋，制变反思求。
五谷知时节，三江任去流。
如芒刺背身，事反正机人。
治约知时节，才思向背邻。

97卷一百二十二 列传第四十七

魏韦郭

治历半相名，元忠一世清。
王臣知上下，士子御民情。

韦斌

雪甚问韦斌，齐靴未失真。
廷臣天质厚，不徒足前申。

98卷一百二十三 列传第四十八

李萧卢韦赵和

李峤双笔一巨山，酷吏申枉半御颜。
千岁文章千岁去，三朝旧使一朝还。
文章宿老富才思，未仕王勃御史闲。
晚去崔融苏味道，齐名学者古今知。

99卷一百二十四 列传第四十九

姚宋

元之孝敬挽郎名，倜傥平章事业生。
逮引罗织贤武后，狄公仁类宰相荣。
姚崇宋璟御东都，帝主东宫猎渭趋。
制后玄宗三品位，中书门下御屠苏。

宋璟

公事一公言，昌宗半不喧。
政毅中书治，刚正善方元。

100卷一百二十五 列传第五十

苏张

天下半相城，君中一百鸣。
朝廷多少载，世外枯荣行。

张说

凤阁舍人郎，三朝老者堂。
太山知子贵，武后策贤良。

101卷一百二十六 列传第五十一

魏卢李杜张韩

门下平章事未成，人中智杰雅声名。
宰相善胜三年治，考绩幽明养推英。
九龄朝播笏囊昌，张说集贤院士章。
风度公卿相谔谔，思中帝蜀曲江肠。
位拜黄门一侍郎，中书主宰半平章。
朝堂治制知行书，立事行身励柳杨。
韩休制帝一相名，社稷中书子滉成。
构筑石头城建业，玉山京口国公荣。

102卷一百二十七 列传第五十二

张源裴

三世宰相家，嘉贞日月华。
简疏人不疑，四俊荐桑麻。

103卷一百二十八 列传第五十三

苏尹毕李郑王许潘倪席齐

世继百官图，唐周李武殊。
黄门精治守，历练断侏儒。

104卷一百二十九 列传第五十四

裴崔卢李王严

崔沔

长安“陋室铭”，俭约持朝廷。
崔沔隋宗散，家居不治丁。
裴马高宗卢李名，臣吏吏部侍郎城。
中书司守嘉叹客，敛伏天门持政行。

严挺之子武

挺之子武半诗寒，子美倨寻“蜀道难”。
房杜其危天半下，詹事东都帝何安。

105卷一百三十 列传第五十五

裴阳宋杨崔李解

裴宽

八院弟兄城，三春士子荣。
桑门多少客，台省治州名。

杨玚

瑶光太学英，古礼颂人成。
素俭“闲居赋”，桑田十亩荣。

李商隐

处事分明御史城，卿忠俯仰自心荣。
宰臣不免迁移客，日月边乡复见明。

106卷一百三十一 列传第五十六

宗室 宰相

李适之

太守宜春纩，言疏仰药情。
华山金不换，林甫构争名。
唐宗国九相，林甫几三亡。
不疑人亲用，良贤举世昌。

107卷一百三十二 列传第五十七

刘吴韦蒋柳沈

何人秉笔入春秋，李武唐周九教流。
酷吏良臣依旧守，江山社稷百家求。
何谓一重臣，无明半不身。
居心含蓄事，治守百家亲。

108卷一百三十三 列传第五十八

郭两王张牛

善恶随人巨事陈，奸佞与论漏世尊。
秦坑未尽儒林客，众说纷纭掇不邻。
龙踪虎迹一山林，立意行身半古今。
阳奉阴违游刃去，勾心斗角掩衣襟。
王忠嗣将雄，力主事难同。
诺诺牛仙客，相相豳国公。

王忠嗣

深谋一国名，屈谗半臣清。

攻克忠贤守，拙身不尽情。

109卷一百三十四　列传第五十九

宇文韦杨主

张说文融斗角成，一相却位一相名。

勾心自古群官害，百姓难求百姓荣。

110卷一百三十五　列传第六十

哥舒高封

哥舒一夜刀，忠嗣半旌毛。

安史玄宗乱，归心谁帅袍。

军呼天下一“枉”声，破石贪人半不明。

勇力常清同死命，疏求甚众谁思成。

111卷一百三十六　列传第六十一

李光弼

云中太守将相名，天下思谋战役声。

切骨忠贞郭李世，玄宗已去肃宗更。

只谋天下不谋身，戎虏行兵赏罚亲。

卒以谗人佞自己，可叹尽是去来人。

112卷一百三十七　列传第六十二

郭子仪

令公一存乎，社稷半殊无。

武举华州客，卿衷救驾孤。

三朝（肃宗，代宗，德宗）五代公，

八子（曜、旰、晞、昢、晤、暧、

曙、映）四才雄。进退知时节，沉

浮自始终。权倾天下客，不忌世人功。

昭尽穷人欲，奢侈祝老翁。

113卷一百三十八　列传第六十三

李嗣业

神通大将军，醉舞帝宠勋。

金鼓声未止，秋毫不犯闻。

李抱玉，李抱真

河西一弟兄，太保二殊荣。

遽虏三边战，沉谋十战成。

114卷一百三十九　列传第六十四

房张李

房琯

名儒德器谋，治事济难休。

自奋从容隙，行言主宰猷。

李泌

方圆动静两军生，义智相思一意成。

小友严萧知劲喜，忠谋鬼谷子唐名。

115卷一百四十　列传第六十五

崔苗二裴吕

吏职辛勤一客珍，官民刻苦半桑辰。

吕諲未治黄门里，举事平章制汉秦。

吕諲

辅政功名至不闻，民情郡治一千君。

朝廷宰相云卿举，知用贤人是日曛。

116卷一百四十一　列传第六十六

崔邓魏卫李韩卢高

忧人问一生，礼士致千鸣。

谁治江山客，难书雅厚名。

117卷一百四十二　列传第六十七

李杨崔韦路

三年一位终，十载半书虫。

百日争相佐，千铭自不衷。

118卷一百四十三　列传第六十八

高元李韦薛崔戴王徐郗辛

高适

沧州一达夫，自许半王都。

五十诗词治，三生事有无。

天下一苍生，宫中半日明。

桑田春夏子，帝后废兴行。

119卷一百四十四　列传第六十九

来田侯崔严

五品一郎中，三公半不同。

知人天下事，处治问西东。

120卷一百四十五　列传第七十

元王黎杨严窦

时才主暗庸，相辅半殊从。

元载扬炎取，留名折足踪。

121卷一百四十六　列传第七十一

二李

栖筠吉甫李相名，德裕经综政事清。

世赵一生行治吏，李家三代制官城。

刚直自近仁，济世未疏真。

李氏丞相邑，民心可得亲。

122卷一百四十七　列传第七十二

三王鲁辛冯三李曲二卢

守计一名臣，攻谋半自身。

行官当吏职，治事始无钧。

123卷一百四十八　列传第七十三

令孤张康李刘田王牛史

八水绕长安，三山戴玉冠。

王侯权术客，士子侍书寒。

124卷一百四十九　列传第七十四

刘第五班王李

相权一霸生，佐欲半王名。

食货知人本，其流物畅成。

125卷一百五十　列传第七十五

李常赵崔齐卢

杨绾德节陆贽贤，衮憬憎何自作天。

固蔽娼前听不一，齐桓管仲不兴奸。

126卷一百五十一　列传第七十六

关董袁赵窦

卿相责百官，学士立三坛。

土地生灵众，帝皇遗漏残。

127卷一百五十二 列传第七十七

张姜武李宋

世德大臣忠，施王暴骤终。
奸邪多得志，祸滔始无风。
元衡字伯苍，御马向朝堂。
进士华原令，延英器宰相。
中书门下客，会册事平章。
秉政承宗怨，父词灭烛亡。

四品

中书门下舍人官，四品朝中制御澜。
顶带二梁冠紫玉，绨服丈四自心宽。

128卷一百五十三 列传第七十八

段颜

段秀实

言卑气弱武夫名，节德刚直秀实荣。
达志忠臣谋勇士，何闻以色问人生。

颜真卿

真卿学孝字清臣，心正工书帝末钧。
“御史两”中人尽道，鲁公“赴火”冶金身。

129卷一百五十四 列传第七十九

李晟

陈谋立勇将兵人，与士同辛进退辛。
驻地行军忠节考，无闻拾遗慰居邻。

130卷一百五十五 列传第八十

马燧

马燧功名罪有贤，先谋后战养兴连。
英才猛士河阳雨，感慨行身自谓天。

131卷一百五十六 列传第八十一

杨戴阳二李韩杜

节度守三边，良师守一权。
儒生谋易变，将武勇君田。

132卷一百五十七 列传第八十二

陆贽

陆贽忘年交，承公赐日肴。
翰林名学士，急变泾师茅。
天皇地帝一人王，德合田农半雨桑。
固善民情知百姓，启元号令似儒肠。
爵位一公工，虚名半夏虫。
难封官罚赏，不可弃轻雄。
忠州别驾别听从，宠任盘桓济御容。
君子小人昏谗弃，龙踪处处不龙踪。

133卷一百五十八 列传第八十三

韦张严韩

公卿谁异人，天下克清尘。
乘隙江山制，田家自在身。

韦皋

严武何闻“蜀道难”，如今变“易”“定秦”端。匠名韦皋营田判，厚礼难铭陆畅叹。
公私半御关，俯仰一天颜。
务本农家子，梁州济世还。

134卷一百五十九 列传第八十四

鲍李萧薛樊王吴郑陆卢柳崔

百吏一忠奸，三公一列班。
江山风雨变，社稷故人颜。

135卷一百六十 列传第八十五

徐吕孟刘杨潘崔韦

为官

世纪一人声，江山半阴晴。
风云天地主，雨水物生平。
吕渭父延之，河中向客时。
温恭和俭让，四子入翰辞。

136卷一百六十一 列传第八十六

张赵李郑徐王冯庚

一官柳止一官扬，十载寒窗十载堂。
进退思忧朝野事，升迁易改徙仓皇。

137卷一百六十二 列传第八十七

姚独孤顾韦段吕许薛李

何人问吏臣，立志向公身。
俭素平生客，私情克自珍。

138卷一百六十三 列传第八十八

孔穆崔柳杨马

触义不谋权，失身主客田。
公绰仁勇智，以弟立心传。
心正柳公权，行身立笔天。
穆宗知意在，宗闵与相缘。

139卷一百六十四 列传第八十九

归奚三崔卢二薛卫胡丁二王殷

观听七十贤，庶几五千年。
世柳宗元辨，韩愈劝佛篇。

140卷一百六十五 列传第九十

二郑高权崔

长者纳多难，贤臣纵地宽。
知心知世界，社稷自人安。

141卷一百六十六 列传第九十一

贾杜令孤

远虑深谋自治成，高冠志节以身行。
令孤制令京人止，杜牧兄相各所名。
扁鹊诮桓侯，无知自不忧。
多难时达士，恬嬉欲何谋。

杜牧

五十身名梦应生，疏直“白驹”不祥情。
文章焚化怏怏郁，过隙中书舍下名。

杜牧论兵“上策莫如自治”

自治一兵成，行身半鼓声。
先谋其后战，阵勇士将平。

142卷一百六十七 列传第九十二

白裴崔韦二李皇甫王

裴延龄，皇甫镈

不忠惑主以成忠，济世相臣济世穷。

天下论明明不见，人间弃节节难同。

143卷一百六十八　列传第九十三

韦王陆刘柳程

王叔文

以棋待驾读书名，论政行宫陛下荣。

太子人间情收厌，先生趣赞后生平。

浅中浮表卿相点，赂遗阴相结党城。

置酒翰林母不葬，出师未捷自言明。

刘禹锡

二王刘柳一时名，连州刺史半陋声。

创造竹枝辞俚曲，桃花观外十年成。

东都裴度器平生，燕麦郎中四品名。

梦得十年多少日，郎州司马叔文横。

柳宗元

高厚盖河东，文章伟致雄。

“离骚”书雅善，推仰一精工。

雄深柳柳州，刺史逐不求。

司马才高客，江河九派流。

144卷一百六十九　列传第九十四

杜裴李韦

善谋受饷一相扬，持法耿挺半节堂。

国体天忠言李汉，“山林友”号继书昌。

145卷一百七十　列传第九十五

二高伊朱二刘范二王孟赵李任张

百年兴废百年官，一世人间一世观。

勇武文章天下治，农夫田亩用心安。

146卷一百七十一　列传第九十六

李乌王杨曹高刘右

谋人以勇名，行后而先声。

自应人天地，功其治守城。

147卷一百七十二　列传第九十七

于王二杜范

自古一朝臣，忠奸两不亲。

公卿居职守，将士以心尊。

148卷一百七十三　列传第九十八

裴度

朝官不克宦官荣，裴度相谋久未平。

“绿野堂”中萧散客，居易吟后禹锡名。

韩愈裴度共河东，“大雄”明蜇保蔡功。

“惟断乃成”贼可破，浮沉任职事难雄。

149卷一百七十四　列传第九十九

李元牛杨

昵私奋野一官城，牛李倾权盗世名。

自此何留朋党宦，李唐天下不升荣。

元稹

“兰亭绝唱”辞，辅政帝王知。

俯仰“元和”体，东宫诵其诗。

150卷一百七十五　列传第一百

窦刘二张杨熊柏

利口覆邦家，行言不正邪。

奸佞奇楚道，几盛“浪淘沙”。

151卷一百七十六　列传第一百一

韩愈

“进学解”精勤，成思半误身。

毁于随圣道，自谕治红尘。

吐词字句一明经，举足行踪半法成。

绝类离伦情不语，优忧圣域叵殊荣。

潮州刺史问桑门，裴度崔群养善根。

莫塞言臣轻自己，诗书寄继已黄昏。

韩门弟子岛仪闻，东野湖州孟郊勤。

张籍郎中直性说，恶溪不鳄可辞君。

进谏陈谋排孟孤，“六经”“原道”论直儒。

月蚀诗讥人切问，明锐无随奥衍孤。

152卷一百七十七　列传第一百二

钱崔二韦二高冯三李卢封郑敬

四品御郎中，千山问故虫。

皇宫深浅路，士子望飞鸿。

153卷一百七十八　列传第一百三

刘蕡

逐蕡厚何颜，昌平去华班。

兴亡今古论，汉武仲舒还。

154卷一百七十九　列传第一百四

李郑二王贾舒

腐株大厦自相倾，乱国朝亡不见荣。

谁问人间天地外，谗佞泄世几臣明。

155卷一百八十　列传第一百五

李德裕

一牛一李两相田，三水三山半两烟。

帝御昏荒流圣幸，岭南日月读书天。

父子两相人，江山半自亲。

书生知世事，纳海六箴臣。

根株朋党祸行分，读尽古今风采文。

起草精思安邑里，孔颜切涕待前君。

156卷一百八十一　列传第一百六

陈三李曹刘

遁入一桑门，心出半道村。

风云知雨水，早晚是黄昏。

李绅

短李[illegible]诗文，苏州半何云。

中书三俊客，天下万人闻。

157卷一百八十二　列传第一百七

二李崔萧二郑二卢韦周二裴刘赵王

善恶无分自混淆，阴阳颠倒酒奴啁。

君臣只度君臣日，主仆何言主仆抛。

158卷一百八十三 列传第一百八

毕崔刘陆郑朱韩

朴辈一庸奴，厥朝半舅姑。

宰相王道去，百吏不如无。

159卷一百八十四 列传第一百九

马杨路卢

附合宰相臣，横流四水津。

豪英方面尽，塞腐伴君人。

160卷一百八十五 列传第一百一十

郑二王韦张

扶支王室相，唐末半无昌。

臣子行朝尽，采姿峙玉扬。

161卷一百八十六 列传第一百一十一

周王邓陈刘赵二杨顾

江南十四州，汴水万千楼。

汉塞长城远，隋唐去未休。

162卷一百八十七 列传第一百一十二

二王诸葛李孟

以乱兴兵救乱行，世横君臣纵横鸣。

朝堂天下朝堂里，四野人心四野荣。

163卷一百八十八 列传第一百一十三

杨时朱孙

御众兴微节俭身，行人善恕未清尘。

事终事始才谋在，王后王前自主申。

164卷一百八十九 列传第一百一十四

高赵田朱

全忠自弃唐，志士为其昌。

世乱横天下，兴时不问亡。

165卷一百九十 列传第一百一十五

三刘成杜钟张王

小人得志意猖狂，君子成心便四方。

进退何时出孔孟，兴亡之际入荒塘。

166卷一百九十一 列传第一百一十六

忠义上

孤穷不败身，志义以行人。

性忌无天地，平生事乃亲。

凌烟阁上塑唐臣，百姓心中士子身。

门下平章三戴客，郎中五品浥朝津。

167卷一百九十二 列传第一百一十七

忠义中

颜家世二卿，安史谓三荣。

正色天津外，含胡不自生。

168卷一百九十三 列传第一百一十八

忠义下

顺逆不闻昌，忠奸始向王。

人民多苦楚，世道有炎凉。

几世几昌平，三河两岸荣。

贤人前后继，士子丞孤盟。

169卷一百九十四 列传第一百一十九

卓行

元德秀

东都五凤楼，胜负七音秋。

奉禄“三贤论”，终生一色休。

无污贼乱自成忠，士在人为各不同。

人可卓行凭守治，完善德志任英雄。

170卷一百九十五 列传第一百二十

孝友

闾巷之民一世音，名通孝悌半人心。

兄兄弟弟留名去，国国家家继续箴。

171卷一百九十六 列传第一百二十一

隐逸

人归举逸民，士遁隐名身。

草野风云间，屈申内外邻。

公侯纤纤武千城，天地方圆日月行。

大大行中知小小，诗诗易易性终成。

风流清淡贺之章，“太易”“玄真子”道扬。

陆羽樵青相顾与，“渔歌”一唱志和肠。

张志和

隐逸江山圣上铭，“渔童”相与妇“樵青”。

闻名朝野歌先达，来谒真卿泛雨萍。

陆龟蒙

甫里一先生，涪翁半去名。

姑苏廉石重，拙政守旧盟。

172卷一百九十七 列传第一百二十二

循吏

民求治所君，守吏职何分。

乐得贤台器，三王尧舜勤。

173卷一百九十八 列传第一百二十三

儒学上

一世自生平，三千弟子行。

儒林多少士，客坐徙何荣。

欧阳询

信本自临湘，潭州匿反乡。

行书高丽取，三日一碑扬。

174卷一百九十九 列传第一百二十四

儒学中

苦读一儒林，诗文半古今。

书生何耻问，草木待人寻。

175卷二百 列传第一百二十五

儒学下

读文读武读人生，岁岁年年问枯荣。

苦苦辛辛无释卷，时时刻刻自由行。

176卷二百零一　列传第一百二十六

文艺上

叶落半吴江，风轻一晓窗。
洞庭何月色，只见桂无双。
文章四反审言终，子美三篇赋奏雄。
不拜河西何忍弃，诗词李杜济时风。
文章四杰名，耻后半前荣。
自古惊天地，良金美玉生。

177卷二百零二　列传第一百二十七

文艺中

燕歌赵舞半文章，沈宋卿清一故扬。
丑见易之人不正，词风雅颂律方扬。

李白

太白客巴西，文章鸟不啼。
竹林知六逸，影乱自高低。
饮酒八仙人，行名一自身。
清平诗乐曲，谁顾谁君臣。

王维

兄弟半齐名，君臣一客荣。
诗词留坐上，画册存其成。

178卷二百零二　列传第一百二十八

文艺下

唐诗士子半桑门，四浩男儿未入村。
景福灵光宏节气，“含元殿赋”客黄昏。

孟浩然

不隐鹿门山，京师待御颜。
洞庭波万里，明主弃朝班。
十才人历了何闻，起嗜学[illegible]发峒君。
湋审端诗天下颂，文宗尤问阁台勤。

李商隐

怀州河内义山乡，德裕家恩挂桂荒。
一体文章三十六，半生牛李断衷肠。

179卷二百零四　列传第一百二十九

方技

步卜相医巧问章，谋人巫事客倾肠。
三千年里三千客，对号身名入座常。

180卷二百零五　列传第一百三十

列女

亲行妇母仪，孝列女儿师。
陶淬窈窕淑，姆则王守姿。

房玄龄妻卢

微时病死时，善事女儿痴。
一目玄龄示，三生礼遇芝。

181卷二百零六　列传第一百三十一

外戚

主德外戚贤，忠心内养田。
移私天地客，乱世始云烟。
恨死“缘珠篇”，窈娘美涌泉。
知之乔去尽，承嗣酷吏天。

182卷二百零七　列传第一百三十二

宦者上

裳朱紫色人，四万尽呼臣。
宦者黄家客，操权侍帝亲。
宦臣不宦宦王权，废帝移王自復天。
守势因谋行不止，深宫臣远近则迁。

183卷二百零八　列传第一百三十三

宦者下

龙蛇自可邻，事守治昏臣。
宦治难容客，奸佞是小人。
唐终半宦臣，柄外内奸人。
废立时幽辱，君王始近亲。

184卷二百零九　列传第一百三十四

酷吏覆高中，庸容武后风。
群臣刑制事，密旨害人虫。

来俊臣

泽吻磨牙博徒闻，阴晴善恶不相分。
残奸反复习殊变，武后“囚梁”“晒翅”筋。
请君入瓮不知身，始见周兴善俊臣。
广奋三行三仆作，江融叱状满天津。
苍鹰狱吏半听臣，酷惨残毒三豹身。
“犊子县”中人不制，卒谋武下士俗尘。

185卷二百一十　列传第一百三十五

藩镇魏博

不王不霸贼当天，铁马金戈治故迁。
衔策藩谋何镇守，田弘复乱七州权。

186卷二百一十一　列传第一百三十六

藩镇镇冀

政辅以人心，邪残待事临。
三边何镇守，治所啸山林。

187卷二百一十二　列传第一百三十七

藩镇卢龙

林中草木生，天下枯荣成。
盗匪人间术，王侯士子名。

188卷二百一十三　列传第一百三十八

藩镇淄青横海

善恶正邪人，官兵匪盗频。
同行天地上，异首内边邻。

189卷二百一十四　列传第一百三十九

藩镇宣武彰义泽潞

中原逐鹿疆，盗守塞边扬。
不问何君子，难言谁短长。

190卷二百一十五上　列传第一百四十

突厥上

成成败败谁兴亡，枯枯荣荣自梓桑。
十地圆通州府治，九州守镇帝王堂。

191卷二百一十五下 列传第一百四十下

突厥下

胡服骑射一时装，越舞燕歌半汉唐。

玉臂金身王帝坐，牛羊下括谁田桑。

192卷二百一十六上 列传第一百四十一上

吐蕃上

弯弓一世风，纵马半英雄。

目尽山川外，天行日月空。

193卷二百一十六下 列传第一百四十一下

吐蕃下

中原自古四夷风，羌寒千年一世雄。

草木风云天下客，山川雨水宿苍穹。

194卷二百一十七上

列传第一百四十二上

回鹘上

自古一匈奴，如今半舅姑。

三边支雨客，九派草木苏。

195卷二百一十七下 列传第一百四十二下

回鹘下

册史一唐家，军兵半战车。

人中天大小，界外有年华。

196卷二百一十八 列传第一百四十三

沙陀

乌孙故地一沙陀，草木风声半曲歌。

鄯国东来寻永寿，凉州此去见蹉跎。

197卷二百一十九 列传第一百四十四

北狄

东胡问契丹，草木向云端。

桀骜黄龙北，倾移不觉寒。

198卷二百二十 列传第一百四十五

东夷

百济近扶余，新罗远故居。

营州高丽客，渌水向鸭舒。

魏晋始辽东，新罗百济雄。

澄江鸭渌水，箕子国封同。

199卷二百二十一上 列传第一百四十六上

西域上

天竺一佛村，西域半桑门。

党向松州外，高昌国土垠。

200卷二百二十一下 列传第一百四十六下

西域下

楼船铁杵几扬长，玉国葡萄汉魏光。

诸葛祁连山下问，凉州城外有城乡。

201卷二百二十二上 列传第一百四十七上

南蛮上

北地问轮台，南诏鹤拓开。

蛮夷多少士，蜀客以相来。

202卷二百二十二中 列传第一百四十七中

南蛮中

丧牛于易一兴亡，汉地唐边半不疆。

武帝长城天地外，楼船到处杵无杨。

203卷二百二十二下 列传第一百四十七下

南蛮下

寇盗不扶南，金刚玉石含。

珠香脂理素，俗象待王眈。

204卷二百二十三上 列传第一百四十八上

奸臣上

善心子文名，贞观士所荣。

欧阳询相貌，侮笑敬宗声。

著作成门户，黄门庶不成。

中书终书令，两弃孝忠节。

柔恭义府行，“承华”巧害萌。

崇贤“来李”显，揣事谀邪名。

“笑中刀”斧阔，褊忌洛阳城。

天下人猫誉，毒流衍世生。

205卷二百二十三下 列传第一百四十八下

奸臣下

忠臣不治制奸臣，理智难明义不身。

浸忌贤良猜府固，何闻百姓去来尘。

206卷二百二十四上 列传第一百四十九上

叛臣上

正逆一人心，兴亡半世音。

田桑多少问，主客始终寻。

207卷二百二十四下 列传第一百四十九下

叛臣下

李忠臣

忠臣自是不忠臣，海盗还谋海盗身。

正正邪邪何叛逆，人人道道向冠巾。

208卷二百二十五上 列传第一百五十上

逆臣上

何言顺逆臣，勿谓枯荣春。

本性难来去，私佞誉毁因。

安禄山

百计私恩谀媚亲，“胡旋舞”似贵妃身。

男儿自向玄宗近，意下图谋霸甚秦。

逆子史思明，玄宗赐此名。

谲搔安侧目，侵占半唐城。

淫乱夺妻子，太守制北平。

长安终落叶，杨祸以天行。

209卷二百二十五中 列传第一百五十中

逆臣中

招降纳叛向时分，骤胜无思背树君。

纵乱狂荒僭下见，田郎老矣似黄云。

210卷二百二十五下　列传第一百五十下

逆臣下

天地人间以界邻，父母兄弟自相亲。

前前后后千年竟，死死生生万岁尘。

黄巢

贤臣斤死位庸儒，赋废桑田道礼殊。

致使黄巢天下事，始安终乱霸王图。

五姓一兵谋，三唐半沉浮。

凌烟闻主客，治少乱多求。

主篇至少副篇多，新旧唐书未过河。

三百年中天下尽，公亮人后九州歌。

天下一唐终，人间半世雄。

三千儒子在，五代枯荣同。

211旧五代史

梁唐晋汉周，五代一千侯。

谁事田桑问，何言泗水流。

212梁书

213卷一　太祖纪一

朱温一宋州，赤气半沉浮。

三子砀山火，昆仲自负谋。

214卷二　太祖纪二

百战自三谋，千临仕一求。

兵家行止处，帝霸始图留。

215卷三　太祖纪三

革故从新一世王，御臣次驾半朝乡。

史书不约何天命，生乱之时治乱昌。

216卷四　太祖纪四

春秋易柳杨，时势造侯主。

驾御金祥殿，崇元驾四方。

217卷五　太祖纪五

令典鸿名问世风，江山社稷向殊同。

前朝后代争王霸，应道农夫不事雄。

一官百仕事难成，万仰千丞治不生。

道禄难丰穷社祭，朝元殿外结何盟。

自古递人生，如今叛道成。

朱温梁始末，尧舜尽思行。

218卷六　太祖纪六

史州逐朝生，文臣始自明。

中书难下事，本纪帝声名。

219卷七　太祖纪七

何言一八牛，取乱半沧州。

革命黄巢故，天歌五地秋。

220卷八　末帝纪上

一帝初成一帝亡，万家灯火万家堂。

争主逐霸江山客，付子求生世事桑。

221卷九　末帝纪中

上代无兴下代亡，三军战乱两军伤。

国家气尽争权利，草木秋深几柳杨。

222卷十　末帝纪下

明不昭奸武事荒，上无积德寸基长。

弄权辅事俄终运，天命何归后世唐。

223卷十一　列传一

后妃

异见龙蛇小未成，纤毫假贷“北梦”情。

朱三落拓无行止，辞避深藏不正名。

224卷十二　列传二

宗室

全昱

称王称朕一子民，作贼黄巢半帝身。

弃世朱三何节度，唐家社稷岂无人。

225卷十三　列传三

友珪自亳州，朱温侍寝求。

杀父知夏位，认子未家谋。

226卷十四　列传四

龙蛇起陆十三州，力败先王付下流。

一始一终师范风，半成半败所欲求。

227卷十五　列传五

功成事立一思谋，势掳唐城半九州。

弹丸强禅封许运，江河依旧向东流。

228卷十六　列传六

潼关要地人，向背阜谋身。

吕布斯知此，宗枝丧能臣。

229卷十七　列传七

马上功名骁武才，人中自主济时来。

称王立霸安心乱，巨盗之流上断台。

230卷十八　列传第八

否运一之流，无劳颗粒收。

何嘉优劣子，自谓小王侯。

231卷十九　列传九

朱梁奉室一强禅，背善若斯半地关。

守器无时何所遇，台席国淡弃州县。

232卷二十　列传第十

云龙雾会向勤风，鹰犬相分鸟尽弓。

盗跖之殊终不客，雄猜武济世人穷。

233卷二十一　列传十一

乱世纵何人，晴朝许盗臣。

群英逐鹿客，仆霸顺风尘。

234卷二十二　列传第十二

师兵猛决闻，气节霸王分。

乱世群雄斗，田家谁赋君。

235卷二十三　列传第十三

一世一贞纯，三军两阵身。

兵无常胜战，士去苦相亲。

236卷二十四　列传十四

五代一朝荒，三人半道王。

群英归古里，术士乃名扬。

杜荀鹤

杜牧文章鹤雨云，梁王切理自命君。

彦之擢第归山里，四海九州第一闻。

罗隐

古陋诗章郑畋时，宰相自绝女儿知。
钱塘"甲乙"集相事，幕府布衣属意迟。

唐书

隋唐已尽始梁唐，二十唐王一帝昌。
克用弗兴唐李氏，此唐何如彼唐黄。

237卷二十五 武皇纪上

梁唐对垒十年长，太社东京半存亡。
霸道称王无治守，村田稻米自苍黄。

238卷二十六 武皇纪下

武皇肇迹一阴山，李氏唐家半御颜。
洛水东西流不止，秦川南北镇潼关。

239卷二十七 庄宗纪一

存勖晋阳宫，唐光启世穷。
黑衣拥护扇，紫气半窗东。

240卷二十八 庄宗纪二

南征北战一群英，逐鹿中原半克成。
紫气方昭早朔漠，庄宗以势锁梁名。

241卷二十九 庄宗纪三

黄沙已没十朝兵，万里争雄一帝行。
朔漠州前天下界，居庸关外念奴名。

242卷三十 庄宗纪四

何当决渡河，将命问先科。
洛水城中过，金陵夜梦多。

243卷三十一 庄宗纪五

文明之舞娥，仗卫祝朝歌。
坐上明堂殿，宫前旧事多。

244卷三十二 庄宗纪六

朝王庶子先，百吏济封惮。
谁御文明殿，公相佐册权。

245卷三十三 庄宗纪七

济世主人生，和平向枯荣。
无偏无党制，有守有攻城。

246卷三十四 庄宗纪八

雄图力战国中兴，汴洛河汾受武膺。
骤胜靳吝财百姓，脂膏愤怨束万绳。

247卷三十五 明宗纪一

三朝有诚五成王，十国风云半货荒。
陈垒相接连号令，雄兵振武万家伤。

248卷三十六 明宗纪二

一王未尽一臣兴，五代三朝十国应。
御驾亲临兵马去，田夫怯误四时承。

249卷三十七 明宗纪三

霸主未齐名，庄宗已了生。
臣中无第见，天下不知情。

250卷三十八 明宗纪四

中兴宝诈朕称名，复正皇纲帝子成。
素彼云南行朔望，无瑕六姓百官横。

251卷三十九 明宗纪五

田园百姓声，陈列谁知兵。
帝御崇元殿，师都护卫行。

252卷四十 明宗纪六

和和战战一夫情，勇勇谋谋半身名。
士士臣臣君所下，文文武武将相生。

253卷四十一 明宗纪七

将帅半朝臣，公卿一客身。
何当来去问，孰道枯荣尘。

254卷四十二 明宗纪八

关西战扰谁成功，建业都朝治事空。
吏腐征兵加税赋，田家不谷世人穷。

255卷四十三 明宗纪九

钱镠越吴王，明宗尚父扬。
十三州外事，两届半朝堂。

256卷四十四 明宗纪十

潜跃经心事不成，文谋武勇治难英。
何闻房杜临公善，启诵称贤未属横。

257卷四十五 闵帝纪

闵帝一"春秋"，河东半镇楼。
邺宫忧政治，免隙顺承休。

258卷四十六 末帝纪上

君臣辅国未安谋，建业行踪不见忧。
士法失宗祧谢故，难忧盖命草东流。

259卷四十七 末帝纪中

故事石敬瑭，军喧士噪扬。
忻州何治镇，夏尽是秋光。

260卷四十八 末帝纪下

人君度量一倾扬，勇武文才半肚肠。
不济天时梁垒重，难成治守弃明堂。

261卷四十九 列传一

后妃

姿闲质丽一良家，乱世夫人半暮花。
性辨谦明恩顾雅，无双嬖幸待田华。
之兴故夏一涂山，妹嬉其亡半玉颜。
妲己祸商成简狄，周文褒姒妇夫关。

262卷五十 列传二

宗室

王家半弟兄，勇武一兵行。
骑射平天下，文谋立自成。

263卷五十一 列传三

宗室

军前父子兵，霸后吏臣名。
主仆知天意，阴晴向地生。

264卷五十二 列传四

统帅一军臣，卿相半客身。
文谋天下事，武勇浥边尘。
厚遇自知恩，成功向客门。
将相三界治，文武一乾坤。

265卷五十三 列传五

精悍勤劳半自珍，行心佐业一经纶。
清风明月中涓效，再造功成吏可秦。

266卷五十四 列传六

逐鹿中原大泽乡，期龙蓄勇备明堂。
重卓吕布操三国，万夫千军几将扬。

267卷五十五　列传七

据镇一称王，直分半易昌。

佞臣宗覆尽，数世继人长。

268卷五十六　列传八

构异图阴一日昌，邪谋谕正半青黄。

移心潜志终无就，落叶求枝久不扬。

269卷五十七　列传

叶落十三州，风扬一半求。

钱塘多少士，泾渭霸王休。

270卷五十八　列传十

得志逢时力图名，身危望重锦功成。

斯强范蠡知吴越，孰免刑祸始治明。

271卷五十九　列传十一

相辅之才自古荣，文功政事成王城。

献谋明节齐公表，典书笙簧陟庙名。

272卷六十　列传十二

前朝故吏旧人情，克己行臣伺后成。

历事难明降将苦，经心与作谁人盟。

毒手尊拳一国年，交相幕夜半长天。

金戈铁马明时历，狂药失欢止旧缘。

273卷六十一　列传十三

士节臣风一治成，强禅旧谥半克行。

斯文善政咸登贵，短命夭朝数世生。

274卷六十二　列传十四

得奋雄图乱世中，金全而下济人同。

旄钺霸险登藩位，垂名简删已半空。

275卷六十三　列传十五

前前后后半梁陈，废废兴兴一客津。

道道行行行不止，情情义义义无匀。

276卷六十四　列传十六　得句

恭顺雄猜货私财，害得鬼神厚遇来。

277卷六十五　列传十七

良臣亮节亦虞秦，丑变梁陈谁不真。

戡定功名尤可数，冠巾顶戴事躬亲。

278卷六十六　列传十八

功匠手亦伤，义重节衷肠。

重诲何人首，轻妄断旧狂。

279卷六十七　列传十九

旧族事新邦，西风问雨窗。

云飞还九派，日没满三江。

280卷六十八　列传二十

纵横济物一才谋，哲保明身半不休。

进退之时其道在，阴阳相仿久知猷。

281卷六十九　列传二十一

衣冠扫地贞规求，刚正行身意不求。

典礼端坛无懿范，耸朝羽表圭难留。

282卷七十　列传二十二

一将本无名，三军势不生。

丈夫天下问，士子宿平生。

283卷七十一　列传二十三

立世一军功，行人半济雄。

文章蕴十地，警悟问千情。

284卷七十二　列传二十四

子渡流冰不患名，凌晨济履始成行。

改官开邑张承业，霸府倾威故事明。

285卷七十三　列传二十五

不善之家一半狂，余殃自积两三霜。

行官立吏思谋客，治事为人自秀莨。

286卷七十四　列传二十六

春秋传曰："夫不令之臣，天下之所恶也。"

不令之臣一恶根，儒风化若半万门。

偷生逃遁贤良治，隐逸书生利禄昏。

287晋书

晋帝石敬瑭，宵衣旰食肠。

清风多少净，饮鸩渴无方。

288卷七十五　高祖纪一

从贤纳谏絁衣麻，始令高郎保社家。

潜跃之初兵祸结，儿皇帝子作袈裟。

289卷七十六　高祖纪二

石敬契丹王，北京降制皇。

崇元称帝位，昧爽已前堂。

290卷七十七　高祖纪三

幽州半契丹，御驾一云端。

社土三分界，江山五地宽。

291卷七十八　高祖纪四

薰风金义半乾明，酸枣宣阳北门名。

玄化迎春年戊子，契丹信使守儿城。

292卷七十九　高祖纪五

典令轻成半四方，百官循吏一千肠。

有王称帝寻私货，此弱无强不是王。

293卷八十　高祖纪六

图谋不轨半王朝，博野闲耗故吏遥。

五代方兴惊十国，一王又起一王消。

294卷八十一　少帝纪一

山陵节俭谢当年，窃处明宗代济天。

举族为俘逃没溺，终七饮鸩渴无全。

295卷八十二　少帝纪二

草木惊秋一代王，臣僚问事半私囊。

国无宁日蝗虫害，民不安生死亦伤。

296卷八十三　少帝纪三

人民相食帝先王，顾命承宗事不昌。

怠惕临极时致惧，颠危未克梦黄粱。

297卷八十四　少帝纪四

奢淫纵横臣，吹盟敌客身。

中行才业隧，国丑北迁人。

298卷八十五　少帝纪五

平阳辱没一君臣，鄙辅无相名自亲。

政事穷荒人已尽，行私舞弊向天津。

299卷八十六　列传一

后妃

黄龙府下后妃身，少帝降陈不保人。

跋履山川何国色，立平巨孽废君尘。

300卷八十七 列传二

敏悟智思失大势，世宗兄弟柳难扬。
引娘入室一倾堂，逐窃梁陈半济王。

301卷八十八 列传三

匡扶二帝成，任掌六师名。
卒使邦家荡，咸分丑德情。

302卷八十九 列传四

晋室契丹儿，风云际会亡。
韩非悲可说，绝域自终垂。

303卷九十 列传五

因人著事时，鼎革问行知。
败将何军士，亡臣谁语迟。

304卷九十一 列传六

汉简一垂名，温琪半不声。
服轩后近幸，累落历生平。

305卷九十二 列传七

抱器怀才乱世生，兴亡适会向朝荣。
君臣不事儿皇帝，父子难成窃时名。

306卷九十三 列传八

攀龙附凤古人成，却甲丢鳞去后生。
立义行身天下客，王朝帝子小儿名。

307卷九十四 列传九

从王一勇名，事帝半无生。
向背幽州北，阴晴落水横。

308卷九十五 列传十

世道一人生，乾坤半枯荣。
君臣何所事，治者小儿名。

309卷九十六 列传十一

山呼一丈夫，水泛半江湖。
楚汉争天下，英雄自有无。

310卷九十七 列传十二

令誉旧唐臣，屈颜勉自身。
何谋知显治，不是故人亲。

311卷九十八 列传十三

何由天命帝王尊，制吏儿皇自不亲。
晋室人中臣百问，幽州城外满风尘。
狼子野心有绝臣，拥兵自守未分身。
孤王曾许儿皇帝，故将成相向背人。
弃国之君弃国臣，未来天下未来人。
千年兴废千年事，万木争荣万木春。

312汉书

刘家继汉书，知远帝王居。
密祖唐宗客，拥心举义余。

313卷九十九 高祖纪上

安西朔漠寒，飞将问云端。
高祖刘知远，沙陀汉地观。
封禅寺外帝蒙尘，晋国称辽持柺人。
天福年中成汉祖，威名未振晏归尘。

314卷一百 高祖纪下

皇天降祸夏无君，肇起汾阳汉时分。
因乱帝图天子器，人谋物佚几纷纭。

315卷一百一 隐帝纪上

未厌半人心，崇华一古今。
燕蓟多士子，邺后自无箴。

316卷一百二 隐帝纪中

渺躬获缵绪临深，降戾承祧薄古今。
步履艰难图所克，耕桑庶政致中林。

317卷一百三 隐帝纪下

造业竟艰难，行身可自宽。
何当天命远，不土引贫寒。

318卷一百四 列传一

后妃

牧马一夫人，微时半自身。
后妃平土地，王家满风尘。

319卷一百五 列传二

宗室

拥尘一道宗，举世半心容。
父子知兄弟，阴晴问鼓钟。

320卷一百六 列传三

晋汉问军功，文谋向水东。
知民知自己，百姓始称雄。

321卷一百七 列传四

委用不其人，兴亡汉客薪。
民安延岁月，社保气因氤。

322卷一百八 列传五

开国承家不小人，兴邦治乱浥风尘。
大君有命明阳轨，听断凭民万岁身。

323卷一百九 列传六

台衡器业会明臣，窃僻参夷问晋秦。
帝载彰施华国色，邦直践履始秋春。

324周书

梁唐晋汉周，五代十三州。
哀帝昭宗尽，王公谁去留。

325卷一百一十 太祖纪一

无何一太原，五代半临轩。
天下知云雨，人间问简繁。
郭威，字文仲
五代入周家，郭威待日斜。
春秋天下阔，守国读书花。

326卷一百一十一 太祖纪二

御卯不临朝，流人或恐消。
民心多自卫，学士问途遥。

327卷一百一十二 太祖纪三

世务一时艰，天冬半地寒。
诗书相不济，大宝谢青丹。

328卷一百一十三 太祖纪四

引日一偷生，初闻半不明。
龙图非帝位，御驾乃阴晴。

329卷一百一十四 世宗纪一

侯王一半生，草木两三城。
岁岁寻天下，年年守枯荣。

330卷一百一十五　世宗纪二

善治不全功，寻行未过明。

成康思逆耳，苦口药直生。

331卷一百一十六　世宗纪三

文德武功一世风，安民顺政半无穷。

田桑土木农夫事，岁月年华学士功。

332卷一百一十七　世宗纪四

唐朝故事半英才，制举风行一代开。

善解民心知上下，郡臣始守去还来。

333卷一百一十八　世宗纪五

明时半世宗，济德一包容。

乱切知天下，和平向苍龙。

334卷一百一十九　世宗纪六

留心政事以微韬，守道行朝晦日旄。

文武相争天下治，劳民伤国可无刀。

335卷一百二十　恭帝纪

四序冬寒夏暑来，五行草木枯荣开。

木金水火春秋土，天地人中日月台。

336卷一百二十一　列传一

后妃

邢州郭雀儿，逆旅主人知。

父母明宗遣，湘灵集戾时。

337卷一百二十二　列传二

宗室

一子半行年，三王两客天。

封禅宗室至，济世几专权。

338卷一百二十三　列传三

雄豪武干一幽州，尚质戎军半克求。

分掌燕兵惮士伍，唐书不收此书收。

339卷一百二十四　列传四

刻保功名一始终，摧峰玉折半兵戎。

君臣禄后无疑佚，自晦之间饮酌同。

340卷一百二十五　列传五

望重则危谁免贤，功崇不保古难全。

雄猜太祖周王畴，祸福英名自宜然。

341卷一百二十六　列传六

中原不主汉思王，义举同扶力未强。

好利残民失道尽，翰权画饼去无疆。

342卷一百二十七　列传七

老者之风一宇扬，三夫典饰两文昌。

四朝六帝平生俭，半女明臣亦克伤。

343卷一百二十八　列传八

秉钧位者岂常人，殖货奇居绩采臣。

纯厚儒文全德永，清明之雨满天津。

344卷一百二十九　列传九

朝君一百臣，草木四时身。

左右称君子，沉浮问近邻。

345卷一百三十　列传十

三思一苦寻，九作半言箴。

志历权当宜，身行力古今。

346卷一百三十一　列传十一

时行世事一衣冠，举目明身半暖寒。

历克深谋兵武略，当朝立治取严宽。

347卷一百三十二　世袭列传第一

文通理不通，励克志难同。

厚遇当知己，殊途质所雄。

348卷一百三十三　世袭列传第一

诸夏多艰历世难，王风少竞与时残。

唐终割乱庄宗去，不见湖湘地理宽。

349卷一百三十四　僭伪列传第一

异域冰霜割据求，山川阻塞水横流。

之师薄伐生人客，正朔来庭苛足休。

350卷一百三十五　僭伪列传第二

顺逆一时昌，功名半不扬。

行成天下事，僭伪自猖狂。

351卷一百三十六　僭伪列传第三

文章“剑阁铭”，励石蜀门庭。

浊世清名顺，秦唐府省听。

352卷一百三十七　外国列传第一

契丹辽泽半匈奴，万里草原一丈夫。

南下榆关千百里，鲜卑旧地举唐辜。

353卷一百三十八　外国列传第二

吐蕃过凉州，云南秃发留。

年初麦熟后，讹语始终由。

354卷一百三十九　天文志

事迹悉相闻，星门俱存君。

书章问历记，考典数风云。

355卷一百四十　历志

历志一平生，行时半枯荣。

先观天下事，后继地人情。

356卷一百四十一　五行志

天人地上一书成，箕子归心“洪范”行。

补过修身平福祸，京房旧说志风明。

357卷一百四十二　礼志上

天下一声鸣，人间半不成。

兴亡何所属，进退以行名。

358卷一百四十三　礼志下

五庙难成七庙成，三春孟夏两春荣。

四时纪序千年至，两代兴衷一代平。

359卷一百四十四　乐志上

“灵长”“积善”舞“观成”，

六吕“开平”茎不鸣。

两代行示宗朔野，朝庭自始乱无平。

360卷一百四十五　乐志下

成声感物作人心，序数钟瑞问古今。

曲乐江河荣枯水，山川日月木林深。

361卷一百四十六　食货志

王朝一税收，百姓半忧愁。

食货侯门旧，田桑不自由。

362卷一百四十七　刑法志

计曲一君臣，刑直半不亲。

轻人轻国事，重典重家身。

363卷一百四十八 选举志

天官正权衡，轨辙厘革名。

“拔解”行名制，文科举选行。

364卷一百四十九 职官志

王庭一百官，乱世两朝残。

五代唐宗去，三秋草木寒。

365卷一百五十 志第十二

郡县志

“十道图”中序郡县，开封城外问先天。

梁周汴水东吴去，一半江山一半田。

旧五代史

伏案文章一宋唐，兴衰五代半侯王。

永瑢十国欧阳撰，合璧连珠序鉴长。

366新五代史

行身一代陈，历事万人新。

俱是权倾客，宫深笔吏臣。

367新五代史

梁唐晋汉周，五代半春秋。

十国知天下，何人尽去留。

368卷一 梁本纪第一

朱温勇力闻，天子半王君。

御湎奉忠赐，黄巢乱世分。

天雄军乱僖宗亡，草莽宗权各抑扬。

败尽泰山狼虎谷，黄巢自此不临王。

369卷二 梁本纪第二

桓公弑隐半春秋，壬寅元梁御史酬。

唐主济阴王不曰，中书门下异人求。

东都自此立开封，劝进唐家废僖宗。

己亥弑王宣肃祖，不鸣祈福是梁钟。

370卷三 梁本纪第三

一唐已尽一唐兴，半克梁人半克丞。

末帝中都传国宝，曹州招讨入先陵。

371卷四 唐本纪第四

沙陀五代别唐名，拒命庄宗属旧荣。

三都六州边患在，千军万马始中成。

372卷五 唐本纪第五

存勖“百年歌”，刑州一战何。

唐家多子女，克用自沙陀。

373卷六 唐本纪第六

一唐不如一唐名，十乱难言十乱生。

百姓田桑何土地，万家谁治乞阴晴。

374卷七 唐本纪第七

君臣际遇半春秋，世道艰难一去留。

治事行名身不克，明宗愧诲苦陵囚。

375卷八 晋本纪第八

晋举半阴山，文章一御颜。

武明皇帝坐，不到玉门关。

西夷石敬瑭，沈厚不言昌。

入主明宗女，功臣万进方。

376卷九 晋本纪第九

天平一日王，地理半猖狂。

自此儿皇帝，如寻石敬瑭。

377卷十 汉本纪第十

刘家半汉名，知远一先生。

部属沙陀客，人君几不成。

378卷十一 周本纪第十一

尧山本纪周，勇“阃外春秋”。

灭晋契丹汉，虞侯自立修。

379卷十二 周本纪第十二

胜道一君求，皇朝半未休。

田家多少怨，辍退是王侯。

世宗六载三渼成，五代秦雅一礼生。

“正乐”言行“刑统”考，均田图上治繁荣。

380卷十三 梁家人传第一

闻霜可见冰，履迹至凋零。

海戒何天下，亲疏乱骨肱。

381卷十四 唐家人传第二

敬后一庄宗，韩伊半巳容。

三关朝外客，五色缚苍龙。

382卷十五 唐明宗家人传第三

不是李唐家，何言一代邪。

无成天下去，可是浪淘沙。

383卷十六 唐废帝家人传第四

家人一道生，废帝半无成。

父子相闻处，君臣几枯荣。

384卷十七 晋家人传第五

千春一石郎，万户半疏荒。

谁见儿皇帝，明宗可怯娘。

385卷十八 汉家人传第六

牧马村中取晋阳，农家所向问衷肠。

军兵镇武求民解，巳国夫人隐帝王。

386卷二十 周家人传第八

是是非非万语消，前前后后百花桥。

今今古古千家事，曲曲直直一路遥。

387卷二十一 梁臣传第九

五代未全臣，三人不尽身。

君羞何子过，义战谁知秦。

388卷二十二 梁臣传第十

世乱一臣妄，人安半曲扬。

知时知进退，费解费阴阳。

389卷二十三 梁臣传第十一

成成败败臣，战战和和邻。

枯枯荣荣草，生生死死人。

390卷二十四 唐臣传第十二

西风过雁门，北塞满黄昏。

礼对臣言客，声名入古村。

391卷二十五 唐臣传第十三

周官立职名，五代恶无声。

宰密专权事，君臣礼枯荣。

392卷二十六 唐臣传第十四

明明白白人，天下枯荣津。

事后糊涂客，疏疏淡淡均。

393卷二十九　晋臣传第十七

七尺之身一尺桑，三谋未虑半谋昌。

天平受命维翰继，将佐同音学士亡。

394卷三十　汉臣传第十八

苏逢吉

一字半千金，三生两地音。

权知枢密院，七里赵村阴。

395卷三十一　周臣传第十九

王朴

“平边策”下闻，立世守时君。

失道人臣外，开封自不分。

396卷三十二　死节传第二十

世乱鉴忠臣，人明取义身。

全节所不举，无分向晋秦。

397卷三十三　死事传第二十一

生生死死闻，草木枯荣分。

日月阴晴在，来来去去云。

398卷三十四　一行传第二十二

贤人隐世间，天地闭时关。

父子臣君乱，阴晴日月闲。

李自伦

六世同居准格身，三乡父老本人伦。

登州义里仲昭表，绰楔门安四角陈。

399卷三十五　唐六臣传第二十三

白马之悲一祸临，梁王朋党半不寻。

朝廷其甚空臣位，国宝平章社稷深。

400卷三十六　义儿传第二十四

成成败败义儿军，废废兴兴七子闻。

八姓功名立五代，三生业绩一人文。

401卷三十七　伶官传第二十五

庄宗御制晋阳音，得益忧劳智勇寻。

兄弟苍黄呼太庙，君臣出入伶官心。

402卷三十八　宦者传第二十六

女祸未形知，忧安待悔迟。

兴亡多不道，宦者色儿时。

宦女自无根，君臣孰有坤。

忧谋天下继，毁誉小儿孙。

403卷三十九　杂传第二十七

王镕

乱世文章乱世人，杂传士子杂传亲。

人间小说人间客，社稷乾坤社稷伦。

404卷五十八　司天考第一

礼乐文章不取迟，天方职司欲何知。

阴晴草木行三界，日月星辰象四时。

405卷五十九　司天考第二

书人述纪不书天，异载春秋未异田。

举事行成则人意，居心或恐讫人年。

406卷六十　职方考第三

星辰易变多，日月换江河。

暗度沧澜江，明修玉鉴歌。

407卷六十一　吴世家第一

吴中世家暨南唐，行密居人间北昌。

太祖追尊何不过，兴陵草木已苍苍。

408卷六十二　南唐世家第二

宽仁雅信一公名，传败洪流半不成。

乱世行时人不举，凭知论品以城盟。

之二

南唐李煜一文名，骈齿丰额半画英。

诸伎中书熙载去，吴王殁损抑悲鸣。

之三

可叹身名违命侯，无知天下半春秋。

江南尤记金陵客，只见文章不见忧。

409卷六十三　前蜀世家第三

许州王建字光图，盗贩私盐志不孤。

蜀世家人寻旧故，丈夫几味有还无。

410卷六十四　后蜀世家第四

十国一兴亡，三州半死伤。

行人寻孟昶，李氏寄羞堂。

411卷六十五　南汉世家第五

上蔡一刘家，安仁半不华。

封州刺史客，父子岭南衙。

412卷六十六　楚世家第六

三年一霸图，九楚半秦辜。

将帅何知略，臣君误知苏。

413卷六十七　吴越世家第七

钱塘四十州，驷马锦衣求。

玉册三楼故，临安自不休。

414卷六十八　闽世家第八

光州闽世家，乱盗起时华。

养子知时立，农夫自不麻。

415卷六十九　南平世家第九

南平半世家，硖石一孙华。

凤翔知兵勇，梁王落佩霞。

416卷七十　东汉世家第十

十国自封侯，三朝半不忧。

名崇未汉地，乱世盗无秋。

417附录　五代史记序

生民五代农，治乱一朝宗。

易吏兴臣故，行王自有踪。

新五代史，建安陈师锡

孟子一仁成，春秋半礼名。

兴亡千古记，褒贬万人生。

二、宋 史（上）

1宋史

点检一王名，书囊半御成。
黄袍加冕客，五鼓始军行。

2宋史

宋时天子宋时兵，点检无成点检成。
永德书囊三尺木，京师匡胤始其名。

3卷一　本纪第一　太祖一

黄袍御冕洛阳生，涿郡嘉身夹马营。
以宿赤光金色体，雄姿器度豁如英。

4之二

陈桥驿外众迟明，五鼓军中入白情。
点检黄衣加太祖，罗拜万岁御王生。
注：世宋得韦囊，中有木三尺余。
题云："点检作天子。"

5卷二　本纪第二　太祖二

王臣百战平，御驾一师征。
北讨南伐定，中书宋代城。

6卷三　本纪第三　太祖三

雨雪自倾城，王侯问客名。
行时五色土，罢却九流情。

7之二

明德门前违命侯，宋时天下未千秋。
推移否泰斯民眷，物治声名水自流。

8之二

孟昶无朝蜀主渭，川流日月逝不遥。
江南感惧观吴越，一宋布衣七宝招。

9卷四　本纪第四　太宗一

不问半南唐，龙颜一赤光。
异香余闾巷，自古话皇王。

10卷五　本纪第五　太宗二

深谋英断力多闻，得与丘民顺逆分。
史牒公言天下事，行时度势是知君。

11卷六　本纪第六　真宗一

文成一事天，特异宫中田。
万岁韩王帅，平章御笔圆。

12卷七　本纪第七　真宗二

景德镇农田，边归事旧年。
城池河北成，太庙治良权。

13卷八　本纪第八　真宗三

悟践一真宗，相臣半见容。
封禅祥瑞至，四寒契丹镛。

14卷九　本纪第九　仁宗一

山陵受益一天书，圣武宸妃六子锄。
喜怒无形于色界，仁和德孝帝王居。

15卷十　本纪第十　仁宗二

"三朝宝训"上仁宗，一士集贤下故封。
致仕知书行礼毕，清宫广配乞天容。

16卷十一　本纪第十一　仁宗三

庆历四年春，平章一殿臣。
三朝经事治，历属自亲邻。

17卷十二　本纪第十二　仁宗四

仁宗恭俭成，水旱恕仁名。
浣濯常服饰，宫中夜创生。

18之二

四十三年一挥英，人君治世九仁声。
小人未尝多平允，厚政渝盟理宋名。

19卷十三　本纪第十三　英宗

一帝英宗志未成，三言有命事无名。
朝廷故事贤良策，行心固让身终情。

20卷十四　本纪第十四　神宗一

祥光照室宋家王，五色成云庆历方。
动止龙颜天性学，衣冠拱手叙倾肠。

21卷十五　本纪第十五　神宗二

水利约田盟，王安石外名。
欧阳修正案，宋史有清行。

22之二

知良司马光，义勇问高堂。
进士布衣客，留台宋雨肠。

23卷十六　本纪第十六　神宗三

励精图治一神宗，敬取直言恤隐客。
安石人相知自信，青苗保甲法无踪。

24卷十七　本纪第十七　哲宗一

人心日变哲宗朝，祸乱邪佞岁月消。
谏士无言知罢勉，幽燕灵武逐萧条。

25卷十八　本纪第十八　哲宗二

"日录"问三苏，中书仕一途。
行成元佑党，太白昼观夫。

26卷十九　本纪第十九　徽宗一

元佑起居郎，徽宗母后堂。
同分军国政，次立向端王。

27卷二十　本纪第二十　徽宗二

直言元佑党人碑，仕著望名复谪垂。
奏事官封权不禁，方田太白昼星随。

28卷二十一　本纪第二十一
徽宗三

王昂榜首名，圣迹几何清。
问宰蔡京复，御制“圣济经”。

29卷二十二　本纪第二十二
徽宗四

春申五色云，女道半无分。
及第辽金使，明堂盗冠君。

30之二

私谋小慧已偏心，疏斥良臣特古今。
首恶章蔡由失国，君臣溺信饰虚音。

31之三

君臣逸豫饰游观，骄奢淫佚虚无宽。
苦远佳殿相诞谩，身亡国辱志伤残。

32卷二十三　本纪第二十三　钦宗

徽宗五国城，异欲半踪横。
败度亡丧志，人无玩物行。

33之二

有德自东宫，金人卷甲戎。
君臣无协力，救药已难同。

34卷二十四　本纪第二十四
高宗一

少宰指邦昌，金人犯境狂。
文谋武力悟，意气见康王。

35卷二十五　本纪第二十五
高宗二

乱世乱臣多，迁都易故河。
扬州知旧事，弃政却蹉跎。

36卷二十六　本纪第二十六
高宗三

却国下临安，朝臣上御寒。
金人边境内，日月侵相残。

37卷二十七　本纪第二十七
高宗四

临安问岳飞，二帝百官非。
有道金害人，无颜北国归。

38卷二十八　本纪第二十八
高宗五
岳飞

官场半入朝，将帅一兵遥。
树倒猢孙散，平江府内消。

39卷二十九　本纪第二十九
高宗六
岳飞，秦桧

和和战战论无休，将将兵兵士何求。
伐伐征征金不败，臣臣子子宋难留。

40卷三十　本纪第三十　高宗七

正正邪邪不属分，成成败败国难君。
临安城外诛金客，大理寺中落岳云。

41卷三十一　本纪第三十一
高宗八

徽钦九世下幽州，新室三朝上故楼。
继体文章才得志，时微势逼逐江流。

42卷三十二　本纪第三十二
高宗九

偷安忍耻忘亲生，扼腕功垂切齿横。
奸桧猥懦干将尽，岳飞不及半臣名。

43卷三十三　本纪第三十三
孝宗一

会稽永思陵，高宗草木青。
金人天下事，拨乱以无庭。

44卷三十四　本纪第三十四
孝宗二

临安草木生，御殿不知名。
奏補行天下，尘封以故城。

45卷三十五　本纪第三十五
孝宗三

仁宗之宋正仁名，元永孝心又孝成。
塞北金人兵未止，江南草木自繁荣。

46卷三十六　本纪第三十六
光宗

宋亮惧金励，临安客祖先。
江南繁草木，日月色无田。

47卷三十七　本纪第三十七
宁宗一

文儒半宋城，事治一辽东。
养怠权宫悍，惊忧政日空。

48卷三十八　本纪第三十八
宁宗二

水旱自强身，申严问故人。
光宗实录著，役法要知臣。

49卷三十九　本纪第三十九
宁宗三

事势艰难宋帝残，金人侵扰御不安。
临安卷甲临安策，只见钱塘两岸官。

50卷四十　本纪第四十　宁宗四

长江一半澜，太白两三安。
问政行天子，兴权待旧冠。

51卷四十一　本纪第四十一
理宗一

宋世内兴禅，艰难御祖先。
丹青文雅人，客字画御书田。

52卷四十二　本纪第四十二
理宗二

朝朝事事空，理理休休同。
士士儒儒客，官官怠怠中。

53卷四十三　本纪第四十三
理宗三

一宋两余年，三边半祖先。
端康多耻辱，治政守农田。

54卷四十四　本纪第四十四
理宗四

宋帝赤光先，临安太白星。
金人边境狂，“玉牒”亦难明。

55卷四十五　本纪第四十五

理宗五

四十年间一理宗，三千子弟半无客。
丞相窃弄斯威福，待政奸臣史未从。

56卷四十六　本纪第四十六

度宗

贾似道难平，端文势不生。
权奸相与让，帝宋帝无名。

57卷四十七　本纪第四十七

瀛国公

继世权奸一国公，无归失德半朝空。
文儒雅客行天下，果断临安宋已终。

58之二

海上二王亡，元中一半昌。
传家仁宋继，亮节金人堂。

59卷四十八　志第一

天文一

仪象　极度　黄赤道　中星　土圭
自古一天文，千年半历君。
诗书行者考，易象苛纷纭。

60卷四十九　志第二

天文二

紫微垣　太微垣　天市垣

唐唐宋宋一阴晴，月月星星半暗明。
自古天空多演易，如今历练是人情。

61卷五十二　志第五

天文五

七曜　景星　彗孛　客星　流星　妖星　星变　云气　日食　日变　日辉气　月食　月变　月辉气
地上一宸星，人间半历行。
三生多见识，晓遇欲殊荣。

62

五行五色阴晴地，三界三元草木天。
刻刻时时求福寿，人人事事气天年。

63卷六十一　志第十四

五行一上

水上

祯祥妖孽国兴亡，祸福先知善必昌。
太极图文行世上，儒言所取客桑沧。

64之二

欲动求缘意本缘，人行向地乞求天。
星辰岁月千年望，历练方辰万古田。

65卷六十五　志第十八

五行三

木

直直曲曲木生成，叶叶枝枝碧枯荣。
性性材材多少侧，兴兴废废万千名。

66卷六十六　志第十九

五行四

金

水火行中土木金，江山社稷问瑞音。
星辰日月寻祥兆，成败兴亡问古今。

67卷八十五　志第三十八

地理

京城　京畿路　京东路　京西路
宋时律历士平名，亡帝齐家俭素名。
地理开封京而易，临安南水济临城。

68之二

三百余年一宋名，两朝岁月半阴晴。
开封不济临安济，南渡高宗北客成。

69卷九十一　志第四十四

河渠一

黄河上

自古一黄河，如今半枯歌。
清流天地上，日月任穿梭。

70卷九十三　志第四十六

河渠三

黄河下　汴河上

汴河万里入钱塘，杨广千年立正强。
门下侍郎苏辙奏，软堰不复济苏杭。

71卷九十八　志第五十一

礼一

吉礼一

山川日月一河流，社稷春秋半郡州。
礼士仁人多少客，君心义智信臣忧。

72师傅保

言传身教练天人，行止文书历阅亲。
智信神尊师传保，仁情礼德正冠巾。

73卷一百二十六　志第七十九

乐一

雅乐声高未合和，仁宗留意律音多。
“大安”“韶”“濩”“风”诗器，
“阳春”“白雪”历练歌。

74卷一百三十八　志第九十一

乐十二乐章七

朝会

天临有赫法乾元，俨恪千官允肃轩。
玉坐居尊文在御，公卿礼备升闻喧。

75卷一百四十　志第九十三

乐十五鼓吹上

涿鹿行功作凯歌，轩辕岐伯曲先河。
“周官”“朱鹭”黄门用，鼓吹风行向世多。

76卷一百四十二　志第九十五

乐十七

诗乐　琴律　燕乐　教坊　云韶部　钧容直　四夷乐
周南养性情，小雅国风平。
言乐诗为本，虞庭记故声。

77卷一百五十二　志第一百五

舆服四

诸臣服上

治事三梁冠上客，寻贤四品令言明。

中书门下侍郎英，资政翰林诸司平。

78卷一百六十一　志第一百一十四

职官一

三师　三公　宰执　门下省

中书省　尚书省

王朝一职官，历代半严宽。

三省三师坐，千家万户坛。

79宰相

贤明统事生，班首宰相名。

同位平章事，群官自不倾。

80门下省

承天宝印行，毕事制皇城。

主宰黄门客，平章历省庚。

81中书省

庶务诏书名，行台改革成。

章疏奏清事，省寺德音行。

82尚书省

施行制命官，六部事严宽。

兴成典律守，文书斥治安。

83卷一百六十五　志第一百一十八

职官五

大理寺　鸿胪寺　司农寺　太府寺　国子监　少府监　将作监　军器监　都水监　司天监

鸿胪寺

人间迎送安，天下礼仪官。

给赐劳宴人，朝夷祠庙坛。

84卷一百七十三　志第一百二十六

食货上一　农田

农桑八政田，五事一人先。

治道陈“洪范”，行身立货天。

85卷一百七十四　志第一百二十七

食货上二　方田

患赋半方田，人行一地天。

修农知治水，课税计元先。

86卷一百七十五　志第一百二十八

食货上三　布帛　和籴　漕运

公私市府棉，蜀梓务先年。

织院京绫锦，绸绢货幅全。

87卷一百七十六　志第一百二十九

食货上四　屯田　常平　义仓

地利所屯田，桑麻刻织绢。

夫民知果哺，过客盼丰年。

88卷一百七十七　志第一百三十

食货上五　役法上

役法自于民，官衙谁主亲。

州曹乡户第，税赋吏虞绅。

89卷一百七十八　志第一百三十一

食货上六　役法下　振恤

富贫始自民，雇费隶夫身。

役法行苏轼，中书一舍人。

90卷一百七十九　志第一百三十二

食货下一　会计

府货房廊名，财鲜会计城，

盈虚年日月，典律自形行。

91卷一百八十　志第一百三十三

食货下二　钱币

铜铜铁铁生，小大自相明。

天下知钱币，财流刻败成。

92卷一百八十一　志第一百三十四

食货下三　会子　盐上

王成造币生，交子有无情。

盖有飞钱制，唐时界负名。

93卷一百八十二　志第一百三十五

食货下四　盐中

官行一户盐，税课两仪签。

四季田桑苦，三年忘寒炎。

94卷一百八十三　志第一百三十六

食货下五　盐下

天下一官盐，人间半不廉。

桑田沧海问，谁教吏宽严。

95卷一百八十四　志第一百三十七

食货下五　茶下

草木一人中，阴晴半不同。

清明前后客，谷雨已无雄。

96卷一百八十五　志第一百三十八

食货下七　酒　坑冶　矾　香附

诗人借酒眠，天子不呼贤。

谁见何来去，书坑已废田。

97卷一百八十六　志第一百三十九

食货下八　商税　市易　均输　互市舶法

市易均输商，州易课税忙。
官僚荷吏录，镇守谓兵扬。

98卷一百八十七　志第一百四十

兵一　禁军上

京师一禁军，团练半行文。
器械修兵志，厢乡两不分。

99卷一百八十八　志第一百四十一

兵二　禁军下

二司殿前兵，三军禁卫城。
皇宫多恐范，土地育精英。

100卷一百八十九　志第一百四十二

兵三　厢兵

厢兵镇守行，隶属治州城。
老弱残休病，思谋将帅情。

101卷一百九十　志第一百四十三

兵四　乡兵一

陕西保毅　河北忠顺　河北陕西强人砦户　河北河东强壮　河东陕西弓箭手　河北等路弓箭社

乡兵户籍生，应募士民情。
团练知谋勇，伏军守可盟。

102卷一百九十八　志第一百五十一

兵十二　马政

国马牧飞龙，“王”“方”“左”“右”冲。
苍天行不尽，无跡也无踪。

103卷二百二　志第一百五十五

艺文一

《易》曰：“观乎天文，以察时变；观乎人文，以化成天下。”

世运一天人，时成变化身。
文章秦火尽，道德礼书伦。

104十经

诗书易礼一春秋，乐孝周经论学留。
三教九流行欲想，十经十占解寻求。

105

文章十易一春秋，道礼诗书半九流。
为有欲寻相乞讨，什迁贫富欲难求。

106宋王朝

开封谁问一临安，北宋南迁半帝残。
未洗靖康多少辱，还沉汴水枯荣寒。

三、宋史（下）

1宋史

一朝天子一君臣，半士人间半士绅。
三教声名折桂冕，九流身世拜冠巾。

2卷二百四十二　列传第一　后妃上

太祖母昭宪杜太后　太祖孝惠贺皇后　孝明王皇后　孝章宋皇后　太宗淑德尹皇后　懿德符皇后　明德李皇后　元德李皇后　真宗章怀潘皇后　章穆郭皇后　章献明肃刘皇后　李宸妃　杨淑妃　沈贵妃　仁宗郭皇后　慈圣光献曹皇后　张贵妃　苗贵妃　周贵妃　杨德妃　冯贤妃　英宗宣仁圣烈高皇后

“家人”上九词，终吉后妃司。
“无逸”知天下，威如似所滋。

3

临朝武后名，街饰肠无英。
政出宫闱令，恩威制典明。

4

杭州天下有私情，章献宸妃司寝生。
不毁仁宗宫一品，夷简太后以刘名。

5

苏轼以诗得罪，下御史狱，人以为必死。后违豫中闻之，帝曰：“尝忆仁宗以制科得轼兄弟，喜曰：‘吾为子孙得两宰相。’今闻轼以作诗系狱，得非仇人中伤之乎？捃至于诗，其过微矣。吾疾势已笃，不可以冤滥致伤中和，宜熟察之。”

昭陵日月一方明，尝忆仁宗西宰成。
苏轼言诗何以过，文人自是不相倾。

6卷二百四十三　列传第二　后妃下

神宗钦圣献肃向皇后　钦成朱皇后　钦慈陈皇后　林贤妃　武贤妃　哲宗昭慈孟皇后　昭怀刘皇后　徽宗显恭王皇后　郑皇后　王贵妃　韦贤妃　乔贵妃　刘贵妃　钦宗朱皇后　高宗宪节邢皇后　宪圣慈烈吴皇后　潘贤妃　张贤妃　刘贵妃　刘婉仪　张贵妃　孝宗成穆郭皇后　成恭夏皇后　成肃谢皇后　蔡贵妃　李贤妃　光宗慈懿李皇后　黄贵妃　宁

宗恭淑韩皇后　恭圣仁烈杨皇后　理宗谢皇后　度宗全皇后　杨淑妃

宫闱日月分，妃后暮朝闻。

一辈恩威至，夫君只雨云。

7卷二百四十四　列传第三　宗室一

魏王廷美　燕王德昭　秦王德芳（秀王子稱附）

国事一兴亡，临金半死伤。

求知和不利，以战战无王。

8卷二百四十五　列传第四　宗室二

汉王元佐　昭成太子元僖　商王元份　越王元杰　镇王元偓　楚王元偁　周王元俨　悼献太子　濮王允让

皇家一子孙，楚汉半无根。

点检军兵力，宗人几伺恩。

9卷二百四十六　列传第五　宗室三

吴王颢　益王頵　吴王似　燕王俣　楚王似　献愍太子茂　郓王楷　肃王枢　景王杞　济王栩　徐王棣　沂王　和王栻　信王榛　太子谌弟训　元懿太子旉　信王璩　庄文太子愭　魏王恺　景献太子询　镇王竑

身家一祖宗，举世半殊容。

远近王宫客，乾坤故步封。

10卷二百四十八　列传第七　公主

秦国大长公主　太祖六女　太宗七女　真宗二女　仁宗十三女　英宗四女　神宗十女　哲宗四女　徽宗三十四女　孝宗二女　光宗三女　魏惠献王一女　宁宗一女　理宗一女

兼衣宝带妆，不取任姑娘。

什地妃姬事，宫深好女藏。

11卷二百四十九　列传第八

范质子旻　兄子杲　王溥父祚　魏仁浦子咸信　孙昭亮

力学强明记悟英，同云器佐钵衣成。

登相善宰朝知政，俯视民田令制情。

12甲科

进士秘书郎，平章谏抑扬。

吉诬寻足欲，复止待倾肠。

13之二

佐命元臣一位相，廉儒好学半衷肠。

春秋慎法无离卷，自悔碑铭是备芳。

14卷二百五十　列传第九

石守信　王审琦　高怀德　韩重赟　张令铎　罗彦瓌　王彦升

人生过隙不积金，市宅田林未所荫。

儿女子孙歌舞尽，吏臣宦卒古知今。

15之二

勇者之仁不妄生，知臣坐治寻芳明。

我功谋政问左右，夺立行身御守成。

16卷二百五十一　列传第十

韩令坤　慕容延钊　符彦卿

五季权臣擅命行，三藩外镇廓军兵。

朝门将后谋夫善，士下民前始自明。

17之二

创业先身一智亲，思谋守正半人臣。

功功过过何知论，索索求求始自身。

18卷二百五十二　列传第十一

王景　王晏　郭从义　李洪信　武行德　杨承信　侯章

长亭十里历时微，客守三生问是非。

利改夫农文章在，儒心自善与民归。

19卷二百五十三　列传第十二

折德扆　冯继业　王承美　李继周　孙行友

辛勤远略一微心，首鼠获咎半不寻。

五代良由知曲阜，三江水逐悬山深。

20卷二百五十四　列传第十三

侯益　张从恩　扈彦珂　薛怀让　赵赞　李继勋　药元福　赵晁

平遥一古今，将帅半无心。

克用庄宗易，朝庭校尉音。

21卷二百五十五　列传第十四

郭崇　杨廷璋　宋偓　向拱　王彦超　张永德　王全斌　康延泽

感激思忠一应身，知谋善断半良臣。

凭时顺势王天下，夺器行明客所人。

22卷二百五十六　列传第十五

赵普

历典戎昭近用心，仁人降款远衣襟。

行功治事卿相力，树职沉谋谴古今。

23之二

闭舍观书一岭林，宏规“鲁论”半池浔。

元臣定策家相国，力尽终身治古今。

24卷二百五十七　列传第十六

吴廷祚　李崇矩　王仁赡　楚昭辅　李处耘

风云会合一江山，日月经天半地颜。

后治无私情历数，先明有见玉门关。

25卷二百五十八　列传第十七

曹彬　潘美

弗究一云端，耕耘半不寒。

三司心计重，九脉善严宽。

20之二

平居一日百虫伤，遂柄三权一客强。

素厚名情声不振，贤门树立以君祥。

27卷二百五十九　列传第十八

张美　郭守文　尹崇珂　刘廷让　袁继忠　崔彦进　张廷翰　皇甫继明　张琼

慎保封疆一地王，清河荐奏半沧桑。

人臣治主知天下，位守行身待宰相。

28卷二百六十　列传第十九

曹翰　杨信　党进　李汉琼　刘遇

李怀忠　米信　田重进　刘廷翰　崔翰

轻财好舍世人名，智勇双全将帅情。

向学无成俭约守，戎行有德国家荣。

29卷二百六十一　列传第二十

李琼　郭琼　陈承昭　李万超　白重赞

王仁镐　陈思让　焦继勋　刘重进

袁彦　祁廷训　张铎　李万全

猛悍一军成，思谋半将名。

行身队伍战，挟策济功平。

30卷二百六十二　列传第二十一

李穀　昝居润　窦贞固　李涛　王易简

赵上交　张锡　张铸　边归谠　刘温叟

刘涛　边光范　刘载　程羽

学究一时人，行官半客身。

从当容世客，立志守宁臣。

31卷二百六十三　列传第二十二

张昭　窦仪　吕余庆　刘熙古　石熙载

李穆

张昭典撰事臣君，博洽疏通向世闻。

大任言朝庭上谏，清明本性立章文。

32卷二百六十四　列传第二十三

薛居正　沈伦　卢多逊　宋琪

廪粟生民济世平，居相位显御人行。

威权震主维翰领，不事田林事枯荣。

33卷二百六十五　列传第二十四

李昉　吕蒙正　张齐贤　贾黄中

庶政臣君一治成，庭言舍语半公卿。

黄门位列终无就，逊毁相承始未明。

34卷二百六十六　列传第二十五

钱若水　苏易简　郭贽　李至　辛仲甫

王沔　温仲舒　王化基

刚严博雅事情精，好古行儒向世明。

旧德齐贤宰辅善，临私进退始知名。

35卷二百六十七　列传第二十六

张宏　赵昌言　陈恕　刘昌言　张洎

李惟清

利口之言几不明，人行犬吠主无成。

胡谋舌辩台端吏，故以恣心况复情。

36卷二百六十八　列传第二十七

柴禹锡　张逊　杨守一　赵镕　周莹

王继英　王显

留心向学一儒生，质辅经纶半不明。

昧敏身行勤不治，机情酷滥业疏成。

37卷二百六十九　列传第二十八

陶穀　扈蒙　王著　王祐子旭　孙质

杨昭俭　鱼崇谅　张澹　高锡从子冕

阙失简谏舍人名，墨职平章洽迹行。

君子有终终是吉，德冠善始始知荣。

38卷二百七十　列传第二十九

颜衎　剧可久　赵逢　苏晓　高防

冯瓒　边珝　王明　许仲宣　杨克让

段思恭　侯陟　李符魏丕　董枢

宣功颂德宋时鸣，豫代禅诏策不成。

治迹清操今古治，开封未守下南城。

39卷二百七十一　列传第三十

马令琮　杜汉徽　张廷翰　吴虔裕

蔡审廷　周广　张勋　石曦　张藏英

陆万友　解晖　李韬　王晋卿　郭廷谓

子延濬　从子廷泽　赵延进　辅超

五代之臣一宋名，三春草生半丛生。

亲英应对阴晴守，职吏谋寻顺枯荣。

40卷二百七十二　列传第三十一

杨业子延昭等　王贵附　荆罕儒从孙嗣

曹光实从子克明　张晖　司超

威勤不取冒贤功，劳绩无成业货风。

勇戒思谋杨业侠，延昭克伐宋时雄。

41之二

一业不知书，三夫胜有无。

甘谋潘美使，武勇士心余。

42之三

严明号令六郎军，共苦同甘一帝闻。

国事杨家文广后，河人望柩叹离分。

43之四

三边一战场，九虎半抑扬。

史册闻潘美，行身立宋伤。

44卷二百七十三　列传第三十二

李进卿子延渥　杨美　何继筠子承矩

李汉超子守恩　郭进牛思进附

李谦溥子允正　姚内斌　董遵海

贺惟忠　马仁瑀

边臣养士先，士谍向军前。

进退优维取，耕耘胜败田。

45卷二百七十四　列传第三十三

王赞　张保续　赵玭　卢怀忠　王继勋

丁德裕　张延通　梁迥　史珪　田钦祚

侯赟　王文宝　翟守素　王侁　刘审琼

考祥视履吉时昌，“易”畅旋元可克强。

守素行身寻节俭，官铭立业迹方扬。

46卷二百七十五　列传第三十四

刘福　安守忠　孔守正　谭延美　元达

常思德　尹继伦　薛超丁罕　赵瑫附

郭密傅思让　李斌附　田仁朗　刘谦

草野戎行一宋生，朝堂不序半唐名。

及臣自立思谋断，未属人前盗寇情。

47卷二百七十六　列传第三十五

刘保勋　滕中正　刘蟠　孔承恭　宋珰

袁廓　樊知古郭载附　臧丙　徐休复

张观　陈从信　张平子从吉　王继升子

昭远　尹宪　王宾　安忠

无修旧怨士儒风，克治行明庶切同。

列将名相天下业，知谋善断立时雄。

48卷二百七十七　列传第三十六

张鉴　姚坦　索湘　宋太初　卢之翰

郑文宝　王子舆　刘综　卞衮　许骧

裴庄　牛冕张适附　栾崇吉　袁逢吉

韩国华　何蒙　慎知礼子从吉

八政之经一国成，三军取守镇边盟。

知其货费君臣道，士第疏儒向举行。

49卷二百七十八　列传第三十七

马全义子知节　雷德骧子有终　孙孝先

曾孙简夫　王超子德用

行朝举事清，立业治家情。

“肇敏”戎公客，知兵列位成。

50卷二百七十九　列传第三十八

王继忠　傅潜张昭允附　戴兴　王汉忠

王能　张凝　魏能　陈兴　许均　张进

李重贵　呼延赞　刘用　耿全斌　周仁美

赤心杀贼一呼延，赞勇辞家故国先。

遍体纹身嘉报国，凭言胆识自由天。

51卷二百八十　列传第三十九

田绍斌　王荣　杨琼　钱守俊　徐兴

王杲　李重诲　白守素　张思钧　李琪

王延范

三边一李陵，五代半君承。

一帅辕门外，千军万马兴。

52卷二百八十一　列传第四十

吕端　毕士安曾孙仲衍　仲游　寇准

相位先居寇准平，吕端识体国家荣。

金钩须向蟠溪客，亦可渔夫亦可名。

53

平章毕士安，寇准正严宽。

嫉恶中宗告，铭相力辩官。

54寇准

临轩顾问两相冠，任可直言举正弹。

进退贤良刚嫉恶，太宗取舍以人桓。

55

吕端寇准士安相，小事糊涂大计王。

量测包荒直正使，刚言所慎信臣方。

56卷二百八十二　列传第四十一

李沆弟维　王旦　向敏中

咸治真宗一宋城，光明正大半疏荣。

知相李沆属王旦，寇准刚直有佚名。

57卷二百八十三　列传第四十二

王钦若林特附　丁谓　夏竦子安期

奸邪一世名，守治半不名。

党恶阴谋使，脏踵丑正行。

58卷二百八十四　列传第四十三

陈尧佐兄尧叟　弟尧咨　从子渐

宋庠弟祁

兵民本资货田先，费耗君臣始历年。

国厚家丰天下事，谋心积虑吏知贤。

59卷二百八十五　列传第四十四

陈执中　刘沆　冯拯子行己　伸己

贾昌朝弟昌衡　从子炎　伯祖父琰

梁适孙子美

文吏宰相权，深谋止意悬。

私心公士子，智术不移年。

60卷二百八十六　列传第四十五

鲁宗道　薛奎　王曙子益柔

蔡齐从子延庆

正色一行孤，邪佞半处途。

良时知吏便，预制所情辜。

61卷二百八十七　列传第四十六

宋湜　王嗣宗　李昌龄从子纮

赵安仁父孚　子良规　孙君锡　陈彭年

梦遇龙飞善政终，衣冠汝砺尽臣雄。

二十界外科自取，四十年中各不同。

62卷二百八十八　列传第四十七

任中正弟中师　周起　程琳　姜遵

范雍孙子奇　曾孙坦　赵稹　任布

高若讷　孙沔

行身佐国一良臣，“武后临朝”半事亲。

少所思明才器向，知兵败绩系何人。

63卷二百八十九　列传第四十八

高琼子继勋　继宣　范廷召

葛霸子怀敏

戎行武略身，守镇用书人。

所致功成坐，狄青与待臣。

64卷二百九十　列传第四十九

曹利用孙继邺附　张耆子希一等

杨崇勋　夏守恩弟守赟　子随

狄青张玉　孙节附　郭逵

承平半宋百余年，武略三公半地天。

不选东京名将尽，临安城下契丹田。

65卷二百九十一　列传第五十

吴育　宋绶子敏求　从子昌言　李若谷子淑　孙寿朋　复圭　王博文子畴　王鬷　李若谷

参知政事敏言中，若谷知行界令同。

吏治文章长典故，官长务短几人雄。

66卷二百九十二　列传第五十一

李谘　程戡　夏侯峤　盛度　丁度　张观　郑戬　明镐　王尧臣　孙抃　田况

时平治德文，战务未知君。

社稷何兴废，江山两地分。

67卷二百九十三　列传第五十二

田锡　王禹偁　张咏

政府位浮摇，非谋断治潮。

言行惟有道，进止向明桥。

68卷二百九十四　列传第五十三

掌禹锡　苏绅　王洙子钦臣　胥偃

柳植　聂冠卿　冯元　赵师民　张锡

张揆　杨安国

靡不原初克有终，操行修尔向君雄。

师民硕学儒风客，尽在明堂礼道中。

69卷二百九十五　列传第五十四

尹洙　孙甫　谢绛子景温　叶清臣

杨察

文章范仲淹，内外治官严。

贬庶辛勤治，忧人始见谦。

70卷二百九十六　列传第五十五

韩丕　师颃　张茂直　梁颢子固
杨徽之杨澈　吕文仲　王著　吕祐之
潘慎修　杜镐　查道从兄陶

附丽行朝已百年，清臣辱坐向三妍。
词章典书儒风顾，只向明堂不向田。

71卷二百九十七　列传第五十六

孔道辅子宗翰　鞠咏　刘随　曹修古
郭劝　段少连

奸人不肆正人昌，曲径难严旧径长。
谏色侃言危止诉，顺流私欲国倾亡。

72卷二百九十八　列传第五十七

彭乘　嵇颖　梅挚　司马池子旦
从子里　曾孙朴　李及　燕肃子度
孙瑛　蒋堂　刘夔　马亮　陈希亮

司直庶几肠，斥逐谏官伤。
气壮山河士，君风复柳杨。

73卷二百九十九　列传第五十八

狄棐子遵度　郎简　孙祖德　张若谷
石扬休　祖士衡　李垂　张洞　李仕衡
李溥　胡则　薛颜　许元　钟离瑾
孙冲　崔峄　田瑜　施昌言

文辞简第御朝官，累遇终鲜待事穷。
正论直言僚近负，官场剧伪奈何风。

74卷三百　列传第五十九

杨偕　王沿子鼎　杜杞　杨畋　周湛
徐的　姚仲孙　陈太素马寻　杜曾附
李虚己　张傅　俞献卿　陈从易
杨大雅

自奋于时著效生，文书过世俭浮名。
行官吏治均田律，素约晖微草木荣。

75卷三百一　列传第六十

边肃　梅询　马元方　薛田　寇瑊
杨日严　李行简　章频　陈琰　李宥
张秉　张择行　郑向　郭稹　赵贺
高觌　袁抗　徐起　张旨　齐廓　郑骧

神人口授一珠明，足迹难同半易英。
古道儒林功与客，知亲负荆弃徇荣。

76卷三百二　列传第六十一

王臻　鱼周询　贾黯　李京吴鼎臣附
吕景初马遵附　吴及　范师道　李绚
何中立　沈邈

庆历年中一日新，风流士后半文臣。
阉臣当路观天下，也负中庸也负秦。

77卷三百三　列传第六十二

张昷之　魏瓘弟琰　滕宗谅刘越附
李防　赵湘　唐肃子询　张述　黄震
胡顺之　陈贯子安石　范祥子育　田京

人臣职守敢悬身，逆忤直司诉故邻。
不以权佞天下虑，危行可止入廉亲。

78卷三百四　列传第六十三

周渭　梁鼎　范正辞子讽　刘师道
王济　方偕　曹颖叔　刘元瑜　杨告
赵及　刘湜　王彬　仲简

一艺半功名，三臣两代荣。
推知行所遇，政事不浮生。

79卷三百五　列传第六十四

杨亿弟伟　从子纮　晁迥子宗悫
刘筠　薛映

时宗气象满词文，浩博雄言半采闻。
杨亿冠鳌翰墨雄，才思敏锐著纷坛。

80卷三百六　列传第六十五

谢泌　孙何弟仅　朱台符　戚纶
张去华子师德　乐黄目　柴成务

一士作文章，千年客柳杨。
村前阡陌路，定下止行乡。

81卷三百七　列传第六十六

乔维岳王陟附　张雍　董俨　魏廷式
卢琰　宋抟　凌策　杨覃　陈世卿
李若拙子纾　陈知微

知微若拙自心清，曲治直廉吏史战。
捍守勤仁寻政绩，精祥素俭久思明。

82卷三百八　列传第六十七

上官正　卢斌　周审玉　裴济　李继宣
张旦　张煦　张佶

安言猛士四方扬，课弃危兵一寸光。
北寒边风余畚尽，南江士第宋钱塘。

83卷三百九　列传第六十八

王延德　常延信　程德玄　王延德
魏震　张质　杨允恭　秦羲　谢德权
阎日新　靳怀德

行成少老书，补短不多余。
世缺全材客，其长可用居。

84卷三百一十　列传第六十九

李迪子柬之　肃之　承之　及之　孙孝基　孝寿　孝称　王曾弟子融　张知白　杜衍

居相可职初，贬斥未迁余。
抑止三千客，行求十地书。

85卷三百一十一　列传第七十

晏殊　庞籍孙恭孙　王随　章得象
吕夷简子公绰　公弼　公孺　张士逊

临川一晏殊，词赋半江湖。
冠准知荐客，江南小丈夫。

86之二

门前范仲淹，孔道辅相廉。
彼此贤台阁，平居好自谦。

87吕夷简

忘身忧国一相名，夷简功成半世荣。
太后临朝由客理，百官图上太非平。

88之二

辅弼一儒风，仁宗半世功。
相臣知贬斥，足迹可行同。

89卷三百一十二　列传第七十一

韩琦子忠彦　曾公亮子孝宽　孝广
孝蕴　陈升之　吴充　王珪从父罕
从兄琪

深谋远虑一时翁，安石相冠半世同。

彼此难行三界事，阴晴自肆两朝空。

90卷三百一十三　列传第七十二

富弼子绍庭　文彦博

顾盼恩威世可成，行身可止势殊荣。

仁人立博番番士，退隐名形宋代倾。

91卷三百一十四　列传第七十三

范仲淹子纯祐　纯礼　纯粹　范纯仁子正平

忧人一半天，骚客两三田。

社稷多良褒，江湖几贬迁。

92之二

唐相一履冰，宋客半朝兴。

太后垂帘政，晏殊顾启弘。

93之三

内刚辅弼外和成，宋将成朝自数兵。

治世行臣忧不已，居高临下士倾名。

94之四

男儿堕月中，警悟自天同。

辅宰纯仁坐，衣裾士可佳。

95之五

纯仁性简一相身，几度三苏半客臣。

如从布衣廉俭至，定忧家国济忧民。

96之六

贤臣范仲淹，四子尽昌廉。

审制遗书器，相宽济吏严。

97卷三百一十五　列传第七十四

韩亿子综　韩绛子宗师　韩维　韩缜子宗武

燕居不惰容，宋使意恩龙。

八子朝堂客，三明历古踪。

98之二

成相世辅入韩家，八子知贤向宋华。

正府同严公使继，昭昭日月苦窗纱。

99卷三百一十六　列传第七十五

包拯　吴奎　赵抃子岘　唐介子淑问　义问　孙恕

希人进士庶朝衙，一砚旧乡岁不华。

明禁正刑严律厉，人呼待制老包家。

100之二

恶吏形行苛刻官，牵牛典律济民宽。

人心尽颂黄河水，不苟私和自天冠。

101之三

开封府上政严明，忠厚仁人济世行。

民善刚直臣苛刻，黄河水逐济时清。

102卷三百一十七　列传第七十六

邵亢从父必　冯京　钱惟演从弟易　易子彦远　明逸　诸孙景谌　勰　即

三人科举两相名，九鼎行书半就成。

第一状元天下客，书生可见读书荣。

103之二

书生第一名，治政历三生。

科举相执映，仁人习者倾。

104卷三百一十八　列传第七十七

张方平　王拱辰　张昇　赵概　胡宿子宗炎　从子宗愈　宗回

磊落治良臣，行明济世人。

和平人不怨，雅量属官身。

105卷三百一十九　列传第七十八

欧阳修子发　棐　刘敞弟攽　子奉世　曾巩弟肇

南宫第一甲科成，画地文章敏悟情。

天下欧阳修治客，人中书令墨翰名。

106朋党论

君同一道生，小利半人情。

立政寻朋友，修朝却党名。

107之二

高风亮节工，谢事义宽同。

待侧鸣蝉赋，刚则晚醉翁。

108之三

好学雄文致考名，疏功古业侍邻成。

袁盎所笑“三刘”向，肇以儒风两汉英。

109卷三百二十　列传第七十九

蔡襄　吕溱　王素从子靖　从孙震　余靖　彭思永　张存

“四贤一不谴肖诗”，外使幽州馆上知。

唯范仲淹余尹贬，欧阳修谏治忧时。

注：蔡襄，字君谟，兴化仙游人。举进士，为西京留守推官、馆阁校勘。范仲淹以言事去国，余靖论救之，尹洙请与同贬，欧阳修移书责司谏高若讷，由是三人者皆坐谴。襄作《四贤一不肖诗》，都人士争相传写，鬻书者市之，得厚利。契丹使适至，买以归，张于幽州馆。

110之二

二书一蔡襄，京蔡冈郡扬。

名节尽时晚，诗风俱颂疆。

111

昭陵御史著贤臣，数论襄精治体民。

王素安也余靖黜，衣冠不见主燕宾。

112卷三百二十一　列传第八十

郑獬　陈襄　钱公辅　孙洙　丰稷　吕诲　刘述　刘琦　郑侠

工朝读史明，治策束安生。

行止文章事，君臣彼此荣。

113卷三百二十二　列传第八十一

何郯　吴中复从孙择仁　陈荐　王猎　孙思恭　周孟阳　齐恢　杨绘　刘庠　朱京

贤良御史城，律典以人生。

天下阴晴雨，人中诉所鸣。

114卷三百二十三　列传第八十二

蔚昭敏　高化　周美　阎守恭　孟元
刘谦　赵振　张忠　范恪　马怀德
安俊　向宝

边几数战功，内御问东宫。
阅武知兵马，行文士可雄。

115卷三百二十四　列传第八十三

石普　张孜　许怀德　李允则　张亢兄奎　刘文质子涣　沪　赵滋

文攻武卫一中庸，将战相和半俯容。
方略余谋章涣宋，儒材义勇身修成。

116卷三百二十五　列传第八十四

刘平弟兼济　郭遵附　任福王珪　武英
桑怿　耿傅　王仲宝附

夷人惩败成，扰客数精英。
吏职忠直守，台相谏不生。

117卷三百二十六　列传第八十五

景泰　王信　蒋偕　张忠　郭恩　张岊
张君平　史方　卢鉴　李渭　王果　郭谘　田敏　侍其曙康德舆　张昭远

智巧材谋一利功，方成御寇半殊同。
严军散治民心古，肆报怀柔与鲜风。

118卷三百二十七　列传第八十六

王安石子雱　唐垧附　王安礼　王安国

过目无忘好读书，行云落笔意殊余。
高奇议论难言客，当国中朝辅政虚。

119之二

辅政治青苗，行商自不消。
农夫平来过，枯土以无遥。

120之三

中书门下事平章，附丽韩琦社稷堂。
苏轼行臣安石恶，政平安国早卒伤。

121之四

兄弟未央宫，三王志所同。
身身行所杜，录录致儒风。

122卷三百二十八　列传第八十七

李清臣　安焘　张璪　蒲宗孟　黄履
蔡挺兄抗　王韶子厚　寀　薛向子嗣昌　章楶

奋特复河湟，平灵夏不昌。
非材无不取，趣厉举何扬。

123卷三百二十九　列传第八十八

常秩　邓绾子洵武　李定　舒亶
蹇周辅子序辰　徐铎　王广渊弟临
王陶　王子韶　何正臣　陈绎

窃取功名士取扬，布衣义节儒风长。
屏居里巷集贤院，循吏直臣几不伤。

124卷三百三十　列传第八十九

任颛　李参　郭申锡　傅求　张景宪
窦卞　张瓌　孙瑜　许遵　卢士宗
钱象先　韩天　杜纯弟纮杜常　谢麟
王宗望　王吉甫

龙图阁上名，惠政士中生。
赐第同学身，儒冠志所情。

125卷三百三十一　列传第九十

孙长卿　周沆　李中师　罗拯
马仲甫　王居卿　孙构　张诜　苏寀
马从先　沈遘弟辽　从弟括　李大临
吕夏卿　祖无择　程师孟　张问陈舜俞
乐京　刘蒙附　苗时中　韩贽　楚建中
张颉　卢革子秉

宋室故人才，秦唐旧吏开。
儒风文士举，谁语契丹来。

126卷三百三十二　列传第九十一

滕元发　李师中　陆诜子师闵　赵卨
孙路　游师雄　穆衍

君无党派小人生，草木绸身附蔓荣。
主济难从客殆始，山深石怪厉虫鸣。

127卷三百三十三　列传第九十二

杨佐　李兑从弟先　沈立　张掞　张焘
俞充　刘瑾　阎询　葛宫　张田　荣諲
李载　姚涣　朱景子光庭　李琮
朱寿隆　卢士宏　单煦　杨仲元
余良肱　潘夙

斯官一善成，佐制半平生。
循吏知民士，明君客主荣。

128卷三百三十四　列传第九十三

徐禧李稷附　高永能　沈起　刘彝
熊本　萧注　陶弼　林广

深仁厚泽煦生民，息事宁人义礼申。
废旅安边何厌战，军兵致耻武文身。

129卷三百三十五　列传第九十四

种世衡子古　谔　谊　孙朴　师道
师中

山西世将臣，阉宦乱边亲。
至计行军旅，封疆孰守人。

130卷三百三十六　列传第九十五

司马光子康　吕公著子希哲　希纯

"通志"治神宗，天章鉴子龙。
官新安石法，位禄损殊容。

131吕公著，字晦叔，幼嗜学，至忘寝食。父夷简器异之，曰："他日必为公辅。"英宗亲政，加龙图阁直学士。

平章军国事司空，父子承相礼士风。

鼎立朝廷安石恶，行心御驾客殊崇。

132卷三百三十七　列传第九十六

范镇从子百禄　从孙祖禹　范镇　司马光

景仁君实两相臣，论谏齐民半自由。
治道平生邪正砥，光明易白底蕴人。

133卷三百三十八　列传第九十七

苏轼子过

“范滂”母声简，“春秋”义礼分。
欧阳修得论，头地世人文。

134之二

韩琦大器亲，行止有文绅。
入判登闻鼓，青苗法不均。

135之三

雄文百代一天章，浑体三光半海洋。
“外制”陶诗“明赤壁”，东坡奏议辅王相。

136卷三百三十九　列传第九十八

苏辙族孙元老

兄弟同登进士科，仁宗制举启先河。
平居静虑朝王策，刘晏青苗待敛禾。

137之二

论事精良确不分，修辞简厉务无闻。
青苗苏轼难兄弟，安石卿相一股文。

138卷三百四十　列传第九十九

吕大防兄大忠　弟大钧　大临　刘挚　苏颂

宋代大家臣，翰林学士伦。
至心独运赋，诘错北朝人。

139之二

垂帘取相臣，德量骨三人。
造物行迁客，高年颂独身。

140卷三百四十一　列传第一百

王存　孙固　赵瞻　傅尧俞

身名不保文，安石未衣裙。
邪正分元佑，君臣几不分。

141卷三百四十二　列传第一百一

梁焘　王岩叟　郑雍　孙永

巧取奸言正论听，植桃种李贤知铭。
翰林荐士名工进，辅政安民见渭泾。

142卷三百四十三　列传第一百二

元绛　许将　邓润甫　林希弟旦　蒋之奇　陆佃　吴居厚　温益

朋党难分一士人，吏官循守半民身。
谏言治论分明见，元佑空城谁系纯。

143之二

知名素守异臣从，安石文心政不容。
视利改图居厚录，欧阳司马墓何踪。

144卷三百四十四　列传第一百三

孙觉弟览　李常　孔文仲弟武仲　平仲　李周　鲜于侁　顾临　李之纯从弟之仪　王觌子俊义　马默

一相安石一相分，半壁朝廷半壁文。
有智青苗新法论，无根侥幸党朋君。

145卷三百四十五　列传第一百四

刘安世　邹浩田昼　王回　曾诞附　陈瓘　任伯雨

同文馆狱名，母白廷臣英。
乞灭三言客，殊谗一蔡京。

146卷三百四十六　列传第一百五

陈次升　陈师锡　彭汝砺弟汝霖　汝方　吕陶　张庭坚　龚夬　孙谔　陈轩　江公望　陈祐　常安民

“字说”一丞相，仁秦半地方。
推行新法政，锁解士难扬。

147之二

群奸致事一言堂，诲斥忠直半虎猖。
靖祸康俘危辱至，小人得志自扬长。

148卷三百四十七　列传第一百六

孙鼛　吴时　李□吴师礼　王汉之弟涣之　黄廉　朱服　张舜民　盛陶　章衡　颜复　孙升韩川　龚鼎臣　郑穆　席旦　乔执中

当道奸臣拂附分，忠耿循吏几听闻。
蔡京蔡卞王章肆，大宋江山不将军。

149之二

人才挤扎自相残，克主儒风下杏坛。
启衅行言思不厚，其然掩盖复官冠。

150卷三百四十八　列传第一百七

傅楫　沈畸萧服附　徐勣　张汝明　黄葆光　石公弼张克公附　毛注　洪彦升　钟傅　陶节夫　毛渐　王祖道　张庄　赵遹

边人肝脑蔡京功，敢闯张庄徒宋空。
不毛饰文燕朔去，竭池祸败本无雄。

151卷三百四十九　列传第一百八

郝质　贾逵　窦舜卿　刘昌祚　卢政　燕达　姚兕弟麟　子雄　杨燧　刘舜卿　宋守约子球

守约直忠一将名，拥旌少警半边城。
承平遣世千云去，临终以寿子女荣。

152卷三百五十　列传第一百九

苗授子履　王君万子赡　张守约　王文郁　周永清　刘绍能　王光祖　李浩　和斌子诜　刘仲武　曲珍刘阒　郭成　贾岩　张整　张蕴　王恩　杨应询　赵隆

安得雄英守四方，思谋猛将向三湟。
边疆好义成民举，俭守严明制柳杨。

153卷三百五十一　列传第一百一十

赵挺之　张商英兄唐英　刘正夫
何执中　郑居中　张康国　朱谔　刘逵
林摅　管师仁　侯蒙
循吏清官半位禅，小人君子一倾拳。
庙堂庶野知忧顾，邪正相分始保铨。

154卷三百五十二　列传第一百一十一

唐恪　李邦彦　余深　薛昂　吴敏
王安中　王襄　赵野　曹辅　耿南仲王
巧术网罗党锢亲，公卿台阁掩无珍。
图私利录时观废，不见县民否自身。

155卷三百五十三　列传第一百一十二

孙傅　陈过庭　张叔夜　聂昌　张阁
张近　郑仅　宇文昌龄子常　许几
程之邵　龚原　崔公度　蒲卣
不逮尺非含，无观寸不覃。
康王兵马使，秦桧北边贪。

156卷三百五十四　列传第一百一十三

沈铢弟锡　路昌衡　谢文瓘　陆蕴
黄寔　姚祐　楼异　沈积中　李伯宗
汪澥　何常　叶祖洽　时彦　霍端友
蔡薿
名臣雅厚亮忠生，岁制文章意不平。
奉迎疏书元祐免，新法消威高第行。

157卷三百五十五　列传第一百一十四

贾易　董敦逸　上官均　来之邵　叶涛
杨畏　崔台符　杨汲　吕嘉问　李南公
董必　虞策弟奕　郭知章
孰谓刚直几品名，深谋智虑半荣成。
忠功武勇文章事，朝野人间庶士行。

158卷三百五十六　列传第一百一十五

刘拯　钱遹石豫　左肤附　许敦仁
吴执中　吴材　刘昺　宋乔年子昇
强渊明　蔡居厚　刘嗣明　蒋静
贾伟节　崔鶠　张根弟朴　任谅　周常
君暗政闻空，臣私士气风。
徽宗荒治事，切弊满西东。

159卷三百五十七　列传第一百一十六

何灌　李熙靖　王云　谭世勣　梅执礼
程振　刘延庆
金师遂自叩京城，何灌河东一箭名。
射石契丹萧矍拜，宋成迎溃宋无成。

160卷三百五十八　列传第一百一十七

李纲上
御笔忤权倾国制，朝廷避敌事无成。
靖康之变举臣惊，外患后忧盗贼行。

161

临难死节一邦昌，僭逆臣风半议亡。
议守公卿相位举，忠辞奸政纪中堂。

162卷三百五十九　列传第一百一十八

李纲下
朝朝野野忧天下，国国家家正义昌。
战战和和半论堂，成成败败一兴亡。

163之二

智谋深虑一文成，武勇兵民半国盟。
自古兴亡臣几显，一王一主一王城。

164之三

辅弼人材改士风，天威政治同心忠。
兴衰成败凭元首，日力公明务事同。

165之四

平生七十日相居，力挽三军尽宋余。
不用精谋多贬斥，邪臣秦桧位如初。

166卷三百六十　列传第一百一十九

宗泽　赵鼎
巨寇河东百万兵，汝霖一骑半天成。
朝廷患侵危难国，伪善功名自立荣。

167之一

正正邪邪一位居，和和战战半相疏。
南南北北江山客，宋宋金金地理书。

168之二

刑奇一岳飞，统制半金归。
复卵明臣宋，倾巢不是非。

169之三

威声日著北方名，泽奏生闻肆金城。
雪耻女真王子泣，三呼昼悔“过河”行。

168、之四

赵鼎一相贤，中兴半地天。
山河秦桧妒，气作两朝田。

170卷三百六十一　列传第一百二十

张浚子构
儒人一国家，正气半臣华。
众志成城在，生平向正邪。

171之二

容君不切不容臣，否正直言否正身。
不辩是非非曲至，忠名其毁逆行人。

172卷三百六十二　列传第一百二十一

朱胜非　吕颐浩　范宗尹　范致虚
吕好问
李纲赵鼎可贤闻，冰炭春秋孰谓分。
识缪是非何是处，寡谋轻断逆臣君。

173卷三百六十三　列传第一百二十二

李光子孟传　许翰　许景衡　张悫
张所　陈禾　蒋猷
何闻溺水人，所见致文臣。

雪耻朝宗客，行安治乱尘。

174卷三百六十四　列传第一百二十三

韩世忠子彦直

风骨良臣伟岸英，世忠武勇智谋成。

三公捍御平方腊，议复燕山妇谷名。

175之二

嗜义轻才一正身，同甘共苦半将民。

朝服御赐蝉冠及，秦桧中堂恨自因。

176卷三百六十五　列传第一百二十四

岳飞子云

一文一武一齐全，仁士仁心半器圆。

智举谋施天下事，奸臣当道始无怜。

177之二

精忠报国岳飞名，捷战金人势不成。

兀术深知神武智，方图素志主和横。

178莫须有

一邪有事莫须名，不见黄河举世清。

养子岳飞随战尽，世忠诣桧几秦城。

179卷三百六十六　列传第一百二十五

刘锜　吴玠　吴璘子挺

一箭宋平生，三军士善名。

出奇多制胜，武略自难成。

180卷三百六十七　列传第一百二十六

李显忠　杨存中　郭浩　杨政

一金一宋半临安，争战求和两不宽。

正正邪邪今古论，岳飞秦桧世人叹。

181之二

恶世奇名举世寒，立身君子小人冠。

文谋武略何时务，一寸江山一寸残。

182卷三百六十八　列传第一百二十七

王德　王彦　魏胜　张宪　杨再兴　牛皋　胡闳休

三军一寸官，九殿两班残。

天子非君子，临安问世寒。

183卷三百六十九　列传第一百二十八

张俊从子子盖　张宗颜　刘光世　王渊　解元　曲端

一宋半飞名，三军两将生。

十朝天子过，百战士民情。

184之三

一宋制奇冤，三边庶苛蕃。

群臣和议仗，诸将战无言。

185卷三百七十　列传第一百二十九

王友直　李宝　成闵　赵密　刘子羽　吕祉　胡世将　郑刚中

材谋善武志难成，宋子偏安败世名。

君子小人分不是，江南草木只相荣。

186卷三百七十一　列传第一百三十

白时中　徐处仁　冯澥　王伦　宇文虚中　汤思退

正途不正士斜生，节志难成毁誉名。

飞将行身须有过，奸臣当道宋家城。

187卷三百七十二　列传第一百三十一

朱倬　王纶　尹穑　王之望　徐俯　沈与求　翟汝文　王庶　辛炳

秦桧私心晚荐人，力图正客保求身。

亲和割地何相辅，挤济临安士不臣。

188卷三百七十三　列传第一百三十二

朱弁　郑望之　张邵　洪皓子适　遵　迈

一士任君成，三边战胜生。

使金知虎口，立世自知名。

189卷三百七十四　列传第一百三十三

张九成　胡铨　廖刚　李迨　赵开

奸邪阻道行，秦桧辅官城。

国柄和亲易，人臣宋计更。

190卷三百七十五　列传第一百三十四

邓肃　李邴　滕康　张守　富直柔　冯康国

正色自无言，危襟儿祝轩。

奸臣当道守，君子论何垣？

191卷三百七十六　列传第一百三十五

常同　张致远　薛徽言　陈渊　魏矼　潘良贵　吕本中

以邪面主朝风误，论政权谋霸道行。

不有君仁国去英，其何能国辅无成。

192卷三百七十七　列传第一百三十六

向子諲　陈规　季陵　卢知原弟法原　陈桷　李璆　李朴　王庠　王衣

天下一阴晴，人间半枯荣。

奸相秦桧制，士子可何行。

193

克饬陈节一文臣，镇守留声半自亲。

度势审时由政惠，权威两处两清民。

194卷三百七十八　列传第一百三十七

卫肤敏　刘珏　胡舜陟　沈晦　刘一止　弟宁止　胡交修　綦崇礼

战乱济时生，和亲士不荣。

江南家国在，谁问北边情。

195卷三百七十九　列传第一百三十八

章谊　韩肖胄　陈公辅　张　胡松年
曹勋　李稙　韩公裔
一士半时求，三边两使忧。
知人知自己，向国向家修。

196卷三百八十　列传第一百三十九

何铸　王次翁　范同　杨愿　楼炤
勾龙如渊　薛弼　罗汝楫子愿附　萧振
但求秦桧其时乐，何以儒风一半尘。
斥逐忠良附丽人，随声取录寄官身。

197卷三百八十一　列传第一百四十

范如圭　吴表臣　王居正　晏敦复
黄龟年　程瑀　张阐　洪拟　赵逵
松柏岁寒凋，仁人自主桥。
立身行正节，守纪素云霄。

198卷三百八十三　列传第一百四十二

陈俊卿　虞允文　辛次膺
甘心屈已守临安，论列连章士各寒。
忧国身谋终是客，亡君风节桧私残。

199卷三百八十四　列传第一百四十三

陈康伯　梁克家　汪澈　叶义问　蒋芾
叶颙　叶衡
才优识远一谋臣，论事行忠半客身。
劣桧明直敢正处，无私不畏循清真。

200卷三百八十五　列传第一百四十四

葛邲　钱端礼　魏杞　周葵　施师点
萧燧　龚茂良
并非秦桧正邪分，立本行身进退君。
褒贬江湖多义士，忠言逆耳不无闻。

201卷三百八十六　列传第一百四十五

刘珙　王蔺　黄祖舜　王大宝　金安节
王刚中　李彦颖　范成大
刚肠疾恶一衷人，素守公私半治身。
仗义临金如石立，凭心苛及破红尘。

202卷三百八十七　列传第一百四十六

黄洽　汪应辰　王十朋　吴芾　陈良翰
杜莘老
学术精醇治业成，虞衡桂海石湖情。
不欺自勉文章力，美玉无瑕士庶生。

203卷三百八十八　列传第一百四十七

周执羔　王希吕　陈良祐　李浩　陈橐
胡沂　唐文若　李焘
直言不隐一心成，雅度临情半治行。
拾掇长篇鲜野史，清风苦节自其名。

204卷三百八十九　列传第一百四十八

尤袤　谢谔　颜师鲁　袁枢　李椿
刘仪凤　张孝祥
君心自正立贤臣，台阁仁风远小人。
谏讨公私朋党外，行官勉吏主相民。

205卷三百九十　列传第一百四十九

李衡　王自中　家愿　张纲　张大经
蔡洸　莫濛　周淙　刘章　沈作宾
进退自如闻，方圆上下分。
心中君子在，天下步青云。

206卷三百九十一　列传第一百五十

周必大　留正　胡晋臣
一宋半言和，三堂一九歌。
家亡知国破，言断问人何？

207卷三百九十二　列传第一百五十一

赵汝愚子崇宪
何以问周公，临安宋世穷。
求和和不至，废战战心空。

208卷三百九十三　列传第一百五十二

彭龟年　黄裳　罗点　黄度周南附
林大中　陈骙　黄黼　詹体仁
割地求和一隅安，亡君主败半朝残。
奸臣什道行私客，污吏无言正事端。

209之二

青天白日隶清明，素性忧民俭约生。
本位忠廉官本事，封驳不虑数言行。

210卷三百九十四　列传第一百五十三

胡纮　何澹　林栗　高文虎　陈自强
郑丙　京镗　谢深甫　许及之　梁汝嘉
守正一心衷，私篇半世穷。
成人何进退，治事客求荣。

211卷三百九十五　列传第一百五十四

楼钥　李大性　任希夷　徐应龙　庄夏
王阮　王质　陆游　方信孺　王柟
山阴一务观，十二半诗坛。
考名秦桧上，第一处官寒。

212之二

朝外御文边，厅荐冠名主。
第一明年礼部荣，所著风和雨。
秦桧次孙埙，所谓非人妒。
自此长生不墨情，只有方圆故。

213卷三百九十六　列传第一百五十五

史浩　王淮　赵雄　权邦彦　程松
陈谦　张岩
心平气静一相谋，循吏清臣半力孤。
武力文功基础坐，当朝辅政宋家无。

214卷三百九十七　列传第一百五十六

徐谊　吴猎　项安世　薛叔似　刘甲　杨辅　刘光祖

官绅不正名，禄利自权倾。

断决心私欲，临言举各荣。

215卷三百九十八　列传第一百五十七

余端礼　李璧　丘崈　倪思　宇文绍节　李蘩

邪攻半位倾，正斥一人名。

本士原相暗，儒林始不成。

216卷三百九十九　列传第一百五十八

郑戬王庭秀附　仇悆　高登　娄寅亮　宋汝为

正色当朝一士光，王臣足道妆迁年。

登闻鼓院忠嘉誉，宋事金人两不全。

217卷四百　列传第一百五十九

王信　汪大猷　袁燮　吴柔胜　游仲鸿　李祥　王介　宋德之　杨大全

文人政事通，论占负薪同。

太学临安府，声闻宋故终。

218卷四百一　列传第一百六十

辛弃疾　何异　刘宰　刘爚　柴中行　李孟传

齐人字幼安，辛党坎离垣。

决意南归雁，词文以义端。

219之二

人生一力田，治事九歌先。

克己稼轩集，门生致熹全。

220卷四百二　列传第一百六十一

陈敏　张诏　毕再遇　安丙　杨巨源　李好义

谋攻善宋两兵行，骑射军书一纵横。

识体知时通悟性，抑扬适度可人生。

221卷四百三　列传第一百六十二

赵方　贾涉　扈再兴　孟宗政　张威

江南不用兵，塞北苛行成。

善武孙吴子，兴亡胜将名。

222卷四百四　列传第一百六十三

汪若海　张运　柳约　李舜臣　孙逢吉　章颖　商飞卿　刘颖　徐邦宪

二帝一麟书，三军半不疏。

康王神器久，若海可悲余。

223卷四百五　列传第一百六十四

李宗勉　袁甫　刘黻　王居安

自立权臣柄国风，非邪正是直相同。

除奸扫荡群臣举，扶宋安邦事制工。

224卷四百六　列传第一百六十五

崔与之　洪咨夔　许奕　陈居仁　刘汉弼

循吏精心治事端，居仁礼教自寻寒。

安民信守明直守，布政宣和应物观。

225卷四百七　列传第一百六十六

杜范　杨简钱时附　张虙　吕午子沆

处下见公卿，行中问弟兄。

登相知辅政，立世徒何名。

226卷四百八　列传第一百六十七

吴昌裔　汪纲　陈宓　王霆

天下制勤官，人中向桂冠。

知文兵所理，不似在云端。

227之二

儒人自著书，论语鉴当初。

朱墨阴阳故，春秋彼此余。

228卷四百九　列传第一百六十八

高定子　高斯得　张忠恕　唐璘

一论半千秋，三江两九流。

人间分内外，世上所由求。

229卷四百一十　列传第一百六十九

娄机　沈焕舒璘附　曹彦约　范应铃　徐经孙

逝者以何留，来时泼水由。

君臣兵不取，审势度春秋。

230卷四百一十一　列传第一百七十

蒋重珍　牟子才　朱貔孙　欧阳守道

树立一当时，行名半不知。

何知天地上，认可半居辞。

231卷四百一十二　列传第一百七十一

孟珙　杜杲子庶　王登　杨掞　张惟孝　陈咸

治乱可功名，行朝未苛成。

黄袍加冕宋，举世待何名。

232卷四百一十三　列传第一百七十二

赵汝谈　赵汝谠　赵希馆　赵彦呐　赵善湘　赵与懽　赵必愿

术业治于身，书诗问所人。

中庸约说语，易老补天珍。

233卷四百一十四　列传第一百七十三

史弥远　郑清之　史嵩之　董槐　叶梦鼎　马廷鸾

士美一亲疏，冠成半不余。

官行课税赋，谁事庶人居。

234卷四百一十五　列传第一百七十四

傅伯成　葛洪　曾三复　黄畴若　袁韶

危稹　程公许　罗必元　王遂

守正不阿色厉明，超竟之心数精英。

忧从政治相公著，循吏修章宋可成。

235卷四百一十六　列传第一百七十五

吴渊　余玠　汪立信　向士璧　胡颖

冷应澂　曹叔远从子豳　王万　马光祖

人优一短长，国器半天光。

苦志行民纪，安边酷累祥。

236卷四百一十七　列传第一百七十六

乔行简　范钟　游似　赵葵兄范

谢方叔

似道贾私臣，求荣不见亲。

营营天子客，岁岁自家人。

237卷四百一十八　列传第一百七十七

吴潜　程元凤　江万里　王爚　章鉴

陈宜中　文天祥

利钝客其心，从容问古今。

文天祥领海，视死如归临。

238文天祥

孔仁孟义一臣身，宋尽元兴半故人。

视死当归无愧色，人生自古笑红尘。

239卷四百一十九　列传第一百七十八

宣缯　薛极　陈贵谊　曾从龙　郑性之

李鸣复　邹应龙　余天锡　许应龙

林略　徐荣叟　别之杰　刘伯正　金渊

李性传　陈韡崔福附

不同贤否一相名，宋去元来半古城。

执政何兴天下事，铭心刻骨治民英。

240卷四百二十　列传第一百七十九

王伯大　郑寀　应繇　徐清叟　李曾伯

王埜　蔡抗　张磻　马天骥　朱熠

饶虎臣　戴庆炣　皮龙荣　沈炎

半壁河山半壁春，一江流水一江津。

元兴宋毁凭时论，成败强柔应自珍。

241卷四百二十一　列传第一百八十

杨栋　姚希得　包恢　常挺　陈宗礼

常楙　家铉翁　李庭芝

光明正大人，毁誉枯荣秦。

进退何成败，桑麻励苦民。

242卷四百二十二　列传第一百八十一

林勋　刘才邵　许忻　应孟明　曾三聘

徐侨　度正　程珌　牛大年　陈仲微

梁成大　李知孝

权奸“本政书”，井地帝王居。

至用何忠悬，飞鹰吠犬疏。

243卷四百二十三　列传第一百八十二

吴泳　徐范　李韶　王迈　史弥巩

陈埙子蒙　赵　李大同　黄　杨大异

直言正色亡，宋尽以元昌。

寡助寒臣远，知贤善政扬。

244卷四百二十四　列传第一百八十三

陆持之　徐鹿卿　赵逢龙　赵汝腾

孙梦观　洪天锡　黄师雍　徐元杰

孙子秀　李伯玉

悉心向政清，知故待元横。

顺势求田理，临危济世情。

245卷四百二十五　列传第一百八十四

刘应龙　潘昉　洪芹　赵景纬　冯去非

徐霖　徐宗仁　危昭德　陈垲　杨文仲

谢枋得

进谈敬天图，声明汉地苏。

乱时知民苦，治事问中枢。

246卷四百二十六　列传第一百八十五　循吏

陈靖　张纶　邵晔　崔立　鲁有开

张逸　吴遵路　赵尚宽　高赋　程师孟

韩晋卿　叶康直

循吏当朝十二人，躬身政事万千珍。

九州界力严管考，三百年中士庶秦。

绝异思谋行礼道，致心简策利生民。

典刑守正修官制，以尽平生胜治臣。

247

行臣苛古今，立政守民心。

典律朝廷序，声明治论寻。

248卷四百二十七　列传第一百八十六　道学一

周敦颐　程颢　程颐　张载弟戬　邵雍

“太极”“通书”理五行，

“西铭”“大学”道半倾。

“中庸”“语”“孟”朱门启，

六艺源流博约生。

249

动静一阴阳，精凝半柔刚。

“通书”仁义礼，“易论”可兴亡。

250二程

天地一朝坤，阴阳半子孙。

“六经”“西铭”著，“正蒙”洗元根。

251卷四百二十八　列传第一百八十七　道学二　程氏门人

刘绚　李吁　谢良佐　游酢　张绎

苏昞　尹焞　杨时　罗从彦　李侗

河洛半门人，春秋一立身。

行端仁所学，论道始知伦。

252卷四百二十九　列传第一百八十八　道学三

朱熹　张栻

立朝四十日方明，九考经年外任轻。

尺步文儒图轨典，“正心”“诚意”士闻名。

253卷四百三十　列传第一百八十九　道学四　朱氏门人

黄榦　李燔　张洽　陈淳　李方子　黄灏

党禁抑书生，文儒始自明。

门人多少客，学子坐其名。

254卷四百三十一　列传第一百九十　儒林

聂崇义　邢昺　孙奭　王昭素　孔维

孔宜　崔颂子　尹拙　田敏　辛文悦

李觉　崔颐正弟偓佺　李之才

自古一儒林，如今半济琛。

读书仁义礼，智信道甘霖。

255卷四百三十二　列传第一百九十一　儒林二

胡旦　贾同　刘颜　高弁　孙复　石介

胡瑗　刘羲叟　李觏　何涉　王回弟向

周尧卿　王当　陈旸

典律重儒风，仁人可大同。

百官兴国辅，循吏治时工。

256卷四百三十三　列传第一百九十二　儒林三

邵伯温　喻樗　洪兴祖　高闶　程大昌

林之奇　林光朝　杨万里

“易老通言”论“孟”闻，

“春秋”“周礼说”无分。

“辩诬”“雍录”“诗书”客，

辅首儒林十地文。

257卷四百三十四　列传第一百九十三　儒林四

刘子翚　吕祖谦　蔡元定子沉　陆九龄

兄九韶　陆九渊　薛季宣　陈傅良

叶适　戴溪　蔡幼学　杨泰之

儒生自视心，捉肘见衣襟。

十岁寒窗苦，诗书满古今。

258之二

幼学行之苦作书，梭山州郡论殊疏。

龙图阁制中枢密，故事文才帝子居。

259卷四百三十五　列传第一百九十四　儒林五

范冲　朱震　胡安国子寅　宏　宁

殊余雅士多，自古论书河。

不尽才嘉客，行臣讼九歌。

260卷四百三十六　列传第一百九十五　儒林六

陈亮　郑樵林霆附　李道传

励勉一春秋，儒林半九流。

仁臣清气在，“酌古论”时忧。

261卷四百三十七　列传第一百九十六　儒林七

程迥　刘清之　真德秀　魏了翁　廖德明

儒林苦读书，贫贱士多余。

日月耕耘客，桑麻可自居。

262卷四百三十八　列传第一百九十七　儒林八

汤汉　何基　王柏　徐梦莘弟得之

从子天麟附　李心传　叶味道　王应麟

黄震

“九经要义”鹤山铭，“通鉴”“春秋”“论”

渭泾。励胆朝中官场客，行名人上士中庭。

263卷四百三十九　列传第一百九十八　文苑一

宋白　梁周翰　朱昂　赵邻几何承裕附

郑起　郭昱　马应　和岘弟蒙附　冯吉

宋帝端儒六艺亲，臣相好学半金身。

欧阳苏轼王安石，曾巩倡文半古珍。

264卷四百四十　列传第一百九十九　文苑二

高頔　李度　韩溥　鞠常　宋准　柳开

夏侯嘉正　罗处约　安德裕　钱熙

诗词歌赋四文深，书画琴棋半古今。

丘泽山河生草木，阴晴日月入人心。

265卷四百四十一　列传第二百　文苑三

陈充　吴淑舒雅　黄夷简卢稹　谢炎

许洞附　徐铉　句中正　曾致尧　刁衎

姚铉　李建中　洪湛　路振　崔遵度

陈越

“善恶无余论”若虚，贤良正守未知锄。

曲声歌赋传情雅，酒后文章事裙裾。

266卷四百四十二　列传第二百一　文苑四

穆修　石延年刘潜附　萧贯　苏舜钦

尹源　黄亢　黄鉴　杨蟠　颜太初

郭忠恕

文人一反一，士客半春蚕。

天下闻风雨，寒食乞火谙。

267卷四百四十三　列传第二百二　文苑五

梅尧臣　江休复　苏洵　章望之　王逢

孙唐卿黄庠　杨寘附　唐庚史兄伯虎附

文同　杨杰贺铸　刘泾鲍由　黄伯思

“毛诗小传”情，“心术”几苏卿。

“远虑”权机处，民人几将兵。

268卷四百四十四　列传第二百三　文苑六

黄庭坚　晁补之弟咏之　秦观　张耒

陈师道　李廌　刘恕　王无咎　蔡肇

李格非　吕南公　郭祥正　米芾　刘诜

倪涛　李公麟　周邦彦　朱长文　刘弇

黄庭坚

一日已千年，三生问万仙。

文章书法至，“实录”宋修禅。

269之二

秦观守少游，进上木中留。

安石言诗客，黄楼已入秋。

270卷四百四十五　列传第二百四　文苑七

陈与义　汪藻　叶梦得　程俱　张嵲

韩驹　朱敦儒　葛胜仲　熊克　张即之

赵蕃附

诗词醉酒生，书画竟豪情。

日月三音起，江河九域成。

271卷四百四十六　列传第二百五　忠义一

康保裔　马遂　董元亨　曹觐孔宗旦　赵师旦　苏缄　秦传序　詹良臣江仲明　李若水　刘韐　傅察　杨震父宗闵　张克戬　张确　朱昭　史抗　孙益

人间一丈夫，天下半良图。
俱是江湖客，何言不玉奴。

272卷四百四十七　列传第二百六　忠义二

霍安国　李涓　李邈刘翊　徐揆　陈遘　赵不试　赵令　唐重郭忠孝　程迪　徐徽言　向子韶　杨邦乂

光明一浩然，故事半经天。
徒谓人生短，还闻士可全。

273卷四百四十八　列传第二百七　忠义三

曾恵弟悟　刘汲　郑骧　吕由诚　郭永　韩浩朱庭杰　王允功　王荐　周中　周辛附　欧阳珣　张忠辅　李彦仙邵云　吕圆登　宋炎附　赵立王复　郑褒附　王忠植　唐琦　李震　陈求道

只作御朝臣，难全进退身。
立当天地上，行止丈夫人。

274卷四百四十九　列传第二百八　忠义四

崔纵吴安国附　林冲之子郁　从子震　霆附　滕茂实　魏行可郭元迈附　阎进　朱勔附　赵师檟　易青　胡斌　范旺　马俊　杨震仲史次秦　郭靖附　高稼　曹友闻　陈寅贾子坤　刘锐　蹇彝　何充附　许彪孙张桂　金文德　曹赣　胡世全　庞彦海　江彦清附　陈隆之史季俭附　王翊　李诚之秦钜附

可忍弃衣冠，临风玉树寒。
金人元不济，南宋自偏安。

275卷四百五十　列传第二百九　忠义五

陈元桂　张顺张贵　范天顺　牛富　边居谊　陈炤　王安节　尹玉　李芾　尹穀　杨霆　赵卯发　唐震赵　赵孟锦　方洪　赵淮

乱世命人殊，成名士可图。
丈夫宋元问，徒子已先年。

276卷四百五十一　列传第二百一十　忠义六

赵良淳徐道隆　姜才　马塈　密佑　张世杰　陆秀夫　徐应镳　陈文龙　邓得遇　张珏

宋末一平江，江山半不双。
金人元举荐，风雨满寒窗。

277卷四百五十二　列传第二百一十一　忠义七

高敏张吉　景思忠弟思立　王奇　蒋兴祖　郭浒朱友恭附　吴革　李翼阮骏　赵士嶐士医　士真　士道　士跂　陈自仁　叔皎　叔凭　训之　聿之　垒之　刘玠　陈淬　黄友　郝仲连　刘惟辅高子儒　韩青附　牛皓　魏彦明　刘士英　翟兴弟进　朱跸朱良　方允武　龚楫　李亘　凌唐佐　杨粹中　强霓康杰　李伸　郭僎郭赞　王进　吴从龙司马梦求　林空斋　黄介　孙益　王仙　吴楚材　李成大　陶居仁

何谓一忠臣，朝纲半不亲。
莫须寻有罪，不做去来人。

278卷四百五十三　列传第二百一十二　忠义八

高永年　鞠嗣复宋旅　丁仲修　项德附　孙昭远　曾孝序　赵伯振　王士言祝公明附　薛庆　孙晖李靓　杨照　丁元附　宋昌祚　李政　姜绶　刘宣　屈坚王琦　韦永寿附　郑覃　姚兴　张　陈亨祖　王拱　刘泰　孙逢李熙靖　赵俊附　姚邦基　刘化源　胡唐老　王倚朱嗣孟附　刘晏　郑振　孟彦卿　高谈　连万夫谢皋附　王大寿　薛良显　唐敏求　王师道

风雨一临安，江山半士寒。
开封知古府，汴水自流宽。

279卷四百五十四　列传第二百一十三　忠义九

赵时赏　赵希洎　刘子荐黄文政　吕文信　钟季玉潘方　耿世安　丁黼　米立　赵文义　杨寿孙　侯畐　王孝忠　高应松张山翁　黄申　陈奎　萧雷龙　宋应龙褚一正　邹㵯刘子俊　刘沐　孙㮚　彭震龙　萧焘夫　陈继周　陈龙复　张镗　张云　张汴　吕武　巩信　萧明哲　杜浒　林琦　萧资　徐臻　金应　何时　陈子敬　刘士昭王士敏　赵孟垒　赵孟松

武勇半经年，文章一士先。
靖康王后辱，忠义久难全。

280卷四百五十五　列传第二百一十四　忠义十

陈东　欧阳澈　马伸　吕祖俭　吕祖泰　杨宏中　华岳　邓若水　僧真宝　莫谦之　徐道明

宋尽问邦昌，臣明见简祥。
金人多少马，忠义士难良。

281卷四百五十六　列传第二百一十五　孝义

李璘甄婆儿　徐承珪　刘孝忠　吕升王翰　罗居通黄德舆　齐得一　李罕澄　邢神留沈正　许祚李琳等　胡仲尧仲容　陈兢　洪文抚　易延庆　董道明　郭琮　毕赞　顾忻　李琼　朱泰　成象　陈思道　方纲　庞天祐　刘斌　樊景温荣恕　旻　祁暐　何保之　李玭　侯义　王光济李祚等　江白　裘承询孙浦等　常真子晏　王洤等　杜谊　姚宗明　邓中和　毛安舆　李访　朱寿昌　侯可　申积中　郝戭　支渐　邓宗古　沈宣　苏庆文台

亨　仰忻　赵伯深　彭瑜　毛洵李筹　杨芾　杨庆　陈宗　郭义　申世宁　苟与龄　王珠　颜诩　张伯威　蔡定　郑绮鲍宗岩附

孝义一方扬，人心半肚肠。

何寻家国路，咫尺一圆方。

282卷四百五十七　列传第二百一十六　隐逸上

戚同文　陈抟　种放　万适　李渎　魏野　邢敦　林逋　高怿　徐复　孔旼　何群

隐逸循王侯，山林惑语休。

唯闻田亩碧，不见御书求。

283卷四百五十八　列传第二百一十七　隐逸中

王樵　张愈　黄晞　周启明　代渊　陈烈　孙侔　刘易　姜潜　连庶　章詧　俞汝尚　阳孝本　邓考甫　宇文之邵　吴瑛　松江渔翁　杜生　顺昌山人　南安翁　张举

草木半文章，山河一柳杨。

耕耘田亩碧，隐逸墨翰堂。

284卷四百五十九　列传第二百一十八　隐逸下

徐中行　苏云卿　谯定　王忠民　刘勉之　胡宪　郭雍　刘愚　魏掞之　安世通

先生一寸方，秀士八行长。

“易”水“清江曲”，苏门半抑扬。

285卓行

刘庭式　巢谷　徐积　曾叔卿　刘永

居士一卓行，亲疏半友情。

斯人难所就，以事誉终成。

286卷四百六十　列传第二百一十九　列女

朱娥　张氏　彭列女　郝节娥　朱氏　崔氏　赵氏　丁氏　项氏　王氏二妇　徐氏　荣氏　何氏　董氏　谭氏　刘氏　张氏　师氏　陈堂前　节妇廖氏　刘当可母　曾氏妇　王袤妻　涂端友妻　詹氏女　刘生妻　谢泌妻　谢枋得妻　王贞妇　赵淮妾　谭氏妇　吴中孚妻　吕仲洙女　林老女　童氏女　韩氏女　王氏妇　刘仝子妻毛惜惜附

亲蚕一寸工，教女半衷虫。

环堵贤良城，垂青训典终。

287之二

朱娥被刃轻，独蔽上虞名。

会稽尤今日，终身配亨情。

288卷四百六十一　列传第二百二十　方技上

赵修己　王处讷子熙元　苗训子守信　马韶　楚芝兰　韩显符　史序　周克明　刘翰　王怀隐　赵自化冯文智　沙门洪蕴　苏澄隐　丁少微　赵自然

少皞已氏衰，颛顼未属才。

九黎家混迹，弃典以神来。

289之二

吐纳房中导引修，妖风诞角占巫侯。

靡无故事何言惑，自古私心向欲求。

290卷四百六十二　列传第二百二十一　方技下

贺兰栖真　柴通玄　甄栖真　楚衍　僧志言　僧怀丙　许希　庞安时　钱乙　僧智缘　郭天信　魏汉津　王老志　王仔昔　林灵素　皇甫坦　王克明　莎衣道人　孙守荣

自言百岁气无休，道士千年士不求。

纵酒奉仙观外妙，真风爱命紫阳立。

291卷四百六十三　列传第二百二十二　外戚上

杜审琦弟审琼　审肇　审进　从子彦圭　彦钧　孙守元　曾孙惟序　贺令图杨重进附　王继勋　刘知信子承宗　刘文裕　刘美子从德　从广　孙永年　马季良附　郭崇仁　杨景宗　符惟忠　柴宗庆　张尧佐

外戚汉祸鉴时明，崇用权倾肺腑成。

怙势重刑听政患，仁英法度量思行。

292卷四百六十四　列传第二百二十三　外戚中

王贻永　李昭亮　李用和子璋　玮　珣　李遵勖子端懿　端愿　端悫　端愿子评　曹佾从弟偕　子评　诱　高遵裕弟遵惠　从侄士林　士林子公纪　公纪子世则　向传范从侄经　综　经子宗回　宗良　张敦礼　任泽

不弃外戚名，才心近处生。

量人权始治，用制始明成。

293卷四百六十五　列传第二百二十四　外戚下

孟忠厚　韦渊　钱忱　邢焕　潘永思　吴益弟盖　李道　郑兴裔　杨次山

知情达理人，行良问政身。

贤臣功国力，循治不分秦。

294卷四百六十六　列传第二百二十五　宦者一

窦神宝　王仁睿　王继恩　李神福弟神祐　刘承规　阎承翰　秦翰　周怀政　张崇贵　张继能　卫绍钦　石知颙孙全彬　邓守恩

朝官宦政御唐先，大内中书两弃捐。

童贯梁师成顾祸，掖庭给事治无全。

295卷四百六十七　列传第二百二十六　宦者二

杨守珍　韩守英　蓝继宗　张惟吉　甘昭吉　卢守懃　王守规　李宪　张茂则　宋用臣　王中正　李舜举　石得一　梁从吉　刘惟简

一官一宦志殊同，三戒三生事可忠。

行政临朝谋典吏，黄门养犬护深宫。

296卷四百六十八　列传第二百二十七　宦者三

李祥　陈衍　冯世宁　李继和　高居简　程昉　苏利涉　雷允恭　阎文应　任守忠　童贯方腊附　梁师成　杨戬

童贯青唐蔡京人，黄门巧媚自其身。
太师方腊青云上，一步朝堂万户尘。

297卷四百六十九　列传第二百二十八　宦者四

邵成章　蓝珪康履附　冯益　张去为　陈源　甘昪　王德谦　关礼　董宋臣

一宦半非臣，三生两地身。
朝班何正道，此路彼途尘。

298卷四百七十　列传第二百二十九　佞幸

弭德超　侯莫陈利用　赵赞　王黼　朱勔　王继先　曾觌龙大渊附　张说　王抃　姜特立谯熙载附

巧使人心一附君，深宫拂法两无分。
三光未得三光去，半不江山半不文。

299卷四百七十一　列传第二百三十　奸臣一

蔡确吴处厚附　邢恕　吕惠卿　章惇　曾布　安惇

阳卦多阴用始成，小人不治事君名。
奸邪方盛狡谋上，得势猖狂草木横。

300卷四百七十二　列传第二百三十一　奸臣二

蔡京弟卞　子攸　翛　赵良嗣张觉　郭药师附

元长一蔡京，弟卞始先成。
同掌朝廷乞，殊行两不荣。

301卷四百七十三　列传第二百三十二　奸臣三

黄潜善　汪伯彦　秦桧

临安大宋文，制胜岳家军。
妇小知秦桧，儒门此时分。

302卷四百七十四　列传第二百三十三　奸臣四

万俟卨　韩侂胄　丁大全　贾似道

不事操行故事空，西湖灯火其材虫。
台州姊妹深宫客，何顾臣民总领穷。

303卷四百七十五　列传第二百三十四　判臣上

张邦昌　刘豫　苗傅刘正彦附　杜充　吴曦

悍什狂奴宋祖衰，偏安主败治无材。
金鞭列阵长江岸，伏首临安治不开。

304之二

子能叛邦昌，冠和履败亡。
青城由劝进，册宝楚朝堂。

305卷四百七十六　列传第二百三十五　判臣中

李全上

潍州李铁枪，兄弟锐三狂。
弓马中都外，金人始汴乡。

306卷四百七十七　列传第二百三十六　判臣下

李全下

三官梦月名，七寸问平生。
乱世知英杰，臣引济可成。

307卷四百七十八　列传第二百三十七　世家一

南唐李氏

何语话南唐，音书李煜伤。
宋师亡国辅，“天水碧”时荒。

308

江南违命侯，国主易无休。
谁问东流水，沧波尽附羞。

309韩熙载

同光进士秘书郎，懒慢音声夜晏乡。
伎妾余人多善乐，韩夫梅岭散群芳。

310卷四百七十九　列传第二百三十八　世家二

西蜀孟氏

孟昶废唐家，先臣落水花。
江陵兵不戒，蜀主客庸巴。

311之二

嘉节号长春，巴庸已去人。
桃符门左右，七宝器何珍。

312卷四百八十　列传第二百三十九　世家三

吴越钱氏

江南四十州，越北两三楼。
谁可临安客，无言汴水流。

313之二

去国之君去国臣，与朝竹谱与朝身。
江南玉集江南客，月影文章月影津。

314卷四百八十一　列传第二百四十　世家四

南汉刘氏

角立豪明一帝王，问民举业半平张。
江南水隅音声溺，玉帛屈伸累世光。

315卷四百八十二　列传第二百四十一　世家五

东汉刘氏

春秋一并州，北汉半王侯。
娘子关前将，唐家去未留。

316卷四百八十三　列传第二百四十二　世家六

湖南周氏　荆州高氏　漳泉留氏　陈氏

风雨一潇湘，阴晴半故乡。
兴亡知过客，日月照荒塘。

317卷四百八十四　列传第二百四十三　周三臣

韩通　李筠　李重进

江南日月半文章，比事书琴一故王。
亡国亡相亡自己，治文治武治无疆。

318卷四百八十五　列传第二百四十四　国一

夏国上

汉夏故人唐，齐隋五季亡。

中原兵马壮，天下向辽乡。

319卷四百八十六　列传第二百四十五　国二

夏国下

天水一家乡，轩辕半柳杨。

唐人华身客，举世问炎凉。

320卷四百八十七　列传第二百四十六　国三

高丽

高丽半辽东，扶余一界风。

隋唐亲驾伐，王土始无穷。

321卷四百八十八　列传第二百四十七　国四

交阯　大理

云南大理城，广粤秀南英。

合浦交州阯，珠崖百事情。

322卷四百八十九　列传第二百四十八　国五

占城　真腊　蒲甘　邈黎　三佛齐　阇婆南毗附　勃泥　注辇　丹眉流

沉香五谷半黄牛，粳米三春一兽留。

令祝“阿罗和及拔”，人言“早教他生修”。

323卷四百九十　列传第二百四十九　国六

天竺　于阗　高昌　回鹘　大食　层檀　龟兹　沙州　拂菻

天竺未尽半沙州，西域浮图佛可求。

武帝龟施回鹘治，高昌土木入春秋。

324卷四百九十一　列传第二百五十　国七

琉球国　定安国　渤海国　日本国　党项

衣衣带带舟船问，水水山山草木生。

海海云云风不止，钟钟鼓鼓语生平。

325卷四百九十二　列传第二百五十一　国八

吐蕃唃厮啰　董毡　阿里骨　瞎征　赵思忠

吐蕃语讹自云南，秃发西羌利鹿潭。

至德子孙安史乱，河陇论恐以秦谈。

326卷四百九十三　列传第二百五十二　蛮夷一

西南溪峒诸蛮上

远略帝王勤，朝谋士土珍。

西南蛮岭杂，征取重山亲。

327卷四百九十四　列传第二百五十三　蛮夷二

西南溪峒诸蛮下　梅山峒　诚徽州　南丹州

诸保过徽州，南丹械器由。

梅山峒永顺，咨怨士难求。

328卷四百九十五　列传第二百五十四　蛮夷三

抚水州　广源州　黎洞　环州

黎洞抚水州，古劳广源流。

四姓黔南客，三江境外求。

329卷四百九十六　列传第二百五十五　蛮夷四

西南诸夷　黎州诸蛮　叙州三路蛮　威茂渝州蛮　黔涪施高徼外诸蛮　泸州蛮

西南汉郡生，散落路难行。

三路蛮夷土，渝泸役不明。

330附录

进宋史表

史列宋时言，文成自简繁。

中书门下客，紫阁堂中园。

331宋

一隅求和两宋残，三军不战半临安。

零丁洋里兴亡叹，志士心中照汉寒。

主主奴奴寻日月，书书画画向盘桓。

文章依旧丹青见，白石无言历史观。

四、辽史

1辽史

雨雪一辽东，风霜半卫戎。
烟云多树挂，草木主春衷。

2辽史

夏雨一松辽，霜天乃木凋。
风云靠岭近，主什半心遥。

3辽史

一路半辽东，三生百世雄。
千年寻故事，万里见飞鸿。

4卷一　本纪第一　太祖上

怀中坠日异香生，耶律辽娠简献荣。
三月行言长九尺，百斤弓伐主千城。

5卷二　本纪第二　太祖下

故事满辽阳，东平生御乡。
契丹成大字，渤海遣沧桑。

6卷三　本纪第三　太宗上

周公管蔡诛，异度葛安图。
册礼群臣制，扶金变丈夫。

7卷四　本纪第四　太宗下

圣德治神功，辽金各大同。
三千牛马客，十六社州图。

8之二

建国化多方，成城治典章。
天威骄政客，地理顺微扬。

9卷五　本纪第五　世宗

大统入中才，三年闭自开。
周防宜持重，孝友自秦台。

10卷六　本纪第六　穆宗上

行明十八年，炮烙铁梳川。
酒猎荒天下，无章国不全。

11卷七　本纪第七　穆宗下

是是非非客，昏昏暗暗名。
朝朝朝不政，野野野无荣。

12卷八　本纪第八　景宗上

辽兴六十年，重治两三贤。
怠政无章法，河东已不全。

13卷十　本纪第十　圣宗一

辽东诸帝名，典律故王荣。
政出慈闱位，梁王半百成。

14卷十七　本纪第十七　圣宗八

察抑举才行，明名向世生。
珍清奢望苦，尚令子孙荣。

15卷十八　本纪第十八　兴宗一

反若二人身，兴宗一母亲。
王风前后策，正逆御臣珍。

16卷二十一　本纪第二十一　道宗一

直言治道行，访学劝农荣。
未免奸邪谤，三千祝发名。

17卷二十七　本纪第二十七　天祚皇帝一

朔野一辽兵，席旌半甲名。
邻亲修内外，废立切纵横。

18卷三十一　志第一　营卫志上

州县部族卫宫城，出入行营宿备生。
旷土宁居辽捺钵，畋渔劲岁祝平明。

19卷三十七　志第七　地理志一

天文日月一风云，地理乾坤半易君。
五蕴江湖形色色，九州草木雨纷纷。

20卷三十八　志第八　地理志二

东京之地一辽阳，礼义文章半故乡。
此去榆关八百里，楼兰有诺是儿郎。

21卷三十九　志第九　地理志三

叶落一幽州，归根半故游。
风云多少客，草木自春秋。

22卷四十　志第十　地理志四

析津半旧城，冀统一府生。
蓟北原平土，香河水不清。

23卷四十一　志第十一　地理志五

辽精海怪一安东，宽甸桓仁半世雄。
通化奉天京口地，大连营口有鸣虫。

24卷四十九　志第十八　礼志一

由天没理始人情，礼乐之行试意诚。
遗俗流风秦汉治，朝鲜故土八条明。

25卷五十七　志第二十六　仪卫志三　符印

昼夜星驰千百里，金鱼银牌宜速行。
合同附诺阴阳仗，木箭门宫进退成。

26卷一百十六　国语解

雄深浩博一书文，训诂师儒半诸君。
制物名言奇字览，前尊后继所何分。

五、金史

1金史

读史问辽金，行成待古今。

文章终未晚，草木顾朝音。

2契丹　女真

辽家耶律姓和萧，移制华文石抹朝。

渤海忽吉金慎地，白山黑水丹真谣。

六、元史

1元史

鞑靼蒙人一树元，中原井土半轩辕。

同宗异祖何兄弟，五百年前几语言。

2元史

元家铁木真，奇渥温尊人。

夜梦天光入，阿兰果火身。

3卷四　本纪第四　世祖一

忽必列元朝，仁英治道辽。

同行高丽客，共载故圆昭。

4卷十七　本纪第十七　世祖十四

北京元大都，日月上江湖。

蒙古原中草，幽燕已客疏。

5卷五十八　志第十　地理

汉朝未使北狄荣，隋客东夷宋患名。

最为唐宋西域犯，成吉思汉肆天成。

6之二

一马半千州，三江九千流。

欧亚大陆客，五百载春秋。

7之三

子母相权半立名，飞钱交会一纱成。

周官质剂元自纺，谁问银行几可行。

8之四

一勇百家奴，三山半岳湖。

英雄呼欲出，进士以书儒。

9卷一百四十六　列传第三十三

耶律楚材子铸

丹王八世孙，宿秀半臣门。

北马牧耕论，中原客几恩。

10之三

秦王一子昂，宋未半扬长。

有马文章里，湖州魏国王。

11卷一百八十九　列传第七十六　儒学一

时空一序儒，日月十三殊。

草木千家秀，人情半礼奴。

12卷一百九十　列传第七十七　儒学二

秀草一时疏，孤明半日无。

丛林知律令，独木可无辜。

13卷一百九十九　列传第八十六　隐逸

山中一宰相，世上半炎凉。

隐逸何生会，樵渔几故乡。

七、明 史

1明史

唐宋客元明，何民李自成。
崇祯知谓处，落叶满京城。
谁道榆关守，圆圆半不生。
云南山寺外，八艳一声鸣。

2明史

明清之外一清明，行止其中半止行。
日月经天昭日月，京城依旧是城京。

3卷一　本纪第一　太祖一

克葬凤阳陵，元璋寺所僧。
濠州留去否，可作一朝兴。

4卷二　本纪第二　太祖二

陈桥一变帝王袍，洪武三声却二毛。
左右丞相知辅政，善长徐达自皋陶。

5卷三　本纪第三　太祖三

应运一生平，摧强半济生。
三千年故梦，十五载成明。

6卷四　本纪第四　恭闵帝

恭闵一年王，燕京半帝昌。
强人强所利，复古复兴亡。

7卷五　本纪第五　成祖一

顺逆一猖狂，声名半帝王。
弟兄和父子，兴废寻何堂。

8卷六　本纪第六　成祖二

明燕一北京，幽州半帝城。
江山兄弟后，事业有无荣。

9卷七　本纪第七　成祖三

躬行节俭一文皇，形胜幽燕半帝王。
四海知人善任至，尘清漠北季年扬。

10卷八　本纪第八　仁宗

蓟北一天津，江南半不亲。
仁宗燕世子，自幼事儒臣。

11卷二十三　本纪第二十三　庄烈帝一

关外向清嚣，群臣不治朝。
崇祯庄烈帝，李闯大明消。

12卷二十四　本纪第二十四　庄烈帝二

兵荒四告半思陵，劝励群臣一苦灯。
万岁山前天浩叹，临朝十七以年徵。

13卷二十八　志第四　五行一　水

晓刻阴沉雾损人，昏天蔽日暗时津。
冰霜雹雨摧动压，亡国农夫几苦辛。

14卷二十九　志第五　五行二　火　木

水火不相容，乾坤互致踪。
阴晴何所属，日月几蛇龙。

15卷三十　志第六　五行三　金　土

从革土生金，儒书问古今。
天成稼穑性，地主士人心。

16卷三十七　志第十三　历七

回回历法白羊初，巨蟹阴阳狮子余。
宝女天平蝎马羯，金牛十一是双鱼。

17卷四十　志第十六　地理一

分州建牧一唐虞，画野兴城帝子衢，
废废兴兴多少事，成成败败几何朱。

18北京顺天府

宫城六里紫禁城，丽正正阳始正名。
宣武由来顺城建，崇文自是取文明。
朝阳齐化东西定，德胜平则一阜成。
旧地彰仪州五制，新燕都府大都横。

19卷六十　志第三十六　礼十四　凶礼三

谒祭陵庙　忌辰　受蕃国王讣奏仪
为王公大臣举哀仪　临王公大臣丧仪
中宫为父祖丧仪　遣使临吊仪　遣使册赠
王公大臣仪　赐祭葬　丧葬之制　碑碣
赐谥　品官丧礼　士庶人丧　礼服纪
人间序礼成，世上乐音名。
幽燕士子客，明陵已纵横。

20卷八十三　志第五十九　河渠一

黄河上
入海一黄河，出山半苦歌。
中流扬抑断，冀鲁母亲波。

21卷一百二十一　列传第九

公主
郡主一乡君，亲王半客分。
玄孙千百石，世系不知文。

22卷一百二十二　列传第十

郭子兴　韩林儿
群雄并起一中州，所见无同九教流。
缔造江山兵将事，从容面对是春秋。

23卷一百二十三　列传第十一

陈友谅　张士诚　方国珍　明玉珍
友谅未昌明，雄猜已尽名。

楼船何去往，四载一枯荣。

24卷一百二十四　列传第十二

扩廓帖木儿蔡子英　陈友定伯颜子中等　把匝剌瓦尔密

其仪一半兮，苦节两三氏。

悔故心如结，元归式可迷。

25卷一百二十五　列传第十三

徐达　常遇春

濠人世叶农，武男志其踪。

将帅军锋处，臣君可至从。

26常遇春，字伯仁，怀远人。貌奇佳，勇力绝人，猿臂善射。

盗寇一事名，君臣两地情。

江山从铁马，治制问谋成。

27卷一百二十六　列传第十四

李文忠　邓愈　汤和　沐英

无惮险苦一思明，克己危成半自荣。

素习如书京军将，文军陆战抚州城。

28卷一百二十七　列传第十五

李善长　汪广洋

纯勤制业一英年，奕世循膺半及天。

尽瘁引名表促去，非人所历咏台泉。

29

一世废丞相，三明问治方。

天圆何始祖，地阔几炎凉。

30卷一百二十八　列传第十六

刘基子琏　璟　宋濂　叶琛　章溢子存道

名贤大道先生，学术文章半未荣。

苦茂山中樵不取，渔人自利何书成。

31卷一百二十九　列传第十七

冯胜兄国用　傅友德　廖永忠赵庸　杨璟　胡美

勇将谋臣半力疆，君贤士志一圆方。

兴亡致命封儒守，用学深知傅会堂。

32卷一百三十　列传第十八

吴良　康茂才　丁德兴　耿炳文　郭英　华云龙　韩政　仇成　张龙　吴复周武　胡海　张赫　华高　张铨　何真

一国百三州，三吴万十流。

濠梁知守客，博望寄春秋。

33卷一百三十一　列传第十九

顾时　吴祯　薛显　郭兴　陈德　王志　梅思祖　金朝兴　唐胜宗　陆仲亨　费聚　陆聚　郑遇春　黄彬　叶升

草昧一群雄，山高半尺峰。

人行天近处，树独锁苍穹。

34卷一百三十二　列传第二十

朱亮祖　周德兴　王弼　蓝玉曹震　张翼　张温　陈桓　硃寿　曹兴　谢成　李新

天下一疏荣，人中半可行。

承平行渐密，未可制成名。

35卷一百三十三　列传第二十一

廖永安　俞通海弟通源　渊　胡大海养子德济　耿再成　张德胜汪兴祖　赵德胜南昌康郎山两庙忠臣附　桑世杰　刘成　茅成杨国兴　胡深　孙兴祖　曹良臣周显　常荣　张耀濮英于光等

年长始见臣，日久制终身。

锁守东门向，疆封一半尘。

36卷一百三十四　列传第二十二

何文辉徐司马　叶旺马云　缪大亨武德　蔡迁陈文　王铭宁　甯正袁义　金兴旺　费子贤　花茂　丁玉　郭云王溥

政绩误蒙玉，文辉可正身。

端思知治守，宠辱不惊人。

37卷一百三十五　列传第二十三

陈遇秦从龙　叶兑　范常潘庭坚　宋思颜夏煜　郭景祥李梦庚　王濂　毛骐　杨元杲阮弘道　汪河　孔克仁

田桑一布衣，社稷半依稀。

蜀楚行江地，烟云下酒旗。

38卷一百三十六　列传第二十四

陶安钱用壬　詹同　朱升　崔亮牛谅　答禄与　权　张筹　朱梦炎　刘仲质　陶凯　曾鲁　任昂　李原名　乐韶凤

一代制休明，三朝会说清。

当途人未语，易断礼仪成。

39卷一百三十七　列传第二十五

刘三吾汪睿　朱善　安然王本等　吴伯宗鲍恂　任亨泰　吴沉　桂彦良李希颜　徐宗实　陈南宾　刘淳　董子庄　赵季通　杨翮　金实等　宋讷许存仁　张美和　聂铉　贝琼　赵俶钱宰　萧执　李叔正　刘崧　罗复仁孙汝敬

建国务材人，连茹守故臣。

穷经儒绩学，历练以贤尊。

40卷一百三十八　列传第二十六

陈修滕毅　赵好德　翟善　李仁　吴琳　杨思义滕德懋　范敏　费震　张琬　周祯刘惟谦　周浈　端复初　李质　黎光　刘敏杨靖凌汉严　严德珉　单安仁朱守仁　薛祥秦逵　赵翥　赵俊　唐铎沈溍　开济

六部仿周官，三堂守治残。

分司立职令，委曲任天坛。

41卷一百三十九　列传第二十七

钱唐程徐　韩宜可周观政　欧阳韶　萧岐门克新　冯坚　茹太素曾秉正　李仕鲁陈汶辉　叶伯巨　郑士利方徵周敬心　王朴

英成武断论君臣，奏对谋诤问浥尘。

立志行身堂陆客，循规蹈矩序秋春。

42卷一百四十　列传第二十八

魏观　陶垕仲王佑　刘仕貆王溥　徐均王宗显王兴宗　吕文燧　王兴福　苏恭让　赵庭兰　王观杨卓　罗性　道同欧阳铭　卢熙兄熊　王士弘　倪孟贤　郎敏　青文胜

起闾志为民，旌贤举自亲。

多言轩善政，不避逆权臣。

43卷一百四十一　列传第二十九

齐泰　黄子澄　方孝孺卢原质　郑公智林嘉猷　胡子昭　郑居贞　刘政　方法楼琏　练子宁宋徵　叶希贤　茅大芳周璿　卓敬郭任　卢迥　陈迪黄魁　巨敬景清连楹　胡闰高翔　王度戴德彝　谢升　丁志方　甘霖　董镛　陈继之　韩永　叶福

谋君一国忠，制胜半军同。

鼎镬刀锯下，由观济世穷。

44卷一百四十二　列传第三十

铁铉　暴昭侯泰　陈性善陈植　王彬崇刚　张昺谢贵　彭二　葛诚　余逢辰宋忠余瑱　马宣曾濬　卜万　朱鉴　石撰　瞿能庄得　楚智　皂旗张　王指挥杨本　张伦陈质　颜伯玮唐子清　黄谦向朴　郑恕　郑华　王省　姚善钱芹陈彦回张彦方

书生御鲁齐，燕师问拙低。

鞭长莫及属，山河日月西。

45卷一百四十三　列传第三十一

王艮高逊志　廖升魏冕　邹瑾　龚泰周是修　程本立　黄观　王叔英林英黄钺曾凤韶　王良　陈思贤龙溪六生台温二樵　程通黄希范　叶惠仲　黄彦清　蔡运　石允常　高巍韩郁　高贤宁王琎　周缙　牛景先程济等

从容就节难，曲折御心丹。

过去知何存，扶值故治安。

46卷一百四十四　列传第三十二

盛庸　平安　何福　顾成

胜负一分明，兴亡半不成。幽州荣辱客，破立不声成。

47卷一百四十五　列传第三十三

姚广孝　张玉子輗　軏　从子信　朱能邱福李远　王忠　王聪　火真　谭渊王真　陈亨子懋　徐理　房宽　刘才

初张国势时，复立予则知。

并济齐鸣力，众心悦服词。

48卷一百四十六　列传第三十四

张武　陈珪　孟善　郑亨　徐忠　郭亮赵彝　张信唐云　徐祥　李濬　孙岩房胜　陈旭　陈贤　张兴　陈志　王友

风云会合中，日月酬庸冯。

列校非谋勇，无成足故宫。

49卷一百四十七　列传第三十五

解缙　黄淮　胡广　金幼孜　胡俨

王公高险守朝成，细术雕章趋媚生。

多寡求勋刑重尺，乡邻不记正时名。

50卷一百四十八　列传第三十六

杨士奇　杨荣曾孙旦　杨溥马愉

分权六部罢丞相，阁老儒臣向济堂。

自负词林多少客，观臣密务纳忠扬。

51卷一百四十九　列传第三十七

蹇义　夏原吉俞士吉　李文郁　邹师颜

原儒本术相，辅政务时纲。

令终三杨阁，朝行向杜房。

52卷一百五十　列传第三十八

郁新　赵羾　金忠　李庆　师逵　古朴向宝　陈寿马京　许思温　刘季篪　刘辰　杨砥　虞谦吕升　仰瞻严本　汤宗

优隆委寄身，令主翼门人。

树效民风柁，章程谙练臣。

53卷一百五十一　列传第三十九

茹瑺　严震直　张紞毛泰亨　王钝　郑赐　郭资　吕震　李至刚　方宾　吴中刘观

操行不取济千才，未克身各自裁台。

进出官场儒雅客，阴晴日月去还来。

54卷一百五十二　列传第四十

董伦王景　仪智子铭　邹济徐善述　王汝玉　梁潜　周述弟孟简　陈济陈继杨翥　俞山　俞纲　潘辰　王英　钱习礼　周叙刘俨　柯潜罗璟　孔公恂司马恂

博弃一浮华，儒坛半客家。

才齐终始客，治效浪淘沙。

55卷一百五十三　列传第四十一

宋礼蔺芳　陈瑄王瑜　周忱

疏流引汴河，久计问时多。

宋礼漕三畅，隋炀不九歌。

56卷一百五十四　列传第四十二

张辅高士文　徐政　黄福　刘儁吕毅刘昱　陈洽侯保　冯贵　伍云　陈忠李任等　李彬　柳升崔聚　史安　陈镛李宗昉　潘禋　梁铭　王通陶季容　陈汀

兴师问罪几蛮疆，乱悔兴亡半帝王。

叛折人心私故薄，权交事始以贤张。

57卷一百五十五　列传第四十三

宋晟　薛禄郭义　金玉　刘荣　朱荣费　谭广　陈怀马亮　蒋贵孙琬　任礼赵安　赵辅　刘聚

诸迹戎行世列成，勋宣保守以功名。

从堂论策何天子，尚主劳民盖辅赢。

58卷一百五十六　列传第四十四

吴允诚子克忠　孙瑾　薛斌子绶　弟贵李贤　吴成滕定　金顺　金忠蒋信　李英从子文　毛胜　焦礼　毛忠孙锐和勇罗秉忠

锐意远图谋，勋功比肩优。

来归知归部，自奋有疏途。

59卷一百五十七　列传第四十五

金纯　张本　郭敦　郭琎　郑辰　柴车　刘中敷孙机　张凤　周瑄子纮　杨鼎翁世资　黄镐　胡拱辰陈俊　林鹗　潘荣　夏时正

当官论职成，不亏有操行。

志士终天守，仁人始见荣。

60卷一百五十八　列传第四十六

黄宗载　顾佐邵玘　陈勉　贾谅　严升段民吾绅　章敞徐琦　刘戬　吴讷朱与言　魏骥　鲁穆　耿九畴　轩輗陈复黄孔昭

苛意吕廉励客行，清风饰誉纪公名。

亲身绝俗贫如洗，邦宪倾心众志成。

61卷一百五十九　列传第四十七

熊概叶春　陈镒　李仪丁璿　陈泰　李棠曾翚　贾铨　王宇　崔恭　刘孜宋杰邢宥　李侃雷复　李纲　原杰　彭谊牟俸　夏壎子鍭　高明　杨继宗

永乐巡官察九州，安良抚政业优尤。

声威惠爱民心济，自古桑田四季牧。

62卷一百六十　列传第四十八

王彰　魏源　金濂　石璞王誉　罗通罗绮张固　张瑄　张鹏　李裕

人无术备善其长，玉不瑕身短所光。

势属初当人何向，时风正气乃兴扬。

63卷一百六十一　列传第四十九

周新　李昌祺萧省身　陈士启　应履平林硕　况钟朱胜　陈本深罗以礼　莫愚赵泰　彭勖孙鼎　夏时　黄润玉　杨瓒王懋　叶锡　赵亮　刘实　陈选　夏寅陈壮　张昺　宋端仪

牧守百官生，巡官抚治成。

民情专向问，司职客人明。

64卷一百六十二　列传第五十

尹昌隆　耿通陈谔　戴纶林长懋　陈祚郭循　刘球子钺　釪　陈鉴何观　钟同孟　杨集　章纶子玄应　廖庄　倪敬盛昶等　杨瑄子源盛颙等

直言敢谏臣，事变任由人。

逆属忠原客，勤朝抑几伸。

65卷一百六十三　列传第五十一

李时勉　陈敬宗　刘铉萨琦　邢让李绍林瀚子庭棉　庭机　孙爌　烃　谢铎鲁铎赵永

国学一师儒，明朝一大都。

朱家南北座，表范谁方殊。

66卷一百六十四　列传第五十二

邹缉郑维桓　柯暹　弋谦黄骥　黄泽孔友谅　范济　聊让　郭佑　胡仲伦　华敏　贾斌　左鼎练纲　曹凯许仕达　刘炜尚褫　单宇姚显　杨浩　张昭贺炀高瑶虎臣

清鲠举职仕方廉，日久升平草野纤。

堂陆深严官本位，显身贵贱几凉炎。

67卷一百六十五　列传第五十三

陶成子鲁　陈敏　丁瑄　王得仁子一夔叶祯　伍骥　毛吉　林锦　郭绪　姜昂子龙

民前七品官，御下一言寒。

倭寇忠心力，边功抑或安。

68卷一百六十八　列传第五十六

陈循萧镃　王文　江渊　许彬　陈文万安彭华　刘珝子銑　刘吉　尹直

内以君心外小人，泰成天下否倾身。

乾坤蜀道行成向，前后昭彰万岁尘。

69卷一百七十　列传第五十八

于谦子冕　吴宁　王伟

钱塘进士宰相身，吐纳鸿流畅时人。

政府三杨谦雅望，行民治盗改红尘。

70

冰霜铁石一人心，笔墨丹心半古今。

雅正刚直常是客，伪言曲俯谁知音。

71卷一百七十六　列传第六十四

李贤　吕原子　岳正　彭时　商辂　刘定之

商辂三元一士身，居庸九御半臣民。

文渊学士贤良客，“复储疏”陈几自申。

72卷一百七十九　列传第六十七

罗伦涂棐　章懋从子拯　黄仲昭　庄昶邹智　舒芬崔桐　马汝骥

词臣不责言，守事未知轩。

俗厚行天下，风冈日月源。

73卷一百八十三　列传第七十一

何乔新　彭韶　周经　耿裕　倪岳　闵珪　戴珊

磊落光明一任官，刚方鲠亭半时寒。

诗书远近居心处，恕昧声名久未安。

74卷一百八十六　列传第七十四

韩文顾佐　陈仁　张敷华　杨守随弟守隅　许进子书　赞　论　雍泰张津　陈寿　樊莹　熊绣　潘蕃　胡富张泰　吴文度　张鼐冒政　王璟　李钦

八虎属朝中，三军未与同。

文章何济世，武勇谁狂风。

75卷一百八十八　列传第七十六

刘抃吕翀　艾洪　葛嵩　赵佑朱廷声等戴铣李光翰等　陆昆薄彦徽等　蒋钦周玺涂祯　汤礼敬王涣　何绍正　许天锡周钥等　徐文溥翟唐　王銮　张士隆张文明陈鼎等　范辂　张钦　周广曹琥石天柱

天下谁中枢，贤臣几有无。

谏言何治守，阉竖事权儒。

76卷二百十三　列传第一百一

徐阶弟陟　子璠等　高拱　郭朴　张居正曾孙同敞

性傲孤直一仕人，群芳肆赏半君身。

同成比肩何天下，长者为人爱顾臣。

77卷二百二十六　列传第一百十四

海瑞何以尚　丘橓　吕坤　郭正域

琼山一汝贤，御史半堂前。

海令胡宗宪，“平黎策”当先。

78之二

天下一刚峰，人间半宿龙。

井田行必果，均税古人踪。

79卷二百五十六　列传第一百四十四

崔景荣　黄克缵　毕自严　李长庚　王志道　刘之凤

东林势胜举清流，垢谇声名落异忧。

始末“移宫”名不悦，私成共迹使人愁。

80卷二百七十四　列传第一百六十二

史可法任民育等　何刚等　高弘图　姜曰周镳　雷縯祚

崇祯进士宪之名，百户出身应举成。

入梦天祥生可法，人生自古慕虚荣。

81卷二百八十一　列传第一百六十九　循吏

制学农桑以吏行，安民取士治澄清。

循规蹈矩来朝事，黄霸书丹始意成。

82卷二百八十二　列传第一百七十　儒林一

道学儒林两世踪，布衣冠官一人逢。

清修绳墨簪缨掖，奕叶成恩盛意容。

83卷二百八十五　列传第一百七十三　文苑一

擅声馆阁律隋唐，吐纳芬芳艺士扬。

立世千年天下治，人生自古一文章。

84卷二百八十六　列传第一百七十四　文苑二

林鸿郑定等　王绂夏昶　沈度弟粲　滕用亨等　聂大年　刘溥苏平等　张弼张泰陆釴　陆容　程敏政罗玘　储巏李梦阳康海　王九思　王维桢　何景明徐祯卿杨循吉　祝允明　唐寅　桑悦边贡　顾璘弟璞　陈沂等　郑善夫殷云霄　方豪等　陆深王圻　王廷陈　李濂

诗中有画图，域外自殊途。

才子鸿冠客，文人性汉儒。

85卷二百八十七　列传第一百七十五　文苑三

文徵明蔡羽等　黄佐欧大任　黎民表柯维骐　王慎中屠应埈等　高叔嗣蔡汝楠　陈束任瀚　熊过　李开先　田汝成子艺蘅　皇甫涍弟冲　汸　濂　茅坤子维　谢榛卢柟　李攀龙梁有誉等　王世贞汪道昆　胡应麟　弟世懋　归有光子子慕　胡友信

长洲何处却金亭，颖异徵仲座右铭。

避雨兰衫名不赴，千言一画到中廷。

86

吴宽馆阁王鏊城，风月长洲祝充明。

唐寅沈周皇甫坐，文章字画济时倾。

87卷二百八十八　列传第一百七十六　文苑四

李维桢郝敬　徐渭屠隆　王穉登俞允文王叔承　瞿九思　唐时升娄坚　李流芳　程嘉燧　焦竑黄辉　陈仁锡　董其昌莫如忠　邢侗　米万钟　袁宏道钟惺谭元春　王惟俭李日华　曹学佺曾异撰王志坚　艾南英章世纯　罗万藻　陈际泰　张溥张采

先生四可荣，饮赋至人情。

兄弟“留香草”，瑶琴半不声。

88卷二百八十九　列传第一百七十七　忠义一

义士自轻生，威棱鼎镬城。

江湖多少客，尽是以心行。

89卷二百九十　列传第一百七十八　忠义二

人间一谓忠，天下半雕虫。

主仆何夫丈，君臣已自空。

90卷二百九十六　列传第一百八十四　孝义

孝义天生教化成，人伦谊壁正风情。

旌勤劝语行修里，巷闾布衣感敦明。

91卷二百九十八　列传第一百八十六　隐逸

王臣蹇蹇行，尚事所何成。

蛊惑愚人瞩，樵渔士不生。

92卷二百九十九　列传第一百八十七　方伎

方伎自古行，造化绪文明。

易道神仙术，“周官”遗意生。

93卷三百一　列传第一百八十九　列女一

列女妇人城，闺门锁旧横。

关雎声犹在，何事不生情。

94卷三百四　列传第一百九十二　宦官一

可拒一残官，无全半不安。

居心无正止，立世苦辛端。

95卷三百五　列传第一百九十三　宦官二

李芳　冯保　张鲸　陈增陈奉　高淮梁永杨荣　陈矩　王安　魏忠贤　王体乾李永贞等　崔文升　张彝宪　高起潜王承恩　方正化

风云际会半琴书，居正难名一帝国。

冯保深州东厂客，奴才蛊域治明儒。

96卷三百六　列传第一百九十四　阉党

阉宦正难全，忠贤毒竖编。

流殊何志异，鉴戒史方年。

97卷三百七　列传第一百九十五　佞

宦寺弄臣昌，朝堂济世亡。

正邪行不止，含恨致灾殃。

98卷三百八　列传第一百九十六　奸臣

君子居心外认人，阴阳有異取象真。

邪邪正正相欺与，鄙鄙英英互易尘。

99卷三百九　列传第一百九十七　流贼

明城一火休，古迹半无留。

继统何知政，诗书却九州。

100

华山米脂李自成，灭顶明朝旧无颜。

筑堡村民莫辨遗，金衣龙印却复名。

101附录

张廷玉上明史表

乾隆筑史城，学士翰林名。

太保张廷玉，丹纶总裁明。

102明清

男儿去国作书生，女秀忧民问客情。

二水三山王谢去，青楼八艳世人惊。

八、清史稿（上）

1清

遥周不问近时清，兄弟何言父子情。

五百年中王者去，三千岁里汉唐名。

2清史稿

努尔哈齐始祖金，白山贝勒跡辽沈。

爱新觉老东俄地，一代清朝一古今。

3卷一　本纪一　太祖本纪

钟音大度一金名，睹记铭心招揽荣。

志阔成梁妻所纵，雄伟仪表内蕴成。

4之二

天锡智勇入沈阳，阻贰潜消九部昌。

境宇日新归安祚，明夷用晦盛京王。

5卷二　本纪二　太宗本纪一

典籍启聪荣，黄台吉世名。

蒙人“皇太子”，汉译是天成。

6卷三　本纪三　太宗本纪二

其名始大清，号礼弃终明。

泽庆昌王福，山陵祀告情。

7卷四　本纪四　世祖本纪一

江山待福临，辅政盛京荫。

顺治沈阳路，幽燕贯古今。

8之二

自成九宫山，明清半御颜。

闯王凭士举，三桂问榆关。

9卷五　本纪五　世祖本纪二

旧衲补天朝，幽燕故地遥。

五台山上客，天下语人消。

10卷六　本纪六　圣祖本纪一

岳立声洪法父皇，四臣辅政与时荒。

索尼鳌拜遏必隆，苏克沙哈八岁王。

11卷七　本纪七　圣祖本纪二

丽日和风被四方，群臣觅地泰三羊。

观灯赐宴中堂坐，辅政安民种柳杨。

12卷八　本纪八　圣祖本纪三

治政勤心一统人，天锡文武九州身。

守成今古平花甲，民载仁君会诸臣。

13卷九　本纪九　世宗本纪

传位清宗四子天，景陵克致一朝年。

人君止上仁心至，不忘民情盛世宣。

14卷十　本纪十　高宗本纪一

宽仁政尚继严明，弘历清宫秘史城。

正大光明书世祖，燕京顺治以福名。

15卷十一　本纪十一　高宗本纪二

抚育自群黎，躬行不所低。

桑田知国力，月日可经田。

16之二

二月早江南，三春晚寺庵。

乾隆云雨客，碧玉月风潭。

17卷十二　本纪十二　高宗本纪三

千丝万缕雨云和，一被三波日月多。

五岳九江留汉界，九州十地作辞歌。

18卷十五　本纪十五　高宗本纪六

励精图治六旬年，拓宇开疆十地天。
奋武揆文隆盛事，权幸晚蔽不斯全。

19卷十六　本纪十六　仁宗本纪

初逢训政力中枢，崇俭勤心人汉儒。
辟地移民风化治，求言谆切睹风辜。

20卷十七　本纪十七　宣宗本纪一

宣宗讲论坛，次子上云端。
好学擷芳殿，编修受读冠。

21卷二十　本纪二十　文宗本纪

宣宗四子文，敏显一朝君。
内外无安日，洞观伏患云。

22卷二十一　本纪二十一　穆宗本纪一

冲龄即祚宫，母政垂帘空。
修勤可紫东，暇逸符瑞主。

23卷二十三　本纪二十三　德宗本纪一

何人问德宗，海阔见蛟龙，
太后垂帘政，亲王自异踪。

24卷二十五　本纪二十五　宣统皇帝本纪

冲龄嗣社情，太后临朝声。
八国联军火，明园去不成。

25卷五十四　志二十九　地理一

东方始建清，万历祖宗成。
十八省旗统，开疆拓土荣。

26卷九十六　志七十一　乐三

乐章一　郊庙　群祀

郊庙九章平，圆丘一旧名。
黄钟宫羽立，主调抑扬成。

注：圜丘九章：1迎神《始平》；2奠玉帛《景平》；3进俎《咸平》；4初献《寿平》；5亚献《嘉平》；6终献《永平》；7彻馔《熙平》；8送神《清平》原《太平》；9望燎《太平》。

方泽八章：1迎神《中平》；2奠玉帛《广平》；3进俎《含平》；4初献《太平》原《寿平》；5亚献《安平》；6终献《时平》；7彻馔《贞平》；8送神望瘗《宁平》。

祈谷九章：1迎神《祈平》；2奠玉帛《绥平》；3进俎《万平》；4初献《宝平》；5亚献《穰平》；6终献《瑞平》；7彻馔《渥平》；8送神《滋平》原《清平》；9望燎《谷平》原《太平》。

社稷坛七章：1迎神《登平》；2奠玉帛、初献《茂平》；3亚献《育平》原《嘉平》；4初献《宝平》；5终献《敦平》原《雍平》6；送神《乐平》原《成平》；7望瘗《徵平》原《成平》。

27卷九十八　志七十三　乐五

乐章三　筵宴　乡饮酒

炉熏日月百和香，铺耀蓬莱万德昌。
景福绵长凝宝册，楼边红杏照扶桑。

28

日丽琼霄不老乡，星桥银树玉人妆。
清宁万象咸英会，丹陛中和法曲扬。

29白华

修身养性不纤尘，白者华兹婉淑茵。
妇道人君兰芷泽，芬芳载道胜思伦。

30卷九十九　志七十四　乐六

乐章四　筵宴舞曲　大宴笳吹乐　番部合奏

皇家自古万斯年，里巷相思一载天。
唯有阴晴圆缺客，经纶只在去时船。

31整貔貅

制胜争奇因地求，依山建垒顺天由。
张舒形势阴符秘，鹳鹤兼鱼始不休。

32之二

日上扶桑大统阳，人间四象凤求凰。
春台草木争相望，刻玉观河日月沧。

33卷一百六　志八十一　选举一

制义五经名，龙门一士生。
鸿词科考举，博学自京城。

34卷一百五十三　志一百二十八　邦交一

始建一邦交，清人半自嘲。
环球成体系，诸国各争巢。

九、清史稿（下）

1清史稿

纪列一人生，公卿半士名。
天高凭鸟倦，地厚任枯荣。

2满

人生七十始知娘，日月三千举世昌。
而就回月寻父母，心肝只似许衷肠。

3卷二百十四　列传一　后妃

一帝百深宫，三生半世空。
花开寻闭色，叶落向秋风。

4之二

草创江山阔略名，中宫福晋两宫荣。
承乾永寿东西间，秀女深居月方明。

5之三

冲龄践祚孝庄名，不建垂帘政治明。
克底升平皇后柄，中兴启胜可殊荣。

6卷二百十五　列传二　诸王一

祖显几王公，庄亲半故风。
诸子分封制，贝勒任西东。

7之二

分封不赐土，列爵未临民。
食禄何寻事，清兴诸子臣。

8之三

谁问一王侯，江河半故流。
桑田由土地，日月自春秋。

9之四

朝中一代王，殿下十年昌。
废拙沉浮问，兴亡礼教强。

10之五

生平见子孙，涌跃上龙门。
自古英雄客，如今世代恩。

11之六

日月一辽东，江河半落鸿。
女真前后坐，书印读书翁。

12之七

辽东一叶到燕京，蓟北三河问客声。
七里榆关多外入，清明李闯已明清。

13卷二百二十三　列传十

万子扈尔干　孟格布禄　扈尔干子岱善　孟格布禄子吴尔古代　杨吉砮兄清佳砮　杨吉砮子纳林布禄　金台石　清佳砮子布寨　布寨子布扬古　布占泰　拜音达里

万汉一部王，三台半姓昌。
南关海西贡，哈达治明皇。

14之二

清朝太祖客成梁，逊令酋林布寨荒。
故国荫英妻不禁，新民克岱以图强。

15卷二百二十四　列传十一

张煌言　张名振　王翊等　郑成功子锦　锦子克塽　李定国

台湾日月坛，福建地天冠。
进取闻成功，兴亡问苦甘。

16之三

成功大木一南安，盗海芝龙半领宽。
代众思齐颜克古，舟山败绩领兵残。

17之四

榆关半守城，定国二明清。
一子吴三桂，千夫怒指惊。

18卷二百二十五　列传十二

额亦都　费英东子索海　孙倭黑　何和礼子多积礼　和硕图　都类安费扬古　扈尔汉

人居长白山，世寄奶头颜。
鸭绿江潺水，黑龙曲水湾。

19卷二百三十一　列传十八

佟养性孙国瑶　李永芳　石廷柱　马光远弟光辉　李思忠子荫祖　荫祖子鈵　金玉和子维城　王一屏　一屏子国光　国光子永誉　孙得功　张士彦　士彦子朝璘　金砺

一马半行空，三江九脉洋。
佟佳高丽府，养性满州风。

20之二

苦读一相公，书房半世雄。
秀才官未举，奉使命官同。

21卷二百三十四　列传二十一

孔有德全节　耿仲明子继茂　继茂子昭忠　聚忠　尚可喜子之孝　沈志祥兄子永忠　永忠子瑞　祖大寿子泽润　泽溥　泽洪　泽洪子良璧　大寿养子可法　从子泽远

八旗子弟一清城，十世夫妻半古荣。
去去来来何见客，终终始始以人鸣。

22之二

百将一辽东，千山半始终。

明清山海去，主客向天官。

23卷二百四十九　列传三十六

索尼　苏克萨哈苏纳海　朱昌祚　王登联　白尔赫图　遏必隆子尹德　鳌拜弟穆里玛班布尔善

结党专擅一轧倾，旗人硕色半归成。
江山依旧人情故，此处朝廷彼处横。

24

江山半版图，草木一扶苏。
日月东西向，阴晴水土区。

25卷二百九十四　列传八十一

李卫　田文镜　诺岷　陈时夏　王士俊

李卫户郎中，疏言总督戎。
成才直隶职，检点治英雄。

26卷二百九十五　列传八十二

隆科多　年羹尧胡期恒

康熙进士将军名，夕惕朝乾进献行。
日月星移联合璧，章京闲散自裁横。

27卷三百二　列传八十九

徐本　汪由敦子承霈　来保　刘纶子跃云　刘统勋子墉　孙镮之

张姚二姓缙绅强，进士三言始按章。
巨族姻官何治守，一人扬抑一忠良。

28之二

延清布政子刘墉，侍讲编修少保封。
官冠统勋知父子，工书神敏正身宗。

29卷三百十九　列传一百六

于敏中　和珅弟和琳　苏凌阿

金坛叔子状元郎，背诵王诗进士章。
步敏余词成甲第，文华殿上自言堂。

30之二

红旗半满州，守性一私由。
帝位严嵩辅，和珅几苛求。

31之三

大罪殊诛二十余，贪恣怙宠一当初。
谗希辅国和绅欲，继事高宗误自居。

32卷三百二十　列传一百七

三宝　永贵　蔡新程景伊　梁国治　英廉　彭元瑞　纪昀陆锡熊　陆费墀

国治英廉一纪昀，乾隆学士半书身。
铭深择隐十家诋，四库全书举世珍。

33卷三百三十　列传一百十七

福康安　孙士毅　明亮

瑶林都统福康安，屡胜攻军半自观。
御旨行成侈进退，傅恒学士子袍冠。

34卷三百四十　列传一百二十七

王杰　董书　朱珪

王杰一甲先，拔贡半人缘。
御制诗文赏，高宗以字宣。

35卷三百六十九　列传一百五十六

林则徐　邓廷桢达洪阿

侯官一禁烟，鸦片半余年。
进士编修客，只上总督船。

36之二

才略冠时过急宣，终依遂斥故疆田。
英船琦善泽君去，八国联军浊汉年。

37卷三百七十　列传一百五十七

琦善　伊里布　宗室耆英

罢战一言和，宣宗半故多。
人前琦善后，天下水师何。

38卷三百七十二　列传一百五十九

裕谦谢朝恩　重祥　关天培陈连升　祥福　江继芸　陈化成海龄　葛云飞王锡朋　郑国鸿　朱贵

天培半水师，十创一身知。
主抚流芳误，忧戚与国时。

39卷三百八十　列传一百六十七

陈若霖　戴三锡　孙尔准　程祖洛　马济胜　裕泰　贺长龄

尽职一民心，勤耕半古今。
知人天地上，历事体春阴。

40卷四百五　列传一百九十二

曾国藩

乱世谁英雄，麟书可小章。
湘乡多典士，急务始无终。

41之二

注视移时一巨流，唐相裴度半春秋。
明臣守政诸葛比，往济鸿章彼此由。

42卷四百十一　列传一百九十八

李鸿章

进士李鸿章，安徽世学堂。
修从曾国藩，自助水师扬。

43日本以短枢橙见之

中兴半见臣，卖国辱其身。
矮凳高低取，才思在自人。

44卷四百十二　列传一百九十九

左宗棠

湘人一座左宗棠，不第三重向故乡。
自比诸葛非梦卜，新疆种柳几猖狂。

45之二

廉人智略不言贪，善治勤劳信感民。
众至如归招克地，忠君谋国霸才人。

46卷四百三十六　列传二百二十三

沈桂芬　李鸿藻　翁同龢　孙毓汶

叔平一甲一名人，变不虚生半惧尘。
夕有直臣忠谏劝，疏言光绪牧天民。

47卷四百七十三　列传二百六十

张勋　康有为

广厦一更生，京师半会名。

人心收不入，久感故思成。

48卷四百七十四　列传二百六十一

吴三桂耿精忠　尚之信　孙延龄

榆关客存兵，李闯自成名。

武举吴三桂，投身半一清。

49卷四百七十五　列传二百六十二

洪秀全

上帝一“红羊”，花县半十强。

西洋三点会，“宝书”从服堂。

50卷四百七十六　列传二百六十三　循吏一

白登明汤家相　任辰旦　于宗尧　宋必达陆在新　张沐张埙　陈汝咸　缪燧　陈时临　姚文燮黄贞麟　骆锺麟崔宗泰　祖进朝　赵吉士　张瑾　江皋张克嶷　贾朴　邵嗣尧卫立鼎　高荫爵　靳让　崔华周中鋐　刘棨　陶元淳　廖冀亨　佟国珑　陆师龚鉴

始课风声吏制扬，成龙洊历守封疆。

蒸蒸日上臣知理，蹈矩循规政治良。

51卷四百八十　列传二百六十七　儒林一

孙奇逢耿介　黄宗羲弟宗炎　宗会　子百家　王夫之兄介之　李颙李因笃　李柏　王心敬　沈国模史孝咸　韩当　邵曾可　曾可孙廷采　王朝式　谢文洊甘京　黄熙　曾曰都　危龙光　汤其仁宋之盛　邓元昌　高愈顾培　彭定求汤之锜施璜　张夏　吴曰慎　陆世仪陈瑚　盛敬　江士韶　张履祥钱寅　何汝霖　凌克贞　屠安世　郑宏　祝洤　沈昀姚宏任　叶敦艮　刘汋　应谦　朱鹤龄陈启源　范镐鼎党成　李生光　白奂彩党湛　王化泰　孙景烈　胡承诺　曹本荣张贞生　刘原渌姜国霖　刘以贵　韩梦周　梁鸿翥　法坤宏　阎循观　任瑗　颜元王源　程廷祚　恽鹤生　李塨　刁包王馀佑　李来章冉觐祖　窦克勤　李光坡从子钟伦　庄亨阳官献瑶　王懋竑朱泽沄　乔亿　李梦箕子图南　张鹏翼　童能灵　胡方冯成修　劳潼　劳史　桑调元　汪鉴　顾栋高陈祖范　吴鼎　梁锡玙　孟超然　汪绂余元遴　姚学塽　潘谘　唐鉴　吴嘉宾刘传莹　刘熙载　朱次琦　成孺　邵懿辰高均儒　伊乐尧

周公制礼四儒林，教化师行一古今。

弃籍秦城坑不冷，高名善士著何音。

52卷四百八十一　列传二百六十八　儒林二

顾炎武　张尔岐马骕　万斯大兄斯选子经　侄言　胡渭子彦昇　叶佩荪　毛奇龄陆邦烈　阎若璩李铠　吴玉搢　惠周惕子士奇　孙栋　余萧客　陈厚耀臧琳玄孙庸　礼堂　任启运　全祖望蒋学镛　董秉纯　沈彤蔡德晋　盛世佐江永程瑶田　褚寅亮　卢文弨顾广圻　钱大昕族子塘　坫　王鸣盛金曰追　吴凌云　戴震金榜　段玉裁钮树玉徐承庆孙志祖　翟灏　梁玉绳　履绳　汪家禧刘台拱朱彬　孔广森　邵晋涵周永年王念孙子引之　李惇　宋绵初　汪中江德量　徐复　汪光爔　武亿　庄述祖庄绶甲　庄有可　戚学标江有书　陈熙晋李诚　丁杰周春　孙星衍毕亨　李贻德王聘珍　凌廷堪洪榜　汪龙　桂馥许瀚江声孙沅　钱大昭子东垣　绎　侗　朱骏声

宁人顾绛有双瞳，一目千行睹十风。

手不离书精力绝，二骡二马对勘同。

53卷四百八十三　列传二百七十　儒林四

孔荫植

曲阜荫植衍圣公，明天启末礼先终。

书生不已忧天下，定鼎京师顺治风。

54卷四百八十四　列传二百七十一　文苑一

魏禧兄际瑞　弟礼　礼子世傚　世俨　李腾蛟　邱维屏　曾灿　林时益　梁份　侯方域　王猷定　陈宏绪　徐士溥　欧阳斌元　申涵光　张盖　殷岳　吴嘉纪　徐波　钱谦益　龚鼎孳　吴伟业曹溶　宋琬　严沆　施闰章　高咏　邓汉仪　王士禄弟士祜　田雯　曹贞吉　颜光敏　王苹　张笃庆　徐夜　陈恭尹　屈大均　梁佩兰　程可则　方殿元　吴文炜　王隼　冯班　宗元鼎　刘体仁　吴殳　胡承诺　贺贻孙　唐甄　阿什坦　刘淇　金德纯　傅泽洪　汪琬　计东吴兆骞　顾我锜　彭孙遹　朱彝尊　李良年　谭吉璁　尤侗　秦松龄　曹禾　李泰来　陈维崧　吴绮　徐釚　潘耒　倪灿　严绳孙　徐嘉炎　方象瑛　万斯同　钱名世　刘献廷　邵远平吴任臣　周春　陈鳣　乔莱　汪楫　汪懋麟　陆棻兄子奎勋　庞垲　边连宝　陆圻丁澎　柴绍炳　毛先舒　孙治　张丹　吴百朋　沈谦　虞黄昊　孙枝蔚　李念慈　丁炜　林侗　林佶　黄任　郑方坤　黄与坚　王昊　顾湄　吴雯陶季　梅清　梅庚　冯景　邵长蘅　姜宸英　严虞惇　黄虞稷　性德　顾贞观　项鸿祚　蒋春霖　文昭　蕴端　博尔都　永忠　书諴　永　裕瑞　赵执信叶燮　冯廷櫆　黄仪　郑元庆　查慎行弟嗣瑮　查昇　史申义　周起渭　张元臣　潘淳　顾陈垿　何焯　陈景云　景云子黄中　戴名世

清朝学术兴，汉宋治于明。

八股新人废，三江水半成。

55钱谦益

半在清廷半在明，一书牧斋一书精。

东林有学归心释，自为诗文佛像生。

56卷四百九十六　列传二百八十三　忠义十

刘锡祺　阮荣发　程彬　桂廕存厚　荣濬　锡桢等　张景良倭和布　周飞鹏　松兴松俊等　宗室德祐彭毓嵩　杨调元　杨宜瀚　陈问绅　德锐　皮润璞　荣麟等　张毅　喜明阿尔精额　斌恒等　谭振德熊国斌　陈政诗陆叙钊　齐世名等　罗长裿曹铭　章庆　徐昭益　曹彬孙　汪承第　吴以刚　陶家琦等　奎荣　王毓江刘骏堂　钟麟　何永清　沈瀛　申锡绶等　世增石家铭　琦璘　毛汝霖　胡国瑞　张舜琴　钟麟同范锺岳等　孔繁琴　王振畿　张嘉钰　陈兆棠冯汝桢　何承鑫　白如镜何培清　黄兆熊　张德润　张振德舒志　来秀刘念慈　李秉钧　王荣绶　定煊长瑞　巴扬阿等　王有宏　何师程　黄凯臣　戚从云　盛成哈郎阿　南山　培秀等　桂城延浩　文蔚　余世宽等　高谦　黄为熊文海　赵翰阶　贵林量海等　额特精额文荣等　玉润　劳谦光吉陞　张程九　王文域谭凤亭等　张传楷孙文楷　王乘龙　赵彝鼎　施伟　李泽霖　胡穆林　更夫某　梁济　简纯泽　王国维

人间一死生，世上半忠名。

徒见王公易，观非视所倾。

57卷四百九十七　列传二百八十四　孝义一

朱用纯　吴蕃昌从弟谦牧　沈磊　周靖　耿燿弟炳　兄子於彝　耿辅　李景濂　汪灏弟晨　日昂　日昇　黄农　曹亨黄嘉章　郑明允　刘宗洙弟恩广　恩广子青藜　何复汉　许季觉　吴氏四孝子　雷显宗　赵清　荣涟　薛文弟化礼　曹孝童　丁履豫　钟保　觉罗色尔岱翁杜　佟良　克什布　王麟瑞　李盛山　李恤　奚缉营　周士晋　黄有则　王尚毅　胡镁　李三　张梦维　乐太希　董盛祖　徐守仁　李凤翔　卯观成　葛大宾　吕孚　王子明冯星明　张元翰　俞鸿庆　姜瑢　汤渊　魏兴　戴兆筝　潘周岱　张淮张廷标　胡其爱方其明　邓成珠　张三爱　杨梦益阎天伦　夏士友　白长久　郭味儿聂宏　董阿虎　张乞人　席慕孔张长松　崔长生　荣孝子　无锡二孝子　哑孝子

父母至人情，君臣体客生。

归回天下事，此去问清明。

58卷五百　列传二百八十七　遗逸一

李清李楧　梁以樟王世德　阎尔梅　万寿祺　郑与侨　曹元方　庄元辰王玉藻　李长祥王正中　董守谕　陆宇弟宇燝　江汉　方以智子中德等　钱澄之　恽日初　郭金台　朱之瑜　沈光文陈士京　吴祖锡

扣马愤忧声，寻山隐逸鸣。

林中多少叶，志下几何情。

59卷五百二　列传二百八十九　艺术一

吴有性戴天章　余霖　刘奎　喻昌徐彬　张璐高斗魁　周学海　张志聪高世栻　张锡驹　陈念祖　黄元御　柯琴尤怡　叶桂薛雪　吴瑭　章楠　王士雄　徐大椿王维德　吴谦　绰尔济伊桑阿　张朝魁　陆懋修王丙　吕震　邹澍　费伯雄　蒋平阶　章攀桂　刘禄张永祚　戴尚文

扁鹊作医名，儒林向日行。

西洋书法作，故土地难明。

60卷五百六　列传二百九十三　畴人一

薛凤祚杜知耕　龚士燕　王锡阐潘柽樟　方中通揭暄　梅文鼎子以燕　孙瑴成　曾孙钫　弟文鼐　文鼏　明安图子新　陈际新　刘湘煃　王元启　朱鸿　博启　许如兰

畴人作九章，推步著三羊。

后学非知已，先儒自不昌。

61卷五百八　列传二百九十五　列女一

田绪宗妻张　嵇永仁妻杨妾苏　张英妻姚　蔡璧妻黄子世远妻刘　尹公弼妻李　钱纶光妻陈　胡弥禅妻潘　张棠妻金　洪翘妻蒋　张蟾宾妻姜　施曾锡妻金　廷璐妻恽　汪楷妻王妾徐　冯智懋妻谢　郑文清妻黎　程世雄妻万　高学山妻王　王氏女张天相女　周氏女　王孜女　缪浒妻蔡濮氏女　李氏女　来氏二女　曾尚增女王氏女　吕氏女　佘长安女　王法夔女武仁女　唐氏女　张桐女汪俨聘妻周　刘氏女　吴某聘妻周　李荐一聘妻曾　袁斯凤女　丁氏女　朱械之女　杜仲梅女方氏二女　刘可求女　杨泰初女孙承沂女　赵承穀聘妻丁彭爵麒女　陈宝廉女　吴士仁女　王济源女　董桂林女　耿恂女　吴芬女　邵氏二女　蒋遂良女徐氏二女　李鸿普妻郭牛辅世妻张　高位妻段　郑光春妻叶子文炳妻吴　屈崇山妻刘　谢以炳妻路弟仲秀妻郑　季纯妻吴　王钜妻施　陈文世妻刘　张守仁妻梁韩守立妻俞　路和生妻吴诸君禄妻唐　牛允度妻张　游应标妻萧蒋广居妻伍　周学臣妻柳　王德骏妻盛　张茂信妻方林经妻陈　张德邻妻李武烈妻赵　孙朗人妻吴李天挺妻申　刘与齐妻魏　周志桂妻冯　欧阳玉光妻蔡子惟本妻蔡　萧学华妻贺　张友仪妻陈冯氏　王铁妻隋　林云铭妻蔡　陈龙妻胡　王懃妻岳　鲁宗镐妻朱　马叔吁妻丁　许光清妻陈　黄开蓥妻廖　黄茂梧妻顾　高其倬妻蔡　陈之遴妻徐　詹枚妻王柯蘅妻李　艾紫东妻徐　郝懿行妻王汪远孙妻梁　陈裴之妻汪　汪延泽妻赵　吴廷鈖妻张诸妹章政平妻等　程鼎调妻汪　陈瑞妻缪马某妻阮　富乐贺妻王　仁兴妻瓜尔佳氏　耀州三妇　杉松邮卒妇　杨芳妻龙　崔龙见妻钱　沈葆桢妻林　王某妻陈　李某妻赵罗杰妻陈　杨某妻唐　姚旺妻潘　盖氏

生日月明仰南楼，曲意文章抑北秋。
母教含英知父驯，一清碧色一江流。

62吉林凉水泉

修妻一友泉，艳事半贫田。
力贩男女客，桓行始故天。

63

乾隆志者荣，嘉庆正臣英。
御制千叟宴，诗文万户名。
一清三百载，九脉半输赢。
天下江山在，人前日月情。

64九段锦

两手擎天以志坚，摇头摆尾守丹田。
乾坤日月随仙吕，八卦身心易缺圆。
阡陌纵横天地客，风云会合杏坛年。

65读史

清明三月问明清，序继千年继序成。
本纪公卿王帝下，春秋论语几枯荣。

66

入入出出一史城，先先后后半天平。
兴兴废废人间事，败败成成绩继名。

二〇一〇年七月三十一日北京养春堂